本书系国家社会科学基金项目(批准号:05BZW030)

齐鲁文学演变与地域文化

与 地域文化

李少群 乔力 等 著

人民出版社

目　录

导　论

第一章　关于地域文学史学的普适性研究 ················· 3

　第一节　地域文学史学的学术源流与学理观念 ············· 3

　第二节　地域文学史学的架构基础与范畴界定 ············· 13

第二章　关于齐鲁文学形态演变与文化内质研究的原理性思考 ······· 20

　第一节　齐鲁文学的地域文化渊源 ················· 20

　第二节　本书的逻辑基点与研究目标 ················ 24

　第三节　研究方法、体式与结构 ·················· 33

上篇　齐鲁文学高潮鸟瞰

第一章　从文化元典走来 ····················· 39

　第一节　先秦时期的混沌综融:经世致用理念与经典殿堂之造就 ······ 40

　第二节　文学本体的觉醒之路:诸体渐备与抒怀言志传统 ········· 57

第二章　高峰初耸:北宋至南宋前期的齐鲁文学 ············ 72

　第一节　社会群体关怀与个体情性的交迭兼纳 ············ 75

　第二节　主体意识张扬而及词坛的极盛 ·············· 111

第三章　再度辉煌:明中叶至清初的齐鲁文学 ············ 133

　第一节　驿路文化与俗文学的泛化升华 ·············· 134

　第二节　雅文学对经典的追怀与复兴之想望 ············· 150

　第三节　文言小说以雅为俗的写心娱怀与戏曲文学似俗实雅的儒道内核 ·· 165

　第四节　雅文学的求新变与传统认同 ················ 180

第四章　现代新篇:20 世纪五四时期与 30 年代的齐鲁文学 ········ 194

第一节　中西文化背景下的价值重构与文学观念变革 ………… 197

第二节　五四新文学的多元开拓与文体创建 ………………… 210

第三节　乡土文学涵纳文化对抗与重构:为民族塑魂与文化守成 ……… 226

第五章　激扬华章:20 世纪新时期以来的齐鲁文学 ……………… 239

第一节　创作主体对齐鲁文化传统的传承与审美意识嬗变 …… 240

第二节　叙事文学的蓬勃发展及其主流形态 ………………… 254

中篇　齐鲁文化与文学个案研究

第六章　齐鲁文学文化内质的个案考察 ………………………… 269

第一节　《鲁颂》与《齐风》的两种文化形态与内质异同及其文学特征 ……… 270

第二节　汉赋中所见有关巡狩、封禅的齐鲁文化考察 ………… 294

第三节　《桃花扇》关于孔子"夷夏之大防"思想的艺术实践 ……… 303

第四节　孔尚任的创作思想与民族意识:《桃花扇》与《出山异数记》的微妙

关系 ……………………………………………………… 312

第五节　王渔洋与洪昇、孔尚任、蒲松龄的友谊和《聊斋志异》评论 ……… 330

第七章　齐鲁文学形态演变的多元性与多样化表现之一:文学本体喻示

与文体风貌特征的双向观照 ………………………… 344

第一节　李之仪词论词作综论 ………………………………… 345

第二节　晁补之词论词作综论 ………………………………… 357

第三节　李清照词论词作综论 ………………………………… 375

第四节　词体解放与辛弃疾的创作取向 ……………………… 396

第五节　李攀龙、谢榛的论诗特点及其互补性 ……………… 417

第六节　李攀龙、谢榛对其自身诗论的创作实践 …………… 424

第八章　齐鲁文学形态演变的多元性与多样化表现之二:大文化语境与

地域色彩的文学 ……………………………………… 431

第一节　文化与文学双重观照下的戏曲重镇东平 …………… 432

第二节　基于齐鲁人文之上的"济南诗派"及其诗风创作 …… 447

第三节　杰出的文坛领袖王渔洋及其重大影响 ……………… 468

第四节　《聊斋志异》的语言特色及诗意风韵 ……………… 479

第五节　聊斋俚曲的地域文化内涵 …………………………… 489

第九章　齐鲁文学形态演变的多元性与多样化表现之三:地域视阈下的
　　　　话语转型与民族、国家叙事 ································· 506
　　第一节　王统照《山雨》的现实主义成就及其开创性意义 ············· 507
　　第二节　李广田散文的文化内涵与艺术风貌 ···················· 520
　　第三节　臧克家诗歌的艺术开拓与抒情风格 ···················· 532
　　第四节　冯德英的小说成就与"三花"创作特色 ·················· 553
　　第五节　杨朔散文的艺术成就及其时代局限 ···················· 569
　　第六节　建国十七年英雄叙事的类型与审美特征 ················· 583

第十章　齐鲁文学形态演变的多元性与多样化表现之四:民间文化形态
　　　　与文学主流语境的互动与生成 ························· 601
　　第一节　张炜:现代视野下的文化保守主义人性关怀 ··············· 603
　　第二节　莫言的民间叙事与 20 世纪中国文学 ··················· 617
　　第三节　李存葆的文学创作与沂蒙山区的历史传统 ··············· 630
　　第四节　新时期乡土小说的文化意蕴与创作特色 ················· 636
　　第五节　王鼎均怀乡题材的散文 ························· 654
　　第六节　桑恒昌的诗歌艺术成就 ························· 665
　　第七节　张宏森影视文学的诗性追求 ······················ 670
　　第八节　赵冬苓的影视编剧美学 ························· 678

下篇　齐鲁文学古今演变研究

第十一章　主题内涵及形式外显 ··························· 693
　　第一节　"思乡"的多元内涵及多样化表述:漫越时空的恒久观照 ······· 694
　　第二节　建安风骨与左思风力:文学主流的时序嬗变与时世意义 ······· 720
　　第三节　儒家"入世"观念的演变:民族危难之际的南宋文学与抗战文艺
　　　　　　 ································· 751
　　第四节　"水浒"故事溯源及文学形态演变 ···················· 779

第十二章　大文化语境中的文学本体呈示 ······················ 792
　　第一节　社会文化关系与创作主体改变所体现的文学演变:从《水浒传》
　　　　　　到《金瓶梅》 ·························· 793
　　第二节　王渔洋的历代山东诗人作家评论与诗学观念 ············· 808

第三节 儒家伦理观的另类解读:贾凫西的《历代史略鼓词》 ………… 824

第十三章 文学形态与艺术精神"史"的观照 ……………………… 841

第一节 自复古与新创的演变看李攀龙、谢榛诗歌理论及文学流派的
意义 ……………………………………………………… 841

第二节 叙述者的转变及叙事结构的转型:《聊斋志异》对唐传奇的传承
与超越 …………………………………………………… 855

第三节 山东英雄叙事的传统与变迁 ……………………………… 864

第四节 孔孚对古代山水诗传统的继承与超越 …………………… 884

主要参考文献 …………………………………………………… 896

后记 ……………………………………………………………… 900

导 论

第一章　关于地域文学史学的普适性研究

第一节　地域文学史学的学术源流与学理观念

如果就最广泛和绝对上的意义而言,人类所进行的一切文学活动及由之生成的诸文学现象,都离不开他们所依附着的某具体地域板块——一个与纵向的时代——历史概念相互交织互动的横断面空间范围。所以,凡"文学史"者,也莫不可笼统概括为地域文学史。当然,这只不过是大而化之的说法,因为那其间既存在不同国别、区域等行政疆界与自然地理的巨大差异,更常常被制约在自成独立体系、格局的文学传统、历史文化,乃至民族种群、语言人文环境等一整套已凝集的内外条件下。因而现在一般指称的文学史,便不约而同地将其承载体首先落实到国家类型。至于小于此,隶属到国家大范畴之内的一定空间区域上的文学遗存,才被专名作"地域文学史"。只要明白了两者的实质关系,那么,作为一条分支而派生的地域文学史,仍然被包容在母体"文学史"学科里,同样拥戴着本学科的一般性基本学术原理、研究取向、价值诉求当是毫无疑问的事情。也正因为清楚了它的生成本根来自"天然",或者说其渊源从出有着因果逻辑的支持,故而对于地域文学史存在"合法性"的质证,就无须再多烦辞藻给予辨明了。①

中国为文学编纂"史"的工作,早在《汉书·艺文志》便已开始略显端倪,之后各朝的正史里皆设置了《文苑传》,多少程度不等地带着文学史性质或意味,关键是对"文学"的概念定义,无论内涵、外延都十分庞杂含混。因此,"五四"以来,接受欧美学术学科理论浸染的一批学者,便特别为之厘辩说:"文学有纯杂之别。纯文学即美文学,杂文学即实用文学也。"②"文

---

① 参见董乃斌等主编:《中国文学史学史》第3卷,河北人民出版社2004年版,第477、478页。

② 童行白:《中国文学史纲》,大东书局1933年版,第1页。

学必须独立,与哲学、史学及其他科学可以并立,所谓纯文学也。"①再进一层具体阐发规范之:"文学就是人们情感、想象、思想、人格的表现。"②"但至今日,欧美文学之稗贩甚盛。颇掇拾其说,以为我文学之准的,谓诗歌、曲剧、小说为纯文学,此又古今形势之迥异者也。"③

同样情形,现代意义上的"文学史",关于它全面描述中国文学的发展演变历程,探讨、发现其间消长盛衰的文化规律,并力图给出切实、恰当的审美和社会文化层面上价值判断的学科功能要求及研究范畴界域,也是从日本舶来的西方理论观念,是近代文学、科学与思想的产物。一旦清晰了上述的源流问题,对于第一部的"中国文学史",竟然是由西洋人翟理士、顾路柏与东洋人古城贞吉所编撰的,就觉得可以理解了。至于此后即20世纪初迄今,继京师大学堂师范馆国文教习林传甲与东吴大学国文教授黄人的两部同名《中国文学史》开山之后,近百年里,各种详略歧异、不同观念视点,以及不同断代、文体、题材、民族的文学史著作,竟然陆续出版了千余种之多。

再顺次言及由之派生出来的"地域文学史",其现代性质的学科意义,也自然是一并汲取、容纳着西方的"文学史"理论学说和中国的一些文史——文化传统因素。前者偏重在学理观念与治学方法等基础纲领方面。如丹纳《英国文学史》便承18世纪法国启蒙思想家孟德斯鸠之说且推而广之,认为物质文明和精神文明的性质、面貌皆取决于"种族、环境、时代"三大条件,以之总摄那些决定文学发展的外部因素,进行了严密完整解释的实证主义(Postivism)研究;又于《艺术哲学》里对相关问题做出详尽的阐述论证,其所依持的仍然是"从事实出发,不从主义出发;不是提出教训,而是探求规律、说明规律"的途径、原则。④ 丹纳学说由于有着丰富、坚实的史实史料的强力支持,便更具可信度和可操作性。故而此后风靡开来,在19世纪下半叶到20世纪前半期的百余年里,一直被研究者推崇应用,流波至今犹未消歇。而且也或显或隐地占据着中国文学史撰作的主流——如承袭借鉴它三大条件说之一的"环境"论,从而发展、建立起自身较为稳固、客观的学

---

① 朱希祖:《中国文学史要略叙》,北京大学刊行,1920年。
② 凌独见:《国语文学史纲》,商务印书馆1922年版,第1页。
③ 曾毅:《订正中国文学史》,泰东书局1930年版,第20页。
④ (法)丹纳著,傅雷译:《艺术哲学》,人民文学出版社1963年版,第1页。

科原理或架构基础的"地域文学史",便是一条明显例证。

"只不过作为 20 世纪中国史学宏大叙事中的一部分,以科学的表达与真实的价值为追求的文学史,也是从乾嘉考据学那儿变生出来的。"[①]将此话引申及地域文学史虽大略适用,却并不尽符合其总体实际情况。因为除去一般性的把握方式、目标关怀的承续张扬外,还包括它对中国文学史——文化传统中若干有关思想观念的接受与实践。不过这些主要偏注在普泛的文化层面上,因为文学本来就属于文化的一个组成部分。无待赘言,人类的文化活动,总是基础到一定的、大小各异的地域范围空间;至于它们的自然人文环境、社会历史生成条件与风习民俗的诸多差距,也是不言自明的。尤其像中国的疆域辽阔、历代政权因革更替繁杂、文明进度进程不平衡,更具典型意味。如《史记·货殖列传》说:

> 关中自汧、雍以东至河、华,膏壤沃野千里,自虞、夏之贡为上田。而公刘适邠,大王、王季在岐,文王在酆,武王治镐,故其民犹有先王之遗风:好稼穑,殖五谷,地重,重为邪……中山地薄人众,犹有沙丘纣淫地余民。民俗懁急,仰机利而食,丈夫相聚游戏,悲歌慷慨。

依次叙伦不同的地理自然环境和农业生产、经济类型、风土人情之间的关系,而这些都将会对文化学术及文学造成隐显轻重不等的影响作用,由之凝结为不同的风格面貌,指向各自独特的生长发展道路。《汉书·地理志》再进一步析述说:

> 《诗·风》兼秦、豳两国。昔后稷封斄,公刘处豳,大王徙䣚,文王作酆,武王治镐。其民有先王遗风:好稼穑,务本业,故《豳》诗言农桑衣食之本甚备……及安定、北地、上郡、西河,皆迫近戎狄,修习战备,高上气力,以涉猎为先。故《秦》诗曰"在其板屋",又曰"王于兴师,修我甲兵,与子偕行",及《车辚》《四驖》《小戎》之篇,皆言车马田狩之事。

以下还接着阐述《诗·国风》中邶、鄘、卫、郑等国诗的题材内容、风貌特征与形成原因,又及楚地"信巫鬼,重淫祀"的习尚风气,由是至汉代便成为《楚辞》的创作研究中心——这些简直可以当作一篇上古中国的各地域文学概说来看待了。其他更专注在文学地域风格的,再如《典论·论文》云:"徐幹时有才气。"唐李善注:"齐俗文体舒缓,而徐幹亦有斯累。"(《文

---

① 戴燕:《文学史的权利》,北京大学出版社 2002 年版,第 7 页。

选》卷五二)《隋书·文学传序》则云:"江左宫商发越,贵于清绮;河朔词义贞刚,重乎气质。气质则理胜其辞,清绮则文过其意;理深者便于实用,文华者宜于咏歌:此其南北词人得失之大较也。"对地域文学风格面貌的差异试图给予探讨解说的,又如明唐顺之《东川子诗集序》:"西北之音慷慨,东南之音柔婉,盖昔人所谓系水土之风气,而先王律之以中音者。惟其慷慨而不入于猛,柔婉而不邻于悲,斯其为中声焉已矣。若其音之出于风土之固然,则未有能相易者也。"

　　总之,上类论述历代皆不乏见,并且显示出"杂",一般文史—文化而转向"纯",专门文学的各种现象关注的演进痕迹;尽管还只是粗线条的感受性印象式的,缺乏缜密周详的理性分析与逻辑推导,但却仍然具备学理性从实证而至抽象归纳的范型、方法意义。不过,现代地域文学史研究从中国悠久文化—文史传统里,更多获取的还是立论根据的原始材料——如数量浩繁、跨越漫长时代的各种地方志中的"艺文略"与专门性地域区界的诗文总集,如唐殷璠《丹阳集》、宋董《严陵集》、宋孔延之《会稽掇总集》、金元好问《中州集》,下及明清以迄近代热心乡邦文献的士子们纂集编辑者,更纷纷涌现。它们或以某地域区间为中心,搜选内容与之相关连的作品,并不问作者的籍贯何处,或仅限定为某一家族家庭成员创作的取录。而其所涵盖的空间范围则拥载了多种概念容量,从大的一般约定俗成的区域称谓,如江右、山左、河朔、闽赣之类,或到某一省,直至小的州、县、镇、乡,指向各不相同。然而它们共同一致的意图则都在于"以文佐史",给本地的自然风貌、社会历史文化境况留下书面佐证;并且"以人存诗文"、"以诗文存人",尽量力求详尽地保存乡梓文士名流的一些踪迹,汇总编纂的主观情绪色彩十分浓郁,宽以存之、疏于删汰也就成为它们的显著特点。除少数名家精品外,充斥着太多的庸滥陈腐之制,文献意义远远超过了文学价值。虽然"文学史作为一种学术形式,本不可免地有舶来因素,是民族的文化内容借外来形式而获得现代性的表现,那么区域文学史可能是各类文学史中本土成分最多而舶来因素最弱的一种",①而"本土成分"也许主要是通过上述的两者体达出来的,因为它们蕴含了绵长的历史传统渊源和厚实的文献底蕴。但归根究底,地域文学史的目的、功用,只能建构到"文学"上,循沿"历史"的

---

① 董乃斌等主编:《中国文学史学史》第 3 卷,河北人民出版社 2004 年版,第 486 页。

脉络去把握文学那演进嬗变的过程。这点它与母体的中国文学史实无歧异,都需要"在去伪存真的基础上,经过剪裁、分类、组织,经过划分单元、区别层次,然后描绘出一副鲜活的文学历史的图景"。① 所以,地域文学史也必须坚守严谨、客观的文学性眼光,对那些芜杂的地域文献性作者作品不宜过分依赖。

既然文献性的滥觞或萌芽距离地域文学史的"文学"取向尚远,因而其由传统而走向现代,作为一般文学史学科之分支或子系的出现到成立,于时间上便很晚近了。20 世纪初叶以来,可例数者有刘师培《南北文学不同论》、汪国垣《近代诗派与地域》、蒋瑞珍《吴江诗史》、陆树枏《近代江浙人文论》、赵图南《台湾诗史》等论著,它们各自以不同的角度、方法来描述有关地域文学的渊源背景、体貌特征、发展流变,或试图做出深一层的规律性探讨总结。然而此后的几十年间,相关的学术撰作一度趋于冷寂。直到 20 世纪 80 年代迄今,在对传统文化关注研究的热潮和地方文化意识觉醒强化的时代大背景上,地域文学史首先作为地方文化的一方重镇,而不是文学史学科的某个分支,才受到重视,初步呈现出相对繁荣的局面。之所以要这样说,是因为比较起已经出版了的千余种中国文学史而言,地域文学史的数量不仅很有限,问世的仅数十种,且其覆盖涉及的地域疆界也偏颇不全。更重要的,还在于无论分析、断代或历朝贯通总揽式,大多皆停滞在感性操作的层面,尚缺乏自觉学理意识笼罩下的规律性归纳升华,并且能反向地给具体实践予理念性的指导启示;其结构形态、关照角度、描述方式等,也仍然模仿沿袭传统的大而全的中国文学史,以至丢失、消泯了适合自己研究对象及独特学术目的要求的成熟应对范型。实际上,这种文本不丰、多实践探索而少抽象立论方面认知把握的普遍现象,也正是学科历史不长,处于起步阶段时所难以避免的。但是,它给未来的深入进展却留下很大的机会和空间,也极有可能生成为文学史学科的一个新的学术增长点。② 因此,我们所努力追求的,则是对学理观念、架构基础、研究方法等诸项基本原理的析论总结,以期借助某种内部逻辑性的揭示、解释,将地域文学史的撰作提升到学科的理

---

① 戴燕:《文学史的权利》,北京大学出版社 2002 年版,第 6 页。

② 参见朱德发:《建构地域文学史学及其范本——评〈山东文学通史〉》,《中华读书报》2003 年 12 月 7 日。

性层次和自觉高度,展现地域文学研究的普遍规律,并初步构建起科学、系统的地域文学史学理论,树立、强化其本体意识,以最终确认它的独特地位。

所以,首先必须明确的是地域文学史的定义:"主要说来,它是选择某一横断面的地域板块为空间架构范围,以纵向历时性的诸创作现象为流变脉络,兼纳时空两端,相共参比审视的一种研究方式。其目的则在于能够较全面、明晰地描述有关文学发展演变的复杂历程,并由之探讨、总括它不断消长盛衰的内在规律,以给出较为切实恰当的价值评判。"①那么,由之所延展、建立起来的地域文学史学,也就是以它的实践(编纂撰作)和学理(运作原理或基础理论)为关注内容、对象,经过分析、批评而获取认知,遂从感性叙说而提升为理性的抽象归纳、总结,得以创建为学科。不过,如前面提及的颇异于一般现代意义上的中国文学史那样,已历经百余年的酝酿演进,已积聚着繁星般的盛多文本与丰厚的个案史纂经验,然后才着手文学史学的学理建设的情形;而现在地域文学史学所面对的却是文本——包括实践与学理两端同步架构互动的新兴学科类型,故而于现在的草创阶段,或许更多了些形而上的推导成分和向母学科借鉴、"拿来"的色彩。

其次,则是地域文学史无疑归属在"文学史"的大范围内,有关的承载内容、建构范型、编纂程式方法等,向来就是丰富繁采、不拘一格的;但是,其基本因素却决定于文学史家对文学本质特征和价值取向的理解认定,在于他的文学观念和文学史观念。20世纪以来的百年间,中国文学史范型已经出现过三次较大的变化,而它们转变的动因却是由于西方文学理论的输入及日渐强化的影响力的推动作用,遂使得"文学史家的观念由传统向现代、由泛杂向科学演变"。② 具体到地域文学史,当然也遵循着这条由杂而纯的进化顺序。不过,这却并非亦步亦趋。因为虽然是一个分支学科或子系统,但它决不等同于中国文学史整体建构里的某一部件,或者按照比例缩小的微型仿造物,可以按图索骥式的移植套用。那实质性的原因即在于地域文学史拥载着自我的独特演进过程、结构形态、发展规律和价值指向。其终极学术关怀具有十分强烈的、一般不重复的地域特殊性,或者说是地方特色。

---

① 乔力、李少群主编:《山东文学通史》(上卷),山东教育出版社2002年版,第1页。

② 参见董乃斌:《论文学史范型的新变——兼评傅璇琮主编的〈唐五代文学编年史〉》,《文学遗产》2000年第5期。

　　这种特色或特殊性的核心表现形式有以下两个方面：在不同的历史时段里并不与整个中国文学的演进发展行程趋同，或行程一致的极度不平衡现象；独具的地域性质随着中国社会政治经济、人文环境与文学主流的演变进展而由强转弱、渐次消解的复杂性。

　　先说第一方面。中华民族发祥并在初期主要活动于中国北方的中原地区，公元前6世纪编集的《诗经》中所收录的十五国《风》，也基本都是北方民歌，只边缘地带触及长江、汉水流域的楚国领域，当时的中原诸夏却将之视为蛮夷。固然含有浓重的歧视排斥色彩，但其时江南的广大地区尚未开发，经济、文化上整体落后于中原各国，确也是不争的事实。此格局历秦汉而及三国魏，并无根本性改变。直到西晋末五胡称雄据主中原，东晋建国于建业，中国历史上第一次出现长时期南北政权对峙、隔江分治的格局，遂给江南提供了难得的发展机遇，使之得以乘时迅速崛起。而南朝文学亦异常繁荣，江南文士的作品便被北朝朝野普遍奉为学习仿拟的楷模典范。一般说来，相关大的社会历史文化环境条件的差别，对于地域文学的发展虽然会产生一定影响，但却并未形成直接对应型的线性关系；它们只能再与文学自身的诸因素交织重叠，才最终表现出双重不平衡的典型现象。除了上举全国性的南北事例外，如将界域缩小至某个省区，则更为凸显。如在中国文学史上向称极巅的唐代，河南竟有一长串光辉名字并彰于诗坛：宋之问、沈佺期、李颀、崔颢、杜甫、元结、韩翃、李贺、韩愈、王建、元稹、刘禹锡、张祜、姚合、李商隐等，他们使地域文学史的这个时段辉煌无比。然而同期间的山东，仅兖州人（一说为润州延陵，即今江苏金坛）储光羲属于名气稍高的山水田园派诗人，全省余者皆无足多道——两个地域的文学实不堪比对较论。即就同一省区言之，山东在"杂文学"的先秦时代，便产生了一批文化文学元典：如《诗经》里的《齐风》、《曹风》、《鲁颂》，它们与《论语》、《孟子》、《左传》、《国语》、《晏子春秋》等诸子、史传散文作品，成为中国传统文化的源头，标志着山东文学的辉煌肇端。但此后的两汉、魏晋南北朝至唐，却是漫长的低潮，虽曾间歇式地出现过少许优秀文学家，也只如零落寒星闪烁在浩渺无垠的天空，尚不足以支撑起整体的繁荣。经过这个缓慢发展的阶段，殆及北宋至南宋前期，才迎来它第一次真正文学意义上的高潮。待至明中叶至清初，又出现雅俗共举、全面兴盛的第二次高潮。20世纪最后20年，山东文学又以其独特的地域胜境和浓厚的人文色彩，臻达其3000年悠久历史上的第三次高潮。① 又如同属华东大区、面海环山而与山东各居北南两端的福建,因为地理形式封闭,上古及中古前期均人口稀少,经济文化落后,故唐代以前实无闽籍文学家可言。旧谓先秦诗、汉赋、六朝骈文、元曲、明清小说等"一代文体之盛"者,福建都无从谈起。唯独诗词则大不然,两宋时期异军突起、骤盛勃兴,如杨亿、柳永、蔡襄、李纲、张元干、刘克庄、严羽、谢翱、郑思肖等名家相继辉映;且与晚清的林昌彝、陈宝琛、郑孝胥、陈衍、林纾等共称福建文学的两个繁荣阶段,再加上更带显著地方特色的明代闽中诗派,都在中国诗词或文学批评史里占一席之地。②

以上所论清晰例证了地域文学史相互之间和它们自身演进发展的极度不平衡特征。其中普遍存在着不同程度的"断档"及高低潮落差现象——这就颇异于中国文学史,无论全面或某些文体,在每个时段、朝代,总能产生若干佳作精品,出现数量多少不等的大家名家,一直贯通着其全部运行历程。统言之,只要置放于中国文学整体性时空大格局里,给以宏观的审视比较,便会看到地域文学只能是在某个历史时期内,间断式出现繁荣发达景象,跳跃、不规则地高耸出个别或批量的文学家,而绝非代代相接续的均衡分配。至于那些代不乏人、纷纷涌现充溢的,只不过是些颇为平庸的末流小家。他们的许多作品艺术性低下、缺乏审美价值和自觉创新意识,虽然数量浩繁,却缺少生命激扬力。所以,这类浩如烟海的文学文化遗存,固然是取用不竭的资料渊薮;但换一种眼光来看,也可能变成为"包袱"。其积极意义和负面作用也是在融合渗透、依附共存而互为转换,需要依据现代发现再予以重新认知整合。

再说第二方面。地域文学史首要关注的,是有关文学活动和文学现象中所铭刻浸染着的地域印痕,而其普遍性的意义指向,也往往需要借助地域性特征去作表达。文学的地域性特征通常是以它那独特的文化功用和美学价值为标志,这主要包括作品里所描述的地域自然背景、社会历史文化传统、人文习俗等内容与表层显露的审美风貌、深层贯通的艺术精神。但同样不能忽略的是地域文学所具有的文化共通性特征,以及所接受的文化共通性的制约、影响,即一定时段内的地理风土、经济状况、国家政治格局与民族

---

① 参见乔力、李少群主编:《山东文学通史·总论》,山东教育出版社 2002 年版。
② 参见陈庆元:《福建文学发展史·绪论》,福建人民出版社 1996 年版。

文化心理结构,以及文学自身主流走向的张力辐射作用。随着它们的发展变化,地域文学当然也不可能一成不变,故而在整体趋势上,呈现由浓重滞重转向为开放乃至消解的漫长流动过程。具体而言,自然风土环境属于原初性的,先于人类存在,它对于生产水平非常低下、经济文化极端落后、交通较难的上古先民负面影响最大,甚至相当程度上局限了其生存方式及审美观念的选择。不过,这种封闭性却也使地域文学的独特性得以保存传承,具有着强烈的自足性和对异质文化的足够排斥力。以后因为生产力的迅速提高与文明的不断进步发展,其他社会诸方面的后天条件因素渗入,产生影响意义并持续强化,乃至汇成为一种相互关联交迭、混杂融合的局面,最终起到具有压倒性而主导控制的作用。当然,这中间也经历了十分漫长、多有变迁反复的曲折过程,但社会历史大势是日益开明,各不同地域之间的交流互动日益频繁密切起来。尤其是经济、政治、文化愈发达,占中枢位置的地域,如长安、洛阳、汴都、临安等京城及附近“畿辅”地带,黄河中下游与江南沿湖海的江浙区域,就表现得越发显著超前。它们造成的直接结果便是各不同区域间的融合渗透加速加剧,而其原先独具的社会人文传统、民风俗尚等地方特色被渐次解构,最终趋于同化。如先秦时期,植根于西北黄土高原上的周人,缘由自然地理环境之便利,故在岐山下立国,选择农业为最基本的生产方式。反映到文学上,经典之制就是《诗·豳风》中的以农事——四季农业生产和农民生活为主题内容的洋洋大篇《七月》,真实细致地表述了他们的生存状态、情感倾向与理想追求。而偏处东陲的齐地则不然了,由于濒临海疆、人口稀疏,土地瘠薄,不利于发展农耕,却方便渔猎,是以民风强悍,有异于周人的质朴廉敬、安土重迁。故《诗·齐风》11篇中,有三篇直接描写畋猎活动和刻画猎人风姿,却并无以农事为主要叙说对象的作品。自秦以后,建立其统一的大帝国,多元化的地域文化逐渐被消化融合而形成为整体性的中华文化,具有形形色色独特性的地域文学的存在发展空间也逐渐被压缩甚至丧失,导致其自足性严重缺失乃至不复存在,而共通性的一面则取而代之,占主导地位。自然,这只能对主流趋向与整体而言,因为既有时间过程的漫长、复叠性,具体情形也更是多存歧异,无法一概而论。但一般来看,愈是自然经济地理环境较为闭塞、文明进度相对滞后的地域,反倒能够较多较好地保存固守着自我的地方特征与文化色调,给予地域文学以较为坚实、深厚的立足基础,凸显出更加浓郁的地方风情特征。如何发现认识这些复杂变化的现象,给出辨析和客观描述,做出恰当适度的总结评价,是地域文学史不容忽视的问题和它那宏大学术"叙事"的逻辑起点。

其实,地域文化是一种包纳了多样因素条件的庞杂系统。某些人文精神、价值观念及民俗风习沉积在人们的心理结构深层,凝定成为相对稳固的传统,对文学更有持久深刻的影响作用。如山东文学几千年来始终贯注着一种社会群体关怀为主流的高度责任意识,正是根源于孔子儒家思想。尽管也间或有取于释、道,但却总是被统摄到儒家学说的笼罩中,它们从来未曾占据过主导位置。山东文学家往往对社会现实积极参与,执著于志向抱负的诉求,故此就特别注重文学"载道明志"和政治教化的功利性价值取向,在寄托于文学的显示超越的审美特质的同时,又使之兼纳了普遍实际行为层面的涵义。从古代王粲的伤时念乱、王禹偁的痛慨朝政流弊、辛弃疾的志存光复中原,直到当代"鲁军"作家群表现出的深沉忧患感和坚守道德理性与现实实践的品格,并与中国现代化同一进程的价值诉求的普遍地域特色,也都是一以贯之,并不断充实丰富以新的时代内容,使之勃发出生命张扬力。其他如山西文学纯朴、豪放、苍郁、直情的人文特色和艺术风格面貌,湖南文学整体上的重视政治功利、强调社会民族使命感与莽勇倔傲的文化品格,乃及20世纪的海派文学和京派小说的人生关怀取向、美学理想的差异等,都可以对此覆按例证。

最后是地域文学的共通性特征,并非单向被动接受式形态,而另具备双向互动的一面。当处在适宜的时代与社会文化环境中,地域文学甚至能够突破边缘一隅的局限,影响扩大到中国文学全局,融入或导引着某个历史阶段的文学主流。最有典型意义的当推晚唐五代的新兴音乐文学词,它产生了两个创作中心即西蜀和南唐。入宋后,词臻达极盛局面,向与唐诗、元曲并称一代文学之盛观。而花间词、南唐词也被尊奉为文体经典,开宗立派,对宋词以及以后元明清三代的风格流派都造成了异常深刻久远的影响。又如金院本在元代演进为杂剧,它原先只是北方的戏曲种类,元统一江南,便也广为流传开来,遂跃居成统领全国的主流艺术形式。类似的例子不烦遍举,而这中间实际上有着外在的社会政治经济和深层的文化文学原因,十分复杂,仅提出其现象以供文学史家关注而已。

第二节 地域文学史学的架构基础与范畴界定

对于拥载现代意义的学术体裁——文学史而言,尽管包纳着诸如通史、断代史、类别史、分体史、专题史等一系列多元化的含义,但却具有学科的共同追求目标:即于外部社会文化环境的关照中,复原文学的真实生存状况,把握住它识别自我的文化标记及相互间交流影响的复杂性,而并非只是一般政治经济、意识形态和风物民俗的平面铺陈举例;同时着眼、立足在文学本体,就那些已然存留的过去文学现象的考辨清理、分析编排,进一步描述出其时空间曲折变化的运动流程,给予意义阐释与价值认定。不过,上述只是就共通性来看,其实,各样专门别类的文学史总是建立在它自己的、带有相对独立性的架构基础之上,有关的关注对象、表述内容通常也被局囿到一定的范畴界限之内。至于同样是文学史的一个分支学科或子系统的地域文学史,因为还正当初起阶段,所以也很难避免文本不丰、多感性随机式探索而缺乏成熟理性的归纳提升的局面,以至造成实践运作中的一些混杂偏颇缺憾。所以,就更加需要前瞻性的自觉本体意识,通过谨严、缜密而科学的目光对其架构基础和范畴界限作出原理性论说,从学术操作程序上确认具体内涵、取舍准杂等前提性问题。

第一是空间维度,即具体性区界范围的明确认定。由于这涉及地域文学史的立足之根本,所以是必须首先清晰的一个概念。对此,如若从横向层面来看,它其实载具着多样化的指向并涵盖了多种的面积容量:假设以自然地理的角度言之,就有东北、华北大平原,三江、怒江、长江流域,东南、华南沿海,珠江三角洲地区,等等不一;或者是基于某些相互类同近似的价值观念,因而在部分的社会群体间达成了共识而约定俗成的,则如黄河文化带、环渤海经济圈、辽沈工业基地、某科技开发区之类。但是,这里所特别侧重的当属于一种含纳包容着浓重厚实的人文意蕴,并且与文学有紧密关系而交融互动的那些区域称谓,像燕赵、齐鲁、关东、中州、西北、荆楚、吴越、粤闽……皆可备一说以供参考,而且实际上也已经出现面世了若干种以此为范围界限的地域性文学史论著。

不过,一旦从兼融协调"文学"和"地域"这两者的有机共建,并能够方便实践性的运作编撰的角度上考虑的话,那么,上述的几种,尤其是自然地理与类同价值观念为准基的范围界划的前两种方法，就明显呈现出同文学的学科内涵相距过为遥远的缺憾，故是如选取来用作地域文学史的包容外壳和承载基体，委实太失之于勉强、脆弱；而后一种偏注到人文——文化内蕴意味的方法，则因为其带有较大随机任意性质，往往过分笼统庞杂，很不易明晰谨严认定辨析，以致造成了先在式的缺陷不足。但作为学科的地域文学史所要求、需要的，却是那种既能够获得悠久历史的认同，同时也相对稳定、且大小较为适度的空间范围概念——我们这里主要便是指向行政区划的"省"。须知回溯起来，在中国，"省"作为政权行政管理的一个地域单位，而不是某封建王朝中央政府结构格局里的某职能部门，它的正式出现已经经历了七百多年的漫长岁月；而一旦划定确立，它的区界范畴也未曾出现过太大幅度与过为频繁的变化改动。某些行政区域，如山东省、四川省，基本上分别包括了春秋战国或秦汉时期的齐、鲁或巴、蜀等国的旧有属地，齐鲁、巴蜀(或再简略成鲁、蜀)也一直都是山东、四川的"省"的范畴概念的代称，若算起来，直可追及两三千年的久远时间行程了。

即使到了现代，"省"依然也是中国一级行政中的主体构成部分。虽然因为时间过为悠长、历代政权更替代易频仍等缘故，遂致使某些行政区划不断分割、合并，乃或撤销、新设，造成了比较复杂的变化情况。但是，就一般普遍的存在情形而言，它们的"省"的基本地域却依然得以存留并且延续下来。例如西周初期，成王分封的诸侯国晋，在最强盛时的疆域约据占今山西省大部分与河北省西南部、河南省北部及陕西省之一隅。虽说与公元前4世纪中叶被韩、赵、魏三姓分裂为三国，但核心和本原的山西省仍历来称名晋。再有元代始置设的湖广行省，周边所辖境地于明、清二代屡曾变动，但基础部分则一直是今湖北、湖南两省。其他像晚清光绪年间初建省的台湾，20世纪末叶始设省的海南，在称省之前早已经是一个被历史认同的单独地域概念，即称之为"台湾府"、"海南行政区"，故后来二者也只不过是区域升格、省级政府另立，却绝非地域的变更变动；至于它们原先所隶属的福建与广东，尽管一部分地域被缩减，但是，原来作为"省"的一级区政也未曾改变。所以，据上述情形来看，选择、认定"省"作为地域文学史的承载体，即架构基础或区界范畴，相对说是较为适当适度的，而目前已经出版面世的几十种地域文学史著作，也绝大多数取"省"为论述对象，恰恰说明、支持了这种认知的充分可行性。

　　当然,事情也并不总是绝对一律的,还存在某些特殊现象,最典型者莫如东北三省。无论从自然地理方面说,还是历史上行政区划的分合变化,如一度曾为九省,但其作为"东北"的整体区域概念都是一致的。若再追溯民族渊源,东北是女真族及其后裔满族的发祥地,它们曾先后于中国北方和全国建立金与清两个封建王朝,维持政权长达几个世纪之久;汉族人则大多是陆陆续续从关内迁徙过去的,经历了漫长的时间过程。不过,更重要的还在于人文传统、风习民情,乃至经济生产等,东北各省联系紧密,呈现出浓厚的共通性形态,远远超越了相互间的差别。以上多种条件综合作用,实际上共同构成为一个独具特色的大文化区块,有异于内地的齐鲁、中原、江东以及西北、西南等地区。这些因素,不能不反映到文学上来,或显或隐地影响着变化演进的流程,故基础于东北的整体概念上的地域文学史的产生,就是水到渠成的必然现象。

　　第二是创作主体,即作家的界定。无待赘言,本属籍贯的作家及其文学活动是地域文学史的当然内容,是它学术视野内的主要关注对象。如陈留尉氏(今属河南)人阮籍,吴兴武康(今浙江德清)人沈约,江苏昆山人梁辰鱼、顾炎武,广东番禺人屈大均、顺德人陈恭尹,各自分别在河南、浙江、江苏、广东等省的地域文学史里被论述评析,应毫无疑义。不过,这种乍看起来整齐规范、颇为简单归一的准则,如果细究起来,在实际运作时却有一些隐性缺陷。比较突出而最具代表性的事例,是中国历史上长期南北分裂、隔江而治的南北朝和两宋时段。西晋"永嘉之乱"后,胡族政权统治着北方,衣冠南度,中原士子一般已无缘再涉足乡梓旧地。有的世家大族子弟,像陈郡阳夏(今河南太康)人谢灵运、谢庄、谢朓,琅琊临沂(今属山东)人王羲之、颜延之、王融等,皆终生生活于江南的水温山软处;南宋时祖籍山东济南、后世流寓吴兴(今浙江吴兴)的周密,也同样从来未曾践履过北方故乡——他们的文学创作活动,都自然与籍贯所在地并无关涉了。即使情况稍异的济南历城人辛弃疾,恰值生当金人入侵、宋室南迁的北南宋过渡期。他先在金朝谋功名未就,旋又参加抗金的农民军,失败后于 27 岁只身渡江南下,遂从此终老于江南。虽然他一直眷念故土,志在光复中原,且屡屡诉之于笔墨,但是作为一代词家,其在故乡时不曾有只言片语的文学作品,所有的文学活动均发生在南渡以后。就普遍情形而言之,这些世居江南的北方籍文学家,一般说来与原先的故土的认同感早已被消磨掉。由于年代悠久,于其心目中,无论感性还是理性,皆自视为南人,与南朝的历史文化、风习人情紧密融汇作一体。甚至当之被迫滞留北朝时际,作品中所抒发的深挚乡关之思,家国之痛,所指向目标依旧是南朝。如萧梁朝的王褒,中年时历经战乱,出使北周以国亡不得南归。"王子渊(王褒字)羁迹宇文,宠班朝右。及周汝南自陈来聘,赠诗致书,汉节楚冠,凄凉在念。又言览九仙、怀五岳,有飘摇遗世之感。盖外縻周爵,而情切土风,流离寄叹,亦徐孝穆之报尹义尚,庾子山之哀江南也"(明张溥《汉魏六朝百三家集题辞·王司空集》),便典型性地说明了这种情状。至于前面提到的周密,因其身世与所处时代的特殊性,在地域文学史中的地域归属问题稍微复杂一些。具体说来,他生活于宋元易代之际。前半生仕于南宋,曾为临安府幕属,监和济药局,充奉礼节、监丰储仓、义乌令;元兵南下,端宗景炎二年(1277 年)弁阳家破,周密始离开吴兴,遂终老于杭州。尽管后半生在元朝统治下度过了约二十年左右,却持气节而不仕于元。他自号四水潜夫、弁阳老人、弁阳啸翁,同时并自署为齐人、华不注山人,似乎又是山东人了。关于此端,元人戴表元为其笔记名著《齐东野语》所撰作的"序"中说明了缘由:"《齐东野语》者,吴兴周子自名其所编书也。周子,吴人,而名其书齐语,何也?……周子曰:我自实其为齐非也;然客谓我非齐,亦非也。我家曾大父中丞公(周密)实自齐迁吴,即今四世,于吴为家。先公(周晋)尝言:'我虽居矣,心未尝一饭不在齐也。'岂其子孙而遂忘齐哉!……古人有言:'人穷则反本。'若我者,今非穷乎?苟反其本,则当为齐。"所以,对于遥远北方的山东只不过属于一种感情兼想象中的归属、向往,那时所有已沦陷在异族铁蹄下的故国归土的象征与代表,交融渗透着易代兴亡的悲怆和夷夏之分的意义。而事实上,周密作品的艺术风格、审美旨趣无不流露着这种黍离之感,呈现出典型的江南凄咽邈渺的韵味情致。因之文学史上也向来将他作为南朝遗民词人论述,从不曾视之为北方作家。这就辩证性地合理解决了籍贯与地域相矛盾的问题。

综上种种所述者,可以说,作家的创作活动,固然是"情瞳胧而弥仙,物昭晰而互进;……笼天地于行内,挫万物于笔端"(陆机《文赋》),"积思游沧海,冥搜入洞天;神珠迷罔象,端玉匦雕镌"(廖融《谢翁宏以诗百篇见示》)),可以极力驰骋想象联想的能力,展示出无限的时空超越性,然而另一方面,他们也并非完全绝对的任兴随意。而是无论自觉或不自觉,都会受到社会群体与自我禀性学识、主观与客观等内外因素的制约,很难超越其生存处境和人生经历的潜在规定性。那么,这中间的一端,即作家身在的地域对他创作活动的影响也是绝不能忽略不顾的。或者说,文学史家无法脱离开特定的地域范畴——它的自然地理环境、社会经济环境、人文风习环境去孤立真空式地把握审视文学。据此而论,地域文学史范畴界定将把那些除却籍贯的纯先天自然性关连之外,与故乡祖籍再没有任何人生及文学因缘的作家们排除在自己的关注视野和论述内容之外,是一种严谨而符合规范的做法。虽然上述界定极可能使包括某些大家名家在内的故乡的乡梓文学减少许多光彩,但是我们别无选择。既然地域文学史是一种学术形式,属于科学性的学科,也就必须遵循从事实出发、实事求是的准则。

第三是客籍的创作主体在地域文学史中的归属。这是由于中国疆土宽广辽阔,省、甚至前述的地区的辖境却相当狭窄有限,作家们为了游学求知、赴考出仕、谋生立身,乃至观临风光、交友会文等,便需要周游四方,不断迁徙流转,以广增阅历见闻,当然很难长时期留滞甚或固定在故乡或某一个地方。其具体行迹既是千差万别,情形也颇复杂,但所表现出来的普遍性是,在上古文化闭塞、经济落后的社会环境里流动比较少,流动范围也较小,而随着文明的发展演进,时代开放性越强、越宽松,周游就越成为风气潮流。他们纷纷"仗剑去国、辞亲远游,南穷苍梧,东涉溟海"(李白《上安州裴长史书》),举凡瀚海绝域、边塞弱水、名川大山、都会京师,无处不有众多文士奔径吟咏的身影,寄托着满腔热情和美好的理想追求……如屈原一生主要生活、仕宦在楚,诗歌创作也未离开荆湘故土之地;而盛唐诗人却以天下为家、漫游之风特盛,王维、高适、岑参等从军远赴塞外大漠,佳作妙什就因之感兴涌生,绝不会只凝聚在某一方。另又像同为蜀人,李白后来十年寓家任城(今山东济宁);苏轼曾一度分知登州(今山东蓬莱)、密州(今山东诸城),前次仅七日便去职,后者居官长达两载。但是,无论留居的当时或离去之后,他们都不乏记叙、抒写、忆念这段人生与地方风习土俗、交游遭际的诗词文章。上述等类的事例,实触目多见,举不胜举。这些,都与相关地域的文学关涉甚深,形成为互动,彼此作双向的浸润影响。故而依据作家于某处生活经历过一段时期,并留下有相关作品的实际情况,即应该将之纳进地域文学史的范畴,以便描述、评析其在地域文学发展历程中的表现形态、作用和地域的文化文学在他创作道路的演进流变中镌刻下的印痕。

第四是创作载体,即文学作品的选择界定。这里其实是一个先在性的类别、范围的取舍,是对于某些作品的题材、内容取向重点与地域关系的确认。它主要是指作品里所表现、描述的对象多为关于某特定地域的自然风物、历史人文掌故、文化传统,乃至其间的社会生活场景、人物活动和情节演变发展过程等,也都主要发生形成于这个范围、区界里,从而使之通体弥漫着浓郁厚重的地方乡土气息与民俗风味。一般说来,这些是构建作品独特的内质和格调氛围的必要因素,并进而显现了文学的突出地域性特征,成为文学民族化的重要标记,具载有独特的审美价值、艺术精神及文化功用。但是,这种类型的某些作品,由于年代久远或其他多方面复杂原因,造成了作者不明及失传的无主名现象;还有的就是作者身份、籍贯所属虽然很明确,不过却与作品中的地域背景无多关系,甚至都从来未曾生活涉足过那个地方——恰正是它们的上述独特情况,使之与前文中第二、第三两类作家们的同类作品区分开来,必须单独作为一项设立提出,成为地域文学史范畴界定内的重要内容,不宜相互混淆。

具体地看,前者如长篇白话小说里署名为"兰陵笑笑生"的《金瓶梅》和署名作"西周生"的《醒世姻缘传》,虽说作者的真实姓名身份的认定,至今仍为学术界聚讼纷纭、迄无定论,如关于《金瓶梅》一书的作者竟然多达六十余种说法,其中较流行的为江苏太仓人王世贞、山东章丘(今属济南)人李开先、山东峄县(今属山东枣庄)人贾三近、浙江鄞县人屠隆、浙江山阴(今浙江绍兴)人徐渭等等,似乎都言之凿凿,理据兼全,实教人无所适从。但两书讲述的故事大多分别以山东阳谷为主要背景和以山东武城、章丘为主要背景,并大量使用当地的俗语方言,字里行间浸染充溢着浓郁醇厚的地方风情特色。

后者则如元、明两代的一部分"水浒戏",尤其是世传籍贯为钱塘(今浙江杭州)或淮安(今属江苏)人的施耐庵所著,以及另题作"施耐庵集撰、罗贯中(或说祖籍山西太原,长期生活活动于江苏苏州一带与浙江杭州)编次"的《水浒传》,它向被推许为中国英雄传奇小说的楷模和巅峰之制。虽然作者本人与山东地方无甚渊源或行迹可论,但是,水浒故事的情节生发演进、人物活动中心地点的水泊梁山,却多在今鲁西南一带,故而毋庸烦言,依照地域文学史架构基础与范畴界定的理论运作规范,以及实际编撰经验来看,水浒故事系列的所有相关作品,自然毫无疑问地都将归属于山东文学史的重头研究、析论题目中。

只不过这里需要顺便阐明一下的问题是,以上第四项依据作品描写表现内容的空间环境指向,以此作为地域文学史述论对象的取舍准则的意见,一般来说,只能够在戏曲、小说等篇幅较长、字数浩繁且包容量也较大的叙事类型的文学样式上,才获得充分表达展示,并不常泛滥、扩张到诗歌、词、散文等那些相对短小,篇幅字数皆很有限的体式上。因为后一类作品或制作数量既繁多庞杂,举凡抒情、叙述、议论说理,或实用性、审美性等无不具备,无所不包,且质量或艺术水准的有关方面也是参差不等。更重要的是,在有限的内容空间中不可能提供清晰可辨的地方风情特色,因此也不可能准确地进行选择界定。

第二章　关于齐鲁文学形态演变与文化内质研究的原理性思考

第一节　齐鲁文学的地域文化渊源

地域文学及其固有特征的产生根源,除了自然地理环境、气候物产、种族、时代等因素外,其特定区域的文化和久远的文化精神传统,也起了非常重要的作用。正如有学者所指出的"文化是由外显和内隐的行为模式构成"的,而"文化的核心部分是传统(即历史地获得和选择的)观念,尤其是它们所带的价值。"①我们今天所讲的地域文化,是区别于其他地域的稳定的、有特色的、由经济文化互动形成的独特的情感形式和价值观念的文化圈,它必然以其特有的动态结构模式,浸润和渗透到生长于本地域的作家的文化心理结构中,而世代传承的、积淀在人意识深层的文化传统,对于地域作家无疑起着内在的、决定性的影响。

山东自古被称为齐鲁之邦,齐鲁文化,是中国有着最悠久、宏博历史的地域文化,是伟大中华民族文化形成的重要基础。在中华版图上,齐鲁大地位于华北、华东地区的结合部,东部临海,西部田野连壤,为华北大平原的一部分,中部多丘陵地带。这里气候温和,物产丰饶。河道纵横,湖泊棋布,更有雄视五岳的泰山,奔腾入海的黄河,自然环境丰美开阔。考古发掘大量的史前文化遗存证明,从新石器时代到商周时期以前,今山东地区及其周围一带,聚集居住着东夷族人。据上古神话传说和《孟子·离娄》中记载,虞舜即是东夷人早期的首领。山东济南、巨野、㴲水等地流传至今的"舜耕历山"、大舜治水、娥姜水等等遗迹与传说,便是早期东夷文化的代表。作为东方文明最早的发源地之一,东夷人善畜牧、制刑、弓矢,曾创造了很高水准

---

① 傅铿:《文化:人类的镜子——西方文化理论导引》,上海人民出版社 1990 年版,第 21 页。

的远古文化和地域文化。夏商时期，山东一带都属于夏商王朝的辖地，东夷文化与夏商文化进一步交融，形成了齐鲁文化的早期源头。至周朝建国后封诸侯国，姜太公尚（子牙）封于齐，都营丘（今山东淄博临淄一带）；辅佐周成王的周公封于鲁，都曲阜，实际由其长子伯禽代为执政。由此出现了齐、鲁两国，齐鲁后来便成为山东的代称。从西周到春秋时期，有着不同地理风貌和自然经济条件的齐、鲁两国，在其统治者不同的治国方略下，遂分别形成了各具特点的齐、鲁两种地域文化。齐地东面濒海，从地理形貌和物产方面来说，齐文化兼具畜牧文化、农业文化和渔业文化的特点。同时齐君姜太公的治国策略也是因地制宜，开放而变通。《史记·齐太公世家》记载："太公至国修政，因其俗，简其礼，通商工之业，便渔盐之利，而人民多归齐，齐为大国。"齐国在经济上突破了单一的农耕模式，鼓励本地居民与其他诸侯国商贸往来流通，《管子·轻重乙》中记载："为诸侯之商贾立客舍，一乘者食，三乘者有刍菽，五乘者有伍养。"是说齐国根据其他诸侯国来进行商贸活动的人员车乘、贸易规模的大小，而给予不同的优惠待遇，就这样以种种政策吸引商人到齐国贸易，于是致"天下商贾归齐者若流水。"齐国在政治军事上则尊贤尚功，并积极、开明地对待和吸收其他文化，对原住地的东夷文化也有较多的保留。到了春秋战国时期，齐国不仅以经济发展和军力强盛而称雄于各诸侯国，在文化方面也极为活跃。专门设立了稷下学宫，集中了儒家、道家、法家、墨家、阴阳学等各地各门派的学者到此来讲学、互相辩难、互相切磋交流，形成了文化上空前的百家争鸣繁盛局面。它也标志了齐文化与鲁文化的交融，后期儒家代表人物荀子，就曾长期活跃于稷下学宫。所以后来稷下学宫被称为中国文化史上第一次思想大交流和大开放的场所，它给后世文化留下了极其深刻久远的影响。因上述种种，我们说务实、开放、变通和兼容性强，即是八百年齐文化形成的主要传统精神特征。

执掌鲁国的周公，是周武王之弟，武王即位不久后去世，周公即辅佐武王之子周成王，因此周公实际是周王朝地位很高的统治者。《史记·鲁周公世家》中记载："成王乃命鲁得郊祭文王，鲁有天子礼乐。"享有天子礼仪的鲁君对鲁地"变其俗，革其礼"，用周宗文化去改造原有的东夷文化，又因为鲁国完备地保有周朝的礼器法物和文物典籍，所以《左传·昭公二年》里有"周礼尽在鲁矣"的记录。鲁国实际成为宗周王朝在东方的代表。正是由于鲁国在政治上和正统文化上的优越地位，在这里形成了早期的儒学、墨学,产生了孔子、墨子、孟子等一代伟大的文化先哲。《史记·货殖列传》中述鲁地开阔肥沃,"宜五谷桑麻六畜","邹鲁滨洙、泗,犹有周公遗风,俗好儒,备于礼,——鲁人俗俭啬",反映了鲁地人民正统、朴直、勤俭的特点,而对周王朝宗法制度的继承,和来自孔子、孟子思想体系的重视传统、恪守礼乐,"亲亲尚恩",崇尚仁义,及《汉书·地理志》里所说的"其好学尤愈于它俗"等,即是鲁文化的基本特征。

　　上述所说的齐文化和鲁文化,指的便是先秦至两汉时期的齐、鲁两地的地域文化。齐文化的代表人物是管仲、晏婴,鲁文化的代表人物是孔子、孟子和荀子。齐文化和鲁文化都是从东夷文化融合夏、商、周文化发展而来,它们之间有着明显的差别,也有相近和相通之处。如有学者针对它们各自的特点指出:"鲁文化比较注重对古代文化的传承,注重亲情,讲究道德,表现出因循保守的倾向,……齐文化则比较注重变通,崇势尚智,重法轻德,表现出开放变革的倾向","鲁重视教育,崇尚道德,注重个体人格修养与人生的高尚追求,可称作'尚德'型文化;齐重视法治,崇尚势力,注重智谋与机巧,可称为'尚法'型文化。"①而其在义理和精神方面的相近相通之处,则奠定了它们在发展中相互融合的基础。具体来讲,首先是尚仁、重民的观念。管仲在《管子·霸言》篇中说:"夫霸王之所始也,以人为本。本理则国固,本乱则国危。……亲仁则上不危,任贤则诸侯服。霸王之道,德义胜之,智谋胜之"。这里明确提出了以人为本的民本思想。孔子称赞管子为仁者,他在《论语·颜渊》中提出仁者,即"爱人",爱人之道是"推己及人",管理国家则应该"节用而爱民,使民以时"。孔子的仁道是人文主义的价值理想。孔子以"仁"解"礼",从而把"礼"由社会外在性指令化解、发展为人的内在性需求。同时他坚持讲"以己不欲,勿施于人"的"忠恕之道",将"仁"贯彻到日常生活和伦理感情之中,既含有超越世俗层面的终极性价值,又有着很强的现实践履性。孟子继承了孔子的亲人重民思想,《孟子·尽心》中说:"亲亲而仁民,仁民而爱物","民为贵,社稷次之,君为轻。"从中则反映了民本观念的发展。又说"仁者也,人也;合而言之,道也。"说明了"仁"即是人道,提倡文人"仁义内在","得志,泽加于民;不

---

　　① 李伯奇:《也谈齐鲁文化与齐鲁文化精神》,《管子学刊》1999 年第 4 期。

得志,修身见于世。穷则独善其身,达则兼善天下"。① 就是要追求做人的真理和坚持远大志向。

再是关于崇德、重义。管子认为霸王之业要依靠"德义"胜之,孔子提倡的是合乎道德的"仁政",强调"德化"对于政治的重要意义。《论语·述而》中说:"士志于道,据于德,依于仁,游于义"。他视合乎道德的行为为"义",重视"义"、"利"之辩,认为"义"是人在现实生活中道德的基准,说:"不义而富且贵,于我如浮云。"孟子更是重点强调"义",认为"德"要依靠个体的人来实现,《孟子·万章上》指出,作为统治者要做"仁人","德必若舜禹","义"则是实现"仁"的必由之路。《管子·牧民》篇强调了道德、顺应民心与治理国家的关系,提出"礼义廉耻"为国之"四维","四维不张,国乃灭亡。""政之所兴,在顺民心。"可见重视道德和义是齐文化、鲁文化共同的倾向

儒家学派的另一杰出代表荀子,久居齐国,曾三次担任稷下学宫"祭酒"。其思想学说以儒家为本,兼采道、法、名、墨各家之长,主张"隆礼重法"。他在《荀子·天论》和《儒效》等篇中,提出的发挥人的主观能动性,:"制天命而用之"的"天人观"和强调"行"高于"知"的认识论,"知之不若行之,学至于行之而止矣",继承和发扬了儒家学说重视人为、积极进取的精神,对当时和后世都产生了深刻的影响。

秦代中国大一统局面形成后,齐文化、鲁文化也逐步走向融合,后在文化史上就被统称为"齐鲁文化"。在两汉以前,作为一个历史概念的齐鲁地域文化,主要具有这样的特质:

一、尚仁、崇德、重义。

二、兼容并包的文化形态。

三、"非官方的正统性"。正如有学者指出的:"齐、鲁两地所共有的礼乐文化传统先天具有正统性和非官方性这两种特质。正统性,是因为其理论根基首先是齐鲁化了的宗周文化。非官方性,是因为这种正统性不是以官方传播统治者意志的形式,而是以民间文人传播高雅文化的形式实现的。其文化特质的形成,首先赖于齐鲁大地上私学教育的发达,其次是在私学基

---

① 《孟子·尽心上》,北京燕山出版社1995年版。

础上产生的民间学术派别和文人群体活动的弘扬和传播。"①

　　四、体现了"士'志于道'的古典人文精神。"②《战国策·齐策》记载，当年齐国稷下士子们"不争轻重尊卑贫富，而争于道。"孔子说"士志于道"，认为对"道"的追求胜于一切："朝闻道，夕死可矣。"③孟子则提倡弘大刚毅、坚定不移的气节情操，极为强调"道"的无上价值，崇尚死而后已、无所畏惧的任道精神："士穷不失义，达不失道"，"天下有道，以道殉身；天下无道，以身殉道。"④"居天下之广居，立天下之正位，行天下之大道。得志，与民由之，不得志，独行其道。富贵不能淫，贫贱不能移，威武不能屈。"⑤这种正义凛然、天下为公的强毅任道精神和崇高人格的标举，在岁月长河中，始终溢发着强大的民族精神魅力，鼓舞激励了我国历史上无数的仁人志士。

　　这种披肝沥胆、矢志不渝、百折不挠地追求"道"（真理）、追求持有"道"并无私地奉献于"道"的文化精神，正是齐鲁大地上最为突出的人文精神。这种精神，在历史巨轮的滚滚行进中，一直澎湃涌流在齐鲁文化血脉的深处，牢牢嵌入了齐鲁文人的文化心理结构。

第二节　本书的逻辑基点与研究目标

　　地域文学是民族文学的基本单元和重要构成部分。文学的地域性研究，是针对特定地域的地理域别形态和历史、经济等文化传统下产生的独特文学现象。透视、探察其生成背景、其展开与表现的方式与形态、演进规律等，并由此形成对民族文学整体生成、发展的某些具体形式和普遍性规律的映照与呈现。对这一总体价值目标而言，有着悠久璀璨历史和深厚文化积淀、又富于地域特点和民族特色的齐鲁文学，显然有着极突出的典型性和范型意义。地域文学的质地与风貌，从根本上讲是由文化所涵示的，而文化意义层面对地域文学发生影响的多重因素中，最重要的是世代传承、深入人们

---

　　①　魏健、贾振勇：《齐鲁文化特质及其演变复杂性的再认识》，《齐鲁学刊》2000 年第 3 期。

　　②　同上。

　　③　《论语·里仁》，北京燕山出版社 1995 年版。

　　④　《孟子·尽心》，北京燕山出版社 1995 年版。

　　⑤　《孟子·滕文公下》，北京燕山出版社 1995 年版。

心理和意识结构的文化与文化精神。同时地域文学所具有的特殊时空表征、地域差异及其发展阶段的不平衡性等这样一些本质特征,又使其同时涵纳了历史传统性与时代当下性、文化本土性和外来性、本体自在性与社会性等种种复杂的连接、消长与交错,使地域文学实际上呈现为一个自律与他律、地域性和共通性并存的众多因素交相作用的文化——文学生态系统。国内现有的地域文学研究,大致集中在两个方面,即一是对某一地方区域文学发展的历史做历时性的描述,像各种地域文学史的撰写;第二种是针对地域作家和地域文学创作进行的多种形式的专题性研究。这些,无疑为地域文学的研究开辟了疆域,积累了宝贵的经验和丰富的资料。只是前者属于文学历程线性的叙述和梳理,对于其中重要的文学阶段和文学现象,在历时性论述中难以做到横向展开和更深入地分析;后者则属于局部的研究,无法从比较宏观的角度给予全局性的把握。我们在本项课题中,根据地域文学发展流变的不平衡性的总体特点和文化——文学的互动生成原则,力求突破以往线性的、平面的叙述格局,围绕齐鲁文学的重要发展时期和重点文学现象,对其空间形态及生成因素作深入的探察,研究探讨其形态的演变及规律。具体来讲,是对齐鲁文学三千年历史的数次高潮期和具有典型意义的重要文学现象,采用古今贯通、时空交融的大文化视域框架,以文化传承和文化的"合力"作用为切入点,深入探察其共时性结构互动中的文学范式生成和历时性动态演进的内在精神与形式创新。对齐鲁文学的历史和现实内涵,其形态的内质和演变特征,形成其民族性的主要文化因素以及与中国总体文学的关系等,作立体的深入的考察和抉发,并由此鲜明地凸显中国文学发展中的地域文化支撑和民族文化个性,为文学的民族化建设和现实创作提供借鉴。

中国从汉代开始,以儒学为代表的齐鲁文化成为中华传统文化的主体,孔孟儒学则成为中国传统文化的主干。在长期的封建社会里,传统儒家学说在不断的变化中,已深深地渗入了中国的社会生活、民族的思想、心理等各个方面,影响至今,成为中华民族精神的重要内容。中国社会发展到了一定阶段,儒学被封建统治阶级的意识所框囿甚至异化,从而成为封建君主制度的思想理论体系和政治伦理工具。而齐鲁文化作为地域文化,如前所述,其本来就具有"正统性"和"非官方性"这样一种双重特质,一直有着非常深厚的民间土壤,也一直显豁地存在着大传统和小传统的互动与互生。齐鲁文化原初观念中一些可贵的思想理念,如民本观念、悯农意识、体现了道德节义的人道精神、积极有为和兼容变通的思维方式等等,在一代代文人的长期传播中,在齐鲁大地水深土厚的民间生活滋养下,始终以一种鲜明而独特的地域文化精神、独有的浓厚的文化气质,深深地沉积在这方土地上人们的心理、性情、知识结构和生活习俗中。加上地理环境、自然条件和物产经济等因素,这一切对地方人才的养成、对区域文化的创造与繁荣发展,都有着内源性的、不可忽视的影响。从文学艺术领域来说,齐鲁自古出俊杰,可谓高峰迭现,代有名家。历代重要作家作品中多有时代大家,出现了大批开时代风气的宏篇伟著,或为某种文学思潮、文学体式或艺术风格的开创者、推动引领者。如王粲、左思、李清照、辛弃疾、晁补之、王士禛、李攀龙、孔尚任、蒲松龄;如杨振声、王统照、臧克家、李广田、杨朔、刘知侠、冯德英、孔孚、纪宇、王鼎均、王润滋、张炜、莫言、尤凤伟、李存葆、刘玉堂等。如《水浒传》、《金瓶梅》、《醒世因缘传》、《聊斋志异》等小说。还有一些特色非常突出的创作群体和地域文学现象,如建安文学中的山东作家群,明代的族群作家,元代的东平戏曲重镇,清代的济南诗派,20世纪30年代和新时期的乡土文学创作等等,都是地域文化与文学互动的显在范例。之所以取得了这些辉煌的文学成就,其原因固然是多方面的,但地域文化——齐鲁文化内核对本地作家及文学的文化品格、艺术精神,甚至作品的审美指向、艺术风貌的孕育和形成等等,都显然有着根脉相连、千丝万缕的联系,起了不容忽略的作用。探究历史久远的齐鲁文化,在不同的社会历史年代——无论是作为具有领先优势的文化,还是像现代"五四"以后一段时期内基本作为具隐性功能的文化,对于齐鲁文学乃至对中国文学的重要影响,即可以从这个侧面,在相当程度上揭示出齐鲁文学历史上多次发生的对于中国文坛的开拓、引领作用和创新现象的深层缘由所在。同时,这也正是齐鲁文学作为中国地域文学范型的根本独特性所在。这一理念,可以说也是我们探讨齐鲁文学与中国整体文学关系的一个具体切入点。这在大量现象的背后潜在的另一深层意义是,正是齐鲁大地悠久厚重的历史文化传统及其现代延续与发展,在与时代文化、外来文化的多方关联中,显示出了它对于创建和拓展中国文学、推动文学的民族性建设和现代性进程的一种生生不息的内在力量,也从而使齐鲁文学在整个中国文学的典型性意义更为凸显。所以,从文化传统的延续性、传承性视角进入,探察这一特定地域的文化对于其文学现象生成和演变的关系,是十分必要的。

　　同时我们知道,作为文化核心承载的文学不可能是一种全然封闭的系统,从一个作家来说,他的知识结构和文化资源及其与所处的社会文化语境或权力结构的关系,一般也不会仅限于地域文化,而越是晚近的时代,越是如此。所以一般而言,任何地域文学都有着地域性和共通性两种基本特征。即一方面它本身必然有着特定地域的自然环境和文化风习的印记,对作家来说则是不可能不受到来自于他处身其中的独特自然环境、地方文化心理和审美习惯的影响和制约;另一方面,其来自地域的文化气质和个性,又会受到一定时代的不同质的文化、特别是国家权利结构和时代主流文化共同性追求等的影响,从而在文学发展中,实际上形成了地域性和共通性两者相互渗透、共同作用的生成特点。而从文化、文学生成的整个生态机制来说,就是处在类似恩格斯所说的"总合力"的作用之下。恩格斯从主体的角度提出人类"意志合力"作用于社会发展的思想。他指出,人是社会历史的主体和创造者,但社会历史的"最终结果总是从许多单个的意志的相互冲突中产生出来",人的单个的意志进行不同的活动,"这样就有无数互相交错的力量,有无数个力的平行四边形,"由此而产生出"一个总的平均数,一个总的合力",这个由自然规律产生的总的力量便依照客观规律性对社会发挥作用,而这个总体力量是不以单个人的意志为转移的。虽然如此,但不能否认每个人的意志,因为,每个人的意志"都对合力有所贡献,因而是包括在合力里面的。"①同样道理,他认为包括人的意志合力在内的经济因素、政治因素和文化因素作为社会发展中的动力因素,都不是孤立地、单独地对社会发展发挥作用,而是融合为一个"总合力"去推动社会的发展。齐鲁文学渊源宏深,博大多元,其几千年绵延接续、累积深厚而又丰璨多姿、不断发展演变的时空体系,本身便涵蕴和体现了恩格斯所说的,从人的主观精神到文化的、经济的、制度的"种种相互冲突、互相交错的力量而产生合力的诸多因素"。这一自然规律存在于其各个层面和各个阶段,也必然地体现在其作为意识形态与其他意识形态领域的关系中。而这些种种因素,基本可以用"大文化"的概念来加以概括。从广义上说,诸多文化因素相互碰撞,从而产生合力,就形成了某种文化趋势、社会情智发展的一种主导流向,从文

----

① 《马克思恩格斯选集》第4卷,人民出版社1995年版,第477、478页。

学而言即是文学的总体价值取向和审美趋向,这便是文化和文学双向同构的契合点。因此作为地域文学的研究,我们不仅要强调立足于时代前沿的文化反思精神,还要强调关注扎根于生活土壤的文学生产和广大社会实践之间,由许多环节交错衔接而成的复杂的运动过程。我们在研究中,必须同时着眼于一个开放的文化系统,以大文化视野的多方位向度,去打通人文学科各领域的界限,在各个年代、多项内容的具体论述中,力图将文学演进、文学现象置放于宏通的文化视野下做动态的考察。

所以在这里,揭示和再现齐鲁文学的"文化场域",在精神文化领域的交集互动中,凸显文学语境与作家经验世界的产生机制,是我们的研究目标之一,也是本书的内在逻辑构架和贯通全书结构、内容的首要部分。对于齐鲁文学来说,融合了原初鲁文化和齐文化精华的儒学,无疑是其主流和核心质素,先秦至汉自不待言,可以认为是几乎占有绝对的压倒地位;甚至在宋代,儒学对于文学来说也还是属于强势和优势文化。但在元、明、清以降,则逐渐发生了大的变化。道、释及诸杂家各派,乃及蒙元、满清等民族,以及外国的思想影响均渐次不同程度地涉入,最终交融成为一个以中华民族优秀传统为主干,以追求民主、文明并摒弃专制和愚昧为终极目的的多元共同体。故可以总括说,这里呈现出的是一种由单纯而复杂、自正统相对的封闭而兼纳并融为开放式的漫长过程——其实,它又不仅仅是齐鲁文学的内涵文化特征,于整体的中国文学史又何尝不然,只是齐鲁文学与其源头共生,也相对表现的更为典型和突出。这尤其体现在齐鲁文学的主流价值取向,或者说是主体精神上。择要说,齐鲁文学的主体精神,是以原初儒家学说为基础或主导取向,并兼纳老庄禅释等诸家思想的多元多样状态。即便是作家或因外在社会环境、个体身世际遇的不同缘由,于一时、一地趋向隐逸避世的以山水风物自适,力求超脱旷远,但作为核心价值认同、或生命与人生的终极关怀,却始终执著在济世功用,悲天悯人,以家国大业为念的群体方面上。故而古今"齐鲁文学的主体精神",充溢鼓噪着人世间生命之"热流",孕育产生了大批与社会国家共命运、注重现实功业功利的诗人作家;却罕见那种主要浸润沉潜于个体心灵的宁静与清澄,归宿寄趣在自然自我而释怀忘世的文学家。

再者,这种主体精神中还具载着较浓郁的理性批评意识和理论探索要求,以此来引导、提升具体的创作实践,并不完全放任感性的情绪激流在作品里自由流淌。这些,从孔子论《诗》的文学观念,到体大虑周的鸿篇巨制《文心雕龙》、李之仪、晁补之、李清照的词学本体意识,李攀龙、谢榛那系统明晰的复古理论和王士禛自成一格的"神韵说"等,其理性传统一以贯之。表现在创作上,齐鲁文学则显现出儒家"中和"思想的影响,多注重文体艺术精神规范性、艺术经典风格面貌的示范意义和作用,虽然也力主创造和创新性(这是文学生命、文学发展繁盛的动力与根本),但一般却并不过分尚奇求巧,以至伤于尖新古怪,而每每是"出新意于法度之中"。

同时,文化因素既主要是"虚"的,指精神思想与内在的,而它也呈现出"实"的,即外在的,背景式的、社会政治经济与物质形态的,元明清的俗文学于这方面尤其突出。文化因素与文学的关系实际是宽泛而互涵互动的,一般来说在文化与文学的系统运动中,兼具间接地影响、熏染,直接构建、主导这样深层和表层、或隐或显的关联形式。这种文化上的关联、感染、吸收、排异、冲撞和融合实际是无处不在的。在本课题中,对所涉及的每一个文学阶段、每一例重要文学现象,都注意贯穿了对其文化语境的重建和文化特质的考察分析。其中又特辟一章"齐鲁文学文化内质的个案考察",选取若干不同形式的特点突出的现象,作为具有典型意义的个案呈示,展现了多重文化视角的互映抉发。其中如分析先秦经典《诗》中《鲁颂》主旨在"告功"、"颂德",《齐风》则重点于"刺上"、"化下",这种社会教化功用的区别,同时带来了《鲁颂》和《齐风》内容和形式的不同,但二者又是相异相融互相影响的。又如其中指出元杂剧不仅是当时时代文学的最高成就,它还直接影响、浸润着此后的戏剧文学整体,而山东东平地区是当时中国元杂剧的最繁荣处之一,东平特有的"世侯文化"兴学重教、人才盛出,带来了文学尤其是俗文学的长足发展,成为这著名"戏曲之乡"的社会文化背景和深层原因。还有从作家群体的活动着眼,论述一代齐鲁文学正宗王士禛与同时代其他齐鲁文学家的交游往来以及对《聊斋志异》的独特理解和高度评价,认为这都对齐鲁文学繁盛起了有力地促进作用。这里不拘囿于单纯的文学作品文本,而是侧重还原某种历史文化场景,回眸后来产生了文化链条效应的对经典巨著的高层次原初性解读和评判。这相较于文本和具体文学现象来说,后者属于一种新的参照系,是文学历史之"文化场域"更关乎作家主体活动和生命个性气息的部分。

我们本项研究的第二个目标,亦即主体目标,是在由对作家的地域文化认同及其与时代文化、外来文化的关联考察的同时,进而阐述和揭示齐鲁文学形态的生成与演变。具体而言,是对齐鲁文学的高峰阶段和各时期的典型文学形态,分别作整体性的审视和具体微观的深入论析。这里既是各自相对独立的文学阶段和文学现象,又依据地域文学的时空坐标特征,作纵向与横断面、史与论、总体论述与个案研究的有机结合。探察其总体价值取向、情志内蕴、雅俗形式的变化,艺术表现的方法特点和文体风貌特征等。呈现其作为地域文学,如何在文化的共时性结构互动中凸显自身的存在,并产生了更高层面的、普遍性的意义;揭呈其形态演进中的精神内核与艺术创新规律及其背后潜在的文化和艺术经验。

如前所述,我们认为,对某一地域文学作整体性的研究,既要以地域文化为依托,又要将其理解为一个众多因素交相作用的复杂系统;要充分重视它动态展开的历史发展进程中不规则出现的高峰时段,重视其同时含纳时代性和地域特色的重要文学现象。这样才会更为切近地域文学的本质现实。文学本身既有属于文化系统的开放性,又具有自身主体属性和相对独立的发展规律。在社会文化的发展中文学随势而动,而文学又以自身的存在和变革参与文化建构。在文化、文学的双向建构中,文学方面以具体的力量活跃和对应其中的,正是不断变更的文学经验和创作范式,换言之即是以作家心理图式和文化积累与选择为深层机制、以其艺术思维和艺术形式等为表呈的文学形态。

有着 3000 年历史的山东——齐鲁文学,便大致是在宋代、明代中叶至清初、20 世纪二三十年代和 80 年代后即"新时期"阶段,分别出现过四个不对等的文学繁荣阶段或者说是高潮期。其余的历史时段里,文学发展则相对是平庸的甚至是枯寂的,只间或有优秀的作家作品出现。而地域文学主要依据其空间性特征生成其存在价值。作家经由对地域文化的选择与认同,在其整体文化心理结构作用下产生的审美想象,特别是在相似外部条件下地域文学创作的多样形态、风貌与原创个性,是地域文学空间性的主体内容和重要表征。所以说,每一处地域文学在某种程度上都是自足而存在的,有其独特的、无法更替的生长与成熟、衍替嬗变的图景与路径。我们的目的,就是要尽可能地对此进行认识和揭橥。拿齐鲁文学来说,如先秦时孔、孟创建的儒学为当时的"显学",其与《左传》、《国语》及《诗经》中的齐鲁之音,共同构成了中华文化的元典,而正是这时的"杂文学"形态,成为齐鲁文学的辉煌起点,所涵育的经世功用理念——这个主要特点和价值取向后来直接贯注到齐鲁文学本体意识之中,乃至辐射影响了整个中华文学的核心价值,这在地域文学中也是极为罕见的现象。乃至两宋时期李清照、辛弃疾等名家开宗立派,傲睨中国词坛;"后七子"领袖人物李攀龙、谢榛的诗歌理论与实践双峰并峙;明清文言小说与戏曲文学雅俗互动,臻达盛境。如"五四"时代傅斯年、杨振声、王统照等为新文化启蒙先锋,为地域文学引入了外来文化;"五四"时期至 20 世纪 30 年代开启、成熟、浓郁斑斓的乡土文学;20 世纪 50 年代与新时期震撼中国文坛的英雄叙事潮流;当下民间文化形态认同中的乡土文学创作;张炜、莫言等人体现了厚重地域底蕴和宏远飞扬的想象与哲思的文学世界等等。其间呈现了种种纷繁复杂的时代、社会历史文化语境的驱动与制约,和个体人文性格与具体艺术实践的多面性,而对传统经典的继承和求新创变的追求,则为其形态演变进程中相互含摄的两端。其外在重要特征总的说是从单纯走向丰富,最终走向了多元性多样化。文学的价值取向、功能意义也由政治实用色彩浓重的经世致用的单一性,消解移易为同时是审美的、娱乐的多向性。其根源当在于文学本体观念的明晰,主体自觉意识的苏醒、成熟乃至强化张扬。而其间时代背景、社会环境的作用、影响等,虽然有时会比较直接、严重,如元代初期的东平,20 世纪"五四"时代、30 年代乃至更长一段时期的创作,但总起来说,更多的时候这些影响还是隐性、渐进和间接的,不宜一律作刚性的对应推断。同时,这里说义学形态的演变,或者说发展并不意味着价值判断上的高下之分,不等于说是后出者必然超越前者,因为文学形式上的差异,也未必就决定了本质上的优劣。

　　而将齐鲁文学的时空探讨进一步扩大延伸,具体以贯通古今的结构方式,就某一主题、题材或在某一时段内等进行文学古今演变的研究,这既是一种打破年代和学科界限的新的研究方法,也可以说是一种综合研究的学术理念。对本课题而言,"古今演变研究"既是文学形态研究主体目标的延伸,也是我们接续下来的又一个研究目标。中国文学的源流古今一体,而地域文化所具载的特殊地理风物、人文内核更是亘古及今,风韵绵延。地域文学是中国文学的一部分,而它却有着自己的发展规律。如前面所反复强调的,其独立性和特殊性主要缘于地域差异和在不同历史时期的发展不平衡现象。"有关政治、经济、文化的环境条件,对于地域文学的发展虽有一定影响力,但却并不具备直接对应式的线性关系;而其与文学自身的内部因素交织重叠,表现为双重不平衡的复杂现象。"它不是直线式的发展,只是间断性地"在有关历史时期内出现繁荣现象,不规则的跳跃式产生个别或批量优秀诗人、作家,决非代代相接续而均匀分配。"①那么面对复杂的、呈现不规则运动形式的文学现象,无论是探究其整体演变趋势,还是阐明其具体发展中的某种现象或形态,打通原有的古代和近代、现当代文学的学科区分,便有可能会在原先被中断或切割的时间里,于历史幽微复杂的深处寻求其连通、延续和发展的脉络,呈现其间潜隐的文学交迭、更替和穿越的轨迹。实际这项课题的总体结构,本身是从古代到现当代、史与论纵横结合的设置,在大的框架中追求贯通古今,而其中专设的"齐鲁文学古今演变研究"一编,是课题进一步具体深入研究的有机组成部分,也是以其高度整合和贯通探究的逻辑内涵和新的学术统摄理念,成为本课题最具学术生长力的、有创新意义的结构内容。这一呈现了独特学术形态的古今演变研究,对于不同历史时期产生的诸种文学现象或文学形态,具体加以前后时期、时段的多维比照、多向比较的研究方式,无疑更有利于纵深地探察地域文学从古至今在文学艺术精神、文学内容和形式上的衍变、连接与变异。

还有,在地域文化的意义层面上,传统的形成并不只赖于自然条件与人文因素。文化在积累的过程中,虽然其地域差异会逐步缩小,但与此同时也还会不断地与其他因素相融合而生成其新质,丰富其空间层面,促进其传统性因素的生长与成熟。文化传统越是发展到后来,越是与人文素质、人文程度密切关联,形成某种比较稳定的人文精神和审美文化个性,传延后代。对于文学来说则显现为地域文学精神和独特审美意识的承传与延展。在这个过程中,特别是进入 20 世纪以来,外来文化和时代革命文化等以不同的形式方式,从不同的层面进入地域文化,以其质素增殖于地域文学。对于这些,如从古今演变的视角进行细致发掘和研究,就有可能会更清晰地了解到文学在长时间里演化的线索和样貌,把握其中蕴含的一些文学生长规律。

齐鲁文学的古今演变研究,实际上包含了多种方面的内涵,可以作多元多样的考绎观照。如从其主题内涵及形式外显来看,对于形成中国文学特质关键时期的建安与西晋的文学主流的论述,通过对诗才、缘事传统和咏怀

---

① 乔力、李少群主编:《山东文学通史·总序》,山东教育出版社 2002 年版。

之制的比较观照,就可明晰地把握到诗风演进的过程和文学演变轨迹。而其自文化而文学,涵容着种种无限的视角纬度和把握空间,从其中更可能产生某些新的判断与结论。如细细考索长期流传、集体创作而由个体文士最终执笔成篇的《水浒传》,在短时期由作家自己独立创作的《金瓶梅》,不仅仅体现出主题类型指向上的英雄传奇和世俗人情的"纯文学性"的差别,将对它们的审视再扩展到社会文化层面,则牵涉到了历史人文背景、经济民俗因素、故事传播方式、接受对象与影响等种种复杂的历史语境成分,充分体现了社会文化关系与创作主体的改变所带来的文学演变。

第三节　研究方法、体式与结构

如前所述,我们所进行的这项研究,主要是从地域文学呈阶段性的不平衡发展的规律这一独特性出发,研究的对象范围,主要是齐鲁文学在与文化互涵互动的基础上有代表性的历史高峰时段,和具有艺术开拓性的成就突出的重要作家、重要文学现象及经典性作品。选取的大致原则,是以融入文学主流为基准,但也注意选取那些极具地域特色、或标志了地域文学史阶段意义的作家及文学流派,如在这里进入研究视野的清代"济南诗派",聊斋俚曲、当代王鼎均在海外的乡土散文等,就是以其不可替代、不应被忽略的地域文化色彩——历史或现代内涵而被列入其中的。

本书的主体结构,沿着"史""论"结合、"古今结合"的内在思路,研究方式是纵向与横断面的相互交织,历时性与共时性的双向兼顾,充分体现观照角度、层面的多样性与多元化的研究特点,力图建构一个具有充分开放性的研究空间。总体结构线索分为"总论"、"个案研究"、"古今演变专题研究"三大部分,是为上、中、下三编。

上编主要是对齐鲁文学发源和北宋至南宋前期、明中叶至清初、20世纪"五四"时期与30年代、新时期以来共四个高潮阶段的文化与文学的互动生成、有关价值取向、艺术精神和文学成就的创新、成熟、开拓、沿革的总体样貌进行论述,是为宏观审视。

中编主要是对所选取的各时期的有代表性的典型作品和重点文学现象(并不仅限于高潮阶段的作品及现象),针对其时代特点和风貌特征,分别以"文学本体喻示与文体风貌特征的双向观照"、"大文化语境与地域色彩的文学"、"地域视阈下的话语转型与民族、国家叙事"、"民间文化形态与文学主流话语的互动与生成"为线脉,做齐鲁文学形态演变的多元性与多样化表现的深细探察。开头以"齐鲁文学文化内质的个案考察"为引领,是为个案研究。而所指文学形态是多层面的复杂组合,既有最直观、表层的文体,也有深层的、文体自身内部的结构、艺术方法和技巧、表现功能、艺术风格等。

下编主要是针对齐鲁文学现象的古今演变研究。其中选取相似的类型为叙述单元,划分、区分的方式,既有题材内容的,也有艺术形式、表现方法的,更有创作主体的作家或文学文本的。作为一种具有创新性的研究方法,在开放的结构形式下,它也具有科学的逻辑原则。即:

古今演变,首先应该是一个纵向的线性进程;但另一方面,也同时存在着不同历史时段里所发生的诸文学现象的对照、比较,而且也只有在这种不同文学现象的对照比较之下,才有可能更清晰深度地把握其古今演变的复杂实质,即它的曲折起伏的脉络——只不过已属于两个或更多横向的点、面的观察思索了。

总之,古今演变的研究是呈现纵向与横断的交织互动形式。

一、关于时间的认定界限。

"古"和"今"如单从表层意义上来看,无疑包括文学史上的古代与现当代。但宽泛地说,也可以再指向某些距离较长的历史时段,如先秦与汉、六朝与唐、宋、元,明与清,与民国等等。一般而言,只要是相对独立的历史单元段落便可,只要存在有质或量的"演变"问题、现象便可,而不必过分拘执,只作简单、刚性的规范。

二、视角、层面的多样性多元化多变式。

这从两大类型着手。一是创作主体的作家、诗人与受众方面的读者和传播方式、手段。如作家对传统的继承浸润和他的创造所形成的传统对众多接受者的巨大影响,已有的传播手段、传播方法的丰富和泛化对其创造影响的改变、增益,当然还包含了传统的转移与反拨。二是主要着重于作品自身,它的内涵、内容、思想旨趣与艺术精神、表现手法,还有不同的载体,即外在文体形态。

其实,上述两端总是紧密关联、甚至往往纠绕不清互相作用的,只不过我们具体研究时侧重在哪一个方面罢了。例如诗、文等雅文学与戏曲、说唱等俗文学在历史中的交错前行；词和散曲最终的文学与音乐分离结果同现代诗歌的复杂关系；民间说唱艺术对于文学叙事方法、功能的推动与完善，它在小说和戏曲中的隐性、显性作用，等等。总之，由上述种种类推，山东文学的古今演变研究，是一个具有极大丰富性、复杂性而又有多种路数途径的广阔空间。换言之，是一种内核较清晰但外延边缘尚属朦胧的学术园地，在这里，尽管方法甚多，但最基础的、而且应用最频繁和大量的，应该是"比较"研究。因为只有在比较之中，才易于把握住其"演变"轨迹、状态、结果，总结出原因乃至规律性的现象。

在课题研究方法上，不拘泥于任何一种固定的研究方法，换言之就是总的原则概念上任何适用于本课题客体对象的研究方法都可以被采用。"马克思主义文学则承认用与对象的本质相适应的各种可能的方法，从文学的各个方面来研究文学是有可能和有必要的。"①齐鲁文学作为地域文学，是一个人与自然、与社会生活环境和文化环境多方面联系的开放系统、动态系统，而应对文学艺术对象丰富性、系统性的必然应是研究方法的多样性、综合性。从多样性方面看，这里不仅涉及文艺社会学、文艺心理学、结构主义、精神分析、文化研究、人类社会学方法，也有从研究文本语言入手的形式主义语言学方法等。总的来说，我们基本采取的是涵盖尽可能宽泛的文化诗学的研究方法，即综合吸收和运用上述各研究方法，超越单纯的作家作品论述的界限，将文学置放于与文化互涵互动的动态系统运程中，重视"重建文化语境"，重视在关注社会历史文化语境的"外部研究"，和注重文学叙事、母题、意象、修辞等内在构成规律的"内部研究"之间打开通道，形成两大基本研究视角的相整合，同时形成将社会历史、意识形态、他人话语等外部因素当作文本自身包含的多种声音纳入研究的互文性视角。在具体阐释方法上，是在作品文本、自我体验和文化语境之间穿梭往复，以多种视角的相互补充、印证，去探究齐鲁文学中的文化动因、主流和典型现象、独有特质，在社会生活及文化文学变迁中的传统及文学形态的传承与塑形。不追求面面俱到，但要突出齐鲁文学强烈而鲜明的特征，其优异的原创性和开拓性成就，和形态演变的独有脉络。

---

① （苏）布什明：《文艺学的方法论问题》，《国外社会科学》1982年第2期。

上篇　齐鲁文学高潮鸟瞰

第一章　从文化元典走来

　　从地域文学史的基本学理而言，一个带有普遍规律性的现象便是：它的不平衡的呈跳跃式的发展演变过程和高峰——高度繁盛局面的间歇式耸出。所以，对于齐鲁文学作"史"的观照，可显见其自北宋至南宋前期、历明中叶至清初、20世纪"五四"与30年代，下及80年代新时期迄今的四次高潮。那么，此前历经千余年的漫长岁月河流，虽也曾有过波涌浪腾的绚丽景象，固不乏美艳惊人处，但终究为时短暂而且未能形成全面性的总体大观，所以只能是一种酝酿渐行式的初步发展阶段了。不过，在先秦时期，齐鲁文学却独独拥有垂范百代、超迈局部而深刻影响及华夏全民族的辉煌肇端，即我们称之为"文化元典"时代。这又是其他地域文学史上罕有的特殊现象，正因为意义异常重大，所以必须先从这里说起。

　　先秦时期，诸子蜂起、百家争鸣，与其间充满着激烈动荡、新旧变革的社会转型相呼应，也充满了开放竞争精神和蓬勃创造的生命活力。这可以说是中国文化最原初、也最繁荣兴盛的时期，齐鲁大地尤其如此，它们所产生、形成的许多思想学派、学说及其相关著述，都直接或间接地影响到整个中国社会，浸润贯注于悠久的中国历史进程之中，成为永恒的"元典"。而在当时即已成为"显学"的孔、孟儒家，更是越过了齐鲁地域性局囿而高踞主流位置。

　　然而，如若从文学史的视角去看，先秦又是一个文史哲综融不分的混沌时代，多有大的历史文化却无自觉清醒的文学本体意识。那许许多多或彰显或隐匿的文学因素都被包纳兼容于浩繁的"元典"之中，并没有独立出来——上述情形，甚至直到汉代都未能改观。正是基于上述原因，故我们首先描述文化元典，即经典所处的时代背景，经典殿堂的构成，探究经典之所以造就的缘由、过程，揭橥出主流的济世功用的价值取向与终极关怀；再下及于汉，说明经典即文化元典意识的形成和影响，从而理清齐鲁文学文化内质理念的渊源。下面，我们将阐发被包纳、遮蔽的文学自觉意识和建立文学本体,此时主要是诗歌、散文(哲理散文与历史散文)和文学形态演变的历程,具体表现特征与有关艺术精神。而主流导向的抒怀言志便不仅限于齐鲁文学,同时也成为中国古代文学一以贯之的传统。

第一节　先秦时期的混沌综融:经世致用 理念与经典殿堂之造就

中国学术文化的格局和元素的形成实肇始于先秦,尤其是春秋战国时期。可以说,前诸子时期的思想文化为诸子百家的兴起奠定了知识与思想的基础,而诸子学术蜂起的直接诱因则在于春秋以降社会乱争、思想变革、文化递进等方面。① 先秦时期的齐鲁大地,正是早就这些特征的最重要的文化区域之一。

一、先秦经典造就的时代背景

齐鲁文化对先秦经典的影响,在于两个方面:一是鲁地系统继承了西周礼乐文化,保存了周代礼乐制度,成为春秋时期延续周制的文化中心。由于平王东迁以后,王室衰微,内乱频仍,东周礼乐制度和典籍迅速流散,而鲁国的礼乐却得以保存,并逐渐取得正统地位。各国诸侯如欲了解周的礼乐文化,只能去鲁,正如《左传·昭公二年》中韩宣子所言"周礼尽在鲁矣!"二是齐国的崛起和强大,推广和延展了齐文化的影响,使之成为春秋时期新的文化力量。齐国的管仲则以"修旧法,择其善而创用之"的方法,就是革除弊政,"定四民之居,使各安其业,制国鄙之制,参其国而伍其鄙;军政合一,寄军令于内政;尽地力、官山海、正盐策;尊王室、亲邻国、攘夷狄。"使齐国的制度与文化对春秋时期的政局影响至大。先秦经典的整理和形成,恰是得力于齐鲁文化的滋润和整合。而这些经典所追求的文化理念和社会理想,则是从批判与反思西周旧政开始的。

西周末叶,王室衰微、大国争霸、大夫专权是这一时期的典型特征。各

---

① 吕思勉先生指出:"先秦诸子之学,当以前此之宗教及哲学思想为其因,东周以后之社会情势为其缘。"见其《先秦学术概论》,中国大百科全书出版社1985年版,第5页。

诸侯国随着自身实力的增强,开始挑战王室的地位,进一步加剧了周王室的衰败,"平王之时,周室衰微,诸侯强并弱,齐、楚、秦、晋始大,政由方伯。"①各诸侯国内部,卿大夫的势力也逐渐坐大,"弑君僭越"之事时有发生。宋卿乐祁评价鲁国国政时说:"政在季氏三世矣,鲁君丧政四公矣,无民而能逞其志者,未之有也。……鲁君失民焉,焉得逞其志?靖以待命,犹可;动必忧。"②鲁悼公十四年,韩、魏与赵氏共攻荀瑶,灭之,由此晋政归三家。这类事例不一而足。整个东周是诸侯、大夫盛行争霸兼并的时期,频繁的内乱和战争逐渐破坏着旧有的制度,又在产生着全新的变革。各国统治者、各种力量都在谋求着社会安定、富国强兵,都在寻求着治国平天下之道。这也是先秦诸子用学术干预国政、治理天下的社会基础。如梁启超所言:"列国并立互竞,各延揽人才以自佐,如秦孝公、齐威王宣王、梁惠王、燕昭王,乃至孟尝、平原、春申、信陵之四公子,咸以'礼贤下士'相尚,而处士声价日益重,而士之争自濯磨者亦日众。"③范文澜亦言:"大夫采邑不断扩大,士的需要也不断增加,于是有专门训练士的大师出现。"④概言之,诸子学术的兴起是时代刺激的产物,是应时而现的产物。

春秋时期的诸子,以自己的学术主动干预时政,建构学术于乱世,并不是为了娱乐消遣,不是"为了知而追求知识,而并不以某种实用为目的"⑤,而是要解决现实人生和社会政治问题。学术与政治是彼此独立的,但又不能将二者截然分开,它们之间有一种密切的联系。贺麟先生便说:"学术和政治的关系,也可以说是'体'与'用'的关系。学术是'体',政治是'用'。学术不能够推动政治,学术就无'用',政治不能够植基于学术,政治就无'体'。"⑥"诸子自老聃孔丘至于韩非,皆忧世之乱而思有以拯济之",⑦各家学术也是应时而生。先秦诸子生当乱世,各逞其说,各树其宗,目的却都在

---

① 《史记》卷四《周本纪》,中华书局 1959 年版,第 149 页。

② 《左传·昭公二十五年》,《十三经注疏》(影印本),中华书局 1980 年版,第 2107 页。

③ 梁启超:《先秦政治思想史》,中华书局上海书店 1986 年版,61 页。

④ 范文澜:《中国通史简编》(修订本)第一编,人民出版社 1964 年版,第 188 页。

⑤ 亚里士多德:《形而上学》,载苗力田编《亚里士多德选集·形而上学卷》,中国人民大学出版社 2000 年版,第 10 页。

⑥ 贺麟:《学术与政治》,载《文化与人生》,商务印书馆 2005 年版,第 248 页。

⑦ 胡适:《诸子不出于王官论》,载罗根泽编著《古史辨》(四),上海古籍出版社 1982 年版,第 7 页。

寻求救时弊补阙漏的"良药",以期用自己的思想主张改良社会。《汉书·艺文志》:"诸子十家,其可观者九家而已。皆起于王道既微,诸侯力政,时君世主,好恶殊方,是以九家之术蜂出并作。各引一端,崇其所善,以此驰说,取合诸侯。"此正是以学问经世致用,梁启超称:"所谓'经世致用'之一学派,其根本观念,传自孔孟,历代多倡导之,……谓学问有当讲求者,在改良社会增其幸福,其通行语所谓'国计民生'者是也。故其论点,不期而趋集于生计问题。"①

　　先秦时期诸子治学术的旨趣在于能济世,即梁启超所云的"经世致用",它是古代知识分子的居于主导地位的文化价值观。他们认为一种学术的价值在于它的实用性,即能有补于时事。"经世"一词,最早见于《庄子·齐物论》:"春秋经世,先王之志,圣人议而不辩。"王先谦注曰:"春秋经世,谓有年时以经纬世事,非孔子所作春秋也。"概此处"经世"指治理社会、治理国家之意;《后汉书·西羌传》:"计日用之权宜,忘经世之远略",此处的"经世"也指治理世事,上二处都含有"经世致用"之经世的含义。战国时期的孟子,也以继承大禹、周公、孔子的经世思想为己任,"昔者禹抑洪水,而天下平;周公兼夷狄,驱猛兽,而百姓宁;孔子成春秋,而乱臣贼子惧。……我亦欲正人心,息邪说,距诐行,放淫辞,以承三圣者。"②"致用",即将所学用于实际事务,尽其所用。《周易·系辞上》:"备物致用,立成器以为天下利,莫大乎圣人。"经世致用,在古代又被称作"经济之学",都含有治理天下、社会之意在内。先秦时期"六经"便是具有实际功用的经典,刘勰《文心雕龙·序志》称文章之用,"实经典枝条,五礼资之以成,六典因之致用。君臣所以炳焕,军国所以昭明,详其本源,莫非经典。"五种礼制靠经典来完成,六种法典也得依据它来施行。③

----

① 梁启超:《清代学术概论》(三十三节),中华书局1954年版,第79页。

② 《孟子·滕文公下》,《十三经注疏》(影印本),中华书局1980年版,第2715页。

③ 《礼记·祭统》:"礼有五经。"郑注:"谓吉礼(祭礼)、凶礼(丧礼)、宾礼、军礼、嘉礼(婚、冠、宴、贺等)也。"《周礼·天官冢宰》:"大宰之职,掌建邦之六典,以佐王治邦国。一曰治典,……二曰教典,……三曰礼典,……四曰政典,……五曰刑典,……六曰事典。"

二、六经的形成与文化元典意识

六经都不约而同的具有"经世"的意识,《汉书·艺文志》:"六经之道同归",《汉书·儒林传》也说:"六艺者,王教之典籍,先圣所以明天道,正人伦,致至治之成法也。"书中流露的这一思想主张,既是如前所论时代精神的折射,也是各书编著者主观意识的反映。

1.《周易》与商周占卜意识

卜与筮在殷商之前已经存在很长时间了,这是殷人对自己的命运不可把握转而对神的意志绝对信从的体现。从已发掘的甲骨文以及出土的青铜器、陶器铭文可以知道西周之前的殷商用龟甲牛骨占卜,以后又用蓍草卜卦,叫占蓍,这类占蓍的记录积累而编定成《周易》,可以说《周易》便是供占蓍卜卦参考所用的。《周易》包括《易经》和《易传》两部分,现在一般认为《易经》成书于西周初,而《易传》是在战国中后期问世,直至西汉时期才最终编定。

《周易》保存了大量的卜筮记录,是一部占蓍用书,在先人那里,《周易》所载的占卜之术是被用于治国的,《易·系辞上》:"夫《易》开物成务,冒天下之道,如斯而已者也。"叶瑛注解为:"言《易》通万物之志,成天下之务,其道可覆冒天下也。"春秋时期用《周易》占蓍的方法,高亨总结为成卦、变卦、观筮辞、观卦象、观卦名、观人事六项,其《周易古经今注》称:"其后四端,参错复杂,不可格以一规。盖卜筮之道,事托鬼神,理涉虚幻,或休或咎,往往随筮人等之引申附会而无成轨。"综观春秋时代用《易》占筮的解释方式,更多的是从卦象来作出推测,当然也据卦义作解释。

在周人的宗教观念里,由敬天必然衍变为伦理观念上的敬德,《庄子·天下》:"以天为宗,以德为本。"故《尚书·蔡仲之命》说:"皇天无亲,惟德是辅。民心无常,惟惠之怀。"在这样的时代氛围下,《周易》必然地在尊天畏帝、敬奉众神灵的前提下,开始关注"人文"价值。这样便使得自殷商以来卜筮的非理性宗教巫术信仰,发生了理性化、人文化的大转向,重构起了着力展示人及人文价值、意义与作用的卜筮新意蕴。①《周易·乾卦》九三

---

① 王新春:《卜筮与〈周易〉》,载《周易研究》2003 年第 6 期。

爻辞:"君子终日乾乾,夕惕若厉,无咎",开始关注现实的人生,具有深刻的哲理内涵。

春秋时期人们从对神灵的迷信中走出来的另一重要表现,是他们虽用《周易》占著,但已不拘泥于所得的《卦辞》或《爻辞》的解释,以人事来作出近乎合理的判断。《左传·襄公九年》载鲁国穆姜迁往东宫,占筮得到《艮》卦变为《随》卦,太史认为"随,元亨利贞,无咎。"可穆姜觉得自己作为女人却参与作乱,处在低下的地位却又没有仁德,"有四德者,《随》而无咎。我皆无之,岂《随》也哉?我则取恶,能无咎乎?必死于此,弗得出矣。"穆姜结合自己的行为认为"吉"也未必吉,"凶"也未必凶,已与初期利用《周易》卜筮的观念大不相同。

对《周易》卦德的体认,是春秋时期齐鲁文化自觉的表现,这一观念在《易传》中得到全面的体认。我们知道,《易传》的出现,标志着《周易》从占卜之书向义理之书演进,"十翼"阐释的是《周易》中所蕴含的阴阳之形、变化之法、思维之道,通过表层的占卜,把深层的规律总结出来,形成带有阴阳观念、具有辩证意味的哲学总结。

关于易传的作者,司马迁在《史记·孔子世家》中说为孔子所撰,此一问题后来争论颇多。即使非孔子所论,亦为其后学所为,其中蕴含了孔子的对《周易》的见解。孔子基本摒弃了鬼神说,虽然他偶尔也言天命,但多数时"罕言性与命",①这些东西不是孔子不知道,而是他很少谈,可能是因为他看出了其中的虚妄。因而《论语》中,孔子谈论最多的是日常生活的道德、行为、行政问题,这使儒学较早地摆脱了神学的控制,与墨子划清了界限;在天人关系的讨论中,孔子侧重讨论人道,又摆脱了道家的消极性。通过他和弟子们的实践,使关注现实、注重修养、参与社会、积极进取成为中国士人的基本气质。

2. 诗言志与《诗经》的政治文化功用

春秋时代人们引诗、赋诗,使得《诗》的文学功能逐渐遭到弱化,而它的社会政治功能得到突出与强化。其实《诗》的编定或此前的献诗、采诗,其政治目的也是很明显的。我们可以从《诗经》里的很多篇章看出作诗者的深刻用意的,这类诗都明确提到了作诗的目的,还有些诗虽未直接点明,但

---

① 《论语·子罕》,十三经注疏本,中华书局1980年版,第33页。

其中的寓意也是不言而喻的。对于那些采自民间的诗,《汉书·艺文志》说古代的采诗之官,目的就是帮助统治者"观风俗,知得失,自考正也。"实际上也给《诗》赋予了政治功能。

《诗经》的政治文化功用,得到了孔子自觉而全面的总结,孔子将之列为"六艺"之一,用它来传播文化,说学《诗》可以"诗,可以兴,可以观,可以群,可以怨。迩之事父,远之事君。多识於鸟兽草木之名。"①其中,"多识于鸟兽草木之名",说的是《诗经》中有丰富的天文、山川、地理、城邑、动植物、社会风俗等名物知识,实开了后世博物学的先河,具有很高的文化价值。司马迁又在《太史公自序》中自解道:"《诗》记山川、溪谷、禽兽、草木、牝牡、雌雄。"

《史记·滑稽列传》又引孔子语说:"六艺于治一也。……《诗》以达意。"说《诗经》的政治功用是建立在诗作是诗作者个人意愿、情感的表达。《文心雕龙·明诗》也说:"自王泽殄竭,风人辍采,春秋观志,讽诵旧章。"这里刘勰所言的"观志"和"诗言志"有相通之处。关于这个"志",闻一多《歌与诗》从文字学角度加以考证认为"志有三个意义:一,记忆;二,记录;三,怀抱。"朱自清先生认为"诗言志"和"诗以言志"中,"志"已经指"怀抱"了。② 春秋时期言志很普遍,孔子就很注重从言者的话语中发现其内心世界以及所表达出的思想情感愿望,《论语·公冶长》:"颜渊、季路侍。子曰:'盍各言尔志?'"《韩诗外传》也记载了孔子和弟子们游于戎山之上,对弟子们说:"二三子各言尔志,予将览焉。"《礼记·檀弓上》载晋献公将要杀掉世子申生,重耳对世子说:"子盖(盍)言子之志于公乎?"可以看出,其时的"言志","非关修身,即关治国,可正是发抒怀抱,……这种志,其实是与政教分不开的。"③

《庄子·天下》:"诗以道志",春秋时期的外交场合,赋诗者言其志,而听诗者则观其志,所言、所观之志,不必尽是赋诗者个人之志,大多情况下可能是赋诗者所在国之志。《汉书·艺文志》:"古者诸侯卿大夫交接邻国,以微言相感,当揖让之时,必称《诗》以谕其志,盖以别贤不肖而观盛衰焉。"清

---

① 《论语·阳货》,第 2525 页。
② 朱自清:《诗言志辨》,广西师范大学出版社 2004 年版,第 2 页。
③ 朱自清:《诗言志辨》,第 3 页。

人劳孝舆《春秋诗话》谈及到春秋赋诗,说:"自朝会聘享以至事物细微,皆引诗以证其得失焉。大而公卿大夫,以至舆台贱卒,所有论说,皆引《诗》以畅厥旨焉。……若夫《诗》则横口之所出,触目之所见,沛然决江河而出之者,皆其肺腑中物,梦寐中所呻吟也。"《国语·鲁语》载鲁襄公十四年,晋悼公命六卿率诸侯的军队去征讨秦国,到泾水,诸侯国互相观望,都不肯先渡。鲁国的叔孙穆子对晋叔向说:"豹之业,及《匏有苦叶》矣,不知其它。"叔向从叔孙穆子赋《匏有苦叶》,已探明鲁国正准备渡过泾水。这是赋诗得当,恰如其分地传达出己意的成功范例。也有因赋诗不当而给国家带来灾祸的,《左传·襄公十六年》:"晋侯与诸侯宴于温,使诸大夫舞,曰:'歌诗必类。'齐高厚之诗不类。荀偃怒,且曰:'诸侯有异志矣!'使诸大夫盟高厚,高厚逃归。于是叔孙豹、晋荀偃、宋向戌、卫宁殖、郑公孙虿、小邾之大夫,盟曰:'同讨不庭。'"高厚赋诗表现出了叛离的意思,招致了各诸侯国的反对,也给齐国带来了灾难。

清人孙奇逢《四书近指》中《诵诗三百章》言:"诵诗读书,所以经世致用,嘘古人已陈之。迹起今日方新之绪,方是有用之学,乃有诵《诗三百》而诎于言,所谓儒生俗士不达时务者耳。或曰:'学必有得于心,而后有得于事。达者心通事变,不滞于章程,不胶于形迹也;专对者通义理识时势,不拘君命,不执成规,而能专其对应也。'"这段话道出了《诗》可用于政治教化的本意,所以孔子说:"不学《诗》,无以言。"①孔子所说的学《诗》,并不限于诗的内容,而是关注了其实际的功用的。他曾对弟子说:"诵《诗三百》,授之以政,不达;使于四方,不能专对;虽多,亦奚以为?"②并说《诗》的功用在于可以"迩之事父,远之事君。"③《诗》在春秋时期用于政事外交场合的例子比比皆是,各国行人甚至国君都把赋诗看作是言志、观志的重要媒介。

3.《仪礼》与士人培养

《仪礼》,古称《礼》或《礼经》,大致形成于春秋后期,内容涉及古代的许多礼仪制度,是当时社会生活中的一项重要内容,应为士大夫所必须学习和掌握的知识。而自春秋始,列国间的争霸已逐渐频繁,各诸侯国开始倍加

---

① 《论语·季氏》,《十三经注疏》(影印本),中华书局1980年版,第2522页。
② 《论语·子路》,第2507页。
③ 《论语·阳货》,第2525页。

重视士人,延揽人才,传统士人阶层也便应运而生。《管子·霸言》:"夫争天下者,必先争人。……是故圣王卑礼以下天下之贤而王之,均分以钓天下之众而臣之。"孔子就强调君以礼待臣,故他在回答鲁定公询问时说君臣的关系应是"君使臣以礼,臣事君以忠。"①这也包含居上位者也应以"礼"对待士人的意思。事实上,统治者对士人并非用"道"来礼遇,而是用"势"来驾驭,"在'势'的重大压力之下,知识分子只有转而走'内圣'一条路,以自己的内在道德修养来作'道'的保证。"②儒家尤重视士人的修身,孔子便说:"不学礼,无以立。"③在回答子路问"君子"时,说:"修己以安人,修己以安百姓。"④后来《中庸》把这一思想继承了下来:"知所以修身,则知所以治人;知所以治人,则知所以治天下国家矣。"孟子也说:"士穷不失义,达不离道。穷不失义,故士得己焉;达不离道,故民不失望焉。古之人,得志,泽加于民;不得志,修身见于世。穷则独善其身,达则兼善天下。"⑤将个人的修身与治人、治天下结合起来,而修身又是摆在第一位的。

春秋时期与后代一个显著的不同,便是重礼乐的教化。顾炎武比较春秋与战国不同时指出:"春秋时,犹尊礼重信,而七国则绝不言礼与信矣。"⑥春秋时重礼乐是与西周一脉相承的,《礼记·王制》记载周代时乐正提倡四种学术,设立四门课程,按照先王流传下来的《诗》、《书》、《礼》、《乐》来造就人才。春秋教《礼》、《乐》,冬夏教《诗》、《书》。杨宽先生也说西周时期"贵族生活中必要的知识和技能,有所谓'六艺':礼、乐、射、御、书、数,……他们是以礼乐和射御为主的。"⑦《仪礼》便是对其时人们进行礼仪训练的记录。

《仪礼》中的《燕礼》记诸侯燕享臣僚(士)之礼,《大射》记诸侯与其臣下举行射箭比赛的礼,《公食大夫礼》记诸侯国君款待来朝聘的大夫之礼。这些礼都有严格的进退举止要求,如《燕礼》:"小臣设公席于阼阶上,西乡,设加席。公升即位于席,西乡。小臣纳卿大夫。卿大夫皆入门右,北面,东

---

① 《论语·八佾》,第 2468 页。

② 余英时:《士与中国文化》,上海人民出版社 2003 年版,第 113 页。

③ 《论语·季氏》,第 2522 页。

④ 《论语·宪问》,第 2514 页。

⑤ 《孟子·尽心上》,第 2765 页。

⑥ 顾炎武:《日知录》卷十三《周末风俗》,商务印书馆 1938 年版,第 38 页。

⑦ 杨宽:《西周史》,上海人民出版社 1999 年版,第 674 页。

上。士立于西方,东面,北上。"这是宴会开始前,由负责导引的小臣逐次将参加宴会的大夫引入席中。国君升堂后,再引导卿大夫都从门的右侧进入,在门内东侧面朝北而立;士入门后站在庭的西边,面朝东。它如《大射》中也有类似的要求,都对卿大夫如何拜见国君作了明确的规定,里面不乏对士人礼仪的要求。

《乡射礼》是一士礼,在进行射箭时要求射者先升阶,"上耦进揖,上射在左,并行。当阶,北面揖。及阶,揖。上射先升三等,下射从之中等。上射升堂少左,下射升。上射揖,并行。皆当其物,北面揖。及物,揖。皆左足履物,还视侯中,合足而俟。"这简直不是在比赛,倒像似进行礼仪的训练。参加比赛的俩人面向东作揖拜,二人并行,走到台阶时,再向北揖拜,升到堂上后,再朝东揖拜,二人走到对应着北边物的时候,再面朝北揖拜。并说"礼,射不主皮。"即是按照习礼而举行的射箭,其目的就不在于射中,演习礼是主要的。《论语·八佾》中孔子就说:"君子无所争,必也射乎!揖让而升,下而饮,其争也君子。"

春秋时期的齐鲁地区,特别是鲁地,这些礼仪尤其丧礼仍被社会固守。《论语·阳货》载宰我抱怨为父母守孝三年,时间太久了。并说如果这样做的话,三年不去习礼仪,礼仪一定会废弃掉,只用一年就可以了。孔子批评道:"君子之居丧,食旨不甘,闻乐不乐,居处不安。……子生三年,然后免于父母之怀。夫三年之丧,天下之通丧也。"孔子坚定地支持人们为父母守丧三年,认为这是符合礼制的,可推知他在教育学生时也是这么要求的。《仪礼》中记丧礼尤多,共有四篇:《丧服礼》、《士丧礼》、《既夕礼》、《士虞礼》。《士丧礼》专言士阶层之丧礼,详细记述了治丧的一些具体环节:为死者招魂、覆盖衣被、吊唁、沐浴、入殓、卜筮葬居和葬日等。这么繁琐的细节,其时都是作为礼的规定的,是士人修身的一项内容。

春秋时期齐鲁特别注重"礼"对士人修养个人品行的重要性,孔子把它列为教学的重要科目之一。清人邵懿辰在《礼经通论》里对《仪礼》述及的八类礼的用途作了一概要的说明:"冠婚丧祭射乡朝聘八者,礼之经也。冠以明成人,昏以合男女,丧以仁父子,祭以严鬼神,乡饮以合乡里,燕射以成宾主,聘食以睦邦交,朝觐以辨上下。"春秋时期,由于诸侯、大夫的势力逐渐坐大,遂有"礼崩乐坏"的现象出现,孔子就指斥管仲不知礼,因为国君宫殿门前立了一个塞门,管氏也立了一个塞门;国君设宴招待外国的君主时,堂上有放置酒杯的设备,管氏也有这样的设备。①

4.《春秋》与齐鲁政治意识

《春秋》是孔子据鲁国史官的记载经过"笔削"而整理成书的,故其中寄寓着孔子深刻的政治思想。孟子对此有过评论,说圣王采诗的事情废止了,《诗》也就没有了,孔子便创作了《春秋》;晋、楚、鲁三国的史书,所记载的事情不过如齐桓公、晋文公之类,所用的笔法也是一般史书的笔法,但孔子将《诗》里的褒善贬恶的大义也借用到了《春秋》一书中。②《国语·楚语》载申叔时的话,也认为:"教之《春秋》,而为之耸善而抑恶焉,以戒劝其心。"孔子一生致力于恢复周制,而春秋时期共主衰微,王命不行,导致列国内乱,诸侯兼并、僭越,戎狄横行,所以他要在书中寄托微言大义,来正名分,寓褒贬,尊王攘夷。

《春秋》大义以正名为本,《庄子·天下》:"《春秋》以道名分",《春秋繁露·玉杯》也说:"《春秋》正是非"。冯友兰指出孔子所谓的"正名",是"用旧的名及其所代表的条条框框以纠正当时他所认为是不正常的实际情况"。③ 春秋时代,父子、兄弟争权篡位的事例层出不穷。卫灵公死后,卫国的君位由太子蒯聩的儿子辄继承。九年后,蒯聩在晋国的帮助下兴兵回来夺位。正在卫国做官的子路问孔子,假如先生来管理国家大事,会先办理什么。孔子便说,必须先正名,"名不正,则言不顺;言不顺,则事不成;事不成,则礼乐不兴;礼乐不兴,则刑罚不中;刑罚不中,则民无所措手足。"④孔子在回答齐景公问政时,也说:"君君,臣臣,父父,子子。"⑤就是说国君的行为,必须合于国君的名分;大臣的行为,必须合于大臣的名分;父亲的行为,必须合于父亲的名分;儿子的行为,必须合于儿子的名分,使上下长幼都有序,这样就不会出"乱",也即他所说的"有道"。在《论语·季氏》篇里,孔子道出了这种状态:"天下有道,则礼乐征伐自天子出;天下无道,则礼乐征伐自诸侯出。……天下有道,则政不在大夫。天下有道,则庶人不议。"

① 参见《论语·八佾》,第 2468 页。
② 参见《孟子·离娄下》,第 2727 页。
③ 冯友兰:《中国哲学史新编》,人民出版社 2007 年版,第 90 页。
④ 《论语·子路》,第 2506 页。
⑤ 《论语·颜渊》,第 2503 页。

孔子既宗周,故视臣杀君,子杀父为大逆不道的行径,都称作"弑"。《春秋》宣公二年,"秋九月乙丑,晋赵盾弑其君夷皋。"晋灵公本是赵盾的族弟赵穿杀死的,但《春秋》责赵盾身为正卿不出兵讨贼,把弑君之罪归于他。《春秋》隐公四年,"九月,卫人杀州吁于濮。"州吁是杀哥哥桓公而自立为君的,《春秋》用"杀"而不用"弑",意味着卫国人讨伐他是理所应当的。此外,《春秋》对诸侯的称号也很讲究,吴、楚的国君都已称王,《春秋》依然贬称为"子",却对弱小的宋国、鲁国国君尊称为"公"。

与正名相联系的是《春秋》的尊王意识,尊崇周天子,认为周天子才是天下的共主。《春秋》隐公三年,"三月庚戌,天王崩。"这里称周王为"天王",是推崇周平王至尊的地位,亦即只有周天子才可以冠以"天",称为"天王"。《礼记·坊记》引孔子语,说:"天无二日,土无二王,家无二主,尊无二上,示民有君臣之别也。……礼,君不称天。"依照礼,对诸侯国君是不能称"天"的。又《春秋》僖公二十八年,载"天王狩于河阳"。这次温地会盟,是晋文公想称霸于中原,召请周襄王前来,名为率领诸侯朝见周天子,实际上是"挟天子以令诸侯",以图借威称霸。所以孔子认为"以臣召君,不可以训",①即以臣子的身份而召见天子,是不能作为典范的。董仲舒也看出了《春秋》"尊王"的大义,称:"郑、鲁易地,讳易言假。晋文再致天子,讳致言狩;桓公存邢、卫、杞,不见《春秋》,……非诸侯所当为也。"②

春秋时期,中原各国相对于四周的部族,生产力和文化发展水平都是比较先进的,其时的"攘夷"思想含有抵抗野蛮落后部族的侵扰之意。孔子就说:"夷狄之有君,不如诸夏之亡也。"③这里孔子的华夷之别,是以文化礼仪为尺度的。他曾批评过管仲,但对管仲辅佐齐桓公联合诸侯击退戎狄的侵略很是礼赞了一番,说:"微管仲,吾其被发左衽矣。"④他把这种思想注入《春秋》中,《公羊传》称:"夷狄也,而亟病中国,南夷与北狄交中国,不绝若线。桓公救中国而攘夷狄。"《春秋》屡称夷狄进入中原各国为"侵",如僖公十三年春,"狄侵卫";文公四年夏,"狄侵齐";庄公二十四年冬,"戎侵曹"等。再如,《春秋》僖公元年,"齐师、宋师、曹师次于聂北,救邢。"对遭夷狄

① 《左传·僖公二十八年》,第 1827 页。
② (汉)董仲舒撰,(清)凌曙注:《春秋繁露》,中华书局 1975 年版,第 139 页。
③ 《论语·八佾》,第 2466 页。
④ 《论语·宪问》,第 2512 页。

进攻而灭国的邢国,中原诸国都存有救亡的责任,《春秋》是以用"救"来对此褒扬。《公羊传》也进行了解释,称:"救不言次,此其言次何?不及事也。不及事者何?邢已亡矣。孰亡之?盖狄灭之。曷为不言狄灭之?为桓公讳也。曷为为桓公讳?上无天子,下无方伯,天下诸侯有相灭亡者。桓公不能救,则桓公耻之。"

5.《乐经》与政治教化

《乐经》是春秋时期重要的文化典籍之一,虽然亡佚,但它的音乐理论残存在《礼记·乐记》中。《乐经》经过孔子和儒生的整理和传播之后,成为礼乐教化说的核心体系。《史记·孔子世家》载孔子看到鲁国内政不修,陪臣执国政,就"退而修《诗》、《书》、《礼》、《乐》,弟子弥众,至自远方,莫不受业焉。"孔子评判乐有两条标准:善、美,其中善是政治标准,美是艺术标准,而政治标准是摆在第一位的。他说《韶》,"尽美矣,又尽善也";而《武》,"尽美矣,未尽善也"。[1] 孔子推重《韶》,在于舜有天下是因自己品德高而得尧禅让,周武王是靠武力夺取天下的,不符合他一贯提倡的"仁"、"德"的要求,所以他在齐国听到《韶》乐时,以至于"三月不知肉味"。[2]

乐的根底在"仁",没有仁德就不可以言乐,"人而不仁,如乐何?"[3]孔子还说:"兴于诗,立于礼,成于乐。"[4]认为音乐是从人的内心来规范自身的,是立身成人的最高阶段。乐由此也可培养一个健全的人格,郭店楚简《性自命出》说:"凡声其出于情也信,然后其入拨人之心也厚。闻笑声,则鲜如也斯喜。闻歌谣,则陶如也斯奋。听琴瑟之声,则悸如也斯叹。观《赉》、《武》,则齐如也斯作。观《韶》、《夏》,则勉如也斯敛。咏思而动心,胃如也,其居次也久,其反善复始也慎,其出入也顺,始其德也。"

孔子既把音乐提高到政治层面,也就会理所当然地重视乐的政治功能了。当颜渊问他怎么治理国家时,他便说"乐则韶舞",[5]即用舜时的《韶》乐和周武王时的《武》乐来进行教化。音乐与政治也是相通的,从乐声中可以反映出政治的清浊,《礼记·乐记》说:"治世之音,安以乐,其政和;乱世

---

[1] 《论语·八佾》,第2469页。

[2] 《论语·述而》,第2482页。

[3] 《论语·八佾》,第2466页。

[4] 《论语·泰伯》,第2487页。

[5] 《论语·卫灵公》,第2517页。

之音,怨以怒,其政乖;亡国之音,哀以思,其民困,声音之道与政通矣。"儒家重视音乐的社会政治功能,把音乐也作为管理民众治理社会的手段之一,《乐记》:"礼以道其志,乐以和其声,政以一其行,刑以防其奸",认为音乐和礼仪、刑法、政令的根本作用是一致的,都是用来统一民心而把社会治理好。《史记·乐书》也说:"知礼乐之道,举而错之天下无难矣",就是用礼乐之道来治理天下,就不会有难处理的事情。

与治理国家相适应,音乐还有社会教育的功能。《礼记·乐记》说礼乐的作用不是为了满足人们口腹耳目的欲望,而是用来教导人们懂得爱好什么、憎恶什么,从而返回到做人的正道上来。《荀子·乐论》:"乐者,圣人之所乐也,而可以善民心。其感人深,其移风易俗,故先王导之以礼乐,而民和睦。"音乐可以改善人心,可以改变风俗,还可以使百姓和睦,其教化功能是显而易见的,并说:"故乐行而志清,礼修而行成,耳目聪明,血气和平,移风易俗,天下皆宁,美善相乐。"《史记·乐书》也道出了音乐具有此种用途,说"博采风俗,协比声律,以补短移化,助流政教。"广泛地从各地收集风俗民谣,制成音乐后传唱,就可以补救阙失,改变风化,从而帮助推行政令教化。

乐所尚者为"和"。《庄子·天下》:"《乐》以道和",《史记·滑稽列传》引孔子语也说《乐》是用来启发人们和睦融洽的。《礼记·乐记》:"乐在宗庙之中,君臣上下同听之,则莫不和敬;在族长乡里之中,长幼同听之,则莫不和顺;在闺门之内,父子兄弟同听之,则莫不和亲。"《乐》重"和",究其实质,是对人内心欲念和情感的节制,所以《乐记》又说:"先王之制礼乐,人为之节。"季氏"八佾舞于庭",①仲孙、叔孙、季孙三家在祭祀祖先的时候,也演奏《诗经·周颂·雍》这样只有周天子才享用的礼,②孔子指责他们的作法严重僭越了礼制,这些都不是"和"的表现,可以看出孔子是用"礼"来规范乐的。孔子认为观乐、听乐也要符合"和"的要求,他对郑音不符合中和之原则是不满的,"恶郑声之乱雅乐也",③极力要"放郑声"。④《史记·儒林列传》说他:"自卫返鲁,然后乐正,《雅》、《颂》各得其所。"孔子对音乐的

---

① 《论语·八佾》,第 2465 页。
② 《论语·八佾》,第 2465 页。
③ 《论语·阳货》,第 2525 页。
④ 《论语·卫灵公》,第 2517 页。

改造,也应含有"和"的原则,如他认为《关雎》就很符合,说它"乐而不淫,哀而不伤"。①

三、汉代经典意识的形成及其影响

汉初统治者实行黄老"无为而治"的治国策略,经过六七十年的休养生息,社会经济得到了很大的恢复和发展,社会秩序也渐趋于安定。政治上中央集权的专制政体逐渐完善,"这就需要有一个明确的指导思想和有力的统治理论,于是统治思想必然发生变化。"②汉武帝刘彻雄才大略,他接受了董仲舒在《举贤良对策》中提出的建议。《汉书·董仲舒传》说:"自武帝初立,魏其、武安侯为相而隆儒矣。及仲舒对册,推明孔氏,抑黜百家。"③董仲舒在对策中提出:如今老师所述的道理彼此不同,人们的议论也彼此各异,诸子百家研究的方向不同,意旨也不一样,所以处在上位的人君不能掌握统一的标准,法令制度多次改变,在下的百姓不知道应当怎样遵守。臣认为凡是不属于六艺的科目和孔子学术的学说都一律禁止,不许它们同样发展。邪僻的学说消失,然后学术的系统可以统一,法令制度就可以明白,人民也知道服从的对象了。自董仲舒、卫绾等人提倡后,又得到汉武帝的支持,儒家思想逐渐高出于其他思想,一跃而成为统治思想,而先秦时期已渐次流传的几部儒家典籍,也被尊为经典,经学也由此而产生。

但汉代统治者的崇儒尊经只是出于政治上的实用功利为目的,钱穆先生对此发论甚深,他说:"汉之经学,自申公《鲁诗》、《谷梁》之外,惟高堂生传《礼》亦鲁学。其它如伏生《尚书》,如《齐(诗)》、《韩诗》,如《公羊春秋》,及诸家言《易》,大抵皆出齐学,莫勿以阴阳灾异推论时事,所谓'通经致用'是也。汉人通经本以致用,所谓'以儒术缘饰吏治',而其议论则率本于阴阳及《春秋》。……非此不足以折服人主而自申其说,非此亦不足以居高位而自安。"④统治者只是把儒学作为装饰政治的需要,因为"儒学的尊

---

① 《论语·八佾》,第 2468 页。
② 林剑鸣:《秦汉史》,上海人民出版社 1989 年版,第 324 页。
③ 《汉书》卷五十六《董仲舒传》,中华书局 1962 年版,第 2523 页。
④ 钱穆:《两汉经学今古文平议》,商务印书馆 2005 年版,第 222 页。

君、礼制等级和忠孝思想有助于维护君主的权威,儒家的德治教化则是束缚人们思想的重要手段。对于专制统治者来说,严密控制人的思想意志和与约束人的行为同等重要。儒家的德治仁政学术又能为君主政治进行某种修饰和补充,特别是儒家的各种仪制典章,可以将专制主义暴力统治装点得温情脉脉。"①汉代统治者显然是认识到了这一点。他们虽未完全接受儒家的政治学说,但却在客观上隆重了儒学,使儒学与官方政权结合在一起;同时,也为儒生经师获取爵禄开了方便之门,班固在《汉书·儒林传》中,也进行了评说:"自武帝立五经博士,开弟子员,设科射策,劝以官禄,讫于元始,百有余年,传业者浸盛,支叶蕃滋,一经说至百余万言,大师众至千余人,盖禄利之路然。"如钱穆所言:"汉儒说经,……皆利禄之所致也。"②

汉代儒学的勃兴,既是儒学思想本身含有符合中央集权思想需要的因素,也与儒生对其改造使之更切合政治需要有关。这种改造便于儒生参与专制政治,③从而影响时政的发展与走向。与此相应的,经学内部也形成了两大经学派——经今文学和经古文学。二者的区别,"不仅在于所书写的字,而且字句有不同,篇章有不同,书籍有不同,书籍中的意义有大不同;因之,学统不同,宗派不同,对于古代的制度以及人物的批评各各不同;而且对于经书的中心人物,孔子,各具完全不同的观念。"④它们对汉代的文学创作和文学思想都产生了极大的影响。

"文"与"道"之关系,早在先秦时就已为时人所认识,孔子就说:"道之不行,已知之矣。"⑤司马迁引董仲舒之语说孔子退而作《春秋》,是因为"孔子知言之不用、道之不行也,是非二百四十二年之中,以为天下仪表,贬天子,退诸侯,讨大夫,以达王事而已矣。"并引孔子自己的话,说:"我欲载之空言,不如见之于行事之深切著明也。"⑥是以孔子删定《春秋》,就在于以

---

① 刘泽华主编:《中国古代政治思想史》,南开大学出版社1992年版,第285页。

② 钱穆:《国学概论》,商务印书馆1997年版,第122页。

③ 范文澜指出:"儒学(今文经学)蒙上浓厚的迷信色彩,几乎起着宗教的作用了。但是,这个迷信部分,俗儒可以用来对朝廷奉迎取宠,正直的儒生也可以用来进行谏诤。"见范文澜:《中国通史简编》(修订本)(第二编)1964年版,第115页。

④ 周予同:《经今古文学》,商务印书馆1933年版,第1—2页。

⑤ 《论语·微子》,第2529页。

⑥ 《史记》卷一百三十《太史公自序》,第3297页。

《春秋》来传"道",正是非。其后,这一思想便被后世儒家所继承,并深深影响到文学的理论和创作,"中国文学形式的真正确立正可溯源于儒家传道言志的活动,而中国文学从理论到实践的主流,显然也是由儒家思想所规范。"①

进入汉代,由于儒家思想被正式确立为统治思想,儒家的六艺也一跃而成为经典,成为规范文学理论与创作的指导原则。经学家们对六经纷纷进行解读,发挥其中所蕴涵的深义在他们看来是天经地义的。《史记·太史公自序》:"《易》著天地阴阳四时五行,故长于变;《礼》经纪人伦,故长于行;《书》记先王之事,故长于政;《诗》记山川溪谷禽兽草木牝牡雌雄,故长于风;《乐》乐所以立,故长于和;《春秋》辩是非,故长于治人。是故《礼》以节人,《乐》以发和,《书》以道事,《诗》以达意,《易》以道化,《春秋》以道义。"其论应踵武于董仲舒,《春秋繁露·玉杯》:"君子知在位者不能以恶服人也,是故简六艺以赡养之:《诗》、《书》序其志,《礼》、《乐》纯其美,《易》、《春秋》明其知,六学皆大,而各有所长。《诗》道志,故长于质;《礼》制节,故长于文;《乐》咏德,故长于风;《书》著功,故长于事;《易》本天地,故长于数;《春秋》正是非,故长于治人。"可以说,董仲舒正是"从《公羊春秋》入手,突破《五经》文意的樊篱,结合汉代的实际需要,作出新的诠释,为儒经汉用开辟了通道。"②

经学对汉代文论的影响主要表现在要求文学具有致用、教化的功能。文学应"有补于世",董仲舒在汉武帝元光元年(前134年)《举贤良对策》中提出用礼乐来"教化于民",并说"故圣王已没,而子孙长久安宁数百岁,此皆礼乐教化之功也。王者未作乐之时,乃用先王之乐宜于世者,而以深入教化于民。教化之情不得,雅颂之乐不成,故王者功成作乐,乐其德也。乐者,所以变民风,化民俗也;其变民也易,其化人也著。"对礼乐的教化功能推崇备极。《礼记·乐记》也说:"乐也者,圣人之所乐也,而可以善民心。其感人深,其移风易俗,故先王著其教焉。"

美国汉学家刘若愚先生认为,古代中国大多数正统的儒家学者都把诗

---

① 许总:《宋明理学与中国文学》,百花洲文艺出版社1999年版,第71页。
② 尹继佐、周山主编:《中国学术思潮史·总序》(卷二),上海社会科学院出版社2006年版,第10页。

看作是"一种道德的教训。既然以德化人是儒家政治的理想,诗的功用也就包含了对社会和政治事件的评论。"①这也是一种诗的实用价值观念,诗的致用、教化的观念在《诗经》的创作中就已存在,《诗经》中的某些作品本就是诗人有感而发,为着某个目的而作的。顾颉刚说,《诗经》"大别有两种:一种是平民唱出来的,一种是贵族做出来的。平民唱出来,只要发泄自己的感情,不管它的用处;贵族做出来,是为了各方面的应用。"②如《小雅·节南山》"家父作诵,以究王凶"和《大雅·崧高》"吉甫作诵,其诗孔硕,其风肆好,以赠申伯"即是。儒家重视诗的实际用处,孔子就认为诗可以"兴、观、群、怨",可以"事父",可以"事君",这种诗学观念直接影响到汉儒对诗的态度。西汉时的韦孟曾作《讽谏诗》,他的六世孙韦玄成也作有《戒子孙诗》,可说是经学与文学相结合的产物。朱自清先生说:"所谓'诗言志'最初的意义是讽与颂,就是后来美刺的意思。"③《诗大序》说:"故正得失,动天地,感鬼神,莫近于诗。先王以是经夫妇,成孝敬,厚人伦,美教化,移风俗。"汉代四家诗中的另三家——齐、鲁、韩诗,注诗的本质与《毛诗》是一样的,即都是重视从诗本身发掘社会政治教化的意义。诗重人伦教化,是通过"美"和"刺"来实现的。"刺"是"刺上",对统治者进行讽谏,《诗大序》说:"上以风化下,下以风刺上,主文而谲谏,言之者无罪,闻之者足以戒,故曰风。至于王道衰,礼义废,政教失,国异政,家殊俗,而变风、变雅作矣。国史明乎得失之迹,伤人伦之废,哀刑政之苛,吟咏情性,以风其上。""美"则在"颂德",《诗大序》说:"美盛德之形容,以其成功告于神明者也。"其实,不论是"刺",还是"美",实际都是为了"致用",达到"美教化,移风俗"的目的。

经学背景下的诗论的另一主张,便是要求情志并重。《诗大序》说:"诗者,志之所之也,在心为志,发言为诗。情动于中而形于言,言之不足,故嗟叹之;嗟叹之不足,故永歌之;永歌之不足,不知手之舞之,足之蹈之也。"

---

① (美)刘若愚著,韩铁椿、蒋小雯译:《中国诗学》,长江文艺出版社 1991 年版,第 85 页。

② 顾颉刚:《诗经在春秋战国间的地位》,载顾颉刚编著《古史辨》(三),上海古籍出版社 1982 年版,第 320 页。

③ 朱自清:《诗言志辨·比兴》,载《朱自清全集》(卷6),江苏教育出版社 1996 年版,第196—197 页。

《毛诗序》的作者或者说是汉代的经学家也认识到《诗》有吟咏感情的一面，但他们首先认为诗是诗人"言志"的载体，"情"只是一重要媒介，诗并不是诗人用来言"情"的。这样，我们可以看出，"在经学语境的规范下，《毛诗序》的作者不但自觉地阻断了诗情向个体、感性方向发展的通道，而且将诗情牢牢地锁定在儒家伦理道德的范畴之内。"①所以《诗大序》说："发乎情，止乎礼义。发乎情，民之性也；止乎礼义，先王之泽也。"儒家不仅将一切诗情都限制在"礼义"的范围之内，而且要求它以吟咏群体性情感为归宿。这我们就可以解释为何汉代尤其是西汉时诗人、辞赋家都以经纶国家、辅佐君主为己任的深刻背景了。

汉人认为赋是诗的变体，理应承担《诗经》的"美刺"教化传统，而且汉赋作者作赋的初衷也确实含有为人主匡扶过失的主观意识。《论衡·定贤》篇认为辞赋："文丽而务巨，言眇而趋深，然而不能处定是非，辩然否之实。虽文如锦绣，深如河、汉，民不觉知是非之分，无益于弥为崇实之化。"王充以为辞赋不能定是非，辨曲折，即使文辞优美、构思精湛，也是无补于政治教化的。班固以为作赋也在于"美刺"时政，其《两都赋序》说辞赋"或以抒下情而通讽谕，或以宣上德而尽忠孝，雍容揄扬，着于后嗣，抑亦《雅》《颂》之亚也，故孝成之世，论而录之。盖奏御者千有余篇，而后大汉之文章，炳焉与三代同风。"班氏是认为赋是同诗一样可以进行礼乐教化的，他作《两都赋》的目的便是"以极众人之所眩曜，折以今之法度。"

第二节　文学本体的觉醒之路：诸体渐备与抒怀言志传统

先秦时期，文学并不是独立存在的，这也就是后代所说的"文史不分"的原始古朴状态。至战国时才发生激变，清代文史大家章学诚说："至战国而文章之变尽，至战国而著述之事专，至战国而后世之文体备；……后世之文，其体皆备于战国。"②他认为后世的各体文学，其源皆出于五经。

各种文学体裁虽从战国时便已发展起来，并从先秦典籍中吸收了各种

---

① 刘松来：《两汉经学与中国文学》，百花洲文艺出版社 2001 年版，第 313 页。
② 章学诚著，叶瑛校注：《文史通义校注》，中华书局 1985 年版，第 60 页。

养分,已渐趋独立,但文学与文章的分体,还需经历一个较长的发展历程。直至魏晋时,曹丕的《典论·论文》还视文章为"经国之大业,不朽之盛事",关于"文章"之内涵与功用还未脱离汉人之窠臼。盖"文学的独立和自觉有一个较长的发展过程,从战国后期的初露端倪,到西汉中后期才逐渐明确。"①至汉代时,各种文学体裁逐渐走向成熟和完善。诗歌的杂言句式也还大量存在,而主流诗歌逐渐由四言句式向五、七言过渡,五言在汉代诗坛上已经比较多,到东汉后期,七言诗也有发展。辞赋是汉代的主要文学样式,骚体大赋是与汉代盛世歌功颂德相伴而生的,随着汉帝国每况愈下,走向衰微,文人也转向内心世界的开掘,抒情小赋便应运而生了;到魏晋时,赋又向骈化方向发展,导致了骈赋的产生。汉代散文可以说是直接承接先秦诸子之余绪,政论散文和历史散文都呈现出了不同的发展轨迹及特色。小说萌芽于先秦,至汉代时进一步发展,而魏晋时志人小说、志怪小说以及博物小说都臻于成熟。

一、诗歌体裁的变异与发展

中国古代诗歌体制是逐渐形成和完善的,最原始的歌谣是二言,以后随着先民词汇的增加和双音节词的渐次出现,由最初的二言短句发展而为三言、四言、五言等杂言诗体。综观古代诗歌句式的体制,长短不一,最短者只一字,长者达十一字之多。在诗体的嬗变过程中,除了出于表达内容的需要之外,还与音乐的发展演变相伴随——有时与音乐结合,有时与音乐背离,可以说,内容表达和音乐体制是诗体选择的两个最重要因素。

早期的四言诗并不独存于诗歌中,也散见于《尚书》和《周易》等先秦其他典籍中。如《尚书·尧典》:"格于上下,克明俊德。以亲九族,九族既睦。平章百姓,百姓昭明。协和万邦,黎民于变。"《洪范》:"无偏无陂,遵王之义。无有作好,遵王之道。无有作恶,遵王之路。无偏无党,王道荡荡。无党无偏,王道平平。无反无侧,王道正直。"这些或用韵或不用韵的四言句式,多带有警戒的意味,也运用排比、顶针的修辞手法,但更趋于是一种散文化的句式。《周易》中的四言句式出现比例也很高,"在七十首杂言诗中,含

---

① 张少康:《中国文学理论批评史》(上),北京大学出版社2005年版,第133页。

有四言句式的就有五十四首,占百分之七十七。而在七十一首齐言诗中,含有四言句式的亦有三十三首,约占百分之四十六。……若将二者相加,就有八十七首之多。在一百四十一首诗中几乎占了百分之六十二。"①如《乾卦·彖》:"乾道变化,各正性命,保合大和,乃利贞。首出庶物,万国咸宁。"《中孚·九二》:"鹤鸣在阴,其子和之。我有好爵,吾与尔靡之。"产生于西周初年的《周颂》,形式上也与《尚书》、《周易》相似,如《清庙》:"于穆清庙,肃雍显相。济济多士,秉文之德,对越在天,骏奔走在庙,不显不承,无射于人斯!"将这首诗与风、雅中的其他作品相较,可以明显的看出,它并没有用韵,也没有嵌入虚字、衬字,缺乏一种流荡、音韵回旋的质感,可以看作是早期四言诗不成熟的一种表现。其特点是散文化倾向明显,而缺少诗的抒情性、跳跃性,说教气息浓重。它是典型的颂体诗,还存在于后世的郊庙祭祀歌辞里。

　　拿产生年代比这晚的《国风》和一部分大小《雅》,与上文所举的诗作相比,就可以看出四言诗的嬗变递进轨迹。早期的四言诗为了加强诗化,除了在用韵上采用多种方式之外,还大量使用双声、迭韵、重言,以及前后加虚字或衬字的方式来造成双音词(为了区别,下加着重号以标明)。双声如:"参差荇菜"(《周南·关雎》)、"蒹葭苍苍"(《秦风·蒹葭》);迭韵如:"窈窕淑女"(《周南·关雎》)、"陟彼崔嵬"(《周南·卷耳》);重言如:"青青子衿"(《郑风·子衿》)、"春日迟迟"(《豳风·七月》);加虚字或衬字如:"绿兮衣兮"(《邶风·绿衣》)、"言采其芹"(《小雅·采菽》)等。这些双音词的广泛使用,"大大增强了诗歌语言的表现力、形象性和音乐美。"②四言的诗化更重要的方式是通过建构典型而节奏感鲜明的句式和诗行,来加强韵律、节奏,并进而形成重章复沓的旋律。③《诗经》多以两句一行为诗句的建构方式,从而构成一个足句,表达一个完整的意思,如"桃之夭夭,灼灼其华"(《周南·桃夭》)、"将子无怒,秋以为期"(《卫风·氓》)。也采用多句重复或隔句重复的句式,来造成一种排沓的节奏感,如"摽有梅,其实七兮。求我庶士,迨其吉兮。摽有梅,其实三兮。求我庶士,迨其今兮。摽有梅,顷筐

---

① 秦惠民:《中国古代诗体通论》,华中科技大学出版社 2001 年版,第 37 页。
② 杨仲义:《中国古代诗体简论》,中华书局 1997 年版,第 85 页。
③ 参考葛晓音著《四言体的形成及其与辞赋的关系》,载《中国社会科学》2002 年第 6 期。

墍之。求我庶士,迨其谓之。"(《召南·摽有梅》)就是采用三章连环复沓的形式,来加强句式的美感。"习习谷风,维风及雨。将恐将惧,维予与女。将安将乐,女转弃予。"(《小雅·谷风》)都是利用重迭反复的句式来抒情,也形成了鲜明的节奏感。总之,《诗经》中诗篇形成的几百年,也是四言诗发展嬗变的过程。概括地说,《诗经》中的四言诗形成了两种不同的诗体取向:一种是以雅颂为代表的具有典雅风格的四言诗,多用于训诫、祭祀等场合;另一种是以国风和一部分雅诗为代表的具有抒情倾向的四言诗,以抒发自我情感等为目的。

汉代五言诗的创作,"一方面靠乐府来滋长,一方面靠诗人去试作,历二三百年之久,到东汉的末年便成立了。"①考之五言诗的起源,当不应忽略乐府对其的影响,而且还可远溯到乐府歌辞。钟嵘《诗品·序》也说:"夫四言文约意广,取效风骚,便可多得;每苦文繁而意少,故世罕习焉。五言居文辞之要,是众作之有滋味者也,故云会于流俗;岂不以指事造形,穷情写物,最为详切者耶!"钟说虽不直接针对汉诗所发,但汉代五言诗逐渐取代四言诗和骚体诗而成为诗歌发展的主流,并在汉末以至六朝蔚为大观的情形,他是知晓的,所以用这一说法来概括汉代五言诗的发展也是精当的。

一般的文学史都把班固的《咏史诗》视作是现存最早的文人五言诗,并据钟嵘《诗品·序》所评的"质木无文"认为其时五言诗尚属草创阶段,还很不成熟。将班诗与《古诗十九首》相较,它缺乏形象是显而易见的,但这是班固"诗主教化,作诗要继承风人怨而不怒、温柔敦厚之旨"的文学观念之反应,并非诗艺不成熟的表现。② 东汉相继创作五言诗的文人远较西汉为盛,蔡邕、秦嘉、郦炎、赵壹、蔡琰、张衡等都有五言诗传世。这些诗人中,秦嘉与蔡琰的五言诗尤值得玩味,可以说是其中的佼佼者。秦嘉的《赠妇诗》三首写得很有感情,他的诗上承《诗经》的弃妇诗,下启后世的闺怨诗,情思凄恻,委婉跌宕,很能动人心魄,化用典故贴切自然,不着痕迹。蔡琰身世凄惨,三次嫁人,其中一次还被北掳胡地,故《后汉书·列女传》说她的诗是"感伤乱离,追怀悲愤"之作,很有道理。她的身世遭遇极可怜,所以才能写

---

① 陆侃如,冯沅君:《中国诗史》,作家出版社1957年版,第271页。
② 赵敏俐:《论班固的〈咏史诗〉与文人五言诗的发展成熟问题》,载《北方论丛》1994年第1期。

出如此催人泪下的诗篇,而"五言诗之进展,得此女作家,以下开建安之盛,亦至堪夸耀之事已。"①

从这些诗作中,可以看出汉代五言诗在诗艺上逐渐臻于成熟,为魏晋五言古诗的出现作了很好的铺垫,缪钺先生在《曹植与五言诗体》一文中指出:"五言诗体发生虽在汉代,而其正式成立,则在建安、黄初之间。"②而《古诗十九首》无疑是汉末建安年间产生的杰出作品,③诗艺已很精湛,《文心雕龙·明诗》称它为"五言之冠冕"是极中肯的评价。《古诗十九首》的出现既是对前代诗歌艺术的总结,同时它的艺术手法也泽被后代诗人,它总体上表现出来的"浑雅之美",是"先秦两汉诗歌美学流承中的一个质变,它体现出的浑融饱满、情气充沛、含蓄蕴藉、真挚悲凉的情韵,直接开启了建安风骨和魏晋风度",④也为后世诗人歌咏人生、反映现实、抒发个人情感奠定了基础。

七言诗的成熟比五言诗要晚,但其诗体的起源甚早,其源头可追溯到《诗经》、《楚辞》。七言诗不仅从楚辞体中直接继承基本元素,还从民间歌谣中吸取养分。刘师培在《论文杂记》中指出:"上古之时,先有语言,后有文字。有声音,然后有点画;有谣谚,然后有诗歌。"⑤从民间的歌谣中的确也可找到七言诗萌生的痕迹,余冠英先生则力主七言诗源于歌谣,他在《七言诗起源新论》一文中说:"七言诗体的来源是民间歌谣。七言是从歌谣直接或间接升到文人笔下而成为诗体的。"⑥《后汉书·五行志》载录有桓帝时的童谣:"小麦青青大麦枯,谁当获者妇与姑。丈人何在西击胡,吏买马,君具车,请为诸君鼓咙胡。"这就是以七言为主的歌谣。汉代民间还有挽歌如《薤露》,其辞曰:"薤上露,何易晞!露晞明朝更复落,人死一去何时归?"《蒿里》:"蒿里谁家地?聚敛精魄无贤愚。鬼伯一何相催促,人命不得少踟蹰。"同样是以七言为主的歌谣,逯钦立先生考证二诗"至孝武时,李延年乃

---

① 龙榆生:《中国韵文史》,第18页。
② 缪钺:《缪钺全集》(第二卷),河北教育出版社2004年版,第27页。
③ 木斋:《略论古诗十九首的产生时间和作者阶层》,载《山西大学学报》2005年第4期。
④ 曹胜高:《论〈古诗十九首〉的浑雅之美》,载《兰州大学学报》2000年第6期。
⑤ 刘师培:《中国中古文学史》,人民文学出版社1959年版,第110页。
⑥ 余冠英:《古代文学杂论》,中华书局1987年版,第135—136页。

分二章为二曲,《薤露》送王公贵人,《蒿里》送士大夫庶人,使挽柩者歌之。"①朝廷既命李延年进行整理分别,或许还有别的歌谣进入乐府机关,这是民间的歌谣上升到文人手里进行加工的有力证据。而聂石樵先生则认为七言诗起源于下层人民和下级知识分子的七言镜铭、字书、口号,它们的形式"引起文人学子之注意,学习它进行创作,加工、提高其文学素质,使其成为严格意义的文学。"②楚歌是以齐言为主,而民间歌谣是以杂言为主要特征,故初期七言诗的胚胎呈现出或齐言,或在杂言中间有整齐的七言句式的特点。

七言诗真正被文人关注,并进行创作的,据现存数据可知是东汉末季的张衡。

此后,经过曹丕《燕歌行》、曹睿有拟《燕歌行》、缪袭的《魏鼓吹曲》以及西晋傅玄的《拟四愁诗》等沿袭改进,七言诗在鲍照手里已经成熟。在这一过程中,诗歌的抒怀言志倾向逐渐形成。

二、从言志到缘情:抒怀言志传统的形成

在中国诗歌"言志"、"缘事"、"缘情"三个创作动机中,"缘事"传统在不断被弱化,逐渐融化入"情"、"志"的表述中,这也促成了古典诗歌的主情性倾向。

"诗言志"最早完整表述于《尚书·尧典》:"帝曰:夔:'命汝典乐教胄子,诗言志,歌永言,声依永,律和声,八音克谐,无相夺伦,神人以和。"这里所提出"诗言志,歌永言,声依永,律和声",意在形成"八音克谐,无相夺伦,神人以和"的音乐效果,从而起到"直而温,宽而栗,刚而无虐,简而无傲"的教化作用。这一说法,在春秋战国时期得到广泛的认同,"言志说"已成为先秦诗学的主流观点。朱自清先生在《诗言志辨》中,认为这是中国诗学开山的纲领,又指出"志"就"怀抱"。闻一多在《歌与诗》中以为"志"有记忆、记录、怀抱三个含义。"言志"之说,乃先秦文化氛围与艺术经验的集聚,奠

---

① 逯钦立:《先秦汉魏晋南北朝诗》,第 257 页。
② 聂石樵:《先秦两汉文学史稿》(两汉卷),北京师范大学出版社 1994 年版,第 238—242 页。

定了中国诗学理论体系的基础。

在儒家推重的《礼记·乐记》中,这一观点得到全面而充分的表达,荀子的《乐论》进一步阐述了这种诗乐美感的形成机制。从这个意义上说,诗言志传统的提倡,正是在齐鲁地区得以彰显。《礼记·乐记》明确说:"诗,言其志也;歌,永其声也;舞,动其容也。三者本于心,然后乐器从之。"这三种都是从内心发出来,从中我们可以感觉到,情动于中而形于言,言之不足,故歌之,歌之不足故手舞足蹈之。把歌、舞作为内心体验、情感意志的表达,不仅解释了诗歌产生的内在动因,而且也明确了诗歌表达所要达到的效果。因而在汉代的《毛诗大序》中更加深刻地写道:"诗者,志之所之也,在心为志,发言为诗。"在心里面为志,发出来为诗。"情动于中而形于言,言之不足,故嗟叹之,嗟叹之不足,故歌之。"诗是内心的表现,志在里面,诗在外面,诗是内心的表露。

"诗缘情"是"诗言志"之说的延伸,是与言志密切相关的诗学阐释。战国时期,缘情说开始逐渐形成。屈原在《九章·惜诵》中说"惜诵以致愍兮,发愤以抒情。"在《抽思》中说"结微情以陈词兮,矫以遗夫美人。"《惜往日》中说:"愿陈情以白行兮,得罪过之不意。"《思美人》亦言:"申旦以舒中情兮,志沉菀而莫达。"这些都是他的牢骚,是他的愁怨,是他个人的情感体,屈原作品代表的不是一个群体,而是他自己,孤独地追求理想。楚地文化更重视个人情感在诗歌中展现,《淮南子·本经训》说:"凡人之性,心和欲得则乐。乐斯动,动斯蹈,蹈斯荡,荡斯歌,歌斯舞,歌舞节则禽兽跳矣。"又在《俶真训》说:"且人之情,耳目应感动,心志知忧乐……所以与物接也。……今万物之来擢拔吾性,攓取吾情,有若泉源,虽欲无稟,其可得邪?"认为万物能把内心的情感都表露出来。在这样的背景下,侧重表达个人情感的缘情说,逐渐开始形成,并在汉魏文学中得以滋生。

其实,诗歌重视个人情感的表达,在儒家学说中也逐渐得到体认,《荀子·礼论》:"凡礼,始乎棁,成乎文,终乎悦校。故至备,情文俱尽;其次,情文代胜;其下,复情以归大一也。"将情作为"礼"的组成部分。《毛诗大序》:"诗者,志之所之也,在心为志,发言为诗。情动于中而形于言,言之不足,故嗟叹之,嗟叹之不足,故歌之。"实将诗歌视为情志统一的产物。在汉代强调文化功用的观念和文学尚未自觉的创作意识中,诗歌的本体特质和作家的个性风格尚未得到深刻的认识,个体情感和志向的区分在某种程度上被混同起来。到了魏晋时期，随着魏晋玄学的兴起、文学的自觉和诗人个体生命意识的觉醒，情感不仅不再作为志向附属物，而且逐渐独立出来，成为与书写怀抱志向、宣扬政教、实现美刺相对应的一个表现范畴。个人隐秘的情感，刹那间的意绪以及不登大雅之堂的感觉，迅速成为诗歌表述的内容。受魏晋文化风气的影响，陆机《文赋》提出"诗缘情而绮靡"，是对魏晋以来文学注重个性情感、强调文学华美形式的总结。这一说法得到了当时许多诗人的响应，并奠定了中国诗歌以抒情见长的创作传统。

与"诗言志"与"诗缘情"两种理论主张同时，还有"诗缘事"一说，强调诗歌是对事件的表述，这一观点在汉代便已提出，却并未引起后代诗论的充分注意。

何休在《公羊传》宣公十五年注中提出："饥者歌其食，劳者歌其事。"班固在《汉书》卷三十《艺文志》中说："自孝武立乐府而采歌谣，于是有赵、代之讴，秦、楚之风。皆感于哀乐，缘事而发，亦可以观风俗，知薄厚云。"他们注意到了在言志、言情之外，诗歌具有强烈的叙事纪实功能，王运熙先生认为乐府诗"叙事纪实（作者的评判意见参与其中）是乐府诗的重要特征，这与其他诗体一般以抒情言志，表现诗人个性为职能有着比较明显的区别"[①]。如果我们了解这种强调诗歌叙事功能理论的产生和消解背景，就能深刻理解其在叙事诗中的价值，更有助于加深对中国诗学传统的理解。

何休提出"劳者歌其事"，主要来自于对《诗经》，特别是"国风"内容的总结。《诗经》存在少数带有叙事成分的诗篇，如《卫风·氓》、《齐风·女曰鸡鸣》、《召南·野有死麕》等，还有被称为"周族史诗"的《生民》、《公刘》、《绵》、《皇矣》、《大明》等，大多数诗歌常常是采取生活中一个片断，如《豳风·七月》、《邶风·静女》、《郑风·溱洧》等，或书写生产流程中的感受，或采撷日常生活中的细节，歌唱成诗。正是由于这些来自于民间的诗歌中记录了下层百姓的生活，抒写他们的悲欢离合，寄托着他们的期望渴求，上古才立采诗之制，才可以"观风俗，知薄厚"。先秦诗歌中，具有叙事纪实倾向的诗歌除了《诗经》，还有屈原的《九章》。与《离骚》、《九歌》借助象征比喻所形成浓郁抒情特征不同，屈原《九章》采用纪实的手法，抒写自己流放江南的沿途见闻，通过叙述所见引发情感，实现了叙事与抒情的混融。汉代最

---

① 王运熙、邬国平：《汉乐府风格论》，《楚雄师专学报》1995 年第 4 期。

具有代表性的诗歌是乐府诗,而乐府诗恰恰以叙事见长,如《陌上桑》、《孔雀东南飞》、《东门行》、《妇病行》、《雁门太守行》等,都通过对话、行为描写,塑造出了具有鲜明性格特征的人物形象,具有相对完整的故事情节。

从汉乐府诗歌以叙事见长的状况来看,班固的描述是准确的。也就是说,两汉诗学除了重视诗歌的政教作用之外,更强调诗歌的叙事纪实功能。班固创作《咏史》叙述缇萦救父一事,清晰描述了时间、经过、人物与结局,虽"质木无文",但却具备了叙事诗的基本要素。此外,辛延年的《羽林郎》、宋子侯的《董娇娆》等,都是形成了完整的叙事诗。这说明"诗缘事"的观点不仅是对汉乐府的总结,也是对诗歌叙述动机的一种探索。东汉是辞赋、散文高度成熟的时期,文人强调用诗歌来叙事,是对诗歌功能的拓展。建安时期,诗人们继续探索采用乐府来叙事,曹操的《蒿里行》、《苦寒行》,王粲的《七哀诗》、《从军行》,曹植的《送应氏》、《三良诗》,陈琳《饮马长城窟行》,左延年的《秦女休行》,蔡琰的《悲愤诗》等,都通过叙事来抒写情感,是"诗缘事"创作传统的发展和延续。

可惜这一倾向在两晋间逐渐消解。南北朝时期,文人创作极少叙事诗,只有民歌中尚有《木兰辞》、《西洲曲》等诗歌叙事。无论在创作上还是在文论上,这一时期的诗歌更多倾向于辞采、情感,对叙事的特征日渐忽略。陆机《文赋》提出诗缘情说之后,钟嵘《诗品》论述道:"感荡心灵,非陈诗何以展其义,非长歌何以骋其情?"把骋情作为诗歌的创作追求。这种重视抒情的诗学观点,在中国近体诗歌形成的过程中得到强化,并影响到随之繁荣起来的诗歌创作和诗学理论,奠定了中国诗歌重视抒情的传统。尽管此后杜甫、白居易、梅尧臣、苏舜钦、王冕、刘基、吴伟业等人也创作叙事诗,但这与其说是对诗缘事传统的延续,不如说是当时政治、社会与文化综合作用的结果,是偶然的行为而不是必然的诗学追求。因为从数量上来看,隋唐以后的诗人的作品,绝大部分是以抒情言志为意,而以叙事为追求的作品所占比例甚微。从质量来看,大多数诗人的名作不是叙事诗。从时代动因来看,中唐以后,随着市民阶层的形成,文学的叙事意识逐渐加强,以诗歌来叙事与当时小说、变文、戏曲等文体重视叙事关系密切,这些文体对诗歌叙事的浸润远比"诗缘事"传统的影响明显得多。最能说明这种现象的,是这一时期并无过多的理论主张提倡诗歌叙事,却有大量诗论反对诗歌进行叙事。如两晋后诗论多鄙薄言事者,如鲍照擅长乐府叙事诗,钟嵘《诗品》评其为"险俗"，"颇伤清雅之调"；许学夷《诗源辩体》言"太白《蜀道难》《天姥吟》，虽极漫衍纵横，然终不如《远别离》之含蓄深永，其七言如《悲歌行》《笑歌行》《上李邕》《上哥舒大夫》等，其俗陋不难辩。"他更讥讽《长恨歌》"拙于纪事，寸步不遗，犹恐失之，在乐天诗中为最下。"张戒《岁寒堂诗话》也言白居易，"其词伤于太烦，意伤于太尽，遂成冗长，卑陋耳。"多认为叙事非诗歌之正途。李东阳《怀麓堂诗话》："惟有所寄托，形容摹写，反复讽咏，以俟人之自得，言有尽而意无穷，则神爽飞动，手舞足蹈而不自觉，此诗之所以贵情思而轻事实也。"认为抒情言志乃诗歌之正途①。

这种重视抒情言志的叙述理论，既是中国诗歌以抒情为传统的总结，也是历代抒情得以强化的原因。中国的叙事诗尽管在汉魏间得到重视，但尚未展开，便被魏晋兴起的主情说所代替，从而促成了中国诗歌以抒情言志见长，以含蓄蕴藉为美的艺术倾向。②

三、散文体裁的变异和发展

我国的文与诗一样同是最古老的文学样式。散文最初萌芽于政府文告、占卜辞，但它们还缺乏文学色彩，不能算是真正的散文。春秋战国之际，诸子之作蜂起，为了加强说理的形象性，文学色彩逐渐得到强化。历史散文也在向前发展，其记言和记事的技法渐趋成熟，并最终融汇为以刻画人物性格为主。

春秋时期，王室衰微，列国纷争，各各延揽人才，而诸子也纷纷以自己的学说干谒诸侯，遂至学术逐渐趋于繁盛，诚如鲁迅先生所言："志士欲救时弊，则穷竭神虑，举其知闻。而诸侯又方并争，厚招游学之士；或将取合世主，起行其言，乃复力斥异家，以自所执持者为要道，骋辩腾说，著作云起矣。"③诸子之为文，互相辩驳诘难，表面上似难以并存，然归其旨趣，目的却大抵殊途同归，都为服务于当时社会现实之用的。而诸子散文也于时代变，这既是文学内在发展嬗变的结果，同时，也是时代风气之使然。具体而言，

①　陈来生：《中国传统叙事诗不发达原因探析》，《复旦学报》2004年第1期。
②　参见曹胜高《中国古典诗歌的叙述特质》，《中国文学研究》2006年第4期；《论汉晋间诗缘事说的形成与消解》，《文史哲》2008年第1期。
③　鲁迅：《汉文学史纲要》，第14页。

春秋时代,文风还尚质朴,至战国而一变为铺张扬厉,讲究辞藻,章学诚说:"观春秋之辞命,列国大夫,聘问诸侯,出使专对,盖欲文其言以达其旨而已。至战国而抵掌揣摩,腾说以取富贵,其辞敷张而扬厉,变其本而加恢奇焉,不可谓非行人辞命之极也。"①大致说来,它们反映着不同学派的思想倾向、政治主张和哲学观点。

《论语》是一部记录孔子及其弟子言行的语录体散文,它是一种散文发展的早期样式,对《墨子》、《孟子》的行文结构也深有影响。

《论语》的文学价值首先在于它的语言。它的语言基本上是口语,明白易懂。文字简括,颇多言简意赅、富于哲理性和启发性的语句。如"温故而知新"(《为政》)、"学而不厌,诲人不倦"(《述而》)、"往者不可谏,来者犹可追"(《微子》)、"岁寒,然后知松柏之后凋也"(《子罕》)、"三军可夺帅也,匹夫不可夺志也"(《子罕》)等,这些语句都含蓄隽永,寄寓着深刻的思想和哲理,都是对生活经验的提炼和概括。直到今天,仍具有鲜活的生命力。

其次,《论语》也善于通过简短的对话来显示人物的性格特征,具有初步的文学描写的意义。如《先进·侍坐》:

子路、曾晳、冉有、公西华侍坐。

子曰:"以吾一日长乎尔,毋吾以也。居则曰:'不吾知也!'如或知尔,则何以哉?"

子路率尔而对曰:"千乘之国,摄乎大国之间,加之以师旅,因之以饥馑;由也为之,比及三年,可使有勇,且知方也。"

夫子哂之。

"求!尔何如?"

对曰:"方六七十,如五六十,求也为之,比及三年,可使足民。如其礼乐,以俟君子。"

"赤!尔何如?"

对曰:"非曰能之,愿学焉。宗庙之事,如会同,端章甫,愿为小相焉。"

"点!尔何如?"

① 章学诚著,叶瑛校注:《文史通义校注》,第61页。

　　　　　鼓瑟希,铿尔,舍瑟而作。对曰:"异乎三子者之撰。"

　　　　子曰:"何伤乎? 亦各言其志也。"

　　　　曰:"莫春者,春服既成。冠者五六人,童子六七人,浴乎沂,风乎
　　　　舞雩,咏而归。"

这一节很成功地刻画出了孔门弟子的形象,如子路的率直鲁莽、冉有的谦虚
谨慎、公西华的温文尔雅、曾皙的从容洒脱。

　　再次,《论语》多用语气词,含蓄蕴藉,形成纡徐婉转的语言风格。如
"夫子之道,忠恕而已矣"(《里仁》)、"为仁由己,而由人乎哉"(《颜渊》)、
"人而不为《周南》、《召南》,其犹正墙面而立也与"(《阳货》)等。《论语》
使用大量的语气词,就在于它是语录体著作,其语言也必然贴近当时的
口语。

　　《墨子》一书是墨子讲学的记录,具有记言性质。与《论语》多作论断而
缺乏论证相比,《墨子》的每篇都有明确的论题,从具体的事例中引出议论,
进行归纳推理,是中国论辩文的雏形。《墨子》尚质不尚文,"意显而语
质",①注重实用,故其文不加雕饰,质朴无华。但《墨子》一书最大的特点
就是它的论辩性,它对论说文的形成实有影响,表现在如下几个方面:

　　首先,《墨子》常采用类比推理和生活事实的简括叙写相结合的表达方
式,使文章明确、清晰,具有很强的逻辑说服力。如《非攻》篇从小偷盗窃别
人的桃李、犬豕、鸡豚、牛马等入手,层层相递,归结到最大的"不义",在于
攻击别国,说:"今至大为攻国,则弗知非,从而誉之,谓之义。此可谓知义
与不义之别乎?"对不义的攻国提出责难,切入"非攻"的主题,条理清楚,推
理严密。《所染》篇也很成功,先以染丝作比喻,指出:"染于苍则苍,染于黄
则黄",进而类推出"非独染丝然也,国亦有染"的主要话题,即国君所亲近
的人对国君亦有影响。再举古之君子皆"染"于贤臣,而毁国灭宗庙者,皆
因"染"于小人,从这些历史事例中进行归纳推理,文章逻辑性强,能以理
服人。

　　其次,为了增加论辩过程中事实的说服力量,墨子进行了大量的生活现
实和历史事实的简括叙写。如《非攻》篇,为了说明发动战争将遗害自身,
重点叙写春秋末年的吴、晋两国的历史事件:吴王阖庐发动战争,打败楚国,

<hr/>

　　① 刘勰著,范文澜注:《文心雕龙注》,人民文学出版社 1958 年版,第 309 页。

朝宋与鲁,后被越王勾践所灭;晋国智伯发动战争,攻打中行氏、范氏,最后导致韩、赵、魏三家联合灭智伯。具体的历史事实证明,发动战争必定是玩火自焚。事实的叙写增添了文章的说服力量。又如《尚贤》篇举古代君主尚贤使能则可建功立业、名重后世的许多事例,以及富贵而暴戾终遭惩罚的反面事例,最后收束到"今大人欲王天下,正诸侯,将欲使意得乎天下,名成乎后世,故不察尚贤为政之本也?"同样具有很强的说服力。

最后,《墨子》一书发展了《论语》的"对话体"结构,开始转向"专论体",对《韩非子》等论说文深有启发。《墨子》书中虽也有"子墨子曰"、"夫子曰"或"子墨子言"的形式,但它不同于《论语》中的"子曰",也不再是各篇独立存在,而是已连缀成篇,形成一个有机的整体,在《尚贤》、《兼爱》、《非攻》、《非乐》等篇中,表现得尤为明显。这是散文发展史上的一大进步。

《孟子》和《庄子》是战国中叶分别代表儒家和道家的思想,具有划时代意义的散文名作。它们继承了此前散文的形式,但也有所发展,变简单的语录体为丰富的对话形式;更重要的变化则在于艺术形式上的革新,开始讲究辞藻,普遍运用比喻、排比等修辞手法和寓言的说理方式。

《孟子》也是"语录体"散文,记述了孟子的言行及其与门人弟子的言论,这一点与《论语》相似,但它将《论语》简明扼要的语录发展为长篇大论,将其质朴风格演变为重辞采、讲修饰的文风,加强了它的文学性;同时,它也发展了《墨子》的论说技巧,并使两者达到了高度的统一,"体现出由简趋繁,由辞约义丰向繁复畅达过渡的特色。"[1]

《孟子》文章长于辩论,这是它的一个显著特色。与《论语》的纡徐雍容的风格不同,《孟子》言辞机敏,充满了论战性,也比《墨子》更具有夺人的气势。如《梁惠王下》:

> 孟子谓齐宣王曰:"王之臣有托其妻子于其友而之楚游者,比其反也,则冻馁其妻子,则如之何?"
>
> 王曰:"弃之。"
>
> 曰:"士师不能治士,则如之何?"王曰:"已之。"
>
> 曰:"四境之内不治,则如之何?"
>
> 王顾左右而言他。

---

[1] 刘衍:《中国古代散文史》,高等教育出版社2004年版,第50页。

孟子讲究论辩技巧,善设机辟,引君人彀。他能够从身边的小事说起,慢慢引入正题,使对方不知不觉地陷入论辩的困境。

孟子藐视王公大人,有一股"至大至刚"、充塞于天地之间的浩然正气,其散文也具有磅礴的气势。如《公孙丑下》:

> 天时不如地利,地利不如人和。三里之城,七里之郭,环而攻之而不胜。夫环而攻之,必有得天时者矣;然而不胜者,是天时不如地利也。城非不高也,池非不深也,兵革非不坚利也,米粟非不多也;委而去之,是地利不如人和也。

> 故曰:域民不以封疆之界,固国不以山溪之险,威天下不以兵革之利。得道者多助,失道者寡助。寡助之至,亲戚畔之;多助之至,天下顺之。以天下之所顺,攻亲戚之所畔;故君子有不战,战必胜矣。

行文中句式整饬,声调铿锵有力,运用对仗、排比等手法,如大浪磅礴而来,横行无阻。

《孟子》散文也善用比喻与寓言,信手从生活中拈来生动贴切的事例作比,加强了说服力,也使得文章感染力极强。如《离娄下》:

> 齐人有一妻一妾而处室者,其良人出,则必餍酒肉而后反。其妻问所与饮食者,则尽富贵也。其妻告其妾曰:"良人出,则必餍酒肉而后反;问其与饮食者,尽富贵也,而未尝有显者来,吾将瞷良人之所之也。"

> 蚤起,施从良人之所之,遍国中无与立谈者。卒之东郭墦闲,之祭者,乞其余;不足,又顾而之他,此其为餍足之道也。

> 其妻归,告其妾曰:"良人者,所仰望而终身也。今若此!"与其妾讪其良人,而相泣于中庭。而良人未之知也,施施从外来,骄其妻妾。

> 由君子观之,则人之所以求富贵利达者,其妻妾不羞也,而不相泣者,几希矣。

行文妙趣横生,含有明显的讽刺与教诲意义。

《荀子》的议论散文完全脱离了语录体的形式,已从语录、对话发展为独立的成篇,这是《孟子》和《庄子》所未曾达到的,它是先秦时期论说文成熟的标志性作品。从散文体文学的发展角度来看,《荀子》有其独特的贡献。

汉代的政论散文,主要是在先秦诸子散文的基础上发展起来的。而西汉初年的政论散文,直接继承了荀子散文的艺术成就,直接关注现实中的重大问题,议论风发,畅所欲言,用比喻和排偶句,富于文采,颇有战国诸子散文的气息。汉代的抒情议理散文,在先秦策士言辞与书信的基础上获得了较大的发展,取得了较高的成就。

值得注意的是,汉代的书信体散文,正是继承了春秋时期的书信体散文而来,姚鼐《古文辞类纂序》所言的"列国士大夫或面相告语,或为书相遗",正是如《战国纵横家书》所录的《苏秦自齐献燕(昭)王书》、《史记·乐毅列传》所录乐毅的《报燕惠王书》等,这类书信最初只记军国大事,只论事议理,而到了汉代,这类书信体散文进一步发展,常将抒情与议理相结合,如邹阳的《狱中上梁王书》、司马迁的《报任安书》、杨恽的《报孙会宗书》、班昭的《为兄上书》、徐淑的《答夫秦嘉书》等,体现出鲜明的言事抒情倾向。这与这一时期诗歌抒怀言志的趋势是不谋而合的。

第二章　高峰初耸:北宋至南宋前期的齐鲁文学

　　北宋到南宋前期,是三千年齐鲁文学的第一次高潮时期。与当时整个中国文学的发展历程相契合,此阶段的主流文体,或者说主导性的文学形态依然是雅文学的诗与散文——尽管正统的诗歌吸纳、融入了音乐元素,并且接受流行的娱乐观念,从而衍生出一种新兴样式,甚至迅速发展为时代文学之标志,即被称为"诗馀"、"曲子词"的词,但也不能改变其基本类型分属——在思想内容方面,它们依然强烈认同传统儒家的文学观念、理论意识,同时也兼及旁涉老庄禅释,只不过是各时期各有侧重而已。如这时期的王禹偁、辛弃疾等代表作家,均拥具身当君国军政大事的使命感,和社会群体关怀的责任意识。表现于其作品里,值平常时节,则是系心民瘼,感叹民生疾苦,抒解民困;一旦国家有事,外侮入侵,便痛慨民族危亡、神州陆沉,志在光复故土,虽历艰难仍至死不渝。而当遭朝廷排拒、忠贞见疑,人生陷于低谷时际,便会寄情山水田园以求随缘自适,张扬个性以得生命之本真,实现个体情性的抒发和彰显。这里固然有着老庄自然、自我思想观念的浓重影响与明确导引,方才能够旷达超远,从而补充了先秦时代唯儒学为单边的不足;但同时也仍旧包含有孔孟的进退之说在内——总之是兼纳并备诸家而融合交迭一体于我了,这正是齐鲁文学深厚丰富的文化内质之双翼,共生并存互为消长。

　　"一代有一代之文学",为一代文学之极盛的宋词,一向与唐诗、元曲并称,共同被称扬为时代文学与文体的顶峰。其实,它也是齐鲁文学的最高成绩所在。一般说来,充溢着感性的创作实践催生出理性思考,而思考结果的文学理论又反向升华,去影响着创作实践,二者的互动,便推动了文学繁荣发展局面的出现。在这里,从词家的理性思考反溯,论析齐鲁词坛因成熟自觉的本体意识而体现于文学形态,即为词作风格面貌的绚丽多彩和题材内容的多样化。齐鲁词家堪称巨星煌煌而间杂众星灼灼衬映,是有宋一代词坛艺术成就最卓著的屈指可数的几个地域之一。

公元960年,后周归德军节度使、殿前都点检赵匡胤在北上抵挡契丹和北汉入侵的途中,于陈桥驿站发动兵变,黄袍加身,后回师京城,迫使周恭帝退位,登基称帝,建立宋朝,定都汴京(今河南开封),史称北宋。在此后的十几年里,宋太祖赵匡胤先后消灭了荆湘、后蜀、南汉、南唐等割据势力,除北汉之外,十国基本统一。后宋太宗赵炅又收复北汉,彻底结束了五代十国长期干戈扰攘、兵连祸结的分裂混战局面。

太平兴国二年(977),宋太宗即位之初,就尽罢节镇统辖支郡,实行分路而治,"自是而后,边防、盗贼、刑讼、金穀、按廉之任,皆委于转运使。又节次以天下土地形势,俾之分路而治矣。"(《文献通考·卷六十一·职官考十五》)后至"至道三年(997),分天下为十五路,天圣析为十八,元丰又析为二十三……东南际海,西尽巴僰,北极三关,东西六千四百八十五里,南北万一千六百二十里。崇宁四年,复置京畿路。大观元年,别置黔南路。三年,并黔南入广西,以广西黔南为名。四年,仍旧为广南西路。"(《宋史·地理志》)无论全国划分了多少路,今山东地区基本上一直隶属京东路,只有部分归属河北路,其中青州以东的地区大致隶属于京东东路,而济南以西的地区则隶属于京东西路。之所以称之为京东路,顾名思义,则是因为它在都城汴京的东面。北宋末年,经历了靖康之耻,神州陆沉,衣冠南渡,宋高宗赵构建都临安(今浙江杭州),史称南宋,位于长江北部的山东地区则沦于金朝女真族的铁蹄之下,因此进入南宋后,除了南宋前期尚有由北入南的山东作家,至南宋中后期,南宋文坛上基本没有了山东作家的踪迹。那些祖籍山东,但却流寓南方,从未踏上过齐鲁大地的作家,诸如周密等人,算不得真正的山东作家。由于朝代地域疆土的局限,此时的山东作家则多汇聚在北方的金朝。

随着宋朝定都汴京,国家政治中心东移,全国的文化中心必然也随之发生调整。由于今山东地区临近宋京都汴京,因而这一时期山东地区首先凭借特殊的地理优势获得文化上的大发展,并形成了山东作家辈出、山东文学大放异彩的局面。

第二,有宋一代,十分重视文治。自宋太祖赵匡胤黄袍加身之后,鉴于中唐以来藩镇割据、武将专权的前车之鉴,用"杯酒释兵权"之计,剥夺了石守信、王审琦等武将的军权,并重视文臣的选拔,让武将从属于文臣管辖,这种重文轻武的政策导致了宋代习文之风的日渐兴盛以及士大夫参政热情的空前高涨。加之宋代实行科举取士、选拔人才的制度,为广大的寒门知识分子进入仕途,提供晋身之阶,因而进一步刺激了宋代文士读书求学的热情,比如寇准、范仲淹、欧阳修等人均自幼生活贫苦,都是通过个人勤奋求学才成为朝廷重臣的。这种优待文士、崇文抑武的风气使得山东地区私人讲学、读书尊孔的风气日盛,比如号称"宋初三先生"之一的石介曾"以《易》教授于家,鲁人号介徂徕先生"(《宋史·卷四百三十二列传第一百九十一》),景祐二年(1035 年),他又在兖州奉符(今山东泰安)创建泰山书院,并邀请名儒孙复前来讲学,形成著名的泰山学派,反对奢华靡丽的文风,强调文学言志载道的社会功利性,在宋代儒学的复兴中发挥了重要作用,对山东地区的教育发展、人才培养、文学兴盛乃至对全国的诗风、文风也都产生了重要影响。

总的看来,这一时期的山东诗文创作逐步进入发展的高峰期,一方面在儒家诗教观的笼罩下,强调社会群体关怀,干预时政,关心民瘼,讽谕得失,忧国忧民,带有明显的政治功利倾向,另一方面,则由于兼容佛道释老,又追求心灵的淡泊宁静、自我超脱,追求个性化的审美情趣,因而表现出社会群体关怀与个体情性的交迭兼纳。

随着宋代统一全国,国家承平安定,社会经济也获得持续稳定发展,农业、手工业以及商业发展都日渐繁盛。而随着宋代商品经济的发展壮大,城市中那些代表着新的商品生产关系与交换关系的手工业者、小商贩、工匠以及出卖劳动力的苦力脚夫等,逐渐形成一个庞大的阶层——市民阶层,他们不仅以劳动与智慧推动了商品经济的繁荣与发展,也使两宋市井文化空前繁荣。据《东京梦华录》、《梦梁录》等书记载,瓦舍勾栏里上演的百戏伎艺数不胜数,而早在唐代产生的曲子词经过晚唐五代奢靡享乐环境中的畸形发展,至宋代在鳞次栉比的市井酒肆、秦楼楚馆中,更是获得空前繁荣,成为一代之文学。

山东词坛是宋代词坛的一大重镇,无论是词人群体、词作数量,还是词作质量、艺术水准,都位列前茅,在辉煌的宋代词坛始终都能占有一席之地。从词人以及词作数量上看,宋代词人有词传世并且籍贯可考者,按地域分布排序:浙江216 人,江西153 人,福建110 人,江苏86 人,河南68 人,四川60 人,安徽46 人,山东31 人,湖北17 人,湖南17 人,陕西14 人,山西7 人,广东6人,广西2人①,其中河北虽然有34人,但却包含了占籍未详的帝王及宗室。从地域分布上看,宋代词人绝大多数都是南方人,以浙江为首,而在北方,河南和山东分列北方的第一、二位,全国的第五位和第八位,虽然词人数量无法与南方相比,但从词作数量上看“则分别位居第四和第六。这表明中国文化的传统中心地区中原和齐鲁,在宋代依然保持着相当的文化优势。”②而从艺术水平和审美价值的角度看,宋代词坛在整个宋词发展史上的地位也是举足轻重,从提出词应“自有一种风格,稍不如格,便觉龃龉”(《跋吴师道小词》)的李之仪,到“神姿高秀,与轼可肩随”(《四库全书总目》)晁补之,到提出“词别是一家”(《词论》)的李清照,再到“慷慨纵横,有不可一世之概,于倚声家为变调,而异军特起,能于翦红刻翠之外,屹然别立一宗,迄今不废”(《四库全书总目提要》)的辛弃疾,都足可开宗立派,睥睨词坛,任何文学史以及专门词史都无法绕开他们的词学成就,尤其是辛弃疾和李清照更是在全宋词人为历代关注的排行榜上位居第一和第二位③,有关他们的研究论文与著作层出不穷。总之,这一时期山东词人的创作始终张扬主体意识,在词中自由地抒写心声,剖白心灵轨迹,感慨宦途风雨,乃至表现强烈的匡时济世的责任感和使命感,使词呈现出与“聊陈薄伎,以佐清欢”(欧阳修[采桑子]《西湖念语》)截然不同的审美取向,变成和诗文一样可以明志抒怀、言志载道的抒情文学样式,这对宋词发展疆域的开拓、艺术水平的提高乃至词学理论的探讨都具有重要意义,可谓影响深远。

第一节　社会群体关怀与个体情性的交迭兼纳

　　社会群体关怀和个体情性的交迭兼纳、对立统一是这一时期山东诗文发展的总体特征。受儒家思想的影响,山东士人关怀国家民族命运,关心民生疾苦,渴望通过参政入仕的方式实现建功立业、匡时济世的政治理想,在官场他们积极议政、参政,关心朝政得失,敢于忠心进谏,敢于为民请命,表现出以天下为己任的责任感和使命意识,而在文学领域里,他们则充分发挥

---

① 唐圭璋：《两宋词人占籍考》,载《宋词四考》,江苏古籍出版社1985年版,第1页。
② 王兆鹏、刘学：《宋词作者的统计分析》,载《文艺研究》2003年第6期。
③ 王兆鹏、刘尊明：《历史的选择：宋代词人历史地位的定量分析》,《文学遗产》1995年第4期。

了文学裨补时政的政治功利性,强调文学要"明道"、"致用",有助于维系社会群体秩序,无论是咏史怀古,还是讽谕规谏,都力图救偏补弊,执著于对时政的表现、对国计民生的关注。宋代诗文的社会群体关怀除了建立在儒家思想的基础上,受儒家积极进取的入世精神的统摄笼罩外,还与当时深重的民族矛盾、阶级矛盾有关,各种矛盾冲突的尖锐对立激发了文人的责任感、使命感,也使得他们的文学不得不发挥战斗的功用,与政治紧密结合。

如果说社会群体关怀是一种积极的外向式的奋发有为,那么对个体生命的关注则是一种内向式的收敛自省。当士人义无反顾的济世热情受到毫不留情的打击,屡遭贬谪,沉浮宦海,甚至被迫归隐山水林泉,尝尽英雄无用武之地的悲凉愤恨、民不聊生战乱频仍的心痛无力之后,他们又开始在道释佛老中汲取精神养料,排解内心的痛苦,寻找心灵的寄托,在超功利的审美境界中追求个体生命的宁静和谐、自由洒脱。他们登山临水,寄情田园,在对自然的纯粹审美观照中,涤荡污浊官场、喧嚣尘世的污垢,保持品行的高洁,追求精神的自由逍遥;他们伤春悲秋,伤时叹逝,敏感于岁序凋零、青春不再;他们关注个人情感,相思爱恋,离愁别恨,伤感于情路坎坷、难以朝暮相守。这份对自然之美的发现、对个体生命的注视以及对情感性灵的品悟,无不是于俯仰流连、静观内省间发掘生活的诗情画意,向着个体心灵的深度开掘,从而平复外在事功带来的心灵隐痛,达到精神的超脱旷达。总之,士人以儒家思想为主体、以道释思想为补充的心理结构,形成了他们外在事功与内省收敛二元互补的人格结构,并带来了文学入世与出世、外向与内向、功利与审美、社会性与个体性等对立互补因素的相互交融,这就形成了这一时期山东诗文政治功利性与艺术审美性、社会群体性与个体内在情性并行发展、交织融汇的基本格局,使得山东诗文既有鲜明的时代气息和刚健有力的气骨,又有审美的灵动性。

据傅璇琮主编的《全宋诗》统计,北宋至南宋前期大约 200 年的时间里,有诗文传世的山东作家大约有 130 位左右,他们作品数量多寡不一,水平参差不齐,虽未有像词坛里辛弃疾、李清照那般炳耀千秋的作者,但也有像王禹偁、石介、穆修、晁补之等在文学史上占据举足轻重地位的著名诗文家,为山东诗文在宋代的群星闪耀、大放异彩增添了许多光芒。为了勾勒出山东诗文在宋代发展的脉络,也为了论述的方便,可以将这一时间段分为四个时期来分别论述:第一,北宋前期,从宋朝建国(960 年)至仁宗嘉祐八年

(1063年);第二,北宋后期,从英宗治平元年(1064年)到徽宗宣和七年(1125年);第三,南北宋之交,从钦宗靖康元年(1126年)到高宗绍兴三十二年(1162年);第四,南宋前期,从孝宗隆兴元年(1163年)到宁宗开禧三年(1207年)。

一、北宋前期

北宋前期著名的山东诗文家有张詠、王禹偁、穆修、石介以及以范讽、石延年、刘潜为代表的"东州逸党"等,他们的诗文创作不仅数量可观,而且在文学史的坐标系上也颇受瞩目。张詠(946—1015年),字复之,号乖崖,谥忠定,濮州鄄城(今山东鄄城)人,太宗、真宗两朝名臣,为官刚直公正,恩威并用,吏民畏服,世界上最早的纸币"交子",就是他在镇守四川时发明的。张詠工诗善文,"其文乃疏通平易,不为崭绝之语。其诗亦列名西昆体中。(案西昆酬唱十七人,詠名在第十一。)其《声赋》一首,穷极幽渺,梁周翰至叹为'一百年不见此作'。则亦非无意於为文者。特其光明俊伟,发於自然,故真气流露,无雕章琢句之态耳。"(《四库全书总目》卷一五二《乖崖集提要》)有《乖崖集》10卷,后人增为12卷,附录1卷。

宋初几十年承袭晚唐五代的诗风,典雅浮艳、雕章琢句的西昆体风行一时。西昆体孕育于宋代馆阁唱和之风的影响下,因《西昆酬唱集》而得名,以杨亿、刘筠等人为代表,是当时诗坛上独领风骚的一大诗歌流派。从总体上看,西昆体诗歌题材范围狭窄,缺乏时代气息和真情实感,过多地注重文辞华美、声律谨严,而思想内容相对则比较空虚贫乏。张詠作为17位西昆体诗人中的重要一员,其诗歌中也充斥着各种咏物、咏史、写景之作,而且不可避免地也有重文轻质的弊病,比如他入选《西昆酬唱集》中的两首诗《馆中新蝉》和《鹤》,就是堆砌文字,频繁运用冷僻典故,毫无真情实感,但是从总体上来看,张詠的诗歌境界还是比较开阔的,还有不少诗能摆脱西昆体的笼罩,表现出对民生疾苦、朝政得失的关注,流露出建功立业、施展抱负的雄心壮志,颇有忧国忧民的情怀和以天下为己任的责任感,如其《悯农》重视农民和农业生产,号召国家要关注农民疾苦,不仅如此,他还提出了"悯农"的具体措施,那就是要防止土地兼并,打击贪官豪吏,显示出一个心怀天下的政治家的眼光和襟怀。再如其《本农》一诗,同样也是反映农民疾苦的佳作。而作为一名身怀家国责任感的正直文人,张詠具有强烈的入世情结,渴望施展抱负,成就功业,在《解嘲》一诗里他就抒发了渴望得到赏识,实现建功立业的壮志,哪怕实现理想的道路上充满坎坷困厄,仍然忠贞刚毅,此心不渝,颇有气骨。强烈的入世情结和济世之志使得张詠的咏物诗以及赠别诗等的写作都突破了西昆体的苑囿,在咏物、送别之时隐隐流露出平治天下的抱负和理想,从而使得这些诗歌摆脱了内容空洞无味的弊病,提升了思想境界。

除了对社会群体的关怀,张詠还有不少诗歌沉湎自然山水,专注自然之美,关注个体情感表现,取象平易,不事雕琢,但却写得真率自然,清新淡雅。比如其怀乡思归之作:

> 帘幕萧萧竹院深,客怀孤寂伴灯吟。无端一夜空阶雨,滴破思乡万里心。

——《雨夜》

屋外夜雨空阶,风吹帘幕,屋内孤馆寒灯,形影相吊,暗夜萧瑟、凄凉无眠的背景里将客怀孤寂、宦游思乡之情渲染得真挚感人。再如其《夜坐》:

> 流水涓涓落砌莎,竹窗残月冷无多。傍人不念思乡苦,独奏南楼一曲歌。

同样是一首宦游怀乡之作,风格平淡自然,情致悱恻动人,给人以隽永的回味。张詠其他注视个体内在生命和心灵的诗作,诸如寄情自然山水的《过武陵溪二首》、伤时叹逝的《和人惜春》、忆人念远的《暮春忆友人》等等,都追求个性化的情感表现和审美意味,并未一味流于形式美的追求,并无内容空虚无物、语言晦涩难懂的弊病,故《四库全书总目》评价其诗"发于自然,故真情流露,无雕章琢句之态",也是比较符合实际情况的。

张詠的散文虽名声不显,但也雄健有气骨,非常注重社会现实功用和社会群体关怀,无华而不实的瑰丽辞藻,如其《乞诛丁谓王钦若奏》表现出分明的爱憎和时刻以国家人民利益为先的精神,文章的功利性和目的性十分明确。再如其《骂青蝇文》:

> 我疑奸人之魂,佞人之魄,埋郁不散,托蝇寄迹。不然者,何以变白为黑,变黑为白?所以恣其点染,所以逞其谗愿。

同样言之有物,在嬉笑怒骂的同时,对奸佞之臣予以口诛笔伐,文笔诙谐幽默。在浮艳文风盛行的宋初文坛,张詠的散文能言之有物,质胜于文,还是非常可贵的。郭森卿评曰："今观其文大抵脱去翰墨畦径，无属文缀词之迹，而磊磊落落，实大以肆方。国初踵五代文气之陋，柳仲涂（开）、穆伯长（修）辈为古文以振之。公初不闻切磨于此，而当时老于文学者，称其秉笔为文有三代风，益其光明硕大之学、尊王庇民之道，英华发外而雄奇典雅，得于天韵之自然，殆非语言文字之学所能到也。"（《乖崖集序》）指出张咏散文之所以获得如此高的成就，正是因为他重现实功用和社会群体关怀，将对国家社稷、黎民百姓的深切关怀发之于文使然。

王禹偁（954—1001 年），字元之，济州巨野（今山东巨野）人，因晚年曾贬谪黄州，因而后人又称其为"王黄州"。王禹偁出身寒素，自幼聪敏，"十余岁，能属文"（宋敏求《王禹偁神道碑》）。太平兴国五年（980 年），殿试不第。八年（983）再试，举进士。后历任成武县主簿、长洲县令、右拾遗、中书侍郎、左司谏知制诰等职。政治上主张变革，曾上《端拱箴》、《三谏书序》、《御戎十策》等，提出重视农耕、任用贤臣、赏罚分明等富国强兵、安定边防的具体规划，虽多数未被采纳，但却为后来范仲淹的庆历新政开了先声。由于一生为革除时弊而不屈不挠地斗争，为官又清廉刚正，直言敢谏，不畏强权，自称要"兼磨断佞剑，拟树直言旗"（《谪居感事》），因此屡遭贬谪，浮沉宦海曾三次遭贬，可谓历尽艰辛，《宋史·王禹偁传》说他："词学敏赡，遇事敢言，喜臧否人物，以直躬行道为己任。其为文著书多涉规讽，以是颇为流俗所不容，故屡见摈斥。"苏轼说他："不容于中，耿然如秋霜夏日不可玩狎，至于三黜以死"（《王元之画像赞叙》），他自己也在《三黜赋》里写道："屈于身兮不屈其道，任百谪而何亏。吾当守正直兮佩仁义，期终身以行之。"表现出正道直行、坚韧不屈的大丈夫气节。

文学创作上，王禹偁不满晚唐五代以来"秉笔多艳冶"（《哀高锡》）的纤弱浮靡文风，主张复古革新，曾言："咸通以来，诗文不竞。革弊复古，宜其有闻。"（《送孙何序》）为文师法韩愈、柳宗元，自称"谁怜所好还同我，韩柳文章李杜诗。"（《赠朱严》）但另一方面其文又不似韩文之奇险，而是发扬了韩愈"文从字顺"的传统，强调"句之易道，义之易晓"（《答张扶书》），反对艰深晦涩的文风，对后来的诗文革新运动乃至有宋一代的文风，都产生了重要影响。王禹偁论文主张"传道而明心"（《答张扶书》），即文道合一，不像柳开等人重道轻文，虽张扬道统，但完全视文学为工具，忽视文学的审美性，因而其散文并未单纯地偏重社会群体关怀，而是在社会群体关怀和个体生命关注二者之间徘徊,既有强烈的社会责任感、积极入世的使命感、鲜明的政治内容和思想倾向,同时又不废对自然山水的喜爱,不废对情感性灵的品悟。

前者如《唐河店妪传》和《待漏院记》。《唐河店妪传》虽为传记,但却只用了三分之一的篇幅为老妪作传,其余三分之二则用来议论朝廷边防用兵的得失,指出将边疆兵力调至内地实在失策,因为"国之备塞,多用边兵,盖有以也,以其习战斗而不畏懦矣",因此"得边兵一万,可敌客军五万矣",这才是巩固边防的良策。《待漏院记》则以对比的手法告诫宰相为政当勤,不应谋求个人私利,万事应以国家利益为先,"其或兆民未安,思所泰之;四夷未附,思所来之。兵革未息,何以弭之;田畴多芜,何以辟之。贤人在野,我将进之;佞臣立朝,我将斥之。六气不和,灾眚荐至,愿避位以禳之;五刑未措,欺诈日生,请修德以厘之。忧心忡忡,待旦而入,九门既启,四聪甚迩。相君言焉,时君纳焉。皇风于是乎清夷,苍生以之而富庶。"这种对黎民百姓、社稷江山的深重关切,大有"先天下之忧而忧,后天下之乐而乐"的胸怀,隐然与范仲淹的《岳阳楼记》息息相通。

后者如《黄州新建小竹楼记》。此文作于贬谪黄州期间,以竹楼为表现对象,将楼中可以领略到的四时美景和清韵雅趣描写得如诗如画,令人神往:

> 夏宜急雨,有瀑布声;冬宜密雪,有碎玉声。宜鼓琴,琴调虚畅;宜咏诗,诗韵清绝;宜围棋,子声丁丁然;宜投壶,矢声铮铮然:皆竹楼之所助也。

> 公退之暇,披鹤氅,戴华阳巾,手执《周易》一卷,焚香默坐,消遣世虑。江山之外,第见风帆沙鸟、烟云竹树而已。待其酒力醒,茶烟歇,送夕阳,迎素月,亦谪居之胜概也。

总的看来,王禹偁的散文自由流利,平淡晓畅,又声韵谐美,毫无艰深晦涩、雕章琢句之感,《四库简明目录》言其"始变五季雕绘之习,然亦不为柳开之奇僻",可谓确评,同时其文又能在道德伦理关怀和审美艺术上把握好尺度,不因道废文,复古又不泥古,实属难能可贵。

宋初诗坛除了西昆体风行一时之外,"白体"诗也蔚为风尚,是当时君臣流连光景、应酬赠答时常用的诗体,其特点是浅显平易,多表现文人的闲适生活,抒发其闲情雅趣,代表作家有李昉、徐铉、王禹偁等人。不过李昉、徐铉继承的是白居易闲适的唱和诗和酬赠诗，只有王禹偁不囿于元和唱和体的束缚，继承了白居易"惟歌生民病"的讽谕诗的真精神，写了大量关心民瘼、反映社会现实的诗作。如其《对雪》一诗，作于宋太宗端拱元年（988年），表现了对民生疾苦的关注。在面对"睡起毛骨寒，窗牖琼花坠。披衣出户看，飘飘满天地"的雪景之时，作者立即就想到了"河朔民"和"边塞兵"："因思河朔民，输挽供边鄙。车重数十斛，路遥数百里。羸蹄冻不行，死辙冰难曳。夜来何处宿，阒寂荒陂里。又思边塞兵，荷戈御胡骑。城上卓旌旗，楼中望烽燧。弓劲添气力，甲寒侵骨髓。今日何处行？牢落穷沙际。"忧国忧民之情真挚可感，接着将笔触转入内心描写，"自念亦何人，偷安得如是！深为苍生蠹，仍尸谏官位。謇谬无一言，岂得为直士？褒贬无一词，岂得为良史？不耕一亩田，不持一只矢。多惭富人术，且乏安边议。空作对雪吟，勤勤谢知己。"感慨自己不耕不种，不能打仗，而身为谏官，又不能使人民生活富裕，边疆安定，可谓无用之极，表现出对社稷苍生的深重责任感、使命感以及不能为国家谋福的愧疚之情。

淳化二年（991年）九月至淳化四年（993年）四月王禹偁贬谪商州期间，创作了不少具有白居易新乐府诗精神的诗作，其中比较著名的一首是《感流亡》：

> 谪居岁云暮，晨起厨无烟。赖有可爱日，悬在南荣边。高春已数丈，和暖如春天。门临商於路，有客憩檐前。老翁与病妪，头鬓皆皤然。呱呱三儿泣，茕茕一夫鳏。道粮无斗粟，路费无百钱。聚头未有食，颜色颇饥寒。试问何许人，答云家长安。去年关辅旱，逐熟入穰川。妇死埋异乡，客贫思故园。故园虽孔迩，秦岭隔蓝关。山深号六里，路峻名七盘。襁负且乞丐，冻馁复险艰。惟愁大雨雪，僵死山谷间。我闻斯人语，倚户独长叹。尔为流亡客，我为冗散官。在官无俸禄，奉亲乏甘鲜。因思筮仕来，倏忽过十年。峨冠蠹黔首，旅进长素餐。文翰皆徒尔，放逐固宜然。家贫与亲老，睹尔聊自宽。

此诗即作于宋太宗淳化三年（992年）十二月谪居商州期间，通过描绘一户贫苦人家因旱荒背井离乡、从长安流亡到商州的悲惨遭遇，没有粮食，没有银钱，颠沛流离，饥寒交迫，再现了淳化元年八月"寿安、长安、天兴等二十七县旱"（《宋史·太宗本纪》）给人民造成的巨大灾难以及作者对老翁、病妪艰辛处境的深切同情，并由此联想到自己的身世之痛，贬谪他乡、无所作为的自责与惭愧之情,情感抒发真挚感人,"极似杜甫的《三吏》、《三别》,白居易的《新乐府》、《秦中吟》"①。诗风平易浅近,语言质朴无华,写法上时叙时议,尤其是结末几句将自身命运和人民命运相联系从而生发出的感慨,已经初步显示出宋诗散文化、议论化的特点。

除了关心民生疾苦之外,王禹偁的诗歌还直陈时事,对朝廷兵备得失、国家吏治弊端等问题都有深刻的揭露和批判,颇能切中要害。比如《战城南》一诗对统治者发动的对西夏的穷兵黩武战争提出批评,指出"自古控御全在仁,何必穷兵兼黩武",告诫统治者应该以德服人、以仁怀远,而非动辄以战,破坏生产;又如其《金吾》一诗通过宋初大将曹翰的发家史,揭露了他的残暴恶劣,曹翰在平复江南的过程中大肆屠杀百姓,"弥年城乃陷,不使鸡犬活。老小数千人,一怒尽流血。"但就是如此凶残之人,最终却"晚年得执金,富贵居朝阙。娱乐有清商,康强无白发。享年六十九,固不为夭折。"福禄永享,恩宠有加,通过鲜明的对比,抨击了统治者的用人制度;再如其《乌啄疮驴歌》则以寓言小品的形式,痛斥贪官污吏横征暴敛,鱼肉百姓的丑恶行径,结末六句"赖是商山多鸷鸟,便问邻家借秋鹃。铁尔拳兮钩尔爪,折乌颈兮食乌脑;岂唯取尔饥肠饱,亦与疮驴复仇了。"向邻居借秋鹃消灭老乌为疮驴复仇,绝不纵容姑息,隐然包含着铲除贪官污吏的希冀与决心,同时也显示出王禹偁刚正不阿、正直无私的品行,无论是寓言象征的表现手法,还是内在的抨击丑恶、揭露时弊的精神,都极似白居易《新乐府》中的诸多讽谕诗。

总的看来,王禹偁在诗歌创作上师法白居易以及杜甫等人,"本与乐天为后进,敢期子美是前身。"(《前赋村居杂兴诗二首……聊以自贺》)具有大济苍生、心忧黎民的情怀,辅弼君王、裨补时政的抱负以及刚正不阿、为民请命的品格,这使得其诗"多涉规谏,未尝空言"(吴之振在《宋诗钞·小畜集钞》)。也使他在诗坛获誉良多,如林逋曾言"放达有唐唯白傅,纵横吾宋是黄州"(《读王黄州集》),《蔡和宽诗话》也说道:"国初沿袭五代之余,士大夫皆宗白乐天诗,故王黄州主盟一时。"均指出王禹偁在宋初诗坛的地位。

作为著名的白体诗人,除了批评时政的讽谕诗之外,王禹偁当然也还有不少流连山水田园,表现闲适恬淡心情的诗作,比如《村行》:

---

① 王延梯:《王禹偁诗文选》,人民文学出版社 1996 年版。

马穿山径菊初黄,信马悠悠野兴长。万壑有声含晚籁,数峰无语立斜阳。棠梨叶落胭脂色,荞麦花开白雪香。何事吟余忽惆怅,村桥原树似吾乡。

此诗作于贬谪商州时期,即景抒情,通过描绘秋日乡村晚景的美好,表现宦途失意的落寞以及拳拳的思乡之情。前六句写景,一句一景,向我们展现出一幅幽美静谧的山野风光,笔触清新雅致,其中,颔联、颈联两联写景非常成功,一直以来深受赞誉;结末两句由景入情,通过前面的美景反衬诗人谪居异乡、孤独漂泊的感伤与寂寞,从而使整首诗笼罩着一种淡淡的轻愁。前乐后哀的结构显示出这一时期诗人内心的苦闷和彷徨,一直试图借助庄老哲学排解心情,从自然山水中忘怀宦途失意。再如其写于长州任上的《游虎丘寺》和《再泛吴江》:

乐天曾守郡,酷爱虎丘山。一年十二度,五马来松关。我今方吏隐,心在云水间。野性群麋鹿,忘机狎鸥鹇。乘兴即一到,兴尽复自还。不知使君贵,何似长官闲。

二年为吏住江滨,重到江头照病身。满眼碧波输野鸟,一蓑疏雨属渔人。随船晓月孤轮白,入座晴山数点青。张翰精灵还笑我,绿袍依旧惹埃尘。

无不是寄情山水泉石,委顺自然之道,以弃绝宦海功名、浮尘俗世的羁绊,试图从俯仰流连间达到心灵的虚静淡泊。

王禹偁的诗文不仅在当时堪称大家,更是泽被后世,影响深远,如清人吴之振在《宋诗钞·小畜集钞》的序文里就说他"独开有宋风气,于是欧阳文忠(修)得以承流接响。文忠之诗,雄深过于元之,然元之固其滥觞矣。穆修、尹洙为古文于人所不为之时,元之则为杜(甫)诗于人所不为之时者也。"

穆修(979—1032 年),字伯长,郓州汶阳(今山东汶上)人,真宗大中祥符二年(1009 年)赐进士出身,后曾任泰州司理参军,池州参军,颖州、蔡州文学参军等职,北宋著名文学家,古文运动的先驱,同时也是宋代理学之先驱。有《河南穆公集》(又称《穆参军集》)传世。

穆修对宋初文坛盛行的浮华靡丽的五代文风和西昆派的骈体相当不满,曾大肆批判形式主义文风:"古道息绝不行,于时已久。今世士子习尚浅近,非章句声偶之辞,不置耳目,浮轨滥辙,相迹而奔,靡有异途焉。"(《答乔适书》)同时又大力推崇唐代韩愈、柳宗元的古文,以恢复韩、柳古文为己任,在《唐柳先生文集后序》一文里就说过:"唐之文章,初未去周、隋五代之气;中国称得李、杜,其才始用为胜,而号专雄歌诗,道未及其浑备。至韩、柳氏起,然后能大吐古人之文,其言与仁义相华实而不杂。如韩《元和圣德》、《平淮西》,柳《雅章》之类,皆辞严义伟,制述如'经',能卓然耸唐德于盛汉之表,蔑愧让者,非二先生之文则谁与?"穆修不仅不遗余力地标榜推行韩、柳古文,甚至还募集资金刊刻韩、柳文集数百部,并亲自在书摊叫卖,来扩大古文的影响,与靡丽的文风相对抗。《宋史·穆修传》里曾高度评价穆修,说:"自五代文敝,国初柳开始为古文,其后,杨亿、刘筠尚声偶之辞,天下学者靡然从之。修于是时独以古文称,苏舜钦兄弟多从之游。修虽穷死,然一时士大夫称能文者,必曰穆参军。"

穆修诗歌现存有近60余首,以写景纪游为多,如其《江南寒食》:

江城水国春光饶,清明上巳多招要。花阴连络春草岸,柳色掩映红阑桥。歌调呕哑杂吴俗,髻鬟疏削传南朝。谁怜北客归未去,楚魄湘魂惟暗消。

这是穆修诸多寒食诗中的一首,同样描绘了一幅江南春天妖娆美丽的风光。碧波春水,花红柳绿,吴歌软语,南国髻鬟,在浓郁的南国风味和江南风俗民情中,作者想起了自己的故乡,"谁怜北客归未去,楚魄湘魂惟暗消",深挚的思乡之情自然流淌出来。

穆修也有不少送别赠答、相思念远之作,表现的都是抒情个体私人的情感体验和生命状态,比如:

江上寂寥春雨晴,江边舟舟春潮平。相逢未尽斗酒醉,相送又速孤舟行。篁竹穷锁秋浦郡,烟波渺隔无为城。音尘两地不千里,勿使负君金玉声。

——《江上送陈翘还无为》

去年何时君别妾,南园绿草飞蝴蝶。今岁何时妾忆君,西山白雪暗秦云。玉关此去三千里,欲寄音书那可闻。

——《思边》

无论是表现友情还是爱情,读来都颇有清新之感。

除了以上偏重个人情感抒发的诗作，穆修也偶有忧国伤时、关心民瘼的诗作，比如其《丙寅春雨》哀叹霖雨成灾，悲悯农人艰辛，"民麦悲已病，泥中聊参差。嘉谷失播种，虽晴谅胡为。蠢彼田中氓，岂惟念身饥。州县责常赋，嗷嗷诉之谁。幸不为盗起，多应尽流离。"表现出对农业生产的关注和暴雨过后农民处境的担忧，忧国忧民之情溢于言表。再如《秋浦会遇》一诗，洋洋千言，指斥奸人，虽难免险怪艰涩，但思想性还是很强的。

总之，穆修的诗文创作无论是在诗歌史上还是散文史上，都算不得大家，其散文尊崇韩、柳，却过分拘泥于古体，因而显得怪诞生僻，缺乏才气，被人视为"语怪"而"排诟之，罪毁之，不目以为迂，即指以为惑"（《答乔适书》）。其诗歌创作总体上也成就平平，缺乏新意。不过他却引导了文学发展的正确走向，为后来的诗文革新运动开了先声，"宋之古文，实柳开与修为倡。然开之学，及身而止。修则一传为尹洙，再传为欧阳修，而宋之文章于斯极盛，则其功亦不鲜矣。"（《四库全书总目提要》）因而从文学史的角度看，穆修在宋代文坛还是应该占有一席之地的。

石介（1005—1045 年），字守道，一字公操，兖州奉符（今山东泰安）人，北宋著名文学家，与孙复、胡瑗并称"宋初三先生"。宋仁宗天圣八年（1030年）举进士，后曾任郓州观察推官、国子监直讲等官职，积极支持范仲淹的庆历新政，因而屡遭打击排斥。变法失败后，随着革新派的罢职而被外放到濮州，未到任所而病卒。欧阳修《徂徕先生墓志铭》言其为人"学笃而志大，虽在畎亩，不忘天下之忧。以为时无不可为，为之无不至。不在其位，则行其言。吾言用，功利施于天下，不必出乎己；吾言不用，虽获咎，至死而不悔。"因曾讲学于徂徕山下，故世称徂徕先生。有《徂徕石先生文集》二十卷传世，其中卷一至卷四为诗歌。

石介继穆修之后激烈批判以杨亿等人为代表的雕章琢句、堆砌典故的西昆体文风，并对之深恶痛绝，说他们"穷娇极态，缀风月，弄花草，淫巧侈丽，淫华纂组，剜镂圣人之经，破碎圣人之言，离析圣人之意，蠹伤圣人之道"（《怪说》），完全背弃了文以载道的原则，导致"天下聩聩晦晦，不闻有雅声。常谓流俗益弊，斯文遂丧"（《与君贶学士书》），因而必须禁绝。石介也是北宋古文运动的重要代表，他尊崇韩愈古文，标举儒学道统，宣扬"吾之道，孔子、孟轲、扬雄、韩愈之道"（《应责》），论文强调政治教化功用，所谓"三纲，文之象也；五常，文之质也……礼乐，文之饰也；孝悌，文之美也"

（《上蔡副枢》），同穆修一样重道轻文，认为文"必本于教化仁义，根于礼乐行政"（《上赵先生书》），因而"作为文章极陈古今治乱成败，以指切当时，贤愚善恶，是是非非，无所讳忌"（欧阳修《徂徕先生墓志铭》），具有强烈的入世色彩和批判主义精神。比如其《唐鉴》一文总结唐朝的历史教训，"以戒奸臣、宦官、宫女，指切当时，无所讳忌"（《宋史·儒林传》）。在序言里，石介说道："唐十八帝，惟武德、贞观、开元、元和百数十年，礼乐征伐自天子出。女后乱之于前，奸臣变之于中，宦官覆之于后。颠侧倚危，绵绵延延，乍倾乍安，若续若绝，仅能至于三百年，何足言之。"并告诫说"后之为国者鉴李氏之覆车，勿专政于女后，勿假权于中宫，勿委任于奸臣"。鉴于宋真宗继位初期，刘太后把持朝廷十余年的政治现实，石介的这篇文章大有借古讽今之意。再如他在《明禁》里批评朝廷：

> 国家之禁，疏密不得其中矣。今山泽江海皆有禁，盐铁酒茗皆有禁。布绵丝枲皆有禁，关市河梁皆有禁。子去其父则不禁，民去其君则不禁，男去耒耜则不禁，女去织纴则不禁，工作奇巧则不禁，商通珠贝则不禁，士亡仁义则不禁，左法乱俗则不禁，淫文害正则不禁，市有游手则不禁，官有游食则不禁，衣服踰制则不禁，宫室过度则不禁，豪强兼并则不禁，权要横暴则不禁，贿行于上则不禁，吏贪于下则不禁。

指斥朝廷当禁不禁，与黎民百姓生活相关的一切都有禁，而对搜刮民财、竭民膏血、破坏民生安定的贪官污吏、豪强权要则听之任之，毫不禁止制裁，这无疑是对社会稳定、国家安定、人民安居乐业的极大威胁，并告诫统治者"唯禁其不禁而弛其禁，则先王之法也，三代之制也"，这种激烈的批评和言论无疑是相当大胆，也是相当尖锐的。

石介的诗歌现存约有 140 余首，多是忧国忧民之作，具有强烈的战斗性和现实性。他关心朝政，敢于将诗笔直指朝廷，指斥朝政得失，比如其《庆历圣德颂》"褒贬大臣，分别邪正"（《石徂徕先生墓志铭》），称颂范仲淹、欧阳修等贤臣，尖锐指斥夏竦等权奸，言辞峻切，无所顾忌，震动了北宋朝野。"由是谤论喧然，奸人嫉妒，相与挤之，欲其死而后已"（王辟之《渑水燕谈录》卷三），"诗且出，孙复闻之曰：'介祸始于此矣。'"（《续资治通鉴》卷四十五）再如《西北》一诗关心西北边防、国家安宁，提醒朝廷要居安思危，戒骄戒奢。"堂上守章句，将军弄娉婷。不知思此否，使人堪涕零。"不仅表现出对边境国防安全的担忧之情，更对朝廷上下只知沉醉享乐、不思保卫家国表示强烈不满和沉痛悲愤。又如其《读诏书》、《汴渠》二诗,前者告诫君王"苛政猛于虎",贪官污吏对百姓的巧取豪夺比之虎狼尤甚,因此为政须"捕贪吏"。后者则批判封建统治者为了满足口腹之乐与一己私欲,贪得无厌地压榨民脂民膏的丑陋行径,告诫统治者应该节俭惜财、爱惜民力。

石介具有强烈的民本思想,在《根本策》一文中曾说过:"人皆曰天下国家。孰为天下?孰为国家?民而已!有民则有天下,有国家;无民,则天下空虚矣,国家名号矣。"因此对民生疾苦的关注也是石介诗歌的重要内容。如其《麦熟有感》关心人民生活温饱,希望统治阶级能实行仁政,借开明政治使人民安居乐业,而非借助大赦天下解决民生问题,可谓一针见血,鞭辟入里。再如其《蜀地多山而少平田因有云》、《喜雨》二诗,看到蜀地多山而少平田,他立即想到的就是五谷没地可种,农民无田可耕;看到雨水润泽大地,他想到的也是久旱的农田和渴望丰收的农夫,因此说石介无时无刻不在为黎民苍生而忧心如焚,似是毫不为过。

当遭贬被逐、远离官场之时,石介又从花鸟草木、四时代谢中,获得了心灵的解脱和灵魂的飞扬,在对自然的审美观照中,忘却了尘世的功利俗务,因此诗歌情感表现和谐静谧,灵动超脱,如其《访田公不遇》与《岁晏村居》等,以平淡自然、毫不雕琢的诗笔,描绘出淳朴的村居生活,韵味隽永,充满盎然的诗意。又如其《送范曙赴天雄李太尉辟命》:

> 吾家泰山徂徕间,浓岚泼翠粘衣冠。君来访我茅屋下,正值山色含春寒。终日把酒对山坐,几片山色落酒盘。峰头云好望无倦,篓裹酒多倾不干。临行再拜殷勤别,请我一言披心肝。吾贫无钱以赠君,门前峨峨横两山。愿君节似两山高,眼看富贵如鸿毛。

写山居生活的诗意静谧、洒脱惬意,表现自己品行的高洁脱俗、目下无尘以及敝屣富贵、弃绝名利的胸襟,诗风潇洒飘逸,超乎尘垢之外,给人飘飘欲仙之感,仿佛丝毫不受尘世的羁绊缠绕。

总之,石介虽然在反对浮艳文风时未免有些极端,走入重道轻文的路子上,但作为诗文革新运动的先驱、宋代理学的先驱,他在宋初文坛还是占有相当重要的地位的。

以范讽、石延年、刘潜为代表的"东州逸党",是宋仁宗天圣至宝元年间在齐州(今山东济南)一带出现的一个诗歌流派。据《宋史·文苑传》记载:"山东人范讽、石延年、刘潜之徒,喜豪放剧饮,不循礼法,后进多慕之,太初作《东州逸党诗》,孔道辅深器之。"叶梦得《石林燕语》中亦言:"天圣、宝元间,范讽与石曼卿皆喜放达,酣饮自肆,不复守礼法,谓之'山东逸党',一时多慕效之。""东州逸党"以范讽、石延年、刘潜等三人为主要代表诗人,其中范讽、刘潜乃山东人,而石延年则是客籍山东作家,因其曾任金乡(今济宁金乡)知县,又与范、刘关系密切,因而也便成了这一诗人群体中的重要一员。

范讽,字补之,齐州历城(今山东济南)人,生卒年不详,"东州逸党"之领袖。以父荫补将作监主簿,知平阴县。后举进士,迁大理评事,曾通判淄州、郓州,知广济军,还曾任右司谏、三司度支判官,知审刑以及右谏议大夫权御史中丞等官职,最后官至给事中。曾出使契丹,"过幽州北,见其原野平旷,慨然曰:'此为战地,不亦佳哉!'北人相目不敢对"(李焘《续资治通鉴长编》卷一百十)。范讽为人直言敢谏,豪放旷达,日日饮酒自纵,有狂士之气概,其诗仅存 2 首:

　　　　平仲酌泉回北望,谓之礼佛向南行。烟岚翠锁门前路,转使高僧厌宠荣。

　　　　　　　　　　　　　　　　　　　　——《题鼎州甘泉寺》

　　　　园林再到身犹健,官职全抛梦乍醒。惟有南山与君眼,相逢不改旧时青。

　　　　　　　　　　　　　　　　　　——《题济南城西张寺丞园亭》

都隐隐流露出对宦海功名、浮世利禄的失望之情和参破官场、看透功名的沧桑之感,这是在官场跋涉沉浮、个人价值落空留下的最真诚的心灵印记,同时也使他内心苦闷伤痛,不得不借助故乡的温暖舐舐心灵的伤口。"惟有南山与君眼,相逢不改旧时青",表现出的倔强兀傲之气,恰好与他豪放不羁的人格相呼应。

刘潜,字仲方,曹州定陶人(今山东定陶北),生卒年不详,"少卓逸有大志,好为古文……有《东皋集》二十卷"(《宋史·文苑传》),但其诗文均已经不传于世,无法一窥其貌。

石延年(994—1041 年),字曼卿,又字安仁,宋州宋城(今河南商丘)人,宋仁宗天圣四年(1026 年)曾任济州金乡县(今山东金宁)知县,"为人跌宕任气节,读书通大略,为文劲健,于诗最工而善书"(《宋史·文苑传》),

乃"东州逸党"中成就最高的作者。其诗以慷慨健朗、恣肆豪纵见长，与宋初的靡丽文风截然不同。苏舜钦《石曼卿诗集序》曾云："祥符中民风豫而泰，操笔之士，率以藻丽为胜……而曼卿之诗，又特振奇发秀……独以劲语蟠泊，会而终于篇。而复气横意举，洒落章句之外，学者不可寻其屏阈而依倚之，其诗之豪者欤"，就是高度肯定了石延年豪雄爽利的诗风。

石延年的诗歌在当时产量颇丰，常常遇事辄咏，但后多有亡逸。据《全宋诗》所载其现存诗歌仅有四十余首，以咏物写景之作为多，而其酬赠送别之作多取境高远，情感深挚，如《平阳代意一篇寄尹师鲁》：

> 十年一梦花空委，依旧河山损桃李。雁声北去燕南飞，高楼日日春风里。眉黛石州山对起，娇波泪落妆如洗。汾河不断天南流，天色无情淡如水。

此诗借写闺中女子对尹洙的思念，表达诗人自己对友人的深切怀念之情。其中对闺中女子心态的刻画既细腻婉转，又境界阔大，堪称以健笔写柔情。

此外，石延年还有一些咏史怀古之作，诸如《南朝》、《文种墓》、《真定怀古》、《筹笔驿》、《铜雀台》、《留侯庙》等等，缅怀历史，借古讽今，感慨深沉，也都算得上佳作。

石延年的诗作在当时以及后世得到了普遍的赞誉，如欧阳修在《哭曼卿》一诗中说："作诗几百篇，锦组联琼琚。时时出险语，意外研精粗。穷奇变云烟，搜怪蟠蛟鱼。"南宋朱熹评价说："曼卿诗极雄豪，而缜密方严，极好。如《筹笔驿诗》：'意中流水远，愁外旧青山'，又'乐意相关禽对语，生香不断树交花'之句极佳，可惜不见其全集，多于小说、诗话中略见一二尔。曼卿胸次极高，非诸公所及。"（《朱子语类》卷一百四十）都是对石延年诗歌成就的高度肯定。

总之，北宋前期崛起于文坛山东的作家诸如王禹偁、张詠、石介、穆修等人，在文学史上都还是占有相当重要的地位的，他们或以独立于时代潮流之外的创作理论，影响一代诗文的衍进历程，或以独标高格的创作为山东文坛乃至整个宋代文坛增辉添彩，以响亮的起调宣告了山东文坛冷寂的局面已然结束，高峰初耸的时代已然来临。除了以上诗文大家之外，其余或名声略次于他们，或作品散佚不传的山东作家，尚有许多，比如赵邻几（922—979年），字亚之，郓州须城（今山东东平）人，能属人，曾作万余言的《禹别九州赋》，人争传诵，有文集34卷；张齐贤（943—1014年），字公亮，曹州冤句（今定陶县力本屯乡蔡楼村）人，存诗 8 首；戚纶（954—1021 年），字仲言，应天楚丘（今曹县东南）人，存诗 3 首；王旦（958—1019 年），字子明，大名莘县（今山东莘县）人，为宋初著名宰相，有文集 20 卷；燕肃（961—1040 年），字穆之，青州益都（今山东寿光南）人，北宋著名科学家、画家，同时也善以诗入画；梁灏（963—1004 年），字太素，郓州须城（今山东东平）人，所著文集有 15 卷；梁固（987—1019 年），字仲坚，郓州须城（今山东东平）人，梁灏之子，所著文集有 10 卷；蔡齐（988—1039 年），字子思，莱州胶水（今山东平度）人，存诗 2 首；此外，还有与"东州逸党"交好的名人隐士诸如李冠、李芝、王樵、徐遁、杜默等人，他们都为宋代山东文坛的群星闪耀增添了光辉，但文名不高，均属中小作家，因此不一一赘述。

二、北宋后期

随着经济的发展以及国家对文化教育的支持，至北宋后期，无论是诗坛还是文坛，都进入创作的高峰，名家辈出，然而这一时期的山东文学反而没有继承前期的辉煌成就继续发展，而是陷入了相对冷寂的局面，缺乏一流的大家。相对而言，此时期比较有名的山东作家主要有李之仪、晁补之二人，名声略次于他们的则是晁端礼、晁冲之。

李之仪（1047—？），字端叔，自号姑溪居士，沧州无棣（今山东无棣西北）人。宋神宗熙宁三年（1070 年）举进士，后跟从苏轼，入苏轼幕府，如张耒在《送李端叔赴定州序》中曾言："元祐八年（1093 年），苏先生（轼）守定州，士愿从行者半朝廷，然皆不敢有请于先生。而苏先生一日言于朝，请以端叔佐幕府。"一生曾两次被贬。李之仪一生著述颇丰，诗、词、文俱工，其诗"皆神锋俊逸，往往具苏轼之一体，盖气类渐染，与之化也"（《四库全书总目》），其文亦佳，《宋史》本传言："之仪能为文，尤工尺牍，轼谓入刀笔三昧。"《四库全书总目》则说："之仪在元祐熙宁间，文章与张耒秦观相上下。"都充分肯定了李之仪的创作成就。有《姑溪居士前集》五十卷，《后集》二十卷。

李之仪才华横溢，散文数量颇丰，现存散文概有七百多篇，包括尺牍文、序跋文、传记赞铭等等，其中尺牍数量最多，占了其散文总数的近三分之二。李之仪的散文偏重对个体生命和情感的抒发，诸如官场的失意落寞，穷苦潦倒、满腹牢骚的生存状况，对朋友亲人的问候、思念和缅怀等等，都是其散文经常表现的内容。如其《与成德徐手简二》：

> 相远易久，早时不得一具书，固非懈怠，特匆匆不少暇尔。眷言俯求之义，鄙怀其可忘邪？于是再奉手笔，所以相与之意甚款，佩服至情，可胜缱绻。秋晚，日来体况复何如？相望咫尺，欲见杳未有期，庶几音驿之便，时叩深密。

告诉朋友之所以长久没有联络，不是因为"懈怠"，而是因为"不少暇尔"，一直以来，对朋友的思念和牵挂之情都深深印在心底，永不会忘记。"秋晚，日来体况复何如"，问候朋友身体状况，叮嘱注意身体；"相望咫尺，欲见杳未有期，庶几音驿之便，时叩深密"，则期盼着未来的重逢相见，字里行间流露出浓郁的思念关切之情。又如其《跋戚氏》：

> 五人者每辨色会于公厅，领所事竟，按前所约之地，穷日力，尽欢而罢。或夜，则以晓角动为期。方从容醉笑间，多令官妓随意歌于坐侧，各因其谱，即席赋咏。一日，歌者辄于老人之侧作《戚氏》，意将索老人之才于仓厅，以验天下之所向慕者。老人笑而颔之，邂逅方论穆天子事，颇摘其虚诞，遂资以应之。随声随写，歌竟篇就，才点定五六字尔。坐中随声击节，终席不间他辞，亦不容别进一语。

在生动再现苏轼作《戚氏》才思敏捷、文不加点的景况时，也写出了和朋友即席赋咏、诗酒作乐的闲情雅趣，这段与知交好友"尽欢而罢"、"从容醉笑间"的时光无疑是欢乐的，也是令人怀念和向往的。

李之仪现存诗歌大约有七百多首，内容主要也是偏重对个体生活、生命的关注以及情感的抒发，笔触清新淡远，充满诗情画意、闲情雅趣，读来清丽自然，饶有情味。比如其《藏云山居》二首，作于李之仪贬谪安徽当涂期间，以其清新恬淡的笔触，勾勒出一幅黄昏鸟鸣、秋风习习、稻香阵阵的美丽画面和雨后青山、林间幽静的清幽之境，处处传达出作者清静闲适、悠然自得的心态，景中有情，情中有景，景语与情语有机地交融在一起，语淡而意浓，颇具王维诗歌的风采神韵。又如其《又书扇》：

> 几年无事在江湖，醉倒黄公旧酒垆。觉后不知新月上，满身花影倩人扶。

几年无事，浪迹江湖，于自在洒脱、纵饮放达中，透露出潇洒旷达的生活态度。"觉后"新月已上，花影满身，勾勒出一幅月光皎洁、满树花开的美丽画面,醉倒于如此美景之中,何等诗情画意,何等高雅洒脱! 名人雅士的风姿神态、韵致意趣顿时呈现在读者面前。此诗极写高士雅趣,旷达之乐,不可谓不情趣盎然,但诗人以满腹才华,流落江湖,无所事事,"醉倒黄公旧酒垆",其中流露出来的忧伤、寂寞乃至颓放都是可以感受到的,而这正是官场的失意落魄在诗人心中留下的抹不去的心灵印记。

李之仪不仅写了大量表现诗酒风流、文人雅趣的诗篇,也有不少酬赠送别、咏史怀古之作,如《次韵东坡还自岭南》、《邯郸丛台》等。当然其诗也表现了渴望得明主赏识以报效国家的壮志理想,比如其"我亦临风频拭目,看悬金印到山林。"(《次韵病起》)就流露出渴望得到重用以施展抱负的雄心壮志;再如其《次韵家室送别》,诗中有"顾非马上才,犹怀袖中刚。""尚期鼙鼓操,奋力起病床。"等语,皆透露出报效国家、万死不辞的决心,即便缠绵病榻,即便自己乃是一介文弱书生,没有马上斩杀敌人的武功,但仍渴望能有所作为,为国谋利。而正是有如此强烈的报国热情,所以在屡遭贬谪之后,李之仪才会心痛哀伤,冷寂颓放,才会选择在自然田园、山水泉林中,寄托身心,抚平内心的创痛。

总之,李之仪的诗歌在表现个人闲居生活之乐上,颇富情趣,笔触淡远,尤其善将心中的闲情雅趣与眼中的山川景物结合,借助景物抒发情感,从而使得诗歌情景交融,颇能见出诗人超脱世俗的高远志趣和高尚节操,充满道心禅性。苏轼在《夜直玉堂,携李之仪端叔诗百余首,读至夜半,书其后》一诗中说:"玉堂清冷不成眠,伴直难呼孟浩然。暂惜好诗消永夜,每逢佳处辄参禅。愁侵砚滴初含冻,喜人灯花欲斗妍,寄语君家小儿子,他时此句一时编。"正是指出李之仪的诗歌具有道心禅性,流利清新。而其散文与诗歌有异曲同工之处,都是社会现实性较弱,而对个体生命和情感的关注相对较多。

晁补之(1053—1110 年),字无咎,号归来子,济州巨野(今山东巨野)人。元丰二年(1079 年)举进士,授澶州司户参军。元丰四年(1081 年)入京除国子监教授。后历任秘书省正字、校书郎、扬州通判等职。绍圣末,坐党籍,被人以修《神宗实录》失实为罪名,连贬亳州、处州、信州。徽宗即位后,被召为吏部员外郎、礼部郎中兼国史编修、实录检讨官。崇宁年间再次被列为元祐奸党而遭免职,后退居故里,筑"归来园"以居,啸傲田园达八年之久,在《近智斋记》曾言:"余术不与时偶,废官休其庐八年。"大观末起知达州,改知泗州,卒于任所。

晁补之出身北宋名门、文学世家,诗、文、词兼善,是北宋时期著名文学家,与黄庭坚、秦观、张耒并称"苏门四学士"。晁补之19岁时随父晁端友官杭州,即作《七述》描绘钱塘风物之丽,其时杭州通判苏轼见后,十分赞赏,"叹曰:'吾可以搁笔矣。'又称其文博辩隽伟,绝人远甚,必显于世,由是知名。"(《宋史》本传)《四库全书总目提要》评价说:"今观其集,古文波澜壮阔,与苏氏父子相驰聚,诸体诗俱风骨高骞,一往逡迈,并驾于张、秦之间,亦未知孰为先后。"都肯定了晁补之的文学成就。有诗文集《鸡肋集》七十卷传世。

虽然诗、词、文俱工,但在当时晁补之是以文章著名于世的,如《能改斋漫录》卷一一曾言:"四客(苏门四学士)各有所长,鲁直(黄庭坚)长于诗辞,秦(观)、晁(补之)长于议论。鲁直《与秦少章书》曰:'庭坚心醉于诗与楚辞,似若有所得;至于议论文字,今日乃当付之少游及晁、张、无己,足下可从此四君子一一问之。'其后,张文潜《赠李德载》诗亦云:'长公(苏轼)波涛万顷海,少公(苏辙)峭拔千寻麓。黄郎萧萧日下鹤,陈子峭峭霜中竹。秦文倩丽若桃李,晁论峥嵘走珠玉。'乃知人才各有所长,虽苏门不能兼全也。"从对黄庭坚、秦观、苏轼等人的比较评价中,可以看出当时晁补之称颂于时的乃是其"议论文字""峥嵘走珠玉",亦即政论文章之类的散文。张耒《晁无咎墓志铭》也说晁补之:"自少为文,即能追考左氏、战国策、太史公、班固、扬雄、刘向、屈原、宋玉、韩愈、柳宗元之作,促驾而力鞭之,务与之齐而后已。其凌丽奇卓,出于天才,非酝酿可成者。"认为晁补之的文章可与前代著名古文家并齐,可谓是极高的评价。

晁补之的散文现存概有七百余篇,其中有不少是纵论社会政治、国家边防的,比如在《跋东坡所记漳守柯述异鹊事后》里写道:"吏无爱物之诚,民心不附之,虽凤凰下、嘉禾生,诸难致之物毕至,非祥也。"并认为"政以得民心为本",就非常具有现实意义。其奏疏、章表之类的政论、论史文章,也多表现出对国计民生和时事政治的关注,如其《上皇帝论北事书》、《上皇帝安南罪言》都慷慨言兵,前者讨论对付北方契丹的策略,主张对辽用兵,后者则详细分析抵御交趾入侵的策略,以安定边防,"议者以为通达世务"(《宋史》卷四百四十四);再如其《河议》一文则阐述以疏导为主来治理黄河的方案,都引古证今,纵横议论,充分显示了他的参政热情、爱国激情以及以天下为己任的责任感。不过,由于这类文章具有强烈的实用性和目的性,进而削弱了其审美性和文学性,最终使其历来不被文学史看好。

虽然晁补之的议论文在他生活的时代最受赞誉,但在后代最为人称颂的则是其记叙体散文,其记叙体散文多写山水风景、登临游览,通过对山林泉石、风景名胜的描绘,表达对自然风光的赞美和热爱以及啸傲山水、悠游胜景的恬淡闲适、优雅洒脱。比如其《照碧堂记》先叙述照碧堂的地理环境引人入胜的原因,接着交代建城的经过,再描绘楼外胜景、追忆与友朋相偕游湖的乐事,并生发出对人生哀乐随命的感慨,其中对楼外美景的勾勒以及悠游生活的追忆历来为人称颂:

> 初补之以校理佐淮南,从公宴湖上,后谪官于宋,登堂必慨然怀公。拊槛极目,天垂野尽,意若遏鹜太空者。花明草薰,百物媚妩,湖光弥漫,飞射堂栋。长夏晏日,坐见风雨自堤而来,水波纷纭,柳摇而荷靡,鸥鸟尽舞,客顾而嬉,翛然不能去,盖不独道都来者以为胜。虽屡于吴楚登览之乐者,度淮而北,则不复有,至此亦踌躇相羊而喜矣。

不仅以长短句交错的方式,描绘出一幅花红草绿、水波潋滟、柳摇荷靡、鸥鸟尽舞的写意山水画,更从字里行间流露出对悠游闲适生活的喜爱之情。再如其传诵千古的名篇《新城游北山记》:

> 去新城之北三十里,山渐深,草木泉石渐幽。初犹骑行石齿间,旁皆大松,曲者如盖,直者如幢,立者如人,卧者如虬。松下草间有泉,沮洳伏见;堕石井,铿然而鸣。松间藤数十尺,蜿蜒如大蚿。其上有鸟,黑如鸲鹆,赤冠长喙,俯而啄,磔然有声。稍西,一峰高绝,有溪介然,仅可步。系马石鬐,相扶携而上。篁箐仰不见日,如四五里,乃闻鸡声。有僧布袍蹑履来迎,与之语,愕而顾,如麋鹿不可接。
>
> 顶有屋数十间,曲折依崖壁为栏楯,如蜗鼠缭绕乃得出。门牖相值。既坐,山风飒然而至,堂殿铃铎皆鸣。二三子相顾而惊,不知身之在何境也。且暮,皆宿。于时九月,天高露清,山空月明。仰视星斗,皆光大,如适在人上。窗间竹数十竿相摩戛,声切切不已。竹间梅棕,森然如鬼魅离立突鬓之状。二三子又相顾魄动而不得寐。迟明,皆去。
>
> 既还家,数日犹恍惚若有遇,因追记之。后不复到,然往往想见其事也。

新城,宋代时属杭州路(今浙江桐庐),其北有山名曰官山,因其在新城之北,故又名北山。本文即为新城北山而作的游记,不仅穷形尽态地描述了登山所见之景,诸如曲、直、立、卧的大松,草间"铿然而鸣"的泉水,"蜿蜒如大虯"的藤蔓,"赤冠长喙"的鸟儿等等,而且还记叙了夜宿山上的情景,山风吹拂,铃铎皆鸣,天高露清,山空月明,"二三子"一会儿"相顾而惊,不知身之在何境",一会儿又因竹声悲切、影如鬼魅"相顾魄动而不得寐",笔触细腻,让人宛如身临其境,"摹写极工,晚刻处直逼柳州"(高步瀛《唐宋文举要》)。

此外,晁补之还有不少碑传、祭文、人物传记以及序跋等等,这些散文或为一些知名或不知名的人物立传、作墓志铭,或探讨文艺理论,也是值得一读并深入研究的。

晁补之的诗歌与散文相比,稍显逊色,历来关注不多,如胡仔在《苕溪渔隐丛话》前集卷五十一中就曾说过:"余纂集《丛话》,历览群贤诗说,并无评议无咎诗者。"晁补之现存诗歌大约有六百余首,其中有不少关注社会现实、反映当时社会矛盾的诗作,如其《流民》:

　　　　生涯不复旧桑田,瓦釜荆篮止道边。日暮榆园拾青荚,可怜无数沈郎钱。

则写出了农民遭逢灾年,失去了耕种的土地,不得不背井离乡,颠沛流离,靠榆钱充饥果腹的悲惨境遇,读来令人心酸落泪。再如其《视田五首赠八弟无斁》虽然主要是写自己亲事农耕、耕种土地的艰难生活,但"我庄当水穷,乃比石田瘦。""卖牛姑补屋,岁晚霜雪至。""庄奴不入租,报我田久荒。"等诗句,也从侧面反映了农村土地的贫瘠、农民的凄苦境遇。

晁补之早年有强烈的用世之心,有着"男儿有志贵颖脱,功名有分容跻攀"(《及第东归将赴调寄李成季》)的志向抱负,高喊"吾侪为国谋,私爱不足恃"(《饮酒二十首同苏翰林先生次韵追和陶渊明》其十九),然而随着朝廷党争的激烈化,随着个人在官场的屡次失意,对朝政日益失望,于是逐渐遁入佛释庄老,投身山水田园,表现出宁肯身老空山也不同流合污的高洁品行以及闲适恬淡、追求精神自由的放纵洒脱,诗风也表现出陶渊明式的平淡清新。比如其《次韵八弟西园课经二首》是写给八弟晁将之的就充分展现出晁补之心理向寄情山水田园、信奉佛道思想的转变,无论是"老觉田原好,慵疏里巷寻"流露出的弃绝官场、向往田园的心情,"心知阿连胜,新向佛乘深"表现出的遁入释老汲取精神养料,还是"懒旷期陶谢,呼儿读晋书。

葛巾倾泛潋,蜡屐上嵚岖"表现出的慕陶、学陶的倾向,都渲染出归隐闲居之乐,颇有魏晋风度。再如其《村居即事》:

> 小麦青青大麦黄,蚕娘拾茧盈筐归。放牛薄暮古堤角,三四黄莺相趁飞。

也是以清新淡雅的笔触,勾勒出一幅幽静的农村田园风光。青青的小麦,金黄的大麦,拾茧的蚕娘,成群的牛儿,三四只黄莺以及日暮黄昏的美丽时刻,这些和谐静谧、诗意恬淡的景象,无不反映出作者内在心灵的自在悠闲、随缘自适。

晁氏作为宋代著名的世家大族,人才辈出,除了晁补之外,父亲晁端友、从弟晁咏之、堂弟晁冲之等等皆有文名。晁端友(1029—1075 年),字君成,济州巨野(今山东巨野)人,晁补之之父,工诗,《宋史·艺文志》曾著录他有《晁端友诗》十卷,但今多散佚,其最为人称颂的一首诗是《宿济州西门外旅馆》:

> 寒林残日欲栖乌,壁里青灯乍有无。小雨愔愔人假寐,卧听疲马啮残刍。

以残破萧索、孤冷凄清的意象,如寒林、残日、栖乌、青灯、疲马等,表现旅途的孤单萧瑟以及客怀孤寂清冷。黄庭坚《六月十七日昼寝》中的"马龁枯萁喧午枕,梦成风雨浪翻江。"实际上就是从晁端友此诗获得灵感。再如其《早行》:

> 马上初鸡唱,天涯星未稀。惊风时坠笠,零露暗沾衣。山下疏钟发,林梢独鸟飞。远峰烟霭澹,迤逦见朝晖。

也是借景抒情,表现对个体生命关注的佳作。晁端友的诗虽然现在多有散佚,但在当时还是比较有名的,如苏轼在《晁君成诗集引》里就说过:"君之诗清厚静深,如其为人,而每篇辄出新意奇语,宜为人所共爱。"

晁冲之(生卒年不详),字叔用,济州巨野(今山东巨野)人,晁补之之堂弟,绍圣初,以党论被逐,隐于具茨山,遂号具茨先生。晁冲之工诗善词,名列吕本中《江西诗社宗派图》中的 26 人之一,在"众人方学山谷诗时","独专学老杜诗"(吕本中《紫微诗话》),因而诗歌面貌不同于黄庭坚。著有《具茨集》十卷,存诗达 170 余首。

晁冲之的诗歌高旷洒脱、飘逸豪迈,以表现个体情性和生命关注为主要内容,正如宋人喻汝砺在《晁具茨先生诗集序》中所言:"叔用既以油然栖志于林涧旷远之中,遇事写物,形于兴属,味其风规,渊雅疏亮,未尝为凄怨危愤激烈愁苦之音,予于是有以见叔用于晦明消长用舍得失之际,未尝不安而乐之者也。"(《江西诗派序·晁叔用》引)如《都下追感往昔因成二首》表现青少年时代豪纵放旷的生活:

> 少年使酒走京华,纵步曾游小小家。看舞霓裳羽衣曲,听歌玉树后庭花。门侵杨柳垂珠箔,窗对樱桃卷碧纱。坐客半惊随逝水,主人星散落天涯。

> 春风踏月过章华,青鸟双邀阿母家。系马柳低当户叶,迎人桃出隔墙花。鬓深钗暖云侵脸,臂薄衫寒玉照纱。莫作一生惆怅事,邻州不在海西涯。

据《宋诗钞·具茨集钞序》记载,晁冲之"少年豪华自放,挟轻肥游帝京,狎官妓李师师,缠头以千万,酒船歌板,宾从杂沓,声艳一时。"有着放纵不羁的少年生活。这两首诗就是诗人在晚年对"少年"时代走马京华、听歌赏舞的纵放生活的深情追忆和深切怀恋,表现出对流逝的青春时光的深深眷恋以及而今老去的惆怅落寞。

晁冲之还有不少诗歌是酬赠应答,送别亲人好友的,如其《夷门行赠秦夷仲》:

> 君不见夷门客有侯嬴风,杀人白昼红尘中。京兆知名不改捕,倚天长剑著崆峒。同时结交三数公,联翩走马几马骢。仰天一笑万事空,入门宾客不复通。起家簪笏明光宫。呜呼男儿名重泰山身如叶,手犯龙鳞心莫慑。一生好色马相如,慷慨直辞犹谏猎。

这首诗借咏叹战国时代著名侠客侯嬴的英雄事迹,赞美友人秦夷仲慷慨任侠、武艺高强,并以关心国家、直言敢谏相期,诗风慷慨纵横,豪放不羁,气势昂扬,刚健有力。再如其《寄江子我》、《赠僧法一墨》、《复以承晏墨赠之》、《送一上人还滁州琅玡山》等诗都是酬赠送别之作,其中《送一上人还滁州琅玡山》号称"宋人以禅喻诗之什,此篇最为巨观"①。

晁冲之的诗歌题材关注最多的当属对自然山水和日常生活的诗意描述,这些诗平淡质朴,但韵味深厚,深得陶渊明诗歌的风味,如其《春日二

---

① 钱锺书:《谈艺录》,中华书局 1984 年版,第 577 页。

首》其二：

  阴阴溪曲绿交加，小雨翻萍上浅沙。鹅鸭不知春去尽，争随流水趁桃花。

写暮春乡村景物，溪水弯曲，小雨翻萍，鹅鸭嬉闹，桃花逐水，无不充满了盎然的生机，情思婉转，笔触平淡明净，韵味隽永。

北宋后期山东诗文家除了李之仪、晁补之、晁端友、晁冲之这些比较有名的人之外，还有一些存诗数量和名声都在他们之下的文人。比如仲讷（999—1054 年），字朴翁，广济军定陶（今山东定陶西北）人，以诗歌著名于世，王安石在《尚书田员外郎仲君墓志铭》中曾赞曰："君厚重有大志，不妄言笑，喜读书，为古文章，晚而尤好为诗，诗尤称于世。"有《仲讷文集》二十卷，已佚，现存诗 2 首《负暄闲眠》和《送唐御史》。

李师中（1013—1078 年），字诚之，楚丘（今山东曹县）人，后徙居郓（今山东郓城），今有《珠溪集》1 卷，存诗达 40 首之多，以写景记游为多，比如《麦积山》："路入青松翠霭间，斜阳倒影入溪湾。此中猿鹤休相笑，谢傅东归自有山。"《天目山》："坏壁摩娑少旧题，高情应怪赏音稀。烟霞正自无今古，云水从教远是非。丹井金龙藏洞府，杞丛花犬荡霞扉。登临未学神仙事，老树閒看独鸟归。"都是描绘自然山水的诗作。此外，酬赠送别之作数量也不少，比如《送唐介》："孤忠自许众不与，独立敢言人所难。去国一舟轻似叶，高名千古重於山。并游英俊颜何厚，未死奸谀骨已寒。天为吾君扶社稷，肯教夫子不生还。"称赞唐介孤忠自许，直言敢谏，亦是佳作。

傅尧俞（1024—1091 年），字钦之，郓州须城（今山东东平）人，有《傅献简集》七卷，已佚。

晁咏之（1055—1106 年），字之道，济州巨野（今山东巨野）人，晁补之之从弟。据《宋史》记载，"苏轼知扬州，补之倅州事，以咏之诗文献轼，轼曰：'有才如此，独不令一识面耶？'久之，咏之具参军礼入谒，轼下堂挽而上之，顾谓坐客曰：'此奇才也。'"有《崇福集》五十卷，已佚，《全宋诗》收有其诗七首。

李昭玘（？—1126 年），字成季，自号乐静先生，济州巨野（今山东巨野）人，少与晁补之齐名，为苏轼所知，工诗，喜作题画诗，著有《乐静集》三十卷，今存诗近一百首，既有关注国计民生、宣泄官场牢骚的诗作，如《驱雀行》、《早秋》等，也有写景咏物之作，如《登平山堂》、《出郭闲步》等。

　　王巩（生卒年不详），字定国，自号清虚先生，大名莘（今山东莘县）人，名相王旦之孙，苏轼好友，因乌台诗案株连被贬岭南，苏轼在《王定国诗集叙》中曾说道："今定国以余故得罪，贬海上五年，一子死贬所，一子死于家，定国亦几病死。余意其怨我甚，不敢以书相闻。"长于诗。

　　李元膺（生卒年不详），东平（今属山东）人，曾于哲宗绍圣间为李孝美《墨谱法式》作序，今存诗十二首，较著名的是其《十忆诗》，描写佳人的行、坐、饮、歌、书、博、顰、笑、眠、妆之美态，比如《十忆·忆妆》："宫样梳儿金缕犀，钗梁水玉刻蛟螭。眉间要点双心事，不管萧郎只画眉。"《十忆·忆博》："小阁争筹划烛低，锦茵围坐玉相敧。娇羞惯被诸郎戏，袖映春葱出注迟。"诗风香艳至极。

　　李格非（生卒年不详），字文叔，章丘明水（今属山东济南）人，北宋著名文学家，以文章受知于苏轼，与廖正一、李禧、董荣同并称为"苏门后四学士"。李格非诗文俱工，尝言："文不可以苟作，诚不著焉，则不能工。"（《宋史》本传）刘克庄曾评价说："文高雅条鬯，有意味，在晁、秦之上，诗稍不逮。"（《后村诗话》续集卷三）有詩文四十五卷，现多已散佚，《全宋文》卷二七九二收其散文 11 篇，其诗概存 9 首，包括《初至象郡》4 首、《绝句》2 首以及《过临淄》、《驾幸太学倡和》、《试院》等。其散文以《洛阳名园记》为代表：

> 　　且天下之治乱，候于洛阳之盛衰而知；洛阳之盛衰，候于园圃之废兴而得。则《名园记》之作，予岂徒然哉？呜呼！公卿士大夫方进于朝，放乎一己之私意以自为，而忘天下之治忽，欲退享此乐，得乎？唐之末路是矣！

"斯文之作，为洛阳，非为园圃；为天下，非为洛阳。文字不过二百字，而其中概括无限盛衰治乱之变，意有含蓄，事存鉴戒，读之令人感叹。"（楼钥《崇古文诀》卷三二）由小小园林引出国家治乱兴衰，可见李格非心中身怀的国家治乱之感有多强烈。其诗歌如《过临淄》：

> 　　击鼓吹竽七百年，临淄城阙尚依然。如今只有耕耘者，曾得当时九府钱。

充满古今兴衰之感，王士祯称赞此诗"颇可诵"（《带经堂诗话》卷 21）。

　　总之，北宋后期山东的诗文成就在继承前期众星闪耀、作家辈出的基础上，继续平稳向前发展，出现了像晁补之、李之仪、晁端友、晁冲之等这些在宋代文学史上占据一定地位的文学家,为宋代诗文的繁盛和步入巅峰作出了重要贡献。但同时需要指出的是,这一时期山东的诗文成就比之前期略有不足,无论是从理论主张还是创作成就上看,都缺乏主盟文坛、领袖一代的名人大家,无论是李之仪还是晁补之,充其量都只能算作是诗文领域的二流作家。

三、南北宋之交

南北宋之交时期的山东诗文家主要以李清照、李邴、吕颐浩、綦崇礼等人为代表,他们出生于北宋后期,并在北宋的盛世繁华中成长起来,中年又经历了国破家亡、颠沛流离的身世剧痛,因此其诗文中的社会群体关怀主要转变为对国家鼎革、神州沦陷的沉痛之情以及渴望杀敌雪耻、收复中原失地的迫切之情。

吕颐浩(1071—1139 年),字元直,祖籍沧州乐陵(今山东乐陵),后徙居齐州(今山东济南),进士出身,曾任密州司户参军、邠州教授、河北转运副使等职,南宋高宗时期曾官至尚书左仆射、同中书门下平章事,在职五年。吕颐浩素有收复之志,主张恢复中原,曾与秦桧为代表的主和派进行坚决的斗争,一生曾先后二次罢相。著有《吕忠穆集》十五卷,已佚,其诗现存 80 余首,以主战收复和写景抒怀、思乡送别为主要表现内容,如其《次韵蔡叔厚退老堂》:

> 心存魏阙岂能忘?揣分非才合退藏。此日燕休难报国,平生艰阻忆垂堂。枕戈每叹身先老,览镜常嗟貌不扬。每羡蓬庐聊偃息,会须恢复返吾乡。

明明退居江湖,栖身草堂,却仍心怀魏阙,志在报国,即便老之将至,仍然此心不渝,可见其"恢复"之志的强烈和迫切。事实上,吕颐浩不仅自己以收复失地、返回故乡为毕生心愿,他还对志同道合的朋友以此相期,如其《次韵沈元用遊天台三首》其一和《次李泰发韵》二诗有句云:"中原未复须留念""看去中原恢复后",都是在围绕收复中原,勉励朋友,可见作者心中对北伐恢复的执著。

吕颐浩还有不少写景抒怀、思乡送别之作,如《次洪成季韻》其一和《次郑顾道韵》其二,表现从官场隐退后看破功名出处,在竹篱茅舍、群山耸翠中退居栽植、赏花饮酒的从容淡雅、悠然自得之乐,颇有林泉之韵。

綦崇礼(1083—1142 年),字叔厚,高密(今属山东)人,后徙潍之北海(今山东潍坊),高宗时拜中书舍人,随后任吏部侍郎,兼直学士院,绍兴二年(1132 年),移兵部侍郎、兼直学士院,后拜翰林学士,进兼侍读、兼史馆修撰。"崇礼幼颖迈,十岁能作邑人墓铭"(《宋史》本传),工诗,现存《北海集》36 卷,其中诗歌一卷,约有 80 首之多。如《重九日宴临漳亭》:

> 九日追欢异昔年,强随时节到层巅。俯观珠俗身如客,平瞰丹霄势欲仙。故国伤心沧海外,行朝倾首碧云边。兴阑酒罢催归驭,四面岚光合暮烟。

抒发故国沦陷、身世漂泊之感,即便重阳登高,强颜欢笑,仍难驱愁绪。再如他和吕颐浩唱和的诗歌《建炎丞相成国吕忠穆公退老堂》其一和其二在称颂吕颐浩隐退田园后仍不忘收复故土之志的同时,隐然也流露出作者对这种身在江湖、心在魏阙的生活态度的赏识和赞同。

李邴(1085—1146 年),字汉老,号云龛,济州任城(今山东济宁)人,徽宗崇宁五年(1106 年)进士,高宗时期曾拜尚书右丞,改参知政事,后退居泉州。一生主战收复,曾屡陈战守之策,但多被弃置不用。有《草堂集》一百卷,已佚,今存诗近 20 首之多。作为南渡文人和主战派人士,李邴在诗歌里表现了主战抗金、收复雪耻的志愿,如他与吕颐浩、綦崇礼等人的唱和之作《建炎丞相成国吕忠穆公退老堂诗》里曾写道:"宣王于今事北伐,周公不日歌东征。迎还两宫天地庆,埽洒六合风尘清。是时公归乃可耳,岂得遽适羲皇情。"以收复中原失地、一雪二帝北狩之耻相期,表现出强烈的收复之志。

李邴一生好登山临水,因而其诗以表现山水、题咏名迹之作为多,如其《戒珠寺雪轩》、《宝林寺》均为题咏寺庙之作。事实上,李邴的诗作中还有不少投赠僧人之作,如《寄泉州孝忠光禅师》、《书台州上方不出院僧壁》等,这都显示出他对佛禅的热衷,栖心禅寂。

李邴还有宫怨诗《宫词四首》写得香艳婉转、缠绵悱恻,如其三:"鲛绡泪滴鸳鸯冷,月上栏杆照孤影。踯躅开花过粉墙,辘轳汲水敲金井。"在主理的宋代诗坛显得十分罕见。

李清照(1084—1155? 年),号易安居士,章丘明水(今属山东济南)人,著名学者李格非之女,18 岁嫁金石学家赵明诚为妻,伉俪情深,与赵明诚共同搜集金石字画,度过了一段幸福的时光。靖康之乱后与赵明诚避乱南下,过着颠沛流离的生活,后赵明诚病死,她独自漂零在江南,流寓浙东各地,凄苦孤寂地度过了人生的晚景。

李清照幼承家学,诗词文俱工,著有《易安居士文集》七卷(一作十二卷),《易安词》六卷,然多已散佚,诗歌仅存近 20 首,散文也仅存数篇。李清照在中国文学史上享有极高的声誉,王灼《碧鸡漫志》卷二曾言李清照"自少年便有诗名,才华力赡,逼近前辈,在士大夫中已不多得。"朱弁《风月堂诗话》卷上也说她"善属文,于诗尤工,晁无咎多对士大夫称之。"李清照的确自少便有诗名,诗学成就一直名闻当时的诗坛,《浯溪中兴颂诗和张文潜二首》即作于 17 岁时:

> 五十年功如电扫,华清宫柳咸阳草。五坊供奉斗鸡儿,酒肉堆中不知老。胡兵忽自天上来,逆胡亦是奸雄才。勤政楼前走胡马,珠翠踏尽香尘埃。何为出战辄披靡? 传置荔枝多马死。尧功舜德本如天,安用区区纪文字。著碑铭德真陋哉! 乃令鬼神磨山崖。子仪光弼不自猜,天心悔祸人心开。夏商有鉴当深戒,简策汗青今具在。君不见张说当时最多机,虽生已被姚崇卖。

> 君不见惊人废兴传天宝,中兴碑上今生草。不知负国有奸雄,但说成功尊国老。谁令妃子天上来? 虢秦韩国皆天才。花桑羯鼓玉方响,春风不敢生尘埃。姓名谁复知安史,健儿猛将安眠死。去天尺五抱瓮峰,峰头凿出开元字。时移势去真可哀,奸人心丑深如崖。西蜀万里尚能反,南内一闭何时开。可怜孝德如天大,反使将军称好在。呜呼! 奴辈乃不能道辅国用事张后尊,乃能念春荠长安作斤卖。

这两首和张耒的诗作不仅深刻剖析了唐朝安史之乱爆发的原因以及唐军之所以会一败涂地的原因,批判了统治阶级的骄奢淫逸,权奸佞臣的谄媚误国以及张后的擅权、阉奴李辅国的把持朝政,笔锋犀利,指出了帝王将相对于国家兴亡肩负的责任,比之张耒所谓的"玉环妖血"、红颜祸水的传统论调,要高明许多。这两首咏史诗让李清照名噪闺阁之外,周辉《清波杂志》就评论说:"浯溪中兴颂碑,自唐至今,题咏实繁。赵明诚待制妻易安夫人尝和张文潜长篇二,以妇人而厕众作,非深有思致者能之乎?"

李清照的诗歌关心社会现实和政治时局,敢于对时政发表自己的见解,巾帼不让须眉,具有鲜明的政治倾向性,表现出对国家安危和民族前途的忧虑和关注，如前引和张耒的两首咏史诗不仅是在总结历史教训，更是吊古伤今，以史为鉴，影射北宋后期朝廷的荒淫腐败，朝臣争权夺利、互相倾轧的社会现实，表现出对北宋末年国家朝政的担忧之情，深沉的忧国之思和诚挚的爱国之情可谓溢于字里行间。明代陈宏绪《寒夜录》评论这两首诗："奇气横溢，尝鼎一脔，已知为驼峰、麟脯矣。"再如其著名的《乌江》：

> 生当作人杰，死亦为鬼雄。至今思项羽，不肯过江东。

宋高宗三年（1129 年）春，李清照随赵明诚逃亡，路经项羽自刎的乌江县，触景生情，有感而发，写了这首诗，表达了对盖世英雄项羽宁死不屈的赞颂之情，同时隐然也是对南宋朝廷只知苟且偷安、不思进取收复失地的嘲讽和不满，字字掷地有声，正气凛然，刚健有力。又如其《上枢密韩肖胄诗》二首指责南宋朝廷不惜以土地与财帛向金国卑躬屈膝，以求苟且偷安，"土地非所惜，玉帛如尘泥。谁当可将令，币厚辞益卑。"告诫南宋统治者"夷虏从来性虎狼"，应该对之进行坚决的抗击，主战北伐，收复失地，以拯救黎民苍生，"不乞隋珠与和璧，只乞乡关新信息。""欲将血泪寄山河，去洒东山一杯土。"等语，表现出对故乡的思念之情以及渴望光复山河的迫切心情，充分显示出她绝不屈服的爱国热情和对国家民族命运的深切关注。

李清照的诗歌不仅充溢着强烈的忧患意识和渴望拯救家国的责任感，倜傥有丈夫气，同时作为一名才华横溢又多愁善感的闺中女性，其诗歌也流露了思乡怀人之情以及渴望摆脱闺阁束缚、自由解脱的情怀。如其《春残》：

> 春残何事苦思乡，病里梳头恨发长。梁燕语多终日在，蔷薇风细一帘香。

国破家亡，春残花落，年老多病，情丝纠缠，熟悉的春光，温馨的场景，触动的是浓挚的思乡之情和心底那份沉甸甸的失落——爱人已逝的沉痛和伤感。再如其《偶感》：

> 十五年前花月底，相从曾赋赏花诗。今看花月浑相似，安得情怀似往时。

十五年前花前月下，赏花赋诗，而今伊人已逝，物是人非，通过今昔对比，表现出孤寂凄凉的晚景以及对赵明诚浓挚的思念之情。

渴望摆脱束缚、追求自由洒脱的生活，以《晓梦》一诗为代表：

> 晓梦随疏钟，飘然跻云霞。因缘安期生，邂逅萼绿华。秋风正无

赖,吹尽玉井花。共看藕如船,同食枣如瓜。翩翩座上客,意妙语亦佳。
嘲辞斗诡辩,活火分新茶。虽非助帝功,其乐莫可涯。人生能如此,何
必归故家! 起来敛衣坐,掩耳厌喧哗。心知不可见,念念犹咨嗟。

这首记梦诗想象丰富,通过描写神仙世界里仙人们潇洒自在、无拘无束的生
活,表现了作者渴望高蹈、摆脱羁绊、追求精神解脱和自由的心情,写得洒脱
飘逸,极富浪漫色彩。

李清照的散文最著名的是《金石录后序》。《金石录》是赵明诚所写的
一部有关金石文物收藏整理的学术著作,赵明诚生前已写序,列于书前,赵
亡故之后,李清照又作了这篇序,列于书后,故名为"后序"。这篇序言不仅
介绍了《金石录》的内容与成书过程,也在介绍夫妇二人收集整理金石文物
经过的同时,写出了他们的爱情和婚姻:

余建中辛巳,始归赵氏。时先君作礼部员外郎,丞相作吏部侍郎,
侯年二十一,在太学作学生。赵、李族寒,素贫俭,每朔望谒告出,质衣
取半千钱,步入相国寺,市碑文果实归,相对展玩咀嚼,自谓葛天氏之民
也。后二年,出仕宦,便有饭蔬衣练,穷遐方绝域,尽天下古文奇字之
志。日就月将,渐益堆积。丞相居政府,亲旧或在馆阁,多有亡诗、逸
史、鲁壁、汲冢所未见之书,遂尽力传写,浸觉有味,不能自己。后或见
古今名人书画,一代奇器,亦复脱衣市易。尝记崇宁间,有人持徐熙
《牡丹图》求钱二十万。当时虽贵家子弟,求二十万钱岂易得耶? 留信
宿,计无所出而还之。夫妇相向惋怅者数日。

后屏居乡里十年,仰取俯拾,衣食有馀。连守两郡,竭其俸入以事
铅椠。每获一书,即同共勘校,整集签题。得书画彝鼎,亦摩玩舒卷,指
摘疵病,夜尽一烛为率。故能纸札精致,字画完整,冠诸收书家。余性
偶强记,每饭罢,坐归来堂烹茶,指堆积书史,言某事在某书某卷第几叶
第几行,以中否角胜负,为饮茶先后。中即举杯大笑,至茶倾覆怀中,反
不得饮而起。甘心老是乡矣! 故虽处忧患困穷,而志不屈。

把夫妻之间的志趣相投、琴瑟和谐倾注于日常点滴生活的描写中,在对论画
品诗、节衣缩食收集文物等的描写中,将夫妻伉俪情深娓娓道出。同时也写
出了山河变易、颠沛流离的身世之痛:

至靖康丙午岁,侯守淄川。闻金人犯京师。四顾茫然,盈箱溢箧,
且恋恋,且怅怅,知其必不为己物矣。建炎丁未春三月,奔太夫人丧南

来。既长物不能尽载,乃先去书之重大印本者,又去画之多幅者,又去古器之无款识者,后又去书之监本者,画之平常者,器之重大者。凡屡减去,尚载书十五车。至东海,连舻渡淮,又渡江,至建康。青州故第,尚锁书册什物,用屋十馀间,期明年春再具舟载之。十二月,金人陷青州,凡所谓十馀屋者,已皆为煨烬矣。

……途中奔驰,冒大暑,感疾。至行在,病痁。七月末,书报卧病。余惊怛,念侯性素急,奈何病痁?或热,必服寒药,疾可忧。遂解舟下,一日夜行三百里。比至,果大服柴胡、黄芩药,疟且痢,病危在膏肓。余悲泣,仓皇不忍问后事。八月十八日,遂不起,取笔作诗,绝笔而终,殊无分香卖履之意。

葬毕,余无所之。朝廷已分遣六宫,又传江当禁渡。时犹有书二万卷,金石刻二千卷,器皿茵褥可待百客,他长物称是。余又大病,仅存喘息,事势日迫,念侯有妹婿任兵部侍郎,从卫在洪州,遂遣二故吏先部送行李往投之。冬十二月,金人陷洪州,遂尽委弃。所谓连舻渡江之书,又散为云烟矣。独馀少轻小卷轴、书帖,写本李、杜、韩、柳集,世说,盐铁论,汉唐石刻副本数十轴,三代鼎鼐十数事,南唐写本书数箧,偶病中把玩,搬在卧内者,岿然独存。

在详细记叙金石书画散佚的过程中,也写出了国破家亡、丈夫病故、孤身漂泊流落的身世遭遇,将金石文物和个人遭遇、国家民族命运联系在一起,堪称作者的自叙传。

李清照的诗文总是表现出锐利的政治锋芒、力挽狂澜的英雄气概以及深沉真挚的爱国热情,这与其词的婉转缠绵、致力于闺中情感世界的开掘截然不同,从诗文当中我们看到的是一个具有刚强性格、不输须眉的血性女子和冷静犀利、关怀国运的政治家,这是其故乡齐鲁大地深厚的儒家文化传统灌溉哺育的结果,不仅使得男子身怀天下之忧,连被抛弃在社会边缘地位的女性亦关注国家民族命运,渴望拯时济世。

总之,南北宋之交的山东诗文家都是由北入南,因避战乱来到南方,经历了山河破碎、国土沦丧的历史惨剧,他们的诗文创作自然在表现登山临水、思乡怀人等个体情感的同时,注入了对主战北伐、收复失地的期盼,对国家民族命运和前途的忧患,自然与北宋时期山东诗文家的社会群体关怀有一些不同。需要指出的是,南北宋之交这一时期山东的诗文创作明显较弱,其原因大概有二:其一与山东此时在金国的统治之下,许多文人未能南下,因而山东文人被南北阻隔、一分为二有很大的关系;其二则与此时期文化中心的逐步南移也有很大的关系。

四、南宋前期

南宋前期的山东诗文家以晁公武、晁公溯和辛弃疾为代表,他们主要仕宦在孝宗朝,在偏安的江南一隅,面对统治阶级的醉生梦死、不思进取,深受山东地区浓厚的儒家文化哺育的他们,仍然是痛心疾首的,渴望能够以积极入世的态度实现拯时济世的理想,因而其诗文中洋溢着强烈的社会群体关怀精神,饱含着收复失地、统一山河的壮志豪情,而在理想落空之后,又不得不蜷缩在山水园林、道释佛老舔舐心灵的伤口,平复内心的创痛,从而使得其诗文又在个体情感和心灵的关注中徘徊摇摆,表现出社会性和自然性、群体性和个体性交融兼纳的局面。

晁公武(生卒年不详),字子止,号昭德先生,济州巨野(今山东巨野)人,晁冲之之子,官至敷文阁直学士临安少尹,著述颇丰,《郡斋读书志》一书颇富文献目录学价值,此外还有《昭德文集》六十卷,但已散佚,今存诗仅有 10 余首之多,多是游览写景之作,如《春日》也是写景之作,描绘春晚风光,风格清新恬淡,充满诗情画意。不过在纪游写景的同时,晁公武也能将收复之志打并其中,使情景交融,诚挚感人,如其《南定楼》:

> 水接荆门陆控秦,卧龙陈迹久尤新。剑关驿外青山旧,锦里祠边碧草春。更筑飞楼瞰泸水,拟将遗恨问洪钧。南方已定虽饶富,北望中原正惨神。

这是乾道元年正月晁公武出知泸州(今属四川)时所作,看到了泸州险要的地理位置,瞻仰了诸葛亮的遗迹,并想到了他未能实现壮志、一统中原的"遗恨",诗人由此联系当时社会现实,发出了"南方已定虽饶富,北望中原正惨神"的沉痛呼声,表达了对南宋朝廷偷安江南、不思北定中原的无奈和憾恨。

晁公溯(生卒年不详),字子西,号嵩山居士,济州巨野(今山东巨野)人,晁公武之弟,工诗善文,有《嵩山居士文集》五十四卷,内有诗歌 450 余首,而卷十五至五十四基本全是散文,数量非常可观。

　　晁公溯的诗歌多是写日常生活中的平凡题材，迎来送往、饮酒吃饭、游园赏花等等，很多均是像《外舅卫尉持节于此作尽心堂时与亲戚会饮今三》、《妻侄师如石同妇见过》、《李仁甫除丧作诗问之》、《范令人生日》、《师安抚生日》之类的诗作，功利性、交际性非常强，"体现出宋诗日益功用化、生活化的普遍倾向"①。《四库总目提要》曰："南渡后则公武兄弟最知名。公武《郡斋读书志》世称该博，而所著《昭德文集》已不可见。惟公溯此集仅存。王士祯《居易录》谓其诗在无咎、叔用之下。盖其体格稍卑，无复前人笔力，固由一时风会使然。而挥洒自如，亦尚能不受羁束。"而其散文则"劲气直达，颇有釜崎历落之致。以视《景迁》、《鸡肋》诸集，犹为不失典型焉。"

　　晁公溯的诗歌表现题材大概可以分为写景咏物、酬赠送别、思乡怀人、抒发其他日常生活感受以及表现社会群体关怀等几个内容，其中写景咏物、酬赠送别之作在晁公溯的诗歌中占有大量比重，比如《眉州燕游杂咏十首》、《中岩十八咏》以及《送邵仲象如吴下》、《送张君玉赴宁江幕府七首》、《送李敞逆妇叙州乃予友悦夫之子也》、《宇文叔介逆妇归过通义为置酒远景楼饯之》等，都是写景、送别之作，诗歌质量一般，艺术性并不是很高。

　　抒发思乡之情以及其他日常生活感受的诗作中尚有佳篇，比如《春晚》写春日之景，花输落蕊、蜜蜂采蜜、风吹帘幕、燕子衔泥，绘景如画，形象生动；抒思乡之情，"见此令人思故里"，使整首诗笼罩着淡淡的乡愁，而无论是写景还是抒情，整首诗给人的感觉都是入口即化，咀嚼无滓。再如其《沙寒》：

　　　　沙寒兼白石，瀼断入青溪。硖雾连山暗，江云出水低。远游殊俗倦，归路故乡迷。日落荒原上，城乌已复啼。

也是一首抒发乡愁的诗作，在用景语勾勒出的阴暗低沉的气氛中，鲜明地呈现出故乡渺渺、归期几何的寂寥失落之情，在其诗歌中亦属上乘。又如其《病中》一诗描写病中落寞伤感的心情以及年华流逝的淡淡哀愁，笔触清淡流丽，也是一首佳作。

　　晁公溯的诗歌也有不少是表现社会群体关怀的，诸如对国家社会的责任感，对天下苍生的关注等等，这使得其诗扩大了题材范围，获得了极强的社会针对性和现实批判性，比如《麦》先是写麦黄时节田园风光和农村景

---

　　①　乔力、李少群主编：《山东文学通史》，山东教育出版社 2002 年版，第 312 页。

象,一派温馨和乐的氛围,而结末"里胥忽在门,先当输官仓",急转直下,写朝廷的横征暴敛,即便麦田再丰收也改变不了农民贫苦的处境,批判的笔锋直指朝廷时政和国计民生。又如其《冬暮》则是写戍边将士的艰苦生活,被克扣军饷,又守卫边防多年,极度思念家乡,通过对边塞题材的描写,表现出对边防边疆问题的殷切关注。

此外,国家沦丧的耻辱和沉痛之情在晁公溯的一些诗歌中也得到表现,比如《他乡》:

> 故国山川安在哉,他乡今复见春来。蓬蒿并兴草益茂,桃李不言花自开。催促年华似推毂,较量筋力试登台。归田尚可扶犁在,明岁当驱俗驾回。

身在他乡,怀念故国山川,无疑就是对沦陷敌手的北方山河的怀念和眷恋,思乡之情包含着浓重的而强烈的渴望收复之志。

晁公溯的散文体裁非常广泛,包括公文劄子、表状、祭文、墓志、序跋等等,这些散文十分注重文学的实用性。像《梁山县令题名记》阐述安民以静的道理;《静边堂记》写戍边将士对当地百姓的剥削压迫;《尽心堂记》指出士、农、工、商应当各守其职,以尽其心;《上政府启》中则说:"以康济之才而力行康济之政,有恢复之虑而不示恢复之形,期于数年成此伟绩,恶不仁者,其为仁矣。"表现出施行仁政、恢复天下的志向,都具有强烈的社会群体关怀精神。晁公溯还有一些散文则重在写景抒情,或表现个体情感,诸如在《与李仁甫结交书》里他说自己:"长来无父,师性放焉。不能自制,且复疏懒,日日增甚。见有异书,心欲得之而不喜剧读,间取观焉,数卷以后,则欠伸思寐,及闻有学强而记博者,则亟欲交之。所居无其人,则杜吾门,靡所接其所好。"表现疏狂不羁的个性;在《送王子载序》里说:"先君所与友日狎至,先君待之不敢怠。或留舍于家,家故贫,犹贳贷修具终其去,人人皆尽欢。其间所遇豁达无隐、谑浪笑傲,或杂出辞章、含讥讽靡所忌,宜昵甚。虽有沈厚而深者,亦笃诚可持久,谓不相负。然近者朞月,远者三四年,或后以贵故,因复决舍;或既去,迹寝疏不相闻;或始出无聊,及得势则背而驰不复来;或有所谒,阳示狎密,谒已,或遂或不遂,皆舍去,再遇则若不相识。予心疑之,岂先君待士薄耶?间以问先君,先君笑曰:'无庸此之问,后乃自知。'予既孤,年益壮,家益穷,空视当时先君之友犹半在,然颇珥笔持橐侍禁中甚宠,不复记忆往事,以一字慰问其孤者。嗟乎!风俗其已久矣,不足悲也。"

表现其父的性格品行以及对父亲深切的怀念,都颇为真挚感人。

辛弃疾(1140—1207 年),字幼安,号稼轩,历城(今山东济南)人,南宋著名文学家。辛弃疾出生的时候,山东已经沦陷于金兵铁骑之下。辛弃疾从小深受祖父辛赞的爱国主义教育,一直希望能有机会"投衅而起,以纾君父所不共戴天之愤"(《美芹十论》),21 岁的时候他组织了一支抗金义军,后率义军参加到耿京为首的农民义军当中。当奉耿京之命,奉表南归之时,耿京被农民义军中的叛徒杀死,辛弃疾归途中听到这个消息立即率领五十骑冲入金兵大营,生擒活捉叛徒张安国,并把他押赴南宋行在,这段年轻时代的英雄壮举是辛弃疾一生都在缅怀的历史。南归之后,辛弃疾历任湖北、江西、湖南安抚使等官职,一直未忘主战北伐收复中原的理想,堪称南宋时代最杰出的爱国志士。虽然辛弃疾的文学创作活动主要开始于南归之后,但山东作为他的故乡,是儒家文化的发源地,对其深挚的爱国思想、强烈的民族责任感以及拯时济世、以天下为己任的使命感的哺育和养成,却功莫大焉,因而其文学创作表现出迥异于南方的深裘大马之风,有着北地男儿的豪雄风采。辛弃疾在文学创作上主要长于词,但同时也擅长诗文,有《辛稼轩诗文钞存》存世,其诗现存 110 余首,散文则有 30 多篇。辛弃疾的诗文成就虽不及其词,但也反映了作者的爱国襟怀和生活情趣,在南宋自成一家。

作为执着于政治事功的爱国志士,辛弃疾平生以气节自负、以功业自许,然而由于其刚正不阿的性格、归正人的身份以及南宋朝廷主和偏安的既定国策,不能被派往抗金前线,实现收复失地的理想,因而就把驰骋疆场、建功立业的渴望以及怀才不遇、不得尽展其用的愤懑抒发于文学创作,使其文学创作表现出强烈的干预时政、救衰补弊的政治功利性,表现出深沉的社会群体关怀精神。比如其散文多是探讨政治形势、制定救国方略的政论文,表现出总揽全局、关注光复大业的政治家的气度和视野。《美芹十论》从审势、察情、观衅、自治、守淮、屯田、致勇、防微、久任、详战十个方面,具体分析当时的政治形势,驳斥金兵不可战胜、只能主和妥协的谬论,并指出了富国强兵、消灭敌虏的具体规划和抗战策略。在上宰相虞允文的《九议》当中,辛弃疾又进一步阐述了《美芹十论》里的思想,力主抗金,并提出了许多抗战收复的建议。《论阻江为险须藉两淮疏》、《论荆襄上流为东南重地》、《议谏民兵守淮疏》等奏疏,则再次陈述淮南战略地位的重要性,在《美芹十论》中就有守淮篇,这几则奏疏又指出守淮的重要以及须藉民兵加强防务,并指出"荆襄合而为一则上流重,荆襄分为二则上流轻。此南北之所以为成败也",事实上后来蒙古就是以荆襄为突破口攻入南宋的,可见辛弃疾独到的战略眼光。李濂在《批点稼轩长短句序》中说辛文"皆切中时务",刘克庄赞其"笔势浩荡,智略辐凑,有《权书》、《衡论》之风"(《后村先生大全集》卷九八),皆是中肯之论。

辛弃疾的诗歌中也有言志载道、表达政治追求以及对现实社会感受的作品,如其《咏雪》:

> 书窗夜生白,城角晓增悲。未奏蔡州捷,且歌梁苑诗。餐毡怀雁使,无酒羡羔儿。农事勤忧国,明年喜可知。

晚上夜不能寐,白天晓角声悲,不能在抗金斗争中能取得像蔡州大捷那样的胜利,只能写写诗词粉饰太平,这对于志在恢复却不能尽展其用的诗人来讲,其内心的愤懑和痛苦是可以想见的。虽然理想难以实现,但"农事勤忧国"一句,仍然表现出作者对农事、农民以及国家社稷的深切关注。再如其"旧恨王夷甫,新交蔡充儿。"(《感怀示儿辈》)"待酌西江援北斗,摩挲金狄与君期。"(《寿赵茂嘉郎中二首》其二)"有时思到难思处,拍碎阑干人不知。"(《鹤鸣亭绝句四首》其一)等,也都表现出对祖国南北分裂而朝廷却苟且偷安、不思进取的愤懑压抑以及渴望收复却无能为力的沉痛郁结。

身负雄心壮志、雄才伟略,却壮志难酬、怀才不遇,使得辛弃疾不得不寄情农村田园、山水泉林,以遣其心,不得不借助道释庄老,平复心灵的痛苦:

> 小亭独酌兴悠哉,忽有清愁到酒杯。四面青山围欲合,不知愁自那边来。

——《鹤鸣亭独饮》

> 林下萧然一秃翁,斜阳扶杖对西风。功名此去心如水,富贵由来色是空。便好洗心依佛祖,不妨强笑伴儿童。客来闲说那堪听,且喜新来耳渐聋。

——《题鹤鸣亭》

前一首诗写在青山环绕的小亭独酌,明明是潇洒惬意之举,但蓦然感觉轻愁缭绕心头,拂之不去,原来所谓的饮酒解愁、青山忘忧,都不足以安慰痛苦的心灵,志不获骋的愁苦是如影随形,难以忘怀的。后一首诗则在岁华流逝、青春老矣之时,淡去追求功名、实现理想的豪情壮志,希望能洗心革面,皈依佛祖，通过释老调节心灵，但那氤氲于字里行间的萧然颓丧分明是理想成空的失落和无奈。

此外，辛弃疾还有不少酬赠送别的诗作也写得相当不错，如其《送别南湖部曲》堪称典型：

> 青衫匹马万人呼，幕府当年急急符。愧我明珠成薏苡，负君赤手缚於菟。观书到老眼如镜，论事惊人胆满躯。万里云霄送君去，不妨风雨破吾庐。

此诗当是淳熙七年（1180年）辛弃疾在湖南安抚使任上遭谗去职之时，赠送部属所作。早年的英雄壮举、满怀期冀与而今的明珠薏苡、遭谗被忌，形成鲜明的对比，而在如此肝胆雄心、感时抚事之时，点出送别的主题，就使得其离别之情因融入了深沉的家国之慨和百折不挠的壮志，而变得悲壮豪雄。

总之，南宋初期的山东诗文在宋代山东诗文发展史上是逐步走向低谷，日益萎靡衰颓的，北宋前期和后期无论是诗文作者还是诗文数量，比之南北宋之交和南宋初期明显要多得多，不过值得注意的是，南北宋之交和南宋初期虽然在诗文数量上无法与北宋时期抗衡，但却出现了像李清照、辛弃疾这样名扬古今的大家，虽然二人乃是以词名世，词作成就明显高于诗文，但其诗文创作向来也是不容忽视的。

第二节　主体意识张扬而及词坛的极盛

自晚唐五代花间词，文人大规模参与词的创作以来，就形成了词"艳科娱人"的创作传统，以表现男女艳情相思等普泛化、类型化的情感为主要内容，以娱宾遣兴、应歌娱人为主要目的，因而词一直被视为酒边尊前娱宾遣兴的小道薄伎，难登大雅之堂。而后由花间词确立的"诗庄词媚"、"词为艳科"的传统，奠定了诗词在表现题材和内容上的分野，诗多言志载道，以表现民生疾苦、襟怀抱负等士大夫情怀为主，而词言情，多写男欢女爱、相思别离。与花间词人创作年代相近的南唐词人，艺术趣味尚雅，他们的词虽仍以情爱思恋、花柳风情为主要内容，但不再是追求感官的享乐与刺激，而是着重刻画人物的内心情绪，因而易打并入抒情主人公的主体意识，使词由表现类型化的情感向个体化的情感过渡。进入宋代后，词全面勃兴，臻至巅峰，成为时代之代表文学，在漫长的岁月里，词不断地发展流变，而随着创作个体主体意识的不断渗入,诗庄词媚的文体观念开始受到极大的冲击,词逐渐由不登大雅之堂的小道薄伎发展成和诗歌一样可以言志载道的文体。

宋代山东词坛的发展跟整个宋词发展历程相一致,北宋时期李之仪和晁补之等人走苏轼以诗为词的路线,将士大夫的性情襟怀引入宋词创作,提高了词品,南北宋之交的李清照等人将家国之慨融入词的创作,南宋初期的辛弃疾更是以词抒发恢复之志、统一之盼,前人所谓的小道薄伎此时表现出强烈的政治功利性,堪与诗文相媲美,可以说,随着词人主体意识的张扬,山东词人的宋词创作逐步走向巅峰,彪炳千秋。

一、北宋时期

北宋时期山东词坛的创作以和岘的三篇颂词拉开序幕,后王禹偁真正从文学意义上为山东词坛乃至整个宋代词坛揭开新篇章。紧随其后,刘潜、李冠、李师中、李元膺、侯蒙、刘山老、晁冲之等人,都以其词学创作带来了宋代山东词坛的兴盛。不过北宋时期最著名的山东词人当属晁补之、李之仪两人,作为苏门文人,他们继承了苏轼以诗为词的革新精神,将士大夫个人的人生遭际、宦途荣辱乃至归隐闲居等题材引入词的创作,从而使词部分地反映了抒情主体的人格风貌,因此其词学创作虽算不上一流大家,但却是任何词史都不容忽略的。

和岘(933—988 年),字晦仁,郓州须昌(今属山东)人,一生历五代的后汉、后周以及北宋太祖、太宗等朝,不仅是山东词坛开篇第一人,实际上也是揭开整个宋词发展序幕的第一人。和岘现存[南郊鼓吹歌曲]3 首,作于开宝元年(968 年),包括[导引]、[六州]、[十二时],均为颂词,表现礼祀的。极力表现郊祀场面的隆重宏大、皇家气象的威仪不凡,笔触不可谓不雍容华贵,典雅富丽,但不可避免地具有颂圣词作固有的歌功颂德、粉饰太平的通病,缺乏创作主体的性情流露,因此这些词作只能说是具有文学史的意义,而从文学性、审美性上看则难登大雅。

真正从文学性的角度揭开山东词坛乃至整个词坛发展序幕的是王禹偁,他现存词作 1 首[点绛唇]:

> 雨恨云愁,江南依旧称佳丽。水村渔市,一缕孤烟细。天际征鸿,遥认行如缀。平生事,此时凝睇,谁会凭栏意!

这首小令与晚唐五代以及宋初流行的旨在娱宾遣兴的艳词不同，而是通过描绘江南水乡景物，寓情于景，表现抒情主体渴望积极入世、有所作为但却难展抱负、世无知音的惆怅郁结，这是诗歌经常表现的题材，在宋初词坛"敢陈薄伎，聊佐清欢"（欧阳修［采桑子］《西湖念语》）的环境中显得难能可贵，因而在词史上实具有不可忽视的地位，堪称转变宋词创作风气的重要作品。《竹林纪事》评此词云："清丽可爱，岂止以诗擅名。"结句"平生事，此时凝睇，谁会凭栏意！"与辛弃疾"把吴钩看了，栏杆拍遍，无人会，登临意。"（［水龙吟］《登建康赏心亭》）息息相通。

东州逸党中的刘潜、李冠虽然存词数量有限，刘潜存词2首，李冠存词5首，但其词因抒情主体独特情怀抱负的引入，因而"使人怅慨，良不与艳词同科"（宋程大昌《演繁录》卷一六）。刘潜的词作诸如［水调歌头］：

> 落日塞垣路，风劲戛貂裘。翩翩数骑闲猎，深入黑山头。极目平沙千里，惟见珮弓白羽，铁面骇骅骝。隐隐望青冢，特地起闲愁。　　汉天子，方鼎盛，四百州。玉颜皓齿，深锁三十六宫秋。堂有经纶贤相，边有纵横谋将，不作翠蛾羞。戎虏和乐也，圣主永无忧。

此词咏汉代王昭君事，将边塞题材和战争场面引入宋词创作，但在咏史怀古的同时也表达了对现实的忧虑，"隐隐望青冢，特地起闲愁"，不仅是对王昭君被迫出塞和亲、"独留青冢向黄昏"的深切悼念，同时也是对当时边防安危的担忧，希望统治者不是凭借屈辱的和亲，而是通过巩固边防，加强军事实力，抵御辽和西夏等外患的入侵。李冠的词作诸如［六州歌头］：

> 凄凉绣岭，宫殿倚山阿。明皇帝。曾游地。锁烟萝。郁嵯峨。忆惜真妃子。艳倾国，方姝丽。朝复暮。嫔嫱妒。宠偏颇。三尺玉泉新浴，莲羞吐、红浸秋波。听花奴，敲羯鼓，酣奏鸣鼍。体不胜罗。舞婆娑。　　正霓裳曳。惊烽燧。千万骑。拥雕戈。情宛转。魂空乱。蹙双蛾。奈兵何。痛惜三春暮，委妖丽，马嵬坡。平寇乱。回宸辇。忍重过。香瘗紫囊犹有，鸿都客、钿合应讹。使行人到此，千古只伤歌。事往愁多。

也是北宋较早的一首咏史怀古词，咏唐玄宗、杨贵妃事，通过写唐玄宗对杨玉环的偏宠误国导致战乱的爆发，表达了不尽的兴衰慨叹，与柔婉缠绵的艳词也迥然不同。再如其［蝶恋花］：

> 遥夜亭皋闲信步，才过清明，渐觉伤春暮。数点雨声风约住，朦胧

淡月云来去。　　桃杏依稀香暗度,谁在秋千,笑里轻轻语? 一寸相思千万绪。人间没个安排处。

写暮春时节的伤感寥落,这伤感不仅是浓挚的相思如影随形,无处安放,同时也掺杂着害怕年光流逝、生命老去的忧伤,情爱之思和对生命的忧患之情相结合,使得此词韵味深厚。沈谦《填词杂说》评论此词"数点雨声风约住,朦胧淡月云来去"句,说"'红杏枝头春意闹','云破月来花弄影'俱不及"。评价甚高。

李师中的词现仅存 1 首[菩萨蛮]:

子规啼破城楼月,画船晓载笙歌发。两岸荔枝红,万家烟雨中。佳人相对泣,泪下罗衣湿。从此音信稀,岭南无雁飞。

此词作于李师中岭南卸任、离开桂林之时,围绕离别描绘了各种场景,船行之前子规啼鸣、笙歌晓奏,渲染气氛,船行之后两岸荔枝鲜红、万家烟雨,诗情画意中笼罩着淡淡的哀伤,送别的佳人相对而泣,泪湿罗衣,从此以后便是两地相隔,音信稀少,又进一步表现了别愁之重。总的看来,这首词写离愁别恨虽难脱前人笼罩,但毕竟境界开阔,包含着对桂林的深深眷恋之情,因而亦属佳篇。

荣諲(1007—1071 年),字仲思,济州任城(今山东济宁)人,历任广东转运使、知澶州、京东转运使、户部副使等职,其词仅存 1 首[南乡子]:

江上野梅芳,粉色盈盈照路旁。闲折一枝和雪嗅,思量,似个人人玉体香。　　特地起愁肠,此恨谁人与寄将? 山馆寂寥天欲暮,凄凉,人转迢迢路转长。

这是一首咏梅词,上阕描绘梅花的色、香,"似个人人玉体香"一句颇为艳丽,犹是花间之遗,下阕由花及人,表现孤馆羁旅的惆怅凄凉,融入个人身世之感,乃是宋代出现较早的咏物词。

山东东平人李元膺存词凡九首,其词多写伤春离别、相思怀远之情,虽情感抒发婉转缠绵,清丽深细,但往往难脱前人笼罩。此外,李元膺的词中还有悼亡一类,如其[茶瓶儿]:

去年相逢深院宇,海棠下、曾歌金缕。歌罢花如雨,翠罗衫上,点点红无数。　　今岁重寻携手处,空物事、人非春暮。回首青门路,乱红飞絮,相逐东风去。

宋惠洪《冷斋夜话》卷三谓此词乃因"丧妻"而作,上阕忆昔,下阕寻今,通过今昔对比，表达物是人非、人去楼空的伤感，虽文学性比之苏轼、贺铸的悼亡词稍差，但在普遍讴歌"婚外恋"的宋代词坛显得难能可贵。

侯蒙（1054—1121 年），字元功，密州高密（今山东高密）人，元丰八年（1085 年）进士，历任官户部尚书同知枢密院、尚书左丞、中书侍郎、资政殿学士等职，今存词 1 首［临江仙］：

> 未遇行藏谁肯信，如今方表名踪。无端良匠画形容。当风轻借力，一举入高空。　　才得吹嘘身渐稳，只疑远赴蟾宫。雨馀时候夕阳红。几人平地上，看我碧霄中。

据洪迈《夷坚甲志》卷四记载：侯蒙"自少游场屋，年三十有一得乡贡，人以其年长貌寝，不加敬。有轻薄子画其形于纸鸢上，引线放之。蒙见而大笑，作《临江仙》词题其上……"这首词乃是一首俳谐词，既是说纸鸢上的自己升入高空，俯瞰众生，同时也表现了凭借风力，冲入云霄，奔赴蟾宫，飞黄腾达的渴望和自信，可谓亦庄亦谐，毫无浅薄卑劣之病。

刘山老（生卒年不详），字野夫，青州人，人称刘跛子，为人诙谐幽默，宋惠洪《冷斋夜话》卷八载："刘跛子者，青州人也，挂一拐，每岁必一至洛中看花，馆范家园，春尽即还京师。为人谈噱有味，范家子弟多狎戏之。"存词 1 首［满庭芳］：

> 跛子年来，形容何似，俨然一部髭须。世间许大，拐上做工夫。选甚南州北县，逢著处、酒满葫芦。醺醺醉，不知明日，何处度朝晡。
>
> 洛阳，花看了，归来帝里，一事全无。又还与瓟羹，再作门徒。蓦地思量下水，浪网上、芦席横铺。呵呵笑，睢阳门外，有个大南湖。

这也是一首俳谐词，以通俗生动的口语表现了自己潇洒惬意、畅游人间、放纵不羁、不受束缚的处世态度，并非单纯地为滑稽而滑稽。

俳谐词在宋词中一直占大量比重，其创作以真宗年间陈亚脍炙人口的药名词导夫先路，后柳永也偶有俳谐词作，可以说俳谐词在仁宗"嘉祐之前，犹未盛也"（王灼《碧鸡漫志》卷二），至神宗熙宁、元丰，哲宗元祐年间，"兖州（今山东泰安）张山人以诙谐独步京师，时出一两解。泽州孔三传，首创诸宫调古传，士大夫皆能诵之。"（同上）在他们的影响下许多文人都参与到俳谐词的创作中来，形成了俳谐词创作的兴盛局面，诸如"元祐间，王齐叟彦龄……以滑稽语噪河朔"（同上），邢俊臣、曹组、张衮臣等则"供奉禁中"（同上）。在俳谐词创作的热潮中，山东词人也受波及，不过俳谐词因其诙谐滑稽、油滑浮薄的腔调与意趣有失庄重严肃,因此多遭诟病,而侯蒙、刘山老两人的俳谐词都能将身世之感引入,寓庄于谐,因而尚属佳篇。

晁冲之不仅以擅长诗歌名列《江西诗社宗派图》,亦长于词,今人赵万里曾辑其词十六首为一卷,名《晁用叔词》。晁冲之的词清丽俊逸,名声甚至盖过其诗,如宋人胡仔在《渔隐丛话后集》卷三六引《诗说隽永》说:"晁冲之叔用,乐府最知名,诗少见于世。"如其[临江仙]:

> 忆昔西池池上饮,年年多少欢娱。别来不寄一行书,寻常相见了,犹道不如初。 安稳锦衾今夜梦,月明好渡江湖。相思休问定何如?情知春去后,管得落花无。

追忆昔日西池畅饮的欢娱,慨叹而今物是人非、音信全无,字里行间充满着哀愁和怅惘,这不仅仅是男女的情爱相思、离愁别绪,更是含蕴了遭受元祐党祸、不能再和知交畅谈惬饮的沉痛心情以及严酷政治环境中春去花落、知交零落的悲伤无奈,因此可以说这首词既有花间余韵,又在传统相思怀远的题材中融入了个人对于政治变幻、官场险恶等的感受,既深化了词的内涵和意境,使其具备了诗歌的艺术精神,又未破坏词之美感。清许昂霄《词综偶评》评此词"淡语有深致,咀之无穷"。又如其[汉宫春]《梅》:

> 潇洒江梅,向竹梢稀处,横两三枝。东君也不爱惜,雪压风欺。无情燕子,怕春寒、轻失佳期。惟是有、南来归雁,年年长见开时。 清浅小溪如练,问玉堂何似,茅舍疏篱。伤心故人去后,冷落新诗。微云淡月,对孤芳、分付他谁。空自倚,清香未减,风流不在人知。

这首咏梅词勾勒梅花的风骨,"借梅写照"(黄氏《蓼园词评》),通过咏梅之耐得住寂寞、经得起摧残,寄寓自己孤标傲世、清高拔俗的性格,可谓托物寓志,物我合一,因而自古以来评价较高。

晁补之有词集《晁氏琴趣外篇》,今存词达170余首,其词在当时就颇为有名,如陈振孙《直斋书录解题》卷二十一曰:"晁尝云:'今代词手,惟秦七、黄九,他人不能及也。'然二公之词,亦自有不同者,若晁无咎佳者,固未多逊也。"指出晁补之词之佳者比之秦观、黄庭坚不遑多让。另有论词专书《骩骳说》二卷,但现已不存。

晁补之在词学理论上认同苏轼对词的开拓和革新,驳斥人多谓苏词"不谐音律"的论断,说"居士词横放杰出,自是曲子中缚不住者"(《能改斋漫录》卷十六),肯定了苏词的诗化倾向。不仅如此,其词学创作亦步武苏轼,将宦海沉浮、仕途荣辱以及人生失意、不得志的苦闷宣泄于词,从而使其词豪健高迈,境界开阔,一定程度上突破了传统的局限,走向了诗化的道路,因此后人评论说:"无咎为苏门四学士之一,其词神姿高秀,可与坡老肩随。"(胡薇元《岁寒居词话》)"有宋熙、丰间词学极盛,苏长公提倡风雅,为一代山斗……山谷、无咎皆工倚声,体格与长公为近。"(况周颐《蕙风词话》卷二)比如其[迷神引]《贬玉溪,对不山作》:

> 黯黯青山红日暮,浩浩大江东注。余霞散绮,向烟波路。使人愁,长安远,在何处?几点渔灯小,迷近坞。一片客帆低,傍前浦。　　暗想平生,自悔儒冠误。觉阮途穷,归心阻。断魂素月,一千里、伤平楚。怪竹枝歌,声声怨,为谁苦?猿鸟一时啼,惊岛屿。烛暗不成眠,听津鼓。

此词抒发羁旅之愁。"暗想平生,自悔儒冠误。觉阮途穷,归心阻",遭贬被逐的经历使他开始对人生重新进行反思,儒家积极用世价值观的影响使他渴望能被重用以拯时济世,实现个人的社会价值,然而像阮籍一样"途穷"、仕进之路受阻之时,才发现自己羁于谪宦,欲归而不能归,短短几句就将羁旅之愁、遭贬的牢骚苦闷以及在归隐和仕宦之间的徘徊生动地呈现出来。又如其[摸鱼儿]《东皋寓居》:

> 买陂塘,旋栽杨柳,依稀淮岸湘浦。东皋嘉雨新痕涨,消嘴鹭来鸥聚。堪爱处,最好是、一川夜月光流渚。无人独舞。任翠幄张天,柔茵藉地,酒尽未能去。　　青绫被,莫忆金闺故步。儒冠曾把身误。弓刀千骑成何事?荒了邵平瓜圃。君试觑,满青镜,星星鬓影今如许!功名浪语。便似得班超,封候万里,归计恐迟暮。

此词作于贬谪隐居故乡之时,极力渲染了田园生活的美好,杨柳环绕,芳草遍地,鸥鹭聚集,月光皎洁,在如此生机盎然、清新如画的山水风物之中作者翩然起舞,尽情饮酒,表现出啸傲风月、超脱尘俗的放旷洒脱、闲适恬淡,但晁补之终究不是苏轼,他学不了苏轼的随缘自适、旷放豁达,无论是"儒冠曾把身误",不留恋仕宦生涯,还是"弓刀千骑成何事",慨叹一事无成,亦或是"功名浪语",表现出对功名事业的厌弃,都是强烈的愤激之语,是求功名不可得的深沉痛苦,使其无奈选择了以极端的方式彻底否定了儒家积极入世的价值观,以消解其人生失意的苦闷,所以刘熙载《艺概》卷四曰:"东坡词,在当时鲜于同调,不独秦七、黄九,别成两派也。晁无咎坦易之怀,磊落之气,差堪骖靳,然悬崖撒手处,无咎莫能追蹑矣。"指出晁词与苏词最大的不同的就是"悬崖撒手处",亦即放旷豁达的气度,而正因为缺少这份超迈旷达之气,所以晁补之"所为诗余,无子瞻之高华,而沈咽则过之"(冯煦《宋六十一家词选例言》)。此外,这首词下阕历经宦海浮沉后的愤激之词、牢骚之语,又正好与南宋时期著名的山东词人辛弃疾的词作消息暗通,强烈的失志之痛使得辛弃疾也采取了彻底否定的态度消解功名事业,因而其词作同样也有着激愤难平、沉痛幽咽的美感特征。

晁补之咏物词的创作亦踵武苏轼,并非只着重于客观物象,为咏物而咏物,而是旨在摄取风神灵魂,常常将人格、感情等融入其中,使物我合一,借咏物以寓性情和身世之感,如其[盐角儿]《亳社观梅》:

> 开时似雪,谢时似雪,花中奇绝。香非在蕊,香非在萼,骨中香彻。
>
> 占溪风,留溪月,堪羞损、山桃如血。直饶更、疏疏淡淡,终有一般情别。

此词作于宋哲宗绍圣二年(1095年)从齐州知州贬为亳州通判之时。作者写梅花无论开、谢始终都如雪般洁白,丝毫未染尘世之污垢,而其香气也并非在外表,而是从骨子里散发出来的,突出表现出梅花之高洁和风骨,而这俨然就是作者无论穷通富贵始终都保持高洁品行的写照。

此外,晁补之也有不少词作表现的是传统的相思情爱、离愁别绪,风格柔婉绮丽、含蓄蕴藉,不脱当行本色,如其:

> 前时相见,楼头窗畔,尊酒望银蟾。如今间阻,银蟾又满,小阁下珠帘。愿得吴山山前雨,长恁晚廉纤。不见楼头婵娟月,且寂寞,闭窗眠。
>
> ——[少年游]

> 睡起临窗坐,妆成傍砌闲。春来莫卷绣帘看。嫌怕东风吹恨、在眉间。 鹦鹉花前弄,琵琶月下弹。蓦然收袖倚栏干。一向思量何事、点云鬟。
>
> ——[南歌子]

都不失为传统的婉约词,毛晋《宋六十名家词·琴趣外篇跋》谓:"虽游戏小词,不作绮艳语。"

总之,晁补之既能对传统的情爱题材信手拈来,又能踵武苏轼,以诗为词,将隐逸、贬谪等各种人生体悟纳之于词,词人的主体意识进一步增强,传统的应歌之作变成了词人自我的言志抒怀，因此普泛化的抒情也变成词人个体性的言说，苏轼对词坛的革新和词品的提高在晁补之这里得到进一步的继承和发扬。其次，晁补之在走苏轼诗化道路的同时，又保持了其词独特的个性——慷慨磊落又沉痛幽咽的词心，这样苏词的豪迈旷放和晁词的慷慨激愤，就为后来辛弃疾词的崛起及其独特词风的形成提供了宝贵的精神遗产，辛弃疾的许多词都直接承晁补之词的波澜。

在词坛巨擘苏轼全面革新精神的影响下，一大批词坛健将紧随其后，充分发扬了词学创作的主体意识，将词由单纯地表现男女之情扩充成为可以抒发各种人生体验包括宦途际遇、忧患情怀的抒情文体，而踵武苏轼的山东词人，不仅包括苏门四学士之一的晁补之，还有一位比较著名的词人，那就是李之仪。

与晁补之一样，李之仪也有自己的词学观点，从其《跋吴师道小词》一文中可见其词论。首先指出"长短句于遣词中最为难工，自有一种风格，稍不如格，便觉龃龉"，这种词"自有一种风格"的观点与后来的李清照提出的"词别是一家"之说俨然相通，只是李之仪并未作详论。词"自有一种风格"，与诗有别，隐然又是对苏轼以诗为词的批判。作为苏门文人，步武苏词创作，但又对苏词的诗化表现出不满和不理解，这其实是当时困扰以苏轼为中心的一批文人的一个核心问题，有赞成者，诸如晁补之，有反对者，诸如陈师道"子瞻以诗为词，如教坊雷大使之舞，虽极天下之工，要非本色"（《后山诗话》）。再进一步说，这不仅是苏门文人的困惑，也是令整个词坛，包括后来的词人乃至词学评论家，都困惑不已的关于词的文体定位的问题。第二，对《花间集》"然多小阕"的遗憾，说明李之仪相当重视长调慢词，是以发展的眼光看待长调慢词的。第三，重视韵致，标举以"韵"为胜的审美理想，即便是长调创作也不能只是"铺叙展衍，备足无余"，也要有如晏、欧等人小令里的韵致，隐然有将小令写法引入长调慢词的倾向。李之仪的这些词论对当时乃至后世词学批评都产生了深远的影响。

李之仪有《姑溪词》一卷，存词近100首之多，其词清丽柔婉，"多次韵、小令，更长于淡语、景语、情语，如'鸳衾半拥空床月'，又如'步懒怡寻床，卧看游丝到地长'，又如'时时浸手心头熨，受尽无人知处凉'，即置之《片玉》、《漱玉集》中，莫能伯仲。至若'我住长江头，君住长江尾。日日思君不见君，共饮长江水'，真是古乐府俊语矣。"（毛晋《宋六十名家词·姑溪词跋》)李之仪的小令创作为多,在其词集中占了绝大多数,而且词风颇似秦观,《四库全书总目提要》就说:"之仪以尺牍擅名,而其词亦工,小令尤清婉峭茜,殆不减秦观。"长调慢词明显要少,不超过10首,这表明李之仪虽然从词学理论上肯定了长调慢词相对于小令是宋词的进步和发展,但从创作的角度上看明显要比其他苏门文人要保守得多。

具体来看李之仪词,其词学创作主要表现出两种趋向:一是拘泥于传统的伤春悲秋、相思情爱,更多地保持着《花间》传统,写得清丽缠绵,含蓄蕴藉,读来韵味深厚隽永,这与他"大抵以《花间集》中所载为宗"的词学本体论观点相一致;二是追寻苏轼以诗为词的道路,以词反映广阔的社会现实生活,包括迎来送往、言志感怀以及日常酬酢等等,进一步显示出苏轼对词的革新精神对词学创作产生的巨大影响。

前者如其长调慢词[谢池春]:

> 残寒销尽,疏雨过,清明后。花径敛余红,风沼萦新皱。乳燕穿庭户,飞絮沾襟袖。正佳时,仍晚昼。著人滋味,真个浓如酒。　　频移带眼,空只恁、厌厌瘦。不见又相思,见了还依旧。为问频相见,何似长相守?天不老,人未偶。且将此恨,分付庭前柳。

此词以浅近的语言以及传统的意象,抒发伤春相思之愁。上阕写景,残寒散尽,疏雨清明,余红满径,风吹池沼,燕穿庭户,飞絮沾袖,无不是宋词中被用得熟滥的意象;下阕抒情,"频移带眼"写出相思使人憔悴消瘦,"不见又相思,见了还依旧",写出相思让人魂不守舍,"为问频相见,何似长相守"的质问和"天不老,人未偶"的埋怨,则写出了思念的深重,总体看来,这首词表现相思别愁不可谓不委婉细腻,缠绵深挚,但在以相思情爱为主要表现内容的宋词中也并不新鲜。再如其名噪千古、历来为选家钟爱的小令[卜算子]:

> 我住长江头,君住长江尾。日日思君不见君,共饮长江水。　　此水几时休,此恨何时已。只愿君心似我心,定不负相思意。

此词围绕江水抒发相思之情,可谓满心而发,肆口而成,深得民歌风味。江水既是爱情的阻隔,又是传递思念的载体,江水不休,别恨不已,自己爱得彻骨,自然也希望"君心似我心,定不负相思意",这样在悠悠绵渺的江水的衬托下,思念之情也被表现得情深意长,深沉真挚。毛晋说此词"真是古乐府俊语"(《姑溪词跋》),薛砺若说此词"写得极质朴晶美,宛如《子夜歌》与

《古诗十九首》的真挚可爱"①，都是十分中肯的评价，因而此词自古以来获誉良多，但这并不是说这首词的表现内容新颖，只是因为它构思新巧，语朴情长，更富于艺术感染力而已。

后者如其[临江仙]《登凌歊台感怀》：

偶向凌歊台上望，春光已过三分。江山重叠倍销魂。风花飞有态，烟絮坠无痕。　　已是年来伤感甚，那堪旧恨仍存！清愁满眼共谁论？却应台下草，不解忆王孙？

此词作于李之仪贬谪当涂期间，借登台远望，抒发了内心遭受政治打击的愤懑和思乡的情怀。上阕写景，下阕抒情，"已是年来伤感甚，那堪旧恨仍存！清愁满眼共谁论？"表现遭贬被逐、闭塞幽居的伤感、郁闷以及愁恨，而"却应台下草，不解忆王孙？"埋怨春草不解相忆，以无理之语表现出归乡不得的愁怨，都突破了宋词风花雪月、情思爱恋的苑囿，表现出向诗歌境界复归的趋势。又如其[忆秦娥]《用太白韵》：

清溪咽。霜风洗出山头月。山头月。迎得云归，还送云别。

不知今是何时节。凌歊望断音尘绝。音尘绝。帆来帆去，天际双阙。

这首词也是借景抒怀。上阕写清溪流淌，霜风吹拂，山月高挂，云卷云舒，景物描绘如画，又有辽阔之势；下阕触景生情，表现出对朝廷国事的关注，无论是"不知今是何时节"，还是"音尘绝"、"天际双阙"等语，都流露出身在江湖，却心在魏阙，不忘朝廷的思想倾向。这种对官场险恶的真切感受，对被贬谪异乡的失望怅惘，以及虽遭冷落却仍关怀时政、渴望用世、不甘退隐僻居的心情，都在李之仪的词中得到形象的展现，显示出强烈的主体意识张扬凸显在他的创作中，而非类型化、普泛化的情感表现。

总的看来，北宋时期山东词坛的词学创作与整个词坛的创作趋向是一致的，一方面沿着花间词开创的表现男女情爱的香艳婉转之路发展，无论是李之仪还是晁补之，都有数量不菲的词遵循传统的闺怨题材，另一方面，苏轼开创的词体诗化的发展道路也在山东词坛获得响应和继承，山东词人将抒情主体的襟怀抱负、遭际境遇等融入词的创作，使词的境界更加开阔，品位得到提升，就连咏物词与俳谐词都将身世之感打并入中。这两种发展趋向使词的表现空间更为广阔，既"能言诗之所不能言"，传递诗歌难以表

① 薛砺若：《宋词通论》，上海书店1985年版，第147页。

现的细腻婉转之情,又能像诗歌一样抒情言志,表现积极用世的渴望、贬谪失意的牢骚等等,这就使词不仅以其独特性成为一代之文学,更能作为独立的抒情文体——而非娱宾遣兴的小道薄伎——与诗并驾齐驱。

二、南北宋之交

南北宋之交的山东词人以李邴、侯寘、王千秋以及李清照为代表,他们主要生活于北宋钦宗、南宋高宗年间,由于时代的沧桑巨变,其生活经历明显被切分为北宋和南宋两段,北宋时期安逸享乐、吟风弄月,南宋时期国破家亡、颠沛流离,因而其词作易打上时代的烙印,出现前所未有的悲怆之声,这在李清照的词中表现尤其明显,而其他山东词人在慷慨悲愤、力主抗战收复的南渡词坛,抒发亡国之恨、呼唤收复之盼的声音明显较弱。

李邴(1085—1146 年),济州任城(今山东济宁)人,《全宋词》存词 12首,其词清幽雅洁,不脱传统的闺怨相思、离愁别恨,如其[清平乐]《闺情》:

> 露花烟柳。春思浓如酒。几阵狂风新雨后,满地落红铺绣。
> 风流何处疏狂。厌厌恨结柔肠。又是危栏独倚,一川烟草斜阳。

写女子暮春时节闺怨相思之情,笔触精致细腻,如诗如画,无论是"春思浓如酒"精巧的比喻,还是"一川烟草斜阳"表现相思无处不在,其词笔都堪称典雅深婉、含蓄蕴藉。又如其[女冠子]《上元》则写上元灯节奢华豪富的场面以及才子佳人的艳遇,再现了都城汴京的繁华富庶和市井风情,有柳永慢词的风味。王灼《碧鸡漫志》卷二曾曰:"李汉老富丽,而韵平平。"此词就当得起"富丽"二字的评价。

侯寘(生卒年不详),字彦周,东武(今山东诸城)人,南渡后居长沙,孝宗乾道、淳熙年间尚在世,有《懒窟词》一卷,存词有近 100 首之多,其词集中有不少寿词、咏物以及酬赠送别之作,虽然有些词作因重视词的实用交际功能而使文学性减弱,但其中也有不少能表现拯时济世之志、宦途羁旅之愁以及渴望归隐山林之情的篇章,能将抒情主体独特的情怀抱负、心灵真情融入其中,从而使得词作真挚厚重,读来富有滋味,如其酬赠送别之作[瑞鹤仙]《送张丞罢官归柯山》:

> 楚山无际碧。湛一溪晴绿,四郊寒色。霜华弄初日。看玉明遥草,
> 金铺平碛。天涯倦翼。更何堪、临岐送客。念飞蓬、断梗无踪,把酒后

期难觅。　　　愁寂。梅花憔悴,茅舍萧疏,倍添凄恻。维舟岸侧。留君饮,醉休惜。想柯山春晚,还家应对,菊花松坚旧宅。叹宦游、索寞情怀,甚时去得。

此词写送别,送朋友罢官归隐的同时,也抒发自己天涯倦客宦游寂寞、渴望归去的情怀。又如其[满江红]《和江亮采》同样也抒发了倦于宦途、弃绝功名之念,表现出渴望挂冠归隐、超脱尘世之情。

王千秋(生卒年不详),字锡老,号审斋,东平(今属山东)人,南渡后寓居金陵,晚年转徙湖湘间,历尽漂泊之苦,有《审斋词》一卷,其词"多酬贺篇,绝少绮艳之态"(毛晋《宋六十名家词·审斋词跋》),如其[生查子]表现出对尘世功名富贵的厌倦和鄙弃。又如其[水调歌头]:

迟日江山好,老去倦遨游。好天良夜,自恨无地可销忧。岂意绮窗朱户,深销双双玉树,桃扇避风流,未暇泛沧海,直欲老温柔。　　　解檀槽,敲玉钏,泛清讴。画楼十二,梁尘惊坠彩云留。座上骑鲸仙友,笑我胸中磊块,取酒为浇愁。一举千觞尽,来日判扶头。

此词抒发倦于羁旅宦游、渴望快意人生、醉情诗酒的豪情逸兴,词风豪健,笔力劲拔,颇有苏轼词之风神,因此《四库全书总目提要》说王千秋词"体本《花间》,而出入于东坡门径,风格秀拔,要自不杂俚音。南渡之后,亦卓然为一作手",可谓十分恰当的评价。

李清照在宋代卓然自成一家,享有盛名,王灼在《碧鸡漫志》卷二说她"才力华赡,逼近前辈。在士大夫中已不多得。若本朝妇人,当推文采第一",朱熹也曾说道:"本朝妇人能文,只有李易安与魏夫人。"(《朱子语类》卷140)明代杨慎更是宣称:"宋人中填词,李易安亦称冠绝,使在衣冠,当与秦七、黄九争雄,不独雄于闺阁也。"(《词品》卷二)认为李清照不仅在"本朝妇人"中首屈一指,更能与男性词人一争高低,改变了由男人一统词坛的格局,评价很高。李清照有《漱玉词》传世,其词由于诸多散佚,现仅存50余首,同时有论词专文《词论》传世,在词学批评史上也占有相当重要的地位。

李清照褒贬文坛诸公、总结前辈名家歌词创作得失的《词论》是词学批评史上非常重要的一篇文章,在这篇词论里她对词的创作提出了诸多的要求,认为"词别是一家",与诗歌相比应该具有文体的特殊性,这可谓是对苏轼掀起的以诗为词的革新浪潮的反拨和纠偏,同时更多地也是接受了李之仪词论的影响。不过李清照《词论》对词的文体定位、审美特性、独特风格以及写作手法等的分析，比李之仪明显要深入细致得多，她以敏锐的艺术直觉以及大胆独立的个性，对当时词坛诸家包括朝廷重臣、父辈词人的创作，进行了率直而中肯的批评，说柳永"词语尘下"，张先、宋祁等人"破碎何足名家"，晏殊、欧阳修、苏轼的词乃是"句读不齐之诗"，王安石、曾巩"作一小歌词，则人必绝倒，不可读也"，晏几道"无铺叙"，贺铸"少典重"，秦观"少故实"，黄庭坚"多疵病"，笔锋几乎涵括整个北宋词坛的著名词人，一一指出其瑕疵之所在，其批评可谓一针见血，"讥弹前辈，既中其病"（陆游《老学庵笔记》），然而其率直的批评也招致了不少人的非议和斥责，如南宋胡仔就说："易安历评诸公歌词，皆摘其短，无一免者。此论未公，吾不凭也。共意盖自谓能擅其长，以乐府名家者。退之诗云：'不知群儿愚，那用故谤伤。蚍蜉撼大树，可笑不自量。'正为此辈发也。"（《苕溪渔隐丛话》后集卷卅三）清裴畅也讥讽她："易安自恃其才，藐视一切，语本不足存。第以一女人能开此口，其妄不待言，其狂亦不可及也。"（见冯金伯《词苑萃编》卷九）李清照的《词论》作为现存第一篇系统的词学专论，梳理词的发展流变，俯瞰北宋词坛，集中反映了她的词学观点和独特见解，对后世词论产生了极大的影响。

李清照的词虽然数量有限，但字字珠玑，清丽卓越，将女性不同人生阶段的不同风貌与情感——少女时代的纯真活泼，闺中少妇的情爱相思，寡居嫠妇的凄苦寂寞——真实地呈现出来，以独特的女性视角与情感体验来展现闺中女性的情感世界、内在心灵，显然比"男子而作闺音"（田同之《西圃词说》）——男性模拟女性口吻抒情的代言体更真实，更能反映女性敏感细腻的情怀，因而显得妙趣天成，别有风情，更能打动人心。

李清照以女性本位，将自己爱情生活的悲欢离合乃至国破家亡、流离失所的沧桑巨变贯注于词，从而使其词成为自我情感心灵和生活经历的真实写照，成为词人一生的剪影。如其［如梦令］：

常记溪亭日暮，沉醉不知归路。兴尽晚回舟，误入藕花深处。争渡，争渡，惊起一滩鸥鹭。

用自然白描的手法，表现词人少女时代纯真质朴、活泼开朗的性格，读来清新自然，寥寥几笔就将一位热爱生活、热爱自然、无拘无束、无忧无虑的青春少女——而非谨守礼教规范的大家闺秀——展现在读者面前。

表现与丈夫赵明诚离愁别恨、情爱相思的词作在其词集中占了绝大多数,这些词写两地相思、情爱纠葛,笼罩着一种淡淡的哀愁,同时又夹杂着爱情的温馨和甜蜜,颇富艺术感染力,如其[醉花阴]:

薄雾浓云愁永昼,瑞脑销金兽。佳节又重阳,玉枕纱厨,半夜凉初透。　　东篱把酒黄昏后,有暗香盈袖。莫道不消魂,帘卷西风,人比黄花瘦。

此词悲秋伤别,表现相思愁苦和寂寞情怀,结句"莫道不消魂,帘卷西风,人比黄花瘦。"以花喻人,表现刻骨相思,自古以来,广为传诵,胡仔《苕溪渔隐丛话》曰:"'帘卷西风,人比黄花瘦',此语亦妇人所难到也。"伊士珍《琅嬛记》则记载曰:"易安作此词,明诚叹绝,苦思求胜之,乃忘寝食三日夜,得十五阕,杂易安作以示陆德夫。德夫玩之再三,曰:只有'莫道不消魂'三句绝佳。"再如其[一剪梅]:

红藕香残玉簟秋,轻解罗裳,独上兰舟。云中谁寄锦书来,雁字回时,月满西楼。　　花自飘零水自流,一种相思,两处闲愁。此情无计可消除,才下眉头,却上心头。

这也是一首流传千古的表现相思的佳作,仍然是传统的词情内容,但李清照以女性特有的细腻笔触和敏锐感受,将相思的如影随形、无法排遣表现得诗情画意,别致工巧。无论是景语"红藕香残玉簟秋"的"精秀特绝,真不食人间烟火"(陈廷焯《白雨斋词话》卷二),"云中谁寄锦书来,雁字回时,月满西楼",借实景表现翘首等待归人的忧伤落寞,还是情语"一种相思,两处闲愁"表现与丈夫分处两地却共同相思的心有灵犀、情投意合,"此情无计可消除,才下眉头,却上心头"写相思时刻萦绕于心头,都将情爱表现得纯洁真挚、心心相印,同时也写出了爱情的复杂滋味,既有相爱的甜蜜温馨,也有别离的苦涩无奈,还有思念的铭心刻骨,可谓百般滋味萦绕心头,共同酿了爱情这杯美酒。若非高手,绝难写出此境与此味。

靖康之变,北宋覆亡,神州陆沉,这场天崩地裂的悲剧打断了李清照幸福甜蜜的生活,使其在辗转流徙、四处逃亡中尝尽了国破家亡、丈夫病死的苦痛,因而其词也一改前期的轻巧尖新、明快流利,变得凝重幽深、灰冷愁苦,如其[武陵春]:

风住尘香花已尽,日晚倦梳头。物是人非事事休,欲语泪先流。闻说双溪春尚好,也拟泛轻舟。只恐双溪舴艋舟,载不动、许多愁。

此词作于作者晚年避居金华期间,丈夫病故,又尝尽流离之苦,物是人非、国破家亡的愁苦充斥于字里行间,结句"只恐双溪舴艋舟,载不动、许多愁",以舴艋舟难以载愁,表现愁苦之沉重,构思十分新颖精巧。清吴衡照《莲子居词话》卷二评曰:"悲深婉笃,犹令人感伉俪之重。"再如其[声声慢]:

> 寻寻觅觅,冷冷清清,凄凄惨惨戚戚。乍暖还寒时候,最难将息。三杯两盏淡酒,怎敌他晚来风急!雁过也,正伤心,却是旧时相识。满地黄花堆积,憔悴损,如今有谁堪摘? 守着窗儿,独自怎生得黑!梧桐更兼细雨,到黄昏,点点滴滴。这次第,怎一个愁字了得!

这也是词人晚年流寓江南时所作,通过对秋景秋情的描绘,抒发了身世家国之苦。这愁苦沉痛凄厉,已不是早期的那种淡淡的哀愁,而是国破、家亡、夫丧、寡居等深重灾难带来的沉重痛楚,笼罩于天地四海之间,让人几乎窒息。词人虽然没有直接表现国破家亡的灾难,但在字里行间却处处显示出山河破碎、国家覆亡给个体心灵带来的不可磨灭的创伤和阴影。

从少女到少妇再到嫠妇的情感体验,从个体情爱相思、生命关注而至国家民族灾难下苦难大众的生活感受、共同心声,李清照的词可谓她一生生活经历的写照,不仅生动丰富地展现了自我的情感世界,更折射出国家民族的屈辱和苦难,因而其词不仅是以真正意义上的女性文学,带给人审美享受,也以深沉真挚的爱国情怀堪与男子词作并驾齐驱,一争高下。

南北宋之交的山东词坛虽有像李清照这样能将国破家亡的感受引入宋词创作的词人,但总的看来,山东词人对于神州陆沉、江山沦陷的主旋律并未能加以把握,无论是李邴,还是侯寘、王千秋,其词作均停留在苏轼所开拓的表现士大夫心灵轨迹的高度,缺乏振聋发聩、慷慨悲壮的收复之音。其原因大概有二:一词学观念保守,不能跟随时代潮流;二其词作可能多作于北宋时期,比如李邴的[女冠子]《上元》一词就作于北宋时期。

三、南宋前期

南宋前期的山东词人以王质、赵磻老、周文璞、王嵎、辛弃疾等人为代表,他们出生时山东已沦陷敌手,宋金南北对峙的格局已成定势,故土沦陷、山河残破的社会现实给个体心灵带来了巨大的创伤和痛苦,使他们的词作进一步发挥了抒情言志的功能,开始介入现实政治,呼喊救亡图存、光复神州,抨击朝廷苟且偏安、不思进取,佐欢的工具变成了战斗的武器。

王质(1135—1189 年),字景文,号雪山,郓州(今山东东平)人,南渡后徙兴国(今湖北阳新),深得张孝祥器重,也是陆游的朋友,坚决主张抗战,曾被辟为抗金名将张浚都督江淮幕,入为太学正,后虞允文宣抚川陕前线时,又被辟为幕属。为人耿直,敢于进谏,因而遭谗被妒,不得不退居山里,绝意仕禄。有《雪山词》一卷。其词善用口语,表现内容广泛,无论是咏物、祝寿、悼亡、登临,还是咏史怀古、归隐闲居等等,都有涉及,而其词作质量较高的是悼亡、咏史以及表现归隐闲居的词作。如[八声甘州]《怀张安国》悼念知交张孝祥,"叹千古、兴亡成败,满乾坤、遗恨有谁知。"对于张孝祥空有报国壮志、收复雄心却英年早逝、空留遗恨表示出强烈的慨叹,同时对朝廷苟且偷安、不思进取的政策表示出愤慨和不满。又如其[八声甘州]《读诸葛武侯传》:

> 过隆中、桑柘倚斜阳,禾黍战悲风。世若无徐庶,更无庞统,沈了英雄。本计东荆西益,观变取奇功。转尽青天粟,无路能通。　　他日杂耕渭上,忽一星飞堕,万事成空。使一曹三马,云雨动蛟龙。看璀璨、出师一表,照乾坤、牛斗气常冲。千年后,锦城相吊,遇草堂翁。

此词怀念诸葛亮,对诸葛亮试图"东荆西益"以成霸业、统一中原,却丧失荆州、屡出祁山都劳而无功,表示扼腕叹息,对他鞠躬尽瘁、死而后已,至死都未忘记北伐中原、复兴汉室,表示钦佩赞叹,充分发挥了宋词以议论为词、以文为词的表现手法。而缅怀诸葛亮在南宋几成风气,其原因概与南宋朝廷苟且偷安、不思进取的主和政策有关,使得爱国文人都很怀念这位出兵北伐、志在统一的英雄人物,因而此词对诸葛亮的缅怀和歌颂隐然就是对南宋朝廷的抨击和不满。再如其归隐闲居之作[沁园春]《闲居》则表现了闲居生活虽竹斋茅舍、屈曲萧条,但却清幽宁静、清新雅致,充满诗情画意。

总之,靖康南渡、国破家亡的历史巨变使得王质的词作把握住了时代的主旋律,发出了豪雄悲慨之声,另一方面,朝廷的既定国策又使其理想壮志必然成空,因而其词作又走向了朱敦儒式的啸傲山水、归隐园林,表现出清新恬淡、淡雅清幽的审美特征。

赵磻老(生卒年不详),字渭师,号拙庵,东平人,娶欧阳懋女,遂以懋待制恩补官,历任宝应县主簿、尚书吏部员外郎除直秘阁知庐州、两浙路转运副使、工部侍郎知临安府等官职,因坐事被贬谪饶州。工词,有《拙庵词》一卷。赵磻老词多酬赠、祝寿以及表现闲居生活的词作,从中难以看到时代政治、社会现实的投射,如其[水调歌头]《和平湖》表现的是悠游水光山色的闲雅生活,流露出随缘自适、知足常乐的生活态度,有消极避世的意味。再如其[满江红]二首之二:

> 西郭园林,湖光净、暮寒清溢。明日上,近环山翠,远摇天碧。粉泽兰膏违俗尚,岩花磴蔓从谁觅。问近来、铠脚许何人,吾其一。　　欢乐事,休教毕。经后夜,思前日。想无心不竟,水流云出。物外烟霞供啸咏,个中鱼鸟同休逸。又何须、浮海访三山,寻仙迹。

亦是沉浸于湖光园林的生机盎然,诗书杯酒的隽永雅致,全然忘怀了个人的穷途得失和国家的安危存亡,这是对世事无奈、国事难为的消极选择,也是赵磻老词明显的创作倾向。

周文璞(生卒年不详),字晋仙,号方泉,又号野斋,又号山楹,汝阳(今山东汶上)人,存词2首,一为咏梅词[一剪梅],一为[浪淘沙]《题酒家壁》:"还了酒家钱,便好安眠。大槐宫里着貂蝉。行到江南知是梦,雪压渔船。　　盘礴古梅边,也信前缘。鹅黄雪白又醒然。一事最奇君听取:明日新年。"杨慎《词品》卷二评此词"飘逸似方外尘表"。

王岧(？—1182年),字季夷,号贵英,潍州北海(今山东潍坊)人,后寓居吴兴,为绍兴、淳熙间名士,且与陆游相亲善,有《北海集》二卷,已佚,今存词2首:

> 曲水溅裙三月二。马如龙、钿车如水。风扬游丝,日烘晴昼,人共海棠俱醉。　　客里光阴难可意。扫芳尘、旧游谁记。午梦醒来,小窗人静,春在卖花声里。

——[夜行船]

> 柳烟浓,花露重,合是醉时候。楼倚花梢,长记小垂手。谁教钗燕轻分,镜鸾慵舞,是孤负、几番春昼。　　自别后。闻道花底花前,多是两眉皱。又说新来,比似旧时瘦。须知两意长存,相逢终有,莫谩被、春光偻儌。

——[祝英台近]

前者表现上巳繁华欢畅,以及自己虽置身热闹场景,但却感客里光阴寂寞的心情;后者表现的则是传统的离愁相思,风格柔婉缠绵。

　　辛弃疾今存词六百余首，数量颇丰。其词忧国伤时，慷慨豪雄，与传统的婉约词风截然不同，《四库全书总目提要》评曰："其词慷慨纵横，有不可一世之概，于倚声家为变调，而异军特起，能于翦红刻翠之外，屹然别立一宗，迄今不废。"

　　辛弃疾有着强烈的功名事业心，一生渴望投身民族解放的战场，实现收复失地、统一祖国的豪情壮志，然而南宋朝廷自符离之役惨败之后，甘心向金朝俯首称臣，纳贡求和，实行主和的政策，这使得辛弃疾有心报国，无路请缨，不得不把满腔热血倾注于词，正如刘辰翁《辛稼轩词序》所言"斯人北来，暗呜鸷悍，欲何为者，而谗摈销沮，白发横生，亦如刘越石。陷绝失望，花时中酒，托之陶写，淋漓慷慨，此意何可复道！"这就使得其词因为强烈主体意识的渗入，获得极大的拓展，无论是传统的闺怨，还是寿词、俳谐词，亦或是表现抗战复国、归隐闲居的词作，都洋溢着抒情主体独特的情怀抱负以及忧国伤时之慨、拯时济世之志等诗文常见的内容，词在他的手里得到空前解放，不再是酒边尊前、娱宾遣兴的小道薄伎，而是可以与诗歌甚至散文并驾齐驱的文体。

　　表现深沉真挚的抗战收复之志以及对南宋朝廷主和政策的愤慨不满，这是辛弃疾词作最重要的词情内容，如其［水龙吟］《过南剑双溪楼》：

　　　　举头西北浮云，倚天万里须长剑。人言此地，夜深长见，斗牛光焰。我觉山高，潭空水冷，月明星淡。待燃犀下看，凭栏却怕，风雷怒，鱼龙惨。　　峡束苍江对起，过危楼欲飞还敛。元龙老矣，不妨高卧，冰壶凉簟。千古兴亡，百年悲笑，一时登览。问何人又卸，片帆沙岸，系斜阳缆。

词人渴望找到倚天长剑，以扫除西北浮云，就是辛弃疾渴望收复失地、统一中原的形象写照，而"我觉山高，潭空水冷，月明星淡。待燃犀下看，凭栏却怕，风雷怒，鱼龙惨"，则是朝廷中主和派对主战派谗毁造谣、多方打压的生动写照。

　　志在恢复的理想以及理想成空的郁愤，也使得辛弃疾无论表现何种词情，不管是传统的闺怨相思，还是祝寿宴饮、诙谐幽默，都从骨子里渗透出作者的主体精神，诸如胸襟抱负、人格操守等等。而正是抒情主体独特襟怀抱负的引入，使得辛弃疾的这些词作走出了纯粹的娱乐、交际，摆脱了小道薄伎的定位，成为能够言志载道的上乘之作，历来为人称颂。如其［摸鱼儿］

《淳熙己亥,自湖北漕移湖南,同官王正之置酒小山亭,为赋》:

> 更能消几番风雨?匆匆春又归去。惜春长怕花开早,何况落红无数。春且住。见说道天涯芳草无归路。怨春不语。算只有殷勤,画檐蛛网,尽日惹飞絮。　　长门事,准拟佳期又误。蛾眉曾有人妒。千金纵买相如赋,脉脉此情谁诉?君莫舞。君不见玉环飞燕皆尘土!闲愁最苦。休去倚危栏,斜阳正在,烟柳断肠处。

上阕惜春、留春、怨春,抒发春光流逝、美人迟暮的伤感,下阕幽居长门,抒发美人遭妒失宠的哀怨,表面上看写的是传统的闺怨,实际上是以男女比君臣,抒发作者年华老大却虚度岁月、在谗毁打击中被四处调遣不能实现收复理想的愁怨郁愤。寄慨遥深的比兴寄托,使此词柔而有骨,绵里藏针,与传统的婉约词迥然不同。再如其寿词[水龙吟]《甲辰岁寿韩南涧尚书》:

> 渡江天马南来,几人真是经纶手?长安父老,新亭风景,可怜依旧。夷甫诸人,神州沉陆,几曾回首!算平戎万里,功名本是真儒事,公知否?　　况有文章山斗,对桐阴满庭清昼。当年堕地,而今试看,风云奔走。绿野风烟,平泉草木,东山歌酒。待他年,整顿乾坤事了,为先生寿。

此词作于淳熙八年(1181年)退隐江西上饶期间,为庆祝故吏部尚书韩元吉六十七岁寿辰而作,但却不落传统寿词的俗套,而是借题发挥,将对国事的感怀、对政治的看法融入其中,始终不忘恢复中原的志向。又如其俳谐词[沁园春]《将止酒,戒酒杯使勿近》:

> 杯汝来前,老子今朝,点检形骸。甚长年抱渴,咽如焦釜,于今喜睡,气似奔雷。汝说刘伶,古今达者,醉后何妨死便埋。浑如此,叹汝于知己,真少恩哉。　　更凭歌舞为媒,算合作人间鸩毒猜。况怨无大小,生于所爱,物无美恶,过则为灾。与汝成言,勿留亟退,吾力犹能肆汝杯。杯再拜,道麾之即去,招则须来。

在人与酒杯的一场滑稽的对话中,寓含的却是志不得伸的痛苦与愤懑,堪称寓庄于谐的佳作。

表现归隐闲居、寄情山水田园也是辛弃疾词作的重要内容,被迫归隐江西上饶农村之后,辛弃疾创作了大量的农村田园词,表现了山水田园的宁静和谐,乡村生活的幽静恬淡,农村风光的美丽如画,乡民村夫的真诚淳朴,这和勾心斗角、尔虞我诈的官场全然不同,帮助他愈合了宦途官场被打击排

挤、无法实现个人的社会价值的心灵创伤,也获得了对生命价值的重新认识。如:

> 陌上柔桑破嫩芽,东邻蚕种已生些。平冈细草鸣黄犊,斜日寒林点暮鸦。　　山远近,路横斜,青旗沽酒有人家。城中桃李愁风雨,春在溪头荠菜花。
>
> ——[鹧鸪天]《代人赋》

> 带湖吾甚爱,千丈翠奁开。先生杖屦无事,一日走千回。凡我同盟鸥鹭,今日既盟之后,来往莫相猜。白鹤在何处,尝试与偕来。　　破青萍,排翠藻,立苍苔。窥鱼笑汝痴计,不解举吾杯。废沼荒丘畴昔,明月清风此夜,人世几欢哀。东岸绿阴少,杨柳更须栽。
>
> ——[水调歌头]《盟鸥》

前一首词描绘了农村初春时节的优美景象和蓬勃生机,结句"城中桃李愁风雨,春在溪头荠菜花",表现出对农村生活的喜爱和对城市官场的厌倦鄙弃。后一首则表现了在带湖新辟园林,与自然身心交融的放松、愉悦,流露出对脱离尘世、隐居山林的喜爱之情,有陶渊明式"久在樊笼里,复得返自然"的欣慰喜悦。

辛弃疾的词作悲神州之陆沉,痛山河之破碎,刺朝政之腐败,伤抱负之成空,斥"夷甫诸人"之误国,始终以笔代剑,以整个生命在铸就词章,英雄的气质与才情勃发于词,因而对传统的词体形成了巨大的冲击和鼓荡,使词在题材内容上获得极大的拓展,不仅能表现传统的情爱相思,吟咏个人的荣辱得失,还能紧扣时代的脉搏,与国家政治紧密相连,表现出极强的战斗性、现实性和功利性。在辛弃疾的手里,词这种传统的言情文学,已由言狭义的男女之情,扩展到表现广义上的包括亲情、友情、思乡之情、怀古之情、隐逸之情、不遇之悲等等人类一切的情感,由狭隘的秦楼楚馆走向了广阔的社会生活,这可谓是辛弃疾对词体发展的重要贡献之一。

总的看来,南宋前期的山东词人创作政治功利性与传统的柔婉言情均不偏废,社会事功与归隐田园同时并举,一方面对民族的苦难、山河的残破表现出极大的热情,渴望救亡图存,拯时济世,其词极重政治功利性,表现出强烈的时代气息和社会现实感,不再像苏轼等人的词作那样囿于个体人生、自我遭际;另一方面南宋朝廷的既定国策又使他们有心报国,无路请缨,不得不在优美秀丽的江南风光中消磨了斗志和热情,变得不问世事,走向了消极退隐的道路,因而其词又有着朱敦儒式"摇首出红尘"的宁静淡泊、超脱旷达。

北宋至南宋前期作为齐鲁文学发展的第一个高峰,无论是诗歌、散文,还是词的创作,都达到了相当成熟的高度。诗文创作在社会群体关怀和个体生命关注之间徘徊,表现出群体性和个体性、政治性和抒情性交迭兼纳的创作格局,并且对北宋诗文革新运动产生重要影响。而词的创作则随着主体意识的引入和深化,逐渐向抒情言志乃至载道的方向发展,由卑微的小道薄伎逐渐演变成广义的抒情文体,由秦楼楚馆走向了现实社会,还出现了像辛弃疾、李清照这样在词史上处于巅峰地位的词学大家,而且一豪放,一婉约,一重言志,一重言情,一为男性文学里的英雄豪杰,一为女性文学的杰出代表,堪称宋词发展多样性风貌和丰富词情内容的杰出代表。

第三章　再度辉煌:明中叶至
清初的齐鲁文学

　　从明代中叶到清初,是齐鲁文学的第二次高潮期。在这期间,齐鲁文学
形态的发展进程中出现了新现象,或者说一个重要的变化,那便是俗文学的
异军突起,骎骎然直有压倒、超过雅文学之势。俗文学迅速成长并走向高度
的繁荣兴盛,它除却众体皆备、佳制纷呈而且有大批作品不断涌现的根本基
础之外,另一个重要标志就在于为全社会各阶层所普遍接受,产生了最广泛
的影响:受到了上至王公贵族、士大夫文人,下及一般的市井民众的喜爱赞
赏,有的甚至径直进入到创作队伍中来,大幅度地扩充着雅文学原先仅只局
限于文士为主体的褊狭不足——上述等等都是此前齐鲁文学史里所从来不
曾发生过的事情。当然,随之也带动了文化内质的转移与改变,它与文学本
体原来就是相互影响制约,二者之间是互作因果而交叉渗透融汇的互动关
系。如典型的在于文学观念及价值取向的多元多样化,此时传统、正统的儒
家经世致用理论及其所派生的抒怀言志之说,不复再自占主流,排击众议,
凸显高位独尊之势,而其他的娱乐游戏、商品经济意识等则繁衍扩张,或渐
与之平分天下。

　　鉴于在这一阶段俗文学的代表文体样式戏曲、小说,首次进入了文学史
主流,出现了甚至让雅文学的诗歌、散文相对逊色的盛况,从而辉跃出齐鲁
文学第二次高潮的别样色彩,展现了第二座高峰的特殊魅力,所以,我们在
这里先从俗文学的广泛流传和品位提升论起,并举驿路文化作例示,分析指
出俗文学的兴盛,在相当程度上得助于城市经济发达、交通信息便畅快捷、
各阶层种类人员频繁流动互融等大社会文化环境和特定历史因素。接着下
面则具体考索文言小说与戏曲文学表层文本的雅俗差异、其内核旨趣的雅
俗文化的交化互动等,从而析明俗文学终能凭其新胜美而臻达新盛境,获取
社会中上层文人、士大夫并众多市井细民辈的一体认同的深层原因。

　　在俗文学传唱大兴的同时,雅文学其实也没有完全消沉,只不过是处于

唐宋巅峰的盛极压力而难乎为继的困境里，仍在执著地觅求那条振起复苏之路。这里有关雅文学，以两个专节的篇幅进行综合，比照雅文学创作理论和艺术实践，论析其高调张扬"复古"，力图借助这种方法方式以强烈表述对秦汉、盛唐文学经典的追怀倾慕，并通过仿效踪迹形式、神理与持守儒家传统文学观念之途径，来实现再造辉煌的复兴构想。进而言之，边贡、李攀龙、谢榛等当时诗坛尤其是齐鲁文学的领袖人物，既高度认同、崇法传统的价值理念和表现文体，同时也兼容由之而求新变创的艺术精神，并实践到文学创作中，终于凝成一种丰富成熟的风格面貌，具现出不可替代的自我美学理想。

第一节　驿路文化与俗文学的泛化升华

山东是中国文化的发祥地之一，至今被全世界尊崇的大圣人——孔子，其故乡就在山东曲阜。两三千年来到那里的朝圣者可谓络绎不绝。而位于五岳之首的泰山自古就是帝王封禅的所在，因此也成为中华民众仰望和游览的名山大川。再加上到明代山东境内形成的五路纵横的交通干线，其附近古文化遗址、名胜古迹几乎星罗棋布，商业重镇、文化名城一个接一个，所以由各条驿路而来的文人、墨客、商贾、艺人数不胜数，他们对于山东的咏歌、记述、赞叹、题词、刻石、绘画、表演等，就构成驿路文化层出不穷的新鲜内容。来往驿路的人们自觉不自觉地广泛传诵着那些有关山东的文学艺术作品，传播着具有山东特色的地域文化。就文学而言，这种传播就使明代的山东地域文学向两个方面扩展：一则大众化，一则专业化。大众化就使山东文学广泛普及，影响广大，促进其地俗文学获得长足发展；专业化就使其地俗文学得以升华提高进入庙堂，影响深远，成为中华民族和时代文坛的精品。这就使明代的山东文学在当时文坛占有极其重要的地位。

一、山东驿路与驿路文化的形成

在3000多年前的商朝，我国古代交通道路已有所发展。到了春秋战国时期，由于战争频繁，各国都修筑了许多通行战车的道路。当时，中原各国道路纵横，沿途还设立了"驲置"，即驿站。当时的道路对官方而言，主要用于传递信息和运输物资,所以通称驿传。所谓驿,也叫驿馆,那是驿传制度下形成的固定的建筑,专为驿传服务。西周时期在驿路上出现的馆舍专供过往诸侯、使臣食宿和换乘马匹。春秋战国时,驿传运输逐渐发展起来。秦汉时期,驿传制度进一步完备。当时,用车传送称"传",用马传送称"驿",步递称"邮",三种称呼常通用,也称为"置"。

秦始皇统一六国后,为了掌控天下,往来便利,下令天下车同轨而大治驰道。由于大规模的道路建设,驿传在这时也有了长足发展。秦始皇更遵循古代封禅礼仪和习俗,于是每隔几年就要到泰山进行祭祀天地的活动,所以到达山东的驿路从那时就已经修筑起来。

唐代全国空前统一,驿传的设置,规模超过前代,制度更加完备。一般为三十里置一驿。岑参诗:"一驿过一驿,驿骑如星流,平明发咸阳,暮及陇山头",就说明了当时驿传速度的快捷。由宋历元至明,形成以北京和南京为中心的,通向各方的驿路。山东处于华北平原东部,且处于北上南下的必经之地,杨正泰著《明代国内交通路线初探》(《历史地理》第 7 辑)言,当时由浙闽皖湘鄂粤等地北上途经山东德州、济宁、兖州、临清等处直达北京的驿路干线就有 5 条之多,而且临清、济宁等地周围还密集地分布着一些商路。驿路、商路都是国家所修,一开始也完全是供国家公务所需而修,后来自有民众在驿路上往来,由此驿路自然就成为文化传播的大道。特别是山东得天独厚有一座举世闻名的东岳泰山,有一位世界文化名人孔丘,千百年来有难以数计的来自全国和世界各地的人来山东朝拜,这就形成山东特有的泰山文化和孔子文化极其繁荣的景象,这也是中国驿路文化特有的景象。这种景象在明代尤其鲜明。

泰山文化的形成源于古代帝王的封禅。据《尚书》所记,舜时有五年巡视一次天下之制,舜帝即曾到达泰山进行过祭祀,夏、周继承了这种制度。秦始皇统一天下,自以为功盖诸侯,可与三皇五帝比肩,封禅正是宣扬张大其功德之事。于是秦始皇命人开凿山路、整治车道,"登临泰山,周览东极",举行封禅活动。秦始皇先后六次巡游全国。其中四次东巡,三次都以齐鲁为主要目标,到达过邹峄山、泰山、梁父山、芝罘、琅琊、彭城等地。秦始皇到泰山曾亲至岱顶,设坛举行庄严的祭礼,命丞相李斯篆书诏文刻石记号于岱顶玉女池旁(今碧霞祠旁)。《史记·秦始皇记》又记载秦二世胡亥,也曾继其父封禅泰山,并命李斯撰写诏书刻于始皇所立石侧。由于始皇父子相继封禅泰山,遂使泰山声名广播,成为全国民众景仰之地。秦始皇封禅,为后世皇帝封禅提供了一个基本模式。从此历代帝王封禅泰山都刻石记号,向天下宣扬自己的功绩。

秦始皇东巡的刻石文字在《史记》中都有记载。这是泰山文化中最早的宝藏。而关于秦始皇封禅泰山的种种逸事传说则构成泰山文化另一个组成部分,比如泰山五大夫松。到明代文人还在不断咏歌。诗人戴经有诗句说"野鹤孤云自径还,空名千载列朝班"。张文颂的"五大夫"松诗,更感慨万千:"席卷乾坤事远游,登封曾此驻骅骝。大夫松在君安在,涧底湍声哭未休;风雨岩前卧六龙,青松赢得大夫封。扶苏漫有安秦策,不及当时半日功;玉立岩隈几树荫,君王怜汝汝无心。当时霸业灰飞尽,留得青青直如今。"

秦始皇之后,汉武帝曾六次封禅泰山。汉武帝的封禅,进一步神化了泰山,也在泰山留下了不少踪迹,丰富了泰山文化。封禅的主要目的就是向天地报功,"刻石记号"著己之功是封禅的重要内容。泰山顶上有一无字碑,有说是秦始皇所立,有说是汉武帝立,有说是武则天立。不管是谁立,明人邹德溥《无字碑》诗道:"绝岩植空碑,古人似有意,由来最上乘,原不立文字。"即道出帝王立无字碑的用心。

经隋唐历宋元,至明朝建立,明太祖朱元璋一登基,也立即派遣使者祭祀泰山。他在位 31 年曾经 6 次祭祀泰山。可谓严格遵守五年一祭的古制。其子孙各朝帝王也都对祭祀泰山不敢怠慢。他们使泰山封禅文化绵绵流长。然而在泰山文化中,从文学领域而言,最有价值的并不是帝王的封禅文字、刻石记功文字或祭祀文字,而是那些文人墨客所留下的对泰山美景的描画、颂歌以及他们丰富的想象和触动人心的慨叹。这当中自然以李白、杜甫的咏歌最脍炙人口。可是明代文人也决不甘落后,他们从自己的时代出发,写自己对泰山的认识,自也完成了他们一代对泰山文学的贡献。

明代开国功臣,著名文人宋濂《登岱》诗说:"岩峣泰岳挂苍穹,万壑千岩一径通。象纬平临青帝观,灵光长绕碧霞宫。凌晨云幔天门白,子夜晴摇海日红。下露金茎应咫尺,举头霄汉思偏雄。"写出作者登临泰山的所见所思,歌颂了泰山的雄伟傲岸。另一著名文人方孝孺同题诗作道:"振衣千仞思悠悠,泰岱于今惬胜游。秦汉旧封悬碧落,乾坤胜概点浮沤。海明日观三更晓,风动天门九夏秋。更上云端频极目,紫微光电闪吴钩。"此诗则直写登临岱顶俯视山川的感受。两诗皆表现了作者的广阔胸怀。泰山的壮美荡涤了人心,从而使人的境界也得以极大的开拓。还有明代中叶的名臣杨继盛,他的《登泰山》绝句言:"志欲小天下,特来登泰山。仰观绝顶上,犹有白云还。"短短二十字,却表现出作者非凡的人品、志向以及作者对人生世事的认识。语句平平却意境深远。明代文人墨客对泰山的吟诵可以开列一个长长的名单,像前后七子中的李梦阳、边贡,还有一些名臣如王守仁等都纷纷写下了有关泰山的诗文。这些都是泰山文学的新篇,也是明代驿路文化新的结晶。

孔子文化的形成源于汉代,自汉武帝施行"罢黜百家,独尊儒术"的国策后,儒学就成为历代王朝统治的思想基础和指导治国的理论核心。而儒学的创始人孔丘则被尊为孔子、圣人,他和他的弟子孟子、曾子、颜子等人的著述、言论皆被奉作经典,全国各地为他们建造了庙宇,香火供奉,年年祭祀。而沿着条条驿路到曲阜朝拜祭孔则成为历代统治者和读书人必须要做的大事。曲阜的孔府、孔庙、孔林也就成为举世闻名的朝拜圣地和游览胜地。明朝建立,朱元璋即位伊始就以太牢祀先师孔子于国学,紧跟着就修缮孔庙,设立孔、颜、孟三氏问学。整个明代各朝都不断派遣特使到曲阜祭祀孔孟。为此不少文人学者到达曲阜,留下了相当数量的诗文,成为孔子文化中又一光辉篇章。

明代著名大学士李东阳曾代皇帝到曲阜孔庙祭祀,其《曲阜纪事》诗曰:"天下衣冠仰圣门,旧邦风俗本来敦。一方烟火无庵观,三氏弦歌有子孙。城郭已荒遗址在,书文半灭古碑存。凭谁更续东游记,归向中朝次第论。"记述了他到曲阜所见所闻:那里是儒家圣地,僧道绝迹。圣人虽逝,子孙犹在,圣学有传。一代一代学者东游,到此朝拜,正是要把儒学发扬光大。另一大儒薛瑄到达孔府瞻仰胜迹后写诗《诗礼堂》说:"洙泗趋庭日,相传自世家。三千惟有敬,一语自无邪。乔木参天色,猗兰绕砌花。遗风从此地,化雨被无涯。"诗礼堂位于孔庙故宅门前,是为了纪念孔子对孔鲤教诲学诗、学礼而建。明代曾经加以修缮。该诗睹物思人,生发感慨,说明圣教泽被后世广大无边。

由驿路开通所生成的驿路文化或者驿路文学,在山东当然不仅是泰山文化、孔子文化中的文学篇章,更有连接驿路的各个城镇和乡村文化中的记游文学和吟诵驿路沿线名胜古迹的诗文杂记。它们使山东驿路文化更加丰富多彩,使山东的驿路文学更加丰厚多姿。比如济南,作为通都大邑,又倚山临河,历代名人辈出,到山东的文人墨客岂能不游览光顾。他们要凭吊辛弃疾、李清照,要泛舟大明湖,品尝天下第一泉,他们自然要留下对济南种种颂歌。明代天顺年间到济南的江西人李裕《游大明湖记略》道:"其泰山绵亘而南拱,华不注桀立于东。鹊、药诸山环抱于北,俯视白云、巨合诸水,皆在阶陛下。济南山川形势亦雄哉!"雄壮固然是济南的城姿,但是"家家泉水,户户垂杨",更使济南阿娜多姿,尤其"四面荷花三面柳"的大明湖更是风景旖旎,引得无数诗人赞美不已。明七子之一的边贡游历大明湖写下的诗篇即道:"湖上扁舟寺里登,水云如浪白层层。横桥积雨斜仍断,卧石临溪净可凭。却过竹林忘问主,欲寻莲根恨无僧。酒酣更向城南眺,落日满山烟翠凝。"(《七月四日泛湖次暮春佛寺韵》)此诗直写出大明湖美景让人陶醉到忘乎所以的地步。这样的赞颂山东各地美景的诗作可以说数不胜数,1983年乔力在山东人民出版社出版有《咏鲁诗选注》,从该书能够看到历代人们对山东是如何的景仰。

二、俗文学的泛化

驿路文化的主体和本质应当说是民众的文化,因为驿路虽然是国家政府开通,为国家政治经济军事服务,但是在驿路上奔竞最多的人,不是帝王,不是官员,而是普普通通的民众。同样,驿路文化的创造与得以发展传播也有赖于广大民众的参与。那么就文学而言,在驿路传播的首先是被民众喜爱的文学,在驿路传播的文学最有生命力的也是民众文学,或说是大众文学。大众文学的本质、核心就是通俗文学,简称俗文学。明朝驿路文化繁荣,文学创作兴盛,其突出表现就是俗文学继承了宋元时期所开创的成就,在诗歌、戏曲、小说领域继续发展,并达到一个新的高峰。这当中最明显的标志和特征就是在明代俗文学的迅速泛化——即大量创作,广泛流播,成为一种时代态势。此种情况在山东大地表现尤为突出。

元明以来,山东境内民间歌曲,即俗曲,或称时调,或名小曲,广为流行,尤其在明宣德、正统年间,可谓品种繁多。这种小曲是用民间流行的曲调,歌唱民众自己心声的歌词。即兴而发,随口而歌,自由吟唱。当时一些有心的文人注意到这种小曲,发现在全国各地都有流行。沈德符(1578—1642

年)在他所著《顾曲杂言》即说:"自宣、正、至化、治后,中原又行[锁南枝]、[傍妆台]、[山坡羊]之属。李空同先生初自庆阳徙居汴梁,闻之,以为可继《国风》之后。何大复继至,亦酷爱之。今所传《泥捏人》及《鞋打卦》、《熬鬏髻》三阕,为三牌名之冠,故不虚也。自兹以后,又有[耍孩儿]、[驻云飞]、[醉太平]诸曲,然不如三曲之盛。嘉、隆间,乃兴[闹五更]、[寄生草]、[罗江怨]、[哭皇揲]、[干荷叶]、[粉红莲]、[桐城秋]、[银绞丝]之属……比年以来,又有[打枣竿]、[挂枝儿]二曲,其腔调约略相似,则不问南北,不问男女。不问老幼良贱,人人习之,亦人人喜听之。"也就是说明代从宣德到万历200年间小曲风行全国,当然山东也不例外。

山东民众极富创造性,他们在流行小曲的基础上,竟然创造出多种曲艺和戏曲的艺术样式,创造出一些新品种,使通俗文艺和俗文学在山东获得广泛普及,多向发展,成就斐然。明代中期鲁西南菏泽(古曹州)地区兴起的民间小曲,其自娱演唱形式之一"庄家耍"(又称"玩局"),演唱以琴筝为主要乐器。演员边唱边说,人们称之为"唱扬琴",或干脆叫山东扬琴。这种说唱到后来就发展为山东琴书。它由鲁西南农村进入济宁、徐州、商丘、开封等地。而济宁则是琴书名家荟萃之地,并由那里顺着驿路发展,遍及山东各地。还形成了东路琴书和北路琴书、南路琴书三个分支。三路琴书演唱风格各有特色。这种琴书和评书说唱水浒、三国故事就使小说得到最大范围的普及,使俗文学深入民众的最底层。

在明代由山东地方小曲还形成一种著名的声腔——柳子腔,并进而形成一个新剧种——柳子戏。柳子戏是由元明以来流行于中原地区的俗曲小令和柳子调作为主要演唱的曲调。其中"五大曲",即〔山坡羊〕、〔锁南枝〕、〔驻云飞〕、〔黄莺儿〕、〔耍孩儿〕,是柳子戏中常用曲牌。其中每支曲牌唱腔都有各种不同的节奏变化,并且男女腔齐全,各自均可成套。因此"五大曲"基本上代表了柳子戏音乐的主要风格。柳子戏以三弦作为主要乐器,辅之笙、笛,属弦索声腔系统,所以又称弦索腔,以与时代流行的皮黄腔和梆子腔区别。因其主要曲调"柳子腔"通俗易懂,影响较大,所以被民众称作柳子戏。历史上,柳子戏广泛流布于山东、河南、河北、江苏、安徽五省交界的三十余个县,各地对其称谓也不尽相同。在运河以东的曲阜、泰安、临沂、莒县、沂南一带,习惯称为"弦子戏"在;黄河以北则称为"北(百)调子"、"糠窝窝";在临清一带,还有称为"吹腔"者。发展到清代中叶,柳子戏盛极一时,曾与昆腔、弋阳腔、梆子腔并称为"南昆、北弋、东柳、西梆"。柳子戏演出剧目有与杂剧传奇相同的《白兔记》《金锁记》《抱妆盒》《燕青打擂》《三盗芭蕉扇》等,更多的则是民间生活小戏。如《王小打鸟》、《三拜花堂》、《卖水》、《卖画》、《骂书房》、《打机房》、《盘道》等。

作为四大戏种的梆子戏不仅在西部盛行,正如柳子戏不仅在山东本土产生流行,它们都随着驿路向四方传播。元代至元年间会通河的凿竣,实现了杭州至大都运河的全线通航,山东临清、济宁等城,一跃便成了南北百货、商贾云集,漕运繁忙的码头城市。到了明代中叶,那里水陆交通四通八达,城内外商行货栈林立,店铺作坊,鳞次栉比。有雄厚经济实力的山陕商人陆续到达山东。随之他们也把山陕梆子带到山东。但是山陕梆子要想在山东发展生根就必须适应山东水土习俗,于是到明朝万历年间在济宁一带就形成一种融合山陕梆子的新戏种——高调,或称为"高梆"、"高调梆子",也就是山东梆子。山东梆子与山西、陕西梆子的韵味已经完全不同。它是用山东声腔语调演唱的。而后长久流传于鲁西南一带。其戏词当然也成为山东俗文学的一个组成部分。

山东的文人作家对于民间小曲更有深刻认识。章丘人李开先即搜集整理编辑了一部民歌集——《市井艳词》。他在该集序言对民间小曲评论说:"语意则直出肺肝,不加雕刻,俱男女相与之情,虽君臣友朋,亦多有托此者,以其情尤足感人也。故风出谣口,真诗只在民间"。李开先直把民间小曲视作"真诗",不能不说他独具慧眼。这种民间小曲,在元人手里,实际已经发展成为一种新的诗歌样式——散曲,在元代蓬勃发展的散曲,到了明代,因为继续吸收了民间小曲的营养而更加兴盛。明代散曲创作在山东遍地开花,几乎到了无处不歌的地步。正是在散曲广泛普及的基础上才在山东诞生了中国散曲史上的豪杰,也可以说是大师——冯惟敏。在山东才涌现出一批散曲名家,诸如李开先、王舜耕、高应玘、刘效祖、王克笃、杨应奎、丁惟恕、薛岗、丁綵等。李开先在为一部散曲集《西野春游词》所作的序言说:"词(这里指散曲)与诗,意同而体异。诗宜悠远而有余味,词宜明白而不难知。"他说他所作散曲"文随俗远,鄙俚甚倚",却心安自得。清代初年钱谦益为他作传,曾说他"改定元人传奇乐府数百卷,搜辑市井艳词、诗禅、对类之属,多流俗琐碎,士大夫所不道者。"语有贬意。但是这恰恰说明李开先具有远见卓识,他为俗文学在山东以至全国发展孜孜不倦做了许多鸣锣开道的工作。

明代山东散曲家积极向民歌学习,从模仿民间小曲创作,到创作深深植根民间,反映民众情感,从思想到语言都追求贴近民众,所以他们的创作在驿路上才能够广泛传播。例如刘效祖所写的[挂枝儿]、[双叠翠]、[锁南枝]、[醉罗歌]都明白如话。其[锁南枝]曲:

> 伤心事对谁学,要见个明白惟天可表。你和我谁厚谁薄,谁情绝谁性儿难调,谁把谁心全然负了。也是俺妇人家痴恩,好心偏不得个好报。瞎虫蚁逃生实撞着你线索,虽不和你见识一般,杀人可恕情理难饶!

全曲情感激烈,语语直白,把一个受伤害的妇人的气、怨、恨,一股脑儿倾泻出来,替天下受委屈的妇女抒发出了心中的怨气。再如丁綵的[锁南枝半插罗江怨]曲:

> 黄金尽,志不衰,还把眉毛挽起来。虎瘦了尚有雄心在。经过了几个十年,更换了多少楼台,谁家否了谁家泰;谁吃了不死的金丹,谁挂着无事的招牌。劝君少把精神卖,天理上果有循环,冥冥中自有安排。几年来见不的谁成败。

这种劝世曲表达了作者对世事人情的认识,反映的却是民众的情感愿望,用的也是大众口语,所以全曲风格自然亲切。像刘、丁这样的曲作怎能不受民众欢迎? 怎能不广泛传播!

至于明代散曲第一大家冯惟敏(1511—1578),则以细微的笔触,有力的刻画,用大量的曲作给人们展现了那个社会的方方面面,尤其是那个时代的世风世态、众生众相。冯惟敏曾经为官知县,他对官场有清醒的认识。他的[醉太平]《李中麓醉归堂夜话》道:

> 包龙图任满,于定国迁官。小民何处得伸冤? 望金门路远,严刑峻法锄良善,甜言美语扶凶犯。死声淘气叫皇天,老天公不管!

他为民众呼号,[双调·玉江引]《农家苦》道:

> 倒了房宅,堪怜生计蹙;冲了田园,难将双手扒。陆地水平铺,秋禾风乱舞。水旱相仍,农家何日足? 墙壁通连,穷年何处补? 往常时不似今番苦。万事由天做,又无糊口粮,那有遮羞布? 几桩儿不由人不叫苦!

冯惟敏不少曲作都是为民众呐喊之作,所以他的曲作多受民众欢迎。

时人李维桢曾称其作"西北人往往被之弦索。"①

在元散曲兴盛的基础上,中国戏曲经过漫长的酝酿阶段,在元代突然勃兴,元杂剧作为戏曲文学,遂与元散曲一起称为"元曲",成为一代文学的代表。中国文学发展道路随之急剧改变——俗文学开始与雅文学并驾齐驱。在这方面元代的山东作家也曾贡献极大的力量。到了明代,山东的戏曲创作和戏曲演出更是十分繁荣。

山东作家大力创作戏曲者,在明代早期代表人物是贾仲明(1343—1422年)。贾仲明是山东淄川人,曾入王宫,为永乐帝的文艺侍从。他有很高的戏曲天分,一生至少创作有16本杂剧。虽然他所作大都是为迎合王公贵族的喜好,剧作内容多是写神仙超度和才子佳人悲欢离合,但是他却使元杂剧这一新兴艺术和文学样式在新朝继续发展立下汗马功劳。他的创作使杂剧的生命在明朝得到延续。尤其是他对元人钟嗣成所著的《录鬼簿》加以修补增订,对元曲家进行了评介,这都是对俗文学极其卓越的认识,对俗文学不遗余力的宣传。

到明代中期,山东戏曲家的代表人物是李开先(1502—1568)。他进一步把四折结构的元杂剧形式改变,出新,创作了单折短戏和系列剧。前者代表作是《园林午梦》,后者代表为《一笑散》。他开创的新的艺术样式为明代戏曲发展开通了新路。此外还还有冯惟敏、高应玘等人,也都以他们的杂剧创作使俗文学在山东广泛流播。冯惟敏作有《不伏老》和《僧尼共犯》。高应玘作有《北门锁钥》。

在整个明代,还有一些戏曲作家他们不是山东人,但是他们顺着驿路来到山东,对山东的人物故事兴趣浓厚,在他们笔下写出的戏曲竟然也是山东一地的人物故事。这其中尤其以"水浒"英雄故事最具有代表性。本来元杂剧中水浒戏就自成系列,山东作家高文秀、康进之等都是写水浒英雄戏的大家。进入明朝之后,水浒戏继续形成新的系列。不完全统计就有12种之多。其中写宋江故事的有《宋公明劫法场》、《宋公明喜赏新春会》、《宋公明排九宫八卦阵》、《宋公明闹元宵》。写卢俊义的戏有《梁山七虎闹铜台》,写李逵的戏有《黑旋风仗义疏财》,写鲁智深的戏有《豹子和尚自还俗》,写花荣的戏有《小李广大闹元宵夜》以及写花荣和关胜、徐宁事的戏《争报恩三

---

① 谢伯阳编:《冯惟敏全集·冯氏家传》,齐鲁书社2007版。

虎下山》，写李应的戏有《梁山五虎大劫牢》，写王英、徐宁事的戏《王矮虎大闹东平府》，写扈三娘的戏《一丈青闹元宵》等。

戏曲发展到明代还出现了新变，那就是南戏逐渐占领剧坛，成为代替杂剧而起的新戏种，也就是说在明代一种新的戏曲样式——传奇兴盛起来。在这方面山东作家李开先的确一马当先，勇开风气，成为明代最早一批撰写传奇的作家之一。他的《宝剑记》虽然也写水浒英雄林冲的故事，却开创了戏曲与时代政治形势结合，借古讽今的先例。同时由李开先领头，传奇写水浒故事也成为一个系列。李开先之后明代戏曲大家吴江派领袖沈璟推出了他的名作《义侠记》，写水浒英雄武松的故事。接着杂剧名家陈与郊则据李开先曲作也写林冲故事，戏名为《灵宝刀》。一时水浒题材的传奇出现有十余部之多。如写卢俊义的《元宵闹》、《聚星记》、《玉麒麟》、《鹰刀记》，写宋江的《水浒记》、《青楼记》，写柴进的《宝带记》，写杨志的《花石纲》，写杨雄和石秀的《翠屏山》等等。

从驿路来去的文人作家不仅对水浒英雄事迹备感兴趣，同时对于山东悠久的历史文化他们也充满敬佩景仰之情，对山东历史人物他们也尽力摹写，撰成戏曲，搬上舞台，到处演出。如写管仲和鲍叔事迹的《分金记》，写闵子骞事迹的《孝义记》，写孟子著述的《东郭记》等。

这些杂剧、传奇的创作无不吸收了当时流行的小曲的营养。有的接受小曲的曲调曲牌从音乐上"入乡随俗"，有的则从思想情感或剧作内容上借鉴小曲或吸收地方小戏的滋补，所以它们才能获得长久的生命力。

至于小说更是随着山东水陆驿路的发达，城市商业经济的繁华，在市井得到迅猛发展。明代小说的"四大奇书"——《水浒》、《三国演义》、《西游记》、《金瓶梅》，其中有两部就产生在山东或孕育在山东。《水浒传》和《金瓶梅》两书所写故事的发生地就在山东的西部，以阳谷、清河、东平为中心。《水浒传》故事虽然成书于元末明初，在明代广泛传播，但是它故事的雏形在元代杂剧，特别是山东杂剧家笔下已经有了一些很生动的描写，明代山东戏剧家继续加以编演，这就使水浒故事的小说和戏曲在山东相映成辉，互相推进其流播的速度。而其内容所写虽然是宋朝一次农民起义，但是更多反映了当时市民意识，所以它才能久久在市肆被艺人讲说，被市民阅读。另一部奇书《金瓶梅》则更是写尽市井社会生活的百态。官绅乡吏、地痞流氓、恶霸无赖、三姑六婆、妓女老鸨、童仆丫鬟，一切人皆被作者信手捉来，显身书中。全书构成一幅鲜明的明代市井生活的画卷。这是此前从未有过的巨著,所以此书一出,不胫而走。可以说这部描写市井生活的长篇小说是明代山东地区俗文学泛化的集大成。举凡当时社会流行的所有俗文学样式和创作情况在这部书里都有记述和描写。

三、俗文学的升华

驿路发达使得本来就植根于民间的俗文学迅速传播的同时,也使俗文学与雅文学结合、雅化,并逐渐升华,登堂入室,成为中国文学主流的一个组成部分。什么是俗文学?郑振铎《中国俗文学史》第一章,开卷明义就说:"俗文学就是通俗的文学,就是民间的文学,也就是大众的文学。"但是此论泛泛而言,可以。若仔细考究,还有分说。因为民间文学与俗文学还有所差异。俗文学可以说是由民间文学升华转化生成,当它独立成为一种文学分支后,就与民间文学有了明显的区别。首先,民间文学是口口相传的口头文学为主要形式。俗文学则必须具有文本特征。其次,民间文学是众口传说,集体创作。俗文学则由个体劳作为主,或是个人创作,或是对民间集体创作进行加工整理编定。第三,民间文学内容形式多变,流动性大。俗文学有固定的文体,准确的语言,表达作者一定的思想倾向,它是定型化的作品。俗文学与民间文学在创作过程中可能有相似之处,但是一旦定型两者就区别开来。俗文学又与雅文学相对。郑振铎在他的俗文学史又:说:"凡不登大雅之堂,凡为学士大夫所鄙夷,所不屑注意的文体,都是俗文学。"这里且不论这种论说是否准确严密,至少有一点那是正确的:俗文学不被封建社会的统治阶层和上流社会所重,甚至不被他们认为是文学。他们眼中的文学就是明道、载道、贯道,为他们统治服务的诗文形式,那才是文学,是雅文学,是传统文学,是庙堂文学。一句话,所谓雅文学就是被历代统治者奉为为典正的文学。其创作要严格遵循封建礼法,可以发乎情,但必须"思无邪",必须"止乎礼义"。作文必须要"明道"、"贯道"、"载道",必须"志以道宁,言以道接"、"明义理,为世用"。雅文学的这种志、道、义、理、文的创作传统就决定了它的面貌与来自民间的俗文学的自由吟咏情性,自由抒发心声的创作面貌迥然有别。雅文学作品的风格面貌总体特征是"乐而不淫,哀而不伤","温柔敦厚",讲究"中和"之美;俗文学则明白直露,嬉笑怒骂、浅显通俗。雅文学的美是经过文人作家精心雕琢的美,它可以美得"巧夺天工"。
俗文学的美则是无须雕琢的自然天成之美。雅和俗两大文学长河构成了中
国文学的巨流。雅文学要时时从俗文学汲取营养增强自己的生命力;俗文
学也不断向雅文学靠拢,升华,以提高自己的品位地位。中国文学的发展史
实际上就是雅文学与俗文学不断交融共同前进的历史。

　　明代山东地区的俗文学波澜壮阔,气势磅礴的发展,其泛化程度已经使
社会上层不得不刮目相看了。所以他们纷纷模仿,改变自己习惯的创作样
式和方法,对某些上流社会所不齿的文体争相尝试。这就使得在山东雅文
学和俗文学相互交融的步伐大大超越了其他地区,就使山东地域的俗文学
的品位得到升华,在整个中国文学史上都占有了重要一页。

　　这种升华表现在两个方面:一是文人作家大量创作俗文学样式的作品,
例如散曲、杂剧、传奇、小说。由于他们的文学素养高于一般民众,所以他们
自然能够把土生土长的原生态的文学样式,进行加工改造,并使得这种原本
是民间文学的创作样式从市井乡野传播到社会上层,被上层社会认可接受。
另一方面是达官贵人染指俗文学创作,不管他们是出于好奇还是出于喜好,
也不管他们创作数量多少、质量高低,他们的参与本身就已经把俗文学从民
间传布升华到庙堂。在山东这两种创作情况是并存的,所以俗文学在山东
蓬勃发展,层次和品位都得到不断提高。

　　明代小曲在全国以燎原之势蓬勃发展,山东小曲在民间泛化为曲
艺——山东琴书,和地方戏曲——柳子戏,而一些有远见卓识的文人认为
"真诗在民间",则积极向民间文学汲取营养,他们把民间小调改造、雅化成
为新的散曲和戏曲曲牌,或者用比较文雅的语言改变过于粗俗的歌词,从而
使俗曲野调升华为艺术性较高的文学作品。在这方面山东诗人李先芳、李
攀龙、谢榛、于慎行,散曲家和戏曲家李开先、冯惟敏等人都做出了极大
贡献。

　　李先芳(1511—1594年),字伯承,号北山,濮州(今鄄城)人。嘉靖二
十六年(1547年)进士。官刑部郎中、尚宝司少卿、宁国府同知等。他是明
代"后七子"诗社的先驱者。他为诗学习乐府民歌以真情出之。如《江南
谣》:"塞上有兵机,江南科赋役。逋赋动十年,征发在今夕。文移纷如雪,
府胥坐如棘。良田委榛芜,子女易金币。持金谢府胥,所希聊喘息。民诉一
何苦,胥怒一何极。我有千斤弩,欲施不得力。原为良吏胡可得?"该诗即

写出一个地方官吏对民生困苦的同情和无奈,而诗句平白如话正是向民歌学习的结果。但是他又把民歌升华成为文人诗,情感更加细腻、深化,韵律更加考究,审视社会角度变化,表达内容也就更加广阔。李先芳深入市井,了解市民生活,所以一些学者认为集俗文学之小说创作大成的《金瓶梅》就出自他手。

谢榛(1495—1575年),字茂秦,号四溟山人。临清人。布衣一生。李攀龙(1514—1570年),字于鳞,号沧溟。济南长清人。嘉靖二十三年(1544年)进士。官刑部主事至河南按察使。他们都是"后七子"中的主力诗人。他们提倡"复古",但是却都能注意民间诗歌。影响所至,谢榛论诗强调兴、趣、意、悟、天机。他批评当时某些人作诗盲目模仿古人,说:"今之学子美者,处富有而言穷愁,遇承平而言干戈,不老曰老,无病曰病,此模拟太甚,殊非性情之真也。"他正是从民歌的自然而然,领悟到诗歌创作的真谛。但是民歌作者没有这样总结过,他的总结论述不啻是对民歌创作论的升华。李攀龙虽然泥古,不屑于民歌,但是他作为一代诗人领袖,为诗歌的传承尽了一己之力。特别是他推崇秦文唐诗,也不能不说他推崇的标准并没有错,实际也为诗歌雅化起着推波助澜的作用。民间诗歌之俗,古典诗歌之雅,原本不是水火不容,有眼光的诗人自当两相兼容,各取所长,形成自己一家之言,独自风格。在这方面于慎行可谓卓有成效。

于慎行(1545—1608年),字无垢,号穀山,东阿人。隆庆二年(1568年)进士。官至礼部尚书。他看到前后七子食古不化的问题,就大力纠正之,因此把目光投向民间,创作了《子夜歌》系列具有民歌风格的诗作,如"侬如水中石,波至亦累累。欢如陌上尘,左右从风吹",语句清新,格调通俗,情趣盎然。直是把民歌升华翻腾成为文人的新作。

贾仲明、李开先、冯惟敏则是将俗文学升华以至达到登堂入室地步的大家。

贾仲明是跨越元明两代的作家。由于他身居明代成祖皇帝的文艺侍从,他致力于俗文学形式的散曲和杂剧创作,并把这种文学艺术引进明代宫廷,这种行为本身就把杂剧从乡野市井的民众娱乐转化为宫廷娱乐,从而使得一些宫廷的王爷皇子也染指杂剧创作,杂剧遂成为宫廷文学的一个组成部分。他的散曲和剧作几乎完全是迎合宫廷王族喜好的,把当时社会美化为人间仙境,粉饰太平,歌舞升平。所以他的剧作再不是元曲的自然本色,抒发民众的情感,而是刻意雕琢,辞藻华丽,格调高雅。表现的是虚无缥缈的虚幻世界,让人陶醉其中,自得其乐。比如他写的《元宵赏灯》:

[醉花阴北]国祚风和太平了,是处产灵芝瑞草。圣天子,美臣僚,法正官清,百姓每都安乐。喜佳节值元宵,点万盏花灯直到晓。

[画眉序南]花灯儿巧妆描,万朵金莲绽池沼。任铜壶绝漏,禁鼓停敲。庭内外香霭齐焚,楼上下灯光相照。楚腰,罗绮丛中俏,人在洞天蓬岛。

[喜迁莺北]似神仙般欢乐,听梨园一派笙箫。青霄,月离了海峤,恰便似宝鉴高悬银汉谣。明皎皎,月色和灯光相射,灯光和月色相交。

[画眉序南]街市上喜通宵,仕女游人斗施巧。剪春娥云鬓,宝钗斜挑。红袖底双握春纤,华灯下相看花貌。楚腰,罗绮丛中俏,人在洞天蓬岛。

这首套曲有 12 只曲,仅由此 4 只已完全可以看出作者粉饰太平之意。也可以看出作者在雕琢润色上所下的功夫。

贾仲明作有杂剧 16 种,现存 6 种:《裴度还带》、《对玉梳》、《菩萨蛮》、《金安寿》、《玉壶春》、《升仙梦》。内容多是写神仙度脱,迎合王族追求长生不老的心态,或写才子佳人悲欢离合,满足王族追欢求乐、贪图享受的意愿。曲词多雅丽香艳。元杂剧本来有神仙道化一类,但是元人写该种题材多有寄托,有讽意,有现实意义。贾仲明所作却远离现实,几乎纯在神仙世界里翻滚,刻意追求其美其雅。因此可以说他在明代杂剧雅化的过程中是一个先驱性人物、标志性人物。

冯惟敏提高散曲的品位主要在两个方面。

其一是他有意把散曲和正统诗文拉近距离,甚至把散曲直视为传统诗词。他的[朝天子]《答陈李二君》即明确宣称:"俺如今浅思,编几句小词,也当做诗言志"。冯惟敏作曲一个突出特点就是干预世事,评论社会是非,他把散曲赋予了传统诗歌以同样的使命。他自己曾经为官,他的曲作就描写官场生活及其感受。他写了他忠于职守。[醉太平]《庚午郡厅自寿》曲道:"正管着府厅,又署着满城。忽然夜半报边声,自披衣点灯;飞星迅速传军令。严城仓促修军政。通宵谁敢误军情,寿宴呵且停。"他写了官场的黑暗。[醉太平]"尽红尘眯眼":

尽红尘眯眼,看紫陌摩肩。蝇头蜗角斗威权,乱纷纷贵显。一棚傀儡千根线,一条大路三重堑,一生事业半文钱。问前程近远。

他把散曲内容拉近社会现实,无疑将散曲也同时拉近社会上层,使散曲功能得以升华。所以冯惟敏的曲作再不仅仅是抒发一己的喜怒悲欢,而是曲曲与民众呐喊。其代表作[胡十八]《刈麦有感》言:

> 穿和吃不索愁,愁的是遭官棒。五月本间便开仓,里正哥过堂,花户每比粮。卖田宅无买的,典儿女陪不上。　　往常时收麦年,麦罢了是一俭。今年无麦又无钱,哭哀哀告天,那答儿叫冤。但撞着里正哥,一万声:"可怜见!"

其二是他把散曲的艺术发扬光大,展现了散曲艺术的多姿多彩。罗锦堂《中国散曲史》论及冯惟敏曲作,引述《曲谐》之论说:"此公下笔,无论为丹丘体豪放不羁,为淮南体趣高气劲,为草堂体山林泉石,为香奁体脂粉钗裙,都一样写得出,说得透,不仅此骚人一体,嘲讥戏谑者,癫狂欲绝也。"他的曲作多气象扩大,情感激烈,尤其套数更是豪放雄伟。由于他把写作散曲当作事业,认真而为,所以所作自然高出流俗。《山堂词稿序》言:"好事者喜闻之,传至名流钜工,亦未始不粲然击节云"。这样,就不能不说冯惟敏为俗文学中的散曲升华做出了杰出贡献。

李开先一生著述甚丰,诗词歌赋小说戏曲各体都曾挥洒成卷,改定编纂前贤和时人所作也不遗余力。可贵的是他对民间文学大力肯定,竭力赞扬,广泛推介,同时他还向民间文学汲取营养,进行俗文学各种文体的创作,从而把俗文学深化到与雅文学并驾齐驱的地步。时人姜大诚为《宝剑记》作序即言:李开先"知填词,知小令,知长套,知杂剧,知戏文,知院本"并"善作能歌"。比如他所作的散曲兴致握笔,文思泉涌,全凭自然,有时为长套,有时为组曲,其[傍妆台]令竟一气挥洒百首,震撼朝野文人名士。李开先在《诗外微撒序》不无自豪地说:

> [傍妆台]百曲,中麓子归田后处于一时口占。恐其久而忘记,笔之于书;又恐其久而散失,锓之于梓。自愧草率,幸而偶投时好,和之者奚啻数百人,而渼波王太史为最;刻之者奚啻数十处,而漳涯李太守为佳。盖王隐鄂杜,擅秦声而负重名;李官真定,得吴工而为善本。敦朴如马谿田,亦有和章;简僻如舞阳县,亦有镂板,他可知矣。

与李开先唱和的既有高官显贵,还有宗藩王爷,至于一时名士更是多多。名宿硕儒,文臣武将,山人羽客,社会名流题赠成伙。也就是说李开先之散曲确实已经被上流社会所关注,他自觉不自觉把散曲引入了雅文学的范畴。为什么李开先的散曲能够广泛引起上流社会人士的注意和青睐?且看其曲作:

> 笑呵呵,挂冠归去免张罗。闲披鹤氅朝玄帝,焚龙脑礼弥陀。酒逢知己千杯少,话不投机半句多。胡将就,得磨陀处且磨陀。

> 乱纷纷,人情反复似风云。堪怜邻里嫌王老,妻嫂美苏秦。不看僧面看佛面,若爱凡身多堕法身。携心友,对酒樽,得论文处且论文。

> 急煎煎,昼无稳坐夜无眠。大家都要争名利,那解乐林泉。苦留不住天边日,使去难来手内钱。慈悲阁,独乐园,得留连处且留连。

由此三曲可知,李开先所作散曲一方面得民间小曲真髓,通俗自然,明白晓畅,朗朗上口;一方面却又将文人仕宦的情感以及他们对社会人情的领悟灌注到其曲作之中,使散曲一下子就成为上层人士喜爱的表情达意的新鲜样式。

至于戏曲这种俗文学体裁,在元代已经以杂剧样式,由众多杂剧作家所创造的许多不朽作品,将戏曲推上文坛的高峰,但是杂剧到明代逐渐雅化,却也逐渐衰微。代之而起的是在宋元时期已经诞生的戏文,或曰南戏。南戏在明代演化为传奇,民间创作演出一直盛行不衰。这期间李开先创作的传奇《宝剑记》则将传奇从民间创作升华到一个新的境界。王九思评价其作道:"一代之奇才,古今之绝唱也"。该戏冲破了南戏才子佳人的公式结构,改变了民间创作语言粗疏的弊病,塑造一个坚忍不拔的英雄形象。因为其情节感人,曲词优美,所以该戏得到历代文人学士的好评。尤其《夜奔》一出极为精彩,一直传唱至今。其中有曲道:

> [得胜令]呀!吓得我汗浸浸身上似汤浇,急煎煎心内类油调。幼妻室今何在?老尊堂恐丧了!劬劳,父母恩难报;悲嚎,英雄气怎消!

> [沽美酒]怀揣着雪刃刀,行一步哭号啕。拽长裾急急穆寻羊肠路绕,且喜这灿灿明星下照。忽然间昏惨惨云迷雾罩,疏剌剌风吹叶落,振山林声声虎啸,绕溪涧哀哀猿叫。吓得我魂飘胆消,百忙里走不出山前古庙。

> [收江南]呀!又只见乌鸦阵阵起松梢,数声残角断渔樵,忙投村店拌寂寥。想亲帏梦杳,空髓风雨度良宵。

曲词典雅秀丽,但不失天然情趣。情景交融生动刻画了林冲的复杂心理。更重要的是该戏注入了浓厚的时代气息,为传奇开出了新路,将戏曲与时代政治现实相结合,从而使得社会上层不得不对戏曲刮目相看。也正是在李开先戏作影响下使以后的明清戏曲有不少都反映社会重大问题和现实政治,忠奸斗争成为戏曲一大题材。在艺术方面李开先大量采取民歌小令作为其戏作新的曲牌,比如[山坡羊][傍妆台][锁南枝][黄莺儿][一江风]等等,从此这些小曲就成为戏曲曲牌的定式。这无疑是对俗文学的有力升华。

在小说方面。兰陵笑笑生创作了《金瓶梅》,开辟了文人独立创作小说的新时代。以前的小说在宋元时期多是讲史话本,就是在民间由说书艺人讲说,小说创作停留在众人口头集体创作阶段。一个故事在不同说书艺人口里可以有不同的发挥和随意创造,所以很长时间没有固定的文字小说,后来出现比较好的说书艺人的底本,但是具体说书时情节人物故事都会有多少大小不同的改动。明代中叶这种民间文学的面貌大大改观。那是因为有一批文人致力于小说创作。小说创作有两种途径,一种是整理民间流传已久的故事和话本,或者按照民间话本样式进行仿作,就是拟话本,对长篇讲史整理的结果在山东就出现了文学巨著《水浒传》,个人创作就出现了《金瓶梅》。这两种创作都是对俗文学的积极发展和升华。

关于《水浒传》和《金瓶梅》后面有专章叙说,这里就不再赘述。

第二节　雅文学对经典的追怀与复兴之想望

作为中国传统儒家文化发祥地的山东,其文学发展到明清时期出现了各体纷呈的局面,由上章可知,由于驿路文化的形成,齐鲁地区产生了俗文学的泛化与升华,小说戏曲获得了长足的发展,取得了傲人的成就。与此同时,雅文学作为正统,始终为齐鲁文人所重视,在长达数百年的时间内,他们一直在为雅文学的出路做着探索与努力,山东文人用他们的理论与创作,深刻地实践着雅文学对经典的追怀与复兴之路。

一、雅文学在明代山东的发展

首先要说明的什么是雅文学,雅文学在文学史意义上是一个与俗文学相对的概念。郑振铎在《中国俗文学史》中说到:"凡不登大雅之堂,凡为学士大夫所鄙夷,所不屑注意的文体,都是俗文学。"①那么反过来也可以说,凡入得大雅之堂,凡为学士大夫所推崇,所重视的文体,便是雅文学。自古以来,在文人士大夫眼中的文学是那些为历代统治者奉为正典的文学,具体来说,雅文学产生于先民占卜、祭祀活动的记录,这些活动的主持者多在上层。他们关心的是生活以外的大事,关心命运,大多与精神生活有关。所以在内容上,俗文学主要与大众的实际生活有关;雅文学则主要与士人的精神生活有关;在功能上,雅文学必须明道、载道、贯道,为统治阶级的利益服务,它并不是倾向于大众娱乐,而是倾向于高台教化,提升人的精神层面,使人达到传统礼仪的规范。

那么就文体而言,文学样式发展到明代,诗、文、散曲、戏剧、小说各体纷呈,散曲、戏剧、小说作为新兴的文体,其从产生方式以及内容艺术上,都具有贴近大众生活的特点,符合俗文学的要求。而诗与文,其形式与内容仍与上层士人相关,作为文人抒写时事感慨抒发个人境遇情感的工具,诗文具有悠久的历史与传统,文人士大夫追怀上古,容易在历代的古诗古文中获得心灵慰藉,并利用此工具在自己的笔端实践自己的古人情结。所以,在本节的论述中,所指的雅文学,针对的是诗歌和散文。

其次,明中叶齐鲁地区的雅文学发展状况必须与当时的社会状况相联系,经过明初几十年的恢复期,到了明成化弘治年间,社会已逐步稳定,经济得到较快的发展。但思想上,上层统治者却在逐步强化程朱理学的主导地位,并以此达到对士人思想乃至行为上的控制。山东作为当时东部的重要地区,其政治经济和文化也处于当时的全国大环境中,与之同步并息息相关。元末的战乱,使山东经济遭到了巨大的破坏,人口锐减,以致在明初山东地区接受了大批山西移民。从永乐后期起人口逐渐增加,经济也渐渐恢复,文化教育才随之逐渐得到发展。著名哲学家、教育家王守仁在弘治十七年(1504 年)来济南主持科举考试,录取了 75 名举人,并写有《山东乡录序》,对山东士人有较大影响。山东地区有重视文化教育的悠久传统,随着经济的恢复和发展,城市的繁荣,文化教育事业也逐渐兴旺起来。在这种情

---

① 郑振铎:《中国俗文学史》,上海人民出版社 2006 年版,第 1 页。

况下,山东作为传统文化区的优势逐渐得到恢复,诗文创作随之活跃。①

明初诗坛笼罩在"台阁体"的统治之下,以官至大学士的杨士奇、杨荣、杨溥为代表,创作上以官方的意识形态程朱理学为基础,道学气浓厚,追求雅正平和的风格,且大多是应制、唱和之作,甚至往往以作者官位高低来定诗文等级。钱谦益《列朝诗集小传》乙集《杨少师士奇》称:"国初相业称三杨,公为之首。其诗文号'台阁体'。今所传《东里诗集》,大都词气安闲,首尾停稳,不尚藻词,不矜丽句,太平宰相之风度。可以想见,以词章取之则末矣。"同一集中《杨少师荣》:"而应酬题赠之作,尤为烦富。"②可见这一时期诗歌独有的审美特征被歌功颂德、应制酬作的内容淹没了,由于三杨政治上的强大影响力,所以这种空洞贫乏的诗歌不可扼制地成为当时的主流,诗歌这一文体于斯渐渐走上了艺术的绝路。此时山东在此文坛风气之下,以科举入仕的官僚多,而有文学成就的诗文作家却较少。所以在明初很长段时间里,山东的诗坛都呈现出寂寥之状,没有出现颇有成就的大家。

随后一批有识的文人逐渐不满台阁体对传统诗文表现力的扭曲,出于对正统诗文的维护,他们以文学复古为号召,渴望恢复正宗诗文的活力,挽救雅文学逐渐衰颓的命运。李梦阳振臂一呼,边贡诸人云起响应,倡言复古,不但起到了振兴文风的作用,而且为诗歌这一古老文体从理论上找到了一条较为光明的发展道路,使其在盛唐这一发展高潮过后,又一次放射出了绚丽的光彩,焕发出了活力。张廷玉等《明史·李梦阳传》:"梦阳才思雄鸷,卓然以复古自命。弘治时,宰相李东阳主文柄,天下翕然宗之,梦阳独识其萎弱。倡言文必秦汉,诗必盛唐,非是者弗道。与何景明、徐祯卿、边贡、朱应登、顾璘、陈沂、郑善夫、康海、王九思等号'十才子'。又与景明、祯卿、贡、海、九思、王廷相号'七子'。皆卑视一世,而梦阳尤甚。吴人黄省曾、越人周祚,千里致书,愿为弟子。"③可见,此复古之风在全国范围内都掀起了广泛的影响,尤其在山东地区,出现了举足轻重的倡导者和一大批追随者。如"前七子"之边贡,"后七子"之李攀龙、谢榛等。山东诗坛正是在反台阁体的运动中迅速繁荣起来的。

---

① 参见李伯齐:《山东文学史论》,齐鲁书社 2003 年版。
② (清)钱谦益:《列朝诗集小传》,上海古籍出版社 1983 年版,第 162 页。
③ (清)张廷玉等:《明史》,中华书局 1974 年版,第 7348 页。

二、明代文人对经典的追怀

在历史悠久、源远流长的中国文学发展史上,复古运动是极其频繁的。而每次复古运动中,由于时代不同,关于"复古"的"古",都有各自不同的对象和范围,难以一概而论。就唐人而言,先秦是"古",汉魏是"古",六朝也是"古",对明人来说,则唐宋金元皆是"古",六朝以前更不必言。可以说每个时代的文人心中都有奉为经典的前代文学范式。初盛唐之际,陈子昂倡言复古,针对齐梁间"彩丽竞繁"的诗作提出以"汉魏风骨"为经典;中唐韩愈、柳宗元针对南北朝以来盛行的华而不实之骈文,掀起了著名的古文运动,将"三代两汉之书"奉为经典;北宋欧阳修、梅尧臣等针对宋初西昆体的弊病再一次将复归古典诗歌审美范畴提上日程;自南宋严羽的《沧浪诗话》起,便提出"宗盛唐"的复古理想。《沧浪诗话》创作的初衷是针对宋诗,尤其是江西诗派、以及"四灵"和江湖派的流弊而作。中国古代诗歌,自宋元以来,在总体上向着理性化、概念化发展,而忽视了诗歌本身的审美特征。严羽反对自苏、黄以来的"尚理而病于意兴"的诗歌;批评江西诗派"以文字为诗,以才学为诗,以议论为诗"的风气,主张"以汉魏晋盛唐为师,不作开元、天宝以下人物"、"推原汉魏以来,而截然谓当以盛唐为法",强调经过"妙悟"来掌握作诗的艺术规律,追求"兴趣",由此达到审美的最佳境界。作为明代诗坛主流的复古派,从高棅、李东阳到李梦阳、何景明、李攀龙、王世贞、谢榛等前后七子,一直到胡应麟和明末的陈子龙、许学夷等,都是沿着严羽的这条道路继续摸索前进的。

"文必秦汉,诗必盛唐",这一句话已成为后人言及明七子时的标签,相对准确地概括了他们的文学理论主张,从散文方面来说,明代复古派文人向往的是先秦两汉之文,希图化排偶为散体,尤其表现在其对八股文风的反对上,尽管七子派中绝大多数成员都是通过八股举业的阶梯步入官场,但耿直的性格使他们十分清醒地指出八股文的种种弊病,希望重振秦汉文风,主张文为时用。

文为时用,是传统的儒家文学思想,也是自唐宋以来山东籍作家所坚持的文学方向。济南作家边贡,其为官京师期间结识了复古派领袖人物李梦阳,与之诗酒唱和,畅谈文学,后来随着王九思、何景明、康海等人的加入,形成了影响巨大的"前七子"。边贡作为以复古为主旨的"前七子"的一员,在复古的内容上主张"文以载道",如《书博文堂册后》:"古之君子之于文也,非徒务其博而已也,彼固有所取焉也。《传》曰:'文以载道。'又曰:'文者,贯道之器。'"另外,他在《送杨氏子入武学序》中还有这样的论述:"夫文亦有的焉,曰:'道也者,文之的也;六经者,道之的也。晰于理以正其志,放于文以直其体,参之史以验之,博之诸子以贯之。'夫如是,有不审固者乎?有不百发百中者乎?"①边贡所指的"道",即儒家之道。宋元以来,程朱理学逐渐盛行,明代更是把它作为思想统治工具,牢牢束缚着世人的思想。要打破这种假道学统治的局面,边贡等人以恢复古文为依托,提倡儒家之道,力图以真正的儒学精神反对虚伪的理学。

诗歌方面,明代复古中人总体上尊奉着"古体宗汉魏,近体宗盛唐"的准则,"前七子"作为一个文学集团有着共同的复古立场,但具体到单个人来说,又有不同的理论主张与创作特色。

作为一名较早也是极为坚定的复古派成员,边贡在诗学理论上积极、鲜明地倡导复古,拥护李梦阳的主张。边贡论诗最为闪光处在于其提出"守之以正,时出其奇"(《题史元之所藏沈休翁高铁溪诗卷》)的观点。中国古代文论中最早把"奇正"说纳入文学范畴的是刘勰的《文心雕龙》,关于"正",具体来说,便是《宗经》篇所列的六大原则:一则情深而不诡,二则风清而不杂,三则事信而不诞,四则义直而不回,五则体约而不芜,六则文丽而不淫。边贡提出"守正",就是要求诗歌从思想、内容、语言、形式、风格上都符合以上规范。关于"奇",在刘勰书中有两个义项,一是与"偶"相对之"奇"(jī),指不用对仗、排比的散句;一是与"正"相对的"奇"(qí),指异常、罕见的事物。边贡取"奇正"之"奇",所谓"出奇"即要创出新意,包括内容与形式上的创新。作诗若过于守正,没有创新,就会使诗歌失去活力。若过于喜奇,也有其弊病。正所谓"奇非正,则多失;正非奇,则茸然不振:其病均耳"。②

与边贡同为济南人的李攀龙,是明代山东诗坛的领军人物,他继"前七子"之后,举起文学复古的旗帜,"倡五子、七子之社",在王世贞等人的拥戴

① (明)边贡:《华泉集》,《四库全书明人丛刊》,上海古籍出版社1993年版。
② 参考纪锐利:《边贡的诗学理论与创作》,《东岳论丛》2001年9月。

下,成为文坛领袖。在复古的内容上主张继承李梦阳遗志,学习诸体方盛时的作品,提出"秦汉以后无文"(《答冯通府》),"唐无五言古诗"(《选唐诗序》)等论调,追求高华响亮、意兴蕴藉、峭直雄厚的盛唐格调,认为"盛唐之于诗也,其气完,其声铿以平,其色丽以雅,其力沉以雄,其意融而无迹"(王世贞《弇州山人四部稿》),高度评价了盛唐诗已经达到了整体的完美与和谐,因而应该成为人们学习的典范。在复古的方法上,他说应该要"得其精而忘其粗,在其内而忘其外"(《古乐府序》);也说"不以规矩,不能方圆。拟议成变,日新富有。今夫《尚书》、《庄》、《左氏》、《檀弓》、考功、司马,其成言班如也,法则森如也。吾摭其华而裁其衷,琢字成辞,属辞成篇,以求当于古之作者而已。"(王世贞《李于鳞先生传》引)①总之,"不摹古人之作却又不变古人之法,不是古人之作又酷似古人之作"这才是李攀龙所追求的复古境界。

临清文人谢榛,与大部分"官文合一"的古代作家不同,他是我国历史上少有的地地道道的专业诗人和诗歌理论家,作为"后七子"最初的盟主,在诗论方面最具建树,他的论诗专著《四溟诗话》极好地概括了他的复古主张,于文学理论批评史上具有重要的价值。在明中期以"格调"为核心的诗歌复古思潮中,谢榛扬弃地继承了前人的诗论,在回归古典的具体内容上,谢榛提出要"熟读之以夺神气,歌咏之以求声调,玩味之以裒精华。"谢榛之所谓"神气"是诗的审美境界,"诗无神气,犹绘日月而无光彩",没有审美境界的诗,就犹如日月没有光彩,徒有其表,不能称其为诗。"声调",即格调,谢榛提倡的格调与前后七子其他人一致,亦是"有盛唐调"。"精华"当指词采,即所谓"观之明霞散绮"。所以谢榛根本反对"作诗贵先立意"的宋诗,认为作诗应"待时而发,触物而成",如果先确定主题再作诗,就会陷入宋诗"涉于理路,殊无思致"的弊病。关于诗的审美境界,谢榛强调情景交融,认为"景乃诗之媒,情乃诗之胚",只有二者合一,才可"元气浑成"。至于学习古人的方法,他反对模仿形迹,拘泥格套,说"作诗最忌蹈袭",主张"不必塑谪仙而画少陵也",应该"易驳而为纯,去浊而归清",如蜜蜂酿蜜一般,"历采百花",再"集众长,合而为一",即取各家之长,再经过自己的加工,创作出与诸家不同的作品,正如蜂蜜由百花酿成,味道却不同于任何一花的道理

---

① （明)李攀龙著,李伯齐校点:《李攀龙集》,齐鲁书社1993年版。

一般,故这种学古的方法亦被归纳为"酿蜜法",关键在于加入自己的"想头",即构思,糅合唐人作品,最终"融太白、少陵于一炉"、于唐"十四家又添一家",他学古的最高理想是不作初盛唐十四家中的任何一家,而是要作初盛唐的第十五家,可见他已意识到复古派模仿形迹、蹈袭一家的弊病,在理论上全面纠正了这个错误,"夺神气"跳出了格调,进入了诗的境界,"酿蜜法"反对"摹临古贴",强调自己的构思,"十四家又添一家"之说避免了蹈袭一家,可见,他的复古主张已全面高出了其他人,使复古的理论往更深的层次发展。①

无论是边贡,李攀龙还是谢榛,他们的诗文理论都是在同一个目标下提出的,那就是复古,他们都希望将诗文的审美范畴复归到其最鼎盛期的风貌,渴望在雅文学式微的明代中叶再创辉煌。

三、复古派诗人对经典的复兴

以上所谈,皆为复古派诸人理论上的主张和建树,可以说是他们在理论上完成了对复古形而上的探讨。诗文作为雅文学,在他们手中经历了对经典的追怀,理论上压制了台阁体对诗文传统的破坏,获得了极大的成功。除此之外,复古派文人还用具体的实践来完成他们对经典的复兴,并企图将他们的理论转化为真正的文学成就。山东文人亦在此过程中扮演着极为重要的角色,用他们的活动和创作,积极地投身雅文学的复兴。

首先,在当时声势浩大的前后七子中,都有山东文人的身影。

边贡厕身前七子之列,据《列朝诗集小传》载,边贡"雅负才名,美风姿,好交为天下豪俊",与李梦阳、何景明、徐祯卿并称"弘治四杰"。李攀龙、谢榛是后七子的组成人员,特别是李攀龙,直接推动了后七子形成,其任刑部主事后,与先后到京的谢榛、王世贞、宗臣、梁有誉、徐中行、吴国伦等约曰:"文章经国大业、不朽盛事。今之作者,论不与李献吉辈者,知其无能为已","仆愿居前先揭旗鼓,必得所欲与左氏、司马千载而比肩,生岂有意哉?"(《送王元美序》)此后,李攀龙便作为"后七子"的领军人物,在文坛上倡言复古,捍卫诗文传统。

---

① (明)谢榛:《四溟诗话》,中华书局 1985 年版。

　　另外,鄄城文人李先芳在"后七子"兴起之初,起了极大的作用。史载,"后七子"结社之前,李攀龙在刑部任职之初,就曾与李先芳、临清谢榛以及孝丰吴维岳辈倡诗社。王世贞中进士后,是李先芳引介他加入诗社,并与李攀龙相交。但此后不多久,先芳就被放为外吏,离开了京师,未能列于七子之列,但后来王世贞将其列为"广五子"之一。

　　其次,由姻亲、师生等各种关系结成的地方诗友唱酬和结社活动众多。

　　地方诗友唱酬和结社活动是明清时期山东诗歌发展的另一个特点。明代中期至清代中期,山东地区出现了不少地方文学社团,有的影响及于全国,有的存在时间较短,而有的则由地方诗歌创作的倾向发展成为一个诗歌流派,如济南诗派等。加上边贡、李攀龙、谢榛等皆名闻天下,且乐于奖掖后进,围绕在他们周围便形成了一个个诗人群体,成为复古运动的羽翼。

　　边贡崛起于山左海右,他对"济南诗派"的开创有"筚路蓝缕"之功,其声名地位和善提后进的性格也得到了乡邦同道的大力推重,以他为中心,前期"济南诗派"成员还有:其子边习、门生刘天民、谷继宗等。刘天民为边贡门生,素与边贡交好,其女嫁于边贡之子边习为妻。他曾搜集边氏遗作,汇为一集,以此来表达对边贡的怀念与思慕之情。边贡《华泉集》中也有多首与他的交游唱酬之作。

　　李攀龙与济南地方诗人关系密切,未仕之前,即与同乡殷士儋、许邦才结为好友,这一时期的诗歌活动,形成李攀龙早期诗歌主张,为其发动文学复古运动打下坚实的基础。隐居其间与章丘诗人袭勖、华鳌等诗歌唱和,结下深厚情谊。李攀龙在济南期间,曾在大明湖南之百花洲上筑一高楼,名曰"白雪楼"。此楼四面环水,特意不要桥梁而代以渡船。遇有达官贵人来访,李攀龙系船不接;而对那些喜爱诗歌的文士则解缆相迎。这些文朋诗友中,有济南人许邦才、谷继宗、潘子雨等。特别是许邦才,他自少年时期始,就与李攀龙、殷士儋为知己之交。后邦才长女嫁于李攀龙三子李驯,二人遂又多了一层姻亲关系,而二人的长子又结拜为兄弟,所以二人过从甚密。《山左明诗钞》录许邦才诗32首,其中与李攀龙来往唱和之作就有10首之多。这种以唱酬或结社所组成的诗人群落,大都为乡谊旧游,其中虽不免有因同乡而互相推扬的庸俗表现,但从总体上看,是由于他们有着共同的诗歌创作主张和共同的审美追求。

　　谢榛号称"布衣诗侠",以他的侠肝义胆著称,凡有诗友求援,无不四处奔走、鼎力相助。他的交流广泛,与地方官吏、宗室藩王、僧侣隐逸、文人学士都有交往,足迹遍及大江南北,足迹所至,诗亦所至。在这种良好的环境中,山东诗人纷纷涌现,无怪乎王士禛不无自豪地宣称:"吾乡风雅,明季最盛。"①

除了文学结社,诗酒唱和外,复古派文人也重视各自的诗文创作。具体来说,他们的散文作品并不成气候,艺术性作品太少,多的是实用的应用文和应酬性的文字,如赠送序、贺表、碑贴、墓志铭一类,并未在其间表达个人强烈的情感与独到的见解,所以总体成就不高。另一方面,他们则将自己的文学热情都投入到诗歌的创作之上,为后人留下了动人的诗章。同样的,明代山东以文名者寥寥也,而以诗名家者却颇有其人,例如李先芳、边贡、李攀龙、谢榛等,他们整体上作为山东地区的代表文人,在文学创作实践上共同履行着复古的使命,诗歌中都体现关怀现实人生、形式工整、语言古雅、拟古摘句等特点,当然不同的作家也各自具有不同的创作特色。

李先芳虽未列入"七子"之中,其诗集里也有不少与七子诸人唱酬的篇章,其虽然出外为官,但一直牵挂在京师的朋友们,在诗中时常念到"中原诸少竟如何?"(《再寄王元美》)。李攀龙去世时,先芳有诗痛哭老友,《寄吊》:"四海论交二十秋,夫君佳句胜曹刘。怀中久握连城璧,历下重开白雪楼。入梦长庚元不偶,行空天马故难留。灌园剩有山翁在,倚杖柴门哭未休。"不仅盛赞了这位志同道合的朋友,对其离世表达了深切的悲痛。

李先芳作为"后七子"的发起人之一,以及作为李攀龙、王世贞等的诗友,文学上属于复古大潮中的一员,反映在他的作品中便是具有相当数量的拟古之作。在其诗集"古乐府"类前有自撰的小序,表明他反对啜拾古人糟粕,要像六朝、盛唐的诗人那样,"或假题命意,或控旨属词,诸凡口不容言,情不自达者,托以写之",即用古乐府这种体裁来表达自己的思想感情。

他的诗作充满着对时事的关心以及对百姓苦难的同情,发出"愿为良吏胡可得?"的感叹,想做一个爱百姓的好官谈何容易。更难得的是他能够根据自己的亲身经历、亲眼所见有感而发,如其诗作中有一题为《闰二月十二日过何家溜铺迄西白日强盗劫人时方春旱麦枯村落骚然可虞之甚》,眼

---

① 王士禛著,赵伯陶点校:《古夫于亭杂录》,《清代史料笔记丛刊》,中华书局 1988 年版,第 77 页。

前是"麦田春欲枯,白日盗仍劫"之景,加上"官差催如火,征派纷如雪"的现实,作为地方官员,面对百姓的艰辛苦难,诗人感到揪心的痛苦,却无能为力,这使他陷入深深的愧疚之中。

李先芳诗作的另一题材是一些游览山水、描摹景物的作品,颇有唐人王维之风,《山左明诗抄》引穆敬甫语言:"伯承诗思秀发,绰有右丞之风。"如《玉阶怨》:"蟋蟀鸣玉阶,梧桐落金井。纨扇本生凉,错恨秋风冷。"又如《江雨》:"西山带雨痕,南浦生秋草。烟中树若荠,波上舟如鸟。"都写得清新澹远,富有情致。

时人和后人对李先芳的评价不一而足,但都喜将其与李攀龙和七子进行比较,总的来讲,其诗歌成就虽不及李攀龙等七子,但他以"伉爽敢决、任挟自豪"为性格为后人所称道,于慎行评其诗为"以才情赴调,融洽众采,而出以和平,力尝蓄于法之中",亦是对其诗歌创作成就的肯定。①

边贡在诗歌创作上也呈现出拟古摘句的特点,清代沈德潜在《明诗别裁集》中评其:"风人遗韵,故自不乏"。② 然而相对于李梦阳、何景明诸人来说,边贡又是一位富有创造性的诗人。他虽也力倡复古,但并不像李、何诸人那样为古所囿,作品并不一味模仿古语、古调,而是有自己独特的审美追求。

首先,边贡性格中具有北方人与生俱来的稳健、朴质的一面,这使得其作品呈现出沉稳中见流丽,秀逸又不失朴质的特点。《山左明诗抄》引袁永之语曰:"李、何、徐、边,世称'四杰',李雄健,何秀逸,徐精融,边朴实,并负盛名,辉映当代。四公殆艺苑之菁英也。"③可见,边贡以其朴实的诗歌风格在当时与李梦阳等人并称"菁英"。边贡的作品中有不少游览之作,作为一名有思想、有志向、关心时事的诗文作家,边贡在这类游览之作中寄予了自己对时事对现实的关心与感慨。如《重阳后三日登雨花台》、《谒文山祠》、《过寿陵故址》、《山行即事》等,诗人或借景抒情,透露出浮云蔽日般的无奈;或景仰前代英烈遗迹,忆古思今,发思古之幽情;又或借眼前陈迹,议论当朝时事,表达政治见解。这些作品都呈现出感情沉郁,意境深沉的特色,

① 参考乔力、李少群主编:《山东文学通史》,山东教育出版社 2003 年版。
② (清)沈德潜:《明诗别裁集》,上海古籍出版社 1979 年版。
③ (清)宋弼:《山左明诗钞》,《四库全书存目丛书》,齐鲁书社 1997 年版。

体现了诗人稳健质朴的一面。

其次,边诗的主导特点是飘逸俊丽、清越舒畅、感情深婉真挚。明何良俊对边诗的评价是极高的,他在《四友斋丛说》卷二十六中说:"世人独推何、李为当代第一,余以为空同关中人,气稍过劲,未免失之怒张。大复之俊节亮语,出于天性,亦自难到。但工于言句,而乏意外之趣。独边华泉兴象飘逸,而语尤清圆,故当共推此人。"①"兴象飘逸,而语亦清圆"一句则很好地概括出了边诗的艺术风格。这在诗作中主要表现在那些"婉而挚"的作品,内容多为对亲戚朋友的思念,或对亡故亲人的追怀,情真意切,十分感人。如《重赠吴国宾》:"江汉明月照归人,万里秋风一叶身。休把客衣轻浣濯,此中犹有帝京尘。"前两句用"明月"、"秋风",创造出一种清丽的意境;后两句以不忍洗净衣服上的尘土,表达深深的思念之情。风格清淡委婉,感情浓郁真挚,音节清越舒畅。在各种体裁中,边贡最擅长的是五律,陈子龙在《皇明诗选》中评其五言诗曰:"五言华贵,时出俊语,令人百思。"②如《幽寂》:"幽栖耽蓬户,凄凉怀旧吟。莺啼非故国,草色乱春心。落日黄云暮,阴风碧海深。嗷嗷北来雁,二月有归音。"这首诗应是写于边贡任职南京之时,诗中描写了诗人因见春色而思念故乡的情绪,笔致含蓄蕴籍,耐人寻味。宋征璧评其曰:"三四一联,不过十字,中有无限诗情。"(《皇明诗选》卷八)。边诗之所以呈现出"兴象飘逸"、"语尤清圆"的特色,与边贡的气质个性有密切关系。边贡不似李梦阳那样"直"、"豪侠",他虽是北方人,但 8 岁至 14 岁这段时间在南京度过,46 岁后又一直在南京为官,在南京为官期间,正如钱谦益《列朝诗集小传》丙集《边尚书贡》中所描绘的那样:"久游留司,优闲无所事事,游览六代江山,挥毫浮白,夜以继日。"由于吴中社会、自然因素的影响,边贡具有吴中人的个性:柔弱、洒脱、风流而又不拘礼仪。此外,仕途的顺利也强化了这一个性。这种个性决定了其诗歌飘逸、清丽、洒脱的风格特色。另外,边贡在此期间与顾璘、赵鹤等南方文人饮酒论诗,互相学习,接受了南方文风的影响,也是其诗歌形成上述特色的重要原因。边贡将生命经历注入他的诗歌创作中,为山东文学吹来了不一样的南方气息,很大程度上促进了山东文学的发展。

---

① (明)何良俊:《四友斋丛说》,中华书局 1959 年版,第 234 页。

② (明)陈子龙:《皇明诗选》,华东师范大学出版社 1991 年版。

与格调理论主张相适,李攀龙的诗歌创作,具有典型的以法式规范创作的倾向,李攀龙对不同的诗体有不同的师法对象,例如他模仿古乐府以汉魏之作为限,不涉六朝以下之作;模仿五古以魏晋为限,不及南北朝时期之作;五七言律则师法初盛唐的作品。由于熟悉古人之作,又加以苦心揣摩,他的学古有时确实达到了出神入化的境界,俨然古语古调,而又似出于自然。

李攀龙的诗风呈现出"雄浑峻洁"的鲜明特征,最为后人所称道的是其七律和七绝的创作,李攀龙严于持格守法的诗歌创作理念,正好符合七律七绝这两种诗歌审美要求最为严格的体裁。陈子龙《皇明诗选》卷十一曰:"于鳞七言律是有明三百年一人";七律确有"王维之秀雅、李颀之流丽,而又加以整练,高华沉浑,固为千古绝调";如其代表之作《秒秋登太华山绝顶四首》其二:"缥缈真探白帝宫,三峰此日为谁雄?苍龙半挂秦川雨,石马长嘶汉苑风。地敞中原秋色尽,天开万里夕阳空。平生突兀看人意,容尔深知造化功。"诗人神思驰骋,大笔挥洒,将华山的峭拔险峻、峰顶景象的瑰丽奇异、长天秋色中山河的雄姿壮阔,皆描绘得历历在目,整首诗写得气势磅礴、雄健刚劲,音调峻洁响亮,步规唐人而自具风神与气骨。李攀龙的七绝创作更是体现了其对诗歌审美特征的准确把握,《沧溟集》诗共十四卷,七绝大约占有四卷,可见李攀龙曾用心于此。他的七绝"词甚练而若出自然,意必浑而每多可思。"(《皇明诗选》卷十三陈子龙评语)。特别是其赠别之作,情真意切,难能可贵。如《于郡城送明卿之江西》:"青枫飒飒雨凄凄,秋色遥看入楚迷。谁向孤舟怜逐客,白云相送大江西。"全诗情景交融,悲凄缠绵之中充满豪气,风神高远而又情致婉约,高华开阔而又意蕴深厚。

作为有识之士,李攀龙密切关注边疆局势,写下了许多反映边事、边防、边情的诗作,这均是其爱国情结的表现。特别是其独特的海防诗,诗作中真情激荡,独抒己见,几乎没有摹拟的痕迹,看不到法式的作用,内容真实、意象新颖、气韵流动,从内容到形式上都可谓为上乘之作。嘉靖三十一年(1552年)之后,倭寇连连大举入侵,还侵略到山东半岛等地。李攀龙曾任浙江观察副使,负责观察浙江的军事防务事宜,所以对当时的抗倭形势有深入的了解,诗人意识到倭寇的优势在于善水战、船坚固,而明骑兵与之作战则难于发挥优势。于是作《东光》诗提醒,云:"胡儿平,倭奴胡不平?倭奴利水战,海堑船为城。诸军彀骑士,驰射难纵横。"李攀龙十分担心明军的海上战斗力,但当他在隆庆二年观阅了戚家军的操练情况后,目睹了戚家军的军纪严明,威武雄壮,于是情绪激昂,遂写下了高亢昂扬声情并茂的《大阅兵海上》四首,其一写到:"使者乘轺大阅兵,千艘并集甬句城。腾装杀气三江合,吹角长风万里生。帐拥楼台天上坐,阵回鱼鸟镜中行。不知谁校昆池战,横海空传汉将名。"戚家军不但军纪严明,练兵时,虽天气炎热,"诸将士汗如雨下,莫敢有挥之者"。而且武器新颖,士兵们使用的是戚继光创制的射火箭、喷筒和佛郎机等新式武器,一时间枪炮齐发,海动天摇,"桔槔气迸流乌火,组练光摇太白天。"军队反应迅速,气势威猛。号令一发,"万橹军声开岛屿,千樯阵影压波涛";"楼船摇指越王城,万里波涛按部行"。面对如此雄壮的气势,让李攀龙对海防安定的信心百增,诗情由此得以激昂。①

针对倭寇的海防诗,这才是明人在自己特定的时代背景下产生的自己特有的作品,充分表现了明人独特的面貌,同时确实地开拓了诗歌新境界。李攀龙在这一题材上也贡献了心力和才情,令读者耳目一新。

谢榛在其长达八十余年的人生历程中,穷毕生之力研究诗歌理论与实践,写下了大量诗歌。虽然他晚年曾一再叹惋"诗草经年只半存",但仍有二千五百余首诗流传下来,有《四溟集》。

谢榛作为一位长期处于下层的知识分子,其一生常常陷入困窘之境,饱览了世态炎凉,如其《过故居有感》二首之一所描写的自己困境及苦涩:"旧业成暌远,亲朋久失群。百年长生地,一片往来云。独立空流水,长吟但日曛。结茅何日定,西陇事耕耘。"②此时他的故居已为他人所有,他独自伫立旧居门前,欲入不能,欲去不舍,孤单的身影终日徘徊,委实不堪。也因为此,他四处奔波,广泛接触到社会的方方面面,游离于统治集团之外,所以往往可以以清醒的头脑认识现实,并在其诗作中有所反映。如嘉靖二十九年"庚戌之变"时,谢榛正身处京师,目睹了当时蒙古军队在京郊烧杀掳掠之残状,战乱的破坏让诗人不胜悲伤,其间的许多诗作,如《元夕同李员外于鳞登西北城楼望郭外人家时经虏后慨然有赋》、《读杨中丞石州陷后之作感而赋此二首》等,从诗名便可读出其时其事其人其情,反映出诗人对现实的

---

① 参考蒋鹏举:《理想与现实的背离——论李攀龙边塞诗的创作》,《陕西师范大学继续教育学报》2007 年第 4 期。

② (明)谢榛著,朱其铠等校点:《谢榛全集》,齐鲁书社 2000 年版。

无限关怀,同时也对处在战乱环境中的人民与将士给予了深切同情,如《塞上老卒》、《哀少妇》等,《哀少妇》在女主人公看似平静地叙述中,透着无限的酸楚,自从"去秋胡马犯京甸"之后,少妇便开始了"毳幕为庐地为榻"的生活,经历了"半载拘留今始脱",终于得以"万死一生还故乡",可惜的是"夫婿丧亡旧业破,但闻喉鸟鸣枯桑",在当时的环境中,更是有无数与少妇相同或相似遭遇的贫民,诗人将自己关怀且无奈的笔端伸向了他们。同时,谢榛又以一介布衣的身份,勇敢地对朝政大事发表了自己见解,特别是对当时权臣弄权,陷害忠良,满朝文武置边事于不管的状况表示了不满。谢榛为此作有《野望》、《哀江南》、《久客志感》、《有客谈沈参军事感而赋此》等。

谢榛的作品大多以工稳见长,擅长五律,音韵和谐,节奏流畅,读来琅琅上口。如《四溟集》卷八之《石门秋夜有怀》:"歇马空山夕,劳歌塞上归。野霜明古剑,峡月冷秋衣。坐里恐螫乱,愁边鸟鹊飞。酒杯时在手,不与故人挥。"作者将秋夜无边,冷愁情怀寄于悠扬的五律之中,使读者在吟诵之中走入诗歌的情境。

四、理想与现实的背离

如前所述,明代中期齐鲁文人在复古的道路上达到了一定的文学成就,然而我们不能忽视的现实是,虽然复古派诸人的文学理想十分高远,并且在创作上付出了自己的努力,但是由于种种原因的制约,使得他们实际文学成就与其理论存在明显的差距。

就算是极富有创造力的边贡,究其诗作也存在着明显的不足。首先,气格较弱,缺少气势恢弘的作品,如王世贞的评价:"所惜者,气格少让。"(王世贞《弇州笔记》)其次,题材范围狭窄,"边幅较狭"(沈德潜《明诗别裁集·边贡诗选集》前小序),风格相对来说比较单一,思想内容不够深广。其主要原因是边贡一生拘陷于官场,活动范围受到了一定的限制,无法真正面对广阔的生活。其次,边贡在一定程度上为古所囿,因而没有关注日常的生活,无法从自然、社会现实中汲取营养,这样便使得其作品风格虽飘逸、清丽,但内容却不够深广。

李攀龙诗歌今存 1380 首,其中拟古诗 210 余首,摹仿痕迹较重的古体诗 190 余首;后两类诗相加,约占《沧溟集》诗歌的三分之一。虽然李攀龙在理论上说要"拟议以成其变化",但在具体创作中却没有实现"变化"二字。他的拘泥之弊在其乐府诗中表现得最为突出,有的甚至只在原作上更动数字,拟古痕迹十分明显,如《有所思》:"有所思,乃在燕山隅。何用问遗君,大秦明月珠。结以连理带,荐以合欢襦。"又如《陌上桑》:"日出东南隅,照我西北楼,楼上有好女,自名秦罗敷。"这几乎无异于对原作的抄袭。另外,即使是其最为人所称道的七律,也有十分明显的不足,由于李攀龙在七律中往往过分执守流丽的格调,所以适用的词汇有限,如此便不免造成语言的重复及诗意的单调。出现频率最高的词汇有"万里"、"中原"、"秋色"等,《列朝诗集》载有人曾集李攀龙喜用词汇为《漫兴》诗:"万里江湖迥,浮云处处新。论诗悲落日,把酒叹风尘。秋色眼前满,中原望里频。乾坤吾辈在,白雪误斯人。"①讽刺极为辛辣,却又实有其事。

主张于"十四家外又添一家"的谢榛,于复古这条路上,幻想做一个真正的唐人,写真正的唐诗,他自恃深谙唐诗之道,经常妄改唐人作品,反而弄巧成拙,如将杜牧《清明》的"借问酒家何处有,牧童遥指杏花村",改为"日斜人策马,酒肆杏花西";又将其《开元寺水阁》:"深秋帘幕千家雨,落日楼台一笛风"两句改为"深知帘幕千家月,静夜楼台一笛风",变傍晚为深夜,完全改变了杜牧登高晚眺的本意。造成如此遗憾,是因为谢榛始终没有意识到自己身处于距盛唐几百年后的明代,只有做一个真明人,写真明诗,才是真正的出路。

总的来说,造成这种理想与现实背离原因主要有三个方面,一是外部社会大环境的变化。作品与时代变迁密不可分,明王朝不仅缺少盛唐王朝的综合国力和实力,统治者更缺失开明、开放的胸襟和气魄。由此引起的原因之二:文人心态的变化。现实中男儿报效国家、边疆建功立业的机遇大大减少,明代士人的自信心被残酷的现实消磨殆尽。所有这些反映到作品中,就呈现出叹惋取代豪情,悲怆凄凉取代了爽朗雄健。其三,雅文学经过汉唐的辉煌后,至明代已呈现疲乏之态,李攀龙等希图通过"文取秦汉、诗规盛唐"唤起人们对汉唐盛世的期待的愿望,是无法实现的,而且由于盲目尊古和一味拟古,也使正宗诗文日益失去创造性的生机,而更趋衰微,这是他们所难

---

① (清)钱谦益:《列朝诗集》,刘俊文总纂:《中国基本古籍库》,黄山书社电子出版物数据中心。

以预料、也无法预料的历史发展的必然趋势。由此可见，主观上追求的范式、格调，只有与客观现实吻合时，才有效果，否则就会出现法式与创作实践的冲突。

虽然存在着多方面的不足，但在复古派诸人对经典的追怀与复兴在当时确实起到了转变文风的作用，对于廓清"台阁体"恶劣诗风具有积极意义，产生过巨大影响，有其重要的文学史价值，为后来的诗文革新作了准备和铺垫，终于使山东文学在明末王象春和清初王士禛的理论与创作中再掀高潮。

第三节　文言小说以雅为俗的写心娱怀与戏曲文学似俗实雅的儒道内核

作为中国文化艺术重镇的山东，在明代中叶至清初时期，其小说和戏曲文学创作，也取得了令人瞩目的重大成就，并产生了蒲松龄《聊斋志异》和孔尚任《桃花扇》这样的一代巨著。值得注意的是，在创作倾向上，明清戏曲文学似俗实雅的儒道内核和清代文言小说以雅为俗的写心娱怀这样的鲜明特点，对繁荣创作起着很大的作用。

一、山东戏曲、小说创作的总貌

中国戏曲自南北宋之交正式产生，最早是风行浙江的南曲戏文，接着在金末到蒙古时期，北曲杂剧兴起。山东的东平成为元杂剧的一个中心。以现存作品来看，自元杂剧中的山左名家，到明代的李开先、清代的孔尚任，有杂剧十九家，传奇七家，其中李开先、孔广林兼为杂剧、传奇名家，故共有二十四家。其中元代杂剧有高文秀、武汉臣、岳伯川、康进之、张寿卿、李时中六家。明代杂剧有贾仲明、李开先、冯惟敏、桑绍良四家，传奇作家有著名的李开先。清代有杂剧宋琬、叶承宗、赵进美、蒲松龄、曾衍东、桂馥、孔广林、许鸿磐、孔昭虔九家，传奇有丁耀亢、路术淳、孔尚任、孔广林、孔传鋕、纪圣宣六家。

山东元杂剧的六位作者都是名家，其中尤以善写"水浒戏"的高文秀、康进之和以公案剧《生金阁》与市井生活剧《老生儿》著名的武汉臣、以风情剧《红梨花》著名的张寿卿的成就最高,其中高、张两人即为东平人。

明初贾仲明(1343—1422年以后),山东淄川(今淄博)人,后徙居兰陵(今枣庄)。著有《录鬼簿续编》,所作杂剧16种,今有《铁拐李金童玉女》、《吕洞宾桃柳升仙梦》、《李素兰风月玉壶春》、《荆楚臣重对玉梳记》和《萧淑兰请寄菩萨蛮》5种存世。

冯惟敏(1511—1580年后),山东临朐人。明嘉靖十六年(1537年)乡试中举后,居家二十余年。嘉靖四十一年选授涞水知县,以严惩豪强致忤权贵,解降镇江府学教授,后迁保定通判。隆庆六年(1572年),拒受鲁王府审理官,挂冠归林。擅作散曲,为一代高手,有《海浮山堂词稿》。《全明散曲》辑录其小令508首,套数50套。著有杂剧《梁状元不服老》和《僧尼共犯》,后者被改编为昆剧《思凡》,至今为常演之名作。

桑绍良,山东濮阳(今濮县)人,嘉靖三十四年(1555年)进士,先官黎城教谕,至万历二年(1574年)迁岚县知县。有杂剧《独乐园司马入相》叙司马光洛社耆英事。

另有作品已佚的作家,如张国筹,山东章邱人,与李开先同时,以贡士为行唐知县,著杂剧五种,皆佚。王士禛《池北偶谈》称张:"善金、元词曲,所著《脱颖》、《茅庐》、《章台柳》、《韦苏州》、《申包胥》等剧,在袁西野(指嘉靖山东章邱之袁崇冕)、李中麓伯仲间"。高应玘,山东章邱人,贡生,李开先弟子。明隆庆时为元城县县丞。约万历中在世。有杂剧《北门锁钥》,王士禛《池北偶谈》云:"其《北门锁钥》(一作《北门锁》)杂剧,论者以为词人之雄。"惜已佚。

明代的山东戏曲以李开先的"水浒戏"《宝剑纪》传奇最为著名。

李开先(1502—1568年),字伯华,号中麓、中麓子、中麓山人、中麓放客。山东章丘人。明嘉靖八年(1529年)进士,历任户部主事,吏部考工主事、员外郎、郎中,官至太常寺少卿,提督四夷馆。以不满政治腐败、抨击执政夏言及严嵩,于嘉靖二十(1541年)年被罢职,时年四十。家居修建亭园,倡主词社,度曲征歌,放浪形骸。开先于文学兼备众长,青少年时致力诗文,与王慎中、唐顺之等并称"嘉靖八才子"。才思敏捷,为文作诗,纵笔而成,能摆脱前七子与唐宋派拟古流风的束缚,表达真实感情,有天然自在之趣。归里闲居之后,以弈棋、度曲自娱。平生爱好藏书,词曲尤富,有"词山曲海"之称。又认真搜集民歌俗曲,创制风格清新的《中麓小令》一百首,并编著《市井艳词》,成为明代士大夫中重视学习民间文学的先驱。又尝与门人一起精选元剧十六种刊为《改定元贤传奇》。著作丰富,著有诗文集《闲居集》,散曲有《中麓小令》(又名《南曲次韵》或《傍妆台百曲》)、《卧病江皋》、《四时悼内》等。《全明散曲》辑录其小令二百二十六首,套数七套。有论曲著作《词谑》经世。戏曲创作亦甚丰富,院本有《园林午梦》、《打哑禅》、《搅道场》、《乔坐衙》、《昏斯迷》及《三枝花大闹土地堂》六种、杂剧有《皮匠参禅》,然仅前两种院本见存《一笑散》集中。传奇存有《宝剑记》与《断发记》,尚有《登坛记》,已佚。中华书局曾辑印其作为《李开先集》。吕天成《曲品》评其曲作云:"熟誉北曲,悲传塞下之吹;间著南曲,生扭吴中之拍。才原敏瞻,写冤愤而如生;志亦飞扬,赋遭囚而自畅。此词坛之雄将,曲部之异才。"

　　清代杂剧家宋琬(1614—1673 年),山东莱阳人,顺治四年(1647 年)进士,官四川按察使。清初著名诗人,著有《安雅堂集》。康熙元年(1662 年)登州于七起义反清,他被族人控与于七通,被逮下狱,至三年始事白放归。在狱中作杂剧《祭皋陶》。叶承宗(1602—1648 年),山东历城(今济南)人。明天启七年(1627 年)举人,曾纂辑《历城县志》。清顺治三年(1646 年)成进士,任临川知县。五年,江西提督金声恒据南昌反清,攻临川,承宗被执,自尽。工诗文。著杂剧 13 种和南曲《百花洲》、《芙蓉剑》两种,仅存杂剧《稷门四啸》:《十三娘》、《孔方兄》、《贾阆仙》、《狗咬吕洞宾》。赵进美(1620—1692 年),山东益都人。14 岁补博士弟子,明崇祯九年(1636 年)中解元,十三年(1640 年)成进士,授行人。入清后,任太常寺博士,官至福建按察使。死后,王士禛为其撰墓志铭。工诗,有《清止阁集》。著有杂剧《瑶台梦》、《立地成佛》。大作家蒲松龄(1640—1715 年)著有杂剧《闹馆》、《闱窘》、《钟妹庆寿》三种。桂馥(1736—1805 年),山东曲阜人。乾隆乙巳(1785 年)进士,授云南永平令。为乾嘉小学名家。著有杂剧《后四声猿》。许鸿磐(1757—1837 年),山东济州(今济宁)人。乾隆四十六年(1781 年)进士,历任江苏安东知县,安徽泗州知州,因事离职,以教读为生。精研史书地志,著《方舆考证》一百二十卷。工诗文词曲,著有《六观楼诗文集》、《六观楼北曲六种》,内含杂剧《三钗梦》、《女云台》、《西辽记》、《雁帛书》、《孝女存孤》、《儒吏完城》。曾衍东,山东嘉祥人。乾隆五十七年(1792 年)举人,任湖北江夏知县,因事被议,戍居温州。性落拓不羁,慕郑板桥为人,常曰"难得糊涂"。遇赦后,贫老不能归,卒于温。工诗文及书画篆刻,以奇怪取胜。其志怪笔记小说《小豆棚》的最后一篇是《述意》,即单折短剧《豆棚图》。孔昭虔,山东曲阜人,孔广森子。嘉庆六年(1801 年)进士,授编修,官至贵州布政使。工诗擅书,精音韵学。著有《镜虹吟室诗集》、《绘声琴雅词》,杂剧有《荡妇秋思》、《葬花》二种。

兼作杂剧、传奇的作家有孔广林(1746—1795 年后),山东曲阜人。孔尚任族孙。清廪贡生,署太常寺博士。年二十六,即绝意仕进,专治经学。阮元曾称海内治经之人无其专勤。著有《周礼臆测》。自幼喜曲,读臧懋循《元曲选》而好之。晚年亲旧凋零,经历坎坷,专以词曲自娱,著有《温经楼游戏翰墨》二十卷,收入晚年所著散曲、戏曲作品。其中卷一至卷七为传奇和杂剧,计有杂剧《东城父老斗鸡忏》传奇一种,著有杂剧《璿玑锦》、《女专诸》、《松年长生引》三种。

丁耀亢(1599—1669 年),字西生,号野鹤,别署紫阳道人、木鸡道人、野航居士等。山东诸城人。早年南游,曾师事董其昌。屡应科举不第。明崇祯末,清兵攻破诸城,耀亢避难入海,曾向南明朝陈抗清方略,未被采用。清顺治二年(1645 年)至北京,仕清为官学教习。其间常与宋琬、王铎、龚鼎孳等交往唱和,并开始研习曲律。十一年任山东容城县学教谕。十四年奉命创作《杨忠愍蚺蛇胆表忠记》,稿成,以有涉嫌语,未进呈。十六年,升任福建惠安知县,不久因病辞官归里,抵杭州时与李渔等同泛湖。康熙四年(1665 年),以所作小说《续金瓶悔》中有违碍语,被指控下狱,旋得释。后双目失明,康熙八年卒于家。耀亢性豪迈,工诗古文词,著述甚多,有《逍遥游》、《椒丘集》、《陆舫诗草》、《归山草》、《听山亭草》等诗集以及《出劫纪略》等。善戏曲,创作传奇十三种,今存《化人游》、《赤松游》、《西湖扇》、《表忠记》四种,余均散佚,名目可考者仅《非非梦》、《星汉槎》。《赤松游》卷首附载戏曲专论《啸台偶著词例》。此外,谈迁《北游求·纪闻上》曾录有耀亢所作《青毡乐》、《青毡笑》散曲二套,现已收入《全清散曲》。

路术淳,清康熙时人。字号、生平均不详。山东汶水人。有《玉马珮》传奇。

孔尚任曾因购得唐制胡琴小忽雷,与顾彩合作传奇《小忽雷》、杂剧《大忽雷》(今残存二折),传奇巨著《桃花扇》。

孔传鋕(1678—?),山东曲阜人。孔子后裔,袭翰林院五经博士。工诗文书画篆刻,著有《补闲堂集》,传奇《软羊脂》、《软邮筒》、《软锟铻》,皆存。

纪圣宣,著有传奇《青衿夏》,有道光五年(1825 年)抄本,今藏山东省博物馆。

清代传奇作家作品还有佚作,如王抃(鹤尹)《筹边楼传奇》、安邱张贞《画衣记》,济南袁声《领头书》等。

清代还有一些客居山东的戏曲家,杂剧有江苏丹徒人严保庸,在嘉庆举乡试第一,二十四年(1819 年)成进士后,改官栖霞县令,他素好戏曲,甚至以官署为词场歌榭,坐此罢官。他所作杂剧有道光年间刊本《盂兰梦》,另有《红楼新曲》、《吞毡报》、《同心言》、《奇花鉴》等,今虽已佚,皆曾"风行都下"。在嘉庆间任职莱阳少尹,七摄县令,山左称循吏的云南宜良人严廷中,其杂剧《铅山梦》、《河楼絮别》等当都在山东创作、演出。道光十九年(1839)他归回故里后,又作杂剧集《秋声谱》(有杂剧三种)。客居传奇家最著名的是无锡人顾彩,曾客居曲阜,与孔尚任为好友,两人一起切磋剧艺,合撰《小忽雷》传奇。顾彩改编孔尚任《桃花扇》为《南桃花扇》,另有《后琵琶记》等作品。其弟顾彬曾取齐鲁事撰《齐人记》传奇,时人称其"脍炙人口"。

元明清山东戏曲以山东人、事为题材的,以《水浒》故事的杂剧、传奇最多,成就最高。山东之外作家描写山东题材的作品也多是"水浒戏",如明代传奇名家沈璟的《义侠记》、许自昌《水浒记》,都是久负盛名的长篇大作,作者都是江南苏州地区的名家。另有陈与郊《灵宝刀》、李素甫《元宵闹》、沈自晋《翠屏山》、王异(王权)《水浒记》(改订许自昌之作)、夏邦《宝带记》、张子贤《聚星记》、夏树芳《玉麒麟》及无名氏《水浒青楼记》、《花石纲》、《鹰刀记》等。明杂剧则有朱有燉《豹子和尚自还俗》、《黑旋风仗义疏财》,林濛初《宋公明闹元宵》和无名氏《一丈青闹元宵》、《小李光大闹元宵夜》、《王矮虎大闹东平府》、《宋公明劫法场》、《宋公明喜赏新春会》、《宋公明排九宫八卦阵》、《争报恩三虎下山》、《梁山五虎大劫牢》、《梁山七虎闹铜台》等。清代有浙江海宁张韬《戴院长神行蓟州道》,为《后四声猿》杂剧中的一种;乐昌刘百章传奇《祝家庄》,吴县史集之传奇《清风寨》,朱云从传奇《二龙山》,金蕉云传奇《生辰纲》,常熟人邱园传奇《虎囊弹》等,俱是演水浒英雄故事。尤其《虎囊弹》影响甚大,一是体现在后来周祥钰、邹金生合撰《忠义璇图》,即以《虎囊弹》合以《水浒记》、《义侠记》汇编而成,为清代昇平署之大戏;二是昆、京剧至今还在演《虎囊弹》中的选出《山门》(又名《醉打山门》),其中的名曲脍炙人口;三是《红楼梦》中贾府也上演《山门》,薛宝钗还向贾宝玉介绍评价此剧。连与孔尚任齐名的洪昇也撰有水浒英雄戏,名为《闹高唐》,大约描写柴进、李逵的故事,惜剧本已佚。佚名作者有描写宋江与阎婆惜故事的《青楼记》,还有《忠义堂》、《高唐记》等等。另有江都郑小白所作传奇《金瓶梅》,虽与小说《金瓶梅》同名,内容基本还是表现《水浒传》的故事。

明代还有一批描写隋末山东瓦岗英雄故事的杂剧,如《孤本元明杂剧》中收录的《长安城四马投唐》、《徐茂公智降秦叔宝》、《尉迟恭鞭打单雄信》、《程咬金斧劈老君堂》等。另有一批描写山东历史故事和民间故事的《㢣国君》(舜耕历山与其弟象的故事)、《齐桓公九合诸侯》、《鲁敬姜》(鲁大夫文伯母事)、《孟母三移》、《采桑戏妻》、《齐东绝倒》、《田穰苴伐晋兴齐》、《孟姜女死哭长城》、《张公艺九世同堂》,等等。取材山东历史和民间传说的传奇有叶良表《分金记》、孙仲龄《东郭记》、汪淇溪《孝义记》等。

总之山东的历史和民间的文化资源给各地戏曲作家提供了丰富的内容,为中国的戏曲创作的繁荣,作出了贡献。

中国的通俗小说自元代产生,一般认为,在元末明初产生了《三国演义》、《平妖传》和《水浒传》这样的长篇小说,到明代中期进入繁荣时期,涌现了一大批长篇小说和三言二拍这样的短篇小说集。其中《水浒传》和《金瓶梅》是描写山东题材的经典著作。至清初,山东作家也创作长篇小说,著名的有丁耀亢《续金瓶梅》和西周生《醒世姻缘传》,及李修行《梦中缘》等。外省作家以山东社会生活为题材的作品,著名的有明代吕熊《女仙外史》、名教中人《好逑传》,和清末刘鹗《老残游记》等。

而中国的文言小说源远流长,其萌芽产生于先秦。有不少学者认为,《左传》、《列子》等先秦史、子书籍中的有些篇章,也用小说笔法,或可看作小说或历史纪实小说。

文言小说的创作自六朝进入自觉时期,至唐朝大盛,宋时继续发展,唐宋传奇成为代表当时文学成就的一个重要领域。但宋、元、明三代的艺术成就不及唐代。山东小说至清初异军突起,由于文坛领袖王渔洋本人带头创作,更有蒲松龄创作文言小说的经典巨著《聊斋志异》高耸文坛,成为文言小说顶峰式的作品,山东的文言小说代表了清代最高的文学成就之一。此后纪昀《阅微草堂笔记》和王韬的名作等,多有意无意地继承和摹仿王渔洋、蒲松龄,清代的文言小说复兴并大盛。山东作家摹仿《聊斋志异》的则有乾嘉时期东鲁济宁的曾衍东编著的《小豆棚》、历城解鉴撰写的《益智录》和曾在山东供职的满族作家和邦额的名著《夜谭随录》十二卷。《夜谭随录》不仅是在山东任职的作者在齐鲁大地上《聊斋》文化氛围熏陶下诞生的,而且也是在山东刻印的。

二、文言小说以雅为俗的写心娱怀

清代山东文言小说除了一代巨著《聊斋志异》之外,艺术成就较高的还有王渔洋的多种笔记小说作品和和邦额的名著《夜谭随录》。以王渔洋与蒲松龄及其追随者的山东文言小说具有以雅为俗的写心娱怀的重要特点。主要体现在,文笔虽用雅致甚至有时深奥的文言,但内容却通俗,喜欢记叙市井平民的故事,尤其是记叙群众喜闻乐见的妖魔鬼怪故事,以作为抒发和寄托自己内心的感情、感受、情绪、思想,同时也自娱娱人。

王渔洋的著名笔记《香祖笔记》、《池北偶谈》、《分甘余话》、《古夫于亭杂录》等,收入多篇他的文言小说。王渔洋小说主要记叙他的纪实见闻,大多来自他耳闻目睹的现实世界,也有少量根据他人记载的复述。如《分甘余话》卷一《腐儒问妓》:

> 里中一腐儒,忘其姓名,一日赴友人妓席。妓起行酒,次至腐儒,忽色庄问妓曰:"卿业此几年矣? 或不得已而为之乎? 抑有所乐而为之乎?"合坐闻之皆大噱,而腐儒迄不悟。

这是他在酒席上亲见的人物言行。一个善良清贫的儒生,初次出席有妓相陪的酒席,出于同情和好奇交织的心理,询问妓女从业的目的和经历,引起老于此道的友人的大噱,真实反应了古代知识分子生活的一角。复述前人记载的如《香祖笔记》卷一记载的一则故事:

> 明弘治中京口人钱宝者,善医,尝游齐鲁间,遇一老僧,能卧大雪中,雪不为积,问其年,数百岁矣。后至金陵,居天界寺,摸摩能疗诸疾。后尹蓬头客于钱氏,钱偶言僧状,尹曰:"吾师祖也。别来久,尚亡恙耶?"已而尹去,老僧复至京口,钱为述尹语。僧曰:"是吾孙也。"徐出度牒示钱,则唐大中四年所给,已八百年矣。僧秦人,不知名字。(见

《外史》）

本则篇末表明记载的来源,显示王渔洋著作的严谨和尊重前人、他人撰述的一贯态度。故事中的老僧之高寿和大雪中能使雪不为积的能耐,都令人匪夷所思。

王渔洋于《池北偶谈序》中指出,其小说所记事迹,"大之可以蓄德,小亦可以多识",而"间举神仙鬼怪之事,以资闻噱",故而王渔洋小说最津津乐道的是两类内容,一类是清廉有守的官吏和道德高尚的隐士的事迹,如《池北偶谈卷》十二"谈艺二"《沧溟蔡姬》描写李攀龙亡故后,他的爱妾生活艰难,小说用这样的方法赞誉李氏为官清廉,家无余财。另一类是官员、士大夫经历中见闻和亲历的神奇事迹,如《分甘余话》卷二《孙廷铨异征》。有时还将清官名臣的清廉事迹和他们的奇异经历结合起来记叙,如《池北偶谈》卷八"谈数四"《王恭靖公佚事》。本书中篇第七章将介绍这些作品,此处不赘。另如《池北偶谈》卷二十《梨花渔人》:

> 会稽姜铁夫（梗）说:其乡近岁有渔人,独居无家室,所居有梨花数十树,人呼为"梨花渔人"。一夜月明,放舟湖中,闻岸上有人呼渡,移船近之,未抵岸,其人已在舟中矣。视之尼也,年可十七八,衣缟而姿首甚丽。诘所从来,不应。将及家,登岸,穿林冉冉而去。渔人心知非人。明日晚归,灯火荧然,则尼已先在室中矣。渔人稍疑惧,尼曰:"我非人也,居湖边某村,父母自幼送我为尼,今年月日死,以与君有夙缘,故来相从。且君当得佳妇,亦须我为作合,幸勿讶也。"自此鸡鸣而去,夜即复来。如是将一载。乡里皆闻渔人室有异香。里中某氏,有女及笄,一日忽有鬼物凭之,言祸福,多奇中,且云:"汝女病,惟某渔人善医;且夙缘当为某妇,否者死矣。"其父母惧,邀渔人至其家,渔人不知所以,固辞归。逮暮,尼复来告曰:"我与君夙缘已尽,当从此辞。此女当为君妇,祟即我所为,君何辞耶?"渔人谊不负心,因与盟誓。尼感动泣下,亦不复强。明日,渔人以告女之父母,鬼遂不至。不数月,渔人竟卒。

这个动人的人鬼之恋故事,尤其是女鬼的成人之美,渔人对爱情的忠诚,与《聊斋志异》同属一种风格,真挚热诚,清丽动人。渔洋对下层人民一贯满怀着尊重、同情和挚爱,这篇小说是一个很好的例证。

有的篇目,因都是山东地区的见闻,与《聊斋志异》的有关篇目内容相同,《池北偶谈》卷二十《记前生》和《蒋虎臣》与《聊斋志异》之《蒋太史》

《邵士梅》内容相同，有的甚至连篇名也相同，如《崂山道士》(《池北偶谈》卷二十二)与《聊斋志异》题同而文异，如《林四娘》(同上卷二十一)则记载同一人物的故事，可以互相参看。王渔洋和蒲松龄创作小说的时间大致相同，描写灵异鬼怪的内容也有不少相同之处，可见两人是同道，故而王渔洋对《聊斋志异》的评价非常高，作为难得的知音，他在众多亲友文人反对或讥刺蒲松龄从事鬼狐题材创作的时候给以有力的支持和关心。

王渔洋的文言小说在写心娱怀时，对神怪、鬼魂和前世的浓烈兴趣，在"温噱"的同时，还有着对神秘题材的好奇和对佛教的宗教情怀，更是他作为诗人、学者对人的终极关怀的认真思索和探索的表现。

《聊斋志异》的作者蒲松龄以一腔孤愤化笔为伟丽小说，寓意深远。内容丰富多彩，文笔精炼清丽。松龄一生倾力于科举，可惜场屋不利，至老困顿，故而批评科举制度在实际操作中的弊病诸作，包含着作者的血泪。《司文郎》、《王子安》、《贾奉雉》皆是此类力作。

但必须强调指出的是，他所批评的都是地方考官不识人才或阅卷不公，他对科举制度本身是拥护和信服的，故而一生在这个制度内认真拼搏，寻找机遇，并为子孙应考的点滴成功而由衷高兴。近百年来凡是揄扬《聊斋志异》彻底批判和否定科举制度的论著，多是对科举制度在封建社会中的必要性、优越性和蒲松龄及其《聊斋志异》对科举制度的真实态度的三重失察而造成的历史性和时代性的重大失误。

《聊斋志异》另一类作品是作者揭示和批判当时的政治黑暗、社会弊病和司法不公的作品，《席方平》、《促织》、《胭脂》等名篇，声震千古。

《聊斋志异》又大量描写了美丽、热情、可爱的狐女、鬼女主动追求爱情，与贫穷孤苦的书生相恋，并往往能抒展魔力，为情人排忧解纷甚至报仇雪恨、创造财富。这是因为蒲松龄本人生活困顿，更兼长年别妻离乡，孤身在外教馆，以微薄收入养家活口，在聊无生趣、清茶淡饭和缺乏爱情滋润的枯寂生涯中，以创作这些作品自娱，因而这些作品往往非仅是一般地歌颂爱情而已，而是他本人对温馨爱情和诗酒生活的极度渴望的心理折射。鬼女《聂小倩》、狐女《青凤》、人间《侠女》等，都是花气芬芳、美不胜收、令人神往的杰作佳构。

《聊斋志异》又大量描写了奇人、术士、剑客、勇士的神奇本领、非凡言行和生动场景，如《崂山道士》、《偷桃》；人之前世和再世的真人真事的记载,如《蒋太史》、《邵士梅》等,与王渔洋一样,都表现此老尚奇喜异的心灵情趣,也是他对神秘文化和人的终极指归的无限兴趣和探索精神的反映。而他对特异功能和修道的歌颂和推崇,是真诚和有力的。

《聊斋志异》写心娱怀的丰富内涵,主要有以上四项,其艺术成就高的作品也多属这四类。因研究者多熟悉这部巨著的内容,故而不必在此具体举例说明了。

《夜谭随录》的作者和邦额(1736—1780 年以后),字闰斋,号霁园主人,满洲镶黄旗人。祖父和明,号诚斋,乾隆初曾任军职,乾隆十五年调迁福建,不久病故,全家于是由闽入都。和邦额 15 岁前的青少年时代曾随祖父奔波南北各地,并接触了不少游宦边地远海、见闻广阔的人士,丰富了社会经历和见闻。大约 15 岁时,曾以"八旗俊秀者"入咸安宫官学,乾隆三十九年(1774 年)中举。曾任山西乐平县令。其诗作多表现自己旅途所见的风景。《夜谭随录》完成于乾隆四十四年(1779 年)。《自序》云:"予今年四十有四矣,未尝遇怪,而每喜与二三友朋于酒场茶榻"间,"灭烛谈鬼,坐月谈狐,稍涉匪夷,辄为记载,日久成帙,聊以自娱。"书中《夜星子》篇还记载他在咸安官学时的几则传闻,可知他自幼就有谈说鬼狐故事的兴趣爱好,用心多年著述此书。《夜谭随录》早在乾隆乙酉(三十年)即有衔刻本,后有己亥(四十年)本,篇后有作者及其好友恩茂先的附语和评语。其定本又增加了不少署名的批语,和无名氏的眉批。由于《夜谭随录》中的有些篇章亦为他书采录,如纪昀《如是我闻》卷一第四则故事说:"偶阅近人《夜谭丛(随)录》,见所载旱魃一事、狐避劫二事,因记所疑,俟格物穷理者详之。"

《夜谭随录》仿效和继承《聊斋志异》,取材广泛,内容丰富,也有不少神秘、荒诞的有趣故事,并以此揭露社会黑暗,抨击社会弊端。卷二《陈守备》写四川提督岳钟琪听说他的部下陈守备得一古镜,强索之,"不与,欲坑之。"可见统治阶级贪婪霸道的本性。卷一《张五》中的某知县,"贪财好色,滥杀酷刑","罪恶贯盈"。鬼卒假手张五魂魄,将其拘执而死,为民除了一大祸害。《猫怪》第一则故事,写满清一吏,家中一猫能作人言,人以为怪,其父命捕杀之。于是猫厉声而骂曰:"何物老奴,尸居余气,乃欲谋溺杀我耶?……汝盍亦自省平日之所为乎? 生具螵螳之材,寅缘得禄,初仕刑部,以钩距得上官心,出知二州愈事贪酷,桁杨斧锧,威福自诩,作官二十年,草菅人命者不知凡几,尚思恬退林泉,正命牖下,妄想极矣! 所谓兽心人面,汝实人中妖孽,乃反以我言为怪,真怪事也。"指斥统治阶级贪婪残酷,痛快淋漓。

《夜谭随录》讽刺世俗浇薄,人情冷暖的作品也极富机锋。《梁生》中的主人公,贫困时受人揶揄、奚落、凌辱,后娶美而贤的狐妻,帮助他由贫变富,其富豪同学,竟厚趋奉,心怀叵意,结果是丑态百出。在贫与富的天秤上,揭露统治阶级以财产多寡为标准的道德行为规范,从中可知作者同情贫士,鄙薄富豪的思想。反映了人情浇漓、世风衰颓的社会现实。

《夜谭随录》写得较好的爱情故事有《倩儿》、《香云》、《秀姑》、《阿稺》等篇,作者在表现青年男女的爱情追求和对封建礼教束缚的反抗斗争时,也颇能反映当时社会上一些新的时代意识。《倩儿》中的江澄、倩儿,两小无猜,自由相恋,受到封建家长无情惩罚,酿成了一场生离死别的悲剧。尽管倩儿死而复生,故事以喜剧结局,但它留给人们的仍然是一种沉重感,溢满作者对新的爱情关系的同情、赞美与歌颂。此类题材,在明清白话小说中,早已风靡一时,而在文言小说中却是写得较好的。作者强调情感至高无上,正是当时现实生活中,青年男女冲破封建婚姻制度的理想追求。

和邦额与他所处的时代观念相一致,崇佛信道,见怪不怪,通过一些人鬼妖怪故事,宣扬佛教的因果报应、宿命论和道家的祈福禳灾、羽化升天之类的思想。

《夜谭随录》艺术上摹仿《聊斋》。有些作品,渲染故事,铺张情节,传奇式地刻画人物,细腻地描绘生活场景,都颇得《聊斋》神韵。《邱生》篇写邱贡生被狐女素娟巧设机关引入狐窟,受其迷媚,身陷死地而不自知,后遇冤鬼莘女搭救才得以生还。故事离奇曲折,情节变幻多端。丘生知恩必报的品德,寺僧的殷勤义气,都各有鲜明的个性特色。

《夜谭随录》最有特点的是大量涉及他族风尚习俗和异地旖旎风光的作品。作者游历广泛,见闻奇特,所记叙的人物的故事,东起琉球,西至巴蜀,南自闽吴,北及关外,地域非常辽阔。所记事物,也名目繁多,令人目不暇接,绝大部分是异地的特产或奇物,为中原人所罕见寡闻的景物、故事,如《怪风》:

> 白草黄云,一望无际,忽见一山,高约数千仞,色苍紫,中有火星,万点如萤,蔽日而来。有声若千雷万霆,众皆失色,马亦惊嘶。塔(思哈)惊疑,谓此必山移矣。俄而渐近,不及回避,乃同下马据地闭目,互相抢

> 持，自分斋粉。顷之大震，天地如黑，人人滚跌，不由自主。马踣人颠，
> 逾时始定次第甦醒，彼此惧呼！幸不失一人，但皆脱帽露顶，满面血流。
> 石子嵌人面皮，深者半寸，抉之乃出，大者如豆，小者如椒，惊定知痛，超
> 乘即驰回，望高山已在数十百里之外矣。

描写令人触目惊心的塞外瞬息万变的气候和景色，让人大开眼界。这种天方夜谭式的小说有着强烈的自娱娱人的审美效果，是古今读者都非常喜爱的。

三、戏曲文学似俗实雅的儒道内核

如果说元代戏曲，南戏和杂剧皆以俗为胜，诚如王国维《宋元戏曲考》所指出的，元杂剧从总体上说，"关目之拙劣，所不问也；思想之卑陋，所不讳也；人物之矛盾，所不顾也。""思想之卑陋，所不讳也"，即并不宣传儒家思想，虽有神仙道化戏，但并非是道家宇宙、人生观的反应。那么到明代中期以后，山东戏曲虽然还应该属于俗文学的领域，却与同时的明清传奇、杂剧一样，具有鲜明的趋雅倾向。不仅语言雅，而且内容与元代也有本质的不同，其所表现的中心是儒道思想，即具有似俗实雅的儒道内核。

明中期的李开先的《宝剑记》表现了忠君报国的传统思想。此剧将林冲的人生经历改写成仗剑投军，生擒乱首方腊斩首，以功授征西统制。这是他第一层次的忠君报国行动。他进而还有第二层次的忠君报国行动——两次上书弹劾奸臣，志在肃清朝纲，即使受到挫折打击，还初志不渝：第一次因劾奏宵小弄权，谪降巡边总旗。幸蒙张叔夜举荐，升禁军教师，提辖军务。第二次因见太尉高俅等，拨置徽宗采办花石纲，致使百姓流离，干戈扰攘，乃上疏劾奸。高俅与童贯谋害林冲，遣人以看林冲家传宝剑为由，诱赚林冲入白虎节堂，将他拿获。此戏大力歌颂宋江、林冲等兴兵、横行山东之后，受朝廷招安，终于实现了精忠报国的理想。为了褒彰宋江、林冲的忠君爱国行为，此剧改变《水浒传》的结局，以诏旨鞫拿高俅父子，命洪太尉解送军前，林冲杀奸报仇作结。作者于剧中第一出［鹧鸪天］自述作意云："诛谗佞，表忠良，提真作假振纲常。古今得失兴亡事，眼底分明梦一场。"本剧在叙述林冲忠君报国这条主线的同时，又设置副线，即除了林冲这个主角外，着力描写其妻张氏和丫鬟锦儿的忠贞守节，尤其是丫鬟锦儿替女主人张氏往嫁

高朋,救张氏于困境中,自己则假嫁高朋后守节自缢。全剧散发出极其浓郁的儒家观念。

李开先的《断发记》,吕天成《曲品》评云"事重节烈"。祁彪佳《远山堂曲品》亦评云:"李德武妇节孝,可以垂之彤管。"此戏表彰的是李德武妻裴淑英在丈夫陷入冤狱,后又误传被杀的情况下,坚贞守节,誓不改嫁。即使其父裴矩上表离婚,圣旨批准,裴氏答以"愿死无他",其父迫之,裴氏即欲引刀割耳自誓,后又断发不食。她一直等到其夫归乡团聚。此剧第三十九出《余文》自述作意所云:"五伦全处蒙旌表,绝发宝剑记世少,管教万古名同天地老。"充分说明他创作《宝剑记》、《断发记》是为了揄扬儒家忠孝节义的传统政治、道德思想。

清初丁耀亢《化人游》由道家名著《列子》中西胡化人偕周穆王遨游天庭之事生发,故名《化人游》。剧叙浙中吴山人何皋,字野鹤,欲访异人,同游三江五湖。东海琴仙成连,见何生赁船,因遣武陵渔人玄真子扮作渔翁,驾仙舟往度之。左慈、王阳奉上帝敕旨,亦登舟点化。于是往迎仙姝桃叶、凌波、赵飞燕、张丽华、西施、薛涛、卢莫愁等,及高人曹植、刘祯、李白、杜甫、东方朔、陆羽、易牙等,同舟放游,昆仑奴亦随行护舟。众仙饮酒奏乐,起舞联诗,射覆戏谑。舟至弱水,东海鳌精命鲸精作难。何生独自弃舟,改乘小船垂钓,误入鲸腹,遂于其中修道。何生乃拜访屈原,共剖大橘,橘中有二老对弈。忽幻象俱灭,何生泛舟出鱼腹,寻大船,不见。至南海鱼骨寺,遇番僧惠广禅师,师留偈题壁而去。忽见西施所扮云水女冠,指引何生复上铁船,重逢众仙,方知为梦。龙君迎群仙游水府,吟诗助兴。何生道果完成,交还原船,凌虚而去。

作者以何生自喻,故宋琬《总评》云:"《化人游》,非词曲也,吾友某渡世之寓言,而托之乎词者也。""知者以为漆园也,《离骚》也,禅宗、道藏语录也,太史公自叙也,斯可与化人游矣。"此戏描写何皋在艰难危险的情况下,即使已入鱼腹,还坚持修道,最后道果完成而作结。

丁耀亢的《赤松游》以明阙名《赤松记》传奇为蓝本,参照正史杂传,多有增删。剧以黄石公即为赤松子,增饰力士证为菩提,又出故周大夫沧海君为儒教大师,遂有道、佛、儒三家,共度张良成仙。张良是一生抗击暴秦的著名英雄,他始则力图为父、祖"五世相韩"的国恨家仇而毁家纾难,携力士锥击秦始皇,后则投奔刘邦,运筹帷幄,灭秦兴汉,立下卓著功勋。又遵循道家有功不居、功成身退的人生原则,不要汉高祖的封赏,最后辟谷修道,拟从世间隐退,从赤松子游。此剧歌颂张良波澜壮阔、卓越超拔的一生,不仅如作者《作赤松游本末》所云:"可以勉忠孝,抒愤懑,作福基,长道力。"而且自叙此剧"作于明之癸未,成于今之己丑(顺治六年),共得四十六出,名曰《赤松游》",隐以闯王李自成为秦,以清兵为汉,以明朝为韩,而暗以南明为楚,使张良周旋于其间,有其时代风云之寓意。

以上两剧都揄扬道家思想,而《表忠记》(又名《蚺蛇胆》)则张扬儒家观念。此剧演杨继盛事迹,其中《佞寿》、《忤奸》、《保孤》、《谪遇》、《修本》、《后疏》、《赴义》、《惊别》诸出,关目皆本明阙名《鸣凤记》传奇,乃"就其旧而略新之,如光弼入子仪军,壁垒不移,旌旗变矣。"(第21出《修本》评语)此剧叙述明朝杨继盛家贫苦学,以忠正自励。其兄嫂逼其弃儒务农,令往城外牧牛。适逢江南王世贞,赠以资,并订金兰之交。及中乡试,继盛抵京,世贞邀之与邹应龙、林润等,盟义报国。太师夏言为严嵩诬陷,与曾铣俱就戮。夏仆朱裁,护小夫人避难。严世蕃谋娶夏妾,要挟沈炼,反受其辱。沈炼遂被谪充军,日射严嵩像为乐。继盛中进士,授兵部车驾员外郎。因见仇鸾开马市,乃上疏弹劾,被谪狄道县典史。及仇鸾败,继盛迁兵部武选司员外郎。因愤严嵩父子之奸,上疏劾奏,被发刑部议罪。同年御史王遴,入监探视,以己女许聘继盛第三子。王世贞遣人赠以蚺蛇胆,可活血,继盛不食。刑部定为绞罪,继盛妻叩阙鸣冤,愿以身代,不允。严嵩乃将继盛附于张经一案,立决之。金甲神接引继盛英魂,归于天界。沈炼冤死,其子小霞借兵复仇,暂为海寇。偶逢夏言妻子,送归江南。继盛任顺天府都城隍,会武昌府城隍夏言、西安府城隍沈炼,冥捉赵文华、鄢懋卿治罪。邹应龙、林润并登进士,授言官,联名上疏,劾奏严嵩父子。诏擒拿问斩,抄籍严家,封赠忠臣。继盛赐谥忠愍,王世贞为作行状、墓铭。

郭棻《弁言》详记此事,云:"忠愍大节,如日星海岳。……曩如《鸣凤》诸编,亦足劝忠斥佞","有以《后疏》一折,借黄门口吻,指前代弊政,缙绅陋习,过于贾生之流涕,有如长孺之直憨。复属笔窜,慎重入告。微词著书,大臣体应如是。无如野鹤五十年来,目击时事,发指眦裂者,非伊旦夕。尝以不能跻要津,职谏议,慷慨敷陈,上规下戒,比于魏征、陆贽,造造见之悲歌感叹。兹幸从事编纂,得少抒积衷,方掀髯大叫,辗然以喜,乃欲令之引嫌避忌,顿焉自更,野鹤然乎?于是敛稿什袭,拟付名山,才人之志,亦复如是。"

全剧洋溢着儒家的读书进取精神,以天下为己任的时代责任感,和不惜牺牲生命而忠君报国的慷慨热情和无私境界。

孔尚任《桃花扇》于《先声》一出明言:"借离合之情,写兴亡之感",用言近旨远的手法,反思明亡的原因,沉痛总结民族兴亡的重大历史教训。

此剧叙明朝末年侯方域与秦淮名妓李香君的爱情历程,歌颂香君怒弃阮大铖赠送的不义之财,坚韧对抗权贵的欺凌和掠色,激励侯方域参与爱国救国的事业。清兵南下陷南京后,侯方域与柳敬亭避难栖霞山。七月十五,道士张薇于白云庵大建经坛,为崇祯帝及殉难诸臣修斋追荐。会众中方域与香君无意间相遇,出桃花扇互叙旧情。因感家国不存,遂出家入道。其后昆生为樵夫,敬亭为渔父,偶逢老赞礼,相与弹唱社稷翻覆之哀音。

此剧歌颂史可法坚守扬州,兵败不屈,沉江殉国;复社名士,狠斗奸臣;尤其赞美青楼女子李香君深明大义,不受奸佞重金笼络,坚拒权奸迫嫁,以死捍卫自己的尊严,忠于爱情的道义。她又能以爱国大义晓谕情人,誓不降清。作者于此剧《小识》云:"桃花扇何奇乎? 其不奇而奇者,扇面之桃花也。桃花者,美人之血痕也;血痕者,守贞待字,碎首淋漓,不肯辱于权奸者也;权奸者,魏阉之余孽也;余孽者,进声色,罗货利,结党复仇,隳三百年之帝基者也。帝基不存,权奸安在? 惟美人之血痕,扇面之桃花,啧啧在口,历历在目,此则事之不奇而奇,不必传而可传者也。"徐旭旦《桃花扇题辞》评云:"场上歌舞,局外指点,知三百年之基业,隳于何人? 败于何事? 消于何年? 歇于何地? 不独令观者感慨涕零,亦可惩创人心,为末世之一救矣。"《媚座》出总批云:"上半之末,皆写草创争斗之状;下半之首,皆写偷安宴乐之情。争斗则朝宗分其忧,宴游则香君罹其若。一生一旦,为全本纲领,而南朝之治乱系焉。"揭示和批判南朝君臣荒淫误国的罪恶和严重后果,总结历史经验。

孔尚任《桃花扇》,张扬儒家的"天下兴亡,匹夫有责"的民族大义,为救国而努力抗争,最后因大势所趋,复国无望,侯方域、李香君双双入道,用入道来应对所面临的亡国困境,充分体现以儒道为内核的行动纲领和精神境界。

与孔尚任同为孔子后裔的孔传铩和孔广林所作的传奇也都有道家出世思想。

孔传铩《软邮筒》和《软锟铻》都写男女悲欢离合之情,但作者《软邮筒》卷末收场诗自述作意云:"世人何苦记冤仇,得好休时便好休。惟有感恩忘不得,莫将轻付水东流。"表达了儒家为人要敦厚宽容和忠贞信义的处世原则,《软锟铻》主角干宵终与秀姬历经磨难后成婚,看破世情,双成仙去,歌颂道家出世思想。

孔广林《斗鸡忏》叙述唐长安人贾昌,膂力过人,能通鸟语禽音,以斗鸡为戏,人称"神鸡童"。因召为内廷鸡坊队长,甚得明皇宠用。安禄山知明皇喜斗鸡,进鸡笼五万。贾昌尝劾其奸,明皇不听。后安禄山叛,攻破潼关,明皇避兵西蜀。贾昌追驾,误落陷阱,得菩提寺住持养素救出,入寺存身。安禄山收罗众教坊,又要索贾昌斗鸡。长安县公差公道成往报,令贾昌逃匿。既而郭子仪恢复长安,迎銮入京,并奏请迎太上皇。贾昌与妻子别,飘然寻道,遇运平大师所幻色相,得授真言。其子至信投军,先在并州,后往邠州;至德投洛阳王子虚,贩卖丝缯。郭子仪以侄女招至信成婚,荐于朝。会河东李怀光乱起,至信授庆都将,奉旨讨之,凯旋,进封北平郡王。时威远军进鸡,内监奉旨召贾昌开鸡坊,贾昌投疏抗旨。圣旨褒奖贾昌,就运平师塔下造影堂。贾昌避居镇国寺东小舍静养,颍川人陈鸿与昌话旧,言欲天下人知贾小儿斗鸡误国,有负上皇,愿终身自忏。至信荣归,欲迎贾昌,昌进表章辞封。诏命于万松林造佛寺,赐号了然大师。贞元二年,贾昌于鸡摩寺做放生会,解脱鸡缘。元和七年,贾昌百岁,跨鸡升天。剧中既歌颂贾昌身为下贱,却关心国事,能识破力劾安禄山之奸,明皇仓皇西走,他追驾不及,坚拒反贼之邀,离家别妻,飘然寻道,最后能忏悔前愆,改过自新。主人公贾昌是作者所追求的儒道结合的人生、历史观的体现。剧本表现了欧阳修于《新五代史·伶官传序》中提出的:统治者"忧劳可以兴国,逸豫可以亡身"的重大历史经验和规律,发人深省。

第四节　雅文学的求新变与传统认同

明代是一个文学思潮风起云涌的时代,从中期前七子领导的复古思潮应势而起,再到后期以王阳明心学为哲学依据的革新思潮日益壮大,诗派迭出,明代作家立足于经典,顺应时代发展,力求实现雅文学的复兴,并从中探索新变之路,使得明代文学的发展呈现出独特面目。当思潮渐退,清初的王士禛集各派之大成,以其较为完备的诗歌理论掀起了文坛的又一次繁荣。

中国文学一向有雅俗之辨,正如前文所提,郑振铎先生在《中国俗文学史》一书中对俗文学进行了客观具体的界定:"俗文学"就是通俗的文学,就是民间的文学,也就是大众的文学。换一句话,所谓俗文学就是不登大雅之堂,不为学士大夫所重视,而流行于民间,成为大众所嗜好,所喜悦的东西。①那么反之,雅文学便是为历代文士所心念平生爱不释手的文学样式,就文体来讲主要表现在诗歌和散文这两方面。

明代是中国历史上一个特殊的朝代,经过蒙元的百年统治,朱元璋以武力掌权,新朝伊始自然急切于恢复汉制传统,应用于思想文化方面的方法则是直接与宋挂钩,以八股文和程朱理学钳制士人之口手,导致明代的雅文学——诗文的发展在初期走入歧途,于是便有有识之士拨乱反正,以复古风潮为先导,引领诗文实现突围与新变,而山东就是其中的一个重要营地。前七子以复古为创新,一唱而天下和,诗坛风气为之一变,随后,李攀龙、谢榛承继前贤,掀起第二波势头强劲的复古潮流,而当文学复古的浪潮渐退,来自新城王氏家族的王象春以其充满新意的文学见解引起世人的注目,而以上这些,也直接开启了清初家族成员王士禛的神韵之门。将明代山东文学的发展历程视为整个明文学史的缩影,也并不是夸张。

经过了明初约百余年的文学断层期后,于永乐至成化年间兴起的"台阁体"一时称霸于文坛。这一时期,高压政治的余威犹存,在统治者树立的程朱理学的强力背景下,以"三杨"——杨士奇、杨荣、杨溥为代表的上层官僚于馆阁之中制造为封建帝王歌功颂德、鼓吹太平盛世、虚伪空洞的诗句,比如这首观灯诗:"百万红蕖一夜开,辉煌元圃彻蓬莱。岂如圣主光明德,洞达乾坤照九垓"(杨士奇《元夕观灯诗》之六)。诸如此类,尽可见权臣的卖弄升平、谄媚心态。由于三杨位高权重,这种狭隘趣味作为典范广泛地影响着当时的文坛,一如沈德潜在《明诗别裁集》中说:"永乐以还,尚台阁体,诸大老倡之,众人靡然和之,相习成风,而真诗渐亡矣"。"真诗"是中国古代文学史中一个常见的概念。诗歌由表达情感产生,逐步增加了描述世界、改造世界的现实意义,而一"真"字寄托了古代文人对诗歌实现它的意义、价值的无限信任和憧憬。"真"代表着纯粹,包含着不断被沿袭的优秀文化传统,矫揉造作的诗歌或许不坏,但真诗一定受人赞美,甚至可以说它象征

---

① 郑振铎:《中国俗文学史》,上海人民出版社 2006 年版,第 1 页。

了正义和光明。

当真诗不存,正义难寻,针对台阁流弊,一股发轫于京师的文学潮流汹涌而起,这便是以李梦阳、何景明为中心,聚集了康海、王九思、边贡、王廷相、徐祯卿的文学群体——"前七子"。前七子诸人皆为弘治年间进士,多性格耿直、忧愤时事,他们急切地想要改变当时文坛萎靡不振的状态,在寻找理论支撑点时不约而同将目光投向了古代——显然复古是最保险的、最能得人心且有效的。于是前七子所高举的文学大旗,正面标榜复古,反面则是新变实质。以复古求创新,创新的结果呢,还是要回归古典,恢复雅正——这场由此发端的明代复古运动,"实质上就是一场力图恢复古典审美理想及古典文学特别是古典诗歌的审美特征的文学运动"。① 这一股借力于秦汉文盛唐诗的劲风,将台阁体的不良余绪一举扫荡,开创了新局面,摆正了明代雅文学的发展方向。整体而论,前七子的文学主张基本包括:把古代各文体的最高成就——楚骚、汉赋、唐诗作为典范榜样,提倡古之高格,重视诗与情的关系,以求全面振兴正统封建文学。其中边贡更以自己出新的文学理论及创作实践在复古道路上做更多尝试。

边贡于弘治九年(1496 年)一举中进士,留任京师历为太常寺博士、兵科给事中、太常寺丞,期间结识了复古领袖李梦阳,共同的志向和兴趣使得他们相交甚笃,共同组建复古之营垒。更因诗名显著,与李梦阳、何景明、徐祯卿同获盛誉,时称"弘正四杰",李梦阳曾写诗赞叹:"是时少年谁最文,太常边丞何舍人。"(《空同集·代文人之盛兼寓祝望焉耳》)边贡的复古立场坚定,对于李梦阳的复古主张是积极拥护的。他强调学古要严格师法古人,从同代人那里来学古即使是宗法李梦阳也是成效不大的。李梦阳重视高格古调,具体到诗歌即"古体宗汉魏、近体宗盛唐",对这些观点边贡都是持肯定态度的,盛唐中他尤其推崇李杜,主张不要模拟字句,而要深刻学习诗歌所展现的审美意境。在这之外,他也提出了自己颇有创新意味的文学理论:

首先,诗歌内容方面他提倡要写真情。如果诗歌"其言弗情也,其音弗哀也,其读之者弗可观也,其闻之者弗可兴也。嗟乎!是'咏物'而已矣"(《涉封君挽诗序》),这样就失去了诗之所以为诗的重要因素,无法打动人心引起共鸣。

---

① 廖可斌:《明代文学复古运动研究》,上海古籍出版社 1994 年版。

其次,诗歌审美方面他主张在诗歌的雅正本色之上加强诗歌的韵味,在《颐晦林子诗集序》里他提出"其闲且远也,萧且散也,其致遐,其情幽,其味沃然澹,而其声铿然和也",表现了对诗歌情韵的重视。

在前二者的基础上,边贡提出"守之以正,时出其奇"的观点。在《题史元之所藏沈休翁高铁溪诗卷》中他认为"兵法有奇有正,诗法亦然,而知者寡矣。休翁、铁溪,固诗家之登坛者也,由今观之,盖高得其奇,而沈得其正。"将作诗之法与兵法相比较,取其正、奇来论诗。"世之论诗者多厌正而喜奇,喜奇则难以正,固不易造也。奇非正,则多失;正非奇,则茸然不振;其病均耳。"但事实上人们往往喜奇而失正,不能兼美。"守之以正,而时出其奇,非老将孰能当之!元之总戎,固热于兵法者也,间以其余力发之于诗,骚坛诸将莫敢不敛衽焉川。"而如果能够守正出奇,就会比较容易的达到一般之上的水平了。这里的"正",可以理解为诗歌内容形式的贞雅中正,"奇"则是雅正基础上的突破创新。这也是边贡不同于李梦龙、何景明复古理论的主张,在复古思潮的浸润和自身独成一家的文学理论的指导下,边贡的诗歌创作也呈现出与当时众人不同的艺术风格来。

何良俊在《四友斋丛说》中评价李、何、边贡这三位复古标兵道:"空同关中人,气稍过劲,未免失之怒张。大复之俊节亮语,出于天性,亦自难到。但工于言句,而乏意外之趣。独边华泉兴象飘逸,而语亦清圆,故当共推此人。"将华泉置于李何之上,固有过誉之处,但对他诗风的概括还是精确中肯的。明末陈子龙也有相似论述,曰:"边尚书才情甚富,能于沉稳处见其流丽。"(陈田《明诗纪事》)如《嫦娥》一诗,诗人自注曰:"时外舅胡观察谢政家居,寄此通慰",作品用幽居月宫的嫦娥之怀想人间来形容自己在京城做官反而想念家庭生活乐趣的心情,借以慰问致仕家居的岳父,颇有诗趣。诗歌巧妙地用比兴手法使原本易流于说教的诗意形象化:"月宫秋冷桂团团,岁岁花开只自攀。共在人间说天上,不知天上忆人间。"写得深沉含蕴,情韵悠长,婉约而有风致。再如写湖上泛舟之景:"……横桥积雨斜仍断,卧石临溪净可凭。却过竹林忘问主,欲寻莲社恨无憎。酒酣更向城南眺,落日满山烟翠凝。"(《七月四日泛湖次暮春佛寺韵》)清远古淡,韵味深长。综上所述,边贡的诗歌轻灵圆润,深富韵味,而他诗风中清远飘逸的特点则直接启发了同为清初诗坛的领袖人物王士禛的神韵说。

李开先在前七子掀起的复古文学思潮中发出了不同的声音。这表示前七子的复古事业开始遭遇瓶颈——它已经完成了一定的历史使命,复古理论无法继续维持貌似完美的面目,拘囿泥古等缺点逐渐暴露出来。李开先只是一个代表,有更多的人对复古表示怀疑,思考之后他们站在了复古营垒之外。他们考虑的是如何尽可能地避免错误而写就符合优秀文学传统的好诗文,显然此时的复古理论已不符合要求了。但不可否认的是他们几乎都从复古中汲取营养,使对雅文学出路的探索的进一步深入有了可能。李开先的文学思想较为复杂,既受到前七子的影响,又和唐宋派的代表人物王慎中、唐顺之等人交往密切;既受到王阳明心学的影响,另一方面对民间通俗文学的浓厚兴趣使他更能看清文学的本质。这种种使得他在复古大潮中有可能提出一些富有趋新倾向的见解来。

首先,他针对复古派力倡高格,唯尊李杜"雄浑跌宕"此一种格调提出了批评,指出李、何诗歌主张和作品的片面性,提出"诗贵意兴活泼"(《中麓山人咏雪诗后序》),反对拘守一种格调。《海岱诗集序》中说:"非胸中备万物者,不能为诗之方家;而笔端有造化者,时可称画之国公",从中可以看出他所认为的为诗为文的最好境界——以丰富的艺术感受力使得万物之妙了然于心,再以深厚的艺术创造力使万物之妙了然于手,如此便充满了无限的可能性,这一理论可算是对格调学说的解放了。

其次,作为一个取得了巨大成就的词曲作家,李开先对词曲民歌极为重视,提出"今之乐犹古之乐也",并将诗三百篇、汉乐府、唐诗、宋词、元明戏曲民歌叙述为一个有联系的不断发展的过程,民俗小调的源头成了雅文学的至尊代表诗经,那么它们自然也成为雅文学,成为诗坛正宗。① 在封建社会里,文人对民间通俗文学持有这种态度是很珍贵的。自然,从大的方面说,这也是和明以来商品经济不断发展,市民阶层越来越扩大,促进了市井通俗文学的繁荣有着密切关系,但当民间小调同正统的文学思潮发生联系并产生影响,为文学的发展注入新的活力,不能不说是鼓舞人心的。

由前七子领军的文学复古逐渐陷入拟古的泥淖,在成员之间的批评与自我批评、唐宋派与李开先等人的高调指责下举步维艰,但它的前方还不是死胡同,于是嘉靖后期,后七子身携更为圆通、更有发展前途的复古理论登

① 参考成复旺、蔡钟翔、黄保真:《中国文学理论史》(三),北京出版社 1987 年版,第 105—107 页。

上了文学史的舞台。而这一次,山东人不再只是参与者的身份,后七子的领导者、灵魂人物——李攀龙、谢榛都来自齐鲁之地。李攀龙"倡五子、七子之社,吴郡王元美以名家胜流,羽翼而鼓吹之,其声益大噪……操海内文章之柄垂二十年……而循声赞颂者,迄今百年,尚未衰止。"(钱谦益《列朝诗集小传》),无疑这场复古思潮的后续不容小觑,在后七子的推波助澜下声势浩大,影响深远。

　　李攀龙性狂放,有"狂生"之称,这种人生态度在他踏入仕途后也没有改变,终因不堪上司的无礼而弃官归里,筑白雪楼而居,结交大批山东文士。比他大 20 岁的临清人谢榛终生布衣,虽从小一目失明,但性格豪爽,更因仗义救人美名远播。谢李二人初意气相投,共事复古大业,虽然后来交恶,并不表示他们的文学复古主张的完全对立。谢榛的文学理论基本可见于他所著的《四溟诗话》。"十四家之外又添一家"是他的基本主旨和学古目的所在,对这十四家要"熟读之以夺神气,歌咏之以求声调,玩味之以哀精华",也就是不专效一家一体而是遍采各家,熔铸于一炉,自成一调。这和李开先所提出的不拘泥一种格调有相似之处,开拓了调的范围,为如何学古提供了新方向。另外他明确批评"宋人作诗贵先立意",主张"不立意造句,以兴为主,浑然成篇"。由于程朱理学官方思想地位的影响,宋人"以理入诗"、"以文为诗"几成历史定论,如此一来"涉于理路,殊无思致",谢榛的批评体现了他对诗歌审美特征的重视,也使人看到他在诗歌的审美认识上与严羽的联系。李攀龙的文学主张没有以专著论述,散见于书信序文中。首先他是继承前七子的复古教义的,认为"秦汉以后无文"(《答冯通府》)、"唐无五言古诗"(《选唐诗序》),对于如何复古他的观点则主要是"拟议以成其变化,日新之谓盛德,"即"得其精而忘其粗,在其内而忘其外",总之,"不摹古人之作却又不变古人之法,不是古人之作又酷似古人之作"①,这样才是真的复古。

　　前人对谢榛的诗歌创作评价较高,特别是他的近体诗。钱谦益有赞:"茂秦今体工力深厚,句响而字稳"(《列朝诗集小传》),沈德潜《明诗别裁》中评论道:"四溟五言近体,句烹字炼,气逸调高,七子中当推独步"。如这首《榆河晓发》:"朝晖开众山,遥见居庸关。云出三边外,风生万马间。征

---

①　成复旺、蔡钟翔、黄保真:《中国文学理论史》(三),北京出版社 1987 年版,第 113 页。

尘何日静？古戍几人还？忽忆弃襦者，空惭旅鬓斑。"诗歌气势宏大，炼字精当，具有强烈的感染力。"歇马空山夕，劳歌塞上归。野霜鸣古剑，峡月冷秋衣。坐里蛩螀乱，愁边鸟鹊飞。酒杯实在手，不与故人挥。"(《石门秋夜有怀》)这首诗写诗人感秋伤怀，意境动人，读者仿佛身临其境，听得到山野处虫鸣鸟飞、古剑泠泠。谢榛一生过着漫游的生活，不免想念家乡亲友，"秋天落木愁多少，夜雨残灯梦有无。遥想故园挥涕泪，况闻寒雁下江湖"(《秋日怀弟》)，不刻意求工，而真情实意自然流溢。

李攀龙有《沧溟集》三十卷，诗文各半。他追求雄厚峭拔的盛唐格调，与其理论主张相适，李攀龙诗风展现出"雄浑峻洁"的鲜明特征，尤其是其七律与七绝一向为人所推重，胡应麟在《诗薮》中将复古诸子进行比较认为："……惟于鳞一人以太白、龙标为主，故其风神高迈，直接盛唐"，《皇明诗选》卷十一曰："(七言律)有王维之秀雅、李颀之流丽，而又加以整练，高华沉浑，固为千古绝调"。如其名作《杪秋登太华山绝顶四首》其一中"黄河忽堕三峰下，秋色遥从万里来"只一句便得窥诗歌的开阔意境、雄浑气势，令人叹服。《和聂仪部明妃曲》则写得含蓄蕴藉、韵味深长："天山雪后北风寒，抱得琵琶马上弹。曲罢不知青海月，徘徊犹作汉宫看"，诗中不言哀怨，而哀怨尽出。于鳞为文也多有可观，王世贞《艺苑卮言》卷七中评论其各体之文："志传之文，出入左氏司马，法甚高，少不满者，损益今事以附古语耳。序论杂用《战国策》《韩非》诸子，意深而词博，微苦缠忧。铭辞奇雅而寡变。记辞古峻而太琢。书牍无一笔凡语"。举例来看，李攀龙文集中的不少序跋和书札行文流畅，短小精悍，如《与王元美》其五写起身上任做官，描述了路途所见景物及初到之感，娓娓道来，简洁流利。他为人作传，也是将传主生平叙述井然有条，明白简当，充满真情实感。可以说，李攀龙的文章成就是超越了复古诸子的。

不论是前七子的边贡，还是后七子的领导者李攀龙、谢榛，他们的诗文理论和创作实践引领了山东文坛乃至全国范围的文学繁荣，所到之处引发了文学复古的热潮，促使更多人思考、探索雅文学的振兴之路。从前七子高扬复古大旗扫荡台阁体的不良文风，到李、谢等人继承前贤，跟倡格调论，复古阵营内部也在不断调整不断超越自身求新求变，以适应时代潮流得到最大程度的发展。复古派的成就有目共睹，但运动越发展，其难以弥补的缺陷也就暴露的越明显——复古是一把双刃剑，一方面它树立封建文学的经典使得雅文学走入正轨,实现复兴,另一方面复古又很容易走向拟古歧途,当诗人崇尚古之格调崇拜古代作家,他们便多半沉浸在作古诗、写古文的古梦中,脱离了当下,忘记自己身在明朝。这也是复古派虽然理论力求完善出新,却不能一一贯彻,无法挽救复古潮流日渐衰微的命运的一个重要原因。当复古运动在不可解决的矛盾中难以前进之时,阳明心学的出现似夜里明灯,它的迅速普及并作用于文学便带来了蓬蓬有生气的革新思潮,着眼于齐鲁文坛,颇具代表性的便是同来自于新城王氏家族的王象春及于清初诗坛大有作为的王士禛。

王象春(1578—1632 年),字季木,有《问山亭集》五卷、《齐音》(又称《济南百咏》)一卷传于世。他以济南人自居,在《齐音·引》中说:"余邑邑济,故居济非客济也。"王象春出身书门望族、仕宦家庭,是王士禛的第十七叔祖。士禛在《池北偶谈》曾这样写他:"常引镜自照曰:'此人不为名士,必当作贼!'"其风采可见一斑!他于万历三十八年(1610 年)以进士第二及第,官至南京吏部考功郎,世称"王考功"。由于生性耿介、嫉恶如仇,在任四年后被削职为民,以后长期居家以至终老。

王象春活跃于万历年间的济南诗坛,竟陵派代表人物钟惺以及钱谦益等人都与他交好。钟惺专攻孤幽峭深,公安派提出"独抒性灵"风头正劲,在文学革新思潮汹涌来袭的万历时期,雅文学的发展概括起来就是"不拘格套"。哪种文学理论更合心意,如何作出最好的诗,文人们有了更多选择。同执著于复古的边贡、谢榛、李攀龙相比,这时文人的视野更加开阔,更容易碰撞出新变的火花。王象春就是在这样的文学大环境中,融汇消化了多家派别的文学思想,最终确立了自己独树一帜的风格。象春学诗之初,宗法李梦阳、李攀龙。钱谦益《列朝诗集小传》记载:"季木于诗文,傲睨辈流,无所推逊,独心折于文天瑞,两人学问皆以近代为宗。天瑞赠诗曰:'元美吾兼爱,空同尔独师。'"王象春也很推重李攀龙诗歌的高古精神,曾撰诗《李观察沧溟》针对这位先师所受非议来作辩解。在他罢官返乡后,辗转定居济上,买下李攀龙的旧居白雪楼,重新修葺以为宅舍,可见景仰之深。尽管如此,王象春并没有走上文学复古的道路,这和他受到与他交往密切的钟、钱二人的影响有一定关系。钟惺在《问山亭集序》中对"独成一是"的文学创新精神极为推崇:"今称诗不排击李于鳞,则人争议之,犹之嘉靖、隆庆间不步趋于鳞者,人争异之也。或以为著论驳之者,自袁石公(宏道)始,与李氏首难者,楚人也。夫于鳞前无为于鳞者,则人宜步趋之,后于鳞者,人人于鳞也,世岂复有于鳞哉？势有穷而必变,物有孤而为奇。石公恶世之群为于鳞者,使于鳞之精神光焰不复见于世,李氏功臣,孰有如石公者？今之称诗者遍满世界,化而为石公矣,是岂石公意哉?"并激励象春"要以自成其为季木而已",要有自己的风格。钱谦益也规切象春要"以今人为本根,以古人为枝叶",不然"窠臼一成,藏识日固,并所读古人之书胥化为今人之俗学而已矣",象春"退而深惟,未尝不是吾言也。"(《列朝诗集小传》)①而结果是王象春走出了一条不同流俗的文学创新之路。理论观点见于为公䔾所作《公浮来小东园诗序》中,象春不满复古与公安两派之偏颇,一声惊雷地提出"何必汉魏,何必不汉魏,何必不盛唐",立志要"重开诗世界,一洗俗肝肠"！而"诗固有世界。其世界中备四大宗：曰禅,曰道,曰儒,而益之曰侠。禅神道趣,儒痴而侠厉,禅为上,侠次之,道又次之,儒反居最下。"将儒诗归为最下等,在当时可谓是惊世骇俗的言论；贵禅诗、侠诗则是取其逸。这样的新式主张是后来执清初诗坛牛耳的钱谦益所无法欣赏的,指责象春道"如西域波罗门教邪师外道,自有门庭,终难皈依正法"(《列朝诗集小传》),这也从一方面反映了象春对古典诗歌传统革新与突破的大胆程度。

怀抱"重开诗世界"的崇高理想,王象春的创作实践也十分丰富。他一生写诗数千首之多,其中《齐音》是一组专咏济南人情风物的七言绝句,故又题为《济南百咏》,集一卷计107首。在为时一年的写作中,王象春遍览济南的名胜古迹,追寻先贤遗风,了解民间轶事,四处考察民情。比如他写乡镇小景："一曲溪流一板桥,浣衣石面汲水瓢。家家屋后停针女,树底横舟手自摇。"(《北溪》)他倾听的民众的心声,在诗中真实地反映了当时的弊政和人民疾苦,如《黑虎泉》："泰山之下妇人哭,泉吼犹能悕啸风。何故焚香祀猛虎,生祠处处在城中。"假想使复古派以轻松笔调来写家乡景境,使公安派作性灵诗为灾民鸣不平,简直是不可能的。王象春轻松自由地写诗的行为本身,足以使人耳目一新了。这部《齐音》表现了诗人对家乡的深沉热爱,在济南影响巨大。收录于《问山亭集》中的诗歌大多气韵矫健、力透纸背,颇有齐气,如《赠徐海曙》："满室皆风雨,飞龙在眼前。闻君谈剑术,终夜不以眠。"雄奇跌宕,侠气盎然。另外一些诗则展现不同风致,如《秋

---

① 参见李圣华：《王象春论》,《泰安师专学报》2002 年第 1 期。

夜》:"秋夜一何长,秋思一何苦。风催百虫鸣,骤急空山雨。"空净清致,饶有韵味。再如《山行》其二:"新云新鸟满春溪,日遍千峰也恨迟。偶遇高僧相对语.一山经月不思移。"诗思新妙,神韵摇曳。象春诗风的暗通禅意、神韵悠长,也为王士禛神韵说之成因中家风传承的因素提供了存在的可能性。

王士禛(1634—1711 年),字贻上,号阮亭,又号渔洋山人。出身仕宦书香之家的他,少承家学,早负诗名,22 岁进士及第,从此仕途顺利。他的两个兄弟王士禄、王士祜也皆能文,三人科场齐折桂,一时传为盛事。钱谦益曾称:"新城王氏门第,大振于烟硝火尽之余。"(《牧斋初学集》)渔洋兄士禄在诗文上也取得了很大成就,他是顺治九年进士,"少工文章,清介有守。弟士祜、士禛从之学诗"。① 新城王氏不仅是官宦望族,也是明清山东文学发展史上重要的一环。王氏兄弟承先祖书香传递,崇尚体现优秀文学传统的雅正诗文,士禛更凭借丰富的创作实践和较为系统的诗歌理论,再加上位居官场高位,得以于康熙年间登上诗坛宝座,执骚坛牛耳五十余年,其间"其声望奔走天下,凡刊刻诗集,无不称渔洋山人评点者,无不冠以渔洋山人序者"(《四库全书总目》卷一七七《精华录总目》),可见当时声名之鼎赫。

王士禛诗歌理论的基本宗旨,就是神韵说。他以此说操持天下,开创了清初诗坛的新局面。其对神韵理论的明确阐述可见于《池北偶谈》:

汾阳孔文谷(天胤)云:"诗以达性,然须清远为尚。"薛西原(薛惠)论诗,独取谢康乐、王摩诘、孟浩然、韦应物,言:"'白云抱幽石,绿篠媚清涟',清也;'表灵物莫赏,蕴真谁为传',远也;'何必丝与竹,山水有清音','景昃鸣禽集,水木湛清华',清远兼之也。总其妙在神韵矣。""神韵"二字,予向论诗,首为学人拈出,不知先见于此。

事实上,早在千余年前的南齐,谢赫就使用过"神韵"一词来论画。后世论文艺使用"神韵"一说者,也时有可见。在渔洋的论述中,虽数次提及"神韵",但都未指出这二字的具体涵义。在引文中,神韵来自于"清远",即诗歌清幽淡远的意境,它分别指代了物镜的清幽和心境的淡远。对渔洋诗论中的所提及神韵进行综合分析,其含义可概括为:神韵是意境,指诗歌的

---

① 《王士禛年谱》,上海古籍出版社 1992 年版。

精神、内在审美特质;是清远,清幽淡远的意境;是天然而成,不假人工。①

实践于作诗,首先就要"不黏不脱"、"不著判断",也就是"不著一字,尽得风流";作诗时所需物境的清幽和心境的淡远则一定程度上决定了诗歌题材的范围,"流连山水,点染风景之词"最易营造幽静之境,也最易寄托诗人出尘脱俗的情感;作天然之诗,就是说不要无病呻吟,也不能刻意求工,否则就会损害诗歌纯美的意境。当心有妙悟,则"伫兴而就","兴"可以理解为我们现在所说的灵感。神韵说重视诗歌的审美意境,要求清远脱俗的心态,可见它并不是司空图、严羽等人诗歌主张的简单重复,而实际上"既包含了七子派对'格调'的讲求,也包含了公安派'性灵'的意味"②,"神韵得,而风格、才调、法律三者悉举诸此矣"(《资政大夫经筵讲官刑部尚书王公神道碑铭》),这就等于承认了渔洋是有明以来诗歌理论的集大成者。较之复古派、竟陵派和公安派,神韵说因为吸收了各派的先进因素在理论深度和实际操作方面都走得更远,王士禛看清了自古以来被奉为经典的文学的特点,既讲求高格古调,重视诗歌所展现审美意境,又要做天然之诗,方是为"真诗"。这是一次对传统雅文学的较完美的回溯,在一段时间内拯救了整个诗坛。作为一种综合了复古、性灵诸派文学理论因素的学说,神韵一说很快为世人所接受,掀起了诗坛的新风气,《四库全书总目·渔洋精华录提要》中总结道:"士禛等以清新俊逸之才,范山模水,批风抹月,倡天下以'不著一字,尽得风流'之说,天下翕然应之。"

在王士禛的创作实践中,往往通过景物来抒情,显得空渺悠远。如《江上》:"萧条秋雨夕,苍茫楚江晦。时见一舟行,濛濛水云外。"诗歌全为写景,通过各种意象表达了若有似无的孤独情绪。再如《惠山下邹流绮过访》:"雨后明月来,照见下山路。人语隔溪烟,借问停舟处。"语言晓畅,景致净幽,情感寡淡。此外,"行人系缆月初堕,门外野风开白莲"(《再过筋祠》)等等诗句,都是"一时伫兴之言",饶富神韵。

探究王士禛神韵说的理论渊源,远承司空图、严羽,近则得益于对边贡、李攀龙、王象春等人文学主张及创作的衍化吸收。可见神韵说既富含新变的性质,也体现了对前贤所创造的优秀文学传统的学习和认同。

---

① 参见成复旺、蔡钟翔、黄保真:《中国文学理论史》(三),北京出版社 1987 年版。

② 章培恒、骆玉明主编:《中国文学史》(下),复旦大学出版社 2004 年版,第 422 页。

　　山东是儒家文化的发祥地,有着深厚的文化积淀。从上古到明清,整体来看,文学始终保持着蓬勃发展的势头,几乎各个时代都产生了大批优秀的作家和作品。在这片人文氛围浓厚的土地上,在乡邦意识的催化下,不免令人对先贤及其所创造的优秀文化传统产生深深的认同感,这在明清时期表现尤甚。

　　以个人来讲,在王士禛的身上,这种文学认同感表现深刻。

　　首先,他将百年来活跃于济南的作家圈定,明确提出"济南诗派"的名号,使得济南诗人群作为流派扬名全国,提升了他们在文学史上的意义。

　　在为边贡诗集作序时他说:"不佞自束发受书,颇留意乡国文献。以为吾济南诗派大昌于华泉、沧溟二氏,而筚路篮缕之功,又以边氏为首庸。暇日因参伍二刻,薙其繁芜,掇其精要,与徐氏《迪功集》并刻于京邸,俾乡之言文献者足征焉。公仲子习,字仲学,食贫授徒,以诗世其家……有遗稿一卷,将录其可存者附斯集后,以备一家之言。"

　　王士禛与济南渊源甚深,常常以"济南王郎"、"济南王贻上"、"同郡后学"等自称,序文中他即称"吾济南诗派"。士禛对这个流派中的诗人非常尊崇。他尽心搜集边贡已经零落的作品,编选为《华泉集诗选》,对边贡之子也是济南诗派一员的边习的作品也仔细研读,将其遗诗附刻于后。

　　需要说明的是济南诗派不是一个有意识的、规范的、具有明确文学纲领的文学团体,它延续百年,横向看依赖的是同籍文人建立于乡邦情结基础上的交游往来和互相影响,纵的方向则是济南地区浓郁文学气氛的大环境下作家们有意识或无意识的文学认同感。

　　其次,表现于王士禛神韵说的形成。

　　前文已经提及,神韵说之形成远承司空图、严羽的诗论,若就近探寻,在济南先贤中也能找到渊源出处。王士禛选录边贡诗集,搜集的大多是符合自身趣味的诗歌,在边贡最具古淡清远风格的诗中,他找到了共鸣。边贡偶然的意兴之作,对王士禛神韵说中的"伫兴而就"、"兴会神到"产生了影响。再如济南诗派的另一重要人物、士禛叔祖王象春,提倡禅诗,讲求顿悟,显示出"神韵"意味,较之士禛"神韵说"的完备,可以说是家风的传承。

　　除去"神韵"来源的认同感,神韵说作为明清诗歌理论的集大成者,兼有复古性灵诸派的优秀因素,并与正统雅文学合拍,在近在远都体现了对传统的深刻认同。

最后,还表现在对山东前代著名诗人的重视和中肯评价上。作为清初的著名诗人,开阔的眼界使他留意每一位曾活跃于山东文坛的前代先贤,表现了他对雅文学优秀传统的重视,也体现其认同感的自觉。

明末山东诗坛的巨擘王象春,开辟了不同寻常的文学新路。探求他的文学思想,也能发掘出他带有自身特色的文学认同感。他最初宗法于复古派,特别是李攀龙,不仅对其理论多有维护,还买下李氏旧居为舍,并关注于鳞身后之事,多次寻访其后人。虽然王象春对李氏景仰极深,赞其人格,师其文学,但他这种承袭并不是一味盲从先贤走模拟复古之路,而是从革新的角度以鲜明的理论主张和创作实践修正了后者文学理论中的不良因素。

另外王象春在乡邦题材领域多有开拓,代表之作即《齐音》。诗人将济南的人文地理、名胜古迹、自然风光以及民俗风情通通纳入笔端,通过这107 首七言绝句描绘了济南地区源远流长的历史文化传统及秀美的自然景观,可称之为一部详细记载明末济南的风土人情的百科全书。经过对人文古迹的深入寻访,王象春对济南的先贤遗风、文学传统有了更系统的了解。

这种对历史前贤、对优秀文学传统的认同感几乎在每一个山东文人身上都有体现,只是存在着轻重的问题。他们总是从自认为好的作家作品中吸收营养,或找出不足引为前车之鉴——甜美的文学硕果总能找到前人栽种的优秀品种的优良基因。

从大的方面说,以历史眼光来看,每一次的文学运动某种程度上都是在向史上所认为的兼具真善美的经典标准致敬。举例来说,由前后七子先后领导的文学复古,明确将秦汉之文、盛唐之诗作为不二范本;集大成的理论"神韵说"着力于恢复人们对诗歌审美特征艺术风格的重视。二者都是为了使雅文学的写作可以达到正统标准所提出的理论,前后七子的复古之于文学史上数次的复古运动、"神韵说"之于前后七子之复古等等,它们之间都存在着一种传承的关系。这种文学理论的传承和创新可以说是一种跨越时空的文学认同表现。

最后要论述的是创造雅文学的文人的形象的历史认同感,可以使我们了解为什么雅文学要求得经典传统的认同,历代文人又为何前仆后继,维护着雅文学在正统道路的发展。不仅在山东,在整个中国古代,雅文学和文人的命运紧密相联。诗文是古代文人最熟悉的文学样式,他们往往一生都在写作,并以诗文集得以流传后世为荣。千千万万的文人因其共同特征可以重叠为一个形象———副文人样貌、一支笔、一卷诗集而已。对雅文学的"建构心态、整合思维、超越意识正是中国传统士人文化心态的最显著特征"①,文人是文学进步的推动者,每一时代、每一个文人都致力于雅文学的超越前代的发展,希望在自己的时代对文学有所建树。"以儒家文化为主要特征的中国传统文化从一开始就是一种建构型的文化,而秉承这一文化传统的士人阶层,他们终身所寻找的也是这种能弘'道'的机会"②,这种弘道的重要载体便是雅文学——其中包括所谓"真诗",弘道、弘扬儒家正统文化以有教益于人民大众,匡扶社会正义,这就是诗文的社会作用。古代文人对雅文学寄托了太高的期望,施加了太沉重的意义——雅文学最终的目的也就是要不断完善封建制度、维护封建统治,这也是历代极大多数文人的人生意义。

综上所述,从复古派的蓬勃兴起到王士禛神韵说的提出,可以看出明中叶至清初这一时期山东文士在雅文学实现复兴和探求新变过程中的领导风范及诸多努力,然而前后七子的复古主张具有易陷入拟古泥淖的缺陷,理论上看似无可挑剔的神韵说也只拘囿于"范山模水,批风抹月"的狭小世界内,于是复古派不能立足于时代,神韵说无法贴近社会。当兼备各体的神韵说只能带来短暂繁荣无法切实拯救日渐式微的雅文学时,它所需要的只能是占统治地位的社会思想的根本改变了。

---

① 郭宝亮:《论王蒙的文化心态及其传统认同》,《文学评论》2004 年第 2 期。
② 同上。

第四章 现代新篇:20 世纪五四时期与 30 年代的齐鲁文学

20 世纪之初汹涌而起的"五四"新文化思潮与新文学运动,开启了中国文学的新纪元和现代航程。在西风东渐、反对外来侵略和封建枷锁、以"人"的个性解放为核心追求的新文化背景下,齐鲁文学以其久远而坚韧、热切追求社会人生的承担与责任的生命活力和主体精神,焕发出全新的文化姿态。以 20 年代前后新文学创立和 30 年代进入成熟期的第一代、第二代作家的文化活动和创作为代表,前者如新文化启蒙运动和文学革命的先驱者傅斯年、杨振声、王统照、王思玷等人,后者如臧克家、李广田、吴伯箫等,共同形成了齐鲁文学历史上的第三个高潮阶段。

这段高潮的前期部分,表现为文学观念变革和新文学形态的开拓创建成就。

"五四"文学革命的目标与重要使命,是实现中国文学的现代转型。在新文化、新文学观念树立的同时,中国文学原有的一些旧文体像诗歌、散文和小说被更新重建,还出现了一批具有时代色彩的新文体,如散文诗、话剧等。此时在文学观念变革、新文学文体创立及创作"实绩"等多个方面,齐鲁作家都有着活跃而优异的表现。傅斯年在组建新文学社团和文学革命理论建设方面发挥的作用,王统照的新诗和以"爱与美"独创一格的问题小说,杨振声、王思玷瞩目于乡间底层人民生活疾苦的创作,都属于新文学早期的开创性和奠基性成就。而其间对西方等其他国家和民族的文化、文学艺术的借鉴吸纳,对民间文化因素的积极关注和汲取,无疑都有助于丰富和更新齐鲁文学的审美范式,并使之成为这期间齐鲁文学形式创新的显著标志。

30 年代的齐鲁文学,主要以集中于乡土题材领域的各类创作而散发着耀目的光彩。具体而言,是以形式成熟又富有个人风格特色的小说、诗歌和散文等对这一新文学主题的表现、突破与发展,呼应了时代精神和民族文学建设大业,凸显了地域文化传统和民族文学精神的沉厚力量。其间王统照创作转型后的现实主义小说,最早以长篇形式,展现了色调浓郁的中国农村时代生活画卷;臧克家的诗歌,在承续古典诗歌精神的基础上,开辟了中国新诗的现实主义传统;李广田的散文兼有现代乡土批判和乡土寻梦的双重特质,打造了乡土散文的新风貌,他与吴伯箫的散文都表现了谛听土地脉动、重构中华民族道德的审美指向和清新淳郁的文体形态。总的来说,文化冲突和文学转型,成为这时期文学形态演进的动力和背景,历史转折阶段的特殊文化格局,沉潜于这一切之下的民族抗争与文化守成的心理需求,决定了齐鲁文学往往从民间大地出发,在兼具继承和开创的意义上生成其艺术形式与内涵。

随着在中国发展资本主义的维新思潮的涌动,发生在 19 世纪末 20 世纪初的晚清文学改良运动,是中国历史上第一次由资产阶级知识分子发起的文学革新运动。虽然这一运动本身有着种种局限,如过于强调文学的社会功用,对于旧形式的突破也很有限等等,但它无疑撼动了传统文化与文学的根基,在一定程度上已经改变了中国文学的传统走向。1916 年陈独秀创立《新青年》(原名《青年》),标志着中国现代新文化运动拉开序幕。自此时起到 1919 年“五四”运动前后,进步文化界人士积极输入西方先进人文思想和科学理性,大力批判封建文化,初步确立了以民主、科学为尺度、以人的解放与发展为核心的新文化价值观,为人的主体确立、人的自我实现奠立了现代文化思想体系。“由来新文明之诞生,必有新文艺为之先声”。[①] 在新文化运动的人本主义思潮推动下,以白话文运动为起端的文学革命,在新旧文学的激烈论争中,开始了全然新质的现代意义上的新文学历程。

在新文化运动和文学革命的倡导者、开拓者阵营中,也活跃着一批鲁籍青年先驱者的身影。他们在时代的召唤中遽然而起,成为新文化大潮中的舟楫手、弄潮儿,也是现代新文学坚定、勇毅的开路者和奠基人。他们中的代表人物是:

傅斯年(1896—1950 年),字孟真,山东聊城人,时为北京大学学生。五四学生运动总指挥,是最早成立的新文学社团新潮社的主要发起人,其时为《新潮》月刊主编,新文学理论家兼新诗人。

---

① 守常:《“晨钟”之使命》,载《晨钟报》创刊号,1916 年 8 月 15 号。

　　杨振声（1890—1956 年），字金甫，亦作今甫，山东蓬莱人，时为北京大学学生。五四学生运动参加者，新潮社和《新潮》杂志主要成员之一，新文学初期重要小说家。

　　王统照（1897—1957 年），字剑三，山东诸城人，时为中国大学学生。五四学生运动参加者，新文学初期重要新诗人和小说家，文学研究会发起成员，曾参与编辑《曙光》和主编《晨光》杂志，主编文学研究会会刊《文学旬刊》。

　　王思玷（1895—1926 年），山东临沂兰陵人，时为南京铁路专门学校学生，曾在家乡任小学教员，新文学初期优秀小说家，北伐时期英勇殉难的烈士。

　　他们四个人中，有三人参加了著名的"五四"学生运动。傅斯年、杨振声与北大其他学生，在运动前夜一起进行了酝酿策划。傅斯年被群情激昂的北大学生推选为北京学生集会的主席。在 1919 年 5 月 4 日这天，傅斯年担任了"外争国权，内惩国贼"的学生游行队伍的总指挥，高举旗帜，走在5000 多人游行示威队伍的洪流前。游行过后，杨振声和另外 3 名同学作为学生联合会的代表，去警察署与当局交涉，还遭拘捕关押了一个星期。

　　改变了中国历史进程的五四运动，也促动了中国现代新文学的进程。杨振声后来在他的《"五四"与新文学》一文中说：

　　　　五四运动除了反帝反封建两层重要意义外，它还有一个附带的意义，那便是与新文学的关系。在根本上说，二者都是解放运动；在形式上说，五四运动是思想表现于行动的解放形式；新文学运动是思想表现于语言的解放形式。新文学运动起于民六，起初还是白话诗与白话文的提倡，到了民八与五四运动合流，它的内容才切实丰富起来，它的力量才苗壮滋长起来，因为它得到了反帝反封建的明确目标与全国青年这支生力军。①

　　而傅斯年，杨振声，王统照，王思玷等人，以他们的实际行动，站在了这支青年生力军的前列。

　　在辛亥年后弥漫着失望和改革要求的社会氛围里，他们走出故乡、前往风气开放的大城市。在新文化孕育和发源地的北京，启蒙运动中心地带的

_____

① 杨振声：《"五四"与新文学》，载 1949 年 5 月 4 日《人民日报》。

北京大学等高等学府,在能便捷地领受新文化风潮的南方都市,他们沐浴了时代的洗礼,形成了如陈独秀所说在"精神上别构真实新鲜之信仰","内图个性之发展,外图贡献于其群"①的现代文化人格。在风云际会、新旧交替的社会文化变革和新文学草创时期,这些"以天下为己任"的齐鲁之子,怀着救亡图存、建设"大同"世界的炽热情怀与美好向往,以勇敢执著的拓展精神和实践行动,在倡导和引进新文化新文学观念、组建新文学社团、显示创作实绩和建设新文学文体等方面,发挥了推动潮流、引领新风的重要作用。

第一节　中西文化背景下的价值重构与文学观念变革

在新文学发端之际,傅斯年、王统照等人积极变革陈旧的传统文学观念,引入外来文化因素,倡导和阐发有关新文学建设和文学批评的理念,在组织和参与的新文学团体、文学流派活动中发挥着主导或积极推进的作用。他们显示了立于时代前沿的文学革命和新文学建设者风貌,也体现了现代转型期齐鲁文学代表性的理论观念形态及其特征。

一

五四时期的傅斯年,是封建传统文化的勇敢叛逆者,是极力倡引、推行新文化运动和文学革命理念的杰出的启蒙者和新文学活动家。

傅斯年出生在山东东昌府(今山东省聊城市)一个名门世宦家族。其先祖傅以渐为清朝第一代状元,清廷重臣。曾祖父在安徽为官多年,李鸿章、丁宝桢皆出于其门下。傅斯年出世后家道已衰,父亲早逝。在祖父的严厉督导下,深厚的家学渊源和家乡浓郁的道统传承氛围,使他自少年时既打下了扎实的国学根柢,也塑造了讲求家国忠节大义"以天下为心"的人格心理基础。他13岁到天津读中学,接受新式教育。1913年考入北京大学预科,1916年升入本科国文门。大学时代的傅斯年才气纵横、博学敏识,颇得当时任教北大的国学大师刘师培、黄侃等人的赏识,期望他能继承经史旧学

---

① 陈独秀:《独秀文存》,安徽人民出版社1987年版,第43—44页。

的传统衣钵。但当新文化批判吹响了时代的号角,新旧文化、中西文化发生激烈的碰撞,受新思潮影响并抱有强烈民族家国意识的傅斯年,决然冲破了传统"旧学"的藩篱,成为倡导改革、追求新知的一代青年学生中的佼佼者。1918 年 1 月,傅斯年在《新青年》上发表《文学革新审义》一文,积极呼应和支持陈独秀、胡适首倡的文学革命主张和白话文运动。同年 10 月,在蔡元培、陈独秀、李大钊、胡适的支持下,由傅斯年和罗家伦、徐彦之、顾颉刚发起,有杨振声、毛子水、康白情、俞平伯等 21 名北大学生参加的"新潮社"正式成立。1919 年 1 月,又创办了《新潮》杂志,英文名定为 The Renaissance,取文艺复兴之意。傅斯年任主编。由傅斯年、罗家伦、杨振声为编辑部人员。这个社团的早期成员里有 5 位来自山东,除了傅斯年和杨振声,还有徐彦之、汪敬熙、何思源,显示了出于共同地域的文化人格气质的相互吸引,和对于新事业开创的相近热忱。稍后,又有北大校内外的叶绍钧、朱自清、孙福熙、周作人等 10 余人加入了新潮社。

以傅斯年等人为核心的早期新潮社和《新潮》月刊,是当时继《新青年》、《每周评论》等杂志后新文化的另一重要阵地。《新潮社成立启事》称"专以介绍西洋近代思潮,批评中国现代学术上、社会上各问题为职司"。傅斯年谈到办《新潮》的"原素"是"批评的精神";"科学的主义";"革新的文词"①。新潮社既继承了《新青年》着力抨击专制政治和社会问题、锐意革新的传统,又表现了更年轻一代知识分子的敏锐思想触角和探索与行动的激情。他们多方翻译引进西方哲学、心理学、经济学、宗教学和逻辑学等理论,去深入探讨"人的解放""妇女解放"等新文化基本命题;他们更贴近文学革命和新文学建设的具体理论问题和创作实践,表现了一种现代视野下的"为人生的文学"走向。与《新青年》相比较,《新潮》杂志有着更浓厚的文艺和文学创作倾向,在这个现代史上最早带有文学社团色彩的团体里,青年学子们勇敢地将白话运用到新诗和反映现实的小说中,以文学去批评和表现人生。傅斯年作《新潮·发刊旨趣书》中即宣称:"盖中国人本无生活可言,更有何社会真义可说。若干恶劣习俗,若干无灵性的人生规律,桎梏行为,宰割心性,……犹之犬羊,于己身生死,地位,意义,茫然未知。此真

---

① 傅斯年:《〈新潮〉回顾与前瞻》,1919 年 9 月,载《新潮》第 2 卷第 1 期。

今日之大戚也。同人等深愿为不平之鸣,兼谈所以因革之方。"①这欲对中国人生活的"不平之鸣",即通连着面向人生、意在改变国人精神的文学创作之路。鲁迅对《新潮》也给予了关注,他的小说《明天》就发表在《新潮》第二卷第一期上。鲁迅在《中国新文学大系·小说二集》的导言中这样总结道,除了他自己的小说创作以外,"从《新青年》上,此外也没有养成什么小说的作家。较多的倒是在《新潮》上。……小说作者就有汪敬熙,罗家伦,杨振声,俞平伯,欧阳予倩和叶绍钧。自然,技术是幼稚的,……然而又有一种共同前进的趋向","他们每做一篇,都是'有所为'而发"。指出上述几人的作品是描述婚姻不自由的痛苦和民间疾苦的,如指杨振声的小说是"极要描写民间疾苦",并且不同意汪敬熙以为自己的作品并无"批评人生的意义"的说法。②

上述新潮社作家的小说,涉及了教育、家庭、道德、婚姻、恋爱、妇女、兵灾等一系列社会问题,所以有学者认为,从现代新文学的历史来看,"这是'为人生''问题小说'的最初形态,是开风气之作。"③茅盾则指出:"民国八年一月,《新潮》杂志发刊以后,小说创作的'尝试者'渐渐多了","'创作'的空气是渐渐浓厚了。"④由此可见《新潮》对新文学初期创作的重要开拓作用。

在"五四"前后的一年多时间里,人称"黄河流域第一才子"的傅斯年,在《新青年》、《新潮》和《北京大学日刊》等刊物上,共发表了 50 多篇文章、杂感和新诗。其中多半发表在《新潮》上。他在《新潮》上发表了 8 首格调清新的白话诗。他的杂感类文章多是对社会文化的批评,像《心气薄弱之中国人》、《自知与终身之事业》、《社会与群众》、《随感录·四则》等,大都紧密配合新文化运动的现实。有的是对封建卫道士的痛彻批驳;有的表达了对权威、偶像和世俗"名气"的鄙夷和摈弃;有的是对中国"哀民生之多艰"的文学家的热切呼唤。他将尚在萌芽中的新文学,比作天地间"日月未出以前的爝火之光",指出独立的"个人""是人类向着'人性'上走的无尽长阶上一个石级"。他的文章驰骛于古今中外,广类博喻,清晓酣畅,元气

① 《新潮》第 1 卷第 1 期。
② 鲁迅:《中国新文学大系·小说二集》,上海良友图书印刷公司 1935 年版。
③ 朱德发:《中国五四文学史》,山东文艺出版社 1986 年版,第 513 页。
④ 茅盾:《中国新文学大系·小说一集·导言》,上海良友图书印刷公司 1935 年版。

淋漓。他影响最大的是一些有关社会文化、文学改革思想的文章,如《文学革新申议》、《文言合一草议》、《怎样做白话文》、《戏剧改良各面观》、《白话文学与心理的改革》、《中国学术思想界之基本谬误》、《人生问题发端》等等。其中凸显了人生、人本问题,特别是对于文学革命和白话文运动,提出了一些比较系统性和有现实针对性的理论见解,这一点在当时是殊为难得的。

在他最早发表的《文学革新申义》一文里,傅斯年从文学的性质、文学的历史嬗变进程和旧文学的现状等各个方面,深入而有力地论述了文学革命的逻辑必然性与历史合理性。他认为"文学既与政治、社会风俗、学术等同探本于一源,……政治、社会风俗、学术等为时势所迫概行变迁,则文学亦应随之以变迁,不容独自保守也。""今日中国之政治、社会风俗、学术等皆为时势所挟大经变化,则文学一物,不容不变。"他因此指出文学革命是"天演公理,非人力所能逆从者矣。"①同时他将中国社会政治、文化现状与趋势相结合具体给以论证,"中国今日革君主而定共和,则昔日文学中与君主政体有关系之点,若颂扬铺陈之类,理宜废除。中国今日除闭关而取开放,欧洲文化输入东土,则欧洲文学优点为中土所无者,理应采纳。中国今日理古的学术已成过去,开后的学术将次发展,则重于记忆的古典文学,理宜洗濯,尚思想的益智文学,理宜孳衍。"②

如何对待传统文化,傅斯年在《文学革新申义》里也表现了一种难能可贵的客观理性精神,而不是像钱玄同等那样持极端过激的姿态。他说:"所谓变古者,非继祖龙以肆虐,束文籍而不观。贤者识其大者,不贤者识其小者。尽可取为我用。但能以我为本,而用古人,终不为古人所用,则正义几矣。"③呼唤今人以我为本,去吸收民族传统文化的精华,创造新的文化。

所以他并不是偏激、简单地反对古代文学或传统旧文学,而是从历史发展的角度,文学演革的规律,去透彻地阐发"文学不贵师古",凡"文学界一大革新,亦是文学一大进化"④的观点。他以中国历代文学变迁兴衰的历史现象举例,指出凡其"因循前修,逐其末流,而变本加厉者。……皆于古人

---

① 傅斯年:《文学革命申义》,载《新青年》第 4 卷第 1 期。
② 同上。
③ 同上。
④ 同上。

已具之病,益之使深,终以成文弊",或"不辞新境,全摹古人……而其自身
已无存在价值",或"挟古人之糟粕,当风化之已沫,所成新体,……岂有不
枯薄者耶"。而"曹王变古,独开宗风。李杜韩柳,俱启新境。宋词元曲,尤
多作之自我",正是因他们不盲目地因袭古人,所以能够创立新风"独标后
代"。①

在这种对文学革命的历史性必然性的洞识,对传统文化持以现代理性
思维的基础上,傅斯年阐述了新文学建设的具体问题。

对于新文学,他断言:"新文学就是白话文学;只有白话能做进取的事
业,已死的文言是不中用的。"②在发表于《新潮》第 1 卷第 2 期的《怎样做白
话文》里,他进一步阐述:"我们所以不满意旧文学,只为他是不合人性,不
近人情的伪文学,缺少'人化'的文学,我们用思想上的新文学代替他,全凭
这'容受人化'一条简单的道理","所以我们对于将来的白话文,只希望他
是'人'的文学。"

首先突出强调了新文学的时代先进性。当时白话文学究竟应该怎样
做,从何处入手去做? 用白话写文章,是不是文学? 这些在今天看来比较简
单的问题,却使当时推行白话文学的人们有所困惑。如中国古代文章的分
类,一直是以其内容和功用为标准的。因此长期以来,在传统文化和文学领
域,从未树立过单独的文学散文的概念。傅斯年首先从文学体裁、样式上对
此给以明确的区分和认定。他在这篇文章里,直接指出散文作为"无韵文"
之属,应该归入"英文的 Essay 一流"。他将散文与诗歌、小说和戏剧同论,
认为散文具体包括"解论"、"辩议"、"记叙"、"形状"这四种形态,从而阐明
在用白话文学中,散文是一门与小说、诗歌和戏剧并列,并独立于其他几种
文体的文学样式。在此之前,刘半农曾于 1917 年在《新青年》第 3 卷第 3 期
上发表《我之文学改良观》,第一次提出了"文学的散文"的概念。不过刘半
农在这里所说的"文学的散文",指的是除了"戏曲诗歌"以外的"小说杂
文",即一切带文学性质的散行文字都在其列,而没有将文学中的小说和散
文的界限给予清晰的划分。傅斯年则在刘文的基础上有所深入,进一步将
散文与同样是散行文字的"不歌的戏剧"和"小说"划分了开来。此时,他对

---

① 傅斯年:《文学革新申义》,载《新青年》第 4 卷第 1 期。
② 同上。

于散文应该表现作者的真情实感与个性的美文等,虽还未能明确地指出,但实际已从语言的角度有所触及。这方面的理论性认知,显然有助于在"五四"文学革命中,散文率先实现了由文言向白话文的转变。

对怎样作新文学,傅斯年曾论述中国传统文学的表达手段大都为贵族专用的文言,而完全与民间白话俗语相分离,于是文学也就渐渐脱离了民众现实生活,沦落为封建专制制度的工具,变成了枯死的文学。因此,必须解决文学创作言与文分离的问题,把民间有生命力的白话口语用于文学。这是傅斯年的文学革命观的核心问题。为了解决白话"市语"切合人情但"修饰"不足的缺憾,他曾提出过"文言合一"①的构想,即将文言与白话互相取长补短,以白话为主体,吸纳文言艺术成分来完善白话俗语的文体建设。当时蔡元培、周作人等对此都发表过相近的观点。这种在语言发生巨大断裂性变革之际的意见,体现了先驱者们的一种辩证性思维。自然傅斯年这时也会更多地考虑到向西洋语言借鉴的问题。具体怎样作好白话文,傅斯年明确地指出,必须"凭借"两个要点,即"一,留心说话;二,直用西洋词法。"②他对于第一点,他的阐述含纳了两层意思。首先,他认为人们在做文章时,总是"郑重之心太甚,冲动之情太少",而当说话时节,"心里边是开展的,是自由的,触动很富",因而在写文章时如果"乞灵说话",便往往会"应机立断"、"兴至神来"。他进而强调"文学的精神,全仗着语言的质素"——"第一流的文章,定然是纯粹的语言,没有丝毫掺杂:任凭我们眼里看进,或者耳朵里听进,总起同样的感想。若是用眼看或用耳听,效果不同,便落在第二流以下去了。"③"再看散文的各类各样,还是一个道理,形状的文,全凭说话的自然,才有活泼泼的趣味。……记叙的文,重在次序;这次序正是谈话时时应当讲究的次序。老太婆说给孩子听的故事,每每成一段绝妙的记叙文……辩议的文,完全是说话,更无须说了。这全仗着'谈锋'制胜。……解论的文,看来似乎和说话远些,但是要想又清楚,又有力,仍然离不开说话的质素。"④这便是要求文学语言的时代性,和时代的文学语言的充实、纯洁与明朗。傅斯年的这种"留心说话"的观点,是在倡导白话文运

---

① 傅斯年:《文言合一草议》,《傅斯年全集》第4册,台湾联经出版事业公司1984年版。
② 傅斯年:《怎样做白话文》,载1919年2月1日《新潮》第1卷第2号。
③ 同上。
④ 同上。

动的基础上,对怎样造就成功的白话文学进行的具有实践意义的探讨。特别是他对于语言"质素"的要求,实际通向了语言问题的内核——文学思维的改革。他认为"语言的质素"直接关乎文学精神,认为"中国的'古文',所以弄得愈趋愈坏,只因为把语言里不能有的质素,当作文章的主质"。①"五四"前后,白话文应否取代文言文,白话文对于文学、文化改革的必要性和重要性,是人们掀起讨论争议的一个焦点问题。对于傅斯年的这篇文章,人们一定程度上对其精辟之处的认识不足。这便是其中的关于语言"质素"对于文学能产生决定性作用的观点。现代随着对事物认知的发展,人们已清晰地认识到,语言问题并不仅仅是形式问题,语言变革自然也不只是文化表层的变革。自有文明史以来,语言实质上是人类生命活动的基本体现,是人类思维的本体。当语言在被运用于人们的言语活动时,它即生成和具备了变通和再生的无限空间。与此同时则是人的精神活动和思维活动、思维方式的活跃和突踊,以致影响到人们思维方式的变化。如海德格尔所说:"语言不仅只是工具,不只是人所拥有的许多工具之一种;恰恰相反,正是语言才提供了人处于存在的敞开之中的最大的可能性。"②当年白话文运动对于现代新文化、现代文学创作,其极为重大深远的意义,也就在于此。虽然傅斯年本人早期也多半是在文学形式的层面谈论语言,但我们说他从实质上进入了语言变革的核心问题。

第二点是他提倡语言方式的西洋化。傅斯年认为这是去文言做成功的白话文的另一重要条件。有了来自口语的自然简洁活泼的语言,还要"直用西洋文的款式,文法,词法,句法,章法"③来形成有美感的文章。建议人们对西洋文学,多领略其思想情感,留意其表达方法,运用到写作上,以弥补中国以往白话文的浅显等不足。吸收外来文化因素,本是形成和发展中国现代文化的应有之义,这当然也包括语言。当时如鲁迅、郭沫若等新文学大师的作品中,都明显可以看到对西式语言的鉴取和吸收。应该说在大力输入西方人文理论推动新文化传播的整体背景下,在最初以现代白话语言进行新文学创作的实践努力中,傅斯年主张对西洋语言的语法逻辑、构词方

① 傅斯年:《怎样做白话文》,载1919年2月1日《新潮》第1卷第2号。
② 海德格尔:《荷尔德林与诗的本质》,转引自《西方文艺理论名著选》下卷,北京大学出版社1987年版,第578页。
③ 傅斯年:《怎样做白话文》,载1919年2月1日《新潮》第1卷第2号。

法、运用技法等等的移植与吸收，是有着积极的理论建设意义和实践意义的。也符合新文学创建期文学创作的实际需要。同时傅斯年在这个问题上提出形成所谓"欧化的国语"，则表现了其强调语言"西化"的一种片面倾向。

在他的《白话文学与心理改革》中，傅斯年一再强调白话文学全面、彻底的时代革命性，强调新文学必须有站在时代前沿的、唤起民众和有利于改变国民精神的"灵魂"，"我们须得认清楚白话文学的材料和主义不能相离，去创造内外相称，灵魂和体壳一贯的真白话文学。"①那就是文学一定要有时代新思想的内涵，"真正的中华民国必须放在新思想上面。新思想必须放在新文学的里面……""促动大家对于人生的自觉心"②才能承担起改革思想，并通过思想的途径改革社会的使命。从而形成了他比较完整的文学革命观。

此时处于青年时期的傅斯年，追随陈独秀、胡适揭橥的文学革命大旗。他的关于文学革命的观点，虽然也有失偏颇之处，但总的来说具有深湛的理论前导性和积极的现实意义。对于陈独秀、胡适首倡的文学革命"三大主义"③和"文学八事"，傅斯年的历史观点和在如何实践的理论上都有了进一步的系统和深化。作为新文学理论建设的一支劲旅，他宏厚开阔的历史观念与现实视野，敏识通达的思想理念与深刻犀利的思辨才华，和不避变通的趋实意识，在当时与后世都有着不可磨灭的、独具的影响力。

二

五四时代的人的解放，在人的个性主体意义上，不仅是思想层面和伦理道德层面的解放，还有审美意识的解放。文学革命将中国文学带入了一个开放、自由的时代，也是新文学创造"从别处窃得火种"，借鉴外来文化因素锐意进取的时代。现代新文学的先驱者们，无不置身于西方近代人文思潮和世界文学的潮流之中，向域外寻求汲取着新的美学思想、新的文学观念、

① 傅斯年：《白话文学与心理改革》，载《新潮》第 1 卷第 5 期。
② 陈独秀：《文学革命论》，载 1917 年 2 月 1 日《新青年》第 2 卷第 6 号
③ 胡适：《文学改良刍议》，载 1917 年 1 月 1 日《新青年》第 2 卷第 5 号。

创作方法和批评原则等。经由对外域文化和文学艺术因素的吸取转换,从而构筑现代主体精神和新的文学范式,则是社会历史转型期文化变革的一个重要特征和时代标志。

1918年开始就读于北京中国大学英国文学系的王统照,是"五四"新文学园地热诚辛勤卓有成就的开拓者、耕耘者。在文学创作、翻译、批评、编辑杂志和参与发起新文学社团如文学研究会等多个领域、多方面的活动中,都有他沉毅勇进、意气风发的足迹和身影。在引进和倡导传播世界进步文化文学思潮,介绍外国作家、艺术家的作品及其文学美学思想方面,王统照更是起步比较早、涉猎面又相当宽泛。1919年他开始发表翻译和介绍外国文学的文章,随后几年间,他"先后介绍过俄国、英国、法国、德国、爱尔兰、印度等东、西方国家的作家、艺术家的作品或文学思想。"[1]王统照也由此从中鉴别取舍,形成了自己早期的美学思想和文学创作观念。

王统照16岁考入济南山东省立第一中学,课余嗜读林纾等译的外国小说。在此之前,这个在家乡读《纲鉴》、《易经》、诸子的少年对《封神演义》、《西游记》、《聊斋志异》、《水浒传》等小说有着浓厚的兴趣。1916年冬,王统照投信给《新青年》杂志社,内称:"贵志出版以来,宏诣精论,夙所钦佩。凡我青年,宜人手一编,以为读书之一助,而稍求其所谓世界之新学问,新知识者,且可得藉先知先觉之责任于万一也。"《新青年》第2卷第4号的"通信"栏中发表了这封信,并附加编者按语说:"来书疾时愤俗,热忱可感。中学校有如此青年,颇足动人中国未必沦亡之感。"此时的王统照,一个迫切追求新知的热血青年形象,已经跃然其间。到了北京读大学后,王统照在方兴未艾的新文化运动的浓厚氛围中如鱼得水。他勤奋地投入新文学创作,在写新诗、小说和散文的同时,担任了《中国大学学报》、《曙光》、《晨光》等新文艺刊物的主要编辑人,也是改版后的《小说月报》主要撰稿人。王统照同郑振铎、耿济之、周作人、朱希祖、沈雁冰、蒋百里、叶绍钧、许地山等12人共同发起新文学社团文学研究会。1921年,现代文学史上发展规模最大的纯文学社团文学研究会正式成立。文学研究会的宗旨,是研究介绍世界文学,整理中国旧文学,创造新文学。提倡为人生而艺术。其宣言称:"将文艺当作高兴时的游戏或失意时的消遣的时候,现在已经过去了。我们相信

---

① 刘增人:《王统照论》,山东教育出版社2001年版,第16页。

文学是一种工作,而且又是于人生很切要的一种工作;……"。① 当时随着思想启蒙运动的深入,"五四"青年的思想"渐渐的转移,趋重于哲学方面,人生观方面。"②如茅盾所说:"'人生究竟是什么'? 支配人生的,是'爱'呢? 还是'憎'? 在当时一般青年的心里,正是一个极大的问题。"③从1923年到1925年,王统照主持在新文坛很有影响的文学研究会刊物——北京《晨报》的副刊《文学旬刊》。这时期他介绍和研究外国文学及其思想特点的文章,和他所阐发的文学观点和主张,便主要是在上述情形下形成和加以阐述的。

他说:"我想在目前的状态之下,欲求我们的创作,更深澈,更有力量,不可不有下列的两条的研究:一、多读西洋的创作。二、多研究文学的原理及研究的方法等书。……多读一点文理密察,想象丰饶,艺术生动的西洋文学作品,至少也可以增加我们的思考力,想象力,使我们可以得到创作的方法。"④他介绍过德国哲学家叔本华和哈尔特曼的美学观,拜伦、都德、但丁、契可夫等作家,俄罗斯的文学艺术等等。最突出的,是对他这时期文学观念上有显著影响的爱尔兰诗人叶芝和印度诗哲泰戈尔的研究与介绍,他分别发表了论述这两位文学巨匠生平和创作的长篇论文。

叶芝(W. B. Yeats 1865—1939 年),旧译夏芝。1923 年度诺贝尔文学奖获得者。爱略特称之为"世纪最伟大的诗人"。叶芝早期作品带有唯美主义倾向和浪漫主义色彩。其后因支持爱尔兰民族自治运动,诗风逐渐走向坚实明朗和接近现实。王统照是五四时期介绍叶芝最多的作家。1921年他翻译了叶芝的小说集《微光》,后来又发表了研究叶芝作品和生平的文章。他分析叶芝创作的时代背景,和其所属爱尔兰色尔特族人神秘而浪漫的民族特质,他欣赏其作品里"常常可以看得出……地方色彩异常浓厚。我们可于《微光》这部集子里,见出他对于故乡的一草,一石,以及飞驰的灰云,荒凉的海岸,都有夏氏绵杳幽深的思念"。⑤ 又说"其短篇小说,尤能于

---

① 《文学研究会宣言》,载 1921 年 1 月 10 日《小说月报》第 12 卷第 1 号。
② 瞿秋白:《饿乡纪城·四》,《瞿秋白文集·文学编》第 1 卷,人民文学出版社 1985 年版,第 27 页。
③ 茅盾:《中国新文学大系·小说一集·导言》。
④ 王统照:《对于"创作者"的两种希望!》,载 1923 年《文学旬刊》第 19 号。
⑤ 王统照:《夏芝的生平及其作品》,载 1924 年 1 月 25 日《东方杂志》。

平凡的事物内,藏着很深长的背影,使人读着,自生幽秘的感想。……他能于静穆中,显出他热烈的情感,窎远的思想"。① 他认为夏芝属于新浪漫主义,其哲学即是"生命的批评"主义(Criticism of Life)。而生命是隐秘的,普遍的,无尽的,夏芝相信"美即真而真即美",所以"乃趋入生命的批评之渊","他的愉快,悲郁,爱与同情,缥缈的虚想,深重的灵感,都由他的真诚中渗出,绝非故做奇诡,亦非无病而呻。……他作品中沉郁,奇诞,细致,悲与爱,都是美的精神所寄托处"。② 此时王统照倾心于叶芝的,正是其"生命批评"的精神,从平凡的事像中表达抽象的哲理,于静穆幽婉中寄寓其深邃的思想和情感,一种象征主义的创作理念与创作方法。

在泰戈尔(1861—1941 年)那里,他则看到了美与爱的统一。与叶芝同持泛神论观点的泰戈尔,曾在 20 年代初的中国新文坛引发了"泰戈尔热"。泰戈尔为亚洲第一位诺贝尔奖得主。一个印度民族的世界性诗人。他的作品被大量地译介到中国,他本人于 1924 年应梁启超、蔡元培之邀来华访问,在北京、南京、上海、杭州等几大城市演讲,他的济南之行即由王统照和徐志摩陪同翻译。泰戈尔的"本体即神,神即万汇"——人与自然共为宇宙本体,和以"爱"之力去联合人与外在世界——这类东方式的哲理与宇宙生命观,激发和强化了一部分五四作家在"人"的意识觉醒后,对自我个性、创造性的进一步张扬,也使处在"五四"退潮期心情"大抵热烈,然而悲凉"③的一些青年作家们,在面对"人生究竟是什么"问题的苦恼困惑中,犹如寻到了一剂人生良药。王统照认为泰戈尔和叶芝他们的思想是相契合的。王统照在他的《泰戈尔的思想与其诗歌的表象》一文中,将泰戈尔思想与其诗作概括为:"自我的实现与宇宙相调和","精神的不朽与'生'之赞美","创造的'爱'与人生之'动'的价值"。④ 他精辟而独到地看取其对"爱"的赞美与生命"动"的主张的相结合。在同一篇文章里,他指出泰戈尔"是向世界中寻求嘉果于荆棘丛中的旅客,……要用广大的'爱'来笼罩住全世界",以"广义的'爱'与'同情'",在混扰、烦苦的无趣味的世界,唱响生命的节奏。在中国新文学创建之初,泰戈尔对郭沫若、徐志摩、冰心、王统照等一批重要

---

① 王统照:夏芝《忍心·译者前记》,1921 年《小说月报》第 12 卷第 1 期。
② 王统照:《夏芝的生平及其作品》,载 1924 年 1 月 25 日《东方杂志》。
③ 鲁迅:《〈中国新文学大系〉小说二集·序》。
④ 王统照:《泰戈尔的思想与其诗歌表象》。

作家的思想和创作,都产生过比较深刻的影响。泰戈尔的哲学观有其自相矛盾性和博杂性,其时对于现代作家的影响,从主要方面来看应该说是积极的。

王统照在 1919 年前后,就开始了对美学、美育的研究和提倡,发表了《美之解剖》、《美育的目的》、《美性的表现》等文章。此时他持有的追求"美"与"爱"的文学观,既有泰戈尔、叶芝的显著影响,也带有其来自儒家文化心理积淀的道德理想主义的追求。认为凭借着对内道德完善、对外同化世界的"美"与"爱"的力量,便可以去改良黑暗的人生,也"将可怜污浊的中国社会完全改造"。① 如他所说:"此人类烦闷混淆之状态,亘遍于地球之上,果以何道而使人皆乐其生得正当之归宿欤? 斯则美之为力已。"②当这种含有人类终极价值的哲理性观念,即具有纯粹性、超然性的美与爱,付诸于中国 20 世纪 20 年代的社会创作实践时,则会产生艺术上的玄虚和幻美。如前所述,王统照的这一文学观,与时代精神和时代社会环境有着不能分割的联系。在当时的青年知识分子中也有着相当程度的共鸣与反响。王统照此时的文艺理想虽然有虚幻的成分,但仍凸显地存在着关注生命和现实人生的人文主义内核。其五四期间的文学创作,也由此呈现了他独特的个性的色调。后来随着他在社会生活和创作实践中的自我调节,更多是出于对民族现实苦难的关切,使王统照蜕去了前期文学观的影子,像他所喜爱的叶芝那样走向更坚实、更加贴近社会现实的创作之路。

作为五四时代狂飙激进的启蒙者队伍的一员,王统照其实一直在以自己的思索呼应时代精神的召唤。这一点从他当时关于文学批评标准的见解上也能得窥一二。如他认为不同的时代即有不同的文学批评标准,它有着鲜明的时代性,并有着阶级意识和艺术意识的烙印。在 1922 年发表的《文学杂评三则》中,针对社会上新旧文学争论中的"文学上必以善为目的的虚矫说",他说:"'善'固为文学中之所有事,但什么是善? 标准何在? 在君主时代的文学,则以歌颂圣德铺张鸿业为善;在革命时代则以文学的力量,激起人民的反抗为善。然则善在文学中,不过是种随时转移的东西,……譬如浪漫主义盛行的时代,以描写得热烈奇幻为善;而自然主义流行的时代,又

---

① 王统照:《美育的目的》,1919 年 11 月 1 日《曙光》第 1 卷第 1 号。
② 《〈春雨之夜〉序》,《王统照研究资料》,宁夏人民出版社 1983 年版,第 173 页。

以冷静观察写实的方法为善。写大人先生曲曲传神,固是善,即写微事及乡民的生活,也何尝不是善。"因此,"取这个笼统的'善'字做文学的标准,不能深入文学的内奥的。"①他进而批判了旧文学使人"敬慎恐惧,非礼勿言"的"温柔敦厚,乐而不淫,哀而不伤"的价值尺度,认为应以文学是否体现了时代精神、是否表现了有利于时代人生的真实的情感等为评价其优劣的标准,而要摈弃文学以教训主义、道德主义为根本的余毒等等。② 表现了其彻底反封建主义的民主精神锋芒和建设者的无畏气概。

当时对于向国内翻译、介绍何种写作风格和艺术倾向的作家作品,新文坛也有各种不同的意见。王统照则坚持认为文学创作关键在"其思想的骨子",文学形态或是写作风格应该多样化,而不应受到任何框定的局限。在介绍叶芝时他这样写道:"或者有人说:在中国这样的思想黑暗的状况下,不应介绍这样新浪漫与带有象征色彩的作品来。这句话,我也认为有片面的理由,但文学绝不是在一个范畴里能笼罩住的,况且即使任何神秘与浪漫的思想,必有个本然的物事,作其思想的骨子。不过不如写实主义的明著与直观罢了。"③他认为文学本质是自由化的、心灵化的文体话语方式,文学艺术的创作方式和表现手法是可以、也应该是自由选择的。而不要试图用某个固定的"范畴"去套住它。在这里,他是从文学主体意识、文学文体的构成本质和审美价值出发,而不全然是从文学的社会功利立场去看问题的。这样的观点,在当时和后来都无疑是可贵的。对整个现代文学建设乃至后来的文学发展,都有着现实的理论意义。

王统照在五四新文学创立之初的有关文学理论及创作观念的阐述与探索,包括他从接受外来文化因素的角度表现出来的开放态度与科学精神以及由此所折射的多元文学意识,都体现了新文学建设时期的重要观念内容。加上他当时身处北京新文学活动的一个中心圈子里,与郑振铎、沈雁冰、耿济之、叶圣陶、瞿菊农、朱自清等多位新文学干将交好往来,相互呼应,他的文学主张,他在新文学社团及文艺刊物所发挥的作用,都是新文学初创期和现代文学史册上一个非常醒目的存在。

---

① 王统照:《文学杂评三则》,《王统照文集》第6卷,山东人民出版社1984年版,第413页,416页。
② 同上。
③ 王统照:《夏芝的生平及其作品》。

第二节　五四新文学的多元开拓与文体创建

实现中国文学的现代转型,在否定旧的文学体系、吸收外国文化思潮的同时,更重要的是建设新文学实体。"五四"运动后,新文学在同旧文学的斗争中已取得了明显优势。白话文运动和鲁迅的《狂人日记》等作品也为新文学创作开辟了道路。但处于初创阶段的新文学,在"文学革命"的理论建树后,实际的文学创作还比较少,特别是陈独秀、鲁迅等先驱者寄予了期许的、视为"改良社会人生"器械的小说创作。而当时的新文学运动则亟需要创作"实绩"的现实体现。正是在这期间,杨振声、汪敬熙、王统照、王思玷等人在文坛上开始崭露头角。他们和傅斯年都属于继鲁迅、胡适等人之后,是新文坛最早一批创作"为人生"文学的作家,给初生的新文坛增添了生机和活力。其中杨振声 1919 年开始发表小说,王统照 1918 年开始发表作品、王思玷于 1921 年起发表小说,他们三人,在这期间比较集中地发表了一些小说作品,王统照还有相当数量的新诗和散文。他们蕴涵了固有文化气质的时代人文情怀,使其创作饱含热诚和悲悯,激切地贴近生活,体现了深重的忧患意识,为新文学初创期相对寂寥的文坛,带来了社会底层特别是农民的生命状态和知识者心灵的真实画面,其中不乏当时新文学其他作者尚未涉及、或少有表现的生活层面及人的内心景象。从而对五四新文学的主题及其题材领域,进行了积极的深化与开拓,在新文学表现手法、作品体式等方面的建设上,也做出了独特的优秀的奉献。而在他们成为中国新文学创作的先驱及前导性力量的同时,也为现代齐鲁文学,竖立了勇毅坚实、富有创造精神的时代里程碑。

正是一位学者在谈到五四乡土小说时所总结的:"以倡导'民主''科学'为内容的五四新文化运动,在本质上是一次'人'的自觉、'人性的解放'的文化运动。这一带有鲜明'现代'胎记的文化思潮,在不同的文化系统中,以不同的方式表现出来。政治思想界的'劳工神圣'的思想的传播,与文学领域里'为人生'启蒙的文学思潮的高涨,无不导源于'人性的解放'的文化思潮,它们又都给'乡土文学'作家以直接的、巨大的影响。"①这种影

---

① 陈继会:《五四乡土小说的历史风貌》,《郑州大学学报》1999 年第 6 期。

响,实际也广泛覆盖了五四时期所有从事"为人生"文学的作家。具体而言,新文化思想解放运动与社会革命主题的连接,进步思想界如李大钊、蔡元培等人对新俄革命和第一次世界大战"庶民的胜利"的宣传,对中国农民问题的深刻阐发等,一起形成了当时社会思想变革的浓厚气氛,感染和引导着广大爱国青年。如李大钊 1919 年 2 月发表于《晨报》的《青年与农民》一文,号召和鼓励青年对广大农民要"关心他们的生活利病",帮助农民"脱去黑暗",因为"我们中国是一个农国,大多数的劳工阶级就是那些农民。他们若是不解放,就是我们国民全体不解放;他们的愚暗,就是我们国民全体的愚暗"等,就非常具有启示性和激励性。许多的进步报刊如《晨报》、《小说月报》、《每周评论》和《觉悟》、《湘江评论》等,也都纷纷发表尊重劳工,关注农民问题的言论,像《新青年》还专门组织、刊发了关于农民现状问题的调查,等等。在这一思潮的影响下,更多年轻的知识分子,开始将关注自我,渴望改革的目光转向了社会普通大众,转向了城市劳动者和农民。与此同时,倡导"人的文学""平民文学"的启蒙主义文学思潮,则为接近和爱好文学的五四青年,找到了释放沸腾的爱国热情和青春激情的路径,亦是找到了他们的人生目标和战场。周作人发表的《平民文学》,继陈独秀提出的建设"平易的抒情的国民文学"、"新鲜的立诚的写实文学"和"明了的通俗的社会文学"主张之后,具体指出文学要关注平民的普遍人生:"平民文学应该着重与贵族文学相反的地方,是内容充实,就是普遍与真实两件事。第一,平民文学应以普遍的文体,写普遍的思想与事实。……只应记载世间普通男女的悲欢成败","普通的男女是大多数,我们也便是其中的一人,所以其事更为普遍,也更为切己。""第二,平民文学应以真挚的文体,记真挚的思想与事实。"①在其更著名的《人的文学》里,他主张要"以人道主义为本","对人生诸问题,加以记录研究。"②新文学创作的主帅鲁迅,则对于"为什么做小说",一直是明确而坚定地宣称:"以为必须是为人生,而且要改良这人生。"③他的《狂人日记》、《孔乙己》、《药》等小说,以其彻底的反封建精神和深切的人生洞察,实际导引着新文学创作之路。这一切,都深刻地

---

① 周作人:《平民文学》,载 1919 年 1 月 19 日《每周评论》第 5 号。
② 周作人:《人的文学》,载 1918 年 12 月 15 日《新青年》第 5 卷第 6 号。
③ 鲁迅:《我怎么做起小说来》。

影响了当时一些年轻作者的思想见地和文学视野。

而对于杨振声、王统照、王思玷等人来说,他们分别出身于山东历史文化积淀深厚的蓬莱、诸城和兰陵等地区的诗书乡绅之家,在他们的身上,既有上述新思潮种种强烈而深刻的影响,同时,沉潜在他们文化心理结构和人格底蕴中的,还有齐鲁文化传统中积极入世、务实开放和"齐国平天下"的理想主义情结,有着"民为贵,社稷次之,君为轻"①"义于人"②等等传承了两千余年的民本思想和尚义精神,有在其自幼生活、教育氛围中所强调的"至大至刚""则塞于天地之间,配义与道"的"浩然之气"③的涵养。对于土地、对于农民,他们更有着一种深切的天然联系。如王统照在十六七岁尚未离开诸城家乡时,便在其旧体诗里写有"阅得人间忧患始"、"齐鲁山河惊卧虎,燕幽烽火急征骖"、"呜呼天公作剧亦何恶,欲索吾民如枯鱼"等伤时悯农的诗句。④ 而杨振声的故乡蓬莱临靠大海,那里自古以来文化相对开放,明代著名爱国将领戚继光,曾在杨振声生长的水城镇操练水师,抗击倭寇,其事迹一直在当地传颂不歇,激励着一代代的年轻人。这所有的一切,在杨振声王统照们接受了新文化思潮影响,形成了现代文化人格并在具体实践中去体现时,其中那些与之文化心理、人格理想相契合的部分、便会得到进一步的融合和强化,从而外化为其言行和文学活动的特征,并自然而然鲜明地凸显出来。这同时也是形成他们从事文化、文学活动和个人创作特点的一个重要内因。

一

杨振声和王思玷的小说创作,从一开始就较多地集中在农村和农民生活的题材,是五四新文坛最早关注和表现中国农民苦难命运的主力军。

杨振声在山东故乡度过了童年和少年时代,沿海农村渔民的生存情景,生活习俗,给他留下了深刻的印象。他从 1919 年 3 月发表《渔家》开始,到

---

① 《孟子·尽心下》。
② 《管子·白心》。
③ 《孟子·公孙丑上》。
④ 王统照:《剑啸庐诗草》,转引自刘增人《王统照论》,山东教育出版社 2001 年版,第232、233 页。

1921 年,已在《新潮》杂志上陆续发表了《渔家》、《一个兵的家》、《贞女》、《磨面的老王》等短篇小说。稍后还有《李松的罪》、《瑞麦》等。他这时期小说最突出的特点,正是鲁迅所指出的"杨振声是极要描写民间疾苦的"。①在他笔下出现的,是社会中普通劳动民众,特别是农民悲惨的命运景象。《渔家》,写了渔民王茂一家房屋颓败欲倾,妻女忍饥哀啼的日常景象,王茂却因欠渔税要被官府捉走,强风暴雨又使屋墙倒塌压死了他的小儿,残酷的人祸天灾致使他家毁人亡。《一个兵的家》以一对濒临饿死的爷孙街头乞讨的惨景,反映了军阀战争中阵亡士兵家庭的痛苦绝境。当作品中的"我"与颤抖挣扎在雪地里的爷孙俩对话时,"忽听呜呜的大叫,好似怪兽一般的声音,一辆汽车,两旁站的四个兵,里面坐的一位军官,带风卷雪而来。"一边是将要饿馁冻毙街头的爷俩,一边是踏着士兵的尸骨得意洋洋驰车而去的军官,鲜明的对比中,留下了悲愤的余音。《贞女》写了一位少女与死去未婚夫的牌位成亲,最终抑郁自尽的悲剧。小说的开头,是在街人围观视为习俗常规的情景氛围中展开的,令读者深深感受到了封建礼教环境、贞烈观念对于人性的残酷和窒息般的压抑。《磨面的老王》,展现了一个磨面谋生的农工劳苦而凄凉的生活。孤儿老王为人磨了半世面,依然孑然一身。穷愁病倒在破屋里,只有邻家的狗儿来吠两声。作品精彩处,是从心理幻化的视角,再现了的老王在极度孤独失落中,忽有妻儿在侧欢声笑语温馨可人的昙花一梦。梦里梦外情景的鲜明对照,人物心理感受的前后巨大落差,愈加烘托出了这个赤贫的人儿孤独凄楚、可悲可叹的人生处境。正是因为要着力表现底层劳动人民的非人生活,杨振声所选取的一般都是悲剧题材,而且往往直接从当时为新文化运动关注焦点的社会问题中撷取叙事素材。此时他在描写技巧上,虽然还稍嫌幼稚,但他善于运用对比衬托的手法,和通过人物对话或心理活动来渲染气氛,从而有力地突出了作品的主题。

对于文学创作,杨振声表现了强烈的社会责任感,寄托了他深切的悯农情怀。他在《今日中国文学的责任》一文中,直接阐明了他对于文学的一贯态度:"文学得负责记载下它生长的时代。这是一个什么时代?……战场上的血渍,闾闾间的眼泪,这些都无记载,是谁的责任?平时的横征暴敛,临时的水旱天灾,流民遍地,饿殍横野,这些都无记载,又是谁的责

---

① 鲁迅:《中国新文学大系·小说二集导言》。

任？……。"他认为今日的文艺,需要"血泪的灌溉"。① 他的上述作品出现于当时的文坛,有着非比寻常的意义。20 年代前后,在新文化激荡中打开思想禁锢的文学青年,其注意力和写作的主题,大多集中在反映个性解放和控诉不人道的封建婚姻制度,追求婚恋自主方面,小说以表现小知识分子婚姻不自由的痛苦和感情生活为主要内容。如鲁迅所说"笔墨总不免伸缩于描写身边琐事"。② 这类作品当然也有其思想和艺术上的积极意义,但多数如此,就显示出了新文学题材上的狭窄,和此时继续向深度开掘的必要了。茅盾在 1921 年进行了一次创作现状的调查后认为,三个月中发表的一百二十多篇小说,"竟可说描写男女恋爱的小说占了全数百分之九十八,"而"大多数创作家对于农村和城市劳动者的生活很疏远,对于全般的社会现象不注意,他们最感兴味还是恋爱,……"。③

就是在这样的文坛风气下,杨振声将目光执著地投向了社会最底层那些被毁损、被践踏扭曲的人生。在《李松的罪》、《瑞麦》等作品中,前者写了被生活所逼铤而走险的农民,以现实情景和心理活动的交织,撕开了社会暗影中农民对残破生活的绝望和挣扎。后者写农村老汉被愚弄伤害的经历,从中揭露了地方官员的愚昧贪婪嘴脸。其描写技巧更加流畅成熟。他的这些小说,在一段时间内集中地广泛地触及了当时各方面的社会问题。如农民民生问题,军阀战争的灾害,婚姻制度及妇女命运,劳动者的权益等等,并且尽力去挖掘其社会根源。这正是杨振声此时创作中特有的人道主义。正像有的学者精辟地指出的,他的人道主义,不同于《新潮》其他的小说家,"也远远超过了本时期胡适的诗歌《人力车夫》所表现的贵族老爷布施似的人道主义,而注入了更多的平民主义的内容和较深刻的阶级内容。""杨振声极力描写被压迫者的悲惨生活,揭露出更为尖锐深刻的社会矛盾,……这无疑是给当时的文坛吹进了一股新鲜空气,开拓了一个新的潮流。"④

在同时期默默地进行着坚实的开拓,把山东土地血与泪的生活呈现给文坛的,还有王思玷。

---

① 杨振声:《今日中国文学的责任》,载 1934 年 1 月 1 日《国闻周报》第 11 卷第 1 期。

② 鲁迅:《中国新文学大系·小说二集导言》。

③ 郎损:《评四五六月的创作》,载 1921 年 8 月《小说月报》第 12 卷第 8 号。

④ 孙昌熙、张华:《杨振声和他的创作》,见《杨振声选集》,人民文学出版社 1987 年版,第 351,352 页。

王思玷,曾用笔名王一民、王亦民。生长在李白"兰陵美酒郁金香"诗句所吟唱的兰陵平原。20 年代也出生在兰陵的旅美著名华人作家王鼎钧与王思玷是祖屋紧邻的同乡,著作等身的他后来在回忆录中,深情地回顾了王思玷兄弟给家乡及家乡人留下的深刻印记。他说,家乡家族自古人文昌盛,"酒香之外,兼有书香。民国肇造,新学勃兴,我们家乡是个小地方,骤然跟新时代潮流脱了节,幸亏还有青年子弟剪了辫子出去受教育,璞公玷公是其中之佼佼者。这兄弟俩本来是学铁路的,那时都相信'建设之要首在交通',本来毕了业就可以出去做官的",可在军阀混战、政局不定的情势下,王思玷兄弟决定回乡办小学校,"这个决定何其了得,弟兄俩承先启后,把文化的命脉在我们家乡接通了。"①这儿说的便是王思玷和其大哥王思璞。教学期间的王思玷经常以"怎样做一个人"为题,向学生灌输个性解放和反帝爱国的新思想。走向了民间的王思玷,在 1921 年应《小说月报》征文写下了第一篇小说《风雨之下》,描写了一个老农在无情天灾之下接连遭受重大打击的生活惨剧,表达了作者对农民生存艰辛的深切理解和同情。小说被选为征文的优秀作品,在当年的《小说月报》第 12 卷第 9 号发表。此后两三年间,王思玷在《小说月报》上陆续又发表了 6 篇小说,即《偏枯》、《刘并》、《归来》、《瘟疫》、《一粒子弹》和《几封用 S 署名的信》。茅盾在编《中国新文学大系》小说第一集时,选入了其中的三篇,并用颇长的篇幅对王思玷的小说逐一作了介绍,认为它们"不但在题材上是新的东西,就是在技巧上也完全摆脱了章回体旧小说的影响。它们使用活人的口语,用'再现'的手法,给我们看一页真切的活的人生画面",遗憾的是其后作者"象彗星似地一现就不见了",其作品"留给我们的很少,可是单单这少数的几篇也值得我们再提起了"。② 其中流溢着对这个"无名"作者的珍视之情。茅盾当时只知道"王思玷大概是山东人,(我记得他的稿子都是从枣庄寄的)……"。实际上就在 1925 年,王思玷在创作势头正盛之时,为救国家人民于水火,投笔从戎,加入了北伐革命军山东游击队第一支队,与军阀张宗昌部作战,于 1926 年深秋在其家乡兰陵附近壮烈牺牲。

王思玷所创作的 7 篇小说,都取材于触目所及的社会现实生活,其中有

① 王鼎钧:《昨天的云》,吴氏图书有限公司 1992 年版,第 90 页,91 页。
② 茅盾:《中国新文学大系·小说一集导言》。

5 篇是农村题材。精细的细节观察和描绘,成功的人物描写,以及用自述或反讽式的幽默笔法,深入表现人物的心理活动,以及富于乡土气息的鲜活质朴的语言等,都显示了他优异的文学才华。正如一部现代小说史中所说:"值得惊异的是,他初涉文坛就显得那样成熟,作品不多却给人难磨的印象。……堪称佳作的《偏枯》是比徐玉诺作品更为周密和细腻的。"①《偏枯》写了一个依建在佛寺高墙下的农家骨肉离散的悲剧:瓦匠刘四患病无法谋生,不得已将五六岁的大儿卖给寺院和尚,尚在吃奶的三儿送了人家,二儿跟了去做奶妈的母亲。小说在情节虚实相间的逐步推进中,以对人物的情感、特征和不幸命运的出色描写抓住了读者。那简陋小院里,无奈的父亲,可怜的进退两难的母亲,天真的阿大对未来命运令人心酸的敏感,中人张奶奶的同情与泪水,简单的话语和动作,一一充满了淳朴的生活味儿,又由细节处处渗透出无边的悲恸。茅盾对其十分欣赏,评价道:"他的文字也许稍嫌生涩些,然而并不艰晦;他那错综地将故事展开的手法,在当时也是难得的。……这是一个三千字左右的短篇,然而登场人物有六个,这六个人物没有一个不是活生生,——连那还在吃奶的三儿也是要角,不是随手抓来的点缀品。而在六个登场人物以外,还有一个不登场的人物,买了阿大去的和尚,却也是时时要从纸背跃出来似的。"②

《刘并》和《瘟疫》则在形象地再现了农民艰难的生存环境同时,进行了对人物心灵的把握和深度挖掘。前者写农民刘并即将丰收的高粱为地痞所盗,抓了盗贼交与保长。却又不敢相信保长要钱的暗示,结果地痞放出来后更凶暴地祸害他的庄稼和土地。文中这爱庄稼如命的农民的情绪变化,写来丝丝入扣。刘并将抓到的地痞交给了保长后,一边担心没有人情保长不会管,一边又竭尽想象,设想保长是个清官来宽慰自己。最后两种结局的揣测,更加符合其人性的逻辑。后者《瘟疫》,则以独特的角度,写出了大兵的到来给整个村庄带来的惊惧和慌乱。闻兵之将至,束手无措、惊悚不已的村民,推出了自荐神勇无敌、连县官大老爷也不曾怕过的屠夫去"接驾"。而当"潮水般"的兵队涌来时,屠夫三哥立时"仿佛丧失了知觉",旋即又被兵疑为"奸细",而且越辩越疑,"简直要疯了"的屠夫"骤然间出人不意,像一

① 杨义:《中国现代小说史》(上),人民文学出版社 1986 年版,第 308 页。
② 茅盾:《中国新文学大系·小说一集导言》。

只狗一样抢命似地跳入了关好了门的墙垣里面。"兵患如匪患,兵祸猛于虎,现代不少作家写过这类题材,但王思玷选取了独特的喜剧式的反讽角度介入,整个过程滑稽中透出无比的沉重。在幽默夸张的形式里,这一悲剧主题得到了更为细致、深切地展现。

在两篇反战题材的作品《一粒子弹》和《几封用 S 署名的信》里,作者则先后用了交错的视角和自述式手法,以士兵本身的战争遭际和其身心备受戕害下的醒悟,激烈地诅咒了内战的罪恶。这两篇作品一个是以交叠映现、往复穿插的形象画面,完满地表现了人物从自得、幻灭、被摧残和绝望的短暂人生;后一个则是以书信体的形式,表现了一个身蹈战火的军官,被军阀战争的冷酷、毁灭所震撼,从而引致其内心一步步反省,发出了痛苦、撕裂的陈述和呼号。他"终于觉悟了他在那无名目的混战中的真实地位"。茅盾认为,这篇小说"像他所指出来的下级军官在战争中的真正地位,那时候许多非战的小说也都没有写到。""所提出的问题又非常尖锐,它比起《小说月报》革新以前,冰心所写的同类题材的小说《一个军官的笔记》是前进一步了。"①

王思玷的小说多数是纯客观的描写,有时也表现为寻求主观的突出,如《归来》和《几封用 S 署名的信》,还有如《瘟疫》那种在当时少见的幽默笔法。他的作品不仅表现了多样化的形式,刻画了凸出的人物形象,在叙述视角上也打破了全知全觉的叙述方式,在叙述中往往是用第一人称和第三人称,或两者交错运用,形成限知性叙事。限知性视角的使用,使作品内部因距离或空间叠错进而产生审美张力,也更有利于作者在其中释放丰富的想像。

在杨振声和王思玷反映农村、农民题材的小说里,有着浓郁的乡土气息和地方色彩。这主要表现在对地方景色、地方民俗的描述和生活口语及民间方言的运用上。杨振声笔下有山东海湾渔村的惨淡屋舍,满铺了深绿浅绿麦苗摇曳的初夏麦田,冬季朝日照在带雪的山尖上,山脚下走着一群群驮了柴草的小驴子。有胶东农村"七月七"做巧果子的风俗,祭灶的风俗,有关瑞麦的传说等等。王思玷那里则映现了鲁南地区特有的古老高大的白果树,灰白色的干燥的麦草屋,红头绿杆的大田高粱,农家院落的石磨和乌黑

---

① 茅盾:《中国新文学大系·小说一集导言》。

的煎饼鏊子。还有元宵节捏面灯,春季祈雨的习俗等等,都充满了独有的地方魅力。同时,他们注意白话口语和地方方言的使用。杨振声善于运用简洁、传神的生活化的口语,王思玷的小说里则比较多地掺杂了鲁南地区的方言,使其小说显现了鲜活的生命力和原初的生活气息。

现代乡土文学,是现代新文学历程中向着民族化发展目标而逐步推进的一种主流趋势。而20年代的五四乡土文学创作,是其第一个兴起阶段。杨振声和王思玷的乡土小说写作,起步早于一般文学史上指出的五四乡土文学作家群体,如蹇先艾、许钦文、黎锦明、台静农、冯文炳、王鲁彦、徐玉诺、许杰、彭家煌等人。杨振声属于第一批从事"为人生"文学的新潮社群体,王思玷则是"在新文学第一个五年中,描写农民形象较多的作者"。① 有学者以王思玷的《偏枯》举例,认为"诚然,在早期人生派的小说中,这种描写农民的佳作还不甚多",而这类在"为人生"的态度下写农民的小说,"它们的出现绝非偶然。这些作品与鲁迅描写农民生活的杰作相呼应,与乡土写实小说流派相沟通,从而使我国新文学的第一个十年的小说具有与人民的深刻联系,尤其是与民主革命的主力军农民的深刻联系,它们共同形成了新民主主义文学同以往的文学相区别的这个重要而鲜明的特征。"②在当时还鲜有直接反映农村题材的作品时,杨振声和王思玷即进入了这一领域,以现实主义的多样化手法,忠实地记录了20年代前后中国北方农村经济崩溃的情景。他们所表现的民生艰辛,对封建专制和军阀横行社会的尖锐揭露与批判,对劳苦民众尤其是农民生存常态的观照与反思,地域色彩与乡土风俗的生动映现等,都是五四乡土文学创作的最初收获和富有生命力的组成部分,是其作者群起、高潮到来之前的先导力量,和最先奔突而起的涛涌。

二

王统照的早期创作,以独特、多样的形式取得了斐然的成绩。涉及新文学小说、诗歌、散文多项领域,反映了他开放的创作观念和开阔的文学视野。作为文学研究会与叶绍钧、冰心等齐名的主力作家之一,在这一时期,王统

① 田仲济、孙昌熙《中国现代小说史》,山东文艺出版社1984年版。
② 杨义:《中国现代小说史》(上),人民文学出版社1986年版,第309页。

照既写了一些直接描述社会人生苦难、展示现实景象的作品,更从其特有的哲学观和美学视角出发,创作了一批具有象征意味、抒发其生活哲思的短篇小说,结集为《春雨之夜》。他还有发表于 1919 年至 1924 年的新诗结集《童心》,散文集《片云集》。这时他的大部分作品以追求"爱"与"美"为主题,同时抒发了作者自我探求及主观冥思的心迹,在新文学初期,突出地展现了知识分子独特的心灵图景和个性化审美体验。

他描摹现实的一类作品是从 1920 年发表的《卖饼人》开始,还有《警守钟》、《湖畔儿语》、《生与死的一行列》、《车中》、《司令》、《沉船》等。以其真挚沉实的现实笔触,叙写了人世间的悲苦与不幸,发出社会批判的强音。《卖饼人》从雪天卖饼的老者口中,讲述了一个女孩与母亲在生活中的苦苦煎熬:当母亲在父亲阵亡消息的打击下一病不起,羸弱的女孩连御寒的棉衣卖掉也挽不回母亲的生命,而母亲死后,那羸弱孤女在风雪中纤细的哀哭声,闻之令人心碎。《湖畔儿语》里的男孩小顺,他做铁匠的父亲失业后,在店铺当小伙计无法维持一家人的生计,只得由男孩的继母去出卖肉体。这样每到夜晚,小顺和他的父亲便躲到了黑暗的屋外去。作者痛心地展示给人们,这个夜夜在湖边孤独游荡的小小身影上,笼罩着怎样困顿暗淡的生活阴霾。还有《生与死的一行列》,作过挑夫、茶役、小贩、清道夫的魏老头死了,他跛足的养子和贫民窟里的老老少少一行人,组成了灰色的行列给他送葬,穿行在满街红男绿女的人群里。这幅对社会最底层的悲苦人生和冷漠社会的写照,成为 20 年代北京城市街头的世俗风情画。王统照的写实性作品,往往直接取自于生活中的见闻和真实事件。如上面孤苦女孩的故事,来自他在北京寒冬季节街头的实事闻录,湖边男孩的生活处境,则来自他曾居住的济南大明湖畔真实的一幕。他看取现实的目光,此时往往投注在社会生活困境中最弱小的妇孺身上,亦投注在由社会制度或恶劣势力人为因素造成的悲惨事件上,并扩展至对其社会背景的观照。如取自当时青岛日本轮船强行超载,结果航船倾覆致四五百人死亡惨剧的《沉船》,就属于后者。作品通过欲往关东逃难的乡村理发匠一家随船沉没的惨痛遭遇,以及大批因"兵火,盗贼,重量的赋税,与天灾"逃离家乡的难民的侧影,折射了中国城乡普遍衰败的现实,寄托了作者深沉的忧愤与哀悯。

王统照早期包括受泰戈尔、叶芝等人影响所形成的开阔的艺术视野,使他在此时更突出地以"爱"与"美"为人生追求进行创作,表达着他对社会人生问题的哲理思考,同时真诚地再现了一部分五四青年寻找思想出路,同时充满憧憬与幻灭的心路历程。像短篇小说《微笑》,写一个浑噩懵懂的盗窃犯,在监狱里偶然看到了一个女囚对他纯美慈蔼的一笑,他的冰冷的心被豁然振动和发生了变化,出狱后即革心洗面,"居然成了一个有些知识的工人"。这篇小说的象征性是不言而喻的。在污浊混沌的社会里,王统照向往这种美与爱所产生的伟力,表达他用爱的力量去融化冷漠和隔阂的理想境界。然而追寻理想和正视现实是他作品的一体两面,他同时在作品里隐晦地批评对爱和美横加摧折的社会现实。《沉思》中的画家与美丽无伦的女人琼逸,都希望能在艺术上实现真正的美与爱。琼逸愿意给画家做模特,以使他"画出一幅极有艺术价值而可表现人生真美的绘画"。然而那代表了爱与美女神的模特,却在先后打上门来的追求者——年轻记者和庸俗官吏的搅扰下,远远逃离了画室,独自在郊外怅惘沉思。这就暗示了真正的"美"在社会的不被理解,甚至会遭到禁锢和肆意的伤害。王统照的这类作品,有着泰戈尔式的"爱"的内核,又借鉴了叶芝的象征主义精神和艺术手法,在平凡的事物里,寄寓了其深邃的思想。小说《雪后》是另一个典型的例子,天真的儿童用积雪搭建的洁白雪楼,仿佛神话中的雪堡那样可爱。但一夜之间,在伴随着枪炮声的人迹和马蹄踩踏下毁坏了。晶莹漂亮的雪楼的坍塌,不仅象征了军阀混战对人间美好事物的践踏,也象征了作者理想境界的幻灭。还有表达青春隐秘情思和对真与美的忆念的《春雨之夜》等,蕴藉委婉,轻清又朦胧,既是对纯真美与爱的写真,亦是作者自我青春意象的投射。王统照与同时期也写过"美"与"爱"的叶绍钧和冰心不同,叶绍钧是注目于人的天性与自然中的美和爱,冰心则希望通过"爱"的神性来抵达人的道德的完满。而王统照这些作品,是希望能以爱与美的力量,去对抗现世的污浊,以提高人类的思想和感情。而其在现实中,往往是碰壁的,所以又内敛着一种压抑和怅惘,正如当时有人指出的,他"大致是描写实际生活与理想生活不融洽。……他所诅咒的是与爱和美的生活不调和的生活,想象中建设的是爱和美的社会。"①后来郑振铎也针对王统照这时的创作说:"他的小说具有特殊的风格,表现出'五四'时代所共有的反抗的精神,同时却

---

① 瞿世英:《春雨之夜·序》,见《王统照研究资料》,宁夏人民出版社 1983 年版,第 173 页。

加上他自己的婉曲而沉郁的情绪。"①叶芝的小说《微光》取材于爱尔兰居尔特族人的神话和传说，叙写了一些巫怪、水鬼等奇异之事，流动着深郁而玄妙的诗意，在某些方面，与我国出自齐鲁之地的《聊斋志异》一书有相通之处。王统照大约对在其感到新奇和服膺的同时，还体味到了某种隐约遥远的亲熟之感。他在这些小说中正像他所介绍的叶芝那样，"他对人生所下之批评，不是直接的议论的，是隐秘的，是暗示的，是象征中包含的教训。"②尽管他此后不久在现实的发展中即意识到："我怕他（指叶芝）那种神奇的思想没得多人了解，所以终于连译成的《微光》全集都抛在书架上没有发表过。"③但此时他在具体可感的形象中含寓思想的暗示，或诉诸幽缈的玄思，把对中国社会现实的理性思考和有关人生的哲学玄想融溶在象征性艺术之中，反映了他早期融合外域营养和个人气质所形成的一种独特的美学追求和写作个性。为五四新文学创作丰富了艺术表现手法，增添了文学的思想和个性色彩。

他的诗集《童心》，也是写自然，写童心，写爱与美的赞颂，同时有诗人忧患与焦灼的"心"之寻索和探询，如《冬日出京前一夕示唯民》："乱感相交迫，生命的光向哪里寄托？"如《松荫下的倦》："血泪磅礴的身躯／忧思戕伐的皮骨／宇宙的核心／教我怎样地辛苦惘惘地去寻觅你呵！"浓郁的诗情，浓烈铿锵的意象，袒露了作者执著沉郁的气质和诗美格调。

他的《片云集》里的散文小品，大部分写于1923年至1926年之间，他散文的形式，不拘格套，率性而为，但此时已表现出了其独特的艺术色调。主要有两类，一是其冥想式的、带有哲理意味的小品文，像《片云四则》、《绿荫下的杂记》、《如此的》、《阴雨的夏日之晨》、《秋林晚步》，等等。它们多是围绕着某一生活情境，或是一件小事和生活里的某种经验，在描述和议论中呈示其含有哲理性的意蕴。所表达的往往是对人生意义和命运的思考，或者由物及人，从生活的挫折和失落中体味艺术的真谛。它们都浸染着或浓或淡的冥想色彩，将自我对现实的投射与暝想交融为一体，展开丰富迤逦的想象，表现其幻美郁婉的遐思。二是诗性散文，往往直接进入抒情主体的情

---

① 《人民文学》1958年1月号。转引自刘增人《王统照论》，第87页。
② 王统照：《夏芝的生平及其作品》，载1924年1月25日《东方杂志》。
③ 王统照：《夏芝思想的一斑》，载于1924年1月5日《文学旬刊》第22期。

感世界,作品全篇充斥和跳跃着情感意象,在段、节、句之间有着鲜明的节奏感,想象更加瑰丽。像《阴雨的夏日只晨》,也可同时看作是诗性散文,而早期更具代表性的,是他写于1925年"五卅"惨案后的《烈风雷雨》里面有这样的文字:"突喊,哭跃,悲哀极度的舞蹈,'血脉奋兴'的狂歌,挥动着,旋转着那些表现热情灿烂的千万个旗帜;震吼着,嘶哑着那为苦闷窒破了的喉咙;……我们要用这金蛇般的电光遍射出红色的光亮,要用震破大地的雷霆来击散阴霾。……"王统照曾自述他写这类文字,是由于在时代的刺激下,有一种深重的苦闷压迫心间,不吐不快。① 这种喷发着浓烈诗情的文字,正是他追求情感力度的选择。著名评论家钱杏邨(阿英)认为:"他的小品文不但有着这样的'热情'这样的'力',且是一种诗的,无论在哪一篇里,都反映了作为诗人的王统照的精神,飞跃着,驰骋着,那非常丰富缜密的想象。当他写作的时候,在他的面前,我想定然有一个幻美的世界,这世界是从苦难中产生出来的,而他的一切想象也就在这幻美的世界里胚胎。他的小品文,由于这样的原因,遂必然的成为瞑想之作,王统照作为小品文作家而存在的,也就是建筑在他的'瞑想的小品文'上。这一类的小品文除鲁迅的《野草》而外,我想是没有谁可以和王统照比拟的;徐志摩虽也写作瞑想的小品文,然而他的瞑想是偏于欢快。"②王统照此时的散文,融冶自我个性和中西文学的影响,体现了一种诚挚沉郁、注重体悟的散文审美个性。他的散文语言常于节奏性中显现一种刚而涩的力度,多种修辞手法的灵活运用,则使其劲健中增添了幽婉神奇。总的来说既重视现代派的表达技巧,又同时在继承传统的基础上有所创新,实现了表现上的多样化,由此导向了他散文情思深邈、凝重奇崛的主体风格。

三

在表现20世纪初社会历史重大转折中觉醒、幻灭和反抗的青年知识分子形象,反映其动荡的心灵世界——这新文学小说的另一重要主题内容上,

---

① 王统照:《这时代·自序》,《王统照文集》第4卷,山东人民出版社1982年版。

② 阿英编校:《现代十六家小品·王统照小品序》,天津市古籍书店影印1990年版,第279页。

王统照、杨振声还率先以长篇和中篇小说的形式,有力地表现和推进了这一主题的展开与深入,并且以其文体的创新和开拓之举,推动了中国现代文学中、长篇小说的成熟与发展。

1922年,王统照出版了长篇小说《一叶》,这部作品与同年张资平出版的《冲积期化石》,同属于现代新文学最早面世的长篇小说。《一叶》以辛亥革命前后的济南、青岛两地生活为背景,从青年主人公天根的日记开始,用倒叙方式,展开了他二十余年的家庭人生际遇。有中国农村旧式家族生活中的财产纠葛、人事倾扎、闲言中伤,父亲不堪压力去世,他离家前去求学的心境等等,勾勒出了一长段真实的人生图景。而在这一主要线索上,作者交织插叙了四段人生悲剧:与之青梅竹马、情窦初开的慧姐为封建家长逼迫婚嫁,抑郁而死;友人柏如为地方军痞陷害,被捕入狱,身染重疴;护士芸涵父母先后不幸死去,她又被富商奸污,走投无路之下皈依了上帝;海边苍老的渔夫,大儿已葬身海底。为了养活寡媳孙儿,他依然领着小儿子搏命在变化莫测的海上,还要承受税捐的勒索,大渔产公司的挤压。作品单线串珠式的结构,把主人公的遭际,和四个相互独立的人生故事在勾连交汇中关联在一起。艺术触角伸延至了更广大的社会生活实际,其中则凝聚了作者叹惋人生、究质生命的哲理思索,发出了"人生究竟为何如飘叶般向不可知处坠落"的无边感喟。当年评论家成仿吾说《一叶》把人生现象的小部分,关连于全体而表现出来,"成功的地方,在能利用那四个插话,表出在运命中辗转的人类之无可奈何的悲哀"。①《一叶》有着强烈的自叙传色彩,同时又是作者以人生不幸命运为经线,以哲理思索为纬。织就的一张昭显人的生存困境、探究人生底蕴的迷惘之网,弥漫着浓重的感伤色彩。《一叶》的人生苦闷和生命终极探索的主题,在启蒙思潮中觉醒的时代青年精神生活领域有着深刻的典型性和代表性。如庐隐的《海滨故人》,冰心的《超人》等,大致都属于这类作品,以哲学思考为中心,描写"追求人生意义"道路上郁闷忧伤的青年,发出对残破人生,对自我存在和生命底蕴的同向追问。《一叶》则涉及了农村、地方军人势力以及外国教会组织和国内实业方面等更广泛的社会生活层面,尽管有的只是浮光掠影,却表现了王统照统摄社会人

①　成仿吾:《〈一叶〉的评论》,见《王统照研究资料》,宁夏人民出版社1983年版,第187页。

生、挖掘造成苦难的社会根源的意图和努力。《一叶》的根本价值和时代意义,如有学者所说,在于其忠实而"生动地描画出'五四'前后患有时代苦闷症的知识青年面对残酷的现实在灵魂深处所形成的深刻而痛苦的思想矛盾,揭示出他们时代病人格病形成的社会根源历史基础"。①

同时,作为现代文学早期文本,《一叶》难免有结构上略嫌生硬、衔接不够自然和人物塑造平淡等缺憾,但从最早出现的长篇小说来说,它的创新性和开拓性无疑也在其文本特点上出来。其一,是它将现实主义、浪漫主义和象征性等现代主义创作手法融会于一体的艺术开放性。这在新文学创建之初,尤为重要。第二,是其强烈的主观抒情色彩和大量的心理描述。强烈的主观抒情性,标明了作者自我个性人格在文学中的确立,而关于心理描绘艺术,心理的表现力,是文学现代性的要素之一。如鲁迅所说,这种将灵魂彰显于人的艺术,是"高的意义上的写实主义者"。② 第三,是其自然景物的细致描绘,其中又主要是地方风景的描写,并且注意将人物的思想感情与之融汇呼应。中国古代小说,除了像《红楼梦》等经典之作,很少展开对自然景物的状写。而现代以鲁迅为代表的小说家,注意综合中外小说艺术中描写自然景物的笔法,更多地开始将自然景象的描写与刻画人物,特别是表现人物心理结合在一起,使文学对生活的表现更为鲜活丰满。在这一点上王统照也走在了前面。《一叶》中出现了大量细致新颖的地方景物描写,有鲁中淳朴的山村景色,乡野岚烟,济南大明湖的荡漾水波,岸边袅娜成行的垂柳,青岛滨海幽深小巧的庭院,朝晖晚霞中汹涌奇幻的大海等等,这些或浓郁或清新的地方景色增添了小说的审美魅力,平衡着其内部的舒缓节奏,更与作品人物的喜怒哀乐,心绪的升沉起伏互为映衬,成为其作品表现生活、刻画人物不可分割的组成部分。

王统照于1923年又发表了他的第二部长篇小说《黄昏》。这部小说讲述了一个具有反封建新思想的大学生,如何帮助他豪绅叔叔的二妾一婢逃出封建牢笼的曲折经历。其情节安排和表现手法上比《一叶》有所成熟,而主观激情相对减弱了。《黄昏》反封建并付诸于家庭革命的主题,从题材和情节看有些像稍后几年流行的社会剧。王统照后来有些作品追求情节上的

---

① 刘增人:《王统照论》,第135页。
② 鲁迅:《集外集·〈穷人〉小引》,载于1926年〈语丝〉周刊第83期。

传奇性,在这部小说里已露端倪。沈从文曾这样评价《一叶》和《黄昏》:"用繁丽的文字,写幻梦的心情,同时却结束在失望里,使人物美丽而故事暗淡,王统照的作品,是同他那诗一样,被人认为神秘而朦胧的。使语体文向富丽华美上努力,同时在文字中,不缺少新的倾向,这所谓'哲学的'象征的抒情,在王统照的《黄昏》、《一叶》两个作品上,那好处实为其他作家所不及。"①

杨振声的代表作长篇小说《玉君》,也是以表现青年知识分子生活为题材。该书创作于 1924 年,被列为《现代文艺丛书》第一种,于 1925 年 2 月出版时即引起轰动,一年之内两次再版,后来又多次重印。《现代评论》杂志把它列为新文学十年的十部佳作之一。有文学史认为,"于 1924 年下半年以后,……张闻天的《旅途》、杨振声的《玉君》和老舍(舒庆春)的《老张的哲学》陆续在《小说月报》和《现代评论》上发表了,它们在不同的高度和不同的程度上,开始改变了前两年长篇小说的幼稚状态。"②

《玉君》以现实主义为基调,同时富有浪漫主义色彩,小说写纯真漂亮的玉君姑娘,毅然反抗封建家庭和军阀之子共同联手的包办婚姻,并通过现实认清和摒弃了有着"伪道德"和"伪人格"的自由恋爱的未婚夫,要走出家门自己"造生活"。其中另一主要人物林一存,则克制了自己对玉君的爱恋,历经曲折帮助她走上了新生的道路。在这两个主要人物身上,寄托了作者的理想。洋溢着时代反抗精神和一种积极乐观的情调。它的中心内容表现了觉醒的一代青年,已经具有了崭新的思想情感和生活意识,他们对待男女感情,爱情,不仅是冲破了封建婚姻制度的桎梏,还具备了个人理性支配下的自制与选择,并希望通过自己的努力去创造新的生活。小说里的玉君愿意去办学帮助乡间的女子,愿意走出去追寻新知识闯出自己的道路。她说"世间到处都是生活,只要我们自己去寻找,去创造。也必是自己找出来的,创出来的,才有生活的乐趣。"这代表了时代青年,也是时代女性的坚强、奋进的心声。而林一存主张人生的乐趣,"在于'与众乐乐'"。他在坚持人道主义、进步民主主义思想的同时追求一种道德的自我完善。这虽然

---

① 沈从文:《论中国创作小说》,《王统照研究资料》,宁夏人民出版社 1983 年版,第 218 页。

② 杨义:《中国现代小说史》(上卷),人民文学出版社 1986 年版,第 140—141 页。

有些过于理想化,但无论在现实生活还是文学表现均突出存在的这种人性与礼教的冲突中,以牺牲自我而完善道德的选择,还是具有时代性及代表性的,特别在杨振声、王统照这些齐鲁子弟身上,显然有着更深刻的文化心理根源。

《玉君》构思缜密精巧,情节生动曲折。随着一系列起伏跌宕的情节的展开,自然而真实地表现了生活事件和人物思想性格的发展过程,当年鲁迅并不欣赏《玉君》,但谈到杨振声其时的创作则说道:"杨振声的文笔,却比《渔家》更加生发起来。"其洗练飘洒的语言,透着些古典白话小说的韵味儿,又带有现代知识者的透彻明达,在情节的进行中,生动地刻划、展现了人物的内心活动和心理变化,从而塑造了活泼鲜明的人物形象。小说里还描绘、穿插了一幅幅山东沿海一带地方色调的风景画和风俗人情画面。整部作品叙事流畅,疏密有致,饶有意趣。是新文学初期少见的比较成熟的(中)长篇小说文本。

20 世纪初以"五四"运动为标志的中国社会历史文化的重大变革,使齐鲁文学也发生了根本性的嬗变。新的观念形态的树立,多元化、开放性的优秀创作实绩,显示了中国现代历程伊始,齐鲁文学在其悠久宏厚、生生不息的博大基础上迅速滋生了新的丰富内涵。这突出表现在新文学理论建设的自觉性,汲取世界文化文学思潮及艺术营养的开放精神和开阔视界,勇敢进取忧患天下的群体意识和活跃精神,以此在新文学运动、新文学社团发挥的积极推进作用,其多方面的文学创作成就以及在新文体方面的开拓与创新。特别在表现农民题材的乡土文学和表现知识分子题材的短篇小说和(中)长篇小说、散文、新诗创作中,视角深入,敢为人先,与新文学其他先驱者一起,刷新了中国的文学艺术,展示了新的审美表达方式。并以其所独有的长处、特点和成就,为中国新文学提供了宝贵经验。

第三节　乡土文学涵纳文化对抗与重构:
为民族塑魂与文化守成

30 年代,在中西文化冲突和社会政治情势、民族危机日益复杂尖锐的社会文化背景下,作为民族意识觉醒在文艺方面的一种突出表现,乡土题材的文学得到了更大的发展。在这一时期,现代乡土文学已由初萌走向了成熟,作为主流文学形态之一,在中国现代文学的总体格局中占有十分重要的位置。齐鲁文学,则在这方面取得了非常突出的成就。杨振声、王统照的创作此时走向了更加现实、广阔的社会乡土。王统照的现实主义杰作《山雨》,成为现代长篇小说表现农民生活、农村社会的扛鼎之作。臧克家(1905—2004 年)、李广田(1906—1968 年)、吴伯箫(1906—1982 年)等一批青年作家在社会动荡中进入了文坛。他们在个人的文学道路上,所涉及的创作题材领域十分广泛,而在这一阶段,代表了其前期高峰水平的作品也都属于乡土文学。可以说,乡土题材的文学在上述齐鲁作家的小说、新诗、散文里都得到了卓有特色的开展与深化。同时在这一文学类型里,也使其小说、诗歌、散文等各种文学形式,因其乡土文学的个性化开掘与出色的艺术表呈而抵达了新的境界。其创作的比重和创新性格局,充分显示了 30 年代齐鲁文学的美学风貌、思想深度和艺术成就。其所拥有的文化姿态和审美指向,则不容忽视地参与确立和丰富了乡土文学在整个中国现代文学创作中的地位与价值。

一

　　在中国第一次大革命到抗日战争爆发的十余年间,整个中国风云迭变,社会内外矛盾日趋激烈。"五四"退潮期弥漫了文化界的幻灭情绪,大革命之后惨淡、高压的社会气氛,使民众,尤其是许多青年知识分子产生了失落和焦虑的心态。20 年代末,中国政局急剧变化后,大批新进作家离京南迁,中国新文化运动的中心遂由北京南移上海。王统照于 1927 年离京回到山东,次年定居于青岛,直到 1936 年赴上海。他关于此时的一段自述,颇有代表性:"这六七年间,多少人事的纠纷,多少世事扰攘的变化,多少个人的苦恼。我不但没有写诗的兴致,即使看别人的诗也觉得眼花,谁知道这是一种什么心情? 感触愈多愈无从写出不易爬梳的心绪,不易衬托出的时代的剧动,一切便甘心付诸沉默,这期间可真有难言的深重的苦闷。"①由此可以看出,作家此时的苦闷,主要来自于"时代剧动"和如何应对"衬托"这种剧动的一种时代文化心理积郁。这也成为他更深刻地观察、认识中国社会的内

---

① 　王统照:《去来今〈这时代·自序〉》,文化生活出版社 1940 年版。

在驱动力,促使他实现了以表现北方农民题材为中心的创作转向。针对内地农村的广大农民和从事小工商业的各色人群,受着外国经济势力一年年严苛的榨取,受到贪横官吏和乡豪绅董的无理压制和军匪肆意掠夺的社会状况,使他意识到:"我认为这确实是一个严重的问题!无论世界的政潮,资本力量,有若何变革,而我国以农立国的根本却不能抛弃。纵然在重要城市已打下新工业的基础,新资本者也逐渐在工商业与政局中形成主要势力,然百分之八十在旧传统下挣扎生活的农民,他们的思想,行为,终究是这个东方古国的不可漠视的动力。以几十年来外力横侵,政失常轨,军匪交斗,灾难并至的演变,遂致无数原是听天任命劳多酬少的'老百姓'死亡流转,自救不暇,已经是极为严重的情形。"[1]这种对农民问题极端重要性的深刻认识,与中国新民主主义革命时期的基本动力和主要目标、任务是相通的,说明了王统照此时敏锐的忧患天下的个人视野与民主主义革命的时代视野相重合。"盖以痛心时艰殷忧无限,而所闻见及悱恻难安",所以他要"在文艺作品中著力于农民生活的解剖,从微小事体上透出时代暗影的来临。"[2]由此,他在这时期写下了表现北方农村乡土的长篇《山雨》和《青纱帐》、《银龙集》两部小说散文集。《银龙集》里所收的 11 篇小说,写作于 1925 年至 1936 年之间,由于战事,延迟至 40 年代才得以出版。《山雨》于 1933 年出版后,立即引起了巨大的社会反响。这是中国现代文学中第一部农民题材的长篇小说。也是反映了王统照现实主义成熟并带有了特定时代的革命性质的代表作。正如作者所说:"《山雨》意在写出北方农村崩溃的几种原因及现象,及农民的自觉。"[3]茅盾对此发表评论:"到现在为止,我们还没看见过第二部这样坚实的农村小说。这不是想象中的概念的作品,这是血淋淋的生活的记录。在乡村描写的大半部中,到处可见北方农村的凸体的图画"。[4] 吴伯箫则将《山雨》和茅盾同在 1933 年出版的《子夜》并提,称之"一写农村的破产,一写城市民族资产阶级的败落",从而形成了中国文坛的"子夜山雨季"。[5] 强调了这部小说反映当时中国社会实质的深刻典型意

---

① 王统照:《银龙集·序》,上海文化生活出版社 1947 年版。
② 同上。
③ 王统照:《山雨·跋》,开明书店 1933 年版。
④ 见《文学》第 1 卷第 6 号。
⑤ 吴伯箫:《剑三,永远活着》,载《前哨》1958 年第 1 期。

义。同样以齐鲁大地为苍茫壮阔背景的《青纱帐》和《银龙集》,也生动描绘了色调浓烈的北方农村生活画卷。

臧克家、李广田、吴伯箫等都是30年代现实主义思潮的产儿,是当时文坛有代表性的、具有鲜明个人风格的年轻作家。他们多是直接经历、体验了大革命的风暴和社会严峻现实斗争的砥淬磨难,在时代风雨、外来文化和传统文化的交相影响和作用下,确立了面向乡土的写作方向,从而以故乡地域为其文学的孕育、出发和生长之地。如臧克家在大革命期间满怀豪情奔赴武汉,投身北伐战争。大革命失败后他在激愤和疲病中流离辗转,为躲避白色恐怖的迫害,又一度远走关外,漂泊东北,身心布满创痍。而在济南师范学校与臧克家同窗的李广田,则因秘密传递苏联书籍《文学与革命》而被军阀当局逮捕,在这桩牵连济南、北京两地的"新书案"中他竟被判了死刑,直到北伐军打到济南才逃出了牢狱。这段充满惊怖愤慨和绝望的经历,使李广田在他后来的文学观照中,深切理解了那些被生活挤压到极点的人——通常是穷苦百姓——走投无路时的种种心境。这几位作家都是在1930年左右正式投入写作。走进国立青岛大学的臧克家,在闻一多和王统照的帮助、鼓励下"含愤苦吟",此时他"悲凉的身世之感,与大革命失败后的沉痛感受融为一体,与凄风苦雨中的民族苦难融为一体,这就造成了诗人激进主义的文化心态。"[1]也形成了他永远贴近时代现实,贴近生活与传统的质朴而凝重的抒情格调。在长诗《自己的写照》(1935年)中臧克家说:"战斗的生活,痛苦的磨难,叫我用一双最严肃的眼睛去看人生。"还因为"我生在乡村,长在乡村;我爱泥土,因为我就是一个泥土的人。……童年的一段乡村生活,使我认识了人间的穷愁、疾苦和贫富的悬殊。同时,纯朴严肃、刻苦、良善……我的脉管里流入了农民的血",[2]所以在1933年,他的第一部诗集《烙印》一出版,就因为其中对中国农民的苦难、坚忍和勤劳的深沉抒写和所表现的真实而凝练的诗风震惊了文坛。闻一多在给《烙印》写的"序"中写道,这里的诗,"没有一首不具有极顶真的生活的意义。"茅盾以《一个青年诗人的〈烙印〉》为题评价道:"《烙印》的二十二首诗只是用了朴素的字句写出了平凡的老百姓的生活。……我相信在目今青年诗人中,《烙印》的

① 章亚昕:《中国新诗史论》,山东教育出版社2006年版,第77页。
② 见《中国现代文学百家:臧克家代表作》,华夏出版社1998年版,第172页。

作者也许是最优秀中间的一个了。"朱自清则认为从《烙印》开始，现代中国"才有了有血有肉的以农村为题材的诗"。①《烙印》因为所表现出的民族性和现代性的完美结合，从而成为新诗文体建设的奠基之作。当代一部具有权威性的文学史中写道："臧克家的描写农民形象和乡村景色的诗篇，为文坛吹来一股清新的风……并且为新诗反映农村生活开拓了崭新的天地。"②他这时期的著名诗集还有《罪恶的黑手》(1934 年)，出版了短诗集《运河》(1936 年)，散文集《乱莠集》(1939 年)。臧克家后来还写了《泥土的歌》及大量优秀的政治抒情诗。而在这时期，他以中国最优秀的乡土诗人身份，成为"中国现实主义新诗的开山人之一"③。

在臧克家以他的《老马》、《生命的叫喊》等诗篇，道出了土地上苦难的生命承受之重和"一声一口血"地发出对命运的抗争时，李广田在北京大学校园里，感受着时代重压和心灵的漂泊与企盼，吟出了他的《地之子》心声："我在地上，/昂了首，望着天上。/望着白色的云，……/也望着碧蓝的晴空。/但我的脚却永踏着土地，/我永嗅着人间的土的气息。"这首为世人瞩目的《地之子》诗，是李广田作为黄土地的儿子向大地母亲的忠贞表白，也是诗人心灵的自我雕塑。在 30 年代他先以诗歌鸣于世，与何其芳、卞之琳合出诗集《汉园集》，由此在文坛有"汉园三杰"的美誉。他着眼于内心与乡土的清新质朴的气质，被评论家刘西渭(李健吾)称为"文学不朽的地基"。④ 继而他主要以大量的散文创作，结集为《画廊集》(1936 年)、《银狐集》(1936 年)、《雀蓑集》(1939 年)等，富有特色地、多方面地抒写和展现了齐鲁故乡浑厚而"朴野的小天地"。吴伯箫也同样以散文体裁来抒写乡土风物，其代表作《羽书》(1941 年)，主要收集了他 30 年代所发表的作品。他们以大地民间为精神家园，将记人叙事、描摹景致、表现一己生命情感体验的笔触，延深入广阔的平原厚土，山川民俗，审视、捕捉着大地深处的生命脉动，着意表现故乡、祖国自然山河与乡土民情之美，从中透出时代艰难生活影像的同时，在乡间平凡事物和普通生活情境的描叙中发掘美好理想的人性。从不同的方面丰富了乡土文学的文化和审美内涵。

---

① 朱自清：《新诗杂话·新诗的进步》，作家书屋 1947 年版。
② 唐弢主编：《中国现代文学史》第 2 卷，人民文学出版社 1979 年版，第 261 页。
③ 吕进：《臧克家：现实主义与中国风格》，载《文史哲》2004 年第 5 期。
④ 刘西渭：《咀华集》，文化生活出版社 1938 年版。

二

　　作为表现文化冲突的乡土文学,不同文化之间的对抗和距离构成了其叙写和表现的广阔空间,也由此设定了其不同文化冲突的内在张力。因此,写作者的写作视域和写作立场,就成为构筑乡土文学文化内涵和美学风貌的决定性因素。

　　从 20 年代起,周作人、鲁迅、茅盾等人先后从民族振兴的立场,提出了关于乡土文学的理念。周作人从风俗与文学的关系入手,阐述他的乡土文学理论,提倡乡土文学对民族文学的建设。他认为:"这几年来中国新兴文艺……太抽象化了,执著于普通的一个要求,努力去写出预定的概念,却没有真实地强烈地表现出自己的个性,其结果当然是一个单调。"而要改变它便是要"自由地发表那从土里滋长出来的个性。"并说:"我们说到地方,并不以籍贯为原则,只是说风土的影响,推重那培养个性的土之力。"而且这不限于描写地方生活的乡土艺术"一切的文艺都是如此"。[①] 这种对于地域特点的强调,从文学地域色彩、地方风土民情的涵育力的角度,指向了乡土文学的现实主义和民族文学内涵。鲁迅从文化学角度发表的乡土文学观,则突出的是知识分子以现代西方文化视角对乡土的观照。他说:"蹇先艾叙述过贵州,裴文中关心着榆关,凡在北京用笔写出他的胸臆来的人们,无论他自称用主观或客观,其实往往是乡土文学。在北京这方面说,则是侨寓文学的作者。但这又非勃兰兑斯所说的'侨民文学',侨寓的只是作者自己,却不是这作者所写的文章,因此也只见隐现着乡愁,很难有异域情调来开拓读者的心胸,或者炫耀他的眼界。"[②]鲁迅本人的乡土小说创作,更是给了后来的作者以直接的启迪。茅盾则是从启蒙主题和时代政治意识出发,阐发了他的观点:"关于'乡土文学',我以为单有了特殊的风土人情的描写,只不过像看一幅异域的图画,虽能引起我们的惊异,然而给我们的,只是好奇心的餍足。因此在特殊的风土人情而外,应当还有普遍性的与我们共同的对于命运的挣扎。一个只具有游历家的眼光的作者,往往只能给我们

---

　　① 周作人:《民俗学论集·地方与文艺》,上海文艺出版社 1999 年版,第 302 页。
　　② 鲁迅:《中国新文学大系·小说二集导言》。

以前者;必须是一个具有一定的世界观与人生观的作者方能把后者作为主要的一点给予了我们。"①同时指出了作家应具有对乡土文学地域特色的超越意识。他们的观点共同为"五四"后乃至整个 20 世纪的乡土文学奠定了理论基础,也自其诞生起,引导、催生了斑斓多姿的乡土文学形态。周作人的观点对于形成有地域特色的文学发生了长久的影响。茅盾突出了阶级意识和政治视角的有关理论,则是泛指所有农村题材作品的涵括最广泛的乡土文学概念。从早期的倡导实践来说,特别是鲁迅宏阔高远的文化视角,清醒深邃的理性态度和精湛高超的艺术技巧,对二三十年代中国乡土小说流派的形成,有着深远的典范意义。而鲁迅作品里那种作为"历史中间物"的知识分子极为复杂深刻的文化忧患意识,包括对乡土中国及民族文化所隐含的深层情结,其所抵达的时代艺术深度,其他作家一般则未能企及,往往只是反映为单一的传统文化批判,对国民性的针砭。

正是在这一时期社会变动和中西文化冲突的大背景下,30 年代齐鲁作家的乡土文学创作,在传统与现代、主流意识形态与民间理念等共时性的交错互动中,显现了其构筑于经世致用诗学传统和民间视角的鲜明特色。

民间,作为一种文化概念有着丰富的涵盖面,在中国文学传统里,民间主要是与自然形态下的农耕社会及其文化观念联系在一起的。五四启蒙文化中明确地提出了民间的问题。新文学开创之初,一些先驱者便将民间文化的研究与传承,纳入了创造文化新质的总体目标。1918 年北大的歌谣征集运动可视为其开端。胡适、周作人、郑振铎、茅盾、赵景深等人都在早期为此做出过贡献。周作人认为"'民间'这意义本是多数不文的民众;民歌中的情绪和事实,也便是这民众所感知的情绪和事实。"②胡适的《白话文学史》里所指涉的民间是那些"村夫农妇,痴男怨女,歌童舞姬,弹唱的,说书的",而"一切新文学的来源都在民间"。③ 当时大致以西方文化为参照的启蒙义化的价值立场,从审美形式和审美素材的层面,去认识民间文化形态的意义,肯定其价值及其与新文学建设的联系。也就是在说早期启蒙思想和启蒙文学包括乡土文学的实践中,在相当程度上,"民间"的文化价值是

---

① 茅盾:《关于乡土文学》,《茅盾全集》第 18 卷,人民文学出版社 1991 年版,第 89 页。
② 《歌谣》周刊 1923 年 1 月 21 日第 6 号。
③ 义华主编《胡适学术文集·中国文学史》(上),中华书局 1998 年版,第 155 页。

在与现代启蒙思想联系在一起时才产生意义的。从而相对忽略了民间作为文学的生命力本源和强大的精神资源以及其对作者主体精神生成的重要意义。在30年代,随着农民作为社会革命的基本力量而日益被重视,随着人们在动荡和破碎的世界里寻求生之力量、精神家园,力图振兴民族文化的理性选择等,民间意识在一部分知识分子中得到了加强和深化。

在王统照、臧克家、李广田等人身上,他们一向"忧黎元""矜民生"的传统情怀,在新文化思潮和大时代的冲击磨砺下已深化为对祖国、对中华民族的沉痛使命感,深化为走向广大乡土和民间的文学行动。此时乡土民间精神成为他们主体意识的凸显部分,与一般的"知识分子叙事"往往是以居高临下的态度去审视民间的立场不同,他们努力使自己踩在民间泥土上,沉入民间生命的生死哀乐中。并从中获得精神和艺术生命的滋养。如王统照说:"尤不愿只强调农民困苦作浮泛的一般描写,我特为表现这些真正'老百姓'的性格、习惯,与对于土地的强固保守心理,……"。① 李广田将土地视为生命的襁褓,则带有双关语意:"我无心住在天国里,/因为住在天国时,/便失掉了天国,/且失掉了我的母亲,这土地。"(《地之子》)臧克家1934年在《烙印》的《再版后志》中说:"我讨厌神秘派的诗,也讨厌剥去外套露出骷髅的诗。我有一个野心,我想给新诗一个有力的生命。"②所以,"出身农民、从苦难中成长的臧克家,自然不能欣服徐志摩和戴望舒他们所醉心的华贵气息,旖旎风光。他以如椽的写实大笔,写出了中国如麻的苦难,成为那个时代的良心。"③他们创作的美学风貌各有不同,但他们共同深切关注着民间大地上自在的生活模式在社会动荡中的存在和变化形态。他们自觉继承了民族文学传统的写作,因吸收了有着浓郁齐鲁地域特点的民间文化形态,或运用了民间视角而显得是那样独具魅力,生机勃郁。在表现中国北方乡土的"土气息"、"泥滋味"和"具有普遍性的与我们共同的对于命运的挣扎"④方面,显示了齐鲁作家卓越的风格特色。

这其中,杨振声较早创作了反映山东胶东渔村民俗生活题材的小说《抢亲》、《报复》和《抛锚》。如果说他是以平视的客观的现代视野和具有

---

① 王统照:《银龙集·序》,上海文化生活出版社1947年版。
② 臧克家:《臧克家全集》第10卷,时代文艺出版社2002年版,第578页。
③ 司马长风:《中国新文学史》(中卷),昭明出版社1978年版,第175页。
④ 茅盾:《关于乡土文学》,《茅盾全集》第18卷,人民文学出版社1991年版,第89页。

侠义、传奇色彩的民间叙事传统相结合,在那些渔民的习俗风情、快意恩仇中再现了淳朴而刚烈的民间性格,那么王统照则在他的《山雨》和《银龙集》里的大部分作品中,以淳朴农民在乡村秩序的剧烈崩溃中走向决绝的反抗和毁灭,留下了一幅幅炽热悲怆的乡土画面。特别是在表现民间文化环境中的农民的心理内涵,生命需求和行为方式方面,他更为细致生动地写下了其特定地域民间所赋予他们的种种习性特征,揭示了在农村社会尖锐对抗的矛盾发展中人物性格发生变化的过程。《山雨》于浓重的地方色彩中,立体地展现了在军阀残酷统治和帝国主义的经济侵略下,北方农民备受天灾兵祸、苛捐杂税之害的艰难喘息的生活,主人公奚大有的形象是在血肉模糊中生存和逐步觉醒的中国农民的代表。《刀柄》,描写了乡民因无法忍受官军勒索滥杀起而反抗,终被血洗的人间惨剧。《五十元》写老实本分的农民老蒲一家,被官办民团逼迫负债买枪防匪。当匪真的来了,头领却按兵不动,致使老蒲家毁人亡。他的次子气愤之下携枪投奔了土匪。王统照所描写的这些北方农村悲剧,于齐鲁山原厚土上生息活动的人们,升腾着山东农村腹地浓厚的传统民间文化氛围。农民的忠厚刚直,官兵的暴虐残害,兵匪相至,灾祸连接,处处显现出类性似古代山东大地出现的"水浒戏"、《水浒传》里那种"官逼民反"的官民激烈对抗性、冲突性的本体特征。那一个个带了红肚兜充满血性"一卷风地将大刀长枪杀过来"的红枪会小伙子,那雪地红炉锻造刀叉,歼灭过群狼也对付官兵的义和铁匠铺,都带有草莽英雄的传奇性,又都浸染了现实社会悲壮的血腥气。《山雨》的情节线索,也如《水浒》般取串珠式结构,其中灾祸迭起,环环紧扣,在危难情势的步步逼迫下,形成矛盾的爆发点。

王统照在交织着圣贤之言和奇侠异想传说的齐鲁乡野长大,也熟谙中国自古即有的志怪传奇文学传统,像他的《父子》一篇里子杀父的阴郁凄厉色调,便与《搜神记》卷十八《吴兴老狸》有着暗中相合之处。文载吴兴有老狸作怪,使一农家两子在其"父恐儿为鬼所困"去田间查看时误将父亲当作妖孽"杀而埋之",而真正的妖孽幻化了父形隐匿其家,数年后法师过其家收伏了老狸,儿始知亲父被弑杀,"一儿遂自杀,一儿忿懊,亦死。"①《搜神记》专门记述六朝民间仙妖鬼怪之事。当时人们笃信鬼神,又因幽明殊隔

---

① 干宝:《搜神记》,中华书局 1979 年版。

而产生恐惧感,所以志怪小说中往往表现为人妖之间的终极对抗。作者在《父子》里则化用了这一主题。开首便是"火与杀笼罩着那些古老的与向来安静的乡村。"村中老铁匠因酗酒赌博而欠债累累,酒店掌柜则要用他家赖以糊口的田地顶债,他的儿子眼见断了全家的生路,便杀死了父亲,沉尸塘底。人伦杀戮在令人窒息恐怖的氛围中爆出真相。作品的结尾借人物之口发出沉痛质问:"平常都是好好的人,怎么会演出这样的现世报?"直指不良的生活环境与人性的尖锐对立。

李广田笔下也出现了一些与环境对抗的乡土人物,像《柳叶桃》中女伶的悲剧命运,《山之子》中贫苦山民冒死攀崖谋生的惨烈情状等,都具有乡土文化审视和社会批判的意味。而其更令人瞩目处,是他所写下的那些乡间各个角落的或卑微或落魄的人物,他们往往是处于残毁缺失的人生逆境,或者极端艰难的生存情境中,却又在坚持着用自己的方式和态度与命运顽强地抗衡,表现了一种来自泥土的生命的尊严与强韧。如《生活》里写一执拗的瞎子,《看坡人》写一浪子被人打残废后更为强蛮而狡黠地活着,《种菜将军》里风华不再的"将军",他的淡泊自守,使人感受到了他比往昔更强硬的内心,《山之子》中那犹如与大山融为一体的哑巴,《老渡船》里默默劳作永不停息的老人等等。李广田以平中寓奇的诗意手法,记叙和揭示了淳朴民性中存在着的一种强健的、泼野的原始生命力,令人惊奇的刚强蓬勃的生命意志。在这个凋败危亡的时代,有着独特而深刻的文化审美意义。

臧克家则始终注视着苦难中的大地和挣扎在死亡与饥饿线上的底层人民,他的思想感情始终与农民相通。他的《乱蓬集》中,有一些散文反映了山东农村的习俗场景和农家女辛苦劳作的景象,如《社戏》、《野店》、《拾花女》等。他的叙写充满了真实浓郁的乡间气息,并从中透映了特定时代艰难生活的影像。他诗歌的重要代表作《老马》,那质朴有力、含寓了自我和农民命运的永恒的意象,直接取自于田野民间:"总得叫大车装个够,/它横竖不说一句话,/背上的压力往肉里扣,/它把头沉重地垂下!/这刻不知道下刻的命,/它有泪只往心里咽,/眼里飘来一道鞭影,/它抬起头来望望前面。"中国农村的残破、农民的苦难、坚忍和民族的忧患,在他的诗中以"悲凉"之境,以群雕式的形象一一被表现、倾诉出来。如《难民》、《忧患》、《贩鱼郎》、《炭鬼》、《老哥哥》、《天火》、《鱼翁》、《自己的写照》,等等。像《难民》:"日头坠到鸟巢里,/黄昏还没溶尽归鸦的翅膀,/陌生的道路,无归宿的薄暮，/把这群人度到这座古镇上。"那些沉重的影子，"一簇一簇，像秋郊的禾堆一样"，静而孤寂的"支撑着一个大的凄凉"。而因为"人走到哪里，灾荒就被带到哪里"，这群饥饿的难民又被驱赶了。冷中寓热的笔触，丰富的意象，让人们看到了现实的无边悲苦和作者面对苦难人群的无限感怀，那悲凉而苍远凝重的意境，在中国新诗中还未有过如此密集的出现。如有评论家所指出："对于旧中国农村，臧克家的诗是史的诗和诗的史。臧克家的诗笔为读者描绘了一幅旧中国农村和农民的真实画面——汗珠与泥土、血与泪的画面。"①正是从这 30 年代起，臧克家以自己的乡土诗歌，推进了整个中国现代新诗对农民和农村的吟唱，也从这一侧面，和其形成的新鲜有力的民族风格，推进了中国现实主义新诗的发展历程。

三

30 年代的乡土文学中，还表现了一种将大地民间作为精神家园，归依自然和传统、重视道德理性的文化守成倾向。这主要体现在李广田和吴伯箫的创作中。

随着民族危机的加深，国际国内形势的变化，这一时期中国文化和文学界对新文化全盘反传统的立场进行了反思。在文化思想上，人们强调民族自我意识的强化与重塑；在文学领域，则寻求对民族的深厚精神和文化特质的文学"本土化"表现。这种将文化守成与乡土民间精神相结合的"文化寻根"现象，表达了当时一部分文学家的生命体验和内心愿望。有如后人大致指出的，他们"虽身处闹市却魂系乡村，以'乡下人'、'地之子'自居，天然地拒绝欲望城市的'异化'和'压抑'。这种浓厚的乡土情结敦促作家们把乡土中国作为一个潜在的大文本，把乡村做母体，用农民作终极语汇，用温馨诗意作基调，构筑一个高山流水般的理想世界。"②在这些作家里又以京派作家居多。李广田、吴伯箫都属于京派作家群体，创作中执着于文化理想和对于平凡生活的诗意的重视，讲求纯正的文学趣味和独特风格，现实主义中又带有浪漫主义的气息。

---

① 吕进：《臧克家：现实主义与中国风格》，载《文史哲》2004 年第 5 期。
② 苗四妞：《试论民粹思想与 20 世纪中国文学》，载《人文杂志》2001 年第 4 期。

　　但他们这一类的乡土创作，又跟沈从文所描写的瑰丽雄强、蛮荒原始中的地与人的自然浑成之美，或废名笔下那桃花源般宁怡田园与静穆的禅意有所不同。他们深挚地叙写着自己生于斯、长于斯的齐鲁乡土，呈现这里特有的风土人情和传统乡园况味，并从中发现民族内在的文化品格，揭示民族的精神生存之根。李广田的乡土纪事中，还有一些在儒释道融合环境下的民间人生片断，如《银狐》里生活得极有秩序和规律的平和的夫妇，《上马石》里三个安然生活和达观生死的老人，在《花鸟舅爷》、《五车楼》里的人物身上，既体现了民族的道德伦理意识，又有着老庄"清静无为"与自然相契的思想痕迹等，总之，儒家的"仁和"与敦睦、协调、节制的义理和精神，可以说与大地上生长的东西一样，存在、濡化在这乡间朴素生活的氛围里，使之"处处均如有一种自然尺寸，能够恰到好处"（《银狐》）。在这里，"儒家文化不再被表现为完全消极的因素"，因为在外族侵略的战争背景下"在很大程度上，以儒家为代表的中国文化成为了中国人民族性格的证明，成为中国人自我认同的身份证明。"[1]此时的民族道德重建，与启蒙主义旗帜下批判国民性并行的，便是要重视、唤起那些存在于大地上的民族的优秀德性。李广田这些淡化了具体背景的地域人物，表达了他的乡土理想，与前文所述的人物记叙相互映衬，从整体上溢发着民间文化传统的沉厚力量。

　　吴伯箫对生活的如缕情思，则常常是从脚下的乡土民间，延深入历史的腹地和更广阔的生活时空。他善于在平凡乡土题材的基础上，展开活跃而缜密的艺术构思，尽力使描绘对象的诗意内核，向历史和现实的广阔时空做多角度的延伸，追求散文丰繁的生活意象内涵和历史纵深感。在浓重的民族意识张扬中，活跃着其自由伸张的"自我"。故乡的风物从花草鸡啼、灯笼宝马，到厚重的山峦，辽阔的海域，都是他寄托情思、感应物象内蕴的无尽领域。如《灯笼》、《马》、《羽书》、《山屋》、《岛上的季节》等，都是让思绪萦绕着现实——历史——传统这一绵亘不绝的轴心纵论古今，或围绕事源本象多方变换角度，辐射出多层次的审美意蕴。在这里他领略中华民生习俗的厚土，田园风物的优美，感受、称颂民族的历史伟绩，呼唤民族雄风和文明的光华、御侮的意志。在艺术上则层层渲染，极尽情致。像《灯笼》从故乡民间的照灯、节灯、婚庆喜灯一直写到翠羽流苏的宫灯、古战场上威重肃杀

---

① 罗成琰、阎真：《儒家文化与二十世纪中国文学》，载《文学评论》2000年第1期。

的帐前灯笼,探海之灯到燎原的烈火等一系列变化着的意境。《马》一篇则由儿时祖父的马,写了乡间温馨的生活片段,联想起历史上有关骏马的种种故事传说,马的忠诚骏勇以及古今人与马之间的诸般情愫等,最后特别表达了对在战争中出生入死的征马的向往之情,托物言志,抒发了自己的悲壮心境。如此他这时期的作品中,常常是风土人情民俗文化之美、旖旎典雅和豪侠刚勇兼具的古典艺术感染力,与作者自强御侮的情感外化意象糅合在一起,形成了创作上的独特魅力。而吴伯箫那些忆叙乡野自然情趣和人伦和乐的风景风情笔致,与李广田表现乡间静谧、从容、清新古朴之美的《画廊》、《平地城》、《桃园杂记》、《野店》等作品,也都是带有知识分子理想主义色彩的民间文本,身处其间的人们,大都以传统的理义和道德感来支配自己的行为,同时他们又重视彼此之间的情谊。这种乡间的宁静和谐,与外部社会的动荡不安形成了强烈的比照。正是在这一特定的时代语境下,作家创作的文化守成意义被有力地凸显了出来。

第五章　激扬华章:20 世纪新时期以来的齐鲁文学

　　20 世纪 80 年代以来,中国社会进入了政治、经济和文化上改革开放的历史新阶段,中国文学也迎来了又一次主体觉醒、思想解放的繁荣发展期。以文学回归自身、艺术本体精神的独立和超越、审美意识与文学文体形式的多元化为标志,齐鲁文学涌现了有史以来的第四个高潮期。以杰出作家张炜和莫言等人为代表,从王润滋、矫健、孔孚、马瑞芳、郭保林、李存葆、刘烨园到尤凤伟、李贯通、刘玉堂、刘玉民、王兆军、苗长水、朱德才、毕四海、张宏森、赵冬苓等,还有更年轻的一代,活跃的作家队伍和优异的文学作品大量出现。新时期“鲁军”文学创作拥有如此密集的优秀群体,有些作家更在中国文坛和广大读者中产生了引导潮流的作用,这其中的原因自然是复杂的,而且每个作家的情形也不尽相同,但对于具有整体性的这一文化现象,却必须看到新时期作家与积淀深厚的齐鲁地域文化传统之间的深层联系,看到在全球化背景下,民族文化精神和地域传统因素对于审美意识嬗变和文学创建的不可缺失的意义。积极入世的理想主义精神、浓厚的民本思想和道德理性色彩、深重忧患意识与民间英雄主义等,这些齐鲁文化的传统精髓,一直是齐鲁当代作家的重要文化资源。他们在社会转型期开放格局中,形成了以传统为根柢的审美意识,主要体现为现实批判意识、与现实批判紧密相关的现代“文化保守主义”意识、现代悲剧意识和荒诞意识等多种倾向和多维视角。以现实批判主义的执著深化为坚实基础,深入审视民族生存的历史与现状,尖锐表现时代生存的困境与悖论;以悲剧、荒诞意识等现代艺术思维,更深刻地拓展推进文学创造的空间与力度;以文化守成主义姿态在后工业化、物欲化语境中坚守传统文化内质和民族道德源泉,并以强烈的精神冲突、文化考量以及内在张力赋予其时代表征,这些共同凝聚凸显为近 30 年来齐鲁文学审美表现上最浓烈而鲜明的特色,也是齐鲁文学对中国文学的独有贡献。

　　新时期以来文学创作的成就堪称蔚为大观，这里在有关传统继承和审美意识嬗变的论析中涉及了小说、诗歌和散文各类写作，其后对文学主要态势的历时性把握，为了叙述上的明晰与方便，仅就写作态势最旺盛的叙事文学——小说论述其发展与主流形态。在审视小说叙事观念、叙事视角和方法技巧的沿革与流变的同时，也探讨了共时性角度下的体现了不同写作理念的叙事存在。即分别是乡土叙事、以传统和乡村文化为叙写对象的泛文化叙事、主旋律小说、现代先锋叙事等四种主要叙事形态。其中以乡土小说为起源，以传统文化和乡村文化为价值支点，通常表现为历史理性叙事和家族叙事等凸现人性与历史力量的"泛文化小说"。如张炜、莫言、李贯通、刘玉堂、赵德发等人的一部分创作，篇幅宏大，具像万千，叙事方式、角度和技巧往往融合了传统与现代、浪漫主义与现实主义等多种视角和方法，代表了齐鲁叙事文学的巅峰形态。而以一部分青年作家为创作主体的先锋小说，则将文学想象的实验性与本土文化中的想象传统相结合，以扩展充实其审美空间，以贴近生活的丰盈诗意为更多地读者大众所接受，走着一条扎实而颇具发展潜力的探索之路。

第一节　创作主体对齐鲁文化传统的
传承与审美意识嬗变

　　齐鲁大地，这块具有悠久历史、灿烂古文化、丰富物质资源的山川沃土，孕育了一代又一代优秀的文学家。从古至今，山东文学都以独特的精神特质、美学风范和文学品格，成为中国文学的地域重镇之一。其中，英雄主义主题、理想主义追求与现实批判的人文质地，都是一些不可磨灭的"山东印记"。新中国成立后的刘知侠、冯德英、王安友、李心田、萧平等，他们及其创作都可以说是 20 世纪中叶中国文学的见证。进入新时期之后，山东文学又可分为两个发展阶段，一个阶段即 80 年代，另一个阶段则是 90 年代至今。20 世纪 80 年代，是山东文学的一个大发展、大进步的年代，涌现出了王润滋、矫健、张炜、莫言、李存葆、李贯通、刘玉民等一大批震动全国的作家。王润滋的《鲁班的子孙》、《内当家》，矫健的《老人仓》、《河魂》，李存葆的《高山下的花环》、《山中，那十九座坟茔》，张炜的《古船》，莫言的《红高粱》，尤凤伟的《老霜的苦闷》，李贯通的《洞天》，左建明的《阴影》等，都可以说是在新时期具有轰动性反响的重要作品。经由这些作家作品,山东文学牢牢确立了其在80年代中国文学中的领先位置,体现了自己特有的厚实、凝重,富有责任感、道德感和使命感的精神特质。进入90年代之后,山东文学在原有中年作家的骨干力量之外,青年作家与诗人的成长也如异峰突起,张继、刘照如、刘玉栋、卢金地、李亦、周蓬桦、老虎、罗珠、路也、谭延桐、马枋、陈丽萍、韩青、瓦当、王方晨、钟海诚、宗良煜、王黎明、陈原、凌可新、张宏森、李蔚红、李树明、陈中华、鲁雁、李纪钊、高维生、毕云淇、康桥、半岛、郑建华、张灏、王延辉、雨浓、宋秋雁等,他们的创作极大地丰富了齐鲁文学的美学内涵和审美容量。总体而言,新时期以来的山东文学,继承了齐鲁文化的传统精神,例如积极入世的理想主义精神、坚守人道精神的民本思想、民间英雄主义与道德理想主义等,同时,在审美意识方面的变化,却由传统而入现代,并在传统的包容和浸润之下,形成了多元化的倾向,其现实批判意识、悲剧意识与荒诞意识,都是其鲜明特色。

一

就新时期文学对传统文化精神的传承而言,积极入世的理想主义精神,无疑是齐鲁传统文化给予我们的一笔宝贵财富。这种理想主义既包含着崇高的历史使命感,又饱含着对未来大同时代的憧憬。其大同理想又包括两个方面:一是完善和谐的社会理想,二是自我完善的人性理想。因此,齐鲁文化的理想主义精神既包含积极入世的为实现理想而奋斗的现实精神,又包含超越现实对人类终极关怀的追求。这种理想主义的精神,在山东历史上的辛弃疾等著名文学家的创作中都有所体现,而更为显著地体现在五四以来的新文学传统之中。在五六十年代,这种理想主义精神则以曲波、贺敬之、峻青、王愿坚等人为代表。他们以《林海雪原》、《铁道游击队》、《黎明的河边》等优秀的作品,描摹了革命时期血与火的考验,人生理想的升华和崇高美好的境界。进入新时期之后,这种具有人文精神的理想主义,在张炜、李贯通、左建明、李存葆、尤凤伟等作家身上表现的非常明显。他们在执拗地坚守着作为理想主义作家的使命感,没有为经济大潮所动,也没有躲入个人主义的小天地,而是高扬理想主义的旗帜,坚持以自己的作品开掘人性的崇高精神,在新时期以来的中国文学中成为了一道独特的风景。

　　除此之外,英雄主义和人道主义民本精神,也是新时期文学传统的另一个文化资源。对于英雄主义,将在其他章节进行单独介绍。而人道主义民本精神,它是齐鲁文化的精华,孔子的"重民"、"利民"思想和孟子的"民本"思想是齐鲁文化平民思想的理论核心。五四时期的平民文学主张与齐鲁文化中的平民思想相契合,形成了20世纪山东作家更为强烈的民本意识。在王统照的《山雨》中,他以博大的胸怀和为民请命的气魄,记录了乡村的破败、人民的困苦,为民生民力大声疾呼。进入新时期以来,王润滋、矫健、张炜、莫言、尤凤伟、左建明等作家的作品,都在不同程度上表现为对民本思想的继承。张炜《古船》中对人民苦难的审视;莫言《透明的红萝卜》中对极左时期乡村苦难的描述,《天堂蒜薹之歌》中对于改革所引发的民众新的困境的反思,尤凤伟的《泥鳅》、《为国瑞善后》对于进城民工的悲惨命运的关注,都在中国文坛引起过强烈的震撼。正如莫言所说:"有人说我是农民阶级的代言人,我觉得应该有一批为民请命的人,目前在我们社会形态下,为民请命的人已经是很可贵了。"①王兆军也是新时期以来,表现农民问题相当成功的作家,也特别因为塑造了既有农民的伟大,又有农民的渺小的田家祥形象而蜚声文坛。他是以赤子之心、秋鹰之眼、慷慨激昂、忧国忧民的心态表现沂蒙山区的农民的。他和老一辈山东作家一样,把传统文化中的民本思想发挥得淋漓尽致。

二

　　新时期山东文学的审美嬗变,文学创作的审美意识整体趋势是由一元化革命宏大叙事向多元化多纬度的转变。要弄清这个趋势,就必须对建国以来十七年直至新时期的山东文学的审美特点有一个认识。以刘知侠《铁道游击队》,冯德英《苦菜花》等作品为代表的革命历史文艺,几乎涵盖了十七年中国文学的大部分美学特征,比如阶级叙事思维、革命英雄主义主题、现实主义创作手法、忠义抱恩情结的缠绕等等。这些宏大叙事能指,一方面,体现了齐鲁文学特有的美学风格,为山东文学创造了光荣的辉煌,并为新时期齐鲁文学的传承打下了良好的基础;另一个方面,十七年文学本身也

① 莫言:《我的"农民意识"观》,载《文学评论家》1989年第2期。

存在着很多问题,例如,人物典型化带来的失真与复杂性的丧失,阶级叙事对文学创作的桎梏,现实主义手法缺乏创新等等。进入了新时期,随着宏大叙事的渐渐解体,多元化的叙事特色,开始出现在齐鲁文学界,例如80年代的新时期文学启蒙思潮,拉美魔幻主义的影响,元叙事等西方文学叙事学理论的渗透等等,都使得新时期的齐鲁文学在美学风貌和审美意识上有了极大的变化。我们看到,这种变化,首先来自文学审美意识的觉醒以及齐鲁文学家们对于宏大叙事的反思与突破。宏大叙事这一说法大概来自后现代理论,与语言学关系密切,与后现代主义思想家利奥塔联系密切,它的意思是有某种一贯的主题的叙事;一种完整的、全面的、十全十美的叙事;常常与意识形态和抽象概念联系在一起;与总体性、宏观理论、共识、普遍性、实证(证明合法性)具有部分相同的内涵,而与细节、解构、分析、差异性、多元性、悖谬推理具有相对立的意义;有时被人们称为"空洞的政治功能化"的宏大叙事。① 正是在对宏大叙事这种"卡里斯玛"的反思之中,齐鲁文学的审美意识才会发生从一元的革命叙事向多元化的审美纬度转变的态势。具体而言,就小说而论,原有的英雄叙事主题,在启蒙意识、现代意识、民间意识的觉醒下,出现了张炜、莫言、尤凤伟等别具现代意识的山东作家。传统的乡土小说,也在刘玉堂、苗长水、赵德发、张继等作家的坚持下,具有了新的历史纬度和现实意义。同时,在刘照如、刘玉栋、老虎、王方晨等作家笔下,现代派的技法,被更多地吸收和运用,出现了非常具有现代意识的小说作品。而以张炜、李贯通为代表的文化守成主义思潮,则在世界文学的纬度中,为中国传统文化的保存和发展,提供了新的可能性。就诗歌与其他文学题材而言,这样相似的转变也是非常明显的。例如,新时期以来,齐鲁诗歌,也取得了很大成就,就乡土诗歌而言,特别是进入90年代之后,山东诗坛不仅存在孔孚、丁庆友这样坚持传统风格的乡土诗人、山水诗人,而且以江非、邰筐、轩辕式珂为代表的临沂乡土诗群,以徐俊国、韩宗宝为代表的胶东乡土诗群,以谭践、刘宗刚为代表的泰山乡土诗群,都取得了很好的成绩。而就现代派诗歌而言,戴小栋、林之云、马知遥、老了、严冬、王夫刚、孙方杰、韩嫣、盛兴、雒武、路也、宇向、格式都是不容忽视的存在,而石灵对十四行诗的

---

① 马克·柯里著,宁一中译:《后现代叙事理论》,北京大学出版社2003年版,第118页。

探索，吴玉磊对史诗模式的研究，都是非常有益的工作。他们在口语诗、知识分子诗歌、意象派等诗歌浪潮中，都曾产生过积极影响。而就大文化的诗歌写作而言，来自滨州的诗人长征，以他独特的"习经笔记"系列诗歌作品，意图沟通文化传统与现代诗歌，创造出一种既保留传统积极因素，又具有非常现代的意味的"新诗经体"诗歌，在诗坛上引起了广泛的关注。总体而言，在一元走向多元的过程中，山东作家的审美意识，以开拓的勇气和精神的执着，不断实现着"一种美向另一种美的过渡"。①

　　现实批判意识的觉醒与深化，是新时期山东文学审美嬗变的另一个特点。现实主义作为一种文艺思想或创作原则，不仅具有悠久的历史，而且成就卓著。现实主义美学具有现实性、真实性和典型化三大基本原理。有的学者认为："与其说现实主义是具体的创作方法，毋宁称之为隐蔽在操作行为和文本形态之后的一种深度的范式系统。"王光东在《现实精神、现代意识、叙述话语》一文中则说，现实主义是"指人们在文学艺术实践中对客观和对于艺术本身的根本态度和方法"。这种态度和方法的内核是"现实精神"，"现实精神是一切优秀的现实主义文学作品所必须具有的特征"。山东文学从来都是现实主义的重镇。进入新时期以后，山东文学面对中国整个文化语境的变迁，一方面，坚守中国特色的传统现实主义精神，另一方面，在主题、思想和技术上作了顽强的探索，涌现出了张炜、尤凤伟、李贯通、毕四海、张继、陈占敏、苗长水、刘玉堂、有令俊、刘玉栋、于波、左建明、王方晨、刘玉民、鲁雁、赵德发、马瑞芳、凌可新、路也、李心田、周绍义等一大批现实主义或有现实主义倾向的作家，不断在创作上取得突破。强烈地关注社会现实的焦点和难点问题，以质朴写实的手法反映转型期中国社会遭遇的种种困境，是山东新时期文学现实批判意识的表现特点之一。他们不歌颂升平，不粉饰盛世，强调集中尖锐的矛盾冲突，真实的故事背景和社会百态，强烈的批判精神和为民请命的勇气，具有尖锐的现实色彩。这集中表现在张炜的《古船》、王润滋的《鲁班的子孙》和《内当家》、矫健的《老人仓》和《河魂》、张宏森的《车间主任》和《大法官》、毕四海的《财富与人性》和《乡官大小都有场》、于艾香的《女书记》、尤凤伟的《泥鳅》和《为国瑞兄弟善后》以及刘玉民的《骚动之秋》等作品中。《古船》中，张炜通过隋氏家族一百年风

---

　　① 张炜：《我的看法》，载《山东文学》1984 年第 10 期。

云变幻的命运,写出了历史巨变的沧桑,不但没有回避左倾历史所造成的深重灾难,而且把笔触伸向了新时期以来农村改革中出现的种种尖锐的茅盾,警惕那些历史幽灵的再次复活。其中,启蒙英雄隋抱朴的形象,更是深入人心。这一启蒙主题,在他其后的《秋天的愤怒》的小说中也有体现。而王润滋、矫健等人的小说创作,在继承了山东传统的人文意识,忧患意识的同时,也注重刻画改革时期人性的变化,歌颂真善美的人性,弘扬启蒙精神。张宏森将笔触深向了我国目前具体的矛盾十分尖锐的领域,例如法制建设,反腐败斗争,国企下岗问题。他具有强烈的问题意识和社会关注意识。但是,他的作品不同于许多思想和艺术上浅表化、主题单一、人物简单的"歌颂"文学。张宏森始终站在普通劳动人民的立场上,用一种朴素的责任感反映火热的生活。《车间主任》是一部反映工人生活的力作,它写的是哈尔滨市大型国有企业北方重型机械厂克服各种矛盾和困难,逐渐向市场经济转轨的曲折历程。小说把核心场景集中在工厂的一个车间,浓墨重彩地刻画了车间主任段启明以及普通工人肖岚、刘义山、耿海、程全、陈美玲、李万全、小鼻涕等众多工人形象,深入细致地讲述了段启明带领全车间工人完成一项艰巨任务过程中的一系列感人的故事,展示出工人身上的敬业、集体主义、吃苦耐劳、大公无私等可贵品质和乐观向上的精神。在《大法官》中,作家直面众多纷繁复杂的案件,超越单纯的职业理解,发掘当事人的内心世界、案情发生的心理逻辑和社会逻辑,用艺术的目光去发现、去审视其中的问题,从而进入法理精神的本质,拷问中国社会在现代化的进程中人们遭遇的物质诱惑,达到了法律负载的理性精神和现实主义艺术高度的真实观的契合。与张宏森、毕四海等人写实的"主旋律"小说相对,尤凤伟的直面现实的作品却极力在现实的批判和探索中凸现深刻的人性意义。《泥鳅》描写的是一群"从农村游到城市的鱼","泥鳅"可谓是民工的代名词。小说以国瑞为线索人物和代表人物,写了一群打工者在城市的起伏命运。他们怀着最朴素的改善生活的愿望走进城市,他们舍得出卖力气,甚至身体和尊严,但最终都没能真正为城市所接纳,城市留给他的,只是那一闪即灭的生命光彩和无情的毁灭。批评家吴义勤说,《泥鳅》的力量"来自于对那些挣扎在生死边缘的民间小人物的生存境遇和精神境遇的巨大的悲悯和同情",也来自"纯粹民间化的非道德视角以及人性化的叙事"。尤凤伟清醒地讲述了中国社会工业化过程中,一个于连式的底层农民令人震惊的奋斗史,他表现了农民们在现代化社会冲击下无奈的挣扎,深刻地揭示了转型期道德沦丧、欲望纷争的现实中人性的畸变。

　　以更为人性化和多维化的视角,更加开阔的视野和复杂深刻的思维方式,重新审视民族生存的历史和现状,则是现实主义审美意识的积极发展与探索。山东作家大都具有深厚的文化底蕴,他们从真实人性的开掘还原和人物内心世界,对现实生活进行观察和判断。具体而言,一部分作家在保持基本的现实主义创作品格的同时,探索艺术深化和思想深化的可能,力图准确展示变革时代生存的深层矛盾和生存悖论,在诗意的关照下凸现底层人民的精神状态。尤凤伟的《生存》、《生命通道》、《中国一九五七》、李亦的《药铺林》、刘玉栋的《我们分到了土地》等小说通过对中国历史和文化的反思性思考,在历史的纵深处发现民族的痼疾和文化的缺失,在重大的历史事件背后寻找鲜活的人性。在《药铺林》中,李亦对数十种常见和疑难病症的诊断以及对上百个中医药方和民间偏方的挖掘,不仅使小说具有了超小说、超美学的价值,而且也使得小说在文体及叙事的展开方式上极富创意与想象力,其在"形式"与"内容"高度一体化方面的成功实践构成了对长篇小说文体的新尝试。李亦对历史叙述中的理念模式和"集体想象"的逃避,对于历史和人性缝隙中那具体而微的疼痛与忧伤的捕捉,正是《药铺林》这部小说美学魅力的真正根源。尤凤伟的长篇小说《中国一九五七》试图还原那段历史,知识分子有的选择抗争,以坚守信念(如冯俐、龚和礼、李宗伦);有的选择选择妥协、苦熬,希望有一天能重获自由,享受生活(如周文祥、苏英、吴启都、陈涛);而有的则用践踏别人的方式来保全自己(如张克楠、董不善、高干),他并没有简单地运用道义的力量展示斗争的残酷性,而是在人性和理解之下,探寻知识分子精神溃败的根源,在残忍的绝望中努力重建精神信仰的价值、个人的尊严和独立思考的勇气。正如谢有顺所说:《一九五七》是这个时代大量蔓延的失忆症的真正敌人,它用罕见的力度成功地还原了一段精神意义上的历史真实,这在当代写作中具有非凡的价值。它通过绵延在语词中的那些触手可及的真实,悄悄地把读者带回到历史的现场,使他们与那些受难者一起感受那种脆弱、无告的心灵节律。①

---

　　① 谢有顺:《尤凤伟:一九五七年的生与死》,选自《话语的德性》,海南出版社 2002 年版,第 167 页。

三

现代悲剧意识与荒诞意识的生成,是山东新时期以来审美意识嬗变的另一个方向。这里,所谓现代审美意识,即所谓的悲剧意识与荒诞意识,在此之上关照传统的乡土题材,山东新时期文学产生了意想不到的审美效果。就 80 年代而言,悲剧意识主要是指针对"文革"时期的"无冲突论"与"假大空"的文艺思想,所涌现出来的反映生活中的悲剧,进而引伸为人性悲剧的审美意识。悲剧意识的觉醒,意味着山东新时期文学,在对人道主义、人性叙事的道路上,前进了一大步。同时,山东文学中的悲剧意识,又总是与悲壮崇高的英雄主义联系在一起的,为我们共同树立了历史的标高。左建明的《阴影》、尤凤伟的《白莲莲》、《红牡丹》,王润滋的《叛徒》、王金年的《怨》,都是一些非常优秀的作品。李存葆的小说《高山下的花环》,是"军旅文学破冰三部曲"。它通过对南线战斗中一支连队的曲折描写,将前方与后方、高层与基层、人民与军队、历史("文革")与现实有机地勾连起来,不仅浓墨重彩地塑造了梁三喜、靳开来、梁大娘、韩玉秀等闪光形象,而且以"调动风波"、"臭蛋事件"为靶子,大刀阔斧地揭示了军队的现实矛盾和历史伤痛,令人振聋发聩。作品结构大开大阖,人物命运大起大落,在紧张尖锐的矛盾冲突中完成人物性格的锻造和故事情节的演进,具有强烈的悬念和可读性。磅礴的激情、粗犷的行文和崇高的悲剧美感,形成了作品崇高悲壮的艺术风格。它以"欠账单"等著名细节真实地传达出了"人民——上帝"和"战士——万岁"的时代强音。作品表现出了作者秉笔直书的严肃态度和"敢为天下先"的无比勇气。李存葆义无反顾地趟过政治雷区,整个社会中被压抑已久的呼声在作品中得到了释放与传递,作品中浓重的悲剧意识,被展示的淋漓尽致。而在张炜的《古船》、莫言的《红高粱》中,这种悲剧崇高化的英雄主义,更将现实人生的悲剧意识,深入到了人性的深处,显出了强大的历史反思力。隋抱扑,作为一个知识分子启蒙英雄,领导人们走上致富路,却在磨坊里,一个人孤独地面对人生,手捧共产党宣言,寻求着精神的解脱。家族百年的苦难,让他的目光,越过了单纯的仇恨,而进入了对人生悲剧意义的思考。而莫言的《红高粱》,则将民间野性的强悍,注入了"我爷爷"余占鳌与"我奶奶"的生活之中,在对日寇的进攻中,将民族的血性,融会入生命悲剧后的无限激情之中,无疑将新时期文学的悲剧意识,更推入到一个新的境界。

进入90年代之后,随着商品大潮对人的精神和理性的冲击,启蒙理想,逐渐被很多人抛弃,而山东作家敏锐地认识到了这一情况,一方面,原有的崇高化的悲剧美学意识进一步发展,形成一种雄浑开阔的力量,成为对90年代历史境域的一种反拨,张炜的《柏慧》、《家族》,李贯通的《天缺一角》、《沉溺夕阳》,张海迪的《绝顶》等作品都是其中的代表作;另一个方面,山东作家的悲剧意识,也进一步深化,在特别是对当代文化环境的荒诞意识的认识上,显出了新的深度与力度,特别是在乡土文学这个传统领域,悲剧意识与荒诞意识的出现,让山东作家更好地认识到了时代的生存困境与悖论。李贯通在《天下文章》、《天缺一角》中,将现实问题和文化问题很好的结合,超越了90年代流行一时的现实主义,极为深刻的蕴涵着当代文化的某种不为人察觉的危机。两个小说,均以"县文化馆"这一个文化单位为故事背景与场所,再现了文化人所面临的体制转变所带来的价值解体。它不但深刻地触及了当下的现实,而且形象地寓指了当代文化的某种必然的悲惨命运。在《天下文章》中,斯文扫地的县文化馆的专业作家为形势所逼拉关系、求门子、卖稿子,甚至惶惶不可终日,给种猪作广告。它表达的是传统文化的精神人格正遭受毁灭的忧患。《天缺一角》中,从徐馆长到于明诚,代表着一代知识分子血脉的传承,他们的良知和贞操,在当代急功近利的社会,正经受着巨大的考验。国宝文物汉画像石的遭遇隐喻了当代文化自断命脉的尴尬之境。珍贵的石像被损坏、被卖拓片,碑亭被戏剧性的盖到了市委书记的"新碑"之上。这些情节既是现实,又是寓言,是当代文化与知识者的生动写照与悲凉叹息。《绝顶》是著名女作家张海迪的一部杰作,它描述的一群青年知识分子,肖顿河在梅里雪山考察探险中屡败屡战、永不言退;丁首都在生命基因变异研究中既要面对科学难题又要对付资金匮缺和人际关系的死结;安群遭受车祸重创只能长久困卧病床,却仍然壮心不已地写出憧憬大自然之神秘瑰奇的乐曲《传说之谜》。从精神气质上,这些人都具有一种精神追求的绝对性。他们都是平凡而普通的人,既没有圣洁的灵光圈,也没有成功者炫目的桂冠。他们需要友情和爱情,需要理解和倾诉;他们对事业的失败和生命的毁灭,同样会有常人的颓丧和恐惧,但他们坚持了自己的精神追求,信守了自己对大自然和生命现象的热烈探索。

　　苗长水的军旅小说,是90年代之后悲剧崇高美的新的代表作家。《超越攻击》这一部长达67万余字的巨著,正是这些年来他对军队现代化和传统的关系、军队理想主义的创造性转型与价值意义的关系、军队内部人道主义和军事化的关系等问题深入思考的结晶。整部小说大气磅礴,明朗豪迈,时代气息浓厚,揭示现实矛盾准确犀利又不失人性的温情,高扬爱国主义、英雄主义的主旋律,又不乏厚重的历史理性反思和乐观气质,在思想探索的同时不放弃对军事题材小说通俗消费性和神秘性的演绎,实在是近来年不可多得的一部成功之作。周绍义的《指挥》,则锐利地在油田发展历史和现状之间寻找着联系和规律,试图通过油田这个国有大型企业的变迁客观,再现中国文化形态的转型和困惑,不回避左倾思想给油田发展带来的伤害,更不避讳现实生活中的焦点和矛盾,比如腐败问题、精神追求丧失问题、家属问题等。至关重要的一点,周绍义“挽留”了原有的石油文学中最宝贵的价值核心:“英雄主义”和“奉献精神”。他渴望英雄,信仰奉献,并在小说中为我们塑造了一个最后的英雄“秦万夫”。在生命最后的回光返照之中,他还赶往海啸事故现场,为国家挽回了巨大的人员和物质损失,为一曲英雄主义的悲歌唱响了最后的旋律。

　　同时,刘玉堂、赵德发、刘玉栋、卢金地、张继、卢雁、李纪钊、李贯通等作家的“新乡土文学”创作,也凸现了山东作家对悲剧美和荒诞美的新的发现。在《乡村温柔》中,民间化的独特视角,构成了刘玉堂关于中国乡土文学的“第三种”叙事,“乡村”在它的笔下成为了一个自足而且顽强地抵抗着外界的侵害和同化的独特的民间主体价值的载体。无论是屡遭不幸的牟子铃,还是浑浑噩噩分不清鬼子还是八路的刘子厚,还是成了企业家却把厂子捐给了国家的牟葛彰,也无论是抗日时期还是解放战争或者土改、文革、改革开放等历次政治变革,主流意识形态统治对乡村文化的强力渗透,行政强权对乡村文化的分化瓦解,都不能损害乡村中乐观旷达的处事原则和内在的精神强度,农民们通过对主流话语的戏仿消解了权力的暴戾和意识形态的排他性,使所有庄严肃穆的理由成为了一场民间狂欢的搞笑剧。张继的《杀羊》、《人样》等作品则为我们勾画出了当代农民尴尬而复杂的生存境地,富于黑色幽默和存在主义的特点。为了能在权力、生存和自尊之间的夹缝中寻找一个平衡点,自身资源十分匮乏的农民艰难地调动着所有人生的智慧。张继关照农民们的处境,并不是单纯从道德情绪出发,而是深入生存的本质,深挖那些苦涩的笑声和眼泪之后人类普遍的精神梦魇。权力者和受虐者同样在充满悲悯的目光中被置于反讽的境地。《人样》中朱七而为了承包几亩菜园子而屈服于村长的权势,自尊的践踏成了取得自尊的手段;《杀羊》中计划生育宣传成了权力者形式主义的"虎皮",村长李四平试图用羊汤诱使农民就范,然而权力者本身却成为农民们的戏噱和捉弄的对象。

另外,我们看到,山东的现代诗歌创作,也在某种程度上体现了人生悲剧美与荒诞意识。戴小栋、赵林云、严冬、老了、马知遥、普珉、岩鹰、格式、盛兴、宇向、孙磊等诗人的创作,都颇有成绩。林之云擅长从那些我们司空见惯的"事物"上入手,让一只小动物,一株植物,在都市的环境中找到令我们惊悚的悲剧性生命体验,从而进行深度思考。都市生活对生活的侵犯,对人性的禁锢,不仅是对生命的引诱和放纵,更是对诗意的扼杀,在那些歌舞升平的"繁华"背后,我们却看到异常震惊的生活的真相,是生命的锐痛所带来了都市对生命的强硬的陌生化"介入"。他从体验性入手,真实地写出了一个栖息于都市的人,鲜活而疼痛的生活荒诞感受。马知遥则试图在诗歌中思考我们当前这个准个体时代中人与社会,人与人之间的关系,并进而用一种坚硬却充满语言张力展示自己的这种现代性的焦虑。他的诗立意在现代,旨归在批判,善于在都市生活瞬间的感悟之中,展现现代人生活的悖谬和情感的孤独。他的诗歌介乎口语写作和哲理写作之间,既有口语诗直接抚摸粗砺生活的反讽式语言冲击力,又不乏哲理诗意蕴深远、睿智通达的生命感悟。他又是一个直率的诗人,诗歌中总是在暗藏机锋的话语中透露出北方汉子爱憎分明的立场。

四

现代转型视野内的"文化保守主义"审美意识是山东新时期文学审美意识对中国文学的独特贡献。一方面,在盲目西化的浮躁的文化语境中,山东作家注重坚守传统文化的内质,在全球化的今天,更凸现了特有的文化价值,可以说,在中国现代性的创造性转换中,由于道德激情与文化保守主义的立场,而导致作品内部关注现实时强烈的精神冲突和内在张力,是山东新时期文学审美意识的一个非常明显的特点,而这一点,更集中体现在 90 年代之后;另一个方面,山东作家注重将传统与现代结合起来,西方文化资源与东方文化资源结合起来,创作了大量既传统又现代的作品,在国内引起了广泛的影响。其中,张炜、李贯通、赵德发、刘海栖、毕四海、鲁雁、宋萧凌、王方晨、常芳、长征、王夫刚、刘宗刚等山东作家与诗人,都在这方面,做出了有益的探索。

　　首先,这集中体现在山东许多现实主义作家在古代/现代、城市/乡村、农业文明/城市文明等许多二元对立概念上的紧张关系。这主要体现在张炜的《外省书》、《能不忆蜀葵》、《你在高原·西郊》,李贯通的《天缺一角》、刘玉堂的《最后一个生产队》、鲁雁的《大红兜兜花盖头》和《最后的庄稼》、赵德发的《君子梦》、凌可新的《醉纸》、《村事》等作品上。它们大都以强烈的激情对商品经济发展过程中出现的某种"道德滑坡"现象给予了艺术表现,以坚定执着的理想追求给人以强烈的现实主义冲击力。在传统日益遭到边缘化放逐的今天,重提传统和道德的价值,无疑具有逆潮流而动的勇气和智慧,应该说,这些作家在创作中是真诚的,也是虔诚的。他们对现代的道德问题的批评,切中时弊。这种二元对立绝不是简单的思维二分法的产物,而是道德审美主义在现代社会伦理困境的表现,是传统文化面对现代性而产生的无可回避的焦虑。这种审美主义的现代伦理困境首先表现为"身"与"义"的紧张,表现为先验的理念对个体感性生命的善恶判断和道德归罪。同时,对真理与真实的追求也会形成本质世界与日常生活世界的紧张对峙。这种二元对立正是在深刻的保守主义思考下山东现实主义作家创作主体性的凸现,是他们面对历史和社会真相做出的人生和道义良知的选择。张炜笔下的淳于、鲈鱼、庄周、老宁等人物,宁可放弃舒适的城市生活和体面的工作,融入野地、高原和荒村,也要追求自己生命的本真和自由;李贯通在《天缺一角》中刻画了一生忠于艺术操守,忠于自己理想的于明诚、徐馆长等知识分子形象,尽管他们不断面对着权力、经济、愚昧等多重困难的束缚,但他们无怨无悔,悲壮而自信。赵德发的《君子梦》讲述的是发生在山东沭河岸边律条村里的许正芝、许景行等几代优秀农民追求道德完善的悲壮故事。小说在反映全人类所面临着的道德困境的同时,高扬中华民族的儒教文化中优秀的传统。

　　其次,在山东诗歌界而言,则更为注重从美学上沟通传统与现代,特别是利用山东传统的地域文化特点,将齐鲁新时期诗歌审美意识中的现代特质与传统特质相融合,在全国的诗坛创造了引人注目的诗歌美学风范。

《习经笔记》系列诗歌,是诗人长征的代表作。他在现代感受的基础上,追寻古体诗所负载的优雅的热情,纯真的激情,美好而和谐的想象,从而在中国文化的源头——《诗经》之中,为汉诗进行有益探索。长征并不排斥"诗言志",但在这个过程中,长征更为注重现代人敏感而真实的"内心体验"。这种体验非常"现代",是一个现代人丰富而痛苦的生命,在悖论社会的悖论感受。长征正是用这种现代体验,去沟通和链接古代汉诗传统。他更为注重人和自然的交流,而"自然"不仅成为一种"感时溅泪,恨别惊心"的主体心理投影,更是一种和谐而欢欣的生命感受,一种中国传统文化的现代转化。另外,《习经笔记》中,长征的可贵之处,不仅在于他善于从文化角度,对《诗经》进行创造性再阐释,从而复活中国传统文化中积极乐观的文化精神,更在于他站在东西方文化交汇的视野上,更新了我们的"汉语文学语言",使在西方理性深度思维下,日益迷失自我、繁复僵化的汉语,重新拥有了灵动的诗性和活力。例如诗歌《那是什么样的鸟叫》和《在无所谓中飞翔》等。《那是什么样的鸟叫》来自《诗经》名句"关关雎鸠,在河之州"。诗人在诗歌中,热情讴歌了爱情,将现代口语的机智、古代汉语的典雅、现代汉语书面语的形象深度,很好地结合,并善于使用双声叠韵,句子长短搭配灵活,韵律跳脱流转,婉约多变,展示了一个现代人对健康美好的生命和人性的热切向往。《习经笔记》的语言形式上,既有典雅的"东方意象",压韵和对仗的使用,也有对汉语转喻功能的挖掘。例如,诗歌《斧的运用》、《子曰的月亮》等。在诗歌写作中,还出现了小说和电影似的闪回和拼接场景,对于"意象"叙事性的诗化处理等等,在《明镜的深渊或薄冰》、《日食》等诗歌,长征甚至尝试用小说和散文的语言排列方式,扩充汉诗的内涵,扩大汉诗的表现力和力量感。

泰山,蕴育了一部沉甸甸的齐鲁文化史。诗人刘宗刚的泰山组诗的妙处,就在于他能将泰山的历史、现实与自我的生命感悟与生存体验相结合,能将现代人的困惑和泰山对诗人灵魂的熏陶相遇合,创造出一个现代性的"泰山镜像"。诗人徐俊国的胶东乡土诗歌,则从容自如,素淡、明澈,在描写童年回忆与梦想乡村的追求中,充满欣悦感和表达事物的微妙肌理,洋溢着人道主义情怀。他的《鹅塘村纪事》系列诗歌,以家乡为关注点,引起了广泛的关注。既有强烈的现实感和入世精神,又有超越世俗层面的终极价值关怀。他忧伤着人类的苦难,悲悯着世上的黑暗与丑陋,赞颂着良知与温情。同时,他的诗却不仅是田园乌托邦,而是蕴涵着一位诗人在高速发展的工业社会中一种独特的理解世界的方式,徐俊国的诗似乎逆潮流而反:平易、朴实、干净,几乎是不掺杂质的清澈浏亮。他所描写的都是日常所见的简单事物:拖拉机、喜鹊窝、草地、蟋蟀……但当他把自己的人生体验和理想人格赋予它们之后,便能使这些平凡之物生发出神奇的魅力。喜鹊窝成了时光流逝和岁月无情的见证物,一头牛承载的是人类的苦难与疼痛。那"曾用奶水喂养过他现已衰颓的老人"、"纳鞋底的母亲"、"怀抱一只小红鞋的疯女人"等意象,都以其饱含丰富意蕴的独特意味感动着读者。

五

山东新时期文学的审美意识演变和艺术开拓,还表现为作家文体意识的觉醒,文体形式的多样性以及各种文体之间的相互渗透和融合等方面。如小说中出现了后现代式的迷宫式叙事体、各种文体杂糅的混合文体、甚至有仿古的笔记体,这比较鲜明地体现在了山东新生代小说家身上。在刘玉栋、老虎、李纪钊等作家的作品中,都表现了将文学想象与本土文化资源相结合的倾向,李纪钊的《武劫考》、老虎的《寒冬夜行人》、刘照如的《上梁山》,都在小说文体上有很大的突破,呈现出叙事的想象性、结构的迷宫化和文化资源的多层次杂糅的特点。散文、诗歌的文体,也时常越界出轨、互相渗透融合,形成新的文体。诗歌的形式探索更是广泛而深入,有史诗体、口语诗、知识分子诗歌、新乡土诗、都市诗歌、大文化诗歌等等多种有益的尝试。这一切,都表明,山东新时期以来文学的审美嬗变,是多纬度的、多元化的。就散文而言,新时期的山东作家不沉溺于叙事、抒情、描写等朴素创作手法的运用和中正平直、朴实纯正风格的单色调,而是勇于进行文体创新,在传达习惯、叙述方法、结构形式上采纳小说、诗歌的艺术手段,采用象征、隐喻、意识流甚至是虚构等艺术技巧,使得山东新时期散文的文体风格更加千变万化。原有的散文的文体风格追求中和之美,以求真为要,而新时期以来的很多散文作家,比如刘烨园,却在叙述方式、结构等方面,创造了一种"新艺术散文"的文体,不仅融会了象征、隐喻、诗象、魔幻、意识流等特点,阿切汲取现代音乐、绘画、建筑、小说、诗歌甚至大自然的原始气息(刘烨园语),打破了原有的散文文体的因果结构,注重心灵的真实与表达。在他的

《自己的夜晚》、《守夜》、《旧站台》等作品中,他以直觉的方式切入文本,将生活片断进行心理蒙太奇式的组合、拼贴,从而表现出将抒情、象征、哲理、议论融为一炉的内倾性、杂糅性文体特质。郭宝林则实践着一种追求自然与历史全景式镜头的"大散文"体式的写作,对一个题材,集中给予多视角、多侧面的抒写,增强其文化与历史审美厚度,色彩瑰丽,气势恢弘。赵建英也擅长利用情绪化的叙述方式去表呈物象,她的散文《梦回故乡》,现实生活和梦幻交织,情绪流和心理流,共同交汇在文本的痕迹之中,表现出意象化、象征化的特点。同时,哲理性的增强,也是山东新时期散文的另一个文体特点,很多山东散文作家高扬理性精神,以浓厚的哲理色彩,表现富有象征性和抽象性的心理意念与神思冥想。情与理的互相渗透,不但在文体上改变了散文的形式,而且提升了散文的品格。例如,丁建元的散文,被称为"新哲理散文",他的散文的突出特征,就是不刻意追求场景与画面的设计,而是追求理性的求索和阐释,用哲理关照和解读事物的具象,他的作品《哨音》、《思在煦园》、《生命的原色》等,都呈现出哲理美的文体特点。

第二节 叙事文学的蓬勃发展及其主流形态

这里所说的山东叙事文学,主要是指以小说为代表的文学文类,虽然,部分散文、诗歌、报告文学等文学形式,也在不同程度上表现为"叙述性"的特点,但文学叙事学概念对应的文学形式,一般主要是小说。题目之所以不叫做"山东小说的主流形态",而称之为"叙事文学",乃是要突出我们所要讨论的主题——"叙事"。叙事,是人类文化发展的基本经验之一,正是通过一个在一定区域内,大家都共同体认的"故事",人类的文明才有可能凝聚历史、文学以及其他意识形态上层建筑。叙事学,是本世纪兴起的一门显学,它最早见于亚里士多德的《诗学》,而现代叙事学则发源于托多罗夫等人的新批评主义主张,经过弗莱、列维斯特劳斯等结构人类学的充实,并充分借鉴索绪尔、布尔任斯基等学者的结构语言学的最新研究成果,最终形成了以罗兰巴特、布斯、热奈特、格雷马斯、普洛普等为代表的结构主义叙事学研究。它脱离出原有的新批评的框架,并超越于对叙事文的外部研究,不再对主题、情节、人物等意识形态元素感兴趣,而是注重对"潜文本"的开掘,试图寻找"一个永恒存在的、抽象的意义集合体"。同时,它也注重对叙事内部规律的研究,在小说时空关系、叙事视角、叙事声音等方面对小说文本进行深入解读。当然,这种情况在20世纪80年代也有所改变,在马丁、赫尔曼等理论家的努力下,文学叙事学,有扩大化的倾向,并不再排斥文学社会学和意识形态功能,而是在布迪厄等的泛文化批评的影响下,进一步拓展了叙述学研究的领域,特别是"文学场域"对于文学叙事产生的影响。

在这里,我们研究山东新时期叙事文学的主流形态,不仅要考察山东新时期小说的叙事主题、风格、人物,更注重考察这些小说在叙事时空、叙事方法、叙事声音和视角上产生的变化。总括而言,山东新时期的叙事文学的主流形态,在表现形式上,以齐鲁地域为文化场域,以伦理道德诉求为叙事内在准则,以现实主义批判为主要叙事原则,具有"类宏大叙事"的语言风格和价值观,这就是齐鲁新时期小说的叙事形态的总体特点。具体来说,则有乡土叙事、泛文化叙事、现代先锋探索叙事三种主要的叙事形态。这既是从历时性角度出发的,体现着叙事观念、技法的沿革和流变,也是从共时性角度出发的,体现着不同叙事理念在山东新时期叙事文学中的存在状态。

一

新时期以来,山东主流叙事文学不断蓬勃发展,叙事形态在保持了传统齐鲁文化风格的同时,不断走向多样化,既有对乡土小说的深化与发展,也有更为深广的泛文化叙事的出现,在一些青年作家的笔下,还出现了与南方先锋作家意味不同的另类的"山东先锋叙事"。老作家中,以李心田为代表,他在80、90年代创作不缀,长篇小说《寻梦三千年》等,显示了一个老作家不懈的艺术追求和思想追求。其他如小说家冯德英等也都在不断发表新的作品,表现了可贵的艺术创造力。这一时期山东作家队伍的主体,还是80年代涌现出来的一批中年作家,他们是张炜、莫言、尤凤伟、李贯通、左建明、刘玉堂、苗长水、马瑞芳、赵德发、陈占敏、毕四海、于艾香、刘玉民等。作为山东文学的中坚力量,他们成名于80年代,并以张炜和莫言为代表,迅速地在中国文坛占据了重要的位置。他们对整个山东文学的格局和走向有着举足轻重的作用。更令人欣慰的,是山东青年小说家的迅速成长壮大,如张继、刘照如、刘玉栋、卢金地、老虎、罗珠、马柠、陈瓦当、王方晨、钟海诚、凌可新、张宏森、鲁雁、李纪钊、王延辉等人,都以发表的小说作品,在全国产生了一定的影响。与小说家队伍迅速扩容相呼应,山东新时期以来的小说产量也有大幅度提高。据初步估计,特别是进入 90 年代以来,山东每年的长篇小说产量达到了年平均 30—50 部,中、短篇小说和诗的产量就更多了。新时期以来,山东小说在全国也获得了很多重要的奖项,如刘玉民的《骚动之秋》获第 4 届茅盾文学奖,李贯通的《天缺一角》获首届鲁迅文学奖。张炜的《九月寓言》、马瑞芳的《天眼》获得了建国 50 周年优秀长篇小说奖,《九月寓言》还同时获得了"上海中长篇小说"大奖一等奖。在中共中央宣传部"五个一"精品工程评奖中,山东作家也是大获丰收。张宏森的《车间主任》、周绍义的《指挥》、杨志军的《藏獒》,都深受文学界和广大读者的好评,产生了广泛的影响。

主流形态之一:乡土小说。作为传统文化的发源之地,齐鲁文化一直是乡土小说发展的一个重要资源。特别是进入现代以来,在以"感时忧国"(夏志清语)为现代性思维特征,以白话为现代性语言特征的中国文学的现代进程,"乡土中国",一直是中国文学实现现代转型的一个敏感点、关注点与"焦点象征意象"。而作为被赋予了积极现代意义的文学体裁——小说,自从清末以来,就被认为是一种能够实现文学话语权力的重要文体形式,例如,梁启超说:"欲新一国之民,不可不新一国之小说。故欲新道德,必新小说;欲新宗教,必新小说;欲新政治,必新小说;欲新风俗,必新小说;欲新学艺,必新小说;欲新人心,欲新人物,必新小说"。① 于是,从乡土中国寻找小说资源,利用小说来反映中国的历史变迁,就演变成了一种汉语小说的重要形态:乡土小说。发轫于鲁迅,由王统照、台静农、王鲁彦、吴组缃、沙汀、沈从文等作家发扬光大,最终在 20 世纪 40 年代,形成了独特的主题、人物类型、审美范式、语言风格。乡土小说题材中所蕴育的牧歌神话、伦理诉求、另类的现代性表达、都市文化批判等等意味,都已经有了相当的成熟度。而进入新时期以来,随着新的文艺复兴出现,乡土小说,又一次吸引了众多的关注。贾平凹、路遥、张炜、莫言、何士光、高晓声、陈忠实等著名作家,都在中国现代性转型的视野内,在更为广阔的文化视野内思考有关中国乡土的主题。

新时期以来,乡土小说形态,是齐鲁小说的主流形态之一,王润滋、张

---

① 《新小说》1902 年 11 月创刊号。

炜、矫健、李贯通、刘玉堂、赵德发等作家,以对齐鲁广大农村文化的深刻体验,对人性美和乡土伦理美的诉求,丰厚的人生经验,以及对新时期以来农村在现代化转型时严峻的矛盾的表现,而著称于世。展现乡土文化所负载的传统美、伦理美和人性美,是山东叙事文学在思考文学现代转型的另一个重要形态。早在 20 年代,王统照的《微笑》等"问题小说",已经展示出山东文化传统的伦理教化的味道。王润滋的小说,是这一形态的山东新时期代表作家,张炜的芦清河系列早期小说,李贯通的以家乡微山为叙事时空的早期小说,也都体现了这一个特点。王润滋是山东 80 年代的代表作家,他致力于发掘传统的美德。正如他自己所说:"我比较注意的是开发认的精神的矿藏,让那些被污泥和垃圾埋没的珠宝重新出土"。① 在《卖蟹》中,他歌颂了卖蟹小姑娘的豪迈、清纯和侠义心肠,赞美了孟春的忠厚、老实和善良(《孟春》),水亮哥的助人为乐和自我牺牲的精神(《亮哥与芳妹》)。王润滋不但深情地讴歌了传统的道德美,还推崇传统乡土的处世原则和生活哲理。在《雷声召唤着雨》中,他对瘸五爷和董文父亲等老一辈农民的那种"知足常乐"的人生态度,表示了由衷的尊敬,让他们的人生信念,去拯救董昭、董文等丧失生活激情的青年。张炜早期的小说,眷恋乡野,热爱乡村文化的倾向非常明显。《童眸》中的主人公沈小荒,身在城市,心在乡野,永远不能忘记童年的朋友和绿色的大自然。《芦清河告诉我》、《浪漫的秋夜》等小说中,也充满了很多的诗情画意。即便在那些关注社会矛盾人生,反映对社会的批判的现实主义作品中,张炜也依然不能忘记那些美丽的乡野,比如《护秋之夜》的枣林,《秋天的思索》中的葡萄园等。李贯通的《我家的珍珠兰》,则塑造了一个为传统美德所熏陶的美好女性形象。妹妹在"文革"中,勇敢地保护了珍珠兰古画,并在后来毅然将画给了哥哥。苗长水的《犁越芳冢》,则将山东乡土文化中的宽宏与善良,展示得淋漓尽致。台胞刘成,由于历史的原因,曾经伤害过很多乡亲,但是,当几十年之后,他满怀愧疚地回到村里,月德嫂子等"仇人们",却意外地宽恕了他。苗长水异常生动、真切、感人地展示了沂蒙人民那种厚道宽容大度的性格,在这些乡土小说中,由于叙事主题的统一,叙事往往倾向于淡化故事,或将故事伦理化,作家们擅长隐藏自我的主体形象,凸出作品的抒情性,甚至为了抒情性,在一定程

---

① 王润滋:《卖蟹·后记》,山东文艺出版社 1985 年版。

度上放弃小说的叙事性。

以启蒙精神反思传统文化,反映现代乡土中国至今存在的物质贫困,从而反思极左思潮,对乡土中国文化传统的愚昧与野蛮进行批判,是齐鲁乡土小说形态的特点之一。赵德发的小说《通腿儿》就反映了这一情况,旧中国齐鲁贫困地区,一件衣服全家穿,一条棉被合家盖的贫穷状况是司空见惯的,至于像赵德发另外两篇小说《南湖旧事》《那个夏天》中的人们那样,靠地瓜野菜填充肚皮的现象更是习以为常。旧中国的贫民为了生存,甚至像"宋司哭"(孙鸶祥《宋司哭·阴阳钱》)那样不顾自己的人格,干替人"哭妈妈"的下贱营生,这种令人心颤的贫穷,即使在新中国那些曲折的年代里仍然在某些地区存在着。在贫困的沂蒙山,还有不少人像刘玉堂《学屋》中的小学生董晓世家那样没有褥子,也还有老来子、《荒火》中的朱全子、《白鸡》中的二蛮子那样孤苦无依的孤儿,过着穴居野处,与牛羊为伍,以野物为食的生活。二蛮子自得其乐地吹嘘道:"只是这河床上有的东西,老子都品尝过!"在尤凤伟的《山地》、候贺林的《紧日子》、王兆军的《落凤坡人物》、刘玉堂的《福地》等作品中,对齐鲁历史中的贫困岁月的展现,尤为出色。《紧日子》《落凤坡人物》描写的是 60 年代前后国家遭受三年自然灾害困难时期的农村生活,作者透过孩子的眼睛和亲身体验,来展现那个艰难的岁月,大跃进、浮夸风的结果是蔓延全国的饥荒,而这个饥荒在以农业为主的广大齐鲁农村,更是有着灾难性的影响。在《落凤坡人物》中,少年济公,靠着识别和挖掘田鼠洞的本领,才使得两家人熬过饥荒。在尤凤伟的《山地》中,则集中控诉了十年"文革"中,极左思潮对农村所造成的生存威胁。刘玉堂的《福地》则在一个较大的时间跨度上,描写饥饿贫穷和人的求生本能。由于贫穷,楚图文挖了人家的坟墓,被父亲赶到了山里,谁知道,他竟然因祸得福,躲过了历次政治运动,在改革开放时期,便成了一个富人。李贯通的小说《洞天》中,传统的美德在利益面前被扭曲,人性的丑陋和国民性的羸弱暴露无遗。为了搞到石龙的熬鱼偏方,翟巧巧试图用钱买,于跃则想灌醉石龙,而看似老实本分的冯老汉却伪装成可怜的样子,博取人们的同情。李贯通深刻地批判了国民劣根性,特别是乡土文化中的愚昧、落后和保守的文化氛围。尹世林的《芦花滩》《小河上的灯影》,也在对传统文化的保守性的批判上颇见功力。山东新时期叙事文学的这一个形态特点,主要表现在 20世纪 80 年代,以启蒙理念为主的时间段中,而在叙事视角上则表现为外视角的宏大视野,一般小说中有着鲜明、明确的启蒙叙事主体,或者隐含叙事者的形象。

二

以乡土小说为起源,最终形成以传统文化、乡村文化为价值支撑点,进而以此思考、深化中国作为后发现代性国家在现代性转型过程中"文化保守主义策略"的"泛文化小说",是山东新时期以来叙事文学的另一个特色。这一形态特点,主要展现在20世纪90年代至今,表现为总体性的、历史性的宏大特点,叙事时间跨度很大,凸现人性与历史的力量,人物众多、篇幅巨制,逐步消解了意识形态叙事的影响,而表现出历史理性叙事、家族叙事等"泛文化叙事"的倾向。

在这里,新时期作家不仅对中国乡土和农民生活进行摹写,而且题材日益拓展,扩展到了对整个民族性的探索,特别是半个多世纪以来的农民生活的变迁史、心灵史,进行了深入的描绘与反思,这一点,对于新时期以来的现代化狂潮下的中国,具有着特别的意义。张炜的《古船》《九月寓言》,赵德发的农民三部曲《缱绻与决绝》、《天理暨人欲》、《青烟或白雾》等作品,以及莫言的《丰乳肥臀》、刘玉堂的《乡村温柔》、李贯通的《洞天》和《天缺一角》、刘玉民的《骚动之秋》、罗珠的《大水》、陈占敏的《沉钟》、鲁雁的《最后的庄稼》等,都是代表性作品。赵德发的农民三部曲,从民国写起,依次描述了山东不同时期的历史变迁风云:抗日、土改、合作社、大跃进、1960年大食堂挨饿、"文化大革命"、农业学大寨、农村大"包干"、改革开放等等。其中的主线索,是农民与土地的关系。作者在物质和精神两个层面考察中国农村,特别是山东农民的生存状况,意图在半个多世纪的历史巨变中审视农民"缱绻与决绝"于土地的历史。张炜的《古船》则以胶东小村里的一艘"古代沉船"为象征物,细致了描绘了村中赵姓、隋姓等几个大家族在百年历史变迁中的沉浮,寄托了作家对民族现代化腾飞与民族复兴的时间性焦虑,而他的另一部优秀长篇小说《九月寓言》,则以抽象的笔法,虚构出一个海滨小村几代村民的艰苦卓绝的生存历史,将幻象、现实与历史融会一炉,以一种诗性的语言构建了一个耐人寻味的寓言。小说中的小村从50年代到70年代末的历史,在故事、民间传说中呈现出来,"小村的历史以寓言化的形态出现,小村是一个基本处于自发状态下的民间社会"①,并成为对城市文明批判的一个"文化符号"。

如果说,张炜注重发掘,山东文化所负载的传统意义,对于现代化的反思意义,那么,莫言则是一个乡土题材的"终结者"。他的小说想象瑰丽,常常以农村乡土为描写环境,主题却又跳开乡土小说的影响,既对意识形态形成有力的解构,又可以从国家民族的文化意义上,形成一种大气磅礴的文化史诗,最终将民间的野性自由与启蒙浪漫的个性解放相结合,真正将乡村变成一种"想象的符号",进而融入到有关"中国叙事想象"的大故事中。正如评论家郜元宝所说:"现代乡土文学分为四个阶段,——莫言处于第四个阶段,他对中国乡村的转述,没有五四的感伤和浪漫,也无意用农业文明与工业文明对抗,更淘汰了政治意识形态对乡村风俗的无孔不入的渗透"。② 莫言在《红高粱家族》、《四十一炮》、《生死疲劳》、《檀香刑》等一系列作品中,将自己对传统的乡土文化的思考,扩大为对中国文化的一种考量。《丰乳肥臀》是莫言的代表作。小说中描写了司马氏一家在百年沧桑巨变中的苦难人生。热情讴歌了生命最原初的创造者——母亲的伟大、朴素与无私,生命的沿袭的无与伦比的重要意义(在小说中表现为"种"的生殖与繁衍)。并且在这一幅生命的流程图中,弥漫着历史与战争的硝烟,真实地再现了一段时期内的历史。小说赞美母爱和民间的生命力。而上官金童,他对母乳的依恋,源出于作家本人的一种情结。这里似乎既体现了作家的恋母情结,又是大地孕育的一个象征。小说主体仍然是展示生命的过程,讴歌生命的本体意义及母亲的伟大性。纵观整篇小说,我们说这是一部具有相当审美力度与历史厚度的作品,它蕴含了作家对生命、母亲、历史的深沉思索,对于社会历史与时代问题的独特、新颖的思考与探索。

刘玉堂被称为"当代赵树理",他的作品大都以山东沂蒙山农村为背景,描写农民的善良和执著,显现出来自民间的伦理、地域的亲和力和普通百姓的智慧与淳朴。他的小说,幽默诙谐,风趣泼辣,习惯使用民间口语,但常常在朴素的行文中透露出深刻的伦理寄寓与沧桑时代感。他十分善于表现国家意识形态话语如何在民间日常生活中流走,民间的日常生活又是如

---

① 陈思和:《中国当代文学史教程》,复旦大学出版社 1994 年版。
② 林建法:《中国当代作家面面观》,浙江文艺出版社 2004 年版,第 335 页。

何吸引与消化这些话语,这些话语在日常生活中就变成了可操作、可咏可叹的程序(陈思和语)。《最后一个生产队》是他的成名作,在对改革开放的反思中,作家脱离一般性对历史规律的认识,展现了从文化角度的对于"红色文化"意义的复杂性的"再认识"。《乡村温柔》是刘玉堂最为重要的长篇小说之一。他以游戏的态度,写了一个农村改革家的故事,不过这个故事是由主人公本人以回忆的方式诉说的,而这种回忆体的叙述方式,使得整个改革过程中出现的困难,也都变得微不足道,成功的喜悦却似乎非常偶然。刘玉堂的另一部长篇新作《尴尬大全》,作者则一改往日执著于乡土民生的写作姿态,把叙述视角从沂蒙的民间视界,转向关注小县城知识分子的生存境遇,倾情演绎了一场汇集日常生活中俯首即拾的种种尴尬、窘迫、不堪与无奈的饕餮大餐,可以说,《尴尬大全》是对乡土知识分子在历史和现实中尴尬境遇的一次全面彻底的考察。作家刘玉民的代表作《骚动之秋》,创作于1986 年,作品以胶东农村为背景,生动地展示了中国农村从集体经济向商品经济过渡时期的历史风云,塑造了岳鹏程、赢官、岳锐、肖云嫂、秋玲等感人形象。他描写了农民改革家岳鹏程,在改变家乡面貌中引发的种种矛盾,反映了迅速变化的农村现实以及中国农民由传统向现代化过程发生的蜕变。他的另外一部长篇《过龙兵》,以阶级关系、家族关系的演变为线索,通过三个家族撕扯不断的恩怨情仇和三代人迁延不绝的命运纠葛,生动地展示了中国社会半个多世纪的历史沧桑。作品中既有严酷的现实生活描写,也有崇高的理想闪光,既表现了历尽劫难依然晶莹澄明的心怀,也揭示了不堪尘嚣变质的人性弱点,既反映了历史的衍变,也震荡着时代的新声,被誉为一部"勾连纵横的人间传奇"。作品气垫宏大,意蕴深邃,在表现手法的创新上也达到了融现实、魔幻、浪漫于一体的艺术境地。

除了上述作家之外,罗珠的小说《大水》,则通过黄河边上的"铁牛庄"中的炎、黄、华、夏四大家族的演变,来考察与思考社会历史的巨大变迁。小说的叙事形态在家族叙事的视角同时,也在某种程度体现出法国年鉴派布罗代尔有关"历史长时间段"的思路,将关注的重点从风云变幻的政治史转移开来,诸如太平天国、义和团、抗日、解放战争、新中国成立、"文化大革命"、改革开放的宏大历史等,虽然在小说中依旧存在,却成为一个宏阔的背景,在力图规避意识形态的干扰的同时,突出了黄河入海口地区 150 多年中惊心动魄的水患史、生生不息的家族史和多灾多难的生存史。陈占敏的

《沉钟》描述的则是山东胶东一个偏僻落后的"老店村"中，冯、何、程、夏四个姓氏的村民们，在中国当代农村变革的各个历史阶段的生存状态和生活境遇，一个小村，四个家族，三代人，在漫长的岁月中积淀了不同的历史时期的风云变幻。①

三

主流形态之三：奔腾的主旋律。与那些形式化实验相比，山东作家在新时期除了乡土小说之外，还比较偏重"主旋律"小说的创作。这里所说的"主旋律"，不仅限于通常意识形态意义的定义，而是更为突出其作为叙事文学的理论价值，即通过对"宏大叙事"的重新整合，突出小说创作的国家民族叙事的主旋律。山东主旋律小说每每将风云变幻的历史演进，放置在中华民族复兴的现代化转型的背景下，弘扬真善美的理想主义、现实批判主义的风骨。在叙事形态上，这些作品大多以题材的现实尖锐性见长，很少运用繁复的先锋文学手法，追求小说的时代性，甚至是类似纪实文学的重大社会题材的"新闻效果"。新时期以来，山东的主旋律叙事，以一种质朴、原生的现实主义手法切入了当下的现实生活，它在传达出高亢、明丽、雄浑的时代之音的同时，也以独特的魅力丰富着当下的文学创作，涌现出了张宏森的《车间主任》、《大法官》，毕四海的《最后的资本家》、《财富与人性》、《黑白命运》，于艾香的《女书记》，张海迪的《绝顶》，周绍义的《指挥》，杨志军的《藏獒》、《敲响人头鼓》等一系列优秀的作品。这些作品既有以国有大型企业在向市场经济转型中面临的抉择为背景，表达作者关于经济转型时期多元价值观念的思考以及对底层劳动者人性美、人情美的赞颂（《车间主任》），也有勇敢冲破陈规旧俗，除暴安良，让渤海平原改天换地的县委书记金川（《县委书记》）；既有对权力和欲望交织下个体生存的考察（《黑白命运》），也有超越诗情感，在宗教般的激情中实现自我的精神救赎（《绝顶》）；既有反映下岗职工精神面貌的现实主义之作（《夜风》），也有对人性与财富的怪圈的理性探索（《财富与人性》）。

张宏森的《车间主任》，没有关注那些在改革开放中的厂长、书记们，而

---

① 单木：《一部独具特色的力作》，载《读者导报》1996 年 9 月 16 日。

是把笔触伸向了现实生活中的那些底层工人们所蕴涵的美好的人性,这也是这部作品的深切感染力所在。毕四海的《黑白命运》,以农民企业家王南风在 80 年代命运的沉浮为主线,蕴涵了丰富的时代信息和社会生活内容,为我们塑造了王南风、黎苇、黎书记、鲁成章等鲜活生动的人物形象。杨志军的《藏獒》是一部倾力歌颂真善美、倡扬理想主义精神的优秀小说。杨志军以藏獒为中心意象,通过对青海高原藏区神奇而瑰丽的自然风光的描绘,对神秘的藏文化的展示,对执着而又纯朴的人性的展现,对忠勇而又无私的藏獒世界的传奇打造,营造了一个奇特而含意丰富的文化寓言,进行了一次全新的审美探索。藏獒是高原的精灵,具有坚韧、负重、仗义、嫉恶如仇、捍卫目标、忠诚等优秀品质。在本书中,作者通过纪实、叙事、追忆及反思,对产生"藏獒"这一高寒优秀动物的地理环境和人文环境,作了繁复、具体而形象化的铺垫。字里行间无不倾注着作者对他眼中和心中的青藏高原的浓厚情感,这种情感里,饱含着作家对那最后一块圣地的无限虔诚与眷恋。这部小说里面既有对藏地民风、民情等世俗图景的叙说,也有对生态、地貌等自然景观的描摹,还有对历史与宗教形态的呈现,更重要的则是作者构筑于这些风物之上的人文思索、道德探究和信仰追寻。而顺着这些凝固的文字,你还可以深入到杨志军的精神世界,领悟到他的精神家园的构成肌理与形成逻辑。周绍义,是中国石油文学的一个优秀代表。长篇小说《指挥》是目前周绍义创作的一个高峰。他塑造了一个油田高级领导"秦万夫"的形象,并以全景式的俯视,英雄主义的激情和清醒的理性认识,跨越了长达数十年的历史时间段,为我们展示了一个国有大型油田发展的曲折不平之路。他放弃了原有的主旋律式的写法,而是将笔触伸向了更为复杂而宽广的人性。作家不但写了石油工人无私的奉献,而且也展示了残酷的生存环境对人性的异化和摧残。他锐利地在油田发展历史和现状之间寻找着联系和规律,试图通过油田这个国有大型企业的变迁客观再现中国文化形态的转型和困惑,不回避左倾思想给油田发展带来的伤害,更不避讳现实生活中的焦点和矛盾,比如腐败问题,精神追求丧失问题,家属问题,等等。随着我国从计划经济向市场经济转轨,石油企业,这个全国国有企业的"龙头",也开始了自身艰难的嬗变。欲望的骚动和膨胀,国际化生存环境带来的机遇和挑战,减员增效的巨大历史包袱,都让它处于一种思想动荡的局面。而周绍义的高明之处就在于,他敏锐地感觉到了这种动荡,并忠实而深刻地表达了这种动荡,更执着而悲壮地信守着精神信仰的最后高地。在他的笔下,可以说写出了一部石油人的心态史,一部石油大型企业的变迁史。

四

主流形态之四:不一样的"先锋"。先锋叙事形态,是山东新时期文学的叙事形态中相对薄弱的一环,很多作家执着于传统文化和现实主义批判传统,而对先锋叙事形态,特别是先锋叙事对于技术的迷恋,有一种排斥的心态。这种心态,造成了两种情况,一种是不可避免地为山东文学的多元化,留下了一些缺憾,值得我们认真反思;另一方面,有一些山东作家,特别是山东青年作家,却在保留老一辈的文化遗产的同时,找到了一条既有别于传统写作,有着先锋的味道,又有别于南方小说家的"另类的先锋叙事"。我们知道,当下文坛对先锋叙事的诟病,主要出自以下几个方面:一是其内容的苍白乏味,二是对技术的过度迷恋,三是对现实经验领域的排斥,四是对性、暴力、死亡等边缘叙事的执着。而在山东青年作家刘玉栋、刘照如、王方晨、李纪钊、张继、老虎、卢金地、鲁雁、王一等人的创作中,一些先锋的元素,例如对于意义的解构、对于叙事的注重,都得到了很好的体现。例如刘照如的《梁山》,所谓文化意指的符号"梁山",完全被消解了原初的意义,而成为一个以喝酒、呕吐、再喝酒、再呕吐为标志的庸俗的酒场的旅行,勇武刚强的兄弟好汉已经被烂醉如泥的文人形象替代,张横不再是威武的船伙儿,而是一个文史专家和山鸡美食家,在这里,形式大于内容的"上梁山",已经成为对时空价值的彻底的嘲弄。刘玉栋早期的作品,例如《淹没》、《傻女苏锦》、《后来》、《堆砌》等小说,也在不同程度上保留着一些先锋性,《淹没》中,主人公崔莺莺和张生的婚外情,已经没有古典才子佳人的浪漫,古典的诗意已被现世的无聊所置换,主人公的名字,只是变成了一种符号,讽喻性提示人们性爱的存在。《锋刃与刀疤》,则是刘玉栋用极端而丰盈的语言,将自己的新生代倾向推向终结的作品,无论是作为背景符号的"酒吧",恐惧的情绪,梦幻的心理特征,都被作家将符码化的情境,凌乱的表象生活,以及虚构的想象,完整地整合入叙事的控制之中。卢金地的《拒绝》、《走来走去》等作品,通过人物的异常行为、心理,细致地对存在状态进行描摹,这种巴洛克的风格,为山东青年作家的先锋叙事抹上了重要的一笔。

除此之外，在充分吸收传统文化的基础之上，发挥山东文学关注现实和乡土的特色，将先锋叙事对小说叙事艺术的开拓和主题的现实性、批判性相结合，走出一条属于自己的道路，无疑是这些年轻的山东作家独特的先锋叙事贡献。刘玉栋的成名作《我们分到了土地》，以一种温厚而绵长的想象，为我们重构了土改的历史。在刘玉栋的笔下，先锋叙事对叙事视角的敏感，对于叙事中的色彩、光线、听觉、嗅觉等元素的重视，对于宏大叙事历史的抵抗意图，都得到了很好的实现。然而，在这篇小说中，刘玉栋通过一个孩子的视角，为我们展示出的土改历史，没有阶级叙事宏大的历史进步论，也没有反阶级叙事的对土改政策的攻击（例如张爱玲的《秧歌》），而是在其中凸现了农民生存体验中对土地那份独特的情感，用一种类似文化人类学者的目光，将其中的人性的喜悦、悲伤，都表现得淋漓尽致，他的其他小说《葬马头》、《给马兰姑姑押车》也继承了这种风格。王方晨的小说，则试图在新的历史条件下，重新在文本中为人们确立理想、爱情、友谊、忠诚等恒定性因素，在小说《王树的大叫》中，下乡干部王树，对于村民整修水渠的承诺，变成一份沉甸甸的，感人的责任，而在《大声歌唱》中，退伍兵对于美好生活的向往，全都溶化在了美丽的歌声之中。小说家张继，则更为执着地在农村题材的小说叙事中挖掘社会的荒诞和人性的扭曲，并将之泛化为对于当前社会的病态的深切关注与思考，他擅长一种黑色幽默的笔触，小说《杀羊》中，村长李四平，为了应付检查团，不得不绞尽脑汁让村民去学习计划生育政策，然而，精心布置的计划，却因为检查团的迟到而化为乌有。小说《优秀青年王渔》，则直接拷问了社会规范对于人的束缚，让一个古怪的青年王渔，成为一个特立独行的代表。作家李纪钊、老虎则擅长将今日的文学想象与本土文化中的想象传统相链接，创造出一种独特的"齐鲁想象叙事"。李纪钊的《武劫考》，用细致的虚构，颠覆了地方志的历史文本，在直逼古事的同时力图撕开传统的藩篱。老虎的小说《寒冬夜行人》，则将卡尔维诺式的奇情异想与聊斋式的恐怖激情相结合，让一个"丰乳霜"的推销员，在寒冬夜晚误闯入 1942 年的村庄，表达了深刻的社会思考与批判意义。除了这些作家之外，山东 80 后青春文学，也日益壮大并有所发展，张悦然的小说《誓鸟》、《葵花走失在 1890》，程天翔的小说《过程》，都引起了文坛的广泛关注。

中篇　齐鲁文化与文学个案研究

第六章　齐鲁文学文化内质的个案考察

关于文学的文化内质，虽然是一个独立的研究问题，拥载了自己特定的意义范畴，但是，这也只能相对而言。因为它从根本上须得依附文本而存在，被包纳于文本之中，并由文学规定着其大致的内涵与外延指向。或者说，齐鲁文化内质通过借助文学文本透露出来，呈现着广阔深邃的新天地，由纵横交织的探索之路伸延向未知的远方；不过，尚若失去了齐鲁文学这个本源或母体，它将何以立身并开展？所以，不言而喻，由此便明晰了我们的观照角度和立论观念。

总的来说，几千年绵连的接续不绝、不断的演变发展，凝定为齐鲁文学文化内质的厚重深沉和丰富复杂，结构成多层次关怀内容与多元化价值取向，所涵纳的艺术精神、审美理想也是绚烂纷呈的。这，一般可视作它的总体时空特征。作为单纯从文学文化内质角度所做的例示、个案考察，我们在这里仅能相机选择若干重点——不是也不可能全面无遗——举例论析之。首先是先秦元典《诗》，齐鲁之作于其中展现出了较浓重的地域文化特征，就文学意义看来，明显的风格差异自无待赘言；但更重要的还在于，缘由各自的国情民风所带来的文化形态与内质的不同，诸如两者政治地位的高下，社会教化功能的区别，思想内容乃至传统表现手法上的显著差异，其次是两汉的代表样式赋。骈散兼行、游移于韵文和散文之间的汉大赋动辄千言，极尽铺张扬厉之能事，其中颇有关涉帝王巡狩、封禅事件场景的描述。其礼之形成固然受齐鲁文化浸润甚深，而举行地点更多在齐鲁境内，乃至纳进齐鲁文化传统之中。因着儒家学说的介入，在以后历史的影响十分久远而重大，终被植入中国文化的深层内核，作为太平盛世的象征与政治理想的实现标志，逐渐被提升到一个无法企及的高度。

《桃花扇》流溢着浓郁的传统儒学思想，孔尚任借戏曲形式以写之；但另一方面，在明亡清兴、异族入主中原的现实社会里，他以孔子六十四代孙的儒者身份受到清帝赏识，出仕新朝，这两种价值观念和人生取向之间实存在着尖锐的矛盾。那么,协调于一的微妙复杂原因就恰是这里所要探讨厘清的了。

"一代正宗"王士禛以及年代相接的孔尚任、蒲松龄,分别是清朝初期的诗坛领袖、戏曲大家和文言小说集大成者,可说无论于各自涉入的雅文学或俗文学,皆系当之无愧的巨匠。由此也足可显示出齐鲁文学以一方重镇,在康熙时期中国文学的领先地位。年最长的王士禛居官最尊、影响亦最大。他们评诗论文,多有交往,是文学文化史上的一段佳话,也具载了创作实践与理论探讨的多层含义。这里致力还原齐鲁文学的某种历史文化场景,同时还原具有文化链条效应的对《聊斋志异》的深度解析、评判,可以说是提供了一种新的参照。

第一节 《鲁颂》与《齐风》的两种文化形态与内质异同及其文学特征

齐鲁共处一地,同有东夷文化的背景,但是,这些相同点不仅没有在开始时就使它们在文化上走向一致,相反,却孕育并产生出两种不同风格的诗歌形式——《鲁颂》和《齐风》,并由此造就了几乎完全不同的齐、鲁文化。过去多有学者从齐、鲁文化传统本身研究两者的融合与统一。累积这些观点,启发我们从《诗经》中寻找两者相异的原因,同时,正是这些相异的方面通过诗的形式不同,又展现出明显不同的国情民风特征,反过来,不同的国情民风又通过《诗经》中的不同表现形式而具体化。就"风"与"颂"在《诗经》中的地位而言,风,既有"化下"的作用,又有"刺上"的功能;"颂"有"告功"的内容,也有"颂德"的意义。两者在社会教化功能上的不同,从内容到形式的两个方面,都反映到具体的诗歌章节里。具体表现在:其一,《鲁颂》与《齐风》在《诗经》中的政治地位不同;其二,两者在内容上有很大的区别;其三,《鲁颂》与《齐风》在《诗经》传统表现手法上有着相异共融的特征。这些既相异又相融的特征,在两者的相互影响下,是以不同的风格的存在方式证明了其自身的文化价值,同时,因为二者的不同的存在方式又为中国多元一体的文化的发展注入了勃勃生机。

一

按《诗序》论诗的原则,"颂"功在"美","风"歌在"刺";故而《鲁颂》尽是美化之辞;《齐风》多是"刺上"之歌。按郑《笺》并孔《疏》解,鲁之所以有《颂》而无《风》:一是因其"采诗"制度主要是为观民风,知得失,定赏罚。鲁君是周公之后,周公曾践天子之位,辅弼成王,有大勋于周王室。故不在赏罚之列,因而也就不在"采诗"、"观风"之间。对此,我们可以这样理解,或者鲁也有"风"诗,因无所采,故未录于《诗》中。二是因为"僖公能遵伯禽之法,俭以足用,宽以爱民,务农重谷,牧于坰野,鲁人尊之,于是季孙行父请命于周,史克作是颂。"(《毛诗·鲁颂谱》)。鲁人自伯禽之后,日渐衰微,国事多废,至于僖公则务农重谷,"宽以爱民",远复伯禽之政,中兴泮宫之教。于此,须作诗以歌之,故作《颂》以"美其容"。《周颂·清庙》之郑笺曰:

> 颂之言容。天子之德,光被四表,格于上下,无不覆焘,无不持载,此之谓容。于是和乐兴焉,颂声乃作。

从郑笺为"颂"下的定义可以看出,颂之所以称"颂",是从形式和内容两个方面来判断的。就内容的角度而言,就是要颂"光被四表"的天子之德;从形式的角度而言,所颂的内容要"和乐兴焉"。也许正是这种"和乐而兴"的音乐特点,使得"颂"不再需要从诗的本身去讲究其音乐性,因为外在的场面已经给了"和乐"而奏的特征。于是,我们也就可以想象到,庙堂上肃肃穆穆,伴随着疏缓而凝重的钟鼓之乐,祭祀者在悠悠的钟磬声中,恭敬而虔诚地表达着他们尊祖颂功,求寿祈福的真诚愿望。因为统治者所希望,通过这样一种慎终求远的祭祀歌舞使民德归厚,而"慎终追远"的想法也就成了古代祭祀的主题。这里所强调的"天子之德"是制礼作乐的依据,也是"颂声乃作"的目的。从这些定义联系到《诗经》中具体的颂歌而言,我们可以看到"颂"的内容与形式都严格地限制在"礼"的范畴之中。《论语·为政》所载:"子曰,《诗》三百,一言以蔽之,曰:'思无邪'。"其"思无邪"就出自《鲁颂·驹》,如果我们把"无邪"当作《诗》三百最为正当的一个概括,那么,这个概括对《颂》而言,也就再恰当不过了。① 而且,因为有这样的内容,与之相应的艺术方法也就有了不同的形式,这种形式基本上不从艺术作具体要求,而是依靠"和乐而兴"的场面烘托来实现"光被四表"、"无不持载"的祭祀歌舞。如《鲁颂·閟宫》第二章:

> 后稷之孙,实维大王。居岐之阳,实始剪商。至于文武,缵大王之绪,致天之届,于牧之野。无贰无虞,上帝临女。敦商之旅,克咸厥功。
> 王曰叔父,建尔元子,俾侯于鲁。大启尔宇,为周室辅。

这里作者在《閟宫》的第二章里,先追述周室祖宗文王、武王的创业的功勋,又感念周公之"元子""俾侯于鲁"的开国的业绩。无论从内容和形式上来说,都是典型意义上的"颂"体。紧接着的第三、四两章云:

> 乃命鲁公,俾侯于东。锡之山川,土田附庸。周公之孙,庄公之子。龙旂承祀。六辔耳耳。春秋匪解,享祀不忒。皇皇后帝! 皇祖后稷! 享以骍牺,是飨是宜。降福既多,周公皇祖,亦其福女。
> 秋而载尝,夏而楅衡,白牡骍刚。牺尊将将,毛炰胾羹。笾豆大房,万舞洋洋。孝孙有庆。俾尔炽而昌,俾尔寿而臧。保彼东方,鲁邦是尝。不亏不崩,不震不腾。三寿作朋,如冈如陵。

这两章前承第二章节的"颂德"内容,将"颂"的意义提高到了一层,一方面表达了自己与周王室的宗亲关系;另一方面,又以"宗亲"地位获得的特权,祈祷神祇的降福与保佑。于是,就有了神圣的祭祀典礼:牛形酒杯盛着醇美的佳酿,烤猪、羹汤,"牺尊将将","万舞洋洋"。吴公子季札来鲁观乐。当他听到《大雅》时曰:"广哉,熙熙乎! 曲而有直体,其文王之德乎!"而当其听《颂》时则曰:"至矣哉! 直而不倨,曲而不屈,迩而不逼,远而不携,迁而不淫,复而不厌,哀而不愁,乐而不荒,用而不匮,广而不宣,施而不费,取而不贪,处而不底,行而不流。五声和,八风平。节有度,守有序。盛德之所同也"。② 从

---

① 《鲁颂》第四章云:"思驷驷牡马,在坰之野。薄言驷者,有骃有騢,有驔有鱼,以车祛祛。思无邪,思马斯徂。"思字在《駉》篇中本是无实意,孔子引在此应用当以"思想"来解。杨伯峻先生在其《论语译注》说:"俞樾《曲园杂纂项》说这也是语辞,恐不合孔子原意。"若以俞氏解为"语辞",则"无邪"也可解读得通,然"思"在《诗》中多用"语辞",在散文中却少有其例,故杨伯峻先生的说法应该更符合本义。

② 季札之论《颂》,所谓"直而不倨,曲而不屈,迩而不逼,远而不携,迁而不淫,复而不厌"。实际上是从内容上来评论《颂》诗的特点,而随后所言的"五声和,八风平。节有度,守有序。"则是从音乐的上去理解《颂》诗。事见《左传·襄公二十九年》(杨伯峻《春秋左传注》,中华书局 1990 年版,第 915 页。)

季札的评论可以看出,他是从内容上的"中庸"之道和音乐节奏方面的"和谐"之美两个方面,肯定了《颂》的"和"而有"节"和"度"而有"序"的。而正是这两个方面使"颂"处于"天子之乐"的地位。这里需要指出的是,过去学者大多以为鲁诗之所以称《颂》而不称《风》,是因为鲁为天子之后,周公之封地,然而,同姓所封的诸侯中,谁又不是天子之后呢? 其实,《毛传》中为我们留下一处细节,即"季孙行父请命于周"。由此,我们就可以得出两种说法来解释,作于僖公之世的诗何以称《颂》而不称《风》。其一,其他诸侯国的诗因采风而来,是巡狩述职之作,故称《风》。而歌颂僖公的诗,则承天子之命而作,故称为《颂》。试想,若仅以鲁为周公封地,有天子之礼,就称《颂》而不为《风》,那么,又何以解释周公、伯禽呢? 即何以周公、伯禽之时无"颂"呢? 故我们可以认为鲁之所作诗名为"颂",一是因鲁国有周公勋劳周室所得到的"天子之礼";二是因其"请命于周"的史实。其实,诗鲁之称《颂》,对比《周颂》、《商颂》,也是有些勉强的,这也许从两个方面可以看出,一是按《毛传》之"颂"义:"颂者,美盛德之形容,以其成功告于神明者也。"按此定义,则《颂》被赋予"美盛德"、"告成功"的使命,二是"其所告唯神明是之"的娱神作用,故而在采用的祭祀歌舞形式上,配有肃肃穆穆音乐,如孔颖达《毛诗正义·疏》曰:

> 解《颂》者,唯周颂耳,其商鲁之颂则异于是矣。商颂虽是祭祀之歌,祭其先王之庙,述其生时之功也,正是死后颂德,非以成功告神,其体异于《周颂》也。鲁颂主咏僖公功德,才如变风之美者耳。又与《商颂》异也。颂者,美诗之名,王者不陈鲁诗,鲁人不得作风,以其得用天子之礼,故借天子美诗之名改称为"颂"。非《周颂》之流也。

按孔氏的意思,唯有《周颂》方可谓真正意义上的"颂",商、鲁二"颂"均异于《周颂》,且《商颂》虽只有"死后颂德"之体,然其所异于《周颂》方面,仅仅是因为少了"告功"的内容,但形式上还是有"颂"体味道。但是,《鲁颂》则是"变风之风者耳"。既异于《周颂》,又异于《商颂》,只是因为"得用天子之礼"、"借用天子美诗之名"而在名称上叫做"颂"而已。如以《鲁颂》的《駉》、《有駜》、《泮水》、《閟宫》四篇而言,前三篇均有"风"韵之致,唯后一篇《閟宫》才有"颂"功之"容"。这也是《诗经》中最长的诗篇。全诗共九章,一百二十句,极尽铺张扬厉之声势,上溯远古始祖的教化的史诗;再述文武开国的功勋;下述当朝中兴"守邦"的喜庆。有祭礼的歌舞场面,也有"告功"的热烈歌颂。疆域扩大,新庙落成,淮夷臣服,四方朝贺。就是这一篇,在历史上也是有异议的,或曰"僭越"天子之礼;或曰"虚张"声势。如:

> 公车千乘,朱英绿縢。二矛重弓。公徒三万,贝胄朱綅。烝徒增增,戎狄是膺,荆舒是惩,则莫我敢承! 俾尔昌而炽,俾尔寿而富。黄发台背,寿胥与试。俾尔昌而大,俾尔耆而艾。万有千岁,眉寿无有害。

"公车千乘","公徒三万",就有虚浮夸耀之嫌,而"戎狄是膺,荆舒是惩",也是褒美失实之处;至于"黄发台背"之颂,更是阿谀奉承之辞。① 而且,与《商颂》、《周颂》相比,除《鲁颂》中的四篇均有褒美失实的内容外,在篇幅和形式上也造成了浮夸失实的感觉,如《周颂》、《商颂》多是单章短篇,而《鲁颂》则多以复章重叠为篇,且其中的《閟宫》还是整个《诗经》中的最长的一篇。因此,我们完全有理由说,《鲁颂》在歌功颂德方面比起其他的"颂"来说更加夸张,并且在祭祀方面少了许多的内容。这也许正是《鲁颂》中所歌颂的"僖公"中兴之事远远逊色于他们共同的祖宗的缘故,使得鲁人不能为"颂"而强为之"颂"的结果。

"颂"多为庙堂之事,诗中歌颂的内容都是国家大事和美德圣迹。比较而言,"风"却可以刺上,因为"风"源于田野之中,诗中所吟唱的内容大都是民间之事。《齐风》是齐国的民歌:《鸡鸣》、《还》、《东方之日》、《东方未明》、《南山》、《甫田》、《卢令》、《敝笱》、《载驱》、《猗嗟》共 11 首。这些诗歌是对齐国社会生活情景式、形象化的生动的描绘。将这些诗歌中的情景连贯起来,我们从中可以领略到多彩缤纷的齐俗风貌。对于《齐风》的基本思想,《诗序》的作者以及汉、宋诸儒,均将其界定为刺诗,有刺淫、刺荒、刺时、刺衰、刺无节诸说,如《东方未明》:

> 东方未明,颠倒衣裳。颠之倒之,自公召之。
>
> 东方未晞,颠倒裳衣。倒之颠之,自公令之。
>
> 折柳樊圃,狂夫瞿瞿。不能辰夜,不夙则莫。

这首诗的抒情主人公,其身份是模糊不清的,仿佛在一片慌乱之中夹杂着抱怨的声音。或有人想象其中有夫妻之事的情景,但传统的看法则是"刺"时

---

① 方玉润在其《诗经原始》中评论:"愚谓此诗褒美失实,制作又无关紧要,原虽不存,其所以存考,以备体耳。"(方玉润《诗经原始》,中华书局出版社 1986 年版,第 296 页。)方氏所说的"褒美",在清代还有其他学者如马瑞辰、陈奂、崔述等均持此议。

不当的怨怼之作。① 但是,无论怎样定位,我们还是不难看出,此诗反映了的生活是真切的,它贴近下层平民生活的真实情貌。"风"诗在内容上是广泛而且又是深刻的,反映内容的形式也是比较自由的。如果将《齐风》与《鲁颂》相比,它既没有"颂"的政治地位,也没有"颂"的礼乐等级。同其他的国风一样,《齐风》在政治上的作用主要是"刺上"的,即使是有歌的调子,也与"颂"的境界毫无关涉。所以自《毛传》后,宋、清两代研究《诗经》的学者,大都将《齐风》的 11 章的大部分归类于"刺"诗。即使是对某种事物的即兴赞美,远不同于"颂"的这样,正因为如此,像《齐风·猗嗟》这样的诗,在我们今天看来,很难把它看成是一首"刺"诗。② 后来,虽有不同的说法,如方玉润认为不是"不以为刺而以为美"。③ 但《诗序》的看法仍然主导着批评的方向。朱熹在其《诗集传》中认为:

> 风者、民族歌谣之诗也。谓之风者、以其被上之化、以有言而其言又足以感人、如物因风之动、以有声而其声又足以动物也。是以诸侯采之、以贡于天子、天子受之、而列于乐官。于以考其俗尚之美恶、而知其政治之得失焉。

首先,朱熹将"风"从音乐的意义上定义为"民歌之谣";其次,又在"物因风而动"的自然之理中,突出"风"诗的教化作用;再次,又"采诗"、"列于乐官"和"考其俗"方面来强调"风"诗的政治功能。于此,我们可以看到朱熹在论诗方面还是上承了《诗序》之所谓:"上以风化下,下以风刺上,主文而谲谏,言之者无罪,闻之者足以戒"的"风"诗之旨。就以《齐风·敝笱》

---

① 朱熹在其《诗集传》中称:"此诗人刺其君兴居无节、号令不时。言东方未明、而颠倒其衣裳则既早矣。而又已有从君所而来召之者焉。盖犹以为晚也。或曰、所以然者、以有自公所而召之者故也。"若仅以"东方未明"和"自公召之"之语似可断定其为"刺时",但是,其中的的关键是,我们如确定"公"的身份。按常理,当时的女性是不可能称男子为"公"的。因此,朱子的所论还是切当之说。

② 《诗序》谓之:"刺庄公也,齐人伤鲁庄公有威仪技艺,然而不能防闲其母,失子之道,人以为齐侯之子焉。"因此篇诗中有"展我甥兮",以"甥"论之,当为齐人称谓"庄公"之语。又因庄公不能怀其父"桓公"之恨而,且不能禁母之"非礼"之事,因而寓讽刺于赞美之中。这种观点在后代学者还是比较普遍的,因为《诗序》总是古代论诗的标准。

③ 方氏在其《诗经原始》里指出:"愚于是诗不以为刺而以为美,非好立异,原诗人作诗本意盖如是耳。"这种观点现在为大多数学者所接受。这说明现代的学者大都不喜欢从政治的角度去研讨《诗》义,而方氏的《诗经原始》论诗大都取以文学的角度,因而,使人感到轻松自在而易于接受。

为例：

> 敝笱在梁，其鱼鲂鳏。齐子归止，其从如云。
>
> 敝笱在梁，其鱼鲂鳏。齐子归止，其从如雨。
>
> 敝笱在梁，其鱼唯唯。齐子归止，其从如水。

《诗序》曰："《敝笱》，刺文姜也。齐人恶鲁桓公微弱，不能防闲文姜，致使淫乱，为二国患也。"从诗中所谓"齐子归止"来看，确系鲁桓、文姜之事。据《左传·桓公十八年》所载之事，鲁桓公娶齐襄公之妹文姜为妻，齐襄公与文姜是同父异母的兄妹关系，在桓公迎娶文姜之前，两人竟然置礼义廉耻于不顾，通奸乱情，因而为世人所不容，为礼仪所不齿。而且更为严重的是，至桓公迎娶文姜之后，"十八年春，公将有行，遂与姜氏如齐。申繻曰：'女有家，男有室，无相渎也，谓之有礼，易此必败。'公会齐于泺，遂及文姜如齐。齐侯通焉。公谪之。"结果文姜不仅不以为耻，而且将公所"谪"之词告知襄公，襄公恼羞成怒，使公子彭生乘公而弑之。这件事成为春秋之时最大的丑行之一，齐、鲁双方的人民都极其痛恨、厌恶此事，故作诗以"刺"。"敝笱"三兴其章，寓"比"于"兴"中，故所刺者每以桓公"微弱"为耻，又以三句"齐子归止"指斥文姜。此诗前二章刺齐襄、后二章刺鲁桓也。其所以如此，意桓公为君，不能直刺，故以"敝笱"为喻，而文姜之淫丑之事，则理当直斥。这首诗奇妙之处，就在于作者运用比兴手法将"风"的艺术融合的行云流水般的舒畅。

从《诗序》、《郑笺》、《孔疏》到《诗集传》，联系《诗经》中的具体篇章，我们可以看到，《鲁颂》、《齐风》所反映的内容和艺术形式有着明显的不同。而造成这些不同特征的原因并不在于我们今天如何看待它，因为，两者的地位是古人所确定的，因此，我们必须循着古人对待《诗经》的态度来确立我们论诗的角度。从根本上讲，"礼"在古代不仅限定了人的阶级地位和社会价值观，而且也在某种程度上限定了他们的发言权。由于"颂"的对象在政治上远远高于"风"的对象，就使得《鲁颂》在《诗经》中的地位优越于《齐风》。因为若从《鲁颂》的内容及形式上看，《鲁颂》中的《駉》、《有駜》、《泮水》三篇的内容并没有确定在"颂"的意义上，就其形式的表现方法而言，它也不仅不像《周颂》、《商颂》，而是更像"风"诗。因此，若我们不从《鲁颂》与《齐风》在《诗经》中的地位去寻找二者相异的根本原因，则我们看到的可能就只是二者相融和趋于一致的特征了。由此可见，《鲁颂》与《齐风》在

《诗经》中的不同地位，不仅是二者相异的根本而直接原因，而且，由此又决定了二者在内容与形式上的相异特征。

二

由于礼制决定的齐鲁两国有不同的政治地位，使得反映"礼"的形式不仅有了不同的表现方法和艺术形式，而这些不同点集中聚集于"诗"的具体篇章里。因为"刺"没有礼教的限制，这就使得"风"诗所反映的内容远远大于"颂"诗，应该说，对比任何一种"颂"诗，"十五国风"都有着这样的优越性，但并不能说"风"诗在"礼"制上输于"颂"诗，而能够通过其艺术表现的多样性和灵活性得以弥补。因为，在《诗经》里，两者是不能替代的。而且艺术终究只是内容的表现形式，从"颂"与"风"的不同地位，我们已经看到古人更重视的是"诗"的内容。也就是说，当"礼"决定了诗的地位时，它们各自的内容也被其中的内容所限制。即"颂上"绝对性与"刺下"相对性，决定了诗歌的内容。如果我们将此视为"诗"的阶级，那么，我们就可以看到一种十分有趣的情况，那个在综合国力方面远远超越鲁国的齐国，尽管在军事屡次进犯鲁国，向其"北面"而事之。但是，在《诗经》里，齐国人却通过《齐风》总是谦卑地向鲁国的君子们批判、讽刺自己的国君。总起来讲，从《大序》之解到《诗集传》，从宋人说诗到清人训诗。对《齐风》十一篇的分析，其内容总是以"刺"多而"美"少为特征。其中争议较多且至今仍有争议的是《东方之日》、《卢令》、《著》、《鸡鸣》等，如马瑞辰在其《毛诗传笺通释》里，秉承《序》之"美刺"论诗之准则，通过对《齐风》的解析，使诗歌上升到政治化的意识形态。他在《齐风·总论》里说道：

> 《齐风》十一篇皆刺诗：内刺哀公者二，刺襄公者五，其三刺时、刺衰、刺无节，皆哀公时作。其一刺鲁庄，仍以刺齐襄也。从禽无厌，昏礼不行，实哀公之荒淫有以启之；苦及百姓，恶播万民，实襄公之荒淫有以致之，岂太公之报政简易近民有未善哉？

比之《序》论，则马氏之说，更将《鸡鸣》也归于"刺诗"之类，这样，则《齐风》尽是"刺"诗。《鸡鸣》刺君不能早朝；《著》刺君不能亲迎；《南山》以"雄狐"为比，刺襄公失人君之度。陈奂对《著》的解释也类似马氏，然而论证之中，虽时或广征博引，然其论诗之旨终不过于《毛序》之准。他认为《东方未明》

的本意是以未明见召,故为"刺时"之作,如《序》之所谓"兴居无节,号令不时"。而《南山》则前二章刺襄,后二章刺桓,刺鲁桓如刺襄公。方玉润在解读《诗经》方面很重视通过文学性来透视诗人的本意,但他解读《齐风》时,仍然以"刺"为主。他认为《还》:"刺齐俗以弋猎相矜尚"。《东方之日》是"刺荒淫"。《东方未明》是"刺无节"。《南山》之比兴是"刺襄公淫其妹而鲁不能禁"。《卢令》之歌是"刺好田"。① 《敝笱》之比是"刺鲁桓不能防闲文姜"。《载驱》之咏是"刺文姜如齐无忌"。不过,值得注意的是,对于诗歌所刺何人,除《南山》、《敝笱》、《载驱》三首之外,方氏并无强附史实去解读诗意,而是从诗歌本文出发,根据诗意来泛指某种事情及其这件事情反映的意义,这样的做法或许比《序》更为客观一些。同时,在对诗歌的主题揭示方面也具有普遍性的意义。

通过《齐风》之所刺,我们一方面看到它与《鲁颂》的内容上和政治倾向上都有很大的不同,但另一方面因为"刺"的原因是齐君违反了"礼制",而且,"刺"的标准也是来源于"礼制"。这种情况实则是由两国的特殊关系所决定的。据《左传·僖公二十六年》载:"周公、太公股肱周室,夹辅成王,成王劳之而赐之曰:'世世子孙,无相害也'。"一为"尚父"重臣,一为"公辅"宗亲;同样都肩负着"股肱周室"、夹辅王朝、"俾侯于东"的使命。鲁国在其《閟宫》中称"戎狄是膺,荆舒是惩",齐国在其"伐楚"之战中则引"召公"之命曰:"五侯九伯,女实征之,以夹辅周室"。相同使命的重臣地位及共处一方的亲邻关系,使鲁国的诗歌成为一种表现"礼乐"的歌舞形式,而《齐风》则以其"刺上"的调子成为反映鲁国生活面貌的歌谣。这就使得二者在反映"礼乐"之教的内容既有区别,又相互关联。一般而言,在历史上形成传统看法是,鲁国是"礼乐之邦",齐国却以其对立面受到批判。如崔述在其《丰镐考信录》中论及此事时认为:"治国以礼义者,礼义积而民多信让;治国以功利者,功利积而国多富强。世或谓信让之衰流为微弱,尝以鲁征之;富强之敝失在荒淫,可于齐见之。"其实,这是一种误解。齐国不仅不是"礼乐"的对立面,而且他们在"礼乐"方面所做的贡献也绝不逊色于"弦

----

① 《卢令》篇,《小序》谓"刺荒也"。《大序》曰"襄公好田猎毕弋而不修民事,百姓苦之,故陈古以风焉"。从史事上看,襄公好田猎而死于田猎。故当"刺"之。然此诗与襄公并无关涉,也就无所谓"陈古以风"意。游猎本是齐俗风尚,诗人就所见而咏之,词皆叹美之辞,并无讽刺之意,应与《还》意略同。

乐歌诗"的鲁国。比如,向别人批评管仲:"管氏而知礼,孰不知礼?"在子路
的对话中却说:"桓公杀公子纠,召忽死之,管仲不死。"曰:"未仁乎?"子曰:
"桓公九合诸侯,不以兵车,管仲之力也。如其仁! 如其仁!"当孔子的另一
弟子子贡问:"管仲非仁者与? 桓公杀公子纠,不能死,又相之。"子曰:"管
仲相桓公,霸诸侯,一匡天下,民到于今受其赐。微管仲,吾其被发左衽矣。
岂若匹夫匹妇之为谅也,自经于沟渎而莫之知也。"由此可见,尽管孔子心
中不喜欢管仲,但在理性认识上他还是承认齐国的管仲为维护"礼"而所做
的决定性贡献的。而且,齐国也不是一个不知"礼"的国家,它在与鲁国的
外交关系和人员交往中,我们可以看到,两国判断是非的标准同样是一个
"礼"字,如《管子》将"礼义廉耻"当作国之"四维"。晏子聘鲁时:

> 上堂则趋,授玉则跪。子贡怪之,问孔子曰:"晏子知礼乎? 今者
> 晏子来聘鲁,上堂则趋,授玉则跪,何也?"孔子曰:"其有方矣。待其见
> 我,我将问焉。"俄而晏子至,孔子问之。晏子对曰:"夫上堂之礼,君行
> 一,臣行二。今君行疾,臣敢不趋乎! 今君之授币也卑,臣敢不跪乎!"
> 孔子曰:"善。礼中又有礼。赐、寡使也,何足以识礼也!"(《晏子春
> 秋》)

子贡所怪的无非是晏子行礼的方式异于他既有认知,但是,经孔子问询后,
才知晏子之"善",是"礼中又有礼"。我们可以认为"礼"本身的标准性只
是相对而言的,并没有一成不变的规制,否则孔子也就不会对晏子所行之礼
称"善"了。

其实,《齐风》中的主要作品:《南山》、《敝笱》、《载驱》以及《猗嗟》不仅
在内容上反映的是齐鲁两国的外交关系,而且,在是非的标准上,齐人也与
鲁人保持了一致性,这说明他们判断是非的标准同样受到"礼制"的影响。
如《齐风·载驱》四章:

> 载驱薄薄,簟茀朱鞹。鲁道有荡,齐子发夕。
> 四骊济济,垂辔沵沵。鲁道有荡,齐子岂弟。
> 汶水汤汤,行人彭彭。鲁道有荡,齐子翱翔。
> 汶水滔滔,行人儦儦。鲁道有荡,齐子游敖。

除却前面的起"兴"之句,我们可以看到一连四句的"鲁道有荡",紧随着一
连四句的"齐子"之行。将齐鲁两国紧紧联系在一起,我们仿佛并没有感到
"滔滔"、"汤汤"的汶水,也没有感到鲁道的距离。而是通过齐子的"发夕"

与"翱翔"与"游敖",形成一连串奔驰穿梭的景象,通过这些情景,两个兽行的人已经疯狂到肆无忌惮的地步,齐人所揭示、鞭挞的正是文姜兄妹的淫乱放荡的行为。这首诗连同其他反映此类之事的《齐风》,不仅从内容上保持着与鲁国的联系,而且,在思想上也与鲁国保持着相当高的一致性。相反,我们在《鲁颂》中并没有看到类似的内容,也许是因为鲁人忌讳张扬此事,也许是忌惮齐人的势力而敢怒而不敢言。当然,根本的原因还是鲁人是以作"颂"为目的,因而作为"刺"的内容也就进不了"颂"的庙堂之上。虽然《鲁颂》在形式上有相似于《齐风》的地方,但是它们的内容并不适合于"刺上"与"化下"的使命。《駉》以"颂"马来达到"颂"政的目的;故每章后均跟着"思无疆"、"思无期"、"思无斁"、"思无邪"。《有駜》有马、有舞、有乐、有酒、有鼓、有歌,可谓一曲典雅周正的欢乐颂,故《诗序》谓之"颂僖公君臣之有道也。"《泮水》既有告功之事,又有颂德之作,泮水之边,一片喜气洋洋的景象中,有"允文允武"的鲁侯,"济济多士",还有"矫矫虎臣",这种君臣同乐的场面实际上是以恢宏张扬的阔大场面和气势而颂扬"维民之则"的鲁侯。至于《閟宫》就更是完全意义上的歌功颂德之作了。

如前所述,《鲁颂》中的《駉》、《有駜》、《泮水》与"风"诗的形式是相同的。但是,就是这种形式类同于"风"的诗,也不可能有《齐风》中表现的内容,这是《齐风》与《鲁颂》最明显的不同。其中的原因归根结蒂,还是礼制限制了鲁国诗歌的表现内容。这就使得在鲁国的诗歌没有像《齐风》那样的内容,应该说,"刺"只是《齐风》中的思想倾向,并不能等同其实际内容。即使是我们完全同意古人将《齐风》定为"刺"诗,我们还是能够看到《鸡鸣》反映了亲切感人的夫妻生活;《还》、《卢令》表现了仁义和谐、尚勇好猎的齐国风俗;《著》在一种小心翼翼中的期待中蕴涵着"礼节"的审美价值;通过《东方之日》,我们还是能够感到躁动热烈的甜蜜爱情;《东方未明》的意义虽然模糊难明,仍有争议,但是,其中的情景还是来自于生活中的真情实感;《猗嗟》一诗,《诗序》谓之"刺鲁庄公也,齐人伤鲁庄公有威仪技艺,然而不能防闲其母,失子之道。人以为齐侯之子焉。"其实,这首诗所表现的内容并不难理解,因为它不像其他的"风"诗用比兴来包含隐晦曲折的内容,而是通篇都运用了"铺采摛文,体物写志"的"赋"体语言来描绘出一位器宇轩昂、威武雄壮、矫健英俊的英雄形象:

　　　猗嗟昌兮,颀而长兮。抑若扬兮,美目扬兮。巧趋跄兮,射则臧兮。

　　猗嗟名兮，美目清兮。仪既成兮，终日射侯，不出正兮，展我甥兮。

　　猗嗟娈兮，清扬婉兮。舞则选兮，射则贯兮，四矢反兮，以御乱兮。

因第二章中有"展我甥兮"，于是后来评《诗》的学者就附会联想到鲁桓公与文姜之恨，转移到齐之甥庄公的身上，似乎庄公因饮恨不已，不因有"清扬婉兮！舞则选兮！"的表现。但是若我们不一味地附会史事，而只是从《猗嗟》本身的诗意分析，那么我们所看到就是"赞美"之诗。因而将庄公能干的，或曰"刺"，如果说《鸡鸣》是以床笫对话来表现夫妻之爱，那么《著》则是通过等待与期盼反映了爱情与"礼乐"关系；那么，《甫田》则将对爱情的思念演绎成一种焦心的渴望与相思之苦。《南山》、《敝笱》、《载驱》三篇，更是以比兴手法和象征性语言，通过男女之情为我们展现出一段齐鲁两国的外交关系史，对比其他的"风"诗，这是《齐风》在内容上的杰出而优越的艺术创造。用娴熟而又动人的诗歌形式，将政治性的内容融合男女之情中，这是《齐风》至善至美的艺术表现力所达到的境界。从《齐风》的11篇诗歌来看，无论有没有讽刺的倾向，就诗歌本身的内容来看，除《还》、《猗嗟》篇外，其他的9首诗俱与"情"有染，这与《鲁颂》的无"情"形成了显明的对比。虽然《序》以"上以风化下，下以风刺上"概括出《诗》的双重社会功能。但是，《诗序》又曰："情动于中而形于言"。其实，说到底"情"还是《诗》之源，无情则无《诗》。马端临在其《文献通考·经籍考》中说：

　　　　夫诗，发乎情者也，而情之所发，其辞不能无过，故其于男女夫妇之间，多忧思感伤之意，而君臣上下之际，不能无怨怼激发之辞。十五国风，为诗百五十有七篇，而其妇人而作者，男女相悦之辞，几近其半，虽以二《南》之诗，如《关雎》、《桃夭》诸篇为正风之首，然其所反复咏叹者，不过情欲燕私之事耳。（卷五·一四二）

男女两悦之情本来就是人类感情的根本部分，"情动中而形于言"，故《诗》之一百五十七篇，即"几近半者"为"男女相悦之辞"，这也正好说明"情"在《诗经》中的核心作用，这种作用是诗歌的动力，也是诗歌内容的源泉。如果没有了这男女两悦之情，《诗经》本身的存在也就不是今天这个样子了，因此，就内容而言，《齐风》的内容对《诗经》存在的意义要远远大于《鲁颂》的意义。吟咏《齐风》，无疑能使我们感受齐国的民俗风情，但是，对《齐风》本身的理解却多种多样。总起来讲，从《大序》之解到《诗集传》，从宋人说诗到清人诂诗。对《齐风》11篇的分析，总是以"刺"多而"美"少。其中争议较多且仍有争议的是《东方之日》、《卢令》、《著》、《鸡鸣》等,如马瑞辰在其《毛诗传笺通释》里,秉承《序》之"美刺"论诗以准则,通过对《齐风》解析,使诗歌上升到政治化的意识形态。至于《甫田》的诗意,本来诗义显露分明,唯意旨所指诗中未明而已。然《序》以为是"刺襄公";《大序》也以其"无礼义而求大功,不修德而求诸侯"而刺之。但是,从《甫田》的诗句中,我们很难品出这些意义来。古人说诗喜欢影射比拟,这些拟议之辞,并无实据,故而说《诗》者越说越杂,注《诗》者也是愈注愈繁。有时反而歪曲了《诗》的本来面目,这一点在《齐风》中尤为明显,究其原因,咎由襄公、文姜之事取之,因为这件事大大地超出了人们所能容忍的道德规范之外,因而也就想通过《齐风》多鞭挞一些,故而若说"风"诗多"刺",则《齐风》之刺明显多于其他国风,这也是《齐风》在内容上的一个显明特征。但是,在《齐风》、《鲁颂》的内容方面,我们却看到"礼乐"实事成为两国关系的纽带,也是两国处理相互关系的精神标准。

三

作为儒家经典的《诗经》,当我们把它当作"言志"的载体时,它就是诗;当我们吟咏它时,它就是歌。故"诗歌"本身的存在就说明,其音乐性虽不是《诗经》的内容和形式,但却是内容与形式的灵魂。因为如果我们把"情动于中"的动力视为"生命"的脉络时,那么这个跳动的脉络是由音乐来掌握着它的节律和动力。因此我们也就不难理解孔子删定《诗经》的文献所能显示的记录,主要是他在整理《诗经》时对音乐方面所做的整理。据《史记·孔子世家》载:"三百五篇孔子皆弦歌之,以求和《韶》、《武》、《雅》、《颂》之音"。① 从《论语》及有关文献资料来看,孔子不仅喜爱音乐,而且深通乐理知识。他对鲁大师讲乐曰:"乐其可知也:始作翕如,纵之纯如,皦如,绎如也,以成。"(《论语·八佾》)也许正是因为他有丰富的音乐知识并深知音乐对诗歌的重要性。使得孔子以雅正《诗经》之音乐为己

---

① 韶武之音,《论语》中说:"子谓《韶》尽美矣,又尽善也。谓《武》,尽美矣,未尽善矣。"朱熹在《诗集传》中注谓:"《韶》,舜乐。《武》,武王之乐。美者,声容之盛。善者,美之实也。舜绍尧致治,武王伐纣救民,其功一也。故其乐皆尽美。然舜之德,性之也。又以揖逊而有天下;武王之德反之也,又以征诛而得天下。故其实有不同者。"

任,曾自谓:"吾自卫反鲁,然后乐正。《雅》、《颂》各得其所。"(《论语·子罕》)

就"颂"的音乐表现手法而言,它与"风"有着明显的不同,因为颂往往是文字古朴典重,铺陈直叙,少用比兴,加之其主要功用是颂德告功,故在章节上不用复沓回环的叠章形式,在音乐上则不用灵活跳动的娱兴之辞。同时,以《周颂》、《商颂》为例,可见其"颂"诗多不用韵。因而本为庙堂颂辞的颂诗,其调也就显得缓慢而凝重,因为有钟声配合歌舞,故其声缓而失韵,又"不分章,不叠句",如《周颂·清庙》:

> 穆清庙,肃雍显相。济济多士,秉文之德。对越在天,骏奔走在庙。
> 不显不承,无射于人斯。

再如《周颂·我将》:

> 我将我享,维羊维牛,维天其右之。仪式刑文王之典,日靖四方。
> 伊嘏文王,既右飨之。我其夙夜,畏天之威,于时保之。

这些庙堂祈祝之辞,没有比兴,也不分节叠章,也不讲究押韵。只是以铺陈直叙的语言于舒缓的节奏中表现虔诚的礼节,因此当诗中的音乐节奏被忽略后,诗外的歌舞就表现出它的必要性和重要性来。从《序》言为"颂"下的定义可以看出,颂之所以称"颂",是从形式和内容两个方面来判断的。就内容而言,就是要颂"光被四表"的天子的德;从形式而言,所颂的内容要"和乐兴焉"。也许正是这种"和乐而兴"的音乐特点,使得"颂"不再需要从诗的本身去讲究其音乐性,因为外在的场面已经给了"和乐"而奏的特征。于是,我们也就可以想象到,庙堂上肃肃穆穆,伴随着疏缓而凝重的钟鼓之乐,祭祀者在悠悠的钟磬声中,恭敬而虔诚地表达着他们:尊祖颂功,求寿祈福的真诚愿望。因为统治者希望通过这样一种慎终求远的祭祀歌舞使"民德归厚"。故《礼记·经解》曰:

> 天子者,与天地参,故德配天地,兼利万物,与日月并明,明照四海而不遗微小。其在朝廷,则道仁圣礼仪之序;燕处,则听《雅》、《颂》之音;行步,则有环佩之声;升车,则有鸾和之音。

《雅》、《颂》之音,是天子在房中"燕处"欣赏的乐歌,这说明《颂》除了祭祀的功能之外,还有纯粹审美娱乐的目的,它的作用似乎比祭祀更加广泛。其实,这与我们传统意义上理解的"颂"并无二质,因为"所谓"听"音",已经忽略了"颂"的祝祷意义。只是听音乐的节奏而已,因而是纯粹的审美意义的音乐欣赏，而不是指向"颂"的内容。"颂"诗大约是由于受到祭祀仪式的限制，所以都比较短小，一般只是笼统地赞颂先王的美德，基本上没有具体事实的叙述。与此相反，《大雅》的章节都很长，描述也比《周颂》具体而详尽，因此与《周颂》相比，《雅》诗之作的意识形态内容也就更加丰富。这些看上去似乎是"史诗"的作品实际上都是精心组织强调统治者意识形态的语言形式。《周礼·太师》之郑笺曰：

> 赋之言铺，直陈今之政教善恶。比，见今之失，不敢斥言，取此类以言之。兴，见今之美，嫌于媚谀，取善事以喻劝之。

"赋"可"直言"，比婉致"斥言"，兴以"喻劝"。以此言之，则赋多用于"颂"，而"比"与"兴"则少用或不用于"颂"。这种特征在《商颂》、《周颂》中都有普遍的应验。但是《鲁颂》在运用比、兴手法方面恰恰不同《商颂》，也不同于《周颂》，而正是由于这些不同，才使得《鲁颂》在比、兴手法的运用方面相似于《齐风》，如《鲁颂》之四篇，除《閟宫》之外，其余三首均有"风"诗之致。其如《泮水》：

> 思乐泮水，薄采其芹。鲁侯戾止，言观其旂。其旂茷茷，鸾声哕哕。无小无大，从公于迈。
>
> 思乐泮水，薄采其藻。鲁侯戾止，其马蹻蹻。其马蹻蹻，其音昭昭。载色载笑，匪怒伊教。
>
> 思乐泮水，薄采其茆。鲁侯戾止，在泮饮酒。既饮旨酒，永锡难老。顺彼长道，屈此群丑。
>
> 穆穆鲁侯，敬明其德。敬慎威仪，维民之则。允文允武，昭假烈祖。靡有不孝，自求伊祜。
>
> 明明鲁侯，克明其德。既作泮宫，淮夷攸服。矫矫虎臣，在泮献馘。淑问如皋陶，在泮献囚。
>
> 济济多士，克广德心。桓桓于征，狄彼东南。烝烝皇皇，不吴不扬。不告于訩，在泮献功。
>
> 角弓其觩。束矢其搜。戎车孔博。徒御无斁。既克淮夷，孔淑不逆。式固尔犹，淮夷卒获。
>
> 翩彼飞鸮，集于泮林。食我桑黮怀我好音。憬彼淮夷，来献其琛。元龟象齿，大赂南金。

这首《颂》诗所采用的"国风"常用的"比兴"和"复沓"的表现手法，增强了这首诗的抒情性和音乐感。前三章的开首两句"思乐泮水,薄采其芹";"思乐泮水,薄采其藻";"思乐泮水,薄采其茆"。这种先言他物,以引起所咏之事的手法,不仅为鲁侯的出场烘托出一个恢宏阔大的场面,而且渲染出欢快而热烈的人物活动的气氛。这种气氛迥异于肃穆严整的"颂"所营造的场面和气氛。在前三章巧妙运用了重叠复沓的手法后,又反复吟咏,仅用"芹"、"藻"、"茆"三字就绘画出水边"采水芹"、"采水藻"、"采水茆"的生动情景。这种既用比兴又用复沓的手法,不仅使这首"颂"诗的前三章具有"风"的特色,而且打破了表现手法的单一性。其第五章的"在泮献囚"及六章的"在泮献功"中,虽隔有一章,位置参差错综,但是在艺术效果上同样具有内在复沓重叠的旋律和节奏。因此,如果我们打破论诗中的礼制窠臼,从纯粹艺术的角度分析,则我们完全可以将《駉》、《泮水》、《有駜》三篇看作"风"诗来欣赏,同时,也可以将《閟宫》看作"颂"来吟咏。如此,则鲁诗就有《颂》的肃然,也有"风"诗的兴致。这样也符合鲁诗的真实面貌。

对照起来,《诗经·国风》中的 11 首《齐风》诗,实际上就是流传在齐国的民歌。这些民歌与《鲁颂》相比,有着明显的不同。与其他的风相比,语言的形式也更为灵活,从三言到七言都兼备在《齐风》的 11 首诗歌之中。同时,这些参差错落的诗句具有很强的韵律美和音乐感。齐人善歌,在《诗经》之外的其他先秦文献中,也记载着大量的齐人在音乐方面的优越感。如"绵驹善歌"。民间女歌手韩娥"余音绕梁,三日不绝",其哀乐使雍门"一里老幼,悲愁垂涕相对,三日不食";歌声成为齐文化的主要特征,也成为齐人的民风和精神。故"管子得于鲁",鲁束缚而槛之,使役人载而送之齐,其讴歌而引。管子恐鲁之止而杀己也,欲速至齐,因谓役人曰:"我为汝唱,汝为我和。"其所唱适宜走,役人不倦,而取道甚速,管子可谓能因之矣。役人得其所欲,己亦得其所欲。(《吕氏春秋·慎大览·顺说》)齐人善舞,上自君主,下自百姓,仿佛整个齐人都在乐舞声中蹈之。《战国策·齐策》记载:临淄居民七万户人家,"甚富而实,其民无不吹竽、鼓瑟、击筑、弹琴",晏婴以歌舞谏景公,邹忌鼓琴而为相,冯谖客孟尝君也弹剑而歌:"长铗归来乎,食无鱼。长铗归来乎,出无车。长铗归来乎,无以为家。"(《战国策·齐四》)据《史记·孔子世家》载:孔子听了齐国女歌手的演唱之后,即兴而歌曰:"彼妇之口,可以出走;彼妇之谒,可以死败。盖优哉游哉,维以卒岁。"①齐人善乐,以至于"子在齐闻《韶》,三月不知肉味。曰:'不图为乐之至于斯也。'"(《论语·述而》)故而谓《韶》乐曰:"尽美矣,又尽善也。"(《论语·八佾》)鲁国季桓子对齐国的《康乐》情有独钟,"微服往观再三",以致于"三日不听政"(《史记·孔子世家》)。在《韶》、《康》、《武》等音乐作品中,《韶》乐的风格特点基本上是齐国宫廷乐舞的风格特点。《左传·襄公二十九年》记载了吴公子季扎于鲁观《韶》乐后的评价,他说:"德至矣哉!大矣,如天之无不帱也,如地之无不载也。"观《齐风》,赞叹曰:"美哉,涣涣乎大风也哉!表东海者,其大公乎?"

由此我们可以看到齐国乐舞已深入到社会生活的各个方面,并且有着丰厚的基础。齐国的乐舞文化在当时有着广泛的影响。吴公子季札由此可见齐国那歌、乐、舞融为一体的乐舞是多么委婉动人。乐成为齐人精神的一种象征而具有激荡心志,鼓舞民心的作用。在十五国风中,《齐风》的音乐感是尤为突出的。从先秦的文献中,我们也可以看到《诗经》之外的记载,也能反映出齐国好歌善乐的风民俗风情。而有"三代遗声"之誉的韶乐是齐国音乐的精华,传说是舜帝时的乐舞。虽然,今天我们已经很难想象其翩翩起舞,款款而歌的演奏盛况,如何令人心醉神迷。但我们从孔子竟然"三月不知肉味"的感觉中,依稀能找到韶乐的优美舒畅与美妙动人旋律的感觉来。齐人好歌善乐的这些民俗风情,通过《齐风》的节奏与韵律也能得到很好的领略,如《齐风·猗嗟》篇:

猗嗟昌兮,颀而长兮。抑若扬兮,美目扬兮。巧趋跄兮,射则臧兮。

猗嗟名兮,美目清兮。仪既成兮,终日射侯,不出正兮,展我甥兮。

猗嗟娈兮,清扬婉兮。舞则选兮,射则贯兮,四矢反兮,以御乱兮。

《诗》在"兮"字的连声感叹声中,以"昌、长、扬、臧"来形容"我甥"之威武雄壮,又用"清、娈、婉、选"来描绘"我甥"的俊秀与雅致。因而仅就诗本向来看,我们看不到"刺"的内容。但是,由于庄公是文姜之子,齐人之甥,如果我们把齐人口中的"我甥"同鲁庄公的身份相联系,再联想到文姜与齐襄公奸情败露后的事,我们就不难理解,"美目清兮,仪既成兮"的庄公所展现在

---

① 据《史记》载:孔子于定公十四年相鲁,治理有方,齐人惧,因以女乐八十人,文马三十驷相赠,欲以此使鲁桓公沉湎女色,削其国势。桓子受其赠,三日不听政;郊又致膰俎于大夫,孔子遂离鲁而去,宿于屯。师已送,曰:"夫子则非罪。"孔子曰:"吾歌可夫?"遂歌此歌。

诗人眼前的"清扬婉兮,舞则选兮",是诗人感情所不接受的。于是,极其美容来寄寓一种更深的讽刺也许有可能的。再如《齐风·南山》:

南山崔崔,雄狐绥绥。鲁道有荡,齐子由归。既曰归止,曷又怀止?

葛屦五两,冠緌双止。鲁道有荡,齐子庸止。既曰庸止,曷又从止?

艺麻如之何?衡从其亩。取妻如之何?必告父母。既曰告止,曷又鞠止?

析薪如之何?匪斧不克。取妻如之何?匪媒不得。既曰得止,曷又极止?

这首诗是《齐风》中的代表作,也是"刺"诗中的名篇。全诗分四章,每章六句,通篇以"兴"起事,更在形成了章次叠加"兴"句中,又有"比"的因素。如首"南山"、"雄狐"对整个诗篇的作用是起"兴",而"南山"又象征着国君地位尊严,"雄狐"又比喻着国君"襄公"的野兽行径。兴中有比,比兴同句是这首诗的最为明显的艺术特点。两者相辅相成,共同形成了这首诗深刻的讽刺基调。同时,"崔崔"的形象化与"绥绥"的动作性又形成显明的对照,仿佛勾画出一幅巍巍高山下一条淫秽无耻的狐狸正在"绥绥"而行。使得读者不见其人,以厌其行,不闻其行,以知其丑。次章"葛屦"、"冠緌"也同时起着因物起兴,比喻男女淫媾的象征作用。诗之三、四两章以"艺麻"、"析薪"为比兴,以说明做事必须要循规蹈矩,有"礼"有节,以此来阐明男女之事,必须要遵从礼法,"取妻如之何?必告父母。取妻如之何?匪媒不得。"可以说是全诗的主旨所在,但这个主旨不是从叙述中说明的,而是通过比兴手法逐渐明确的。又通过诘问句逐渐深化的,因而从结构上讲,这首诗仅有着其他国风诗中的叠章重复的形式,而且,四章的尾句都是诘问句,反诘和疑问句式形成首尾严整的结构,这种结构很符合此诗讽刺性和批判性。随着一次的诘问,谴责的语气渐次深刻。随着这种语气,诗人好像是在诘问,又好像在挖苦,很自然地揭露齐襄公兄妹的无耻行径。以象征手法说出了难言之隐,既是一种形象化的表达方式,同时,也通过形象化的语言为读者的想象余出空间来,从而扩大了诗的意境和表现内容。而反诘句、疑问句式的结构既痛斥了齐襄公兄妹的无耻,又增强了全诗的讽刺意味和批判力度。

"因俗"、"简礼"、"举贤尚功","通工商之业,便渔盐之利"。因此,后世学者多以为是姜尚促进齐国的基础,也建立了齐文化的基本框架。但是我们应该看到姜尚的最基本的措施是"因其俗"的"因"不是一成不变的因循，而是在扬弃的基础上有所开拓的一种整合。因此，"因其俗"的方针是既成就了齐国的政治、经济，更成就了齐国的文化。因为它在保留与开拓中，尽最大可能地使以礼乐为特色的周文化顺应了土著东夷的国情与民风，因而使自己预先有了一个进步与变革的基础。这样我们就不难在吟咏《齐风》的过程中，很容易地感受到齐国的民俗风情的多样性，因为《齐风》本身的多样性是来自于齐国民俗的。姜亮夫先生在论及礼俗与民风的关系时说：

> 一切礼俗自其源求之，皆本于民俗。郊祀，礼也。盖本之于古黎庶崇祀天日之朴实本习，日月光华词与汉郊祀歌之情调，有文野之分，而无本质之别，……及其成为礼俗，则文饰之用日益，朴实之风日损，而其为光明崇拜之遗风则同也。凡政治上措施，必不得背于民俗。民之所好恶，即统治阶级所至为注意之端，寝假且借此养民，以治民，以暴民，以杀民，凡政治上之得失，成败及其建置，莫不与此有关。①

《鲁颂》为歌功颂德之作，则其诗歌的内容多局限于治国理政的主题；齐风则不然，它的视野较之《鲁颂》而更加广大深远，灵动活泼。有爱情、游猎、外交、宴享、夫妻之情、相思之情、朋友之情等，感义重情的内容使其有着委婉迷人的情歌特点。治国以礼义者，礼义积而民多信让；治国以功利者，功利积而国多富强。世或谓信让之衰流为微弱，尝以鲁征之；富强之敝失在荒淫，可于齐见之。《左传·僖公二十六年》载："周公、太公股肱周室，夹辅成王，成王劳之而赐之曰：'世世子孙，无相害也'。"《史记·鲁世家》云："伯禽受封之鲁，三年而后报政。周公曰：'何迟也?'伯禽曰：'变其俗，革其礼，丧期三年然后除之，故迟。'太公亦封于齐，五月而报政，周公曰：'何疾也?'曰：'吾简君臣之礼，从其俗为之，及后伯禽报政迟。'乃叹曰：'呜呼！鲁后世其北面事齐矣。'"《说苑》曰："伯禽与太公俱受封而各之国，三年太公来朝，周公曰：'何治之疾也?'对曰：'尊贤者先疏后亲，先义后仁也。'周公曰：'太公之泽及五世。'五年，伯禽来朝，周公曰：'何治之难也?'对曰：'亲亲者先内后外，先仁后义也。'周公曰：'鲁之泽及十世'"。② 这种本身就十分有

---

① 姜亮夫：《古史论文集·说郊祀》，上海古籍出版社 1996 年版，第 87 页。

② 余按：太公、伯禽皆圣贤也，其为治不必尽同，然大要不甚相远，至其久近强弱之异，则其后世子孙之故，乌有立法之初而即相背而驰者哉？齐封于武王世，鲁封于成王世，其相隔远矣，安得同时而报政？且报政之日，《史记》以齐为五月，《说苑》以为三年。《史记》以鲁为三年，《说苑》以为五年。传闻之异显然。卷八，第 153—154 页。

趣的情况,过去吸引了很多学者的研究兴趣。但集中前人的观点,我们不难看到,这方面的研究多倾向于从融合与统一的角度去看待《鲁颂》与《齐风》的异同。然而,《鲁颂》虽名之为"颂",但它于"颂"的表现形式上,既不同于《商颂》,更不同于《周颂》,这是《鲁颂》的特殊性。正是这种特殊性,使其在风格上更接近于"风"诗。当然,也就在很大程度上缩小了他与《齐风》的差异,但是,我们注意到这一特点时并不应该轻言二者的相同,因为如果说《鲁颂》与《齐风》二者有相同点,其相同的方面的表现形式也是很特殊的,即两者没有产生同化和一致的趋势,却存在相互借鉴、融合、吸收的特征。如果用文化发展的规律来认识这种现象,这种融合中的对立性更加有利于民族文化的更生,同时,《鲁颂》与《齐风》在相同特征上的这种特殊表现,本身也为民族文化的多元性注入了生机勃勃的生命力和活力。

从表面上看,"颂"与"风"在艺术风格上的不同,主要是因为二者的表现手法不同,其实,真正使二者不同的是"颂"与"风"的内容,因为"颂"德,"告功"的内容决定了"颂"体是用于祭祀歌舞,肃穆的内容要求有一种严肃的形式相应,因而,比较纯粹的"颂"体,《鲁颂》的内容虽有"颂"体因素,但其中缺少的恰恰是也是"颂"体的内容,即"祭祀"的神圣与庄严。这就使得《鲁颂》一方面有"颂"的形式,另一方面,因其内容还不能真正达到像《周颂》那样严整。而这正好成全了《鲁颂》的音乐性,这些音乐性或通过"比兴"增强其艺术感染力,或通过"复沓"的结构形成婉转流连的情感高潮;或通过"回环"手法来重复出相同的韵律。须要强调的是,正是运用这些手法,《鲁颂》的音乐美才有了"国风"的灵动节奏与和谐旋律来。同时,我们还可以看到,《鲁颂》近似"风"韵的特点,不仅使其更接近《齐风》的艺术表现性,而且这些节奏与旋律的美还旋转出一阵阵流畅、灵活、热烈、欢快的音乐结构美。就以《泮水》的最后一章为例,本来这首诗的第四章之后,从形式上已看不出"复沓"和"回环"的结构了,但是最后一章的前四句仍然采用了"比兴"手法,以"翩彼飞鸮,集于泮林。食我桑黮,怀我好音"兴起了"来献其琛"的场面。即使是中间隔了"穆穆鲁侯"、"明明鲁侯"、"济济多士"、"角弓其觩"四章,但这些章节却通过"比兴"的手法前承前三章而形成参差错综的节奏,使其内在的音乐性与外在音乐感相互响应,扩大并张扬了音乐的表现内容。同时,由于内容本身的特点,也使得这《鲁颂》在使用叠词方面也明显多于《周颂》和《商颂》,这也是《鲁颂》远于"颂"体,而近于"国风"

的一个特征,就以《泮水》为例,在铺陈鲁侯的严整与威武时,作者用"穆穆"形容三军的雄壮;以"桓桓"形容将帅的勇猛;以"矫矫"形容战将的矫健等。既增强了语言描写的精当贴切和生动流利,又通过这种双声叠韵增强了语言的音乐感。此外,《鲁颂》与《周颂》、《商颂》相比,还有一个较为明显、突出的特征,那就是,在结构方面,《鲁颂》的四篇均由复沓重叠的章节组成,而《周颂》31 篇则均为单章式结构。《商颂》的 5 篇中,《那》、《烈祖》、《玄鸟》为单章,唯《长发》、《殷武》有复章的形式,但是,这些复章不像《鲁颂》的复沓叠章,没有音乐上效果,只是单纯的段落形式而已。《鲁颂》则不然,就以形式上完全是"颂"体的《閟宫》而言,其第一章中有"奄有下国,俾民稼穑";"奄有下土,缵禹之绪"。第二章中有"建尔元子,俾侯于东";第三章上承之义,又作"乃命鲁公,俾侯于东。"这些"复沓"虽不在句首的明显处,却读得出来它的内在节奏感。至于第四章、第五章:

> 秋而载尝,夏而楅衡,白牡骍刚。牺尊将将,毛炰胾羹。笾豆大房,万舞洋洋。孝孙有庆。俾尔炽而昌,俾尔寿而臧。保彼东方,鲁邦是尝。不亏不崩,不震不腾。三寿作朋,如冈如陵。

> 公车千乘,朱英绿縢。二矛重弓。公徒三万,贝胄朱綅。烝徒增增,戎狄是膺,荆舒是惩,则莫我敢承! 俾尔昌而炽,俾尔寿而富。黄发台背,寿胥与试。俾尔昌而大,俾尔耆而艾。万有千岁,眉寿无有害。

连着三句:"俾尔炽而昌,俾你寿而臧";"俾而昌而炽,俾尔寿而富";"俾尔昌而大,俾尔耆而艾"。这种于章中寓其"复沓重叠"的艺术表现手法,既避免了沉重板滞的铺述,又于纵横交错的插入式语式中,形成了灵活多变、轻松跳脱的韵律之美。由此可见,《鲁颂》虽名为"颂"体,但其更多的、更实质的表现则存在于它的制礼作乐的特殊地位上。仅就形式而言,它明显区别于《周颂》和《商颂》的方面,使它更接近于《齐风》的表现方法和艺术特征。总结这些情况,我们可以看出《鲁颂》,尤其是《駉》、《有駜》、《泮水》在艺术方面,既有其相似其他"风"诗的特征,又说明了《鲁颂》在创作上学习或借鉴《齐风》的倾向。

四

鲁国因其与周室的血统关系,以屏藩王朝,夹辅周室为己任,而较之鲁国,齐国因其少了血缘纽带的束缚而自由轻松得多。齐"举贤尚公",桓公专任管仲以"三权",而孔子却因鲁国"亲亲为上"的礼制,为其"三桓"所制而不得其用。齐鲁两国在通过《鲁颂》、《齐风》表现出的相异性,不仅没阻碍二者在文化上的相互吸引与融合,而且还促进齐鲁文化在相互吸收其有益成分后,向着顺应各自民俗风情的方向发展着。如果说《诗》因成"礼"而作,那么,在维护礼乐之制方面,二者都通过《诗》,既证明了各自的文化特征和价值,同样,还是通过《诗》证明了二者在礼乐方面既对立区别又融合统一的特殊关系。如果说《鲁颂》以其内敛而相对封闭的固定格式向世人展示的是一种尊亲崇周的典礼,那么《齐风》则更多的是以其明朗而又开放的自然结构向我们展现着他们尊重周礼的精神。① 齐、鲁在其创建之日起,"周化"的过程就开始了。"郁郁乎文哉! 吾从周。"孔子虽未能在生前影响鲁国的政治,但是他的文化精神却通过他的《诗经》的解读而得以发扬光大。

在西周宗法制社会制度下,血缘关系与宗法等级制所制约的社会意识形态,基本体现在"礼"上。《左传·昭公二十三年》曰:"夫礼,天之经也,地之义也,民之行也。"古人行礼,有辞、乐、仪,三者相互配合。《诗》是古人行礼的辞的部分,这种文辞都配以乐的,《诗经》中许多内容都是周礼规定的具体体现;换言之,周代的种种礼仪,决定了《诗经》的内容。翻开《左传》,人们在礼仪场合引《诗》几乎是比比皆是。所以,魏源说:"古之学者,'歌诗三百,弦诗百,舞诗三百',未有离礼乐以为诗者。"②作为天经地义的"礼",制约着人的一切活动与思想。那时,作为文学艺术总称的"乐",也受着礼的制约。在周人的观念中,先王治礼作乐的目的,是通过"乐"的陶冶,使人的思想行为完全合于"礼"的要求。也就是说,欣赏"乐"的过程,并不是欣

---

① 杨向奎先生曾说:"鲁为周公封国,宗周礼乐传布于鲁,实为当然。但《周礼》一书,多同于《管子》,自清代乾嘉以来,学者多谓《周礼》一书出于齐,《周礼》出于齐,齐之礼俗亦多同于周礼,则谓'周礼在齐',亦不为过。盖齐、鲁实为宗周之两行,鲁有周礼重在礼,而有孔子、孟子以仁与礼为中心思想之儒家;齐有周礼偏于法,而有以管子为主的东方法家之出现。"(《周礼在齐论》,载《管子学刊》1988 年第 3 期)

② 《诗》之歌,弦、舞,在魏源的诗论中,成为论诗的主题,应该讲,古人在看《诗》时,并没有仅仅把它当作诗来读,而是当作"经"来读,因而赋予诗诸多的政治文化因素。这在一定程度上使《诗经》的本来意义发生了一些改变,但这种改变对《诗》而言,也许是一件好事。(魏源《魏源集》,中华书局 1976 版,第 172 页。)

赏它的歌舞演唱之美，而是借助于那种进退揖让，每一个音符都合于礼仪的表演，实现自己的趋善中庸的言行，从而达到修身、齐家、治天下的理想。然而，随着历史发展，两种有共同渊源的文化，在相互影响的过程中，又相互渗透、吸收、融合并最终走向统一，形成了中华民族文化的基础。应该特别注意的是，二者最为辉煌的文化发展时期，是发生在二者不同的时期。

周朝建立之初，周天子实行分封制，将大量姬姓子弟和在灭商兴周过程中的部分有功勋人员分封为诸侯，其目的在于"以蕃屏周"，用这种办法保卫周王室的安全。因而给予了各诸侯国政策上的许多灵活性。由此，尽管周公"制礼作乐"，想在文化和典章制度上进行统一，但各诸侯对所谓的"周礼"也就可以采取不同的态度。根据《左传·定公四年》的记载可知，当时给鲁、卫的政策是"启以商政，疆以周索"，给晋的政策是"启以夏政，疆以戎索"。从文献记载来看，没给齐国特别明确的指令，但姜尚与周公关于如何治国的对话中，我们知道齐国实行的是"因俗简礼"的治国方针。齐自古就是一个经济、文化比较发达的地区，因而养成了崇尚奢侈的风气。这种风气自春秋始，《管子·小匡》中齐桓公说齐襄公在位时："昔先君襄公，高台广池，湛乐饮酒，田猎罼弋，不听国政。卑圣侮士，唯女是崇，九妃六嫔，陈妾数千，食必粱肉，衣必文绣。"这种繁华与奢侈的风气，实际上反映了姜尚的治国政策是成功的。后来的管仲、晏婴也一直秉承着这一开放、从容、简易、变通的国策。《说苑·尊贤》记载说："齐桓公使管仲治国，管仲对曰：'贱不能临贵。'桓公以为上卿而国不治，桓公曰：'何故？'管仲对曰：贫不能使富。'桓公赐之齐国市租一年而国不治，桓公曰：'何故？'对曰：'疏不能制亲。'桓公立以为仲父。齐国大安，而遂霸天下。孔子曰：'管仲之贤，不得此三权者，亦不能使其君南面而霸矣。'"

但是，因而我们不能因为齐国的繁华与奢侈就以为齐国不重礼义"诗乐"，因为在《诗经》中，我们通过《齐风》可以看到，齐人恰恰是通过诗歌来表达并支持鲁国的政治地位和礼乐之制。正是出于这样的尊重，他们才小心翼翼地保持着与鲁国的关系。如《晏子》之景公问伐鲁篇中载：

> 晏子对曰："不可。鲁好义而民戴之，好义者安，见戴者和，伯禽之治存焉，故不可攻。攻义者不祥，危安者必困。且婴闻之，伐人者德足以安其国，政足以和其民，国安民和，然后可以举兵而征暴。今君好酒而辟，德无以安国，厚藉敛，意使令，无以和民。德无以安之则危，政无

以和之则乱。未免乎危乱之理,而欲伐安和之国,不可,不若修政而待其君之乱也。其君离,上怨其下,然后伐之,则义厚而利多,义厚则敌寡,利多则民欢。"公曰:"善。"遂不果伐鲁。

齐、鲁两国民风之不同,也非齐、鲁建国形成的,更非伯禽、太公短期成就,而是经过了一个长期的演变的过程才使得同根、同源于东夷文化的齐鲁两国渐趋相异,且两者真正的不同,可能也是来自政治方面,而非民风方面,故未有"风"诗前,已有"风"诗之情、之形、之致。是"风"诗反映了齐风,不是有了《齐风》才有了"风"诗。因鲁诗的政治化倾向,故未能尽其鲁国之民风,若以二者相比,《诗》未能尽述齐鲁之不同。这对我们今天的研究是一个重要启示,这个启示的重要意义就是,本来同为东夷文化齐、鲁,在同处一地地理形势和文化背景下,却因为礼乐之制的不同,形成了不尽相同的建国体制和治国方略,继而又因为这种政治上的不同形成了不同诗歌形态和风格,而这些诗歌上的相异性,又导致了两种几乎截然不同的文化形态。即使是我们今天热衷于谈论它们的融合与统一,也不能忽略二者的不同特征给中国文化造成的深远影响,更为重要的是,这种影响还在继续。对于由此诗歌演变成的驰名中外的中华武术、兵法、法家的治国之术及其好勇、崇尚功利而敢于冲破礼教信义的文化传统,还养成了齐人豁达变通,机智善辩的行为习惯。《史记·货殖列传》记载说:齐地"其俗宽缓阔达足智,好议论,地重,难动摇。"《汉书·地理志》记载说:"初,太公治齐,修道术,尊贤智,赏有功,故至今其士好经术,矜功名,舒缓阔达而足智。"《汉书·邹阳传》说:"齐楚多辩知(智)。"舒缓阔达,足智多变,这种多变灵活的行为方式,在为他人喜闻乐见时,也很自然地吸收了其他文化的有益成分。

但是,在我们注意到这些融合与统一的方面时,我们更应该注重二者的相异性,因为正是这些相异性才为中国文化注入了多元因素。不仅如此,《鲁颂》异于《齐风》的特征,又在各自的发展变化过程中,围绕《齐风》的特征形成了以尚武重利、务实开放的齐文化;而围绕《鲁颂》则形成了因循守成、谦和重礼、稳定和谐的儒家文化。虽然,经过后来的稷下学宫的融合,儒家文化被荀子等人统一到以兵家、法家为主体的齐国文化之中了,但是这种融合随着"罢黜百家,独尊儒术"的专制文化政策而又分化出来。因此,当今天我们看到大一统文化结构时,那些造就这种文化特色的诗歌结构的也造就了不同的历史,并因为不同的诗歌结构造就了不同的文化。因而,通过

《鲁颂》与《齐风》的异同,实际上还直接地成就了两种不同的文化。齐文化广收博采、融合创新的特点发挥到了极致。同为周王室之封国的齐鲁,在"普天之下,莫非王土,率土之滨,莫非王臣"的时代里,在政治上、军事上维护周王室的权威是齐国合乎逻辑的选择,而在文化上认同周文化也是历史的必然。鲁为姬,齐姓姜,二者在共辅周室的过程中,通过战争、会盟及外交往来,在文化上相互吸引,相互融合,"齐一变而至鲁,鲁一变而至道。"(《论语·雍也》)周礼遂尽在鲁,中国是一个以礼乐为特征而衣冠天下的多元文化体,齐鲁则成为文化的中心之中心。舍孔孟则无以谈文、舍齐则无以谈武,"文武之道"尽在二者之中,见《鲁颂》、《齐风》则"文武之道"也尽在其中矣! 礼中有乐,乐中有礼,以礼为主,以乐为辅,无礼则无以举乐,无乐也无以成礼。礼乐相辅相成,郁郁乎《鲁颂》、《齐风》之中。鲁国的文化通过《鲁颂》的教化而形成:为政以德,自强不息,厚德载物,杀身成仁,舍生取义,天下为公,君贵民轻。齐国的文化因其《齐风》的精神而形成:助人为乐,乐善好施,扶危济困,重义阔大,巧智善辩,尚武好勇,开放变通,举贤授能,务实好利。《齐风》与《鲁颂》作为两种不同风格的诗歌形式,二者在地理上均产生于东夷文化的土壤之上,共同的渊源使他们在风格与情调上有着基本相似的特点,同时,又因其地理环境和周分封建国后各自实施的方针不同,随之产生了一些变异,因而形成了二者既有共性又具个性的现象。而且,正是由于二者的不同,才创造了"阔大开放,尚武进取"的齐文化和"文质彬彬"吟咏《齐风》,无疑能使我们感受齐国的民俗风情,但是,对《齐风》本身的理解却多种多样的。在多元一体的中国文化中,齐鲁共处于"天下莫非王土"的周代,既相互区别,又相互交融,并终致统一。

第二节　汉赋中所见有关巡狩、封禅的齐鲁文化考索

秦汉巡狩、封禅之礼,肇自五帝,然其形成,受齐鲁文化浸润甚深:一在于保存于鲁地周礼之延续,二在于齐学之受命改制思潮。

一、汉巡狩考

巡狩之礼,所行甚早。《史记》卷一《五帝本纪》述尧舜诸帝巡狩之事,

是"王对部族、方国以及诸侯封国巡察、下伐的政治军事活动,并成为控扼天下、安邦定国、巩固王权的重要举措"①。两汉之际,巡狩由带有鲜明军事色彩的政治活动,转变为推行王道政治、辅助礼乐教化的礼仪活动。

秦、西汉前期的巡狩,带有明显的军事威慑意图。《史记》卷六《秦始皇本纪》载秦始皇"浮江下,观籍柯,渡海渚。过丹阳,至钱唐。临浙江……上会稽,祭大禹,望于南海。……还过吴,从江乘渡。并海上,北至琅邪"。这次巡游,其性质如《会稽刻石》所言:"亲巡天下,周览远方。"带有巡察的性质。秦二世即位后,曾言"先帝巡行郡县,以示强,威服海内。"②秦朝巡狩,是向被征服的六国百姓"示强",以威慑天下,展示统一帝国强大的军事实力。从秦始皇巡狩刻石中,可以看出其以巡狩稳定天下的用意。强秦暴政,史有定论。然从刻石看来,秦皇历数六国混战的罪过,以宣示一统国家的安定与太平。其巡狩四方,不仅在于军事示强,还有安抚人心,增强六国民众对秦朝认同的用意。

西汉在武帝以前,只有刘邦的一次托名"巡狩"、实执韩信的政治行动。武帝即位后,广行巡狩,西至汾阴,北抵朔方,东临渤海,南达南郡,几乎遍及全国。元封元年(前110年)十月的巡狩,"行自云阳,北历上郡、西河、五原,出长城,北登单于台,至朔方,临北河。勒兵十八万骑,旌旗径千余里,威震匈奴"。行前诏书言其目的:"南越、东瓯咸伏其辜,西蛮、北夷颇未辑睦。朕将巡边垂,择兵振旅,躬秉武节,置十二部将军,亲帅师焉。"③意在威服遐远,安境靖边,稳定人心。巡狩威服遐远的用意,还体现在东汉初光武的巡狩中。光武帝分别于建武十七年(41年)、十八年(42年)、十九年(43年)、二十年(44年)南巡狩至颍川、西巡狩至长安、南巡狩至淮阳、东巡狩至鲁、楚、沛等地。

我们知道,光武即位后,仍东讨西伐,直到建武十五年(39年)以后才开始将注意力转移到经济上,下诏检核田亩,转入政权建设。天下初定,光武不停巡狩各地,显然带有威服天下、统一政令的意图。

秦汉巡狩途中常行祭祀山川之礼。从《史记》记载来看,沿途祭祀山

---

① 何平立:《先秦巡狩史迹与制度稽论》,《军事历史研究》2003年第1期。
② 《史记》卷六《秦始皇本纪》,第267页。
③ 《汉书》卷六《武帝纪》,第189页。

川，为先秦巡狩惯例。《礼记·王制》云："二月东巡守，至于岱宗，柴而望祀山川。"两汉封禅、祭祀五岳、大河，多在巡狩途中。《盐铁论·散不足》云："于是数巡狩五岳、滨海之馆，以求神仙蓬莱之属。"《淮南子·主术训》云："巡狩行教，勤劳天下，周流五岳。"高诱注引《说文》曰："岳，东岱，南衡，西华，北恒，中泰室，王者之所以巡狩所至。"言帝王巡狩常祭五岳。如张衡《东巡诰》云：

> 惟二月初吉，帝将狩于岱岳，展义省方，观民设教。率群宾，备法驾。以祖于东门，届于灵宫。是日也，有凤双集于台。壬辰，祀上帝于明堂。帝曰："咨予不材，为天地主，栗栗翘翘。百僚万机，心之谓矣。勚朕之劳，上帝有灵，不替朕命，诞敢不祗承。"凡庶与祭于坛墠之位者曰："怀尔邦君，寔愿先帝，载厥太宗。以左右朕躬。"群臣曰："帝道横被，旁行海表。一人有题，万民赖之。"从巡助祭者，兹惟嘉瑞。乃歌曰："皇皇者凤，通玄知时。萃于山趾，与帝邀期。吉事有祥，惟汉之祺。"帝曰："朕不敢当，亦不敢蔽天之吉命。"

此为安帝延光三年(125年)春二月东巡狩，宗祀五帝之事。张衡生动地记述了帝王在上帝面前的惊惕之态，群臣劝慰之辞，助祭官吏所言，有助于我们更详尽地了解泰山祀天的过程，这是一般史料所不曾载录的。这次巡狩，马融也作《东巡颂》描述之：

> 允迪在昔，绍烈陶唐。殷天衷，充摇光。若时则，运琼衡。敷六典，经八成。肆类乎上帝。实柴乎三辰。禋祀乎六宗，祗燎乎群神。遂发号群司，申戒百工。卜筮称吉，蓍龟袭从。南征有时，冯相告祥。清夷道而后行，曜四国而扬光。展圣义于巡狩，喜坼畴而咏八荒。指宗岳以为期，固岱神之所望。散斋既毕，越翼良辰。栯梠增构，烈火燔燃。晖光四炀，焱烂薄天。萧香肆升，青烟冒云。珪璋峨峨，牺牲絜纯。郁鬯宗彝，明水玄樽。空桑孤竹，咸池云门。六八匝变，神祇并存。

《后汉书》卷六十《马融传》云："太后崩，安帝亲政，召还郎署，复在讲部。出为河间王厩长史。时车驾东巡岱宗，融上《东巡颂》，帝奇其文，召拜郎中。"按，建光元年三月癸巳，邓太后崩。随即安帝亲政，改元延光，三年而东巡。安帝礼泰山，并非单纯祭地，也"祀上帝于明堂"。此文当载是年巡狩之事。

帝王巡狩，祭祀山川，是为祈求山河永固，王朝昌盛。《艺文类聚》卷三十九引《礼注》也说："王者必制巡守之礼何？尊天重民也。所以五年一巡守何？五岁再闰，天道大备，王者恩亦当竟也。所以至四岳者，盛得之山，四方之中，能兴云致雨也。"这种用意，刘向《说苑·修文》言之更详：天子五年一巡狩，岁二月东巡狩，至于东岳，柴而望祀山川，见诸侯，问百年者，命太师陈诗以观民风，命市纳贾以观民之所好恶，志淫好僻者，命典礼，考时月定日，同律礼乐制度衣服正之。

两汉巡狩还逐渐成为王道政治的象征。儒家经典非常重视巡狩的政治意义。《礼记·王制》言巡狩之作用，亦认为帝王通过巡狩视察各国政治，陟罚臧否，以统一制度，巩固王权。《尚书·周官》也说："王乃时巡，考制度于四岳，诸侯各朝于方岳，大明黜陟。"巡行四方考察诸侯行政的得失。

两汉间儒家王道政治观念流布更广，中央集权制度更加巩固，远古巡狩以考制度、会诸侯的意义逐渐减弱，更将巡狩作为帝王体察民情、推崇礼乐教化的象征。《白虎通·巡狩》云："王者所以巡狩者何？巡者，循也。狩者，牧也。为天下巡行守牧民也。"《艺文类聚》卷三十九引《风俗通》云："巡者，循也。守者，守也。道德太平，恐远近不同化，幽隐有不得所者，故自躬亲行之。"汉赋大量歌颂巡狩的这种政治用意。

班固《东都赋》云："乃动大辂，遵皇衢。省方巡狩，躬览万国之有无。考声教之所被，散皇明以烛幽。"崔骃《东巡颂》云：

> 伊汉中兴三叶，于皇惟烈，允迪厥伦，矩坤度以范物，规干则以陶钧。于是考上帝以质中，总列宿于北辰。开太微，敞禁庭，延儒林以谘询岱岳之事。于时典司者苟，载华抱实，追尔而造曰：盛乎大汉，世增其德，此神人之所庶幸，海内之所想思。颂有乔山之征，典有徂岳之巡。时迈其邦，民斯攸勤，不亦宜哉！乃命太仆，训六骀，闲路马，戒师徒。于是乘舆登天灵之威路。驾太一之象车，升九龙之华旗，建扫霓之旌旄。衰胡耇之元老，赏孝行之畯农。

张衡《东京赋》亦云：

> 于是阴阳交和，庶物时育。卜征考祥，终然允淑。乘舆巡乎岱岳，劝稼穑于原陆。同衡律而壹轨量，齐急舒于寒燠。省幽明以黜陟，乃反旆而回复。望先帝之旧墟，慨长思而怀古！侯阊风而西遐，致恭祀乎高祖。既春游以发生，启诸蛰于潜户。度秋豫以收成，观丰年之多稌。嘉田畯之匪懈，行致赍于九扈。左瞰旸谷，右睒玄圃。眇天末以远期，规万世而大摹。且归来以释劳，膺多福以安念。总集瑞命，备致嘉祥。围

林氏之驺虞,扰泽马与腾黄。鸣女床之鸾鸟,舞丹穴之凤皇。植华平于春圃,丰朱草于中唐。惠风广被,泽洎幽荒。北溪丁令,南谐越裳。西包大秦,东过乐浪。重舌之人九译,金稽首而来王。

班固、崔骃、张衡都曾另作赋颂,从祭祀角度写巡狩活动。但上述作品从王道政治的角度歌颂巡狩能够体恤民情,考察得失,推行教化。这些说法无论能否实现,但在当时是作为巡狩的理论依据出现的。东汉巡狩,相对于西汉侧重于祭祀,先秦侧重于军事,更强调政治象征作用,是作为推行王道政治、辅助礼乐教化的手段出现的。

因此,从祭祀的角度看,巡狩在于祭祀山川;从军事的角度看,巡狩在于示强以威服天下;从政治的角度看,巡狩则有加强中央权威、推行中央政令的意图。两汉巡狩,祭祀山川是一以贯之的内容,只不过军事色彩逐渐削弱,政治意义逐渐增强。

二、汉封禅考

封禅,《白虎通·封禅》言:"王者易姓而起,必升封泰山何? 报告之义也。始受命之时,改制应天,天下太平功成,封禅以告太平也。……封者,广也,言禅者,明以成功相传也。……刻石纪号,知自纪于百王也。燎祭天,报之义也,望祭山川,祀群神也。"意在向天地告功,显示当朝乃国家正统,表明天下太平,政权稳固。《史记》卷二十八《封禅书》之正义云:"泰山筑土为坛以祭天,报天之功,故曰封。此泰山下小山上除地,报地之功,故曰禅。"实于泰山行天地祭祀。两汉封禅,乃武帝、光武二帝。其中汉武帝六次至泰山封禅,即元封元年(前110年)、元封五年(前106年)、太初三年(前102年)、天汉三年(前98年)、太始四年(前93年)、征和四年(前89年)。① 光武于建武三十二年(55年)行封禅之礼。《史记·封禅书》、《汉书·郊祀志》、《后汉书·祭祀上》、马第伯《封禅仪记》等记封禅之事,所言亦详。今以赋作中有关封禅描述,述论如下。

关于封禅的前提和意义。《史记》卷五十七司马相如本传载其"遗札书

_____

① 《西汉会要》卷八言"武帝凡五修封"。然按照当时五年一修封的定制,应行六次,其或未计元封五年的增封。

言封禅事,奏所忠。忠奏其书,天子异之"。所遗札书即其《封禅文》。文虽以文名,却近于赋体,其颂曰:

> 自我天覆,云之油油。甘露时雨,厥壤可游。滋液渗漉,何生不育;嘉谷六穗,我穑曷蓄。非唯雨之,又润泽之;非唯濡之,泛尃濩之。万物熙熙,怀而慕思。名山显位,望君之来。君乎君乎,侯不迈哉!般般之兽,乐我君圃;白质黑章,其仪可嘉;旼旼睦睦,君子之能。盖闻其声,今观其来。厥涂靡踪,天瑞之征。兹亦于舜,虞氏以兴。濯濯之麟,游彼灵畤。孟冬十月,君徂郊祀。驰我君舆,帝以享祉。三代之前,盖未尝有。宛宛黄龙,兴德而升;采色炫耀,㷿炳辉煌。正阳显见,觉寤黎烝。于传载之,云受命所乘。厥之有章,不必谆谆。依类讬寓,谕以封峦。

武帝元鼎以后,封禅之议大起。相如所言,亦劝武帝行封禅事。其所言封禅之意义,无非言说大汉德侔尧舜,天人感发,可循古行之。"夫修德以锡符,奉符以行事,不为进越。故圣王弗替,而修礼地祇,谒款天神,勒功中岳,以彰至尊,舒盛德,发号荣,受厚福,以浸黎民也。皇皇哉斯事!天下之壮观,王者之丕业,不可贬也。"希望武帝行旷古大典。扬雄《长杨赋》,虽未直言封禅之事,却云治国如何可以封禅,可补充司马相如的抽象论述:

> 奉太尊之烈,遵文武之度。复三王之田,反五帝之虞。使农不辍耰,工不下机。婚姻以时,男女莫违。出恺弟,行简易。矜劬劳,休力役。见百年,存孤弱。帅与之,同苦乐。然后陈钟鼓之乐,鸣戁磬之和,建碢磭之虡。拮隔鸣球,掉八列之舞。酌允铄,肴乐胥。听庙中之雍雍,受神人之福祐。歌投颂,吹合雅。其勤若此,故真神之所劳也。方将俟元符,以禅梁甫之基,增泰山之高。延光于将来,比荣乎往号。

在两汉人看来,封禅泰山具有深厚的文化背景和强烈的政治意义[①],汉赋所记,与时人所论相同。如《河图·真纪》云:"王者封太山,禅梁甫,易姓奉度,继崇功也。"《河图·会昌符》云:"汉太兴之道,在九代之王。封于太山,

---

① 此论述颇多,可参见阮芝生《司马谈父子与汉武帝封禅》,《秦汉史论丛》,法律出版社 1992 年版;陈桐生《〈史记·封禅书〉的几个理论问题》,《陕西师范大学学报》1995 年第 3 期;刘凌《汉代封禅的文化特色》,《泰安师专学报》1998 年第 3 期;贾贵荣《儒家文化与秦汉封禅》,《齐鲁学刊》2000 年第 4 期;商炜《汉武帝封禅的再认识》,《广播电视大学学报》2002 年第 3 期等。

刻石著纪,禅于梁甫,退考功。"①《白虎通·封禅》言:"天下太平,符瑞所以来至者,以为王者承天统理,调和阴阳。阴阳和,万物序,休气充塞,故符瑞并臻,皆应德而至。"并列举了大量祥瑞,将封禅作为天下大治的象征。强调封禅的政治前提是国家一统,天下大治,四海晏清,旷世续绝,功业彪炳。因此汉人认为封禅是一代盛事,值得大力歌颂。

关于封禅的礼仪。相如创作之时,"封禅用希旷绝,莫知其仪礼"。封禅之仪未定,他在《封禅文》中所提及封禅若干原则,乃往古祭祀天地之法。

一为以燎祭天,此自周至秦,沿袭不变。秦始皇封禅泰山,"其礼颇采太祝之祀雍上帝所用",秦郊雍用"权火"燎祭。武帝封禅亦如此,"礼毕,燎堂下","山上举火,下悉应之",亦用燎祭。

二是"孟冬十月,君俎郊祀","依类託寓,谕以封峦"。即封禅仪当同郊祀。《史记》卷二十八《封禅书》言秦如此,汉武封天,亦"如郊祠泰一之礼",禅地,"如祭后土礼",秦汉封禅所用典祀大致同于甘泉、汾阴之郊祀。在封禅仪制不明的情况下,司马相如"依类託寓"的建议,为汉武帝提供了封禅的理论依据和操作建议。

三是在"泰山、梁父设坛场望幸",秦始皇是否设坛,史载不详。然从《封禅书》记载看,一则秦始皇并未按儒生所言行古制,而是自定制度;二则汉武帝封禅泰山,修筑明堂,为始皇封禅所不曾有者,"泰山东北址古时有明堂处,处险不敞。上欲治明堂奉高旁,未晓其制度"。司马迁先言古明堂,再言未晓制度,盖此明堂非秦遗物。武帝修建后,先于明堂行礼,然后上泰山修封,封禅后,"坐明堂,群臣更上寿"。② 有时过泰山,则至明堂拜祭。③ 将明堂作为封禅的重要设施,是武帝不同于始皇的地方。

武帝封禅之礼,杂采各家说法:"封禅用希旷绝,莫知其仪礼,而群儒采

---

① 《艺文类聚》卷三十九引。

② 《史记》卷二十八《封禅书》云:"济南人公玉带上黄帝时明堂图。明堂图中有一殿,四面无壁,以茅盖,通水,圜宫垣为复道,上有楼,从西南入,命曰昆仑,天子从之入,以拜祠上帝焉。于是上令奉高作明堂汶上,如带图。及五年修封,则祠太一、五帝于明堂上坐,令高皇帝祠坐对之。祠后土于下房,以二十太牢。天子从昆仑道入,始拜明堂如郊礼。礼毕,燎堂下。而又上泰山,自有秘祠其巅。而泰山下祠五帝,各如其方,黄帝并赤帝,而有司侍祠焉。山上举火,下悉应之。"第1401页。

③ 《史记》卷二十八《封禅书》云:"天子亲至泰山,以十一月甲子朔旦冬至日祠上帝明堂,毋修封禅。"第1401页。

封禅尚书、周官、王制之望祀射牛事。……上于是乃令诸儒习射牛,草封禅仪。数年,至且行。天子既闻公孙卿及方士之言,黄帝以上封禅,皆致怪物与神通,欲放黄帝以上接神仙人蓬莱士,高世比德于九皇,而颇采儒术以文之。"一面罢群儒,以为其说"难施行",一面又"令侍中儒者皮弁荐绅,射牛行事"。武帝封禅礼仪,非拘泥于一家之言。在这种背景下,能让"武帝异之"的司马相如临终遗书,必然对其封禅有所影响。

班固《东都赋》又云:"宪章稽古,封岱勒成,仪炳乎世宗。"言光武封禅,仪式同于汉武帝。班固为东汉史家,所言不虚。《续汉志》卷七《祭祀上》云:"乃求元封时封禅故事,议封禅所施用。"经群臣讨论后,定其制,"燎祭天于泰山下南方,群神皆从,用乐如南郊"。"祭地于梁阴,以高后配,山川群神从,如元始中北郊故事。""使谒者以一特牲于常祠泰山处,告祠泰山,如亲耕、籍刘、先祠、先农、先虞故事。"光武封禅,用南郊祀天之法,借鉴武帝所行仪式。秦皇、汉武都依郊祀礼封禅,故秦汉封禅实将郊祀天地的礼仪移到泰山、梁父进行,加以封牒、勒石等活动而已。

三、巡狩、封禅与齐鲁文化

巡狩制度本为远古帝王之政治活动,后逐渐具备礼仪文化之功用。[①]后世巡狩、封禅又是合二为一。清唐仲冕所撰《岱览·岱礼》考,古帝王有事于泰山,其典有六种:宗,巡狩、柴、望、血祭、旅,巡狩乃王者巡视诸侯守士,东至岱宗。明顾栋高撰《尚书质疑》言:"帝王巡狩必不能一岁而至四岳,惟泰山为太子亲至,余皆不至其地。泰山唯有明堂可以为证。"言帝王东巡泰山,最为隆重,且常与封禅合二为一。

封禅之礼,起源甚早。《山海经·山经》结语提到泰山封禅之事:"封于泰山,禅于梁父,七十二家。"张守节《史记正义》解释:"此泰山上筑土为坛以祭天,报天之功,故曰封。此泰山下小山上除地,报地之功,故曰禅。"泰山本为远古祭天场所之一,至春秋时期,遂演化为主要祭天场所,为齐鲁之国推崇。《史记正义》引《韩诗外传》言孔子曾登泰山,"观易姓而王可得而数者七十余人,不得而数者万数也。"则封禅之事,孔子甚为留意焉。齐国

---

① 何平立:《中国古代帝王巡狩与封建政治文化》,《社会科学》2006 年第 3 期。

稷下学派所撰《管子》有《封禅》篇,已佚。然《史记·封禅书》有载:

> 古者封泰山禅梁父者七十二家,而夷吾所记者十有二焉。昔无怀氏,封泰山。禅云云,虙羲封泰山,禅云云。神农封泰山,禅云云。炎帝封泰山,禅云云。黄帝封泰山,禅亭亭。颛顼封泰山,禅云云。帝喾封泰山,禅云云。尧封泰山,禅云云。舜封泰山,禅云云。禹封泰山,禅会稽。汤封泰山,禅云云。周成王封泰山,禅社首。皆受命然后得封禅。

历数前代封禅之事。则封禅泰山,已成为春秋间齐鲁文化传统之一,《史记·封禅书》:"泰山东北址有古时明堂处,齐有泰山之明堂也。"也成为政治民间期待之一,这种期待随着儒家学说的传播,成为秦汉时期重要的政治舆论。

《周官》、《礼记》不见封禅言论,《大戴礼·保傅》言:"周成王封泰山而禅梁甫,但其文中言及秦为天子,二世而亡,其文出于汉儒所作无疑。"故先秦典籍本部多涉封禅,《尚书·尧典》、《礼记·王制》虽言天子巡守之事,却未明标封禅之举。故秦皇、汉武封禅,儒生不明旧制,实乃先秦典籍不载封禅。然至秦汉,封禅之说迅速与儒家学说结合,成为儒家政治主张之一。

《史记·封禅书》言:"孔子论述六艺,传略言易姓而王,封泰山、禅乎梁父者七十余王矣。"以封禅为孔门之期待。又云:"自古受命帝王曷尝不封禅?盖有无其应而用事者矣,未有睹符瑞见而不臻乎泰山者也。"以封禅为政治清明之标志,并例具历代封禅之事。受此影响,汉代儒典多有封禅之说。如《公羊传·隐公八年曰》:"邴(祊)者何?郑汤沐邑也。天子有事于泰山,诸侯皆从泰山之下,诸侯皆有汤沐之邑焉。"《穀梁传·桓公元年》:"许田者,鲁朝宿之邑也。邴者,郑伯之所受命而祭泰山之邑也。用见鲁之不朝于周,而郑之不祭泰山也。"公羊高为齐人,谷梁赤为鲁人,封禅由"齐鲁之说"开始变为"天下之说"。而与燕齐方士关系密切的谶纬之说更是屡造舆论,支持封禅。如《河图真纪》:"王者封泰山,禅梁甫,易姓奉度,继崇功也。"《河图会昌符》云:"汉太兴之道,在九代之王,封于泰山,刻石著功,禅于梁甫,退考功。"①因此,当受此影响,武帝即位后,封禅学说开始通过儒生的解读成为一种政治主张。认为国家兴盛,方可议封禅。《汉书·兒宽传》言:

---

① 欧阳询:《艺文类聚》,上海古籍出版社 1999 年版,第 717 页。

> 及议欲放古巡狩封禅之事,诸儒对者五十余人,未能有所定……以问宽,宽对曰……其封泰山,禅梁父,昭姓考端,帝王之盛节也,然享荐之仪,不著于经,以为封禅告成……唯圣主所由,制定其当,非群臣之所能列……上然之,乃自制仪,采儒术以文焉。

只有改制受命,天下太平,方可封禅。由于儒家学说的介入,封禅由较为隆重的祭祀活动,转变为一种具有政治象征意味的最高级别的礼仪活动。《毛诗正义》卷十九:"虽未太平,王者观民风俗而可以巡守。其封禅必太平功成,乃告成于天,非太平不可也。"王充《论衡·书虚篇》中说:"百王太平,升封泰山。泰山之上,封可见者七十有二,纷纶湮灭者不可胜数。"《白虎通义》卷六言:"始受命之日,改制应天。天下太平,功成封禅,以告太平也。"封禅成为儒家政治理想实现的标志,作为太平盛世的象征,逐渐被提高到一个无法企及的高度。

从此以后,封禅作为一个朝代鼎盛的标志,被视为旷世大典。东汉光武在群臣奏言"河洛谶书,赤汉九世,当巡封泰山,凡三十六事……奉图洛之明文,以和灵瑞,以为兆民"后,方封禅泰山,为后世所称道。此后,唐高宗、唐玄宗、宋真宗封禅,皆向天地宣告太平,并祈求护佑。由此而产生出来大量封禅文化,已经成为中国文化史中最为隆重的一章,而泰山也由齐鲁名山,一跃成为天下名山,齐鲁文化也随着封禅大典的举行,被植入中国文化的深层内核。

第三节　《桃花扇》关于孔子"夷夏之大防" 思想的艺术实践

一部作品能否流传,能否产生深远的影响,首先是由作品的题材选取、思想内涵、文学造诣决定的。其次,作者的家世源流、社会地位、政治动向也会起到一定的作用。显然,两者有主次之分。但在特定的情况下之下,有时主次之分相当难分,都各有其无可讳言的,或依稀可辨的种种因素存在。要进行梳理,那是颇为艰苦的工作。我以为孔尚任的《桃花扇》就属于这一种情况。

一

孔尚任与任何元杂剧、明清传奇作者的家世源流截然不同,因为他是被封建社会尊奉为"万世师表"的孔子的第六十四代孙。

"万世师表"决不是一个抽象的形容词,在中国长达二千年的封建社会历史时期,孔子的学说被平民百姓尊奉为修身、齐家的基本原则,被历代历朝的帝王尊奉为治国、平天下的主要依据。也就是说,孔子的学说经过多年来的继承和发展,已经成为中国传统文化最主要的组成部分,其影响无所不在,政治、经济、社会等各个方面无不以孔子的学说为核心。这是客观存在,无可争辩。

话说回来,孔子的学说内容非常丰富,涉及面相当广阔,单就政治思想领域而言,则是夷夏之防与君臣大义。孔子明白地说:"夷狄之有君,不如诸夏之无君。"在孔子心目中,制礼作乐,促进全社会文明是头等大事,抵御北方游牧民族的入侵则是前提,否则一切努力都是白费的。

承平时代,夷夏之大防,只是一个理论问题。但在宋亡元兴、明亡清兴这两次改朝换代之际,则成了一个十分具体的不得不面对的实际问题。坚持抵抗,恪守夷夏之大防,大节昭然。不得已而求其次,隐遁山林,足迹不入城市,采取不合作对策,也能得到理解、谅解。至于张弘范之降元、洪承畴之降清,当然和夷夏之大防之原则是背道而驰的。

明末清初顾炎武、黄宗羲、王夫之等一批知名学者,都在一定程度上介入了抗清的武装斗争,他们的学术论著也都带有相当鲜明的民族意识,对当时的文人影响很大。

修订或撰述明代史籍史料,唤起人们的怀旧的民族感情,或者用诗歌抒发对明代灭亡的哀痛,稍一不慎,不仅会招致灭门之祸,有的还株连九族。孔尚任看到了,不敢蹈此复辙。要他保持绝对的沉默,他也难以做到。在极度矛盾之中,他选择了写《桃花扇》,因为词曲一直被认为是"小道",被重视、注意的程度远不如诗文,所冒的风险也许比较小一些,安全一些。

孔尚任写《桃花扇》的动机也可能有复杂的一面,抒写对明朝灭亡的哀痛,或者如他自己说的"借离合之情,写兴亡之感"仅仅是动机之一。乡试未中,对企盼学而优则仕的孔尚任来说,可以说是一种打击。今后怎么办?

他面临严峻的局面。隐居石门山，实际是被迫的。他完全知道古代文人走终南捷径的不少，以退为进，用隐居博取名声，也可能得到更顺利地进入官场的通道。写《桃花扇》同时炫耀一番才华与文采，那又是一举两得了。他的《告山灵文》结束时说："俾居者安善其体，明哲其心，既不贻讥北山，又不……"。那是因为孔稚珪的《北山移文》讥笑周颙隐居不久，就出山为官了。孔尚任声明他不会学周颙的样。这句话颇有此地无银三百两的意味。

而所谓"借离合之情，写兴亡之感"，也经不起检验。所谓"兴亡"，当然是清兴明亡。《桃花扇》写了众望所归的史可法无力制止马士英、阮大铖倒行逆施，贪鄙享乐，江北四镇的相互火併，南都有正义感的文人都受到残酷迫害，这种种都是"亡"的一方面的景象。清军杀进扬州、攻占南都等等场面当然不能写，实在万不得已要出现"清兵"字样时，也改用了"北兵"的称谓。可见他出写《桃花扇》颇有如临深渊、如履薄冰的惶恐之感。

二

孔尚任隐居的时间很短促，不到两年，便出山了。

中国历史上每一个王朝更替都是成者为王，败则为寇而结束。群雄纷争时，失败者大多兵败身亡。朝代更替时，亡国之君沦为阶下囚，命运亦惨。但是，曲阜的孔府、孔庙、孔林却是十分特殊的国中之国。孔子嫡传的子孙中每一代都有一位衍圣公。也就是说，孔子是圣人，每一代也都有一位世袭的圣人，在政治上享有种种特权。

当时的衍圣公孔毓圻曾请孔尚任出山为其夫人治丧，并修《孔子家世谱》、《阙里志》。康熙二十三年，皇帝来曲阜祭祀，孔尚任为之讲经导游，很受赏识。孔尚任本人将经过情况写成《出山异数记》。他讲了《大学》的第一节和《易经》的第一节。其内容确实与"夷夏之大防"无直接联系，孔尚任讲的时候也尽量迎合康熙皇帝的心意，所以被破格任命为国子监博士。

尽管孔尚任的《出山异数记》对康熙的歌功颂德可以理解，但是毕竟做得过分了。尽管讲《大学》、《易经》也只能迎合康熙的立场、观点，但是他也做得过分了。可以说把孔子学说中的略有民主思想、民族思想的内容全都删除了、篡改了。并且显得卑躬屈膝，多少有点失去人的尊严。更何况孔尚任不是一般的文人，而是孔子的六十四代孙呢？所以有的人就为之困惑不解,《出山异数记》和《桃花扇》好像很难设想是同出于一人之手。

我们应该知道,孔尚任是乡举落第才归隐石门的。由于孔子的"夷夏之大防"观念的深入人心已久,作为孔子的六十四代孙更不可能例外,要忘记也忘记不掉,之所以才写《桃花扇》。但他的"学而优则仕"的想法并未因改朝换代而改变,所以用世之心仍然强烈。他无时无刻不在等待用世的机会。

乡试中式,一举成名天下知,自然是进入官场的康庄大道。可是,天下举人有的是,有的县分,同科的举人多达四五人,并不罕见。而御前讲经,确是千载难逢的良机,而且仅选了他孔尚任一人。他当然要尽最大可能取得康熙的好感,绝对不能错过。所以他的讲经,根本不是什么学术活动,无异一次单独一个人参加的殿试。与殿试不同的是,他和康熙有更多的对话、交流的机会。孔尚任没有错过这个机会,他成功了。国子监博士,品级不十分高,却是全国拔尖的知识分子的导师也。

进京就任国子监博士,是一桩大喜事。此时此刻,孔尚任走到了十字路口,面临严峻的选择。决定从此一心一意攀升的话,继续设法再谋取康熙的好感,也不失为识事务的俊杰。有了御前讲经的资本,有了国子监博士这块踏脚板,似乎到六部衙门弄个郎中以上的官职并不难。石门山中写成初稿的《桃花扇》就不必再去加工了。把稿子焚毁,不留下痕迹,则更保险。另一条路则反是,如果严格遵守"夷夏之大防"而进行反思,他会觉得御前讲经并不是什么光荣,作为孔子第六十四世孙,他的应举、讲经,都感心中惭愧,在孔子牌位前抬不起头来。找一个借口,称病辞掉国子监博士,再进石门山,继续写"借离合之情,写兴亡之感"的《桃花扇》。

孔尚任没有弄懂孟子说的鱼与熊掌两者不得兼的道理,他两者都要。国子监博士,很清高的职位,他决不放弃,进京上任。《桃花扇》呢?他已倾注了明亡之痛的浓烈感情,而且在艺术上也作了许多努力,尤其语言文字,更展示了才气和才华,也不能放弃,要继续加工。于是携稿进京。对孔尚任来说,无异带着镣铐跳舞,当然很艰苦。

根据三纲五常,君臣之大义,孔尚任御前讲经,受到殊荣,他在《出山异数记》中,对康熙皇帝的感恩图报之心几乎到了肝脑涂地在所不惜的地步,当然这一位国子监博士是忠到极点的忠臣。问题并不如此简单,一般满族、蒙族的臣僚,对康熙皇帝的效忠比较单纯,其情况大致相当于汉族臣僚对待汉族皇帝相似,这中间少了一层隔阂。当时效忠于康熙皇帝的汉族臣僚有一大批,但他们不是孔子的嫡系后裔,更没有在曲阜御前讲经的经历。他们固然脑海深处也有"夷夏之大防"的烙印,但比较浅比较淡,而孔尚任不同,这个"夷夏之大防"的烙印由于万世师表孔子是他的直系亲族而显得特别深刻,此时的效忠康熙又显然很难说成是和"夷夏之大防"的道理相吻合的。孔尚任陷入了思想上的尖锐矛盾而无法自拔,他之所以"戴着镣铐跳舞",自有其必然性。

孔尚任把《桃花扇》初稿带到了北京之后,一开始并未引起广泛的关注,如他的《桃花扇·小引》所说:"今携游长安,借读者虽多,竟无一句一字着眼看毕之人,每抚胸浩叹,几欲付之一火。"孔尚任要浩叹的原因何在呢?因为如人们不仔细阅读《桃花扇》,则难免对他产生误解。炫耀才华,仍是次要的问题。他很希望北京的士大夫们都知道新来的国子监博士有着强烈的兴亡之感,对已成为历史陈迹的朱明王朝仍旧怀念着的,他渴望这种理解或谅解,以求得内心的暂时的平衡。但是,他失望了。

事情总是错综复杂的,《桃花扇》此时没有引起广泛的关注,他虽失望,而"夷夏之大防"和"君臣之大义"的矛盾也因此而暂时冻结而没有进一步激化。

三

康熙二十五年,南巡之际,发现不仅黄河、淮河水患仍旧严重,高邮一带也洪水泛滥,于是派工部侍郎孙在丰负责疏浚河道,以利出海。不知康熙皇帝是如何考虑的,孔尚任也被安排在孙在丰手下,协助其工作。

事情就是这样了,这样的安排对孔尚任来说,为他加工修改、充实《桃花扇》提供了一个极好的机会。因为当年写作初稿时,他主要是参考了《樵史》《绥寇纪略》等史籍以及侯方域、钱谦益、杨龙友、吴伟业等人的诗文集,此外,"族兄方训公"、"舅翁秦光仪先生"也口述了些许明代崇祯末年的情况,虽然材料不少,孔尚任仍旧缺乏切身的感受,所以觉得比较单薄。如今南下治河,他决定工作之余尽可能实地考察一下扬州、南京一带的当年战争遗迹,并访问仍健在的遗老隐逸,使得《桃花扇》所写史实得到进一步的校对,如有真切动人的细节,亦考虑有选择地写进作品。所以,他随孙在丰出发时,当然也把《桃花扇》的初稿带在身边了。这一切,康熙皇帝自然不可能知道,孙在丰和其他官员也无从知悉,只有他自己心里明白。

治河的工程线拉得非常长,所以住宿在何地也不是很固定,好在基本上是在扬州、昭阳(兴化)周围。孔尚任的设想一开始便遇到了困难。残垒、空壕、荒村等等,完全可以去凭吊,但遗老隐逸,一听说这位治河官员原来就是写过《出山异数记》的孔子六十四代孙,便有些卑视和厌烦,不愿接待。也许正是《桃花扇》初稿逐步扭转了局面。黄云(仙裳)是第一位接待孔尚任的隐士,通过黄云的介绍,他以后又结识了许承钦(漱雪)、李清(映碧)等人,而且彼此之间都建立了深厚的友谊。

孔尚任和遗老隐逸谈话的主要内容不是治河,不是一般的朝政或闾里琐事。康熙二十八年,孔尚任随同蔡铉升等多人在南京冶城道院集会赋诗,基本上以隐逸为主。孔尚任的诗有这样四句:"正好吟诗传茗椀,无端吊古拂苔砖。道人丹药寻常事,只有兴亡触后贤。"他们所谈的主要是"兴亡",而孔尚任的《桃花扇》则是"借儿女之情,写兴亡之感"的,正好对得上口。也就是说,他们每一次集会,无异为孔尚任办了一次《桃花扇》的历史题材研讨会。

康熙二十七年,许承钦、黄云、邓汉仪、孔尚任诸人集会,所谈的"兴亡"十分明确就是清兴明亡的内容:

> 开瓮墙头约,天涯似耦耕。柴桑闲友伴,花草老心情。所话朝皆换,其时我未生。追陪炎暑夜,一半冷浮名。

此诗被孔尚任编入《湖海集》,诗后复有邓汉仪注:"漱翁以八十四老人,诗酒之兴不减。一夕快谈,差销旅寂,然不堪为门外人道。"看来这次聚会,人不是很多,所以谈了些冒犯朝庭忌讳的事情,不能外传。具体的究竟是哪些事情,无从得知。清兵攻破扬州之后的连续十天的大屠杀等等也很可能,史可法严拒多尔衮的诱降等等也有可能。如果传扬出去,肯定要引起灾难。孔尚任听了,材料是否能用,则不一定。但是,对于"兴亡之感"能起强化作用、膨化作用是没有疑问的。

孔尚任在扬州,不止一次到了梅花岭,展拜史可法的衣冠塚。也都留下了诗篇。第一首是《九日同人邀梅花岭登高分韵》,另一首题为《梅花岭》。清廷为了缓和民族矛盾,旌表了一批为明尽忠报国的将士,史可法也在内,鉴于史可法遗骸已无法可查找,士民为其在梅花岭上立了衣冠塚,朝廷也未干涉，但也未妥为保护，所以没有多久，就倾废了，再没有人来修缮。孔尚任不禁为之长叹。《桃花扇》中《沉江》一出写史可法之死感人至深，决不是偶然的。孔尚任笔下，史可法是全剧中最忠义、最正直的英雄人物。他在史可法身上倾注了无限深情，这种深情是长时期积累的。

在南京，他去拜访了足迹不履市街的龚贤（半千）。龚贤是著名的画家，也是诗人。明亡以后，他过着与世隔绝的生活。对满族的入主中原，他在自己的诗中表示了强烈的忿慨。孔尚任的来访，他接待了。孔尚任有《虎踞关访龚野遗草堂》：

> ……我来访衡门，其年已老寿。坐我古树阴，饱我羹一豆。娓娓闻前言，所嗟生最后。……

所谓"前言"，就是谈从前的事情，也就是关于兴亡的事情。这正是孔尚任迫切希望得到的材料。他所访问的另一位遗老是张薇，《白云庵访张瑶星道士》一诗，最后几句是：

> ……埋名深山巅，穷饿极淹塞。每夜哭风雷，鬼出神为显。说向有心人，涕泪胡能免。

张薇本为明代锦衣，明亡入山，大有不食周粟的气节。他每夜痛哭，亡明的列祖列宗、史可法等壮烈殉国的英灵，又在他脑中、眼前一一出现。谈到这些，他们两人不免痛哭流涕。又说："数语发精微，所得已不浅。"看来孔尚任确实从中有了感悟，于是把他写进了《桃花扇》。用他出场，向割不断花月情根的侯方域、李香君指点迷津，结束这一悲剧。

也许是孔尚任为《桃花扇》的加工修改所进行的采访工作，范围相当大，在文人之间成了话题，所以传播了开来，所以此时隐居在故乡如皋的耆老冒辟疆，居然主动来找晚辈孔尚任，向他介绍当年南京的种种情况。应该说，这次冒辟疆的来访，而且在一起长谈多日，所起的作用极大，因为此人在甲申、乙酉之际，是南京著名的风流才子，和侯方域、李香君、杨龙友，乃至柳敬亭等都熟悉之至，他所说的当然是亲身经历的第一手材料。从后来孔尚任写给冒辟疆的书信中，可以证明孔尚任对他的万分感激之情。

对于历史遗迹，他在南京去瞻拜过明孝陵、明故宫，也去过栖霞山、秦淮河，寻找当年的秦楼茶馆所在地的板桥。这一切，不仅进一步引发了兴亡之感，使得他在抒发兴亡之感时能够非常形象化而引起人们的共鸣。

孔尚任既然是带着《桃花扇》南下的，我们不能排除他随时作些增删、修改的可能,但集中的修改是在康熙二十六年(1687年)八月进行的。我们有理由相信,康熙二十九年(1690年)孔尚任返京,继续担任国子监博士时,《桃花扇》许多唱词和孔尚任在扬州、兴化、南京时所写诗词在内容上、思想感情上,甚至在用词造句上相似、相同之处很多。兴亡之感的抒发恐怕也已达到某种极限,再不稍事收敛,难免文字狱的灾难了。

四

孔尚任从南方带回北京的《桃花扇》二稿,兴亡之感更强烈了,这是问题的一个方面。另一方面,则为舞台实践铺平了道路。因为孔尚任是在遗老李沂的关注之下进行修改的,李沂把先人留下的枣园给孔尚任住下来,让他安心写作。李沂的族兄李映碧显然也到过枣园,有所介入。十分值得注意的是,当时并不仅仅在文字上、回目上的推敲与增删,还曾有伶人参加了排练,用以检验舞台实践的效果。因此,《桃花扇》初稿是案头之曲,二稿则是场上之曲了。

再说孔尚任的诗文日益得到好评,他在治河期间,康熙南巡到了治河工地,还特地召见,慰勉有加,更提高了孔尚任的身价。于是,四年前颇受冷遇的《桃花扇》的命运立刻随之发生明显的变化。《桃花扇·本末》说:"王公荐绅,莫不借钞,时有纸贵之誉。"更主要的是朱门豪宅都竞演此剧,达到了"岁无虚夕"的程度。

《桃花扇》在传抄,在上演,孔尚任没有料到的是康熙皇帝亲自过问此事了。如《桃花扇·本末》所说:"己卯秋夕,内侍索《桃花扇》本甚急,予之缮本莫知流传何所,乃于张平州中丞家觅得一本,午夜进之直邸,遂入内府。"此一情节,实际有破绽。《桃花扇》之传抄者愈众,原作者孔尚任更不可能自己手边反而一本也没有,因为传抄并不是征集文物,完全可以从他人抄本转抄,孔尚任时时在关注自己的剧作,更绝不可能自己手边一本也没有。

从内侍向孔尚任索本子,到把本子让内侍带回宫中,已是"秋夕"到了"午夜",经过了两个时辰,即四个小时了。这四小时中,孔尚任做了手脚。他完全明白,事态的严重性,大概有人告了密。皇帝此番派人来要本子,决不是为了娱乐,为了丰富宫中的演出剧目,而是要亲眼看看《桃花扇》究竟怎样处理明亡清兴的历史。乍办呢？唯一的办法只能把可能写得太尖锐的地方改掉一些删掉一些，于是推托家中已无本子，让内侍等着。等到删改告一段落，再凑成一个本子，由内侍带回去。

写明亡清兴的历史，题材本身决定了绝对不讨好。站在康熙皇帝的立场，顶好不提、少提清军入关到基本上消灭各地反抗清代统治的武装，统一全国的任何事件。即使完全站在清朝的立场，也写不好，否则的话，他早就派人写这一种题材的传奇剧本了。

而《桃花扇》是孔尚任最初根据曾在明崇祯朝为官的亲属口述的回忆写出的初稿，孔尚任南下治河期间又走访了一大批遗老、隐逸，凭吊了一批见证兴亡的历史陈迹，引起了许多感慨，流了许多伤心泪，然后写出来的二稿。即使经过细心的删改，康熙看了仍旧极不满意是必然的。

不处分孔尚任的话，也不好，《桃花扇》显然在激发人们的反朝廷的感情。将孔尚任置于文字狱，原只要吩咐一下，大狱立刻就构成了。但也难处，孔尚任不是一般的文人，他是孔子的六十四代孙，这样做真比投鼠忌器还麻烦，影响很不好。如果像别的文字狱那样株连家族呢？麻烦更大，那岂不要把衍圣公也处死了吗？那真牵动大局了。所以暂时没有处置。隔了一定的时间，等孔尚任就任户部广东清吏司员外郎之后，才罢他的官。

《桃花扇·本末》所说："凡三易其稿而书成，盖已己卯之六月也。"实际是指的他仓皇之间删改之后，送到内府去的这部稿子。既然这样定了下来，所有的传抄之本当然也只能依照此本而删改了。刘中柱有《观桃花扇传奇歌》，许多情节为现在传世的第三稿所无，那就是那天夜里被孔尚任临时删改掉的部分。

对于罢官，孔尚任显得矛盾之至。《放歌赠刘两峰寅丈》说："命薄忽遭文章憎。"酬答田舜年的诗说："《离骚》惹泪余身世。"显然已经意识到是《桃花扇》闯了祸，但又仍不时认为遭受了冤枉而忿忿不平，真可谓书生气十足。

五

《桃花扇》是悲剧，对孔尚任来说，他写作《桃花扇》也是悲剧。

从另一角度看，正如孔尚任在《桃花扇·小识》中所说："传奇者，传其事之奇焉者也,事不奇则不传。"孔尚任在文字狱遍天下的康熙年间写了抒发"兴亡之感"的《桃花扇》,确实"事之奇焉者也"。孔尚任并未被处死,也属"事之奇焉者也"。《桃花扇》必将永久流传那是毫无疑问的。

作为孔子六十四代孙,他为康熙御前讲经时,没有提"夷夏之大防",他自己觉得为清朝廷效劳,尽了"君臣之大义",自己做得尽善尽美了,这也是自我欺骗、自我安慰而已。康熙皇帝显然不这样认为。

他的《桃花扇》的写作,并予以完成,则在特定的十分严峻的形势之下,用传奇的形式为其祖先孔子的"夷夏之大防"的政治思想、政治理论在艺术上的相当完美的实践,这在中外古今的戏剧史上是绝无仅有的一例。但在当时,孔尚任未必意识到这一点。

第四节　孔尚任的创作思想与民族意识:《桃花扇》与《出山异数记》的微妙关系

一

中国的封建社会时期基本上以儒家的学说为经国济民的主导思想,于是,儒家学说的创始者孔子被尊奉为"万世师表",历朝历代的皇帝都要举行祭祀孔子的典礼,以表示其尊敬、崇拜之虔诚。正因为封建统治者对孔子的态度已经远远超越了对一个学者、一个思想家的尺度,而且兼带了相当强烈的政治色彩、宗教色彩,在这种情况之下,孔子的家属成了享有若干特权的家族,孔子的故乡曲阜也享有特殊的优渥待遇。

封建皇朝有兴衰,一国之君南面而坐,称孤道寡不可一世。一旦失势,或被俘而北面称臣,或被杀戮,甚至尸骨无存。古往今来,莫不皆然。与封建皇朝成鲜明对照者为孔府,其嫡系中立一"衍圣公",代代相传,完全不受封建皇朝更替之影响,始终享受着各个封建皇朝给予的特权。祭奠孔子的庙宇称为孔庙、安葬孔子及其后裔的墓园称为孔林,衍圣公的府第称为孔府。孔庙、孔林、孔府在某种程度上说,即使不能说是国中之国,也是始终保持着特殊地位的一个幅员辽阔的特区。

孔尚任是孔子的第六十四代孙,虽然不是衍圣公,但祖辈一直居住在曲阜,迄未他迁,确是孔子的嫡系,而且他本人和衍圣公始终保持着密切的关系。应该说,孔尚任也是得到封建皇朝优渥待遇的孔子后裔之一,不过最初这情况并不明显。

孔尚任不是农民或商贾,而是饱读诗书的读书人。不言而喻,他对《四书》、《五经》的研读比一般封建文人要深入得多,决不仅仅能背诵其中某些章节,或是仅仅能摘录某些句读,加以引伸写成一篇八股文而已。当然,他完全能清晰地记住:"君为臣纲,父为子纲,夫为妻纲"的三纲是孔子学说的主要组成部分。他也不会忽略孔子十分强调地提出:"夷狄之有君,不如诸夏之无君"、"微管仲,吾其披发左衽矣!"那么,这一点显然又是"三纲"的一个前提,既然"夷狄之有君,不如诸夏之无",在夷狄之君统治之下,首先要做的事情就是"尊王攘夷",而不是对夷狄之君俯首听命的种种。

这一番道理,孔尚任不是不知道,对他来讲,存在着难以解决的矛盾,无法对付的困难。因为,他生于清顺治五年(1648年),长大成人时,清代的统治者基本上已平定了各地反清的武装斗争,此时此刻,他即使想投奔反清的民间武装,也是难以如愿的。摆在他面前的两条路,一条是他在传奇《桃花扇》中所歌颂的归隐山林之路,其实质乃是与清代统治者不合作,属于消极的抵抗。一条是他在传奇《桃花扇》所斥责的侯方域的做清代顺民之路。究竟何去何从?孔尚任内心不能不对之反复思考。

由明入清的思想家如顾炎武、黄宗羲、王夫之等人的行动和理论在当时影响还是很大的:顾炎武在南京沦陷后,与归庄等起兵抗清,未能打开局面。清廷仍试图弁以官职,为其所用,他坚决拒绝。他说:"君臣之分所关者在身,华夷之防所系者在天下。"也是鲜明地主张"华夷之防"是前提,然后才能谈"君臣之分",主次不可混淆。王夫之也曾在湖南衡山抗击清军,后归隐衡阳石船山,誓死不出仕清廷。他认为"天下之大防有二:夷狄华夏也,君子小人也"。反对清代的统治毫无保留。孔尚任自然也会得到这一些信息,引起思想上的震动。作为孔子的第六十四代孙,反而置"夷夏之大防"于不顾,一心追求"学而优则仕",总觉得不够理直气壮。

但是,孔尚任自父亲去世之后,又连年歉收,自己成家了,生计相当艰难。又似乎只有走"学而优则仕"这条路才能走出困境。徐振贵《孔尚任年表》记载如下:

　　　　二十岁　康熙六年(1667年)

于此之前,成为秀才。

三十一岁　康熙十七年(1678 年)

是年八月,在济南,乡试未中。九月,游石门山,欲选胜结庐,隐居其中。……

我们必须注意的是,他"乡试未中",然后才产生隐居的想法。这和一般的隐士的情况完全不同,上面说到的王夫之,朝廷要他出山,他坚持民族气节,不为高官厚禄的优渥条件所动摇,遂以隐士终其一生。而此时此刻的孔尚任因为"学而优则仕"这条路走不通而去隐居,实际上并没有什么意义,也不会引起社会或官府的注意。也就是说,他的"隐居"既没有解决自己思想上的问题,也不能解决家庭生计的困难。在万般无奈中,他又于 34 岁那一年,亦即康熙二十年(1681 年),典田捐纳国子监生。仍旧希望能通过这一台阶而进入官场。典田,近乎孤注一掷。许多监生都终其一生未能补上官职,至多只是免于被人欺侮罢了,因为监生和平民之间社会地位多少有些差别的。这数年之间,留下的诗文不多,他的思想上的波动,演变究竟如何,后人很难加以猜测或判断。

二

孔尚任的所谓"隐居"石门山,实际上是在这山水佳胜的地方暂时住了几年而已,他的种种行动,都不是一个隐士的思想活动所能解释的。例如他把山中某几处分别命名秋水潭、萧然亭等等,完全是大官员巡视州县地方时故作风雅的姿态。《游石门山记》将结束时,居然说:"年饥,萑苻不靖,则居处难;地僻,贤豪不至,则赏识难;僧懒,募丐不力,则建造难;吏远,护持不及,则生植难。"可以说荒唐到了极点,真正打算隐居的人,入山唯恐不深,对物质生活、居住条件一无所求,而孔尚任则希望官府最好能派人来保护,寺庙中的和尚募化大量的钱财,修造些亭台楼阁。而且认为缺少名人经常来访问也不好。说到底,这些看法相当庸俗可笑,真令人费解。

也许正因为他的隐居不是出于内心,而是故作姿态,所以自己也无信心和决心。《告山灵文》说:"倘不为山灵所薄,相我以底于成,奋其神勇,时时去夫猛独暴厉之物,俾居者安善其体,明哲其心,既不贻讥北山……"则更为想入非非,希望山灵"奋其神勇",震慑一切飞禽走兽,不去冒犯他这位隐士。

正因为他对隐居无信心和决心，终于隐藏不住内心的秘密而漏了底，"既不贻讥北山"，实际上乃是"难免贻讥北山"的潜台词。孔尚任借用南朝孔稚圭的《北山移文》为自己掩饰言行不一的尴尬。孔稚圭写此文是嘲笑友人周颙表面爱好栖隐，实质热衷名利。说周颙隐居之处，"将欲排巢父，拉许由，傲百氏，蔑王侯。风情张日，霜气横秋"，似乎清高无比。一旦朝廷聘任他为高官，则又兴高采烈，眉飞色舞，流露出了本来面目。正因为作者是假托山灵的身份写此文的，所以《北山移文》拒绝假清高的周颙再次入境，而以"请回俗士驾，为君谢

逋客"作结。据说周颙并未隐居北山，孔稚圭此文乃是游戏笔墨。但是终于成了刻画、鞭挞假清高文人的名篇。孔尚任还有《买山券》一文，说"买子之山，受子之券，上下四旁，天人咸愿，诺渝约移，劫灰亿万！"用发誓诅咒表示买山隐居的决心，有一次暴露了内心的矛盾游移。隐居与否，是个人的自由，入山不出，也用不着多说什么豪言壮语。反复的声明，恐怕主要是说给别人听的。对本人来说，根本没有任何约束作用。

话说回来，孔尚任不安心于隐居，也不完全是想在宦途飞黄腾达，作为孔子的六十四代孙，他的"兴亡之感"始终无法淡化，因为虽然此时各地反清武装基本上已被消灭，但是甲申、乙酉之际的许多惨烈事迹仍被陆续挖掘出来，不胫而走，四处传播。例如嘉定县进士黄淳耀从未出任过官职，城破之日，不顾寺僧劝阻，仍自缢而殉明。又如毛聚奎作《舆人皂人丐人传》，写轿夫、皂隶、乞丐分别因清兵入南京、入江阴与李自成攻破北京时而自尽，诸如此类的旧闻、新闻，都令孔尚任震惊，安不下心来。因为这种"兴亡之感"毕竟不是一般的兴亡，而有其独特的内容，兴的是夷狄的清朝，亡的是华夏的明代也。孔尚任总觉得应该做些什么事，就这样老于林壑，于心也有所不甘。

然而，又能做些什么事呢？康熙二年（1663年），浙江湖州庄廷鑨编印"明史"一案，被康熙皇帝扩大成为中国历史上空前规模的文字狱，作序者、校补者、印刷者、售书者、买书者皆遭株连，被处死七十余人。看来，搜录晚明史料也十分危险。像顾炎武、黄宗羲、王夫之那样潜心学术研究，鼓吹"民为贵，社稷次之，君为轻"的思想，也被朝廷视之为洪水猛兽，随时随地会遭拘捕或杀害。

《桃花扇·本末》说:"族兄方训公,崇祯末为南部曹,予舅翁秦光仪先生,其姻娅也。避乱依之,羁栖三载,得弘光遗事甚悉,旋里后数数为予言之。"隐居石门山,孔尚任少了许多亲友的往来,但是"族兄方训公"对他所讲的那些弘光遗事却更能引起他的兴亡之感。抒发这种兴亡之感,以引起广泛的共鸣,成了孔尚任的强烈愿望。用什么方法、什么形式抒发这种兴亡之感,孔尚任作了审慎的思考。

十分可能考虑到:戏曲受舆论的重视远不如史学论著或文章、诗词,一般都认为词曲是不登大雅之堂的小道,勾阑瓦舍中演唱给社会中下层人士娱乐一番而已。孔尚任选择用传奇抒发他的兴亡之感,主要是觉得在政治上的风险相对地小一些。当然也不是绝对没有,他开始写作之前,就要求自己下笔时务必掌握好分寸,绝对不能让"夷夏之大防"这种思想明显暴露出来。

唯一的办法,尽可能不写清军,尽可能不写清军在扬州、嘉定的血腥暴行,不写清军攻进南京时的场面。当然,也只能侧重地写一写弘光朝政权的腐败、福王的荒淫无能,歌颂歌颂社会下层的歌妓、艺人以及贩夫走卒们的铮铮铁骨。究竟如何下笔,仍是一道难题。

三

顾彩的《桃花扇序》说:"云亭山人以承平圣裔,京国闲曹,忽然兴会所至,撰出《桃花扇》一书。"把《桃花扇》的定稿时间作为初稿写作时间了,更为令人费解的是把写作动机故意不提,说成是"兴会所至",好像是偶然发生的事情。

孔尚任本人是如何说的呢?《小引》:"盖予未仕时,山居多暇,博采遗闻,入之声律,一句一字,抉心呕成。"这是康熙己卯(1699年)所说。《本末》:"予未仕时,每拟作此传奇,恐闻见未广,有乖信史,寤歌之余,仅画其轮廓,实未饰其藻采也。然独好夸于密友曰:'吾有《桃花扇》传奇,尚秘之枕中。'"这是戊子年(1708年)写了《小识》之后若干年写的。《小引》与《本末》两者写作时间相距甚久,孔尚任始终坚持《桃花扇》初稿是当年隐居在石门山中写的。

这个问题是一个至关重要的问题,也就是说,孔尚任究竟在什么情况之下,引发了强烈的兴亡之感。两次都强调了"予未仕时",很值得注意。说明他这位孔子六十四代孙,在他成长的环境中,在家庭的气氛中,"夷夏之大防"的观念是与生俱来的,但由于改朝换代,这种观念一方面要尽可能隐藏而不外露,而此起彼伏的反清武装斗争和大大小小的文字狱,又使他的"夷夏之大防"的观念在脑海中进一步强化与激化。这种矛盾心情使他陷入极端的苦闷之中。为生活计,应考清廷的科举,孔尚任本来就有着近乎委曲求全的意味。乡试不第,他忍无可忍,"兴亡之感"成了他这一时期思想活动的主要组成部分乃是必然的。

在孔尚任看来,应乡举是一种妥协,乡试落第,意味着妥协也未能找到出路。此时此刻,孔尚任对朝廷的不满情绪油然而生,也不想一直把兴亡之感埋在心理深处,有了形之于笔墨的冲动。这是写作《桃花扇》的动机。

使人难以理解的是他另一方面居然又作了一次进一步的妥协,那就是变卖田地捐监生一事。那些读书不多的中小地主,通过科考困难之至,朝廷为之留了一条不大光彩的小路,孔尚任书读得不少,应该说是饱学之士,文笔也还练达,居然迫不及待地也去捐监生,实在有点见不得人。他写信给好友顾光敏说:"弟近况支离可笑,典尽负郭田,纳一国子监生。倒行逆施,不足为外人道,然亦无可告语者。"他的这些做法说明了他的思想上充满了关于出处、进退、得失的种种矛盾,所以表现得多变莫测。

《桃花扇》的第五篇序为《考据》,因为《本末》强调了"族兄方训公""得弘光遗事甚悉,旋里后数数为予言之。证以诸家稗记,无弗同者,盖实录也。"《凡例》又说:"朝政得失,文人聚散,皆确考时地,全无假借。"应该承认,在《桃花扇》之前,还没有任何戏曲作品如此重视历史事件的本来面貌的,孔尚任的确尽可能按照历史的真相写了。个别事件或其细节与历史事件的本来面貌有出入,那是因为不能不回避某些人物、某些场面,如果让清军统帅多尔衮出场,无论如何处理,都难既符合文献记载又不得罪朝廷。孔尚任为证明《桃花扇》的忠实于历史,特地写了《桃花扇》的第五篇序,曰《考据》,把他所依据的历史文献,开了一个详细的目录,计有无名氏《樵史》、侯方域《壮悔堂集》、贾开宗《四忆堂诗集》等等著作,绝大部分并列出了引用章节的细目或诗文标题。他之所以这样做,固然证明动笔时之慎重认真,也有可能考虑到一旦引起政治风波,能有一个借口,减轻罪责。

这样一种说法,在中国戏曲史上,尚无先例。引用史料、诗文,确实都有出处可查考、对证也。我们可以从中得知，比到一般作品的写作，比到一般历史题材作品的写作，所花的时间也一定更多。他和顾彩合作写成的《小忽雷》是唐代的故事，距孔尚任有千年之久，康熙年间的公卿百官不见得熟悉，孔尚任反而没有开列详细的参考文献的目录，那是因为《小忽雷》与"兴亡之感"无关，不会由此引发论争乃至狱讼也。

《桃花扇》的写作既然如此的难以下笔，既然要花费大量的劳动去查对史料，那也只有在石门山隐居时具备这个条件。所以他说"山居多暇，博采异闻"，就是这个道理。

如顾彩所说："京国闲曹，忽然兴会所至"写了《桃花扇》，在逻辑上无法自圆其说。首先，因御前讲经，受到康熙皇帝赏识，破格被提拔为国子监博士，他感恩图报还来不及，不会忽然想到去写"兴亡之感"的《桃花扇》的。不过当初曾经写了《桃花扇》，他花了不少心血，对之颇有感情，也不愿中途而废，希望征求好友的意见，作一番加工润饰，这也是人情之常。

再说，国子监博士的官职来之不易，虽然品级不太高，甚至无权无势，但他肯定要全力以赴，尽可能做出成绩，才能站稳脚跟。因为在国子监中的太学生都知道孔尚任的底细，都知道他出任国子监博士的经过。他没有出色的表现，不可能服众。在这种情况之下，他怎能专门搜集晚明史料、诗文，去从零开始写作《桃花扇》呢？

四

写"兴亡之感"，明末清初之际，题材有的是，要提防文字狱，首先应该避免正面反映战争场面，尤其清军大屠杀的场面。其次，像刘宗周、黄宗羲等人物，固然与那些大大小小的战役没有直接联系，但他们的言论慷慨激昂，也都涉及时局。至于史可法等所统领的军队与之交战的对方主要的就是清军，当时即将渡江直接威胁南京的也是清军。刘宗周、黄宗羲等人的话题基本属于这范围。这样，剧本的框架就无法结构。

至于"借离合之情，写兴亡之感"，乃是孔尚任想出来的好办法。那就是主要写男女之间的风花雪月，通过他们的悲欢离合，抒发兴亡之感。比直面写"兴亡之感"自然安全一些，风险稍稍少一些。然而一接触具体的人物、事件，也会感到困难。因为亡的是明，兴的是清，要把夷夏问题，也就是民族矛盾全部掩盖起来,几乎是不可能的。

被孔尚任选中的是侯方域和李香君的"离合之情",这一题材可取之处在于:侯方域写过《癸未去金陵与阮光禄书》《答田中丞书》《李姬传》,余怀《板桥杂记》也有关于李香君之记载。拒嫁田仰乃是戏剧性极强的情节,而且恰恰未明确写出李香君最后之归宿,反而给了孔尚任可以比较自由处理的方便。

侯方域这个人在明亡清兴的过程中并不是没有介入,而是介入了,但又没有直接领兵反抗,也没有追随钱谦益、龚鼎孳等投降派,也没有出卖陈贞慧、吴应箕等以取利禄,从孔尚任的视角来看,正是最理想的角色。

孔尚任之所以选择侯方域,还有一个更主要的更微妙的原因,他自己不一定明确地意识到了,即使意识到了,也无法、也不可能作实话实说的陈述。那就是侯方域的应清廷科举,中了副榜。后来又筑壮悔堂,并编著《壮悔堂集》这件事,别的人也许不可能像孔尚任这样重视,这是因为孔尚任本人的经历和侯方域有某种相似之处,当然感受深切得多了。

他的应试本来就是无可奈何的选择,乡试落第,竟去捐监生,出此下策,孔尚任有了更多的悔恨,如何去发泄、表达这种悔恨呢?他没有学侯方域,再构筑一座壮悔堂,那太愚蠢了,而且这样做也杜绝了今后仕进的道路。于是,他最后决定这部传奇以侯方域为主角,以侯方域、李香君的爱情故事为贯穿全剧的主线。对于侯方域,他既有一定程度的同情和谅解,也有一定程度的批判,十分微妙。实际上也是对他自己的应清廷科举、乡试不第后捐监生等行为的自我宽慰和谅解,又是一种很难察觉的自我批判。可以说《桃花扇》这部传奇就是孔尚任的壮悔堂,不仅表达了他的悔恨,而且充分发挥了他的才华。

作出了写侯方域、李香君的爱情故事的决定之后,对于框架结构,对于出场人物,他开始具体的设计。既然不写史可法以及左良玉、黄得功诸人抗清的壮烈事迹,既然不写多尔衮率清兵南下的血腥杀戮,唯一可写的只有弘光朝廷内部马士英、阮大铖辈的作威作福、贪鄙享乐和对复社文人的报复和拉拢了。

马士英、阮大铖是一方面,陈贞慧、吴应箕、侯方域等是另一方面,迫害者与被迫害者之间当然有必然的关系,但这种关系往往也相当复杂,不能简单化。孔尚任想到了圆滑处世的杨龙友,此人八面玲珑,又是经常出入秦淮河畔众歌妓家的常客,好像是天生为《桃花扇》这个传奇剧本而准备的角色,当然大可利用。

杨龙友是著名画家,正好让他在剧中一展所长,于是孔尚任进行一个看来是细节,却十分重要的虚构。所谓"独香姬面血溅扇,杨龙友以画笔点之。"这一传闻,孔尚任无法"证以诸家稗记",只能说成是"此则龙友小史言于方训公者。"于是,不仅有杨龙友这样一个上蹿下跳的人物贯穿全剧,又有了一柄桃花扇贯穿全剧,在这一点上,孔尚任不愧为传奇创作的奇才。当然,杨龙友桃花扇一事也有可能真有,被孔尚任抓住,也是不简单的。

五

康熙皇帝是一个相当能干、精明的皇帝,他完全明白要使努尔哈赤家族的统治牢固地维持下去,单凭血腥的文字狱这一手远远不够,应该兼用怀柔的一手,交错使用,才能有良好的效果。

事实证明,已经有一批汉族的大臣在为他忠心耿耿地效劳了。因为游牧民族毕竟有文化上的限制,要治理这样一个版图超越满洲四五倍以上的历史悠久的大国,非得要进一步使用汉族文人不可。他也深知中国传统文化的核心是孔子的学说,而孔子学说的经典是《大学》、《中庸》、《论语》、《孟子》等《四书》,以及《诗》、《书》、《礼》、《易》、《春秋》等《五经》。

而且康熙皇帝更明白孔子坚决提倡的"夷夏之大防",然后,在这一前提之下,提倡"君臣、父子、夫妇"的"三纲",然后"修身、齐家、治国、平天下"。他是绝顶聪明的人,身为入主中原的出身"夷狄"之君,他的唯一办法是在回避"夷夏之大防"的前提之下,倡导孔子的学说。在这一个问题上,康熙皇帝和他手下一批汉族的大臣彼此早已有了心照不宣的默契。

为自己树立一个文治武功双全的形象,进一步尊孔是必不可少的步骤,而在曲阜的孔林,御驾亲临祭孔的碑碣也不少,不言而喻,这些碑碣对那些曾来祭孔的几位历代皇帝也起了美化的作用。康熙皇帝不仅决定亲临曲阜祭孔,而且决定把规模在一定程度上有所扩大,借此机会表示一下对汉族知识分子的重视,那是一举两得的事情。

衍圣公孔毓圻必须考虑,如何接待康熙皇帝? 这是一件十分光荣而又相当艰巨的任务。因为从血统来说,他是孔子嫡传六十七代孙,从政治地位来说,在曲阜,他可以和康熙皇帝双肩而行,他乃是唯一具有此特权的人。趁此机会,他还可以向康熙皇帝提出某些有关曲阜地方福利,甚至某些孔门后裔的待遇的愿望或要求。这都不在话下。问题是衍圣公的地位是血统决定的,与学术无关。而历代衍圣公如何接待祭孔的皇帝,都有文献档案的记录,衍圣公孔毓圻不一定熟悉。康熙皇帝来到曲阜,会提出什么学术问题更无从猜测,无从准备。他左思右想,想到了孔尚任。因为这两年以来,孔尚任应他之请求,出山为他治理了夫人张氏的丧事,又执笔修订了《家谱》和《阙里志》,还参加了一次祭孔大典,都表现出了丰富的学识,而且办事井井有条,众人咸皆信服。

由于孔毓圻的推荐,在康熙皇帝曲阜祭孔的活动中,孔尚任担当了三项重大任务。

一、为康熙游览孔庙、孔府、孔林作导游。康熙也知道秦始皇焚书坑儒之后,古文《尚书》是从鲁恭王墙壁中发现的,命孔尚任指点"鲁壁"遗址给他看。孔尚任说:"当秦始皇焚书时,九世祖孔鲋就将《尚书》、《论语》、《孝经》藏于壁中。到了汉代,鲁恭王要扩充宫殿,乃拆除这座墙壁,发现了这一批竹简。"接着孔尚任马上歌颂:

> 但经圣恩一顾,从此祖庙增辉,书之史册,天下万世,想望皇上尊师重道之芳躅,匪直臣一家之流传。

于是随从大臣王熙、孙在丰、高士奇等立刻随声附和:"孔尚任所奏甚是。"又如康熙题写了一首《过阙里诗》,当然也不知是哪一个大臣代笔的,孔尚任又抓住机会,阿谀奉承了一番:

> 从古帝王过阙里,惟唐明皇有五言律诗一章,止叹圣主衰周,有德无位,而全无悦慕赞美之辞。伏睹御制新篇,超今轶古,景仰圣道,不啻羹、墙。臣何家幸,膺兹宠锡,谨世世守之,奉为典谟焉。

这一类话,当然都很讨康熙的欢心。

二、祭孔大典的仪式的制订和主持。孔尚任在这数年之间,应衍圣公孔毓圻之邀,从事《圣门乐志》之修订,对宫调有了较深的理解,并认识了各类乐谱,这是相当专门的知识了,例如声乐谱、琴谱、瑟谱、笙谱、埙谱、箫谱、凤箫谱、双管谱、洞箫谱、笛谱等等,他在书中都绘制了精确的图。他又绘制了《钦颁文庙舞谱》,可以说对整个一套祭孔大典的程序熟悉之至。他修订的《阙里新志》卷七则是《祀典志》,历代的祭孔大典情况,孔尚任一清二楚,所以不会发生任何差错。康熙皇帝为了要显示自己的文化修养,事先有了充分的准备,发现一切完全合乎规范,当然很高兴。对孔毓圻、孔尚任都有了好感。

三、御前讲经。按理说,这并不是历代帝王祭孔时的活动。康熙为了表明对孔子的学说特别尊重,也想趁这个机会进一步对汉族的知识分子实施他的怀柔政策,所以要求孔毓圻安排两个孔门家族分别宣讲儒家经典。听讲的,不仅有康熙,还有大学士明珠、王熙,礼部尚书伊桑阿,礼部尚书介山以及内阁学士、翰林院掌院学士与都察院、国子监的高官等一大批人。孔尚任讲的内容是"大学之道,在明明德,在亲民,在止于至善"。原是康熙指定的,孔尚任初步写出提纲之后,又经过康熙的审阅。当然完全依照康熙的要求而讲,使康熙觉得十分满意。

皇帝前来祭孔,衍圣公及孔门宗族当然要非常隆重地接待,一切活动的安排自然要按照历来相传的制度、规定有条不紊地进行。对于皇帝的所作所为、所说的话,衍圣公及孔门宗族自然也只能歌颂,更何况康熙皇帝这次到曲阜行动举止都无可挑剔。因此,孔尚任所说的阿谀奉承的话也不能说不对,不这样说,似乎也找不到更恰当的语言,一直沉默,也是对皇帝的大不敬。

但是,孔尚任完全明白孔子的学说固然强调了君臣、父子、夫妇这三纲,但实际上"夷夏之大防"乃是一个不能或缺的前提。而康熙皇帝则是夷狄入主中原之君,而他孔尚任本人在应举落第之后,出山之前,隐居石门山中时,还撰写了"借儿女之情,写兴亡之感"的《桃花扇》,对明代之亡,表示了无限的沉痛。因此,我们完全可以想象孔尚任在为康熙导游时、参加祭孔大典、御前讲经时,肯定会有非常剧烈的思想斗争,而这种思想斗争又绝不能用诗文记载而留下白纸墨字的痕迹,只能是一个永远的谜。

后来,孔尚任又把这一段经历写成了《出山异数记》,人们很难相信,此文与《桃花扇》同出于一人之手笔。两百年来引起种种猜测和论争,自有其必然性。他为什么要写《出山异数记》,非常值得探讨。

六

孔尚任虽然迫切希望进入官场,所以他在乡试落第后捐了监生,如今遇到康熙皇帝如此赏识他,感激涕零,是必然的。被破格提拔为国子监博士,原已幸运之极,决不可能再破格提拔了。此时此刻,他却写了记载当时侍候康熙全过程的《出山异数记》,对于自己的过分阿谀奉承毫不掩饰,反而作了有声有色的描绘。引起了后人的种种议论和猜测。

正是因为《出山异数记》使稍有民族思想的文人难以容忍,难以理解,所以也有人认为《桃花扇》和《出山异数记》都是孔尚任效忠康熙的铁证,不过文章体裁不同而已,前者是传奇,笔法比较隐晦曲折,后者是散文,用了第一人称,表达得更直截了当。要澄清这个问题,要从《桃花扇》初稿的写作时间、《桃花扇》的题材和主题、《桃花扇》的客观效果、孔尚任被罢官的下场四个方面加以探讨:

孔尚任萌发写作《桃花扇》的念头决不是凭空忽发奇想,他完全知道"夷夏之大防"为孔子政治思想的核心。"夷狄"之君入主中原,他在思想感情上非常痛苦,当时抗清的民间武装基本上已被朝廷逐一消灭,孔尚任即使要想参加武装抗清队伍也无法实现。为了生计,他强迫自己委曲求全,参加科举考试,却又乡试落榜,对朝廷难免有怨恨之心。觉得入山隐居,与朝廷不合作,也是一种消极的反抗,对于自己的良心,似乎也是一种安抚,这才进入石门山隐居。与世俗拉开了距离,他有充分时间阅读明史,并回忆当年方训公对他谈起的许多南都旧事,于是情不自禁,写了《桃花扇》初稿。当时,他并未受到康熙皇帝的恩宠,怎可能想到用《桃花扇》向康熙皇帝效忠呢?

如果要用《桃花扇》向清廷效忠,难度极大。即使康熙皇帝来亲自设计,用传奇剧本表现这一题材,也找不到理想的方案,因为这是根本不可能的。再说兴亡之感,在一般情况之下,也可能对兴、对亡的两皇朝的感情接近于平衡,那则是怀旧而已。但在当时,明代朝野士大夫壮烈殉国者比比皆是,贩夫走卒民族意识至为强烈,作殊死斗争者亦多。《桃花扇》绝不能起消解民族矛盾、淡化民族意识的作用,对民族矛盾、民族意识,不啻是火上加油。

再说《桃花扇》的客观效果。《本末》说:"然笙歌靡丽之中,或有掩袂独坐者,则故臣遗老也;灯炧酒阑,唏嘘而散。"这是在已故户部尚书李霦家中演出的情况。刘中柱《观〈桃花扇〉传奇歌》:"登场傀儡局面新,提起秦淮旧时事。听吹玉笛拨檀槽,悲悲切切倾香醪。红灯焰冷明月暗,满庭落叶商风号。"这固然是孔尚任已罢官后的演出情况,但是任何一次演出也都可能呈现这种气氛。对康熙皇帝来说，他当然很不愿意看到、听到。

如果说《桃花扇》果真能适应清代统治者的需要，那么观众应该会欢欣鼓舞地对待明代的灭亡，故臣遗老又何必唏嘘而散呢？又何以会呈现"红灯焰冷明月暗，满庭落叶商风号"的凄凉、伤感的气氛呢？

最能说明问题的是孔尚任最后在户部广东清吏司员外郎任上被罢官了。孔尚任被提拔为国子监博士之后，在仕途上一帆风顺，由于康熙南巡祭孔时，他的表现无懈可击，给康熙留下了比较深刻的印象，再加上那篇阿谀奉承无微不至的《出山异数记》，孔尚任再逐步攀升至侍郎、尚书这一级高位，并非决不可能。孔尚任即使糊涂，或一时愚蠢，也不会认为《桃花扇》能讨康熙的欢心，而使自己更快地飞黄腾达也。罢官，说明了康熙对孔尚任的失望和厌恶。事情发生在"己卯秋夕，内侍索《桃花扇》本甚急；予之缮本莫知流传何所……午夜进之直邸，遂入内府"之后，当然是《桃花扇》闯的祸了。

那么，孔尚任究竟为什么要写《出山异数记》呢？出山之后，为什么仍旧紧抱着隐居石门山中写的《桃花扇》不放呢？这是一个矛盾的反映，一方面孔子的"夷夏之大防"的思想已深深植根，一方面仍迫切希望循"学而优则仕"的道路在仕途上节节攀升。他希望鱼与熊掌都能得到。

有人曾经设想，孔尚任的《出山异数记》的写作有一种无法表明的苦衷，并不仅仅限于谋求较高的官职，而是深恐《桃花扇》触犯朝廷大忌时，任何罪责、罪状都有可能降到自己身上，那时康熙也许会顾念《出山异数记》所反映的孔尚任对他无比忠心而网开一面，从轻发落。应该说，这种设想也有一定的道理，不过目前我们还缺少可以作证的诗文或其他材料。

这一可能性不能排除，因为孔尚任的一生始终贯穿着这一个主要矛盾，他出山之后，怀念石门山、怀念隐居生活的诗歌不少，隐居乃是与朝廷的不合作，尤其《桃花扇》结束时，秦淮名妓都是在栖霞山出家的。清初史学家全祖望为隐士们写了大量传记，都高度评价了他们的民族气节。在某种意义上说，《桃花扇》是隐居石门山时所作，怀念石门山、怀念隐居生活，也是孔尚任思想上念念不忘《桃花扇》的必然表露。

七

　　孔尚任于康熙二十五年（1686年）随工部侍郎孙在丰南下兴修水利，因为工程进展甚慢，孙在丰被召回，朝中另派大员继续进行，孔尚任则继续原来的工作。因此，他在扬州、海陵、南京等地逗留了三年多，到康熙二十九年（1690年）才回到北京，在国子监仍任原职。

　　他在扬州、海陵、南京等地看到了一些明末清初两军交战的遗迹，例如堡垒、战壕等等，这些地方有的还能看到丢弃掉的马鞍、盔甲、残缺的兵器，使得他对于《桃花扇》的规定情景有了较丰富的形象思维。更重要的是他这三年多时间之内接触一大批明代的故臣遗老和坚守气节的山林隐逸，他们都是亲身经历改朝换代这一场巨变的，所见所闻，又往往是诸书所未记载的珍闻秘史，当然都是孔尚任十分希望得到的。这些材料，即使事件本身无法写进传奇，对于营造气氛也是大有裨益的。

　　可以这样说，当年孔尚任在石门山中写《桃花扇》初稿时，他手边固然已有不少稗官野史可作参考，从方训公那里也听到了一些传闻。而现在他的感受要真切得多，他亲自到了清军进行"扬州十日"大屠杀的扬州，到了史可法衣冠冢所在地梅花岭，到了侯方域、李香君相爱时所居住的秦淮河畔媚香楼，到了秦淮诸名妓明亡后出家为尼的栖霞山，还有莫愁湖、牛首山、燕子矶等处，在这种情况之下，感到《桃花扇》初稿写得不够具体、不够深刻，要加以修正、补充，那是必然的。根据他自己的记载，《桃花扇》二稿是康熙二十六年（1687年）完成的。也许是真的，但是，这一年只可能修改、补充了一部分，更多的加工、修改必然是他到了南京，作了较多的采集寻访工作，包括和南京的故臣遗老隐士等等的密谈之后去做的。

　　《桃花扇》的《余韵》，孔尚任在唱词方面对传统的程式有所突破，一共有三组唱词，仅仅《哀江南》是按照昆曲的常规用了南北曲的北曲双调，而第一组《问苍天》，则是用的"巫腔·神弦歌"体制，第二组《秣陵秋》，又是"盲女弹词"。两组都不是昆曲常规唱的南北曲，这在其他传奇作品中实属罕见。孔尚任之所以如此处理，恐怕是为了可以不受、少受南北曲韵的曲律、定格的拘束，而便于他更无保留地吐露满胸臆的感慨。

　　在《桃花扇》原著中，《问苍天》是副末张薇所唱，唱的是"老夫的心事",如"乱离人,太平犬,未有亨期"、"地难填,天难补,造化如斯"等等,都是一股怨愤之气,所以苏昆生说:"妙绝! 逼真《离骚》、《九歌》了。"不言而喻,兴亡之感相当强烈。

而《秣陵秋》的兴亡之感则相当具体,而且列举了大量史实,首先标题便引人注目,因为早在顺治三年(1646)或稍晚,明末著名大诗人吴伟业就写过名为《秣陵春》的传奇,借托南唐亡后徐适与黄展娘的爱情故事而对明代之亡表示了无限的沉痛和哀伤。孔尚任当然知道,再写《秣陵秋》,是需要一定的勇气的。

《秣陵秋》的构思奇特之极,从表面上看,是写的古名秣陵的南京的沧海桑田的变迁史,或者说是历朝历代的兴亡盛衰史,实际上并非如此。一开始为:"陈隋烟月恨茫茫,井带胭脂土带香,骀荡柳棉沾客鬓,叮咛莺舌恼人肠",分明是写陈后主被隋所灭时,与爱妃张丽华躲在井内,仍被隋兵寻到而成为俘虏的故事,一下子便写到了"中兴朝市繁华续,遗孽儿孙气焰张",笔锋直指弘光朝廷的马士英、阮大铖这一批民族败类的罪行。往后,这一类的例子还继续出现。到了下半截,仿佛是在为整个朱明王朝发表感慨,但是重点仍在南明弘光朝的乙酉年。用"哪知还有福王一,临去秋波泪数行"结束,严格地说,这并不能算兴亡之感,因"福王一"亡了,关于"兴",也就是清军入南京,一笔未提也。

"龙钟阁部啼梅岭,跋扈将军噪武昌,九曲河流晴唤液,千寻江岸夜移防"。说的是史可法以身许国,但是无人肯听指挥,他回天乏术,马士英、阮大铖不能抵御清军,却热衷于阻止左良玉的移兵东下。再次深深慨叹南明的灭亡。

八

《桃花扇·小引》说:"今携游长安,借读者虽多,竟无一句一字着眼看毕之人,每抚胸浩叹,几欲付之一火。"原因何在? 首先是题材与主题在政治上太敏感,所以虽然有人借读,却从未有人认认真真读完。实际上那些借读之人未必真的没有看完,因为怕说了什么,将来万一发生文字狱,担心受到株连,推脱没有看完,不谈任何意见、感想,原不失为稳妥的办法。再就是对孔尚任感到完全不理解,甚至居心叵测,因为《出山异数记》对康熙皇帝的歌功颂德已经到了饱和点,已经到了一般文人难以容忍的极限,这样一个孔子的六十四代孙实在令人失望,但居然又写了兴亡之感的《桃花扇》,似乎有悖世情常理,所以读了剧本之后也不敢向作者吐露任何感想。到康熙己卯(1699 年)三月为止,情况就是这样。

《桃花扇》的第三篇序为《本末》:

> ……然独好夸于密友曰:"吾有《桃花扇》传奇,尚秘之枕中。"及索米长安,与僚辈饮宴,亦往往及之。又十余年,兴已阑矣。少司农田纶霞先生来京,每见必握手索览,予不得已,乃挑灯填词,以塞其求;凡三易稿而书成,盖己卯之六月也。

当时情况究竟如何? 孔尚任为何要如此提法? 我们无从猜测。可以肯定的是《桃花扇》开始被官场、士大夫注意、重视,田雯起了重大的作用。田雯与孔尚属同乡,年龄则长孔尚任十余岁,对孔尚任的才华比较欣赏,后来历任右佥都御史、巡抚贵州兼理湖北、川东等处提督军务等高官,很可能孔尚任曾向他吐露过一些内心深处的秘密,因此,他对孔尚任较别人更多了解,因此便在官场中开始表扬孔尚任的《桃花扇》了。田雯文学艺术修养颇高,也有这方面的雅兴,但是他对《桃花扇》情有独钟,可能还有别的原因。

姑不谈孔尚任写《出山异数记》之动机,写成公之于众之后,孔尚任的思想活动肯定十分复杂。他极可能有保身家性命之企图,一旦《桃花扇》成为政治事件,希望康熙顾念他的效忠姿态而手下留情。但是是否因为写过《出山异数记》感到耻辱,而涤除此耻辱别无良法,到处口头解释也无法讲明白,而在《桃花扇》中加强民族意识的渲染乃是最高明的一着,唯有如此,士大夫们才会相信孔尚任并不是一心谋求名利的人,依旧是念念不忘孔子"夷夏之大防"的孔门后裔。也就是说,在一定程度上他的《桃花扇》反而又成了他应考清廷科举、御前讲经、写出《出山异数记》等不太光彩的经历的一座忏悔堂了。

对于田雯来说,他相当受康熙信任,既爱孔尚任的才华,又对孔尚任有所了解有所同情,这才在官场中开始吹嘘《桃花扇》。田雯的官做得相当大,品级应该是从二品上下,权势不小,他既然极度欣赏,于是,如《本末》所记载"王公荐绅,莫不借抄,时有纸贵洛阳之誉"。康熙的耳目密布朝野,一切动静均有人随时向他汇报,更何况是一部"借儿女之情,写兴亡之感"的戏,而且出之于因御前讲经而被破格提拨的孔尚任的手笔,也可能为康熙意料之所不及,也可能康熙为之困惑不解,一查问之下,听得的情况难免使他惊异,当然想亲自看一看本子,方知底细。于是出现了"内侍索《桃花扇》本甚急"的一幕。

康熙看过《桃花扇》之后不满意是必然的,会采取什么办法对待作者、对待这部传奇,孔尚任无法预测。吉乎?凶乎?他也会感到凶多吉少,但"凶"到什么程度?则无从猜测。也许,他仍旧存在幻想,希望凭借孔子后裔的身份、御前讲经的荣誉、《出山异数记》所表示的极度恭顺继续在政府中逐步升迁。也是凭借这几个有利条件,《桃花扇》在康熙处能通过,使他蕴藏在内心深处的"夷夏之大防"的思想感情得以充分发泄,并由此影响一大批观众、读者。孔尚任终究是书生,他的想法依旧是单纯了些,或者说是太天真了些。当然,他的担心、忧郁时刻萦绕心际,无时无刻不在震撼他的灵魂,使他寝食难安,但又不得不强自镇定。实际上,面临此一尴尬处境,要镇定下来,似乎是不可能的。有人说孔尚任的一生是"攘夷"与"忠臣"思想矛盾的统一,其实并非如此。在孔尚任那里,"攘夷"与"忠臣"两种思想从未统一过,始终在斗争,不过有时比较和缓,有时十分强烈而已。

九

《桃花扇》被太监带回宫中之后,一下子并没有什么反应,包括孔尚任本人在内,许多人都以为已经被康熙默认了,悬着的心放了下来。事情总有出人意料的变化,孔尚任居然还从宝泉局监铸而被提升为户部广东清吏司员外郎,但仅仅做了半个月不到,罢官了。表面上的理由是他在宝泉局监铸任上工作没有能尽职,恐怕并不是实际的情况。

一开始,孔尚任对于罢官的原因毫不知情,定下心来,再和周边友人一再交流,这才有所感悟,知道准是文字闯的祸,他的诗、文写得不少,究竟是哪一篇哪一首呢?他十分纳闷。不知孔尚任是假装糊涂,还是聪明一世,糊涂一时,他的任何作品哪有比《桃花扇》更犯忌的呢?看来最后孔尚任也认识到了这一点。徐振贵著《孔尚任评传》之《罢官前后》有这样一段话:

> "进之直邸,遂入内府"。传说,数日之后,康熙便召见孔尚任。他
> 正在殿外恭候,忽听背后传来脚步之声,回头一看,却正是康熙,便连忙
> 下跪叩首,说道:"小臣该死。"康熙将手里拿着的《桃花扇》一扬,只说

了一句"先生笔下留情!"便转身而去了。

此一传说从孔尚任在世时开始,经后裔流传至今,颇能说明不仅孔尚任本人感觉到了《桃花扇》闯了大祸,其子孙也有类似的判断。

当然,问题并没有认真展开。为康熙皇帝设身处地打算,他处理《桃花扇》这一传奇,处理孔尚任这一人员都有一定的难度。首先,事情完全出乎意料,写《出山异数记》的孔尚任一副俯首贴耳的恭顺样子多么可爱,居然又写了"兴亡之感"的《桃花扇》,这简直不可思议,但却是千真万确的事实,白纸黑字,读来触目惊心,简直是无法无天了。不能不给他一点颜色看看,否则,岂不是弄得天下大乱了。

再兴一场文字大狱,并不困难,但孔尚任并不是一般的文人,他是孔子的六十四代孙,杀了他,就是杀了孔子的后裔,势必影响多年来朝廷尊孔子、崇尚儒家学说的政策的推行。再说,孔尚任是衍圣公孔毓圻推荐的,如果定孔尚任重罪,势必株连衍圣公也要治罪,那是崇尚儒家学说的中国从未发生过的大事,后果不堪设想。不将衍圣公孔毓圻治罪,这个孔毓圻也无地自容,肯定会发生其他变故。康熙左思右想,难以处置。毕竟他是极端聪敏的人,用一个无关紧要的罪名,罢了孔尚任的官,以了结此一事件,乃是不是办法的办法,他就这样办了。

孔尚任一开始还为罢官而呼冤,恐怕是故作姿态。后来明白了是文字闯的祸,但并未明指《桃花扇》,那是将计就计,正好让《桃花扇》在北京等处仍有更多的演出机会。当然,虽未明令禁止,孔尚任的被罢官,还是对《桃花扇》的演出泼了几瓢冷水的。又根据徐振贵《孔尚任评传》的考证,孔尚任被罢官后,去见一再为《桃花扇》给予种种帮助的田雯,田雯却一反常态而不接见,颇能说明田雯也是认为孔尚任的罢官是《桃花扇》触犯了康熙,此时此刻,他如果接见孔尚任,说任何话都不适当,所以干脆不接见,以免自己也卷进漩涡。

《出山异数记》这篇文章,康熙肯定有印象,但是是否因这篇文章而从轻发落孔尚任呢? 现在还找不到证据。孔尚任同时写了《桃花扇》和《出山异数记》,确实无法解释。孔尚任本人究竟是如何想的,这是永远的谜了。

第五节　王渔洋与洪昇、孔尚任、蒲松龄的友谊和《聊斋志异》评论

清代康熙一朝的中国文学高峰时期,名家林立,灿若繁星,还同时出现了四位一流文学巨匠:王士禛(1634—1711 年)、蒲松龄(1640—1715 年)、洪昇(1645—1704 年)和孔尚任(1648—1718 年)。其中三位是山东的诗人作家,显示着山东文学在康熙时期处于中国的领先地位。当时地位最高、影响最大的是王士禛,他与同时的三大家洪昇、孔尚任和蒲松龄都有深厚的友谊和文学交往。其中,洪昇是王渔洋的门生,蒲松龄是诗文挚友,王渔洋与孔尚任则是"平生风谊兼师友"亲近关系。

蒲、洪、孔三人中,渔洋与洪昇相识最早。洪昇为谋科举,寓居京华,以渔洋为师,是渔洋著名的门生之一。洪昇论诗和作诗都深受渔洋的影响,《渔洋诗话·洪昇问诗法》记载:

> 洪昇昉思问诗法于施愚山,先述予凤昔言诗大指。愚山曰:"子师言诗如华岩楼阁,弹指即现;又如仙人五城十二楼,缥缈俱在天际。予即不然,譬作室者,瓴、甓、木、石一一须就平地筑起。"洪曰:"此禅宗顿、渐二义也。"①

渔洋论诗主张"神韵",愚山论诗主张"功力"。他们分别信奉禅宗顿、渐二义,由此则可见,洪昇尊奉渔洋的顿悟派神韵说是非常坚定的。

洪昇一生潦倒,经历非常坎坷,始终得到渔洋的热情关怀和帮助。中年时突遭"家难",受到极重的打击。他的"家难"究为何事,至今是一个谜,当时也仅个别人得闻其详,而渔洋即为其中之一。后因编演《长生殿》而开罪康熙,被迫离京回乡。离别时渔洋特作《送洪昉思由大梁之武康》长律,除大表惜别之情外,其中"亦知贫贱世看丑,耻以劲柏随蓬科",批评京城趋炎附势的恶俗世态,赞称他的孤高品节;"耳语似鄙程不识,骑危解笑公叔痤",追述他们谈古论今和讥评社会不平的往日情谊,最后四句:"名高身隐恐难得,丈夫三十非蹉跎。朝廷正须雅颂手,待汝清庙赓猗那",对洪热情鼓励,劝其不断进取,不要蹉跎人生,在客观上对康熙的作法作了批评。渔

---

① 《渔洋诗话》卷中。

洋在晚年还惦念说:"昇,予门人,以诗有名京师。遭家难,流寓困穷,备极坎壈,归杭,年余五十矣。甲申,自苕霅归,落水死。其诗大半经予点定,不知其子能收拾否?"①从此语中亦可见他对洪昇诗作的指导作用。

王渔洋与孔尚任是非常知心的朋友。在他们正式结交之前,孔尚任即对这位大诗人极为敬佩和心仪。康熙二十六年(1687年)春三月三日,孔尚任与诸名士宴集扬州红桥修禊,回忆起渔洋当年在扬州为官时的风流年华和诗词佳作。渔洋《居易录》云:"丙寅、丁卯间,曲阜孔东塘以浚河至扬州,题诗红桥云:'阮亭合是扬州守,杜牧风流属后生。廿四桥头添酒社,十三楼下说诗名。曾维画舫无闲柳,再到纱窗只旧莺。等是竹西歌吹地,烟花好句让多情。'"阮元《广陵纪事》卷七介绍:"红桥为诗人聚集之地,王阮亭、宋荔裳皆尝觞咏于此。后孔东塘在广陵时,上巳日,招同吴园茨、邓孝威、费此度、李艾山、黄仙裳、宗定九、宗子发、查二瞻、蒋前民、闵宾连、王武征、乔东湖、朱其恭、朱西河等共二十四人,红桥修禊,赋诗纪事。"

康熙二十九年(1690年)十一月,王渔洋与孔尚仁定交。孔尚任官卑位低,郁郁不得志,后又因故被罢官,陷入贫困之境。渔洋出于重德爱才之心,始终平等相对,而且恩情有加。渔洋如有嘉筵常邀他同席共叙,尚任于此十分感激,温馨的友谊慰藉和温暖了这位贫病诗人枯寂凄凉的心。

渔洋一直关心着作为文物收藏家的孔尚任的活动和有关创作。如记载"户部主事孔尚任东塘有《龙卵联句》,云:燕市得一卵,其坚如石,圆尺有三寸,鹅子形,色类渍象牙,遍体鼋点,有纹蟠结如蛟螭状;古云龙蛇卵有鼋点,蛇圆、龙长,龙卵经火不毁,试之良然。"②又如:"国子博士孔尚任东塘,精于音律,常得汉玉羌笛、唐制胡琴各一枚,形制古雅,自为跋刻之。又尝于慈仁寺市得前代内府琵琶二,赋诗曰:'乔木世臣事已革,零书破琴存故国。每逢旧物重摩挲,必诘此物何从得。庙市曾收两琵(仄)琶,制作不同各臻极。其一龟锦裹周身,剪犀镂牙如楼织;背上双纽蹲盘螭,盈尺曲柄一玕珥饰;云揪作面波涛生,三十六峰更奇特;横挟不起斜按难,满轮明月遮胸臆。其一瘦削美人肩,螳螂匙头蜻蜓翼;水波雷文到四边,碎砌檀槽百衲式。异宝妆成两树花,牡丹秋菊真气逼。不似螺绚非砗磲,剔珠填漆无颜色。次第传观

---

① 《香祖笔记》卷九。
② 《居易录》,《带经堂诗话》卷十六。

反复猜,旁有老伶长太息:前朝琵琶属教坊,玉熙宫中数承直;方响前列琵琶随,一派韶音扬舜德;先皇顾曲爱繁弦,天府之藏示乐职。大者名为大海潮,南宋流传今到北;四弦弹动殷殿庭,却疑腕中万斛力。小者断从万历初,内府金钱费千亿;年年风露催白头,才人怀袖声啾唧;听来恰似秋蝉吟,针锋细字将名刻。大声宏亮小声清,雄鸣雌和无差忒。龙锦囊中只两张,旧时中侍皆能识。可惜沦落在市尘(疑当作廛),四十八年尘渍黑。折轴断品谁安排,玉带银拨漫拂拭。有腹无弦诉怨难,抚今怀古中心恻。造者前王毁者谁,甲申三月遭流贼。'"①

　　渔洋在孔尚任受冤去职、生活落入困顿后,不时给以接济,还不时邀他一起饮酒做诗。如康熙三十五年(1696年)渔洋奉命祭告西岳,归后,冬,渔洋招庞垲、龙燮、黄元治、汪楝园、孔尚任等集饮邸舍,分韵酬倡。庞垲《从碧山房诗集四》卷四有《丙子冬日,王阮亭先生归自秦蜀,招同龙雷岸、黄自先、汪楝园,孔东塘饮宅中,用右丞"抱琴好倚长松"为韵分赋得松字》诗,诗云:"岳渎千古灵,秦蜀万里道。主公祭告归,行装何草草。置酒招故人,高言展怀抱。是日大雪交,黄花犹未老。灯前态转佳,发兴恣幽讨。古来六言诗,君家右丞好。主客数既叶,分赋各属稿。初更月已沉,六市人如扫。他宴逝不留,此宴弥倾倒。顾盼惜群贤,谁忍归独早?"渔洋有时也亲临孔寓探望,尚任有《王阮亭先生过访寓斋》记其事,以表感慨之情。渔洋在尚任困难时,主动地饥馈赠米,雪中送炭,对他关怀备至。康熙四十一年(1703)孔尚任作《谢阮亭先生送米炭》长律,描写自己在"早餐大如军国谋"、"饿腹雷鸣从者散"的这样狼狈的困境中不意有一次外出后,"归来屋角起青烟,竟与邻家争早爨。入屋琴书稳在床,更有乌金对白粲。此物奚来老眼明?名刺赫赫在书案,新城清风天下闻,乃有大被暖铁汉。诗穷还待诗人疗,诗人以外堪长叹!"表达自己得到渔洋接济的感激之情。

　　由于渔洋对尚任有如此真挚深厚,罕与伦比的情谊,故而尚任对渔洋的爱戴崇敬也极其真挚深厚并念念在心。当尚任在渔洋任职旧地旅游时,也会情不自禁地思念渔洋起来。如《西江月·平山堂怀阮亭》:"花事清明五度,衣香人影匆匆。(一作"几度平山高会,词成人去堂空。")风流司李管春风,又觉扬州一梦。杨柳千株剩绿,芙蕖十里残红。重来谁识旧时翁? 只有

---

① 《居易录》,《带经堂诗话》卷二十二。

江山迎送!"这样的怀人词作,千金难求,更何况是孔尚任这样的一代大家出自肺腑的思念、赞美之作。而渔洋是受之无愧的。

孔尚任被迫离京还乡时,作《留别王阮亭先生》长诗一吐怨苦,并对渔洋多年一贯的友情和关怀表示由衷的深切感谢。诗中"挥泪酬知已"一语,充分表达了对渔洋给他的无比深厚的情谊的感激之情。

康熙四十九年(1711 年)渔洋逝世后,孔尚任特赴新城吊唁,送别这位情谊真挚高贵的诗友。他们两人持续了 20 年的友谊虽因渔洋的逝世而告终,但孔尚任始终怀念这位真挚的友人和杰出的诗人。

王渔洋与蒲松龄建立了至死不渝的创作友谊,他们的持久友谊还建筑在王渔洋对蒲松龄的诗文和《聊斋志异》真纯而又出色的评价之上,王渔洋是蒲松龄的知音。这样的友谊是世界上人与人之间崇高、纯洁的感情的出色典范,令后人称羡赞美不已。

渔洋年长松龄六岁,两人年龄相近,但相识很晚。两人初会于康熙二十六七年,那时渔洋已五十四五岁,松龄也已年近五十了。两人早已互相闻名,初会即"花辰把酒一论诗",此为蒲松龄《王司寇阮亭先生寄来近刻,挑灯吟诵,至夜梦见之》诗中追忆的一句。从诗题知,渔洋常寄诗作给蒲翁,蒲翁对之思念之情极深,乃至日有所思夜有所梦。这是因为蒲松龄相识王渔洋之时,正处于人生道路和小说创作都十分困难之境。当时蒲翁科举频频失利,一直在秀才阶段徘徊,兼之家境贫困,只能以坐馆为生涯,而且前程依旧极其渺茫。当他初识这位心仪已久,文名贯耳的大诗人、大名士、文坛宗师王渔洋时,渔洋平等待人、爱才识才的风度,立即赢得了蒲松龄的极大信任,他将自己所有的重要的创作成果,从诗文到小说,倾囊取出,恭敬地请渔洋鉴赏品评。

渔洋一贯慧眼识人,以识拔、谕扬受困厄的才子为己任。他认真阅读了蒲松龄的诗文作品后,认为蒲松龄的诗作"近古","缠绵艳丽","苍老几近少陵矣"。评其文"得《离骚》之神","一粟米现大千世界,真化工之笔","写恶官势焰,摘心剜胆,令此辈无可躲闪。至词气古茂,是两汉手笔","竟是一篇驱鳄鱼文字"[1]。将他的诗文比作屈原、《史》、《汉》,杜甫和韩愈,又认为达到"化工"的境界,简直给以至高无上的评价,还特撰《题聊斋文后》:

---

① 抄本《南游草》,转引自侯岱麟《蒲松龄与王士禛》。

"聊斋文不斤斤宗法震川,而古折奥峭,又非拟王李而得之,卓乎成家,其可传于后无疑也。"

渔洋是蒲著诗文最早的评论者,渔洋对蒲著之正确、高度评价,认为蒲文是可传之后世的卓越的大家之作。

蒲松龄又将自己生平最得意的著作《聊斋志异》完成稿呈渔洋阅读,希望得到渔洋的承认,关心和支持。渔洋卓特的文学、美学眼光,当然立即看出此书的巨大价值。他在《聊斋志异》的一些篇章之后写上精辟的评批,给以极高的评价;更且询问:"尚有几卷统望惠教。"对蒲翁继续创作《聊斋志异》起了极大的鼓励作用。他还诗赠蒲翁《戏题蒲生〈聊斋志异〉卷后》:"姑妄言之姑听之,豆棚瓜架雨如丝。料应厌作人间语,爱听秋坟鬼唱时。"不仅正面肯定蒲松龄在豆棚瓜架之下收集民间传说故事、深入下层人民生活的创作态度,赞赏蒲松龄大写阴世、鬼魂、狐精的瑰异题材,更暗寓他对《聊斋》批判人间不平与黑暗的赞许之意。蒲松龄对王渔洋的赏识,有绝处逢生之感。他和答王渔洋之诗说:"《志异》书成共笑之,布袍萧索鬓如丝。十年颇得黄州意,冷雨寒灯夜话时。""十年颇得黄州意",是对渔洋能真正赏识《聊斋志异》真意的一个回答。他又有《偶感》一诗;"潦倒年年愧不才,春风披拂冻云开。穷途已尽行焉往?青眼忽逢涕欲来。一字褒疑华衮赐,千秋业付后人猜。此生所恨无知己,纵不成名未足哀。"对渔洋高度评价自己诗文、小说的感激涕零之情,喷薄而出。松龄每次乡试,都铩羽而归,未得下层考官的赏识,屈辱之感难免常郁郁于胸。渔洋不仅是文坛宗师,且又曾任国子监祭酒,是太学"校长"和国家最高主考官的身份,得到他的赞许,而且是几乎至高无上的公正评价,怎不令处于穷途中的蒲松龄极度兴奋!蒲松龄科场不利,家境贫困,只能以作幕或坐馆为生计,前程十分渺茫,他醉心于《聊斋志异》的创作,又遭到亲朋好友几乎一致的反对,认为他不务正业,故而"志异书成共笑之,布袍萧索鬓如丝。""潦倒年年愧不才"、"穷途已尽行焉往?"渔洋对《聊斋志异》的赏识与鼓励,无疑极大地鼓舞了蒲松龄更大的创作热情。

蒲松龄在《聊斋志异》成书十年后,又将定本中渔洋评批过的各篇辑成两册寄给了渔洋,并说:"惟先生进而教之。古人文字,多以游扬而传流,深愧谫陋,不堪受宣城奖进耳。"可见在他的心中,渔洋是他最为重视和珍视的评论家。

渔洋与蒲翁互赠己作,其深厚的创作友谊至死不渝。渔洋逝世时,蒲翁作四首哀悼诗,以长歌当哭。其一泣道:"昨宵犹自梦渔洋,谁料乘云入帝乡。海岳含愁云惨淡,星河无色月凄凉。儒林道丧典型尽,大雅风衰文献亡。《薤露》一声关塞黑,斗南名士俱沾裳。"由蒲诗看,他竟经常梦见渔洋,可见渔洋在他心目中的崇高地位和萦绕不去的重大影响。

总之,王渔洋与南洪北孔、蒲翁松龄结成真挚热忱、牢不可破的友谊,由于他的揄扬和纽带作用,康熙文坛四大家中的其他三大家都因此而提高了文坛中的知名度和地位,他们的创作也得到渔洋有力的鼓舞和支持,渔洋的这个贡献也是巨大的。

蒲松龄的《聊斋志异》是中国和世界文学史上的一代伟著,王渔洋是这部伟大作品的第一位评论家。在学术界和文坛上,渔洋是第一个给蒲著以正确、高度评价的理论家,在蒲松龄的心理上,渔洋是己作最重要的评论家,他对渔洋的评论极其重视、极其感激。

渔洋评《聊斋》之言论,今存者凡27则。① 其内容可归纳为四类。其一论艺术与生活真实,凡九则。其中三则乃补充事实,《王六郎》篇叙王六郎虽悲惨地沦为落水鬼,犹怀仁爱之心,他任冥官后又不忘旧时的贫贱朋友。文末,蒲翁感叹封建社会中"一阔脸就变"的司空见惯现象,并举自己家乡某人阔后不认少年的旧游,其族弟闻讯作"月令"讥评之,渔洋的评语指出:"月令乃东郡耿隐之事。"

《聊斋志异》之《蒋太史》篇叙蒋超笃信佛教,自记前世为峨嵋山僧人,后特回峨嵋山而终。渔洋《渔洋诗话》:"蒋修撰超顺治丁亥及第,不乐仕进,自谓前身峨眉老僧也。后竟殁于蜀。"《池北偶谈》卷八也有《蒋虎臣》篇,记叙蒋的生动事迹,多为《聊斋》所未载:

> 翰林修撰蒋虎臣先生超,金坛人,自号华阳山人。幼耽禅寂,不茹荤酒,祖母梦峨嵋山老僧而生。生数岁,尝梦身是老僧,所居屋一间,屋后流泉适之,自伸一足,入泉洗濯,其上高山造天,又数梦古佛入己室,与之谈禅。年十五时,有二道人坐其门,说山人有师在峨嵋,二百余岁,恐其堕落云云,久之乃去。顺治丁亥,先生年二十三,以一甲第三人及

---

① 《聊斋志异》之作者手稿本所录渔洋评语较后起之刻印本略多,但手稿本仅存一半,所佚之另一半可能有刻印本所未载者,但不会多。

第,入翰林二十余载,率山居,仅自编修进修撰,终于史官。性好山水,遍游五岳及黄山、九华、匡庐、天台、武当,不避蛇虎。晚自史馆以病请告,不归江南,附楚舟上峡,入峨嵋山,以癸丑正月卒于峨嵋之伏虎寺。临化有诗云:"偶向镬汤求避热,那从大海去翻身;功名傀儡场中物,妻子枯骸队里人。"尝自谓蜀相蒋琬之后,在蜀与修《四川通志》,以琬故,遍叩首巡抚、藩臬诸司署前。其任诞不羁如此。

此篇较《聊斋志异·蒋太史》为详,蒲文为:

> 蒋太史超,记前世为峨嵋僧,数梦至故居庵前潭边濯足。为人笃嗜内典,一意台宗,虽早登禁林,尝有出世之想。假归江南,抵秦邮,不欲归。子哭挽之,弗听。遂入蜀,居成都金沙寺;久之,又之峨嵋,居伏虎寺,示疾恒化。自书偈云:"翛然猿鹤自来亲,老衲无端堕业尘。妄向镬汤求避热,那从大海去翻身。功名傀儡场中物,妻子骷髅队里人。只有君亲无报答,生生常自祝能仁。"

渔洋在《聊斋志异》此篇后写道:"蒋,金坛人,金坛原名金沙,其字又名虎臣,卒于峨嵋伏虎寺,名皆巧合,亦奇。予壬子典试蜀中,蒋在峨嵋,寄予书云:'身是峨嵋老僧,故万里归骨于此。'寻化去。予有挽诗曰:'西风三十载,九病一迁官。忽忆峨嵋好,真忘蜀道难。法云晴浩荡,春雪气高寒。万里堪埋骨,天成白玉棺。'盖用书中语也。"渔洋为小说中人物的文字交,故而此则为蒲翁小说的内容作重要补充。

蒋虎臣此人品行高洁,更因梦见前世之事十分奇特,他晚年寻找梦境,到峨嵋山为僧的经历更是惊世骇俗,广为流播,故而当时文人都撰诗文记载其奇梦和奇事。渔洋读《聊斋》此篇,自认为是同道,故而热情补充材料。他又于《渔洋诗话》记载:"蒋修撰虎臣超,顺治丁亥及第,不乐仕进,自言前身峨嵋老僧也,后竟殁于蜀。尝题金陵旧院云:'锦锈歌残翠黛尘,楼台已尽曲池湮。荒园一种瓢儿菜,独占秦淮旧日春。"

渔洋另有诗三首,其中两首为赠蒋之诗。《蒋虎臣修撰述天台之游赋赠》云:"太史三茅隐,朱颜薄世荣。言寻沃洲路,遥向赤霞城。语识寒山妙,诗同太白清。石梁横地底,今夜梦经行。"《赠蒋虎臣先生》:"萨橘已垂实,杨梅初满林。仙人一相访,樽酒话同心。天台烟雾远,华阳丘壑深。平生山水意,兹夕寄瑶琴。"

另一首为渔洋在蒋虎臣去世时所作的挽诗——《挽蒋虎臣先生(先生

养疾峨眉,尚有手书见及)》:"西清三十载,九病一迁官。晚忆峨眉好,真忘蜀道难。法云晴浩荡,春雪气高寒。万里堪埋骨,天成白玉棺。"题中"尚有手书见及"即上文"予壬子典试蜀中,蒋在峨嵋,寄予书"。

当时还有其他朋友也记及蒋虎臣。如王晫《今世说·言语篇》:"虎臣风流儒雅,宋既庭称其'修洁如处子,澹荡如道人,恬退如后门寒素'。"施愚山《翰林修撰蒋君墓志铭》:"君江南金坛人,以家近华阳洞,未殁前数日,自叙有《华阳山人传》。"施愚山还是王渔洋与蒋虎臣共同的朋友。

将王渔洋的记载和赠诗与其《蒋虎臣》篇合观,则这位奇人之奇事庶几可见完璧。

又《邵士梅》篇记邵见旧人而记起前世的故事,渔洋于文后补充说:"邵前生为栖霞人,与其妻三世为夫妇,事更奇。高东海以病死,非狱死,邵自述甚详。"按渔洋《池北偶谈》卷二十《记前生》亦记邵士梅事,且介绍邵与渔洋乃"同年"之进士,两人相互熟识:

> 同年济宁邵峄辉士梅,自记前生为宁海州人,纤细不爽。后以己亥登进士,为登州教官,亲至所居里,访其子,得之,为谋生事,且教之读书,为诸生。又自知官止县令,及迁吴江县知县,遂辞疾归。又其妻早卒,邵知其再生馆陶某氏,俟其笄而聘之,复为夫妇。河南张给事文光能记三生事,李御史嵩阳、乐安李贡士焕章,皆能记前生事。此耳目睹记之尤著者。

张友鹤《聊斋志异》三会本《邵士梅》附录所抄录之《池北偶谈》篇较上引中华书局据康熙辛巳刊本而出版的校点整理本更详,惜未标明何种版本,其文为:

> 同年进士济宁邵士梅,字峄晖,顺治辛卯举人,登己亥进士。自记前生为栖霞人,姓高名东海;又其妻某氏死时自言:"当三世为夫妇。再世当生馆陶董氏,所居滨河,河曲第三家。君异时罢官后,独寓萧寺缮佛经时,访我汙此。"后谒选得登州教授。一日,檄署栖霞教谕,暇日访东海故居,已不存。求得其孙某,为置田宅。已而迁吴江知县,谢病归,殊无聊赖。有同年知馆陶县,因访之,馆于萧寺。寺有藏经一部,寂寥中取阅之。忽忆妻言,沿河觅之,果得董姓者于河曲第三家。家有女未字,邵告以故,且求其宰纵史,遂娶焉。后十余年,董病且死,复与邵诀曰:"此去当生襄阳王氏,所居滨江,门前有二柳树。君几年后,访我

于此,当再合,生二子。"邵记其言。康熙己未在京师时,屡为予及同年傅侍御彤臣(宸)、潘吏部陈伏(扬言)言之。

以上两段虽取自同一著作,内容却大异。但渔洋所记远较《聊斋志异》为详,且多次听邵本人自述后所记,属第一手资料。又当时陆次山《邵士梅传》(作于康熙七年五月晦日)对邵士梅再生和成年后重访高氏故里情况言之历历,文末言邵"作令吴江,吴中人士盛传其事。余初未之信也,适登州明经李曰白,为余同年曰桂胞弟,便道过访,余偶言及,曰白曰:'得非我登州学博邵峄晖先生乎? 其事甚真,余所稔闻。'因述邵在登时,尝以语同官李簠,簠以语曰白者,缕悉如此。"可见此事在当时十分有名,且再世之人物、地点,言之凿凿,故事引人入胜,故而蒲、王、陆皆据以为文,各有详略。

按,《聊斋志异·邵士梅》之全篇为:

> 邵进士,名士梅,济宁人。初授登州教授,有二老秀才投刺,睹其名,似甚熟识;凝思良久,忽悟前身。便问斋夫:"某生居某村否?"又言其丰范,一一吻合。俄两生入,执手倾语,欢若平生。谈次,问高东海况,二生曰:"狱死二十余年矣,今一子尚存。此乡中细民,何以见知?"邵笑云:"我旧戚也。"先是,高东海素无赖;然性豪爽,轻财好义。有负租而鬻女者,倾囊代赎之。私一媪,媪坐隐盗,官捕甚急,逃匿高家。官知之,收高,备极榜掠,终不服,寻死狱中。其死之日,邵生辰。后邵至某村,恤其妻子,远近皆知其异,此高少宰言之,即高公子冀良同年也。

前引渔洋评语"高东海以病死,非狱死,邵自述甚详。"则纠正《聊斋》原文记邵前身高东海死因之误。纠正原文记事之误的另有《喷水》篇之评语。此篇记清初著名诗人宋琬(字玉叔,号荔裳)家中奇事。宋为渔洋之诗友,渔洋熟知其身世,故而其评语指出"玉叔襁褓失恃,此事恐属传闻之讹。"而后来道光时的何守奇认为:"渔洋评甚明。"(经纶堂刻何守奇评本)对渔洋评语的评价很高。因为渔洋熟识蒲松龄小说中的人物,故而他能补充小说中描写的人物事迹和描写内容,并纠正蒲著之误。有趣的是,渔洋不仅亲自听过蒲著中的人物如邵士梅讲他自己的故事,他还与书中的人物如蒋虎臣有诗、信往来,因此他比蒲松龄从间接渠道的传闻而记录、描写的内容更详尽、准确些. 值得注意的是,王渔洋和蒲松龄一样,都笃信佛教中的三世观点,对蒋虎臣、邵士梅的前世故事坚信不疑、津津乐道,对鬼神故事也如此。渔洋自己在这些题材上也有不少小说作品。他显然引蒲松龄为同道,平时十分留心此类异事,并有心动笔写作此类作品。

以上四则评语可与渔洋认为文言和白话小说一般应是纪实作品,以描写真人真事为职能的一贯观点完全相一致。渔洋还有三则评论从文言小说必须描写真人真事的原则出发,认为《汪士秀》篇记叙汪夜泊洞庭湖时巧遇在钱塘落水被妖物抓去的生父而救归的故事,怪异瑰奇,似离生活真实较远;故评曰:"此条亦恢诡。"他评《酆都御史》说:"阎罗天子庙,在酆都南门外平都山上,旁即五方平洞,亦无他异。但山半有九蟒御史庙,神甚狞恶,事亦荒唐。"评《阎罗》篇:"中州有生而为河神者,曰黄大王。鬼神以生人为之,此理不可晓。"按渔洋在《池北偶谈》卷二十五《黄大王》记活人为河神,而蒲翁《阎罗》记活人为阎罗,皆违背常理,故云。但渔洋深信这些篇目记录的是真人真事,故有此评。

另有两则评语批判封建社会的黑暗,充分显示王渔洋忧国爱民的进步立场。他评《聊斋》名篇《促织》说:"宣德治世,宣宗令主,其台阁大臣,又三杨、蹇、夏诸老先生也,顾以草虫织物,殃民至此耶? 惜哉! 抑传闻异辞耶?"对殃民之举深为痛惜。《于去恶》篇借阴司的科举考试不公,讥讽顺、康时的科举时弊,并借阴司考题,批判当世:"自古邪僻固多,而世风至今日,奸情丑态,愈不可名,不惟十八狱所不能尽,抑非十八狱所不能容。"小说写桓侯(张飞死后之谥号)纠正阴世科场之不公,蒲松龄于文末为此大发感慨,王渔洋批道:"数科来关节公行,非唉名即垄断,脱有桓侯,亦无如何矣。悲哉!"公开严厉批评当世科场之黑暗,颇为不易。

其第二类评小说的人物形象,有十一则。《郭安》篇描写两个昏庸的县令胡乱判决命案,让杀人凶手逍遥法外,受害者则冤沉大海。渔洋于篇中夹评另举故乡县令为例,讥讽有些地方官之昏聩无能:"新城令陈端庵凝,性仁柔无断。王生与哲典居宅于人,久不给直,讼之官。陈不能决,但曰:'诗云:"维鹊有巢,维鸠居之。"生为鹊可也。'"如此判词,令人啼笑皆非。渔洋此评,用另一事实来肯定和强调蒲著原作的真实性。他和蒲松龄一样,对封建时代的法制不全极为不满并鞭挞当时人治之黑暗。《柳秀才》中的主人公帮助灾区人民避免蝗虫残害农作物,渔洋评道:"柳秀才有大功德于沂,沂虽百世祀可也。"爱憎非常分明,标准在于对待人民的态度。

在人物形象的评论中,渔洋对妇女形象的态度值得注意。《武技》篇歌颂少年女尼的高强武艺,渔洋评道:"此尼亦殊踪迹诡异不可测。"对其十分赞佩,在"女子无才便是德"的时代,渔洋和蒲松龄一样,赞颂妇女中的强者,显属进步观念。《金陵女子》叙金陵某女流落他乡,丧夫后嫁路遇之人,后又不辞而别飘然回乡寻父,性格超异脱俗,渔洋惊叹:"女子大突兀!"《商三官》描写商三官为报父仇,女扮男装,投身戏班,借机接近并手刃仇人而自缢;《侠女》记叙少女飞剑杀狐、隐姓埋名伺机诛杀仇人,又为报恩怜贫而为邻居书生生子,最后飘然而隐,不知所之。渔洋赞美前者:"庞娥、谢小娥,得此鼎足矣。"商三官与庞娥、谢小娥一样都是坚韧不拔、敢报父、夫之仇的热血女性和复仇天使,渔洋抓住了人物形象的共同特点。渔洋的评语称颂《侠女》篇中的侠女:"神龙见首不见尾,此侠女其犹龙乎!"众所周知,"神龙见首不见尾"是对渔洋倡导的神韵派诗歌的最高评价,而龙是封建时代至高无上的神物。渔洋用神龙比喻侠女,在妇女没有地位并大受歧视的封建时代,是非常难能可贵的。联想到渔洋在自己的著作中努力收集、保存并高度评价明末清初的妇女诗作,可见其妇女平等的观念在当时是极显突出的。而《连城》篇记叙少女连城与乔生死而复生的曲折恋情,其情其事其精神颇有与《牡丹亭》相似、相通者,故而渔洋赞叹:"雅是情种。不意《牡丹亭》后,复有此人。"对《牡丹亭》及其民主精神和少男少女真挚坚贞的爱情大加肯定。可见渔洋和蒲翁一样,"亦诗亦侠亦温存",是极富情感,正义感强烈,又有诗意——既是诗人,同时又是诗人式的作家和理论家。

渔洋另有三则赞颂狐女的评语,既表现出他对浪漫主义文学作品的理解和热爱,又因被赞颂者皆为狐中女性,显示了他进步的妇女观。《莲香》篇写狐女莲香爱慕书生桑晓,又同情少年夭折的李女与桑晓的恋情;她救了桑之性命,又成全桑、李的婚姻,居心仁厚,乐为成人之美。渔洋的评语为:"贤哉莲娘!巾帼中吾见亦罕,况狐耶!"《红玉》篇描写豪门欺凌贫苦书生,夺其妻而使书生冯相如家破人亡。狐女红玉救其孤儿,又为之操持生理,用真诚的爱为冯生重建幸福的家庭。渔洋不禁赞叹:"程婴、杵臼,未尝闻诸巾帼,况狐耶!"将史学经典著作《左传》、《史记》中描写的搭救赵氏孤儿的英雄人物来比拟狐女红玉,给予崇高评价。而《狐谐》篇则描写狐女思路敏捷,出口成章,妙语如珠,且善恶谑,一群书生虽能说会道,善辩擅谑,而每与此狐交锋则一败涂地,无招架之力。其才气与文化层次远高于明代小说中的快嘴李翠莲,渔洋认为"此狐辩而谐,自是东方曼卿一流。"比之于西汉著名的历史人物。以上评语无不见出渔洋进步的文学观和妇女观,其卓特的见解和评论,在当时有颇大的指导意义。

另有一则《酒友》的评语是"车君洒脱可喜。"评篇中主人公车生家虽贫而豪放好客,与狐酒逢知己而结为好友的洒脱可爱之性格。

第三类评语是总结和论述《聊斋》中佳篇的高超写作手法和杰出艺术成就。此类凡三则,其评《张诚》篇为"一本绝妙传奇,叙次文笔亦工。"评《连琐》篇;"结尽而不尽,甚妙。"赞美其"神龙见首不见尾"的高明结尾手段。又评《青梅》篇:"天下得一知己,可以不恨,况在闺阁耶!青梅,张之知己也,乃王女者又能知青梅。事妙文妙,可以传矣。"此语赞颂狐女情义深重,在赞颂狐女的爱情与友谊的故事精彩动人之同时盛赞此篇文字绮丽精妙,结构严谨精妙,是可以传之后世的典范作品。

第四类评语是将《聊斋志异》作品与书内别的作品和渔洋或他人之作作比较。前面论及的商三官与庞娥、谢小娥"鼎足"而三之评,虽是人物形象之比较,实也可看作是作品之比较。此外另有三则。渔洋评《雏鸽》:"可与鹦鹉、秦吉了同传。"指此篇内容与《聊斋志异·阿英》篇相似。雏鸽即八哥,此篇叙养八哥者携八哥外出忽缺盘缠还乡,八哥为之定计,请主人将自己售给藩王,让主人顺利回家,自己则伺机逃脱,也飞回主人处。《阿英》篇鹦鹉阿英和秦吉了两次救助甘玉、甘珏兄弟逃过盗贼之祸,而甘氏兄弟乃阿英旧主之子,故而两篇内容有相似相通之处。评《赵城虎》:"人云:王于一所记孝义之虎,予所记赣州良富里郭氏义虎,及此而三。何于菟之多贤哉!"《聊斋》此篇叙山西赵城县老妪之子被虎所食,老妪失子,无人赡养,虎知此事,投案自首,经常送猎物给老妪,帮助维持生计,直至妪死才止。渔洋所记郭氏义虎与之相似,又于《池北偶谈》卷二十复述"王于一所记孝义之虎":"汾州孝义县狐岐山多虎。明嘉靖中,一樵入朝行,失足堕虎穴,见两虎子卧穴内,深数丈,不得出,彷徨待死。日将晡,虎来,衔一生麑,饲其子既,复以馁予樵,樵惧甚,自度必不免。迨昧爽,虎跃去,暮归饲子,复以馁与樵。如是月余,渐与虎狎。一日,虎负子出,樵夫号曰:'大王救我!'须臾,虎复入,俯首就樵,樵遂骑而腾上,置丛箐中。樵复跪告曰:'蒙大王活我,今相失,惧不免他患,幸导我通衢,死不忘报。'虎又引之前至大道旁。樵泣拜曰:'蒙大王厚恩无以报,归当畜一豚县西郭外邮亭下,以候大王,某日日中当至,无忘也。'虎颔之。至日,虎先期至,不见樵,遂入郭,居民噪逐,生致之,告县。樵闻之,奔诣县厅,抱虎痛哭曰:'大王以赴约来耶?'虎点头。

樵曰：'我为大王请命，不得，愿以死从大王。'语罢，虎泪下如雨。观者数千人，莫不叹息。知县，莱阳人某也，急趣释之，驱之亭下，投以豚，大嚼，顾樵再三而去。因名其亭曰'义虎亭'。宋荔裳琬作《义虎行》，王于一猷定作《义虎传》纪其事。"《聊斋志异·赵城虎》篇末也云赵城人感于虎对老妪之情谊，"土人立'义虎祠'于东郊，至今犹存。"以上三文在描写义虎形象方面生动而曲折，有异曲同工之妙。渔洋评《口技》篇则"颇似王于一（猷定）集中李一足传"①都是将内容相似的作品作比较，而且都是将相似作品中的人物或动物之形象作比较，肯定《聊斋志异》所取得的艺术成就。

此外，另有一则是史料性的补充说明。《王司马》篇描写王象乾主持辽东地区明清战争时的抗清战绩，渔洋指出当时的明清边界，"今抚顺东北哈达城东，插柳以界蒙古，南至朝鲜，西至山海，长亘千里，名'柳边条'。私越者置重典，著为令。"②

纵观渔洋关于《聊斋志异》的现存全部评语，他的艺术眼光是宽广而超越的。他对于《聊斋志异》的诸种题材都颇为赞赏：批判黑暗现实的如《促织》、《郭安》、《于去恶》，批判世道黑暗与爱情描写相结合的如《红玉》，歌颂爱情的题材如《连城》，歌颂狐女与书生的真挚恋情的如《莲香》，描写狐女智慧的如《狐谐》，描写阴世、鬼怪的如《鄷都御史》、《王六郎》，刻画动物形象的如《雏鸽》、《赵城虎》，称颂特异技能的如《口技》、《武技》，表彰女侠和复仇天使的如《商三官》，等等。可见他对《聊斋志异》的各种题材作全面肯定，而他对此书具体篇目的艺术成就之赞美，实为对全书之称赏。渔洋作为大诗人和大理论家，又在小说方面也是创作家兼评论家，故而眼光敏锐、见解深刻、评论全面，无怪蒲松龄感到他的评语弥足珍贵。

纵观渔洋的现存全部评语，我们还可以看出渔洋阅读、评批《聊斋志异》的态度是认真、热情的，口吻是平等的，观点是公允而精辟的。由于渔洋本人也是说部巨匠，善于创作文言小说，因此，从小说艺术角度所下的评语也是中肯的。值得注意的是，渔洋的评语没有一条批评性的意见，全部是

① 吕湛恩认为李一足传与《口技》事不相类，此乃渔洋误记，其友人认为与李一足传同刊于《虞初新志》之林铁崖《秋声诗自序》则颇相似。按：林氏此文即著名的《口技》一文，而此文实照抄金圣叹《第六才子书水浒传》之评批，参见《金圣叹全集》第二册，江苏古籍出版社1985年版，第455—456页。

② 《池北偶谈》卷二"柳条边"一则，内容与此评相同。

肯定性的或赞赏性的观点。渔洋慧眼识人,对蒲松龄的诗文、小说评价都很高,甚至极高。这样的评价并未轻许过别人,可见其公正的态度和卓特的眼光,人所难及。这样的评价,在渔洋和蒲翁之时代,别人未见发表,而其后之正统文人纪昀则訾议《聊斋志异》为"才子之笔,非著书之体",可见渔洋对《聊斋志异》的精辟评价,当时的确为人所不及。

第七章　齐鲁文学形态演变的多元性与多样化表现之一:文学本体喻示与文体风貌特征的双向观照

　　狭义上的文学形态,一般多指其外在表现形式,或者只是指文体而言。而我们这里却是从最广泛的意义去理解和使用文学形态的概念的,并将之作为一个切入视角来进行探讨、把握。也即是说,举凡有关文学的内涵意蕴、艺术方法技巧、风貌特征,乃至创作理念等,均属于研究范畴之内。

　　在宋代,齐鲁涌现出了彪炳中华史册的著名词家。实际上,他们的文学意义、美学价值早已经远远超轶出某个地域区界和一定时代断限的局囿,而拥具着整个民族文学方面的永恒性;尤其是李清照、辛弃疾这"济南二安",更以高山大川般的美胜风姿,屹立在中国文学史的主流之中,并成为齐鲁文学进入中国文学大厦,使之占有相当空间、地位高耸的标志的重要构成。另外,再就文学的时代性论之,新兴音乐文学样式的词于两宋臻达极盛,而且其在全社会的普遍流行、参与程度也为同时期的诗、文等所不及。若纵观文体史,宋词业已是经典绝唱,为后来所再亦不能踵武重造的巅峰。所以,选择宋代的齐鲁词家,自是因为正处于上述时空的纵横交叉点上,自拥纳有双重的例示范型意义。

　　相比较而言,宋代词坛上当首推齐鲁词家具有主体自觉意识与理论批评观念,北宋三篇较系统的长篇理论文章皆出自他们之手。而以"当行本色"来张扬词的本体特征和形式规范,不仅只是强调与传统诗歌的艺术精神有所殊异,且于价值功用的判定上,"传情"也与"抒怀言志"儒家学说大相径庭,深层上蕴含着文化内质的差别。再联系到其自我的创作实践、风格面貌,却又呈示出颇为复杂多变的现象。辛弃疾词则转向诗歌传统的复归,更放手引进散文的方法经验,以革新将词体开放的道路拓宽到极致。

　　对于明代复古主义文学流派"后七子"的首领人物李攀龙、谢榛的论述,先从与地域性因素有关的文化性格特征着眼,继而辨析李、谢论诗的大同与小异处，最终归于互补，明晰作为流派的理论观念和审美取向的基本一致性。同时，仍然运用以诗人的理论学说与其自我创作实践相共比照对映的研究方法，以求得更深一层地了解把握主观理性意识，对于具体创作中艺术风貌特征的浸润导引作用和形成意义。如果进一步看来，李攀龙、谢榛关于盛唐诗歌、盛唐气象美仑美奂的极致尊崇与深情追怀，根本目标便是意图以之垂范立则，建构乃至耸立起文学本体或文体"诗"的经典，表达出一种执著追求纯粹、完美的艺术精神和审美理想。这与前述宋代词家李之仪、晁补之、李清照强调词"自有一种风格"，须得"当行家语"以规范文体的理论主张，虽然分属不同领域，但对于文学实质的理念诉求上，却是一脉相通而并无二致的。

或许，这种一以贯之的文学品格也部分地体现出地域文化——文学传统的影响与浸染，尽管并不能说这种传统作用在特定地域的所有文学家身上都会显示出来，但至少可以认为，地域文学传统毕竟程度不等地融汇进去一些地域性因素、成分并产生了一定的影响，并由之形成其特色。既或在地域性文化——文学传统多元多样化的情形下，也依然要存在有某种主导或主流风气。那么，建构理论指导的清醒意识，对于经典文学的示范意义与文体规范性的严格要求，在齐鲁文学中便不全属个别、偶然的现象了。

第一节　李之仪词论词作综论

结联为词体之双翼的词论与词作，它们间的互动应是一种历史和逻辑的统一。或者说，当词作发展至一定阶段而臻达相应繁荣程度时，便会有审视、评析其表现特征、得失经验的词论出现，由对词家个体的原生直觉感受再提升到知性认识、理性把握，形成本体艺术精神范型与自我主体意识的确立，因此揭示出一般的规律，拥载着普泛的归纳导向性质。词兴于唐，至五代西蜀《花间集》已标志这种新兴音乐文学样式的完全成熟：因为《花间集叙》于理论方面，阐明词与诗教传统迥然异趣的、另类的应歌娱人的功用价值和侧艳的审美取向；而被尊奉为填词之祖的花间词作，则建立起词史上第一个风格流派，开启正变观念，同稍后的南唐词派相共垂范立则，直接导引一代文学之胜的宋词，遂见极顶辉煌。

当然，上述文学现象长时间、远距离的复杂曲折进程，已然流衍为起伏多变的不同历史阶段①。而本章想要重新观照辨识宋词对花间传统承循、变易与发展的一条轨迹时，从所具备的范型意义出发，特地着眼在北宋中后期。这期间已经是"新声巧笑于柳陌花衢，按管调弦于茶坊酒肆"（孟元老《东京梦华录序》）②，名家作手迭出纷竞。词论也渐趋兴盛，但林林总总，大多寓托于词话笔记、词集序跋的形式，论词专文仅只一二，吉光片羽而已。其间较具理论形态和总结价值的，则出自名词家之手，因为他们拥有丰富的艺术实践体验，故深谙词体三昧。所以，如果比照对较相关的词论词作，就可能从宽阔通透的视野中领略到历史纵深感，对于生成流变的清晰认知。那么，李之仪就无疑是不应忽略的典型之一。

一

李之仪（1047—1117 年），字端叔，号姑溪居士，沧州无棣人。元祐中为枢密院编修官，时苏轼任翰林学士兼侍读，曾作《夜值玉堂携李之仪端叔诗百馀首读至夜半书其后》称许云："暂借好诗消永夜，每逢佳处辄参禅。"③实际上，他词的艺术成绩为最高，是北宋词史的重要词家之一④。其《姑溪居士文集》中涉及词学的文字也颇多，如《书乐府长短句后》、《跋山谷二词》、《跋小重山词》、《再跋小重山后》、《题贺方回词》、《跋凌歊引后》、《跋戚氏》等，但大率为词坛记事性质。唯《跋吴思道小词》一篇，虽仍未脱离经验性的感悟认知层面，然由词史、词评再词论，内涵丰厚深沉。这与欧阳炯《花间集叙》那种浸染着浓郁感性色彩的表述而不作客观具体评析，仅只依靠形象性的文学语言而缺乏对具象的抽象概括与逻辑推导相比较，已经大有理性的提升，体现出明显的推进。其文云：

> 长短句于遣词中最为难工，自有一种风格，稍不如格，便觉龃龉。
> 唐人但以诗句而用和声抑扬以就之，若今之歌《阳关词》是也。至唐

① 有关论述参见乔力《发展阶段论：唐宋词主流及艺术精神》，见施蛰存主编《词学》第十辑，华东师范大学出版社 2002 年版。
② 邓之诚注：《东京梦华录注》，中华书局 1982 年版，第 4 页。
③ 王文浩辑注，孔凡礼点校：《苏轼诗集》卷三十，中华书局 1982 年版，第 1616 页。
④ 参见吴梅：《词学通论》第七章"北宋人词略"，华东师范大学出版社 1996 年版，第 83 页。

未,遂因其声之长短句,而以意填之,始一变以成音律。大抵以《花间集》中所载为宗,然多小阕。至柳耆卿始铺叙展衍,备足无馀,形容盛明,千载如逢当日。较之《花间》所集,韵终不胜,由是知其为难能也。张子野独矫拂而振起之,虽刻意追逐,要是才不足而情有馀。良可佳者,晏元献、欧阳文忠。宋景文则以其馀力游戏,而风流闲雅,超出意表,又非其类也。谛味研究,字字皆有据,而其妙见于卒章,语尽而意不尽,意尽而情不尽,岂平平可得仿佛哉! 思道覃思精诣,专以《花间》所集为准,其自得处未易咫尺可论。苟辅之以晏、欧阳、宋,而取舍于张、柳,其进也将不可得而御矣。①

文中首先便拈出本体论的问题。因为词体特征是词的文学属性和音乐属性的双重组合,所以说它"自有一种风格"。而这个"格",当然也包纳了格律(音律)因素在内。李之仪据之描述出词生成的"史"的脉络:唐人声诗多是整齐的五、七言近体以配合音乐歌唱,但乐曲每有参差不一的变化,故须添加虚声以协调应和,"抑扬以就之"。如《阳关词》源于王维《送元二使安西》诗即是。而"依曲拍为句"(刘禹锡《忆江南·和乐天春词》)②的词体则不同,它是按照乐曲节拍与声韵音律来谱写歌词,"因其声之长短句,而以意填之"务求谐畅协合。这就是认同了此前王安石的说法:"古之歌者,皆先有词后有声,故曰:'诗言志,歌永言;声依永,律和声。'如今先撰腔子,后填词,却是永依声也。"(赵令畤《侯鲭录》)③或即沈括所云者:"以词填入曲中,不复用和声。"(《梦溪笔谈·乐律》)④

不过,以意填词,必牵涉到对不同词调的选择。由于它们标志的音律声韵无不存在着刚柔清浊、缓促抗坠等差异,各自含蕴并分别适宜于传现哀乐舒急的不同情绪。但词家则须视本身创作需要去选调以写境表意,据情以配声,因声以抒情,方得使词的声情美听益彰,不至失之于"哀声而歌乐词,乐声而歌怨词,故语虽切而不能感动人情,由声与意不相谐故也"(《梦溪笔谈·乐律》)⑤。再互动地看,当众多词家习惯于选择一定词调抒写某一类

① 《宋廿名家题跋汇编·姑溪题跋》,台北广文书局1971年版。
② 张璋、黄畬编:《全唐五代词》,上海古籍出版社1986年版,第97页。
③ 张惠民编:《宋代词学资料汇编》,汕头大学出版社1993年版,第178页。
④ 胡道静校正:《新校正梦溪笔谈》,中华书局1957年版,第62页。
⑤ 胡道静校正:《新校正梦溪笔谈》,中华书局1957年版,第62页。

型情感,"以意填之",则时间持续和数量叠垒就对这种范型化了的情感产生"场"的张力,造成李之仪所谓"因语以会其境,缘声以同其感"(《跋凌歊引后》)①的艺术效应。那么,词的音律便也不仅只是一种纯客观性载体或外在形式规范,而变成为沉积着特定的情感含蕴的"有意味的形式"②了。

正缘于上述体式的认知,李之仪以协合音律为"如格"的首要条件,实质上已超迈了单纯的形式因素而兼具更深一层的蕴义。"最为难工"之说里也同时包含着本体独立意识的张扬,和对词体艺术特征的凸显。一般说来,宋代音律之学特胜,《宋史·乐志》里多有相关记载。词家们对音律亦甚熟谙,这样既有助于词的制作,"玉琯传声,羽衣催舞"(李之仪《水龙吟·中秋》)③、"么弦咽处,空感旧时声"(李之仪《蓦山溪·北观避暑次明叔韵》)④,又强化了对词音乐属性的要求与审美趣味的深化。及至后来李清照《词论》更高倡词"别是一家"(胡仔《苕溪渔隐丛话后集》卷三十三)⑤,精细入微地剖析五音、六律、清浊、轻重等变化,于音律的注重几达严苛地步。总之,词首先须得能歌唱并美听,已经是当时词坛的普遍共识,展示出鲜明的时代文化特色。它昭明这种新兴音乐文学样式当已步入高度繁盛的时际,随之便会产生了对其最大完美性的期待和规范;换言之,不断完善的美学理想与愈益严格的制作规范,也促使词范型于花间进而再臻达于更为辉煌的境界。

二

在有关词本体特性和形式规范的认定之后,《跋吴思道小词》接下来就用主要篇幅,作出对拥载高度范型意义的四大词家的具体评析。这里开宗明义,提出"大抵以《花间集》中所载为宗"——它与最末一段称许"思道覃思精诣,专以《花间》所集为准"的话交相呼应,反复强调,正见出一脉贯通

---

① 《宋廿名家题跋汇编·姑溪题跋》,台北广文书局 1971 年版。
② 李泽厚:《美的历程》,文物出版社 1981 年版,第 15 页。
③ 唐圭璋编:《全宋词》,中华书局 1965 年版,第 1 册第 338 页。以下本文所引李之仪词皆出自《全宋词》本。
④ 唐圭璋编:《全宋词》,中华书局 1965 年版,第 1 册第 338 页。以下本文所引李之仪词皆出自《全宋词》本。
⑤ 廖德明校点:《苕溪渔隐丛话后集》,人民文学出版社 1981 年版,第 254 页。

的艺术精神。明确标举以花间词所建构的原初性范型为词作依违取舍的楷模，也大略契合晚唐五代与初宋以来词坛发展嬗变的实际状态。顺便提一句，李清照《词论》中仅就"郑卫之声日炽，流靡之变日烦"①之语便轻轻带过了这段词史，对之意下颇不为然，却独倾心在南唐词派的"尚文雅"，这是由于她着眼"伶工之词"、"士大夫之词"②和娱人、娱己的不同而导致的审美趣味、价值取向的差异。但若从词主流脉络的演进实质上看，却仍旧与李之仪波澜莫二。

从花间到晏、欧、宋等北宋中期诸家，所作率多"小阕"（如依明顾从敬分类法，此当指小令和中调），因而这里才首先肯定柳永大作长调慢词、"变旧声作新声"（李清照《词论》）③的创作之才，使词的表达空间大为开阔，形成为词盛行发展的一个重要催化剂。"词有双栖性：一端连着文人诗，另一端连着民间曲。柳永代表的俗词派向下汲取民间智慧，拓展和重造了词的体制格局。"④下层文士身份的柳永惯常流连市井坊陌，熟谙流行音乐的需求行情，与乐工歌伎密切合作，改编或新创大量长调慢词，动辄一二百字之多，增至三叠，反复咏唱，以表现更加复杂的社会人事内容与广阔的自然图景。这就必须突破传统，除却相接邻的诗歌外，还向散文、辞赋等其他体裁借鉴更丰富的创作经验和艺术手法。层层铺叙描摹，精心安排章法结构，妥善调配空间场境与时间过程的错综变化，全方位地组织主观视、听、心理感觉与客观物象事件的交叉融合，于张扬发露中袒现周致回环、透骨入微之妙⑤。"铺叙展衍，备足无馀，形容盛明，千载如逢当日"就是对柳词的经典性评述，每为历代论词者称引首肯，直到清末夏敬观《手评乐章集》也还说："层层铺叙，情景交融，一笔到底，始终不懈。"⑥

不过，得失总是两面的。"铺叙展衍"的尽情描绘、详明透彻的技巧手

---

① 廖德明校点：《苕溪渔隐丛话后集》，人民文学出版社1981年版，第254页。

② 王国维：《人间词话》，《〈蕙风词话〉〈人间词话〉》，人民文学出版社1960年版，第197页。

③ 廖德明校点：《苕溪渔隐丛话后集》，人民文学出版社1981年版，第254页。

④ 杨义：《中国古典文学图志：宋、辽、西夏、金、回鹘、吐蕃、大理国、元代卷》，三联书店2006年版，第77页。

⑤ 参见钱鸿瑛、乔力、程郁缀：《唐宋词：本体意识的高扬与深化》，见乔力主编《中国古代文学主流》丛书之第5种。广西师范大学出版社2000年版，第243页。

⑥ 参见龙榆生编选：《唐宋名家词选》，古典文学出版社1956年版，第89页。

法,自然便不再去讲求含蓄委宛,故而李之仪又认为柳永"韵终不胜"。所谓"韵",即韵味、韵致,具有"语尽而意不尽,意尽而情不尽"的审美效应。也即是后来词论家所阐述的"小令叙事须简净,再着一二景物语,便觉笔有馀闲。中调须骨肉停匀,语有尽而意无穷"(王又华《古今词论》引李东琪语)①、"词之小令犹诗之绝句,字句虽少,音节虽短而风情神韵正自悠长。作者须有一唱三叹之致,淡而艳、浅而深、近而远,方是胜场"(田同之《西圃词说》引顾璟芳语)②。要之,缘于体式规定,"小阕"篇幅短小,容量有限,为了扩张包容空间和增加弹性,便须得多用曲笔,以不言言之或言外见意,篇终有余味,才可能尽量大地表现情思意想,从而显示出蕴藉深隐之致。所以客观地说,它与长调各擅胜场,两者实不宜一概统论,就此之长较彼之短。

张先词仍是多承接花间余绪,尤善以景色、人物动态神情来映托渲染意趣,从而造成整体清婉隽雅、充满韵味的境界,特具空濛含蕴之致。但他又别有一类作品,阑入较浓重的叙事因素,也不再仅只凭藉比托喻兴的曲笔去求取言外意内、有余不尽的审美效果;而是改用柳永式长调的赋体铺叙手法,极态尽妍、层层摹写刻画以使情怀毕现无遗——这种由"小阕"向长调慢词的过渡,体达出张先张扬的主体自觉意识和艺术创新精神。他给当时因循花间传统已极度成熟,渐染工艺习气而趋于凝滞的词坛主流注入生机,从而对词的良性发展直至极盛之巅产生了积极作用,因此李之仪称许说"张子野独矫拂而振起之"。但是,张先词的局限性则在于拘囿范式的单向结构,故难以编组更丰富复杂的内容,也不擅驾驭更为多层次多角度大跨越时空范围的艺术表现方法;是以虽勉力制作长调,却显得一味平铺直叙,缺乏开阖动荡的万千气象,而伤之于局促。因此,李之仪又不满他的"才不足而情有余",情胜于辞的缺憾。清周济《宋四家词选目录序论》云:"子野清出处、生脆处味极隽永,只是偏才,无大起落。"③也同样指出了这点,可参见。

晏殊、欧阳修被盛赞为"良可佳者"。晏殊词能将内在心态融合到深曲精细的运思、明净雅洁的造语与凝炼的艺术手法里,每常于闲雅雍容的风神

---

① 唐圭璋编:《词话丛编》,中华书局1986年版,第606页。
② 唐圭璋编:《词话丛编》,中华书局1986年版,第1467页。
③ 《〈介存斋论词杂著〉〈复堂词话〉〈蒿庵词论〉》,人民文学出版社1959年版,第13页。

气度中吐露出一声轻淡又深沉的慨叹、那种难以掩抑的伤感（忧生之嗟），带着若许哲理意味的生命直觉和有关人生价值、命运奥秘的悲剧性思考，一并化入对某些情事物象的感性体味，最终都沉积或郁结成为心灵深处的闲愁。他通过言简意丰的"小阕"，而以圆融冲和之姿出之，再现作珠圆玉润的风格面貌。"风流蕴藉，一时莫及，而温润秀洁，亦无其比"（王灼《碧鸡漫志》卷二）①。至于欧阳修，早年好踪迹花间谱制绮靡流丽的艳词，之后的许多词则注入深婉绵邈的情思，含不尽余味，颇近乎晏殊，但因为两人时代生活背景与身世际遇的不同，所以欧阳修又有异于晏词的纯以轻曼清圆笔致写深情柔思，只是一缕闲愁幽恨而已。而他的情感有时会变得炽热切挚，充溢着青春纯真气息却较少儒雅中和、舒缓容与的姿态；待到了晚年，更笼罩一层优哉游哉，聊以卒岁的及时行乐精神，显见老年人饱阅世态人情后所特具的平淡。重新对生命价值取向作出定位，虽然于无穷的感喟间夹杂若许怅惘，却仍不失整体上的闲逸宁静——这恰恰是封建社会后期（近古）业已高度成熟的士大夫文人阶层的风姿神韵，是他们文化品格和审美意趣的典型体现，这已明显区别于中古阶段盛唐诗人那种大喜大悲、慷慨飞扬而不可抑勒的勃勃生气，遂成激烈鼓荡、一往不复之势。可以说，上述之类也正是李之仪所欣赏心仪并引以为同调的，故而认为对柳永的市井风情来言，则"超出意表，又非其类也"。

宋祁向以史家身份名世，仁宗时曾主持修撰《新唐书》，现仅存词 6 首，见宋黄升《唐宋诸贤绝妙词选》卷三、吴曾《能改斋漫录》卷一七，当时并无个人词专集行世，想来作品也不会太多，故是李之仪才说他未曾多留心此道，仅仅"以其馀力游戏"。然而他的当时《玉楼春·春景》极获盛誉，歇拍"红杏枝头春意闹"之句被人尊推为"卓绝千古"（刘体仁《七颂堂词绎》)②，王士禛《花草蒙拾》又指出它"实本花间'暖觉杏梢红'，特有青蓝冰水之妙耳"③。另如《浪淘沙近》（少年不管）、《好事近》（睡起玉屏风）④等，也是类似的惜春叹别、留连光景，通体弥漫着一种虽轻淡、却总也无法掩抑的深长伤感意味，全缘由于生命体验里那一抹永不消解的阴影。这里的清词丽句

---

① 唐圭璋编：《词话丛编》，中华书局 1986 年版，第 83 页。
② 唐圭璋编：《词话丛编》，中华书局 1986 年版，第 622 页。
③ 唐圭璋编：《词话丛编》，中华书局 1986 年版，第 675 页。
④ 唐圭璋编：《全宋词》，中华书局 1965 年版，第 116 页、117 页。

与风流绰约、回环吟唱的神貌,也极具晏、欧之韵致,其高处是皆同样完全摒除了世俗浮艳的色情,而别代表那种玲珑剔透、令人心醉又心碎的美,是为纯粹的诗境,如水月镜花,给这充满缺憾的世界留下凄婉的笑,直到永远。李之仪将之归属到同一类的风格范型中,表现出明晰的流派意识。

总之,这种"风流闲雅"的格调情韵,集中体现了具备高度文化艺术素养、气质秉性敏感纤细而物质生活环境较为优裕闲暇的上层士大夫文人的美学理想和人生趣味。李之仪的有关评说也基于他艺术精神的偏嗜,并直接影响、作用到其创作实践中。这里既有循继传统、融入词坛主流的正面优势,又与之共生了制约他可能取得更大开拓成绩的负面局限性,后面会对有关词作给予具体论析。

《跋吴思道小词》的主旨强调词的本体形式规范,从词坛历时性的演进流变过程中,标举那拥载示范意义的原初创作类型,据之结合着去评价代表词家的艺术得失;最后特对吴氏之"小词"("小阕")提出可操作性的改进、提高意见,与前面"专以《花间》所集为准"的方法论契合一致,贯注了严密的逻辑性与一条完整的脉络。不过问题是,花间词以侑饮佐歌、娱宾遣兴的艳科为本的价值观,每导致华而不实、软媚靡曼的审美倾斜,往往限制、甚至消解了词家个体情思意绪的抒写,很容易造成个性特征的失落而仅只凸显流派群体一般面貌的类型化结果,使艺术上单调浅浮。这恰恰是承接南唐词遗韵,又尤重自我生命感受和终极关怀思考的初宋词坛之所要深化而加以改变的。所以,李之仪力主吴氏词须再师法、融纳进晏、欧、宋诸大家含思要眇、风流闲雅的情怀姿致,常有不尽余味以耐人回想领略。反观之,篇幅短小的特点,既是小阕的长处——含蕴丰厚、婉约多韵致;也是其短处——容量局促、章法结构简单。是以李之仪又认为应汲收借鉴张先于令词小阕里阑入慢词长调笔法、不仅只是摹拟因循的新创精神,与柳永善于铺叙形容、详尽盛明的佳境;但要吐弃他们情不胜辞和直泻发露、俚俗乏韵的缺陷。苟能臻达此等境界,则艺术成就便自不可限量了。

三

李之仪有词作近百首,分见于《姑溪居士文集》前集卷四七、后集卷一三;单行者名《姑溪词》。毛晋《宋六十名家词·跋〈姑溪词〉》云其:"多次韵、小令，更长于淡语、景语、情语。如'鸳衾半拥空床月'，又如'步懒恰寻床，卧看游丝到地长'，又如'时时浸手心头熨，受尽无人知处凉'，即置之《片玉》《漱玉》集中，莫能伯仲。至若'我住长江头，君住长江尾。日日思君不见君，共饮长江水'，真是古乐府俊语矣。"①永瑢等《四库全书总目提要》谓李之仪"词亦工，小令尤清婉峭茜，殆不减秦观"②，而冯煦《宋六十一家词选例言》则认为姑溪词"长调近柳，短调近秦，而均有未至"③。从这些评论中，可知李之仪词作的风貌格调也大致契合于自己词论的宗旨取向，只不过审美价值与艺术水准有高下青蓝的差别罢了。

其中的"小阕"占了绝大多数，也因此颇为后世论词者称道。于本体观念上，仍然"专以《花间》所集为准"，泰半是摹写相思离别、惜时感春的内容，趋向绮丽柔婉的艳词。如《临江仙》（九十日春都过了）、《踏莎行》（绿遍东山）、《留春令》（梦断难寻）诸作，不烦遍举。至如《如梦令》：

> 回首芜城旧苑，还是翠深红浅。春意已无多，斜日满帘飞燕。不见，不见，门掩落花庭院。

词中写伤春怀人之情，但通篇只以景语出之，并未著一正笔；结末假"不见"叠句提唱，仅剩有满庭落花，伴人儿掩门独处，则那种韶华水逝而落寞怅惘的心境，皆于言外见之。顾视其含蕴深婉，"语尽而意不尽，意尽而情不尽"的韵致，正从晏、欧处来而不让秦观、晏几道等名家。再注意到开头的"回首芜城"云云，还可联想到李之仪《满庭芳·有碾龙团为供求诗者作长短句报之》里"花陌千条，珠帘十里，梦中还是扬州"等句，那么，他个人在扬州很可能有过一段铭刻于记忆深处的生活经验，也就并非只是泛泛娱人的代言体拟作了。又，欧阳修《蝶恋花》"门掩黄昏，无计留春住。泪眼问花花不语，乱红飞过秋千去"④与李重元《忆王孙·春词》"欲黄昏，雨打梨花深闭门"⑤的意境情味其类近于此词结尾，且无论相互之间是否存在承传化用的关系，但它作为沉积了丰富情景感应内涵、拥纳着特定审美张力及指向性的经典意象组合，却是毫无疑义的，所以，才为词家们表达某种主观感

---

① 参见龙榆生编选：《唐宋名家词选》，古典文学出版社1956年版，第183页。

② 《四库全书总目》卷一九八，中华书局1965年版，第1810页。

③ 参见龙榆生编选：《唐宋名家词选》，古典文学出版社1956年版，第184页。

④ 唐圭璋编：《全宋词》，中华书局1965年版，第162页。

⑤ 唐圭璋编：《全宋词》，中华书局1965年版，第1039页。

情和类型化主题时所惯用。顺便提一下,自《花间集》至宋初各家,皆依调填词,只题调名。张先始将诗歌每常有序的体例引进词中,其词作中有题序者在三分之一以上,苏轼、黄庭坚后则大量沿用。李之仪词作,如前引《满庭芳》等也不乏这种体例,叙游宴唱和、记事述怀,尤增加了文士风情雅致与日常生活气息。

为历代词选本所必录的《卜算子》是李之仪善能以"淡语"作"情语"的典范,也最具盛名。词云:

> 我住长江头,君住长江尾。日日思君不见君,共饮长江水。此水几时休,此恨何时已?只愿君心似我心,定不负相思意。

全篇皆因"长江水"立意,极见情思的切挚深沉。虽纯用口语白话,其实是经过了精心的锤琢选炼,故能超迈市井鄙俗粗陋而化俗为雅、从大俗处见大雅。结拍"只愿君心"二句虽用《花间集》顾敻《诉衷情》"换我心,为你心,始知相忆深"①之意,但是如盐著水,已融化无痕,直同似己出了。总之,此词真得南朝民歌意趣风味,清净明朗中仍饶有隽永绵邈之致,或又借鉴柳永词浅近通俗的长处,而在姑溪词里独具一格。不过说到底,其好处也只是言浅意长情深而已,也许对这类词,联想重于理解,直觉品味几可替代理性分析。

随着花间传统的高度兴盛而渐趋程式化,它的局限性与缺陷处也日益彰显凸露。所以,朝向诗化道路复归,由单调的恋思离怨扩张到包容生命体验的各种丰富复杂的情怀感受、从取径狭窄的闺房庭院放大为关注更广阔的社会现实,已是北宋中后期的词坛主流走向。这首推苏轼革新词风、开拓词境,直接促进创作主体自觉意识的张扬;但原先循承传统并踵继晏、欧等前辈余绪的词家们也已有所增益更张,虽说与苏轼新建的风格流派颇存歧异,但于扩展容量、深化强化抒写表现的张力方面却殊途同归。这方面秦观词堪称典范,李之仪也能够认同词的发展潮流,接受时代艺术精神并体现于自己的词作之中。如《江城子》:

> 今宵莫惜醉颜红,十分中,且从容。须信欢情,回首似旋风。流落天涯头白也!难得是,再相逢。 十年南北感征鸿,恨应同,苦重重。休把愁怀,容易便书空。只有琴樽堪寄老,除此外,尽蒿蓬。

---

① 李一氓校:《花间集校》,人民文学出版社1958年版,第131页。

述写与友人久别重逢的情境，那种生命迟暮的低回叹喟，不禁让人联想起杜甫《赠卫八处士》诗的情味，只是因为异代际遇和文体的不同，词中更多了些悲凉感。按，李之仪元祐中为朝官时，黄庭坚、秦观、晁补之、张耒等苏门学士俱供职馆阁，他们诗酒酬唱，为一时盛事，在各自的作品里也时有记叙。待哲宗亲政，新党主国是，元祐旧臣尽遭斥逐，李之仪亦不能幸免，此词即为他晚年谪居江南时作。上阕叙故友重逢，只说别易会难，顾视盛年已逝，如今天涯沦落，白头相对无言，也唯有付之一醉中。这里并未直接言情，然而那凝重踟蹰的气氛却已弥漫在字里行间。下阕抒发感受，珍重彼此的情谊与心灵的契合，最后则归结到诗酒寄老，不必再为着宦海俗尘萦念系心了。造语虽平淡，但意味十分沉痛。又，秦观也有一同调之制，与之正可互参共味："南来飞燕北归鸿，偶相逢，惨愁容。绿鬓朱颜，重见两衰翁。别后悠悠君莫问，无限事，不言中。　小槽春酒滴珠红，莫匆匆，满金锺。饮散落花，流水各西东。后会不知何处是？烟浪远，暮云重。"①这是元符三年（1100 年）六月秦观于雷州贬所，与移迁廉州路过的苏轼相逢时作，是年苏轼 64 岁，秦观 52 岁，距离各自生命的终点都已很近了。而由于两首《江城子》的制作背景、笔法情调高度互渗，几可视为倡和之篇，当然不应认作偶然。这些全是生发于自我悲剧式人生际遇的深沉感受和真实情怀，无假雕饰，只纯任胸臆从容道出，更无一毫的浮声泛响，故而彻底吐弃了花间词艳科娱人的传统，只是将词视为表达个我襟怀（娱己）的载体，与诗歌抒情言志的传统交融并行。其他如《千秋岁·用秦少游韵》等，似亦制于李之仪谪落江湖时，他的斥逐心绪，自是凄凉冷寞，每每念想及昔年友人，故因词以托意，也和上述同类。

又如《忆秦娥·用太白韵》：

清溪咽，霜风洗出山头月。山头月，迎得云归，还送云别。　不知今是何时节？凌歊望断音尘绝。音尘绝，帆来帆去，天际双阙。

和《蝶恋花·席上代人送客因载其语》：

帘外飞花席上语，不恨花飞，只恨人难住。多谢雨来留得住，看看却恐晴催去。　寸寸离肠须会取，今日宁宁，明日从谁诉？怎得此身如去路，迢迢长在君行处。

---

① 唐圭璋编：《全宋词》，中华书局 1965 年版，第 1 册第 458 页。

　　前者系李之仪编管太平州（今安徽当涂）时所作，凌歊台位于州城北黄山上，南朝宋武帝刘裕南游，曾登台造避暑离宫，李白《姑熟十咏》中有《凌歊台》诗，或为引发李之仪此词制作之契因？但他意兴未足故再有和韵之篇。上阕描摹所见景色，已渲染出一派凄冷气氛；下阕便直抒感念旧京、久遭窜逐的憾慨，江上屡过来去征帆，但望穿天际也不见故国，那份无穷的牵系、失意的迷惘尽付于言外诉之。比较李白原词那气象的苍凉阔大，李之仪和作则更多了些沉咽清寂情味，在姑溪词的婉丽隽秀中颇为别调。于此，还可参见《临江仙·登凌歊台感怀》："偶向凌歊台上望，春光已过三分。江山重叠倍销魂。风花飞有态，烟絮坠无痕。

　　已是年来伤感甚，那堪旧恨仍存。清愁满眼共谁论，却应台下草，不解忆王孙。"前词悲秋起兴，后词伤春感怀，但流贯在字句间的抚今追昔、身世飘零的人生叹喟却并无二致。就本质艺术精神上看，尽管这里的情思较为低迷怅恨，但它们与前《江城子》一样是源发于生命本体的纯粹的"诗"，要旨均为抒怀自娱，显然径庭于李之仪词论的"自有一种风格"，以花间范型为宗的主张。

　　至于后作，仍透露出从花间传统出发而向当时词坛主流靠拢的消息。它虽系凡常习见的赠别题材，但构想造意的曲折圆转、垂缩多姿，那譬喻的新奇贴切，都使得全篇清新脱俗，流丽中有缠绵邈远之致，故而那离愁别思虽切挚，却也并不过于沉重。这种笔法风貌，则是秦观词中所少见的。

　　姑溪词里长调仅 10 首，所占份量不大，且多系次韵酬唱与节景应时之制，表现手法上一般是上阕写景，下阕抒怀。如《谢池春》（残寒销尽），上阕摹画暮春景物，这些时节里惯有的落花飞絮、乳燕轻舞之类，在唐宋词中早已经不复是纯客观的自然现象，而是沉积着浓郁主观情绪色彩的类型化物群，蕴含了特定情感指向意义，故于歇拍便牵引出"著人滋味，真个浓如酒"的伤叹，从容过渡到下阕相思恋情的抒发上。"不见又思量，见了还依旧。为问频相见，何似长相守？"四句纯用日常言语，写恋人心思极细密透彻，一泻无余，绝不作吞吐含蓄之笔，这些都像柳永词特色，其佳胜处全在于真率挚热。概言之，李之仪每常就景叙事言情，依时空顺序直笔推进，章法结构比较简单，少有跳跃腾挪的变化，也少见错综交织之妙。他与柳词的差距主要是仅作平面的述写铺排，而缺乏深挚真切的情感积蕴，流为为文造情，所以未能使情景浑融，组合成有机的艺术境界，以致浅浮直露，语尽即情、意俱尽,难见引人回想品味的审美张力。即便偶出佳句,如"拨尽火边灰、搅愁肠、飞花舞絮"(《蓦山溪》)、"夕阳波似动,曲水风犹懒"(《早梅芳》),也不足以振挺全篇,只是仅得小巧而已。

最后可以参照前面论析作一总结:李之仪的词论多注重于外在形式、表现手法和词家创作上的得失优长及艺术风格等方面,而相对忽略了词的内容题材。其实,不同内容题材对表现手法与词作整体风格面貌的形成,具有相当影响制约作用。反言之,某种特定风格类型、某些艺术手法也最适宜于表现相应的题材内容。如从花间乃至晏、欧、柳、张等传统流派,所写者大率不外恋情相思、伤离怨别、惜春感逝之类,生活体验空间狭窄。但李之仪认为这样正是词之本色,唯此方"如格",却忽视了苏轼扩张词境、丰富表现内容,提高词品、开拓词体新的发展空间的重要意义,便显露出其本体观念的保守性。而体现到他自己的词作中,也是于谨守传统词派艺术精神之际,有限度地突破自我词论的畛域。所以,虽主要致力在小阕短章的制作,不过前有晏、欧等沾溉南唐词派再凭藉闲雅蕴藉风貌出之,已臻达高度完美境界,并经晏几道融入身世落拓的慨喟,成为光辉的殿军,这种体式便最终完成了它的经典化构建,具载着永恒的范型价值,但同时也标志其独占词坛主流位置数百年过程的终结;而长调慢词迅速流行大兴,与小阕争艳竞胜,甚至骎骎然呈压倒之势——李之仪正当此等格局之中,自是很难迈越词体演进规律而大有作为;另一方面则是在同期前后,他又被苏轼、秦观、周邦彦等大家所遮蔽,彼等既是制作小阕之圣手,在长调慢词上更是继往开来,共同造就一代文学的极顶辉煌,比较之下,李之仪显然无从跻登攀升,以致被后世冷落,也就不足为怪。

第二节　晁补之词论词作综论

词作为一种新兴音乐文学样式,历经四个多世纪初萌生发、成熟发展的漫长途程,至北宋中期(仁宗、神宗两朝),已走到它极顶辉煌的前沿。也就是说,自花间、南唐词派所建构起的侧艳婉约的传统艺术精神,于晏殊、欧阳修等宋词大家发挥几近完美境地,载具着恒久的范型意义。不过,因其仅注目在个体生命感受局部的表达上面,以致题材内容单调窄狭、风格面貌类型化的缺陷,带来了一定程度上的程式化而渐趋凝滞的负面影响。"词是近古(中唐以后)的乐章,虽已'六义附庸,蔚成大国'了,实际上还是诗国中的一个小邦。它的确已发展了,到了相当大的地位,但按其本质来讲,并不曾得到它应有的发展,并不够大。如以好而论,当然很好了,也未必够好。"①故而苏轼凭藉高度张扬的主体自觉意识,扩张境界、别开新风,力图挽转流行的浮靡因循习气、提升词的文化美学品格,遂矫矫然横逸出于传统之外,立宗传派,主导词坛美学理想与本体价值取向的大变革,给一代文学极胜之境拓出广阔天地。

　　向被历代论词者视为苏轼羽翼,接受他浸润熏染的,当首推其门下"四学士"之一的晁补之。如南宋初王灼列举是时学苏的词家八人,认为只有黄庭坚、晁补之词"韵制得七八",但"黄晚年间放于狭邪,故有少疏荡处",尚逊于晁补之一筹(《碧鸡漫志》卷二)。后来况周颐也说:"有宋熙(宁)、(元)丰间词学极盛,苏长公提倡风雅,为一代山斗。……山谷、无咎皆工倚声,体格与长公为近。"(《惠风词话》卷二)刘熙载又进一步指出"东坡词在当时鲜与同调",独有"晁无咎坦易之怀,磊落之气,差堪骖靳"(《艺概·词曲概》)。所以,张尔田甚至断言:"学东坡者必自无咎始,再降则为叶石林,此北宋正轨也。"(《忍寒词序》)自然,上述之类还只是一种基础在审美直觉感受层面的印象式概括提示,于其间那流派性的承续衍变的复杂情况仅能略供消息罢了。而有关晁补之词作风貌特征、情思感怀、技巧手法等的深层认知,就须得结合参照他词论中表达出的本体观念、评判标准、艺术旨趣,一并给予多方位观照析论,才会具有词史意义上的清晰了解。

一

　　晁补之(1053—1110年),字无咎,晚年自号归来子,济州巨野人。有《鸡肋集》70卷,系从弟晁谦之于绍兴七年(1137年)编定,另词集《晁氏琴趣外篇》6卷、补遗1卷。据宋朱弁《续骫骳说》所载,晁补之曾撰有"《骫骳说》二卷,其大概多论乐府歌词,皆近世人所为也",今已佚。现存较完整的词论之作唯《评本朝乐府》一篇,见于宋胡仔《苕溪渔隐丛话后集》卷三三"晁无咎"条下引《复斋漫录》;又宋吴曾《能改斋漫录》卷一六、宋魏庆之

① 俞平伯:《唐宋词选释》,人民文学出版社1979年版,第1—2页。

《诗人玉屑》卷二一亦并载录此篇，仅字句略有出入。由此可知，它在当时便产生了较大影响，故曾被多位诗词论者所关注转抄或摘引，作为评断词坛高下短长的资料与参比系。因为这毕竟是词家自己撰写的论词文字，是难得的由创作实践再向知性总结理性归纳的提升，已然能够从事实评断而及价值评断，强调词独立的本体艺术精神，张扬词家的主体自觉意识；若相较那些专门的词学家来说，更多出一些真切丰富的感性经验色彩。其文云：

> 世言柳耆卿曲俗，非也，如［八声甘州］云："渐霜风凄惨，关河冷落，残照当楼。"此唐人语，不减高处矣。欧阳永叔［浣溪沙］云："堤上游人逐画船，拍堤春水四垂天，绿杨楼外出秋千。"要皆绝妙，然只一"出"字，自是后人道不到处。东坡词，人谓多不谐音律，然居士词横放杰出，自是曲中缚不住者。黄鲁直间作小词，固高妙，然不是当家语，自是著腔子唱好诗。晏元献不蹈袭人语，而风调闲雅，如"舞低杨柳楼心月，歌尽桃花扇底风"，知此人不住三家村也。张子野与柳耆卿齐名，而时以子野不及耆卿，然子野韵高，是耆卿所乏处。近世以来作者，皆不及秦少游，如"斜阳外，寒鸦万点，流水绕孤村"，虽不识字，亦知是天生好言语。

如果乍从本文的字面表层看，它仅仅注目于词家的个别词作、甚至细微到摘句式述评，而不像同时期李之仪《跋吴思道小词》、晚辈李清照《词论》那样多有本体论与词史嬗变演进的析辨叙议。其实，经过深入思考体味，便会感到晁补之对于词体特质本色的主张、相关风格流派的把握都是假助具体词作的品评和比较而表现出来，只不过怵于这种行文体式，故显得隐蔽零碎而已。概括言之，主要涉及以下几个方面：

第一就是张扬词的本体意识。首先强调其音乐的属性，即"谐音律"，应合于音律以披乐歌唱为词体的前提性法度，注重乐曲对歌词形式的制约主导意义，要求词须得声辞谐和美听。这是北宋人普遍流行的共识，从李之仪到李清照，论词皆首述及此。晁补之词论也并无异议，但他观念较为通脱，能够结合创作实践，兼顾词体的文学属性，注重到应以表情达意为先，不再去片面讲求唯音律为是的纯形式规范。所以，才对苏轼词有了相对的理解："横放杰出，自是曲中缚不住者。"同为苏门弟子的陈师道亦云："退之以文为诗，子瞻以诗为词，如教坊雷大使舞，虽极天下之工，要非本色。"（《后山诗话》）话里都有两层含意，二者正可互为因果、共文以明义：一是词不宜过分拘执音律而失之于胶柱鼓瑟，乃致妨碍于情思内容的表述；二是词虽也呈现多样化的风貌格调，如苏轼"以诗为词"的革新是对传统的开拓更张，他那种"横放杰出"、骏爽清健、意到笔随而无所不适的作风固然自成一家，可与晏、欧之"闲雅"姿貌并行不废，但却终究不属词体"本色"、"当家语"，只许作特例方才不予苛责。

这便又关系到词的文学属性，也即其与不同文体的诗歌的两种不同的艺术风格、表现方法的差别。一般说来，词体自花间、南唐以来，大多注目在抒写生命体验里非常个体化思怀感受的部分，写景言情偏于细腻委曲，意境深微幽长、韵味柔婉含蓄；而诗歌则一并包纳着群体性的广阔社会人生，境界、气象都较为廓大开朗，是"言志"、"致用"的正统文体。以这种价值观念顾视黄庭坚词作，如［定风波］"万里黔中一漏天"，［鹧鸪天］"黄菊枝头生晓寒"、"紫菊黄花风露寒"等等，或述谪居情怀，或因节令生感，其取径皆认同于苏轼的"以诗为词"，即将诗化精神、诗性作风带进词里，别以硬笔冷语出之，一派兀傲桀倔姿态跃然纸上，全不作绵邈宛曲的传统词家韵致。所以，晁补之才认为"固高妙"，但却不大契合词特具的体貌范型，"自是著腔子唱好诗"，是以心底并不太赞许。另有苏轼评论黄庭坚咏渔父词［浣溪沙］"新妇滩头眉黛愁，女儿浦口眼波秋。惊鱼错认月沉钩。青箬笠前无限事，绿蓑衣底一时休。斜风吹雨转船头。"说："鲁直作此词，清新婉丽。问其得意处，自言以水光山色替其玉肌花貌，此乃真得渔父家风也！然才出新妇矶，又入女儿浦，此渔父无乃太澜浪乎？"（《跋黔安居士渔父词》）称道黄庭坚能突破传统的"艳科"桎梏，吹进真实渔父生涯的清朗新健气息；同时又不满于黄词仍旧用闺阁女儿拟比自然的山容水态，致存些许绮靡婉媚积习。虽然艺术本体意识上与晁补之相左，而两相参照，却显露出北宋词坛循守"当家语"（《能改斋漫录》卷一六引作"当行家语"）、"本色"和张扬革新、朝诗歌道路复归的流变发展轫迹。如果再印证李之仪的词体"自有一种风格，稍不如格，便觉龃龉"、"大抵以《花间集》中所载为宗"（《跋吴思道小词》），李清照关于词"别是一家"（《词论》）的说法与晁补之词作，便更可消息那中间"正变"的词史意义。

第二则为词的雅俗之辩。"世言柳耆卿曲俗"，也相同于说"柳三变游东都南北二巷，作新乐府，骫骳从俗，天下咏之"（《后山诗话》），或柳永词"虽极工致，然多杂以鄙语，故流俗人尤喜道之"（徐度《却扫编》卷五）。确实，缘由于文化背景、美学理想的差异，他的浅近俗艳浸透了市井情趣，扩散着强烈的世俗刺激气息，颇为士大夫文人阶层那种典雅委婉的主流艺术精神所鄙薄。但就整体而言，柳永其实并不乏淳雅高古之制，是以晁补之为之辩解，极赞"渐霜风"诸句，认为能景中融情，境界苍凉浑厚，气象阔大杳远，可谓骨韵俱高，深得盛唐诗意味风貌。另，此语或又作"东坡云：世言柳耆卿曲俗，非也。如[八声甘州]之'霜风凄紧，关河冷落，残照当楼'，此语于诗句不减唐人高处"（赵令畤《侯鲭录》卷七）。现在虽也很难凿实为谁所语，但却证明系具有共同性的认识。而问题的关键在于，肯定柳永词有着高雅感慨的一面，正是基于对他俗词鄙俚率直的否定贬斥的前提之上。倘若推究晁、苏本意，似乎只不过是求得客观准确，不宜以偏概全罢了，故而才特地给柳永词正名，指出他并非全然的"俗"。

第三便晁补之词论主体部分，对"近世以来"词作的一一论比评点，然贯通于其深层的审美取向，无疑是前面所述及的"当家语"，肇始于花间、南唐词派，而奉晏殊、欧阳修为经典的艺术传统。这里主要参用了前人论诗时惯行已久的"摘句法"，以点带面、由点见面。如对欧阳修[浣溪沙]词，着眼在字法字面的精心锤琢烹炼上，推许"出"字用得超人意表、传神生色而境界毕现。至于晏几道（晁补之误记为晏殊）[鹧鸪天]词"舞低"一联，则又从整体性营造的意境、渲染的气象方面来显示其"风调闲雅"的风貌特征，并及他"不蹈袭人语"的新创功力。李之仪《跋吴思道小词》云："风流闲雅，超出意表。"王灼《碧鸡漫志》也有"风流蕴藉，一时莫及，而温润秀洁，亦无其比"的话，都可与此处参照，揭示出这个传统词派的艺术风格和他们所追求的美学理想。不过，晁补之"以意逆志，知人论世"，还由词作再进一步联系到词家本人的身世遭际与文学环境，"知此人不住三家村也"，便觉得又深入一层。

吴处厚《青箱杂记》卷五曾记载晏殊的艺术见解：

晏元献公虽起田里，而文章富贵，出于天然。尝览李庆孙《富贵曲》云："轴装曲谱金书字，树记花名玉篆牌。"公曰："此乃乞儿相，未谙富贵者。故余每吟咏富贵，不言金玉锦绣而惟说其气象，若'楼台侧畔杨花过，帘幕中间燕子飞'、'梨花院落溶溶月，柳絮池塘淡淡风'之类是也。"故公自以此句语人曰："穷儿家有这景致也无？"

不正面直说，只就侧笔渲染烘托，借以引发联想与想象，从中品味那种隐而未现的"富贵相",如此方才含蕴着丰厚悠长的"韵致"。同时也便领会到"舞低杨柳楼心月,歌尽桃花扇底风"的无尽妙趣,以及晁补之称许这种具载流派表现方法乃至情味神貌"不蹈袭人语,而风调闲雅"的原因;又一并提示了他批评黄庭坚词"自是著腔子唱好诗"的缘由,是在于黄氏的过为率直袒露一泻无余,不够含蓄深曲,专以诗法来入词。

在当时"齐名"的柳永和张先的比较里,晁补之仍然持守"韵"的概念,作为评断高下的准则。现在看来,柳永制创长调慢词,层层铺叙,造语浅白,以赋的手法直接描述摹画而不作象征暗示、不求深曲包藏,所以,写景、事则透彻详尽,言情、志则畅达发露,而且那开阔的文体空间也能够包纳更加纷繁丰富的社会生活内容,一切都更具直观性感官刺激色彩。这些都是承循传统词风、多用令词短章笔法而较少发展变化的张先所缺失的,是而于酝酿、期待着革新拓展的北宋词坛上,"时以子野不及耆卿"。不过,柳永词的铺叙营造出详明袒白的艺术效应,往往使情景毕现无余,却少有一份引发深蕴回想的意味,尤其是那种粗鄙艳媚的市民气息,更与上层士大夫文人阶层的清趣雅致相径庭;而张先词的包蕴婉曲、隽永绵邈,透出了生命体验中所浸润着的轻柔又悠长的迷惘与无奈,最是"韵高","是耆卿所乏处"。

最后,依据北宋中后期词坛的普遍诗化倾向和花间、南唐以来的传统词派由"娱人"而兼及"娱己"的重心转移与容量扩展,晁补之给秦观词以高度评价,视作为美学理想的具现载体,"情韵兼胜"(《四库全书总目提要》)的艺术精神的代表。所例举[满庭芳]"山抹微云"词之歇拍"斜阳外"云云,其中"寒鸦万点"句一本或作"数点",原系櫽栝隋炀帝杨广诗(失题):"寒鸦飞数点,流水绕孤村。"晁补之姊子叶梦得《避暑录话》卷三又引作"寒鸦千万点",并认为秦观词"语工而入律,知乐者谓之作家歌"。确实,它已尽洗脂粉靡丽气,别就清浅简洁的诗的语言写出包蕴着萧疏落寞情调的生动画图,浑然天成而不用事典、不作深隐曲折之笔,并且合乎词体规范,畅晓易明,真是"天生好言语",于市井村夫亦无隔阂。故总上述者,可能显示出晁补之词论审美趣味的多元化与包容性,达成了从花间"侧艳"传统向诗化道路的回归,这些,也同样反映到他自己的词作中。

二

"晁无咎云：'眉山公之词短于情，盖不更此境耳。'"（王若虚《滹南诗话》卷二）说明他还是拘执于传统词派以纤艳柔婉笔法，写闺怨相思之情的本体观念："其体当然"。其实，苏轼对词体革新，正是企望超迈以往风月恋思、艳科小道的局囿而转向"诗词只是一理，不容异观"的创作道路上来。但顾视晁补之的词作，也并不尽皆契合他词论的主张，恰也印證了前面所说的多元化与包容性，因此，元好问才将黄庭坚、晁补之、陈与义、辛弃疾等列为苏派嫡传，认为他们"俱以歌词取胜，吟咏情性，留连光景，清壮顿挫，能起人妙思。亦有语意拙直，不自缘饰，因病成妍者，皆自坡发之"（《新轩乐府引》）。当然，这里仅只就主流艺术精神和审美倾向着眼，而具体到各人的词作差异、承传流变的复杂关系，却绝非聊供消息的三言两语便能够勾画得清楚；又须得结合着整体观照与多层次的论述，给出较为准确、深刻的认知评议。

晁补之词作，是以因朝廷追复绍圣，重治元祐及元符末旧臣，他亦在党籍而罢知湖州任、退居金乡故里的近十年期间最具代表意义。这已是生命的最后阶段了，随着世路蹉跌的感发和自我风格面貌的渐趋成熟，他继续苏轼词拓展的诗化回归，将笔触延伸向现实人生的诸多方面，容纳了较开阔的社会生活空间。如生动真实地描写东皋归来园的四时风物，融入主体本身随遇而安超然出处进退的旨趣，是而于看待寄迹相伴的丽日景光时，便不再当作冷漠的纯客观存在物，而是每每蕴含了浓重的主观情绪色彩。因此，也就不总满足于细致平面式的摹画上，或者只借助比兴托寄手法以言外见意；而是径直由正面着笔、放手铺排，凭藉一系列精心选择提炼而最易于表达心思感受，善能引发丰富联想的景象群落，使景为情用、景中显情。如［永遇乐］《东皋寓居》：

> 松菊堂深，芰荷池小，长夏清暑。燕引雏还，鸠呼妇往，人静效原趣。麦天已过，薄衣轻扇，试起绕园徐步。听衡宇、欣欣童稚，共说夜来初雨。苍菅径里，紫葳枝上，数点幽花垂露。东里催锄，西邻助饷，相戒清晨去。斜川归兴，翛然满目，回首帝乡何处？只愁恐，轻鞭犯夜，霸陵归路。

是词当制于崇宁二年（1103 年），晁补之 51 岁时，"闲居济州金乡，葺东皋归去来园，楼观堂亭位置极潇洒，尽用陶（渊明）语名之。自画为大图，书记其上，书尤妙"（陈鹄《西塘耆旧续闻》卷三）。他用大半篇幅铺写乡村家居的初夏景物风光，字里行间处处充溢了闲适轻畅的意味。故而于下阕后尾从容逗出"斜川归兴，翛然满目"二句，以表明自己"忘情仕进，慕陶潜为人"（《宋史》本传）的隐退之乐，体现出社会现实境遇与个我志向兴趣的契合无间、物我不违，但见一片悠逸愉悦气氛。案，陶渊明《游斜川》诗序云："天气澄和，风物闲美，与二三邻曲，同游斜川。临长流，望层城，鲂鲤跃鳞于将夕，水鸥乘和于翻飞。"诗云："开岁倏五十，吾生行归休。"又晁补之《送永嘉县君回至鹿邑东门外作》诗："华发下堪悲事故，斜川归兴满东皋。"都相互交融在田园生活里。总之，全篇不用曲笔、不作深隐幽邃之境，只凭纯然真情的率性袒露和一气贯注的气势感人，因而特别显见清新疏阔之美。

也正是这种明朗疏隽的格调构成金乡退闲词作的主流，如述写端午节家常雅兴乐趣的［消息］"红日葵开"，色彩绚烂，民俗风情热烈；描画暮春景象的［梁州令叠韵］"田野闲来惯"、［诉衷情］"东城南陌"、［金凤钩］"春辞我"，皆尽流连韶华，叹慨青春易逝水去，虽不免浸染了些许的迷惘怅恨意味，但总体看来，却只不过像一层轻轻缭绕着的淡烟薄雾，很快便消散在新绿红芳、乳燕黄莺的美丽中，并不觉得过分沉重。再如叙写盛夏炎天消闲纳凉场境的［酒泉子］"萱草戎葵"、［生查子］"永日向人妍"、［诉衷情］"小园过午"，也都是爽利清畅，教人赏心悦目，心头顿时流荡过对美好物事与习见凡常生活的珍重眷惜之意。而抒发早春感怀的［木兰花］"小楼新创"、［阮郎归］"小楼独上"，则暗暗惊心于韶光倏忽多变，故那极寻常的斜阳暮钟也便牵动了天涯遐思悬想，情味亦深沉邈远，咀嚼不尽。凡此等等，无非是情、景、事的紧密融合浑化，一切又全依据那份真挚的"情"的契引驱动，所以，就不须去特地追求韵致的含蓄隐曲和描摹拟写的精丽工细，却独能凭藉境界的高旷清健取胜，也最见词家的襟怀气度及情性诗化之美。关于此，原本为苏轼词最得意处，晁补之踪迹亦颇得其神貌。另一方面，在漫长的废黜退闲岁月里，晁补之离开了政治权力，重新回顾、审视自己以往和未来的人生道路，非常倾慕魏晋高贤那种恣纵放浪、于世事俗务的得失无所萦念的洒脱风致，尤其是奉崇陶渊明的生活方式、价值取向与审美旨归而以为楷模，上述一类词作恰也是他特定心曲志趣的物化载体。

自然，这种艺术表现特征并非仅只凸显在晁补之晚年家居时期，而早于此前的若干词作中业已见出端倪。如［安公子］《送进道四弟官无为》上阕云："柳老荷花尽，夜来霜落平湖净。征雁横天鸥舞成，鱼游清镜。又还是、当年我向江南兴。移画船、深渚蒹葭映。对半篙碧水，满眼青山魂凝。"［水龙吟］《寄留守无愧丈》上阕前半云："满湖高柳摇风，坐看骤雨来湖面。跳珠溅玉，圆荷翻倒，轻鸥惊散。堂上凉生槛前暑退，罗裙凌乱。"于爽丽动荡间透露出清疏朗俊的风韵。又如［临江仙］《用韵和韩求仁南都留别》二首、［忆少年］《别历下》，皆不用浓墨重笔去铺陈行前的离情别绪，而只就眼前的风景从容道出，但是字句间却贯注着挚诚真切的伤感与留恋，语浅情浓、言简意深，然而又同时显现了词家主体格调、襟怀的高迈豁达，故引人回想不已。陈廷焯云："晁无咎词，名不逮秦、柳诸家，而本领不在其下。"（《词坛丛话》）若由上举诸词作例证之，当不为无根游谈。尤其是绍圣二年（1095年）他坐修《神宗实录》失实，勅降通判应天府（今河南商丘），离原知齐州（今山东济南）任所时的［忆少年］，起句"无穷官柳，无情画舸，无根行客"独出机杼，采用排比手法，从拗折复叠里饶显天然真率意趣，极见锤琢涤淘却能重归于浑朴无痕的艺术功力，故而甚得后世词论家的赏誉："晁补之［忆少年］'无穷官柳'云云，'花无人戴，酒无人劝，醉也无人管'与此词起处同一警绝。唐以后特地有词，正以有如许妙语，诗家收拾不尽耳。"（先著、程洪《词洁》卷一）案，"花无人戴"三句为南宋黄公绍［青玉案］词之结拍语，贺裳《皱水轩词筌》评云："语淡而情浓，事浅而言深。"其实也不妨移来以评晁补之词。

由于属名"苏门学士"，自熙宁四年（1071年）冬二人订交起始，晁补之与苏轼的师友情谊直贯终生，久而愈坚弥笃，这样便必然随着卷入新旧党争的朝政旋涡里。如崇宁元年（1102年），宰相蔡京籍司马光、苏轼等一百二十人罪状，谓之奸党，请御书刻石于端礼门，晁补之在籍。次年四月，诏毁三苏、黄庭坚、张耒、晁补之、秦观等文集；九月，新党臣僚又请诏御书元祐奸党姓名颁于天下郡县，邻监司长吏厅皆刻石，晁补之亦在党籍中，都是较为突出的事例。其实，晁氏在宋初虽曾是显赫的世家大族，有多人位居高官，重名一时，但以后却渐转衰落零替。至补之父晁端友仅为上虞令、新城令之类低层官员，熙宁八年（1075年）病卒于京师昭得坊，官终著作佐郎，晁补之因家贫窘故，竟不能以时葬，致终身都引为憾恨。他自己平生仍浮沉下僚，命运多舛,早年的壮志尽成虚话,大好韶华无端消耗掉,最是愤懑难平又不堪回首。所以,显露到词作里,就也不暇再去细琐推求音律的疾徐抗坠、句法字面的参差变换、表述手法的曲隐含蕴,而是径直慨然抒情言志,一任胸中块垒纵横挥洒倾泻尽出,全依持那股豪放奔涌的气势来驱策运行,故之一体贯穿略无滞碍。如始罢官还乡经营归来园时作的[摸鱼儿]《东皋寓居》:

> 买陂塘、旋栽杨柳,依稀淮岸江浦。东皋嘉雨新痕涨,沙觜鹭来鸥聚。堪爱处,最好是、一川夜月光流渚。无人独舞。任翠幄张天,柔茵藉地,酒尽未能去。　　　青绫被,莫忆金闺故步,儒冠曾把身误。弓刀千骑成何事?荒了邵平瓜圃。君试觑,满青镜、星星鬓影今如许!功名浪语。便做得班超,封侯万里,归计恐迟暮。

上阕疏爽清丽,于园中景色绘影描形,以寓现啸傲风月、寄兴诗酒的隐居情趣,颇见苏轼超旷自适的意致。过片却转笔写因为年轻时热心功名、以馆阁侍臣徒自销磨生命的悔痛,遂迭用旧典来坐实儒冠误人,一时的显赫荣耀也并不足恃,总不如高蹈山林为上。证诸有关史实、晁补之人生行迹及所写诗文,如《即事一首次韵祝朝奉十一丈》:“儒冠成自误,归去无片瓦。”《西归七首次韵和泗州十五叔父》之四:“东陵种瓜事,富贵宁可必!”《对雪和王仲至》:“碧落高情元物外,金闺清梦自天涯。”便可知他心头郁积有一股难以消释的辛酸愤慨之气,故而才激荡出“功名浪语”的反笔来,质率发露,滔滔直下,特以气象阔大豪纵见长,全然吐弃了传统词派婉转密丽的艺术习气。刘熙载云:“无咎词堂庑颇大,人知辛稼轩[摸鱼儿]‘更能消几番风雨’一阕为后来名家所竞效,其实辛词所本,即无咎[摸鱼儿]‘买陂塘、旋栽杨柳’之波澜也。”(《艺概·词曲概》)所着眼处,正在于晁补之的造境厚重浑成,善长融汇熔铸事典,而借助于盘勃郁发的气脉流转驱动之,既能情怀毕现无遗,又避免浅陋粗率之病。求诸同类型风貌词作,如[一丛花]《十二叔节推以无咎生日于此声中为辞依韵和答》二首的“高情敢并汉庭疏,长揖去田庐。囊无上赐金堪散,也未妨、山猎溪渔”“凌烟画像云台议,似眼前、百草春风。盏里圣贤,壶中天地,高兴更谁同”等,简直与此[摸鱼儿]同出一辙、神形无二。只不过后词的情态意绪似更加激切急迫、吐辞造语亦更为直白畅快,似乎有骨鲠充喉,必尽吐而快。这些自然和当时流行的含蓄幽折、婉藏不露的传统派词风大相径庭了。

细味晁补之词,还有另一种胜境。即虽仍由清朗高旷的基调上生发,却更偏向于空灵隽逸之致;既深得苏轼词神韵,又能不株守拘执于门户下。他手挥目送,自酝悬想,在意象组合与境界构成上,赋于自然景物以某种象征意义和特定指向,而情则潜蕴包容在其间,是为一条贯通勾连的脉络。如元祐七年(1092年)夏所制[八声甘州]《扬州次韵和东坡钱塘作》,当时二人同仕一郡,以师生兼僚属,系极难得的幸事。词中就"西湖"扣住杭、扬,融今昔不同的时间范围、南北两处空间场景为一端,借"秋波一种"、"江雨霏霏"为相互牵引映发的契机,由之叹喟年光递嬗,然皆深切浸润了真挚的情谊,决不会为世事遷变、岁月推移而有任何消减:"念平生相从江海,任飘蓬、不遣此心违。"全篇用笔流动不滞,气韵夭矫从心。案,苏轼赴知扬州任有《次韵晁无咎学士相迎一首》诗云:"每到平山忆醉翁,悬知他日君思我。"也正与此词的本义相共呼应。又如元符二年(1099年)贬官信州时作的[玉蝴蝶]"暗忆少年豪气",主旨在于忆旧伤今,感慨欢事早已成昨,前尘如梦似烟,徒然供人怀想罢了;而眼前青鬓已化霜,踽踽踯躅在异乡苍茫暮色里,只剩下一份凄怆独自品尝。虽含不胜悲凉迷惘之意,但多由事、景和人物风态着眼,便觉得清旷洒脱里暗暗透出丝丝缕缕的伤感叹息,耐人从容寻索领略。不过,最能体现晁补之独特风貌韵致的,是大观四年(1110年)知泗州时在官舍所制的[洞仙歌]《泗州中秋作》:

> 青烟幂处,碧海飞金镜。永夜闲阶卧桂影。露凉时、零乱多少寒螀,神京远,唯有蓝桥路近。　　水晶帘不下,云母屏开,冷浸佳人淡脂粉。待都将许多明,付与金尊,投晓共、流霞倾尽。更携取、胡床上南楼,看玉做人间,素秋千顷。

此词原不载于《晁氏琴趣外篇》,而首见南宋曾造辑编《乐府雅词》卷上。毛晋云:"无咎虽游戏小词,不作绮艳语,殆因法秀禅师淳淳戒山谷老人,不敢以笔墨劝淫耶?大观四年卒于泗州官舍。自画山水留春堂大屏,上题云:'胸中正可吞云梦,盏底何妨对圣贤?有意清秋入衡霍,为君无尽写江天。'又咏[洞仙歌]一阕,遂绝笔。"(《晁氏琴趣外篇跋》)确实,这是对于所幻想的美好世界和艺术意境的一次终极求索。词中刻画的碧海青烟、玉阶桂影等载具多层历史文化内蕴与特定情思指向的景物,既是已然固有的客观存在,又同时带有浓厚的憧憬向往性象征色彩,亦幻亦真。故而才顿生出万念胥澄、形神双清之感,直觉得凌空御风、敻绝尘俗,使人不由得联想及苏轼的中秋词[水调歌头]"明月几时有"来。但是,两者相较之下,便看到苏轼于其间倾注了更多一些的热情和期待，虽然也不乏对于人生缺憾的喟叹与孤高毁至、知音难觅的悲凉意绪，唯就其本质来说，却始终未曾放弃那对未来理想的坚忍扣问，对纯粹的美的执着追寻。而晁补之则大不然了，同样的秋月清光之下，他这里只剩有冷寂虚静，是饱经忧患、阅惯世事苍黄反复后的老年人所特具的一种气质。他已经不再为荣枯盛衰的遷变所羁念萦心，因为早年的激情色调早已消褪殆尽，即或还有些许生命迟暮的感伤，也很快伴随着丝管金尊而付诸淡烟流水，一起溶解在眼前清辉澄澈的无垠明月下。

全面地说，晁补之词固然多有师法追踪苏轼处，但也决非亦步亦趋者。他于创作上力主"师心而不蹈迹"（《跋董源画》），认为"法可以人人而传，而妙必其胸中之所独得"（《跋谢良佐所收李唐卿篆千字文》），孜孜于自我艺术风貌特征和审美范式的构建形成。如果再结合到他的生平际遇、思想观念、社会文化背景来进行综合考察，对其词作便会有着更深刻的认识。前曾述及，晁氏家世衰微，补之早岁于乡间躬耕自食，更是多历艰窘穷苦，乃至元丰二年（1079 年），27 岁中进士后还要回顾以往经历说："自吴归鲁，先人谢世，家四壁立，偏亲须养，婚姻日逼，少年慵惰，不能作业，念无以奉朝夕。来书簿游，为苟且之图，分外得之粗饱为幸矣。"（《及第谢苏公书》）旋调官澶州司户参军，又赋《及第东归将赴调寄李成季》诗云："男儿得意贵颖脱，功名有份劳跻攀。折腰正为五斗米，得饱约君寻故山。"那心情也还是沉重的。即便待以后宦海沉浮，仍未能摆脱贫困的缠绕，"晁子拙生事，举家闻食粥。朝来又绝倒，谀墓得霜竹。可怜先生盘，朝日照苜蓿。"（苏轼《书晁补之所藏与可画竹》之三）"性不耐衣冠，人门疏造请。煮饼卧北窗，保此已徼幸。"（黄庭坚《次韵答晁无咎见赠》）他甚至曾为了多得俸禄养家而放弃京官，自请外任他郡。又不幸陷身无谓党争，以致迭遭窜贬，饱谙了世态炎凉、迁客逐臣的凄苦况味。这些因素无论隐显，都会浸染及他的词作留下阴影。

如果再进一步追溯其所接受的历史文化传统影响，那么，晁补之"尤精《楚辞》，论集屈、宋以来赋咏为《变离骚》等三书"（《宋史》本传），《宋史·艺文志》尚著录《续楚辞》二十卷、《变离骚》二十卷等多种。并沉潜李白、杜牧等诗人，对先贤们因忠见斥、孤愤怨怼的情怀与美人芳草、幽眇悱恻的韵致都体味得异常真切深沉。而个人的秉性气质也是沉绵凄邈，趋于内向自省而不善常排遣，既缺少苏轼型豁达豪健的胸襟，也殊异于陶渊明那类旷放淡穆、静泊自适的气度。凡此诸般外况内因,无不直接间接地铸成晁补之词低回怨叹的另一面其本格调,诚如冯煦评论说的"所为诗余,无子瞻之高华,而沉咽则过之"(《宋六十一家词选例言》)。

最具代表性的词篇,首推元符二年(1099年)晁补之谪监信州盐酒税时际的[迷神引]《贬玉溪对江山作》,这时他已经47岁了,犹以垂暮之身南窜荒蛮之地,因于艰窘穷迫之境,心头的那种怨愁悲怆自无待言,也唯有借笔端发泄之了:

> 黯黯青山红日暮,浩浩大江东注。馀霞散绮,向烟波路。使人愁,长安远,在何处? 几点渔灯小,迷近坞。一片客帆低,傍前浦。　暗想平生,自悔儒冠误。觉阮途穷,归心阻。断魂素月,一千里、伤平楚。怪竹枝歌,声声怨,为谁苦? 猿鸟一时啼,惊岛屿。烛暗不成眠,听津鼓。

面对眼前夕阳暮帆的萧条冷清景象,很自然地要牵惹起骚人逐臣的满怀愁绪,遥望帝乡渺茫,更不知归途何计? 这里不仅只因景生情,即便景物的描摹里亦融化进深长的迷惘低沉情感在内。一个"愁"字,暗暗透露出他不满朝廷的凉薄与反覆无常,却又是依恋难舍,仍然寄托有某些期望的复杂心理。与之同坐元祐党籍、贬监郴州盐酒税的张舜民在南下路上,曾赋有[卖花声]《题岳阳楼》词,下阕云:"醉袖抚危阑,天淡云闲。何人此路得生还? 回首夕阳红尽处,应是长安。"也抒写着此等充分类型化了的情境意绪,可一并参味之。过片依旧用儒冠误人的主旨提唱,其深层该包蕴着多少难以言说的辛酸痛楚! 所以,接下来阮籍途穷恸哭故典的阑入,不过是略示端倪,聊致仕程蹭蹬、沉沦不偶的怨叹罢了。末尾转笔在素月猿鸟的画面,总束夜阑迟迟不寐的状态,通过时空的变换、推移,更清楚地表达出以上一系列纷繁的心理活动和所承受的沉重压力。要之,全篇层层铺写,依次递进,于景物的映托烘衬与事典语典的牵引之中,天涯沦落的一派哀思怨情盘旋而下,和盘尽出。虽不为包藏细密、吞吐待发的曲笔,但仍存有回环往复的深邈韵致,教人回味无穷。

他这份沉沦斥逐的怨艾竟然在心灵里郁积得那么深重,以至逢值金风送爽、秋灯有味的九月,当临晴空放目、欢饮佳节时际,而自己触目所见、入耳成听者,也都只是"露冷初减兰红,风紧潜凋垂柳,愁人漏长梦惊"的凄凉黯淡景象,胸襟中所迸发出的,也仅有"宦名缰索,世路蓬萍。难相见,赖有黄花满把,从教绿酒深倾"([八六子]《重九即事呈徐倅祖禹十六叔》)的沉挚迟回叹息。就这般因循捱到废黜家居的晚年,晁补之每每回忆及昔日游踪,追想故交旧友,那些思念愁怀就抒发得尤为凄恻切挚。如[满江红]《次韵吊汶阳李诚之待制》,便可视之典范:

> 华鬓春风,长歌罢、伤今感昨。春正好、瑶墀已叹,侍臣冥寞。牙帐尘错馀剑戟,翠帷月冷虚弦索。记往时、龙坂误曾登,今飘泊。　　贤人命,从来薄。流水意,知谁托?绕南枝身似,未眠飞鹊。射虎山边寻旧迹,骑鲸海上追前约。便江湖、与世永相忘,还堪乐。

李师中(诚之)亦属旧党人物,神宗朝曾活跃于政坛,因与王安石、吕惠卿意见牴牾,暮年遂退闲居汶上,熙宁十年(1077年),晁补之曾专程往谒见之,时苏轼亦在座,颇有知遇之恩。据胡仔《苕溪渔隐丛话》后集卷三六引《本朝杂记》又引《东皋杂录》云:"李诚之才致高妙,守边有威信。熙宁初,荆公用事,议论不合,退居汶上,题诗云:'燕子知时节,还寻旧宇归。新人方按曲,不许傍帘飞。'"可见出非常浓烈的个性色彩,由之亦略得窥知朝廷当权人物纠纷矛盾的一点消息,也因此决定了他大起大伏、多历坎坷的仕宦生涯。案,李诚之卒于元丰元年(1078年),而据许顗《彦周诗话》,则晁补之此词制作于崇宁年间(1102—1106年)金乡家居时,距他逝世已相隔近三十年的漫漫岁月了。所以,这里开首即点明自身亦已趋衰老,而犹回顾往年盛事,故就"伤今感昨"领起全篇。但剑戟空陈、弦索虚设,唯伴有月冷尘昏,昔时人物却早已不可踪迹。词中融合叙事抒情为一体,借助比兴笔法,叹喟贤良的命途多舛,同时并哀伤于自我的无辜斥逐。下阕虽阑入李广、李白等著名历史人物,然而又不仅只是用以绾合李氏族望,那更深沉的隐性含意,恐怕还在于关注他们所同样的充满了悲剧色调的人生遭际。这样的以古类今,便使一己的慨叹怅喟之情表达得更加委婉有味。是以《彦周诗话》称道云:"不独用事之确,其指意高古,深悲而善怨,似《离骚》。"

如果再将此词与[离亭宴]《次韵吊黄鲁直》、[千秋岁]《次韵吊高邮秦少游》、[古阳关]《寄无斁八弟宰宝应》等作相参照,就能够更充分地理解到笼罩、沉积在晁补之心灵深处的哀思愁绪是多么浓重,又被他多么酣畅淋漓地述写出来。其实,若再作总体观照,便会发现,即是那些造境较为苍茫浑涵的词作,如[阮郎归]《遐观楼》、《同十二叔泛济州环溪》之类,也往往于轻丽迷惘中揉进韶华无多、美人迟暮的深长感叹,以至陡地生发出沉重的

"天涯幽恨"，充满萧索悲凉意味。当然，这些也不过是相对而言，因为从其主导格调风貌来看，晁补之毕竟颇不同于晏、欧、秦等传统派词家习常惯见的用缠绵委曲笔致抒写幽怨悱恻情思的方法，甚至也有异于苏轼词的清旷劲健，虽然曾极言愁思如海，但却依然散发首掩抑不住的飒爽英气。

三

晁补之词作里体现出来的主导艺术精神和审美取向，并不契合、甚至是超轶出他词论中有关词体"当家语"，或"风调闲雅"、"韵高"的认知范围；换言之，即由花间、南唐词派所构建起、一直在规约示范着词坛主流美学理想与风格面貌的艳科娱人式"本色"观念。而更多地，则倒是每每出入于苏轼词的"横放杰出"，朝向诗化道路回归的变革新创。但如检点其全部篇什作持平之论，那么，那些伤春惜别、相思怨恋的题材内容，仍在数量上居半数以上，并无不拥具着婉约蕴藉的韵致和缱绻柔曼的情味，皆说明晁补之仍旧未曾脱离传统的本体论笼罩，只不过在此中力求别出新意罢了。如春日怀人，已是几百年来，被无数词家写得近于滥熟的名目了，而他的[引驾行]仍在寻求自我的独特视角和表述方法：

> 梅梢琼绽，东君次第开桃李。痛年年、好风景，无事对花垂泪。园里，旧赏处，幽葩柔条，一一动芳意。恨心事，春来间阻，忆年时、把罗袂。　　雅戏，樱桃红颗，为插鬓边明丽。又渐是，樱桃尝新，忍把旧游重记？何意？便云收雨歇，瓶沉簪折两无计。谩追悔，凭谁向说，又厌厌地。

本意原在于表现忆旧惜别，再聚无缘，也只不过空自相思感叹而已，这背后当有一段缠绵悱恻的动人情节，但真实事件已无法确考了。词中开首先说春色满园，人却独自垂泪。中间略为点染，遂就歇拍处揭示出"忆年时、把罗袂"的原因：全都是旧情难忘啊！过片转过笔法以回想的画面相呼应，然而也仅写出昔日恋人所留下的一个印象最深刻的细微动作，她的美丽风采便跃然历现了。是以那艳红的樱桃仿佛一根跨迈时空的主线，将今年和去年、即眼前实见与记忆中回想的春天连缀起来，则韶华依旧，芳姿亦变得依稀可踪，唯有那个人儿却是一去便杳杳无音讯。当时的分离实出无奈，但是此情有谁知，又堪向何人说道呢？全篇使用铺叙手法顺序而下，并未作大幅度的跃越摇曳,章法缜密不懈,率拙间饶有浑厚之气。

上述的审美趣味和创作取向,无疑是基础在比较明晰的理论意识上,即前面所引录他《评本朝乐府》一文中所表达的艺术精神与美学理想,这二者之间是为双向互动性的印证比较。一般而言,他在慢词长调的章法结构和铺叙手法上,较多地借鉴参用柳永浑成展衍、周密妥帖的长处,而摒除其迎合市井趣味、以致过于粗鄙俚俗的缺憾。如[洞仙歌]《留春》、《填卢全诗》、[水龙吟]《次韵林圣予惜春》、[斗百草]"别日常多"等,或是以景带情出,或者借事理来牵发映托情景,或又纯凭情去运行理,皆无一不措意构思苦心安排,以使层曲深折,井井有序,而首尾回环转应,于提纵调度中汇融时空背景,颇有委婉酣畅姿致。而这些皆源于胸襟里的一段真情性,是以并无儇薄轻佻习气。

当然,正同词论中显示的观点相一致,于传统词派的诸大家里,最让他服膺倾倒的首推晏殊、晏几道父子和欧阳修的"风调闲雅"、绝无一毫的市井尘俗气。所以,自己也才极力追求那种隽永清丽、含蕴深婉的风神韵致,着力于意象境界的宛曼丰厚与造语的流转凝炼,并较多地吐弃了花间词派精细雕琢、繁缛富艳的习尚。晁补之在一些令词短章里,较好地体现出这种美学理想。如绍圣二年(1095 年)通判应天府时所制的[鹧鸪天]:

　　　　　欲上南湖彩舫嬉,还思北渚与岚漪。圆菏盖水垂杨暗,鹦鹉鸳鸯欲
　　下时。　　　持此意,遣谁知? 清波还照鬓间丝。西楼重唱池塘好,应有
红妆敛翠眉。

起首只是虚拟一笔,意在暗写枉遭贬谪时的蛰居苦闷,故而随即明言"还思"先前知齐州(今山东济南)之湖山佳胜、风物清景的本意,以显见心头这份眷念的深挚。下阕慨叹年华行将老去,犹自连蹇仕途、沉浮宦海,往后纵然或许幸有机缘重游旧境故地,只恐怕也没有了当日的豪兴。词中即景言情,于轻歌微吟间流露出留连顾瞻的惆怅与无奈,虽并不过为沉重,余味却缭绕难去,这一切全都本于情思的深厚真切。其他又如[一丛花]"雕梁双燕"、[少年游]"前时相见"、[浣溪沙]"樱桃"等作,也大都写得清隽新丽、含思宛转而一往情深,颇得晏、欧绰约绵邈、澄澈雅洁的风姿神韵,犹似秋水微波,绝非仅凭藉绮靡堆砌、雕缋满目为能事者。

四

最后，综合审视晁补之词全部，并参照其词论文字，便可以看到，他虽然接受了开拓词境，提高词体的文化品格，引进、汲纳诗化精神，或朝诗化道路复归的观念和方法，如对当时普遍流行的柳永词鄙俚的说法并不以为然："世言柳耆卿曲俗，非也。"但为之辩解的根据、理由却是以类近诗歌、具有唐诗一样的审美意趣为例证："如［八声甘州］'渐霜风凄紧，关河冷落，残照当楼'，此真唐人语不减高处矣。"不过，这也决非意味着完全认同苏轼"微词宛转，盖诗之裔"（《祭张子野文》）的诗词一体论与"无意不可入，无事不可言"（刘熙载《艺概·词典概》）那样以诗为词的艺术实践。实际上，晁补之于此只是有所选择。

具体说来，如他描述田园风光、闲退乡居生涯，直率抒发政治纷争时的失意哀怨，体达对亲友同道的深情挚意，生动摹写南北各地的山川景物，都在一定程度上突破了花间以来传统的"艳科"、"小道"的狭隘范围，而反映着较为广阔的社会空间和丰富的现实生活内容。与之相适应，在审美视野、艺术表现等方面，也具有相对宽泛的取向和更繁杂多样化的方法。如常好博引事典、熔铸语典，从而增加词体的弹性与容纳深广度，使之更富于暗示、对比、象征、想象与联想能力，以扩张词的境界。这比起那些单纯凭景物去渲染烘托情思的传统作派，显然要有力得多。但同时，它兼具并载正面和负面效应，利弊共存互生。因为与一般的白描手法相比，也会增添理解领略的难度，这就要求接者应拥有更高的文化艺术素养及鉴赏敏感，所以容易限制它更广泛层面上的流行。顺便提一句，较之苏轼，尤其是后来居上、以文为词的辛弃疾，晁补之词在用典使事方面还远远未达到宏富广博的程度。

又如变改词境的密丽含藏为疏朗详透，使状物言情无一不畅明酣尽的风貌，晁补之遣辞造语仍然是表情为先，并未曾实质性地摆脱诗言志的儒家诗教观念和花间派词传情的传统局囿。只不过他对"情"一字涵义的界定比较通脱，包括了各类人生与现实生活中所存在或被激荡生发起的多种各样的情感意绪，并不再仅仅注目于男女异性间相思爱恋、伤离怨别的简单定向而已。也正是缘由这个原因，结合着晁补之身历神、哲、徽三朝，迭经政局屡变、遽烈起伏的社会大背景，他才深感动于个人坎坷多舛的命运，于词作里传现出较广阔的人生和复杂情感内涵。

内容与形式在实质上是互相制约又相辅共成的统一体。即以词而论，由于它自身文学样式的特殊性，便先天性地注定了其长于抒情却拙于说理叙事的表现特征。但也恰恰在这个方面上，它才比其他文学样式更能够满足人们传达、抒发某些细微敏锐、甚至难以名状的复杂情思感受的需要。所以，词方才能于渊源久远、势力雄厚又向推正统的诗、文之外，再别立新体而始终不被掩没。诚如樊志厚所言者："词之为体，要渺宜修，能言诗之所不能言，而不能尽言诗之所能言。诗之境阔，词之言长。"（《人间词话删稿》一二）便充分说明两种文体的异同以及其各自独立发展的理由。不过，词的这种优长也同时是它的短处，因为取境深者其径必狭。由此看来，在词体的演变进化历程上，自花间迄始，再经南唐而及北宋诸大家，于描写风月恋思、离怀别绪等传统题材内容和建构与之相适宜的艺术手法、技巧方面，如借景抒情、因景见情的比兴寄托、有馀不尽之类，词已经取得的成绩与它所能够臻达的高度之间，并不存在太大差距。主要问题却是其广度不够——因为社会人生里所存在的"情"（感情），较之传统派词家的心理定势中业已凝固或程式化了的男女爱情，远要丰富复杂得多。所以说苏轼词的革新业绩，关键在于已经开始意识到这个根本性问题，并试图从艺术实践中予以解决，倒无须去拘执他自己究竟实现了多少。而在实际上，现存的苏轼词也仍旧是传统题材内容与风格面貌的占多数。晁补之继踵其后，对词风、词境、词品的变化提高亦有所贡献。及至南渡而下的词家，则伤时念乱、志存光复，深心紧系于黍离麦秀之痛憾，故一改此前苏派的清朗旷逸而为辛弃疾式的纵横驰骤、慷慨悲歌。至此，词以抒情言志为本体的功用价值也已发挥到极致，它的嬗变脉络亦清晰可辨。

如果再深究之，所谓的"以诗为词"、"以文为词"，是否就真正能通达完全的成功之路？也或许苏轼、辛弃疾的本意，着眼在拓展、开阔艺术表现功能，易词体之径深而兼纳界广。但是，苏轼[哨遍]"为米折腰"、[满庭芳]"蜗角虚名"和辛弃疾[踏莎行]"进退存亡"、[哨遍]"一壑自专"等制作，却缺乏韵味与审美意境，只不过是合格律的议论文字罢了。其根由当缘于它忽视甚至违背了词体固有的艺术规范、美学特征，乃至使作为表述中介的载体与之所要承载的内涵不相谐调。换言之，不过是词家为了袒现胸襟意想，便将有关内容生硬纳入到外在形式框架之内而已。若再顾视晁补之，虽然也曾将诗篇再改制为词，然而他的变革却始终谨守着词体艺术规范、美学特征所允许，并可以承受的范围限度。这固然原因于创造魄力、胆识薄弱，但更决定于他显明的文体意识和敏锐的审美鉴赏力，下面的一则佚事就充分说明了这个问题："东坡尝以所作小词示无咎、文潜，曰：'何如少游？'二人皆对云：'少游诗似小词，先生小词似诗。'"（《苕溪渔隐丛话前集》卷四二引《王直方诗话》）

　　总此，则可以认为：晁补之词只是有选择地接受苏轼"以诗为词"而革新词体的艺术精神与创作经验，善能融会贯通，有所发挥变化，由之构建起自我的风格面貌，于一定程度上扩张了词的包容空间、丰富了词的表现方法，创造出新的境界。不过，他仍然主张、遵循"艳科娱人"、"词传情"的本体观念，即以"当家语"为词体之基础，仅只是有限度地脱落花间、南唐以来传统的束缚而已——关于此，因为客观环境，即其本人人生际遇的有力影响和强烈激发，晁补之的具体词作较之自己的词论更为开放多变一些——这样虽然制约到对词体的更大拓展与主观审美体验的更新，却也使之得以避免生造硬做的"刚性"过失，使其一系列的探索新变被定位在词体的特殊艺术规范里。

第三节　李清照词论词作综论

　　自晚唐五代而及北宋前期以来，新兴音乐文学样式的词获得长足发展，已经拥载着自我成熟的美学理想，艺术精神与相对独立的价值功能取向，这些都由作为当时词坛主流的花间、南唐词派所建构起的范型体系充分体现出来。殆至北宋中后期，更是臻达空前繁盛的局面，名家作手纷腾竞出，名作佳制汇涌争艳，涉及全社会的各个层面，进入了词史的第一次高潮阶段，遂成为一代文学之胜景大观。尤其值得注意的是，苏轼异军突起，以高扬的主体自觉意识倡导向诗化道路复归，开始对词体的全面革新，另一方面，传统的主流词派也在因循承续中不断有所损益、变创和提升，力图激荡起其恒久生命活力。两者虽迥然异趣却又是互相交流汲纳，分驰和兼融并见，便造成持定的复杂性、多元化格局，所以，对有关词家词作的评论和各种艺术现象的分析归纳，就需要一种理性的观照及理念上的总结认定，以反射影响到词体的创作实践，再与理论交生互动，实际上，自初宋以迄，即曾有过文人士子着手于这方面的研究工作,略具规模的如杨绘《时贤本事曲子集》、杨湜《古今词话》、陈师道《后山诗话》等,前者曾被梁启超认定"可称为最古词话"(《记时贤本事曲子集》)。当然,词评词论等问题也更进入了词家们的关注视野。虽然即兴感言,较为零散,多以词集序跋的形式呈现,但吉光片羽,对于积垒比较赏鉴的眼光、经验和抽象类总的理论基础,还是颇多益处的。是而便出现了由直觉感受认知而渐次进入理性把握层面的李之仪《跋吴思道小词》与晁补之《评本朝乐府》两篇专文——只要再回顾一下五代时欧阳炯《花间集叙》的专藉华艳绮丽字面摹写形象以譬说事理、北宋人那些词坛掌故资料的记载就会明白这两位苏门弟子已经朝往谨严的理论批评道路上前行了多么远,也正是因为各色各样的主张述议所触发的思考探讨,才产生李清照兼纳词史、词学批评和词体意识于一体的《词论》专文。

一

宋胡仔《苕溪渔隐丛话》后集三十三"晁无咎"条下录有李清照《词论》,其文云:

乐府、声诗并著,最盛于唐。开元、天宝间,有李八郎者,能歌擅天下。时新及第进士开宴曲江,榜中一名士先召李,使易服隐姓名,衣冠故蔽,精神惨沮,与同之宴所,曰"表弟愿与坐末。"众皆不顾。既酒行,乐作,歌者进,时曹元谦、念奴为冠。歌罢,众皆咨嗟称赏,名士忽指李,曰"请表弟歌"。众皆哂,或有怒者。及转喉发声,歌一曲,众皆泣下罗拜,曰"此李八郎也!"自后郑、卫之声日炽,流靡之变日烦。已有[菩萨蛮]、[春光好]、[莎鸡子]、[更漏子]、[浣溪沙]、[梦江南]、[渔父]等词,不可遍举。

五代干戈,四海瓜分豆剖,斯文道熄。独江南李氏君臣尚文雅,故有"小楼吹彻玉笙寒"、"吹皱一池春水"之词,语虽奇甚,所谓"亡国之音哀以思"者也。

逮至本朝,礼乐文武大备。又涵养百余年,始有柳屯田永者,变旧声作新声,出《乐章集》,大得声称于世,虽协音律,而词语尘下。又有张子野,宋子京兄弟,沈唐、元绛、晁次膺辈继出,虽时时有纱语,而破碎何足名家,至晏元献、欧阳永叔、苏子瞻,学际天人,作为小歌词,直如酌蠡水于大海，然皆句读不葺之诗尔，又往往不协音律者，何耶？盖诗文分平侧，而歌词分五音，又分五声，又分六律，又分清浊轻重。且如近世所谓［声声慢］、［雨中花］、［喜迁莺］既押平声韵，又押入声韵。［玉楼春］本押平声韵，又押上去声，又押入声。本押仄声韵，如押上声则协，如押入声则不可歌矣。王介甫、曾子固文章似西汉，若作一小歌词，则人必绝倒，不可读也。乃知别是一家，知之者少。后晏叔原、贺方回、秦少游、黄鲁直出，始能知之。又晏苦无铺叙；贺苦少典重；秦即专主情致，而少故实，譬如贫家美女，虽极妍丽丰逸，而终乏富贵态；黄即尚故实，而多疵病，譬如良玉有瑕，价自减半矣。

此文并载于魏庆之《诗人玉屑》卷二十一，文字略有出入；又见于徐釚《词苑丛谈》卷一。总之，相对于以往的类似性质记叙，它以 561 字的较大篇幅，约略论述了有关词体发展流变、本质特征与美学理想以及具体词家的艺术批评等诸多方面，显明张扬了本体自觉意识。当然，以现在眼光去看，虽然也还未曾完全吐弃彼时一般词话、诗话"集以资闲谈"的随笔随意方式，如开首劈头就是一长段歌者李八郎的佚事逸闻，颇带有戏剧色彩，却基本上同全文主旨无甚关涉；不过，它又毕竟是词话中比较早期的、凸显出特具的理性观照而条理明晰，且容量最大的专门文章，直可视为阐释花间、南唐以迄北宋一代传统词派艺术精神的集成之作，故应给予认真关注和充分理解。

《词论》首先面对的是关于词的源起，这里提到的"声诗"，本为唐人于乐府之外而用以配乐曲歌唱的五、七言诗。至于它与乐府诗是否就形成了词源头，或者如苏轼所认定的诗词同源，"微词宛转，盖诗之裔"（《祭张子野文》），即词系诗之苗裔，诗歌的滥觞，李清照并未作出正面回应，只是讲述一个李八郎的传奇性故事以间接说明之。若再照应下文和全篇旨趣，便会明白她基本上依旧沿循北宋时普遍流行的传统观念："古歌变为古乐府，古乐府变为今曲子，其本一也"。（王灼《碧鸡漫志》卷一）所以，以后顺势成章，才紧跟着缕析了词于晚唐五代的演进变化情况，"郑、卫之声日炽，流靡之变日烦"，语虽极简短，但对视词为"艳科"的花间派绮靡繁丽的作风深致不满，故对其建构范型，创立词体主流艺术精神的"史"的重大意义只是草草带过。而"独江南李氏君臣尚文雅"云云，却透出南唐词派深化雅化花间传统的消息。因为词的境界开拓了，情致深沉凝重了，由最初侑饮应歌、佐欢娱人的"小道"，渐次发展成能够包纳一定社会现实生活内容、彰现个性色彩的抒情文学,注入新的艺术生命活力。并直接影响到北宋词坛的审美取向。在这里李清照还特别注意到南唐因强邻鹰瞵鹗睨而国势岌岌,至使词家忧生念乱,俯仰身世,所有"危苦烦乱之中郁不自达者,一于词发之"(冯煦《阳春集序》),指出其浸溢着"哀以思"的"亡国之音"(《礼记·乐记》)意味,来与花间词"郑、卫之声日炽"的"乱世之音"对举。这段议论的深层背景表示出,她其实是深受儒家正统诗教观的熏染,以致衡量与之殊异的新兴音乐文学词时,仍然习惯地搬用儒家经典的评说标准乃至语言。又所引李璟[浣溪沙]"菡萏香销翠叶残"和冯延巳[谒金门]"风乍起"中的警句为例,也是本自当时颇流行的故事:"元宗乐府辞云:'小楼吹彻玉笙寒',延巳有'风乍起,吹皱一池春水'之句,皆为警策。元宗尝戏延巳曰:'吹皱一池春水,干卿何事?'延巳曰:'未如陛下小楼吹彻玉笙寒。'元宗悦"。(宋马令《南唐书·冯延巳传》)据之可约略想见,词坛的主流美学趣味,正在于花间、南唐以来的传统词派。再者,此文中所列举的词调曲牌,皆有唐人词作实证,唯[莎鸡子]不见于唐与宋词,崔令钦《教坊记》亦未载有此曲名。

当沿循词史的时间发展脉络,论及到本朝的高度繁荣兴盛情况时,李清照首先便称许都有市井词家柳永"变旧声作新声",大量新创或改编长调慢词,以繁衍增添乐曲,扩充歌辞体制而加大含容量的成绩。因为这样在乐曲更抑扬顿挫、宛曼美听而强化其音乐属性之际,也同时丰富着词体的文学功用。即充分开发利用铺叙手法,层层描摹抒写,于空间场境和时间过程的综融调配中的纳入复杂多样的自然与社会人事内容,纳叙事、写景、抒情为一体,很大程度上扩张了传统派已失之于褊狭单调的艺术表现能力,也使词得到更普泛的流行传播,走进全社会的各个层面。是谓"大得声称于世"。

至于批评柳永词所说"虽协音律,而词语尘下"的话,则包含着两重意思:一是由于词体本缘音乐而生,从而先天性地产生出密切血缘关系,所以李清照才力主词应协律方可当歌,将这种音乐属性看作它文体独立的一种必须条件,事实上,这也是北宋社会上的普遍认同;所以李清照又指责苏轼等耆宿名家词作不合音律的缺憾,以为实质上只不过是长短句形式的诗,仅徒具词体外貌躯壳罢了。先前晁补之《评本朝乐章》云:"东坡词人谓多不谐音律。……黄鲁直间作小词,固高妙,然不是当家语,自是著腔子唱好诗。"(吴曾《能改斋漫录》卷一六)陈师道《后山诗话》云:"退之以文为诗,子瞻以诗为词，如教坊雷大使舞，虽极天下之工，要非本色。"《王直方诗话》云："东坡尝以所作小词示无咎、文潜，曰：'何如少游？'二人皆对云：'少游诗似小词，先生小词似诗。'"（胡仔《苕溪渔隐丛话前集》卷四二）此文的"然皆句读不葺之诗尔，又往往不协音律"话头，亦渊源有自。不过持论却太苛，如后面又不厌繁赘地侈谈五音、五声、六律等细微区分，似乎言之凿凿有据，然其可操作性却颇多怀疑；况且她本人词作若按此准则衡量即有不少疏误，殊未见得精严。故王仲闻（学初）说："清照此文，苛求太甚。北宋词几无一佳作"。清照虽侈谈声律，以声律为品评准绳，而清照在词之声律方面之成就，未必能如北宋早期之柳永以及北宋末年之大晟府修撰诸人。虽今人或有言其善用双声叠韵字及细辨四声，似亦出偶然，并不每首如此。宋人只言苏轼词或不合律，未有言及晏殊，欧阳修者。清照此评不公，胡仔以'蜉蝣撼大树'诋之。①

　　二是从词体的格调内容方面来评价柳永词作。在这里，李清照依循的是典型的中上层士大夫文人崇尚"雅"的审美取向。具体而言，"本朝礼乐文武大备，又涵养百馀年，"经济已非常繁盛富庶，形成一批商业和娱乐业十分发达的城市，而作为城市主体的新兴市民阶层也活跃在其中。"这种城市文化风景线比任何文化思潮，都更实际直接地刺激着柳永这种以风流自许的才士，使之心醉心迷，借助在文坛沉寂已久但在市井盛为管弦歌唱的词曲，去抒写城市景观的新形态和新躁动，从而为宋词的崛起，提供了来自另一个文化空间的智慧资源。"②所以，柳永词多有应教坊乐工之请而特为歌妓倡家制作者，自然要去汲取民间文学营养，注重通俗晓畅，以适应广大市民阶层的娱乐需求与消遣趣味，"历史把他投进城市文化深处烟花巷陌，他为此奉献才华，成为北宋城市文化的繁华景观和世俗趣味的最出色的体验者和描绘者"。③　不过，这种通俗化也并不能仅只等同于使用口语白话的表现层面上的标志，因为词原称"曲子"、"曲子词"，顾名思义，它本来便是供人"听"的。既然"听"，无疑须得入耳就可以领会知晓，不可能再如案头

---

①　王仲闻：《李清照集校注》，人民文学出版社1979年版，第200页。

②　杨义：《中国古典文学图志：宋、辽、西夏、金、回鹘、吐蕃、大理国、元代卷》，三联书店2006年版，第79页。

③　杨义：《中国古典文学图志：宋、辽、西夏、金、回鹘、吐蕃、大理国、元代卷》，三联书店2006年版，第80页。

文学的"看"那样,给听众(不是读者)提供仔细揣摩、反复品赏思索的从容机会。那么,词体的当行本色也就离不开明白如话的直捷、直觉性特征。若试求诸李清照自己的词作,如[南歌子]的"旧时天气旧时衣,只有情怀,不似旧家时"、[转调满庭芳]的"玉钩金锁,曾是客来时"、[诉衷情]的"更挼残蕊,更捻余香,更得些时"等,又何尝避俗字口语入词!最典型者为她晚年名篇[声声慢]"寻寻觅觅",几乎纯用白话,并无一毫藻饰雕琢的书卷气,亦无需借助典故的牵引烘托,只是凭家常语往复倾诉,"深妙稳雅,不落蒜酪,亦不落绝句,真此道本色当行第一人也"(刘体仁《七颂堂词绎》)。由之可知,问题不在于造语遣辞的外在形式上,而使李清照所深致不满的,是柳永词的品格、格调,主要是其表现内容方面的俗陋鄙俚!

考索柳永的半生行踪事业,因仕途连蹇、飘零羁旅而每常混迹在秦楼楚馆,时所交游接触的人也大半系倡伎歌女类市井细民辈,难免要受到他们这个阶层的生活态度、文化嗜好和审美趣味的熏染影响。虽然由于他个人命运的沉沦不偶而深怀愤懑,流露出某些抗争色彩,但也确实含有玩世不恭聊以卒岁的心态意绪,使其词作中显示出较浓厚的沉缅感官享乐、渲染声色风情的倾向。这对那生长于书香世家、适身于贵宦公子而长时期生活在悠闲安适的环境里、品味隽秀艺术韵致的李清照来说,当然是格格不合的了,所以,同样是抒写传统性质的风月恋情,相思离别题材,柳永词尽兴描摹渲染,风调酣畅恣纵,大胆张扬人的原始本性,于粗俗奔放的风味间流动着热烈的情欲需求与青春的生命活力,是对儒家礼教、诗教的突破或挑战。"透彻见微,详尽发露,扩散着强悍的世俗刺激气息和浓烈的感官挑逗色彩。他造语浅白,以赋的手法直接铺排摹画而不作象征暗示,一切都袒露于直观显现而不求深层包藏,或另有言外见意的比兴寄托;那些充溢于词中的情感热烈明朗,能够即刻感应而不是梦幻般飘杳无涯际,只剩下一片无从实在把握的迷惘惆怅"。① 李清照词则大不然。她的恋情挚热深切,却绝不含纳丝毫的轻薄佻艳成分,一般言皆无失大家闺秀特具的矜持含蓄风范。多是景中含情,只作有限程度的点拨,以期引发起诸般的联想想象;或即写景叙事,明说离怀思绪,也仍就物景寄兴,假柔婉蕴藉笔法出之,皆是一派清丽绵邈的风韵,

---

① 钱鸿瑛、乔力、程郁缀:《唐宋词:本体意识的高扬与深化》,广西师范大学出版社2000年版,第245页。乔力主编《中国苦代文学主流》书系第五种。

总之，两人如相互比照，可以认为柳词显露李词涵藏，柳词趋俚俗李词尚风雅，柳永给游子倡女代言而李清照为贵妇娇娃传情。故李清照指斥柳永词"词语尘下"，本是很自然的事，其中含有两种不同含有生存状态和审美趣向双重排斥的内容成份。

二

李清照继续对北宋词坛的其他词家进行评论。初期的张先、宋祁等，徽宗朝的大晟府诸人与她的乡前辈晁端礼，虽亦间或有妙句佳制传诵于世，被人称道，但总体成绩皆有限，缺乏大手笔气象，是而此文中只以"破碎何足名家"便一语草草带过，不再深论。至于晏几道、秦观却是公认垂范立则的词史大家，传统词派出他们发展到高度成熟完美的境地，极为历代词论家推崇，如冯煦"淮海、小山，古之伤心人也。其淡语皆有味，浅语皆有致，求之两宋词人，实罕其匹"（《宋六十一家词选例言》）之语，可谓精当不替之的评。然李清照仍心有未餍，数落"晏苦无铺叙"、"秦即专主情致而少故实"，皆未臻至境。现通览晏几道《小山词》，作为晏殊、欧阳修之后，嗣响花间、南唐的传统词派的光辉殿军，也是多"小阕"（李之仪《跋吴思道小词》）而少长调。小阕指令词和中调，体式短小，容量有限，章法技巧也较单纯，所以它向以精粹含蓄，几韵蕴藉而余味悠远无穷为胜境专美。初宋以来，以柳永词为起始所兴盛起来的长调，则建构了多角度描摹抒写，层层渲染递进，以求境界浑成、内涵复杂繁富的一整套艺术手段，"铺叙展衍，备足无馀，形容盛明，千载难逢当日"（李之仪《跋吴思道小词》）。这无疑很难在体式简短的小阕里搬用推开，而其审美效应也是小令中调所不拥具的。况且于流派迭起、诸体大备，已达极顶辉煌，如日中天的北宋中后期词坛来看，小山词虽然已抵超诣之境，足供后世楷模，但"落拓一生，华屋山丘，身亲经历，哀丝豪竹，寓其微痛纤悲"（夏敬观《评小山词跋尾》）[1]的晏几道只是一位小阕的集大成者，也仅倾全力于令词短章上，相对于表现社会现实人生的广阔度与艺术方法的多样性来说，是明显不多句的——譬如清径，自然多见教人留连回想、顾瞻品味的佳绝处，却毕竟难有蜿蜒千里、高耸苍长大山那气象万端

---

① 龙榆生：《唐宋名家词选》，古典文学出版社1956年版，第103页。

的闳阔辽远。或许这便是兼容并具的大家和名家的"偏才"之间的差距所在吧！倘若这些契合李清照批评本意的话，那么，她的苛求便也可以得到理解。

不过，秦观的情形却又不一样了。淮海词虽然向以多情且善写情为长，但未必就是"少故实"。所谓的"故实"者，一般指引用事故典（事典）与熔铸前人诗文旧句或意境（语典）入之于词。作为一种逐渐成熟发达起来的特殊写作技巧、表现手段，它借助恰当的历史类比和精心选择的既有语、意，通过对比、拟喻、象征暗示等方式，以牵动受众的联想想象，使本来不方便明言直说的意思得到传现，让原先较为浅薄平淡的内涵变成深刻生动，由此而增添了词作的弹性与空间包容量，更丰富其形象性和审美感染力。词家中苏轼最早将"故实"大量成功地运用到词作里，从而在一定程度上避免了宋词普及化，成为"流行文学"时所带来的浅率熟滥的负面缺失，但这却不宜将之绝对化，片面推导出唯以征引故实为能事的结论。秦观词"寄慨身世，闲有情思，酒边花下，一往而深"（冯煦《宋六十一家词选例言》），是经过精心锤琢洗练方始达到的高度自然，故张炎谓其"体制淡雅，气骨不衰，清丽中不断意脉，咀嚼无滓，久而知味"（《词源》卷下）中间故然不平易浅白而鲜明如画，纯任天然而意趣悠远的佳制，如晁补之所极口称赞的"近世以来作者，皆不及秦少游。如'斜阳外，寒鸦万点，流水绕孤村'，虽不识字，亦知是天生好言语"（胡仔《苕溪渔隐丛话后集》卷三三），但他也绝非不能或不善于征事引类，融化诗文典故，试看一些长调，如［满庭芳］之"豆蔻梢头旧恨，十年梦、屈指堪惊"两句，则暗用杜牧扬州艳事并所作《遣怀》、《赠别》诗意，借之以推古例今，用他人酒杯，浇自己块垒；而［望海潮］的"柳下桃蹊，乱分春色到人家"两句，又熔化《史记·李将军列传》末尾司马迁赞语"桃李不言，下自成蹊"名句，却将繁作简，全变原意为单纯写景，再不预社会人事方面，等等，类似例子不烦赘举。然因此亦足可证秦观为驱策运用故实以供我于词中写情表意之高手，只不过比较看来，他似乎更喜欢就眼前景、以心头事径直道来，从浅淡的语境里创求深、厚的蕴意韵致。

其实，若退一步说，词的成功与否、美学价值高下同所用典故的多少，甚至用不用典故之间都并无必然的因果关联。而是直接取决于是否涵纳了充实的情思内蕴和选择了最适宜的表述方式，并且间接受制约于词家是否拥载丰富的艺术素养、厚重的文学功底与真切的人生感受。简言之，即须得辞情相称。所以,李清照将"少故实"视为秦观词缺陷,诚属本末倒置之言。况且,论起风貌格调,则春兰秋菊各擅自我独特之胜美,只能平行并列而无法排出先后等次,为之强分甲乙。那么,即便淮海词真的"少故实,譬如贫家美女",天然佳丽,不施脂粉,也是一样的"妍丽丰逸",但看出水芙蓉、晓风杨柳,那份清隽雅洁之姿致有何不好? 譬如绮阁贵妇,浓妆盛饰,固多见桃李倩艳、牡丹雍容的风韵情调,也自有奢华精丽动人处,但是,岂能一意执定唯有此种"富贵态"方为上乘! 这点已如前论柳永词所述及者,李清照缘由于自身的家庭背景和社会文化环境熏染,造成审美趣味的过于偏颇狭隘,导致她评论词家词作时的客观理性的缺失,故无足取。

　　黄庭坚是"江西诗派"的创立者,词也甚被时人推重:"今代词手,唯秦七、黄九耳,唐诸人不逮也"。(苕溪渔隐丛话后集》卷三三引陈师道语)他的早期词作喜出绮艳语,有失儇佻;至晚年间因屡经迁谪贬斥,而一变为旷逸疏宕,每感谓人生,托意山水,志趣清朗酒脱,高处直逼苏轼。其词集名《山琴趣外篇》,品类驳杂,雅、俚二大类的格调、审美风貌也高下悬殊。李清照肯定了它"尚故实"的一点,但同时又认为其他方面却"多疵病,譬如良玉有瑕,价自减半矣"。现在看来,在艺术表现方式上,黄庭坚是宋诗中"点铁成金"、"夺胎换骨"法的倡导者,讲求的便是博用典故(事典语典),"无一字无来处",故之于词体里自然也会同样体现出这个特征来。但他的缺陷恰恰在于过分地醉心搜奇书、求异闻、唯以堆垛典故、隐栝成句为能事,结果反倒是弄巧成拙,满眼饾饤,失去合理的比例之美。至如[南乡子]"黄菊满东篱"本来是由重阳感事所作,却套用罗列陶渊明东篱赏菊、杜牧《九日齐山登高》诗,杜秋娘《金镂曲》诗等诸多早已类型化的相关故实以敷衍成篇,而词作本身并无多少真实感发与新颖构思,也缺乏内在绾结的意象组合和贯通的理趣脉络;尤甚者如[渔家傲]《江宁江口阻风,戏效宝勇禅师作古渔家傲,……试思索,始记四篇》,竟径直运佛典释语入之词中,全然不顾及语意晓畅与形象境界的浑成生动,也未考虑到顺谐美听,只是一味地矜才使气,炫示广博,似乎为故实而故实,以致遮蔽甚至消解了本初的表述主旨。再者,黄庭坚有一部以市井俗语方言所制作的俚词,内容既多涉亵秽淫佚,格调亦复低卑鄙陋,还有个别现今已不能晓者,较柳永都过之。刘熙载认为是"故以生字、俚语侮弄世俗,若为金、元曲家滥觞"(《艺概·词曲概》),夏敬观更解释说:"至用谚语作俳体,时移世易,语言变迁,后之阅者渐不能明,此亦自然之势。试检杨子云绝代语,有能一一释其义者乎? 以市井语入词,始于柳耆卿;少游、山谷各有数篇,山谷特甚之又甚,至不可句读,若此类者,学者可不必步趋耳。"(《手批山谷词》)①但却历来被人訾议,宜乎尤为主典雅的李清照所不满,视作"疵病"了。另外,还有一个"如格"(《跋吴思道小词》)、协律的问题。晁补之当时已说黄庭词作"不是当行家语,乃著腔子唱好诗"(赵令畤《侯鲭录》),讥其不谐音律,这也显然不符合李清照论词体的首要标准。总之,就整体而言,她对黄庭坚词作印象较佳,特许其为"良玉",已很是难得的赞语;不过,也仍未臻达美学理想中设定的精粹度,故而"价自减半矣"。

贺铸的年辈略晚于"苏门学士"黄庭坚、秦观。作为北宋后期词坛上的名家,他虽然贵为皇室外戚,但由于好使酒任气,诋斥权要,故半生皆浮沉下僚,晚岁退居苏州,郁郁而终。所以,《东山词》中颇见有雄豪不平之气,那慷慨悲歌、怨愤纠结之状直勃发于字句外,不遑多让苏、辛辈。只不过从整体风貌言之,亦仍是趋于流丽清婉,长于抒写闲愁幽恨、相思离别等传统题材。不同处是当贺铸留连在风月场上,于偎红倚翠、浅斟低酌而丝竹歌吹之际,难免会滋生纵情声色,聊为笑乐排遣的士大夫文人通病;远远不及秦观用情的严肃专注,在风流绰约中坚守着异性之间的恋慕唯以切挚真纯为归指,对歌伎舞女并无浮轻佻态,甚至每每发出同样沦落天涯的慨叹,"将身世之感,打并入艳情"(周济《宋四家词选》)。那么,其词作里,如[壁月堂]"薄晚臭兰汤,雪肌英粉腻,更生香。篆纹如水竟檀床,雕枕并,得意两鸳鸯"、[愁风月]"心将熏麝焦,吟伴寒虫切。欲遽就床眠,解带翻成结"之类萎靡挑逗的性感之什,便屡屡出现,几入于柳永魔道,自然要被习尚庄重雅则的李清照所诟病,指责"贺苦少典重"了。

值得注意的,是李清照正面批评"学际天人"的诗文大家晏殊、欧阳修、苏轼,"作为小歌词,直如酌蠡水于大海,然皆句读不葺之诗尔,又往往不协音律"。这密切关涉及词体音乐属性与文学本质双重兼具的本体特征,也归结到她那词"别是一家"的高扬的本体自觉意识上。前者是协律,要求适宜于歌者演唱,不能如诗似的,只讲究文辞之美、当,却不管可能"拗折嗓子"。后者则是对当时词坛上诗词合流、或者说以诗为词、向诗歌道路复归

---

① 龙榆生:《唐宋名家词选》,古典文学出版社 1956 年版,第 139 页。

的革新艺术精神的排拒，也是对李之仪、晁补之等非议"小词如诗"、"著腔子唱好诗"而强调词体须"如格"，自具独特的"当行家语"观念的高度认同，皆沿袭主流的传统词派满腔热情而脉络彰明——这些在前文已曾述及，故此处不烦赘言。是以李清照才又断定王安石、曾巩等古文大家尤不谙此道，"若作小歌词，则人必绝倒，不可读也"。因为诗与词虽同为韵文，且各具体格，尚有诸多不通处，至若文章事，自然更与词泾渭两途了，何况他们"似西汉"类型的重拙古奥，实无因去与情韵宛转流美、格调闲雅典丽的词融化汇合，以之议论前晏、贺、秦、黄诸家，不过是大醇小疵罢了，本质上仍不失为词"别是一家"的知音者，只要提出彼等的某些尚欠精纯处便是，再不须深责。这是一个根本性问题，应该界限清晰。

　　要之，在总结过去词家艺术经验的基础上，并结合了个人的创作实践，李清照的《词论》专文分从不同角度提出她明确的文体主张。简言之，即循守"词言情"的传统规范，坚持"尊体"之说。那么，现在又应当如何去评价其功过得失呢？

　　设若就词体之源起，以及它本身的形式特征着眼，则由于体制的短小而严重限制了其空间容量，但那长短参差的句式和纡曲柔绵的笔法，却又特别擅能深刻细致地传现人们某些复杂敏锐、难以名状的意绪感思，正所谓"情有文不能达，诗不能道者，而独以长短句中可以委宛形容之"（查礼《铜鼓书堂词话》）。所以，词体善长于抒情而短拙于叙事说理。且当时社会普遍的文化消费，也正是于舞席宴间，特酒对歌之际，要求词能够以艳情娱人，并不是凭事理服人。李清照基本认同这种自花间、南唐以来所形成的传统，再作主动明确的探讨，体现出一定的理性提升意识，并将之深化细化，积极促进了北宋词坛主流的继续发展、完美。不过，如还放到"史"的纵向流变过程中考察的话，会看到随着词的广泛流行与传统词派的极盛而转趋于凝滞模式化，它已经由最初以娱宾遣兴为价值取向的"小道"、"诗馀"地位上解脱出来，日渐弱化，至消解着原先的音乐属性，变成为一种新型的纯文学样式，这就是以苏轼革新，提升词体文化品位、诗词合流为标志的新局势。与之相应，便必需让词扩张表现空间，丰富题材范围，以期包纳更加多样化，多层面的社会生活内容，更具现实性。即或它仍旧保留了抒情的本质特征和某些固有的体裁形式规范，却再也不可能只专注在风月恋情、离思别怨之类的唯个人指向方面；它须得有所开拓，去表述人生道路上的各种遭际状况与形形色色的思想感情。如果忽略社会文化环境、尤其是文体自身的嬗变演化状况,一味持保守态度而继续强调先前的传统观念和审美习尚,那显然要滞后于词体的发展新变了。

实际上,李清照于晚年南渡之后,经历过家破国亡、流离奔窜的剧烈动荡生涯,已经打破了在北宋王朝长期承平的生活背景下,所构成的深层心理平衡结构。她面对词坛出现的悲慨激咽之音,紧密关注国家民族命运、呼唤光复中原的时代新风潮,也很大程度地改变着自己以往的创作心态,其后期词作开始突破她《词论》专文的固有理论局限,风格面貌上比江北的前期词作产生诸多差异。因此,就不宜笼统、静止地看待李清照《词论》专文里流露出来的艺术精神与美学理想,而必须结合她词作的风貌特征于南渡前后的不同阶段的变化情形,或者说,比较对照其有关议论和创作实践,去具体、客观的分析论述,才不致于褒贬失当,无所适从。

三

以下再来论析李清照的词作。据南宋人陈振孙《直斋书录解题》二十一与黄升《唐宋诸贤绝纱词选》卷十,分别著录李清照之词集《漱玉集》为一卷和三卷,陈振孙又称"别本分五"。另《宋史·艺文志》著录李清照《易安词》六卷。然各本大约均已于明末亡佚,故她生前究竟有多少词作保留或流传,实无从知晓了。而经过后人搜集,虽有多种辑本行世,但现存李清照词作确实可靠者,也不足 50 首。不过,正如《四库全书总目提要》所说的,她"词格乃抗轶周、柳","虽篇帙无多,固不能不宝而存之,为词家一大宗矣",从两个方面指出其风格持色和艺术价值、词史上的地位。换言之,则如沈谦《填词杂说》云:"男中李后主,女中李易安,极是当行本色。"这话同李清照"别是一家"的观念如出一辙,契合无间。然细细审察之下,就会发现,上述看法只不过于一般表层的风格面貌上着眼,去评论李清照对之前传统词派诸家词作艺术表现方面的认同,甚至连她自己在《词论》专文里,也一样都忽略了更深层的词家本人的创作心态,或作为创作主体的某种自觉意识的觉醒、张扬。换言之,即期间的貌同形似而实异处。

田同之《西圃词说》云:"词则男子而作闺音。"又总结其文体特征为"无其事,有其情,令读者魂绝色飞,所谓情生于文也"、"假多而真少",于一定意义上道出其实质，如再从"史"的角度观照，自花间温、韦而及入宋以来的晏、欧等传统词派，已经近乎形成为范型模式的，便是凭藉女性的视角、口气与身份，来摹写描述她的恋情相思，伤离怨别之类情感；而男性的词作者只不过代言性的揣摩，虚构这种意境罢了，他本人却并无现实生活中异性的真切体验，所以才被指之为"假"、"无其事"，至于"有其情"的"真"，也就只能创造于艺术性的词体里了。李清照则大不然，她是以真实女性的身份抒发自己人生中真实的"事"、"情"，自然而然地融汇成生活和艺术的统一，词作中主体之我即为现实之真我。那么，这种自述式不仅只表现形态上，更多的还是那深层创作心态，与男性词家们显然会有差异，而她的主体自我意识亦复贯穿通体，更加强化。

现在先说以个人爱情婚姻为题材内容的词作。其时女子一般被排除在社会政治活动之外，无缘参与朝廷经济军国之事，家庭生活似乎便是她们生命空间的全部，那么，爱情婚姻在其人生道路和感情世界中所标志的重要性及主导意义，也就不言自明了。而一些有较高文化艺术素养、怀抱理想且善思多识的才女们，虽不甘心被局面围于这个樊笼里，但又无可奈何，于是只能以笔墨辞章为载体，注目在自我与身边周遭的种种，聊为寄托，来抒写情愫感怀，一并展露才华。李清照就是其间最杰出的人物，她依据细致深刻的日常观察感受，鲜明生动地描述到词作中，凡所喜怒哀乐，眷恋思慕皆从心头流出。如写年轻时直欲与春花争艳、"教郎比并看"的［减字木兰花］"卖花担上"，处处浸润着小女子的娇态柔情，活现出小夫妻间的乐趣。那是一种深植于双方的悦爱惜恋，乍看来极似清浅透剔的小溪水，固然无十分深沉复杂的含蕴，但却别有动人的真纯，就不能再以"词意浅显"（赵万里辑《漱玉词》案语）为病；恰恰相反，这反到是其独具之胜境。又如［浣溪沙］：

绣面芙蓉一笑开，斜飞宝鸭衬香腮，眼波才动被人猜。　一面风情深有韵，半笺娇恨寄幽怀，月彩花影约重来。

此词郑文昂《古今名媛汇诗》、长湖外史《续草堂诗馀》等各本均题作《闺情》。上阕描摹女子的风韵娇态，"曲尽如画"（赵世杰《古今女史》卷十二）而"眼波"句尤为"传神阿堵，已无剩美"（沈谦《填词杂说》）。试思流盼如水，澄澈转顾之状，风神佳绝千古。下阕从以前的容貌表象过渡到心态动作的叙写，深情眷眷，脉脉幽怀，尽付与"约重来"的信笺上。这种同情郎的密约期会虽不必是李清照的亲历亲闻所见，但一定是在她熟稔的生活环境、氛围情调之中发生出现过的,故而很自然地进行悬想联想,再藉"本色语"(贺裳《皱水轩词筌》)述出,堪称精妙。

上述李清照年轻时的词作,充满欢快明朗气息,正在细细体味着青春爱情的美好,不过更多地还是感受到离愁别怨,深刻形象地传递出那分铭心刻骨的相思之苦,艺术地再现了她人生中的缺憾之美,这一种类是"闺情"的主流,总体数量最多,且几乎篇篇佳绝,不胜枚举。如为历代各词选本所必收录的[一剪梅]"红香残玉簟秋"、[醉花阴]"薄雾浓云愁永昼"、[凤凰台上吹箫]"香冷金猊"。伊士珍《瑯嬛记》曾载相关本事云:"易安结褵未久,明诚即负笈远游。易安殊不忍别,觅锦帕书[一剪梅]词以送之。""易安以重阳[醉花阴]词函致明诚,明诚叹赏,自愧弗逮,……以示友人陆德夫。德夫玩之再三,曰:"只三句绝佳"。明诚诘之,答曰:"莫道不消魂,帘卷西风,人比黄花瘦。正易安作也。"案,《瑯嬛记》本为伪托之书,说不足据。但却可大略断定系南渡前年轻时之作,况宣和三年(1121年)、靖康元年(1126年),赵明诚曾出知莱州、淄州,夫妻间的别离,也不止一次。唯三词皆秋日怀人,清新柔婉,极写离思愁绪似水而悠悠不尽。后一首更是全用赋的手法,自身边当下推向远眺联想,先景、事后情,从实到虚,由时间进程转为空间场境,也都只围绕着别意离怀着眼,真可谓"铺叙展衍,备足无馀"(李之仪《跋吴思道小词》)了,无怪乎有论词者认为"此种笔墨、不减耆卿、叔原,而清俊朗过之"(陈世焜《云韶集》卷十)如果据前面的《词论》专文对照来看,则知李清照本不满柳永的"词语尘下",而此词恰似雨洗梨花,风韵韶秀,绝无一毫的市井俚俗气,已经严辨雅俗;她又批评晏几道"苦无铺叙",那么,此词意象较晏词密丽繁细,虽多用白描却回曲转折,并不假比喻譬托又自饶缠馀味,其艺术精神与所论者亦相契合一致。

惜春伤春、春日相思怨别,是词中、尤其是传统派词家笔下最常见的题材内容。在这里,春天已经凝结作蕴含有某方面特定情感指向的、趋于类型化的季节符号,形成为情景互动、物我交通而主客观高度统一的融合浑化。李清照基于身亲经历的真切体味与敏锐精致的审美感受,自也不乏佳制,如[点绛唇]:

> 寂寞深闺,柔肠一寸愁千缕,惜春春去,几点催花雨。倚遍阑干,只是无情绪。人何处,连天芳草,望断归来路。

和[念奴娇]:

萧条庭院，又斜风细雨，重门须闭。宠柳娇花寒食近，种种恼人天气，险韵诗成，扶头酒醒，别是闲滋味。征鸿过尽，万千心事难寄。　楼上几日春寒，帘垂四面，玉阑干慵倚。被冷香消清梦觉，不许愁人不起。清露晨流，疏桐初饮，多少游春意。日高烟敛，更看今日晴未？

又如［诉衷情］：

夜来沉醉卸妆迟，梅萼插残枝。酒醒熏破春睡，梦远不成归。　人悄悄，月依依，翠帘垂。更挼残蕊，更捻馀香，更得些时。

关于前两首，历代各本多有题目，分别为《闺思》《闺怨》与《春情》《春日闺情》《春恨》《春思》之类，其景则是晚春时节的濛濛细雨中。前词先点明叹惜春光逝去相伴着寂寞浓愁，结尾便照应说芳草遮望眼，只因为远人未归啊！后词是长调，故沿用赋的铺叙手法。上阕写风雨条里深院孤寂，百无聊赖的"闲滋味"唯有借诗酒排遣；而音书不达，虚度韶华、怨别相思的"万千心事"又向谁诉说呢？下阕转到"楼上"室内，于慵懒倦怠的动作举止间透出她心绪的苦闷空虚。"清露"二句又宕出，描绘所见楼外春景，逗出春游意兴，故结拍接以"便看今日晴未"的虚拟之笔，乍看似闲远，其实更深一层反衬出闺中人难以自解的烦郁情怀。全篇景情互映，情景兼至而层层摹写递进。另，历代词论家虽无不极口称赞"宠柳娇花"的造语奇俊，不过，正缘于此词笔法的柔婉绵曲，尽写离人闺妇心态情思的复杂变化，几乎无幽不至、无微不著，更兼通体的新丽清绮风貌，才彰显了这"词眼"之妙，不致生有句无章的弊病。关于［诉衷情］一首，别以早春的梅花为主线，贯穿深夜寂寞的女子酒醉睡醒，搓弄残蕊而纤指染香等琐事，宛然一幅精丽细腻的工笔闺阁人物画，生色生香，只以"梦远不成归"点题，"更得些时"呼应结穴，便活现出她相思盼还的缠绵柔情、满腔愁怨。

沈雄《今词话·词品》卷下引杨慎评"被冷香消清梦觉，不许愁人不起"等句云："以寻常言语度入音律，殊为自然。"其实，不独这些个例，李清照的词作总体上均为"当行语"，（晁补之《评本朝乐章》），在风格面貌上当称作"别是一家"的艺术范型；所以，她历来被推许为传统词派的正宗，上述诸篇已经足可实践《词论》专文标举的美学理想和悬设的表现方法技巧。但一般说来，《词论》只是李清照南渡之前的观念认识。她固然不循艳科娱人、侑饮遣兴的"小道"之说，而将词贯注了自我的生命体验，成为真实情思感怀的特定载体；唯被局囿于女性小的活动空间、以家庭为主体的生存状态，故所牵涉的也依旧仅限定在花间、南唐以来的"软性"题材范围而已。随着金兵铁蹄的驱逐，中原陆沉、宋室鼎迁偏安于江左的国事大变局，李清照也被迫流离东南，家破夫亡，严酷的外在局势硬性割断她承平岁月的思维习惯，补充进一些新的艺术精神与审美追求。这与北宋中后期的词坛朝诗化道路复归，以拓展词境、扩张词体容纳空间而抒怀言志、强化艺术表现力的新变趋势相融合互动，遂形成为一种新的主流。

正如前文已提示过的李清照的词作亦相应出现新的风格特征，或与《词论》专文倡言者貌似而实殊，内涵存在着质的深化、泛化；或表里皆异，从题材内容到浸透的生命感受，乃至审美取向、艺术境界都系前所无者。具体说来，前者如《漱玉集》里的又一名篇［武陵春］：

风住尘香花已尽，日晚倦梳头。物是人非事事休，欲语泪先流。

闻说双溪春尚好，也拟泛轻舟，只恐双溪舴艋舟，载不动、许多愁。

按：另据毛晋《诗词杂俎》本《漱玉集》及武陵逸史《类编草堂诗馀》、茅暎《词的》、卓人月《古今词统》、周瑛《词学筌蹄》、卓尔堪《词汇》等等众多词选本，分别题作《春晚》、《暮春》或《春暮》、《春晓》。又，吴衡照云："易安［武陵春］其作于祭湖州（按：建炎三年五月诏赵明诚知湖州，同年八月十八日明诚卒于建康。李清照祭文仅存断句，云：'白日正中，叹庞翁之机捷；坚城自堕，怜杞妇之悲深。'）以后欤？悲深婉笃，犹令人感伉俪之重。"（《莲子居词话》卷二）其实，这早已不再属传统式的题材认同之"伤春叹逝"的类型化制作，也不仅只注目于夫妻深情上，而应该还涵容着更加广泛深沉的社会时代意义。词作于绍兴五年（1135 年）的金华，李清照 52 岁。自靖康遽变以来，她仓惶渡江避难，多年的流离徙转，方得流寓托身于此地，但生命之舟已步入迟暮了。所以，结合着这个阶段的其他词作，如［永遇乐］"落日熔金"、［声声慢］"寻寻觅觅"、［添字采桑子］"窗前谁种芭蕉树"、［菩萨蛮］"风柔日薄春犹早"之类，以及相关诗文，如《题八咏楼》、《上枢密韩肖胄诗》之一与《金石录后序》等，或许即能领略到，那"载不动、许多愁"里面，交融着身世悲痛、国家民族憾恨、对往昔繁华岁月的美好记忆和青春爱情的深深眷念，实在太沉重了。是啊，"旧时天气旧时衣，只有情怀，不似旧家时！"（《南歌子》）"今看花月浑相似，安得情怀似往时"（《偶成》），不正等同"物是人非事事休"的悲怆吗？《莲子居词话》卷二又引南康谢苏漂方伯启昆《咏史诗》云："风鬟尚怯胥江冷，雨泣应含杞妇悲。回首静治堂旧事，翻茶校帖最相思。"参照李清照诗"断句"之"南来尚怯吴江冷，北狩应悲易水寒"与《祭赵湖州文》、《金石录后序》的记叙，便可理解到，她那种在持守词本体意识同时，也感受了现实生存环境和词坛主流走向的遽变，故之依旧貌而别行阑入一些新内涵的实质。从艺术表现手法上看，下阕以"闻说"、"也拟"等游移语提唱逗起，而归结以"只恐"二句的揣测，言外之本意是实际上并未曾去泛游春，加重了上阕自我悲苦状态的摹写述说，也更深一层印澄愁思的沉重。这与前［念奴娇］结拍"日高烟敛，更看今日晴未"的虚拟之笔以接应上面"多少游春意"句，然则也只是凭栏眺望远想，却并不出行的写法一样，无垂不缩、扫处还生，留有悠悠余味供人咀嚼回想。

　　以下再说在社会现实的大背景上，基于一己的人生际遇，而抒发、倾诉着所激荡起的种种复杂感受情怀的词作。它们主要集中在南渡之后，多已超迈《词论》专文"别是一家"的本体艺术精神，而张扬自觉意识，于一定程度上与当时词坛忧虑时代危亡大局，意存光复而慨然言志抒怀，自男女怨情别思转向国家民族命运关注的新主流相融汇。虽说乍由表层审视，她的活动空间似乎仍然为个体性的，但是深层里，主体"我"的情感世界和生活内容间，早已经汲纳进折射出群体性政治、军事大势的巨大影响。它不仅只作用到主题题材的重新选择，甚至直接制约了有关审美境界、风貌格调的重要改变，从南渡前的清新缠绵而南渡后的悲咽凄怆。特别应提出的，是这种改易并不呈现为内在渐进自然式的，却根源于外在因素的强力急遽推动。换言之，基本上并不取决于文学嬗变的自身。这期间的经典之制当推［永遇乐］《元宵》：

　　　　落日熔金，暮云合璧，人在何处？染柳烟浓，吹梅笛怨，春意知几许！元宵佳节，融和天气，次第岂无风雨？来相召，香车宝马，谢他酒朋诗侣。　中州盛日，闺门多暇，记得偏重三五。铺翠冠儿，　金雪柳，簇争济楚，如今憔悴，风鬟霜鬓，怕见夜间出去。不如向帘儿底下，听人笑语。

与［声声慢］：

　　　　寻寻觅觅，冷冷清清，凄凄惨惨戚戚。乍暖还寒时候，最难将息。三杯两盏淡酒，怎敌他、晚来风急？雁过也，正伤心，却是旧时相识。满地黄花堆积，憔悴损，如今有谁堪摘？守着窗儿，独自怎生得黑！梧桐更兼细雨，到黄昏，点点滴滴。这次第，怎一个，愁字了得！

关于上引二词,南宋人张端义《贵耳集》卷上谓:"易安居士李氏,赵明诚之妻,《金石录》亦笔削其间。南渡以来,常怀京、洛旧事。晚年赋《元宵》[永遇乐],词云'落日熔金,暮云合璧',已自工致;至于'染柳烟轻,吹梅笛怨,春意知几许?'气象更好。后叠云:'于今憔悴,风鬟霜鬓,怕见夜间出去。'皆以寻常语度入音律,炼句精巧则易,平淡入调者难,且《秋词》[声声慢]'寻寻觅觅,冷冷清清,凄凄惨惨切切。'此乃公孙大娘剑手。本朝非无能词之士,未曾有一下十四叠字者,用《文选》诸赋格。后又叠云:'梧桐更兼细雨,到黄昏、点点滴滴。'又使叠字,俱无斧凿痕。更有一奇字云:'守定窗儿,独自怎生得黑?''黑'字不许第二人押。妇人中有此文笔,殆间气也。"

下面先说前者。北宋时以汴(今河南开封)为东京,洛阳为西京;又有宋一代,都特别隆重元宵节,参看两宋人于中原陆沉或整个国家倾覆后,身经易代之痛,忆念旧都繁华,记述有关典章制度、风物民俗的著作,如孟元老《东京梦华录》、吴自牧《梦粱录》、周密《武林旧事》等,便可明白。李清照在词中传述的情怀感受,其实与诸多前朝遗老当是一脉相通、事理认同的,只不过各自寄托到不同的文本载体罢了。那么,尽管南宋君臣苟安江左,"只把杭州作汴州",她也"记得偏重三五"的习俗风尚,但是已经饱受丧乱流离之苦,且霜染鬓华、人生向晚之际,面对着眼前的佳节美景,却更易触惹起不胜今昔之慨,目下所能据握、所不胜眷恋的,也只剩有过往的记忆了。故而上阕现今"诗朋酒侣"们风流兴致的描述,直接牵引出下阕早已逝去的"中州盛日"的详细摹写,一切还依然鲜明清晰,历历如昨。在这些细节之后,施以欲擒故纵、先扬再缩之笔法,及至末尾方点明"如今憔悴"云云六句结语。然亦未直接显露心态,而另通过外在的形貌举止等凸现此际回顾茫然、不知依止的孤独落寞。要言之,全篇虽未作激动迸发的情语,只是一系列事、景的描述,交叠着乱离前后的虚实时间流程和南北空间处所的对比,其实,那份同"南渡以来,常怀京、洛旧事"相共生的晚岁悲凉怅惘,黯然伤感,反倒是更能销魂蚀骨,不动声色地摧彻肺肝。

再说后者。与前词不同,它是以情主导景、事的述而贯穿整体;或者说,以情驭景,融情入景,一切都浸染着凄清惨淡、生机凋零预谢的浓郁季节色彩。无怪乎历代众多的词选本都于调牌下题作《秋情》、《秋闺》、《秋词》,等等不一,总之是离不开"悲哉秋之为气也,萧瑟兮草木摇落而变衰"(宋玉《九辩》)的早已凝结了特定情绪与基调的"秋"。这里又集中到深秋里一天的傍晚黄昏时分，风紧更阴雨绵绵的画面上铺排开展，婉转反复，怨咽如诉。满地落花与伤心的自我俱是"憔悴损"，伴和着梧桐敲打细雨、乍暖还寒的视、听感觉，与诸般家难、国难，自我凄惨命运，凄惶老境的万千思绪，共同组构成一个亦客观亦主观，而紧密覆盖、包藏着李清照的虚实合一的"艺境"，那种种真不知如何说起，"这次第，怎一个愁字了得！"不言而言，由简出繁，于篇外留下了全部生命体验的无尽遐想。有关此词的造语新警，尤其是善用叠字珠走玉盘，历来被人称赞，"情景婉绝，真是绝唱"（《词的》卷四）。实际上通篇皆用白话口语，皆日常熟悉者，只如邻家老妇对面絮絮道来，真切感人，却毫无柳永"词语尘下"的粗鄙气，就缘因于以雅化俗、从俗入雅，"用字奇横而不妨音律"（万树《词律》卷十），最是当行本色，却又能张扬本体自觉意识，复归于诗化精神。所以，以《词论》专文的主张来看，她"专主情致"而多用铺叙手法，且将与情致融化无迹，臻达有机统一境地，既详尽明透又存有馀韵，教人味之无穷，已高出所者一筹了，这在［永遇乐］等后期长调中每常见到，只不过各有侧重而程度不等而已。再进一步说，此二词及前［武陵春］多用或纯用白描笔法，清畅流转，略无滞碍窒塞处，并不须凭借典故的牵引烘托。这点恰恰是她所指责的"少典重"、"少故实"，被视作秦观、贺铸诸大家的缺陷处，可谓前后时期自己的理论认识和创作实际格格不合。

平心以论，在词已经高度成熟且进入极盛巅峰之际，容纳十分丰富的多样化的艺术表现手法及语言技巧，纷纷竞妍争艳，直接关系了词作得失的价值判断。但即其本身言之，实并无优劣高下区分，而仅仅存在着运用是否适宜、娴熟或浑融得体之别。倘若从史的角度衡量，将诗、赋等不同文体所习常用的隶事用典方法，引入、移植到新兴音乐文学样式的词里，是词体成长发展到一定程度时所必然会出现的重要艺术现象，成为它高度成熟发达的一种艺术标志，能够深化、拓展词的艺术表达张力，扩大其空间容量。当然，这些还取决于把握好适当的"度"，过犹不及，故是李清照才又批评黄庭坚词"即尚故实而多疵病，譬如良玉有瑕，价自减半"，于此前文曾已论及，兹不再赘。

以靖康之难，李清照仓皇南渡为界限，她后期的词作基本上已不在执拘在"别是一家"，诉求当行本色的本体艺术精神上，而是深深融入时代与一己个体生活中，完成了向诗话道路的复归；只不过于风格情貌上，还大至延续着传统词派主要是南唐词家,如后主李煜的某些特征,于自我前期词作的主调有所修正变化,更为切挚悲凉。如李清照酷爱梅花的清雅高洁,一生有过多篇咏梅之制,晚年的[孤雁儿]"藤床纸帐朝眠起"即其中一篇。王鹏运四印斋本《漱玉词》、黄大兴《梅苑》、杨希闵《三李词》等有小序云:"世人作梅词,下笔便俗,予试作一篇,知前言不妄耳。"词主要沿顺一天的时间线索,描述自己的日常生活状态,于歇拍方始揭明本旨:"笛声三弄,梅心惊破,多少春情意。"下阕旋即转过笔势,云:"小风雨潇潇地,又催下千行泪。吹箫人去玉楼空,肠断与谁同倚? 一枝折得,人间天上,没个人堪寄。"借萧史弄玉故典喻赵明诚病殁事,未仍归结到梅,但主题是托寄对亡夫悼念伤逝的浓厚情意,还隐隐包含着自我的孤寂寥落、命途多舛的现实哀叹。这点可参见她晚年的又一首咏梅词[清平乐]"年年雪里",其下阕云:"今年海角天涯,萧萧两鬓生华。看取晚来风势,故应难看梅花。"两词均不侧重梅花形态色彩的精细摹写,甚至都忽略了梅花内在神理品格的关注,而只不过将之当作中介物,借物咏怀,聊以抒发传现其情思感受,以我驭物,物为我用。这和她早期的咏梅词,如[小重山]"春到长门春草青"、[满庭芳]"小阁藏春"、[玉楼春]"红酥肯放琼苞碎"、[渔家傲]"雪里已知春信至"等的或物我交汇,或融我于物,或径以状写物态体貌为本意的笔法,呈现出显著差异。

当然,这种感怀时势身世,回复诗化精神、诗词合流的主体自觉意识,因着自己的人生命运变化,于艺术表现上也是多样化多层次,或者说,经历了一个由浅渐深的过程。如建炎三年(1129年)春,李清照初下江南,从赵明诚守建康时所制之[临江仙]"庭院深深深几许",《草堂诗馀》前集卷上有小序云:"欧阳公(修)作[蝶恋花]有'深深几许'之语,予酷爱之,用其语作'庭院深深'数阕,其声即旧[临江仙]也",首先见出她对传统派词家的借鉴续承,遂浸染或漱玉词风貌之基调底色。然歇拍叙说"春归秣陵树,人老建康城",便直接点明了时、地,不再是类型化的泛泛摹画景物,而是落到行踪实处,使之历历可按,就不同于以往一般感春词的多模糊性习惯表现方法。下阕再云:"感月吟风多少事,如今老去无成。谁怜憔悴更调零。试灯无意思,踏雪没心情"。转过来描述因战乱被迫南迁,打破昔日的宁静温馨生活,而青春韶华流逝,已是生命迟暮之际的伤感迷惘心情。又,周记李清照轶事云:"见易安族人言:明诚在建康日,易安每值天大雪,即顶笠披蓑,循城远览以寻诗。得句必邀其夫赓和,明诚每苦之也"(《清波杂志》卷八)。

可从另一方面参见"踏雪没心情"的苦中作乐生涯。这里的"憔悴更调零"，兼写风霜岁月摧残下衰老的容颜与漂泊徒转、离乡背井的身世之叹，系点睛之笔；而"谁怜"者，自悲自叹也。要之，与前引她后期的［声声慢］、［永遇乐］、［武陵春］诸词作的刻挚入骨相较，这里写南渡之初的迟回顾瞻、百无聊赖，不过是一种沉重压抑的悲伤感叹而已。

又如离开建康后，李清照流离逃避金兵于东南各地，居行无定，所制之［添字丑奴儿］："窗前谁种芭蕉树？阴满中庭。阴满中庭，叶叶心心、展有馀清。　伤心枕上三更雨，点滴霖霪。点滴霖霪，愁损北人，不惯起来听。"也同样是使用赋的手法，因雨打芭蕉的凄声响而牵惹起"北人"的思乡愁情，虽专主白描但直率中复铙深曲之致，于情景多借鉴因循花间派词家温庭［更漏子］，其下阕云："梧桐树，三更雨，不道离情正苦。一叶叶，一声声，空阶滴到明。"又，王明清《玉照新志》卷二载年代约略早于李清照的无名氏［眉峰碧］，下阕亦云："薄暮投村驿，风雨愁通夕。窗外芭蕉窗里人，分明叶上心头滴。"意境亦可参比。但由于时代背景的差异变化，她的"伤心"、"愁损"便多出一份乡土沦陷、故国旧朝兴亡的悲凉情绪，这与前［临江仙］一脉接续延连下来，或许还增添了些岁月的聚积，而更加深沉凝重。

总以上所述及者，已就李清照词学境界的两种主流，即专注在个体自我性的，以与丈夫间恋情相思为主题内容和由社会现实事件牵引激荡起的复杂情怀感受为抒写题材的两大类型，分别给以重点析论。换句话说，它们的实质并没有根本性歧异，只不过一是纯粹个我的感情表述，一是引伸或扩展到个体对于群体强力改变个我生存状态的反映。故而从这个特定角度来看，李清照最终已脱离开词为艳科的传统观念，走上回归诗化，或诗词合流的道路——尽管她仍然局限于以自我为中心的范围之内，视野并不够宽广，但是，若以艺术表现的眼光审察则实未完成对于《词论》专文笼罩的超迈。因为"别是一家"说强调词体兼具音乐和文学双重属性的特殊意义，其核心即体现为风格特征，虽反对鄙俗，然亦并不认同过度诗化的艺术精神、美学理想，这些都有具体的表述。所以，如《咏史》、《乌江》、《题八咏楼》、《上枢密韩肖胄诗》、《语溪中兴颂诗和张文潜》二首与"南来尚怯吴江冷，北狩应悲易水寒"、"南渡衣冠少王导，北来消息欠刘琨"等等诗歌里的悲慨激咽之音，关于国家民族大局的忧虑、历史兴废成败经验教训的思考，皆不曾出现在词作里。也即是说与论词时所曾例举过的南唐君臣、柳永、晏殊、贺铸、秦观等传统派典范词家相类,李清照词作仍然持守婉丽清雅的本色底调。虽又以此为基础,产生出前后阶段清新、委婉和沉挚凄怆的变化,不过,这与苏轼、辛弃疾为代表的所谓豪放派的艺术风貌有所不同,词史上也一直将她视之为所谓"婉约派"的正宗词家。

第四节　词体解放与辛弃疾的创作取向

自花间词文人大规模"染指"词的创作以来,就形成了词为艳科的传统,词成为滋生男女离别相思等普泛化、类型化情感的沃土,风格柔婉缠绵,其创作目的也主要是应歌娱人,因此被视为酒边尊前娱宾遣兴的小道薄伎。由花间词确立的"诗庄词媚""词为艳科"的传统,奠定了后代词学家固守的"本色"传统,香艳之情与柔婉之风,成为后世词的发展与演变难以突破的藩篱,宋人作词"大抵以《花间集》中所载为宗"(李之仪《跋吴师道小词》)。

至苏轼崛起于词坛,以其超逸的才情和洒脱的个性,冲破了传统的束缚,开拓了词境,革新了词风,他将主体丰富而复杂的内心世界、人生体验,个体独特的襟怀抱负、人格理想,引入词作,以刚风猛调刷新了绮靡婉媚占主导地位的词坛,为侧艳之词注入了新的抒情品质,使词和诗歌一样可以抒情言志,从而提升了词的文化品位。苏轼对词体的革新是在山东密州时期开始的,诸如[江城子]《密州出猎》、[江城子]《乙卯正月二十日夜记梦》、[水调歌头]《丙辰中秋欢饮达旦大醉作此篇兼怀子由》等词,可为最好的证明。不过,苏轼对词体虽有诸多解放,但尚有缺憾。首先,苏轼仍然是"以文章余事作诗,溢而作词曲"(王灼《碧鸡漫志》卷二),骨子里仍然视词为小道末技,所以其词无论是在数量,还是在反映时代政治、社会生活的广阔面上,都无法与诗文相提并论;其次,苏词虽号称"无意不可入,无事不可言"(刘熙载《艺概·词概》),但还只限于"以诗为词"(陈师道《后村诗话》),词体并未获得彻底解放;最后,由于词体源远流长的强大的本色传统以及发展演进过程中的惯性思维,都使得苏轼对词体的革新和解放在当时缺乏呼应,应者寥落。

至靖康之难,神州陆沉,北宋覆亡,动荡的社会现实,深重的民族灾难,流离的生活处境,给个体心灵带来了巨大的创伤和痛苦,富有正义感和使命感的文人无暇再吟风弄月、浅斟低唱,而是开始以词反映国家民族命运,以词介入现实政治，呼唤救亡图存、光复神州的旋律，将佐欢的工具变成了战斗的武器。外在强力的作用，虽未使词的发展出现断裂，但却改变了词坛原有的格局和创作趋势，使得苏轼对词体的革新在南宋获得响应，并进一步得到继承和发展，其杰出代表就是山东历城人辛弃疾。辛弃疾不仅沿着苏轼在词坛开创的道路前行，还凭借其将相之才和英雄豪杰的气概，在词坛左冲右突，异军突起，彻底解放了词体，使词变成和诗文一样的陶写之具，继承苏词的同时也超越了苏词的成就，开拓了词体更为自由广阔的表现疆域。

　　辛弃疾 23 岁之前的光阴都是在山东度过，从小接受的是儒家思想的教育，深受齐鲁儒家文化的滋养，时刻以匡复神州、经世救国为己任，青少年时期的教育奠定了他一生的道路，也决定了他一生的命运。裹挟着北方深裘大马之风闯入南宋后，儒家文化培育出的"补天"理想、入世精神与现实社会中不被重用、壮志难酬的尖锐冲突，山河破碎、国土沦陷的民族苦难与不思进取、苟安一隅的政治现实的复杂矛盾，都使得辛弃疾无比愤懑痛苦、压抑悲愁，于是他把不能尽展其用的郁愤，屡遭疑忌的苦闷，被迫投闲置散长达二十年之久的压抑以及南宋朝廷肮脏丑恶的政治现实、统治者的苟且偷安，一一倾吐于词，从而使其词真诚地反映了个体的心路历程，呈现出其人格的全貌，真正达到了题材内容上无所不包、无所不言的自由无碍之境。辛词在形式上也获得了彻底解放，不仅走苏轼"以诗为词"的道路，还进一步以文为词，以议论为词，经史子集在其笔下驱遣自如，有如己出，大大丰富了词的各种表现手法，同时也打通了诗、词、文的界限，使词变成和诗文一样涵盖广泛、表现力强的广义的抒情文学。风格上，辛词更是具有多样性美感，刚柔相济，庄谐均擅，雅俗兼长，可谓变化多端，包罗万象，彻底突破了柔婉绮媚的传统词风的笼罩。

一、题材内容上，"无意不可入，无事不可言"

　　辛弃疾是一位意欲济世救国的英雄，其毕生的理想是在政治事功上金戈铁马、成就功名，所谓"了却君王天下事，赢得生前身后名"（《破阵子》），而非在词坛剪红刻翠，开疆拓土。徐釚在《词苑丛谈》卷四《品藻二》曾引黄犁庄语曰："辛稼轩当弱宋末造，负管、乐之才，不能尽其用，一腔忠愤，无处发泄；观其与陈同甫抵掌谈论，是何等人物！故其悲歌慷慨，抑郁无聊之气，一寄之于其词。"有心报国,却无路请缨,誓收中原,却被无情压抑,满腔忠愤无处发泄,于是英雄的气质与才情勃发于词,对传统的词体形成了巨大的冲击和鼓荡,使词在题材内容上获得极大的拓展,不仅能表现传统的情爱相思,吟咏个人的荣辱得失,还能紧扣时代的脉搏,与国家政治紧密相连,表现出极强的战斗性、现实性和功利性。在辛弃疾的手里,词这种传统的言情文学,已由言狭义的男女之情,扩展到表现广义上的包括亲情、友情、思乡之情、怀古之情、隐逸之情、不遇之悲等等人类一切的情感,由狭隘的秦楼楚馆走向了广阔的社会生活,这可谓是辛弃疾对词体发展的重要贡献之一。

辛弃疾现存词六百多首,有写婉转缠绵的爱情的,有写幽美恬静的田园风光的,有写质朴真淳的风俗民情的,有写令人窒息的政治现实的,有写衰颓危殆的国家命运的,有写不同流合污的人格操守的,有写矢志不渝的政治追求的,有写深沉真挚的爱国情怀的,有写壮志难酬的坎坷遭遇的,有写溜须拍马的官场风气的,有写屡遭谗毁的痛苦心灵的,有写国耻未雪的内心焦虑的,有写权奸小人的排挤妒忌的……可以说,辛弃疾是以一种开放性的态势来写词的,凡是能用文学表现的东西,都被他纳入了词中,这就使词不再囿于传统的艳情,而是容纳了一切可以容纳的内容,变成了和诗文一样广义的抒情文学,从而纠正了词体在起初发展过程中存在的先天缺憾与不足。

1. 爱国词

辛弃疾一生忧时伤世,以收复失地、统一祖国为理想,"要挽银河仙浪,西北洗胡沙"([水调歌头]),"马革裹尸当自誓,蛾眉伐性休重说"([满江红]),"道男儿到死心如铁。看试手,补天裂"([贺新郎]),其爱国词高歌报国的壮志和热情,关注国计民生、家国兴亡,大胆揭露投降派的可耻行径,表达了英雄之壮怀以及壮怀成空、壮志难酬的悲愤,表现出强烈的爱国主义情感、伟大的民族气节,内蕴深厚,意境深远,是其集中最引人瞩目的篇章。比如[清平乐]《独宿博山王氏庵》:

> 绕床饥鼠,蝙蝠翻灯舞。屋上松风吹急雨,破纸窗间自语。　　平生塞北江南,归来华发苍颜。布被秋宵梦觉,眼前万里江山。

屋里饥鼠绕床,蝙蝠围灯翻飞,屋外风雨交加,破裂的糊窗纸呜呜呜响,而在这破败萧瑟、荒凉残颓的破庵里,睡的竟然是金戈铁马、叱咤风云的抗金英雄!"平生塞北江南,归来华发苍颜。"他一生心系国事,为实现国家统一渡江南下,又在江南辗转为官,然而满腔报国热情换来的却是"华发苍颜",终老荒村，这如何不叫他痛心疾首！"布被秋宵梦觉，眼前万里江山。"纵使失意悲凉，英雄老去，他念念不忘的仍然是祖国破碎的河山，仍然是收复失地的责任和使命，至此一个经历世事沧桑、尝尽谗毁打击之苦，却始终不计个人荣辱得失、一切以国家为重的爱国志士形象，巍然屹立在读者面前。

辛弃疾的爱国词表现出高度的报国爱情和恢复之志，诸如"起望衣冠神州路，白日消残战骨。叹夷甫诸人清绝！夜半狂歌悲风起，听铮铮、阵马檐间铁。南共北，正分裂！"（［虞美人］《用前韵送杜叔高》）"问渠侬、神州毕竟，几番离合。汗血盐车无人顾，千里空收骏骨。"（《贺新郎·同父见和，再用前韵答之》）"长剑倚天谁问，夷甫诸人堪笑，西北有神州。"（［水调歌头］《送扬民瞻》）"夷甫诸人，神州沉陆，几曾回首。"（［水龙吟］《早辰岁寿韩南涧尚书》）"不念英雄江左老，用之可以尊中国"（《满江红》）……悲神州之陆沉，痛山河之破碎，刺朝政之腐败，伤抱负之成空，斥"夷甫诸人"之误国，词中跳荡着的始终是一颗热烈高亢的爱国赤心，充盈着的始终是腐败黑暗的官场环境消磨他的生命激情，使其理想抱负被压抑扼制的郁愤忧怨以及忠怨缠绵、虽九死犹未悔的战斗精神，堪称是以笔代剑，以整个生命在谱写词章，可以说，时代政治是辛弃疾最敏感的一根神经，个体的精神、心灵总是紧扣时代而喜怒哀乐，这种将小我和大我紧密结合，自觉将小我融入大我的精神，使得辛弃疾的词作成为最具时代气息的高歌，也使得其词作走出了无骨的柔婉，表现出刚劲有力的风骨。

值得注意的是，辛弃疾的这类词作中还出现了一类新型的抒情主人公形象，那就是抗战英雄形象。晚唐五代以来词的世界由青楼歌妓、红粉佳人一统天下；至柳永、苏轼等人，将抒情主人公转向词人主体，文人士大夫的精神心灵开始在词中获得展露；而以辛弃疾为代表的辛派词中则出现了悲歌慷慨、执戈横槊的英雄主人公形象，表现出鲜明的男性化倾向，从此在宋词中"女性形象逐渐让位于男性形象，男子汉逐步登上了词世界的统治地位"①，从而使词逐渐摆脱了女性化香艳柔婉的笼罩，变成了真正男子汉的文学。

2. 农村词

词是都市文化的产儿，一直钟情于表现都市的繁华富庶、奢靡享乐，钟

---

① 王兆鹏：《唐宋词史论》，人民文学出版社 2000 年版，第 63 页。

情于表现都市文化背景下男女的调笑玩乐,对农村田园、乡风民俗基本上是漠不关心的,所以苏轼的五首农村词创作是对词体的一次革新,使词走出了都邑市井、花间小径,走向了乡村自然、田野农家,开始洋溢着泥土的芳香。苏轼之后,以农村题材入词的作品是很少见的,直至辛弃疾再一次大规模地将农村田园写入词中。被迫归隐江西上饶农村之后,辛弃疾创作了大量的农村词,如[清平乐]《村居》、[西江月]《夜行黄沙道中》、[鹧鸪天]《代人赋》等词,表现了风景如画的农村风光,清新恬淡的乡村生活,真诚纯朴的乡民村夫,这里的静谧和谐、淳朴真诚,和官场的勾心斗角、尔虞我诈,形成了鲜明的对比,帮助他愈合了被排挤打击的心灵创伤,比如[鹊桥仙]《己酉山行书所见》:

> 松冈避暑,茅檐避雨,闲去闲来几度。醉扶怪石看飞泉,又却是前回醒处。　　东家娶妇,西家归女,灯火门前笑语。酿成千顷稻花香,夜夜费、一天风露。

上片"闲去闲来"、"前回醒处"中流露出的不能为国效力的心灵伤痛,就是在下片的"笑语"和"稻花香"中得到抚慰。再比如[鹧鸪天]《代人赋》:

> 陌上柔桑破嫩芽,东邻蚕种已生些。平冈细草鸣黄犊,斜日寒林点暮鸦。　　山远近,路横斜,青旗沽酒有人家。城中桃李愁风雨,春在溪头荠菜花。

不仅描绘了由桑芽、幼蚕、细草、黄犊、斜日、寒林、暮鸦组成的优美景象,表现了农村初春时节的蓬勃生机,甚至还将"城中桃李"与"溪头荠菜花"相对比,表现出对农村生活的喜爱和对城市里相互倾轧的官场仕宦生活的鄙弃。

历来诗歌中表现的农村题材,一类是陶渊明式的宁静闲适,一类是白居易式的悲天悯人。辛弃疾的农村词表现的是被迫归隐农村田园之后心灵的自我疗救,因而他并无心情去悲悯农人生活,只想借助恬静的山水田园疗伤,所以诸多学者对辛弃疾的批判——刻意掩盖阶级矛盾,刻意隐瞒了农民的困苦和被残酷剥削的处境,虽是实情,但也未免太过严苛。辛弃疾农村词中的恬静闲适、和谐美好,只不过是词人主体为对抗价值落空后的精神创痛,采用了陶渊明式的视角来看待农村和农民,唯有如此,才能让沉郁不得志的心灵得到歇息,使痛苦得到缓解,从而使生命充满弹性,不至因价值落空而陷入绝望、幻灭,因而对于辛词未能表现农民的悲惨处境,未能像白居易般悯农，我们应该予以谅解。此外，辛弃疾的农村词虽是在被迫归隐之后而写，而非辗转官场时主动所为，但他毕竟将农村这一在词坛久已荒芜的领地重新加以开垦，使词不仅能表现旖旎的都市风情，还能将笔触深入农村生活，可谓对词表现空间进一步进行了开拓。

3. 爱情词

爱情是词经久不衰的旋律，一直在宋词中占极大的比重。作为立志马革裹尸、征战沙场的英雄豪杰，辛弃疾除了写过许多为人熟知的"大声镗鞳"的抚时感事之作外，对于传统的爱情题材也能信手拈来，极是当行本色。比如〔清平乐〕：

> 春宵睡重，梦里还相送。枕畔起寻双玉凤，半日才知是梦。　一从卖翠人还，又无音信经年。却把泪来作水，流也流到伊边。

写闺中少妇浓挚的相思。离人一别经年，杳无音讯，让她陷入极度的思念，因思念而入梦，梦醒才知是空，悲不自胜，"却把泪来作水，流也流到伊边"，虽然充满以泪洗面的悲伤，但坚信泪流成河，迟早会流到他的身边，不仅情真意切，还写出了感情的执着。

除了直逼秦柳的本色爱情词作外，辛弃疾还能将身世之感打并入艳情，使其爱情词在缠绵悱恻中又流露出磊落不平之气，从而加深了爱情词作的内涵，这是将词习于表现的传统题材向深度开掘。比如〔祝英台近〕《晚春》：

> 宝钗分，桃叶渡，烟柳暗南浦。怕上层楼，十日九风雨。断肠片片飞红，都无人管；倩谁唤流莺声住？　鬓边觑。试把花卜归期，才簪又重数。罗帐灯昏，哽咽梦中语；是他春带愁来，春归何处，却不解带将愁去。

此词写传统闺怨，又在闺情中深寓着对国事的忧虑。其中，"断肠片片飞红，都无人管"，暗含着国势的风雨飘摇，"倩谁唤流莺声住"，隐隐流露出忧谗畏讥之意，这些都使此词在缠绵悱恻中又渗透出忧国伤时之情，柔而有骨。再比如〔满江红〕《暮春》：

> 家住江南，又过了、清明寒食。花径里、一番风雨，一番狼藉。红粉暗随流水去，园林渐觉清阴密。算年年、落尽刺桐花，寒无力。　庭院静，空相忆。无说处，闲愁极。怕流莺乳燕，得知消息。尽素如今何处也，绿云依旧无踪迹。谩教人、羞去上层楼，平芜碧。

在闺妇伤春念远之情中隐然也流露出对奸佞进谗、小人得势的痛恨和恐惧，政治忧愤的渗入使得传统的闺怨变得充满骨力。

4. 寿词

寿词早在北宋仁宗时代就已产生，如柳永[御街行]《圣寿》、晏殊[拂霓裳]《庆生辰》等词都属寿词。后经苏轼开拓词境，扩大词的表现内容，寿词创作开始日渐繁盛。进入南宋后，寿词创作蔚然勃兴，声势浩大，成为宋词创作中不可忽视一大重要类别。但这些寿词除了自寿词尚能表现对时光流逝、生命老去的感伤，真诚朴实，没有客套虚伪的应酬外，其余的诸如寿圣、寿官、寿友、寿亲等等，多数都充斥着陈词滥调，谀美奉承之言，读来千篇一律，难有真情实感，难有突破与开拓。辛弃疾的寿词中虽有一部分不能免俗之作，但他相当一部分寿词却冲破了纯粹应酬的禁锢，将对国事的慨叹、对政局的不满、对志不得酬的悲鸣引入，从而使得这些寿词走出了阿谀虚夸、无聊应酬，达到了思想和艺术的高峰。比如[水龙吟]《甲辰岁寿韩南涧尚书》：

> 渡江天马南来，几人真是经纶手？长安父老，新亭风景，可怜依旧。夷甫诸人，神州沉陆，几曾回首！算平戎万里，功名本是真儒事，公知否？　　况有文章山斗，对桐阴满庭清昼。当年堕地，而今试看，风云奔走。绿野风烟，平泉草木，东山歌酒。待他年，整顿乾坤事了，为先生寿。

此词作于淳熙八年(1181年)退隐江西上饶期间，虽是为庆祝故吏部尚书韩元吉67岁寿辰而作，但却不落传统寿词的俗套，而是借题发挥，将对国事的感怀、对政治的看法融入其中，始终不忘恢复中原的志向。"长安父老，新亭风景，可怜依旧。夷甫诸人，神州沉陆，几曾回首！"表达了对时政的见解，慨叹神州陆沉，朝臣无恢复之志；"算平戎万里，功名本是真儒事，公知否？"这是以平戎万里、建立功名自勉勉人；"待他年，整顿乾坤事了，为先生寿。"既紧扣祝寿的主题，又对他年风云际会、整顿乾坤充满信心，这些词句都表现出抒情主体独特的襟怀抱负，从而使整首词显得意境高远，不落俗套。再如其[破阵子]《为范南伯寿》：

> 掷地刘郎玉斗，挂帆西子扁舟。千古风流今在此，万里功名莫放休。君王三百州。　　燕雀岂知鸿鹄，貂蝉元出兜鍪。却笑泸溪如斗大，肯把牛刀试手不？寿君双玉瓯。

这首词也是寿词中难得的佳作，借为范如山祝寿之机，用了大量的典故，劝诚他应以国事为重，鼓励他去泸溪，施展才干，把泸溪治理好，以此锻炼自己的能力，为收复失地、建功立业作好准备，也是借祝寿浇自己胸中块垒。可以说，正是抒情主体独特情怀抱负的流露，使得辛弃疾的寿词走出了纯粹的娱乐、交际，成为能够言志载道的上乘之作。

辛弃疾词的题材内容相当丰富，涵盖了他的整个人格和全部生命，因此上述几类并不能完全表现辛词内容的丰富性，只能算是一定程度上反映辛词在内容境界上的拓展之功。比如辛弃疾还有许多写友情的词作，如［木兰花慢］《滁州送范倅》："老来情味减，对别酒，怯流年。况屈指中秋，十分好月，不照人圆。无情水都不管，共西风只管送归船。秋晚莼鲈江上，夜深儿女灯前。　　征衫便好去朝天。玉殿正思贤。想夜半承明，留教视草，却遣筹边。长安故人问我，道愁肠殢酒只依然。目断秋霄落雁，醉来时响空弦。"将朋友情谊也渲染得曲折深挚，尤其是将身世之痛揉入其中，使离情别绪的抒发既婉转感人，又蕴味深厚；再比如他的咏史怀古词、咏物词等的创作也都能推陈出新，不落窠臼。只有到了辛弃疾，宋词在题材内容上才真正突破了艳情的藩篱，不仅在抒情广度上前无古人，后无来者，在抒情深度上也深化了词的内涵，真正做到了熔铸百家，自由挥洒，从而使词达到了"无意不可入，无事不可言"的境界，达到了思想艺术上的高峰。

二、表现手法上，以文为词，以议论为词

随着辛弃疾词在题材内容、意境空间方面的拓展，其词在写作手法上也产生了新的突破，继苏轼词的诗化倾向，又越发创造性地将散文的写作手法引入词中，以文为词，以议论为词，大胆地以破体造新境，从而大大丰富了词的表现手法。其大胆的创举在词坛掀起轩然大波，改变了人们对词的传统认识，也纠正了词体发展中的文体封闭性，为词的发展开拓了一条新的道路，极大地推动了宋词的发展。

1. 以文为词

所谓以文为词，就是借助散文的技巧和手法来写词，打通散文和词体创作之间的界限，使词像散文一样有极强的表现力和极大的题材包容量，同时表达方式上也能更加自由灵活。具体而言，以文为词包括内容和形式两个

方面。从内容方面看,辛词在题材内容上无所不包,无所不言,使词具备了散文的功能,能够自由灵活地言情、叙事、说理、议论,表现丰富的社会现实和人生遭遇,这也是以文为词,上文已言,此不赘述;从形式上看,以文为词就是词学习了散文的语言、句法以及写作手法,使词带上了散文的形式特征,"乃是把古文手段寓之于词。"(杨慎《词品》卷四)

从语汇上看,辛弃疾独创性地将经史子集、散文辞赋中的语汇移植入词,重新赋予了这些古代的语言以新的生命,显示出对语言的高超驾驭能力。比如"进卫灵公,遭桓司马。东西南北之人也。长沮桀溺耦而耕,丘何为是栖栖者。"([踏莎行]《赋稼轩,集经句》)"乐天知命,古来谁会,行藏用舍? 人不堪忧,一瓢自乐,贤哉回也。料当年曾问,饭蔬饮水,何为是,栖栖者?"([水龙吟]《题瓢泉》)创造性地运用了《周易》、《诗经》以及《论语》里的成句,表现出对儒家积极入世价值观的质疑、讽刺与嘲笑;"一以我为牛,一以吾为马。人与之名受不辞,善学庄周者。江海任虚舟,风雨从飘瓦。醉者乘车坠不伤,全得於天也。"([卜算子]《用庄语》)用的则是《庄子》里的语言;"近来始觉古人书,信著全无是处"([西江月]《遣兴》),化用的则是《孟子》里的话;再如"长恨复长恨,裁作短歌行。何人为我楚舞,听我楚狂声? 余既滋兰九畹,又树蕙之百亩,秋菊更餐英。门外沧浪水,可以濯吾缨。"([水调歌头]《壬子三山被召,陈端仁给事饮饯席上作》)则又是运用了《史记》、《离骚》以及《九歌·少司命》里的成句。引经史子集中的语言入词,对于宋词创作来说,无疑是相当大胆的。唐宋词人习于化用前人诗句入词,对于易造成词作生硬晦涩弊病的经史语则是敬谢不敏的。刘辰翁有一段话说得极好:"词至东坡,倾荡磊落,如诗如文,如天地奇观,岂与群儿雌声学语较工拙? 然犹未至用经用史,牵雅颂入郑卫也。自辛稼轩前,用一语如此者必且掩口。及稼轩横竖烂漫,乃如禅宗棒喝,头头皆是,又如悲茄万鼓,平生不平事并厄酒,但觉宾主酣畅,谈不暇顾。词至此亦足矣。"(刘辰翁《辛稼轩词序》)辛弃疾之前没有人敢"用经用史,牵雅颂入郑卫",包括曲子中缚不住的苏轼也是如此,但辛弃疾却敢于突破传统,不主故常,凭借其博大的学问、超凡的才力和宏伟的气魄,将古代文学遗产几乎全部都纳入到宋词创作中来,"《论》、《孟》、《诗小序》、《左氏春秋》、《南华》、《离骚》、《史》、《汉》、《世说》、选学、李杜诗,拉杂运用,弥见其笔力之峭。"(吴衡照《莲子居词话》卷一)"任古书中理语、瘦语,一经运用,便得风流"(刘熙载

《艺概·词曲概》)，彻底突破了传统词学语言的规范。他把创作主体胸中满盈之气灌注到词作中，使得这些经史语因为气的统摄并不松散，反而多能恰到好处，有如天成，极大地丰富了宋词的语汇以及创作路径。

辛弃疾不仅能灵活自如地化用前人成句，隐括经史子集，甚至那些通俗的民间口语、俚语也被他创造性地写入了词中，例如"些底事，误人哪。不成真个不思家。娇痴却妒香香睡，唤起醒松说梦些。"(〔鹧鸪天〕)"长夜偏冷添被儿。枕头儿、移了又移。我自是笑别人底，却元来、当局者迷。如今只恨因缘浅，也不曾、抵死恨伊。合手下、安排了，那筵席、须有散时。"(〔恋绣衾〕)"侬是嵚崎可笑人。不妨开口笑时频。有人一笑坐生春。"(〔浣溪沙〕)"好个主人家，不问因由遍去嗻。病得那人妆晃了，巴巴，系上裙儿稳也哪。　　别泪没些些，海誓山盟总是赊。今日新欢须记取，孩儿，更过十年也似他。"(〔南乡子〕)"些底"、"哪"、"真个"、"些"、"醒松"、"儿"、"抵死"、"侬"、"嗻"、"巴巴"、"些些"等词均是当时的市井口语。汲取民间口语入词，表现真挚的情感，使词与起源的民间词状态相接，也有助于宋词摆脱用熟了的语言和意象，使词重新焕发生机。词到了辛弃疾的手中，真正达到了无语不可用，变得更加自由飞动，变化多端，显示出创作主体横放杰出的才华。

从句式上看，辛词中的句子多是一气灌注的长句，如"落日楼头，断鸿声里，江南游子。把吴钩看了，栏杆拍遍，无人会，登临意。"(〔水龙吟〕《登建康赏心亭》)"昨日春如十三女儿学绣，一枝枝、不教花瘦。甚无情，便下得雨僝风僽。向园林，铺作地衣红绉。"(〔粉蝶儿〕《和赵晋臣敷文赋落花》)"人言此地，夜深长见，斗牛光焰。我觉山高，潭空水冷，月明星淡。待燃犀下看，凭栏却怕，风雷怒，鱼龙惨。"(〔水龙吟〕《过南剑双溪楼》)"功名只道，无之不乐；哪知有更堪忧？怎奈向、儿曹抵死，唤不回头！"(〔雨中花慢〕)这些句子都是非常散文化的句子，不似传统词句那般意象密集紧凑，是词在语言艺术上的一次重要革新。此类句子不仅形似散文，而且其中还有一股潜气流转，一定程度上弥补了散文化易松散的弊病，让人并不觉得懈怠散漫，反而感觉一气流走，气势酣畅。而"文以气为主"正是古代散文的一个显著特点。也就是说辛弃疾在以这种散文句式写词的同时，也将创作主体充沛的气势、独特的个性气质灌注于词，从而使得其词与散文不仅形似，更加神似，而且"有了这股气势，作者就能够打破词的传统写法，就能跨越词与诗、文的某种'界限',就能更加自由地抒情、言志、甚至发表议论。"①此外,在这类散文化的句子中,还夹杂着许多虚词、语助词,如"甚矣吾衰矣!"([贺新郎])"恨古人不见吾狂耳!"([贺新郎])"不知云者为雨,雨者云乎。"([汉宫春])"我见君来,顿觉吾庐,溪山美哉!"([沁园春])中的"矣"、"耳"、"者"、"乎"、"哉"等,都是在古文中经常出现的,在词中非常少见,而辛弃疾却大胆地将之运用于词,词的传统语言规范几乎被颠覆殆尽。

从写作手法上看,辛弃疾还善于把散文写作中常用的对话问答体运用到词的创作中来,如[沁园春]《将止酒,戒酒杯使勿近》:

> 杯汝来前,老子今朝,点检形骸。甚长年抱渴,咽如焦釜,于今喜睡,气似奔雷。汝说刘伶,古今达者,醉后何妨死便埋。浑如此,叹汝于知己,真少恩哉。　　更凭歌舞为媒,算合作人间鸩毒猜。况怨无大小,生于所爱,物无美恶,过则为灾。与汝成言,勿留亟退,吾力犹能肆汝杯。杯再拜,道麾之即去,招则须来。

绘声绘色地描绘了人与酒杯之间的激烈论争,从上片开始到下片倒数第三句,都是作者对酒杯严厉的谴责,其中也夹杂着对酒杯申辩的复述,如"汝说刘伶,古今达者,醉后何妨死便埋",最后三句则是酒杯唯唯诺诺、俯首听命,说麾之则去,招亦须来,表示愿随叫随到。这种问答体的写法,就是吸收了东方朔《答客难》、扬雄《逐贫赋》、班固《答宾戏》、韩愈《毛颖传》等汉赋以及散文的营养,首次创作出对话体词,采用大量的散文化句式大发议论,令人解颐。再比如[鹊桥仙]《赠鹭鸶》、[西江月]《遣兴》:

> 溪边白鹭。来吾告汝。溪里鱼儿堪数。主人怜汝汝怜鱼,要物我、欣然一处。　　白沙远浦。青泥别渚。剩有虾跳鳅舞。任君飞去饱时来,看头上、风吹一缕。

> 醉里且贪欢笑,要愁那得工夫。近来始觉古人书,信着全无是处。
> 昨夜松边醉倒,问松我醉何如。只疑松动要来扶。以手推松曰去。

也都是采用了对话体的手法,在词中煞有介事地与鹭鸶、松树对话,可谓宋词创作史上的新变与突破。

---

① 杨海明:《唐宋词史》,江苏古籍出版社1987年版,第461页。

2. 以议论为词

对于词这种文体而言，无论是曲折深婉的抒情，还是点到为止的叙事，都是常见的、深受肯定的表达方式。至于议论这种富于理性和逻辑性的表达方式，因其会破坏词作的形象性美感和含蓄蕴藉的风味，往往都是词家避之唯恐不及的，但辛弃疾在将散文的语言规范、写作手法乃至表现内容统统引入词作的同时，不可避免地也将议论这种表达方式带入到宋词创作中来。有些散文尤其是政论文需要言之有理，言之有据，以理服人，而这往往需要借助议论的手法进行推理论证、判断分析，因此辛弃疾在成功地实现以文为词的变革和突破后，势必也会给词坛带来以议论为词的连锁效应。

事实上，以议论为词也是历代词评家对辛词的一个定论，如杨慎《词品》卷四曾言："近日作词者……以东坡为词诗，稼轩为词论，此说固当。"毛晋《稼轩词跋》中言："宋人以东坡为词诗，稼轩为词论，善评也。"所谓"词论"二字，一语就道出了辛弃疾词议论化的特征。"词诗"是以写诗的笔法写词，而"词论"比之"词诗"走得更远，不独打破了诗词的界限，更在词中纵横捭阖，议论风生，诸如前引［沁园春］《将止酒，戒酒杯使勿近》词，就是通篇议论，在议论中发泄个人情绪，毫无词中常见的传统意象。不独此词，事实上辛词均长于借助议论表达思想情感，例如［最高楼］《吾拟乞归，犬子以田产未置止我，赋此骂之》：

> 吾衰矣，须富贵何时？富贵是危机。暂忘设醴抽身去，未曾得米弃官归。穆先生，陶县令，是吾师。　　待葺个、园儿名佚老。更作个、亭儿名亦好。闲饮酒，醉吟诗。千年田换八百主，一人口插几张匙？休休休，更说甚，是和非！

这首词基本上就是以议论贯穿全篇，训诫"犬子"，表达了"富贵是危机"的看法。上片先是用东晋末年诸葛长民之典，他虽富贵显赫却时时担心遭遇杀身之祸，后果为刘裕所杀，以此表明"富贵必履危机"；接着用了穆生和陶潜之典，表明急流勇退、辞官归隐才是明智之举。下片则用辞官后悠然自得的人生设计渲染出"乞归"后的生活之乐；用"千年田换八百主，一人口插几张匙？"富有哲理思辨色彩的民谚，表现出富贵无益；结句"休休休，更说甚，是和非！"则是让儿子闭嘴，别再说个不休。虽然篇幅简短，但这首词完全可以看作是一篇有理有据、说理严密的议论文。再如"江头未是风波恶，别有人间行路难！"（［鹧鸪天］《送人》）"了却君王天下事，赢得生前身后名。

可怜白发生。"（［破阵子］《为陈同甫赋壮词以寄》）"儒冠多误身。"（［阮郎归］《耒阳道中为张处父推官赋》）"笑尘劳、三十九年非,长为客。"（［满江红］《江行和杨济翁韵》）"恨此中、风物本吾家,今为客。"（［满江红］《题冷泉亭》）"万一朝家举力田,舍我其谁也?"（［卜算子］《漫兴》）……都是直接通过议论抒发其人生思考、政治牢骚或见解。从发展的角度看,这种议论化的语言大大丰富了宋词的表现手法,是对词形式上的革新,对宋词发展有纠偏之功,因此以议论为词当视作宋词发展过程中的新变与突破,也当视作是辛弃疾对宋词发展的重大开拓之一。

以议论为词并非是排斥在词中运用意象,只是对意象的依赖相对减少,更多地是借助议论风生的句子直接陈述观点,这样即便在词中运用了一些意象,也会因为大量议论的引入,使得其意象变得直白无味,因此以议论为词最大的弊病,就在于容易破坏词作含蓄蕴藉的本色传统,容易导致词作一泻无余,缺乏滋味。不过辛弃疾的以议论为词总体而言还是相当成功的,即空前解放了词体,又未破坏词含蓄蕴藉之特美,这得归功于他深厚的学养以及坎坷的身世遭遇。

首先,辛弃疾博学多才,善用典故,大量典故的运用增强了其词作的韵味,形成了其词作含蓄的美感。典故是前代历史故事、妙语佳句的提炼和结晶,是一种特殊的意象,用的好可以使词作含蓄凝练,言简意丰,意味深长,余韵盎然,一定程度上可以弥补词作直白的弊病,增强词作的内涵和韵味。辛弃疾喜欢在词中大量用典,喜欢借助古人、古事表达对社会政治、官场朝廷的看法,抒发怀才不遇、壮志难酬的身世之痛,而非一味宣泄叫嚣,直接吐露心声,诸如［永遇乐］《京口北固亭怀古》一词就是以怀古为名,借助孙权、刘裕、刘义隆、拓跋焘、廉颇等典故,将自己的一腔忠愤之情含蓄吐露出,典故的运用不仅使词作获得了深沉的历史内涵,更使得词作滋味深厚,耐咀嚼,因为有这些典故,所以大量直白的议论化语言并不会损害词作的含蓄蕴藉之美。事实上,辛弃疾的词作虽不免有粗豪、粗率之嫌,但他并未损害词作要眇宜修、含蓄蕴藉的特质,原因之一就在于其词中典故的成功运用,使词在简短有限的篇幅中涵盖了无限丰富而深刻的内容。提起辛词之典,人们往往会有"掉书袋"之讥,殊不知没有了典故,辛词的感染力会减弱很多,内涵也会减少很多。

辛词中典故的运用除了与他深厚的学识、广博的知识面有关外,还与当时险恶的政治环境有关。一方面作为"归正人"被另眼相待，遭疑忌歧视，处处都须谨言慎行；另一方面辛弃疾的性格又刚正不阿，且力主抗战北伐，得罪了不少官僚权臣，在《论盗贼札子》一文中，他曾说道："生平刚拙自信，年来不为众人所容，顾恐言未脱口而祸不旋踵。"（《论盗贼札子》）他自己也觉察到了处境的危殆，深恐遭摈斥黜落，难以有所作为，实现抱负，所以在大肆议论、直陈铺排的同时，又似有难言之隐，不敢在词中尽情吐露心声，总是小心翼翼地借他人酒杯浇自己胸中块垒，借古人、古事表达自己的愤怒、不满乃至批判、谴责，这在一定程度上挽救了直接议论给辛词带来的一览无余、缺乏回味的弊病。

第二，辛弃疾是一位胸有韬略的将相之才，心怀济世之志，并且对收复失地的理想充满高度期许，但南宋腐败的官场环境却让他有心报国，无路请缨，加之权臣小人的打击陷害，更让他在官场步履维艰，甚至被迫偷闲置散达二十年之久。对个人才能和实现理想的自信与现实社会中被压抑排挤的郁愤，使得豪情满怀、壮怀激烈与沉痛愤懑、低沉悲凉两种相互冲突的情感调和在一起，这就使辛弃疾的词作总是欲放还敛，欲吐还吞，有着咀嚼不尽的复杂滋味。

辛弃疾从小接受的爱国主义思想教育，奠定了他以收复失地、统一祖国为己任的人生道路，"思投衅而起，以纾君父不共戴天之愤"（《美芹十论》）。青年时期组织义军抗金，冲入金营生擒叛徒张安国，初试身手，成就壮举，更加强了他对自身才能的自信和实现理想的期许，同时也说明他并非是只会纸上谈兵的书生，而是有勇有谋、能文能武的将相之才。南归之初辛弃疾曾上《十论》、《九议》，分析敌我形势，提出富国强兵的具体规划，更证明其谋略与才干，这些都说明时人"股肱王室，经纶天下"（谢枋得《祭辛稼轩先生墓记》），"背胛有负，足以负载四国之重"（陈亮《辛稼轩画像赞》）等评价并非溢美之词。然而，如此不可多得的栋梁之才，如此高扬的整顿乾坤的志气，却在南宋官场遭到无情的打击与排挤，无论是苟延残喘的社会现实，还是北伐志士被迫害的险恶环境，都使得辛弃疾在官场倍感压抑愤懑，寸步难行，甚至被迫归隐山林，荒废了几十年的青春，由壮年铁汉变成白发苍颜，即便雄心抱负依然不减当年，奈何时不我与，能奈天何？高扬的理想与黑暗现实的巨大反差，渴望实现个人价值、拯救南宋微末的前途与苟安投降、自甘堕落的政治策略相矛盾冲突，自信与痛苦、忧惧愤懑与坚贞执着等情感体验相互交织扭结,共同形成了辛弃疾词作沉重的悲剧情结和愤懑的情感底色,使他无论在表现何种词情时,都会渗入理想破灭的巨大痛苦以及这种痛苦的不可解脱。措意不避议论的直切总是被其沉痛幽咽的词心所消解,让人感觉其词中总是回旋着一种欲说还休的痛苦,一种叫人吐不出咽不下的愤懑,千回百转,荡在心头,内在情感的坚贞浓烈、执着顽强、真挚婉曲,往往让人忽视了或者说冲淡了其词外在形式上的浅切直白。

这样,大量典故的运用与壮怀成灰的创伤两方面相叠加,就挽救了辛词过度议论化可能导致的浅白直露的弊病,从而使其词虽然因议论的引入对词美风范形成了一定程度的冲击,但却仍然保持了词含蓄蕴藉之特美,并未破坏词之风味。

无论是以文为词,还是以议论为词,无疑都是对宋词传统的语言规范、写作手法以及既定意象的背离和变革,都是为对抗词的语言、意象以及表现手法的熟化与老化而采取的大胆尝试,因此以发展的眼光看,这是对词这种文体的一次彻底解放,不仅丰富了词的表现手法,增强了词的表现力,还使词走出了小道薄伎,变成和诗文一样能够言志载道、能登大雅之堂的文体。这种变革与创新虽有不成功的例子,但总体看来大都是在适度的范围内学习了散文的手法,仍然是以词为本位,并未本末倒置,使词彻底变成散文,丧失自身的特质。

三、艺术风格上,包罗万象,变化多端

辛词在艺术风格上包罗万象,变化多端,早在其生活的时代,范开就说过"其词之为体,如张乐洞庭之野,无首无尾,不主故常;又如春云浮空,卷舒起灭,随所变态,无非可观。"(范开《稼轩词序》)指出了其词风的多样性,如鱼龙百变,难以把握。的确,辛弃疾在宋词发展史上不仅开拓了词的表现疆域,丰富了词的表现手法,更在艺术风格上兼容众体,堪称集大成。除了继承苏轼开创的豪放词风,将之发展成为既豪雄又沉郁的独特风格外,对于传统的柔婉缠绵词风也能做到当行本色,至于深受传统词人鄙弃的浅白俚俗词风、诙谐幽默词风,他也能以之承载高雅的内容,还有表现农村田园的清新恬淡词风他也能手到擒来,可以说,辛弃疾的词虽然承继苏轼,但比苏词取径更广,他将刚与柔、豪与婉、庄与谐、雅与俗等诸般复杂冲突的风格兼

容并收,不愧是宋词发展史上具有里程碑意义的词人。

1. 豪雄沉郁

习惯上认为辛词的主导风格是豪放,实际上确切地讲应该是豪郁——豪雄沉郁,既悲壮慷慨,又沉郁苍凉。豪放乃豪迈奔放,情感表现上是一路慷慨高歌,豪气干云,无曲折蕴藉,无低回沉吟,始终是积极向上,昂扬奋进的,而豪郁则是兼容了豪放与沉郁两端,"气魄极雄大,意境却极沉郁"(陈廷焯《白雨斋词话》卷一),情感表现上是将浩气如虹、气势磅礴与低回郁结、低沉悲凉这两种相反相承的情感融为一体,由高音部的豪放归入低音部的悲郁,所谓"敛雄心,抗高调,变温婉,为悲凉"(周济《宋四家词选总序》)是也。前已提及,辛弃疾恢宏壮阔的理想在现实社会中并未能如愿实现,而是遭遇到了极大的障碍和阻力,英雄之壮怀理想和壮志难酬的矛盾冲突,使得辛词总是由展望理想、高度自我期许时的豪情干云,转入现实中老大无成、理想成空的无限失意怅恨、悲凉愤慨,浪漫主义的豪情与现实主义的悲情相调和,就形成了辛弃疾词作豪郁的美感特征。比如[鹧鸪天]《有客慨然谈功名,因追念少年时事,戏作》:

> 壮岁旌旗拥万夫,锦襜突骑渡江初。燕兵夜娖银胡䩮,汉箭朝飞金仆姑。　　追往事,叹今吾,春风不染白髭须。却将万字平戎策,换得东家种树书。

上片前两句写义军揭竿而起以及生擒叛徒、渡江南下,后两句写与金兵日夜激烈的战斗,笔触振奋激昂,意气风发,然而这不过是青年时代一段令人追怀的往事而已,而今不仅是"春风不染白髭须",年纪老大,更惨痛的是"万字平戎策"换来的却是"东家种树书",复国统一的计划与理想成空,何等憾恨,何等悲凉。激扬壮烈的战斗经历与而今老大无成的处境形成鲜明的对比,平戎收复的理想在无奈的现实面前再也无法尽情慷慨高歌,只能化作一声低沉的喟叹,豪壮澎湃与悲痛郁闷交织纠缠,从而形成了辛弃疾词作豪而壮、悲而郁的特征。

事实上,壮志难酬、难以实现抱负一直都是辛弃疾解不开的心结,也是其词悲愤郁结的发源地,正如陈廷焯所言"稼轩有吞吐八荒之概,而机会不来。正则可以为郭(子仪)、李(光弼),为岳(飞)、韩(世忠),变则即桓温之流亚。故词极豪雄,而意极悲郁。"(陈廷焯《白雨斋词话》卷六)富于韬略,有勇有谋,无奈英雄无用武之地,"吞吐八荒之概"在现实中得不到机会施展,遂使其词难以一路放声高歌,刚刚还是龙腾虎掷、豪情万丈,但一回到现实立刻就染上了不得志的悲郁,激扬的战斗豪情、强烈的主战之盼以及英雄失志之悲、谗毁之恨互相交织对抗,从而炼铸出极富感染力的豪雄沉郁之风。从辛弃疾的词中,我们能够清楚地感受到他悲愤郁结的痛苦心灵,坚持理想不同流合污的气节操守,百折不挠的战斗精神以及对国家统一至死不渝的追求,这份感发生命的厚重,这种悲剧英雄的人格魅力,是以往的任何一个词人都难以做到的,也是那些学辛弃疾的词人仅能得其皮毛而学不到内涵的真正原因。"无稼轩才力,无稼轩胸襟,又不处稼轩境地,欲于粗莽中见沉郁,其可得乎。"(陈廷焯《白雨斋词话》卷一)"南渡词人,沿稼轩之后,惯作壮语,然皆非稼轩真面目。迦陵(陈维崧)力量,不减稼轩,而卒不能步武者,本原未厚也。"(陈廷焯《白雨斋词话》卷六)都指出辛弃疾豪郁词风难以学到的真正原因,就在于其以天下为己任的执着追求以及忠怨缠绵、虽九死犹未悔的屈子精神,不是普通的人能够有的。

2. 柔婉缠绵

作为一个豪情、悲情以及柔情兼具的爱国词人,辛弃疾除了将豪放的词风发扬光大之外,对于传统的柔婉缠绵词风也是相当本色当行,如其[临江仙]"金谷无人宫树绿"一词就被陈廷焯评曰:"婉雅芊丽。稼轩亦能为此种笔路,真令人心折。"(陈廷焯《白雨斋词话》卷一)[祝英台近]《晚春》一词则被沈谦评曰:"昵狎温柔,魂销意尽,才人伎俩,真不可测。"(沈谦《填词杂说》)因为对传统的柔婉词作也能娓娓道来,感人至深,因此词论家在评论辛词时都对其赞赏不已,如刘克庄曾评论辛词"大声镗鞳、小声铿鍧、横绝六合,扫空万古,自有苍生以来所无。其秾纤绵密者,亦不在小晏秦郎之下。"(刘克庄《辛稼轩集序》)范开也说"其间固有清而丽,婉而妩媚"(范开《稼轩词序》)的词作,这都是对辛词柔婉缠绵词风的肯定。

除了对传统的柔婉词风加以继承外,辛弃疾还将诗歌香草美人的写法引入花间丽语,使词既有柔婉缠绵的美感,又有刚劲有力的气骨,从而寄劲于婉,摧刚为柔,改造了传统的柔婉词风,如其著名的[摸鱼儿]《淳熙己亥,自湖北漕移湖南,同官王正之置酒小山亭,为赋》:

更能消几番风雨?匆匆春又归去。惜春长怕花开早,何况落红无数。春且住。见说道天涯芳草无归路。怨春不语。算只有殷勤，画檐蛛网，尽日惹飞絮。　　长门事，准拟佳期又误。蛾眉曾有人妒。千金纵买相如赋，脉脉此情谁诉？君莫舞。君不见玉环飞燕皆尘土！闲愁最苦。休去倚危栏，斜阳正在，烟柳断肠处。

上片写春光流逝、美人迟暮之悲，以此表现年华流逝、无法建功立业的焦虑，下片写妒妇进谗、美人失宠之怨，以此表现政治上被排斥打击的失意怨愤，用的就是屈原以男女比君臣的比兴手法，这是诗歌常用的写作手法，但辛弃疾却将其引入词作，看似字里行间无不以美人构筑词境，但实际上寄托遥深，表现的却是沉痛的政治忧愤和爱国情感，这样诗美与词美就水乳交融地结合在一起，从形式上看，香草美人深符词本色传统，从内容上看其深沉的比兴寄托则"充实了柔词绮语的骨力，使婉约词的意境有所开拓和深化"①。再比如［青玉案］《元夕》：

东风夜放花千树，更吹落，星如雨。宝马雕车香满路，凤箫声动，玉壶光转，一夜鱼龙舞。蛾儿雪柳黄金缕，笑语盈盈暗香去。众里寻他千百度，蓦然回首，那人却在灯火阑珊处。

通过追慕那位自甘淡泊、不同凡俗的女性形象，表现作者政治失意后不肯同流合污的孤高品格，被梁启超誉为："自怜幽独，伤心人自有怀抱。"（《艺蘅馆词选》）这也是将屈原香草美人的写法与传统婉约词结合，从而使得传统的柔婉词风不再柔弱无骨，而是变得柔韧，柔中有刚，这堪称辛词最具独创性的艺术风格。

3. 浅白俚俗

词本是产生于里巷坊曲、市井民间的文学样式，具有俚俗质朴的气息，转到文人之手后才日益雅化，才对俗同仇敌忾、不遗余力地打击批判，避之唯恐不及，但词自母体带来的俚俗气息一直都难以真正摒弃，浅白俚俗之词仍在词坛不绝如缕，比如柳永、黄庭坚、秦观、辛弃疾等人都有不少俚俗之词。

不过同是浅白俚俗词风，柳永、秦观、黄庭坚等人都落入了低俗、鄙俗的境地，如柳永的俚俗词弥漫着人欲的气息；黄庭坚的俚俗之词"新来曾被眼奚搐。不甘伏。怎拘束。"（［江城子］）"见说那厮脾鳖热。大不成我便与

---

①　葛晓音：《唐诗宋词十五讲》，北京大学出版社 2003 年版，第 372 页。

拆破。待来时、肩上与厮嗽则个。温存著、且教推磨。"([少年心])"奴奴睡,奴奴睡也奴奴睡。"([千秋岁])"字字令人齾齿"(李调元《雨村词话》卷一),"惟以生字俚语,侮弄世俗"(刘熙载《词概》),被人称作"山谷恶道"(周济《宋四家词选目录序论》);秦观的俚俗词"近日来、非常罗皂丑。佛也须眉皱。怎掩得众人口。待收了字罗,罢了从来斗。从今后。休道共我,梦见也、不能得句。"([满园花])"若说相思,佛也眉儿聚。莫怪为伊,底死牵肠萦肚。为没教、人恨处。"([河传])"须管啜持教笑,又也何须胳织。衡倚赖脸儿得人惜。放软顽、道不得。"([品令])也是用奥僻的方言口语写成,句意晦涩难懂。辛弃疾的浅白俚俗词虽也是用方言口语写成,但感情真挚,表现女性复杂的内心情感非常到位,有民间词质朴真挚的风味,如其《南歌子》:

> 万万千千恨,前前后后山。傍人道我轿儿宽。不道被他遮得、望伊难。　　今夜江头树,船儿系那边。知他热后甚时眠。万万不成眠后、有谁扇。

以直白口语写对心上人的牵挂,行文流畅,情感真挚动人;再如其《鹧鸪天》:

> 困不成眠奈夜何。情知归未转愁多。暗将往事思量遍,谁把多情恼乱他。　　些底事,误人哪。不成真个不思家。娇痴却妒香香睡,唤起醒松说梦些。

虽也用了不少市井口语,像"些底"、"哪"、"个"、"些"、"醒松"等词,但并未像黄庭坚词那样僻晦拙涩,难以卒读,也不像柳永词那样充斥着淫靡的人欲气息,反而如民间词般通俗易懂,清新流畅,足可见其水平之高。

4. 诙谐幽默

诙谐幽默的词作一直是宋词发展史上的一股潜流,王灼在《碧鸡漫志》卷二曾记载说:"长短句中,作滑稽无赖语,起于至和。嘉祐之前,犹未盛也。熙丰、元祐间,兖州张山人以诙谐独步京师,时出一两解。温州孔三传者,首创诸宫调古传,士大夫皆能诵之。元祐间,王齐叟彦龄,政和间,曹组元宠,皆能文,每出长短句,脍炙人口,彦龄以滑稽语謔河朔;组潦倒无成,作《红窗迥》及杂曲数百解,闻者绝倒,滑稽无赖之魁也……同时有张衮臣者,组之流,亦供奉禁中,号曲子张观察。其后祖述者益众,嫚戏污贱,古所未有。"虽然对这些诙谐幽默的词作的发展概况进行了梳理,但"嫚戏污贱,古所未有"的评价明显带有贬抑批判的口吻。

至南宋,诙谐幽默的俳谐词到辛弃疾的手里,由"空戏滑稽"发展成寓庄于谐,富含深刻的社会寓意。辛弃疾诙谐幽默的俳谐词不仅数量高居两宋俳谐词人之首,而且质量也是任何一个俳谐词人无法与之抗衡的,他不仅有药名词以及与亲朋好友开玩笑的逗乐之作,还有批判庸俗心理、抒发政治牢骚、揭露官场黑暗以及戏谑历史名人、重新认识历史等寓意深刻的俳谐词。在他的笔下,诙谐幽默的俳谐词不再是单纯的为滑稽而滑稽,而是上升到对社会丑陋黑暗面的深刻讽刺,有着深广的社会寓意,如其《永遇乐》(戏赋辛字送十二弟赴都):

> 烈日秋霜,忠肝义胆,千载家谱。得姓何年,细参辛字,一笑君听取。艰辛做就,悲辛滋味,总是辛酸辛苦。更十分,向人辛辣,椒桂捣残堪吐。 世间应有,芳甘浓美,不到吾家门户。比著儿曹,累累却有,金印光垂组。付君此事,从今直上,休忆对床风雨。但赢得,靴纹绉面,记余戏语。

对自己的"辛"姓以戏谑的形式大发议论与感慨,将之与"艰辛"、"悲辛"、"辛酸"、"辛苦"乃至"辛辣"联系起来,既妙趣横生,幽默调侃,又意味深长,饱含悲凄的身世之痛。"世间应有,芳甘浓美,不到吾家门户。比著儿曹,累累却有,金印光垂组。"讽刺了善于钻营之徒;"但赢得,靴纹绉面,记余戏语。"当在官场上逢人陪笑、个性扭曲之时,"记余戏语",点出了"戏"的主题。再如《夜游宫·苦俗客》:

> 几个相知可喜,才厮见说山说水。颠倒烂熟只这是。怎奈向,一回说,一回美。 有个尖新底,说底话非名即利。说得口干罪过你。且不罪;俺略起,去洗耳。

以嘲笑戏谑之语对附庸风雅之徒和名利客进行了冷嘲热讽,表现出不愿附庸风雅、追名逐利的品格操守,诙谐幽默又寓意深刻,也堪称是寓庄于谐的佳作。可以说,诙谐幽默的词风正是在辛弃疾的手里上升到寓庄于谐的高度,走向艺术的巅峰,成为词坛不容忽视的一类重要词风。

5. 清新恬淡

清新恬淡的词风主要是针对辛弃疾的农村田园词而言的。从官场退隐之后,辛弃疾如陶渊明般归隐农村田园,在山水田园中发现了一个静谧和谐、洁净淳朴的美好世界。农民的真诚质朴,农村的优美风光,生活的闲适恬淡,一切都迥异于官场的勾心斗角,尔虞我诈。在隐居农村田园的这段岁月里,不能实现社会价值的心灵创痛虽然仍不时地从心底被搅起,浮到意识的表层,但总的看来,农村自然、山水田园帮助他医治了心灵的创伤,使其逐渐放松疲惫的心灵,与静美的自然身心交融,表现出脱离尘世的轻松喜悦。这种悠闲和乐的农村生活,这种人与自然的和谐相处以及最终获得的静谧安详的心灵世界,带来了辛弃疾农村词的清新恬淡、洁净美好,如其[清平乐]《村居》:

> 茅檐低小,溪上青青草。醉里吴音相媚好,白发谁家翁媪? 大儿锄豆河东。中儿正织鸡笼。最喜小儿无赖,溪头卧剥莲蓬。

一改长于用典的手法,纯用白描,勾勒出一幅优美清新的农家欢乐图,在由小溪环绕、青草包围的茅屋旁,乘着酒意、相互"媚好"的白发翁媪,锄豆的大儿,织鸡笼的二儿,天真可爱、"卧剥莲蓬"的小儿,寥寥几语就将和睦欢乐的农家生活表现得鲜活生动,令人向往,语言淡而有味,若非大手笔绝难办到。再如其[浣溪沙]:

> 父老争言雨水匀,眉头不似去年颦。殷勤谢却甑中尘。 啼鸟有时能劝客,小桃无赖已撩人,梨花也做白头新。

表现农民风调雨顺说丰年的喜悦以及作者感同身受的喜悦之情,笔触清新简洁,明快流利。

辛弃疾凭借其天马行空的创作力,丰富了词的多样性美感,突破了词体婉约的柔美,不仅为词坛注入了刚性的美感,使词具有了亦刚亦柔、刚柔并济的风采,还将深受鄙视的浅白俚俗词风、诙谐幽默词风重新改头换面,以之抒情言志,以俗的形式承载雅的内容,改造了词论家鄙视的俗词,可以说,不管是哪种艺术风格,到了辛弃疾的手里都能创作出开拓性的佳作,包括所谓的婉约词风也能在他的手里推陈出新,别开生面,因此,辛弃疾对词体艺术风格的突破与开拓之功也是不容忽视的。

辛弃疾是一位在战场上纵横驰骋、马革裹尸的英雄豪杰,虽然时代和社会环境等诸多缘由让他无法在战场上施展才干,大展身手,但他却将激昂澎湃的生命力、无法奋战沙场的英雄豪气以及对人生理想的坚定执着,都寄寓到宋词的创作中来,在人生炼狱中的苦难挣扎反而成就了这位山东大汉在词世界里的丰功伟绩,使其成为在词坛上开疆拓土的风流人物。唐宋词习于表现的男女缠绵之情、脂粉钗群里孕育的柔婉之风,都被他蔑视一切陈规的英雄气概所打破,他不仅以词表现儿女私情,还以之抒发各种生命体验,包括言志载道,包括诗文中常见的忧国伤时之慨,都被他纳入到词的写作中来,词情内容在他的手里从此具有了诗性的丰富;对于传统的柔婉词风,他既能守成,又能推陈出新,以豪放改造传统的柔婉,创造出一种柔中有刚、刚柔并济的新词风,而对于苏轼开创的所谓的豪放词风,他又将传统婉约词曲折蕴藉的长处注入其中,既以豪雄张扬的气质拓宽了词的意境风格,又同时保持了词之特质,各种艺术风格在他的手里可谓任意揉搓即成经典。从表现手法上看,他突破了传统的以赋为词、以诗为词,另辟蹊径,大胆地将散文的写作手法引入宋词创作,在词中说理议论,针砭时事,将词体的表现功能发挥到了极至,空前解放了词体。从此,唐宋词歌舞娱人的工具性,深受歧视的小道薄伎地位,在辛弃疾重实用的功利性价值取向的影响下被深刻改变,宋词由专言男女之情的狭义抒情文学被还原为广义的抒情文学,开始与诗文并驾齐驱,不容人小觑。

第五节　李攀龙、谢榛的论诗特点及其互补性

一、明代文学流派的组成特点

从整个中国历史上来看,明代算是一个文学思想比较活跃的时期。流派众多,思潮迭起,朝廷基本上也不来干涉。就流派而言,又分两种情况,一种是区域性和地方色彩比较强的文学流派,如明初的"吴中四杰",即以高启、杨基、张羽、徐贲等吴地诗人组成,"闽中十子"则以福建诗人林鸿、高棅等十人组成;即使在明中后期以三袁为首的"公安派",以钟惺、谭元春为首的"竟陵派",也无不带有鲜明浓厚的地方色彩。这种现象虽然在宋代的"江西诗派"、"永嘉四灵"中就已存在,但不如明代突出。另一种是以文学观点和创作主张相接近而形成的文学流派。这些文学流派只强调文学主张和创作倾向的一致性,而不讲究籍贯和出生地,因而地方色彩不明显,如"唐宋派"的代表人物就来自各个不同的地方,归有光为江苏昆山人,王镇中为福建晋江人,茅坤为浙江吴兴人。同样的,活跃于明弘治、正德年间的"前七子"和活跃于明嘉靖、隆庆年间的"后七子",也以文学主张与创作倾向相接近为主,而不在乎是否同乡关系。如"前七子"中的李梦阳为庆阳

（今甘肃境内）人，何景明为信阳（今河南境内）人，康海为武功（今陕西境内）人，徐祯卿为吴县（今江苏境内）人，边贡为历城（今山东境内）人，可以说是来自四面八方。而"后七子"中尽管也由各地作家组合而成，如王世贞为太仓（今江苏境内）人，梁有誉为顺德（今广东境内）人，徐中行为长兴（今浙江境内）人，但有个现象却值得引起注意，即"后七子"结社最初的七子之首谢榛与后来的首领人物李攀龙，却都是山东人，谢榛为山东临清人，李攀龙为山东历城人。

当然，或许有人要提出"后七子"中王世贞与宗臣也都是江苏人，岂不也应引起重视？但在笔者看来，其中仍有区别。因为李攀龙与谢榛都是"后七子"中有影响力的重要人物。据朱彝尊《静志居诗话》卷十三载："七子结社之初，李、王得名未盛，称诗选格，多取定于四溟。于鳞赠诗云：'谢榛吾党彦，咄嗟名士籍。遂令清庙音，乃在褐衣客。'于时子与、公实、子相、元美撰五子诗，咸首谢榛，而次以历下。"

朱氏的这段话至少透露了三个信息：一、在七子结社之初，李攀龙、王世贞尚未有名气时，诗的好坏和诗格的选定，大多都由谢榛来"取定"；二、于鳞在赠诗中公开把谢榛引为同党，称为"名士"；三、当时"后七子"中的其他"五子"，如徐中行、梁有誉、宗臣、王元美等撰五子诗，全都首拜谢榛，次以李攀龙。也就是说，在"七子结社之初"，谢榛的地位和影响比李攀龙更重要，他是实际上的首领，李攀龙排老二；后谢榛被排挤出去，李攀龙才被推为首领，与王世贞成为"后七子"的代表人物。

由此可见，明"后七子"尽管以表面上看是一个以文学主张和创作倾向相接近所组成的文学流派，而非像"公安派"、"竟陵派"那样具有鲜明的地方色彩，但由于"后七子"中的前、后领袖和两个核心人物李攀龙、谢榛都是山东人，因此与"前七子"的情况又有所不同，似乎也带有一定的地方色彩，至少在研究"后七子"时除了注意到他们文学主张的共同性，也要兼顾到可能存在的区域性因素。由于前人在研究明"后七子"时多从他们的文学主张和创作倾向等角度加以考察，而很少有人关注到其中可能存在的区域性因素，所以，本文拟从李攀龙、谢榛这两位山东籍诗人的论诗特点的探讨与对比中，来进一步揭示齐鲁文学的特性和文化内质。

二、李攀龙与谢榛的个性

文学个性有时与一个人的个性是密切相关的，如李白浪漫飘逸的诗风即与他的性格有关，杜甫沉郁顿挫的诗风与他关心民生疾苦相关。因此，我们在考察李攀龙与谢榛的诗歌理论时，先简要考察一下他们两个人的个性，还是有一点意义的。

如果从一个人的个性上来说，李攀龙与谢榛尽管各不相同，但仍都是典型的山东人的性格与脾气。

李攀龙（1514—1570 年），字于鳞，号沧溟，山东历城（今山东济南）人。嘉靖进士，曾任刑部广东主事、河南按察使等职。著有《沧溟集》。性格颇自负，曾以孔子自喻，连王世贞也不禁讶异道："其自任诞如此。"①在任按察副使巡视陕西教育情况时，为乡人殷某求序误解他的一点小事，竟意气用事，上疏乞休，不待上级报批同意，就挂印弃官而去。连朝廷吏部也为之感到惋惜。自杜门谢客后，"自两台监司以下请见不得。去亦无所报谢，以是得简倨声。"②可见他也是一个性情中人，轻视功名利禄，曾作诗云："意气还从我辈生，功名且付儿曹立。"③钱谦益在《列朝诗集小传丁集》中也提到过他的性格与为人：

> 高自夸许，诗自天宝以下，文自西京以下，誓不污我毫素也。宦郎署五六年，倡五子、七子之社，吴郡王元美以名家胜流，羽翼而鼓吹之，其声益大噪。及其自秦中挂冠，构白雪楼于鲍山、华不注之间，杜门高枕，闻望茂著，自时厥后，操海内文章之柄垂二十年。

钱氏对"前七子"、"后七子"所提"文必秦汉"、"诗必盛唐"的文学主张是极为不满的，但在描述李攀龙"高自夸许"、"杜门高枕"的性格的同时，也不得不承认他在当时的影响和地位。此外，《明史·李攀龙传》也说他的性格，谓其早在少年时，"里人共目为狂生"，等他回归故里建白雪楼，更是名声益高，"宾客造门，率谢不见，大吏至，亦然，以是得简傲声。"直到他晚年，

---

① 王世贞：《艺苑卮言》卷七，中华书局 1987 年版，第 1064 页。

② 同上。

③ 同上。

方"摧亢为和,宾客亦稍稍近。"

谢榛(1495—1575年),字茂秦,号四溟山人,山东临清人。自幼一目失明,终身布衣。然其性格豪爽,16岁所作乐府高调,少年人便争歌之,后折节读书,执意为诗。当时有诗人卢枏狂放傲物,因忤县令而被关进监狱,谢榛仗义营救,为之奔走,名动京城。由于谢榛年龄比李攀龙大19岁,比王世贞大31岁,因此在结社之初,竟成七子之首,"以布衣执牛耳,诸人作五子诗,咸首茂秦,而于鳞次之。"①不久嘉兴人吴国伦也要加盟入社,谢榛认为他的文学水平太低,喻以粪土,李攀龙大怒,乃遗书绝交,信中说:"岂其使一眇君子,肆于二三兄弟之上,必不然矣。"②由此两人交恶,谢榛遂失第一把交椅。《明史·谢榛传》中也说到了李、谢二人交恶的原因和谢榛遭排挤的情况:

> 李攀龙、王世贞辈结诗社,榛为长,攀龙次之。及攀龙名大炽,榛与论生平,颇相镌责,攀龙遂贻书绝交。世贞辈右攀龙,力相排挤,削其名于七子之列。

但由于谢榛名声在外,交游颇广,侠义之气与诗歌成就文坛皆知,虽为布衣,又遭排挤,然所到之处,均延为上宾,"秦、晋诸王争延致,大河南、北皆称谢榛先生。"③钱谦益、朱彝尊论明诗常有纷争,钱谦益对前、后七子也均在痛扫之列,唯独对谢榛,钱在《列朝诗集小传》、朱彝尊在《静志居诗话》,乃至施闰章在《蠖斋诗话》中,均予肯定,恭敬有加。这说明,谢榛虽然一生没做过任何官,性情也在狂傲豪爽一路,终于与自负简傲的李攀龙闹翻脸,却仍能赢得同时与后世这么多人的首肯与尊重,也足以证实了其道德文章的可取之处。

三、李、谢论诗的特点

如果从诗歌理论与论诗主张的角度来看,"后七子"中以王世贞的《艺苑卮言》体系最为庞大,其次则为谢榛的《四溟诗话》(一名《诗家直说》)。

---

① 钱谦益:《列朝诗集小传丁集》,上海古籍出版社1985年版,第423页。
② 转引自朱彝尊《静志居诗话》卷十三,人民文学出版社1990年版,第386页。
③ 张廷玉等:《明史》卷二八七《谢榛传》,中华书局1974年版,第7375—7376页。

李攀龙虽没有系统的论著，只在一些书、序中体现他的诗歌理论与主张，但由于他在当时诗坛的影响大，又是"后七子"的首领，具有引领潮流的意味，因此他的主张与论点也颇值得引起我们的重视。

而就李攀龙与谢榛二家言，尽管两人在诗歌理论与主张上的基本倾向是一致的，但论述的方法却各不相同而又各有特点。要而言之，李攀龙的论述方法往往是粗线条的，不够具体；谢榛的论述方法多是细线条的，比较具体而深细。

如前所述，李攀龙的诗歌理论与主张多体现在与友人的书信或在一些序跋中。为弘扬他的诗歌主张，曾编选过《唐诗选序》，不仅集中体现了他的诗歌观点，而且也集中体现了他的论述方法，全文如下：

> 唐无五言古诗而有其古诗，陈子昂以其古诗为古诗，弗取也。七言古诗，惟子美不失初唐气格而纵横有之。太白纵横往往强弩之末，间杂长语，英雄欺人耳。至如五、七言绝句，实唐三百年一人，盖以不用意得之。即太白亦不自知其所至，而工者，顾失焉。五言排律，诸家概多佳句。七言律体，诸家所难，王维、李颀颇臻其妙，即子美篇什虽众，愦焉自放矣。作者自苦，亦惟天实生才不尽，后之君子乃兹集以尽唐诗，而唐诗尽于此。

该序总共不满二百字，但对唐代的五七言古诗、五七言律诗和五七言绝句都有论述，且有褒有贬，语出惊人，虽都是一二句话的概述，却要言不繁，旗帜鲜明，也不愿作过多的解释和说明，而这正是李攀龙论诗的特色。其中有些观点，甚至颠覆了宋元以来的定论。如七言律诗，有唐以来都以杜甫为大家和准绳，但他却认为王维、李颀的七律成就应在杜甫之上。自此，诗坛上对李颀七律的评价顿高，全是一片赞美之声。王世懋在《艺圃撷余》中说："李颀七言律，最响亮整肃。"陆时雍在《唐诗镜》中说："李颀七律，诗格清炼，复流利可颂，是摩诘以下第一人。"就连明末卢世榷在《尊水园文集》卷六《读杜私言》中也颇有感慨地叹道：李攀龙《唐诗选序》中"此言也而老杜七言律几失座位。"凡此，都说明了李攀龙论诗虽是粗线条，但影响力却非常巨大，非同寻常。

此外，他在《古诗十九首》的小引中，谈起来也是粗线条的，话的口气简直让人没有商量的余地。相比较而言，谢榛的论诗方法和主张则比较具体细致，有些论述音韵声律，有些论述用字之妙，有些论述色彩运用，都极深细

而讲究,与李攀龙的风格绝不相同。如其论述五绝之音韵声律道:

> 子美五言绝句,皆平韵律体,景多而情少。太白五言绝句,平韵律体兼仄韵古体,景少而情多,二公各尽其妙。①

再看他对七绝声调用韵的要求:

> 七言绝句,盛唐诸公用韵最严,大历以下,稍有旁出者。作者当以盛唐为法。盛唐人突然而起,以韵为主,意到辞工,不假雕饰,或命意得句,以韵发端,浑成无迹,此所以为盛唐也。②

在《四溟诗话》中,他也谈到了对诗韵的选择,如卷一云:"诗宜择韵。若秋、舟,平易之类,作家自然出奇;若眸、瓯,粗俗之类,讽诵而无音响;若锼、搜,艰险之类,意在使人难押。"总之,诸如此类有关韵调声律的具体论述和举例说明,在谢榛的诗论中反复出现,不足为奇。

再如他对作诗中选字用字的讲究,在《四溟诗话》的论述中也是俯拾即是,不厌其烦地加以援引与说明。例如他在卷一论述律诗对偶与虚字实字的关系时曾说:

> 律诗重在对偶,妙在虚实。子美多用实字,高适多用虚字。惟虚字极难,不善学者失之。实字多则意简而句健,虚字多则意繁而句弱。赵子昂所谓两联宜实是也。

在卷二中又说到了选字的优雅问题,他说:

> "欢"、"红"为韵不雅,子美"老农何有罄交欢"、"娟娟花蕊红"之类。"愁"、"青"为韵便佳,若子美"更有澄江销客愁"、"石壁断空青"之类。凡用韵审其可否,句法浏亮,可以咏歌矣。

如果对诗没有逐字逐句的反复推敲,谢榛是根本不可提出诗的选字用字问题的,我们从中正可以见出他论诗的具体深细。不仅如此,谢榛还注意到诗句色彩的浓淡相间问题,并作了具体的论述,如他在《四溟诗话》卷二中就谈到了律诗的色彩问题,他说:

> 律诗虽宜颜色,两联贵乎一浓一淡。若两联浓,前后四句淡,则可;若前后四句浓,中间两联淡,则不可。亦有八句皆浓者,唐四杰有之;八句皆淡者,孟浩然、韦应物有之。非笔力纯粹,必有偏枯之病。

---

① 谢榛:《四溟诗话》卷二,中华书局 1987 年版,第 1170 页。
② 谢榛:《四溟诗话》卷二,中华书局 1987 年版,第 1143 页。

此外，他对其余诗体的色彩问题或作法问题，也都进行了深入细微的论述。纵观其《四溟诗话》，无论是谈诗之"兴"、"趣"、"意"、"理"四格，或谈诗之"辞前意"和"辞后意"，或是他所提出的诗有"堂上语"、"堂下语"、"阶下语"三等之分，均颇多发明和自身见解，又都举例说明，再三比较，深入分析，实实在在，绝无大言或空洞之嫌，而这一切，也正体现了谢榛"细线条"的论诗方法，形成了他自身的风格与特点。

四、李、谢论诗具有互补性

李攀龙与谢榛的论诗风格和特点尽管各不相同，一为粗线条，言简意赅，语出惊人，有悖于传统既定之论；一为细线条，喜欢具体分析，举例说明，多有系统的创新之说，但二者之间却有极大的互补性。概括起来，主要有以下二点。

首先，两人的论诗主张基本相仿。谢榛为人比较直爽，讲义气，有什么观点和高论，一吐为快。一来他年龄长于李攀龙、王世贞等，二来他也的确对诗进行深入的理论探讨，一有新的见解和认识，便公开亮相，时间一长，难免会出现与李攀龙不尽相同的主张，因而使李攀龙、王世贞等心里有所不安和不快，结果被挤出门外。然而，就其与李攀龙的基本观点和倾向而言，仍是比较接近的。两人都比较推崇初、盛唐诗，重视诗的气势与格调。不同点只是李攀龙在肯定唐诗的同时，喜一味地标举汉魏高古之格，以此为典范。因此，两人论诗的着眼点虽有时会出现一些偏差，却无碍大局，在当时风起云涌的文学思潮中，仍属一个派别。

其次，粗、细结合本身就是一种互补。说来有趣，李攀龙论诗，就喜欢高屋建瓴式的，三言两语，说到即止，从不喜欢细化、量化，有时颇为武断，却也颇有才子气，给人一种桀骜不驯的感觉；而谢榛论诗，偏偏就喜欢细化、量化，无论是论字句、论音律、论创意、论诗格，总要举例说明，反复比较，详细分析，从不作空泛的议论，与李攀龙截然不同，恰成鲜明对照，俨然两个极端，给人一种谆谆教诲的感觉。然而，尽管两人互不买账，以至绝交而互不来往，两人在论诗方面也从来没有做过分工合谋，一个粗线条、一个细线条，凡李攀龙粗略而言者，谢榛无意中却加以解释发挥，举例说明，甚至归纳出几个要点来，有意无意之中竟成了一种天然之合，互相补充，这比两个粗线条或两个细线条的情况来说反而要好得多。这种无意中的不谋而合,恐怕连李、谢两人生前也从未想到过的。

这种论诗观点的一致性和论述方面的互补性,虽然与文学的区域性没有必然的内在联系,但我们在考察区域文学、特别是齐鲁文学的文化内质与文学形态的演变状况时,却又不得不关注到其中可能存在的区域性因素。因为无论从年龄辈分上来说,或是结社之初内部成员的认可程度和社会上的影响力来说,李攀龙和谢榛无疑都是"后七子"中最重要的人物。最初以谢榛为最重要,谢被排挤后以李攀龙为最重要,李去世后才以王世贞为最重要。也就是说,如果一定要从区域文化的角度来考察"后七子"的成分结构,那么这一文学流派实际上就是由两个山东人首先发起的,然后才得到了其他同仁的认可,区域性因素逐渐淡化甚或消失,只在论诗方法等方面还有所残存。

第六节 李攀龙、谢榛对自身诗论的创作实践

一、李攀龙对自身诗论的创作实践

齐鲁作家似乎都有这样一个文学传统现象:他们追求完美,有时达到近于苛刻的程度,但一旦提出,不但在理论上执着坚持,而且在自身的创作实践上也会严格要求和率先履行。李清照的《词论》及其诗词创作是如此,李攀龙所提"诗必盛唐"的诗论主张及其诗歌创作实践也是如此。

李攀龙论诗旗帜鲜明,毫不含糊,他生前曾说:"诗自天宝以下,若为其毫素污者,辄不忍为也。"很清楚,他的诗学观点就是力倡"诗必盛唐",与明前七子的诗学观点一脉相承,并在自己的诗歌创作中,尽量地体现和履行着自己的诗歌主张。

唐代近体诗大兴,在盛唐时期就已涌现了一批杰出的高手,如五言律诗,便有王(维)、孟(浩然)、高(适)、岑(参)、李(白)、杜(甫)诸大家名家,同时尚有张九龄、常建、储光羲、张说等一批英杰;七言律诗则有王(维)、李(颀)、高(适)、岑(参)、李(白)、杜(甫)诸大家名家,同时尚有崔颢、祖咏、崔曙、张说、苏颋、刘长卿诸名家;至于七言绝句,则又有王之涣、王昌龄、王翰、李白、王维、高适、岑参、杜甫、贺知章等一大批名家。李攀龙也擅长近体

律诗,他既然力倡"诗必盛唐",因而在写近体律绝诗时,基本上规摹盛唐诸家,出入初、盛之家,而绝不染指中、晚唐诗。

宋、元人论七言律诗,多推重杜甫,但到了李攀龙眼中,却偏偏推重王维、李颀二家,认为王、李七律成就在杜甫之上,自身所作七律,也往往兼有王、李风调,如《初春元美席上赠谢茂秦得关字》一律:

> 凤城杨柳又堪攀,谢朓西园未拟还。客久高吟生白发,春来临梦满青山。明时抱病风尘下,短褐论文天地间。闻道鹿门妻子在,只今词赋且燕关。

此诗前四句颇类盛唐气象,后四句则受杜甫句格的影响,但总在开元、天宝之间。此外,他的七律起句如"御苑东风吹客过,共看芳草有离珂"(《送陆从事赴辽阳》)、"河堤使者大司空、兼领中丞节制同"(《上朱大司空》)等,声调气格也在王维、李颀之间。因为李颀七律以往不太受人重视,自李攀龙以慧眼卓识加以推崇,才受到后人重视,因而李攀龙在不少七律诗的创作中,也明显受到李颀的不少影响,如《张驾部宅梅花》一律:

> 仙郎雪后建章回,清夜西堂拥上才。笛里春愁燕塞满,梁间月色汉宫来。即看芳树催颜鬓,莫厌寒花对酒杯。共忆故人江北望,因君赋罢倚徘徊。

此诗无论在句法或声调上,都极似李颀的七律,有些词汇如"仙郎"、"建章"等,也都是李颀所喜用的。其他像《崔驸马山池燕集得无字》、《同元美、子相、公实分赋怀泰山得钟字》、《送皇甫别驾往开州》等七律,也喜用李颀七律的句法与格调。特别是《送皇甫别驾往开州》的起句"衔杯昨日夏云过,愁向燕山送玉珂"及结句"自有吕虔刀可赠,开州别驾岂蹉跎"等,更是形神兼备,令人难辨真伪。

在七言绝句方面,李攀龙也是一味尊崇盛唐诸家,其中对王昌龄、李白二家的七绝尤为激赏。在送别酬赠方面,其七绝受李白风格的影响居多,如《送子相归广陵》一绝:

> 广陵秋色雨中开,系马青枫江上台。落日千帆低不度,惊涛一片雪山来。

其中除第三句不类李白,其余三句均似李白笔法。再如《怀明卿》:

> 豫章西望彩云间,九派长江九叠山。高卧不须窥石镜,秋风憔悴侍臣颜。

此绝通首笔法,皆从太白而来。然诗味自有不同。此外,如"十载浮云傍逐臣,归来不改汉宫春"(《春日闻明卿之京却寄》)、"太华峰头玉女坛,别时明月满长安"(《赠梁伯龙》)诸句,声调、笔法也都与李白相似。

然而,每当写到边塞风光,或在边塞周边所产生的离愁别绪,李攀龙的七绝创作却又以受王昌龄的影响居多,如《寄元美》二首:

> 蓟门城上月婆娑,玉笛谁为出塞歌?君自客中听不得,秋风吹落小黄河。

> 渔阳烽火暗西山,一片征鸿海上还。多少胡笳吹不转,秋风先入玉门关。

这两首七绝虽然也受到大历年间李益边塞诗的一些影响,但仍以王昌龄的影响居多,特别是"君自客中听不得"、"渔阳烽火暗西山"诸句,分明都有王昌龄的句式和影子。即使是《和聂仪部明妃曲》一绝,仍是如此:

> 天山雪后北风寒,抱得琵琶马上弹。曲罢不知青海月,徘徊犹作汉宫看。

王昌龄的七绝佳作多集中在边塞、宫苑两大类别,前者悲壮雄浑,后者委婉凄美,而李攀龙在此诗中,却将王昌龄七绝中的优胜之处,即悲壮雄浑与委婉凄美融为一体,全诗即含蓄又悲壮,两者兼而有之。难怪沈德潜对此诗评价极高,认为"不著议论,而一切著议论者皆在其下,此诗品也。"

当然,以上仅是就李攀龙七言律绝与盛唐诗风的关系作一简述,其实,李攀龙对盛唐之前诗歌传统的继承是多方面的,陈子龙在《明诗选》中曾有一个概述,他说:

> 于鳞天骨既高,人工复尽,如玉出蓝田,而复遇巧匠,珠同隋侯,而更耀蛛首。……五古规摹建安以前,不减新丰缔造,特潘、陆以后,涉笔便少,未免取境太狭。七古实源李颀,而雄整过之。五律杂出盛唐诸家,精工雄浑,一字不苟,前人所难。七律有王维之秀雅,李颀之流丽,而又加整炼,高华沉浑,固为千古绝调。绝句词甚炼而若出自然,意必浑而每多可思,照应顿挫,俱有法度。

对李攀龙各体诗歌的风格评定和渊源关系的寻找上,以王世贞与陈子龙的论述比较全面,也最为突出,在充分肯定其成就的同时,也指出了他的一些不足。这些成就与不足的地域性因素,我们在文章的结尾部分将会谈到。

二、谢榛对自身诗论的创作实践

作为明后七子的元老级人物，谢榛的论诗主张基本与李攀龙相同，主张作诗应师法初、盛唐人，而以盛唐为主。如《海岳灵秀集》就说："四溟师法盛唐，而气格不逮。"

不过，由于谢榛论诗较细，不像李攀龙那样大大咧咧呈粗线条，所以，他在师法初、盛唐诗的同时，有时也会兼顾到中、晚唐诗的一些好处。不仅如此，即使在诗歌创作的实践上，两人尽管都侧重近体律绝，但擅长点又各有不同，李攀龙在七言律诗方面更为胜出，而谢榛在五言律诗方面更为突出。如苏佑毅在《原文草》中就说："谢子五言律诗读而爱之，雅称作者。"沈德潜在《唐诗别裁》中更是明确认定："四溟五言近体，句烹字炼，气逸调高，七子中故推独步。"

今观其五言律诗，的确"气逸调高"，多在盛唐王维、孟浩然、高适、岑参之间，有时也兼及杜甫、韦应物诸家，如《七夕敬二君饯别得秋字》：

> 北斗挂城头，明河迥不流。人间清露夜，天上白榆秋。聚散多歧路，悲欢自女中。谁知老来拙，回首故乡楼。

此律的首句，便是从岑参的五律起句"片雨过城头"化用而来；以下六句，又受到杜甫五律句法的一些影响。再如《大梁冬夜》：

> 坐啸南楼夜，孤灯客思长。人吹五更笛，月照万家霜。归计身多病，生涯鬓易苍。征鸿向何许，春意遍湖湘。

此诗除起联在高、岑之间，以下六句亦多杜甫、韦应物的句法和声调。在有些诗中，又分明有着初、盛唐五律的影响，如《元夕道院同公实、子与、于鳞、元美、子相五君得家字》：

> 长空月正满，游骑临京华。夜火分千树，春星落万家。乘闲来紫府，垂老向丹砂。笙鹤归何处？依旧见彩霞。

此律写元宵节夜景，光昌流丽，缤纷多彩，可与初唐苏味道五律名篇《正月十五夜》相媲美，无怪乎沈德潜在《明诗别裁》中评道："'春星'五字，亦警亦秀，自能高压满坐。"

其实，谢榛五律可圈可点的佳句甚多，正不止"春星落万家"五字，其他如"帆回孤岛树,楼出九江云"①、"倚剑嗟身事,张帆快旅情"②、"白首谁同醉?黄花只自眠"③等,对仗工稳,亦多有杜甫、刘长卿的五律风味。有的佳句则在开篇,如《登城有感奉寄江宁王怀易》一律起调云:"野风吹客袂,感慨一登城。"《秋兴》二首之一起句云:"山昏云到地,江白两连天。"……

谢榛诗固然以五律为突出,但其七律也有佳者,如《秋暮抒怀》:

> 木落风高万壑哀,山川纵目一登台。夕阳满地渔樵散,秋水连天鸿雁来。白发无情淹岁月,黄花有意照樽罍。西园公子虚陈迹,词客于今说爱才。

此诗明显受杜甫的影响,只有末二句落入晚唐,然细味全诗,大有杜意。但其七律所学不独杜甫,对盛唐各家七律的好处,多有发扬,如《秋日怀弟》、《中秋宴集》、《送王侍御按河南》、《夜话李孺长书屋因怀其尊君左纳言》、《送谢武选少安犒师固原因还蜀会兄葬》登律,或秀赡流利似高适、岑参,或句法华辞类王维,多为盛唐气象。至于他的七绝《捣衣曲》,更可称为绝唱:

> 秦关昨夜一书归,百战犹随刘武威。见说平安收涕泪,梧桐树下捣寒衣。

丈夫戍守边关,妻子日夜担忧,不知其生死,一旦收到来信,听说丈夫虽身经百战,至今依然活着,"平安"在世,于是她擦干眼泪,又在梧桐树下捣起寒衣,准备寄给丈夫。全诗一味铺叙,朴实无华,但情意深切,酸楚之情皆从言外得之,可以说是王昌龄、王之涣登盛唐边塞七绝的嗣响。

如果说《捣衣曲》是以酸楚哀婉为长,那么《塞下曲》一绝则以气势雄壮为胜:

> 旌旗荡野塞云开,金鼓连天朔雁回。落日半山追黠虏,弯弓直过李陵台。

这等七绝,直是盛唐,也足以与盛唐诸公七绝比高下。此外,像《漠北词》、《远别曲》,以及五绝《塞下曲》、《大梁怀古》、《秋闺曲》、《行路难》等,

---

① 谢榛:《元夕道院同公实、子与、于鳞、元美、子相五君得家字》,载《明诗别裁集》卷八,上海古籍出版社 1979 年版,第 217 页。

② 谢榛:《渡黄河》,载《明诗别裁集》卷八,上海古籍出版社 1979 年版,第 216 页。

③ 谢榛:《秋兴》二首之二,载《明诗纪事》己籤卷二,上海古籍出版社 1992 年版,第 1899 页。

声调虽有高低不同,但句格都不弱,也都时时体现着他所倡导的"诗必盛唐"的论诗主张。在这一方面,他的诗歌理论与创作实践是完全一致的。

三、区域性文学传统的影响

李攀龙与谢榛尽管后来闹意气,伤和睦,互不来往,但这并不影响他们的诗论主张和诗歌观点,他们始终坚持也从没改变过自己的主张,自始至终言行一致。这似乎可视为一种很有代表性的山东诗人的文学性格。

当然,笔者所说的山东人的文学性格并不止此,还应包括另一些品格。而更能显示李、谢二人的文学个性和品质的,是他们对盛唐诗歌的锐意追求。

从李攀龙《沧溟集》中的一些诗文和谢榛的《四溟诗话》中的一些议论,可以清楚地显示,他们两人,以及后七子中的王世贞等,对于盛唐诗歌,包括一些具体的诗人诗作,的确是经过认真探讨和细心研究的,他们有许多独到的新锐见解。在他们的眼光中,盛唐诗歌就是经典,就是完美的象征,要学诗,就要学最好的,最正宗的。而盛唐诗歌的瑰丽壮观,以及大气磅礴的盛唐气象,就是最正宗的。这种心态,与宋人李之仪、晁补之、李清照在词的领域中坚持词的本色,"当行家语"、词"别是一家"的创作主张,有着意想不到的相似之处。虽然李攀龙、谢榛是在诗的领域,李之仪、晁补之、李清照是在词的领域,但他们对于"诗"与"词"的本体要求和完美追求,对经典文学规范性上的严格把握,却是完全一致的。

更值得引起思考和高度关注的是,在李攀龙、谢榛去世后的清初时期,另一个山东人王士禛,居然也力倡盛唐之诗,认为盛唐诗歌"羚羊挂角,无迹可寻"、"不著一字,尽得风流"。与李攀龙、谢榛的论诗主张一脉相承,几乎完全相似。这也许是一种历史的巧合。但也未必如此简单,在偶然性中也有其必然性。其中,区域性文学传统的潜移默化,肯定起着相当大的作用。

当然,区域性的文学传统未必对该地域的所有作家都带来影响,有时甚至会有相悖的现象,如清人赵执信就对重视晚唐诗的常熟二冯兄弟尊崇有加,对冯班几乎顶礼膜拜,而对王士禛重盛唐诗的"神韵说"却大加诋毁,清中期的李怀民也颇重中晚唐诗。差异肯定会出现。区域性的文学传统也并不是完全雷同，一成不变的。它是会随着历史的发展、社会环境和文化风气的变化而变化。

　　然而，区域性文学传统毕竟有着一定的地域性因素，这种因素也会或多或少、程度不同地对该地域的文学传统造成一定影响，并会形成一定的特色。即使是区域性文学多元化的情况，也会存在着一种传统个性或主流现象。我们从李之仪、晁补之、李清照对"词"，李攀龙、谢榛乃至王士禛等对"诗"的本体要求和完美追求，他们对经典文学规范性上的严格把握，以及他们从理论主张到创作实践的一致性上，正可以看到山东区域性文学传统的特点和个性。

第八章 齐鲁文学形态演变的多元性与多样化表现之二：大文化语境与地域色彩的文学

特定地域的社会历史——文化背景、环境，或者说大的文化语境，将会对这里的文学产生一定影响作用，是一个很普遍的、带规律性的现象。无论某种形式的刚性直接介入，抑或春风化雨似潜移默化般地浸染熏陶，只不过存在深浅显隐的程度差异罢了；并且随着社会环境、文化风气的变异和历史进程的推移发展，可能也会有更为复杂的变化。这里，着重对元、明、清时期出现的齐鲁文化环境中有着鲜明地域属性和地方色彩的、不同类型的典型文学现象作出考察论述。

首先以中国历史上第一个异族入主、建立起大一统王朝的元代为例。元代的杂剧不仅仅代表一代文学的最高成就，并且积极作用于此后的中国戏剧文学整体，而山东境内的东平则是中国元杂剧的最繁盛地区之一。战乱时东平一带是保持相对安定的"乐土"，和该地"世侯文化"的兴学重教、人才众出，直接提供了促进文化、文学，尤其是新兴俗文学长足发展的背景条件，也同时是促成这个戏曲重镇的深层原因。而具有着浓郁的地域特色、自明中叶至清初绵延百年之久的"济南诗派"，深深浸润于齐鲁文化——文学传统与边贡、李攀龙文学复古思潮之中，以乡邦情结为聚集纽带，成员们儒者的精神风貌与文化品格多相共通，故而其创作主流就形成了近似的题材基调、风格特征和较一致的审美取向。其间贯穿、涵蕴着雅文学的趣味韵致和艺术倾向。

齐鲁文学史的大家王士禛，当与前面所述宋代"二安"同样，已远远超越过特定地域范围的局限性，皆在中国文学主流中闪烁着耀眼光辉。但与之不同的是，身为朝廷重臣的王士禛，居高层政治地位并拥有较高的社会声望，再以之进行文学活动，遂成其时的文坛盟主，那巨大而广泛的影响和典范作用，便非"二安"能够比拟的了——这种文化文学现象，根源直可追溯及儒家"太上立德,其次立功,再次立言"的传统观念。所以,评析王士禛卓异的文学成绩及其重要的文学史价值,须当置放于这个特定文化语境中来进行,才可能更为深刻切实。相映之下,"一介穷儒"的蒲松龄,他一生除了在江苏宝应住过两年,其余时间都是在家乡山东淄博一带度过,从文学本体意义上论述其《聊斋志异》辉煌的艺术成就、审美韵味,亦不能脱离对当地民间文化因素、风土人情和文化传统的观照。

第一节　文化与文学双重观照下的戏曲重镇东平

历史发展到金元改朝换代时期,北中国就陷于战乱频仍的状况。那时有数十年,北中国政局多变,蒙古、金、宋争相发展自己的地盘,扩大势力,都力图控制整个局面。拉锯战连年不断。尤其当金朝节节败退,蒙古势力长驱南下之后,北中国更是一片混乱。那个时候金朝的地方官吏纷纷逃亡,蒙古则忙于征战,无暇建立地方政权。也正是在这种情况下,一些地方的土豪或金、宋的官吏乘机招兵买马,拥兵自重,他们各自盘踞一方,在当时各方政治与军事相争的夹缝中,顽强地求生存,求发展。一开始他们大都像墙头草一样,那边风硬,就往那边倒。后来蒙古完全占领了北中国,又统一了全中国,在这个过程中,他们也就全都归附于蒙古,甚至积极效力蒙古,在蒙古统一全国建立大元朝的过程中他们还各自尽力,成为一支不可忽视的有生力量。蒙古统治者也乐得有这些地方力量相助,因为这大大加速了他们统一中国的进程。所以蒙古统治者对这些地方势力的首领封官赐地,允许他们在自己的那片领地上世袭统领,实行自治。这样在蒙元时期,或者说元代初年,北中国就出现了一批"世侯"。像山东、河北、山西、四川等地都有一些世侯,他们自己任命所辖地区的官吏,征收地方赋税,自己办学考试,自主生杀等等。于是在一个特定的历史时期就出现了一种特殊的"世侯文化",这种世侯文化的形成对北中国政治、经济、文化的相对稳定,对中国传统文化的保护和传承、发展都起到了相当大的积极作用。山东东平就是在世侯严实父子控制下的一个地域。

一、元代初年世侯文化的特点

在蒙古铁骑到处奔杀、蹂躏中原，一度严重破坏华夏传统文化的状况下，"世侯"相对自治，在自己的领地还保持传统文明，无疑就成为时代的亮点，成为战乱中人们向往的"乐土"。尤其是大批流离失所的文人，他们就把世侯领地当作了遮风避雨的所在，把世侯当作了政治依靠。他们在世侯领地安身之后，反过来又为发展世侯领地的文化做出了特别贡献。总体看来，元初的世侯文化有以下几个特点：

第一，地域特色鲜明。在那兵荒马乱的时代，世侯领地相对是一片安定的"乐土"。世侯们周旋于各种政治军事力量之间，用自己的武装保护自己领地处在相对的安定之中。世侯在自己领地发展生产，就在乱世构建了一片片安定的"绿洲"。所以世侯领地就成为当时倍受战乱之苦的文化人的投身之所，也成为很多流离失所的民众向往之地。《元史·张荣传》即道：河南难民逃奔到他的领地——济南时，他即刻下令他的下属要给那些难民分配房屋和土地，要使难民有居所，有地种。史称他"将旷野辟为乐土"，"中书考绩，为天下第一"。其他世侯也大多能够识时局，恤民情，重生产，与蒙古统治者初期只知烧杀劫掠，把占领地区变成一片血海、一片荒漠，绝然不同。

第二，传统文化得以继承发扬。世侯大多受传统文化的熏陶和哺育，在他们的骨子里流淌着祖祖辈辈重教崇儒的血液。所以不管他们自觉不自觉，在他们的领地对于中华民族的传统文化都持有保护和发扬的态度。甚至一些世侯会自觉积极用华夏文明去影响、去改变蒙古初入中原时所自逞的"铁骑文化"、"游牧文化"，说到底，就是要改变那相对野蛮、落后的奴隶制文化。所以他们积极兴学办学，聘请名师，广招生员，然后将这些人设法推荐到蒙古政权部门。世侯实际为元朝一统天下输送了最急需的治国人才。像元初名臣王鹗、王磐、宋子贞、李昶、徐琰、徐世隆、商挺、刘肃、阎复、李谦、孟祺、刘敏中等等无不是从世侯领地走出，到达元朝中央政府为官任职的。

第三，文学创作成就可观。金元之际动荡不安的年代，只有世侯领地才是文人学士们的避难所和栖身地。那些文化精英在世侯们的保护下，得到稳定的生活环境。他们或为世侯的幕僚，或为学府的教授，或最终走出世侯领地，步入蒙元政府部门任职，为翰林学士，为治政官吏。这其中就有一批文学人士，他们或是诗人，或是文学家，或是戏曲家。在稳定的生活环境中，他们有的痛定思痛，写下了时代动乱的真实记录；根据亲身经历，抒发了他们对民众苦难的同情。更有深入民间，接受大众文化，向民间文学汲取营养，运用新兴文学样式——散曲和杂剧进行创作者，他们为元代文学繁荣，为元代文学发展做出了不可磨灭的贡献。

基于世侯文化所具有的特点，这种文化对于元代文学格局的影响可以说非同小可。甚至可以毫无夸张地说元代初期的文学就是有赖于、得力于世侯文化的存在和发展。元朝初期一大批文学家都与世侯有这样那样的联系和关系，元代著名文学家王恽《西岩赵君文集序》道："逮壬辰北渡，斯文命脉不绝如线。赖元、李、杜、曹、麻、刘诸公为之主张，学者知所适从"。而王恽所说的诸公却正是在世侯史天泽、严实父子庇护、赞助、荐举下才发挥了他们的作用。当今元代文学研究专家邓绍基所著的《元代文学史·元代诗文概况》言："元初的北方词人如刘秉忠、王旭、姚燧、王恽、白朴、刘因、刘敏中、张之翰、曹伯启等大抵受元好问影响"。元好问曾受到河北、山东世侯史天泽、严实父子的厚待，他在世侯领地积极培养后学影响自不可低估。但是邓绍基所说的那些受元好问影响的文学人士，如果没有世侯对这些人的关照，他们甚至都难以存活，更不要说进行文学创作了。正因为当时的文学家、诗人各自与世侯都有千丝万缕的联系，所以他们才能存活，才能有所作为。

元代文学一个最突出的特点就是俗文学的长足发展。特别是元杂剧和元散曲成为一代文学的代表。散曲和杂剧又被后人共称为"元曲"，元曲与唐诗、宋词鼎立而三，成为中国文学发展史上又一座新高峰。元曲所以在元代勃兴，能够成为一代文学的代表，一个重要原因，就是世侯为这种俗文学样式的传播提供了良好的场所和作家群体、欣赏群体。世侯领地城市繁荣、经济发达，民众生活稳定，这样，当时民众喜闻乐见的元曲才能首先在世侯领地率先发展繁荣起来。在世侯领地的一些文化名城，有的就成为元曲创作和演出的重镇。像山西平阳、河北真定、山东济南和东平等。有的城市像真定、东平，甚至还出现了作家群体。这种情况自然对元代文学的发展产生巨大影响，推动了当时文学局面的转变，使俗文学开始登堂入室，成为文学发展的主流。

元初作家之所以栖身世侯领地，实在是无可奈何，除此别无生路。他们身遭乱离，感受切肤，他们与养尊处优的文学家对生活的认识迥然不同。所以一方面由于他们沉入社会底层，情感能够与民众有所沟通，依照民众喜爱的俗文学样式进行创作，另一方面就传统的雅文学而言，他们所写的诗文，其内容、基调、情感也都有所出新。生活使他们的创作摆脱了宋人江西诗派的模拟文风和一味追求形式完美的习气。他们悟得文章当以自得，不蹈袭前人为贵。元初从世侯领地走出的作家，为文作诗决不无病呻吟。所作皆能言之有物，情感真切，风格自然。这样，他们就发扬了现实主义文学传统，使元代文学的主流面貌走上健康发展的道路。

二、一个世侯文化的中心——东平

山东东平，自宋金以来便为雄藩大郡。在蒙古灭金和元代初期，东平在山东"世侯"严实、严仲济父子多年经营下，遂成为山东地区一个政治、经济、文化中心。后来元朝朝廷为了便利南粮北运，疏通开掘南北大运河，在山东段，东平地区又恰值河道流经之地。在元世祖至元年间会通河开凿成功，大运河中断百年后恢复航行，东平临河一带就水运繁忙，舟船往来如梭，富商大贾多聚集于该地。《马可·波罗游记》第六十二章《东平州》曾记述当时繁华景象说："这一座雄伟壮丽的大城市，商品和制造业十分丰盛。""大河上千帆竞发，舟楫如织，数目之多，简直令人发指，难以置信，""只要观察河上的船舶穿梭似的往返不断，载着最有价值的商品的船只的数量和吨位，确实就会使人惊讶不已。"漕运，使东平地区的商业经济、城市文化更加急剧发展，畸形繁荣。

东平的第一代世侯长清人严实，原本是金朝东平行台部将，最初他看到金朝岌岌可危，就叛金投宋，南宋封他为"济南治中"节制太行以东。1220年严实又感到南宋不可恃，遂率所部彰德、大名、磁、洺、恩、博、滑、浚等州户三十万归依蒙古政权，不久他又取曹、濮、单三州，攻占东平，便行台东平，蒙古政权授他为金紫光禄大夫、行尚书省事，东平路行军万户，领州县54，辖今山东西南、河北南部、河南北部三省交界的大片地区。成为山东一个势力强大的"世侯"。严实治理东平，可以说是井井有条。元好问《东平行台严公神道碑》称："初,贞祐南渡(1213 年),豪杰乘乱而起,四方之人,无所归命。公据上流之便,握劲锋之选,威望之著,隐若敌国。人心所以为楚为汉者,皆倚之以为重","公以百城长东诸侯者十五年矣。始于披荆棘、扦豺虎,敝衣粝食,暴露风日。挈沟壑转徙之民,而置之衽席之上,以勤耕稼,以丰委积。公帑所积,尽于交聘、燕飨、祭祀、宾客之奉,而未尝私贮之。辟置俊良,汰逐贪墨,颐指所及,竭蹶奉命。不三四年,由武城而南,新泰而西,行于野,则知其为乐岁;出于途,则知其为善俗,观于政,则知其为太平官府。"金元之际中原萧条,而东平却相对太平繁荣。1240 年严实死后,其子严仲济继为东平路管军万户总管,行总管府事,所辖范围仍然如旧。《元史·严仲济传》曰:"开府布政,一法其父,养老尊贤,治为诸道第一。"到至元五年(1268 年)忽必烈以东平为散府,至元九年改为下路总管府,东平所辖才定为六县,即须城、东阿、阳谷、汶上、寿张、平阴。东平在严实父子经营下局面稳定,兴学重教,礼聘贤士,遂使东平出现文化空前繁荣的景象,成为当时人们交口称赞的世侯文化的一个中心。

严氏父子很懂得人才的重要。在元军粗暴杀掳抢掠的时候,严氏父子则忙于搜罗"无家可归"、"无所依靠"的文人名士。因此一时间东平就集中了大批金亡后的名流人物,年长一些的像元好问、王磐、王鹗、商正叔、商挺、杜善夫、张仲经、宋子贞、李冶、李昶、刘肃等,他们为治理东平、繁荣东平文化都做出了各自的贡献。比如宋子贞,他原是金朝太学生,严实用他为东平详议官,并提举学校。《元史·宋子贞传》载,他对"金士之流寓者,悉引见周给,且荐用之。拔名儒张特立、刘肃、李昶辈于羁旅,与之同列。四方之士闻风而至,故东平一时人才多于他镇。"严仲济又用宋子贞为东平路管事并提举太常礼乐。史书称他"作新庙学,延前进士康晔、王磐为教官,招致生徒几百人,出粟赡之,俾习经艺。每季程试,必亲临之。齐鲁儒风,为之一变"。徐世隆原来是金朝正大四年(1227 年)进士。在东平严实聘他执掌书记,严仲济则任用他为行台经历。他和宋子贞一样尽力帮助东平兴学养士。后来他到元朝中央政府以儒家学说劝导忽必烈,甚得忽必烈赏识。其他像刘肃、阎复、李昶、李谦等也都先后从东平走出,到元朝中央政府担任不同职务,做出了各有所道的成绩。而在东平严氏父子在他们积极建议和襄助下更办了三件大得民心之事:

其一,以德教民,以礼养士。严实父子宣扬孔孟仁慈爱民的王道,在东实行仁政文治。元好问《东平行台严公祠堂碑铭》即记严实所行，道："中岁之后，乃能以仁民爱物为怀"，不仅在战争中"计前后所活，无虑数十万人"，而且他为难民"阚四野，完保聚，所至延见父老，训饬子弟，教以农里之言，而勉之孝弟重本。恳切至到，如家人父子，初不以侯牧自居。"元好问在《东平府新学记》一文更记府学师生共言："严侯父子崇饰儒馆以佈宣圣化，承平文物顿还旧观。"七十子、二十四大儒像绘画于"贤廊"，孔子后裔在府学亲自执教，名儒王磐、康晔主其教事。东平风气为之大变。

其二，兴学重教，培养人才。严实父子办起东平府学，不仅吸引大批名流学者聚会，还为元朝培养了大批政治人才和文化人物。后起之秀王构、李谦、徐世隆、王旭、孟祺、阎复、高文秀、张时起等著名官宦，同时也是当时的名士或著名杂剧家，都是受到了东平学府的栽培才得以成材的。《元史》严仲济传和宋子贞传即说："东平庙学（即府学）故隘陋，改卜高爽地于城东，教养诸生，后多显者。幕僚如宋子贞、刘肃、李昶、徐世隆俱为名臣"

其三，礼乐化民，尊孔兴乐。金亡以后，严实把孔子五十一代孙孔元措，从汴京请至东平。严氏父子治理东平的四十多年间，就数次去曲阜祭孔，意在宣扬仁义礼乐，反对野蛮政治，东平在当时实际已成为人们心目中的"王道乐土"。清《济南府志》卷六十八《艺文》四《长清庙学碑阴记》即称："严武惠公称藩于东平，以长清为汤沐邑。往来其中，能折节下士。将军李公及崔县丞、张县丞，诸家举好士。夫杜止轩征君而又世为邑人，故河洛名士翕然向风，如曹南商正叔先生商公，参政江孝卿、崔君佐，隆安张仲经，太原杨震亨，冀州李仲敬，徐州赵仲祥，汴梁赵季夫辈，乐聚此邦，文风于是在此。衣冠俎豆之仪，春秋朔望如礼，齐鲁上郡迸来取法。"

东平作为元初世侯文化一个中心，由此中心向元朝中央输送了一批又一批人才。这些人才为忽必烈统一中国并以"汉法"治国起了重要作用。比如宋子贞到中央以后立即建言忽必烈建立国学以教贵胄子弟，建议州郡提学课试诸生，同时三年要实行一次贡举。他担任中书平章后，参与制定了不少朝廷的典章制度。徐世隆则为忽必烈言讲"陛下帝中国，当行中国事"的道理，为忽必烈制定了百官朝会的礼仪以及官员的铨选法则。刘肃到达中央任职左三部尚书，议定了多部官曹典宪。商挺到中央后与人合编了《五经要语》专门供忽必烈阅览。

史书关于东平文化勃兴的情况多有记述。《元史·阎复传》记："严实领东平行台,招诸生肄进士业,迎元好问校试其文,预选者四人,复为首,徐琰、李谦、孟祺次之。"《元史·选举志》记:元太宗九年(1237 年)东平开科举"得杨奂等,凡若干人,皆一时名士。"杨奂(1186—1255 年),字焕然,号紫阳。本是奉天人。金亡,至东平,参加科考,两中赋论第一,由是出名。成为蒙元时期著名的汉人大臣、名士。也是当时著名的诗文作家。著作有《还山遗稿》二卷。

东平还是元初礼乐人员的集训地。《元史·礼乐志》关于元代的"制乐始末",记载元太宗十年(1238 年)窝阔台接受孔子五十一代孙建议,令"亡金知礼乐旧人,可并其家属徙赴东平"。十六年即乃马真后三年(1244 年)"大乐令苗兰诣东平,指授工人,造琴十张";蒙哥二年(1252 年)"命东平万户严仲济立局",此后朝廷有礼乐活动,乐队则调出,礼毕还东平。元好问《东平新学记》记元宪宗二年(1252 年)严忠济在东平设立乐局,"访太常所立直官歌工,备钟磬之属,岁时阅习,以宿儒府参议宋子贞领之。"东平礼乐大兴,"四方来观者,皆失喜称异,以为衣冠礼乐尽在是矣。"直到元世祖忽必烈时朝廷礼乐还要不断从东平调选专门人才。

东平的礼乐发达,东平人才和乐工的聚集,势必推动文学艺术在该地的发展。也就促使其地散曲、杂剧能迅速发展。东平一带流行民间小曲在当时很有名气,元人燕南芝庵所著《唱论》就记载说:"凡唱曲有地所,东平唱〔木兰花慢〕……"。杜善夫在东平写下了著名的散曲〔般涉调·耍孩儿〕《庄家不识勾栏》,曾详细描述了戏曲在东平演出的情形。杂剧家产生于东平,杂剧也演出东平之事或以东平为背景。佚名作者所作杂剧《王矮虎大闹东平府》第三折写东平元宵节演出戏曲的情况道:"自家东平府在城社长,时逢稔岁,节遇上元,在城内鼓楼下作了一个元宵社会,数日前出了花招告示。俺这社会,端的有驰名散乐,善舞的歌红,做几段笑乐院本,搬演些节义戏文。更有那鱼跃于渊的筋斗,惊心惊眼的百戏。"真实记载了东平演出繁盛,有艺术水平很高的专业戏班和声名卓著的演员。《宦门子弟错立身》就写剧中女主人公是"东平散乐王金榜"到洛阳演出。正由于严实父子多年经营,并维护东平的安定,兴学重教,礼贤下士,才使那里文化气氛浓厚,文学艺术得以蓬勃发展。

三、文化与文学的双重观照下的东平

东平浓厚的文化氛围,造成了东平传统文化和时代文学的繁盛面貌。正是在文化与文学的双重观照下,东平一时涌现出一大批文人作家,其中不少是斐声当时文坛的著名诗人。如王旭、王构和另一客居东平的王磐,都以文章闻名于时,天下号其为"三王"。王磐(1202—1293 年)长期居于山东,任官山东,曾被严实迎为东平府学教师。他主张"文章以自得不蹈袭前人一言为贵",又说:"为学务要精熟,当熔成汁,泻成锭,团成块,按成饼。"所以他所作文词波澜宏放,浩无津涯;却又不取尖新以为奇,不尚隐僻以为高。从而得文体之正,优容典雅。为诗则闲逸豪迈,不拘一律。王构(1245—1310 年),字肯堂,号安野,弱冠即以词赋中选,任东平行台掌书记,后入京累官至翰林承旨。作有《修辞铨衡》。他的两个儿子王士熙(字继学)和王士点(字继志)也都是著名的诗人。王士熙官至南台御史中丞,作有《江亭集》。王士点官至四川廉访副使,编有《禁扁》等书。王士熙不仅善诗,还善散曲,在元代文坛极为活跃,其声名甚至超过乃父。王旭,字景初,一生未仕,从至元初到大德年间一直教授四方,著述有《兰轩集》。其诗词文赋各种文体皆工。从[春从天上来]《退隐》词可见其平生志趣:"绿鬓凋零,看几度人间春蝶秋萤。天地为室,山海为屏。收浩气、入沈冥。便囊金探尽,犹自有诗笔通灵。谢红尘,且游心汗漫,濯发清泠。平生眼中豪杰,试屈指年来,稀似晨星。虎豹关深,风波路远,幽梦不到王庭。任浮云千变,青山色万古长青。醉魂醒,有寒灯一点,相伴荧荧。"

徐琰(1220?—1301 年)在当时声名也很大。他字子方,号容斋,又号汶叟。官至翰林承旨。他是严实开东平学府招元好问校试文章得选四人之一。当时人将被选四人——徐琰、阎复、李谦、孟祺称为"四杰"。徐琰诗文词曲无所不能,人称他"人物伟岸,襟度宽宏","文学吏才,笔不停思。"在当时享有文学重望。他曾与名公文士姚燧、王恽、胡紫山、侯克中、程钜夫、胡长孺、苟宗道等游宴唱和。侯克中称他:"学海汪洋萃众流,早年姓名冠鳌头",又说他"江淮襟量雪霜姿,曾折蟾宫第一枝。北阙万言金马赋,西湖千首锦囊诗"。他作有《爱兰轩诗集》和散曲若干。散曲内容多写其游宴生活,表现了士大夫贪图享乐的情趣,但也证明了原本只在民间流行的小曲,到徐琰时代就已进入上层社会,成为文人熟稔掌握的一种新兴的俗文学样式。正因为散曲充分发展,杂剧才得以利用其套曲形式表演一个又一个动人的故事。

还有至元大德间人王祯,字伯善,他于元贞初官旌德县尹,六年(1302年)再调为永丰县。为官关心农务,作有《农书》,戴表元称其书"纲提目举,华寀实聚。顾旧农书有南北异宜而古今异制者,此书历历可以通贯。信儒者之用世,非空言也。"顾嗣立编《元诗选》收其诗歌为《农务集》。其每首诗皆系咏歌农业器具或与农务相关之事,与历代诗人的诗歌集比较,特色极为鲜明。不仅其诗题大都是"梯田"、"围田"、"镰"、"牛曳水车"、"蚕簇"、"缫车"、"刈麦歌"等,让人一看就知其诗内容必与农业相关,而且其诗歌词句用语也极其通俗易懂,有的直如白话。如其《缫车》:"人家育蚕忧不得,今岁蚕收茧如积。满家儿女喜欲狂,走送车头趁缫缉。南州夸冷盆,冷盆缴细何轻匀。北俗尚热釜,热釜丝圆尽多绪。即今南北均所长,热釜冷盆俱此軖,軖头转机须足踏,钱眼添梯丝度滑。非弦非管声咿轧,村北村南响相答。妇姑此时还对语,准备吾家好机杼。岂知县吏已催科,不时揭去无余绪。迫索仍忧宿负多,车乎车乎将奈何?"该诗不仅写出缫丝的进步,更写出在苛捐杂税的重压下,蚕虽丰收,农人却仍不堪官吏催逼之忧。王祯的诗作与那些不关世事者之作实为两途。他的爱民之心,为民之情溢于诗外。读其诗就如见其人。

元代东平的诗文作家除却上述以外,据《全元文》、《全元散曲》、《元诗选癸集》、《录鬼簿》、《元儒考略》等文献所载还有数十人在当时出于东平,诗文所作颇有名气。如中书平章王毅(字栗夫)、翰林承旨李谦(1233—1311年,字受益,号野斋)、翰林侍讲李之绍(1254—1326年,字伯宗,号果斋)、国子祭酒耶律有尚(1236—1320年,字伯强)、翰林承旨信世昌(字云甫)、湖南廉访副使李处巽(字元让)、大名路总管王俣(字朋益)、广东廉访使吕谦(字伯益)、浙东宪吏陈无妄(字彦实)等等。

这里还要说及的是一些作家虽然籍贯不是东平人,但曾在东平居住和生活,他们的文学创作也极大地推动和繁荣了东平的文化。严实父子开府东平,在东平建立府学,一些著名文学人士如元好问、杜善夫、张仲经、王恽、阎复等从四方纷至,都为东平文化和文学发展做出了各自的贡献。在这些诗文作家中不少人不仅对东平文化发展卓有建树,而且对整个元代文学都甚有影响,当时名声甚响。如元好问和王磐都是金朝进士,元好问被时人称为"一代宗工",在金元之际实居文坛盟主的领袖地位;王磐则入仕元朝,官至翰林承旨,作有《鹿庵集》,其"人品高迈,气概一世","持文柄者余二十年,天下学士大夫想闻风采,得从容晋接,终身为荣"。杜善夫则为一代名士,被人尊为"滑稽之雄",在山东和全国都很知名。元好问、王磐和杜善夫在东平都居于师长地位,他们曾培养教育出一大批政治和文学人才。他们带头运用新兴的散曲写作,尤其元好问和杜善夫的散曲作品都有开创性,广为流传,就使东平的散曲创作蔚然成风。就连严实之子严仲济(1210？—1293 年)也成为当时有名的散曲家之一。他所作的[越调·天净沙]曲尤为有名:"宁可少活十年,休得一日无权。大丈夫时乖命蹇。有朝一日天随人愿,赛田文养客三千。"该曲真实地表达了汉人王侯被削夺兵权的牢骚和不满。在当时颇能引起一些人共鸣。东平散曲作家还有徐琰、王继学、王修甫、陈无妄、李显卿等,由于散曲是戏曲形成和发展的基础,是杂剧创作的基础,东平散曲创作的发展,也就大力推动了杂剧在东平的迅速发展,出现了一批著名戏曲作家和剧作,使东平成为当时名闻全国的戏曲重镇。

四、闻名遐迩的戏曲重镇——东平

东平的戏曲创作和演出,当时在全国可谓名列前茅,是有名的"戏曲之乡"。有元一代曾涌现出很多著名的戏曲家和优秀剧作。比如高文秀(1240？—1285？年),元人锺嗣成所著《录鬼簿》载,他曾为东平府学生员。早卒。其人于元灭宋后或南下,为官山阴县尹(官山阴之高文秀是否与杂剧家高文秀同为一人,当今学术界意见尚不统一)。因多有杂剧创作,元时都下人皆号其为"小汉卿",称誉他乃紧步大戏曲家关汉卿之后尘。戏曲家贾仲明吊挽他说:"除汉卿一个,将前贤疏驳,比诸公么末极多"。当今学者也有人推测高文秀或许就是大戏剧家关汉卿的弟子。① 高文秀也确是一位高产作家,据《录鬼簿》载他作有杂剧三十二种。在元杂剧作家中其作剧数量仅次于关汉卿,位居第二。但可惜大多失传。今得见其作仅有五种:《双献头》、《谇范雎》、《渑池会》、《遇上皇》、《襄阳会》等。从其剧作目录中可

---

① 参见孔繁信:《略论高文秀的杂剧》,《求是学刊》1994 年第 21 期。

知他所作有关"水浒英雄"的剧作有八种:《丽春园》、《牡丹园》、《穷风月》、《乔教学》、《借尸还魂》、《斗鸡会》、《黑旋风》、《双献头》。这八种剧作内容都是写"英雄李逵"的故事,然而仅存《双献头》一种。

《双献头》的剧事取材于民间传说,是小说《水浒传》所不载的。剧叙李逵奉宋江命令,假扮庄家后生,保护孙孔目夫妇到泰安烧香。孙妻在中途被白衙内"拐走",孙孔目则被关进狱中。李逵改扮成一个傻小子,蒙骗牢狱看守,并用麻醉药麻倒了看守,救出了孙孔目和其他囚犯。然后他又改扮衙役,混入官衙,杀死了白衙内和孙妻,返回梁山。剧中李逵的性格是粗放豪爽的,侠义勇猛的,同时又是机警谨慎的。而剧中着意所要表现的就是李逵的机警和细心谨慎的一面。

《双献头》剧作歌颂了水浒英雄,歌颂了梁山义军和民众的密切关系,以及梁山好汉随时随地为民众惩办邪恶势力从而受到民众爱护和信赖,实际是揭露了元代社会的黑暗,鞭挞了元代社会衙内横行不法的无耻行径。该剧语言风格本色质朴,无论是李逵的忠勇粗豪,还是白衙内的无赖横蛮,都很切合人物身份地位。

高文秀现存《渑池会》、《襄阳会》、《诔范叔》三剧皆是历史故事剧。《渑池会》取材《史记·廉颇蔺相如列传》,通过"完璧归赵"、"渑池会"、"廉颇负荆请罪"三个故事着意刻划了蔺相如的机智勇敢、胸怀豁达,以及他以国家利益为重,不计个人私下恩怨的高贵品德;刻划了廉颇忠勇为国,知错必改的大将风度。全剧讴歌了将相和好,团结御敌,弱者勇敢抗暴,热爱国家,保卫祖国,正义必定要战胜邪恶的主题。同时该剧也赋予蔺相如关心苍生疾苦、仁义为怀的思想意识,融合了动乱时代民众反战争、求太平的时代呼声。因为这一剧作的思想意义积极,具有鼓舞人心的力量,所以此剧在当时大受欢迎,在后世不断被改编,得到广泛的传唱。《襄阳会》是据《三国志》写蜀汉刘备在建国前的一段经历,意在表明"真龙天子"必有神佑,大难不死,必有后福。刘备遭遇种种惊险挫折而不悔、不退缩的一往直前的精神对人们无疑有积极的鼓舞意义。所以此剧也被人们所喜爱。《诔范叔》取材与《史记·范雎蔡泽列传》,剧作写谋士范雎因有才被须贾嫉妒从而加害,后来范雎逃到秦国并当了宰相,对须贾"以其人之道还治其人之身",泄尽胸中不平之气,表现了元代社会书生怀才不遇生不逢时,极希望改变自己命运和生活的强烈愿望。

　　高文秀所作《遇上皇》乃是据民间传说写成，事虽不见经传，但反映了民众希望有好皇帝、好县官的良好愿望。同时剧本在一定程度上又批判了官场的腐败、仕途的凶险、世道人情的冷暖，揉进了高文秀个人的思想意识和时代意识。总体来看高文秀的剧作内容比较广泛，历史文献和现实民间传说都被剧作家做为其剧作取材的范围。其剧作生活气息浓厚，对社会现实既有批判又有鼓舞人们斗争和进取的意义。各剧人物形象大多鲜明生动，具有个性。其剧作曲白并重，语言风格不拘一格，以切合人物实际所处的时地环境为重。其剧作可以说是元杂剧本色的代表。所以他在当时才被人所重。他被人们称为"小汉卿"是当之无愧的。

　　就此一个高文秀，就可使人对东平戏曲状况当刮目相看了，然而东平却并不仅仅是只出了一个高文秀。东平还有一批闻名全国的戏曲作家。他们是张寿卿、曹元用、张时起、顾仲清、陈无妄、赵良弼、李显卿等。

　　张寿卿（生卒年不详）为东平人，元灭宋后，他南下杭州，曾为江浙行省掾史。他所写的风情剧《红梨花》曾脍炙人口。贾仲明曾称赞此剧"振动神京""压倒群英"，后来明代戏剧家徐复祚所作传奇《红梨花》几乎是全依照张寿卿剧铺展。该剧讲述秀才赵汝州心仪洛阳名妓谢金莲，他央求同窗洛阳太守刘辅为他作伐。刘辅告诉赵汝州说金莲已经出嫁。当夜留宿赵于自家后花园中。同时又安排金莲伪称王同知之女到花园与赵相会。两人见面相互钟情。谢赠赵一束红梨花。赵作诗回赠。金莲被卖花的三婆唤走，却又告诉赵说王同知之女早已亡故，他所会乃是女鬼。赵大惊离去。后赵得中状元，官洛阳县令，拜见太守刘辅。刘设宴款待，命谢金莲将红梨花插在白纨扇上，给赵打扇。赵以为遇鬼，刘辅才说明一切都出于他的安排，目的就是不要他留恋声歌忘记功名事业。事情说开，皆大欢喜。

　　曹元用（1275—1329 年）字子贞，号超然。是当时名士之一。他家世居阿城，后徙汶上。他游京师时得到阎复的举荐，历官翰林编修至侍讲，从而文名大振，与济南张养浩、清河元明善被时人并称为"三俊"。作有诗文集《超然集》四十卷。戴表元评其文有秦汉之风，曾盛为赞誉。他的散曲创作在当时也很有名，《录鬼簿》和《太和正音谱》都把他列为著名散曲家之一。据张大复《寒山堂曲谱》载，曹元用作有一部南戏《风流王焕百花亭》，由此可见东平戏曲家不仅创作杂剧，而且他们对南戏发展也尽了自己的一份心力。《百花亭》戏源于民间传说。据元人刘一清《钱塘遗事·戏文诲淫》记：

戊辰、己巳间，即 1268—1269 年间，《王焕》戏文盛行都下。《百花亭》可能在改写中寓于了时代意义。故事大概是说王焕与洛阳名妓贺怜怜相遇百花亭，两人相约结为夫妇。可是西延边将高远来到洛阳，也看中贺怜怜，他要买下贺。王焕因囊中羞涩，被鸨母赶出妓院，鸨母要把贺卖给高远。贺怜怜托卖查梨的王小二找到王焕，赠其路资，劝他往西延立功。王焕投奔经略种师道，因立功被授官为西凉节度使。高远买贺怜怜所用的钱乃是置办军需款，事发，高远被拘审，贺怜怜即道她本是王焕之妻。于是经官断，王焕与贺怜怜相团聚。可惜该戏仅存残曲一支。曹元用曾到江南一些地方为官游历，根据当地的曲调写作南戏是顺理成章之事。张大复还记载了马致远、刘唐卿、史樟等杂剧家作南戏的事，说明在杂剧风行全国之时南戏也有一些作家进行创作，他补充了《录鬼簿》所记南戏创作的情况。虽然张大复所记晚出，但他所记绝不是无稽之谈，而是很珍贵的文献资料。曹元用的所作诗文散曲和南戏大都失传，这只能说是一种莫大的遗憾。这里录其所作《介春堂》诗歌，可以想见其人："光阴迅流矢，富贵等浮沤。昨日少年今白首，华构咫尺归荒丘。人生贵适意，栖栖欲何求？肘印大如斗，不及春介堂上一杯酒。可以消百虑，可以介眉寿。况有苍鹰白鹤翔座隅，琼树照耀青芙蕖。洞庭云璈奏和响，双成玉佩鸣清虚。玉仙人，真吾侣，便须日日陪尊俎。尽把西湖酿春酒，三万六千从此数。"

张时起，字才英，一作才美，与高文秀系同窗，亦是东平府学生员。同时他也是一位著名的杂剧作家。所作剧有《昭君出塞》、《霸王垓下别虞姬》、《沉香太子劈华山》、《赛花月秋千记》等四种。《昭君出塞》是一个古老的传说故事，讲述汉元帝时宫女昭君远嫁匈奴之事。史实与传说颇有歧义，因为在传说中不断夹杂了不同时代不同人的情感因素。元代更赋予这一传说以民族情感，以反抗蒙古族的种族歧视和种族压迫。一时间杂剧家多有以其为创作题材者。如关汉卿有《汉元帝哭昭君》，马致远有《破幽梦孤燕汉宫秋》，吴昌龄有《夜月走昭君》等。其中以马致远所作最为人所欢迎，流传至今。《别虞姬》的故事来源更早，系演说楚汉相争时霸王项羽的事迹。元代以此为题材作杂剧者尚有高文秀的《禹王庙霸王举鼎》，顾仲清的《荥阳城火烧纪信》，佚名作者的《火烧阿房宫》，另外王伯成有套曲《项羽自刎》存世。《劈华山》也是源自民间传说。南戏就有《刘锡沉香太子》，故事大意说刘锡上京考试路过华山庙，见到三圣母塑像貌美，就题诗于壁，表示愿娶圣母为妻。三圣母大怒，本想杀死刘锡，却为其真情所动，遂与刘成婚。其事被三圣母之兄二郎神知道，二郎神以为其妹违犯天条，就将三圣母压在华山下。一年后三圣母产子取名"沉香"，并托人将沉香送到刘锡处。刘锡婚后即继续应考，接到三圣母送来的儿子时，他已为官。沉香长大才知自己的母亲尚在华山下受苦，就赶往华山和二郎神厮打，二郎神未能打败沉香，沉香遂斧劈华山，救出母亲。这是一个很美丽的神话传说，张时起将其编为杂剧更有助于这一传说的流传。《秋千记》大概是根据当时一段实事所写，那就是宣徽院使字罗之女打秋千，被公子拜住看到，拜住遂向其求婚，中间又有许多曲折。因传统杂剧一本四折，演述不尽，于是此剧破例写成了六折。说明张时起创作决不胶柱鼓瑟，很善于灵活通变。尽管今天已看不到张时起剧作的原貌，但当日他的剧作对繁荣东平戏坛起了相当大的作用是勿庸置疑的。

顾仲清为至元大德间人，曾官清泉场司令。他作有杂剧两种。《荥阳城火烧纪信》一名《楚霸王火烧纪信》，歌颂"舍生救主"，是楚汉相争中的一个著名故事。《汉书·高祖本纪》所记可以参考。关于"楚霸王"的故事是元代戏曲家乐意选取的题材，各人皆借题抒发各自不同的人生感慨。《知汉兴陵母伏剑》所述也是楚汉相争中的故事。南戏即有《王陵》剧演出。剧事可参见《汉书·王陵传》："项羽取陵母置军中，陵使至，则东向坐陵母，欲以招陵。陵母既私送使者，泣曰：'愿为老妾语陵：善事汉王，汉王长者。毋以老妾故持二心。妾以死送使者。'遂伏剑而死。项王怒，烹陵母。"而敦煌变文《汉八年楚灭汉兴王陵变》所叙则更为详细，情节亦更曲折复杂。顾仲清以此事为题材作剧，意在抒发汉族兴汉的民族情绪也是显而易见的。

赵良弼（？—1328 年），字君卿，由东平而南迁杭州，与著名戏曲家锺嗣成为邻里，为同窗，同师著名文学家邓善之、曹克明、刘声之三先生。又同为省府吏。《录鬼簿》载他多才多能："公经史问难，诗文酬唱，及乐章、小曲、隐语、传奇，无不究竟。所编《梨花雨》，其辞甚丽。"此外他还"能楷书，善丹青"，其"为人风流酝藉，开怀待客，人所不及。"他所作杂剧《春夜梨花雨》虽不存，但能得到锺嗣成高度赞誉，可见自也出手不凡。锺嗣成的吊挽之词更对其人其作表达了敬佩之意："闲中袖手刻新词，醉后挥毫写旧诗，两般总是龙蛇字。不风流难会此，更文才宿世天资。感夜雨梨花梦；叹秋风，两鬓丝，住人间能有几时？"

陈无妄（？—1329 年），字彦实。也是东平人南下杭州者，与赵良弼、锺嗣成为同窗友。后来他为衢州路吏，又迁婺州，升浙东宪吏，调福建道。《录鬼簿》载其人："性资沉重，事不苟简，以苛刻为务，讦直为忠，与人寡合，人亦难之。"但他"于乐府隐语，无不用心"，所作甚多，但是流传很少。

还有，李显卿是东平人，因他父亲任职为浙江省掾，因而迁居杭州。他后来则袭父职任钱谷官，《录鬼簿》载他"酷嗜隐语，遂通词章，作［赚煞］……总而计之，四百乐章称是。"

以上几人虽然是由东平南下的曲家，其作品存留也不多，但他却说明一个事实。就是东平作为元代初期的文化发展地，一个戏曲重镇，曾培养出一大批文学人才，戏曲人才，这些人有的享名于当时当地，为繁荣东平文化、文学、戏曲立下汗马功劳，也更有许多人从东平出发，奔向京师，奔向全国各地，他们把在东平所受到的教育，所得到的知识文化，撒向了全国各地。为繁荣元代的文化、文学和戏曲，东平人更是功劳多多。因此在论及元代文化、文学、戏曲，都不能不说及山东，论到山东就不能不说及东平。东平文化乃是山东文化的旗帜，是元代全国文化的繁盛地区之一。

元杂剧中所写的内容，有一些故事发生地就在东平或以东平为背景。从这方面也可以说明它是戏曲重镇。

"水浒戏"是写原本产生在山东的梁山好汉的故事，其故事发生地域会涉及东平不足为奇，就算不是东平人，甚至不是山东人的作家所写剧也以东平人和东平事为其剧本的机杼，就不能不说东平作为当时文化戏曲重镇影响是何等广大了。比如说武汉臣所作名剧《散家财天赐老生儿》，该剧一开始，主人公刘从善一出场就道："老夫东平府人氏"，接着讲述他的家事，道他有一个侄儿先是父死，后是母亡，他只能回到伯父家里。从刘从善的道白和唱词中透露出来在金元征战之际，东平确实相对安宁，他年已六十，早年经商为业，赚了不少钱财，成为东平府有名的刘员外。剧作通过他的反思忏悔道："我如今只待要舍浮财。遍着那村城里外，都教他每请钞来。缺食的买米柴，少衣的截些绢帛，把饥寒早撇开。免忧愁尽自在。"他道："我在这城中住六十年，做富汉三十载。"如果不是安定的环境他一个平民百姓是不可能靠个人经商发财的。无独有偶，还有一个非山东籍的剧作家秦简夫，他有一部名剧《东堂老劝破家子弟》，该剧人物李茂卿、赵国器，都是商人，赵国器一出场就道："老夫姓赵，名国器，祖贯东平府人氏。因做商贾，到此扬州东门里牌楼巷居住。"李茂卿一出场即道:"老夫姓李,名实,字茂卿,今年五十八岁。本贯东平府人氏。"他和赵国器同乡,又一同流寓扬州,为邻里,相互往来,已经三十余岁。该剧所演虽说是在扬州的事,但主人公分明是秉承东平商人的气质和生活原则行事。讲述东平人的道德、助人为乐和对东平文化的传播。元杂剧中还有一些剧作涉及东平,这里就不一一列举。

总之,东平作为元代一个戏曲重镇,是那一时代独特的社会文化背景所决定的,是在当时文化与文学双重观照下涌现出来的,也是东平地区的治理者——世侯及其有远见的幕僚辅佐们,相对注重文化、培养人才、爱好新兴的散曲和杂剧这种俗文学样式的结果。还要说及的是归根结底,东平成为一个戏曲重镇乃是因为东平广大民众对戏曲十分热爱,是东平民众哺育了东平的作家和演员,是他们支持了东平的作家和演员,如果没有东平民众对戏曲的支持和热爱,也就不会有东平戏曲的发展和繁荣。

第二节 基于齐鲁人文之上的"济南诗派"及其诗风创作

一、"济南诗派"的形成背景

1."自古泉城是诗城"——地域文化的观照

作为齐鲁都会的济南,也历来以山水绝佳,地灵人杰为人称道。济南古为齐地,因地处古"济水"之南而得名;又因其城南有历山,据说是远古大舜耕作的地方,又称历下邑,因此后人也往往以历下代指济南,这也是"济南诗派"之所以又被称作"历下诗派"的缘由所在。古济南在秦及以前称历下邑;汉初设济南郡,始有"济南"之名;北朝及隋唐各代称齐州或齐郡;北宋将齐州升为济南府,金元时期一直沿袭未改;明洪武九年,将山东省会由青州移至济南,使济南成为山东六府之一,领 4 州 16 县,即泰安州、德州、武定州、滨州与历城、章丘、邹平、淄川、长山、新城、齐河、齐东、平原、济阳、禹城、临邑、长清、肥城、青城、陵县,济南正式成为山东省的政治中心。此外济南也有十分重要的战略地位和发达的水陆交通,济南是连接南北(京)的交通要道,历来是兵家防务重地,所谓"进可以南下金陵,退可以划黄河而割据"。作为山东境内水运主要河流的大、小清河,流经济南,西向与南北运河相通,使得济南变成中央的军事门户和中央漕运、官盐运输的周转基地,在政治、经济、军事上都起着十分重要的作用。与此相应,济南也有优美的自然环境。其古城建造依托山势,将丰富的泉水资源融于城中,使整个古城形成众泉环绕、百泉争涌的美丽景观,因此济南素有"泉城"之称。其城市园林建设也发展很早,后经宋时济南知州曾巩等人的整治,风景更加明媚动人,又为济南赢得使"江北水乡"的美誉。湖光山色、岸柳风荷、家家泉水、户户垂杨,处处激发着济南人的诗心灵性,为文学创作提供了有利的自然条件。

"自古泉城是诗城",与得天独厚的地理环境和秀美的自然景观相映辉,济南素有着悠久的人文传统。公元745年的夏天,大诗人杜甫来到济南,名士雅聚,宴会游赏,遂即兴赋诗:"东藩驻皂盖,北渚凌青荷。海右此亭古,济南名士多"。"海右此亭古,济南名士多",正是这两句诗,成了济南漫长的历史进程中文人名士辈出的见证。先秦大舜在济南的出现,开启了济南远古文化辉煌的篇章,至春秋之扁鹊、战国之邹衍、汉之伏生,这些巫、医、方士、儒生作为当时知识分子的主体,共同营造了灿烂的济南文化。历经魏晋隋唐的相对沉寂,到宋代,经济文化均得到了高度发展,济南遂成为文人荟萃之地,范正辞、范讽父子之"东州逸党"、李清照、辛弃疾之"济南二安",他们在文学史上创造的辉煌历来是济南人民的骄傲。金元时代,济南仍然是文化的繁荣之乡,金之杜仁杰、元之张养浩,他们的散曲所达到的高峰也使得济南有了"词山曲海"之誉。"济南固多名士,流寓亦盛",①与济南结缘的历代文人名士更是不胜枚举,如唐之李白、杜甫,宋之苏轼、黄庭坚、晁补之、曾巩,这些文人名家都曾在济南游历或客居,无不流连忘返并留下歌咏济南的诗篇,为济南的文化抹上了几笔绚丽的色彩。此外,济南作为府学之地也是山东东西道的科举考试中心,由此所带来的儒学的发达、书院的兴盛、藏书的丰富等多重因素的融合都孕育了"济南诗派"在明代的诞生。

2."一自源流归历下"——文学复古思潮的浸润

经过明初几十年的恢复,到明代中期,社会发展逐步稳固,经济得到迅猛提升;而思想上,上层统治者却在逐渐强化程朱理学的主导地位,以期达到对士人思想乃至行为上的禁锢;反映到士风文风上,其表现即是八股文的

---

① (清)王培荀:《乡园忆旧录》卷一,齐鲁书社1993年版,第60页。

兴起和台阁体文风的盛行。八股文的严格定式极大地束缚了士人的思想,影响遍及社会的各个领域,带来了极其严重的负面后果;而台阁体歌咏升平,"不尚藻辞,不矜丽句",以太平宰相之风多应制之作,内容空泛、文风萎靡,也使文学面临着更为严重的危机。

针对这种士风诗风之弊,从弘治时期开始,文坛上掀起了一场声势浩大的文学复古思潮,这场思潮经李梦阳为首、边贡厕身其中的"前七子"首倡,"倡言义必秦汉,诗必盛唐,非是者弗道";后有以李攀龙和王世贞为代表的"后七子"继起,掀起更大的浪潮,"一时士大夫及山人、词客、衲子、羽流,莫不奔走门下",他们打着复古的旗号,以汉唐盛世各类文体作品的高格逸调为榜样,从而来挽明代文学之衰、达到全面振兴正统文学之目的。这股文学复古思潮从弘治初到嘉靖末,前后风靡文坛百余年,对有明一代的诗文产生了强烈的震动作用。

"一自源流归历下,至今大雅在东方",在这场轰轰烈烈的文学自救运动中,以"弘正四杰"之身份厕身于"前七子"中的边贡和作为"后七子"魁首的李攀龙都是济南人,他们或领袖文坛,或诗盟中坚,前后辉映带动了济南诗歌创作的兴盛。随着七子派诗群的扩大,其流风所及,势必也会影响到济南文坛;而边、李个人的声名与成就也使得他们能够召集一大批志趣相投的文人聚集在其周围,为"济南诗派"的崛起提供了其流派构成所需的群体氛围、统系基础和领袖人物。

3."吾乡风雅,明季最盛"——乡邦群族的纽结

正如王士祯所言"吾乡风雅,明季最盛",明代中后期可以说齐鲁文学最为繁盛的一个时期,作为在这一时间段上诞生于齐鲁大地上的"济南诗派",具有极其浓郁的乡邦色彩,其乡谊、姻亲是维系这个诗派的重要纽带。

首先,流派成员有相同的地域来源,他们之间构成了乡邦、家族、门生或姻亲关系。前期成员以边贡为中心,边习乃边贡之子;刘天民乃边贡门生,且刘天民之女嫁于边贡之子边习为妻,二人遂又成为姻亲关系。后期成员以李攀龙为魁首,殷士儋、许邦才与李攀龙少年即为知交;后李攀龙之子李驹又拜殷士儋为师,而许邦才长女则适攀龙三子李驯;其他成员如袭勖与李攀龙亦师亦友,华綮与李攀龙、殷士儋因乡邦之谊多交游唱和,他们共同构筑了基于乡谊、姻亲关系的群族链。

其次,边贡、李攀龙的个人魅力和诗派之外的影响力,也为流派的声名

远播奠定了基础。正如给济南诗歌带来再度辉煌的明末诗坛巨擘王象春所言："济上之诗以边庭实先生为鼻祖，其后李于鳞、许殿卿、谷少岱、刘函山、不可用数，'济南名士多'，从昔然矣！"①边、李独特的个性面貌和显著的诗歌成就，不仅为他们赢得了其他成员的广泛尊重，如年辈较早的边贡被推为"济南诗派"的先驱，随后的李攀龙更以盟主之尊，成为历下诗派名副其实的掌舵者；而且他们的领袖风范及个性亮点也激发了其他成员的诗文创作，使得"济南诗派"大放异彩，从这个意义上来说，"济南诗派"之所以产生，边、李的领袖之风可谓功不可没。此外，边、李与其派别之外的文人名士的来往交游，也扩大了"济南诗派"的影响力。边贡"雅负才名，美风姿，好交为天下豪俊"，他与前七子领袖人物李梦阳、何景明均有交游；李梦阳更以"是时少年谁最文？太常边丞何舍人"盛赞边贡的人与诗。而李攀龙本身即是后七子的始倡者和领袖，"倡五子、七子之社，吴郡王元美以名家胜流，羽翼而鼓吹之，其声益大噪"，足以招引一批才高气锐、负气颉颃的文人名士与其交往。而新朝权重人物王士禛对"济南诗派"的延誉则使得其名扬天下，他不仅给了这个诗歌流派以明确的概念认定，而且常以"济南王贻上"、"济南王郎"、"吾济南诗派"自称，这种乡邦意识无形之中加速了"济南诗派"的声名远播。

二、"济南诗派"的得名及诗风创作

"济南诗派"的得名可以追溯到明人胡应麟，他在其诗话著作《诗薮》中说："自北地宗师老杜，信阳和之，海岱名流驰赴云合。而诸公质力，高下强弱不齐，或强才以就格，或因格而附才。"②后又接着说道："信阳之俊，北地之雄、济南之高、琅琊之大……足可雄视千古。"③"海岱"即古时山东的别称，"海岱名流驰赴云合"，描述了当时齐鲁文坛文人聚集的繁盛局面。作为同一时代的见证人，胡氏这里似已经看到了隐含于其中的流派意识，且点明了其中的领袖人物与流派地域之外所发生的联系。

① 徐北文《济南竹枝词》，天马图书有限公司1999年版，第69页。
② 胡应麟：《诗薮·续编》卷二，齐鲁书社1997年版，第54—57页。
③ 同上。

"济南诗派"作为一个流派被提出，始见于清初秀水人朱彝尊，他在山东居留有年，曾创作出一些歌咏山东，特别是济南风物习俗的诗文作品，而且还特别留意于山东境内的诗人作家，并研讨其承传源流，高出即是一例。其《静志居诗话》在论及高出诗作时曾说："孩之（高出字孩之）之家本东莱，不袭历下遗派。"①显然，这里的"历下遗派"即是本文所说的"济南诗派"。

如果说朱彝尊仅仅是附带提及，所指还不确定具体的话；那么，到王士禛则提出了明晰的概念命名，并给予了明确的范畴界定和流变体系的确认。他在为边贡诗集作序时说：

> 不佞自束发受书，颇留意乡国文献。以为吾济南诗派大昌于华泉、沧溟二氏，而筚路篮缕之功，又以边氏为首庸。暇日因参伍二刻，薙其繁芜，撷其精要，与徐氏《迪功集》并刻于京邸，俾乡之言文献者足征焉。公仲子习，字仲学，食贫授徒，以诗世其家……有遗稿一卷，将录其可存者附斯集后，以备一家之言。②

其后又在《渔洋诗话》里补充道：

> 历下诗派，始盛于弘、正四杰之边尚书华泉，再盛于嘉、隆七子之李观察沧溟。二公后皆式微……余刻《华泉集》，及其仲子习遗诗。又访其后裔，则墓祠久废，七世子孙某，已为人家佃种矣。③

至此，对于"济南诗派"我们可以得出如下大致结论：第一，"济南诗派"又称"历下诗派"，是明代一个客观存在的诗歌流派，其成员主要由边贡、刘天民、边习、谷继宗、李攀龙、许邦才、殷士儋、华鳌、袭勗等济南籍诗人群组成，呈现出鲜明的地域性特征；第二，边贡是其诗派的开创者，后经李攀龙而发扬光大；第三，"济南诗派"在明代的盛衰变化可分为两个阶段，前一阶段以边贡为核心，后一阶段的中坚人物则是李攀龙；第四，"济南诗派"是明代中期以后活跃在齐鲁大地的一个地方性文学派别，其年代先后相接，延绵达百年之久，不仅在明代盛于一时，其流风余韵波及清代。

边贡（1476—1532年），字庭实，自号华泉子，历城（今属济南）人。著有《华泉集》十四卷。边贡早年便负才名，美风姿，以诗著称于弘、正年间，

---

① 朱彝尊：《静志居诗话》卷十六，人民文学出版社1990年版，第489页。
② 王士禛：《带经堂诗话》卷二五，人民文学出版社1963年版，第722页。
③ 王士禛：《渔洋诗话》卷上，上海古籍出版社1978年版，第175页。

与当时的著名诗人李梦阳、何景明、徐祯卿同获盛誉,时人称"弘正四杰",又与李梦阳、何景明、徐祯卿、康海、王九思、王廷相合称"七子",形成声势浩大的"前七子"诗文集团。

作为"济南诗派"的开创者,边贡之于明代的济南文学,尤其对于其流派来说可谓意义重大。

首先,对于"济南诗派",边贡实有开创之功,诚如王士禛前述所说"吾济南诗派大昌于华泉、沧溟二氏,而筚路蓝缕之功,又以边氏为首庸"。边贡以七子之身份"起历下,与北地李梦阳、何景明互相师友,力追古作,妙悟真机,鼓吹盛美,可不谓振世雄豪也"①。又与李、何、徐三人,"世称'四杰',……并负盛名,辉映当代。辑公殆艺苑之菁英也。"②边贡能位列"四杰",又厕身于"前七子"之中,足见其在明代诗坛上的地位,这种地位之于"济南诗派",为其形成提供了可能性及契机。而边贡人格中喜好交游和奖掖后进的个性,为"济南诗派"的形成奠定了人脉基础。一方面边贡"弱冠举进士"成为有名气的"年少官人",又早早在诗坛崭露头角;另一方面其"孝友天至,又喜宾客,乐道人善,接引后进,常若不及,所交悉海内名士"。③其文名在外的声誉与喜好交游及奖掖后进的性格特征相互辉映,自然得到了乡邦同道的大力推重,也感召了一批济南诗人围绕在其周围,为"济南诗派"的开创提供了成员来源。

其次,两次丁忧及最后罢官归故里,边贡在家乡济南长时间的家居生活也对"济南诗派"的形成起了至关重要的作用。正德六年,边贡的父亲去世,边贡第一次守制还家;正德十二年,他的母亲又病逝,于是他再次守制还家,前后六年的家居生活,他在家乡的山水之间流连徘徊,逸兴遄飞,留下许多咏唱的诗篇。尤其是归家后他在济南华不注山下修筑西园别馆,读书、颐养、赋诗著文,家乡济南不仅触发了边贡的诗情,也给他的诗风创作带来了变化,这种变化对于前期"济南诗派"的诗风创作发生着重要的影响。

边贡在《华泉集》卷十《颐晦林子诗集序》中将自己对于诗歌审美的追求表述为:"其闲且远也,萧且散,其致遐,其情幽,其味沃然澹,而其声铿然

---

① 许金榜、米寿顺选注:《边贡诗文选》,济南出版社1994年版,第226页。
② 宋弼:《山左明诗钞》,齐鲁书社1997年版,第24页。
③ 许金榜、米寿顺选注:《边贡诗文选》,济南出版社1994年版,第226页。

和也。"从诗情、诗味、诗调等方面强调了对诗歌艺术性的重视。与此相应，他的诗风正如何良俊所言："空同关中人，气稍过劲，未免失之怒张。大复之俊节亮语，出于天性，亦自难到。但工于言句，而乏意外之趣。独边华泉兴象飘逸，而语亦清圆，故当共推此人"；①明末陈子龙也说"边尚书才情甚富，能于沉稳处见其流丽。"②的确，边贡之诗主要以清圆、澹远见长，从而形成了自己的诗歌特色。

家居期间，他写下了许多描写家乡山水胜迹及送怀友人、歌颂真情的篇章。纵观《华泉集》，其中写景抒情和友人间来往唱和是其诗歌表现的重要内容，这类诗作也突出地展现了他清圆澹远的"风人遗韵"。

写景抒情诗如《七月四日泛湖次暮春佛寺韵》：

> 湖上扁舟寺里登，水云如浪白层层。横桥积雨斜仍断，卧石临溪净可凭。
>
> 却过竹林忘问主，欲寻莲社恨无憎。酒酣更向城南眺，落日满山烟翠凝。

诗作描写了扁舟泛湖的情景，湖光山色、小桥流水、微雨竹林、寒烟凝翠，读来韵味无穷，令人神往。

怀友唱和诗如《重赠吴国宾》：

> 汉江明月照归人，万里秋风一叶身。休把客衣轻浣濯，此中犹有帝京尘。

歌颂了友情的弥足珍贵，情韵婉约、诗味隽永。沈德潜评此诗曰"婉而挚"。边贡的这类作品许多也都写得质朴情深、婉约有致。

第三，在边贡的引领下，"济南诗派"前期诗风也逐渐向其靠拢，呈现出清澹的特色。边贡诗作的这种对乡邦题材的选择，之于"济南诗派"有开创之功。在他的影响下，不仅增强了其流派的乡邦意识，使"济南诗派"前期诗风呈现出清澹的特色，如诗派前期的主要成员边习，即承袭了其父边贡的诗风；另一成员刘天民的诗风创作也与其有许多相似之处。而且也启发了乡辈后学、清初诗界宗师、"神韵诗派"领袖王士禛的诗学理论主张，从其神韵说的表现之一"隽永古淡"这一点上，亦可以看出王士禛与边贡诗歌思想

---

① 何良俊：《四友斋丛说》卷二十六，中华书局 1959 年版，第 234 页。
② 陈田：《明诗纪事》丁籤卷二，上海古籍出版社 1993 年版，第 1158 页。

之间存在的渊源关系。而王士禛整理翻刻边贡诗集,对其荜蕗蓝缕之功甚为推崇,不惟敬其乡梓,亦应有诗心相会之处,"非徒敬桑梓,直拟叩师程",翁方钢相当准确地道出了二者的师承关系。

边贡崛起于山左海右,"孝庙以前,海岱之才无其伦比",他开创了"济南诗派",其声名地位和善提后进的性格得到了乡邦同道的大力推重,以他为中心,前期"济南诗派"成员还有:其子边习、门生刘天民、谷继宗等。

边习(生卒年不详),字仲学,号南洲,边贡之子,有《睡足轩诗》一卷。关于边习,王士禛有较为详细的记载,其《蚕尾续文》中云:

> 边华泉先生有二子:曰翼,曰习。习字仲学,能以诗世其家。先生自给事中一麾出守,两视学政于晋于梁,内陟卿寺,历官南京户部尚书。所至登临山水,购古书金石文字累数万卷,而家无中人之产,身后至无以庇其子姓。仲子贫困,负薪以授徒,取给饘粥;今所存《睡足轩诗》一卷,故友徐隐君夜购得手稿重装之。余刻《华泉集》于京师,乃取徐本重阅之,录其半,刻附先生集后。①

王士禛不仅整理收录边习之诗,而且对其诗作也甚为赞赏,他曾说:"习字仲学颇能诗,其佳句云:'野风欲落帽,林雨忽沾衣';'薄暑不成雨,夕阳开晚晴',宛有家法。"②

从这些论述中可以推断出,其一:边习的诗风承袭了其父边贡的诗风特色。如被王士禛称赞"宛有家法"的那道《早秋晚眺》:

> 薄暮不成雨,夕阳开晚晴。鸡鸣还应候,蝉老欲吞声。
>
> 白发怜孤赏,青藜罢野行。柴门一翘首,愁绝还山横。

其二:对于"济南诗派"来说更重要的,也是王士禛最为看重的,则是在于边习能光大门风,于其父边贡之后继续以诗文名世,传承其流派香火。正是"济南文献百年稀,白云楼台宿草菲。未及尚书有边习,犹传林雨忽沾衣。"③

此外,边习与"济南诗派"后期盟主李攀龙也多有交情,其《登白雪楼怀于鳞》诗曾有记述:

---

① 王士禛:《带经堂诗话》卷二五,人民文学出版社 1963 年版,第 722 页。
② 王士禛:《池北偶谈》卷九,齐鲁书社 2007 年版,第 164 页。
③ 王士禛著,李毓芙整理:《渔洋精华录集释》卷二,上海古籍出版社 1999 年版,第 254 页。

泺源风景冠齐州，更筑诗豪白雪楼。人拟古今双学士，天开画图两瀛洲。

云间黄鹤还飞去，海上沧波欲倒流。聚散存亡余感慨，转怜花柳不知愁。

从其对李攀龙的景仰与怀念之中也可以很明显的看出"济南诗派"前后两期的脉络承传关系。

刘天民(1486—1541年)，字希尹，号函山，历城人，正德九年进士，著有《函山先生集》十卷。他性格诙谐风趣且骨气奇高，以直谏闻名于世。当时凡京官外谪，出都门以眼纱自蔽，而当他遭贬谪时，因送人数千，拥其马不得行，遂掷眼纱于地，曰："吾无愧于衙门，使汝辈得见吾面目耳。"

刘天民为边贡门生，素与边贡交好，其女又嫁于边贡之子边习为妻。他曾搜集边氏遗作，汇为一集，以此来表达对边贡的怀念与思慕之情。其诗作如王士禛所言："五言近体，精深华妙不及华泉，古选当在边上。"

如七言古选诗《阆中歌》：

阆中青水似薄芽，阆中白石如菱花，岸高瀼滑日易斜。娟娟游冶踏歌去，如此青春不忆家。

城下江流绿似罗，城头山色翠成窠，美人劝酒朱颜酡。未到锦州下鞍马，行人争唱阆州歌。

描写了阆州的风土人情，风格明快，富于民歌风味；颇有边贡飘逸流丽的诗风特色。

除了诗文，他亦旁及词曲"杂俗兼雅，歌者便之"，且与词曲大师李开先互为交游，李曾评其曰："自少以至投老，有风调，善谈吐，庶几乎嬉笑怒骂皆成文章者。词曲有云：'嚼口根青琐郎，绰口气黄阁老，把俺这无嫂嫂的陈平也串下一个招。'又云：'鹪鹩林多大小，葵藿肠容易饱，擎一瓯村里茶，抹一篇窗下稿'。其托寄感慨如此。"[①]

在"济南诗派"前期成员中，刘天民是边贡以后颇有声望的诗人，明万历时章丘知县董复亨为边贡集作序时曾说："予读边、李二公及《函山文集》，庭实若泺上之泉，于鳞若华不注，先生则大明湖，槐柳婆娑，蒲荷荟蔚，

---

① 钱谦益：《列朝诗集小传》丙集，上海古籍出版社1983年版，第364页。

何所不有。先生与庭实同时,于鳞之名则先生所命,可称'历下三绝'。"①将其与边、李并称为"历下三绝",可见其当时诗名之盛。其词曲方面所取得的成就也说明了,济南诗派虽以诗名派,但也旁及其他的体裁形式,反映出了济南地域文化中所含有的散曲传统对"济南诗派"这个乡邦诗派的浸染。

谷继宗(生卒年不详),字嗣兴,历城人。谷继宗流传下来的作品不多,《山左明诗钞》收有其诗7首,《明诗纪事》录一首。

王象春《齐音》中将其名与李攀龙、许邦才、谷继宗并行列出,可见他在当时济南文坛也有一定的诗名地位。如《明诗纪事》中收录的这首《赎旧亭后有感》:

> 可怜一曲吟诗墅,弃作三年卖酒家。入目仅存君子竹,伤心不见美人花。
>
> 池中水涌鱼争跃,树里风来鸟任哗。此日野堂归旧主,青山坐对兴无涯。

抒发了赎回旧房后自己内心的喜悦,语言质朴而感情真挚。

综上观之,"济南诗派"前期诗人的创作大体沿袭了边贡清圆澹远的诗风之路。正是由于边贡的开创,导沧溟之前路,振风雅之先声,为"济南诗派"的后期繁荣鼎盛奠定了基础。

到后期,李攀龙风生水起,以其显赫的诗名、巨大的人格魅力感召了一大批文朋诗友;以他为核心,"济南诗派"的后期成员主要有:许邦才、殷士儋、袭勖、华綮等,在他们的共同推动下"济南诗派"达得了最鼎盛的时期。

李攀龙(1514—1570年),字字鳞,自号沧溟,历城人。著有《沧溟集》三十卷。作为"济南诗派"的中坚人物,李攀龙"崛起沧海,……主盟中夏,燕、秦、吴、楚之人翕然宗之,……后之学者,闻于鳞之风,皆振衣高步,追踪古作者,于鳞其有起衰之功矣。"②以此承袭"前七子",倡言复古,追求雄浑雅健的盛唐格调。与其格调理论相适,他的诗风创作呈现出"雄浑峻洁"的鲜明特征,被誉为"高华杰起,一代宗风"。毋庸讳言,李攀龙的诗歌主张确有偏误,他对于诗歌技巧的过于追求导致其诗歌创作陷入了模

---

① 陈田:《明诗纪事》戊籖卷十二,上海古籍出版社1993年版,第955页。
② 李伯齐校点:《李攀龙集》齐鲁书社1993年版,第718页。

拟雷同的泥淖。但其雄浑峻洁的诗风和对格调理论的强调，的确曾给当时衰微的文坛带来了生机和活力，并由此对整个明代诗文产生了不容忽视的影响。

在这样的背景下，具体到对其乡邦济南的影响自不言而喻。正如王士禛所言"济南诗派"再"盛于嘉隆之七之李观察沧溟"，在他的倡导下，"济南诗派"由此走入鼎盛。

首先，是李攀龙峻伟高洁的人格魅力和孤高自傲的人格精神对"济南诗派"成员的影响。纵观李攀龙生平，其人格精神可用"狂傲"二字来概括，"狂"作为李攀龙人格精神最突出之处，贯穿于他的一生。他幼年时因父"善酒任侠，不问家人生产"致使家道中落，至九岁父亲又去世，剩下他们兄弟三人与母亲相依为命。少年而孤的他，"耻为时师训诂语，人目为狂生"。他却"夷然不屑"，反而说："吾而不狂，谁当狂者！"踏入仕途之后仍然保持着这种性格，自称为"傲史"。时为按察副使视学陕西时，巡抚殷学"尝下檄于鳞代撰奠章及送行序，于鳞不乐，移病乞归，殷固留之。入谢，乃请曰：'台下但以一介来命，不则尺牍见属，无不应者，似不必檄也。'殷愕然起谢过，有所属撰，以名刺往，而久之不复移檄，于鳞恚曰：'彼岂以我重去官耶！'即上疏乞休，不待报竟归。"①这在当时，为这样的事而弃官而去，可以说狂傲之至。即便是其辞官乞归后，他性格中狂傲的一面仍是暴露无疑。在家乡隐居后"构一楼于华不注、鲍山之间，曰'白雪楼'。于鳞为人高克，有合己者引对累日不倦；即不合辄戒门绝，造请数回，终不幸一见之，既而于鳞亦不自驾修请谢也。"②以此获得了"简傲声"之名。

其诗作《岁杪放歌》很好地体现了他的狂傲性格和精神面貌：

> 终年著书一字无，中岁学道仍狂夫。劝君高枕且自爱，劝君浊醪且自洁。何人不说宦游乐，如君弃官亦不恶。何处不说有炎凉，如君杜门复不妨。终然疏拙非时调，便是悠悠亦所长。

在家居期间，他也只与少年知交殷士儋、许邦才等少数人往来酬唱，"何必论交地，长须纵酒人。即令东蹈海，断不混风尘"，气骨铮铮，确有陶渊明气概。这种鲜明的个性特征得到了"济南诗派"后期其他成员的共同

① 王世贞：《艺苑卮言》卷七，http://www.guoxue.com/jibu/sihua/yyzy/yyzyml.htm。
② 李伯齐校点：《李攀龙集》，齐鲁书社1993年版，第717页。

推崇。

其次,作为"后七子"的领袖,李攀龙"闻望茂著,自时阙后,操海内文章之柄垂二十年",而正当其在文坛享有盛名之时,辞官家居,在济南生活达十年之久。也正是这十年对于"济南诗派"来说意义非凡,一方面济南的诗人可以说是近水楼台,经常有机会与他来往唱和;另一方面在他的影响下也成就了一大批诗人,他们意气相属、切磋交游使"济南诗派"达到了最兴盛的阶段。

嘉靖三十六年(1557 年),李攀龙弃官辞归,在家乡历城郊外鲍山、华不注山之间修筑白雪楼,开始了长达十年的家居生活。家居期间,他集中精力专注于读书和创作,这一阶段可以说是其创作最为旺盛的时期;其中一系列歌颂家乡济南山水的诗篇,雄俊超逸,气势奔放,意境开阔,艺术上也独具特色。

如《杪秋同右史南山眺望二首》其一:

　　青樽何处不蹉跎?白发相看一醉歌。坐久镜中悬片华,望来城上出双河。

　　杉松半壁浮云满,砧杵千家落照多。纵使平台秋更好,古人犹恐未同过。

描写了济南的湖光山色,确为其诗派中吟咏济南胜景这一题材的压轴之作。

再如,历来为人传诵的赠别之作《于郡城送明卿之江西》:

　　青枫飒飒雨凄凄,秋色遥看入楚迷。谁向孤舟怜逐客,白云相送大江西。

悲凄缠绵之中充满豪气,高华开阔而又情致婉约,确如胡应麟谓之曰"风神高迈,直接盛唐"。创作之余,与其他诗人往来交游、谈诗论道。殷士儋曾记载当时情形:"是于鳞请告,济中居,元美(王世贞)伤宪青齐,伯承(李先芳)奉使东省,数会华阳派水之间,所相倡和,人争传诵"①;对于"济南诗派"后期的其他成员,攀龙"乐与唱酬。……书札往来,其于乡谊,固自不薄"。② 这一时期不仅是"济南诗派"人脉最

---

① 殷士儋:《金舆山房稿》卷六,齐鲁书社 1997 年版,第 732 页。
② 王培荀:《乡园忆旧录》卷一,齐鲁书社 1993 年版,第 1 页。

盛之时、而且在这一时段上，"济南诗派"也显现出某些流派意识的自觉，并由此走向鼎盛。

的确，"大风千古见雄才"，李攀龙能在嘉、隆之世被尊为"宗工巨匠"，其诗歌能"奔走一代"，成为一代诗文大家，自有其魅力所在。具体到他对"济南诗派"的贡献，如果说前期边贡之于"济南诗派"有开创之功，那么经由后期李攀龙，"济南诗派"得以风靡天下。在其当时，即有许多诗人和他来往唱酬，如许邦才、殷士儋等在当时亦有显赫的诗名；至其身后，其追随者仍然不断出现，使"济南诗派"达得了最鼎盛的时期，而且影响波及清代百余年，到了清代仍"家有其书，人耳其姓字，传诵其流风遗韵不衰"，充分显示了他在山东诗坛乃至明清文学史上的重要地位。

许邦才(生卒年不详)，字殿师，号空石，历城人。乾隆《历城县志》艺文考注录有《瞻泰楼集》十六卷、《梁园集》四卷、《海右唱和集》六卷，而道光《济南府志》卷六十四经籍条下也注录有《梁园海右二集八卷》、《瞻泰楼集十六卷》，著述甚富，只是流传下来的较少，《山左明诗钞》收有其诗 32 首，《明诗纪事》录有 10 首，《明诗综》录有 5 首。

自少年时期始，许邦才即与李攀龙、殷士儋为知己之交。后邦才长女嫁于攀龙之子李驯，二人遂又多了一层姻亲关系。二人过从甚密，李攀龙曾说过"所为朝夕周旋者，殿卿一个耳"。《山左明诗钞》所收录的邦才 32 首诗作中，与李攀龙唱和之作就有 10 首之多。有《岁暮赠于鳞》、《蓟门道中忆于鳞》、《杨柳青怀于鳞》、《平原道中答于鳞差别韵二首》、《宿龙里有怀于鳞》等。其中的《杨柳青怀于鳞》是颇为时人传诵的诗篇：

　　　　长河孤舫雨冥冥，夹岸芦花照远汀。十里亭过诗欲就，一帆风驶酒初醒。

　　　　寒江曾采芙蓉紫，水驿今歌杨柳青。长路不妨仍作客，故人延伫敞秋屏。

纵观许邦才诗作，大多以赠别怀友与吟颂家乡山水景胜为主，如《于鳞宅送江山人》：

　　　　良夜琴尊兴不孤，萧然行色蜡山湖。天涯芳草思公子，雪后春风恋酒徒。

　　　　那惜十千共举白，从来百万判呼庐。河桥杨柳谁堪把，况复梅花正满途。

感伤缠绵之中见些许豪情,语尽情深,余味悠长。

诚然,许邦才的诗歌成就确不能与李攀龙相比,也还是取得了一定的成就。在当时的济南诗坛即有"边李殷许"四人并列的说法,足见许邦才在"济南诗派"中的地位,作为"济南诗派"后期的得力干将与其他成员一起共同促进了流派的空前繁荣。

殷士儋(1522—1581年),字正甫,号棠川,历城人,嘉靖二十六年进士,后累官至宰辅,当是济南士人中官阶最高者,家居十一年卒。著有《金舆山房稿》十四卷。

殷士儋立朝与刘天民一样敢于直谏,曾上疏世宗皇帝应"布德缓刑,纳谏节用,饬内外臣工讲求民瘼"。后为内阁倾轧,遂告籍,在家乡济南趵突泉西置通乐园,在园中建"川上精舍",集合门徒讲学论文,李攀龙之子李驹亦从其受学。

殷士儋与李攀龙为少年知己,"以髫年相约为知交,当与之俱",尤其是二人辞官家居后,过从靡间,经常往来觞咏。当殷士儋官使河洛时,济南诸君子都为之饯行,即席赋诗,李攀龙作《送殷正甫》七律,并于诗下注曰"齐鲁于文学其天性,即今日里党可谓多贤",成为当时济南文坛一件盛事。攀龙去世后,殷士儋为其撰墓志铭,其中记述李氏生前身后事迹颇为详切,当是后人研究李攀龙及其相关问题的信史性资料。

殷士儋十分推崇李攀龙的诗歌,他的创作也受到了李攀龙诗学主张的影响,如其绝句《山水瓴毛》:

芳草过雨乱鸣禽,山色湖光夕翠深。夹岸桃花低暮渚,一川莎草映春林。

全诗色彩的亮丽、节奏的明快、意境的开阔,如李攀龙七绝一样给人以唐代诗作的意味。

朱彝尊《明诗综》也选录有殷士儋的诗作,并认为其与李攀龙旗鼓相当。如《送霁寰吴师参藩大楚》:

海岱间关四载余,长安七贵不通书。稍迁犹作天涯客,自信干时计独疏。

表现了诗人不通权贵,宁可屈居下僚的铮铮风骨,这与攀龙"即令东蹈海,断不混风尘"的气骨风神何其相似!无怪乎朱彝尊评其曰:"先生登高而赋,饯别而歌;体齐鲁之雅驯,兼燕赵之悲壮,禀吴越之婉丽,以求胜于历下、娄水之间。"①明代弘正、嘉隆年间，历下诗人号称："边、李、殷、许"。殷士儋位列李攀龙之后，是"济南诗派"后期的重要诗人。

袭勖（生卒年不详），字懋卿，章丘人。关于他的生平事迹，王士禛《池北偶谈》中记述颇详："少贫牧豕，年三十始补诸生。时邑中李太常伯华（开先）、袁西野崇冕，方尚金、元词曲。勖谓伤雅道，独与济南殷正甫、李于鳞、许殿卿为古文辞，相友善。年六十，以岁贡仕江都县训导，迁威平教谕，归五年卒。"②著有《懋卿集》。《山左明诗钞》收其诗四首。

袭勖与李攀龙过往唱和，亦师亦友，李攀龙曾说"寻常鸡黍休嫌薄，不浅交情二十年"，又在《报袭克懋》中说："许殿卿不可谓不知我，至其知我而信我，懋卿一人耳。"足见二人关系之密切。从李攀龙写给袭勖的诗文中，可以看出袭勖一生大多数的时间都隐居山野，虽曾有意于科举，却不得畅达，所以啸傲山林、寄情诗酒似乎成了他无可奈何的人生选择。与这样的人生经历相关，使他的诗作倾向于飘逸澹远的风格特色，如《明诗纪事》和《明诗综》共同收录的这首《立秋》：

> 烟云暗淡仲宣楼，荏苒年华逝水流。白首乡山千里外，满城风雨又新秋。

感叹时光易逝、年华易老，无奈之中透着些许悲凉。从他的诗作看，虽然是"济南诗派"的后期成员，并与其盟主李攀龙有深厚的友情，但其诗风却从前期边贡那里得到更多的继承。

华鳌，字时镇，号空尘，章丘人，与李攀龙等人交游唱和，著有《空尘诗集》。《山左明诗钞》收其诗五首，《明诗纪事》录三首。

对于华鳌，王士禛也有相关的记载，《池北偶谈》中说："华鳌……邑诸生，妙于绘事，落笔辄题其上曰'空尘诗画'人丐之画，辄瞪目不应。当其意得，迥出笔墨蹊径之外。诗亦如之，五言犹超诣。""鳌亦沧溟友。……予少见其集，今无从购矣。"③《渔洋诗话》中也提到："鳌工诗善画，……。与李沧溟、杨梦山相倡和，姓名亦见杨升庵集。"④

其诗作如《宿惠上人院》云：

---

① 朱彝尊：《明诗综》卷四三，中华书局 2007 年版，第 2139 页。
② 王士禛：《池北偶谈》卷十四，齐鲁书社 2007 年版，第 275 页。
③ 同上。
④ 王士禛：《渔洋诗话》卷中，上海古籍出版社 1978 年版，第 196 页。

爱此疏林月,兼之一磬清。孤生云雨霁,闻啼鸟风停。

诗中充满画意感,正如前王士祯所评,确合"空尘诗画"之说。其他佳句有:"秋老留红叶,风轻转白蘋"、"雨霁闻啼鸟,风停数落花"、"采秀不知处,空留白日间",人以拟浩然"微云疏雨"之句。①

从上述的诗作中不难看出,在"济南诗派"后期成员中,他们的诗风创作与其盟主李攀龙不同,更多地向其诗派的开创者边贡靠拢。正如王培荀所言:"附青云之士,而名益彰。袭勖、华鳌与沧溟唱和,人几莫知其为何如人。余见其集,大都筚路蓝缕之风,然亦能自树立",②可谓一语中的。

通过上述对"济南诗派"前后两期成员及其诗歌创作的分析来看,"济南诗派"前期成员的创作风貌相对比较统一,大都沿袭边贡清圆澹远的路子,呈现出大体相同的诗风特色。而到了以李攀龙为盟主的后期,情况则相对比较复杂。从理论上来讲,他们受到李攀龙文学复古思想的影响更为直接,但同时从创作倾向上来看,他们又大多崇尚边贡诗风风格;二者的交互结合,使得"济南诗派"后期的创作空前繁荣、并独具特色。

由于我国古代的文学流派的复杂性,"济南诗派"作为一个文学流派,显现出一些不同于现代严格意义上文学流派的流派特征。它在成立之初同样没有特别明确的开派意识,其确立只是经由后人提出,并给予了流派统系的界定与确认;也没有形成统一的贯穿始终的诗歌理论。但是,流派成员间以乡邦情结聚集在一起,彼此意气相属、同声唱酬,形成了一个相对明确的流派统系;也出现足以支撑一个派别的流派盟主;在创作题材的选择上有所效仿和师承,创作出了在审美取向和艺术风格上同中有异、异中见同的系列作品;而且在某些时段上,如以李攀龙为中坚的后期,它又呈现出一些流派意识的自觉,因此可以以约定俗成的准流派视之。"约定俗成并非清晰的理论界定,但蕴含有丰富的理论元素,它在本质上是合乎逻辑的,具有某种程度的必然性、规律性"。所以我们仍可以从他们诗作大致相同的描摹对象中挖掘成员间蕴于个性之中的一些共性倾向。

首先,他们有相似的人格特征。"济南诗派"众多成员之所以能够走到一起,同声唱酬,他们所看重的不仅仅是其乡梓、地域的因素,还在于他们的

① 王士祯:《池北偶谈》卷十六,齐鲁书社 2007 年版,第 310 页。
② 王培荀:《乡园忆旧录》卷二,齐鲁书社 1993 年版,第 81 页。

秉性相投，在个性品格和精神风貌上有许多的共通之处。纵观"济南诗派"的成员，他们或疏狂任放、淡于名利，或负气任性、刚直不屈。就诗派领袖边贡、李攀龙论，乡贤后学王士禛曾先后赞赏他们"清节可知"；至于其他影响较大的刘天民、殷士儋等，他们在朝为官时均以敢于直谏闻名，其刚正不阿的性格也有许多的共同点。其次，他们有相近的创作题材。相同的地域背景下，所结成的乡邦之谊给他们的创作带来默契与心灵相通的同时，使得这个流派的创作题材多以描写济南本地的山水胜迹、风物习俗及彼此成员间的来往交游为主。共同的乡邦意识决定了他们对相近题材的选择，所以其诗派成员各自的作品也多有彼此唱和之作。而成员彼此之间的密切交往也必定会形成较为相似的思想、价值观和共同的审美取向，又有利于其诗派群体的形成。其三，他们有大致相同的流派风格。共同的创作心态及对相近题材的选择也为这个诗派的诗歌创作及流派风格奠定了主题基调；而齐鲁地域文学传统的深厚积淀，加之身逢明代中后期这一相同的时代遭际，使得他们的诗风创作无论是取向"清圆澹远"，或是崇尚"尚古格调"，或是二者的互相交织，都带有一定的复古气息和齐鲁文学儒雅的倾向。

三、"济南诗派"于明清诗坛的影响

边贡名列"弘正四杰"，首开山左风气；李攀龙响彻明代文坛，照耀山东诗坛，他们的显赫诗名和人格魅力激励与感召着其他成员，不仅激发了乡邦文学的自豪感，其中坚人员更是超出地域范围，广泛联系着全国各地的文朋诗友，使得"济南诗派"不仅在明代文学史上占有一席之地，且流风余韵波及清代。

1. 于晚明诗坛的影响。身处"前、后七子"中的边贡和李攀龙借助群体力量的推助，引发了"济南诗派"前所未有的发展强势，而边、李的诗歌成就与地位，也极大地激发了乡邦诗坛诗文化意识，与他们同时或稍后，又涌现出一批生于济南、歌咏济南的诗人，如王象春、邢侗、刘勅等，他们皆程度不等地接受乡辈前贤的滋养，于明末诗派竞起纷鸣之际，立足齐鲁文化，传扬历下诗脉，总体上呈现出鲜明的地域文化特征。在这群诗人当中，王象春无疑是具有特殊意义的一个，其承前启后，使济南诗歌继续在全国范围内产生影响。

　　王象春(1578—1632年),字季木,号虞求,自幼聪明过人,傲倪时辈,其侄孙王士禛曾记载:"从叔祖季木考功跌宕使气,常引镜自照,曰:'此人不为名士,必当作贼!'"①可以想见其当年神采。"问山亭子拱如笠,屹立湖中阅古今。箕踞悲骚王季木,时敲石几激清音",②从性格方面讲,其才气纵放,雅气负性的个性与李攀龙颇为相似。

　　不仅如此,他对李攀龙遗世独立的人格精神也极为景仰。一方面重价购得李攀龙旧居白雪楼,重新加以修葺置为宅舍,仍悬挂原有的"白雪楼"匾额,又在园内筑问山亭,读书赋诗于其中。并对李攀龙身后之事非常关注,多次寻访其后裔。如他曾寻得攀龙生前之宠姬蔡姬,并前往探视,其诗作《白雪楼》曾有专述:"蔡姬乃侍儿之最慧者,不减苏老朝云。至癸卯年已七十余,尚存西郊卖胡饼。余闻急往视,则颓然老丑耳,为之泣下",并发出"荒草深埋一代文,蔡姬典尽旧罗裙"的浩叹,感慨前辈身后寥落,其景仰之情、敬重之意显而易见。另一方面,时值万历中叶,李攀龙因门派攻讦之风而饱受非议,王象春为此曾愤愤不平,维护李攀龙道:"昔人诗禅并称,尚存大雅。今日诗社酷似宦途,端礼门竖党人之碑,韩侂胄标伪学之禁,谈诗者拾苏、白馀唾,矜握灵蛇,骂于鳞先生为伧为厉,为门外汉,此辈使生七子登坛时,恐咋舌而退矣。"③

　　作为"济南诗派"的后进,王象春对这个出现于自己乡邦诗坛上的文学流派十分关注,同时也不可避免地受到了它的影响。

　　首先,他于"济南诗派"之后,在乡邦题材领域继续开拓,代表之作就是他的《齐音》。《齐音》又称《济南百咏》,是一组专咏济南的七言绝句,计107首;从人文地理、名胜古迹、自然风光乃至民俗风情诸多层面描绘了济南源远流长的历史文化传统及秀美的自然景观,宛若一幅形象鲜明的济南风俗画卷。"历旧无专志,今百咏所载,千秋得失之林备矣",其所具有的史志品质,成为继"济南诗派"之后乡邦题材领域内不朽的传世名篇。

　　其次,受乡邦文学的影响,"季木之诗宗法王、李",历下诗风是其诗歌发展中不可或缺的基石,只是他的这种承袭并不是全然盲从先贤,一味地走

---

① 王士禛:《池北偶谈》卷十六,齐鲁书社2007年版,第310页。
② 徐北文:《济南竹枝词》,天马图书有限公司1999年版,第71页。
③ 同上。

模拟之路；而是"自辟门庭，不循时习"，从革新的角度以鲜明的理论主张和创作实践对济南诗诗歌传统进行了修正。

正如他在《公浮来小东园诗序》中所阐说的论诗要义：

> 定诗者亦如八寸三分帽子，人人可移。一人曰：必汉魏必盛唐，外此则野狐。一人驳之曰：诗人自有真，何必汉魏，何必盛唐。一人又博大其说曰：何必汉魏，何必不汉魏，何必不盛唐。两袒莫定，五字成文，今天下盖集处于第三说矣。三说聚讼，权必归一，过瞬成尘，言下便扫，其或继周，宁能无说。浮来请于此再下转语，吾尝赠浮来句云：重开诗世界，一洗俗肝肠。①

以此为准，重开诗界，倡言"禅诗"、"侠诗"，而"由'禅诗'、'侠诗'所形成的齐音变异的特征，对山左一贯奉行的'格调'是何等大的进行了突破。同时有些诗作中也保留了我们曾在李攀龙诗歌中感受到的独立高古气质，传统的继承与突破是如此奇妙地结合一体。"②钱谦益评之为"如西域波罗门教邪师外道，终难皈依正法"，虽是批评之辞，却也从侧面反映了王象春对古典诗歌传统的革新与突破。王象春崛起之时，也正是公安派骤衰、竟陵派树帜而起成为诗坛主流之时，而且他与竟陵派创始人钟惺不仅有同年之谊，且保持有密切的往来。钟惺在《问山亭集序》中极为推崇王象春"独成一是"的文学创新精神和"居石公时不肯为石公"的革新精神。这种革新精神与钟惺另辟蹊径"以奇峭之语发幽孤之思"、抒发"幽情单绪"的真"性灵"可谓心系相通，虽取径不同却有同工之妙。可以说正是通过王象春的继承与突破，"济南诗派"与晚明革新文学发生了联系。

具体之于"济南诗派"，上述可以说是王象春的承前之功。而其倡言的"禅诗"中所讲究的顿悟、直见、兴会等，已然露出王士禛"神韵"说的端倪。从这一点来说，王士禛"神韵"诗说一定程度上也是家风流传所致。"季木殁三十余年，从孙贻上（王士禛字）复以诗名鹊起。闽人林古度诠论次其集，推季木为先河，谓家学门风，渊流有自。"③自有其道理所在。由此，"济南诗派"通过王象春，从革新的角度使济南诗歌继续在全国范围内发生影

---

① 公鼐：《浮来先生诗集》卷一六零，《四库禁毁书丛刊》，北京出版社 1993 年版，第 504 页。

② 李伯齐：《山东分体文学史·诗歌卷》，齐鲁书社 2005 年版，第 423 页。

③ 钱谦益：《牧斋有学集》卷十七，上海古籍出版社 1996 年版，第 149 页。

响,而他用"冷隽清圆"的实际创作以家门学风的方式给予了清初王士禛一定的启发,从这个意义上来讲,王象春确是这一发展流变中承前启后的关键人物。

2. 于清初诗坛的影响。"济南诗派"不仅在明代风行一时,其余波和影响也贯及清代。如果说"济南诗派"经由王象春而扩大了自身的影响,其地域因素开始有所弱化的话;那么到了王士禛,在他的倡言与延誉下,"济南诗派"的流风余韵则由地域而走向了全国。最明显的表现即是清初诗坛大家王士禛在对历下诗风的继承取舍中吸收了对其神韵诗论有益的养分。

王士禛(1634—1711 年),字贻上,号阮亭,自号渔洋山人。幼承家学、少年即富诗名;以"诗笔纵横,上溯八代,四唐之源,旁涵宋、金、元、明之变,体兼众美,妙极天成……首推为本朝大家。"①于康熙时为诗坛领袖,执骚坛牛耳垂五十余年,并开创了清初最具影响力的诗歌流派——"神韵诗派"。

王士禛一如他的从叔祖王象春,与济南结缘甚深,在许多场合他常常以"济南王郎"、"济南王贻上"、"同郡后学"等自称;对于"济南诗派"他也称之为"吾济南诗派",并对流派中的人物尊崇有加。"济南诗派"作为一个流派正是王士禛为之命名的,并给予了明确的界定和系统的体认,才使得它得以扬名天下;至于他与济南有关的作品更是不乏其例。由此可见,在王士禛那里"济南诗派"心香犹存,而"钱王代兴"之后,他实际上成了清代诗坛的盟主,"济南诗派"的流风余韵因此绵延不绝。

根植在家乡济南那片沃土中的"济南诗派"因他的延誉而得以名振天下;而乡邦诗坛、历下诗风不仅仅给了他文学氛围的熏陶,而且从对其"神韵诗说"及其神韵诗的创作也能发掘出一些渊源流向。

首先,是与"济南诗派"的开创者边贡的渊源

王士禛在《池北偶谈》中论道:"明诗本有古澹一派,如徐昌谷、高苏门、杨梦山……自王、李专言格调,清音中绝。"②虽然在此话语中王士禛没有单列边贡之名,但从王士禛对边贡"清远飘逸"之诗风的推崇和他选刻《华泉集》,并将其与徐祯卿并提来看,显然边贡也是他所欣赏的个中人物。

边贡在对诗歌的审美追求以"其闲且远也,萧且散也,其致遐,其情幽,

① 王士禛:《带经堂诗话》卷二五,人民文学出版社 1963 年版,第 100 页。
② 王士禛:《池北偶谈》卷十二,齐鲁书社 2007 年版,第 223 页。

其味沃然澹,其声铿然和"为理想境界,比较王士禛"神韵说"也是以"专以冲和淡远为主";二人对诗歌韵味的重视,显然也是承得一脉心香,正如翁方纲所言:"济南司寇接司农,神韵谁寻格调踪? 只有'沾衣疏雨'句,依然鹊华对青峰。"①

不仅在诗歌的审美追求上有相似之处,王士禛对这位乡辈先贤也青眼有加,将其视为"济南诗派"的开山鼻祖,还特意搜集边贡已经零落的作品,编选为《华泉集诗选》,并将边贡之子边习的遗诗附刻于后;后又访其后裔,请于当事者,为华泉奉祀;个中缘由当不仅仅是出于对其人格的景仰,更重要的一个原因,便是他在边贡那里找到了共鸣。对此,陈田在《明诗纪事》中说:"《华泉集》芜蔓未剪,今观阮亭诗选,顿尔改观。曹子建常叹:'异世相知,谁订吾文者?'阮亭真华泉旷世知己。"②对于二人的这种心灵相通给予了高度的评价。

其次,是与"济南诗派"的中坚人物李攀龙的渊源。

与对边贡的极为喜爱截然相反的是,王士禛对另一位乡邦前贤李攀龙却很少提及。虽然在当时有称其为"清秀李于鳞"者,但王士禛本人对此却不置可否。但从其"诗韵诗说"的发展进程中,在对李攀龙诗学理论的取舍中,仍然可以看出李攀龙对其也产生了一定的影响。

王士禛的诗学探索之路,"凡经三变,早年宗唐,中年主宋,晚年复归于唐。"同样,与李攀龙相似,他也提倡唐音。所不同的是,李攀龙倡言唐音格调,在探索的道路中带来的更多的是那些不良后果,如摹拟形迹、囿于古人樊篱而不能自拔;而王士禛所提倡的唐音,则更多强调诗的含蓄清远、韵味无穷之旨,如其对以清远为尚的孔文谷、薛西原的欣赏、对徐祯卿、高叔嗣"山水清音"之作的偏爱,都在一定程度上靠近了神韵说。既要宗唐又不陷入唐人的羁绊,在这样的探索背景下,"神韵说"即是王士禛的选择之路;从诗歌发展的内在理路来看,可以说格调说日渐衰微之时即是神韵诗说的兴起之始。康熙年间,王士禛能以全国诗坛领袖之尊,领导诗坛达半个世纪之久;其间既有丰饶的创作成就,又有独树一帜的理论主张;其作用之大、影响

① 翁方纲:《复初斋诗集》卷四三,《续修四库全书》,上海古籍出版社 1995 年版,第 54 页。

② 陈田:《明诗纪事》丁签卷二,上海古籍出版社 1993 年版,第 1158 页。

之久,可以说是为历代山东诗人之最。

至此,从济南诗派"清澹"与"格调"互为交织的诗风创作到王象春承袭之中的革新突破再到王士禛以"清远冲淡、含蓄蕴藉"的神韵诗说,他们以非凡的诗歌成就完成了济南诗风传统的演变,在这个演变过程中可以很清晰地看出他们之间的承传、变革及发展的轨迹;虽然其间有批评与驳持,但他们对明清文学的贡献却是毋庸置疑的;至于其中的边贡、李攀龙、王士禛这些诗坛的领袖人物,更是成为了济南文学乃至齐鲁文学繁荣的标志。所谓"吾乡风雅,明季最盛"、"国初(清初)诗学之盛,莫盛于山左","济南诗派"及其流风余韵能在明清两代绵延长达百余年,其存在的文学史意义也正在于此。

第三节 杰出的文坛领袖王渔洋及其重大影响

明末清初是中国文学史的又一高潮时期,诗词、古文、戏曲、小说和理论诸领域皆涌现出一批一代高手和大家。王士禛(渔洋)在此名家林立、人材荟萃的时代,以其诗词、文言小说的创作和理论建树的杰出成就,跻身一流,又继钱谦益、吴伟业之后,入主文坛,成为众望所归的文坛领袖。

明末清初是中国历史上的一个重要时期,因为明清战争和农民战争的双重摧残,中国经济遭到极大的破坏,人民生活于极大的身心痛苦之中。继顺治之后,康熙的雄才大略和蓄意图进,使整个中国重新安定下来,经济得到恢复和重大发展。王渔洋在此期间,进入仕途,并大有作为,为中国当时的政治安定、经济发展和文化繁荣做出了令人瞩目的贡献。

在封建社会中,知识分子极其重视仕途通达。太上立德,其次立功,再其次才是立言。如果没有较高的政治地位就没有较高的社会地位和声望,便没有资格充当文坛盟主。渔洋作为一个从政的文人,其政绩可以媲美柳宗元、欧阳修、苏东坡等人,尽管他们的政绩各有建树,各有特色,尤其是各有自己的时代特点。

渔洋 22 岁即会试中式,一生官运亨通,直至进入内阁,有很高的威望。而且他一生所任之官皆为肥缺要职。渔洋初为官即任扬州府推官,自 27 岁起,在这个江淮名都、盐商云集的繁华之地达五年之久。他处理案件以宽容为本,"侍郎叶成格被任命驻江宁,按治通海寇狱,株连众。士禛严反坐,宽无辜,所全活甚多。扬州醝贾逋课数万,逮系久不能偿。士祯募款代输之,事乃解。"他敢于宽大处理"通海",即牵涉最为敏感的反清复明的水军攻占江宁的一案的"罪犯",表现了极大的时代责任感。他在扬州任上,竟"五年不名一钱,急装时,唯图书数十箧。"冒辟疆赞赏说:"公实今日之循吏。仁而明,勤而敏,廉而能慎者也。"以后他任国子监祭酒,又升任户部侍郎,皆为要职和肥缺。后人评论说:"山人官总宪,一循台规。即一掌道,亦必论资俸升迁,不徇一情面,以绝奔竞之价。戒言者不得毛举细故,务崇大体。退食谢客,焚香扫地,下帘读书,自一二韦布故交以风雅相质外,门雀可罗也。少宰赵玉峰士麟谓山人曰:'公为户部侍郎七年,屏绝货贿,不名一钱,夫人而知之。至为御史大夫,清风亮节,坐镇雅俗,不立门户,不及弹劾,务义忠厚惇大,培养元气,真朝廷大臣也。抑亦今日药石也。'"①渔洋在晚年官至刑部尚书,为国家的最高司法长官,"矜慎庶狱,力从宽大。于秋审、朝审,尤不敢唯阿缄默。因以改正全活者众。"②他救下的都是罪不应诛的平民囚徒,最后也因王五一案"失出"(重罪轻判)罢官。惠栋记载:"或曰:此事自有本末,公当辩明。山人曰:'吾年已迟暮,今得返初服足矣。'遂巾车就道,图书数篚而已。送者填塞街巷,莫不攀辕泣下。相国沁州吴公执手欷嘘曰:'大贤去国,余不能留,负愧多矣。'"③渔洋最后为民请命,弃官如草芥。而其为官清正,两袖清风,则四十五年如一日。的确极其难得,值得崇敬。

渔洋久居官场,但他从不阿谀奉上,不沾世态恶习,而能坚持正义和道义,即如被康熙所恶的"南洪北孔",他亦依旧恩勉有加。其最后罢官,实质原因"盖士祯与废太子唱和",康熙"借题逐之"④。

渔洋品行高洁,平时无声色犬马之好,唯书是爱,公务之暇,除了读书、赋诗、会文友,就是逛书市,并成为一时美谈。他曾自记:

> 昔在京师,士人有数调予而不获一见者,以告昆山徐尚书健庵(乾学),徐笑谓之曰:"此易耳,但位每月三五,于慈仁寺书市摊候之,必相见矣。"如其言,果然。庙市赁僧廊地鬻故书小肆,皆曰摊也。又书贾

---

① 《王士祯自撰年谱·惠栋补注》,中华书局1992年版,第54页。
② 同上。
③ 《王士祯自撰年谱·惠栋补注》,中华书局1992年版,第56页。
④ 邓之诚:《清诗纪事初编》卷六,上海古籍出版社1984年版,第677页。

欲昂其值，公曰此书经新城王先生鉴赏者，……士大夫言之，辄为绝倒。①

王国维曾感叹："披我中国之哲学史，凡哲学家无不欲兼为政治家者"，"诗人亦然"。"至诗人之无此抱负者，与夫小说、戏曲、图画、音乐诸家，一皆以侏儒倡优自处，世亦以侏儒倡优畜之。所谓'诗外尚有事在'，'一命为文人，便无足观'，我国人之金科玉律也。"②如果没有政治地位，就没有文坛的地位。王渔洋的重要政治地位，为他领袖文坛并有很大的号召力起了很大的作用。而且王渔洋是一个风范卓特的清官能吏，他的政治操守和出色政绩，令人感佩，使他作为德高望重的文坛领袖，具有更高的威信。同时，王渔洋身为高官，却一贯平等对待、热情提携文坛中的所有作家诗人和无名作者、女性诗人与艺术家，使他对康熙时期的文艺创作，起了更大的更有效的推动作用。

而作为文坛领袖来说，钱谦益在王士禛初涉文坛时，即有"代兴"的期许。王渔洋继钱谦益和吴伟业的巨大艺术成就之后，又开创了新的局面，即以神韵说理论指导的诗歌创作，彻底转变了元明两朝诗歌不振的局面，形成了新的风气。

钱仲联指出："清代诗歌，没有初期这一风气的转变，以后的发展是难以想象的；没有初期作家的巨大成就，要取得超越元明的地位也是说不上的。清初诗风一经转变，于是'骅骝开道路，鹰隼出风尘'，接着，就呈现出众星争辉的形势。"③清代诗歌和文言小说继唐宋之后，取得新的巨大成就，是与王渔洋的倡导、创作、评论的巨大功绩分不开的。因而李云度《国朝先正事略》评论说："国家文治轶前古，挖雅扬风，钜公接踵出。而一代正宗，必以新城王公称首。公以诗鸣海内五十余年，士大夫识与不识，皆尊之为泰山北斗。""公以大雅之才，起而振之，独标神韵，笼盖百家，其声望足以奔走天下。虽身后诋諆者不少，然论者谓本朝有公，如宋之东坡、元之道园、明之青邱，屹然为一代大宗，未有能易之者也。"钱仲联指出：王渔洋"论诗创神

---

① 王士禛：《古夫子亭杂录》卷三，中华书局 1988 年版，第 68 页。

② 《论哲学家与美术家之天职》，《王国维文学美学论著集》，北岳文艺出版社 1987 年版，第 34—35 页。

③ 钱仲联、钱学增选注：《清诗三百首》（新编本）《前言》，岳麓书社 1994 年版，第 3—4 页。

韵说,早年诗作清丽澄淡,中年以后转为苍劲。擅长各体,尤工七绝。"其诗歌创作和诗论,"传其衣钵者不少,北方有吴雯,南方有叶燮,叶燮门下又有沈德潜,都曾为士祯所称赏。沈德潜又有门人王昶传衍其宗派,影响直到乾嘉年代。直到清末,诗论家谭献还有'本朝诗终当以渔洋为第一'"的评价。① 清末民初沈曾植祭王渔洋"生日"诗也说:"国朝坛坫首新城"。可见此乃公论。

王渔洋作为一个诗人和作家,是成就卓著的全材。他首先是一位大诗人,成名很早,影响很大。他 24 岁在济南大明湖赋《秋柳》诗,立即闻名天下,倡和者竟达千余家,极一时之盛;在嘉庆以后《秋柳诗笺》竟先后出现三部之多。28 岁在金陵写《秦淮杂诗》十四首,"年来肠断秣陵舟,梦绕秦淮水上楼"诸句,流丽悱恻,再次震动诗坛。31 岁在扬州写《冶春绝句》二十首,独步一代,时人盛传"五日东风十日雨,江馥齐唱冶春词。"清末民初陈衍《石遗室诗话》犹盛赞云:"铁崖道人(杨维桢)《竹枝词》、《漫兴》各绝句,专学杜甫,渔洋《冶春词》专学铁崖,余酷喜之,以为渔洋集中,无出此数首及《怀人绝句》右者。"渔洋的《真州绝句》:"江干多是钓人居,柳陌菱塘一带疏。好是日斜风定后,半江红树卖鲈鱼。"与诸多名诗名句,江淮间多写为图画,达到诗中有画的高妙境界。他在扬淮、南京和苏南居住、游历过,后居京三十几年,期间又足迹遍及半天下,到处留下令人心醉神往的优美诗篇。渔洋的诗作,不仅诸体皆精,而且能学到历代诗歌之菁华,并在此基础上取得自己独创性的杰出成就。

王渔洋的诗歌创作以山水诗为主,山水诗中,以内容的题材来说,有两类作品成就最高,影响最大。第一类是结合人文景观的游历天下的山水诗。钱穆论述渔洋游历诗的成就和巨大意义说:

> 余尝爱读王渔洋诗,观其每历一地,山陬水澨,一野亭、一古庙、一小市、一荒墟,乃至都邑官廨,道路驿舍,凡所经驻,不论久暂,无不有诗。而其诗又流连古今,就眼前之风光,融会之于以往之人事,上自忠臣义士,下至孤嫠穷儒,高僧老道,娼伎武侠,遗闻轶事,可歌可泣,莫不因地而兴感,触目而成咏。乃知中国各地,不仅皆画境,亦皆是诗境。诗之与画,全在地上。画属自然,诗属人文,地灵即见于人杰。中国人

---

① 钱仲联、钱学增选注:《清诗三百首》(新编本),岳麓书社 1994 年版,第 120 页。

又称,天下名山僧占尽,其实是中国各地乃无不为历史人物所占尽。亦可谓中国人生于斯,长于斯,老于斯,葬于斯,子子孙孙永念于斯。三四千年来之中国文化,中国人生,中国历史,乃永与中国土地结不解缘。余尝读中国诗人之歌咏其所游历而悟得此一意,而尤于渔洋诗为然。久而又悟得渔洋诗之风情与技巧,固自有其独至,然渔洋又有一秘诀,为读其诗者骤所不晓。盖渔洋每至一地,必随地浏览其方志小说之属,此乃渔洋之善择其导游。否则纵博闻强记,又乌得先自堆藏此许多琐杂丛碎于胸中。若果先堆藏此许多琐杂丛碎于胸中,则早已窒塞了其诗情。然其诗情则正由其许多琐杂丛碎中来。若果漫游一地,而于其地先无所知,无有导游,何来游兴。今日国人,已多不喜读中国书,则又何望其能安居中国之土地,而不生其侨迁异邦之遐想乎?①

钱穆此论细腻论述渔洋游历诗展现祖国人文和风景之佳胜,能够增强读者爱国主义的情怀。渔洋的众多优秀诗歌,的确具有这样的特点。渔洋的游历诗和山水诗还具有丰厚的文化意蕴和高度的艺术成就。如《再过露筋祠》借用陆鲁望(龟蒙)"无情有恨何人见,月白风清欲堕时"精细刻画白莲的妙句之意象,但另出新意:首句描绘祠中女神的塑像,后三句写祠外风光,湖云烟树,月堕风清,白莲吐香,烘托了女神像的芳洁。沈德潜《清诗别裁集》评云:"阐扬贞烈,易入于腐,故以题外着意法行之。高邮远近,俱种白莲。二语得陆天随'月晓风清欲堕时'意。"陆以湉《冷庐杂识》云:"王阮亭尚书《题露筋祠》诗云云。论者推为此题绝唱。按米襄阳(芾)《露筋祠碑》云:'神姓肖,名荷花。'诗不即不离,天然入妙,故后来作者,皆莫之及。"沈祖棻赞誉此诗将一个歌颂贞洁的封建道德故事,化腐朽为神奇,用遗貌取神、题外取神的方法,借题发挥、跳出题外,取得情景交融、混合无间的艺术效果,成为"风神绝代、情韵无穷"的佳构。② 又如《蝶矶灵泽夫人祠》:

霸气江东久寂寥,永安宫殿莽萧萧。都将家国无穷恨,分付浔阳上下潮。

此诗为康熙二十四年乙丑(1685年),作者奉使广东,祭告南海,事毕北返时,道经安徽芜湖长江时作。蝶矶在江岸,片石傍江,高不满寻丈,上有三

① 钱穆:《读书与游历》,《中国文学论丛》,三联书店2002年版,第241—242页。
② 沈祖棻:《唐人七绝诗浅识》,上海古籍出版社1981年版,第270—271页。

国时蜀汉刘备的夫人、吴孙权之妹孙夫人祠。后人建庙，称之为灵泽夫人。灵泽夫人祠有徐渭所撰著名对联云："思亲泪落吴江冷，望帝魂归蜀道难。"钱仲联认为："渔洋此诗，浑括其意，音在弦外。一联一诗，足为此祠生色。"①

王渔洋的游历诗影响深远。如顺治十五年 25 岁时所作《息斋夜宿即景有怀故园》，因三、四两句"萤火出深碧，池荷闻暗香"而著名，渔洋之友叶方蔼极喜之，取入《独赏集》。两句化用元范元柠《苍山秋感》二句，凌廷堪《读范德机诗口占》云："雨止修竹流萤至，此句见赏王渔洋。果然幽涩如鬼语，尚逊池荷闻暗香。"钱仲联赞同并引用钱钟书《谈艺录》云："'深碧'二字尤精微，下句'暗香'二字，花气之幽，夜色之深，融化烹炼，更耐寻味。"②另如他于顺治十八年（1661 年）《泊舟枫桥作夜雨题寒山寺，寄西樵、礼吉》："日暮东塘正落潮，孤篷泊处雨潇潇。疏钟夜火寒山寺，记过吴枫第几桥。""枫叶萧条水驿空，离居千里怅难同。十年旧约江南梦，独听寒山半夜钟。"用张继所使用过的题材生发，写了自己独具的生活和感情，和原诗有同中之异，别开生面。六十年后，诗人鲍诊也泊舟枫桥，想起王渔洋题诗之雅，也写一首七绝："路近寒山夜泊船，钟声渔火尚依然。好诗谁嗣唐张继，冷落春风六十年。"可见渔洋的文采风流，影响悠远。

另一类是是游历诗中寄托历史苍桑、暗寓怀念前明的作品。

渔洋的游历诗和山水诗还有历史沧桑和家国之恨的深意。王渔洋虽然在清朝康熙的盛世仕途顺利，他的诗歌创作和政治才华都受到最高统治者康熙的高度信任、赞赏和重用，但他对清朝占领中原的不义性和清军对汉族人民的残酷杀戮、凌辱的暴行则始终坚持以仁义为本，以民为本的处世和识史的原则立场，鲜明地显示了自己直视历史真相和正义批判清军劣迹的鲜明立场，并在自己的作品中给以艺术的有力表现。他在扬州任职期间，在《淮安新城有感》之二后半说："四镇虫沙成底事，五王龙种竟无归。行人泪堕官桥柳，披拂长条已十围。"公然怀念南明的五个皇帝，表达对明朝灭亡的痛惜。《梅花岭怀古》直接凭吊抗清英雄史可法，末两句说："萧瑟西风松柏树，春来犹发向南枝。"作为刚踏上仕途的青年官员，处于郑成功水军攻

---

① 钱仲联、钱学增选注：《清诗三百首》（新编本），岳麓书社 1994 年版，第 130 页。

② 钱仲联、钱学增选注：《清诗三百首》（新编本），岳麓书社 1994 年版，第 124 页。

迫南京,朝廷严查有关人士的严峻时刻,王渔洋写作这样的诗歌是有胆略的。

因南明建都南京,他有多首描写南京附近景物的诗歌都表达了兴亡之哀痛。名震遐迩的《秋柳》和《秦淮杂诗》,前诗以济南大明湖起兴,中篇第七章已有论述;《秦淮杂诗》十四首,作于顺治十八年辛丑(1661 年),时作者正官扬州推官任上,以事至吴郡,归途顺游南京,借南京城南秦淮之游,反映南明福王朝灭亡前后君王及臣民上下的事实,抒盛衰兴亡之感。《雨后观音门渡江》上半首写渡江所见晚景,后半首触景生情,咏怀古迹,抒写对南朝兴亡的感慨。《晓雨重登燕子矶绝顶作》作于郑成功进军南京兵败以后一年,明朝亡国之局已无法挽回。此诗描述登燕子矶所见的寥阔江景,并借东晋事迹抒写了对南明覆亡的感叹。另有不少描绘别地的诗歌名作,也表达了同样的主题。如《夜经古城作》谴责明末清初之际,清兵数次犯境和攻略,山东惨遭烧杀劫掠的景象近二十年后尚未消除,故而“空城半禾黍”;《定军山诸葛公墓下作》诗作于南明最后灭亡后才十年,虽为吊古之作,字里行间,对“志士耻帝秦,祭器犹存鲁”,暗寓对明亡的悼惜之意。沈德潜评为:“激昂凭吊,如有神助。”

明亡后,爱国的遗民诗人,数以百计,其作品又有不同的风格特色,如顾炎武诗质实浑厚,嗣响杜甫,以“读书破万卷,下笔如有神”见长的是一种。渔洋诚如钱穆所言,将平时博览的群书所得的历史、人文、地理知识和掌故,编织于诗作之中,也以“读书破万卷,下笔如有神”见长,但风格不同,体现了平淡、高远、悠长的艺术特点,是其所倡导的神韵说诗学观的杰出体现。如《雨后观音门渡江》三、四写雨后江山的入晚动态,画所不能到;《秦淮杂诗》写得神韵悠扬,风致淡荡,体现渔洋诗的本色。

而作为政坛新进,后又成为朝廷重臣、文坛领袖的王渔洋,其《秋柳》和《秦淮杂诗》等名作,带头表现了怀念前朝的沧桑感,起了推动作用。除了众多的和诗者之外,对洪昇《长生殿》和孔尚任的《桃花扇》这样表现历史沧桑的巨著也起了启发、鼓舞作用提供借鉴的作用。

王渔洋还是清初的著名词人和词论家,王国维认为王渔洋词的艺术成就仅次于纳兰性德,而高于其他如陈维崧、朱尊彝等众多名家。①

---

① 周锡山编:《人间词话汇编汇校汇评》,北岳文艺出版社 2004 年版,第 174 页。

王渔洋的词，清新流丽，名作如《红桥同箨庵、茶村、伯玑、其年、秋崖赋》："北郭清溪一带流，红桥风物眼中秋。绿杨城郭是扬州。西望雷塘何处是，香魂飘落使人愁。淡烟芳草旧迷楼。"不但精切写出江淮名都扬州的美景、风韵，更挽摄住这座千年名城惨经十屠而业已飘零的魂魄，夹带历史的沧桑和风霜，用清词丽句描绘劫后余生重新复兴的佳胜之地；全词余味无穷，而"绿杨城郭是扬州"一语画龙点睛，更显明丽惊醒，神韵悠扬，故而脍炙人口，传唱久广。他因《卜算子·记梦》"梦里江南绿"、《桃源忆故人·金钗涧上》"春水平帆绿"、《南乡子·送别》"新妇矶头烟水绿"，被誉为"三绿词人"，更因和李清照的名作的名句被称作"王桐花"。

他的文章写得好，笔记小说也是一流作品，是颇有成就的小说家；他更是一位杰出的诗论家和美学家，所倡导和总结的神韵说不仅是中国美学史，也是世界美学史上划时代的成就。无论是创作、理论，都有大量著述，而且还编选多种选本，其著述的勤奋，亦属罕见。这些成就的综合，促成了他文坛领袖地位的形成。

王渔洋总结前人诗歌创作和有关论述而创立的神韵说，是中国诗歌史、美学史上的一个划时代的重要理论，成就卓著，影响巨大，不仅继承者多，而且也激发了清代前中期的多种诗歌理论流派的产生，如沈德潜的格调派、翁方纲的肌理派、袁枚的性灵说等等。①

除了神韵说的创立及其巨大成就和影响之外，王渔洋的论诗也取得了令人瞩目的成就，具有颇大的影响。在清代论诗的历史上，乃至在杜甫、元好问以后的论诗的历史上，可以说最重要的代表人物是王士禛。他有《戏仿元遗山论诗绝句四十首》（现存三十五首），对后世有很大影响。故而清代诗人、学者言及论诗的一体的发展和演变，往往在元好问之后就举到王士禛。如丁咏淇《论诗绝句自序》云："论诗绝句发源于杜陵，衍派于遗山，疏瀹决排于渔洋、尧峰、迦陵。"②刘汲跋张晋《仿元遗山论诗绝句六十首》云："元遗山《论诗绝句》，渔洋仿之，久已脍炙人口。"③黄维申《论诗绝句序》

---

① 参见周锡山：《论王士禛的诗论和神韵说》，《中国古典文学论丛》第6辑，人民文学出版社1987年版。

② 郭绍虞等：《万首论诗绝句》，人民文学出版社1991年版，第340页。

③ 郭绍虞等：《万首论诗绝句》，人民文学出版社1991年版，第671页。

云:"元遗山论诗多主严刻,国朝王新城效其体,立论较精。"①所以后来就有人自题为仿王士禛而作,如方于谷《仿王渔洋论诗绝句四十首》。

王渔洋其他的论诗观点也有很大影响。他在诗歌评论中,也明确或含蓄揭露南下清军的残暴,寄寓了对抗清爱国者的同情。如评论长山刘孔和节之之诗时,赞誉他明末率抗清义旅南渡,记载和评论明末清初的《王若之集》时,对于明末清初战乱时期的诗人作家在清兵南下时所受的艰难困苦,照实写出作者在清兵南下的战乱中保护文物的艰辛和坚贞而死的民族气节。他的这种观点,与其相关的创作一起,对反清义士是一种具体的同情和支持。

另如钱穆认为《红楼梦》中林黛玉推崇三家诗,或乃因袭王渔洋的高论:"此刻先拿黛玉所举三人王维、杜甫、李白来说,他们恰巧代表了三种性格,也代表了三派学问。王摩诘是释,是禅宗。李白是道,是老庄。杜甫是儒,是孔孟。《红楼梦》作者,或是抄袭王渔洋以摩诘为诗佛,太白为诗仙,杜甫为诗圣的说法。故特举此三人。"②这个著名的唐诗评论,在后世有很大影响,引用者众多,例如范文澜《中国通史简编》论及唐代文学时,即予采纳和复述。

王渔洋对戏曲小说的评价极高,认为《水浒传》之类的"野史传奇"式小说"往往存三代之直,反胜秽史曲笔者倍蓰"③。甚至认为:"李白谓五言为四言之靡,七言又其靡也。至于词、曲,又靡之靡者。词如少游、易安,固是本色当行,而东坡、稼轩,直以太史公笔力为词,可谓振奇矣。元曲之本色当行者不必论,近如徐文长《渔阳三弄》、《木兰从军》,沈君庸之《霸亭秋》,梅村先生之《通天台》,尤悔之《黑白卫》、《李白登科》,激昂慷慨,可使风云变色,自是天地间一种至文,不敢以小道目之。"④其论至大至高,而又极其精当,与李渔《闲情偶记》中的观点完全相同。

王渔洋对小说非常重视——他不但本人亲自创作笔记小说,还推重和鼓励蒲松龄创作小说并为主评批、赋诗,因此在当时产生了很大的影响。观鉴我斋《儿女英雄传序》甚至说:"自王新城喜读说部,其书始浸浸盛。"实非

---

① 郭绍虞等:《万首论诗绝句》,人民文学出版社1991年版,第1293页。
② 钱穆:《谈诗》,《中国文学论丛》,三联书店2002年版,第112页。
③ 王士禛:《香祖笔记》卷十,上海古籍出版社1982年版,第190页。
④ 王士禛:《古夫子亭杂录》卷四,中华书局1988年版,第87页。

虚言。明代已有大知识分子创作戏曲（传奇），但小说还是被看作通俗读物，高层次作者（正统文人）尚未染指。渔洋作为一代诗坛正宗，声望极高，自他涉足于此并加推崇，当然有很大的号召力量。

王渔洋的这种号召力尤见于纪昀的《阅微草堂笔记》。《阅微草堂笔记》与其说要与《聊斋志异》争胜，还不如说要媲美于渔洋笔记小说著作。一则渔洋的政治和文坛地位高，而纪昀不屑与出于乡村教师之手的《聊斋志异》一争高低是明显的，二则他对《聊斋志异》所表露的批判科举弊病、揭示社会黑暗和世道不公的思想异趣而与渔洋的观念同调，也是明显的，三则《阅微草堂笔记》显然继承和发展了渔洋笔记小说的艺术风格。

渔洋不仅对一般诗人的佳作好句大力鼓励奖掖，而且非常重视民间无名诗人的著作，记录木工、衣匠、担者、锄者、僧人、甚至乞丐等的佳篇妙言，赞誉宣扬，故其诗论名著展现了完整一代文坛之胜景。作为高官、大诗人兼大评论家和文坛领袖的王渔洋，他对业余诗人、民间诗人和女性诗歌创作的揄扬、推重和评论影响很大，尤其推动了清康熙以后的女性创作的更大的热情。

除了诗文外，王渔洋对妇女的艺术创作也给以热情的关注，并大力鼓励和热情评论，论及前代的女性创作的如：

> 辛亥冬，于京师见宋朱女郎淑贞手书《璿玑图》一卷，字法妍妩。①
>
> 寒山赵凡夫子妇文俶，字端容，妙于丹青，自画《本草》一部，楚词《九歌》、《天问》等皆有图，曲臻其妙。江上女子周禧得其《本草》临仿，亦人妙品。②

以上分别介绍和评论宋代朱淑真和明代文俶（文征明之女）的书画作品。他对同时代女性的创作关心更多：

> 女郎倪仁吉，义乌人，善写山水，尤工篇什。予尝见其《宫意图诗》。其一云："调入苍梧斑竹枝，潇、湘渺渺水云思。听来记得华清夜，疏雨银灯独坐时。"先考功兄曾得其全集。倪手种方竹数十竿，甚爱惜。莱阳董樵处士游婺郡，倪高其人。斫一枝赠之。③

---

① 王士禛：《池北偶谈》卷十五，中华书局1982年版，第366页。
② 王士禛：《池北偶谈》卷十五，中华书局1982年版，第350页。
③ 王士禛：《池北偶谈》卷十一，中华书局1982年版，第245页。

徐元叹《落木菴集》云,访江城毛休文于竺坞慧文庵,出其母汝太君画扇十八面,山水草虫,无不臻妙。三百年中,大方名笔,可与颉颃者不过二三而已。近日闺秀如方维仪之大士、倪仁吉山水、周禧人物,李因、胡净鬘,草虫花鸟,皆人妙品。安丘张杞园说,曾见刑慈净发绣大师极工。慈净,子愿之妹。又崔子忠青蚓二女,亦工画。①

胶州宋方伯子妇姜,字淑斋,自号广平内史,善临十七帖,笔力矫劲,不类女子。又高密单某妾,学右军楷书,似《黄庭》、《遗教》二经。二人皆鬐龀女子也。②

康熙丁未,从同年徐敬(旭龄)处,见秀水吴氏画扇二:一学小李将军山水,一洛神图,妙人毫发。吴字素闻,其人亦天人也。予在广陵时,有余氏女子,字韫珠,年甫笄,工仿宋绣,绣仙佛人物,曲尽其妙,不啻针神。曾为予绣神女、洛神、浣纱诸图,又为西樵作须菩提像,皆极工。邹程村、彭美门皆有词咏之,载《倚声集》。③

近日妇人工画者,海宁李因是庵,善画松鹰及水墨花竹翎毛;江阴周禧,善人物花鸟;其妹祜,与之颉颃;义乌倪仁吉、秀水黄媛介,皆工山水木石;桐城方维仪工白描大士。④

不仅如此,渔洋还真心实意地重视妇女的创作成就,故而在自己的创作中认真借鉴,并将自己的借鉴坦率地公之于世。如名闻遐迩的《秋柳》诗中的"栖鸦"七字,为纪映淮《秦淮柳枝诗》首句,故于"栖鸦"二句,作者自注:"阿男《秋柳》句云:'栖鸦流水点秋光。'诗人伯紫之妹也。"王士禛《渔洋诗话》还特作介绍:"余辛丑客秦淮,作《杂诗》二十首,多言旧院事。内一篇'十里清淮水蔚蓝,板桥斜日柳毶毶。栖鸦流水空萧瑟,不见题诗纪阿男。'阿男名映淮,诗人伯紫之妹也。幼有诗云:'栖鸦流水点秋光',后适莒州杜氏,以节闻。伯紫与余书云:'公诗即史,乃以青灯白发之嫠妇,与莫愁桃叶同列,后人其谓之何?'余谢之。后人为仪郎,乃力主覆疏,旌其闾,笑曰:'聊以忏少年绮语之过。'"⑤

---

① 王士禛:《池北偶谈》卷十二,中华书局 1982 年版,第 283 页。

② 同上。

③ 王士禛:《池北偶谈》卷十二,中华书局 1982 年版,第 286 页。

④ 王士禛:《池北偶谈》卷十八,中华书局 1982 年版,第 425 页。

⑤ 王士禛:《渔洋诗话》,《清诗话》上册,上海古籍出版社 1978 年版,第 176 页。

王渔洋的评论在当时的影响之大，于下可见一斑：

> 谭辂云："刘季绪好诋诃文章，掎撵利病。徐陵为一代文宗，未尝诋诃作者。"昔予与故友汪钝翁在京师，钝翁好诋诃人，前辈自钱公牧翁而下无得免者，后进以诗文请质，亦无恕词。予每劝之。故友计甫草东尝序予门人汪蛟门橚麟集云："钝翁性悁急，不能容物，意所不可，虽百贲育不能撴其口也。其所称述于当世人物之众，不能数人焉。阮亭性和易宽简，好奖引气类，然以诗文投谒者必与尽言其得失，不少宽假。"此数语颇得予二人梗概。顾施愚山又尝谓予："公好奖引人物，自是盛德。然后进之士，学未有成，得公一言，便自翊名士，不复虚怀请益，非公误之耶？"予思其言，亦极有理。①

人们赞颂渔洋对请益自己的任何人都认真"尽言其得失，不少宽假"的热情和真诚，但渔洋也不回避别人对自己揄扬无名诗人和青年作者的负面影响的批评，他对此的清醒认识既可见他本人虚怀若谷的自我批评精神，但这又从一个特殊角度更其显出他在当时的巨大影响。

第四节　《聊斋志异》的语言特色及诗意风韵

高尔基说："文学的基本材料是语言，是给我们一切印象、感情、思想以及形态的语言。"②谈及《聊斋》对唐传奇的继承与发展，不能不谈到它的语言。《聊斋》的语言向来被时人先贤推为文言之最，它究竟好在何处，这里我们试图从其人物语言和叙述人语言两方面来与唐传奇对比分析。

语言是心灵的窗户，人物语言直接或间接地反映一个人的思想、修养及愿望，摹写人物语言是小说刻画人物的重要手段，从某种程度上说，人物对话摹写的是否成功直接关系到作品的成败。《聊斋》与唐传奇同属文言系统，用文言来写人物对话，一不小心就会导致"文而失实""皆如板印"③的毛病。与唐传奇相比，《聊斋》的人物语言更有生活的底蕴，而唐传奇的有些篇章则有时存在"让村姑掉书袋"的人物语言与身份不符的现象。《莺莺

---

① 王士禛：《香祖笔记》卷一，上海古籍出版社 1982 年版，第 14—15 页。

② 《论散文》，《高尔基论文学》，苏联作家出版社，第 567 页。

③ （清）章学诚：《文史通义·古文十弊》，中华书局 2004 年版。

传》写张生、莺莺西厢约会之时,莺莺有一段慷慨陈词:

> 兄之恩,活我之家,厚矣。是以慈母以弱子幼女见托。奈何因不令之婢,致淫逸之词。始以护人之乱为义,而终掠乱以求之。是以乱易乱,其去几何? 诚欲寝其词,则保人之奸,不义。明之于母,则背人之惠,不祥。将寄于婢仆,又惧不得发其真诚。……特愿以礼自持,毋及于乱!

莺莺虽然是一个大家闺秀,知书识礼,但让一位青春妙龄女郎大谈"义""礼",一派封建卫道老夫子的声口,未免大煞风景。当然,由于唐传奇作家众多,其描摹人物语言的艺术水平高下也不尽相同。有的作品也能据人物的处境、身份和思想感情,用灵活婉转的语言刻画人物的个性及内心活动,较好的作品还能通过人物语言细致真实地表现蕴藏在人物灵魂深处的喜怒哀乐之情,从而使人物形象更加丰满。比如《任氏传》中为了刻画任氏的世间罕匹之美,就用了韦崟与其家僮的对话加以表现:

> 崟迎问之:"有乎?"又问:"容若何?"曰:"奇怪也! 天下未尝见之矣。"……(崟)多识美丽。乃问曰:"孰若某美?"僮曰:"非其伦也!"崟遍比其佳者四五人,皆曰:"非其伦。"……(吴王六女)则崟之内妹,秾艳如神仙,中表素推第一。崟问曰:"孰与吴王家第六女美?"又曰:"非其伦也。"

在韦崟与其家僮的对话中,任氏的美若天仙之貌脱颖而出。又如《李娃传》中荥阳公子访李娃有这么一段话:

> 生曰:"此谁之第耶?"侍儿不答,驰走大呼曰:"前时遗策郎也!"娃大悦曰:"尔姑止之。吾当整妆易服而出。"

简单的几句对话,使李娃、荥阳公子内心深处的感情昭然若揭:在此之前,荥阳公子曾见过李娃一面,见其"妖姿要妙,绝代未有",而深相倾慕,但初次见面不便贸然上前搭话,于是"诈坠鞭于地",在等待侍儿捡鞭子的功夫,他趁机多看李娃几眼。这一心理活动无疑被惯于风情的倡女李娃所看穿。过后,她肯定私下也对荥阳公子表示爱慕,并且跟侍儿谈到过此事,所以才有侍儿惊喜地大呼"前时遗策郎也"向李娃报告的举动。一句话而有如此深厚的语义蕴含,唐传奇作者操纵语言的功力之深由此可见一斑。这种一石多鸟的语言运用艺术,被《聊斋》所继承。在《婴宁》篇,王子服初次见到婴宁即目不转睛地盯着她看,文本对婴宁有这样的描写:

女过去数武，顾婢曰："个儿郎目灼灼似贼！"遗花地上，笑语自去。

婴宁的这句话，明对婢子实是对王子服而言，她显然已觉察到王子服灼热目光中的爱恋之情，但身为小姐又无法表达自己的心情，一句"个儿郎目灼灼似贼"巧妙地掩饰了自己的窘态的同时，又把自己手中的梅花扔在地上透露了爱意。"前时遗策郎也"与"个儿郎目灼灼似贼"有异曲同工之妙。很显然，《聊斋》对唐传奇运用语言的长处有所继承，但这不是简单的搬用，而是继承中有创新。细加推究，上面两句人物语言又有不同。前者是古汉语中以"也"字为标志的判断句式，"遗"、"策"也是标准的文言实词，而后者则从句法到用词都体现出背离文言的势头，从而使人物语言在内在神髓上更有生活气息，这类语言使清代已处穷途末路的文言在新生前的黑暗中又放出皎然的亮色。

文言的生活化，是《聊斋》与唐传奇人物语言相比所体现出来的一个突出特点。其人物语言大都接近生活口语，但又是作者精心锻炼、琢磨的产物，是作者对生活有了悉心的体味之后的艺术创造，所以其人物语言大多合乎人物的身份修养，达到了充分个性化。《聊斋》塑造了数以百计的人物形象，但"化工赋物，人各面目"，①各人的謦欬不同，闻其声如见其人。比如"得妇如此，南面王不易也！"如此狂放的语言只能出自狂生耿去病之口，一句话而狂态毕现。"我不惯与生人睡"，如此痴言非婴宁莫属。"大冤未伸，寸心不死，若言不讼，是欺王也。必讼！"一句话写尽席方平告状的执著，活现出一个铁骨铮铮的男子汉形象。又如《小翠》篇王太常夫人渴望有个孙子，为让傻儿子与小翠同床而睡就在他们卧室内只留一张床，几天后，公子竟然当着婢仆的面告诉母亲："小翠夜夜以足股加腹上，喘气不得；又惯掐人股里"，这样的语言只有痴公子才说得出来。像这样的例子还可举很多。像《聊斋》这样，如此众多的人物形象出自一个作家之手而面目各不相同，这是艺术上还未臻于成熟的唐传奇所不能做到的，何况唐传奇中还常常发生人物所说的话违背其性格、身份、地位的情形呢。偶尔有几篇作品人物语言既有生活气息又符合人物的个性，但凭心而论，这些作品既没占主流，也不是作者的自觉创造，更何况它与《聊斋》相比也有一定的差距。比如同是写媒婆，《霍小玉传》中鲍十一娘的语言就略显直率，一口气把霍小玉的家

───────────────

① 冯镇峦：《读〈聊斋〉杂说》，盛伟编校《蒲松龄全集》第一卷，学林出版社1998年版。

世、相貌、住处及事情的来龙去脉对李益说的清清楚楚。这话不像出自媒婆之口，倒像是一位忠厚老实的热心肠的老太太所说的。而《聊斋·邵女》中媒媪之言，则是另一番境界。她充分利用纵、擒、挑、剔的手腕，在有意无意间，诱对方入于彀中，把一般人看来远无可能的婚事搓合起来，媒媪的话虽然也是运用古朴的文言，但在表现媒婆的个性方面，显然比鲍十一娘的语言更具有生活的实感。《聊斋》的人物语言能够在个性化的同时，让人感到扑面而来一股生活气息，这是与作者长期生活在劳动人民中间，对世态人情、人物言笑细心观察长期琢磨分不开的。

《聊斋》不仅在内在神髓上使人物语言生活化，而且有意识地把方言俗语引入人物对话。如《翩翩》中翩翩有这样的话："花城娘子，贵趾久弗涉，今日西南风紧，吹送来也！小哥子抱得未？"俗语有"是什么风把你吹来"之说，这里化用为"今日西南风紧"，非常熨帖活泼。《胡氏》篇，写直隶一巨家的主人向强求婚姻的西席胡氏说："且谚云：瓜果之生摘者，不适于口，先生何取焉？"这里将俗谚"强扭的瓜不甜"形象地化入了人物语言，增强了语言的蕴含。这类俗谚还有"一日夫妻，百日恩义"（《张鸿渐》）、"丑妇终须见姑嫜"（《连城》）等。《香玉》篇黄生得到香玉尚渴望一近绛雪的芳泽，香玉批评他"君陇不能守，尚望蜀也"，把军事术语用于闺房戏谑，妙趣横生。但明伦评："得陇望蜀，口头烂语，如此借用，顿觉生新"。《聊斋》把日常的俗语、谚语、顺口溜吸收入文言，这种俗字雅用的艺术是唐传奇作者无法望其项背的。

在中国古代文言小说多以情节取胜的历史态势下，人物语言固然在作品中占有举足轻重的作用，小说的叙述人语言的地位同样不可忽视。作品所展示的艺术世界，除了人物语言，全凭叙述语言细致描述，再现各种生活场景。唐传奇的叙述语言精警华艳，优美动人，这是它语言艺术的一大特色。它继承了古代散文和骈体文以及诗歌中有生命力的词汇，也汲取了前人在语言结构方面精炼准确的优良传统，形成其独特的语言风格。在叙述事件时，它已能要言不繁地把事件原委、人物遭遇叙述得完整具体，能抓住表现人物性格的中心事件描写而不枝不蔓。如《三水小牍·却要》全篇不足四百字，把却要身为婢女在李氏四子不怀好意的调戏的处境下，机智应变的过程叙述得有声有色，并同时昭示了李氏四子的丑恶卑劣的行径。《柳氏传》对侠士许俊为韩翊从番将沙吒利的宅第中救出柳氏这一中心事件着力描写,而对这一事件的历史背景,则以极精警的语言作了交代:"天宝末,盗覆二京,士女奔骇,柳氏以艳独异,且惧不免,乃剪发毁形,寄迹法灵寺。"这就使小说繁简适度,有密有疏。《长恨歌传》对唐玄宗沉湎于酒色不理朝政的讽刺性叙述也非常精警。在描写人情物态方面,唐传奇也已达到极高的成就。如《东城老父传》中对贾昌训鸡场面的描写:

> 群鸡叙立于广场,顾眄如神,指挥风生。树毛振翼,砺吻磨距,抑怒待胜,进退有期,随鞭指低昂不失。昌度胜负既决,强者前,弱者后,随昌雁行,归于鸡坊。

寥寥数语,就描绘出一幅训练有素、指挥若神的训鸡场面。行文句式整齐,杂以散句,顿挫有致,读起来朗朗上口。

《聊斋》的叙述语言继承了唐传奇简洁明快的语言特点,在此基础上又趋向形象化,它通常通过一些名词的活用、适当的夸张来增加叙述语言的生活气息,如《饿鬼》中形容"学官":

> 惟袖中出青蚨,则作鸺鹠笑,不则睫毛一寸长,棱棱若不相识。

用"鸺鹠"作"笑"的状语,活画出学官见钱眼开的丑态;用"睫毛一寸长,棱棱若不相识"的大胆夸张描绘学官无钱时的形象,可谓尽得其中神韵。这种寓褒贬于叙述的笔墨显然对唐传奇客观的叙述在艺术上有所发展。《小谢》篇写女鬼小谢戏弄在废第挑灯夜读的陶生:

> 俄见少女以纸条拈细股,鹤行鹭伏而至;生暴起诃之,飘窜而去。

把名词"鹤"与"鹭"作"行"与"伏"的状语,生动形象地展现出小谢蹑手蹑脚、挤眉弄眼的顽皮神态。一个"飘"字又托出作为鬼的小谢逃匿的迅疾而神秘,把一个女鬼的形象写的摇曳多姿,生活味十足。再如同是对小动物的描写,《促织》的描写又较《东城老父传》更富生活底蕴:

> 小虫伏不动,蠢若木鸡,少年又大笑。试以猪鬃毛,撩拨虫须,仍不动。少年又笑。屡撩之,虫暴怒,直奔,遂相腾击,振奋作声。俄见小虫跃起,张尾伸须,直龁敌领。少年大骇,解令休止。

这段文字,多用四字句和六字句,句式整齐简短。从句式上看简直是《东城老父传》对训鸡场面描绘的翻版,但其内在神韵却不同。它用前抑后扬的手法,把"小虫"从"蠢若木鸡"到"暴怒",最后"直龁敌领"的变化过程生动地再现出来。少年从"大笑"到"又笑"最后"大骇"的神态从侧面为促织的英武作了陪衬。它描绘的是一个动态的变化过程,与《东城老父传》略显平板的近乎静态的描绘相比,前者更能见出生活的神韵。另外,《鸽异》中对群鸽起舞的描绘、《王成》中对斗鹌鹑场面的描绘等等,都是十分精彩的。

《聊斋》在叙述中还常引口语入小说。如《阿霞》篇"从人闻呼主妇,欲奋老拳","老拳"本是口语词汇,这里用入文言,使句子为之一新。在议论中,蒲松龄也注意从民间语言汲取营养,如《崔猛》篇"异史氏曰:'快牛必能破车……'",用民间俗语来为小说中的人物作评价。这些都是《聊斋》对前代小说的超越。

唐传奇和《聊斋》都有对鬼域仙境的描写,唐传奇对这些幻域的描写极其镂金错彩,而《聊斋》中则常用一些日常生活中常见事物作比,把幻境写得如在身边,比如:

《柳毅》中对龙宫的描绘:

> 柱以白璧,砌以青玉,床以珊瑚,帘以水精,雕琉璃于翠楣,饰琥珀于虹栋。

《聊斋·雷曹》中对天界的描写:

> 细视星嵌天上,如老莲实之在蓬也,大者如瓮,次如瓿,小如盘盂。以手撼之,大者坚不可动;小星动摇,似可摘而下者。

唐人极写龙宫的富赡,用白璧、青玉、珊瑚、水精、琥珀古代极其稀有珍贵的东西来描述;蒲松龄用"老莲在蓬"、"瓮"、"瓿"、"盘盂",这些人们所熟知的事物来比喻天上的星星,虽然都是写幻境,唐人笔下的龙宫遥不可及,而蒲松龄笔下的天界则触摸可感,富有生活气息。这种运用语言倾向上的差异也体现了唐人与蒲松龄艺术趣味的不同。

唐传奇中无论是人物语言,还是叙述人语言都夹入了很多诗歌,最多的如《游仙窟》有 77 首之多,《步飞烟》11 首,《李章武传》8 首,《周秦行纪》7 首,《莺莺传》5 首,《郑德璘传》5 首。引诗歌入小说,突出情调和意境,小说的抒情功能得到膨胀。《聊斋》近五百篇作品中,有二十多篇有诗词。从诗歌在小说中的作用看,《聊斋》明显借鉴了唐传奇。

唐传奇中常用诗歌作为人物传情达意、言志抒情的媒体,如《莺莺传》中莺莺以"待月西厢下,迎风户半开,拂墙花影动,疑是玉人来"向张生表达了自己的寂寞情怀,隐示了对张生的暗恋及渴望与张生见面的心情。《飞烟传》中步飞烟与赵象的恋爱,其主要媒介也是诗歌,两人赋诗酬答,人未结合而心已契魂已交矣。用诗歌来表现小说中人物的离愁别绪，最突出的要数沈亚之的《湘中怨解》。郑生收留湘中蛟宫之娣，一年之后忍痛诀别，十多年后郑生仍不能忘情，于是登岳阳楼望湘水而吟："情无垠兮荡洋洋，怀佳期兮属三湘"，表现了郑生对汜人的拳拳深情。郑生吟诗未终，洞庭湖上浮漾而来一艘画船，船头一位颇类汜人的女子含颦凄怨、边舞边歌："溯青山兮江之隅。拖湘波兮袅绿裙。荷卷卷兮未舒。匪同归兮将焉如？"在小说叙事中插入诗赋，把二人离别的悲戚表达得满纸呜咽，不仅刻画了人物，也为小说创造了耐人寻味的诗意。《聊斋》也常用诗歌让人物传情达意，塑造人物形象。如《香玉》篇，黄生初见香玉姊妹俩，稍瞬即逝，即题诗于树下："无限相思苦，含情对短窗。恐归沙吒利，何处觅无双"，诗中合用唐传奇《柳氏传》《无双传》的典故，适时表达了黄生追香玉而不得的失落又不甘心的情怀。《田子成》篇对田子成正面描写极少，真正能表现他的思想感情和他作为一个秀才的文学才能的只有"舟覆而没"十多年后的鬼宴上他吟的那首诗："满江风月冷凄凄，瘦草零花化作泥。千里云山飞不到，梦魂夜夜竹桥西。"舟覆洞庭后，骸骨埋葬江边荒野十多年的凄苦，孤魂异乡游荡的悲惨，对生离死别的妻子的思念尽在凄楚怆恻的长吟中。诗中那凄冷的意境恰是田子成魂牵梦绕思念故乡、渴望与亲人团聚的感情的外化。田子成的形象，由此而更加鲜明。《聊斋》中的此类诗歌多是作为作品中人物的创作而写，它们与小说中人物的身份、思想、所处的情势天然浑一，有的还在诗的对比中显出人物的不同个性。如《香玉》中香玉与绛雪的两首诗："良夜更易尽，朝暾已上窗。愿如梁上燕，栖处自成双"、"连袂人何处？孤灯照晚窗。空山人一个，对影自成双"。香玉、绛雪都是花仙，她们作诗在情理之中。两首诗在风格上并无明显的差别，二者甚至都押同一个韵，但前者表现了香玉与黄生一见如故，夫妻一场后的绵绵情思，从中可见香玉的温柔多情；后者是绛雪在黄生"冷雨幽窗、苦怀香玉"之时怜悯黄生失去香玉的孤单寂寞而写，她的诗既是写自己又是写黄生，冷冷的笔调中露出落落寡合的个性。在对比映衬中，二人的个性更加鲜明。

唐传奇中有的用诗歌来暗示情节的发展，这时的诗在小说中起到推动情节发展的作用，强化了非现实人物的神异性。如裴铏的《裴航》写当初裴航在自鄂渚回长安的船上结识樊夫人，赠他一诗："一饮琼浆百感生，玄霜捣尽见云英。蓝桥便是神仙窟，何必崎岖上玉清。"在诗中暗示裴航将在蓝桥与云英相会,但裴航须买得玉杵臼捣药百日才能与云英成亲。当时裴航不解其意,读者也不解其意,直至后来情节发展果如所料,才恍然大悟,诗不但预示了情节的发展,而且丰满了樊夫人的形象。诗的这种运用在唐传奇中并不多见,《聊斋》中却多有运用。《绩女》篇费生见到绩女之后,写了一首词:"隐约画帘前,三寸凌波玉笋尖;点地分明莲瓣落,纤纤,再着重台更可怜。花衬凤头弯,人握应知软似绵;但愿化为蝴蝶去,裙边,一嗅余香死亦甜。"这首词成了绩女离去的根由、情节的转折点。《绿衣女》中绿衣女的唱词:"树上乌曰鸟,赚奴中夜散。不怨绣鞋湿,只恐郎无伴。"初看在内容上与情节发展并无必然联系,但与绿衣女在于璟的一再请求下仍不敢度曲,并且在唱时"声如细蝇",唱后心神不定的情形联系起来看,则暗示了情节的巨大转折,后来果然绿衣女差点被蜘蛛所杀。这段唱词的艺术成就并不在樊夫人诗之上,但从其在情节发展中所起的作用看,却与唐传奇一脉相通。《聊斋》中有的诗不是相关人物直接所作,而是另一人物替他代作的诗词,这类诗词一般在小说的叙述语言中顺笔带出,但对情节的发展起着关键性的作用。如《宦娘》篇"惜余春"词:"因恨成痴,转思作想,日日为情颠倒。海棠带醉,杨柳伤春,同是一般怀抱。甚得新愁旧愁,剗尽还生,便如青草。自别离,只在奈何天里,度将昏晓。今日个蹙损春山,望穿秋水,道弃已拼弃了! 芳衾妒梦,玉漏惊魂,要睡何能睡好? 漫说长宵似年;侬视一年,比更犹少:过三更已是三年,更有何人不老!"这首词实是宦娘所作,而良工的父亲葛公竟认为是良工所作,后葛在温如春书斋也见到此词,联系温曾求婚良工,加之温宅亦有葛宅所独有的绿菊,就怀疑自己的女儿与温如春有私,最后只好把女儿嫁给温如春,宦娘的一首词竟成就了一桩美满姻缘。当然其中有宦娘作为鬼的神异本领的帮助,但不管怎么说,没有这首词,就不会有良工与如春的爱情,更不会有这篇小说。诗词在小说情节中的作用,已被蒲松龄发挥到极致。抛开小说单看词本身,也让人一唱三叹,回味无穷,艺术上达到了极高的境界。《聊斋》这类诗词还有很多,如《丐仙》、《凤阳士人》中的诗等等,此不一一例举。

应该看到,唐传奇作者为了显示自己的诗才,有些作品动辄让人物以诗词赠答,弄得小说中诗词连篇累牍,使诗词成了小说的赘疣。流风所及,后世话本小说也常以有诗为证来进行描写或作总结。《聊斋》在继承唐传奇的优长之时也摒除了这些积弊,没有村夫野老掉书袋的现象发生。从唐传奇大量引诗词入小说开始，为中国小说叙事功能的转变提供了可能，《聊斋》又进一步发展了唐传奇的传统，通过以抒情功能为主的诗词的进入，使情节在小说整体布局中的地位和作用相对降低，而小说在抒情功能层面有了大的发展，同时，小说反映现实的功能也得到增强。可贵的是，《聊斋》并没有在引诗词入小说这一形式上停滞不前，而是把中国诗歌的内在素质溶入了小说创作中，使小说呈现出诗意特征。

首先，这表现为《聊斋》语言炼词的意象化。意象本是诗的艺术范畴，其基本规定是情景交融，也就是说它是一个包含意蕴于自身的一个完整的感性世界。它不同于意境，却是形成意境的重要条件。《聊斋》的叙事、写人、状物中常常使用一两个内涵丰富的词使叙事简洁明快，人物形象跃然纸上，这些词通常具有意象的神韵。如《婴宁》写王子服在去西南山找婴宁途中，见"乱山合沓……只有鸟道"。"鸟道"一词既写出了道路的窄小险峻，让人想到只有鸟儿才能飞得过去，又与"乱山合沓"的描写溶为一体。这个独立的意象在这里为小说中的景物增加了诗的韵致。《小谢》篇写小谢"鹤行鹭伏"，让我们在想到鹤、鹭两种鸟的形象的同时又想到小谢的顽皮神态，如果不用这一意象而用其他描述语言，无论如何也不会收到这种效果。《王大》篇为揭示周子明的吝啬，除了写出他的言行，还用差役的语言对他评价："汝真铁豆，炒之不能爆也"，只用"铁豆"这一意象形象地揭示出人物悭吝成性的本质。明代王廷相说："言征实则寡余味也，情直致而难动物也，故示以意象。"①由于意象本身含义的模糊性和丰富性，《聊斋》语言的意象化使得文本余味悠然，讽刺含蓄深刻，人物形象生动而丰满。

其次，《聊斋》有些小说本身就带有极强的抒情色彩，烙有理想化的印记，而这正是诗歌的显著特征。如《香玉》篇，黄生与香玉因诗而爱，与绛雪因诗而友，故事本身就是一首纯情的缠绵诗。但明伦评："香玉是诗句邀来，绛雪是眼泪哭来。"诗句邀来爱妻，眼泪哭来良友，中间以一"情"字贯穿，这显然把现实生活大大理想化了。《葛巾》篇写常大用与牡丹花仙的恋爱婚姻，由人而花，由花而人，夭矫变化，令人如行山阴道上目不暇接，带有浓郁的诗意。它如《婴宁》、《绿衣女》、《云萝公主》亦复如此。

再次，《聊斋》常常将诗歌的意境融入小说的具体描写中，不露痕迹。

---

① 转引自叶朗《说意境》，《文艺研究》1998 年第 1 期。

如《狐嫁女》对庵院夜景的描写：

> 见长莎蔽径，蒿艾如麻。时值上弦，幸月色昏黄，门户可辨。摩挲数进，始抵后楼。登月台，光洁可爱，遂上下焉。西望月明，惟啁啁山一线耳。

这完全是一幅月光下荒落庵院的写意画。蒲松龄《独酌》诗里有"独酌危楼夜月高，寒庭秋尽长蓬蒿"的句子，其意境与这篇小说的描写十分神似。《凤阳士人》中有"黄昏卸得残妆罢，窗外西风冷透纱。听蕉声，一阵一阵细雨下"的句子，这种蕉窗零雨的孤独惨淡意境不正是李清照《声声慢》："守着窗儿，独自怎生得黑。梧桐更兼细雨，到黄昏，点点滴滴"词中意境的重现么！《粉蝶》篇，阳曰旦经常为他妻子粉蝶弹奏"天女谪降"之操，每当此时，粉蝶就"支颐凝想，若有所会"。她想什么呢？文本没说，但欣赏者却可以领悟：此时，仙女粉蝶与阳曰旦成婚已久，对仙界生活已渐渐淡漠，而此时的"仙乐"又勾起她昔日仙界生活的回忆和"凝想"。伴随着"天女谪降"，昔日仙界美景又会纷纷涌向粉蝶和读者的脑海，于是实境之外，又形成另一层幻境，实境与幻境交相辉映，周先慎先生说："从审美体验讲，真正的富于诗意的艺术境界，都不在言内而在笔墨之外，不在纸上，而在欣赏者的艺术想象之中"。① 《粉蝶》创造的正是这样一种诗的境界。

第四，中国诗歌历来以含蓄为美，其意境存在着某种非限定性和可变性，可以让读者充分发挥想象力。蒲松龄以其非凡的叙事智慧，也将其纳入小说的审美范畴。唐传奇多用全知视点，将所叙情节的底蕴交代无遗，《聊斋》则多用限知视点，造成含蓄的氛围。虽然有些篇章是用全知视点，作者也不再像唐传奇那样笨拙，而是故意含糊，造成一种扑朔迷离的情趣，《粉蝶》、《翩翩》、《公孙九娘》等作品的结尾都存在这种含蓄美。公孙九娘嘱托莱阳生将她的骨殖迁回故里，待莱阳生死后并葬一处，以期死后有个安稳的归宿。作者却没有让这个不幸的女人的愿望得到实现，莱阳生因"忘问志表"而无法找到她的骨殖。莱阳生重到乱坟处，遇到公孙九娘，欲问志表时，九娘竟"色作努"，"湮然灭矣"。文本从莱阳生的视角一路写来，九娘为何不原谅莱阳生？莱阳生不知道，作者也没有说，留下一个含蓄的结尾让读者想去吧！正是结尾的这一艺术处理，又把九娘与莱阳生阳台作云的欢乐，

① 周先慎:《论〈聊斋志异〉的意境创造》,《蒲松龄研究》1995 年第 3、4 合期。

露冷枫林的凄苦，被株连自到而死的悲凉重新推到读者的脑际，不给读者以情感缓释的机会，在全篇悲伤情调的底色上又抹上重重的一笔。

《聊斋》中有的作品还在小说情节发展中间故意留下空白，给读者留下想象的余地。如《狐梦》篇毕怡庵在梦中梦里醒来，方疑是梦，三娘却告诉他："姊妹怖君狂謈，故托之梦，实非梦也"，到底是梦非梦？让读者想去吧！《王桂庵》篇王桂庵梦见在"门前一树马樱花"处遇见芸娘，后来所遇，果然与梦相符，何以如此，文本没有直言，给读者留下有意味的空白。《聊斋》的人物语言也常以"片石数树"引起形象的复现和再创造，如娇娜对孔生说："姐夫贵矣，疮口已合，未忘痛耶？"这句话包蕴了丰富的信息量，勾起读者和人物对往事的无限回忆：孔生胸生疮痛，日夜呼痛的情景；初见娇娜，呻吟顿忘的情景；娇娜为之割肉治疗，孔生恐"速竣割事"的情景，都纷至沓来，由于文本的含蓄而生出"象外之象"，体现出诗的意蕴。

无论从通篇还是局部，《聊斋》的优秀篇章都写得含蓄蕴藉，使小说无论在形式上还是在内容上都融入了诗歌的内在素质，呈现出诗意特征，这是《聊斋》与唐传奇大异其趣之处。

唐传奇追求语言的典雅，从外在形态上引诗赋入小说，在古代以诗文为正宗的传统观念的笼罩下，实际上提高了小说的地位。《聊斋》吸收了唐传奇运用语言之长，在运用文言的同时，融方言俗语、俗谚入文言，使得小说涌动着地域文化的深厚底蕴和淡淡的齐鲁大地的生活气息，给文言注入了生机和活力。又由于它在引诗词入小说的同时，也把诗歌的内在艺术素质带进了小说创作，使《聊斋》的语言呈现出一种诗意化的特征和风韵。另外，《聊斋》的语言在师承六朝志怪和唐人传奇二者长处的同时，也于笔墨之外留白之处注入了新的血液，跳动着时代的脉搏。明末清初同时期的小说往往以词取胜，搬衍丽藻，以表风华，塗绘古事，以炫博雅，没有与《聊斋》相颉颃者。一生以"读书、教书、著书、科考"为要务的蒲松龄，虽然没有博取功名，但在齐文化的滋养熏陶下，用其厚重的生活历练和高品位的艺术趣味锤炼着小说的语言，使得《聊斋》的语言成就成为文言小说史上的奇观。

第五节　聊斋俚曲的地域文化内涵

《聊斋俚曲》是清初著名作家蒲松龄的俗文学作品集。蒲松龄的文言短篇小说《聊斋志异》蜚声海内外,而《聊斋俚曲》却识者寥寥。其实从现代文化人类学的角度来看,它的意义和价值则绝不亚于《聊斋志异》。

就其文学体裁来说,《聊斋俚曲》大概应当算是剧本。它的总体特点是"俗",唱段用的多是民间俗曲,道白则是极为地方化的口语,所以名之为"俚曲"。具体地说,所收的十五种"俚曲",有的是典型的戏曲形式,有说有唱,有科介宾白,类似于元杂剧和明清传奇。有的则像是说唱曲艺,人物只有一两个,唱段和念诵的段落相间,几乎没有念白和动作提示。

就其创作时间估测,有的是青年时代的习作,甚至可能是未完稿(如"丑俊巴"),大部分则是晚年的作品。在科场屡屡受挫之后,蒲松龄更关注农村生活,作品的主角已经远离青年士子,内容也多是劝化世俗。这些作品在文人雅士中不受推崇,大概作者本人也无意示人,因此不仅生前没有正式刊行,身后连手稿也没有留下一页,只有在墓碑阴面留有篇目记载。

直到20世纪三四十年代,才有人着手搜集民间抄本,整理刊行。路大荒搜集较为丰富,先后整理编入《蒲松龄全集》和《蒲松龄集》。近年来,由于关德栋、车锡伦等人的研究推介,文学研究界才渐渐重视起来。但是由于语言过于俚俗,地方色彩太浓重,辑录整理和研究者仍然为数不多。另一方面,正是由于语言俚俗,接近口语实际,语言学研究者却极为重视这部作品,研究成果相对丰富,从论著作者来看也是以山东籍人士为多。

"聊斋俚曲"的文化内涵极为丰厚,本文只从语言、民俗和音乐几个富有地域文化特色的方面,来加以论述。

一、《聊斋俚曲》的语言

语言本身是一种重要的文化现象,同时又是文化的重要载体。《聊斋俚曲》的地域文化特点,首先就表现在语言上。

聊斋俚曲的语言特点是,运用了大量的方言句法、方言词语、方言读音。所以,虽然抄本大多用的是现代常用汉字,新造俗字并不太多,但是现代读者读起来并不轻松。关德栋、邹宗良等做过相当大的校勘注释工作,但仍然不能满足普通读者的需要。

《聊斋俚曲》的正文主要包括两大块:唱段和道白,写背景和动作的叙述性文字很少。在两大块中,又以道白部分最能反映地域方言特色。像

《墙头记》、《慈悲曲》、《姑妇曲》、《翻魇殃》、《寒森曲》、《禳妒咒》、《磨难曲》都有相当丰富的口语道白，都是用淄川一带的方言写成。下面主要从《墙头记》选些例子以见一斑。

1. 先说语法。现代汉语各方言之间，特别是在北方的方言之间，语法差别并不是很大，但不是没有一点差别。

比如：

（1）表示中指或远指的指示代词"乜"，音 niè，是山东中部方言里所常见的，普通话就没有。

（2）表示复数第二人称的"恁"，音"nen"或"ngen"，在山东方言中比较普遍，意思是你们，或尊称"你"，又常用作"你的""你们的"。大略相当于普通话的"您"。

（3）表示谓语动词完成体的"来"，在山东方言也很常见，略相当于北京话的"过"。例如"任拘见谁，可休说撞着我来"，换成普通话，就是"不管见到谁，千万别说曾经遇见过我"。

（4）可能补语"不的"、"的"：相当于普通话的"不能"、"能"。如"指不的"，就是"不能指望，靠不住。"这种否定形式，普通话也有，在北方方言还算比较普遍；但相应的肯定形式"说的"（可以说）"过的"（生活还过的去），则可能是山东特有的，尽管北方其他方言偶尔也用，都不如山东用得多。另外一些已经成词的"记的"（有记忆、有印象），"认的"（认识）也是由这种"的"构词。

（5）形容词最高级：如"好不的那好"，相当于普通话说"好极了""好得不能再好了。"

（6）比较句式："强及"，胜过，"比……强"的意思。"俊及"，"比……俊"的意思。

（7）能愿动词"待"，相当于普通话的"想，想要"。"待好"，推想之辞，"可能就要，大概就要。"

（8）结果补语："相不中"，没有看上，看不上，不合意。

（9）情状副词"好歹"，也说成"好歹的"。相当于普通话说"凑合着，勉强"。

（10）能愿动词"捞着"（音 lào·zhao），相当于普通话的"能够、得以"。例如：东西不济，你好歹吃饱，休饿着。

（11）反问句式："给他不的么"，等于说不是可以给他吗、给他不就可以了吗？

（12）否定句"俺不"，极为简单的全盘否定，可以表达多种情状，"我不同意"，"我不干"，等等。

（13）连词"济（jì）着"，相当于普通话的"任凭""由着"

2. 再说方言词语。

方言词语更多地体现地域文化特色。

（1）当是，相当于普通话的"以为"。

（2）依牢本等，相当于普通话的"老实本分"。

（3）霎，指时候、时间，如："没儿霎"，就是"没有儿子的时候"。

（4）公伙的，相当于普通话的"大家伙的、共同的"。

（5）点子，相当于普通话的"些"。如：省了点子，等于说省下一些。

（6）摆划（bài·huai），用法比较广泛，大致是"处置"、"摆弄"。

（7）大差（dà·cha）——有两种用法，作动词就是"相差"，"大差多少"就是"相差多少"；作形容词用就是"相差太多""过分"。如"太大差了"就是说"太过分了"，离常理太多了。

（8）看得见——是一个常用语，大意是"很有限"，是一种瞧不起的话语。多用于指数量不多的情况，等于说有数的、不过是。与此意思相对，还有"有的是"一词，大意是"多得很"，不计其数，是一种欣羡的话语，在现代山东依然常用。

（9）够，聊斋俚曲写作"拘"——词性一时不好判断。用例有"多拘远哩"，意思是"多么远吗"反问句。用例2"大拘远远的"，意思是"这么老远的"感叹语气。

（10）饥困，相当于普通话的"饿"。

（11）依——答应，允许。不依，就是不答应、不允许。

（12）情——这是一个记音字，本字待考。"情"的基本用法是"不经过劳动而坐享其成"，如：情吃情穿。引申用法是"不作努力，静待恶果"，如：情等着挨整。还有一个复合词"情受"，大意是继承遗产或接受馈赠。作为词素的"情"仍然有"不劳而获"的意义。

（13）絮聒，相当于普通话的"絮叨""唠叨"。"聒"在山东仍有烦劳耳朵的意思，如"聒得耳朵慌"，就是声音过于响，嘈杂，耳朵不胜其烦。

（14）每哩——多数山东方言说成"没的"，相当于普通话的"难道、莫非"。

（15）急自——多数山东方言说成"紧子"，本字当是"紧着"，用于递进复句的前一分句，一般后一分句有"又"来呼应。"紧自"的意思是"本来就，原本"。

（16）糊突（hu·du）——指用杂粮面做成的粥（普通话应叫做"糊糊"）。山东方言又叫做"黏粥"（nian·zhu），两种叫法《聊斋俚曲》中都有。

（17）一堆（yi zui）：山东方言，一起，一块儿。请注意"堆"方音 zuī，不是 dui。

（18）不济（bu jì）：不济事，不顶用。现代山东方言还用来作"生重病"的委婉语。

（19）冻冻（方言音 dōng·dong）：山东方言称冰块为"冻冻"。

（20）嘘喝（方言音 xu·huo）：《醒柿姻缘传》写作"虚火"。山东方言，身受病痛苦累等事时故意呻吟或出言夸大病痛等的程度，以示难以忍受叫做"嘘喝"。

（21）笨（ben）：山东方言里有行动不便的意思。

（22）招（zhao）：山东方言里有"扶"的意思。如"张老说，不好，不好！放下我来罢。张大又招下来，……"

（23）张：山东方言里，物体由直立状态倒下来叫做"张"。如"张倒"（摔倒）、"张跟头"（翻跟头）。俚曲中有"使力气撮上墙，松了手往下张，真如死狗一般样""他从头上拔下来一支簪子，使力气照脖子底下就穿，鲜血暴流，张翻在地。"

俚曲中还有房子倒塌也说"张"，如：慧娘说："俺的屋呢？"大姐说："您那有，有也待张的口屋哩。"

（24）"搚"（heng）：在山东方言里是"扔、弃置"的意思。

（25）一大罗：山东方言里，一叠叫做"一罗"。"罗"大概就是"摞"，声调读成阳平。

（26）裂：山东方言里读去声的话，和普通话意思相同。但是读上声的话，是动词"撕扯"。

3. 关于方言音：

《聊斋俚曲》的曲牌韵语显示,它的声调系统是阴阳上去四种声调,跟现代济南话及鲁西多数方言相同,这可能是蒲松龄时代的山东官话声调系统。四种声调的归字跟现代普通话有一定差异,主要是古清声母入声字大多读成阴平。

而俚曲的口语对话部分,其声调系统则有证据显示是三种调类,跟现代淄川话相同。其特点是把现代济南话中的阳平、上声合为一类,读音相同。比如,"牛、有"同音("牛"读成零声母),"虎、湖"同音,"蛇、傻"同音("蛇"读成—a韵母)。

山东及淄川跟普通话的声韵调系统有异,声母不同如上述"牛"字,韵母不同如上述"蛇"字。因此,在阅读《聊斋俚曲》时就要注意方音特点。有些字面与普通话相同的字词,读音并不与普通话相同,但在纸面上看不出来;而另一些词,从书面形式看不出与普通话字词的关联,却是同一个词的方言读音。下面的举例,仍然限于《墙头记》。

(1)掠,山东方言读 liao,去声。表现在俚曲里,多数写作"扌料",也有写作"撂"的,意思是"扔,扔掉"。

(2)恁(山东方言中读 nen),大致相当于普通话的"您",是第二人称复数,尊称。

(3)降(xiang)着:大致相当于普通话的"降服",但在山东方言里,更多是"震慑、控制"。

(4)沘(cǐ):山东方言,迸溅。有时是把液体泼洒、倒掉的意思。

(5)不大自:"自"是"恣"的方音借字。恣,自在、舒服、惬意。

(6)"抪"(bù)去声,"抱"的山东方音造字。

(7)宿,用为"虚"的借字,山东方音里"虚""宿"同读 xū,阴平。

(8)使肩膀抗:"抗"是"扛"的方音借字。在山东方言里,"扛、抗"同读 kàng。

(9)拗(北京音 ào,山东音 yào):撬动。

(10)乖了我的纂:"乖"即"搁",在山东方言读成 guāi 阴平,是"碰到"、"触动"的意思。

(11)倒闯下来:"闯"即"撞",山东方言读成 chuàng。

(12)乖子:即蝈蝈儿,山东方言"蝈"读成 guāi 阴平。

(13)毛蚁蛋:"毛蚁"即"毛尾",细毛山东方言叫毛尾。"尾"单读为 yǐ

上声,这里读轻声。

(14)捋:即"捋",一般写作"撸",《现代汉语词典》:lū(方),捋(luō)。在山东方言里的意思是:用手握着条状物向一端滑动。

(15)森人毛:"森"即"瘆",使人害怕,山东两字同音 shen。

(16)将着:将,阴平,领着,带着。山东方言,领着手叫"将着手"。

(17)不口赖:口赖(lāi 阴平)。不口赖,山东方言里是"不差、不次、很了得"的意思。

(18)谬:即"拗",执拗。山东方言两字同音 niù。

(19)真么:即"这么",山东方言了前字有鼻音尾,音近"真"。

(20)哈、呵:都是"喝"的方音替代字,山东中东部地区,"葛、磕、喝"一类字的韵母都读成—a 韵母,在这一带"喝"跟"哈、呵"同音 hā。

二、《聊斋俚曲》反映的民俗文化

《聊斋俚曲》15 种里面,除了《快曲》、《丑俊巴》、《增补幸云曲》、《蓬莱宴》属于改编历史题材或神话题材以外,其余都是描写农村生活的。蒲松龄跟历史上的著名作家相比,有一点是极为特殊的,就是一辈子生活在偏远的农村。除了在江苏宝应高邮作了一年的幕僚,足迹就没有再出过山东。而在山东境内,也不过为科考到过省城济南十余次,到青州、崂山等地数次,基本上活动在淄川一带。光在西铺(现在属淄博市周村区)毕家坐馆教书,就前后达三十年之久。平生接触的人以乡村里老为多,还有就是像他一样的下层读书人。可以说历代知名作家中,没有人能比他更熟悉农村生活,熟悉农民们的喜怒哀乐。因此蒲松龄能以自己的生花妙笔,生动准确地反映17 世纪中国农村社会面貌和伦理观念。从衣食住行等物质文化,到婚丧嫁娶等生活习俗,都有详尽的描写,为我们记录保存了丰富的民俗资料。

虽然 15 种俚曲设置的地域背景有异,但根据蒲松龄的生活经历,可以肯定他对生活习俗的描写,都是以山东特别是鲁中一带的农村为参照的。

下面分六个方面来看看蒲松龄对当时山东一带民俗的记录。

1. 关于当时的穿着:

冬天一般要穿棉袄,夏天则穿布衫。

俚曲里提到的衣物还有裤、褂子、棉衣裳、棉裤、棉袍子、绢袄、皮袄。

从质地来看,好一点的是绸绢,差一点的是粗布,缎子则是达官贵人的衣料。

妇女的穿戴,讲究一点的是裙子,衣服一般是右掩大襟。《姑妇曲》中珊瑚因为婆母嫌她穿戴整齐,就"随即进房来,脱了衣裳换了鞋,落了髻头洗了粉,去了裙子掩掩怀,插金钗,未照菱花鬠(原作"髟狄")髻儿歪。""依旧梳一个不丑不俊的头,披上一件不脏不净的衣裳,换上一双不新不旧的鞋。"

男子脚上有鞋袜,袜子应该多是布做的,但是似乎已经出现了丝线织造的袜子,《穷汉词》中写道"红缨帽子胭脂瓣,满洲袜子扣丝线,纱罗穿上浑身凉,皮袄穿上一身汗",这是穷汉理想中的穿戴。女子则还有裹脚。

老年妇女头发梳纂以外,还可以戴帽,帽子的形制不详,也许是顶上露出头发、四周是带形一周的那种。

年轻妇女还要佩带汗巾,以备擦汗净面用。

当时已经普遍存在吸烟的情况(晚明还未发现记载),烟丝是要用烟荷包装的。荷包要用好一点的布料。《翻魇殃》中土豪赵阎王被知县褪衣打板子,这样写道:"先把衣服裂了。……堂上喝了一声裂,嗤嗤一阵响连天,条条都是八丝缎,合衙门偷着抢去,都缝个荷包装烟。"

睡觉的地方要有"铺盖",主要是"被窝",即被子。拆洗被褥、洗大件衣物要用石头棒槌捶击。《禳妒咒》中也有"棒槌"和"捶被石"的记载,不过不是正面描写,这里的"棒槌"是作为妇女打人的工具,"捶被石"则是常遭妇女殴击的男子的绰号。

作为衣料的农作物则有棉花和麻,俚曲中也有"麻秸"和"纺棉"的记载。

富贵人家出行还要打伞坐轿,乡官出门常"打着伞扇儿",这里的伞,似乎不是防雨用的,而是遮太阳的。差一点的乡民出行要骑驴子,没有鞍子也要有"马褥儿"。

2. 关于当时的饮食

当时的灶具,主要是烧柴的"锅台",烧饭用锅,吃饭的餐具主要是碗筷,做饭的主要原料是小麦、谷子(小米)、高粱(蜀秫)磨成的面粉。磨制面粉的工具有磨和碾。当时北方吃白米的较少,白米蒸饭叫作"大米干饭",是一般人家吃不到的珍馐。主食叫"干粮",一般是各类"饼",稀食主要是杂粮面粉做成的"糊突"（hu·du），又名"黏粥"（nian·zhu）。节庆或待客才吃"面"，分热面和冷淘。用小麦粉加"引子"发酵蒸成的馒头叫作"馍馍"。

家居菜肴有记载的有豆腐、萝卜、葱、蒜、南瓜、芋头。蛋类只见有鸡蛋。肉类有鸡、鱼、猪肉。

街上卖的食物有烧饼、馓子、馄饨等。糕点叫作"果子"。

果品鲜见水果，"干果子"则有核桃、栗子、长生果（花生）。

3. 关于当时的居住条件及房屋建筑

一个中等农户的住宅是这样：从门外说起，叫"当街"，进门叫"天井"，门一般不在正中，而是偏东，除了正屋居北面外，另有东屋、西屋，还有西南有屋的。正屋后面有"园子"和前院（天井）有"角门"相通。四周的"垣墙"是土坯垛成。屋子有梁柱椽子，上面铺草。

"园子"里设仓囤储粮食，堆放柴草。

屋子里的睡觉器具有床、炕、铺。床是木制，可以随时移动，伤病时可以抬送，起到担架的作用。炕是土坯垒砌而成，冬天可以在下面填柴生火，非卧室里冬天取暖则用烧"木炭"的火盆。铺是临时就地铺草或席子睡觉用的。

大户人家则砌墙用砖石，屋顶用瓦。

屋子里面，上面扎防灰尘的"虚棚"（仰尘、仰池），窗子一般糊纸。除了桌椅以外，还有易于搬动的坐具"杌子"。

4. 当时的出行条件

出访或搬迁主要是以畜力代步。

牲畜主要有马、驴、骡，统称"牲口"。

驴子慢而较稳，适于妇幼骑乘或近距离的出行。长距离的出行则需乘马或骡。达官贵人或妇女作近距离出行也有乘轿的。远距离的搬迁一般男子骑马，妇女和细软则可利用驮轿（俚曲中写作"驼轿"）。

比如《慈悲曲》中，张复和母亲、妻子及两个兄弟由江西瑞州回陕西保城县，"即便打点行装，拣了个好日子，雇了两乘驼轿，合家往陕西进发。"张炳之"见轿马人夫，来了一大些。内中两匹马，飞奔而来，下了马，却是大儿张讷。……后头就是张诚，……不多一时，张老爷也到了。……旋即老太太合官娘子都下了轿，大家一齐进门。"

这种"驼轿"的形制虽然不甚明朗,但它是利用畜力而不是人抬,应该没有疑问。

官道上的旅社叫"店",适应当时的旅行状况,都备有马槽和喂马的麦麸。

近距离的搬迁,行李则须雇用挑夫搬运,俚曲中叫"脚夫"或"挑脚的"。《襄妒咒》中写道:"我去外边雇一个挑脚的,拾掇上给他挑着,下剩的咱自家拿着罢。"家眷步行即可。这里还有带小孩的方法值得注意:用手领着叫"将着",驮在肩上教"将将着"。《襄妒咒》中高夫人要领儿子长命走,"长命说,江城输了瓜子,不依我打呢。夫人说,我儿来罢,着他该着你的罢。将着要走……"山东中部至今把手拉手教"将着"(方言音 jiāng·zhe)。樊子正要女儿江城快走,"子正说,过来,我背着你走罢。江城笑说,将将着罢。子正说,就依着你。江城又说,俺在这肩膀上站着罢。……丫头还把小孩装。脚儿踩在肩膀上……"。现代山东还有把小孩驮在肩膀上的方法,一般是骑在肩膀上,少有两脚站在肩膀上的,方音仍然叫 jiáng·jiang,本字不明。

5. 关于当时的婚嫁习俗

俚曲中有数次婚礼的描写。

其一是《翻魇殃》中二公子仇禄到范家入赘。入赘女家俚曲叫倒踏门,山东至今如此,方音"踏"读扎,阴平。

因为家境不对等,仇禄"倒踏门"的程序比较简单,"虚礼全免",只有:先由仇家按"黄历(皇历)"选定日子给范家送去"婚启",婚礼前一天由仇家送去十六盘礼物。婚礼当天,新郎辞别家人乘轿去范家,"到了范宅门首,一派乐器响起来了。"婚后三日,新妇去婆家行礼,给婆婆送上绣鞋、枕顶、尺头四端,给新郎的大姐送的是绣鞋、枕顶、尺头两端。又到祖坟去祭祖。

其二是《琴瑟乐》中对提亲、相亲、迎娶的过程的详尽描写:

先是媒婆来"提亲",求女家"庚帖"。

然后是婆家来"下定",送"插带"(即"插戴",指尺头和钗环等礼物)。

再后是婆婆和男方来"相亲",定下婚期。

女家开始置办妆奁,做衣裳、打头面。

成婚日新娘要梳头"开眉绞脸""戴鬏髻",把少女打扮改换成妇装。

迎亲要有鼓乐，新娘上轿，地下铺红毡。新娘去中堂和新郎面对面"喷饭"。由新娘的母亲端出一碗饭，新郎张兜，新娘将饭含在口里喷到新郎衣兜上。

然后新娘上轿，新郎骑马，靠着护轿。

到婆家门前，新娘穿黄道鞋儿，掀起竹帘下轿，踏着红毡进喜房，新郎站在房门前，轻轻扶住新娘，同坐床儿沿吃交心酒，客人退出。第二天早上要验"喜绢"。

婚后三十日要回门，娘家差人来迎接（俚曲中的描写似乎新郎不去）。住五日再回婆家。

其三是《禳妒咒》对高家长命和樊家江城，也是门户不对等的婚姻，仪式也比较简单。

由于两家是旧交，儿女也是青梅竹马，于是"婆婆"到"亲家"拜访"亲家母"，就直接定亲："叫人拿毡来，我就拜谢了亲家罢。两人交相拜了"，"家人铺下菡红毡，两人交拜在堂前。大拜八拜婚姻定"。

迎亲日，新郎乘轿到女家迎亲。拜见岳父母，女方母亲嘱咐女儿为妇之道。然后新娘上轿。

男家备鼓乐，新郎、新娘分乘两顶轿，到家下轿，由两个妇女"倒毡"。（将两三块红毡交替前移，使新娘脚不着土地，从毡上行走进厅堂。）新娘教脚穿"黄道鞋"，头顶"红盖头"，家门一入，火烛连天，有撒帐先生"撒帐"（口中念诵吉祥语句，一边在新房床帐各个方向撒金钱彩果）。

和婚俗相关的还有生育贺礼，《禳妒咒》中有为新生儿贺满月的描写：客人送喜帐，挂在庭里，家人抱出新生儿让客人看，大家送礼"添寿"，有送银铃给娃子拴在右手上的，有送银钱一枚祝新生儿长命富贵的，有送一条锦带，祝新生儿聪明富贵的，有送银锁一把的，有送珠箍一顶、紬衣一件的，有送寿珠一串挂在新生儿脖子上的。当时的贺"满月"习俗可见一斑。

6. 关于当时的丧葬习俗

比起婚俗来，丧葬描写就少多了，俗文学讲究喜庆，少见悲情，这大概也是民族特色，老百姓对大团圆是喜闻乐见的。

《墙头记》对张老的下葬写得很简单：

张大说："叫二弟你听知：这丧事待整齐，每人破上十亩地。坟合棺材都有了，扎些棚彩与旛旗，台前一个猪羊祭。雇几个礼生喝礼，两小吊五百四十。"

下葬那天是"旗幡招展,起了灵前头报道,到了茔了,张二说,就休停下,安了葬罢。一些人下葬。张二说,着人培坟。"

另外,还提到了逢七祭奠的习俗,只是语焉不详。只有一句"就排七出了丧",意思是,不等七七圆满,趁头一次祭奠(头七)就下葬。

《慈悲曲》中写张讷为姑姑尽孝守灵,也只说"买材念经","持服"穿孝。

《寒森曲》里写到商臣、商礼接受商三官的建议,把父亲入殓暂厝,说到了当时的厝置方法——垒丘子。当时厝置叫"丘起来",即把棺材置于地面之上,四周用坯块垒封。

三、俚曲中的民间音乐资料

"聊斋俚曲"已经列入国家级非物质文化遗产名录,就是作为"民间音乐类"列入的。不过作为民间音乐的"聊斋俚曲"如何界定,是很值得讨论的。

我们认为,"聊斋俚曲"的准确概念,应该是"蒲松龄创作的"特定的"俗文学作品集"。因为其中运用了大量的俚俗曲牌和声腔,所以称之为"俚曲"。又因为这些俗文学作品是蒲松龄创作的,所以后人称之为"聊斋俚曲"。在这里,"聊斋"是和"蒲松龄"等义的。我们必须明白,作为音乐的这些曲牌的腔调本身,即曲调的调式、音阶和旋律,并不是蒲松龄创作的,也没有为蒲松龄的作品所记录。因此这种"音乐"不宜称之为"聊斋俚曲"。把"聊斋俚曲"当作民间音乐来注册为非物质文化遗产,是名实相悖的。

如果说蒲松龄对民间音乐有贡献,也不过是他记录了历史上曾经流传过的一些曲牌的名字,在这种意义上,当然也可以说蒲松龄保存了民间音乐资料。

但是,20世纪50年代以来,音乐工作者搜集整理的俚曲乐谱和历史上的那些曲牌名实不符,比如把〔粉红莲〕当成了〔呀呀油〕,把〔呀呀油〕当成了〔大补缸〕。

说到文人创作的词和曲,他们重视的是格律,即字数、节奏和平仄,并不一定懂得曲调的音节和旋律。蒲松龄俚曲中大量使用的《西江月》、《清江引》，曲调早已失传，要说他是按照曲谱创作的，恐怕难以置信。有传说是蒲松龄脚踏节拍，口里哼着曲调写俚曲，只能是传说而已。词曲作者毕竟不是艺人演员，他们多数并不熟悉演唱演出。宋代是词最兴盛的时代，但是真懂得声律的词人，也不过有柳永、姜夔、周邦彦数人而已。明代的汤显祖是传奇大家，也被吴江派指斥为不懂声律，其名著《牡丹亭》，据演出艺人说，真按照曲谱去唱他的曲文，要"拗折嗓子"。一句话，词曲和戏曲的曲文作者，往往是写"目治"文字的能手，而不是"耳治"的歌曲声腔的行家。

因此，我们大可不必把作家词人和音乐曲调联系起来，戏文曲词作者既不是音乐家，也不是演唱家，不能强求他们对音乐作出贡献。

如果硬要把民间音乐和"聊斋俚曲"联系起来，只能说蒲松龄在这部作品中，记录了当时流行的民间曲调的"名称"。

据我们研究统计，从格律实际看，只用了50种左右的曲牌，它们分别是：

1. 耍孩儿 1386 支

2. 叠断桥 247 支

3. 呀呀油 187 支（在聊斋俚曲中又写作［呀呀儿油］）

4. 劈破玉 123 支（有三种格式）

5. 银纽丝 124 支

6. 倒扳浆 110 支（有两种格式）

7. 皂罗袍 82 支（聊斋俚曲中又写作［皂罗衫］）

8. 房四娘 67 支（有两种格式）

9. 跌落金钱 59 支（有两种格式）

10. 平西歌 56 支（聊斋俚曲中又称［平西调］）（有两种格式）

11. 黄莺儿 50 支、北黄莺 3 支（聊斋俚曲中二牌无别）

12. 桂枝香 48 支

13. 怀乡韵 43 支（聊斋俚曲中又称［还乡韵］）（有两种格式）

14. 陕西调 42 支

15. 山坡羊 22 支、哭笑山坡羊 14 支（聊斋俚曲中的［哭笑山坡羊］只是在曲子中间夹注哭笑科白）（有三种格式）

16. 西调 40 支（有两种格式）

17. 罗江怨 32 支

18. 憨头郎 29 支(即[哭皇天])(27 + 2)

19. 西江月 29 支(23 + 6)

20. 清江引 28 支

21. 哭皇天 25 支(与元曲[哭皇天]无涉,当以曲尾有泛声"我的皇天"得名,聊斋俚曲中又称[憨头郎])

22. 刮地风 27 支(21 + 6)

23. 香柳娘 19 支(有三种格式)

24. 楚江秋 14 支

25. 玉蛾郎 13 支

26. 鸳鸯锦 13 支

27. 虾蟆歌 10 支(聊斋俚曲中又写作[虾蟆曲])

28. 金纽丝 8 支

29. 黄泥调 7 支

30. 干荷叶 6 支

31. 满调 6 支(聊斋俚曲中又写作[满词])

32. 采茶儿 5 支

33. 闹五更 5 支

34. 四朝元 4 支

35. 梆子腔 4 支

36. 对玉环 3 支(聊斋俚曲中的[对玉环]实为[对玉环带清江引])

37. 浪淘沙 3 支

38. 太平年 3 支

39. 侥侥令 3 支

40. 收江南 3 支

41. 园林好 2 支

42. 莲花落 2 支

43. 边关调 2 支

44. 一剪梅 2 支

45. 对玉环带清江引 2 支

46. 沽美酒带太平令 2 支

47. 罗江怨带清江引 1 支(聊斋俚曲的[罗江怨带清江引]系[对玉环

带清江引]之误）

48．鹧鸪天 1 支

49．雁儿落 1 支（聊斋俚曲中的［雁儿落］实际是［雁儿落带得胜令］）

50．棹歌 1 支

这 50 种曲牌不同程度地存在着一牌多体和同格异名问题。就是说，一方面同一曲牌可以有两种以上格式，不同格式表示演唱曲调应该也不一样；另一方面，字面上同一格式，又有时标的不是一种曲牌，这有可能是误标，也有可能演唱曲调确实不同。

我们无法知道民歌曲牌的原来的调子，只能就字面的格式讨论一下一牌多体和同格异名的可能原因。

先说一牌多体。无论宋词还是元曲，都存在有一牌多体问题。这是诗体发展中的正常现象。像俚曲这样一种新兴的诗体，特别是其中一些取自民间歌曲的曲牌，尚处于不够规范的阶段。聊斋俚曲 15 种又是蒲松龄创作生涯不同时期的作品，个人风格也处于发展变化之中。据车锡伦统计，聊斋俚曲所用曲牌，有 26 种不见于明清宝卷。这 26 种里只有［园林好］［收江南］［北黄莺］见于南北曲，也就是说有 20 种以上的曲牌此前未见于文献记载。本文列有同牌异体的［倒扳浆］［呀呀油］［房四娘］［平西调］［西调］［怀乡韵］［香柳娘］等，都在其中。比较它们的几种异体，也不难看出其间的演变轨迹。

［跌落金钱］略有不同，明嘉靖年间已经流行，直到清康熙年间，其格式"基本相同：'五、五、七、五、五、七'，六句，可加衬字，第四句重复；第五句前加衬腔'佛！'或'我的佛！'百余年间，它的形式不变"。①据车锡伦所引不同时期的三支例曲与俚曲的格式比较，可以看出蒲松龄对这一民间曲牌格式的革新改造：统一为每叠三句，每句七字，韵脚声调仍旧；每叠末句前的"衬腔"扩展为三字句，仍然多用于称呼语。这是俚曲［跌落金钱］第（一）式。第（二）式又吸收宝卷第二节的重句，改为重前句的后三字。这种改造显然是为了适应俚曲表达的需要：统一为每叠三句，便于配曲演唱；五字句扩展为七字句可以增加容量；"衬腔"改用三字呼语，适于表现世俗内容。即此一例，就能体会到聊斋俚曲选用并改造民间曲牌的态度和方式。聊斋

---

① 车锡伦：《明清教派宝卷中的几只小曲》（草稿），2001 年打印稿。

俚曲的曲牌,在某种意义上说,是蒲松龄对诗歌体式的创造性发展,是不断发展走向成熟的"聊斋体"。

[山坡羊]是晚明以来北方广为流行的曲调,这种民间曲调跟元曲中的[山坡羊]似没有渊源关系,从传世的文字中很难归纳出明确的格律来。我曾就此问题向车锡伦先生当面请教,他也有同感。几种不同格式反映的是什么问题,只能存疑待考。

再说同格异名,指的是某些曲子之间,格式完全相同,或只有细微差异,却标有不同的曲牌名。这可以分成几类,各有原因。

(1)曲牌又名:[皂罗袍]与[皂罗衫],[平西歌]与[平西调],[怀乡韵]与[还乡韵],[呀呀油]与[呀呀儿油],[虾蟆调]与[虾蟆曲],[满调]与[满词],均只有一字之差,而字又有形近(调、词)音近(怀、还)义近(曲、调)的关系,视为又名自然不必多说。

聊斋俚曲中《磨难曲》是《富贵神仙》的改写和扩编,两种俚曲中有很多曲词是基本相同的。相互比较可以看出许多曲牌也是又名。如《富贵神仙》[平西调](二)式12支中有7支出现在《磨难曲》中,格律上仅有一点不同,就是前者倒数第二句的"2重",后者没有,曲牌则标作[西调];《磨难曲》中有[太平年]3支,如果把泛声改作重句,就完全同于[房四娘]。而《富贵神仙》中同一曲词正标作[房四娘]。

[憨头郎]和[哭皇天]格律相同,虽然没有曲词相同的唱段,也大致可以肯定是又名。

(2)曲牌误记。聊斋俚曲在传抄过程中难免有曲牌误记。聊斋俚曲研究者一致认定,《琴瑟乐》起始一支[清江引]系[西江月]的误记。对照南北曲谱还可以看出,[对玉环]3支、[罗江怨带清江引]1支,实际上都是[对玉环带清江引];[雁儿落]则是[雁儿落带得胜令]。另外,《磨难曲》三十三回最后两支曲子抄本作[耍孩儿],从格律和位置看,应当是上面一支[憨头郎]的重头。根据聊斋俚曲惯例,这里不必标曲牌。这类错误可能都出于传抄者的笔下。

(3)曲调的分化和融合。[呀呀油]和[叠断桥]句数和韵字声调都相同。差别在于:每叠首句及后跟重句,[呀呀油]多为三字少见四字的,[叠断桥]则是多为四字少见三字的;每叠后两句[呀呀油]多为七字少见五字,[叠断桥]则多为五字少见七字。不同的抄本,两种曲牌也有相互混淆的。

但是[呀呀油]可以加有泛声或其替代形式重末句,[叠断桥]没见这种格式。可以认为,民间演唱[叠断桥]时常加有泛声,因此改称此曲牌为[呀呀油]。聊斋俚曲里有时在同一曲目甚至同一回目中,[呀呀油]和[叠断桥]同时出现,作为并列的两种曲牌,可以视为曲牌的分化。

民间歌曲以泛声命名的并不罕见。[太平年]也可能是[房四娘]的民间命名,[哭皇天]则是[憨头郎]的民间命名。(这里应该注意,[哭皇天]虽然是元曲旧有曲牌,但聊斋俚曲中的[哭皇天]似乎跟它没有渊源关系。就像[耍孩儿][山坡羊][楚江秋][干荷叶]均与元曲旧有曲牌一样,仅仅是偶然同名而已。)不过[太平年]和[房四娘],[憨头郎]和[哭皇天]分别出现在不同曲目中,没有同曲同目的对立,可视为同牌又名。

[陕西调]也跟[叠断桥]格式相似,只是每叠的首句和重句有五字的。聊斋学研究者一般认为,《琴瑟乐》是蒲松龄青年时期的作品,形式上还多重吸收借鉴,较缺少革新。[陕西调]在以后的俚曲创作中再也没有出现过,很可能已被融合入[叠断桥]中。

(4)民间演唱曲谱与原作曲牌的分离。20世纪50年代一些戏曲音乐工作者曾经搜集整理了一些俚曲乐谱,后来有研究者发现其所记[憨头郎][跌落金钱]实际只是一曲,[哭皇天]与[房四娘]也实际上是一曲。而所记[呀呀油]则是[粉红莲],[大补缸]却应当是[呀呀油]。这提醒我们,民间艺人在演唱俚曲时,并非严格遵循剧本作者所拟曲牌,逐牌有别地配唱曲谱。更不可能遵循南北曲的旧有工尺谱。关德栋、车锡伦两位先生强调俚曲是一种"俗唱",这很有道理。袁明甚至推测:"有一部分俚曲,也可能是一大部分,在演唱时是不被弦索的。这因为俚曲是专供农村使用的。演唱者们多半是业余的子弟班,没有受到严格的培训。虽然唱的是同一曲牌,则是人各一腔,村各一调。这一现象直到今天在蒲松龄的故乡,淄博市的广大农村还继续存在着。……我想在蒲松龄撰写俚曲时,民间的业余艺人们,决不会高于今天的水平。"我们的设想是:在民间演唱俚曲时,同一曲牌完全可以配唱不同的曲调;而不同曲牌,只要格律相近(字数、句数和声调大体一致),也完全可以配以相同的曲调。这样,原作及其文人抄本就会与民间艺人抄本出现曲牌冠名的差异。在辗转传抄中也许还有相互吸收、相互补充的情况发生,现存的几种抄本很可能都是这种混合本。当然这更多只是一种推测,我们不能确指哪些同格异名是此种原因造成的。

第九章　齐鲁文学形态演变的多元性与多样化表现之三：地域视阈下的话语转型与民族、国家叙事

作为区域性文学的一个类型，齐鲁文学在20世纪中国文学的大框架中，始终坚持与中国现代化过程同进的价值诉求，同时又表现了自己独特的内涵生成和结构特点。文学由古典形态向现代形态转变后，在社会现代性和民主革命、民族解放的时代文化追求中，必然受到中国特定历史时期社会文化语境的制约和推动，同时又反映着社会文化进程，涵纳着中国一定历史时期的社会文化主题内容。而文学的普遍性涵义，通常是经由一定的独特的地域性而得以呈现的。齐鲁文学于20世纪的发展嬗变中，在早期实现了由启蒙主义话语向民主自由、民族解放话语的转换后，一直以民族、国家叙事的主流文学创造为其文学主潮，并由此而成为20世纪中国文学的一方重镇。这种创作主体文学意识自觉后的能动选择，也同样是与齐鲁地域文化特质分不开的。这里主要选取现代和当代前期（即中华人民共和国建国十七年间）具有经典性或类经典特征的重要作家代表作品——并分布在小说、散文、诗歌等基本体裁领域，来进行重点论析。从精神意蕴、审美艺术特性和中国文学史的定位等方面，去评鉴和审视其文学形态、文学价值。王统照的小说《山雨》，为现代文坛第一部反映中国农村题材的长篇小说，深深楔入当时农村社会尖锐激烈的生存矛盾和冲突，揭示了北方大地民间所蕴蓄的革命因素，充满浓郁的时代生活气息和时代文本凝重悲壮的成熟之美。臧克家以《老马》、《难民》等诗歌为代表，在艺术上沟通了现实主义和浪漫主义、表现主义，其简洁凝练的形式里包蕴着丰富的现实和历史的内涵。李广田的散文，则因渗透了来自乡土、传统和现代文明等鲜活丰厚的文化内蕴而生成淳朴恒久的诗性。这些在"五四"以来的现代理性精神、深厚的地域文化根柢和社会革命氛围相交织的意义空间中产生的文学现象，体裁样式不同，作家的气质个性、艺术方法和风格各异，但都以精神内蕴和艺术构造

上一定的原创性和独特性，超前性和恒定性，参与并丰富了 20 世纪中国文学的整体创造，以富有个性特色、富有民族意味的文学形态，对后来的中国文学产生着影响。

对于新中国建国十七年间比较复杂、矛盾的文学问题，这里力图还原社会历史文化语境，在特定时代的文化生态系统中，对其生成机制、美学局限与艺术审美史上的意义和价值，进行客观地分析与把握，譬如杨朔现象。而此期间在中国文坛产生了显著影响的英雄叙事作品，如《铁道游击队》《林海雪原》《红嫂》等，仍反映了齐鲁作家善于以自己的独特视角和题材特点去创造新时代的主流文化及其叙事形态。这类作品在内容、结构和人物刻画上，尽可能地运用了民间文化基质，将行侠仗义、抵侮抗暴、忠贞、传奇等民族的、地域民间的传统文化及艺术因素，与时代革命文化和社会主义文化内核水乳交融，创造了一代杰出的生机勃勃的社会文学范型。

第一节　王统照《山雨》的现实主义成就及其开创性意义

1933 年上海开明书店初版的《山雨》，是王统照小说的巅峰之作，也是山东现代小说的压卷之作，其在文学史、文化史、思想史上的价值和意义都值得重视。

一、明确自觉的创作意图

1929 年 5 月 4 日，茅盾在《读〈倪焕之〉》中强调指出，"五四"以来的中国文坛上充满了信手拈来的"即兴小说"，作者们信奉"灵感"，拒绝"修炼"——"锐利的观察"、"冷静的分析"、"缜密的构思"，很少有人是在"有意地要表现一种时代现象，社会生活"；而《倪焕之》却是首开风气的"有意为之"的小说，因而是特别值得赞赏的。换言之，小说家又兼文学评论家的茅盾，是把有没有明确自觉的创作意图作为现代小说是否成熟的重要标志之一来郑重倡导的。而王统照的《山雨》，却正是一部有着明确而自觉的创作目的的成熟之作，与叶圣陶的《倪焕之》先后成为中国现代小说由幼稚走向成熟的纪念碑。王统照当年就说过：

这本小说起草于一九三二年的九月,到十二月的初旬写成。然而我起意写这样材料的长篇却在下笔的前一年。记得一九三一年的八月由杭州回到上海,一个星期日下午,叶圣陶兄约我在江湾某园闲谈。我们踏着绿草地上夕阳的淡影,谈着文艺界的种种情形与怎样创作的话。

我说打算写两个长篇:……另一个就是《山雨》,意在写出北方农村崩溃的几种原因与现象,以及农民的自觉。①

1955 年《山雨》由人民文学出版社再版,他又在题赠长子的诗句中指出:

落木橚槮九月天,辽阳敌入急烽烟,书生报国惭无力,把笔愁为说部篇。②

用小说描绘北方农村的画卷,警示已经迫在眉睫的民族危难,正是《山雨》最主要的成就。因此也就应声得到 1933 年中国文艺界的热烈欢迎:茅盾化名东方未明撰写书评,认为"长篇小说《山雨》,在目前这文坛上是应当引人注意的著作。"吴伯箫则把《子夜》、《山雨》同时出版的 1933 年称誉为"《子夜》《山雨》季",大有双峰并峙的味道。天津《大公报》与北平《晨报》,也都相续发表书评,把《山雨》的问世,看作当时文坛上的一件大事。开明书店特地发布了新书广告,称赞"作者数年来未有长篇创作,去岁遂成此二十万言之巨制。书中描写近年来北方农村生活的动荡;外国资本势力的侵入,军匪的肆扰,捐税的繁苛,使诚朴的农民受尽苦难,逃入城市另求出路。作者着眼于经济力量之足以决定生活及意识,写农村崩溃之原因,至为详尽,并暗示因农民不安而引起社会的转变,是时代呼声之新创作。"显然,1933 年是中国新文学的十月金秋,茅盾推出了他的力作《子夜》,巴金的《家》、艾青的《大堰河——我的保姆》、臧克家的《烙印》、戴望舒的《望舒草》等相继问世,曹禺的《雷雨》也是在这一年里写成——这是新文学成熟的季节,收获的季节,9 月出版的《山雨》,更染浓了欢庆丰收的气氛。

---

① 王统照:《〈山雨〉跋》,《王统照文集》第 3 卷,山东人民出版社 1981 年版,第 306 页。
② 王统照:《题重印本〈山雨〉与儿子济诚其妇超群》,《王统照文集》第 4 卷,山东人民出版社 1982 年版,第 436 页。

二、绘出多彩的人物画廊

小说是写人的艺术，人物塑造的成功与否，是小说价值首选的评价尺度。现实主义小说，更一向把能否塑造出典型环境中的典型人物，当作首要的任务。《山雨》为中国新文学塑造了奚大有、奚二叔、陈庄长、吴练长等具有独特的个性、经历的人物，既在若干领域中填补了空白，又与茅盾、巴金、老舍、叶圣陶、吴组缃、艾芜、沙汀等人的小说人物一起，共同组建成一条互补相生、多彩多姿的人物画廊，共同显示着 20 世纪 30 年代中国新文学在人物塑造上的高度成就。

《山雨》描写了 20 多个人物，大都具有鲜明的个性特征，如老一代农民奚二叔、魏二，年轻的农民宋大傻、徐利、萧达子，青年工人杜烈、杜英兄妹，借着社会的动乱迅速发迹的乡村"新星"陈葵园等。给人留下印象最深的，无疑是奚大有、陈宜斋和吴练长。

奚大有是《山雨》的主人公，他的命运，便是小说的情节主干。王统照把这个最典型的北方普通农民，安放到 20 年代末中国社会大动荡、大分化的时代旋涡中，令人信服地写出了在历史的压力下农民心理的变化、生活道路的变化，从而把农村破产这一社会问题，鲜明地推到历史舞台的前沿。

小说开始时，奚大有是一个"最安分，最本等，只知道赤背流汗干庄稼活的农夫，向来没有重大的忧虑，也没有强烈的欢喜。"（本章引文，凡未注明出处者，均见王统照《山雨》）他有着筋骨结实的臂膊与宽大有力的肩架，有着从春到秋耕耩锄割全套的农事知识与耕作本领。他没有任何嗜好，甚至连最俭省的旱烟袋，他都视为奢侈而从不尝试。他酷爱生他养他的农村，同这里广袤的大地、稀疏的树林、清浅的小河，以及牛犊、毛驴、小猪，结成了最亲密的伴侣。沉闷、单调、劳累、艰苦的农村日子，他从未感到厌倦和不满。他毫无奢望，更无幻想，唯一的心愿便是靠自己诚实艰苦的劳动，规矩本分地做人，维持全家老小有吃有穿的生活，在风雨飘摇的年代里，过上安安稳稳的日子。他有一身力气，又会几手拳脚，但却从来本分自耐，不曾欺负过任何人，也不同人作什么计较，所以也从未吃过乡下人的亏。从奚大有身上，可以清楚地看出我国北方普通农民的传统气质和性格特点。如果没有什么意外的突发的事变，他一定会按照传统的农民生活图式安安稳稳地在故乡的土地上度过他一生的岁月,并且把这一切完整地传留给他的儿子、孙子……。这正像臧克家在著名的诗篇《三代》中所概括的:

孩子

在土里洗澡;

爸爸

在土里流汗;

爷爷

在土里葬埋。

然而,奚大有却不幸生当一个社会大动乱、农村总崩溃的时代,一个又一个个意想不到的灾难,接二连三地向他袭来,把他冲刷到备受凌辱、屡遭苦难的逆境中,让他辗转、挣扎在社会动荡的激流险滩里,刺激、冲撞、打击、骚扰,一步一步改变他的生活信念,一步一步粉碎他的固有性格,一步一步提高他的认识。这真是一种苦难的历程,是一系列充满着屈辱与痛苦的故事,同时也是传统农民性格在时代重压下被迫走向初步觉醒的历程。这历程被王统照描写得那样细致曲折、层次井然、合情合理,正显示出他对北方农民生活和心理的深透了解与准确把握,正显示出他对农民不幸命运和遭遇的深厚的同情。

中国一向是农业大国,长期的封建宗法社会下自给自足的自然经济养成了农民安土重迁的传统社会心理。个体农民世世代代生活、劳作在一方范围十分狭小的土地上,同农村、土地建立起难以割舍的血肉联系。王统照准确把握了中国农民心灵的奥秘,把关于土地的观念作为大有思想发展性格变化的中轴来描写来强调,使小说获得了高度的典型概括的意义,显示了王统照对中国农村根本问题的深入了解。

更值得注意的是,奚大有并不是一个孤立的形象,而是在广泛的比较中展开其性格、完成其发展演变的轨迹。这就有可能使人物性格从平面走向立体,从单一走向复杂。大有和他的父亲奚二叔,生活在同一家庭中,具有非常相似的性格特征与人生信念。但由于时代不同了,父子二人的生活状况大相迳庭,思想观念也开始产生越来越远的差距。奚二叔勤劳一世,盖上房子买了地,为儿子娶上媳妇,建设起一个足可温饱的小农之家。大有同样的勤劳俭朴,不但没有扩大一指宽的田产,反而把祖传及父亲扩充的房屋和土地卖了个精光。他比父亲身体更健壮,起步的基础比父亲更厚实,结果却是完全破产，只有流落入城市谋生。正是在这种现实的教育下，二叔面对屈辱和苦难的消极忍受、忍辱负重、郁闷成疾、含恨死去，促成了大有的在郁怒中抗争，在破产后出走。软弱、保守、屈服，导致了二叔的死亡；刚烈、反抗、求新，为大有开辟了新的道路。在对比中，王统照肯定了年轻一代农民觉醒的必然，也显示了时代变迁对农民思想观念的深刻影响。

奚大有和同村几位年轻的农民，也在对比中显示出深刻的意义。最先走出农村到城市闯荡的杜烈头脑清楚，看事透彻，与大有的愚昧、迂拙和迟钝形成鲜明的对比。他的清醒和成熟，是大有思想转变的重要推动力量，也是破产农民在生活道路上的选择之一。宋大傻则是以另一种方式从陈家庄闯出去的青年，但他心计多，能算计，会谋划，见风便使舵，见利则忘义，精明但显得有些狡猾，聪明却又不那么厚道。他与大有的憨厚、正直、质朴，成为对照。徐利是和大有一道长大的伙伴中最要好的一个，他血气方刚，彪勇刚烈。血管里流淌的，大概是李逵、三阮的血液。从言语到举止，都反映出北方农民富有反抗斗争精神的"集体无意识"，显示出一种令人钦敬的阳刚正气。由于没有得到新的人生观念的指引，终于没有走出李逵们官逼民反、铤而走险的旧路。他单枪匹马，星夜潜入吴练长宅院，点起了一把复仇的烈火，然后远走他乡。后来不幸被"缉拿归案"，就地"正法"，连同他一身的武艺，一腔的侠肝义胆。他的勇于反抗，反衬出大有的老成持重、稳健软弱的性格特点。同是陈家庄的年轻人，陈葵园精灵绝顶，善于审时度势，投机钻营。为了出人头地，使出多种诡计，心狠手毒，什么坏事都干得出来。他的卑鄙无耻与青云直上，反衬出奚大有的忠厚、诚恳、正派和心灵的纯洁。最令人同情的是萧达子，他多病又多子，没有土地和资产，过着最苦的日子，付出最重的代价。到最后，终因天灾人祸，交不出地租，被地主揭锅封门，赶出村庄，不得不在深秋的凄凉中，扶着老母，带着妻儿，到更加荒凉的南山中乞讨，是死是活，无人得知。……正是在同这些不同个性、不同生活道路的村民的比较中，显示出大有独特的不可替代的个性特征；不同个性、不同生活道路的青年村民们连成一片，便组合为大有典型性格成长的典型环境，体现着王统照对农村总崩溃背景下对农民命运与农民出路的满怀深情的思考。

陈家庄的庄长陈宜斋，是《山雨》人物系列中十分独特的一个，说这是王统照对中国新文学人物画廊的独特贡献，也许并不为过。《山雨》第一个出场人物便是他，此后陈家庄的每一个重大事件，如解救被镇上驻兵无理扣押殴打的奚大有,代政府收缴预征的捐税钱粮,组织村民们到龙王庙祈雨,应付兵差和修路的差役,哀求占据村庄的败兵们撤离……,都是他充当领袖,组织、斡旋、出头露面。他处在政治势力和农民群众的中间地带,是沟通、联结二者的桥梁和纽带。近现代以来的中国农村社会,由于帝国主义侵略的日益猖獗,从北洋军阀到国民党新军阀统治,盘剥酷烈,战乱频仍,兵患蜂起,土匪如毛,杀人越货,捐税苛酷,灾荒连年,不仅广大农民备受压榨和摧残,陷入水深火热的境地,连一些缺少根基、权少势小的中小地主,也时时会受到不同程度的打击和损害,生活境遇日益出现江河日下的趋势,甚至面临破产和死亡的威胁。陈宜斋便是这类中小地主的典型代表。陈庄长有着鲜明的性格,顺从软弱,胆小怕事,忍辱负重,相信命运观念,奉行忍耐哲学。他的悲剧在于:一心委曲求全,苟且偷生,维持现状,事实上却总是事与愿违;他主观上本想替乡亲们争取一分和平安宁的穷日子,事实上却只尽了为统治者们一步一步榨干乡民们的油水的任务。"好心"的"好人",没有做出多少真正有益于群众的好事,自己也没有落得什么好报,这实际上写出了命运观念和容忍哲学的破产。后来,陈家庄的村民们在悲切阴惨的气氛中埋葬了他们一致怀念的老村长,同时也埋葬了他所奉行、他所主张的人生哲学。

陈庄长的命运,从一个他人少有发现少有表现的角度,说明20、30年代的中外反动统治者,已经非常残忍地把原本属于他们营垒,但在思想感情上与人民群众有着某些相通之处而在品德、行为上与他们有着某些差异的成员,也摧残得无以为生,命运悲惨。善良正直忠厚之类的个人品质,在大动乱大崩溃的社会机制中,不仅无助于缓解、减轻人民的灾难,而且会被反过来当作进一步敲骨吸髓的工具,起到延缓群众抗争的消极作用。因此,这一形象所蕴含的认知价值相当丰厚,作者的创作意图也应受到应有的尊重。作者对他的同情是相当明显的,但到底也并没有把他与大有、徐利、萧达子等农民混为一谈,尊卑上下的地位差异还是有的,小康与赤贫的经济状况仍然是清楚的。陈庄长是带有一定普遍性的典型形象。其成功的塑造,在新文学人物塑造中具有填补空白、丰富品类的重要作用,既显示了中国社会生活的复杂性,也体现了艺术形象塑造的多样性,是《山雨》不可忽视的成就。

在《山雨》的众多人物中,吴练长出场次数很少,作者为他花费的笔墨也不多,但他留给人们的印象却相当突出,是一个具有相当历史厚度的形象。

吴练长是一个饱经风霜、谙于世故的老劣绅，是长于在乡镇兴风作浪的老政客。他从 30 岁起，就开始手捏印把子，办河工，当委员，跑州县、给抚台衙门充当文案。清末，他曾流窜到四川帮助弹压过保路同志会，是名副其实的清王朝的爪牙。辛亥革命以后，他摇身一变，挂起了"咸与维新"的招牌，民国二年就成为地方上共和党的头目。此后一直声势赫奕，虽是换了多少县长与军官，他的地位一直没有受到冲击。《山雨》把吴练长安放到跨度大、空间广的历史背景下，比较充分地刻画出其多谋与善变，长于适应环境保护自己的高明手段；通过这一形象所蕴涵的历史性内容的发掘，又写出了近现代以来民主革命运动屡屡夭折的一个重要原因，即吴练长型的反动统治的根基并未受到真正的打击，他们在中国社会特别在基层的权威并未受到实质性的损害，而只要实权依然把持在这类人物手中，政权的更迭、招牌的翻新，都不过是有意无意的骗局而已！这既令人触目惊心地感受到中国民主革命的艰难性、曲折性和复杂性，也生动地体现着作家对承袭了历代反动统治衣钵的国民党新军阀政权政体的憎恶和蔑视。从这一意义上说，不妨说吴练长是一面镜子，折射着近代历史的风云变幻，反映着作家的正义感、是非观和爱憎分明的感情态度。

在新文学人物形象史上，吴练长也颇值得注意。鲁迅曾在《阿 Q 正传》中真实而简明地描写了辛亥革命前后封建地主、官僚豪绅的狡猾善变以及对革命的危害：知县还是原官，带兵的也还是原先的老把总，举人老爷则在帮办民政，一度受到革命风暴冲击的赵太爷之流重新威风八面，而阿 Q，却被"正法"了！这种对民主革命经验教训的深刻总结，在吴练长形象中得到了延伸和生发，丰富和发展。从吴练长形象的历史内涵中，人们进一步看到警惕这类具有丰富政治斗争经验、极其善于隐蔽自己的政客型劣绅的极端重要性，看到在革命高潮中彻底挖掉反动政权的基础的极端重要性，看到中国以劣绅为基地的封建政权的异乎寻常的顽固性也就是中国民主革命异乎寻常的长期性与复杂性。

三、描绘北国民俗的画卷

在我们的新文学史上，善于描写民俗事象特别是农村、乡镇风光的作家是并不罕见的。鲁迅写过江浙水乡少年们的撑航船、看社戏、煮蚕豆的月下美景，海边沙地上少年英雄持钢叉、看瓜地的神异图画，淳朴的心地，清新的文笔，令人叹为观止。茅盾写过江南蚕乡收蚕的隆重仪式，设色浓艳，笔触细腻，像出色的油画一样令人过目难忘。沈从文则把清丽的湘西山水，和那里聪慧、英俊、淳厚、古朴，保留着完整的美好素朴人性的儿女们的情事融为一体。萧红笔下那白山黑水之间的大豆、高粱、倭瓜、山羊都蒸腾着原始的粗犷和血的蒸汽。沙汀告诉我们穷乡僻壤的川西那窒闷的氛围，艾芜描绘着滇、缅一带的边陲风光……。如果人们在赞美这些的时候，同时记起王统照的独特贡献，自然马上会在脑海中浮现出 20、30 年代北中国农村风俗的一轴相当完整、相当生动的画卷。

一打开《山雨》，便会看到陈家庄的农民们在大雪封门后，群聚在地窨子中编席的场景。他们在这里取暖，他们在这里消闲，也在这里交流信息，商讨着生活的方针大计。这是乡民们冬闲时的手工作坊，更是农民特别是中老年一代的"俱乐部"、"会议室"。这种场景，带有山东农村生产、生活、季候、物产的独特色彩，它不会出现在河汉密布的江南水网地带，也不会出现在木柴资源丰富的东北地区。《山雨》中描写的大有和徐利一前一后一推一拉用"二把手"车子到海边推煤的图画，走南闯北的魏二，在月光下、柳林旁，打着渔鼓唱"道情"的场面，陈庄长率领乡民到龙王庙祈雨的景象，萧达子牵着牲口、大有推着"太平车"离乡背井到青岛谋生的怆凉，陈家庄村民和来袭的土匪枪战的残酷，他们头上翻起耳朵的毡帽，身上穿的大襟的棉袍、脚上蹬的用蒲草编成、猪皮包底的"蒲窝"……都是一幅幅出色的地方风俗画。对于一般的读者，是丰富的地域文化的库藏，那些从这里走出来的人们，则会由此触发浓郁的乡思、深沉的忆念。煎饼，这恐怕是山东特别是鲁中、胶东一带特有的饭食，如今，即使在这些地方的农村中，精于此道的年轻妇女，怕也为数寥寥。幸亏《山雨》为我们留下了一幅精细的画面，从中人们可以生动地看到当时山东农民衣食住行的若干细节，这也是构成《山雨》浓郁地方色彩的设色浓艳的一笔。从小说那真实细腻的描写中，人们看到从大有妻子手下的鏊子上，堆起了一叠叠金黄的煎饼，散发着北国乡间的香甜。小毛驴均匀地拉动石磨把小米、玉米磨成细细的粉浆，蹄声得得，释放出农家生活特有的安谧。小儿子跑进跑出，絮叨着要吃爹爹从镇上带回的酱牛肉或豆腐乳，欢声笑语传递着自耕自足的小康气息。但不久即急转直下,这种从陶渊明、孟浩然时代就传为美谈的"夜雨剪春韭,新炊间黄粱","开轩面场圃,把酒话桑麻"式的农家乐的图景,迅速地被灾难频仍、破败凋敝的景况所取代。两年后,大有从青岛回到陈家庄,发现这里的一切都发生了根本的变化。昔日的安宁,变成了破败与萧条,断壁颓垣中到处是败兵洗劫的血迹与尸骨!萧达子家左近,只见到近邻黄铁匠的老婆,用一秆高粱秸叱逐着两只母鸡,左腮上一个大疤,是那年过兵时受的枪把子的伤痕。花白的短发披拂在头上,如枯蜡的干手上有不少的斑点……。这个形销骨立、没有一毫生气与活力的老太婆,就是当时北中国农村的整体象征形象。大有一家的生活,在小说开篇与结尾发生着天翻地覆的变化,陈家庄的农民生活状况,也发生着天翻地覆的变化,因此,这些格调截然不同的民俗事象的连续画,便具备了深邃的历史性含义。它是时代变迁的证据,它是农村破产的记录,它从农民生活方式、生活状况的变化这一独特的视角,显示着中国近现代历史演进的一些重要规律。民俗画卷的生动性与深厚的历史内容的交融,是《山雨》十分重要的美学特点和历史贡献。

四、营造凝重浑厚的风格

旧中国是一个农业大国,农民人口占全国人口的百分之八十以上,农民问题是中国社会的根本问题,也是中国革命的根本问题。从五四文学革命到 30 年代初期,许多新文学作家以巨大的热情,关注着贫困落后封闭愚昧的农村,关注着农民的物质上的困苦与精神上的麻木。农村生活的图画与农民的身形面影,人们显然是并不陌生的。但值得注意的是,这些有突出成就和影响的小说,几乎都是描写南方农村生活、塑造南国农民形象的,鲁迅如此,许钦文、王鲁彦、许杰、叶圣陶如此,蒋光慈、叶紫、沙汀、吴组缃、魏金枝等也是如此。能与这些作家的小说相比肩的反映北国农村的作品,几乎一部也没有。这同中国的社会现状,同历史对新文学的要求,都是很不相称的。《山雨》正是在这一方面,弥补了中国新文学的空缺,适应了全面反映社会生活的需要,从而获得了不可缺少、不可替代的作用和意义。

北国与江南,并不只是风光物候上存在巨大差异,因为自然条件的不同,这两块水土上长养的民众心理、传留的文化背景,都各有特征,无法混同。早在《汉文学史纲要》中,鲁迅就把中国文化区别为《离骚》与《诗经》

即江南与北国两大支脉,因为其"时与地"之不同,乃形成相异的形式文采。王统照虽非起于曲阜邹县,虽非孔孟的嫡系后代,但他从小生活于胶东鲁中的书香门第,开蒙时便接受了严格的正统的孔孟儒家思想,是齐鲁文化圈中走出来的影响最大的现代作家。近现代以来,由于孔孟故乡的曲、邹一带处于浦津干线的要衢,常为兵匪觊觎,故而战乱频仍,民生凋敝。素称辉煌的齐鲁文化,渐有重心东移的趋势。山东诸城,地处鲁中,东西连结济南、青岛两大重镇,南北襟带渤、黄二海兼收交通渔盐之利,经济渐趋繁荣,文化甚称发达,近百年中这里很出了几个名人,从不同方向以不同力度影响着中国社会历史的进程。王统照便是出身诸城名门望族的优秀子弟。王统照生于斯长于斯的相州,既非农村,又非城市,文化氛围显然浓于前者,总体生活秩序又显然异于后者。其家庭生活的唯一支柱便是以田产换来的租米,因此,儒家经典中那些关于"不违农时","五亩之宅,树之以桑","鸡豚狗彘之畜,无失其时"的强调,便很自然地烙印在他心中。十分重视农业的状况,或者说农本思想,便始终在王统照心目中占有重要的位置。王统照虽然是广有田产的地主子弟,但在宗族争斗极端酷烈的宗法封建乡镇中,他这一支人丁孤单,几世单传,世代遭受强横的宗亲的凌辱乃至掠夺,孤弱的处境便易于与孔孟儒学中"仁者爱人"、"老吾老以及人之老,幼吾幼以及人之幼"之类观念相通。几乎纵贯王统照全部小说创作,特别鲜明地体现在《山雨》中的对于下层民众,尤其是听天任命、劳多酬少的农民群众的真诚同情,显然沟通着几千年前原初儒派思想家对"猛于虎"的"苛政"的诅咒和对"率兽食人"的政局的憎恶。

　　20 年代初,鲁迅曾在《汉文学史纲要》中征引日本汉学家盐谷温的观点,说明生活在黄河流域的吾国先民,因为"颇乏天惠,其生也勤,故重实际亦黜异想",后来"孔子出,以修身齐家治国平天下等实用为教",于是,"重实际而黜异想",以"实用为教",便成为齐鲁学派最鲜明的特色,与荆楚文化"浩歌曼舞"、"交错为文"的风格,恰好南北对照,两极互补。王统照的小说创作,从 20 年代中期以后,即迅速由浪漫抒情向客观写实位移,到《山雨》问世,凝重坚实彻底取代了青年学生式的对虚渺人生意义的哲理问询与诗意体悟,他终于又与深入地积淀在心灵深处的齐鲁文化信息在积极的意义上沟通起来。众所周知,孔孟学说是缘起于对"礼崩乐坏"的现象的不满,这种不满,不同于老庄的消极避世,而是"知其不可而为之"的积极进取，因此，凡是从正面承传着孔孟学说的思想家、文学家，大都关注社会人生，注重现实功利。积极进取的人生态度，现实功利的认识视角，以真为美的美学观点，共同构建着黄河下游齐鲁文化的深广基础。这对《山雨》风格的深层影响，也是十分明显的。1931 年春，他又曾应友人邀约去四平任教，乘便游历了白山黑水之间的风光民俗，感受最深的便是日本占领者的猖狂气焰与亡国灭种的危险即将来临的恐怖。于是，对当代农民生存困境的严肃关注，与对中华民族危机存亡的沉痛观察融汇在一起，逼真的北国风俗画卷中，响起了救亡图存的时代的主旋律。《山雨》把民族久远的传统和目前的生存危机自然地契合在一起，形成新文学领域中一种自成一家的意识内涵与美学风范。

　　无独有偶，30 年代作家中对地方民俗特别关注的作家，除王统照外，至少还有《边城》的作者沈从文。30 年代深重的民族危机，是他们共同的写作出发点；但沈从文着重于危机的道德、伦理层面和人情、民俗范畴，王统照关注的却是现实的生存困境，是物质匮乏造成的心理变异。因此，沈从文努力以静态的美抵制现实的丑，王统照满怀悲怆再现出的则是美在动态中的沦亡和丑在动态中的积聚。沈从文钟情于江南青春少女的纯情与专一，王统照关心着北国庄稼汉子春种秋收、养家糊口的艰难。当沈从文用他那支生花的彩笔，描写清丽的湘西山水背景下那些多情的儿女们，为着一个"情"字，沮丧地或平静地生生死死的时候，王统照却把他深心钟爱的齐鲁大地上的庄稼汉子，一个个如实地置放到现实的生存困境中，让他们左冲右突，用痛苦乃至生命去探索、追寻不同的出路。《山雨》忧患深重地写出，一系列灾难性的变异，在农民心灵上布满阴暗的投影，扭曲了他们的性格，改变着他们的心理，使之从安土重迁到流离逃亡，从节俭勤劳到自暴自弃，从善良怯弱到狂暴反叛，从安分守己到铤而走险……旧的生活道路、人生信念已然崩溃，新的却又渺远不可追寻。贫困酿造着灾难，灾难燃点着抗争，抗争又连接着更大的灾难。熔岩奔突，大地震颤，火山一触即发！占国民百分之八十以上的农民的心理变异，正敲响着以农业为基础的旧中国的丧钟！《山雨》既对农村破产、农民灾难的原因作出从政治到经济、从现象到心理的广阔而逼真的描绘与挖掘，展示了 30 年代北方农村捐苛税重、兵匪如毛、民穷财尽、破败凋敝的可怕图景，又相当自觉地把这一切同帝国主义入侵这一总背景总根源联系起来。"山雨欲来风满楼"，一场攸关民族生死存亡的社会大变动,一场血与火交织的民族大搏斗,即将在这幅色调惨烈、气氛悲怆、充满动感的民俗画卷中展开。如果说沈从文所醉心的"优美、健康、自然而又不悖于人性的人生形式"诱发的是皈依传统的牧歌情调,那么王统照所描绘的动乱破败、悲怆惨烈的时代画面就挟带着浓重的现实感乃至现场感,既在文本深层蕴涵着再现农民生存困境促使他们摆脱传统观念束缚在新的历史条件下寻求出路的启蒙教育,又在字里行间升腾起强寇压境民族危亡的激越旋律——而这正是30年代最强烈的时代呼声。

即使同在伦理道德层面上,两位作家的关注焦点、把握方式,也有着明显的差异。也许不是巧合,《山雨》和《边城》中各有一位不该被忘记却常常受到忽略的长者形象:《边城》中的是掌管这一带码头的船总顺顺,《山雨》中的是陈家庄的庄长陈宜斋。他们都是有地位有恒产年高望重的一方长者,是安宁与秩序的象征。顺顺和翠翠的外公老船夫,虽然不能称为亲朋好友,但却因为存心忠厚,风俗淳朴,一直保持着不坏的关系。当翠翠和团总的女儿都倾心于傩送时,要破旧的渡船还是崭新的碾坊,是情义无价还是唯实唯利,便成为顺顺必须做出的抉择。不幸他选择了后者,于是便受到了惩罚:心爱的儿子负气出走了,老朋友伤心病故了。不幸的变故唤起了心灵中原本就有的忠厚和善良,他又向孤苦零丁的翠翠伸出了扶持的手——"正直朴素人情美"胜过了"唯实唯利庸俗人生观",经过一番情与利的暗中比试,他绕过了误区回到了起点,完成了道德的复归,划出了回环式也即封闭式的人生轨迹。情义无价与唯实唯利,原是两种迥异的世界观、人生观,二者的争斗,常常是极其残酷野蛮因而往往演成流血死亡的悲剧。但沈从文却把唯实唯利人生观野蛮丑陋的本相以及二者之间水火难容的搏战,能推到幕后的便推至幕后,能予以淡化的尽量淡化处理。与顺顺的情形恰好相反,陈庄长的命运一直在沿斜坡下滑:作为一庄之长,他承担着为上面(官府、洋人、军队……)征集、收缴、摊派各种苛捐杂税、差夫工役的重任,一时不能满意,马上地方遭殃;同时,他又清楚地知道乡亲们的贫与苦,灾与难,善良宽厚的本性与地方首事的责任,双重地挤轧着这可怜的老人。随着农村经济破产形势的急剧恶化,横征暴敛与一贫如洗互为因果地双向加剧,这位一直保守着与人为善、造福桑梓这类人生信条的长者,外部环境的恶化与内在心灵的痛苦迅速地互相促进双向增长。终于,为了使左邻右舍少受一点败兵殴打的苦痛,他出面劝说,自己却当胸挨了两记皮靴,肋骨蹶起,口喷鲜血，不久即怀着对这个世界的惊恐死去。在一派如诗如画、清清爽爽的山水中，沈从文轻松地实现了素朴正直人性美的复归，古朴的道德温和地取代了庸俗的实利；在一片血与火交织的灾难动荡的氛围中，王统照沉痛地证实了传统道德在现实灾难袭击下崩溃的必然。陈庄长固守本土，与传统道德一起命赴黄泉；奚大有抛弃了安土重迁的信念走向城市，开辟了新的生路，在比较中哪是 30 年代农民的出路，作者的意向是十分明显的。

历史证明：以这样凝重的笔触写下《山雨》的王统照，是齐鲁文化当之无愧的现代传人。

五、敲响民族危难的警钟

真实地写出中华民族迫在眉睫的空前灾难，向昏睡中的华夏响亮地敲响奋起自卫的警钟，是王统照创作《山雨》时十分自觉的初衷，同时，这也是贯穿全书的宗旨，是使《山雨》比同类农村题材的小说获得了更深刻的思想意义和时代价值的重要原因。

小说一开篇，便借地窖子中农民里最有经验、德高望重的陈庄长与奚大有的充满忧虑的议论、回忆和内心活动，把帝国主义的侵略如实地描写为中国一切灾难的总根源。他们是作为历史的见证人出现在小说的生活图画中的，这是真切的回忆，更是愤怒的控诉和揭露，是给全书定下的贯穿性的基调。接着，小说以奚大有的命运为纵向贯穿的线索，依次描写了时局的动荡，败兵的骚扰，土匪的袭击，捐税的苛酷……，一系列日益深重的灾难，接连不断地降落到农民头上，"活不下去了"，"非另打算不可"，便成为必然的结论。《山雨》真实地把奚大有及其乡亲们的种种苦难，富于说服力地安放在帝国主义入侵这一总背景、总根源下，正显示了作家鲜明的民族意识。

《山雨》写出了似乎其他小说家未曾发现的一个独特文化现象，即接受了"洋鬼子"教育的乡镇少年陈葵园，成为陈家庄诸少年中与混乱的时代、丑恶的现实水乳交融、沆瀣一气的怪人，既不同于忠厚长者的他的父亲，更与同龄的奚大有、徐利们形同水火。他依恃从"洋鬼子"那里学来的手段和承袭的势力，把持了一县的学政，借办学为名到四乡敲骨吸髓，盘剥与自己生于长于同一片水土的乡亲，毫不手软，毫不脸红。新文学作家中，不少人热心描写从古旧乡村背叛出来的知识者，他们依靠学来的西方文化中的个性主义、进化论、人道主义等先进的思想养料,试图改造农村,至少也是发现了农村的封闭与落后而产生出浓厚的反叛情绪;也有人热心描写被从故乡农村放逐出来的知识青年,到了并未给他们预备下康庄大道和发展机遇的城市或异域,深情地怀念着故乡的纯朴与真诚;像陈葵园这样到城里学来了西方文化的负面因素返转来更狡猾更残忍地对待自己的故乡农村的知识者的形象,应该说是王统照的创造性发现,是他对帝国主义对中国长期施行文化侵略的一种独特认知的形象化。

小说还通过奚大有的见闻,进一步写出帝国主义在古老的山东大地开设了一家又一家大规模的工厂,吞噬着被从土地上驱赶出来的成千上万农民的青春和活力:从农村、乡镇通往铁道、通往码头的大路、小路上,大桶大桶的豆油、花生油,整箱整箱的鸡蛋,杀好的鸡,待宰的耕牛,……正源源不断地运往外国。农村的每一滴油水,每一点活力,都被榨取得干干净净,留下来的是四处骚乱的兵匪,坍塌倾颓的农舍,扶老持幼啼饥号寒辗转在逃荒路上的成群的饥民,是无力外逃在家中束手待毙的老幼病残。于是那古朴的北国农村,变得像熬尽了油的灯盏,风雨飘摇,暗淡凄清,民穷财尽,破败凋敝!在《山雨》最后,王统照特意写上日军在青岛焚烧报馆的烛天大火和在前海海域游弋示威的军舰炮艇,说明单是经济的侵略,已经不能够餍足蓄谋已久要吞并中国的日本侵略者的胃口,大规模的战争威胁,已经迫在眉睫!果然,《山雨》问世不久,日寇大举进攻中国的炮声,就在卢沟桥响起,证明着王统照的远见卓识,证明着他对中华民族的忠诚!

在30年代的文坛上,王统照第一个以长篇小说的形式把反帝爱国的主题推到历史舞台前沿,为危难中的民族敲响了警钟,人们有充分的理由确认:王统照不愧为中华民族忠诚的卫士。

第二节 李广田散文的文化内涵与艺术风貌

李广田(1906——1968),字洗岑,他是20世纪30年代前后走上现代文坛的中国优秀作家之一。在岁月风雨峻急、中国社会和文化都处在一个向民族性建设阶段发展的重要时期,他踏入中国文坛伊始,便将文学创作的目光投向了广博、深厚的乡土大地。在此后多年的文学生涯里,李广田一直以"地之子"的真诚和炽热,面向土地,看取人生。他的创作活动遍及文学多个领域。他是现代著名新诗人、散文家,也是小说家和文学理论家,一生写作和出版的诗、散文、小说,修订民间文学、文学理论和评论等书籍多达二十余种,许多作品都产生了深远广泛的影响。而其创作成就最突出的,还是他那风格卓越的具有浓郁地域色彩的散文。

一、土地之子的诚挚歌吟

李广田出生于山东齐东县(今为山东邹平县)的农村平原。他的生身父亲是一个不得志的旧时代的读书人,爱好诗词花草而不善农事。李广田自幼过继给务农的舅父为子,在辛劳节俭的农家环境中长大。生父和养父不同的人生态度,齐鲁平原上古朴艰辛的岁月,那儿世代流传的乡歌民谣和有关土地与黄河的古老传说等,熏陶了他质朴真挚和勇于追求的个性气质,也形成了他一生与故乡土地深刻的精神联系。大革命时期李广田在济南省立第一师范学校读书,开始接触和爱好新文学。1928 年他因为秘密传送新文学书籍坐过军阀张宗昌的牢房。1929 年,出走故乡的李广田考入北京大学英文系,不久开始发表新诗、散文和小说。数年后他的第一部作品——与北大同学何其芳、卞之琳的合编新诗集《汉园集》出版,受到新文学界的欢迎,时人称之为“汉园三杰”。李广田在《汉园集》中他的诗辑《行云集》里,首次显现了他清新质朴的抒情特征。其代表作是一首真挚浑厚的《地之子》,诗中那要“永踏着土地”“永嗅着人间土的气息”的纯朴告白,既是李广田心境的真诚袒露,也是他淳厚、真挚的个性气质的鲜明象征。李广田自述当时在写诗的同时“对于鲁迅的小说虽也喜欢,但受影响最深的还是周作人一派提倡的散文小品”。① 卞之琳后来也提及,其时他们几个好友“谈的最多的却不是诗的问题,而是散文的问题,……随笔、小品文、《古文观止》式散文,我国历来就有,……在西方像英国 19 世纪最流行一时的所谓‘家常闲话’式散文,即在英国到今日似乎也少见了,我们三人当中,只有广田最初写的似乎还是这路文章的味道,……我们都倾向于写散文不拘一格,不怕混淆了短篇小说、短篇故事、短篇评论以至散文诗之间的界限,不在乎写

---

① 李广田:《文艺书简·自己的事情》,开明出版社出版 1949 年版。

成'四不象',但求艺术完整,不赞成把写得不像样的坏文章都推说是散文。"①由此可见他们对散文小品的关注,和对一种新颖而纯正的艺术品位的追求。对于西方文学,当时李广田心仪华兹华斯、叶芝等英伦浪漫派诗人,发表过研究著名散文家兰姆的论文,同时英国 18、19 世纪几个不太知名的善写乡土与自然风物的作家玛尔廷(E. M. Martin)、怀特(Gilbere White)等人的作品,也明显引发了他深切的乡土和自然情怀。他认为他们所写的"关于乡村的或传说的景物与故事""太适合于我的脾胃了。……凡此,都被我所爱,最低限度,都能被我所了解,因为我是来自田间,是生在原野的沙上的,对于那田园和乡村的风味,我很熟悉,……。"②他说怀特"简练优美的文章风格,以及他的时代生活之图画,使得他的著作成了一部永世的乡土文学。它是有着文学作品的最重要的功能的,它能给人以美的启示和新奇的感印。"③而周作人所强调的民俗"风土"对于文学的重要性,"推重那培养个性的土之力。"④认为文学应"自由地发表那从土里滋长出来的个性"⑤等乡土文学观念,则直接从理论上影响了这一时期包括李广田、沈从文、废名等在内的一批作家。

大学毕业后,李广田回到了山东。他一边在济南和泰安等地教书,一边勤奋地写作。几年时间里,他陆续出版了散文集《画廊集》、《银狐集》和《雀蓑记》。他在《画廊集》的"题记"中这样写道:"我是一个乡下人。我爱乡间,并爱住在乡间的人们。……我喜欢我这个朴野的小天地,假如可能,我愿意我能够把我在这个世界里所见到所感到的都写成文字,我愿意把我这个极村俗的画廊里的一切都有机会展览起来。"⑥他正是从这种来自乡间的质朴个性出发,在早期生活经验和中西文化素养的基础上,去发现和领悟民族优秀文化、道德传统与自然淳朴生活之间的联系,并由此找到了释放自身情感的艺术切入点。在《画廊集》、《银狐集》和《雀蓑记》等散文集里,他以大量的篇幅,展现了山东故土的乡村画廊、朴野天地。他描绘了齐鲁大地的

---

① 卞之琳:《李广田散文选》,云南人民出版社 1980 年版。
② 李广田:《画廊集·道旁的智慧》,商务印书馆 1936 年版。
③ 李广田:《画廊集·怀特及其自然史》,商务印书馆 1936 年版。
④ 周作人:《民俗学论集·地方与文艺》,上海文艺出版社 1999 年版,第 303 页。
⑤ 周作人:《民俗学论集·地方与文艺》,上海文艺出版社 1999 年版,第 302 页。
⑥ 李广田:《画廊集·序》,商务印书馆 1936 年版。

高山长水，风土民俗，人物故事，审视那水深土厚的自然环境和文化背景下的种种人生形态，着重的却是"从平庸的事物里发掘美与真实"，深入表现了大自然和平凡劳动生活中蕴藏的美的真谛与人生的底蕴。这些作品以浓重的地方泥土气息，质朴真挚的情感，丰沛清新、充满韵味的意境创造等特色鲜明的个人风格，奠定了李广田现代散文名家的地位。

　　抗日战争的爆发，将李广田的生活与创作驱向了更广大的贫瘠、战乱的土地。1937 年，在入侵日寇飞机的轰炸声中，李广田跟随学校撤离了山东，开始了"走遍大半个中国"的艰苦流亡岁月。一路经河南入湖北，由湖北而入川，最后落脚于云南，他与朱自清、闻一多、罗常培、杨振声、卞之琳、冯至、沈从文、曹禺等人同在西南联合大学执教。抗战时期和后来的一段时日里，他出版了《西行记》（原名《圈外》）、《回声》、《灌木集》、《日边随笔》等散文集。《回声》的主体篇幅，是他对往昔乡土田园的深情回眸。《西行记》则是李广田流亡岁月的产物，是他途中"愿意去访问……荒山里的村落，愿意知道每一个地方的建立、兴旺、贫困与衰亡"①的忠实记录。他称这些记载是"苦涩"的，也仍有从那些充满了饥饿、粗野和丑陋的杂乱生活中，在普通百姓的纯朴言行中感受到了"深湛的和平之感"和健康力量的欣喜。文中记述了这一时期鄂陕及川北地区的民生状态，风土民情。在表现上增加了峻厉苍冷的色调。在抗战时期国统区的散文中，比较集中地反映了某些特定地域的基本生活形貌及其与时代特征紧密联系的政治的、经济的和文化的种种现象，并尽可能地从中体现出一定程度的历史沿革，《西行记》可以说是仅有的一部。

　　流露了他审美情致在大时代的某种转换的，还有写于抗战胜利以后的《日边随笔》。这多是一些杂文性随笔，却又比一般的杂文更蕴藉含蓄，近似于散文诗。冯至后来说："我记得《日边随笔》里的某些短文在昆明的小型刊物上初次发表时，我读后立刻想到鲁迅的《野草》。作者针砭时弊，剖析心灵，运用新奇的比喻和寓意，不落一般窠臼。"②。由此也说明了这个集子中大致的题材内容。此时李广田在战后昆明已加入了以闻一多为首的反对内战、争取民主的斗争行列，在这里朴素而锐利的文字中，蕴蓄了他此时

---

① 李广田：《圈外·冷水河》，重庆国民图书出版社 1942 年版。
② 冯至：《李广田文集·序》，山东文艺出版社 1983 年版。

随着时代的烈火燃烧的深沉的情感。他坚持取材于最普通的社会人生的创作态度,仍使其作品带着来自底层生活的质朴色调。他认为只要"自己和时代相通",就仍会让产生于"人生土地"的文学果实,来"滋养人生。"①它从一个方面,反映了李广田散文体式和风格的多样变化。

二、大地叙写的文化意蕴

李广田的散文,所涉及的题材和内容都相当广泛,但也仍然有他自己一贯侧重表现的领域。大体说来,主要是一些故乡生活图景、童年琐忆、各种乡野故事与传说、地方风物民俗的描述和山水记游等。他在一篇散文中写道:"其实我住在都市里也正如不住在都市里一样,我大概还是住在都市里的乡下人……我的根也许是最容易生在荒僻地方的。我大概不会是一棵松柏,一棵梧桐,更不是牡丹和兰花,我大概是一株野草,我始终还没有脱掉我的作为农人子孙的性道。"②他的文学的根,深深扎在齐鲁故乡的泥土里。当他来到都市经历了西方文化和现代文化的熏陶,寻求民族和文学的前行之路时,乡土中国,乡村以及农业文明成为他构思的基础。表现特有的地域乡土色彩和乡土人生成为他独特的艺术追求。如同周作人说的:"跳到地面上来,把土气息泥滋味透过了他的脉搏,表现在文字上。"③在这一领域里,可以说集中了他最好的散文作品。

从内容上,这些作品可大致分为描写风物民俗与乡野传说,描绘田园景致和自然风光以及描述乡间人物等几个部分。在这里,最先扑入人们眼帘的,是一些古朴动人、韵味悠长的民俗风情画。如《画廊》、《野店》、《平地城》、《上马石》等。《画廊》描绘的是年终岁末农人们在古庙里观赏挑选年画的祥和景象:那有着古老的巨蛇传说的村庙,每逢近新年时便被打扫一过,熙熙攘攘间弥漫着平和与喜悦,孩子们仰了脸儿看着"莲生九子"、"仙人对棋"的画儿出神;衔了长烟管的老人缓缓讲述着图画中的故事,指点着,叹息着,……作者接着写道:"再没有比这个更能给人以和平之感的了。

---

① 李广田:《日边随笔·序》,文化生活出版社1948年版。
② 李广田:《回声·根》,桂林春潮出版社1943年版。
③ 周作人:《地方与文艺》,《周作人散文》第2集,中国广播电视出版社1992年版,第214页。

是的，和平之感，……人们在那里不相拥挤，不吵闹，一切都从容，闲静，……。"《野店》则展现了乡野旅途上人们"陌路相遇又相知"的淳朴场景：在摆着青生铁脸盆、黑泥茶壶的荒僻小店里，挑担的、推车的、卖鱼的、卖山果的、走方郎中等各路客人偶然地聚在一起了。人们说一些慷慨义气的话，亲切而温厚地互相照应着：

> 他们都很重视这些机缘，总以为这也有神的意思，说不定是为了将来的什么大患难，或什么大前程，而才先有了这样一夕呢。如果是在冬天，便会有大方的店主人抱了松枝或干柴来给煴火，这只算主人的款待，并不另取火钱。在和平与温暖中，于是一伙陌路人都来烘火而话家常了。

当叙述到那陌路相遇的行旅人彼此会"毫不计较地把真情流露了出来"时，作者笔锋一转，"就如古人所歌咏的：'君乘车，我戴笠，\他日相逢下车揖；\君担簦，我跨马，他日相逢为君下。'——这样的歌子，大概也是在这样的情形下产生的吧。"这类直接取自民间文化形态的质朴醇郁的笔触和画面，在散文集中比比皆是。如《平地城》里灿烂星空下的乡野路上，空气冷冽清新，马车披霜前行，见多识广的车老板讲着一个个乡野趣闻，鬼怪故事，地名掌故……都是一些极普通的农村情景、乡野风情，夹杂着缕缕神奇而深邃的色调，仿佛一阵阵亲熟而又清新的泥土气息扑面而来，弥漫着鲁中地区特有的浓郁的地方色彩。那从和平劳动生活中产生的质朴的人生情趣，那些奔走四方的底层谋生者中独有的"世间味"，都令人们于熟悉和亲切中体会到一种平和隽永的意味，一种历久而弥新的美感。欣赏着这些作品，会使人意识到，正是在这些习见的单纯的生活常态中，孕蓄了中华民族生命和道德传统的根柢，是民族文化及文学产生的民间渊源。这些作品格调淳朴、恬静，犹如作者悠长的乡情，在娓娓的述说中带给人久久的回味。这种乡间的宁静与和谐，与这一时期外部社会的动荡不宁形成了反差强烈的对照，反映了作者着眼于乡土民间的一种文化守成意识。

在描写田园风光和自然景象的作品中，李广田每每以深挚的文字，将生机盎然的自然景色、淳朴的民俗风习、优美的神话传说和人间生活气息糅合于一体，创造了秀美丰腴的散文篇章。如《桃园杂记》描绘了故乡的桃园，诗情画意中浮漾着泥土的芳馨。其中以清新简洁的白描手法，摹绘了桃园在春夏、雨后等不同季节、天气里的种种迷人景色，穿插以布谷鸟的飞翔鸣叫，烘托出了极美的桃园风情。有关"桃王"的传说，更给桃园抹上了一道神秘瑰丽的色彩，传达出了世代桃农对于丰收的祈望。同时文中又点出了"现在年头不好，连家乡的桃树也遭了厄运"，在对桃园的留恋叹赏中流露出对故乡暗淡前景的忧虑。那透着淡淡惆怅的素朴郁隽的意境，充分显示了李广田描写田园散文的独有神韵。这一类的作品还有秀逸多姿、引人入胜的《扇子崖》、《雾》、《山水》等。前者不仅写出了泰山名胜扇子崖那秀卓傲岸、动人心魄的美，还随时绘写沿途的风俗人情，有关扇子崖的神话故事等，赋予了作品丰厚秾丽的情致；后者则是在"村落，树木，五谷，菜畦，古道行人，鞍马弛驱"的乡野平原背景上，构筑了美丽山水之乡的虚幻镜像，从中折射出北方故土先辈人的乡垦深情和后代子孙的梦幻追求。亦鲜明地呈现了李广田散文诗情浓郁的特点。

李广田描写乡土人物和有关儿时生活回忆的一部分散文，同样显现了他独特的写作个性和审美文化意味。《过失》、《悲哀的玩具》、《回声》等篇章，真实地记载了作者的童年悲欢和祖、父两代人生沧桑与现实艰辛的生命痕迹，还有《柳叶桃》、《枣》、《父与羊》等，都反映了特定乡间环境中人生的无奈与悲剧，渗透着作者对当时农村广大人群生存状况和心理重压的理解与申诉。他另外两组对乡村人生形态冷静观照的散文，大半在生活摹写的同时又带有民族寓言的味道。一组是在现有的农耕社会文明中安然生存，并具有与之相适应的心态德性的人生情态。如描写了人物面对生死时有如大自然般从容而达观的《上马石》、《他们三个》，揭示了人在失意和落寞中的自我担持、并保持着一种合理、适度的生活态度的《银狐》和《老渡船》，还有纯写实笔墨的讲究孝道伦理、与世无争又自然适意的《花鸟舅爷》和《五车楼》里的人物等。另一组则是遭遇了人生劫数或难言的危难艰辛，却以另人难以想象的坚韧意志力顽强支撑的人生景象。如荣华散尽时在淡泊自守中维护个人尊严的《种菜将军》，瞎了眼睛也仍然执拗地强横地要一份正常人生活的《看坡人》和《生活》，《山之子》的哑巴为生存每天在悬崖上冒死穿梭等等。在这里，作者固然也每每发出对世事变幻、人生无常的生命慨叹，而更多的是欲通过对人物际遇或生活情状在一定距离的俯仰观察，达到对民族生命及道德观念和民族人格精神支撑的一种发现、了解和文化重构。他看重和所表现的，是在自然与历史文化的大背景下，以民族内在的文化品格、民间传统的儒释道精神所化育的那么一种淡定平和恒久的自然人格力量;更在那些受尽灾难打击或已然落魄的人物身上,去发掘和表现人的本性中一种蓬勃的、永远也不会窒息的强韧蓊郁的生命活力。总的来说,李广田描摹乡野人物的散文从多重视角,反映了水土深厚的齐鲁乡间厚重的生命场景,抒发了他独有的人生体验和生活情愫,也在其中寄托了他的乡土理想。

散文集《西行记》反映了作家在离开原来亲熟的地域环境后,创作上所发生的变化及其内在仍然会保留的某种固有质素。在流亡途中,李广田所见尽是人们绳枢瓮牖的贫穷处境和国民党统治下大后方的沉沦世相。怀着亡国离乡的愁绪,记叙这些所见所闻,揭露并鞭挞黑暗,寻取和讴歌光明,正是他这本散文集所表现的主要内容。这里记叙了形形色色的人生样态。《乌江渡》反映了数万饥民——“饥饿的灵魂们”的剪影,《西行草》描述了小城镇鸦片烟馆的景象;既有蒙昧沉滞、浑浑噩噩的小镇生活写实(《母与子》、《冷水河》、《养鸡县官》),也有对打着抗战旗号却终日无所事事的所谓服务团的素描(《威尼斯》)。在怀着惊讶和悲悯反映贫困、愚昧、欺诈和虚伪的人生境况的同时,李广田也着意去感受、描绘了劳苦民众善良、自尊的品性和劳动群体的力量。如《黄龙滩》、《忧愁妇人》中对几个老人和妇女形象的捕捉,他们虽然衣衫褴褛,处境贫寒,有的还受着保甲长的无情盘剥,却都葆有着性情上的真诚、平和、顽强与尊严,从这里可以看到作者关注纯朴善良人性的一贯笔触。他还饱蘸着感情记述了纤夫们在浅滩逆流中拉拽大船的情景,那酷烈的力的显现,粗犷的群体节奏,在李广田眼里,直同于“民族的起舞与高歌”,由此引出“我们的民族,也正如这大船一样,正负载着几乎不可胜任的重荷,在山谷间,在逆流中,在极端困苦中,向前行进着。”表明了作者在普通底层劳作的民众中“寻取光明”的生活实感。整部集子里,对鄂、川等地的民情风俗和自然景色的描写新鲜有力,险峻而奇异的自然环境中,凸衬出生命的执著与美丽。它不仅是时代生活的实录,在表现 20 世纪前半时期鄂川地区的民生状态、风土民情来说,也有着难以取代的文本价值。

中国散文向有经世致用的久远诗学传统,家国意识、民族情怀、乡土苍生、人伦亲情向来是重要的创作题材。30 年代的一部分作家们往往以特定的乡土地域为客体对象,由具体作品所展现的地方生态与生活景观、风土习俗、故乡情感中,呈现出创作主体的审美意向、哲学思考和理性批判等。他们在"将乡间的生死,泥土的气息,移在纸上"的同时,也力图表现出土地的坚实,和对自然恬静的田园生活与淳朴人性的向往。在当时的时代氛围和民族生存环境下,这种具有一定倾向性的创作态势的形成,与作家对民族文化、现代文化的思考和选择有很大的关系。一部分作家其时的思想情感活动,由对当时中国现实状况的不满,尤其是随着民族危机日益逼近而产生了深重的忧患感。他们在否定传统乡村社会的同时,也失望于灰暗混乱的都市生活,便转而以淳朴的乡土来安放其孤寂感伤的心灵。当他们在社会生活的刺激下,在中西文化碰撞中,确立了建设现代方向的民族文学的主体意识之后,在一定的审美经验过程中,有意识地把文学的目光移向田园乡野时,描绘那传统水土的深厚、自然和人性的优美与奥妙之际,便不仅是把这一切当作了孤傍无依又渴望翱翔的青春生命的依托,汲取文学灵感的源泉。还特别对祖国山川和某些体现了美的、强烈的民族性的事物表现了深深的珍惜、眷恋之情,强调民族美德在任何时期和地点的永久性意义,强调在民族历史积淀中凝聚而成的优秀品格,在民族发展前进中的历史共时性价值。意图在文学写作中来据此检视民族生存的根柢,张扬中华民族精神,使之成为民族文化、道德特质的审美表现。李广田的散文创作,便是其中杰出的代表。

他善于在表现祖祖辈辈人们对恬静田园生活的向往时,开掘乡土社会中与自然和历史悠久时空相连接的普遍人性,描绘秀丽自然景色与田园风光时,不回避生活的严峻;在对人物卑微生活的呈示中,开掘其人性的庄严。同时一股浓重的民族历史和文化意识升腾出入于其间。于是他的作品在司空见惯中给人以清新又厚重的感受,引起人们对周围平常事物和人生的再认识,从这亘古常新的土的讴歌中引起对民族生存之根的思索。从而产生了深远的美学意义。他的作品又是那凋零危亡的时代一种来自广袤土地的呼唤,是作者对民族文化个性及其历史价值的严肃思考。在现代乡土文学主要表现为乡土批判和乡土寻梦的两种创作态势时,李广田兼而有之,在两者之间耕耘了一片新的田园,由此打造了乡土散文的新风貌。

三、独具一格的散文诗学建构

李广田以其独特鲜明的艺术风貌和个人风格,为现代散文的诗学建构做出了贡献。他坚守自己的创作根基，着眼于平凡的泥土，在艺术表现上注意文学的民族与传统风骨和现代艺术技巧的和谐融会，为散文创作提供了新的审美经验。他说："诗在日常生活中，在平常现象中，却不一定是在血与火里，泪与海里，或是爱与死亡里，那在平凡中发现了最深的东西的，是最好的诗人。"[1]他在《谈散文》中写道："散文之所以为散文就在于'散'，……不过话得说回来，散文既然是'文'，它也不能散到漫天漫地的样子，就是一条河，它也还有两岸，还有源头和汇归之处，文章当然也是如此"，"好的散文，它的本质是散的，但也须具有诗的圆满，完整如珍珠，也具有小说的严谨，紧凑如建筑。"[2]李广田的这两段文字，揭示和说明了他创作的本质，和他对于散文艺术的具有现代审美向度的追求。

他在创作中，往往突破了新文学以来小品文的格局，突破了写景和纪人叙事散文平铺直叙和作平向描述的框架，而善于以参差的笔法，开放式的表现空间，去立体地表达自己丰富复杂的体验与感受。在 30 年代的散文领域里，还有多位作家写过表现乡土题材的作品，如沈从文、陆蠡、吴伯箫、丽尼、师陀、吴组湘等等，他们以各自的风格，叙写着故乡的世态风情和乡野故事。然而像李广田那样，在散文里比较集中的、多方面地表现一定地域的风俗景物和生活样态的，大概除了沈从文，还没有人能够超过他。与沈从文、陆蠡等人善于展现偏远深僻地带的奇风异俗、绮旎风光不同，李广田表现的是在齐鲁文化——中国最阔大、深厚的儒释道文化背景下的地方风土人情。多方位地展现了中华民族最带有普泛性的乡土人生。他笔下所展示的景物和人生场面，浸润着浓郁的民族历史文化色彩，齐鲁民间的古朴意识，然而也是北方中原农村的常见景象，绿野，农舍，桃园，欲将倾颓的古庙，肩犁荷锄的农人……。就连那朴野清新、雄浑伟丽的自然景观，也易唤起人们对于久已熟知的文化符号的亲熟感——黄河与泰山等高山大川，都是华夏民族的摇篮和民族精神的象征，被古往今来无数的名人骚客吟咏过，描绘过。而活动在其中的，则是几千年封建统治下负重、坚忍的普通人群，那生生不息的生命的续替与追求。

李广田的独到之处，首先在于他不是单纯地叙写乡野景物或乡村故事，

---

① 李广田：《诗的艺术·沉思的诗》，开明书店 1944 年版。
② 李广田：《文艺书简·谈散文》，开明书店 1949 年版。

而是在描述中随处有机穿插进神话传说、民间寓言、歌谣以及民间传说的历史典故等等。以开放的多重层次的结构形态,延宕、扩展情感的表现空间。像《桃园杂记》、《画廊》、《扇子崖》、《山水》等散文小品,都是在普通的田园劳动生活场景或山水景观中,随处插入神话和有神话色彩的民间传说、寓言故事等等,让历代人民用这些瑰丽奇妙的形式所表达的生活经验、记忆、哲学以及历史等,不受现实生活逻辑限制地进入了作品叙事或抒情之中,从而大大增加了作品的张力和厚度。这些民间文化因素与乡间的自然风光习俗、朴素劳动生活,人物的生死哀乐巧妙地糅合在一起,形成了形式与内在的虚与实、真与幻、简淡与秾丽、写实与象征的错落交织,使作品往往于平实浑厚之中,隐现着丰腴和绚烂,组成了自然和谐又丰沛隽逸的艺术整体。比如溶现实、神话、幻想于一炉的《山水》,写的是平原之子的浓挚乡情和对远方高山长水的憧憬与向往,其中插入了平原祖先围海造山的神话传说,便运用了腾那移变、时空转换的手法,使作品中生活实境和往昔、现在的情境幻象,轮转交替出现,而波动起伏的情感自然地渗入其间,使全文整个地处于不断的"神变、气变、境变"之中,古朴奇丽,变幻多端,神韵无穷。

突破了散文的平面描述,李广田的散文因之显现了一种"平中寓奇"的特点,写景致是于淡然中见绚烂,写人物则是于平凡中显奇崛。这除了他写的往往是处在生活边缘、被社会所拒绝和遗弃的人,特别是有身体残缺的人物外,还因为他往往会把小说的一些因素吸收到散文创作中去。如在《看坡人》、《山之子》、《一个好朋友》、《冷水河》等作品里,多数是设计悬念,或者是倒置式结构,有的则加入了情节因素。这就使他的散文有了立体的感觉。如《山之子》是其人物散文的名作。这篇作品烘托了一个粗犷、倔强的哑巴——"泰山之子"的形象。哑巴一家在险峻的泰山高崖上采撷野百合为生。他的父兄相继摔死在深涧下。为了奉养母亲和寡嫂,哑巴仍然冒着性命危险去采百合,日日攀登在悬崖峭壁上。而散文里将哑巴的身世、悲惨命运,这一干隐性情节作了"散开"的处理,其中又有悬置和倒叙。所以开始出现在作品中的哑巴,既是现实中的贫苦山民,又有一定的神秘惨烈色彩,从而又被赋予了一定的象征性。文中当高大结实的哑巴站在山崖上讲着谁也听不懂的话时,作者深情地写道:"然而我却懂得了另一个故事:泰山的精灵在宣说泰山的伟大,正如石头不能说话,我们却自以为懂得石头的灵心。……"作者笔下的哑巴,背负了千百年来劳动人民沉重、黯淡的生活命运。既是朴实而苦难的中国劳苦大众的代表，又是雄浑、沉毅的泰山风骨的象征。

李广田将来自生活土壤的新鲜、生动的口语，与中国传统的文学语言和外来语汇加以融溶与锤炼，创造了自然隽永、兼容并蓄的个性化文体。他带有自身气质的散文语言。总体上是民族气味很浓的如行云流水般的行文风格。有一位文学史家说："新文学自 1918 年诞生以来，散文的语言，为两大因素所左右，一是欧化语，二是方言土话，这两个因素本是两个极端，居然同栖于现代散文中，遂使现代散文生涩不堪。……文学革命时期，本有现成而优秀的散文语言，那就是……传统白话小说的散文语言，胡适曾有气无力地提倡过，可是没有认真的主张，遂令那些作家们，在欧化语和方言土话中披荆斩棘，走了一条艰辛的弯路。这条弯路，到了李广田的《灌木集》才又回归了康庄大道。在《灌木集》中，罕见欧化的超级长句；也绝少冷僻的方言土话，所用语言切近口语，但做了细致的艺术加工。换言之，展示了新鲜圆熟的文学语言，也可以说，重建了中国风味的文学语言。"①李广田的语言也注意融进现代新质，在兼收并蓄的基础上发展自己的民族风格。有的散文句子便纯净而轻灵，带有意识流的味道，像散文《回声》中的抒写："我从那黄河发源地的深山，缘着琴弦，想到那黄河所倾注的大海。我猜想那山是青色的，山里有奇花异草，有珍禽怪兽；我猜那海水是绿色的，海上满是小小白帆，水中满是翠藻银鳞。而我自己呢，仿佛觉得自己很轻很轻，我就缘着那条琴弦飞行。"这类已经迥异于传统散文的语言表达方式，显现出了现代散文新的审美境界。他擅长采取独语体式，如同在散文艺术追求上与他相近的何其芳所说的："……企图以很少的文字创造出一种情调：有时叙述着一个可以引起许多想象的小故事，有时是一阵伴着深思的情感的波动。"②善于运用意象、象征、甚至声响和颜色来叙事抒情，以独白、对话或故事元素介入抒情，借助诗性思维来组合意象或创造意境，营造出一种现实和幻想交织、真挚浑融而又精致的艺术境界。他的一部分优秀作品，也同时展示了抒情散文的一条新路径。

---

① 司马长风：《中国新文学史》(中卷)，《散文的圆熟与飘零》，香港昭明出版社 1980 年版，第 27 页。

② 何其芳：《我和散文》，柯灵主编《中国现代文学序跋丛书·散文卷》，海南人民出版社 1988 年版，第 1171 页。

第三节 臧克家诗歌的艺术开拓与抒情风格

一

作为自觉的现实主义诗人,臧克家艺术个性的社会定势,是以大革命的失败为其产生的社会背景;以山东大学的作家学者群为其产生的艺术背景;后来,又在战地写作和当代写作中进一步得到强化,并且逐渐延伸并且趋于完善。

文学创作的道路,伴随着诗人的心路历程。写实的技巧,绵密的风格,运思于虚实和巨细之间的艺术个性,导致农家的苦难现实和诗人的坎坷身世终于在诗作中浑然一体,铸成了臧克家的"山东魂"——浑厚而又质朴,充实而又丰富。诗人最熟悉的,是山东农家的悲惨命运。他从中看到人间的不平,也感受到彼此命运的相似……大家的希望都那么渺茫,大家的奋斗都那么艰难!他理解农民的喜怒哀乐,也陶醉于佃户所讲述的故事。一种文化认同心理,促使他努力去写农村,并且在封建经济的破产中加深了自己对于反帝反封建的迫切性的理解。倘若没有这样的"山东魂",就不会出现被称为"农民诗人"的臧克家。这种与农民声气应和的思想感情,也塑造出相应的抒情主人公形象——既然农家的甘苦是诗人情感的根土,那么,抒情主人公在农民的命运里寄托自己的情思,在社会的场景里传达审美认识,亦即虚实相生、巨细兼顾,也就是顺理成章的事情。

唯其如此,诗的政论性,是寓革命哲理于农家的悲剧命运;诗的形象化,是用叙事手法写诗人的现实感受。政论性和形象化,促使抒情主人公突出了感知和理解的抒情要素;这种抒情要素本身,乃是现实主义诗歌艺术中最具有本质属性的成分。原因在于,它们凸现了艺术个性与社会现实之间相对稳定、也比较深刻的内在联系。

政论性促使抽象思维介入形象思维,通过现实感与身世感的对比联想,表现出虚实相生的审美心理定势:臧克家的艺术构思,乃是以写实来印证身世,寄托身世之感于现实事件之中。表现这种审美心理,主要不是寓情于物,而是推己及人,随后就可以在联想中达到一种"人中有我"的艺术境界。这样一来,诗章就需要以赋为主,同时又暗含比兴因素。于是,抒情主人公站立在人物形象的背后，犹如形影不离——故事主人公形象的命运，乃是抒情主人公自己身世的折光；而抒情主人公对于故事主人公形象的审美判断，又包容了自己的人生感悟。融理入情的艺术构思，就造成了现实感与身世感浑然的契合。

就这样，虚实相生和巨细兼顾构成了臧克家的艺术个性。现实感和身世感并重的双层审美心理促成了意象化和形象化交织的复式抒情结构。一方面，现实感逐步向身世感积淀，最终形成了以希望和奋斗为中心的抒情敏感区；一方面，意象技巧悄然渗透形象结构，最终形成了以形象板块为主体的优长诗体；诗人的现实感和身世感组成了抒情内容的两极，"大"与"细"则组成了形式技巧的两极——仿佛是十字交叉的审美心理坐标系，而且在交叉点附近，恰恰是诗人创作的黄金地带……上述的组诗与诗篇，大都以情事理交融为特色，并且大处落墨，细处着笔，化飞动的神思为精细的笔触，从而取得了较高的艺术成就。惟其如此，从坚忍精神到"星星主义"，伴随着诗人审美重心的情、事、理推移。臧克家总是在社会实践中充实自己，在艺术实践中表现人生，于是，自己的艺术视野便开阔起来……大体上，坚忍精神和星星主义，既是失望的产物，又有理想的寄托。面对民族危机，产生了诗人的忧患意识；探寻社会前途，形成了革命的实践意识。

臧克家选择的是一条现实主义的创作道路，它使得诗人的现实感和身世感越来越丰富，从而渐渐形成了虚实相生、绵密劲爽的艺术个性和抒情风格。这一切，显然都是由诗集《烙印》开始。失望中有自勉、奋斗里有自警的特定心态，是臧克家现实主义创作精神的心理依据。日后，他在诗歌的现实感内容，以及在形象化形式方面的长足进展，并没有脱离身世感成分和意象化因素，所以他的作品同一般的写实艺术有所差异。

《烙印》始终是诗人最重要的代表作，原因就在于，其中蕴含了他的艺术个性的心理基石。以此来判断臧克家在新诗运动中的历史地位，可以说诗人乃是从新诗意象化到新诗形象化转折期的代表人物。他的创作方向，显示出新诗的政治抒情传统由开端到成熟的历史演化轨迹。他的艺术追求，实质上是由抒情的真挚转向了政论的深刻。这样，《烙印》就必定要超越《死水》，而开始了新诗运动的历史性转折——从《老马》到《有的人》……

抒情与政论的统一，显示了现代诗人求实的创作精神，同时，也熔铸了他们坚实的艺术个性。《烙印》的艺术魅力,在很大程度上来源于社会美理想在诗人心灵上的折光,从而表现出人生的自觉与自为。那就是:透过诗人的双层审美心理结构,借助抒情主人公的坚忍情态,而在诗歌中表现出美感化了的历史主动精神,亦即失望中的自勉和奋斗里的自警。

当战地写作成为诗人创作道路上的"主干",《烙印》的情思就成为决定人格与风格的艺术精神的"根系"。诗人在自我超越——而昔日的经验,便是起跳的"基石"……

《烙印》不失象征色彩,其中又包含叙事的成分,确实表现出新诗从意象化转向形象化的发展趋势。在这里,寓哲理于事件,是这种转轨态势的明显征兆。而臧克家顺应新诗演进大势的内在依据,则是他的双层审美心理结构。由于身世感引发了抒情主人公的感情记忆,于是造成了《烙印》的抒情倾向;由于现实感出自理性反思,于是产生了《烙印》的政论趋势。抒情与政论的结合,恰是现代文学发展的大趋势。臧克家的创作道路顺应了文学发展的大趋势,顺着强化政论的方向发展,从而奠定了自己在现代诗坛上的主导地位。

二

历史告诉我们,诗歌的文体成熟期大约在 10 年左右。从这个角度看中国新诗的发展道路,"文体陷阱"的存在应该是一个不争的事实。基于臧克家将近百岁的高龄、以及他与中国诗歌艺术主潮所保持的深刻联系,可以说"世纪诗翁"已经成为百年新诗的一个缩影。从"臧克家现象"来分析中国新诗的"文体陷阱",对于理解中国新诗发展历程是很有意思的一个尝试。因为纵观臧克家一生的创作道路,显然存在一种思潮与文体互动的发展趋势。诗人始终自觉追随着社会思潮,并且有针对性地选择了相应的诗歌文体。他的审美意向,成为艺术创作自我调整的主要依据。审美意向的演化过程,导致臧克家拥有一个阶段性很明显的创作历程。

诗人的审美意向是因时因地而发生变化的。臧克家早期抒情短章带有新格律体的艺术韵味,抗战初期的长篇叙事诗和抗战后期的政治讽刺诗(这个时期大约更强化了写实的趋向。他的当代诗歌创作,则显然受到古典"意兴"的影响。如果说战乱时期诗歌文体的变化主要同时局有关,那么在建国后诗人艺术趣味的转移就主要取决于审美的情趣。这种审美意向表现为旧体诗创作的自发性和抒情的亲切感,并且由此出发,多少脱离了政治抒情诗艺术的制约。当代中国诗坛的文化氛围不同于现代之处,在于国家文艺政策具有很强的约束力,当这种约束力超过一定限度,就会限制新诗运动的自我调整。作为一位对社会思潮非常敏感并多次调整个人创作文体的诗人,尤其是在担任《诗刊》主编后,他显然意识到新诗运动自我调整的必要性。可是处事严谨的个性,又让臧克家欲语还休,在文艺政策方面表现得慎重异常。

臧克家的两句诗,可以代表这位老诗人的当代文体观念:第一句"我是一个两面派,新诗旧诗我都爱;"第二句"老来意兴忽颠倒,多写散文少写诗。"他说:"五四运动新诗闹革命,反对旧诗的封建内容、陈词滥调,把这种有着悠久历史传统、为历代人民所喜爱的形式也连带反对掉了。从此,弄成了新旧诗对立的一个局面。"①诗人的古典"意兴",对自己的当代诗歌创作历程无疑具有深刻的影响。他的创作经验和教训,也会促使古典"意兴"构成诗歌审美情趣的重要内容。向旧诗学习,成为臧克家追求诗歌艺术经典化的途径。他在 1978 年,曾经这样表白:"总括起来看,解放以后,特别是这几年来,为赶政治任务,为朗诵,写下的一些急就章,在形式方面,由于激情的冲击,闸门是放大了。虽然从中还可以窥见一点原来个人风格的特点,但精炼性、深刻性显然是差多了。如何写重大题材而不流于泛;有激情而又能控制,大大发挥艺术的概括力,使它既大气磅礴,撼动人心,而又含炼有味,魅力引人,不至诗随境迁,这是十分困难的,个人注意到了这一点,但作不到这一点。"②于是,从《忆向阳》开始,诗人转向了旧体诗创作。旧体诗不仅精巧,而且不必写"重大题材",可以随意挥洒,用亲切的语调,自如地抒情表意。这个选择,还表现出诗人长期的苦恼。抗战以来几次变更诗体,虽然屡获好评,但是就艺术境界而言,确实出现了滑坡现象。诗歌文体并没有高下之分,却有一个大约十年左右的"成熟期"。诗人反复更换文体,自然是为了加大诗歌艺术的社会效益,而冒着降低艺术水准的风险。当年闻一多

---

① 臧克家:《新诗旧诗我都爱》,《臧克家文集》第 6 卷,山东文艺出版社 1994 年版,第 111 页。

② 臧克家:《学诗纪程》,《中国现代作家谈创作经验》上册,山东文艺出版社 1980 年版,第 426 页。

所传授的诗法,乃是千锤百炼之作。那种颇具古典"意兴"的抒情技巧,对于臧克家始终具有强烈的吸引力。他深知传统的价值,并且受到旧体诗艺术的有力吸引。显而易见,臧克家的旧体诗创作,既考虑到提高个人的创作水平,也意识到当代诗坛的问题所在。作为有全国性影响的老诗人、中国作家协会书记处书记、《诗刊》主编,他历来不乏全局性眼光,也一向重视宣传毛泽东诗词和介绍古典诗歌艺术。他主张要辩证地看新诗和旧诗的长处和短处:"世间的事物,都是矛盾而又统一的。新诗,是潮流所趋,而旧体诗则是潜流,若断若续。全国解放以后,百花齐放,旧体诗作为一朵花也放出了新的色彩,与新诗争艳。毛泽东等一些中央老同志,以他们高水平的作品高标于世;许多诗坛宿将如柳亚子、茅盾、田汉的新作,引人注目;赵朴初的旧体诗集畅销一时;其他像叶圣陶、老舍、王统照,都是以新诗名世的,都发表了为数不少的旧体诗。凡此种种,使得旧体诗大大活跃起来。《诗刊》创刊伊始,就为旧体诗留有一席之地。"①这些想法已经涉及新诗运动的自我调整需求。兼顾传统与创新,本来就是新诗健康发展的必要条件;而在政治空气相当紧张的岁月中,旧体诗作为"诗余",无疑会提供表现的便利。例如1973年5月,在丁香花纷落的家中,臧克家写下《抒怀寄故人》这首诗:"初夏小庭院,落花迎客香。把手相面久,呼名喜欲狂! 少壮忽如昨,鬓发两苍苍。死生点旧雨,年岁较短长。清茶权当酒,情挚语芬芳。头白壮志在,相将奔康庄。"迥异于政治抒情诗的艺术情调,可以在诗中自然地得以表达。对于诗人自己,这当然也是相当满意的创作经验:句短情长,亲切有味。臧克家认为:"十几年来,有那么一股不良的诗风,那便是既长且空。"②诗人敏锐的美感,让他选择了新的抒情文体。就这样,抒情短章、长篇叙事诗、政治讽刺诗和旧体诗,不仅构成贯穿臧克家创作道路的文体发展脉络,还形成了一个近似环形的艺术创造轨迹。自幼喜爱唐诗宋词的文化记忆,青年时代第一部诗集《烙印》获得较高艺术成就的喜悦,都在暗示臧克家,新的变法对于全局、对于个人,都有可能带来新的机遇。他也许没有想到,旧体诗的巅峰同样难以一蹴而就,调和新诗与旧诗这两种差异极大的诗歌文体又是谈何容易。

---

① 臧克家:《新旧体诗关系问题》,《臧克家文集》第6卷,第154页。
② 臧克家:《在民歌、古典诗歌基础上发展新诗》,《臧克家文集》第6卷,第126页。

　　短诗《有的人》带有杂感韵味，是臧克家当代创作的标志性起点。诗人说过，这首诗的成功，主要得力于相关的"经历、感受，存在心里，酝蓄多年，借着纪念鲁迅逝世这样一个机会，用诗作为一个出口，抒发了心中的积愤，水到而渠成。抒情诗当然是抒情的，但如果没有深厚的生活经验作底子，仅凭一时感触，即兴而成，那，它的思想性和感情的深度就会显得不足，不能深深地打动人心。"①问题在于，诗人虽然深知创作离不开艺术构思的自发性；可是身不由己，自己在

　　后来的创作中固然难免急就章，而且诗坛的风气也日益恶化，面对假大空的更兼大批量的新诗作品，他的阅读趋向便日益倾向于旧体诗。需要说明的是，阅读趋向和创作构思具有相当微妙的联系。一位旧体诗的忠实读者，往往会发展为旧诗的作者。和平时代，提供了阅读的好机会。老年臧克家更加爱好读诗，已经是半床诗书，多为古籍。大体上，他的阅读是从毛泽东诗词开始的。在《诗刊》的创刊号上，发表了 18 首毛泽东诗词。臧克家说："这十八篇旧体诗词，从原稿到出版以后，我一读再读，越读兴致越浓，所得到的也越多。"②臧克家是毛泽东诗词研究会的会长，赏析毛泽东诗词让诗人确信，应该在民歌、古典诗歌基础上发展新诗。所以，从宣传毛泽东诗词到介绍古典诗文，他兴致勃勃乐此不疲。"老来意兴忽颠倒"，成为臧克家当代审美意向的生动写照。

　　毛泽东诗词的艺术魅力，不但征服了臧克家，而且让他确信，新诗运动可能存在新的发展途径。诗人指出："毛主席的文艺修养很高，他读过许多古典文艺

　　作品，从中吸取了许多精美的东西，他的作品，不论造句下字，都是千锤百炼，苦心推敲。他学习古人，但不做古人的奴隶，在成规中大胆创造，有守成也有突破。对于旧诗词的形式，他能运用自如，使形式听从驱使，把旧形式和新内容统一了起来，自自然然。虽然我们读的是旧诗词，而感觉却十分清新。"③于是，在臧克家心目中天平日益倾斜，旧诗逐渐替代了新诗原有的地位。诗人曾经这样表白："我爱新诗，更爱古典诗歌。我写新诗，也写旧

---

　　①　臧克家：《关于〈有的人〉》，《臧克家文集》第 6 卷，第 722 页。

　　②　臧克家：《毛主席的两首词——〈长沙〉、〈游泳〉》，《臧克家文集》第 6 卷，第 314 页。

　　③　臧克家：《读毛主席的四首词〈黄鹤楼〉、〈六盘山〉、〈昆仑〉、〈北戴河〉》，《臧克家文集》第 6 卷，第 325 页。

体诗。'我是一个两面派'。在我还没有接触新诗的少儿时代,就已经能背诵几十首古典诗歌了。有的懂,有的不懂,有的似懂非懂。但吟诵起来很动听,很有味道,不自觉陶醉其中。我出生于一个文化家庭,祖父、父亲、族叔都能诗,结诗社,与邻村的诗人赛诗。他们的诗,我至今还能背诵一点,像武平四叔的残句:'背廓树色留残照,平楚秋痕入野烧',很精美,令人赞赏不已。在这诗的环境气氛中,我幼小的心田上,萌生了诗的苗苗。中学时代,我开始读新诗,自己也动手写起来了。上大学,读的中文系,闻一多先生教我写新诗,也给我们讲历代诗选,使我对古典诗歌有了更深的爱,也增强了欣赏理解的能力。视野宽广了,心胸旷阔了,但只动口,却未动手。动笔写旧体诗,开始于 70 年代初。以前,新诗人对旧体诗看法有点偏执,认为新诗人写旧体诗是一种倒退,是'反动'。对于郭沫若同志写旧诗,新诗友们私下议论纷纷。到了 50 年代,由于毛泽东、朱德、叶剑英、陈毅诸革命前辈的旧体诗作成就大,影响深,风气为之转变。诗的刊物也为旧体诗留一席之地了。于是,旧体诗作者日众,抬头挺胸,跃跃欲与新诗抗衡。形势激人,我也振奋精神,尝试起来。几十年间,我寝馈于古典诗歌之中,它的美,它的力,在诱人,也在鼓动我。同时,我暗中在比较新旧体诗的短长。我觉得,新诗在表现时代与现实生活方面,容量大,开拓力强,但失之散漫,不耐咀嚼。古典诗歌,精美含蕴,字少而味多。当然,我个人并没有放弃新诗,专写旧体诗。由于年龄关系,接触沸腾的现实生活可能性小了,写新诗的劲头小了,新诗的产量少了。反之,对旧体诗的兴趣越来越浓,灵感袭来时,就诗句如水流了。"①

当古典"意兴"作为新诗运动的自我调整需求,臧克家的艺术追求便不乏探索的意味。其实这个选择具有合理性,从徐志摩到余光中、从"新月"到"蓝星"的"星月传统",也都在追求实现一种开拓创造与传统继承的均衡。当然,臧克家的选择,既是一条和"星月传统"方向不同、也是一条与新诗潮道路相反的途径。诚然是条条大路通罗马,臧克家的选择自有其意义在,臧克家的创作自有其价值在。说到底,诗人艺术追求的分别,只是在于审美意向的不同,本质上并没有很大的差异。

---

① 臧克家:《自道甘苦学旧诗——〈臧克家旧体诗稿〉序》,《臧克家文集》第 6 卷,第 840 页。

　　问题在于，为什么诗人创作道路的开端便是顶点？答案是中国新诗存在一个"文体陷阱"：由于新月派的诗歌文体被打上政治标签，闻一多和臧克家都为此苦恼，臧克家更努力和新月派划清界限——从抒情短章到长篇叙事诗，从政治讽刺诗到政治抒情诗，他的创作始终和社会思潮保持了同步状态，于是，在诗风不断发生变化的形势下，臧克家虽然保住了文体五项全能的金牌，却非但破不了以往的纪录，甚至没有保持昔日的水准！这就是臧克家现象实质所在：这种现象与其说是属于作家自己的问题，不如说是属于当时文学思潮和艺术时尚的问题。我们实在很难苛求诗人，因为在一个特别强调文学社会功能的时代，很少有诗人能够顺利地坚持自己对于艺术水准和美学境界的追求。

三

　　代表作意味着诗人的地位和价值。其实，代表性诗歌作品，就是诗人交给历史的"答卷"。回顾臧克家的创作历程后，我们发现《烙印》这部诗集确实具有经典性，完全可以通过诗集中 6 首诗的解读和赏析来说明诗人的风格特色。

　　第一首《难民》，体现了虚实相生的审美心理内容：

　　　　日头堕到鸟巢里，/黄昏还没溶尽归鸦的翅膀，/陌生的道路无归宿的薄暮，/把这群人度到这座古镇上。/沉重的影子，扎根在大街两旁，/一簇一簇，像秋郊的禾堆一样，/静静的，孤寂的，支撑着一个大的凄凉。/满染征尘的古怪的服装，/告诉了他们的来历。/一张一张兜着阴影的脸皮，/说尽了他们的情况。

　　　　/……/"这时，黄昏正徘徊在古树梢头，/从无烟火的屋顶慢慢的涨大到无边，/接着，阴森的凄凉吞了可怜的故乡。"/铁力的疲倦，连人和想象一齐推入了朦胧，/但是，更猛烈的饥饿立刻又把他们牵回了异乡。/……/一只灰色的影子，手里亮出一支长枪，/一个小声，在他们耳中开出天大的响："年头不对，不敢留生人在镇上。"/"唉！人到哪里灾荒到哪里！"/一阵叹息，黄昏更加了苍茫。/一步一步，这群人走下了大街，/走开了这异乡，/小孩子的哭声乱了大人的心肠，/铁门的响声截断了最后一人的脚步，/这时，黑夜爬过了古镇的围墙。

作为《烙印》的序诗,《难民》无异于抒情主人公的开场白。它是以破产农民的背井离乡,寄托诗人凄苦苍凉的身世感。那"陌生的道路无归宿的,薄暮",岂非旧时代浪迹天涯客的普遍心境?那"沉重的影子,……静静的,孤寂的,支撑着一个大的凄凉",不正写出了一个时代的悲哀氛围?而那"难民"们在饥寒中苦苦奔波,又在沉沉暮色里被赶出"古镇"的经历,可真是"出门即有碍,谁谓天地宽?"它汇聚了多少对人生空漠冷酷的慨叹啊!"一声叹息,黄昏更加了苍茫",行行复行行,沉重的脚步不能停息,岂不是诗人亡命关外,时时冷落而又处处凄苦的传神写照?现实感和身世感就这样并列同行,促使抒情主人公把自己"沉重的影子"淹没在"阴森的凄凉"境界里。于是,我们在"难民"的步履中看到了诗人命运的行踪。一双忧郁的眼睛映出了人海中的寂寞,人生经验便升华为冷峻的审美经验。这首诗虽然是出于青年诗人的手笔,却带有苍凉的气度,悲剧性的庄严。

臧克家在北方农民的悲惨命运中看到人间的不平,也感受到身世的相似:大家的希望都那么渺茫,大家的奋斗都那样艰难!这种与农民声气应和的思想感情,促使他寓革命哲理于农家的悲剧命运,以乡村的场景来传达自己的审美认识,在农家的遭遇里寄托个人的情思。虚实相生的审美心理内容,常常表现为借农家甘苦来寄托诗人的情思,臧克家也因此而成为现代的"农民诗人"。虚实相生是诗人从"小我"走向"大我"的重要起点,《难民》使得"小我"的身世成为"大我"的命运缩影,"大我"的现实又成为"小我"观照的对象。这首诗说明,是新民主主义革命的现实感升华了诗人的身世感,致使抒情主人公的坚忍情态,潜隐于对"大我"的现实主义客观描摹之中。关注现实美特征,还人情世态以本来面目,是《难民》对于诗歌创作的重要启示:真重于美,现实美特征决定艺术美规律,是臧克家现实主义诗歌创作的艺术法则。没有现实感与身世感的统一,就没有"小我"向"大我"讲述大事的新诗政治抒情传统。

《难民》的艺术魅力在于虚实相生,虚实相生的审美心理内容,使臧克家以写实影射身世,寄托身世之感于现实事件。表现这种审美心理,主要不是寓情于物,而是要推己及人,随后人中有我。这样,诗章就要以赋为主又暗含比兴,抒情主人公站在人物形象的背后,人物的命运成为自己身世的折光,而对于形象的审美判断,又包含了抒情主人公对于人生世态的感慨。

《歇午工》,体现了巨细兼顾的形象思维形式:

放下了工作,/什么都放下了,/他们要睡,——/睡着了,/铺一面大地,盖一身太阳,/头枕着一条疏淡的树荫,/这个的手搭上了那个的胸膛。/一根汗毛,/挑一颗轻盈的汗珠,/汗珠里亮着坦荡的舒服。/阳光下,铁色的皮肤上,开一大片白花,/粗暴的鼾声扣着/呼吸的匀和。/沉睡的铁翅盖上了他们的心,连个轻梦也不许傍近,/等他们静静地/睡过这困人的正晌,/爬起来,抖一下/涌一身新的力量。

《歇午工》这首诗即小见大,以睡衬醒:"早醒的心"主要不是回忆以往北伐的"炮火"("这个的手搭上了那个的胸膛"似乎也有战地残酷景象的影子);而是在"歇午工"的速写画面中象征地描写社会现状——工人阶级是在沉睡中,他们需要休息来积蓄力量,一旦他们觉醒,就会奋起反抗,大显身手重整乾坤……这种期待意识,是《烙印》的抒情主题;而"醒"者寄希望于"睡"者的启蒙思路,则是"小我"与"大我"之间特定的审美关系。没有期待的痛苦,就不会有抒情主人公的坚忍情态,也不会有表现期待的形象化技法。

形象化使形象描述替代意象结构,通过形象与意象的结合,形成了巨细兼顾的形象思维形式:作品有宏观的审美视野,也有精细的表现手法。其中的关键,是现实主义精神造成了诗歌艺术的再现倾向,形象化的叙事结构又促使精巧的意象链解体,而代之以粗线条的陈述结构。于是,诗人取法于《死水》的比喻和炼字技巧,就被用来为形象塑造服务。结果是意象技巧下降为陈述的"语法",形象化的叙事则构成诗歌艺术的主体。譬如,"涌一身新的力量",就是叙事性形象和拟喻性意象的糅合,而"困人的正晌"则是对社会象征化的概括方式,"汗珠里亮着坦荡的舒服"更是用意象来修饰形象。诗人用意象修饰形象,就可以于阔大中见精巧。这是一种形象化和意象化交织的复式抒情结构:一方面,现实感逐步向身世感凝聚,最终形成了以希望和奋斗为中心的抒情敏感区;一方面,意象技巧渐渐渗透形象结构,最终形成了以形象板块为主体的表现艺术体系。

《渔翁》一诗,以体验冷峻心境为抒情契机:

一张古老的帆篷,/来去全凭着风,/大的海,一片荒凉,/到处漂泊到处是家。/老练的手,/不怕风涛大,/船头在浪头上,/冲起朵朵白花。/夕阳里载一船云霞,/静波上把冷梦泊下,/三月里披一身烟雨,/腊月里飘一蓑衣雪花。/一枝橹,曳一道水纹,/驶入了深色的黄昏,/在清冷的一弦星光上,/拨出一串寂寞的歌。/听不尽的涛声,/一阵大,一阵小——/饥困的吼叫,冷落的叹息/漂满海夜了。/死沉沉的海上,/亮着一点灯火,/那就是我的信号,/启示的不是神秘,是凄凉。

"神秘"是一些新月派诗人的艺术追求,"凄凉"是臧克家早期的抒情基调。对于他来说,海是人生的象征,有时喧嚣,有时平静,有时动荡,有时"荒凉"……在广阔的洋面上吹着大时代的风,所以《渔翁》这首诗象征了诗人的命运。抒情主人公说,他虽然有"老练的手",还是免不了"冷落的叹息"。正是这样,诗人历尽人世的艰辛,在人海中养成博大的襟怀和冷峻的气度,乃能熟透世故,使现实感与身世感浑然一体。这样的感受当然是"凄凉"的。请看,"一片荒凉"的大海,"来去全凭着风"的帆船,诚然是:时来天地皆同力,运去英雄不自由!这岂非"到处漂泊"的身世写照?而"静波上把冷梦泊下",更加道出诗人创作心境的冷峻……物我两契,"渔翁"就和诗人浑然合为一体。于是,"在清冷的一弦星光上,拨出一串寂寞的歌。"凄清冷落的身世感,萧瑟空漠的现实感,就在"歌"中回荡,形成了《烙印》的抒情主旋律。所以抒情主人公说:"那就是我的信号,启示的不是神秘,是凄凉。""凄凉"的情思发自冷峻的心境。这冷峻的心境,化为"风涛"、"烟雨"、"雪花",伴随着诗人"驶入了深色的黄昏",并且发出了自己"饥困的吼叫,冷落的叹息"……"死沉沉的海"就这样化为诗章。长期困顿坎坷的经历,久处黑暗险恶的逆境,造成了诗人冷峻的心境。冷峻显示了抒情主人公与现代社会之间尖锐的矛盾冲突,这种矛盾冲突以心境体验的形式,抒发了反抗的意志!抒写冷峻心境的构思形式,彰显了对立冲突的社会悲剧。于是《烙印》中出现了坚忍的抒情主人公,绵密的艺术风格……

一首《老哥哥》,呈现出情、事、理交织的创作特色:

"老哥哥,翻些破衣裳干吗,/快把它堆到炕角里去好了。"/"小孩子,不要闹,时候已经不早了!"/(你不见日头快给西山接去了?)/"老哥哥,昨天晚上你不是应许/今天说个更好的故事吗?"/"小孩子,这时你还叫我说什么呢?"

(这时你叫他从那儿说起?)/"老哥哥,你这刹对我好,/大了我赚钱养你的老。"

"小孩子,你爸爸小时也曾这样说了。"/(现在赶他走不算错,小时的话哪能当真呢。)/"老哥哥,没听说你有亲人,/你也有一个家吗?"/

"小孩子，你这儿不是我的家呀！"/（你问他的家有什么意思？）/"老哥
哥，你才到俺家时，我爸爸/不是和我这时一样高？"/"小孩子，你问这
个干什么？"/（过去的还提它干什么？）/……/"老哥哥呀，你……你怎
么背着东西走了？/我去和爸爸说。"/"小孩子，不要跑，你爸爸最先知
道。"/（叫他走了吧，他已经老的没用了！）

臧克家擅长运用叙事和政论配合抒情的复线编制术，化情、事、理为一
体。《老哥哥》就是一首这样的诗歌作品，它预示了诗人后来继续向叙事和
政论方向发展的趋势。戏剧性是这首诗的构思特色，构思的视角选择了长
工年老体衰后被赶出大门的悲惨一幕，抒情的焦点选择了"老哥哥"临行前
对自己一生命运的回味与咀嚼……"小孩子"说完，括弧中的旁白道出了抒
情主人公的愤慨。一开头，"老哥哥"的郁闷，"小孩子"的"闹"，构成了鲜
明的对比。老人正在默默走向人生的终点，他好像耗尽了光和热的残阳，黯
然离去！人老珠黄，盛年不再，新衣变旧，乌发变白，他一生只是在"炕角
里"占据一个位置，最后却被逼着走向坟场——那位掠夺者其实就是压迫
者，他只好说："时候已经不早了！"

诗思于是转向了"昨天"。话题就这样在过去、现在、未来之间展开。
两家人的关系通过对话，层层地剥露开来……讲故事，哄孩子，喂牛，关门等
等，都获得了双关的意义。"老哥哥"离去的动作，更加暗示了屈辱的悲剧
型结局！在这里，"小孩子"的"爸爸"是未出场的关键人物。正是他，给"老
哥哥"准备了日落西山的结局。他的为人，构成了对话的中心话题。对话
与旁白的平行推进，促使"老哥哥"所经历的悲剧中包容了民主主义和人道
主义的情思。

《忧患》，表现了抒情主人公的坚忍情态：

应当感谢我们的仇敌。/他可怜你的灵魂快锈成了泥，/用炮火叫
醒你，/冲锋号鼓舞你，/把刺刀穿进你的胸，/叫你红血绞着心痛，你死
了，/心里含着一个清醒。/应当感谢我们的仇敌。/他看见你的生活太
不像样子，/一只手用上力，/推你到忧患里，/好让你自己去求生，/你会
心和心紧靠拢，组成力，/促生命再度的向荣。

带有"坚忍主义"的期待情绪，被臧克家打上了大时代的"烙印"，其中
不乏积极意义。《忧患》是忧患意识和实践意识的结晶，正因为统治者的
"灵魂快锈成了泥"，把时局闹得"太不像样子"，才造成了国力积弱，外敌入

侵,中华民族面临着亡国灭种的危机。

"感谢我们的仇敌"乃是万分激愤的反话。不奋起就会灭亡,以"忧患"为时代的"清醒剂",通过"忧患"来获取"求生"的"力",这不仅是《忧患》的抒情主题,也是批判现实主义的创作宗旨。诗人寄希望于人民,不仅描述人间的不平,而且坚信人民的力量。《忧患》应该是抒情主人公向人民发出的政论:贫困的生活也同样"太不成样子","自己去求生"的实践意识因此而觉醒,让大家"心和心紧靠拢",打开民族的出路!忧患意识激发实践意识,在民族危机面前高扬民主主义和人道主义精神。

坚忍情态鼓舞人们"自己去求生",在新民主主义革命实践中"促生命再度的向荣"。在诗集《烙印》里叙事性较弱的作品中,抒情主人公的坚忍情态往往表现得比较突出,因为这些诗强调政论性,侧重表现审美认识。《忧患》这首诗就是如此。

《洋车夫》,追求政论性与形象化的统一:

> 一片风啸湍激在林梢,/雨从他鼻尖上大起来了,/车上一盏可怜的小灯,照不破四周的黑影。/他的心是个古怪的谜,/这样的风雨全不在意,/呆着像一只水淋鸡,/夜深了,还等什么呢?

《洋车夫》这首诗在形象描述中,寄托诗人的审美认识,同时又潜隐了政论性因素。其构思方式不写"行"而写"止",立意与"五四"以来同题诸作全然不同。这首诗属于"写意"的作品:抒情主人公把"水淋鸡"的形象特写笼罩在大风雨的境界里,在无际的黑暗中刻意去描绘"鼻尖"上的"雨"和闪烁希望之光的"小灯",就反衬出呼吸的艰难,暗示了希望的微弱。

"洋车夫"的寂寞,意味着他置身于一个冷漠的世界,要活下去就得吃苦。这希望是"可怜的",这意志却又是可佩的:他"全不在意"地等待着,准备冲入风狂雨猛的黑暗之中。坚忍的期待情绪呼应了强健的实践精神。结尾的问句一语双关,不但强调了希望与失望的矛盾,还突出了期待情绪所包含的哲理:"夜深了",可见解决温饱问题是没有指望了;可是只要坚持下去(这是唯一的选择),你就会"等"到明天的太阳!

《洋车夫》中的坚忍形象,应该不仅是诗人实践意识的写照,它还是象征性的对于人民奋斗意志的赞美之歌——诗歌作品的政论性,就隐藏在这个结尾的问句中。所以抒情主人公描写期待者的"鼻尖",其情怀聚焦于不眠的人生。"水淋鸡"的狼狈,希望的"可怜","黑影"的浓重等等,都是双关的。在"夜"的黑暗社会就不可避免"风"的季候，人物表面上"呆"的情态其实包含了"谜"一般的心事……在这里，"等"不仅是形象的表现，也是政论的表达：期待，就是相信明天！

四

十年散文，百年诗歌——这是新文学运动经历九十个春秋后得出的结论。所谓十年散文，因为散文具有形式上的高度可塑性。有十年时间，鲁迅的杂文、周作人的美文，都已经成熟；只要有十年时间，新文学的散文的经典作家和经典作品都已经问世。百年诗歌，则是因为诗歌对于形式感具有高度的依赖性。历时百年，尚未形成约定俗成的诗歌文体规范；历时百年，尚且缺乏公众普遍认同的诗歌经典体系。在诗歌艺术的历史上，从民俗现象到文化现象，每一种大行其道的艺术文体，十有八九都是从传唱的民歌出发，然后通过公认的经典作家和经典作品，才得到众人的欣赏乃至模仿的。能够成为共同的文化方言的艺术体裁，必须要有几十年乃至上百年的传播流传过程……就此而论，世纪诗人臧克家一生的艺术探索，确实足以引起我们的深思。

臧克家是一位富于个性的现实主义诗人，他对生活有独特的感受，他对诗歌也有独到的见解。产生于20世纪30年代的坚忍精神，40年代的"星星主义"，成就了失望中有自勉、奋斗中有自警的审美心理活动特色。因此，坚忍精神和"星星主义"就转化为抒情主人公理想化的自我形象。这是自我意识高度的社会化过程，也是审美意识频繁的调整过程。自我意识是社会意识的折光，又直接影响抒情的审美意识。臧克家的坚忍精神和"星星主义"，都是在社会实践的挫折中产生的。坚忍精神源于大革命的失败，"星星主义"来自国民党政府的腐朽。因此失望和自警，就表现为诗人的忧患意识；奋斗和自勉，则表现为诗人的实践意识——由于他忧虑民族的命运和自己的前途，就要投入民主主义的革命活动——于是社会的矛盾造就了矛盾的心态。

民主主义的社会意识，促使忧患意识转化为实践意识。诗人的身世感，总是与现实感密切相干。他的艺术实践，也总是呼应着社会实践。作为诗人的自我意识，坚忍精神和"星星主义"主要指向了社会：指向了社会实践的主体意志以及自我与社会集团的相互关系。臧克家之所以被人们称为农民诗人，之所以对叙事和政论充满兴趣，原因就在于，他在失望中有自勉、奋斗里有自警的身世之感中，渗透了对于人生的冷静观照，加入了对于时代的清醒理解。唯其如此，现实主义精神会把臧克家推向了政治抒情传统。

对于臧克家，身世感虽然是抒情的重要契机，现实感却属于表现的主要对象。于是，诗人由意象化手法，转向了形象化艺术。也就是说，他要用再现的方式来丰富表现艺术。他主要不是运用比拟和象征，而是强化事实的描述以及理性的概括。这样一来就形成了诗歌的现实主义创作方法：抒情主人公以抒情为主，而感知与理解的心理要素又相对突出，主要是借助艺术形象再现人生并且寄托情思。这种求实的创作精神，开拓了新诗的艺术境界，开阔了诗人的审美视野，从而以现实感丰富了身世感，促使社会意识成为抒情的中心内容。最后，它导致向"大我"说"大事"的新诗政治抒情传统，造成了以形象化取代意象化的新诗运动发展趋势。

坚忍精神寓意志于情感，"星星主义"化哲理为情思。它们在诗人的审美心理活动中，主要表现为抒情主人公的特定情态，亦即失望中有自勉、奋斗里有自警。这样一种社会化的自我意识，构成了臧克家进行艺术创作的内在审美尺度——在现实生活中，可以与之相应和的一切，都有可能寄托诗人的自我感受，都有可能唤醒艺术家的同情，都有可能被转化为诗歌艺术。作为诗魂中的艺术精灵，作为审美意识的重要内容，这种社会化的自我意识，就透过自我意识与社会意识的交织，通过忧患意识与实践意识的融合，把审美理想从古典主义引向了现实主义。因为在诗中找到了自我，诗人的艺术个性也就由虚趋实，由精细转为博大，在抒情中增加了叙事和政论的成分。这样，就造成了臧克家注重现实、境重于意的审美趋向，形成了一种靠事实说话，以实境取胜的诗歌创作艺术特色。

五

臧克家艺术个性的基石，却在于齐鲁文化和地域民俗的积淀。

冯光廉和刘增人指出："臧克家出生于一个有浓厚文化教养的地主家庭里。祖父和父亲都喜爱诗歌，也能写诗。他入私塾后读了许多古文、诗词，自幼热爱故乡的山水风物，对贫富悬殊的不合理现实和农民悲苦的生活状况有着很深的了解和感受。"①忠厚传家，诗书继世，是齐鲁文化的重要特色。风雅的文化传统，民间的风俗世态，地域的山水景观，都构成了诗人美感的丰厚底蕴。

诗人在家教影响下，很小就会背诵许多古代经典诗歌作品。这一点，成为他后来倾向于毛泽东诗词以及古典诗歌传统的基础。在私塾中背诵的许多古文同样成为诗人文学修养的重要组成部分，直到晚年，在他的床头几上，都是大量的古典文学作品在堆积如小山——那是随时翻阅、手不释卷的结果。这种习惯直接影响了诗人的审美趣味。

在某种程度上，阅读对于写作具有关键性的影响。熟读成诵，手到拈来，都是修养的结果。小学毕业后，他上了山东省立第一师范，该校"新旧共蓄，兼容并包"的教育方针，使得诗人不仅熟悉旧文学，而且爱好新文学。这样的知识结构对于臧克家艺术上的发展，显然非常有利。所以，他一方面写了反对读经的文章《别十与天罡》在《语丝》发表，一方面又参加撰写林兰女士主编的《徐文长的故事集》。左右逢源，使得作家的创作，可以借鉴多方面的文化资源。

就知识结构而言，臧克家是重文轻理，他报考国立青岛大学的成绩，国文是 98 分，可是数学得了 0 分。先入外文系，后来由于中文系主任闻一多的青睐而转入中文系。这个学校两年后改为国立山东大学，素以文史见长。闻一多、王统照、赵太侔、沈从文、游国恩、萧涤非对他都有影响。他学习新诗艺术，喜欢的却是接近古代诗歌和民歌的格律化作品。

《烙印》出版后，"臧克家体"风行全国，特色之一就在于写农村题材。山东人民的疾苦，齐鲁大地的民俗，都成为诗歌表现的对象。这种艺术倾向，一直贯穿到诗人一生的创作之中。山东人的性情，齐鲁文化的底蕴，让臧克家走上了一条热爱古典、忠于写实的创作道路。他认为，自己的诗歌艺术，就好像是来自"泥土的歌"——朴实、深沉、厚重，就好比山东汉子，淳朴而刚强！

臧克家的艺术道路就这样通向了革命道路。《有的人——纪念鲁迅有感》是他的代表作之一，对于伟人的描述方式，恰恰强调了"野草"意象的乡

---

① 冯光廉、刘增人：《臧克家传略》，《臧克家研究资料》，甘肃人民出版社 1990 年版，第 3 页。

土性。在诗人的心目中,美丽的与朴素的同在。对于毛泽东诗词的评论,也具有同样的评价尺度——魅力在于既是革命的,又是民族的。

传统文化的潜移默化,革命斗争的锻炼成长,对于臧克家,同样是重要的。他确实与旧体诗有缘,不仅对老一代革命家、作家的旧体诗作品进行了热心的评论,还自己出版了旧体诗集《忆向阳》,并与程光锐、刘征合出旧体诗集《友声集》,其意义不仅在于创作本身。从歌到诗,是中国诗歌文体演化的重要规律。由于歌的铺垫阶段,诗歌在编码和解码方面可以得到协调。但是模仿英文诗歌,会带来新诗解读上的困难。从民歌出发,又缺少了诗歌传统的文体规范。一位老诗人,经过几十年的探索,对于中国诗歌的发展困境不可能无动于衷。但是在这里,山东人的气质,齐鲁文化的熏陶,同样也深刻地影响着臧克家的创作道路。

其一,来自家庭的影响是最初的、也是最直接的。臧克家的父亲具有浪漫的情怀,善良又有些脆弱。父亲对于诗歌的爱好,直接影响了诗人。喜欢白居易的祖父,喜欢古典小说的祖母,还有他的亲戚们,都构成了一个关于诗歌艺术的“文化场”。这样的影响,当然首先是传统的,对于古典文学的爱好。

其二,来自故乡的影响是深刻的,也是长久的。家族反清的记忆,地理环境的乡土气息——和农村孩子一起长大的经历,属于民间的情感方式,都让臧克家走上了一条同情百姓,爱好自由,亲近乡土的人生道路。这样的伦理情怀,同现实主义乃至古典爱好,确实有着千丝万缕的联系。

农民诗人就这样自然地成长起来——来自家庭的刻骨的记忆,来自乡土的自然的熏陶,都让臧克家具有一种山东人的质朴自然的情感方式,这种情感方式的表现形式,就塑造出农民诗人的艺术形象。事实上,这种艺术形象和华夏民族的历史性转型有着深刻的联系。

影响之一,在历史转型期,山东比那些大都会要晚走一步。以“一石”为笔名的朋友曾经在北京读大学,曾经以土语白描的语言写诗。这种山东人的表达方式,在崇尚欧化风气的 20 年代的北京,是不受欢迎的。可是在十五年以后,他的创作经验却帮助臧克家获得了成功。这位“一石”作为他的启蒙老师,亦即第一个从事新诗创作的教师,对臧克家的影响是深远的。同时,喜爱旧诗的“双清居士”要求新诗具有就是典雅的长处——在二者之间的诗人,就走上了一条这样的创作道路——徘徊在写实与古典之间。

影响之二,是山东日益发展的现代教育。中等教育,是山东省立第一师范学校,北京和上海的文艺杂志成为学生的精神食粮。就是从这里出发,臧克家走上了千里南下、参加北伐军、投入革命阵营的道路;也是从这里出发,他同时养成了阅读新诗和写作新诗的习惯——对于诗人,后者的重要性值得认真评估。

高等教育是山东大学中文系的培养——校园的文化环境,开阔了诗人的视野——他在这里成长为严格意义上的诗人。这个阶段的成长,和闻一多的教导关系密切,同时也同校园中名师云集,文学氛围浓厚有关。

毕业后在临清中学任教,臧克家不仅写诗,而且教诗。因此《运河》与其说是创作的继续,不如说是在临清的文化环境中,臧克家的进一步的提高——他开始了与山东人民更深度的交流、对山东文化更深入的体验! 他的学生陈宪泗,赵光璧,孙树声,于寿增,等等,形成了一个文学青年的群体。当然,这也是一个精神上对话,艺术上交流的文化心理场。这个文化心理场,带来了一个文学创作的黄金阶段,可以称之为臧克家的临清时期。

诗人的艺术个性,就这样成长起来。臧克家的山东魂,随着他走南闯北,始终不变。这是以其气质、性格、爱好、修养为核心建构起来的文化心理结构,具有强大的稳定性,以及持续的可发展性。

首先,乡情成为写作的要素之一,诗人撰写范筑先将军聊城殉国的5000 行长诗《古树的花朵》,也创作充满田园气息的小诗《泥土的歌》以及怀念乡亲友好的《六机匠》,等等。总之,人在中原心怀齐鲁,人到江南情系山东。对于故乡的回忆,对于故人的思念,成为诗人灵感的源泉。臧克家说:"触景生情,故乡田野的风光,常在我心头闪亮,故乡里的一些人物也常常来到我的眼前,而最生动,最亲切,最鲜亮的一个要算'六机匠'了。想象一触到他,整个记忆便亮了起来,他的生活历史便一幕一幕的揭过去,每一幕里都有我,都有乡村生活和另一群影象陪衬着,陪衬得那么和谐,统一。因为他这个人,才使我珍贵的保留了过去的影子,也可以说,一切记忆都要由他去点亮。他像一个记忆的高峰,缺少了他,过去的一切将会变得平板乏味!"①显而易见,这种活生生的记忆,对于构思活动的影响力是最大的。诗

---

① 臧克家:《答编者问——一个文艺学徒的"自道"(创作经验谈)》,《臧克家研究资料》,第 129 页。

人还说,在写作的过程中,"我的人已经不是在歌乐山了,我回到了我的故乡——山东诸城西南乡的'臧家庄子'去,我回到了我的童年去,我又看到了门前青青的'马耳山'和'常山',我又看到了那些人,那些熟习的面孔,我又听了呱呱的驴叫,尖鞭的脆响,鸡子的午啼,村犬的乱吠;我又嗅到了旱烟叶的香味,葫芦花的香味,六机匠亲手做的葱花油饼的香味了。"①这就是活生生的记忆,刻骨铭心的乡思,在创作过程中被展现为活生生的齐鲁文化,刻骨铭心的地域性艺术精神。建国后的代表性作品之一《海滨杂诗》,同样属于诗人返乡后的感悟与体验。这种现象同抒情诗的创作规律有关——情之所在,也就是想象力凝聚的地方。诗人生在农村,长在农村,他爱农村,也爱农民,六机匠和老哥哥就是他心头的最爱。所以一旦落笔,就好像陈年老酒,更能醉人。乡情作为生活积累最丰厚之处,给他以深刻的影响。

其次,身世的体验转化为史诗的追求。在山东老乡王统照的鼓励下,臧克家创作了千行长诗《自己的写照》,力图化自传为史诗:"写的虽然是自己,不过实际上用自己作了一条经线而纵横的织上了三个时代。在里边,个人的活动是和着时代的拍子的。我不敢说这篇诗是一面大镜子,可是至少可以作为一个管子而去窥天大的三个时代。"②诗人具有自觉的历史感,《依旧是春天》这首诗写在1936年的春天,正是抗日战争即将全面爆发的前夜,诗人不满意国民党政府的不抵抗政策,才写了这首诗——只有对照写作时间,读者才会明白言外之意。所以创作的历史感举足轻重!臧克家写史诗《古树的花朵》,其中也有自己的阅历和见闻:"'黑线条里的光明区',鲁北抗日堡垒——聊城,是旧日东昌府,也就是从古出英雄的燕赵之地。我的曾祖父曾经在这个县分做过'教谕',我小的时候,曾祖母的口把它的一个神秘的影子送给了我。抗战前,我在张自忠将军的故乡——临清,教过三年书,临清和聊城是连着手臂的弟兄。'七七'事变三个月后,敌人要到来的消息,把临清的官府、学校都吓散了,那狼狈,那慌张,那零乱的情形,今天想起来还活枥在眼前。而一般学生,走投无路,顿足啼哭,像被捣了窠巢的鸟儿,一般老百姓,情况也是一样。我们十几位同事,集体流亡到聊城,那时

---

① 臧克家:《答编者问——一个文艺学徒的"自道"(创作经验谈)》,《臧克家研究资料》,第133、134页。

② 臧克家:《〈自己的写照〉自序》,《臧克家研究资料》,第179页。

候,就风传着'范老头子'要留下来打游击,这消息,定心丸一样的给人们精神以镇定。被弃的人民眼前有了一个希望。"①这种身临其境的感受就是他写作这首英雄史诗的心理动力。诗人还曾经这样诉说过:"我常常想给自己写一部自传,也就是用无情的刀割解一个滋生成长在不同时代气流里的悲剧型的生命。但是,我徒然这么想,想了许久。这不是我不为,是我不能。因为从我生命的萌芽到目前的秋实,时代,也从它的青春度到了秋天。这个题目对我太大。所以,听凭生动的片段场面要我表现,要我心动,心痛,但我徒呼负负。经历得太多,又太不平常,这经历在未成熟于心境时,往往会成为拖累人的负荷。我出生在一个封建的富胄家庭,我看到了一点荣华的残烧,同时,我更多看到的是封建家庭总崩溃的大悲剧。这里边又包括了一个矛盾:这家庭的主人翁们是书生,是农民出身,以官宦始,以叛逆终(民元革命,他们都是造反的书生)。这幼年环境给予我决定的影响:带几分悲观性,爱自由。从我父亲那里接受了热情和脆弱,我母亲遗传给我的是温和与善良。我生于穷乡,长于穷乡,十六岁以前几乎足迹没有踏到过自己村子周围的三十里以外。我圈在这个小圈子里,接触的全是顶着农奴命运的忠实纯朴的农民。看他们生长在泥土里,工作在泥土里,埋葬在泥土里。我爱他们,我为他们流泪,更为他们不平!我并不完全是他们圈子外边的一个人,有一部分命运同他们相同,有一部分又有相当距离,可以说,我是一半圈里,一半圈外。这是很老实的话。"②考虑到传统文化与现实环境之间的冲突,诗人采取了明智的选择:写史诗,而不写自传。但是,自传的因素往往会融化在史诗的情节里面。他深深知道,以生命为诗,以灵魂为诗,以真挚、充沛而且丰盈的情怀从事创作,才是通向艺术巅峰的关键所在。

再次,1953年臧克家的自我评价是:"正视人生的态度,加上比较朴素的表现形式"是其风格上的主要优点;擅长"写农民和乡村"的题材则是这位"农民诗人"的显著特点;"喜爱中国的古典诗歌"和"苦心推敲"又属于在创作中艺术追求的一个重点。③究其原因,诗人这样解释说道:"我出生在胶东半岛的一个县份里。这里,土地大量集中,封建势力浓重。富贵之

---

① 臧克家:《〈古树的花朵〉序》,《臧克家研究资料》,第205页。
② 臧克家:《〈十年诗选〉序》,《臧克家研究资料》,第228—229页。
③ 臧克家:《〈臧克家诗选〉后记》,作家出版社1954年版。

家,悠游岁月,阡陌连云,仓库如山;穷苦农民,勤劳终年,冬不见棉,糠菜度日。我从小生活在这样的环境里,和乡村的穷孩子风里雨里、泥里水里的混在一起。……这段生活经历,感受极深刻,终生不能忘记,成为我后来写作的基础。当我用痛苦的诗篇去描绘、反映这些命运悲惨的农民的时候,确乎是含着同情的热泪,蘸着浓厚的感情的。也表露了对封建社会、新旧军阀统治的愤懑控诉之情。……我从青少年时代,就接触了古典诗歌,对民歌也很喜爱。入了大学,读中文系,跟闻一多先生学诗,对古典诗歌的兴趣也就越来越浓厚了。虽然我写的是新诗,在艺术表现方法上,我向古典诗歌和一多先生的《死水》学习,(显然,一多先生的作品受到古典诗歌不少的影响),刻苦努力地学习那种精炼、含蓄、真实、朴素的表现风格。"①这种描述是实事求是的。

第一,这种方式符合臧克家后来的创作发展趋势。《忆向阳》的创作过程,就是发现新诗的文体表现"不少题材"会显得"平淡、一般",后来"改用旧体诗形式,写出来还觉得有点味道。"他在写作过程中,"一空依傍,心中不去想古人。"诗人说:"我只想用最恰切、最准确、最美丽的字句去表现彼时彼地的情与景。"②所谓阅读决定写作,长时间翻读古典诗歌,自然造成了这样的创作演化格局。无论写新诗还是写旧诗,他都表现出对于文化传统的迷恋。

第二,臧克家的诗歌语言风格,也自然展示了诗人同古典诗歌深刻的联系。例如吴青的评论文章,就举出了臧克家善用动字的十个诗句,如"总得抖一股劲朝前走"——"抖"的动作传达了振作的诗人心态;又如"风挟着木屑直往鼻眼里钻"——"钻"的动作强化了人体受到冲击的感受;还有"一天的汗雨泻尽了力量"——"泻"强化了挥汗如雨的形容,那"雨"应该是倾盆暴雨型的;此外"平地上一万幕灯火,闪着黄昏"——似乎灯光已经改变了气象的形态;最妙的"灯光开出了一头白发"——巧用拟人技巧,造成亲切的语感;而"一只黑手捏煞了世界"——控诉"黑手"的凶恶,给读者以黑暗势力行凶的现场感;至于那"问炎夏山涧沁出的清凉"——那"沁"的渗透性,成为大热中微凉的快感的传神写照;以及"一只风筝缢死

---

① 臧克家:《〈臧克家诗选〉序》,人民文学出版社 1978 年版。
② 臧克家:《高歌忆向阳(〈忆向阳〉序)》,《臧克家研究资料》第 288、289 页。

在电杆上"——那是一种绝望的上吊！尤其"形式内剥尽了甘甜的瓢"——那是一种穷凶极恶的剥夺！最后，"现在正紧紧腰带挨着春深"——"挨"的无奈，境界全出。① 这样的修辞方式，分明带有旧诗与民歌的语言特色。

第三，诗坛名家的批评，也提出相似的见解。老诗人王统照说臧克家那"不单纯的青年的经验与思潮的冲击，在大时代的浮沉中，他抱了一颗苦跃的心安置在有韵律节奏的文字中间，——这就是说，他用诗来掏摸着自己的情感，抚摸着自己的伤痕，然而那情感，那伤痕，是他一个人所独有的么？"② 王统照认为臧克家不必坚持"晓风残月"似的抒情方式，可见这种描述，说的是诗人在构思之际，采取的一种比较古典的运思状态、想象的格局。

齐鲁文化和地域民俗，成为诗人艺术个性的根本。作为文学创作而言，无根与无本是危险的，也是不幸的。臧克家的幸运，以及他的成就，就来自齐鲁大地丰厚的积累，从而成全了诗人充满个性的艺术探索道路。

对于地域文学的健康发展，这一点，是有利的条件，也是成功的经验。惟其如此，诗人有机会立足于巨人的肩膀上，百尺竿头更进一步。反之，则难免出现狗熊掰棒子的尴尬局面。相形之下，充分估价传统对于诗人乃至对于作家的助推作用，显然是非常必要的。

第四节　冯德英的小说成就与"三花"创作特色

在 20 世纪 50、60 年代，成长起来一大批以革命历史题材作品而成名的作家，他们后来也被称为"红色经典"作家，冯德英、曲波、刘知侠、峻青、王愿坚、王希坚等，是曾经"榜上有名"的山东作家，而冯德英则是他们当中颇有代表性的一位。他从 1958 年登上文坛，至今半个世纪的岁月中，创作出版了描写革命战争题材的被称为"红色经典"的"三花"——《苦菜花》、《迎春花》、《山菊花》(上下卷)，以及反映建国初中期广阔社会生活的《染血的土地》和《晴朗的天空》。5 部长篇和新时期创作的一批中短篇小说，都以

---

① 吴青：《罪恶的黑手》，《臧克家研究资料》，第 481、482 页。
② 王统照：《〈运河〉序》，《臧克家研究资料》，第 497 页。

他的家乡——胶东昆嵛山区人民的生活为描写对象,从而展现了家乡人民在革命战争年代为革命事业所做出的伟大贡献和新中国和平建设时期的生存状态、人生遭际及命运。冯德英作为一位齐鲁文化水土哺育、又成长于新中国成立初期的一位山东作家,其鲜明的创作倾向、文化意识和艺术风格也在这几部长篇尤其是"三花"里面表现出来。

一、浓郁的故土情结,鲜明的人民立场

冯德英是一位故土情结很重的作家,从 1935 年出生到 1949 年参军,他在胶东昆嵛山的一个小山村里生活了 14 年。14 年的岁月对整个人生来说是短暂的,但是对冯德英来说却是弥足珍贵的。正是在这 14 年中,他亲眼目睹、亲身经历了家乡革命斗争生活中的许多人与事,给他留下了可贵的、难以忘怀的童年记忆,那些难忘的战斗岁月中的人与事,那块染血的土地上的人民为革命事业所做出的无私奉献和流血牺牲,英雄的人民所表现出的可贵的民族精神和民族气节以及无比壮美的人情与人性,在童年冯德英的心中树了光彩夺目的丰碑,成为他"将故乡亲人的事迹写成书"的初期创作源泉,著名的"三花"的成功创作,与这段可贵的童年记忆有极密切的关系。

14 岁那年,冯德英参了军,成为一名军人,服从着革命的需要随解放大军南下宁、沪、杭,继而又先后在广州、武汉驻足,成名后多年定居北京。从 1949 年到 1980 年他回到山东工作之前,这 30 多年的岁月中,他是一位远离家乡的游子。但是,无论从实际上还是从感情上,他一直与家乡保持着密切地联系。他不但经常利用可贵的假期回乡探亲,为体验生活回家乡小住,而且不断地在与亲人的通信联系中了解着来自家乡的消息。尤其是当他在动乱的岁月遭受委屈、身心疲惫、灰心丧气之时,他正是从家乡父老那里得到了真诚的关爱和安慰,抚平了心灵的伤口,鼓起了生活的勇气。这些都成为他生命中永难忘记的幸福记忆。正如他自己所说:"这十几年的远离,并没割断我和故乡的情丝,而且,这情丝越系越紧。可以说是'身在军营心在鲁',也可以说是'身在异乡心在故土'。……无论是在南方军营执行任务的闲暇还是在创作小说的紧张日子里,我的心,一直和故乡的人民连在一起,我注视着那片土地,我倾听着来自那片土地的每一个大大小小或好或坏

的消息。"①正是这种浓重的故乡情结成就了冯德英，使他得以深切地了解家乡人民的生活情景、精神面貌和内心世界，与最普通、最底层的人民心连心，成为一位具有人民性的作家。

冯德英的 5 部长篇小说和多数中短篇小说，都是以他家乡昆嵛山区过去和现在的人民生活为描写对象，从 20 世纪 30 年代初期中国共产党在胶东建立党组织，到抗日战争、解放战争这几十年血与火的革命斗争生活写起，一直写到 60 年代和平建设时期广阔的社会生活。虽然他的创作没有脱离主流话语的范畴，但他始终坚持着自己认定的以现实主义创作原则"为人民立传，代人民立言"的写作立场，真实地描写着人民的牺牲与奉献、痛苦与欢乐、精神与操守。当年，处女作《苦菜花》出版后，曾经有热心的读者给他写信，希望他能写出反映新中国的新生活的"甜菜花"、"幸福花"，但是，他 1959 年献给读者的还是反映革命战争生活的《迎春花》，直到"文化大革命"爆发前夕，他描写 30 年代初期胶东共产党组织革命斗争活动的《山菊花》上卷初稿则刚刚完稿。

为什么他没能按照热心读者的心愿写出歌颂现实生活的"幸福花"、"甜菜花"呢？这其中应该有两个方面的原因：其一，他对胶东人民在革命斗争年代所作出的伟大贡献和所表现出的精神操守，有深刻难忘的记忆和强烈的诉说愿望；其二，也是很重要的一个原因，就是他对新中国正在发生着的诸多重大事件以及因此而给人民带来的心灵震撼和磨难，保持着自己的见解，在中国大地上发生的许多事情他还不能理解。这曾经使他陷入非常矛盾、痛苦的境地："我是个贫苦农民的儿子，我是喝着党的乳汁长大的，可以说，没有中国共产党，就没有我；没有社会主义，就没有我的今天，我没有理由、没有任何权力去写社会主义的阴暗，去损害党的威信。党的领导不允许，我的良心更不允许。然而，作为一个现实主义作家我又不能不面对现实。""……更大量的事实表明，新中国的多数人民群众，仍生活在困苦之中。诚然，三座大山被推倒了，他们政治上不再受压迫，吃穿也比旧社会好多了，这是与旧社会根本性的区别。但这就是我们革命的目标吗？那点燃起千百万人为之献身的马克思主义之火，带给中国社会主义大地的仅此而

---

① 冯德英：《安泰的苦恼与幸运——我的创作回顾与思考》，载《文学评论家》1987 年第 1 期。

已吗？一排排的耕地连成了片,而人们还在使用着原始的工具进行劳作;无数死者的坟堆被平掉了,甚至有的烈士的栖身之地也被挤上了荒山坡,大量的白骨和坟泥做了肥料,可他们活着亲人还是吃不饱肚子,还在受着政治运动的折磨,有的成了饿死鬼,有的成了无产阶级专政的敌人……"。① 更刺激他心灵的是他亲历亲闻的这样一件事情:1961 年他回乡探亲返回北京,在济南火车站换车时,他看到了上千名贫病交加的难民躺在大雨过后的车站广场的水洼中,无数的苍蝇飞虫在那一张张青黄肿胀的面孔上盘旋盯咬,可那一张张毫无表情的面孔却对此麻木不仁,无力对付苍蝇们的袭击。他心情沉重地穿行在难民群中,悲惨的一幕使他心碎,终生难忘。他当时真想和他们躺到一起,听听他们的诉说,把这些写成书。可是,他非常明白,在当时的环境下,"写这个,谁给发表? 如果谁能发出来,我宁愿当右派,也写!"因此,在严峻的现实生活面前,在现实与政治形势的要求这二者之间的尖锐冲突中,他只好对"三面红旗"保持沉默,决不违心地去为其唱赞歌。多少年之后,当政治气氛和社会环境宽松之时,他充满感情地诉说出自己当时的困惑和思考:"是的,一支笔有时是可以保持沉默的,可是一颗心在现实面前却是无法冷静的。多少次,我在天安门广场徜徉,望着晴空下迎风招展的五星红旗,想着我的故乡昆嵛山,想着那里的父老乡亲们。为什么,为什么几十年,千百万人浴血奋战的理想——社会主义新中国成立了,那里还是满目凄凉呢?! ……难道真的是打天下比坐天下难,建设还不如战争轻松? ……我不是一个英勇的斗士,没有鲁迅和赵树理那种作家的胆识和气魄。但我告诫自己不能愧对大地,愧对故乡人民,无论如何不去写歌颂'三面红旗'的作品,哪怕是只言片语的表态文章也不写。"②由此可见,他是一位有着多么鲜明的人民情感的作家,他的心始终与生养他的大地母亲、与养育他的人民紧贴在一起,感情的天平总是向那些曾经为中国人民的解放事业做出过巨大贡献、但仍在贫穷困苦和精神磨难中挣扎的人民倾斜。于是,他在写了歌颂革命战争年代的故乡人民的"三花"之后,没有按照读者的希望写歌颂现实生活的"幸福花"和"甜菜花",而是写出了反映生活在新中国

---

① 冯德英:《安泰的苦恼与幸运——我的创作回顾与思考》,载《文学评论家》1987 年第1 期。

② 同上。

蓝天下的家乡父老苦涩而又沉重的人生和命运的《染血的土地》和《晴朗的天空》。

冯德英浓郁的故土情怀，鲜明的人民立场，与他所接受的齐鲁大地文化意识的深厚影响是密切相关的，虽然他并没有系统地接受过孔孟的学说，但齐鲁先贤"以民为本"、"与民同乐"的民本意识，已经渗透在他的文化意识中，培养着他作为一位人民作家的文化情怀，他由衷地说："我感谢大地，感谢哺育我的大地母亲，同时要感谢现实主义——这个伟大的创作方法。……我用这一伟大的武器，为人民立言，为人民立传，塑造人民群众的形象，表达他们的思想感情，反映他们的真实生活"。[①] 这是他坚守终生的创作原则和立场。

二、写人民斗争生活

被称为红色经典的"三花"，显然是实践冯德英"为人民立传"这一创作意识的产物。

20 世纪 50 年代初，当在杭州的军营里偶然读到那本描写抗日战争的小说《洋铁桶的故事》，使他产生将自己熟悉的生活写成小说的冲动时，他的这个创作意识便已经明确了，他在处女作《苦菜花·后记》中他说道："我感激用笔墨描绘、记录下革命英雄的伟大业绩的作家们，更加崇敬以汗水和鲜血创造了属于劳动人民的新社会的共产党员和革命战士们。在这种感情的推动下，我要表现自己熟悉的生活的愿望，有了一个更明确的目的：我想表现出共产党怎样领导人民走上了解放的大道；为了革命事业，人民曾付出了多么大的代价和牺牲；从而使今天的人们重温所走过的革命道路，学习前辈的革命精神，更加热爱新生活，保卫社会主义祖国。同时，我还想，我这样做也是对为了千千万万劳动人民的生存和幸福而献出生命的先烈们的献礼。"他在后来在回答《新安晚报》记者问时曾说"三花""所描述的民族精神、民族意识是永恒的，是我们的精神支柱，它所代表的那段历史，我们永远也不会忘记"。正是这种为英雄的人民立传的创作动机，使他写出了"三

---

① 冯德英：《安泰的苦恼与幸运——我的创作回顾与思考》，载《文学评论家》1987 年第 1 期。

花"这样曾经感动过一个时代读者的作品。

"三花"的确较好地实现了冯德英"表现共产党怎样领导人民走上了解放的大道;为了革命事业,人民曾付出了多么大的代价和牺牲"的创作意图,按照作品反映的年代排列,《山菊花》是描写 20 世纪 30 年代胶东共产党组织建立初期革命活动的作品,着重描写昆嵛山区的农民群众怎样逐渐在火种一般的共产党人的影响教育下靠拢革命,加入中国共产党,从而走上革命道路。在地方恶势力孔庆儒、国民党党棍焉子正为代表的反动势力非常猖獗的年代,共产党人孔志红的壮烈牺牲并没有吓倒在阶级压迫中苦难重重的人民,共产党人李绍先、程先生恰恰在此时开始在农民中发展党员,于得海、金牙三子、江鸣雁父女、桃子等一批农民正是在反动派统治最残酷的时候加入了中国共产党,在他们的带动下,甚至连性情柔弱的好儿、匪性十足的浪当子孔居任都成了共产党员,从而使此地的革命斗争活动搞得有声有色。作品通过桃子、三嫂、张老三、于世章等众多性格不同的人物形象,来表现胶东人民在的革命斗争中的英雄业绩和突出贡献。青年妇女桃子是重点塑造的女性形象,作品描写了她从一位只知治家过日子的贤妻良母型的普通农妇成长为一个坚强的共产党员的心路历程。作品刻画了桃子是怎样对丈夫于得海的革命活动从不理解到逐渐理解,从不支持到积极支持,从一个革命的支持者成为一位为革命出生入死、坚强不屈的共产党员的过程。这也是桃子的观念意识和思想感情逐渐发生本质变化的过程,对这种心路历程的变化,冯德英是相当有意识地在表现着的。桃子的母亲三嫂形象则有所不同,她始终是以革命支持者的形象而出现的。这位善良精明、深明大义的中年妇女,以她所接受的传统文化美德、以她处世待人接物的原则来支持革命。她知道她的女婿、女儿和共产党人们都是好人,她是从一位母亲对待儿女、一位深明事理的农村妇女对待好人的角度来坚决支持革命的。她在支持亲人们干革命的过程中,逐渐看清了他们所从事的事业对穷人的意义,因此,她能尽自己所有和所能支持革命,甚至能做出为了救伤员的性命而献出了小儿子的生命,为革命事业而大义灭亲,毅然处死叛变投敌的大儿子这样可歌可泣的壮举。冯德英通过这个形象使人们知道,像三嫂这样支持革命事业的普通群众,在胶东人民中还有千千万万,三嫂只是其中的一个典型的代表。

《苦菜花》所描写的时代是伟大的抗日战争时期,作品以描写革命军民与汉奸特务、反动派的斗争为主，只有少量情节描写了与日本侵略者的正面冲突（如八路军大沙河杀鬼子、赵星梅怒斥敌人慷慨就义、大沙河群众认亲人等）。但即使如此，作品所表现的中国人民同仇敌忾反抗侵略的斗争精神和坚强意志，人民群众对抗日战争所作出的巨大贡献和牺牲，仍然是非常感人的。作品着力塑造了一位普通的农村妇女、一位平凡而又伟大的母亲形象，又通过母亲与家人、与乡亲、与出入于她家的革命战士的种种联系，塑造了众多的革命者形象。母亲只是一位普通的基本群众，作品对这个形象的刻画，主要是表现她如何以母性的慈爱，真诚地关心爱护着她参加革命的儿女和她周围的革命同志，以中国妇女的善良坚韧尽自己的所有支持着革命者们的斗争活动，为此她还经受了坐牢、受刑、眼睁睁看着幼女被敌人折磨而死的种种考验，甚至在紧急关头能向敌人射出复仇的子弹。作品也写了母亲对传统道德观念的反叛，她同情花子的不幸婚姻，支持花子为摆脱恶婆婆的虐待而离婚的要求，亲自为花子争取婚姻自由而奔走。母亲的这一举动在当时动不动就对男女偷情者沉潭处死的乡村文化氛围里，是一个很了不起的观念意识的觉醒。母亲的形象受到了当时国内外读者的重视。《苦菜花》引起轰动后，冯德英曾应邀访问前苏联，在莫斯科广播电台与苏联的读者对话，其中有就《苦菜花》中的母亲形象与高尔基《母亲》中的母亲形象进行探讨的内容。俄罗斯苦难坚强、默默地支持儿子从事革命事业的母亲形象，与中国善良贤惠、慈爱坚强、为革命事业无私奉献的母亲形象，曾经鼓舞和感染了当时的许多读者。

围绕着母亲形象，作品还刻画了众多抗日战士和革命群众形象，母亲的女儿娟子、儿子德强、女婿姜永泉、丈夫冯仁义都加入了反抗侵略者的斗争行列，甚至连老脑筋的四大爷等普通群众都为抵抗日本侵略者贡献着自己的力量。他们当中许多人牺牲了生命，许多人献出了亲人。作品描写了许多可歌可泣、慷慨悲壮的感人场面：共产党员七子夫妇宁愿被活活烧死在山洞里，也不向敌人投降；年青的杏莉在与汉奸父亲王柬芝的搏斗中英勇牺牲；母亲眼睁睁看着敌人将五岁的幼女活活折磨而死；赵星梅在刑场上慷慨陈词，最后唱着《国际歌》英勇就义。最动人心弦的是大沙河认亲情节的描写，当敌人使出恶毒的手段，让群众认领各自的亲人以企图孤立八路军和革命工作人员时，母亲、娟子、花子等人在生死关头都各自舍弃了自己的亲人而救下了别人的性命……。这种可歌可泣的流血牺牲场面，在其他两部作品中也有相当感人的描写:《山菊花》中有于世章被反动派酷刑拷打、活活烧死的情节描写,这位老人直到断气前仍不停地喊着"跟着共产党打江山"的口号;三嫂与女儿桃子为保全十几名伤员的生命,在紧急关头推出载着敌人和小儿子的那架梯子,使小儿子与敌人同归于尽的描写也非常感人;《迎春花》中有老贫农曹冷元为保卫粮仓与敌人奋勇搏斗,被残害致死的壮烈场面,有村支书曹振德的小儿子明生被敌人残害的悲惨情景,都非常动人心魄。以上情节场面的描写,出色地展现和讴歌了一个民族面对阶级压迫和异族侵略时可贵的民族气节和精神操守。

"三花"如作家所愿地成功描写了胶东人民为革命事业所作出的巨大贡献和牺牲,展现和挖掘了在那些血与火的年代里,胶东人民的"人情与人性,人的高尚美德和伟大操守所闪射出的永久璀璨的火花",从而较好地实现了作家"为人民立传"的良好动机。作品所表现的那些诸如"对信念的坚守,以及英雄气概、革命乐观主义、勇于献身、集体主义意识和精神等,是人类共同的精神财富,也是人类崇高精神品质的升华"。① 也使"三花"在文本内涵上具备了一定的经典性。

三、反思历史,代人民立言

作为一个具有人民情怀的作家,冯德英既深深地关注着人民群众昨天所作出的贡献,更密切关注着他们今天的忧乐悲喜,既为人民的奉献和美德立传,又为人民的疾苦而呼吁。杜甫"安得广厦千万间,大庇天下寒士俱欢颜"的忧民情怀,范仲淹"先天下之忧而忧,后天下之乐而乐"的入世精神,深深地影响了冯德英,他的心永远紧贴着底层人民,对战后人民的遭遇尤其是人的肉体和精神创伤密切关注。因此,在写了回顾往昔的"三花"之后,他在《大地与鲜花》的总标题下,又写出了《染血的土地》、《晴朗的天空》这两部反映建国初、中期胶东昆嵛山人民生活的作品。两部作品实际上是一部多卷本长篇的上下卷,统一的地理社会环境和时代背景、统一的主要人物形象,杨玉冬、杨日昌、大俊、李书国、杨玉德、蓉子、明霞、孙明光、孙树礼、吴新怀等是贯穿两部作品的人物形象。前者写 50 年代初期,曾经作出过无私

---

① 焦垣生、胡友笋:《红色经典的经典气质》,载《人文杂志》2005 年第 2 期。

奉献、带着满身战争创伤走进新中国的人们的命运和遭遇;后者的时代背景主要是大跃进及其之后的经济恢复时期,反右斗争、大跃进是作品描写的重点。《染血的土地》中的人们已经走出了血与火的战争阴影,来到新中国的蓝天下,他们已不用再为战争流血,过上了安定的生活,虽然仍缺吃少穿但不再有饥饿冻馁,但是,他们仍在遭受着许多身心痛苦,承受着许多的委屈。作品主要通过三对婚姻来展现当时人的命运遭际:为革命事业透支了身体的村党支部书记杨日昌,得到了寡妇蓉子真挚的爱恋和精心的照料,却因为蓉子曾做过小资本家的媳妇而遭到了当县委书记的女婿刘成仁和当军人的三女儿杨玉秋的坚决反对,乡长吴新怀甚至直接干涉杨日昌的婚姻,硬是拆散了这一对有情人;妇女主任大俊的军人丈夫在解放后活不见人、死不见尸,她爱上了复员残废军人孙明光,却遭到了包括乡长吴新怀在内的众人的围攻和羞辱;直爽泼辣的"踹三脚"江桂枝在埋葬了卧床多年的残废丈夫之后,与曾与她共同照料丈夫的刘有结婚,却遭到了众人的批斗。借以上几对婚姻,作品深刻地刻画了战后普通人的生存境况。既刻画了当时由陈旧的道德观念构成的文化环境,也巧妙地反映了当时的社会环境和政治环境,令读者看到了由真挚的情爱和相帮相助、相濡以沫构成的浓厚的人性人情,是怎样地受到了来自陈旧传统和极端政治的压抑和制约的。

《染血的土地》里,最震撼人心的是对大俊的公爹杨日顺这个人物悲惨遭遇的刻画,这位老人在解放战争中积极地把两个儿子送上前线,然而解放后两个儿子都杳无音讯,他望眼欲穿地盼望儿子的消息,哪怕是一张死亡通知书也能使他得到安慰,然而,他连这样的安慰也没有得到。这对于一位老人已经够残酷的了,更为残酷的是,他的军属身份因而受到怀疑,极低微的军属待遇也被取消,乡长吴新怀能无耻地为反属嫂子报销医药费,却将这位疾病缠身的老人赶出了乡卫生院。老人与儿媳大俊艰难地生活着,最后,他为了不再给不幸的儿媳增加负担,怀着对儿子的切切思念,怀着对现实遭遇的极大悲愤自杀身亡。杨日顺是冯德英含泪写出的一个真实的人物形象,它来自于一个真实的故事:50年代初,他从家乡亲人的来信中听到了这样一件事情:他的邻居、一位亲手把两个儿子送到解放战争战场的老人,自杀身亡了,原因是老人的两个儿子都在战场上失踪了。老人不仅因此而得不到烈属待遇,而且连个聊以自慰的'烈属光荣'牌子也不让挂。老人悲惨的死,使冯德英的心灵受到了巨大的冲击。"我痛哭失声,为老人半生遭受地主剥削、半生为革命折腰的一辈子哭泣,更为他所得到的不公平的待遇忿忿不平。我不理解,在我们新中国的土地上,在飘扬着五星红旗的天空下,跟着党流血牺牲的胶东人民中忠实的一分子,怎么会得到如此悲惨的下场?"①他怀着悲愤的心情刻画了这个人物形象,试图通过这个人物的不幸遭遇,为曾经为中国解放战争作出过巨大付出的人民的现实境况呼喊。

从作品对人物的悲欢离合故事的描写中,我们感受到了冯德英的一个基本的立场,那就是鲜明的人性和人道主义的立场。因此,导致杨日顺含愤自杀的当事人一方(吴新怀们)的立场与冯德英是那样的不同,吴新怀等人是站在假定杨日顺的两个儿子可能去了台湾的这一假设上,冷酷地剥夺杨日顺的军属权利,而冯德英则是在老人将仅有的两个儿子送上前线,这本身就是对革命事业的无私奉献,不管他们音讯全无的原因如何,老人都应当得到人道主义的关爱、照顾和安慰这一立场上来为民立言的。杨日昌与蓉子的婚姻也是如此,刘成仁、杨玉秋、吴新怀是站在严厉的阶级观念上反对共产党员杨日昌与资本家寡妇蓉子的婚姻,而杨玉冬、杨玉德则是站在同情蓉子的不幸遭遇,为父亲得到了一个好人的体贴照料而欣慰的人性人情立场上来支持父亲再婚的,他们正是冯德英的人性和人道主义情怀的寄托者。

《晴朗的天空》的时代背景紧接着《染血的土地》,以倒叙的手法逐渐引入了对 1957 年"反右斗争"和 1958 年"大跃进"等政治运动和接踵而来的大饥饿的描写。60 年代初的大饥饿是"大跃进"的直接后果,作品开头便两次让回乡探亲的军人杨玉德在济南火车站看到大饥饿中无助难民的悲惨情景,那正是冯德英所亲见亲历、使他终生难忘的真实景象。作品虽然没有花费过多笔墨写政治运动,但也没有回避对政治运动中人的遭遇的描写。通过杨玉冬、李书国等真正的共产党员的蒙受冤屈,反思了当年的政治运动和诸多社会问题。医生杨玉冬是一个十分善良温柔坚韧的女性,她从小溜着墙根走路,任劳任怨、默默无闻地干事情。参军之后,她是一个技术过硬、吃苦耐劳、兢兢业业的好卫生员。在一次战斗中她不幸与自己的伤员一起落入伪军手中,她的温柔秀美赢得了负责看管他们的一个颇有人情味的年轻军官的爱慕,她在坚决拒绝敌军官的追求时也为自己的伤员争取了治疗的

---

① 冯德英:《安泰的苦恼与幸运——我的创作回顾与思考》,载《文学评论家》1987 年第 1 期。

机会,并感化那位军官放走了她和伤员。但就是这一救人的善举,却成了日后她在历次政治运动中受委屈、受折磨的因由。她因此而遭受审查处分,一直被下放在基层工作,大跃进期间甚至被贬到水库工地劳动改造。她的不幸遭遇非但得不到县委书记丈夫刘成仁的同情和安慰,反而遭受着丈夫的冷淡和歧视。与她有相近遭遇的是乡民政助理李书国,这位性情开朗乐观的复员军人为人善良,处处成人之美,工作废寝忘食,正直无私,敢于说真话。在反右运动中他善意地给乡长吴新怀提了许多改进工作的意见,却因此被打成右派,遭受着更残酷的身心折磨。与真正的好人受冤屈形成鲜明对比的是投机分子吴新怀的被信任、被重用。这位与嫂子通奸、掩护包庇间谍哥哥吴新恒逃跑、在杨玉冬的卫生院报销医药费不成便携嫌报复的乡长,这样一个道德败坏,善于以权谋私又见风使舵的投机分子,却一直在历次政治运动中被当成坚定的革命派信任依靠。在这三个人物身上,冯德英是有意识地通过鲜明的对比,来反映那个年代真假不分、是非颠倒的荒谬一面,从而刻画人在时代环境中的命运遭际,并且反思历史的。

冯德英在《染血的土地》、《晴朗的天空》中所刻画的人物和所反映的生活,都是他深入到家乡人民的生活当中,积累了丰厚的创作素材的产物,80年代初《山菊花》刚刚出版,他便回到家乡昆嵛山深入生活,一住4个月,查阅了解放初期的党政文件,访问了从那些不寻常的年代走过来的干部群众,从那些珍贵的资料和典型的事例中,他觉得自己把握住了新中国诞生后故乡的脉搏,"从那片染血的土地上,我看到了战后人民的命运,看到了如杜鹃花般鲜红的人性、人情、道德美,也看到了在这片土地上嗜血的苍蝇和小爬虫……"。① 于是他写出了《大地与鲜花》的前两部,生动真实地描绘了杨玉冬、杨日昌、李书国这些'三花'里的人物及他们的后代,在战后的历史大转折、大演变中的命运遭际、欢乐痛苦、七情六欲,尤其是写了那么多的血和泪,他说:"我写人物的命运,写人物的不幸,是想通过这些,让我们看到战火中诞生的新中国,给人们带来了什么,哪些是得,哪些是失;哪些是美的,哪些是丑的;哪些是应该发生的,哪些是可以避免的。重温过去的教训、欢愉、苦痛、悔恨……,从人物乖戾的命运、蹉跎的岁月和复杂的政治风云

---

① 冯德英:《安泰的苦恼与幸运——我的创作回顾与思考》,载《文学评论家》1987年第1期。

中,显现出真、善、美这个精美的光彩夺目的形象"。① 既为人民立传,又代人民立言,希望人民的命运更好些。冯德英是一个理想主义者。

四、"三花"的艺术成就

在艺术上,冯德英是一位起点较高的作家,处女作《苦菜花》就见出了他把握艺术表现手法和表现技巧的能力。《苦菜花》中所蕴含的感人肺腑的人性内容、塑造人物形象的能力、细腻真实的心理刻划以及描写大场面、小场景的技巧,都是可圈可点的。他的《苦菜花》、《迎春花》等在 90 年代末能入选《中国红色经典作品合集》,一方面是由于上述作品在其意蕴上具备了"红色经典"的基本素质,另一方面则是得益于作品艺术上的成功。因而,研究冯德英创作的艺术成就,"三花"便是不可逾越的范本。

在观念意识上,冯德英接受了中国士大夫尤其是齐鲁先贤的深厚影响,而在艺术品格上,由于年龄的关系,冯德英没能像峻青那样在私塾里较系统地接受过传统文化知识的启蒙,而只是潜移默化地受到了中国传统文化的某些薰陶,他的文学素养的培植,主要是从他参军后在杭州的军营里读到的那些西欧和苏俄文学书籍开始的。他从中国革命题材小说《洋铁筒的故事》开始读书,进而读到俄苏作家和欧洲作家的许多作品及其创作谈,高尔基等前苏联红色作家以及托尔斯泰、巴尔扎克、斯汤达等欧洲现实主义作家,对冯德英有较深的影响,从叙事视角到创作手法,都深深地影响着冯德英的创作。中国的传统小说讲究故事性,在美学风格上讲究情节的大起大落、大开大合,讲究伏笔、悬念、巧合、夸张,以使作品的故事性、传奇色彩增强,以达到引人入胜的艺术效果。在十七年山东作家中,刘知侠、曲波的创作显示了对这一传统小说表现手法的成功继承,成为深受广大读者和评论界欢迎的作品。而冯德英的"三花",虽然也非常重视作品的结构、情节和故事性,但更看重于塑造各色各样血肉丰满的人物形象,细致入微地刻画人物的心理活动,这便有别于中国传统小说的写作技巧,而明显地呈现出借鉴外来艺术手法的气息。尤其是作品对蕴储在人物形象和故事情节中深刻的

---

① 冯德英:《安泰的苦恼与幸运——我的创作回顾与思考》,载《文学评论家》1987 年第 1 期。

人性内容颇具诗意的出色发掘,更显出了冯德英创作的独特之处。在十七年作家中,敢于在作品中表现深刻的人性内容是需要勇气的,冯德英是少数敢于越轨的作家之一。这也是冯德英后来在"文革"极左思潮中受到激烈批判、甚至被打成"文艺黑线人物"的口实之一。然而也正是因为"三花"尤其是前两"花"中的这种人性发掘,使"三花"在十七年革命战争文学高潮中赢得了读者的赞誉,进入了中国当代文学史家的关注视野。

《苦菜花》一出版便受到读者的热烈欢迎和评论界的高度评价,其主要原因是作品塑造了一位真实感人、血肉丰满且充满人情味的母亲形象,对母亲善良的人品、纯洁的母爱的细腻刻画,使这个形象身上蕴储了人类情感中某些共通的优秀的东西,以丰厚的人性内容感染着读者的心灵。作品有许多情节细节描写了母亲那种毫不做作的母性之爱,如母亲对儿女的无微不至地关爱,对离家出走的丈夫的深切思念以及她推己及人地给予来到她身边的革命战士们的母爱温暖,无论是在日常生活中还是在生死关头,都是那样的纯洁美好,淳朴自然。整部作品不但是一曲张扬牺牲奉献精神、民族精神和民族气节的颂歌,也是美好的人性人情的颂歌。

在《苦菜花》中,我们到处都能感受到和暖的亲情,温馨真挚的母爱,相互关爱的情谊,纯洁美好的爱情这种感人的氛围。除此之外,作品还描写了许多感人的爱情故事,如娟子与姜永泉、杏莉与德强、杏莉母亲与王长锁、赵星梅与纪铁功几对男女的爱情,人性的光辉就融化在这些温馨的爱情故事中。作品中还有共产党员七子夫妇相拥相抱着被王柬芝堵在山洞里活活呛死的情节描写,七子对甘愿与自己共同赴死的妻子那种感激、爱怜的情感描写,催人泪下。作品还描写了另一对夫妇的死:杏莉母亲与丈夫王长锁及他们的孩子被汉奸王竹堵在山洞里,一家三口相抱着被烧死了,他们的死虽然没有七子夫妇那么悲壮,但却表现出为了爱情誓死如归的真挚之情,亦包含着感人的人性内容。写《苦菜花》时的冯德英,是一位刚刚步入文坛的青年,涉世未深,对阶级斗争观念制约文坛的状况尚处于浑然不觉的状态,思想上没有多少条条框框的限制。正是因为这样,他才能任着自己的性情,努力地按照文学的真实性原则、按照生活的本来面目写下去,写出自己所熟悉的、心目中所敬仰的那些革命英雄形象,将自己深切感受到的那些感人的东西付诸笔端。正是这种本色的描写,既刻划出了一个真实而又鲜活的母亲形象,也写出了一群鲜活、真实、生活在人情温暖和美好情谊中的普通人。

《迎春花》于1959年出版,其写作时间大约不足一年,是向国庆节10周年献礼的急就章,其艺术上有些许的粗放意味是在所难免的,但此时冯德英仍没有受到过多的束缚,写得亦比较开放。作品较好地塑造了曹振德、曹春玲、江水山等坚强果敢、身先士卒的共产党员形象,也生动地塑造了将独生子送往解放战争前线的老贫农曹冷元、柔弱多情的姑娘江淑娴等在血与火的考验中立场坚定的革命群众形象,而由落后自私向拥护支持并投身革命斗争转化的"中间人物"老东山的形象,亦给读者留下了深刻的印象。作品中关于曹春玲与江儒春、江水山与江淑娴几对青年男女曲折动情的爱情刻划,老烈属曹冷元、九岁的儿童曹明生悲惨壮烈牺牲的情节描写,曾经深深地打动过当时读者的心怀,至今都具有感人的艺术魅力。但是作品出版后,在赢得了当时读者欢迎的同时,也受到了评论界在肯定前提下的批评,批评集中在所谓"自然主义倾向"上,其实主要指作品中有较多的以爱情、感情乃至死亡等等的人性人情的真实描写。这次批评,使冯德英在1979年极左思潮仍未消退的时代背景下再版"三花"时作了许多修改,这显然是当时权力话语影响下的一种修改,遗憾的是其中的人性内容减弱了,而坚硬的政治性的豪言壮语增多了。

创作始于60年代中期、完成并出版于70年代末的《山菊花》,显示了冯德英的长篇小说创作逐渐走向艺术的成熟,与《苦菜花》、《迎春花》相比,《山菊花》构思谋篇的技巧明显地提高了,情节性、故事性显然增强了,无论人物语言还是叙述语言都更加流畅、明朗而富有表现力,人物形象刻画上也有特出之处(如张老三、三嫂、孔居任、小白菜等),但却相对减弱了人性与人情的真实展现,而增加了豪壮的牺牲奉献的内容。其中虽然也不乏爱恨情仇的描写,如小白菜大胆地追求婚姻自由,与于震兴相爱结合,最后两人因误会而双双询情的描写,是这部作品中难得的充满人情味的内容,可惜这样的描写太少了,《苦菜花》中那些温馨、甜蜜、美好的母爱、亲情、爱情的描写,在《山菊花》中大多被阶级之情、奉献牺牲精神所替代。

"三花"所蕴含的丰富的人性内容还表现在细腻真实的心理刻画中,这也是冯德英接受俄苏及欧洲文学的影响,有别于知侠曲波等作家的一个表征。精彩纷呈的心理描写在《苦菜花》中比比皆是,如作品一开头,就有关于母亲得知女儿娟子参加革命斗争活动后极度担惊受怕心情的细致刻画,在斗争王唯一的大会上义愤填膺却胆小怕事、犹豫不前的情态描写,此后,又相继刻画了她在送大儿子上前线时那种牵肠挂肚的爱恋以及对离家出走多年的丈夫的深切思念等心理活动。这类心理描写都写得非常真实,很符合一位慈祥的母亲、一位温柔的妻子、一位善良的农村妇女彼时彼地的心理状态。作品中刻画得最细腻最感人的心理描写有如下几处:如母亲遭受酷刑折磨醒来后,那由肉体的疼痛和内心的屈辱而引起的种种心理活动:先是想到自己"落到仇人手里,死不死活不活的,罪真难受啊",由此产生了对共产党、八路军领着穷人闹革命给自己带来的只有为儿女担惊受怕的埋怨,接着马上就批判了自己的弱软自私;而当她眼看着敌人要摧残自己五岁的幼女时,保护孩子的母性本能,使她情不自禁地试图"用做母亲对孩子的疼爱心说出最挚诚的话语"来打动敌人,放过自己的孩子……,这种心理活动与对远离家乡的丈夫的思念、对参加革命的儿女的牵挂结合在一起,构成了一位普通的农村妇女在遭受酷刑折磨后复杂的心灵经历,其中蕴含着深刻的人性内容。此外,像女共产党员花子舍弃丈夫去救区委书记姜永泉时那种痛苦、矛盾的心情,那种将自己与丈夫连在一起的那根线一下子绷断的感觉描写;给姜永泉送衣服的娟子在听说爱人正在与一位年轻女同志亲切交谈时那种怀疑、嫉妒、痛苦从而进退失据的心理描写,都写出了无论有怎样的政治面貌,他们都有作为一个普通人的人之常情的那一面。类似的例子在《迎春花》中也有非常生动的描写,如村指导员曹振德拿着阵亡通知书在曹冷元家门前犹豫徘徊、既觉得应该通知烈士的父亲,又怕这残酷的消息会击倒一位年迈体弱的老人的那段心理刻划,非常逼真,而曹冷元在猜到了曹振德的来意之后,既想让他说出又怕他说出来的种种表现,将两人此时各自的心理状态描写都非常真实感人。这样的故事情节,大都来源于冯德英曾经亲历过的现实生活,儿时他曾亲眼目睹他那位当村指导员的父亲是怎样地拿着阵亡通知书在院子里痛苦徘徊的情景,使他终生难忘,于是这个情景便化成了他作品中有声有色的情节故事。

　　在"三花"中,冯德英塑造了近百位有名有姓的正反面人物形象,其中有鲜明性格的人物就有几十个,《苦菜花》中的母亲形象是公认的塑造得最成功的正面人物形象的典型,此外,《迎春花》中的曹春玲、曹冷元,《山菊花》中的桃子、于震海、三嫂等刻画较着力的正面形象,也都给读者留下了深刻的印象。然而,更值得注意的是冯德英对老东山(《迎春花》)、张老三、孔居任(《山菊花》)这类中间人物或者反派形象的刻画。虽然冯德英写出了春玲、桃子、于震海、娟子等正面人物形象作为一个革命者和作为一个"人"的那些高贵品质，但他们的性格品貌都比较平面，一如福斯特所说的"扁平型"人物，且均有千篇一律之嫌，往往不如张老三等有缺点的人物形象更有色彩。比如，脑袋上留着小辫儿的老东山非常守旧、顽固且自私、吝啬，他善于钻共产党政策的空子，动不动用"我不情愿"来维护自己的利益，交够了上级派下的公粮后，再也不肯多交一点。但他却非常讲理，在自己理亏时能够认错。这个人物最后在人们的影响下被感化了，在对敌斗争的关键时刻转变了，成一个支持并亲自参与对敌斗争的人，对老东山转变过程的刻画，也显得比较真实自然，人物也比较丰满生动。

标志着《山菊花》艺术成熟的地方有许多，但更有说服力的是对张老三、孔居任等人物形象的成功塑造，在读者用习惯的思维方式阅读《山菊花》的时代，这两个人物形象给作品带来的艺术上的出彩之处往往被忽略了。张老三是冯德英用笔较多且比较喜爱的人物形象，这个被妻子戏称为"埋汰人"的人物被赋予如下的性格特点：糊涂却硬充精明，胆小而硬充好汉，贫穷却嫌贫爱富，牢骚满腹而不失幽默感，但无论他有多少缺点，善良、正义感、朴实和勤劳却是其性格的基本底色。作品通过一个个生动的情节、故事，描写了张老三从一个贪财、胆小、糊涂、心胸狭窄的农民，逐渐转变成一位是非鲜明、立场坚定、能够替地下党做事情、月黑夜孤身一人也敢挺身救人的革命支持者的过程，将一位可笑、可爱、可敬的人物形象，奉献到读者面前。张老三这个人物在冯德英的作品中是无可重复的，具备了独特的"这一个"的艺术品质。此外，孔居任这个形象的艺术价值也不可忽视，这个人物蕴含着极为复杂的性格，整个短暂的人生身兼土匪、浪当子、共产党员三重身份，而这三重身份都被展现得比较充分。他为了娶张老三的大女儿好儿为妻，昧着良心污蔑好儿的恋人高玉山为共产党，将其送进监狱，继而又采取欺骗的手段取得张老三的信任；他不务正业，常常伙同土匪们一起打家劫舍，表明他是一个十足的土匪、浪当子。然而，这样一个人物却在监狱里意外地结识了共产党员，加入了共产党，并且能在革命队伍中勇敢作战。尽管他屡次动摇，屡屡犯错误，甚至想叛变投敌，曾经给革命队伍带来许多麻烦，但是他却一直没有脱离革命队伍。阅读这个人物形象时，人们常常产生出乎意料之外的艺术感受。最后，这个让人可恨又可叹的人物，在由自己的动摇而导致的血战中身受重伤，在生命的最后时刻，不但告发了姑妈的通敌之举,而且对妻子说出了一番对自己一生行径真诚地自责、忏悔的话语,表明了这个土匪、浪当子、共产党员作为一个"人"的彻底觉悟,人们不禁为他的这一觉悟而感动不已。他的一举一动都是性情所致,本性所成,没有丝毫的虚假成分。这个形象正是因为其性格的复杂性而显得血肉丰满,个性鲜明。冯德英在塑造孔居任这个人物形象时,并不一定特别研究过福斯特关于"扁平人物"和"圆形人物"的论述,但肯定有他自己对生活、对艺术的深切感悟。

冯德英是深受齐鲁地域文化影响的山东作家中的代表人物之一,他的文化观念、道德意识、作为一位知识分子的文化情怀,都明显的打上了本地域文化水土的烙印,这是他对本地域、本民族文化精神的继承。然而他的头脑并不僵化,他的整个创作又能接受外来文化观念和艺术传统的影响,从而使他的创作显示了艺术不断长进的趋势,这也正是整个山东文学创作发展的一个基本趋向。

第五节　杨朔散文的艺术成就及其时代局限

中华人民共和国成立之初,在国内文坛来说,散文创作所发挥的功能,基本是承续了 40 年代解放区散文的传统,主要是迅速地反映社会现实,直接配合当时新中国的建设和内外斗争形势的需要。像散文体裁,大量的是通讯和特写。散文作品的内容,绝大多数是有关当时抗美援朝情形的战地报告、志愿军及各条战线的英雄人物的特写、反映国内经济建设的通讯和报告文学等等。到了 50 年代中期,整个中国由社会主义改造阶段进入了社会主义建设时期,经济建设有了明显地起色,社会内外环境也一度趋于稳定。1956 年,毛泽东主席提出了"百花齐放,百家争鸣"的文化艺术方针。随之而来的,是文化界、文学艺术界逐渐显现了一种宽松、活跃的氛围。在文学创作方面,人们也试图接续"五四"以来的新文学传统,此时以抒情、叙事为主体的散文小品,则有了复苏的迹象。其时的报纸、刊物开始比较多地出现了借景抒怀,托物言志的文艺性散文和山水游记等。所以后来文学史界也有认定此时为建国后散文出现了第一个高潮期的说法。其实高潮并未能真正形成,紧接着 1957 年、1958 年国内便接连开展政治运动,其中最著名、影响波及最大的,便是反右运动。文坛本来就是社会政治空气的晴雨表,于是刚显示了一点儿个性生气的散文写作必然又重蹈覆辙。至 1960 年底,中国国内的经济已严重失调。针对这一状况,中共中央遂提出了"调整、巩固、充实、提高"的八字方针,开始进行相应的国民政策调整。而在文学艺术界,则对当时"左"的文艺思潮给予了一定的纠正。如在 1961 年夏季,中共中央宣传部和全国文联共同召开了文艺工作座谈会,周恩来总理到会场讲话。会议形成了《关于当前文学艺术工作的意见》(翌年名以《文艺八条》的中央文件下达),强调了贯彻文艺"双百方针",提高创作质量,正确开展文艺批评等。还有一些醒人耳目的理论观点在权威性的报刊上被提出。像 1961 年的《文艺报》第 3 期发表了题为《题材问题》的专论,文中说,"为了促进社会主义的百花齐放,必须破除题材问题上的清规戒律","作家、艺术家在选择题材上,完全有充分的自由,可以不受任何限制。……。"等等。就在这样一个社会文化背景下,散文创作遂又开始活跃起来,各种报纸刊物都大量地予以刊登抒情记游类的散文小品。于是自 1961 年起,散文呈现了新中国建国后第一个真正的创作繁荣期。

1961 年作家出版社出版的散文选集《雪浪花》,和 1963 年人民文学出版社出版的《散文特写选(1959—1961)》,标志了这次散文高潮的到来。在先后面世的这两本集子里,收入了陶铸、陈残云、刘白羽、杨朔、秦牧、靳以、侯金镜、严文井、郭风、韦君宜、傅雷、周而复、方纪、徐迟、吴伯箫、冰心、巴金、黄秋耘、宗璞、叶君健、周瘦鹃、李健吾、魏巍、秦似、翦伯赞、柯蓝、何为、碧野、骆宾基、艾煊、邹荻帆、玛拉沁夫、曹靖华等一大批优秀散文作者的佳作。正如同它们的选编者川岛在《雪浪花》的"序言"中所说,书中所选的这批散文,它们的总体风貌,是作家的"自我"意识和散文的文体意识有了明显的增强,"以自己的创作手法和精心的艺术安排来抒写个人的感受和期望","标志着历史进展和文学进展中的里程。"而另一位选编者周立波,也在《散文特写选(1959—1961)》序言里针对当时社会上非议闲适性散文的观点谈到,这里有的作品"看上去好像只是一幅烟雨迷蒙的水墨画,别无深沉涵义,……我想也是需要的……在斗争里,工作间,人是需要休息的;人的精神也必须有一些调剂。读者固然爱看剑拔弩张的战斗的佳作,也都想望轻松、愉快和优美的东西。"这在当时的具体环境下,无疑有着重申文艺作品的艺术审美本质和愉悦功能的意义。

以这两部集子为代表的 60 年代前后的散文,体现了新中国成立后至

1966 年"文化大革命"发生、即通常所说建国后十七年的散文的最高水准。其中许多优秀作品，在后来的几十年中，一直被选进包括大学、中学教材的各种散文选本，成为占据几代读者心灵的经典之作。它们的产生，既出于当代散文自身的发展演变趋势，同时也与当时中国社会的现实政治、经济和社会文化心理等种种因素密切相关。作为一个兴旺阶段的散文作品，它们所表现的文体发展和文本特点，主要在这样几个方面：第一，散文所反映的社会现实生活，无论从范围、类型，还是人生艺术层面，与之前相比，都有了比较大的拓展；第二，作品以普通劳动者为主人公，以广大人民群众为主要描写和塑造的人物对象，其态势更可以说是空前的，不是过去哪一个时期所能相比的；第三，是散文的白话文体更为圆融纯熟，成为有着最广大的读者受众的、当代中国艺术美学、文化思维模式和情感特征的语文表达；第四，比及建国初期的创作，作家们特别是一些有长期积累的散文家，开始勇于表现出自己不同的创作个性和艺术追求。而最能代表当时新散文范式的作家，是杨朔、刘白羽和秦牧。在国内文坛被并称为"散文三大家"。1960 年，杨朔明确提出了"以诗为文"的主张，提倡散文的诗化。这既是对中国散文抒情传统的继承，也是对 50 年代盛行的通讯特写式散文体裁的一种反拨。正像有的专家所评论的："杨朔诗体散文的出现，对当时流行的浮词套语、生硬说教的文风，是一个鲜明的对照，又是一个有力的批判。与此同时，岭南的秦牧擅长从智慧树上采摘奇异的花瓣，经营他的'知识'的'花城'，形成另一种特殊的散文风格。北杨南秦的散文，像两股清新的春风，吹进了沉闷已久的散文园地，给散文创作带来了新的生机。"①杨朔的观点和他当时一些脍炙人口的名篇《香山红叶》、《海市》、《茶花赋》、《荔枝蜜》、《雪浪花》等互为印证，很快在评论界和读者界引起了热烈的反响。在 60 年代初特定的社会时代文化氛围中，以杨朔等人所推动的散文诗化的理念和创作，形成了一股新的散文热潮。杨朔优秀的散文作品，从此影响了几代青年作家和读者。同时也应该看到，由于特定社会历史时期话语体制的制约，文化艺术上僵滞的思维模式的推演，杨朔散文模式也有着不能回避的缺失。可以说，他 60 年代的散文，引领了中国散文发展的时代趋势，同时也是当时社会历史文化语境中的文学存在的一种典型镜像。

---

① 吴周文：《杨朔散文的艺术》，上海文艺出版社 1984 年版，第 14 页。

一、杨朔散文类型

　　杨朔,原名杨毓瑨,字莹叔,山东蓬莱人。有着许多神话传说的美丽的蓬莱海滨,伴随着杨朔的童年和少年生活。杨朔的父亲是前清秀才,在家庭的影响下他自幼喜爱诗文。早年在家乡读书时,他的文学才华便广受师长和学友们的称道。1927 年杨朔到哈尔滨谋生,1929 年开始发表诗词和翻译小说。1937 年抗战爆发后他去了延安,投身革命阵营。抗战期间,杨朔在武汉、延安、广州、桂林等地从事抗日文化活动。1938 年他在广州《救亡日报》上发表了描写陕北革命根据地斗争生活的长篇小说《帕米尔高原的流脉》,引起人们注意。随后杨朔以中国文艺界作家访问团成员、新华社特派记者的身份,深入晋南、冀南、冀中和晋察冀边区抗日根据地和华北前线,跟随野战军队伍各地转战,参加了清风店、石家庄和平津战役。在战火硝烟中,他写下了许多反映中国人民抗日战争生活的通讯、散文特写和小说。出版了散文特写集《潼关之夜》。1942 年杨朔参加了延安整风,毛泽东《在延安文艺座谈会上的讲话》对他产生了很的大影响,他的创作风格也从此发生了变化。1945 年他加入中国共产党。新中国成立不久,从抗美援朝战场回来的杨朔,发表了国内第一部以抗美援朝为题材的长篇小说《三千里江山》,在文坛和社会都引起了轰动。后来,他的写作兴趣主要集中在散文方面。1955 年,杨朔担任了中国作家协会外国文学委员会的主任。

　　从 1956 年起,杨朔开始长期从事对外国际事务。他先后担任了中国保卫世界和平委员会副秘书长、亚非人民团结理事会书记处中国书记等职务。这期间因为工作的关系,杨朔走过世界上的很多地方,广泛接触了许多国家和民族的文化,他因此也愈发热爱自己的祖国、热爱在新中国大地上辛勤劳作的人民。他的散文创作日渐进入佳境,其散文集《东风第一枝》1961 年由北京作家出版社出版后,很快引起了热烈的社会反响,其后他所发表的散文作品更是受到了广泛的欢迎。一段时间里,杨朔在多种场合和报刊杂志上谈论、发表的散文创作经验和理论观点,都深为当时国内的文艺理论界、评论界和出版界所重视。他的散文写作模式在文坛上开始被称为“杨朔体”。当时的一些文学青年,纷纷成为“杨朔体”的追随者和模仿者。杨朔的散文,就这样在中国当代文坛上,确立并凸显了其重要的地位和作用。杨朔享誉文坛的散文集还有《亚洲日出》（北京出版社 1957 年版）、《海市》（北京作家出版社 1960 年版）、《生命泉》（北京作家出版社 1964 年版）等。"文化大革命"开始后，杨朔的散文被从语文教科书中撤出，1968 年 8 月，杨朔在遭受"文革"迫害中去世。后来在 1978 年，人民文学出版社出版了《杨朔散文选》、1984 年山东文艺出版社陆续出版了《杨朔文集》（上、中、下卷），另有杨朔的多种作品及其选本面世。

杨朔的散文，从题材和内容来看，大致可分为五类。

第一类是他写于抗日战争和解放战争年代的早期散文，主要见于其《临潼之夜》作品集和散见于当时《自由中国》、《烽火》等杂志上的篇章。杨朔的这些作品，翻卷着抗日战场的风云，再现了辽阔国土上入侵敌寇的罪行和中国人民的不屈抵抗。给人们留下了比较深刻的印象的，有《雪花飘在满洲》、《西北战场上》、《昨日的临汾》、《潼关之夜》、《征程》、《七勇士》、《铁骑兵》等，它们多是以简洁的人物对话和自然的情节过渡，呈现了战争年代特有的生活气息和人物风貌。其情境、人物的记叙和描写往往颇有传奇意味，这也是杨朔此类散文所具有的一个特点。像写于 1938 年的《潼关之夜》，便记叙了作者戎马旅程间的一次奇遇。文中写一位女扮男妆、身袭军衣的知识女性，离别幼子，送走了去抗日前线的丈夫，只身前往延安去学习。作者途中与其偶遇，相互愉快地攀谈相处，末了才知道这个爽朗活泼的青年军人原是女子。作品新奇而又感人，焕发着一股青春无畏的生机和令人振奋的力量。

第二类是他以抗美援朝斗争为题材的作品。以《鸭绿江南北》、《万古常青》、《平常的人》等为代表。杨朔的这类散文，以反映迅捷的通讯和特写为主。他以自己曾亲历亲闻的朝鲜战场情形、事迹为素材，用朴素真挚的文字，述写赞扬了中国人民志愿军高尚无私的国际主义精神、勇于奋斗牺牲的革命英雄情怀；再现了中朝两国人民在火与血中的感人事迹和深厚情谊。其中，有一些记述了志愿军普通战士行为情操的篇什，质朴中透着坚忍不拔的力量，杨朔在作品中宣称："正是这样平常的人却代表着中国人民最伟大的性格！"（《平常的人》）

第三类是反映新中国成立初期进行社会主义革命和建设的散文篇章。像《戈壁滩上的春天》、《永定河纪行》等。前者写的是建造新中国大厦的先头兵和奠基者——大漠上的勘探队员和石油钻井工人；后者写了当时著名的永定河引水工程。这些祖国土地上发生的巨大历史性变化,意气风发的建设者风貌,——被杨朔纳入了笔下。他在文中,还同时提醒人们不要忘记,是无数的革命烈士用生命和鲜血换来了如今的新生活。他朴素而浪漫地表述他革命与建设的理想:"我们大家辛辛苦苦为的是什么? 就为的一个心愿:要把死的变成活的;把臭的变成香的;把丑的变成美的;把痛苦变成欢乐;把生活变成座大花园。"(《京城漫笔》)

第四类,是杨朔绘写、讴歌祖国壮丽河山和劳动人民美好心灵的一批抒情散文。这一些作品,在杨朔的散文里占据了最重要的位置。它们多数着重于描述新时代朝气焕发的景象,记叙人物,抒发情感,创造了优美新颖的意境,洋溢着浓浓的诗情画意。其代表作是《蓬莱仙境》、《雪浪花》、《画山绣水》、《香山红叶》、《茶花赋》、《荔枝蜜》、《海市》等等。在这些作品里,杨朔以纪游的笔墨,写尽山水景物的绮丽和幻化之美,又常常在描绘自然之美时,重点叙写人物心灵的美,烘托着新的时代景象和人们欣欣向荣的精神风貌。如他《雪浪花》一文中出现的壮观奇丽的大海雪浪和那新江山的创造者"老泰山",那蕴涵清远的《荔枝蜜》,其中的劳动者"为自己,为别人,也为子孙后代酿造着生活的蜜",如明朗绚丽的画儿一般的《茶花赋》,写那曼妙秀丽、天下无双的桂林山水时的深沉遐想……等等。杨朔非常善于从平凡生活中提取这些美的景致、人和事物,将自己内心奔涌的诗情,具有时代特点的审美指向,以精妙蕴藉的结构和隽永的诗的意境出之,从而表现了卓越的艺术风貌。

第五类是他的一批叙写异国风情和国际友谊题材的作品。这一部分散文的风格基本和第四类相近,只是题材不同,情调上则各擅胜场。杨朔因为长时间做外事工作,他审美的目光也自然地投向了那些陌生的风景和人群。由此便产生了这一批名为《印度情思》《樱花雨》、《埃及灯》、《宝石》、《蚁山》、《生命泉》、《阿拉伯的夜》、《菠萝园》、《野茫茫》等充满异域色调的散文。它们风光旖旎、情感动人,散发着新奇浪漫的异域风情魅力。作者绘写美妙的自然风光、各种奇特又淳朴的民间习俗,叙述与那些不同国度的人民之间的交流,抒写彼此间产生的友谊,又在文字间适时插入这些国家和民族的文明发展的历史,悠久美妙的文化典故传说等等,画面斑斓,情思绵长。文中还通过一些亚非国家普通人们生活和奋斗的掠影,反映了第三世界人民要求独立、自由的时代潮流。其中《印度风情》、《樱花雨》,可以看作是杨朔这类作品的代表。

二、独树一帜的诗体风格

杨朔在当代散文领域,创造了独树一帜的诗体风格。杨朔散文的基调,是歌颂新时代、新生活和普通的劳动者。也可以说这是他散文风格的一种底色。这使他的散文创作,在内容上能反映出所处时代的主流、发展的方向,反映了时代的主体——人民的奋斗精神和根本利益。大概与他早年在戎马倥偬中从事写作的经历有关,杨朔擅长从实际生活里敏捷地捕捉各种题材,以小见大,从平凡的事像和人物中,映现时代的光影和色彩。在 1960年,他宣称"好的散文就是一首诗"的同时,认为散文这种体裁,"……常常能从生活的激流里抓住一个人物,一种思想、一个有意义的生活断片,迅速反映出这个时代的侧影。所以,一篇出色的散文,常常会涂着时代的色彩,富有战斗性。"①所以,差不多他写于每一个时期的散文,都能令人从中领略到那个时代的气息或时代的某种情绪律动。像《潼关之夜》,带给人们的是战斗中新的、正义的力量在不断生长、人民终将赢得最后胜利的时代意蕴。在表现新中国成立后的国内风光和人物题材的作品中,如《海市》、《泰山极顶》、《茶花赋》、《香山红叶》、《雪浪花》、《荔枝蜜》、《绣山画水》、《龙马赞》等等,杨朔也经常是通过描写一处景物或一个生活片段、时光的瞬间交织,去描绘、赞美祖国的山川大地,描写勤劳、顽强、乐观的普通劳动者,通过他们,表现了中华民族坚贞勇敢、自强不息的精神风貌。无论是《茶花赋》里的园丁,《香山红叶》里的老者,还是《雪浪花》里的老渔民,作者寄托在这些形象上的,更多地是对代表了我们民族悠久传统的一些伟大品质的赞叹,像智慧、辛勤、勇敢、毅力等等。这些多写于 60 年代前后中国那个特殊困难时期年代的散文,从整体上传递了一种鼓舞人心、团结自励、奋发向前的时代声音。他的国际题材的散文也是如此,既描绘异域绚烂的美景风情,更重在烘托、颂扬其善良勇敢的人民和历史。像他在《东风第一枝·小跋》中说的,要表现的是"在世界舞台上,……和平力量日益明显超过战争力量"的"当前人类历史的特征"。《樱花雨》以象征了日本民族精神的在风雨中开

---

① 杨朔:《海市·小序》,作家出版社 1960 年版。

放的樱花,寓示了日本人民渴望独立自由的愿望。其中写温婉知礼的君子姑娘带着遭受美国兵侵害、亲人俱亡的巨大创伤,孤伶地过着惊惧不安的凄苦生活。而当她听说了人们正在举行罢工斗争时,她"那对柔和的眼睛里",竟"有两点火花跳出……"原来"就是在这个怯生生的心灵里,也隐藏着日本人民火一般的愿望。"这里君子所代表的普通大众的苦难,和由苦难中孕发的抗争火焰,都有着时代的明显印记。所以在非洲肯尼亚腹地那清澈珍贵的泉水潭边,杨朔会看到了这个国家反殖民主义的"起义战士的内心深处,也积存着一湾生命的泉水,永远不会枯的。"(《生命泉》)他将埃及那施名遐迩的司芬克斯人面狮身石像,寓意为"期待着日出"的埃及人民的化身、不畏强暴的历史见证(《金字塔月夜》)。表达的同样是一种充满了战斗诗情的反压迫反殖民侵占的时代呐喊。

杨朔说:"好的散文就是一首诗。"①他又说自己"在写每篇文章时,总是拿着当诗一样写。""常常在寻求诗的意境。"②杨朔的许多优秀散文以具有"诗美"著称。他以诗人的眼光尽力捕捉广袤生活中的"美",在散文表现中则去寻求诗的意境,经过精心提炼,刻意推敲、结构,创造了给人强烈美感的作品。有评论家称赞他的散文,"为了更充分地体现散文内容的美,他刻意创造出种种情致优雅的意境,……他的散文美得最单纯、美得最彻底"。③"读杨朔的散文,在领略其作品诗的意境时,总有一种强烈的美的感觉;特别是读着那些精彩的篇什,这种感觉尤甚。这是意境的美感力"。④ 的确,杨朔散文正是以所描绘的客观景物、人生图景和其思想情感溶融合一的艺术境界,深深打动了人,感染了人。在那些作品里,无论是秋韵袭人的香山红叶、神秘飘渺的海市蜃楼、轰鸣奔腾的雪浪、璀灿明艳的茶花,还是埃及神秘的金字塔、日本美丽倾绝的樱花雨、印度曼妙的孔雀和民间传说、令人震撼的加纳蚁山和巴厘火焰,都与他细腻的感触、纯净优美的情思互为洇渗,化为一幅幅动感的图画,一阕阕美的讴歌。著名文学家冰心也曾这样评价杨朔的散文:"我很喜欢读杨朔的散文,他在我所爱读的现代作家中,有他独具的风格。昨夜枕上忆及司空图诗品中几个断句,我想假如刘白羽的散

① 杨朔:《海市·小序》,作家出版社 1960 年版。
② 杨朔:《东风第一枝·小跋》,作家出版社 1961 年版。
③ 熊忠武:《"散文年"透视》,载《上海师范大学学报》1998 年第 3 期。
④ 黄政枢:《论杨朔散文的意境》载《江苏文艺》1978 年第 3 期。

文像'采采流水,蓬蓬远春'的话,那么杨朔的散文就是'落花无言,人淡如菊'了。""称得上一清如水,朴素简洁,清新俊逸,遂使人低徊吟诵,不能去怀。"①她所称赏的杨朔的这种独特风格,便源自他"总是拿着当诗一样写"的散文创作初衷。杨朔说:"我向来爱诗,特别是那些久经岁月磨炼的古典诗章。这些诗差不多每篇都有自己新鲜的意境、思想、情感,耐人寻味,而结构的严密,选词用字的精炼,也不容忽视。我就想:写小说散文不能也这样么？于是就往这方面学,常常在寻求诗的意境。"②杨朔正是从他喜欢的古典诗章中汲取创作的养分,构思上以小见大,于近寓远,以简约、精练的语言,悉心创造散文清新俊雅的意境。同时他写景叙事细致贴切,写人记物特征鲜明而灵动,且又构思精巧,布局考究,从而形成了一种诗情馥郁、结构精巧的散文风格。

在创造意境方面,散文里的景观、场面、人物、对话……,无论是精练的白描还是从容地叙述,杨朔总能在其中恰如其分地让诗情、画意和哲理水乳交融,呈现其犹如抒情诗般优美的艺术境界。具体说来,他往往是把所描写景物的特征、人物的风貌神韵和自己蕴含了哲理的纯真、深挚的情感统一起来,或借景抒情,或托物言志,去构成清新明朗、新颖丰美的意境。如《荔枝蜜》是通过对小蜜蜂辛勤酿蜜情景的叙写,作者对蜜蜂感受的前后变化,托现出了"为人类酿造甜蜜生活"的精神向往,呈现的是纯洁温婉、含蓄优美的意境;在《茶花赋》里,作者融情入景,从鲜艳夺目、灿烂不可方物的茶花、到勤恳劳作的育花人,再写欢快天真、笑靥如花的儿童,相互映衬了"生活的美",形成了其旖旎宛曲,韵味隽永的意境;而《印度情思》,则从那"古老又神奇的国度"美得如梦幻般的各方景致,摄人心魄的充满神话色彩的宗教活动,使人流连不已、美轮美奂的神宫古代艺术,联系到这里质朴的人民对美好生活的世代祈望,绚烂的笔致,丰富的意象,烘托出了瑰丽幽奇、沉厚邈远的意境……等等。杨朔将散文"当诗一样写"的另一个重要之点,还在于他以丰沛而蕴藉的情感,灵活地采用古典诗歌中的比兴、象征手法,婉转新颖地塑造艺术形象,建造精美的形式结构。以《雪浪花》为例,散文的开头以"雪浪花"起兴:

① 冰心:《〈海市〉打动了我的心》,载《文艺报》1961 年第 6 期。
② 杨朔:《东风第一枝·小跋》,作家出版社 1961 年版。

……月亮圆的时候,正涨大潮。瞧那茫茫无边的大海上,滚滚滔滔,一浪高似一浪,撞到礁石上,唰地卷起几长高的雪浪花,猛力冲击着海边的礁石。那礁石满身都是深沟浅窝,坑坑坎坎的,倒象是块柔软的面团,不知叫谁捏弄成这种怪模怪样。

下文便由海岸边嬉戏的姑娘们对雪浪花的议论,引出了老泰山的形象、和老泰山所象征的革命创业精神"别看浪花小,无数浪花集到一起,心齐,又有耐性,就是这样咬啊咬的,咬上几百年,几千年,几万年,哪怕是铁打的江山,也能叫它变个样儿……"。在以这老人的经历作了进一步地铺叙后,文章于结尾点出"老泰山恰似一点浪花","问他叫什么名字,他笑笑说:'山野之人,值不得留名字',竟不肯告诉我。"由此境界豁朗,主题升华。作品形神合一处,似乎戛然而止,却又余韵缭绕。于变化跌宕中,见其精巧的结构布局功夫。可见作者深得古人"兴之托谕,婉而成章"(刘勰《文心雕龙·比兴》)的真味。这种比中有兴,比兴结合的手法,在杨朔的散文中比比皆是。不仅是雪浪花,还有宝石、蚁山、小蜜蜂、茶花、红叶、泉水……,杨朔擅长以花草禽虫等自然景物引类取义,既是用来比喻烘托,写景叙事,更往往是由这些比兴进而形成一篇作品的立意,结构的骨架,由物而及人、及景、及情,从而以虚衬实、虚实相生地创造作品的意境。大约由于表现主题的局限,作者一些作品的构思、结构方式有着雷同之处。有时也显得过于刻意雕琢了。然而杨朔的散文,仍与一般平铺直叙式的散文大相径庭,努力以诗的手法,诗的思维和诗的结构,打造其诗美风格。

杨朔散文的语言,可以说把他特有的那种清新飘逸、精约隽秀的风格,发展到了极致,且富于生活气息,当代的散文家中很少有人能够企及。他在写作中十分注意推敲字句,善用动词,善写人物对话,往往一个字,或一句话,便人物精微,或将文章的主旨表现了出来。他行文中充满了诗意的句子,几乎触目皆是:"北京的秋天最长,也最好。白露不到,秋风却先来了,踩着树叶走,沙沙的,给人一种怪干爽的感觉。"(《京城漫步》);"今年二月,我从海外回来,一踏进昆明,心都醉了。我是北方人,论季节,北方也许正是搅天风雪,水瘦山寒,云南的春天却脚步儿勤,来得快,到处像催生婆似的正在催动花事。"(《茶花赋》);"清晨,露水未干,你碰巧能在花荫里看见只孔雀,迎着朝阳展开彩屏,庄严地舞着。舞到得意处,浑身一抖,每根翎子都唰唰乱颤。……"(《印度情思》)。他叙写的风土景致,常常仿佛是抖开了一幅立体的中国水墨画，意象丰满、气韵流动。以《海市》为例。作品开始时，作者描绘的那飘渺神秘、人间幻景的海市蜃楼的文字，虚实兼备、明灭迷人，令人读时不禁屏住呼吸：

> 只见海天相连处，原先的岛屿一时不知都藏到哪儿去了，海面上劈面立起一片从来没见过的山峦，黑苍苍的，像水墨画一样。满山都是古松古柏；松柏稀疏的地方，隐隐露出一带渔村。山峦时时变化着，一会山头幻出一座宝塔，一会山洼里又现出一座城市，市上游动着许多黑点，影影绰绰的，极像是来来往往的人马车辆，又过一会儿，山峦城市慢慢消下去，越来越美，转眼间，天青海碧，什么都不见了，原先的岛屿又在海上重现出来。

眼前的每一句话，仿佛都是一个画面，美得使人目眩神迷，无以卒收。而作者接着下面从碧蓝的大海风光，海岛四时的花草，岛上渔船出海、渔家安居生活等等，婉转过渡到这人间的"海市"："……最旺的渔季自然是春三月。岛子上有一处好景致，叫花沟，遍地桃树，年年花开时，就像那千万朵朝霞落到海岛上来。桃花时节，也是万物繁生的世界。雪团也似的海鸥会坐在岩石上自己的窝里，一心一意地孵卵，调皮的孩子爬上了岩石，伸手去取鸥蛋，那母鸥也只转转眼珠，动都懒得动。黄花鱼起了群，都从海底浮到海面上，大鲨鱼追着吃，追得黄花鱼欧欧叫。听见鱼叫，渔民就知道是大鱼群来了，一网最多的能捕二十多万条，倒在舱里，一跳一尺多高。俗语说得好：'过了谷雨，百鱼上岸。'大对虾也像一阵乌云似的涌到近海，密密层层，你挤我撞，在海面上乱蹦乱跳。……"简短妥帖的语句，新鲜遒劲、错落有致的文字，生动明朗的描述，处处浮现清丽生动的画意，又飘逸着纯净明快的节奏感和抒情音色。充满了生活的欣喜与生气，溢发着浓烈的乡土芬芳，表现了杨朔散文语言更切近生活一面的诗意色调。

三、杨朔后期写作的社会文化背景

杨朔的散文创作在当代中国和文学史上产生了广泛的影响，他与刘白羽、秦牧，当年分别创造了新的散文范式，成为当代文学史不可分割的一个重要部分。杨朔还在散文艺术领域提出了自己的美学主张，对丰富散文的理论及审美空间做出了独有的贡献。散文创作中追求诗境诗意，是中国散文写作的久远传统之一。"五四"白话新文学开创以来,也一直有许多作家对此加以实践和体现。如鲁迅、周作人、冰心、王统照、孙福熙、废名、萧红、朱自清、李广田、吴伯箫等人的创作。应该说,散文的诗化,既是杨朔独特的审美追求,也是接续了现代抒情散文传统,是文学正常发展的一个相应的结果。之所以说杨朔在60年代提出的这一创作观点,以及其相应的散文创作具有创新性,其一是他将"诗性散文"的概念独立提取出来,赋予了其理论性,第二,也就是在前面已经提到过的,他以这种从事诗化散文创作的强调,消解或者说是扭转了建国前后通讯化散文当道的态势。让散文重新回到抒情叙事的文学轨道里,从而成为当时散文创作的领军人物。

然而必须指出的是,此时文艺创作思维的单一化和审美指向的模式化倾向,又给这时期的散文创作带来了不容回避的缺失。

今天看来,杨朔散文的思想内容,显然有着特定历史条件下所产生的缺憾和局限性。这也是建国后十七年中几乎所有作家都曾有过的局限。如他的《蓬莱仙境》、《龙马赞》包括《海市》等里面有关普通百姓生活的夸赞,写在中国全民饥馑的年代,无论作家本人曾抱着怎样良好真诚的写作动机,都不能说是真实的社会现实生活的反映。同时我们也看到,倾向于写"颂歌"式的作品,是60年代前后文学界的一个普遍现象。许多优秀的作家都作过这类真诚的抒写。如刘白羽在当时也提出,要把"美的生活,美的思想,变成美的文字"。[①] 那么产生这种文学现象、包括杨朔后期散文的社会经济与文化背景,便成为我们必须加以关注的问题。事实便是众所周知的,在50年代末至60年代初,因为重大的自然灾害,中国社会的经济生活状况遭遇了极大的困境。正如中共中央当年在一次决议中所指出的:"我国国民经济在1959年到1961年发生严重困难,国家和人民遭到重大损失"。[②] "大跃进"后社会上普遍的浮夸作风,又无形中加重了这场灾难的危害程度。在这期间,曾经是最可靠的国际盟友断绝了对我国的支援,广大人民普遍处在饥馑灾害之中。而从当时的意识形态和文化领域来看,在1953年召开的全国第二次文代会报告中,就明确指出:"今天文艺创作的重点,应该放在

---

① 刘白羽《早晨的太阳·序》,作家出版社1959年版。

② 《中国共产党中央委员会关于建国以来党的若干问题的决议》,《三中全会以来》(下),人民出版社1982年版,第806页。

歌颂的方面"，"应该创造我们这个时代的典型人物"，"应当把人物写得理想一些"①以积极促进新中国早期的文艺事业。而歌颂新中国，歌颂社会主义，歌颂英雄人物和劳动人民，不仅在当时，也一直是建国十七年散文创作的主潮。大量"颂歌"式的作品几乎充满了散文园圃。时代更迭，社会前进，中国人民摆脱半封建半殖民地压迫的解放来之不易。在新中国建国初期，文学创作中的歌颂礼赞，更有其时代的必然性，而在这方面一些拥有真情实感的优秀篇章，也确实体现了较高的艺术价值。但是在当时、特别是1957 年国家"反右扩大化"之后的社会环境制约下，"文学为政治服务"的方针早已经被坚定地解释为文学是从属于政治的，也就是说从文艺政策方面，规定了文学无论在何时都应该服从于社会政治大局的需要。再加上当时包括杨朔在内的多数作家，是穿越了旧中国"黎明前的黑暗"走过来的，从思维习惯上一直认可文艺就是斗争的武器。革命文学和革命作家是为无产阶级的利益和斗争服务的，他们写作的主题和题材，也主要是要根据当时社会的政治导向去选择的。因此在 60 年代前后，文学创作要以对社会、对生活的讴歌，去团结人们鼓舞人们，激励人们树立信心，战胜经济困难，与祖国共渡难关，成为文学界的一个总体导向。这在社会主义中国遭遇重大困难的关头，以真正的美好的事物和精神，给予人们以信念支撑和舆论引导，的确是必要的，符合当时的时代精神。但文学创作如果背弃了客观认识事物的哲学基础，就无法达到对历史本质的真实反映。当文学艺术创作逐渐发展到只能"歌颂"而不能"暴露"时，这样的单一性思维，必然带来散文表现情感的狭窄和僵滞，同时散文作为"时代的人生的记录"的文学，其整体的真实性便从根本上受到了质疑。正如有人在文章中所反思的，"当年的散文普遍地沿着另一种思路而展开。即：正是在这种严峻的情况下，中国社会尤其需要'美'来对抗'丑'，只有'美'才是'丑'的最合适的'解毒剂'。越是在艰难困苦的情况下，越是需要激发广大人民奋发昂扬的斗志和积极向上的精神。而讴歌美……正是散文为大力净化中国人民精神而作出的努力，为稳定社会形式而作出的贡献。"而"问题在于，美与丑是对立统一的范畴。美与丑以对方作为自身存在的依据。……因此，散文只有在歌颂美时，

---

①　转引自庄汉新：《中国 20 世纪散文思潮史》，学苑出版社 2005 年版，第 206 页。

本身就融入了对丑的批判意识时,它才能真正达到一种历史本质的真实。"①在那一时期,不仅是中国文学界,1961 年中国的哲学界、美术界,也都曾先后展开了建国以来首次关于"自然美"和"山水、花鸟画问题"的美学、艺术方面的大讨论。一时间,表现美、讴歌美,似乎成了整个社会文化舆论强调的重心。

杨朔后期的散文,实际上便含有作者对上述社会主导精神的某种朴素而真诚的回应。例如他的以景寓情,静中有动的《茶花赋》,以昆明"春深似海"的茶花为题歌唱祖国。那"每朵花都像一团烧得正旺的火焰"的茶花,有着极顽强的生命力,它不择地势,到处生长;它经过几个世纪的风风雨雨而繁茂不衰。文中还插入了育花人和如童子面茶花一样可爱的孩子。借吟咏茶花,象征、赞美坚强的祖国一片春色,前景灿烂。杨朔的散文中还经常出现对比,这在他国内生活题材的散文中主要表现为新旧对比。抚今追昔,以旧衬新的思想内容,出现在他的《迎春词》、《海市》、《蓬莱仙境》、《海罗衫》、《西江月》、《画山绣水》等一系列作品中。他以自己在残酷战争年代树立起来的坚贞信念,非常希望并愿意引导着读者能在岁月的"比较"中来肯定、拥护共产党领导下的共和国的事业、共和国的今天,"沿着十月革命的道路,中国人民的历史上也终于出现了春暖花开的季节,可是我们的道路上曾经扬着多猛的风雪啊……"(《迎春词》)。"只有记着昨天,我们才能更懂得今天,创造明天。"②回顾仿佛就发生在昨天的艰苦卓绝的人民战争经历,格外珍惜尚处在起步阶段的新生的祖国。必须看到,这种深沉的思想感情,也是杨朔,还有此时其他许多作家散文写作的一个情感来源。比如巴金也曾在他 1960 年出版的《赞歌集·后记》中这样写道:"我的笔即使写不出振奋人心的'热情的赞歌',它亦要饱蘸作者的心血写下一个普通人的欢乐和感激的心情。我绝非为写文章而写文章,我有满腹的感情要倾吐,我有不少见闻要告诉人,我有说不尽的对新社会的热爱要分给别人,我才拿起这支写秃了的笔。"③巴金作为从旧社会过来的具有先进民主意识的知识分子,他此时的思想情感,也很具有代表性。

---

① 熊忠武:《"散文年"透视》,载《上海师范大学学报》1998 年第 3 期。
② 杨朔:《海市·序》,北京作家出版社 1960 年版。
③ 巴金:《赞歌集》,上海文艺出版社 1961 年版。

然而归根到底，文学的本质决定了它不是从属于政治。正如有论者所说的，如果作者"……回避生活中的矛盾和冲突，出现了粉饰生活的创作倾向，散文就不可能真实地反映'时代的侧影'"。① 这也正是今天，人们对于杨朔的一部分散文所应该总结的经验教训。

另外，当时"散文的诗化"理念的极端化走向，无疑引导、产生了一种不良的创作模式化倾向。杨朔那时的散文创作，在结构营造上是有模式化的倾向。而在当时单一化的文化思维意识和单一化的文艺思维定式下，杨朔有他个人在艺术思维或艺术功力上的缺憾，但导致 60 年代初期开始的整个散文界艺术理念和创作走向僵滞和模式化处境的，则应主要是当时的主流文化语境和社会阅读心理的合力作用。当年杨朔的《东风第一枝》《海市》等作品甫经面世，《人民日报》、《光明日报》、《文汇报》、《文艺报》和《文学评论》等一应重量级的报纸刊物，无不纷纷发表评论给予称扬，舆论导向极为热烈。这一方面固然由于杨朔散文自身的艺术魅力，也更由于他当时的创作，比较符合整个社会各方面的文学期待心理。于是便有一些青年作者以他的作品为范本趋之若鹜，进行效仿。在众所奔趋的情势下，散文的僵化趋势便自然地形成了。散文艺术的本质，规定了其内容、体式和写作方法都应该是自由的，是丰富多样的，而不应该设有一定之规和任何固定的模式。再延展说来不仅仅是散文，无论何种新颖的文艺体式，当它一旦在社会普遍的思维模式下，成了一种固定的、少有变化的样式后，其最后的影响和结果，都无一例外地会走向消极和萎靡。

第六节　建国十七年英雄叙事的类型与审美特征

一、十七年英雄叙事概述

在新中国成立以后到"文革"前的十七年文学中，革命英雄叙事是一个占据主导地位的的文学风景。虽然英雄叙事一直是中国文学的重要主题，但革命英雄叙事则是毛泽东主席《在延安文艺座谈会上的讲话》之后，尤其是建国后十七年中才兴盛起来的一个文学主题。许多山东作家都曾经热情

---

① 张振金：《如何评价建国后 17 年的散文》，载《广东社会科学》1999 年第 6 期。

地投入了这个革命英雄叙事的热潮中,创作了大量反映革命战争的历史场景和塑造叱咤风云的英雄形象的小说作品,长篇小说有刘知侠反映抗日斗争的《铁道游击队》、曲波表现全国解放前夕解放军剿匪战斗的《林海雪原》和反映抗战时期改造土匪队伍的《桥隆飙》,冯德英分别描写了抗日战争和解放战争的《苦菜花》、《迎春花》,杨朔反映中国人民抗美援朝战争的《三千里江山》,赛时礼反映抗日战争的《三进山城》和《宁海沉浮》,牟崇光的《烽火》,翟永瑚的《民兵爆炸队》、王安友的长篇《战斗在沂蒙山区》。中短篇小说有峻青的《黎明的河边》、《党员登记表》和《胶东纪事》,王愿坚的《党费》、《粮食的故事》,刘知侠的《红嫂》、《铺草》、《沂蒙山的故事》,肖平《三月雪》、《玉姑山下的故事》等,都是这时期产生了很大影响的作品。其中特别是刘知侠、冯德英、曲波、峻青、王愿坚等人,因为他们的作品所取得的优异成就,成为全国当时倍受关注的文学之星。

在当代革命历史宏大叙事的文化语境下,十七年山东作家的英雄叙事,当然也基本上融入了当时流行的革命英雄叙事的叙事模式和美学范型,如作家们一般都刻划了风云变幻、腥风血雨的战争环境(乱世背景),塑造了在战斗中成长的英雄,而英雄的成长与党的教育引导又是密切相关的,英雄的精神品格也大致相同等等,但也显示出了山东作家自己的某些艺术特点。如表现了以创造英雄人物形象为创作重心并追求道德境界和传奇审美旨趣的典型特征等。而对于中国传统英雄叙事小说《水浒传》、《说岳》以及山东快书"武老二"等民间美学风范和艺术因素的继承和吸收,受欧苏文学的艺术技巧和文学理论的影响等,因作者各自的文化教养、性格禀赋、艺术感知方式的不同,而使山东作家的英雄叙事显示了不同的审美情趣和艺术品味,形成了山东十七年英雄叙事既有共通之处又有各自特点的艺术格局。如刘知侠、曲波、赛时礼、王希坚、王安友等人深受《水浒传》、《说唐》、《说岳全传》等民间文学样式的深刻影响,集中地吸收了其中某些审美情趣和表现手法,如重视作品的故事性因素,善于写出故事的大起大落、大开大合以及故事和人物的传奇性,使他们笔下的革命英雄人物及其事迹,带有浓厚的民间性和传奇色彩,等等,散发着泥土芳香。冯德英、肖平、王愿坚、峻青等人虽然也受到了中国传统文学的影响,但他们同时也接受了欧苏文学艺术风格和美学理念的影响,因此,他们的作品除具有较浓的故事因素和一定的民间性之外,还在人物形象塑造、性格刻划、心理描写、时代背景和场景展现等方面，显示了外来表现手法和审美情趣的影响，如冯德英就比较注重塑造人物形象，"母亲"这个人物是作品中贯穿始终的英雄形象，与高尔基的母亲形象有异曲同工之妙；他也比较注意人物形象的性格刻画和细腻的心理描写；《苦菜花》、《迎春花》尤其是《山菊花》中广阔的时代和社会背景也描绘得非常出色。峻青和冯德英还能够站在鲜明的人民立场上，将革命战争中普通的人民群众作为作品的英雄形象着力地刻画描写，从而展示了人民群众在战争中所发挥的伟大作用。此外，肖平的小说比较注重营造沉静而崇高的悲剧氛围，他的小说往往使感受到一种为英雄的牺牲而既崇敬又痛惜的悲剧美感，与峻青小说悲壮惨烈的美学风格大不相同，而肖平和王愿坚的作品都或浓或淡地含蕴着一种人情味的东西，这也是他们的与众不同之处。因为冯德英的创作有专文论述，因此，这里仅就山东作家中最有代表性的刘知侠、曲波、峻青、王愿坚等人的英雄叙事展开论析。

二、质朴豪迈的民间英雄

刘知侠自 20 世纪 40 年代初期发表短篇小说《韩邦礼苦学记》起，几十年的创作生涯共创作出版了长篇《铁道游击队》、《沂蒙飞虎》，中短篇集《战地日记——淮海战役见闻录》、《一次战地采访》、《知侠中短篇小说选》和《小铁道游击队》等，基本上都属于英雄叙事文本。

刘知侠的小说均取材于抗日战争和解放战争时期山东人民的斗争生活，长篇小说《铁道游击队》也是较早的汇入新中国英雄叙事文学潮流的优秀长篇小说之一。作品一出版便受到当时广大读者的欢迎和评论界的关注，很快被改编成电影广泛流传，90 年代被文学界学人们列入"红色经典"代表作品之中，这其实是刘知侠文学创作的一个高峰。这部小说是在 1945 年发表在《山东文化》第 2 卷第 3、4 期上的中篇小说《铁道队》的基础上充实、丰富起来的，是根据抗日战争时期活跃在山东枣庄至临城铁道线上的一支抗日游击队的真实事迹创作而成的。作品较出色地塑造了英勇果敢、豪爽质朴的抗日英雄刘洪、王强、李正等英雄形象，歌颂了山东人民在党的领导下英勇抗击日本侵略者的斗争业绩。较为鲜明的民间性，以及作品所流泻出的质朴、豪迈、明朗的艺术色调，是这部小说英雄叙事的基本神韵。

作品鲜明的民间性，首先表现在主要人物形象的民间色彩上。铁道游击队的成员大都是由煤矿、铁路工人和农民组成的，主要人物刘洪、王强、鲁汉、小坡、彭亮、林忠等英雄人物的身份本身就具有一定的民间性质，他们有的出身于贫苦的煤矿或铁路工人，有的是食不果腹的城镇贫民，有的简直就是无家可归的流浪汉。他们起初与日寇的斗争，虽然有抗日根据地派来的共产党员刘洪、王强两人有意识的组织，但其他主要成员如彭亮、林忠、鲁汉、小坡却并不明确斗争的意义，他们一开始只是出于个体生存的需要而参加了抗日行动。后来，他们根据地下党组织的指示以炼焦厂作掩护，这才正式地成立了非正规军的铁道游击队，开始了由个体的斗争向自觉的阶级和民族斗争的转变，开始了由普通的草民百姓向革命英雄人物转化的过程。此外，那些积极支持他们的基本群众诸如芳林嫂、贫穷的日本洋行职员、车站站长张兰等，也是具有民间性的人物。正是这些"非正规"的军人和群众，在正、副大队长刘洪、王强和政委李正的带领下，在从临枣铁路沿线到微山湖一带的广阔地区，与日寇展开了英勇机智地斗争。他们砸洋行、打票车、拆炮楼、扒火车、夺军火、毁铁路，并且成功地护送了党中央的领导人和其他革命同志往来于延安和沂蒙山革命根据地之间。此外，他们还积极开展群众工作，组织和发动群众建立根据地，斗争汉奸地主，分化瓦解敌伪势力。抗战胜利受降时，他们依靠坚定、勇敢和不屈不挠的斗争意志，终于迫使拥有数千人的日军铁甲列车部队向八路军投降，创造了惊天动地的英雄业绩。也正是在有组织的斗争生活磨练中，在共产党组织的正确引导下，这些来自"民间"的普通百姓，逐渐成长为有理想有觉悟的阶级战士、革命英雄。本色上的质朴与性格上的豪爽构成了这部作品中英雄人物形象的基本底色。其次，是故事本身的民间色彩，铁道游击队每一个斗争故事，都在当地民间悄悄地被神化着，百姓们在流传中不断地加工、神化，于是在他们的心目中，铁道游击队的每一次行动都有神人相助。如打布车和运布的故事被传说为连关老爷都派他的马相助，因为有人发现关帝庙里的泥马身上汗水淋淋，等等。再次，《铁道游击队》的民间色彩，还表现在作品对民间文学中"英雄美人"模式的借鉴上，作品以一定的篇幅描写了大队长刘洪与美丽温柔的芳林嫂之间的爱情，这对"英雄美人"在经历了诸多磨难之后终成眷属的结局，也与中国民间文学艺术传统的"大团圆"结局十分契合。芳林嫂作为一位女性英雄形象的成长过程，显示了与刘洪、彭亮等的种种不同，具有其明显的"民间性"。在遇到刘洪以前，她仅是一位年轻守寡的铁路工人家属，只是其待人接物与一般的农村妇女有所不同。而接触了英雄刘洪之后，在与刘洪逐渐增强的爱情中，她的英雄品格也得到了培养。通过作品的描写我们看到，她的一切政治上的进步，觉悟的提高和性格的变化，都是来自刘洪个人的影响，都是出于对刘洪的爱情。在这里，知侠颠覆了他自己作品的英雄成长模式，使这位女英雄的成长更符合生活的真实，因而也带上了民间色彩。英雄的民间性质和故事的民间色彩，是知侠小说区别于其他革命英雄叙事作家的标志。

《铁道游击队》不仅状写了人物的英雄业绩，也比较注意了刻划人物性格。作品刻画了多个形象清晰甚至富有个性的人物形象，如刘洪的刚烈、倔强和果断，王强的机警和灵活，彭亮的正直和忠实，鲁汉的豪爽和鲁莽，小坡的聪明和机灵，林忠的沉稳和老成，芳林嫂的温柔和坚毅，等等，而他们共同的特点则是义气、勇敢、和顽强。更难得的是作品合乎情理地展现了英雄人物的成长过程，主要人物刘洪、王强虽然一出场身份便已经定型——被派往枣庄开辟工作的共产党员和游击队员，然而作品也在适当的时机展示了他们的身世——一个是幼年失怙、在扒火车、下煤窑中渡过童年的孤儿，一个是在煤井和日本洋行当搬运工的苦力，他们受剥削、受压迫、有着一肚子牢骚和怨恨，后来在参加了工人抗日游击队，接受了党的教育引导之后才觉悟起来，而成为一名革命战士。作品不但让刘洪本人经常怀着感激的心情向他的同志们讲党对自己的教育培养，他的战友在对自己的领导者的议论中，也证实着党的教育培养的巨大作用。其他队员如彭亮、林忠、鲁汉、小坡等亦是如此，他们 4 位是在成为铁道游击队队员后加入了中国共产党，成为自觉地革命战士。在这里，知侠是自觉地应和了当时英雄成长由长者引路（在革命英雄叙事作品中均为共产党引路）这一叙事模式。

《铁道游击队》是一部艺术上较为成功的作品，质朴、豪迈、明朗构成了这部作品基本的美学质地和艺术特色。刘知侠正确地领会了中国民族民间艺术传统的表现手法和艺术精神，较好地运用了传统小说的传奇性和故事性因素，将砸洋行、扒火车、夺军火以及迫使日军铁甲部队投降等具体事件写得有声有色，情节紧张惊险、波澜起伏。与曲波的《林海雪原》相比，《铁道游击队》的传奇性虽然并不太突出，但作品所描写的那些英雄业绩经过知侠巧妙地艺术加工，也便带上了一定的传奇色彩。整部作品自然朴实，引人入胜，非常有可读性。刘知侠此时的小说因为还没有过多地受到后来战争题材小说概念化的影响,能够巧妙地将反映战争和历史的难度转化成民间文化视点,在较大的可能性上发挥作家的想象力,发掘了素材本身所具有的故事性因素、人物形象的魅力因素和真实性因素,因此,小说不但在当时受到了广大读者的欢迎,即使在今天读来也很有可读性。

知侠小说的英雄叙事,除长篇小说《铁道游击队》产生了较大的反响之外,其中短篇小说也主要是记写以战斗英雄的英雄业绩和战斗故事为主,讲述着感人至深的英雄故事,讴歌着普通群众的阶级觉悟和崇高品德,展现了在血与火的斗争中英雄人物和人民群众的伟大贡献和光辉业绩,以及军民之间的鱼水深情。无论对革命战士形象的塑造还是对革命群众形象的刻划,都应该属于英雄叙事的范畴。《一支神勇的侦察队》描述了一支侦察小队的一次深入敌后侦察敌情的故事,那一个个惊险、神奇的侦察故事被写得险象环生、紧张曲折,具有"看似山穷水尽,忽又峰回路转,柳暗花明"的审美效果,生动地展现了这支侦察队的英雄们大智大勇、忠诚坚强的英雄气质。《红嫂》是根据一个真实故事写成的,一位普通的农村妇女,在敌人扫荡、丈夫的思想比较落后、村民们封建思想还很浓厚的恶劣环境里,勇敢地掩护了一位八路军伤员,不但用乳汁救活了他,而且在他养伤的日子里一直偷偷地为他送饭换药,直到伤愈归队。这种义举不但体现了沂蒙百姓民风的纯朴,而且也体现了人民群众广泛的思想觉醒,红嫂的英雄形象也便在这种不拿枪的斗争中树立起来。这篇小说虽不似前者那样情节迭宕起伏,但也有较强的故事性因素。红嫂救活并保护八路军战士的故事写得紧张突兀,曲折有致,且环环相扣。如红嫂的发现伤员、掩藏伤员,红嫂的丈夫跟踪红嫂,发现隐藏伤员的地方,村里的坏人监视红嫂,差点发现伤员的秘密等一系列情节的描写,都具有引人入胜、令人读来紧张兴奋的艺术效果;短篇《铺草》亦有很强的故事性,农民王老头与解放军战士张立中因为铺草问题而发生的故事,其中有许多误会与遗憾:张立中向王老头借铺草而王老头不给,两人发生争执,误会遗憾一;王老头和张立中分别受到批评,认识错误,想向对方道歉,遗憾二;两人分别找对方道歉不遇,遗憾三;战斗结束后,王老头又找张立中,张立中已牺牲,遗憾四。作品在如此短小的篇幅中,能够将故事写得这样生动感人,的确是值得称道的。刘知侠在谈自己的小说创作经验时常常以此篇为例,是极有道理的。

从整体上说,与长篇《铁道游击队》相比,刘知侠的短篇小说存在着艺术功力参差不齐的问题。他的长篇写得语言朴实，简洁，比较注意人物语言的身份化和大众化，情节故事生动精彩，引人入胜，具有很强的可读性；但他的少数短篇则存在着如下缺点：其一、大都不注意材料的取舍，开头结尾往往穿靴戴帽，叙述有些拖泥带水。如《红嫂》开头有相当长的篇幅写"我"与彭林中校相遇的过程，迟迟不接触与红嫂有关的正题，《一次战地采访》有三分之一的篇幅写了寻找钟磊过程中所遇到的无关紧要的事件和人物，无形中冲淡了与主要人物钟磊有关的情节和故事。其二、与冯德英等重人物内心世界刻画的作家不同，刘知侠作品重故事发生过程的描写，而不太注重人物心理活动和言语行动的描写，这与他受中国传统小说写作手法的影响较深有极大的关系。

刘知侠新时期创作长篇小说《沂蒙飞虎》，这部作品虽然反响不如《铁道游击队》，但在艺术品格上的许多方面比《铁》有所发展。《铁道游击队》重视故事情节的描写，不太重视人物刻画，而《沂蒙飞虎》则以写人为主，刻画了一个英雄人物的成长过程。作品以生动的笔墨描写了主人公高山在战争的腥风血雨中，如何从一个贫穷的放牛娃，成长为一个带领人民群众与日本侵略者和伪军展开坚决斗争，创造了为人称颂的英雄业绩的区县领导干部的事迹。在此部作品中，刘知侠重视了人物性格的刻画和内心世界的展示，也重视了写人情和人性，其中有许多闪烁着人性光辉的情节和细节，读来非常感人。然而，因为作品所涉及的题材在当时的时代氛围下已不能再引起读者和评论界的关注，作品出版后比较寂寞。

三、曲折浪漫的英雄传奇

20世纪五六十年代是中国文坛很容易制造"轰动效应"的年代，几乎每出版一部长篇小说便出现一次轰动，单就山东作家来说，就出现过刘知侠的《铁道游击队》、曲波的《林海雪原》和冯德英的《苦菜花》的轰动。这些作品一出版，人们便奔走相告，竞相传阅，评论赞赏的文章见于各种报刊杂志，可谓红极一时。就《林海雪原》而言，它在问世之初之所以能引起较大的反响，一方面自然是因为它具有健康向上的思想内容——张扬了革命英雄对信念的坚守，对光明的向往，对理想的执著追求，以及大无畏英雄气概和牺牲奉献精神等等；另一方面则因为它的有别于其他作品的鲜明的浪漫情调、传奇色彩、强烈的故事性和紧张突兀的情节性等艺术魅力。曲波就是由此而成为工作在工业战线而坚持业余创作的作家的。多年来,他在繁忙的工作之余创作出版了《林海雪原》、《桥隆飙》、《山呼海啸》和《戎萼碑》等4部属于英雄叙事的长篇小说。

这四部长篇,鲜明地表现出了曲波创作的审美情趣和艺术品味,他一位是以夸张、浪漫的艺术手法塑造着传奇英雄的小说作家,20世纪五六十年代的山东小说作家中,最具有浪漫传奇色彩的还是曲波。曲波与刘知侠一样,直接参加了抗日战争和解放战争,他的4部作品,大都是他曾经亲历过的生活,而《林海雪原》,则是他于1946年带领一支剿匪小分队进入东北的深山老林,与土匪武装周旋了大半年的亲身体验的产物。作品写解放战争初期人民解放军一个36人的小分队,如何在东北的林海雪原中与国民党残匪巧妙周旋并最终将其歼灭,杨子荣、孙达得等英雄人物如何为了人民的解放,为了党的事业的成功而忠心赤胆、英勇无畏、机智勇敢地与凶残顽强的匪徒斗争,甚至献出宝贵的生命;热烈歌颂了人民解放军指战员忠诚坚定、所向无敌的英雄气概,反映了人民群众对匪徒的憎恨和对自己军队的支持和拥护,揭露了国民党残匪的凶残和愚昧,成功地塑造了杨子荣、少剑波、孙达得、刘勋苍、李勇奇等颇具传奇色彩的英雄形象。作品从两个方面体现了它的传奇色彩,一为人物的传奇色彩,一为故事情节的传奇性。

人物的传奇色彩有两种,一是其命运遭际的独特之处,一是人物本身性格、气质、禀赋的独特之处。曲波小说的人物传奇性主要为后者。如小分队主要负责人、年仅23岁的少剑波不但人长得英俊潇洒,而且颇具文韬武略,作品充分地描述了他如何运筹帷幄、带领部下克敌制胜,又如何雪夜吟诗,文情并茂,是一位颇具儒将风采的人物。其他英雄人物虽不是少剑波那样文武全才,却也都有各自的超凡脱俗之处,大多身怀绝技,俨然超人。如栾超家身轻如燕,飞檐走壁;刘勋苍力气超群,举重若轻;孙达得日行千里,关山度若飞。而主要人物杨子荣虽然身无前者那样的绝技,但却精细老练、沉着冷静、能言善辩、胆气超群。杨子荣在"智取威虎山"战斗中的表现,令读者惊叹不已。曲波较好地继承了传统文学和民间文化自由粗放、浪漫神奇的艺术精神,在这个艺术海洋中如鱼得水。这种具有传奇色彩的人物形象,在他的其他作品中亦有表现,如《戎萼碑》中年轻的双燕姐妹被写成了身怀绝技、本领超凡、文武双全的侠女般的人物;《山呼海啸》中的指挥员凌少辉,年仅 18 岁,便能神出鬼没地指挥部队克敌制胜,他的姐姐则不但具有非凡的领导才能,而且文彩出众,"万言长书,一挥而就"。在这里,曲波显然将他的英雄人物理想化、神圣化了,这就使人物本身及文本本身都具有了浪漫色彩。

曲波不但善于刻画具有传奇性的人物形象,而且善于描写传奇性的故事,构思曲折离奇的情节,《林海雪原》以若干事件为线索,刻画人物,发掘题旨,作品依次描述了奇袭奶头山、智取威虎山、周旋大草甸、大战四方台这四个既有独立性,又相互联系的战斗故事,其中每一个大故事又由若干或惊险奇谲或轻松欢快的小故事组成,其中穿插着关于奶头山的神奇传说,关于与神秘的牛鼻子老道的斗智斗勇,关于杨子荣在威虎山与土匪的巧妙周旋等等,许多情节都被写得奇妙莫测、扑朔迷离、惊险紧张,再加上自然环境的神秘奇丽,使得整部作品呈现出鲜明的浪漫色彩和传奇神韵。如果说《林海雪原》以描写事件为主,那么《桥隆飙》则以主要人物桥隆飙的人生经历为主线描写事件,刻画人物,发掘题旨。桥隆飙本人从草莽英雄被改造成革命英雄的整个人生经历,就具有曲折离奇的传奇色彩,而其中的一个个故事情节,如马定军、沙贯舟巧遇桥隆飙、桥隆飙会见七小姐和神秘的"专员"、地下党员"表嫂"与桥隆飙的见面等等,均为颇具传奇意味的情节描写。

"传奇性"是中国文学中特有的美学意蕴,"奇特"则是其主要美学质地,其中融汇了某种神秘、神化甚或夸张的意味。在曲波的小说中人物、故事的奇特性显然被大幅度地夸张了:解放军的指战员个个都是刀山敢上,火海敢闯的英雄;人人都是大智大勇、战无不胜的精兵强将。一个 36 人的剿匪小分队在深山老林里与数十倍于自己、而且训练有素又有天险可作屏障的土匪周旋,居然在自己较少伤亡的情况下克敌制胜(《林海雪原》);八路军主力部队的一个连队与三县民兵联合,在人民群众的支持下,硬是拖住了企图进犯中州的上万日军主力和伪顽军队(《山呼海啸》);一支由十几人组成的战地医护队,在极其艰苦的反扫荡中,不仅保存、壮大了自己,而且有效地打击了反动地主武装(《戎萼碑》)。作者显然将他的人物和故事浪漫化、理想化了。就是从这一个个曲折离奇的情节和故事中,曲波发掘了中国传统小说"大奇大险"、"大开大合"、"惊险奇谲"、"出人意料"的美学精神。他往往将人物推到险境乃至绝境,让书中人物及读者都饱受惊险。但往往是眼看山穷水尽,却转眼柳暗花明,一切都迎刃而解。如《林海雪原》中杨子荣正在威虎山倍受器重,百鸡宴正在举行,剿匪小分队就要到来,眼看大功告成之际,不想却来了栾平,一下子将他推入了极其险恶的境地,面临着死亡的威胁。而杨子荣靠着他过人的胆识临危不惧,沉着机警地舌战栾平,竟出人意料地转危为安。再如《桥隆飚》中潜入桥隆飚土匪队伍中的马定军和沙贯舟被坏人陷害,即将被鲁莽的桥隆飚砍头,在千钧一发之时,忽然来了牛爷爷替他们作证,立刻化险为夷。曲波还运用了传统美学中的"巧中求快"的审美特点,在"巧"字上大作文章。如"智取威虎山"需要派人打入敌人内部,正愁没有"见面礼"以取得信任,恰"巧"捉住了一撮毛,得了"先遣图";正为不知威虎山的路径发愁,又恰"巧"捉住了傻大个,利用他的脚印顺利进山;正担心无法送出情报,却又有座山雕搞试探杨子荣的"演习",遂被杨利用;而且更"巧"的是,座山雕恰恰委任杨子荣为"百鸡宴"的司宴官,为小分队聚歼土匪创造了极为有利条件。这一连串地"巧"制造了一种大惊大险、大忧大喜的审美效果,满足了当时接受者的阅读心理,深为读者所喜闻乐见。

另外,曲波小说还善于将情节写得曲折萦回,扑朔迷离,神秘莫测,以调动读者的审美快感。如 1962—1963 年连载于《山东文学》上的《桥隆飚》,写桥隆飚智斗地主武装头目"七小姐"时,那若干"七小姐"和"专员"陆续出场的描写,让读者感到扑朔迷离,如堕五里雾中。这种美学精神与中国民族民间的审美理想十分契合,因而这部小说也的确适合了众多读者的口味。但小说正式出版于文革之后的 70 年代末,那时左的文学思潮的影响还在,迫于压力,出版时删去了这些好看的情节,不能不令人遗憾。

曲波创作了多部长篇小说,然而,使曲波在十七年作家群体中获得较高地位的,主要还是《林海雪原》与《桥隆飚》。曲波虽然没有受过文学专业教育,但他靠从民间文学和古典文学中积累的文学修养,为自己的创作打下坚实的文学艺术功底,他的语言简洁流畅而富有表现力,他也善于布局谋篇,写人述事亦能得心应手。《林海雪原》与《桥隆飚》属于不同的构思方式,《林》以写事件为主,在事件描写中刻画人物,其时代背景、社会背景均非常广阔,特别长于自然环境描写,往往能写出自然环境美不胜收和神秘奇丽的景致,与整部作品的浪漫情调比较协调;《桥》则以写人为主,重点刻画一个成长中的英雄人物。写桥隆飚从一个草莽英雄被改造成一位革命战士的过程,事件、情节为塑造人物、刻画人物性格服务,无论对人物性格的刻画还是对情节、事件的描写，都能达到令人信服，引人入胜的艺术效果。这不能不归功于曲波艺术功力的扎实与深厚。

与那个时代的许多作家一样，曲波也受到了时代气氛的影响，尤其是"左"的创作理论和模式的影响。当然，这里面有不得已而为之的因素，但也有作家本人自觉应和的原因。如塑造人物形象，《林海雪原》中还没有将英雄人物绝对化、神化，虽然对少剑波形象有些过火的刻画，但杨子荣、刘勋苍等相对要真实一些；《桥隆飙》的主人公因为本身是个被争取、被改造的形象，因而刻画得比较丰富复杂、有血有肉，而像表嫂这种"党代表"人物类型，便写得有些概念化、绝对化了。到了"文革"期间出版的《戎萼碑》和新时期初期出版的《山呼海啸》，便出现了"好便绝对的好，坏便绝对的坏"，"英雄人物"高大完美，革命战士所向无敌，即使是当时的读者也难以真诚地接受了。

四、悲壮惨烈的英雄叙事

峻青也是山东作家中出道较早的一位，几十年来他创作了《黎明的河边》、《老水牛爷爷》、《胶东纪事》、《最后的报告》、《海燕》、《怒涛》等短篇小说集和多卷本长篇小说《海啸》。象曲波、知侠一样，他也是一位抗日战争、解放战争的直接参加者，这对于他日后的文学创作提供了较为坚实的生活基础。他的小说创作始于20世纪40年代初期（中篇《马石山上》就是此时的作品），成熟于五六十年代，大多取材于他的故乡胶东半岛，其中多数是革命战争题材的小说，少部分是反映建国后现实生活的作品。从艺术品格上来说，无论反映现实生活或者描写革命战争的作品，都具备着英雄叙事的美学质地。

峻青小说英雄叙事的审美品格主要表现为悲壮和惨烈，这是他区别于知侠、曲波、王愿坚、冯德英等作家的独特之处。悲壮是英雄人物在面对恐怖、肉体摧残、精神折磨、死亡威胁时那种无所畏惧、慷慨就死的精神所表现出的美感，作品对这种英雄品格淋漓尽致地渲染和出色地刻划，建构了整个文本的悲壮美质。惨烈则是就英雄命运遭际的壮烈结局而言的，人类最不愿意接受的结局——被折磨被杀害而死亡，是构成惨烈美的基本底色。《黎明的河边》描写了革命战士小陈一家掩护游击队长过潍河的故事，是峻青小说悲壮惨烈美和代表作。还乡团匪徒为了阻止小陈护送游击队长过河,将小陈的母亲和弟弟作为人质押到河边,以此来要胁小陈。英雄小陈面对亲人将遭惨死的不幸,为了完成他的神圣使命,自己与还乡团头子同归于尽,壮烈牺牲。他的家人面对凶恶的敌人毫无畏惧,他们不但严厉地告诫小陈不要动摇,而且向小陈呼喊着"朝我这里开枪"。故事的结局是游击队长在小陈父亲的护送下顺利地渡过了潍河,而小陈及其母亲和弟弟一家三口却惨烈地倒在了敌人的枪口下。《党员登记表》中年轻的女共产党员黄淑英,为了保全一张系着全区几十名党员性命的"党员登记表",在敌人的酷刑折磨面前坚贞不屈,视死如归,献出了年轻的生命。她的母亲忍受着巨大悲痛,继承了女儿的事业,在千难万险中将党员登记表保存到革命胜利。这两篇作品都涉及了革命与亲情的矛盾,小陈父母兄弟为革命自愿舍弃生命,小陈则为革命最终舍弃了亲情;黄淑英的母亲在女儿被害后不但没有消极,反而勇敢地担当起保护党的机密的重任,他(她们)的行动本身也体现了一种悲壮美。现实生活题材作品《老水牛爷爷》的主人公也显示了悲壮惨烈的审美品格,"老水牛爷爷"韦忠是位老英雄,他在战争年代曾经为保住党的机密,遭受过敌人的残酷折磨;在和平建设时期,在潍河大堤即将决口的紧急时刻,他毅然跳进水中,用自己的身体堵住缺口,为加固大堤赢得了时间,自己却牺牲了。峻青英雄叙事悲壮惨烈的审美品格,在他从事文学创作初期就已见端倪。1942 年发表的《马石山上》就是如此。作品写的是一个真实的故事:八路军一个班的战士,在执行战斗任务胜利返回时,遭遇了日寇的残酷"扫荡",他们偶然地发现了几个县的逃难群众陷入被包围的危险境地,不顾自己的安危,主动地冲上去,成功地掩护了群众突围,自己却被包围在"网"里,他们顽强地抵抗后弹尽粮绝,全体砸碎枪枝壮烈牺牲。他们的英雄壮举惊天地泣鬼神,使悲壮惨烈的英雄品格得到了充分地彰显。

峻青的英雄叙事小说为了加强悲壮和惨烈的审美效果,往往将人物安排在紧张、突兀、尖锐、奇险、进退两难、非此即彼的矛盾境地中,让人物在个体利益、亲子之情与整体利益、革命利益尖锐对立的情境中经受着严酷的考验。如小陈在是挽救亲人的生命还是完成护送队长过河任务的矛盾面前面临着严峻的选择,黄淑英母女在落入敌人之手后,也面临着"是保护党员登记表还是保护自己的生命安全"的严重抉择,没有丝毫通融的余地;"老水牛爷爷"在大堤即将决口的紧急时刻，"爱惜自己生病的身体"还是"保护大堤的安全"的选择也摆在他的面前；《马石山上》的八路军战士，在发现了成千上万的群众被困后，面临着是顾及自己的安危还是保护人民群众的安全的选择，他们并没有接到保护群众的命令，完全可以自己走掉，然而他们却毫不犹豫地选择了掩护群众突围。在极其严酷的生死考验面前，峻青小说中的英雄人物都毫无例外果断地作出了牺牲个体而保护群体、奉献个人而成全他人的选择。这种选择所面对的是人生最不愿意接受的那个事实——死亡，因而，他们的这一选择也便显得非常的悲壮惨烈。

在十七年小说的英雄叙事中，成为被刻划、被歌颂的英雄形象的大都是革命战士、共产党员，按照当时文化语境的要求，他们是理所当然的英雄叙事对象，普通的人民群众虽然进入了英雄叙事的文本，但大都不被当作重点刻划的英雄形象来处理。峻青则在他的作品中让普通的人民群众进入了他的英雄叙事的艺术视野，非常明确地试图通过他刻划的群众英雄形象，展示最普通的人民群众与革命事业的密切关系，表现人民群众在革命斗争中所发挥的巨大作用。在《黎明的河边》的开篇，峻青就通过战争幸存者、当年的武工队长姚光中的回忆点明了题旨："如果没有小陈一家人，我即使不被敌人打死也早被河水淹死了，哪里还有今天？"小陈一家为保证能让其父亲掩护游击队长姚光中过潍河开展工作，献出了 3 个人的生命，而小陈的母亲弟弟并不是共产党员，只是普通的群众。《烽火山上的故事》讲述了一位素不相识的老大娘和他的小儿子，发现了一位受伤后生命垂危的解放军指导员，在当时白色恐怖的气氛中，他们本可以对此视而不见，但阶级觉悟和人的良心使他们冒着被还乡团发现的危险，偷偷地收藏并照料着伤员。母子二人的行动终于被反动派发现了，结果是母亲被敌人活活地打死，儿子被关进监牢，受尽折磨，而指导员却得以伤愈归队。《潍河上的春天》写了一位战争环境中成长起来的小姑娘大义灭亲的故事，小英雄小美在发现了叔叔的通敌罪行后与叔叔进行了斗争并毅然告发了他，这些普通的群众也表现出了革命英雄的气质，他们舍己救人、公而忘私、甘于奉献的精神，同样表现出了悲壮美的品格。

峻青的英雄叙事小说主要继承了中国古典小说的写作手法，不但有较强的故事性和情节性，而且比较注意人物的性格刻画和言语行动描写，"老水牛爷爷"这一形象写得很有个性，有血肉，将这个人物既认真负责、善良忠厚,又粗放直率、倔强刚毅、大义凛然的性格刻划得较为生动。尤其是他在被敌人打掉牙齿时,那个"连牙齿带血水一起喷到敌人脸上"的动作描写,更生动地凸显了他的硬骨头性格。《交通站的故事》也是篇颇有故事性的作品,姜老三和老伴掩护同志通过敌占区的那一个个故事,写得紧张曲折、引人入胜;此外,对姜老三和他的老伴各不相同的性格的刻画,也很生动。如姜老三的克己奉公、大义凛然,老婆婆的机智灵活,随机应变等等,都能给人留下较深刻的印象。更为可贵的是,峻青笔下的人物性格,带有较为鲜明的胶东大汉的性格特点。

峻青的英雄叙事将悲壮和惨烈的美推到了极致,让读者得到了极为悲壮惨烈的审美体验,然而,他在以悲壮惨烈塑造他所敬仰的英雄形象时,却让人感受到人性中某些东西的遗失。在峻青的英雄叙事文本中,看不到温馨的爱情、亲情和友情描写,只有付出、奉献和牺牲。现实生活题材小说《东去列车》似乎写到了爱情,车长周一杰热烈地追求着列车播音员赵凤英,赵凤英却对此非常反感,她认为周一杰是一个自私的人,毅然拒绝了他,却偷偷地爱上了身残志坚、全心全意为旅客服务的列车员小刘。这篇作品与其说描写爱情,不如说是表达当时的爱情价值观,从而树立共青团员赵凤英的英雄形象。其他如《老交通》、《山鹰》等现实生活题材的英雄叙事小说,更看不到人情人性的描写。前者描写了一个站在自己邮政工作岗位上忠心耿耿任劳任怨地工作的老共产党员形象,着重于宣扬人应该如何在平凡的岗位上像老交通那样认真努力地工作;后者以夸张的手法刻画了一位退役残废军人如何为了更好地参加新农村建设,苦炼生活和工作的本领,竟然让这位双腿残废的英雄成功地爬上了健康人都望而却步的山间险路。这类的英雄形象塑造显然有违背生活真实的拔高之嫌,但峻青在塑造他的这类英雄形象时却是真诚的。

五、温馨与崇高的英雄叙事

如果说知侠偏重于讲述英雄人物的英雄故事,曲波偏重于发掘革命英雄形象的传奇色彩,峻青偏重于表现英雄的坚强斗志和牺牲奉献精神的话,那么王愿坚、则偏重于发掘英雄人物所表现出的品质操守及其人情人性美,这种人情和人性美发掘,使他的英雄叙事带上了既温馨又崇高的审美意蕴。

　　王愿坚的小说以主要是短篇，可分为两类题材：一类写第二次国内革命战争时期的斗争生活，主要收在小说集《党费》中；一类是诸如《路标》、《足迹》、《启示》、《标准》等歌颂领袖人物的作品，收在小说集《普通劳动者》中。这两类作品显示了两种审美品格：革命战争中的英雄叙事偏重于发掘了英雄形象的崇高美，而后者则偏重于表现一种温馨、温暖、人情味。当然这只是相对而言。在十七年写革命战争题材的小说家中，王愿坚是较早切入苏维埃时期和红军时期题材领域的作家，虽然他本人并没有这段生活的切身经历，但却因工作之便得以访问红军时期的老根据地，“有机会接触了几位曾经经历过这段斗争生活的老同志，听到了较多的革命斗争故事”，[①]这些听来的故事为他创作革命战争题材小说提供了很好的素材。与他本人15 岁参军的经历结合起来，使他写出了一批含血带泪、动人心弦的革命斗争故事。在这些作品中，他主要表现了普通的革命党人“革命利益高于一切”的忘我和牺牲精神：如《党费》中共产党员黄新和她五岁的小女儿很久没尝到盐味了，却为山上的游击队筹集了一坛咸菜，以此作为她的党费。作品通过这样一个感人的细节表现了黄新对党的事业的忠诚：她在归拢咸菜时，发现女儿正伸手拿起一根腌豆角往嘴里送，她竟立刻狠心地从女儿手中夺回了那根豆角。正是在这样一个细节中，我们看到了一位女共产党员“党的利益高于一切”的崇高情怀。《粮食的故事》中的地下党员郝吉标为了把救命的粮食送到坚持斗争的红军战士手中，在遭遇敌人追击的紧急关头，狠心地让自己 12 岁的儿子把敌人引开。结果是红军战士们得到了粮食，而他却付出了失去儿子的代价。《妈妈》中女共产党员冯琪为了筹集去上海的路费，以完成上级交给的使命，在万般无奈的时，居然卖掉自己唯一的儿子以充路费，却把一位烈士的遗孤带往上海。篇幅短小的《七根火柴》亦表现了这种克己奉公的崇高品质，长征路上那位不知名的红军伤员，为了将光明和温暖留给走在后面同志，宁愿自己冻饿而死，却始终不肯使用藏在身上的那七根珍贵的火柴。这些故事中的英雄人物都把革命利益看得高于一切，为此他们能克制自我、隐忍亲情并牺牲生命。他们虽然对自己是残酷的，但却为他人提供了生存的机会，这也是中国传统文化中那种舍生取义英

---

　　① 　王愿坚：《在革命前辈精神光辉的照耀下》，《解放文艺》1959 年第 6 期。

雄品格的表现,带上了崇高的色彩。

王愿坚英雄叙事虽然也张扬了奉献牺牲精神,但仍然与峻青有所区别,这种区别就是:他在表现崇高的牺牲精神时,也融进了人情人性的内容,如《粮食的故事》真实地刻划了英雄郝吉标在奉献亲人时那种内心的伤痛。作品写了他硬着心肠让儿子引开敌人时,儿子的咚咚的脚步声在他心理上引起的感受,那是一位父亲即将失去爱子的揪心之痛。《妈妈》则既写了刻骨的失子伤痛,又写了母子相聚的温馨情景。作品以离散多年的冯琪母子欢乐相聚开篇的,为党的事业卖子的悲壮故事,是在儿子终于找到生母的温馨氛围中以回忆的形式来完成的,因此,作品既表现了一种崇高的美,也蕴藉着一种温暖温馨的美。

表现人情和人性美最感人的作品还有《亲人》。小说写了这样一个感人至深的温馨故事:一位红军烈士的父亲错将与自己儿子同名的将军"曾司令员"当成自己的儿子,曾司令员为了安慰失去爱子的孤独老人,将错就错地把老人赡养起来,多少年如一日坚持给老人寄信寄生活费。忽然有那么一天,老人想来看望"儿子"了,司令员担心真相就要大白,两难之际,曾经产生过向老人说明真相的想法。然而,当他一见到那位老迈而患有眼疾的老人,就再也不忍心让老人承受沉重的精神打击了。老人的眼病给他创造了继续扮演儿子的角色机会,就是在这种父子情深的角色扮演中,他终于真正地"入戏"了,从内心觉得自己就是这老人的儿子。小说结尾,当他大声地命令公务员"明天到医院帮我的父亲挂个号,挂眼科!"的时候,"我的父亲"几个字说得竟是那样地自然。这篇小说是王愿坚作品中最有分量、最令人动情的小说,也是写得很有章法、层次分明的小说,作品借用了巧合、误会等等手法,一步步地将故事展开并推向高潮,每一步都显得那么合情合理。更可贵的是,作品对曾司令员处理与老人关系时内心世界的细致刻画,他那种高尚的情操和深厚的同情心和人情味,都深深地感染了读者,给人留下了难以忘怀地感慨和激动,这是王愿坚小说中篇幅最长、故事情节最曲折有致的一篇。

王愿坚歌颂"老一代无产阶级革命家"的作品则主要表现出温暖温馨的审美意味。这类小说往往抓住一个动人的小情节、小故事,表现领袖人物体恤下属、关怀同志、平易近人的很有人情味的一面,他们都有些居高临下地表现出一种人道主义情怀。如《足迹》、《夜》两篇是写长征路上周恩来如何无微不至地关怀爱护小战士的故事，正是那些掸积雪、擦眼泪、扣纽扣的细微动作，给那些年轻的战士们送去了安慰和温暖，从而鼓舞他们克服困难，勇往直前。《同志》写了贺龙在草地断粮时，杀掉自己的坐骑让大家借以果腹的故事，正是他的这种关切，感动和鼓舞了指战员的斗争意志和革命热情。其中写得最耐读的是歌颂毛泽东的《路标》，写一个掉队的小红军战士在半夜时分赶到一个营地后，看到一位首长在灯下工作，那位首长将自己的"夜宵"——几十颗胡豆做的野菜汤送给他喝，还教给他认"向、北、前、进"四个大字。最后他盖着那首长的毯子睡着了，天亮醒来之后，才知道夜间那样亲切地关怀照料了他的是敬爱的毛主席。小说写得很有可读性，小战士的天真、纯朴，毛主席的平易近人，在生动的情节和对话中表现得十分自如。

在 20 世纪 50、60 年代的文坛上，王愿坚的短篇小说是颇为引人关注的，许多评论家都评论、赞美过他的作品。究其原因，首先是他选取了反映苏区革命斗争生活和革命领袖人物这一很受重视的题材；其次是作品独特的温馨气息和人情味；其三则是他在短篇小说写作技巧上的成功。他的小说一般有单纯明朗的主题，"常常是撷取一个典型的生活片断、场景或细节，饱含激情而又凝炼简约地勾画出人物性格的最闪光之处"，尤其是细节的描写，让人们充分领略了"以小见大"的美学旨趣。除《党费》中那个令人难忘的细节外，《粮食的故事》中郝吉标为了让儿子引开敌人，特别嘱咐他踢着石子跑，"把声音弄大些"的细节描写也给人留下了深刻的感受，12 岁的少年在奔跑那石子滚动的声响，隆隆地震撼着人们的心灵。

王愿坚的小说往往篇幅短小，剪裁、构思精当，语言简洁流畅，有些作品很注意发掘隐在其中的诗意质地。这与王愿坚较丰厚的艺术积累有一定的关系。他虽然并未受到很高的学历教育，然而，却有较深厚的知识和艺术素养的积累，他那任中学国文教员而又酷爱国画、书法和文学的父亲和伯父对他的严格要求和影响，他家里堆积如山的藏书，都给王愿坚提供了后来走上文学道路的良好文学环境，他也有参加解放战争的亲身经历，曾亲身体验过一位农村大娘怎样将仅有的两个窝头让给他，却只能嚼花生壳喂自己的孩子的动人情景，他将自己的这段经历与《党费》里的情景结合起来，于是就有了黄新夺豆角的那个细节。这都显示了王愿坚善于观察生活、构思谋篇的功力。

王愿坚数量不多的作品写出了属于那个年代短篇小说的魅力。但是，他也因为缺乏红军时期生活的切身经历而显出了捉襟见肘的一面。写领袖题材的那几篇作品有时往往显得单调，有雷同之感等等，这是其令人遗憾的一面。

第十章 齐鲁文学形态演变的多元性与多样化表现之四：民间文化形态与文学主流语境的互动与生成

　　审视 20 世纪新时期以来齐鲁文学的重要文学现象,民间意识视角或民间叙事立场,是我们一个重要的切入点。民间意识,或可概括称为民间文化形态,作为文化概念它有着丰富的涵盖性。在文学传统里,它是与自然形态的农村或市井社会及其文化观念联系在一起的。它既包含了来自社会最基本层面即民间社会里大众的感情、思想和立场,也包含着民间文化艺术特有的审美功能。正因为民间文化体现的是人民大众对于世界的感受和审美感觉,所以也最富有生命力和创造力。正如俄国思想家、美学家巴赫金指出的,民间文化以它自己的思维和艺术方式,动摇着所有单一文化的垄断地位,其结果便是令官方文化和民间文化,上层文化和下层文化、雅文化和俗文化之间的对立逐渐变得模糊,同时使它们在相互碰撞中互相渗透。① 而在文学史意义上,这一概念既是指现实的民间文化空间,又联系着知识分子的民间价值立场。对于山东作家来说,乡村民间一向与他们的个性气质、精神构成和文学写作有着密不可分的深切联系。改革开放时期的中国文学,尤其是齐鲁文学,在扭转了一度过于强调主流意识形态功用的封闭局面后,在对文学精神价值的寻找与定位中,民间概念的本源性被充分肯定,民间文化视角得到了异常主动活跃的运用和开掘,在此期间出现的一批优秀的代表性作品,几乎都带有鲜明的民间文化形态特点,其中不乏具有高度艺术成就和在文学史上全新的文本。具体而言,与现代以来文学中存在的从启蒙文化视角、政治意识形态视角和民间立场等出发的民间理念相比较,这一阶段的创作倾向应该说有所延续又有所不同。在这里,更突出的表现为作家

---

① 参见程正民:《巴赫金的文化诗学》,载《文学评论》2000 年第 1 期。

在追求文学自由、独立的精神立场上，以全球化语境下的多维视角与民间世界的平等对话与交汇。

其中如张炜以其现代视野中的文化保守主义视角，营构了有丰富地域色彩的诗性"民间"，在哲学关怀的高度上去对民族根性与民族历史的考察，在民间文化与民间生存方式间对人类生存本源的探询，去表达深重的忧患和人性终极关怀，重构文化理想。张炜扎根于土地民间的文化史诗般的创作，显现了一种广阔文化视野下的道德批判与现实主义的雄浑悲壮的风格。这里还具体分析了他小说中两个重要的地域元素、也是重要的本源性意象"野地"和"海洋"，分别是代表了齐鲁文化中仁义、人道、批判精神和浪漫神奇这两个载体，指出张炜由此而深入表现和实现了对齐鲁文化传统典型内质的对接，并反映了这种文化内质在现代视野下的价值与意义。其中论者同时也没有规避对张炜文学中所存悖论的质疑和思考。另一位重要代表作家莫言，则是自觉站在民间立场上，善于对人性中最原初的生命力量进行诗意审视，藉以表现中国的百年历史沧桑和传奇，表现永恒的民间精神与生生不息的生命活力。莫言汲取东方与西方的文学养分和技巧来成就他的民间叙事，在他的一个个跃荡着鲜活生命力量和率真气息的民间话语"场域"中，在作品的结构方式和人物塑造上，原有的审美界域、价值规约及传统角色定位，一一被解构和突破，充分表现了具有冲击力、颠覆力的现代文化品格。张炜和莫言，他们都善于将现实故事与古今民间传说、民间口头创作、传奇故事、神话、禽兽等，虚实相间地穿插叠错在作品文字、情节之间，由此形成其沧桑幻变、斑斓多姿的现代小说文体，创造了大气磅礴、灵动深邃的当代寓言。

刘玉堂的新乡土小说所表现的民间叙事，则力图从农民的立场、用农民的语言去消解乡村伦理政治的表层秩序。于朴拙简洁中显现幽默和锐利，浅显的表层下含蕴了深沉的文化思考。这里对其他作家创作的考察，也都是民间意识与多种文化、文学视角互动生成文学存在的阐释构架的组成部分，其中包括对王鼎均山东故乡题材创作的论析。王鼎均居住在海外，精神生活往返于中国和西方之间，他带有民间意识的乡土散文，对他的乡土情结与他禀承五四传统的现代自由理念、西方文化之间的互动关系，亦有着十分生动的展示。而影视文学作为直接关联当今大众文化市场的一个新的文化、文学形态，按照国际有关文化与市场的前沿理论，它的成功必须经由引发广大观众的价值自我认同，从而形成对其展示的核心价值的认同。张宏森、赵冬苓的影视文学，都是根植于广阔的中国普通生活的沃土，在叙事策略上，将悲壮雄浑的理想美与细腻动人的人性美、山东传统文化的伦理美相结合，在主流意识形态、知识分子启蒙和当代文化消费之间形成了恰适的联连契合，以新时代英雄的重塑和慷慨激昂的主旋律基调，成为当代主流文化中的亮色。

第一节　张炜：现代视野下的文化保守主义人性关怀

张炜，是中国当代文坛不可忽视的一个"重镇"，也是齐鲁文化在现代性的视野下，实现自身转型的代表性人物之一。张炜以其数百万字的小说与散文创作，继承了齐鲁文化中淳朴的人性美，善良的人道主义精神，对儒家文化为代表的传统的尊重，与浪漫神奇的想象力，形成了自己雄浑悲壮的批判现实主义与自然神秘的浪漫表现主义交织的文学品格，并逐渐形成和彰显了中国现代化进程中的文化保守主义的独特价值观。张炜的存在，不仅成为山东作家"写什么"与"怎么写"的一面旗帜，也成为齐鲁地域文化在后殖民、后现代的全球视野下实现现代转型的标志性"事件"。本文将以张炜的小说创作为主，谈张炜创作的三个阶段，分析张炜实现创作转型的原因，张炜小说中的齐鲁文化特质、对文学形态演变的贡献，张炜文化保守主义在文本中的具体表现、形成与特色。

一

首先，我们看张炜创作的三个阶段，以及转型的原因。70 年代中后期，到 80 年代前期，是张炜创作的第一个阶段。《达达媳妇》、《山楂林》、《看野枣》、《夜莺》、《黄烟地》等作品是其代表作，在早期的创作中，张炜迷恋于乡村生活那份芬芳的气息和诗意，虽然在表达上稍微显得单薄与稚嫩，但他擅长浪漫的描写，对美好人生的渴望等主题学与艺术技法上的特点，也就崭露头角了。而齐鲁文化的淳朴之风与浪漫色彩并存的特点，也在他笔下那些带有很深的痕迹，这也使得他的作品的特定的艺术氛围（田园气息）、人物原型（例如美丽而善良的乡间女孩）、时空氛围（芦青河）都逐步加以确立。

　　80 年代的前期至后期,是张炜创作的爆发期,期间,《秋天的思索》、《一潭清水》、《秋天的愤怒》、《古船》、《远行之嘱》是其代表作。《一潭清水》可以看作张炜转变的开始,看瓜人徐宝册与流浪儿小林法之间的真挚的人性同情,超越了单纯的政治伦理,开始显现出张炜转向人性写作的可能。在这其后的作品中,张炜更逐步摆脱早期作品中思想性比较单薄,艺术功力欠缺的缺点,作品变得更为开阔而雄浑,艺术手法上也在吸收外来的文化养分的同时,更为凸现了齐鲁文化中的现实批判意味与人道主义精神,将目光放到了齐鲁大地的历史和今天之上,在历史沧桑中寻找着人性真善美的根源与未来。在这期间,张炜的思索,也就由单纯歌颂美好的生活,转向了发现转型期的中国所带来的欲望泛滥,人性丑恶等等现象,肖万昌、王三江、赵多多等新时期的暴发户,成了张炜批判的对象,同时他思考这些现象的历史根源,并寻找解决办法。

　　90 年代后期至今,是张炜风格转型并成熟的时期。在这期间,张炜作品中原有的齐文化的浪漫气息,逐渐在作品中形成了气候,并形成了其"文化诗学的表现主义"的风格。《九月寓言》、《外省书》、《家族》、《柏慧》、《丑行与浪漫》、《刺猬歌》等作品是代表作。在吸取拉美表现主义与齐鲁大地的"聊斋"传统之后,整个小说的语言更加诗意、神秘、浪漫化,小说的人物也更为抽象而变形,成为作家哲学思考的代言人,而小说叙事更为繁复而多变,小说的叙事空间也变得更为开阔,逐渐从磨坊、洼狸镇、芦青河等特定的时空,变成了更为抽象的"野地"、"海边"等富于象征意味的地点。也正是在这一时期,张炜借重文化乌托邦的描绘,以批判欲望泛滥的粗鄙现代文化,批判封建专制的文化的双向纬度已经建构,从而更加确立了自己的现代视野上的文化保守主义的文学策略,并获得了巨大的成功。

　　由以上的分析,我们可以看出,无论是在早期的创作中,还是转型后小说,齐鲁文化的内质是其思想核心的一个重要侧面,而越是在其创作的后期,所谓的地域文化的色彩,就显得更为重要,而促使张炜进行创作转型的原因,除了艺术上突破的努力外,在全球现代化的视野下,不但凸现人性化的现代思维,而且彰显中国的文化特质,并形成文化保守主义的策略,从而思考文化上的出路,这是非常明显的。以下,将就影响张炜创作的齐鲁文化的特质,张炜文化保守主义策略的核心,形成的社会背景与文化背景,在小说文本中具体的表现等方面进行阐述。

二

齐鲁文化的内涵非常丰富。自西周初年齐鲁建国至春秋，由于齐、鲁两国人文环境、地理条件的不同和建国方略的差异，造成两种风格迥异的文化体系：齐文化和鲁文化。齐文化以其务实性、尚变性、开放性、兼容性等鲜明特征著称于世；鲁文化则以其勤俭质朴、注重传统、恪守礼乐、重德尚思的风格深刻影响了中国传统文化的形成和发展。进入战国，由于齐国对鲁国的兼并，造成黄河下游地区政治上的局部统一。而学术文化界兴起的百家争鸣，则促进了区域间的文化交流。在这个背景下，齐、鲁两大文化传统的交融日益发展，逐渐走上了一体化的道路。可以说，齐鲁文化是一种混合型文化。它不仅融合了齐文化和鲁文化，而且兼收并蓄，逐渐形成了一种具有完备的自我调节和更新功能、再生能力很强的文化。进入秦汉后，在政治大一统背景下，齐鲁文化逐渐由地域文化演变为一种官方文化。齐鲁文化既是一个历史范畴，又是一个文化范畴。作为历史范畴，自有其历史的局限性；但作为文化范畴，又有其历史超越性，齐鲁文化的现代价值就是这种历史超越性。①

齐鲁文化之所以能够成为中国传统文化的正宗，在中国古代文化发展过程中起核心作用和主体作用，其凝聚力和生命力来自其基本精神。齐鲁文化的基本精神，大体可归纳如下几点：自强不息的刚健精神、经世致用的救世精神、民贵君轻的民本精神、厚德仁民的人道精神、大公无私的群体精神、瑰丽神奇的文化想象力等。这些文化的内在品质，不但培养了许多山东地域的古代经典作家，而且对山东当代作家的成长起了非常重要的作用。张炜作为生长在山东的中国著名作家，地域文化的影响是不言而喻的。而张炜之所以成为山东当代作家的一个标本，不仅在于他继承了齐鲁文化的核心内质，在张炜的小说中，既有着传统儒家文化的救世精神、自强不息的精神、人道主义精神与大公无私的群体精神，例如《古船》中的为大众谋福利的隋抱朴的形象，同时，张炜小说中，对浪漫主义的弘扬，对小说语言形式的文化想象力，也有着开放通达的齐文化的影子。更重要的是，张炜的可贵

---

①　邱文山：《齐鲁文化及其交融与整合》，载《管子学刊》2002 年第 3 期。

之处还在于,他对齐鲁文化的继承,不是一种简单的承认,而且一种创造性的"扬弃",是一种在现代视野内的文化保守主义的价值弘扬。这种文化保守主义,既是中国现代化文化建设的一部分,也是有地域特色的新文化建设的结果,更是当代中国文化转型的必然结果。

三

文化保守主义,首先是针对西方的现代文化背景而言的,是西方后现代主义的一个分支。正如波林·罗斯诺所言:后现代主义认为现在未必优于过去,现代未必胜过前现代。他们反对抬高知识分子之复杂的都市化的生活方式而贬低乡村农民之田园式的日常生活。因此,它们重新评估了传统、神圣、个别和非理性。被现代性所摒弃的一切,包括情绪、情感、直觉、反应、沉思、亲身经历、风俗、暴行、形而上学、传统、宇宙论、魔术、神话、宗教情绪和神秘体验,都重新焕发出了它们的必要性。① 而对于中国而言,文化保守主义的兴起,在 20 世纪实际经历了两次,一次是世纪初面对五四现代文学的挑战,章士钊、吴宓等学者对传统文化的衡量,另一次,就是 80 年代末期,90 年代之后,面对全球化的文化语境与主流意识形态与市场经济的双向夹击,许多学者、作家与知识分子的自觉地"后撤"行为,即自觉地重新评估与审视传统文化内核在现代社会的重要意义。

当代文学,特别是 90 年代之后,存在着三大转型:一是由泛政治化转为泛商品化,二是由宏大叙事转型为日常叙事,三是由场内文学转型为场外文学。当某些作家们沉迷于文学进化论而无法自拔,将文学变成了文字的游戏,或将文学变成欲望颓废的代名词,张炜的文化保守主义主张,就显得格外引人注目。他将自己的文学的根,紧紧扎在这片苦难的大地,扎在生命的底层,从而找到并形成了自己的文化哲学。一种全球现代性视野之下的道德批判与现实主义的雄浑悲壮的风格。过去所传承下来的伟大信念和整个时代的理想,往往构成人类前进的最深刻的根基,以精神资源和道德力量为我们提供在未来的年代里建设精神家园所需要的东西。传统不仅给我们留下了心灵的智慧,使得我们在回首遥远年代时,能够升腾起崇敬的憧憬,重

---

① 波林·罗斯诺:《后现代主义与社会科学》,上海译文出版社 1998 年版,第 6 页。

新发现那些文明发展进程中丧失的东西，并以其深刻的魅力来对照、评判和示范当前社会流行的行为、艺术和信仰的范型。

我们看到，有关后撤初衷与后果的悖论存在于文学中，大致有三种情况：第一，文学后撤后的文学失守，第二，主体回归后的主体退隐，第三，个性泛滥后的个性缺失。伤痕、反思、寻根的后视仍是基于社会良知、现实关怀的立足点和出发点而面向未来的一种历史形态的展示和反思。而在80年代末期开始，却出现了激进姿态的"后撤"与文化保守的"后撤"两种策略。所谓激进的后撤，就是将这一基点"悬置"了起来，寻根派文学批判的尖锐变作了对历史温情的抚摸，现实主义社会批判的沉重变做了原态写真的无奈轻叹。伤痕、反思走向了自谑，先锋走向了语言实验，批判意识、先锋意识的后撤乃至取消。

但是，与此相反，张炜、张承志、莫言等作家，却立足于本民族的文化经验，特别是如齐鲁文化这类极具有民族代表性的地域化文化经验，在坚持对现实的批判的基础上，重新发现并评审传统文化的积极意义，并在现代的基础上进行再创造。这种文化保守主义的"后撤式"策略摒除了80年代西学东渐式输血策略的急功和90年代传媒中心的波普策略的近利之嫌，并以一种整体的自觉退守亮出其对市场显文化的抵触和不合作态度，同时其对传统潜文化的保存或重新认识的企图也日渐显明：这种后撤策略于平面化时代力图找回深度，找回时间和历史感的努力所具有的反复制意味，它力图于碎片结构、后现代文化鼎立建立联系所具有的反当代意味，不仅是对抗文学市场化的方案，而且是标榜脱离权威、中心话语的一种姿态。它对现有文化的汲取态度，表明它将自己纳入到更大更广也更久远的人类历史境遇中的意识，并在这种处境中不失对当下精神生态所保留的必要的清醒和不盲从于新潮流行的稳定心态。同时，它把握了艺术于现实间必要的距离，倡导一种沉潜思考，对抗市场机制运行负面的快餐制作行为，不认同文化的短期行为，不流行对一切流行事物的热衷。

这种文化保守主义有几个特点，一是现代性的视野，即个性化，个人化与人道主义精神，二是对传统文化的尊重与再创造。我们看到，张炜的小说，特别是80年代后期之后，产生强烈的文化保守主义，进而倾向于道德主义义愤和理想主义、英雄主义精神，绝对不是偶然的，也不是一种对于现代性的"历史倒退"。现代性，包含着两个不同的层面，一个层面是以市场经济、启蒙主义、与政治上的自由民主为特征,以进化论的思维方式为逻辑而进行的,另外一个层面,则是在 19 世纪末 20 世纪初,在德国、英国等西方国家发生的,以谴责进化论,谴责人类对自然的破坏,谴责现代性对人的异化为基础的"后现代性"的"现代性",即"审美的现代性"。审美的现代性,以人道主义精神为基础,歌颂人与自然的和谐,歌颂前工业社会的人性美好为要旨。而张炜的这种文化保守主义,恰恰与这种审美的现代性有关。保守主义的理论基础是对于历史与传统的尊重。它认为,任何社会实在都可以在其历史发展过程中找到。保守主义倚重经验而怀疑理性,尤其是人通过理性的设计人为地创建社会秩序的能力。

在这种后撤中,张炜选择想象中的,正是带有地域色彩的审美化的"民间",来重构自己的文化理想。我们可以把民间区分为乡村民间、市井民间和知识分子自身的民间等几种类型。当然,民间,从来就不是一个相对独立的阶层,民间是被话语塑造的,是知识分子独立性想象的一部分。这是 90 年代知识分子探索精神空间的一种媒介。陈思和的《民间的沉浮》、《民间的还原》,认为民间具备以下几个特点:一、它是在国家权力控制相对薄弱的领域产生的,保存相对自由活泼的形式,能够比较真实地表达出民间社会生活的面貌和下层人民的情绪世界。二、自由自在是它基本的审美风格。三、它既然拥有民间宗教、哲学、文学艺术的传统背景,民主性的精华与封建性的糟粕夹杂在一起,构成了独特的藏污纳垢形态。张炜的这个"民间",不同于莫言或韩少功笔下的"民间",它不是一种语言学的实验,也不是一种简单的价值转向。它保留了 80 年代时期张炜创作中的理想主义、人道主义、现实批判精神等最核心的价值,并进而在地域文化的范畴内,进行现代的转型与自我更新。它不但具有野性的浪漫自由精神,还是人类文明创造力和力量的源泉,是人类伦理精神的本真性的存在与表达。在"民间"之中,隋抱扑通过苦苦的思索,试图解答一个重要的问题,如何消除人对人的剥削。而《九月寓言》中,小村的历史,几乎成了在正史之外的存在,它以其自足的乐观而自信的逻辑,化解意识形态的伤害,并将持续不断的天灾人祸变成了小村人面对苦难的坚韧的生存方式。

四

在张炜小说中，有两个至关重要的与民间相关的地域元素"野地"、"海洋"。这两个元素，不但是张炜小说中最为重要的意象（由这两个意象，也派生出了一些其他的附加意象或形象，例如丛林、磨坊、流浪者、精怪、渔港等等），而且成为了张炜抽象的文化保守主义思想的象征物。"野地"，既代表了鲁文化于仁义、伦理、人道主义等方面的影响，也使得张炜的野地精神，有别于传统文化中的专制部分，从而具有俄罗斯民族忧郁而深广的民间气质与批判精神。"海洋"，使得张炜进一步避免了"野地"意象所带来的局限感，更在渔港、海边丛林等意象中复活了一种聊斋式的神奇的"天人合一"的神奇浪漫的境界。它们也分别是齐鲁文化蕴育生成的重要的两个载体。而在这两个载体上，张炜不但实现了对齐鲁传统文化中典型的内质的对接，而且深刻地反映了这种内质在现代视野下的价值与意义。

《古船》，是张炜在现代性视野下实现文化保守主义转型的第一个重要作品，更反映了齐鲁文化的在现代的积极影响，它的开创性作用显而易见。《古船》以胶东芦清河地区处于城乡交叉点的洼狸镇为中心展开故事，在接近 40 年的历史背景上，以浓重凝练的笔触，对中国城乡社会面貌的变化和人民生活情状，展开了全景式的，多层次的描写，从土地改革运动中血与火的较量，到三年困难时期的艰苦岁月，"文化大革命"中惊心动魄的复杂斗争，以至于市场经济体制改革中的严峻形势和历史趋向，小说都作了精彩深刻的描绘。张炜对于"土改"、"大跃进"、"文化大革命"等诸多历史事件的宏观性反思，不仅饱含着作家的人性的、人道主义的立场，而且在开阔的历史感中被融会进了"古莱子国"几千年的沧桑演变中，融会到了中国 20 世纪以来的文化冲突与重建的问题上来。这种反思，不同于 80 年代的"反思小说"，是一种在更为深刻与开阔的视野中的对民族根性与民族历史的考察。在这种考察中，张炜毫不讳言地指出了阶级意识形态宏大叙事给中国带来的苦难与荒谬，对文化与文明的戕害，对人性的损伤，并在以孙炳为首的统治者身上看到中国传统的专制文化的不良影响。"古船"，无疑，成为了历尽沧桑的齐鲁大地实现飞腾与新生的象征物。可以说，张炜之后，才有了《白鹿原》、《丰乳肥臀》等等诸多民族历史志般的"大文化小说"的模仿与学习。

其次，张炜在隋抱朴、隋见素、隋不召等人物身上负载了很多的文化期待。见素类似"拉斯蒂涅"的悲壮英雄感，抱朴的历史反思能力，内心自省能力，爱的能力，隋不召野性的浪漫，都让齐鲁文化影响下的救世精神、英雄主义、理想主义、对于仁义的推崇、人道主义以及浪漫的文化想象力都得到了很好的表达。可以说，《古船》即是中国当代社会的一个缩影。从文化哲学的角度说，我们可以感受到齐鲁文化中的儒家传统所产生的社会责任感，正义感，浓重的理想主义气息，人本主义精神以及齐文化浪漫瑰丽的想象力，与现代性意义上的人道主义、社会主义传统，人的自由与解放的联结，在关注底层人民悲剧般的生活时，产生并具有了浓郁的超越意味，蕴涵着深刻的形而上的悲怆。在这部作品中，张炜不仅写出了以李家为首的知识分子的悲剧命运，而且也以满怀悲怆的心，描述了老隋家的苦难。与此相对立，张炜则刻画了如赵多多、四爷爷等恶人的形象。可贵的是，在这部书中，张炜不仅能站在传统的角度上，弘扬理想主义与人道主义的旗帜，而且还能站在现代的角度上，深刻地看到赵多多等人与传统文化之间的千丝万缕的联系，从而站在现代性的视角上，俯视了齐鲁文化所负载的复杂的文化内涵。那艘神奇的古代"大船"，象征着浪漫的海洋文明的诱惑，而那个古老的磨坊，则预示着宽阔的土地给人们带来的精神力量。

同时，我们也看到，《秋天的愤怒》、《秋天的思索》、《古船》等作品，都为我们刻画了变革过程中发生的文化失范的情况，即人心在欲望面前的失衡。这些作品，也还表现出中国 80 年代启蒙的典型的逻辑特征，即"有限的理性启蒙"。一方面，张炜看到了，这种欲望失衡的深层次的历史和社会的症结，就是由赵多多、赵四爷这些权力的拥有者肆意对人性的践踏，对人的尊严的践踏的结果，另外一个方面，张炜又不得不在作品中，承认欲望的合法性，即人们渴望美好正常生活的合理性。也正是由于这种"有限度的理性启蒙"，使得这部作品打上了深深的中国烙印。隋抱朴"夜读《共产党宣言》"的情节，不但暗示着红色意识形态在当代中国继续存在的必要性，也暗喻着张炜在寻找精神的和谐之地的困惑与彷徨。这也为作家进一步地探索齐鲁文化意义上的现代文化保守主义打下了基础。

而继《古船》系列作品之后，真正完成这种文化保守主义转型的，还是张炜的长篇小说《九月寓言》。在《九月的寓言》中，"龁鲅"们不但成了乡土中国百年命运的缩影与象征,而且在这片充满着欢乐而自足的土地上,张炜不但将之变成一个崇高的道德(义)的负载物,而且为之装点了美丽的文化诗学篝火,超越了简单的二元对立的思维,从而在一个更为开阔的文化视野中,再现了他心中的美丽"乌托邦"。这里,大地与海洋,也是紧紧相连的。同时,在这种文化保守主义的影响下,《九月寓言》也在艺术手法上呈现出超越传统的批判现实主义的,文化表现主义诗学的特征,小说语言高度抽象化,小说故事叙事更为繁复,小说的人物形象夸张而富于象征意味。《九月寓言》是一个整体上的时间模糊叙述,从作品中的点滴中可以联想到有关的历史事件,但是张炜的结构却是既没有一条线叙说到底,也没有按照一定的规律把故事有序地古往今来地道来,但是结构却是极其自然流畅,没有一丝的参差。当肥、赶鹦们奔跑在夜晚的野地里的时候,当闪婆和露筋正在进行着他们生命中最沸腾的交媾狂欢的时候,我们无法判断时间,也不需要判断时间,正是打乱时间上的明显界线,更使故事的神秘色彩增加,这个世间少有的自在空间的神话色彩更显强烈。

在《九月寓言》之后,张炜的创作,日益从原本的现实批判主义,而进入文化史诗的行列。他对小说语言,小说形式的要求,也因此进入了一个更高的境界。这时候,齐地由大海、丛林而滋润起来的浪漫的品质,对大自然的泛神论式的交流,对神秘的花妖精怪《聊斋》式的神奇想象力,都由此得到了更大程度的彰显。在这之后的《家族》、《柏慧》、《外省书》、《能不忆蜀葵》、《你在高原西郊》、《丑行与浪漫》等一系列作品中,张炜的文化保守主义策略,道德主义激情与浪漫主义风格,使得他的小说文本呈现出高度"诗化"的倾向,其中传统文化,特别是齐鲁文化的味道更为浓重了。张炜塑造了众多洋溢着善良、正义、高尚等优秀品质的英雄式形象,例如外祖父曲予、祖父宁柯、导师朱亚……同时,张炜也塑造了一些非常丑陋、卑鄙、媚俗的反面形象,例如柏老、瓷眼、柳萌、史东宾等。前者继承了隋抱朴的精神,后者则与赵多多、四爷爷一脉相承。《柏慧》中的"我"辞去了杂志社和研究所的工作,孤身来到海边,和四哥、鼓额等人经营着一块葡萄园,这是他们的精神栖息地,然而,势利的文人们、公司经营者们破坏了那份宁静和美丽,葡萄园的主人们却毫不屈服。小说中,张炜所有敏锐的现实主义触觉都化为了内心永不妥协的熊熊烈焰。"我"认为"我与贫穷的人从来都是一类"。"我"悲壮坚守的就是这种精神的根,维护和捍卫着弱势群体的根本利益和精神的乌托邦。这也是口吃教授、老胡师等经历"文革"的一代知识分子宝贵的人文传统的延续。同时,张炜也深刻的刻画了许多知识分子的精神背叛和堕落,如批判巧取豪夺别人知识成果的所谓知识权威"柏老",讽刺了毫无廉耻、为了金钱出卖文学的文人,还有那些只知道赚钱,不知道爱惜生命和土地的暴发户。他深沉地将犀利的目光投向了整个时代。"如果一个时代是以满足和刺激人类的动物性为前提和代价,那么这个时代将是一个丑恶、掠夺的时代。"(张炜语)在《外省书》中,张炜对整个浮躁的欲望时代的批判更加令人触目惊心。史东宾这个人物身上,几乎集中了 90 年代物化人群所有的精神颓废的特征,而作为另外一个浪漫化的英雄"革命的情种——鲈鱼",则充满了男性的阳刚气质与真性情。从而成为我们这个时代的拯救者,类似的人物,还有《能不忆蜀葵》中的淳于。而《外省书》的文学形式,也更富于创造性。它以人名形成全书十一卷的命名,不是每一卷一个故事,而是每一卷提供一个故事的侧面或者是故事的一个角度,这种多角度进入而形成的网状结构其实进行的是把一个故事复杂化的过程,正是在这个复杂化的过程中,给予读者以更加全面的故事面貌。这种复杂并没有带来混乱,而是形成一种环绕立体声的效果,带来了生动的想象空间。

"野地"的执着与"海洋"的探索,在张炜的《你在高原西郊》中,表现为坚持并深化了这两个主题,显示出强悍的生命姿态和永不妥协的艺术追求的精神向度。小说主人公"宁",是一个在城市和乡村间流浪的思索者,在故乡蚕山山脉的葡萄园破产之后("葡萄园"这也是张炜乌托邦理想的寄托),带着深深的精神创伤,回到了从前熟悉的城市。为了家庭的责任,经人介绍,来到了"营养学会"上班。他不堪忍受城市沉闷垂死的气息,独自到葡萄园寻梦,并认识了逃亡的被冤枉的朋友庄周。在矿井的非人生活中,大地又一次展示了他野蛮的强力,底层人强烈的生存欲望,无奈而悲苦的命运,朴实而宽广的心胸成为精神解脱的洗礼。逃跑与回归,成为了小说双向交错的两大线索。宁在故乡的寻根,既是回归又是对城市生活的逃避,与之相对应的还有庄周的逃亡,曲宛在"文革"期间在乡野间的隐居。这三个故事交织发展,深刻地展示了在都市和乡村之间挣扎的精神追求者内心极度的煎熬与困惑。小说结尾,满身伤痕的宁,终于回到了城市,在那些与命运搏斗的人不屈服的流浪者身上,寻找到了更为坚强的生命的力量,开始了新的生活。

五

在文化保守主义的视角之下,立足伦理性与道德重建,重新审视历史与革命、传统与现代的复杂关系,并试图立足特殊的地域文化特色,寻找一条与西方现代性有所不同的"出路",是张炜小说的一大贡献。他充分发挥了山东地域文化中对于伦理性的敏感与深刻的思考,对新时期以来中国道德滑坡、人性堕落的情况进行了深刻的批判。这种审美现代性的态度,既有着儒家朴素的义利之辨的操守,也有着作家面对西方现代性大潮的"民间性"思考。这既表现在他早期的《葡萄园的愤怒》、《古船》等现实主义色彩浓厚的作品中,也表现在他转型之后的《九月寓言》、《柏慧》、《家族》、《外省书》等小说之中。而我认为,其中最能代表这种伦理性特色的,是张炜的长篇小说《家族》。在这部小说中,张炜将中国伦理特色的文化载体之一"家族",与中国百年历史在革命、进步等现代性话语冲击下的应对相结合,创造了文化英雄宁珂,这样的试图缝合革命宏大理想与家族文化"天下大治"和谐理想的知识分子形象,重构了李胡子、许予明等革命者的文化形象,并通过宁周义、曲予等不同家族的不同文化选择,象征了中国现代知识分子的精神选择与价值定位。

家族文化视角,是这部作品的一大特色。这种对"家族文化"的观照,融合着山东地域文化对社会政治形态影响的影子。90 年代以来,在莫言、苏童、余华、陈忠实等作家的笔下,时常出现家族叙事,这些家族叙事有一些共同的价值形态的特色,如它们往往以文化的因素消解其社会性质,以共同性消解差异性、以血缘性消解道德判断的善恶标准等。然而,在《家族》中,张炜不仅将家族看作是一个血缘与文化命运的载体,更注重它内部各种对立力量的分析,它关于道德精神,人性和伦理的冲突还具有自足的象征意义。从这一点上说,张炜的《家族》对家族文化的把握是别具匠心的。在《家族》中,张炜为我们展示了中国传统文化,特别是道德伦理性,在文化悖论性的情境下,理想与事实相悖、目的与代价冲突的人性悲剧,它立足于现代中国历史的一个侧面,突出了一个社会学的历史评判视角,表面看起来这似乎是一种蜕变,实际上它却是一次真正意义上的历史的重构与评判。这是一个看似不可思议的悲剧,一个努力为了纯洁的革命理想而献身的家庭,竟成了这场革命的牺牲品和失败者？在小说中，家族事实上是一个多重交叉、相当抽象又具体的概念。一方面，宁曲两个家族的人物的历史命运构成了小说发展的基本的脉络；另一个方面，在精神立场上，不同家族的不同代表人物的不同精神选择，则再现了中国知识分子的命运历史。宁周义体现了更多传统知识分子直接依附于某种知识分子力量以实现价值，而曲予则象征现代知识分子谋求精神独立并承担社会良知和精神批判的特点。这无疑象征着中国儒家文化在现代性冲击下的两种几乎是本能的反应。同时，家族文化中的"亲情效应"，也是作家关注的一个重点。由宁、曲两家几代女性所营造的充满关怀、疼爱和激励的家庭氛围构成了作品主要人物的重要的活动背景和空间。同时，更为重要的是，家族也是一个超乎于血缘纽带之上的类聚的亲和力，它是对阶级概念的一个颠覆与取代。宁珂、许予明、李胡子，尽管他们性格各异，但坦诚和忠实则使得他们的心灵得以共振，朱亚、陶明和我，构成了当代知识分子的精神链条，在一定意义上他们可以共同构成区别于殷弓、瓷眼的一个家族，另外，即使作为政治对手和军事敌人的战聪，他为信仰而死去的信念，也同宁珂"不是为了胜利，而是理由的"信念，有着某种暗示性的相似。然而，家族的悲剧，却是中国文化悖论的一个象征，庸俗的政治权力语境和知识与科学的人文语境的尖锐对立一直持续到当代，他们之间的交流的阻隔，也是形成悲剧的重要原因。陶明教授的被侮辱殴打同宁珂的被冤屈是何其相似。如果不能实现人文语境对庸俗权力的取代，更大的民族生存悲剧将无法避免，这也是《家族》所提出的一个重大命题。很显然，家族的悲剧，也构成了20世纪中国一个最重大的主题，这个世纪所有的历史进步、精神代价、现实忧患都于此得以折射，家族的失败，既是对历史进步论的一种反思，也是历史主体的价值分裂的一种人类普遍生存境遇。在历史和它创造的主体，在主体自身的分裂之中，《家族》为我们竖起了一面悲壮而震撼的镜子。

另外，我们也看到，《家族》这部小说，不仅在小说思想上有所探索，而且在小说形式的创新上也颇具新意。就叙事结构而言，这是一个三重奏式的交响结构，即打破时间的顺序，把家族历史、当下现实与主人公（宁珂与"我"的两代人声音的交叉）的抒情诉说三个不同的板块，以共时性的片断予以展开，这种非历时性的叙述给阅读造成了很大的阻力。一方面，叙事者与叙事的人物的距离比较近，常常直接切入叙事之中，从阅读心理上就产生了一种十分逼近的视点，另一个方面，由于许是市郊的自我体验性，叙述话语就必然带上了写真的意味，因此，对叙事者和读者来说，真实就变成了一种无形的锁链。对于张炜在《家族》中所表现出来的与《九月寓言》、《古船》迥然不同的叙事姿态，他执意将我这个第一主体的声音插入作品。如果说，《古船》是写给过去，《九月寓言》写给未来，《柏慧》是当下现实与自我心灵的对话，那么，《家族》就是同时面对三者，因此它有着现实、历史与道德倾诉三个声部，这样作家就可以在不同的复调层次上实批判现实、思考历史、道德倾诉的叙事任务。在张炜富有冒险意味的写真性叙事之中，这些复杂的文化企图才得以实现，从而以"真诚"的道德标高，去宣扬面对历史性的悖论文化情境，文化保守主义者应对现代性的努力。

六

当然，张炜的这种文化保守主义的探索，对齐鲁文化乃至中华民族文化内质的传承与扬弃，既有着成功的成分，也有着值得商榷的部分。例如，"城乡文明对峙"可以说是张炜创作的一个基本的母题，但这种对峙并不是一开始就在张炜的小说中出现的。张炜以朴素、抒情的乡土气息小说走上文坛，后来又不断地深化了传统现实主义小说写真实的愿望。然而，作为一个对道德和正义异常敏感的作家，他无法容忍世间的丑陋和世俗的污浊，所以他极力构筑道德乌托邦理想，以使自己的心灵有栖息之地。同时，由于自身艺术的探索和现实语境的限制，传统现实主义的道路很快被放弃，并转而深化了现实主义的主题，用"野地精神"在城乡的矛盾对峙中找到了新的高度。《九月寓言》中，张炜在道德理想和与写真实的使命感中陷入了深思和犹疑，香碗向往着工区，龙眼、憨人乐于去做矿工，赶鹦却选择了乡村传统的回归。但是，在《外省书》、《蘑菇七种》、《能不忆蜀葵》、《刺猬歌》中，鲈鱼、狒狒、淳于、美蒂们都幻化成了那独居山林的"猎人之神"，向着在空中虚幻飞舞的风车宣战。在张炜的小说中，城市一直是以一种缺席的身份接受审判。城市在张炜的眼中，是一个罪恶的符号，一个充满恐惧的概念，是史东宾、挺芳、马莎、秃头工程师们堕落的场所。它永远站在他那片美丽的葡萄园的对立面，成为排斥的对象。张炜没有在城市中看到人性改善的可能，也并没有看到人性在城市中焕发的光辉。与其说张炜痛恨的是城市，不如说他更痛恨转型期价值混乱失范的城市。斯宾格勒说过："世界的历史,就是城市的历史。"英国哲学家霍布斯曾经将古中国称之为"巨怪"(Leviathan),其实城市又何尝不是一个"巨怪"呢?天人合一的田园时空体被破坏,活在"巨怪"时代的现代人的生活现实再也难以接受那种简单而和谐的精神追求和思维方式。

应该说,张炜对现实的认识非常有高度,但是他试图超越现实的"凤凰涅槃",却让人倍感沉重。他试图摆脱《九月寓言》带给他的乌托邦的阻遏,他有着不可遏制的现实主义的冲动,但又不愿意回到原来所走过的《葡萄园的愤怒》等揭示现实矛盾的老路上。于是,张炜的笔下出现了两类逃离者:一类是软弱多思而自虐的逃离者,如史珂、老宁、桤明,另一类是强悍有力的反抗者,如鲈鱼、狒狒、淳于。这两类人可以看作张炜应对城市文明冲击的两种基本的心态,而无疑,"鲈鱼"们出现更是张炜创作极端矛盾的产物。他们痛恨城市,对女性有着非凡的魅力,激情洋溢,又具有可以在世界上取得巨大成功的天赋,同时,他们又是一个个像天使一样纯洁的人,在道德上有着无与伦比的优越感和合法性。一度触摸到天国光辉的张炜在长期孤独的形上道德的追索之后,反而渴望以"简单、真实、落定"的状态来安慰疲惫的精神。

这种情况,一方面起因于自身认识局限,另一方面,却是由于张炜对现实的批判,起于道德的愤怒,而止于向着自然和人内心的逃离,尚没有看到迎难而上,拒绝绝望,穿透绝望,抵抗绝望的努力,也缺少一种新的主体性下无所畏惧的想象力的释放。儒者的"载大道"的现存秩序内合法性的渴求,道家在权力压力下的虚无的消极,都成为他不可回避的梦魇。他的努力,由于传统的承袭过重,由于宏大的历史叙事的雄心与当下精神困境的疏离,而显得异常悲壮而吃力。托马斯·哈代曾经说过:"所谓诚挚的小说,就是恰当地反映展示它所处时代的普遍的人生观的小说作品"。① 在传统儒家朴素的人道主义的思维方式影响下,情感与理性,道德与自由,强烈的责任感和集体意识与个人活力和思想创造力,仍然是张炜,甚至是我们的齐鲁文学,在现代视野内实现将齐鲁文化内质进行现代转型与文学演变,所面临的

---

① 托马斯·哈代著,张玲、张扬译:《卡斯特桥市长·后记》,人民文学出版社 2004 年版,第 367 页。

重要课题。

第二节　莫言的民间叙事与 20 世纪中国文学

在世纪之交的中国文坛，莫言的小说深切地扎根于中国最本色的乡土之中，自觉地站在民间立场上审视人性中最原初的生命力量，藉以表现中国的百年历史沧桑与传奇，并通过气势庞大的想象力和创造力，融合了传统与现代、东方与西方的叙事技巧，构筑了"高密东北乡"这样一个包容万象的小说世界，从而获得了国际声誉。

一、逃离、认同与被缚：从早期小说到《丰乳肥臀》

莫言，原名管谟业，1956 年出生于山东省高密县大兰乡平安庄的一个农民家庭，小学未毕业即辍学，从事农村劳动，其间曾到棉花加工厂做过临时工。直到 1976 年参军离开故乡，莫言一直生活在这个后来被他在小说中描绘为"高密东北乡"的村庄里。这 20 年的经历，从童年到青年，对于最终成为小说家的莫言来说，是有决定性意义的。循着他对于故乡感情的变化，也就可以窥见莫言在小说创作的曲折道路。

之所以说这条道路是曲折的，是因为故乡在最初被莫言视为必须逃离的场所。他后来这样回忆说：

> 十五年前，当我作为一个地地道道的农民在高密东北乡贫瘠的土地上辛勤劳作时，我对那块土地充满了仇恨。它耗干了祖先们的血汗，也正在消耗着我的生命。我们面朝黑土背朝天，付出的是那么多，得到的是那么少。我们夏天在酷热中挣扎，冬天在严寒中颤栗。一切都看厌了：那些低矮、破旧的茅屋，那些干涸的河流，那些狡黠的村干部……当时我曾幻想：假如有一天我能离开这块土地，我决不会再回来。①

这种情绪是有着社会现实根源的。即便在当下，中国城乡之间的差别仍然是一个严重的社会问题，在一个普遍的社会心理层面，农村仍然代表了一种经济不发达、文化落后的生存环境。对于一个农家子弟，尤其像莫言那

---

① 莫言：《我的故乡与我的小说》，载《当代作家评论》1993 年第 2 期。

样从小就有着不甘于现状、深怀对未来憧憬的孩子来说,走出农村就意味着某种脱胎换骨的转变。离开故乡之初的莫言是异常兴奋的,"我有鸟飞出了笼子的感觉,我觉得那儿已经没有什么东西值得我留恋了。我希望汽车开得越快、开的越远越好,最好开到天涯海角"①。他甚至抱怨抵达的军营只距离故乡 300 里,他想走得更远一些,彻底忘记故乡给他留下的苦难印象。

在军营里莫言开始小说创作,第一篇小说《春夜雨霏霏》发表于 1981年。它以一个农村青年女子独白的方式,倾诉对参军在远方的恋人绵绵的思念之情。尽管从中可以寻找出某些在莫言以后的文本中被发挥和强化了的特点,比如对人物内心情感的着力表现,以及语言上繁复的修辞技巧;但是就主题和内在体验的深度而言,这篇小说更像一篇习作,囿于军旅题材固有模式和固有主题倾向的模仿之作。在接下来的几篇类似的作品中,这种不是出于真实的情感体验,而是在某种既定了的调子中进行的应景写作,只徒具了小说文字的形式,而缺乏内在的深度与厚度,表现出因脱离了大地而显现出无根的轻。这种轻,对于一个严肃的进行灵魂探寻,而不仅仅是摆弄浮华文字的小说家而言,是难以承受的。多年以后,莫言面对来自日本的客人,坦率地承认自己初涉文坛的苦闷:"我在刚开始创作的时候,有一段时间很苦闷,因为我觉得找不到东西写。"②实际上,这个他要寻找的可写的东西,就是他当初选择逃离的故乡。那个贫瘠的土地,不仅仅养育了他的身体,而且塑造了他的心灵。他可以逃离一个地理意义上的故乡,却无法摆脱内心深处故乡的记忆,莫言之所以是莫言,是故乡在 20 年的时间中塑造出来的。就如同一个人不可能没有童年而直接进入成年那样,莫言也不可能在精神世界中抹掉那一段心灵的沉积。

1984 年,在短篇小说《白狗秋千架》中,莫言第一次使用了"高密东北乡"作为小说的背景,在他看来,这是第一次有意识地对故乡认同。小说中的"我"离乡多年,"心里总觉不安",终于下定决心回来了。返乡的路上偶遇故乡特产的纯种白狗以及狗的女主人"暖",因此勾起了"我"年轻时代与

---

① 莫言:《我的故乡与我的小说》,载《当代作家评论》1993 年第 2 期。

② 《寻找红高粱的故乡——大江健三郎与莫言的对话》,载《南方周末》2002 年 2 月 28日。

"暖"之间的种种回忆。"我"探望了"暖"悲惨的家庭，意识到造成这种境地与"我"当年的过失有关，因而感到了深深的内疚和悔恨。在小说的结尾，"暖"以炙热的爱接纳了"我"。小说叙述了一次"返乡"事件，是一个虚构的故事；但作为写作者的莫言，也通过这样一个虚构的故事经历了一次精神"返乡"。在经历了一段时间"找不到东西写"的苦闷之后，沉潜在记忆深处的故乡有意无意地显现出来，往事涌上心头，如同"我"与"暖"的纠葛一样，它并非消失掉了，而是对现在的生活产生影响。莫言在小说中表达了一种忏悔之情，在文本之中是作为叙述者的"我"向"暖"的忏悔，在文本之外则是莫言向故乡的忏悔。他认同了故乡，故乡也像"暖"那样接纳了他，赋予他创作的灵感和源泉。"这时我强烈的感觉到，二十年农村生活中，所有的黑暗和苦难，从文学的意义上说，都是上帝对我的恩赐。虽然我身在异乡，但我的精神已回到故乡；我的肉体生活在北京，我的灵魂生活在对于故乡的记忆里。"①此时莫言再也不愁找不到东西写了，故乡的风景、自己的亲身经历、高密东北乡丰富的传说故事，都顺理成章地成为小说的绝好材料。这仿佛打开了一道闸门，对故乡的一切回忆被编织成丰富的故事，倾泻在小说家的笔下。在 1984 年到 1987 年之间，莫言写下了百万字左右的作品，这些围绕着"高密东北乡"的作品备受评论界的重视和推崇，莫言因此跻身于文坛最耀眼的小说家之列。

1986 年发表的《红高粱》，不仅被视为莫言最重要的作品，时至今日也被当作新时期以来中国文学的重大收获之一。从莫言与故乡的关系来看，"红高粱"系列小说，集中体现了莫言在对故乡认同之后艺术风格的转变。小说仍以"我"的第一人称叙述，但此处的"我"不再是《白狗秋千架》中离乡已久的游子形象，而是土生土长的农家子弟，讲述的是"我爷爷"、"我奶奶"的传奇故事。"我"因此成为"高密东北乡"传奇家族的后代，与故乡的关系不再是分离的，而是合为一体的，"我"的叙述也就不是从外向内的窥探，而是扎根于故乡的土壤中讲述那些属于自己的事情。这种叙述视角的转变也就带来了一整套叙述话语的改变，原先那种套用流行的、或曰权威的话语系统的叙事风格，现在也就以小说家自己的本然面目取而代之。在《红高粱》系列小说中，尽管历史背景被放置在抗日战争的年代，"我爷爷"

---

① 莫言：《我的故乡与我的小说》，载《当代作家评论》1993 年第 2 期。

也领导了对日作战,但是他与以往在政治观念的权威话语中所描写的千篇一律的英雄形象就风格迥异。与其说他是一个在正确的政治观念指引下的英雄,不如说是民间自发的抗日组织的领导者,他跟当时的任何具有政治背景的军队都没有直接的关联,甚至满身匪气。然而,正由于摆脱了那种对小说主题强加的政治观念的束缚,这个土匪的形象才显得比任何概念化的英雄更加血肉丰满。这一形象之所以能够塑造成功,就是因为莫言在小说中不再是通过人物来图解某种外在观念,重复那些已经在教科书式的作品中被反复宣扬的正确立场,而是立足在表现故乡祖先的传奇形象,——这一形象又与"我"血脉相连——历史事件逐渐退隐成为展现人物的背景舞台,一批个性鲜明的人的形象在舞台中凸现出来。《红高粱》在当时的文坛引起轰动,就是因为在当时的社会环境下,经过了政治上拨乱反正和思想上的解放运动之后,文学界经历了"伤痕"与"反思",而文化"寻根"的思潮开始涌现,迫切地需要从建设性的角度对复杂的人性作出新的多层面的探索,也需要对发生于中国近代以来影响深远的重大历史事件作出与以往不同的、在文化意义上而不是政治意义上的诠释。莫言恰在此时擎起"高密东北乡"这一旗帜,从一个普通农民的视角来看待人性的最原初的层面,带着肯定和欣赏的情感倾向描写了一批从坚实的大地成长起来的敢爱敢恨,有着最原始的生命力的人物形象,对单一地从政治角度来解释个体存在价值的既定观念进行了有力的反拨,从而使彷徨的文坛有了拨云见日般的兴奋。

批评界的赞扬之声对莫言的鼓舞是非常大的,他因此坚定了与故乡之间的密切联系,沿着故乡崎岖的小路勾画出一幅幅历史长卷。1995 年发表的长篇小说《丰乳肥臀》,浓墨重彩地描写了高密东北乡上官家族从清末到20 世纪 90 年代的兴衰变迁。莫言充分调动了故乡广为流传的传说故事作为小说的基本素材,将历史中的人物形象传奇化甚至魔幻化到了极致,真实的历史事件与虚幻的想象跟随决堤而出的庞杂语流混合在一起,使得每一段历史的描述都充斥着喧哗与骚动。这部 50 万字的巨著最初触动作者的是母亲的形象,通过小说来展现和颂扬母亲那种坚韧的性格。但是小说的容量大大地越出了这一主题,它容纳了更多的人物,几乎每个人物及其遭遇都代表了中国近百年的历史变迁中各色人等的选择和命运。通过小说的方式,莫言表达了自己对历史的看法:

我认为小说家笔下的历史是来自民间的传奇化了的历史,这是象征的历史而不是真实的历史,这是打上了我的个性烙印的历史而不是教科书中的历史,但我认为这样的历史才更加逼近历史的真实。因为我站在了超越阶级的高度,用同情和悲悯的眼光来关注历史进程中的人和人的命运。看起来我写的好像是高密东北乡这块弹丸之地上发生的事情,实际上我把天南海北发生的凡是对我有用的事件全都拿到了我的高密东北乡来。所以我才敢说,我的《丰乳肥臀》超越了"高密东北乡"。①

从莫言的创作历程来看,这部容量很大的小说的确显现了作者力图将中国近百年历史变迁浓缩在"高密东北乡"这一典型环境中,透露出作者深入到历史的纵深处的野心及其新的创作路向,因此就超出了《红高粱》以来的作品局限于将故乡的传奇进行艺术性转述,而缺乏较深层次的思想把握的樊篱。然而,《丰乳肥臀》的写作距《红高粱》已经过去了整整10年,从80年代到90年代无论是中国社会现实还是文学精神都发生了明显的转折,由市场经济发展所带来的消费文化的急遽发展,消解了80年代的精神性渴求及其对文学深度模式的探索。从社会接受的角度来看,虽然《丰乳肥臀》制造了又一次的轰动效应,却与《红高粱》有了明显的差别。如果说《红高粱》以其独特的视角对人性与社会历史作了异于流俗的新鲜阐释,与时代的先锋精神保持了一致,因而得到褒扬,那么《丰乳肥臀》的社会轰动效应却是外在于文本的,比如标题本身和文本中泛滥的两性关系描写就导致了庸俗化的理解而淹没了莫言自述的主题的严肃性,小说获得的《大家》文学奖首先是以10万元的高额奖金进行广告性的宣传,也使得文学界和读者的关注点受到了文学之外的牵引。更为关键的是,《丰乳肥臀》文本本身即便是体现了作者独特的历史观,但是这种"传奇化了的历史"凭什么就能"更加逼近历史的真实"? 而如作者自己宣扬的超阶级的,仅用"同情和悲悯"的眼光看待的历史进程是否经得起理性的考量? 所以小说在获得许多外在荣誉的同时,对于文本自身的解读却引起了许多争议。例如有的评论就质疑了文本所显露的历史评价标准只不过是"绿林标准",而在技巧上模仿马尔克斯笔法的同时却因思想的局限导致"小说中的许多魔幻内容与作家笔下的

---

① 莫言:《我的〈丰乳肥臀〉》,载《什么气味最美好》,南海出版公司2002年版,第231页。

历史进程呈游离状态",而造成这种状况的"更深层原因,是对中华民族百年史、对人类现代意识的一些核心问题等缺乏历史的、理论的充足准备。"①

事实上《丰乳肥臀》所引发的问题,可以从莫言的故乡情结上来找到根源。80年代中期对故乡的认同使得莫言寻觅到了小说创作的灵感源泉,故乡丰富多彩的传说故事以及形形色色的传奇人物可以直接转化为小说的材料,莫言在直接叙写故乡的同时并没有自觉的历史观念,指引他的是对故乡的亲切与熟稔。但是到了90年代之后,思想界和文学界趋于成熟和理性,从而在对历史的理解上也向纵深开掘,并不满足于仅仅是情感上的体验,莫言顺应这种思潮,试图将"高密东北乡"作为反映历史重大变迁的一面镜子,从而表达自己的历史观。然而,当莫言要超越情感的故乡,到达理性反思的层面时,从80年代以来在一定程度上被固定化了的思考和写作模式,即那种对故乡传奇性人物性格的强烈认同,以及直接的情感宣泄式的表达方式,此时却成为自我进行超越的束缚。因此,与其说在《丰乳肥臀》中魔幻化的技巧与所描绘的历史画卷相游离,不如说作者自身情感层面与思维层面相隔膜。这种隔膜是在经历了10年同一模式创作之后小说家试图变换对故乡的视角,而不能一下子摆脱掉过去思维模式的影响所造成的。因而,要实现对"高密东北乡"的超越,仅仅将天南海北百年历史事件装入故乡这个口袋中是不行的,这里需要小说家有更大的勇气进行自我反思和自我更新,从而重新确立自己的立场和角度。

二、"作为老百姓写作":莫言的民间叙事立场: 从《檀香刑》到《生死疲劳》

民间文学形态问题最先是在20世纪90年代中期由一部分文学评论家和文学史学者提出并展开讨论的。1994年陈思和相继发表了《民间的浮沉》和《民间的还原》两篇文章,由此引发了关于民间立场的一系列讨论。陈思和的两篇文章都是在中国现、当代文学史的发展中看待文学内部的话语结构,试图挖掘一种根植于民间的文学传统,并对意识形态话语霸权和知

---

① 唐韧:《百年屈辱,百年荒唐——〈丰乳肥臀〉的文学史价值质疑》,载《文艺争鸣》1996年第3期。

识分子精英立场作了反思和批判。作者在表述观点时，引用了莫言的《红高粱》作为例证，认为"在政治意识形态和知识分子话语之外，作家另外树立起了一个整合历史的价值标准，我把这种标准称为民间的标准"。① 文中同时指出，在莫言笔下民间还是一个含混的概念。

尽管这场限于文学评论和文学史研究界的学术性讨论并没有使作家参与，但是从莫言的创作进程中是可以看出这场讨论对其创作态度产生的影响。陈思和在文章中对《红高粱》等小说的评价是颇为中肯的，莫言从《红高粱》开始的一系列以历史事件为背景的小说的确在无意中体现了某种将政治意识形态和知识分子话语置于一旁的态度。这首先与莫言的成长环境有关。莫言从小生活在最普通也是最典型的中国农村环境，与同时登上文坛的众多有"知青"背景的作家有着明显的差异，换句话说，莫言在一开始就不具有知青作家那种知识分子的精英意识。其次，当莫言完成了对故乡由逃离到认同的转变之后，有意识地回避政治意识形态的禁锢对他早期创作的负面影响。这样他就自然而然地以一个土生土长的农民的姿态来描绘他所熟悉的乡间生活和传说故事，甚至可以说除了这样一种姿态之外他不存在别的选择。

因此，尽管这种民间形态是以不自觉地方式体现在莫言的作品中的，但是我们仍能从中见出莫言固有的"根据民间自在的生活方式的度向，即来自中国传统农村的村落文化的方式和来自现代经济社会的世俗文化的方式来观察生活、表达生活、描述生活的文学创作世界。"②1987 年创作的长篇小说《天堂蒜苔之歌》取材于一个真实事件，由于官员的腐败失职，造成某地农民所种蒜苔滞销，数千农民包围县政府并发生了暴力行为。作者得知后顿时义愤填膺，放下手中的写作计划，用了 35 天时间写下了这部小说，意图为农民鸣不平。莫言后来在小说的再版自序中说："其实也没有想到要替农民说话，因为我本身就是农民。"这无疑表明，在莫言的创作中，那种对自身身份的认定从一开始就蕴含其中。

2001 年在苏州大学"小说家讲坛"演讲时，莫言明确概括自己对民间立

---

① 陈思和：《民间的还原——文革后文学史某种走向的解释》，载《文艺争鸣》1994 年第 1 期。

② 同上。

场的自觉认识。在这篇后来题为"作为老百姓写作"的演讲中,他区分了"为老百姓写作"和"作为老百姓写作"两种写作态度的差别。他认为,那种表面上谦虚卑微的"为老百姓写作"的口号,实质上隐含了居高临下的傲慢态度和功利主义思想,不能算作民间写作,还是一种准庙堂写作。真正的民间写作应该是"作为老百姓写作",就是把自己摆在与老百姓平等的地位上,"他不但不认为自己比读者高明,他也不认为自己比自己作品中的人物高明"①,作家应该将自己视作与民间工匠本质相同的人,摆脱掉功利目的,不忘记自己是个普通的老百姓。

同年出版的长篇小说《檀香刑》可以看作是这篇演讲的最好诠释。莫言在"后记"中说道:"《檀香刑》是我的创作过程中的一次有意识地大踏步撤退,可惜我撤退得还不够到位"。后来在接受采访中,莫言解释说:"所谓'撤退',其实就是向民间回归。所谓'撤退得还不够'就是说小说中的语言还是有很多洋派的东西,没有像赵树理的小说语言那样纯粹。在今后的写作中,我也许再往后退几步,使用一种真正土得掉渣、但很有生命的语言,我相信我能掌握。"②他对故乡这块风水宝地进行了深入的挖掘,试图寻找并提炼出富于民间特色、表现民间立场的写作材料,并在语言上进行革新。在这部小说中,流传于高密一带的地方小戏猫腔给作者带来了灵感,他把笔触伸展到1900年德国人在高密修建铁路的历史事件上,围绕着猫腔戏班主孙丙父女的经历,讲述了又一出悲惨凄艳的故事。整个叙事包围在火车和猫腔两种不相协调的声音中,从而构成了两种相互对立的力量之间的冲突。莫言在"后记"中说,他在创作时把铁路和火车的声音减弱,突出了猫腔的声音,"尽管这样会使作品的丰富性减弱,但为了保持比较多的民间气息,为了比较纯粹的中国风格,我毫不犹豫地做出了牺牲。"在语言上,莫言为了表现民间风格,有意地大量使用韵文和戏剧化的叙事手段,而在一定程度上摒弃了魔幻化的手法。在人物和情节的设置上,作者也有意识地强调写作者与被创造出来的人物之间的平视关系,力图进入到那些普通人的心灵中,按照他们的喜好和视觉角度来观察和理解事物。比如小说中大量描写

① 莫言:《作为老百姓写作——在苏州大学"小说家讲坛"上的演讲》,见莫言著《小说的气味》,春风文艺出版社2003年版,第9页。
② 莫言:《是什么支撑着〈檀香刑〉——答张慧敏》,见莫言著《小说的气味》,春风文艺出版社2003年版,第113页。

了残酷的刑罚场面，颇引起读者的争议，但在莫言看来，酷刑场面虽是统治者对被统治者的一种惩罚行为，但是对作为观众的老百姓来看这种观赏酷刑的活动恰恰是一种群众的狂欢节。同样，在100年前裹小脚也是符合当时对妇女的审美标准的，所以女主人公的大脚就成为她的致命缺陷，成为推动人物心理和情节发展的一种动力因素。

如果说《檀香刑》在贯彻"作为老百姓写作"的民间立场时主要是对民间和传统的文学形式（猫腔）的重新发掘和运用，那么到了2003年出版的《四十一炮》中则主要从内容和题材上发掘民间的深层意识，即作为最普通的老百姓心理的最基本的人性因素。按照作家自己的概括，这部长篇的主题"一个是食，一个是色"①，在小说中他分别让罗小通和大和尚成为两者的代表，可说是淋漓尽致的表现了这两个主题。值得注意的是，这两个主题其实早已蕴含在莫言20世纪80年代以来的创作中。比如在其成名作《透明的胡萝卜》中，就以儿童的视角展示饥饿这一生理现象对人性塑造的特殊价值，由于莫言童年遭逢饥荒年代，甚至吃煤块充饥，所以对这种特殊感受的描写是驾轻就熟的。至于情色则一直是莫言笔下一直贯穿的带有象征意味的主题，当它与民间相结合时，似乎更能体现民间被压抑的某种原始生命力的张扬。事实上，"食色性也"从古到今一直是对人性最基本层面的某种概括，通过对这两个主题的强化，莫言就找到了"作为老百姓写作"的人性立足点。

2006年出版的长篇小说《生死疲劳》可以看作是对《檀香刑》和《四十一炮》的综合。一方面，在小说形式上进一步"复古"，采用了五四新文化运动之后已逐渐被新文学抛弃的章回体的形式，甚至追本溯源到了古典小说常用的"轮回转世"的观念和叙述方式，并模仿了蒲松龄在《聊斋志异》中将鬼狐拟人化的手法。这部小说以地主西门闹死后依次转生为驴、牛、猪、狗、猴和大头婴儿蓝千岁为情节主线，经常以动物为叙事者来描述社会历史的变迁。另一方面，在小说的主题上进一步宣扬原始冲动的基本人性价值，并使之与莫言历来对中国百年历史的关注相结合，把这种原始欲望作为推动人物关系的主要因素，而参与到历史事件的演化中。

---

① 莫言、杨扬：《以低调写作贴近生活——关于〈四十一炮〉的对话》，载《文学报》2003年第1423期，见《莫言研究资料》，天津人民出版社2005年版，第117页。

一场起于文学史研究界和文学评论界的学术性讨论，并没有得出一致的结论，而在莫言的创作中却开花结果，显现了实绩。它促使莫言的民间写作立场从不自觉转向自觉，并对自己的创作态度进行了富有成效的反思，通过辨析"为老百姓写作"和"作为老百姓写作"两种民间写作态度的差异，自觉地将自己摆在了普通老百姓的位置上，并在之后的创作实践中力图体现这种自觉意识。从新世纪伊始，莫言在"回归民间"的旗帜下，从形式技巧和内容主题两方面着手寻求自我突破，即一方面积极地向民间说唱艺术和古典神怪小说靠拢，另一方面以食与色作为核心的人性价值追求，试图将两者结合到"高密东北乡"的历史—文学语境中，重新赋予故乡以原味的民间价值。

从另一个角度来看，发起者和讨论者更多地是通过树立"民间"这一旗帜来消解长久以来中国文学所受的政治意识形态话语的禁锢以及对知识分子精英意识进行的自我反省和补救，"民间"更多地是作为批判他者而设立的某种宽泛的、包容性的视角。因此这场讨论的意义更多地是解除了文学创作和评论中外在强制性观念的束缚，从而为个性的自我表现争取了理论上的合法地位。事实上，莫言对民间写作态度的自觉意识，其主导的倾向也是在庙堂与民间的对立结构中作出取舍，而不是将"民间"作为另一种话语霸权来推崇。在一次采访中，他把王安忆等人描写城市生活的小说也归入民间写作形态，"民间写作，我认为实际上就是一种强调个性化的写作，什么人的写作特别张扬自己个人鲜明的个性，就是真正的民间写作。"①换言之，所谓的"民间写作形态"实际上开启了一扇通向个性化写作立场的大门，使得作家可以按照自己对待社会历史的态度来自由地进行创作。所以，从这个意义上来说，"民间"就不是那种传统价值观念中代民立言的立场，也不是通俗意义上的讲述老百姓自己的故事，而是作家从自己的真情实感出发对自己生存的环境做出独特的理解和表现，在这种理解和表现中作家具有了自由和自主的地位。

三、世界文学视角下的莫言小说及其艺术特色

尽管看上去莫言的小说只是描写了故乡的人与事，但是它们却不仅仅

---

① 莫言、王尧：《从〈红高粱〉到〈檀香刑〉》，载《当代作家评论》2002 年第 1 期。

局限于狭小的地域经验，在作者的笔下，显现出带有普遍意义的文化特征。换句话说，莫言所塑造的"高密东北乡"既非地方史志的忠实记录，也不同于以文学语言描绘的乡土风情画卷，而是通过作者的想象赋予了更丰厚的文化含义，这就使得莫言的小说具有了从更多层面和更多角度进行阐释的可能性。从中很容易就能够找到世界文学给予莫言的启发和直接影响，因此要分析莫言小说的特点，也就必然地将它们与世界文学联系起来，在一个深广的范围中来考察。

　　现在的研究者很容易发现莫言与美国作家福克纳之间在题材上的相似性，因为莫言笔下的"高密东北乡"俨然就是福克纳虚构出的美国南方小镇"约克纳帕塔法"的中国版本，而莫言也从不讳言福克纳对他重新找到故乡所带来的重大影响：

　　　　读了福克纳之后，我感到如梦初醒，原来小说可以这样地胡说八道，原来农村里发生的那些鸡毛蒜皮的小事也可以堂而皇之地写成小说。他的约克纳帕塔法县尤其让我明白了，一个作家，不但可以虚构人物，虚构故事，而且可以虚构地理。于是我就把他的书扔到了一边，拿起笔来写自己的小说了。受他的约克纳帕塔法县的启示，我大着胆子把我的'高密东北乡'写到了稿纸上。他的约克纳帕塔法县是完全的虚构，我的高密东北乡则是实有其地。我也下决心要写我的故乡那块像邮票那样大的地方。这简直就像打开了一道记忆的闸门，童年的生活全被激活了。①

在获得诺贝尔文学奖之前尚默默无闻的福克纳，凭借着他对约克纳帕塔法县的精致描写——浓缩式地展现了保守封闭的美国南方社会是如何一步步地在现代工业文明的冲击下被瓦解的现实与心理交构而成的复杂图景，从而获得了世界文坛的瞩目。他的成功证实了地域性价值同样具有世界性的意义，通过对微不足道的地域的把握能够窥测出时代精神的巨大变迁，而这种地域—世界的价值结构为莫言找准自己创作的立足点提供了最为适宜的参照。特别是当那种被有意忽略了的故乡记忆在福克纳的提示下被重新唤醒，那么与"约克纳帕塔法"相对照的"高密东北乡"被凸现出来也就是水到渠成的事情了：如同福克纳对美国南方乡村的熟稔，生长于山东农

---

① 莫言：《福克纳大叔，你好吗？》，《小说的气味》，春风文艺出版社2003年版，第40页。

村的莫言也对故乡有着非同一般的亲切。

不过在对故乡的具体描绘中,莫言并不像福克纳在《喧哗与骚动》中那样用意识流的手法突出显示了人物的内心活动,在莫言的作品中,虽然对人物的内心世界进行了深入刻画,但是它们更多地依存于故事情节的发展,即在情节的发展中来展示人物的心理活动。从作家个人特点来看,莫言更擅长于叙说故事,因为故乡的记忆一旦被唤起,那些丰富多彩的传说故事以及作者的亲身经历就变得触手可及,于是,即便在莫言的很多长篇小说中,依然是故事套故事、由一个故事繁衍出另一个故事,越来越离奇,越来越曲折。譬如《丰乳肥臀》中,"母亲"的众多子女以及后代都有自己的故事,整部小说就像一个个故事的集合,令人目不暇接。这与《喧哗与骚动》中只是围绕着一个简单的情节而展开多个角度的人物心理反应是不同的。这也表明了莫言对纵向维度的历史性叙事的偏爱,在小说中每个人物故事的背后其实总是牵连着重大的历史背景,小故事与大时代相映衬。这种重大历史背景,在《红高粱》中是抗日战争;在《丰乳肥臀》中是贯穿了晚清到改革开放后的历次社会变革;在《檀香刑》中是晚清德国人修建胶济铁路的事件;而到了《生死疲劳》,其叙事背景则从建国后土地改革等政治事件开始。如果说这种历史性叙事在福克纳的"约克纳帕塔法"中是潜隐的,那么在莫言的"高密东北乡"的种种故事里却是不断的被凸现出来的。这一方面可以视为莫言的偏爱或其通过个人视角重新阐释历史的"野心"的表露,另一方面从历史本身的角度来看,中国百年的沧桑变化本身就对中国的文学者产生了不可回避的切身体验。

莫言的笔下的故事之所以呈现出色彩斑斓、离奇曲折的面貌,是与他特别丰富的想象力有关。在莫言看来,想象力是一个作家最重要、最宝贵的素质。他说,"想象力是你在所掌握的已有的事物、已有的形象的基础上创造出、编造出的一种崭新的东西,事实上想象力是一种创新能力。"而想象力表现于文本中,就在于文学语言这种特殊的语言形式的运用能力上,"一个作家想象能力的大小与一个作家这种特殊的语言能力的强弱有关,一个没有这种强大的特殊语言能力的作家不可能拥有丰富的想象力。"①莫言小

---

① 莫言、石一龙:《故乡·梦幻·传说·现实——著名作家莫言访谈录》,见《小说的气味》,春风文艺出版社 2003 年版,第 164 页。

说的最显著的特点就是语言的气势磅礴，对形象的刻画不是白描式的，而是采取夸张、博喻、变形的笔法来加以渲染，这都可以归结于作者头脑中丰富想象力的作用。从其创作历程来看，这种文风的造就也与外国文学的影响分不开。早在《红高粱》发表之时，就有评论者认为与马尔克斯所代表的拉美魔幻现实主义的艺术风格有相似之处。尽管实际上《红高粱》在写作时马尔克斯的小说《百年孤独》并没有被翻译过来，这种相似性只是偶然，但在《红高粱》发表之后不久，随着《百年孤独》进入中国文坛，莫言有意识地开始向马尔克斯学习和借鉴，这也就造成了其后的小说中越来越浓郁的魔幻味。

　　回顾 20 世纪 80 年代以来的中国文坛，在对世界文学的接受过程中，影响最大的可能就是马尔克斯了。经济落后的拉丁美洲地区，在 20 世纪中后期却在文学上异军突起，成为世界文学中最耀眼的文学地域，论者以"文学爆炸"来形容这一事件。以马尔克斯为代表的魔幻现实主义文学创作，一改 19 世纪以来的写实主义风格，而从本地域古老文化和现实历史中发掘属于自身的文化特性，以独有的视角来呈现自身的社会历史状貌。呈现于文学文本中，就以带有神话传奇色彩的民间阐释方式作为叙事的基本角度和立场，于故事情节叙述之中掺入奇异诡秘的想象，既再现了社会历史的变迁，也将这些历史事件投影到心灵世界，在似真似幻的语境中展现了一幅心灵史的画卷。这些特点对于同样处于经济不发达而历史积淀深厚的中国大地上意图用文学的形式来进行创新的作家们来说，无疑在接受心理上最能获得认同，其中最明显受其影响的非莫言莫属。莫言的《丰乳肥臀》几乎移植了《百年孤独》的所有因素：同样讲述了一个封闭地域中近百年的历史，同样描写了一个家族几代人的传奇故事，在叙事上极尽夸张和渲染，打破了真实与虚幻的界限；甚至在某些人物形象上都能窥出二者的相似。比如《丰乳肥臀》中"三姐"上官领弟具有鸟类的生活习性，甚至像鸟一样飞翔，这就令人联想到《百年孤独》中白日飞升的贞女，这种超自然的现象在一部叙述历史的小说中，除了魔幻现实主义作品之外很少能找到。不过，莫言并不是一味地模仿马尔克斯，后者对他的影响尽管是全方位的，但是落在莫言笔下的，毕竟是中国的现实、中国的魔幻，都富有本民族和本地域的文化特征。因为在他初次接触马尔克斯的小说时，就有了超越的意识："1985 年，我读到了马尔克斯的《百年孤独》，很是震惊，就像马尔克斯在 50 年代第一次读到卡夫卡的作品时发出的感慨一样：原来小说还可以这样写！但我除了佩服之外，也有些不服气，我觉得我的生活经历中有更丰富的东西，如果我早些知道小说还可以这样写法，说不定我早就写出了一部《百年孤独》了。"①实际上，对外国文学的借鉴吸收，绝不可能照搬，每个作家只能扎根于自身文化系统中，站在属于自己的土地上，借用新颖的、恰切的艺术手段和观念来对自身进行解读。

在接受世界文学过程中，莫言重新找到了故乡，激发了想象力和语言的灵感，因此也就在世界文学的广阔天地中确立了自己独特的位置。世界是由不同地域连接在一起的，正因是地域性的，才会被世界所瞩目。莫言小说不仅在中国文学界，也在世界文学界逐渐产生影响。1988 年，根据莫言小说改编的电影《红高粱》一举获得柏林电影节金熊奖，这是中国电影首次获得的世界性最高荣誉奖项，作为原著者和编剧的莫言及其作品开始受到外国文学界的关注。日本作家大江健三郎在获得诺贝尔文学奖的演说中，提到了莫言小说与他之间的关联。作为一个二战后成长起来的日本作家，大江健三郎希望通过他的文学活动来构筑一个"医治"与"和解"的政治—文化环境，在此意义上莫言小说中所透露出的文化信息让他感到彼此相连的可能："这种结合的基础，是亚洲这块土地上一直存续着的某种暗示——自古以来就似曾相识的感觉。"②

莫言的小说，既有地域文化的独特性，又将这种本土经验放置在世界性视角中进行审视；既有对真实社会历史的描绘，又将其中的文化意蕴进行个人化的阐发；既有对外来文学的借鉴和吸收，又将其融入普通的中国老百姓的社会心理层面来表现；在世纪之交的中国文坛展现了自身丰满立体的形象。

第三节　李存葆的文学创作与沂蒙山区的历史传统

齐鲁境内的沂蒙山地区，有着延绵深厚的历史传统和文化底蕴，历史上

---

① 莫言、石一龙：《故乡·梦幻·传说·现实——著名作家莫言访谈录》，见《小说的气味》，春风文艺出版社 2003 年版，第 186 页。

② 大江健三郎著，许金龙译：《我在暧昧的日本》，见《我在暧昧的日本——大江健三郎随笔集》，南海出版社 2005 年版，第 96 页。

这儿曾产生过"凿壁偷光"的经学家匡衡、"书圣"王羲之、"鞠躬尽瘁,死而后已"的诸葛亮等等先贤人杰。在中国现代的革命战争中,沂蒙山区作为革命老区,人们为抗击日本侵略者,建立新中国奉献了自己的满腔热血。建国之后,老区人民更是继承了革命传统,历经劫难,逐渐摆脱贫穷落后的局面,走上了富裕文明的康庄大道。这一切,都集中地展现在李存葆的笔下。凭借着这位军旅作家对沂蒙山区深情的关切和强有力的笔触,把融合着历史的昨天与今天的地域风情,呈现于现代中国人的面前。

1946年出生于山东五莲县的李存葆,是一个贫寒的农家子弟。18岁参军,当过战士、班长、排长。由于在写作方面表现出突出的才能,1970年就被调入济南部队政治部宣传队任创作员,开始了作为一个军旅作家的文学生涯。此后又进入济南军区创作室、济南部队前卫歌舞团工作。1984年入解放军艺术学院文学系,1997年任解放军艺术学院副院长,是少有的将军作家。

使李存葆在新时期文坛一举成名的,是发表于1982年《十月》杂志上的《高山下的花环》。这部中篇小说立时引起了举国上下的轰动,有74家报刊转载,50余家剧团改编成各种剧目上演,国内出版社相继出版了这部小说的单行本,累计印数达1100万册,受到了广泛的好评。时至今日,《高山下的花环》仍然是共和国文学当中不可磨灭的经典之作。

小说围绕着对越自卫反击战中某参战部队九连在战前、战中和战后的一系列事件展开情节,塑造了一批性格鲜明、生动感人的人物形象。战争题材的文学作品,在共和国文学中一直占据着重要的地位。20世纪是中国多灾多难的世纪,共产党人经历艰难困苦的流血牺牲,才缔造了今日的和平。因此在建国之后,许多文学作品力图反映这一段血与火的历史,出现了像《保卫延安》、《红日》、《林海雪原》等一系列直接描写战争场面的优秀作品。《高山下的花环》既是对这一题材传统的继承,又在新的历史条件下做出了重大的创新。

如果说以往的战争小说更多地注重战争场面和战斗过程的描写,即更注重故事情节的发展,因而在人物形象的塑造上趋于平面化,那么《高山下的花环》则将战争本身推至舞台背景,而将关注点投入到一个个登场的人物身上,力图深挖每个人物所包含的人性的复杂层面。在这部小说中,战斗的情节笔墨不多,甚至也不是通常的高潮部分,可以说,它只是在表现人物的命运时一个必要的转折点。通过这个转折,战前的铺垫转向了战后的人物主题的深刻揭示。这里没有以往一出场就完美高大的英雄形象,小说所描绘的仅仅是一群普通的,各自打着时代、社会烙印的人。连长梁三喜可能是最接近于英雄的人物。他为了保持连队的训练状态,几次休假的机会都放弃了,甚至到死都没能看上一眼刚刚出世的孩子,这种公而忘私的精神一直是被通常的战争小说所颂扬的。然而,就是这样一个闪光的形象,牺牲的时候并没有什么豪言壮语,留下的仅仅是一张令人惊愕的欠款单。炮排排长靳开来,则与传统的英雄形象有着天壤之别。他不仅因不受提拔而满腹牢骚,还在战斗中违反纪律带头砍农民甘蔗来解决连队缺水的状况,虽然踩地雷牺牲了,却并没有因此获得军功章。作为叙述者的赵蒙生,依靠母亲的关系网到连队当指导员,其实不过是在玩"曲线调动"的把戏,是战友和战争的洗礼才使他重获军人的品质。这些人物都或多或少地欠缺那种完美的英雄的条件,而正因如此,他们才是有血有肉的活生生的人。李存葆写的是部队,是前线,但他却把整个的中国社会现状与之联系在一起。每个参军当兵的人都并非不食人间烟火的战争机器,他们的后方都有父母妻儿,他们有着保家卫国的大公精神,也有着骨肉亲情。小说在塑造这些人物形象的时候,并没有回避开私人的隐秘情怀。正因如此,这些人物才是立体的,跃然纸上,让读者悄然动容。

每个人总与他所处的时代环境紧密联系在一起,李存葆在每个人物身上都赋予了时代的气息,因而令人感到亲切,这就是小说一发表就受到社会普遍关注的原因。赵蒙生的父母是老红军,在革命战争中出生入死,是共和国的功臣,但十年浩劫却改变了这些老革命家的处世态度。"在那你死我活的政治漩涡中,心慈的变得狠毒,忠厚的变得狡猾,含蓄的变得外露,温存的变得狂暴……"(《高山下的花环》第一章)赵蒙生的母亲吴爽就在现实的逼迫下变得像"外交家"一样善于周旋,一手操办了赵蒙生的"曲线调动",甚至在部队就要开拔上前线的时刻打电话到指挥所求情。梁三喜是头顶着高粱花子参军的农民子弟,他与赵蒙生正好相反,家境贫寒,省吃俭用,还要四处借钱寄给母亲妻子以补贴家用。小说在最后部分戏剧性地将这两个看上去差别巨大的家庭联系到一起:原来,早在革命战争年代,梁大娘就掩护过赵蒙生母子,并且抚养了赵蒙生整整 5 年。小说在这里才达到了真正的高潮,通过这一戏剧性的手法深刻地揭示了整部小说的主题:无论是战功赫赫的将军,还是朴实贫穷的老区人民,并没有所谓的尊卑差别,都是一家人。作者用了三分之一的篇幅重点描写了梁三喜的母亲梁大娘和妻子韩玉秀带着刚出生的孩子来到部队的前后场面。梁大娘一家从革命战争开始就一直默默的为国家奉献,家中四个男人或牺牲在战场上,或在"文革"浩劫中含冤死去,家中却一直贫穷。然而即使如此,梁大娘和韩玉秀作为沂蒙老区朴实农民的代表,从未向国家、向别人要求过什么。梁三喜留下的账单,她们用烈属的抚恤金来偿还,分毫不要别人的帮助。对沂蒙山区人民满怀深情的作者,不禁感慨道:"呵,沂蒙山的母亲!你不仅用小米和乳汁养育了革命,你还把自己的亲骨肉一个个交给了民族,交给了国家,交给了战争啊!"(第十二章)如果说在《高山下的花环》这部小说中作者塑造了伟大的英雄形象,那么这个形象就是以梁大娘为代表的沂蒙山区最普通的劳动人民。

李存葆在这部小说中即表现出对沂蒙山区历史传统的深切关注和了解,其中的主要人物都与沂蒙山区有着割不断的联系。小说描写的对越自卫反击战是当下事件,而在刻画赵蒙生和梁三喜的形象时,笔调不断回溯到革命战争年代,回溯到建国后的一系列政治事件,尤其围绕着梁大娘一家人的遭遇向读者展示了沂蒙山区的历史变迁,从中揭示了这样一条脉络:历史在变,人在变;而沂蒙山区人民勤劳朴实、为国奉献的革命传统没有变。通过对这种历史传统和人性深度的挖掘,李存葆突破了军旅文学固有的模式,使浴血沙场的英雄不再只是漂浮于抽象观念中的传奇,而是坚实地生长在母亲和土地怀抱中的人之子。

在《高山下的花环》以及随后的另一部中篇《山中,那十九座坟茔》获得巨大成功之后,李存葆似乎已不满足于以小说的形式来虚构故事,转而开始进行文化散文和报告文学的创作。这种转变,作家在接受采访时这样说道:

有人说现在凡是人类能想到的事情都发生了,人们想不到的也发生了。当今的社会太复杂了,一般的小说很难概括。近距离看生活往往看不透,我就先写点历史方面的散文。这样写作能使我更自由一点,理智一点,过几年回过头来编故事写小说,也许效果会好些。①

其实,在《高山下的花环》等小说中已经可以窥见李存葆对于历史和现实问题的关注,这种关注往往使作品的内容上有意无意地增加了很多非虚

---

① 张永恒:《李存葆:永葆激情的吟唱》,《人民日报》(海外版)2003 年 11 月 28 日。

构的史实材料,例如梁大娘讲述家事时,就透露了沂蒙山区抗日战争以来的种种史事。小说的形式也颇耐人寻味,它以第一人称"我"的方式展开叙事,作为采访者的"我"找到赵蒙生,记录下了受访者的经历。这种形式无疑是在增加故事的真实性,李存葆对真实性的追求从这种虚构性作品中就透露出来了。因此,暂时地脱离小说创作,而走向真实性的散文和报告文学创作道路,既是李存葆有意识的自我超越,并且从艺术追求上来说也是从小说创作之初即蕴含其中的必然选择。另一方面,虽说是军旅作家,但真正给予李存葆创作灵感的却不仅仅是部队生活与铁血沙场,而是丰厚广袤的沂蒙山区的历史传统,这在某种程度上促使作家不再局限于军旅作家的身份,而将眼光投向更为热爱的那一片沃土。于是,就有了长篇报告文学《沂蒙九章》的诞生。

1991 年第 11 期的《人民文学》杂志发表了李存葆与王光明合作的《沂蒙九章》,这是该杂志创刊 42 年来第一次用几乎整版的篇幅刊载的一部作品。编者在题记中说道:"时代需要黄钟大吕。这颤栗发烫的文字,是血的潮动与真实的结晶。"的确,这部饱含着对沂蒙大地深切情感的长篇报告文学,从历史到现实,从个人到群体,为沂蒙山区的历史谱写了一部宏大的时代乐章。

与时代的旋律环环相扣,是《沂蒙九章》的显著特色。它延续了《高山下的花环》在"尾声"部分透露出来的信息:在那篇以一封信来结尾的段落中,梁大娘告诉赵蒙生,沂蒙山区农村在改革,日子开始好过了,不再欠账了。如果说在《高山下的花环》中这仅仅是作为一个光明的尾巴而存在,甚至连作家自己都无法确定这一信息的真实性的话,那么在大约十年之后完成的《沂蒙九章》中,沂蒙山区的新面貌才被正面地描绘出来。从这个角度看,《花环》的结尾就是《沂蒙九章》的开始。

作品描绘了改革开放以来,沂蒙山区人民通过艰苦卓绝的奋斗,逐渐摆脱贫穷,发展致富的事迹。它虽不是小说,却塑造了一个个鲜明的人物形象:有为革命做出牺牲而甘守清贫的于大娘婆媳,有半生辛劳为农民上访求政策的段维仁,有带领群众建设新罗庄的李桂祥,有为山区铺开致富之路的祝恩科,有给山区人民架起电线带来光明的刘振亚——在这些真实的人物身上所闪耀的光芒,甚至要比虚构出来的英雄更加耀目。

然而作者的意图仍然不是要塑造英雄,他借助这一个个真实的人物真实的经历,来呈现整个沂蒙山区的昨天与今天。在每一章的开头,都有一段"前奏",回顾了沂蒙山区的历史。抗日战争时,沂蒙人冒着生命危险为八路军掩护伤员,抚养幼儿,运输军需。建国后,沂蒙人积极响应党和国家的号召,为开水库而放弃千百年来耕种的土地。在极左路线和十年浩劫的破坏下,沂蒙人蒙受了巨大的损失。这些"前奏"并非无意的附赘,它告诉读者,就是在这样一个一穷二白的局面下,沂蒙山区人民又开始了新的创业之路。

作者在作品中突出了创业的艰难与曲折。比如带领罗庄人兴办乡镇企业的李桂祥等人,为了申办工厂,四处奔走上访,尝尽了人间冷暖;为了学习先进技术,甘愿忍受别人的冷眼,甚至不顾生命安危;当企业稍有起色,又被人诬告,承受巨大压力。但是他们就是在这样艰苦的环境中百折不挠,把一个原本只有两个地排车家当的穷村子办成资产几千万的"山东第一镇",成为改革开放的先头兵。再比如说王传武,一位其貌不扬的村支书,却有着最先进的理念,坚定地推行"治山保水"的政策。其间受到一些患"短视症"村民的敌视,家中菜园被偷摘,水缸里被扔进死老鼠,儿子被人欺侮,但他都忍下了,十五年后终于将北王庄改造成青山绿水环绕的美丽家园。……作者用饱含深情的笔墨描绘了一幅幅劳动者的肖像,讲述了一个个可歌可泣的故事,可以说,这是沂蒙山区在改革开放十多年的一部创业史。

在接下来的散文创作中,李存葆继续保持了对沂蒙山区乃至齐鲁大地的深切关注,并表现出了更为强烈的人文关怀和文化寻根意识。《沂蒙匪事》一反之前对沂蒙山区的正面描述,揭示了沂蒙百年来匪患的黑暗面。这篇记事散文的意图并不是搜奇猎异,也不仅仅是历史事件的记录,而是围绕匪患这一"毒瘤"挖掘其下的社会和人性的因素。作者说:"我的用意在于,通过几类土匪、几桩匪祸、几个近代匪首,去剖析滋生土匪的社会因子。这其中有地理环境闭塞、文化素质低劣的原因,有贫富悬殊、官逼民反的原因,也有吏治腐败、兵匪一家的原因,更有人心中'恶'的一面在动荡年代里毫无顾忌地大释放的原因,这才使'土匪'这个特殊的社会群体恣意横行,这才结出了'土匪'这个历史之树上的大毒瘤。"①如果说在《高山下的花环》与《沂蒙九章》这两部作品中,作家展现的是人性中"善"的一面,那么

---

① 李存葆:《〈沂蒙匪事〉赘语》,《李存葆散文》,中国社会出版社 2006 年版,第 162 页。

《沂蒙匪事》虽然也是记述沂蒙山区的历史,但在这里却挖掘和拷问人性"恶"的一面。或许应该说,从《高山下的花环》中围绕着赵蒙生"曲线调动"的种种社会阴暗面的揭示,李存葆就表现出强烈的批判意识和社会责任感。到了《沂蒙匪事》,那种具有时代针对性的社会批判走向了更为深层的文化批判,力图揭开沂蒙山区历史传统的复杂性、多重性。

当有人问起李存葆散文的精神内核时,作家这样回答:

> 影响我作品气质的,我觉得主要是山东尚武、强悍的民风和我从军的经历,在《鲸殇》、《大河遗梦》、《祖槐》、《飘逝的绝唱》里,我都是饱含激情,用自己的良知和心灵的高度去写我的散文。因为散文不仅仅是茶余饭后的奢侈品,也不仅仅是一种花瓶式的点缀。散文贵在真诚,散文必须与小农经济生发出的乌托邦意识绝缘,散文应避开无病呻吟的痛苦状,也应远离那种甜得令人发腻的小布尔乔亚的矫情——我们的散文应该更贴近中国人的生活,也应该更关注人类面临的生存危机与种种困境。散文里应该有情感的浓度,哲学的深度,应该有作家的正义和良知。①

事实上这番表白也可以视为李存葆及其作品的概括:作为一个军旅作家,深受齐鲁大地尤其是沂蒙山区历史文化的熏陶和滋养,他用激情之笔,讲述了百年来沂蒙山区光荣的历史传统;用良知与思考,深刻地揭示了人性的复杂与时代的困境。

第四节　新时期乡土小说的文化意蕴与创作特色

一、内蕴丰厚的新时期乡土小说

谈到"乡土文学"的概念,我们认为乡土文学只能是"乡土"的,与农村和农民(当然可以将进城的农民工和城乡结合部包括在内)密切相关。如果相对于世界文学来说,可以从"大乡土"这一概念上来理解和研究中国文学,但我们这里所指称的"乡土文学",则仍是那些描写了带有地域性的乡村以及城乡结合部的人与事的作品。

---

① 张永恒:《李存保:永葆激情的吟唱》,人民日报海外版 2003 年 11 月 28 日。

20世纪后期即新时期以来，齐鲁大地上，乡土小说的创作呈现兴盛的局面。从70年代末至今，山东一批优秀作家的创作，基本上都属于乡土小说。张炜、莫言、李贯通、刘玉堂、赵德发等作家一直都在专注着自己的所熟悉、所钟情的那一方土地，关注着那方土地上的人们的喜怒哀乐，状写着乡土的昨天和今天。张炜的芦青河，莫言的高密东北乡，李贯通的微山湖，刘玉堂、苗长水和稍后的赵德发的沂蒙山区，左建明的黄河故道，毕四海的四季山农村，甚至还有孙鸷祥的海滨小城鱼龙巷等等，是读者所熟悉的乡土意象。与"五四"和"十七年"两个文学时期相比，新时期山东文学中的乡土小说，呈现出多姿多彩的艺术格局，他们不再如"十七年"作家那样必须遵循一种模式，而是可以自由地运用着各自所喜爱的模式，表达着自己所愿意表达的题旨。这批作家因为大都曾经在底层生活过，有着与土地与农民最直接的联系，有过切身的乡村生活的底层体验，因此，他们继承了王统照、李广田等"五四"和30年代作家的艺术精神，能够站在哲学、历史和文化的高度，以鲜明的"民间立场"来观照当代的乡土，表现着各自那一方水土的自然风光，民俗风情，文化底蕴，生存形态以及乡民们在不同的社会文化背景下不同的精神状态。他们既表达了对乡土和乡村父老的热爱，表达了对世世代代在乡土上生息繁衍的乡民们的深切同情，赞扬了乡土的宁静、质朴和善良，同时又不回避展示乡土的丑陋和滞后。张炜的小说所表达的意蕴比较有代表性，他明显地表现出对当代工业文明、城市文明的厌恶，不喜欢现代都市的拥挤、喧嚣、嘈杂和光怪陆离，不喜欢都市人与人之间关系的虚伪和冷漠，而由衷地赞美乡村的宁静，赞美乡民的纯朴和善良。他让作品中生活在现代都市中的知识分子走向乡土，走向大自然，走到纯朴的乡民中间，到那里寻找理想的精神栖息地。他的这种意向，从早期作品一直保持到现在的创作中。张炜乡土小说的文化意蕴是与沈从文最接近的，但又比沈从文增加了些哲学的、理性的思考。而莫言则以浪漫的激情写着他主观意念中的高密东北乡——这块"地球上最美丽最丑陋、最超脱最世俗、最圣洁最龌龊、最英雄好汉最王八蛋、最能喝酒最能爱的地方"，莫言乡土小说的文化意蕴和审美视角都是非常独特的。毕四海的小说则以冷静的笔写着变革中的乡土，写出了以儒家文化为核心的农业文化，怎样在中国农村从传统的农业文明走向现代文明的历史进程中艰难地蜕变，曲曲折折地向现代走来，作品明显地表达出对这一变迁的历史必然性和合理性的由衷的欢欣之情。

在山东,毕四海是一位有意识地审视农业文化的代表作家。左建明笔下的黄河故道有自己的独特风景:由风沙自然灾害造成的艰辛苦难的生存环境,构成了他的乡土小说独特的民俗风情。而在这艰苦卓绝的环境中生存的乡民对于风沙灾害的顽强反抗,他们在不可抗拒的自然力面前毫无畏惧、决不退缩的意志,则构成了左建明作品所表达的内在的精神品格。

新时期山东乡土文学内蕴丰厚,显示了自己的文化和艺术个性,本文仅以几位颇具代表性的作家的创作为切入点,探讨山东乡土小说的文化内涵和写作特色。

二、温馨与温情——刘玉堂的乡土小说

在整个 20 世纪 80、90 年代,除张炜、莫言之外,刘玉堂、李贯通等也是倍受读者和评论界关注的乡土作家。刘玉堂所展示的沂蒙山革命老区的社会生活,以及在革命老区文化和传统文化氤氲下生活的沂蒙乡亲,与其他两位沂蒙题材作家苗长水和赵德发有较明显的区别,显示了仅只属于刘玉堂乡土小说的文化和艺术个性。

刘玉堂(1948—)从 1971 年开始文学创作至今,已出版的中短篇小说集多部:《钓鱼台纪事》、《滑坡》、《温柔之乡》、《人走形势》、《你无法真实》、《福地》、《自家人》、《最后一个生产队》、《山里山外》、《刘玉堂幽默小说精选》、《一头六四年的猪》;长篇小说两部:《乡村温柔》和《尴尬大全》等,除少数几篇军营生活题材作品外,其余都属于沂蒙题材乡土小说。刘玉堂创作虽然从军营小说起步,但只有在家乡这块土地上,他才真正找到了属于他自己的那块温柔、温馨、温情的艺术土壤,而这正构成了刘玉堂乡土小说的艺术气质。"钓鱼台"及其周围村镇上活跃在历史和现实生活中的各色人物以及人情风物,构成了他的小说丰富多彩、温馨感人的艺术世界。正是通过他所熟悉的那些乡土的人与事,他描写了农民的善良和纯朴、乐观和幽默、勤劳和执著,显现出来自民间的伦理、地域的亲和力和普通百姓的智慧与淳朴,营造了作品温暖、温馨、温情的艺术氛围。

刘玉堂的小说一般都有极为明确的时代和社会背景,从 80 年代初的《钓鱼台纪事》到 90 年代后期的长篇小说《乡村温柔》,涉及了从合作化到改革开放这几十年深打着政治烙印的历史生活,其中虽然写到了农业合作

化、大跃进、改革开放等政治事件，但他却非常巧妙地消解了时代背景中的政治意味，将其转化为人物性情、情感之所依赖的一个背景。他笔下的沂蒙山百姓，打着非常鲜明的革命老区文化、传统儒家文化和沂蒙山地域风情文化相融合的烙印，显示出他们自己既朴实、真诚甚至还有那么一点儿愚昧、又充满幽默感的文化个性：他们虽然物质生活极度贫乏却极关心"国家大事"，对"公家人"有一种不容置疑的热爱和崇拜，动辄见到"公家人"就询问"现在形势是怎么个形势？"之类的话题；在历次政治运动中，他们总是那样毫无条件地相信并紧跟"上级"的指令，甚至为此付出代价而在所不惜。如上级发出成立合作社的号召，钓鱼台的群众马上兴奋到极点，坚信共产主义的到来已经是近在眼前的事情，刘乃厚等人甚至在为将来喝不惯牛奶发愁了（《温暖的冬天》）；王秀云和她带领的青年突击队对"五天跑步进入共产主义"的号召坚决执行，明明有许多的困惑也不敢表示疑问，却顺手牵羊地利用了"共产主义"的口号"共"了路边瓜园的"产"（《秋天的错误》）。然而，当改革大潮奔涌而来的时候，这些一贯善于紧跟"上级"指令的沂蒙山人，却接受不了"解散生产队"的现实，还在竭力地维护着他们心目中神圣的"集体"。因此在其他地方的人们为农业承包责任制欢呼的时候，这里的刘玉华们却要固执地留在"最后一个生产队"里，直坚持到难以为继为止（《最后一个生产队》）。正是在这种生动本真的情态氛围描写中，刘玉堂写出了沂蒙山这块乡土上人民群众特殊的文化心态，写出了沂蒙人独特的文化个性。

有意识地淡化政治，淡化历史生活中无可回避的悲剧色彩，而将温暖温馨的人情人性突显出来，"将残酷、痛苦化为温柔和欢乐"，这是刘玉堂乡土小说的一个重要特征。如《温暖的冬天》虽然以农业合作化运动为背景，却并不在意于农业社成立过程的描写，而是表现了人们对合作化所带来的美好前景的盲目向往和欢欣鼓舞的心情，作品充溢着一种热烈、乐观、和谐的气氛；《秋天的错误》直写"大跃进"年代的一段既真实又可笑的历史生活，在人们为"五天跑步进入共产主义"而盲目蛮干的热烈氛围描写中，表现的是那个年代钓鱼台人乐观向上的情绪，尤其是人与人之间互相关心体贴的脉脉温情。大队长王秀云与遭受政治处分的杨秘书恋爱关系的描写，更能体现刘玉堂笔下沂蒙山人的精神品格。像王秀云那样自觉地为他人奉献牺牲、对落难之人表示深厚同情与关爱的人物形象，在刘玉堂的作品中随处可见。《温暖的冬天》中党支部书记刘曰庆为了让刘玉贞当上劳模,在她的"先进事迹"汇报材料中硬是将自己写成"阻力";身为干部、劳模的刘玉贞,则为抚养弟弟而几次放弃缔结理想婚姻的机会,最后与一位地地道道的农民子弟结婚;《钓鱼台纪事》、《温柔之乡》等作品中,乡亲们对外来的肖英、李玉芹、张立萍等真挚地关怀和热情地帮助,尤其是对落难之人(如被打成右派的杨财贸、杨秘书等)真诚的关心和安慰,其中所蕴含的温馨和温情,正是刘玉堂笔下"钓鱼台精神风貌"的具体体现。尽管历史有它规律,尤其是政治运动有它的规范,然而,纯朴的沂蒙乡民却有自己待人接物的准则,政治和历史事件在他们心里被淡化了,而人与人之间互助互爱、患难与共的美德却被他们视为珍宝,尤其是同情和安抚落难之人在他们看来更是天经地义的事情。刘玉堂以他对乡土的深入体察和领悟,写出了纯属沂蒙民间的性格品貌、生存观念和处世原则。刘玉堂说道:"沂蒙山是块多情的土地,特别能滋长温暖、温柔、温馨这些东西"[1],这正是他自己艺术视野中的沂蒙山人。

长篇小说《乡村温柔》是一部沂蒙山当代农民的心灵史和奋斗史。小说通过土生土长的沂蒙人牟葛彰从一个纯粹的农民成长为拥有丰厚资产的农民企业家的曲折经历,以及他与5个女人的爱情故事,写出了沂蒙山人所经历的人生苦难和历坚韧不拔、奉史曲折,写出了底层百姓的纯朴善良、勤劳勇敢和聪明智慧,更写出了他们特有的奉献牺牲品格和难得的人情温馨和温柔。牟葛彰们成长和成功的历史告诉读者:"钓鱼台"人在经历了许多的曲折之后,已经跟上了时代前进的步伐,《最后一个生产队》中的人们那种对解散生产队的抵触情绪,那种留恋集体劳动温馨气氛的怀旧心态,已经成为温馨的回忆。从中篇《钓鱼台纪事》到长篇《乡村温柔》,刘玉堂以他独具的话语,为当代文学提供了一个多姿多彩、真切生动的"钓鱼台"人物画廊,写出了他的沂蒙乡亲怎样背着老区传统和农民文化传统的双重包袱,跨过漫长的历史向今天走来,向现代走来。

2003年刘玉堂出版了他的长篇新作《尴尬大全》,这是一部视角全新的乡土小说。作品从对纯粹的农村和纯粹的农民的关注和审视,转向了对城乡结合部——小县城这一特殊乡土上的另一部分人——知识分子、文化人

---

① 刘玉堂:《温柔就是力量》,载《作家报》1998年3月26日。

的关注。作品刻画了一群处在"权力与经济夹缝"中的文化人，在市场经济时代面对爱情、事业、金钱、利禄等切身利益时的种种遭遇，写出了他们由于人格和人生境界并不高尚和健全所造成的种种尴尬和窘迫。作品对底层文化人的生存境遇和性格品貌既十分了解又非常同情，以生动幽默的笔触刻画了他们既自私庸俗，又机智、幽默和善良可爱的喜剧性格，演绎了一桌汇集日常生活中俯首即拾的种种尴尬、窘迫、不堪与无奈的喜剧性大餐。作家张炜在为该书出版所写的"题记"中说：刘玉堂"……是这个年代里最能给人以温情和暖意的作家之一"，是一位"朴实与诡谲并存的风格大家。"

　　刘玉堂的小说创作有自己的追求，他往往"注重生活，而不注重事件；注重氛围，而不注重故事；注重细节，而不注重线索……注重语言，而不注重结构"，[①]正是如此，刘玉堂形成了属于自己的话语系统：原汁原味的生活描写和质朴自然的人物刻画，散发着浓郁的乡土气息和人情味的温馨氛围营造，具有民间意味的、富有幽默感和深刻表达力的叙述风格。有评论家称"刘玉堂的话语世界是一方奇特的、轻松的、机智的、充满人情韵味的艺术天地。他总是面带微笑地去描绘农民的善良和执著，欲盖弥彰地表现他们的弱点……读者喜爱刘玉堂的小说，就在于他作品中蕴含着的这种避重就轻又举重若轻的幽默和智慧。"[②]刘玉堂小说的魅力还得自于他独到的、充满幽默和智慧的语言，他善于捕捉沂蒙乡土中那些生动鲜活、朴实而富有表现力的语言进行精心提炼。某些看似平常的语言现象，被他拿来用到适宜的语境中，便会变得格外有味。"刘玉堂的语言非常生活化，特别擅长对人物心态和情态的描写"，尤其是人物"对话"更显得生动活泼和富有智慧，人物的音容笑貌、乃至性情心态，都能从"对话"中显示出来。这种幽默的语言风格，是只有深入观察和认真生活的人才能达到的境界。

　　通过"钓鱼台"这个"乡土的、人物的、精神的、情感的，也是话语的"世界，刘玉堂以自己的话语方式，向读者展示了他的故乡沂蒙山人民的生活和人情世态，艺术地沟通了沂蒙山的过去与现在、山里与山外、历史与文化的许多方面。他以自己所独具的艺术个性，成为中国新时期乡土小说的代表作家之一，描写沂蒙生活的"写作灵手"。

---

① 刘玉堂：《温柔就是力量》，载《作家报》1998 年 3 月 26 日。
② 宋遂良：《刘玉堂中短篇小说集〈自家人〉序》，山东友谊出版社 1997 年版。

三、画意与诗情——李贯通的乡土小说

李贯通(1949—)也是山东文学界一位乡土文学的代表人物,运河和微山湖水乡文化风情是他的小说有别于其他作家的显著特征。他的文学创作是1980年他在聊城师范学院中文系当学生时开始的,他走上文学道路似乎有其"家学渊源",藏书甚多的中医世家的家庭环境,4岁起就开始的启蒙教育,使他养成了爱读书爱学习的好习惯。即使在"文革"极"左"年代,他也可以偷偷地阅读家藏的《古文观止》、《太平广记》等"禁书",这成了他日后以文学安身立命的基础。大学毕业分配工作时,为了文学,他放弃了留校、到权力部门当干部等颇有诱惑力的工作,回到了他的故乡,在微山湖畔、运河岸边找到了属于他自己的那一块文学水土。他已经出版的《正是梁上燕归时》、《洞天》、《李贯通小说选》、《渔渡》、《天下文章》、《天缺一角》、《迷蒙之季》等中短篇小说集,都没有离开微山湖水乡,他的乡土小说氤氲着浓郁的运河风情和微山湖渔农生活气息。

李贯通的小说从创作初期就表现出了与王润滋、尤凤伟等作家的不同,王润滋、尤凤伟的初期创作表现出了对政治、社会问题的热切关注,而李贯通的小说一开始就以浓厚的水乡文化味、画意诗情和民俗风情味吸引读者。在他的小说中,我们不仅看到了微山湖的粼粼波光,湖畔渔村的偏僻街巷,运河岸边的农田水舍,水乡渔村的人情风物、渔农生活,看到了颇有气势的殡葬场面,湖镇夜市的买卖交易,听到了板桥口社会名流的传闻逸事,流传乡间的戏文歌谣……,以及"笑雁来——","哎——,呆这何来——","还不赶快死回来——""这就死回去——"之类韵味悠长、充满幽默色彩和鲁西南语言风格的人物对话,而且还看到了柔情似水、向往现代文明、追求美好爱情的水乡女子,野性的、粗犷而质朴善良的打鱼汉子……,这些关于景物、人物和湖光水色的描写,与乡土气息浓郁的人物对话融合在一起,流溢着地、道有味的鲁西南湖区风采。微山湖地处山东南部,在地理位置上与孔孟故乡曲阜和邹县很近,近水楼台先得月,这里是最先接受孔孟圣人教化的区域之一,正是从这块风味独特的土地上,李贯通发现了许多滋润着传统文化美德同时也沉淀着传统文化糟粕的乡土故事。创作初期的李贯通是从歌颂和赞美传统美德开始的,他赞美过如珍珠兰一般高洁质朴、默默奉献、而又宁

折不弯的品格(《我家的珍珠兰》),赞美过忠厚正直、温良谦恭、以德报怨的德行(《古箫》),也赞美过忍辱负重、贞洁自守、坚忍不拔的"妇德"(《青石桥,飘过绿色的云》))。这些充满诗情画意的清丽淡雅的小说,曾受到孙犁的首肯和评论界的称赞,李贯通也被评论界誉为艺术风格最接近孙犁的小说家。

随着对生活的认识和领悟的深入,李贯通很快就转向对民族文化糟粕的批判和对民族文化心理的自省,先前美好亮丽的画意诗情的乡土渐渐退去,乡土的诗意变得凝重和深沉起来。他发现,在这块"圣人"教化的土地上,并不都是美和善、仁与义,还同时存在着丑陋、落后乃至邪恶的一面。因此,从《父亲的唱词》开始,他就一面歌颂着这里民风的淳朴,歌颂着百姓性格的诚实、豪爽、善良和义气,一面也展示和批判了他们狭隘、保守、麻木、目光短浅和墨守成规的一面。《洞天》这篇以巧妙的构思和丰厚的蕴含获得全国短篇小说奖的作品,以算盘大小的那块方洞为窥视点,通过对女主人公的人生遭际和她与熬鱼后生的感情纠葛,以及几位为了得到"熬鱼"方子而使出不光彩招数的村人的绘声绘色地描写,将审视和批判的目光对向了那些被陈腐的文化传统和生存方式所造就的乡民,巧妙地展示了他们"在爱情、事业、道德观念上、在重大问题和屑末小事的择取上,所表现出的侥幸心理、取巧心理、'独占花魁'的心理"①,从而批判了他的乡亲们身上所表现出的可怜可笑的国民性弱点。在审视乡民的文化心态时,李贯通也深刻地揭露了他们的人性弱点。《沉溺夕阳》写了一个终生生活在黑暗中的文化站长,灰暗的人生使他从来就没有像一个男子汉一样地挺起过腰杆。在生命即将逝去的最后岁月,他才想要堂堂正正地做一回"人"——向曾经欺凌侮辱过他的人复仇,然而他的那种复仇心理却是非常阴暗狭隘的。《夜的影》这篇受现代主义思潮影响的作品,在表现人生苦难的同时,也刻画了人性的某些弱点。而《绝药》、《无药》对乡土中出现的压抑、阉割人性的残忍现象,对封闭的乡土上顽固地拒绝现代文明的乡民,表达了深深的感慨与忧虑。作品中生活在这一环境中的年轻一代人那种"被阉割"的恐惧和试图逃离的心态,表达的正是现代人对于乡土上存在的人性残忍和传统陋习的逃离和反叛意识,发人深思。如果说他的早期作品是清新淡雅的山水画,那

---

① 李贯通:《落叶斑驳·洞天喃喃》,明天出版社 1998 年版。

么此时的作品则带有色调浓重的油画意味,而诗意也由明快而变得沉重了。

站在哲学、文化和历史的高度审视和批判乡土,李贯通思考了建立"真正的人生理想"问题。他的这一思考含蕴在 90 年代以来的小说中。他认为:小说写作的文化视角,应该表现在"对生命与自然、生命与自我、生命与社会历史等现代本体哲学的思考",他所要追求的是一种"天人合一"的理想境界。他这个时期的小说《天下文章》、《天缺一角》、《迷蒙之季》等,转向了对商品经济大潮冲击下的文化人的精神迷失和文化错位现象的关注。这是他的乡土上人生百态的另一面。中篇《天下文章》通过主人公县文化馆的文化人沈作者的遭遇,使人们看到了在物欲横流的时代大潮面前文化和文化人与现实生活的错位,人的生存环境和价值的变迁。沈作者发现:这个时代的人们,一切都为金钱奔波,为了达到目的不惜放弃人的尊严。昔日被视为神圣的东西,如今变得一钱不值。处在这样环境中的沈作者,是那样惊恐和无奈,他一直想坚守文化人的清高和生命自由的阵地,然而严酷的现实却总是在肆无忌惮地亵渎他心灵中的那块圣地,后来,他被人强拉去做猪饲料广告,终于昏倒在演播室里。作品对当今时代乡土上的精神迷失和文化错位现象、对文化人的尴尬处境的描写,非常启人思索。

长篇《天缺一角》仍然以县文化馆的文化人为故事的主人公,通过文化馆文物专家于明诚与一块汉代石碑的故事,表现了在物欲横流的商品经济时代文化人对精神家园可贵的坚守。在一切都成了商品的时代,社会上各色人等都打起了县文化馆的国宝级文物——汉画像石的主意,于明诚为了保住像石,历尽惊险,将金钱、人情乃至身家性命都置之度外。为了这块像石的安危,他几度有性命之忧,几度死里逃生。然而,他微弱的力量终于难以抵抗强大的欲望潮流,他的结局只能是紧紧地靠着象石"化鹤西去"。于明诚是这个时代真正懂得文化价值、真正坚守文化人精神家园的知识分子,像石和于明诚达到了一种李贯通所理想的"天人合一"的境界。《天缺一角》也显示了李贯通艺术上的更加成熟。小说写得浑然天成,"汉画像石"既是结构整个故事的线索,也是全篇的一个象征——文化和人文精神的象征。作品中形形色色人物的性格、命运,以及他们之间的恩恩怨怨,都通过这块石头联系起来,于明诚的精神和生命也与这块石头紧密地连在一起,生死与共。写作《天缺一角》时的李贯通心境是自由、宁静的,基本达到了他所理想的"和谐、圆润、整洁"的艺术境界。

《天下文章》、《天缺一角》以及 2000 年之后创作的中篇小说《迷蒙之季》，寄托了李贯通对物欲时代某些现象的深刻思考，表现了作者深沉的人文关怀。他通过作品让人们看到：在人心被金钱利禄所异化、神圣的文化已经失去灵光、文化人的价值正在失落的现实面前，保持着高洁人格操守的文化人，或者做一个像沈作者一样在欲海中挣扎、自卫的"奋力自救者"，或者像于明诚那样与像石共同化去，或者竟至于像《迷蒙之季》中的祝幸福、葛德们那样住进精神病院。这就是当今文化人的处境。

面对着物欲横流时代的精神迷失和文化错位，李贯通对"天人合一"的理想境界的向往更加强烈了，中篇小说《乐园》寄托了这一向往。作品让厌倦了城市的拥挤和嘈杂的"作家"一家在郊区的荒地上建立了简陋而温馨的家园，在那里与神秘的老妇交往，与鸡鸭猫狗、红花蛇和黄鼠狼和睦相处，享受着劳动的愉快和收获的乐趣；让他们在与大自然精灵们的沟通交流中，体验生命在返回自然时那种心灵的宁静与生活的和谐，体验"天人合一"境界的美妙。然而，李贯通也深知，这种"天人合一"的理想，在当今这个欲望横流的时代只是一个美好的愿望而已。在小说的结局中，老城改造的推土机隆隆地开到能够与大自然沟通的这块"乐园"，那昔日的宁静、和谐与生机盎然已成昨日黄花，只留下神秘老妇的歌词在回荡：牛羊无家有处找，世人有家无处藏……。人类不但将失却精神的家园，也将渐渐地失却生存的家园。

李贯通是一位具有执著的乡土情结的作家，他说："我是湖边长大的孩子。那里的水性、泥味、人情滋育了我。神州之内，处处芳草，而我的根扎在微山湖畔，我的'生活'就在微山湖畔。……我毕业返乡，无意贬抑别处别人别样的生活，我只是坚信故乡是我的生命之母、生存之依，是我心灵的家园、精神的停泊地。"李贯通坚守在微山湖畔的这一方水土，一定会将更精彩、更启人心智的"本土故事"奉献给读者。

四、淳厚与纯美——苗长水的乡土小说

苗长水（1953—）也是一位创作了沂蒙山乡土生活题材作品的作家，虽然他同时也创作着军旅题材的作品，但最受称道、最有个性的还是他的乡土题材小说。苗长水的沂蒙乡土题材作品主要创作于上世纪 80 年代到 90 年

代中期,那些中短篇小说均收在小说集《染坊之子》、《犁越芳冢》中。

苗长水虽然是在城市的环境里成长起来的,但他却没有割断与他的故乡沂蒙山的密切联系,他从小就从对沂蒙农村生活和风土人情了如指掌的文人父亲和母亲那里了解着沂蒙山的过去和今天,他是听着关于沂蒙山动人的乡土故事长大的,他本人也时常有机会回到他的沂蒙故乡,因此,他虽身在都市、身在军旅,也创作了军旅题材和现代都市生活的作品(如中篇《战后纪事》、《漏网之鱼》和长篇《我们稍息立正》、《等待》、《爱之翼》、《哥哥当排长》等),但却对沂蒙风情情有独钟,体现了他的艺术个性并给他带来高度评价的,也正是如《季节桥》、《冬天和夏天的区别》、《非凡的大姨》、《犁越芳冢》、《染坊之子》、《南北之梦》、《绝代织女》这些沂蒙题材的作品。他以质朴、纯净、自然的笔触描写着他所熟悉的那一方乡土,"执意地追寻和探触着普通民众的天性里那些烙印着东方色彩的真善美的东西,尤其是致力于展示这种真善美的东西在生存逆境与生活厄运重压下的生命韧度和恒久不灭的魅力。"①他的乡土小说蕴含着一种难得的质朴淳厚和清纯之美。

与刘玉堂的不回避政治背景却有意淡化着政治不同,苗长水的小说虽然涉及了时代背景,但他却有意识地回避了时代背景中的政治意味,他的沂蒙题材小说侧重于探向"过去"的时空,那块曾经是"革命老区"的土地,极力发掘在这种特殊的历史背景中沂蒙百姓天性里的真善美。在《季节桥》中,他写了他家乡那个村庄的一对青年男女因自由恋爱而不被接受,只好离家出走,从此走上革命道路的故事;在《冬天与夏天的区别》中,他写了普通共产党员、农民李山和他的妻子,怎样精心护理在他家养病的革命女干部何青,无微不至地体贴、关怀着这位年轻的革命女性。这对农民夫妇的善良和牺牲奉献精神,还表现在他们收养八路军团长留下的女婴这一义举中。他们用玉米糊糊喂养自己的婴儿,却将奶水让给了干部的孩子,在别人孩子饱食的满足里,他们感到了灵魂的安适和坦然。他们养大了别人的孩子,却导致了小女儿的不幸夭折,但当革命胜利之后,他们却忍痛将含辛茹苦养大的养女送还给孩子的父母。苗长水在这里写了战争年代的生活,然而却回避了战争的硝烟味,而发掘了人情人性中的那种本真的纯朴和善良,那种美好

---

① 韩瑞亭:《一派清音出沂蒙》,载《文学评论家》1989 年第 4 期。

温情的情愫。作品着力描绘了李山与何青在互相关爱中建立的那种真诚而又略带朦胧爱意的美好情愫，给人以极为清沏自然的美感。据苗长水自述，李山这个形象是有原型的，那是一位为革命战争做过许多贡献的沂蒙汉子，"他并没有给我讲述很多情节，因为他已经很老了，他那张极其善良的沂蒙山汉子的脸，却给我留下了极深的印象。"① 善良纯朴的沂蒙山人中，有很多像李山这样为他人默默地奉献，甚至牺牲了自己最宝贵的儿女乃至生命，但他们却一直很平静地对待自己所做的一切，并不觉得有什么了不起，更没有想得到回报。《犁越芳冢》更是对沂蒙百姓美德的集中展现。从乡亲们接待历史罪人刘成的故事中，他让读者看到了沂蒙山人对于恩怨仇恨的大度和宽容。当年疯狂报复过父老乡亲的还乡团成员刘成，多年后怀着赎罪的心情从台湾重返故里，准备接受乡亲的审判和报复时，得到的却是父老乡亲热情地接待和真诚地宽容谅解。作品写了许多感人的场面，尤其是月德的儿子举刀要为父亲报仇，而月德嫂子却厉声喝住了儿子并强迫儿子给刘成道歉的情节，愈加感人地展现出了沂蒙山人那种纯朴宽厚博大的胸怀。他小说还通过对富农老鲍家形象的刻划，让读者看到了沂蒙山人见义勇为、忍辱负重和质朴自然的品格。老鲍家是位极普通的劳动妇女，但她却两次在村里的姐妹将要遭受敌人玷污时挺身而出，以勇敢无畏的牺牲精神保护了乡亲，虽然自己蒙受了侮辱并为此付出不能生育的代价，但她却仍然平静淡然地生活在乡亲们中间，就像什么都不曾发生一样。老鲍家的这种态度也代表了沂蒙乡民对待恩怨情仇的态度，他们对替别人付出看得极为平常，并不希求别人的回报。沂蒙百姓民风的淳厚由此可见一斑。

苗长水的小说给人留下难忘印象和美的感受的，还有他对沂蒙百姓在苦难和灾祸面前临辱不惊、顽强坚韧的生命意志和生存韧性的描写。《犁越芳冢》写刘成的妻子素盈，在极端化的土改中受尽了折磨和侮辱，被作为"胜利果实"分配给瘸子常瑞，从一个富家主妇和受人尊敬的干部家属，成为一个生活在社会底层的贫妇。然而，她却能够平静地面对着命运的摆布，养大了儿女，走完了自己曲折的人生之路，平静安然地死去。她以自己的坚韧顽强波澜不惊的处世态度，赢得了善良的村人的尊敬。有一个细节极能表现沂蒙百姓的善良，当村人犁田经过素盈的坟墓时，总是提起犁头，越过

---

① 苗长水：《心灵的种子·明月之夜　风雨之夕》，明天出版社1998年版。

这位美好而不幸的女子的坟茔,以表达对她的尊敬和同情。

集中展现沂蒙人顽强的生命力和生存意志的最感人作品是《染坊之子》。作品将主人公赵林和润儿置于战火、灾荒、劫难等生存逆境中,写了赵林、润儿一家和幸存的村民们,如何在土匪的洗劫、蝗灾的袭击、瘟疫的肆虐等生存绝境中,以顽强不屈的意志和勇气活了下来并有所创造的故事。赵林的母亲靠讨饭熬过了土匪洗劫后的饥荒,以亲情、体贴和朴素的道理医治好了润儿心灵的和肉体的创伤;9 岁的少年赵林在土匪洗劫后的极度困境中承担起养家糊口的责任,在全家染上瘟疫的绝境中,他竟能在四处寻找药方无路可走时忽发灵感,发现了医治瘟疫的良药——绿豆,从而使一家人起死回生。最值得称道的是润儿这个少女形象,她不幸被土匪强暴并怀孕,在巨大的屈辱和心灵创伤面前,润儿表现出少有的平静和坚强,她不但有勇气将孩子生下并养大,而且能将仇恨化成生存的意志和重整染坊的勇气和智慧,与成为自己丈夫的表弟赵林将染坊办得有声有色,在创造性的劳动中让生命放射出灼目的光华。

苗长水的小说不以故事情节的曲折离奇取胜,而是长于以朴实无华的语言,叙写人物的情感意绪和独特个性。如《冬天与夏天的区别》、《非凡的大姨》、《绝代织女》等就给读者以这种感受。前者写青年农民李山往返于山洞照料女干部何青,在这种接触和交往中不知不觉之间产生的那种既属友谊,又含有朦胧的男女之情的情愫和感受,就很有美感。《非凡的大姨》写一位当年曾经叱咤风云的革命女性李兰芳的故事,在叙写李大姨非凡的革命经历的同时,以更多的笔墨写这位革命者作为一位未婚青年女性感情敏感细腻的那一面。当她得知一位参加孟良崮战役的副营长一路行军,一路在石头上刻下她的名字时,深受感动并念念不忘。此后,她在数年紧张繁忙的支前活动中不断地寻找、打听着那位写下她名字的副营长,最后得到了副营长牺牲的消息,令她非常惋惜而怅惘。作品将这位青年女性那种既属于好奇、又属于对男性向往的朦胧情愫,那种满怀希望却每每失望的怅惘情绪,刻画得非常细腻委婉。《绝代织女》中的叶儿是另一位富有传奇色彩的独特女性,这位三姐妹中最美丽、最心灵手巧的女子,却一生没有嫁人,一生的兴趣都放在对织绢工艺的探讨上。她曾经有过几次嫁人机会,也有过自己比较心仪的男子,但是,那种莫名其妙的对婚姻的朦胧恐惧使她总是在谈婚论嫁的关键时刻临阵逃脱,导致婚姻的失败。然而,她对织绢工艺的爱好却始终不肯放弃，当她感到自己生命将尽时，一把火让自己和小屋、织机同归功于尽。苗长水写了一个极其独特的女性，她的一生都生活在织绢工艺里，一生都在诗意地活着，艺术地活着，就是她与小木匠说不清是爱情还是友情的交往，也是那样的充满诗意！这是一个乡村社会难得的奇女子，读来韵味无穷。

苗长水小说的沂蒙乡土色彩一方面主要体现在对沂蒙百姓人性美的发掘上，另一方面也体现在他的作品对乡风民俗的展现，《染坊之子》中对乡民生活的描述，对土匪洗劫惨象的状写，尤其是对赵林和润儿的染坊、民间印染工艺、花样色彩以及行规、禁忌等等的描绘，《冬天与夏天的区别》中所描绘的李山的妻子传秋为小孩所绣的彩色五毒红兜肚、李山为何青所做的即兴说唱，《绝代织女》中叶儿的织布技艺，还有《非凡的大姨》中的民歌俚曲等等，展现了鲜明而典型的沂蒙民俗色彩。

苗长水说，在写他的沂蒙生活和沂蒙乡亲时，他"都用了一种比较平静的调子，从容不迫地来叙述在战争、灾难中的一些人和事，一些美好和丑恶，他们的光荣和耻辱，他们的不凡经历和人生信念。这种平静并不是我的刻意追求，而是来自我个人的感受和对生活的体验。"①

五、沉重与苦涩——赵德发的乡土小说

赵德发（1955—）是山东稍后崛起而成就斐然的乡土小说作家，他从80年代初开始发表小说作品，笔下所写都是发生在他的家乡沂蒙山区的乡土故事。多年来，他基本上都是在这个题材领域中探索、挖掘，已出版的小说集《赵德发短篇小说选》、《蚂蚁爪子》、三卷本小说集《赵德发自选集》、《中国当代作家自选集·赵德发卷》，系列长篇小说"农民三部曲"《缱绻与决绝》、《天理暨人欲》、《青烟或白雾》以及《震惊》，"深入地涉及了农民生活与生存本质的诸多方面：农民与农村，农民与城市，农民与土地，农民与道德，农民与政治，农民与自然，农民与知识，农民与传统，农民与现代"。② 如

---

① 苗长水：《心灵的种子·生活之树长青》，明天出版社1998年版。
② 王士强、张清华：《民间大地上的行走与歌哭——论赵德发和他的农村三部曲》，载《南方文坛》2007年第1期。

果说刘玉堂的乡土小说展现的是特定的时代背景下乡土生活的温馨和温情,苗长水展现的则是一定的社会环境中人性的"美好和丑恶,光荣和耻辱",那么赵德发则在鲜明的社会、政治和文化背景上展现了沂蒙百姓的生活和命运,并通过他们探讨了中国农民和中国政治与文化,其中透着几分凝重,几分苦涩。赵德发被誉为"最质朴、最接近民间大地和社会底层的作家"①是当之无愧的。

　　10 年乡村教师生活经历和 8 年的政府官员经历,使赵德发的中短篇小说涉猎广泛,从沂蒙山的过去写到现在,从乡村的沂蒙人写到进城打工的沂蒙人,从普通平民百姓写到政府官员,从纯粹的农民写到民办教师。作品触及到普通百姓的日常生活,反映了他们的生存状态和心理心态,蕴含着较浓厚的人生人情味和民俗风情味。《通腿儿》写了一个战争年代同一天结婚的两位农村妇女,由一开始的互不服气,互相较劲,而终于成为在一个床上通腿睡、在后半生的悲苦人生中相互安慰、相濡以沫的亲人的故事。她们一个是在战争中失去丈夫的寡妇,一个是被进城后喜新厌旧的丈夫抛弃的弃妇,共同的不幸命运使她们走到了一起。一个在旧时代穷乡僻壤中最常见的"通腿儿"睡觉的习俗,与故事中人物的命运是那样自然地融为一体,其中既蕴含着沉重的苦涩,也蕴含着温馨的人情味。《断碑》是一篇并不引人注意的作品,然而,作品中村妇枣花的故事却给人留下沉重的感叹。村里接到枣花丈夫牺牲的通知,多年来政府和乡亲们百般地照顾和呵护着她,然而多年以后,当丈夫忽然出现在她的面前时,她竟无法接受丈夫还活着这一现实,以愧对政府和乡亲的心情,撞死在丈夫衣冠冢前的墓碑上。这个短小的作品里蕴含的文化意味是相当丰厚的。既写出了同情、照顾、呵护着枣花一家的沂蒙百姓的善良纯朴和民风的淳厚,也写出了纯朴的乡民面对情谊和恩德时那种夹杂着愚昧的感念之心。

　　中篇小说《小镇群儒》、《圣人行当》、《回炉》、《闲肉》等,是描写乡村民办教师生活的具有原生态意味的作品,让读者看到了我国农村曾经存在过的一个身份特殊的阶层——民办教师,是如何在亦农亦教的双重身份中走着他们沉重的人生之路的。身为教师,他们必须要完成好教学任务,但他们

<hr>

　　① 王士强、张清华:《民间大地上的行走与歌哭——论赵德发和他的农村三部曲》,载《南方文坛》2007 年第 1 期。

同时还是农民,必须得精心地侍弄好庄稼以养家餬口;他们既要应付各种类型的考试,又要应付复杂的利益争斗,他们手忙脚乱、心力交瘁、苦不堪言却无处诉说。他们当中有些人尤其是年轻的民办教师(如《回炉》中的李明远)不安于现状,总想通过诸如上学拿学历、考公务员等途径摆脱当农民的命运,而青年农民金囤(《闲肉》)意想不到地当上了民办教师,也便产生了试图从劳力者阶层中剥离出来的幻想,然而无论是李明远还是金囤最终都失败了。与此相关的还有《蚂蚁爪子》这篇小说,农民木墩一家三代人读书识字却终于失败的故事非常令人感慨。木墩的父亲自己饱尝了没有文化的苦楚,忍饥挨饿将木墩送到私塾读书,却与那难认难学的"蚂蚁爪子"无缘,于是又将希望寄托在儿子和孙子身上。然而他虽然为此费尽心力,儿子和孙子却一个都没有成为真正的读书人,他的孙子尼龙还欺骗了他,谎言考上大学的尼龙在外地做起了服装小贩,命运对于无权无势的农民就是那样的残酷。10 年教师生涯的深切感受,使赵德发的这类作品苦涩而又沉重。而8 年的机关生涯,也给赵德发留下了难以忘怀的记忆,他写了《要命》、《信息》、《今晚露脸》、《跨世纪》4 部官场题材中篇小说和一些同类题材的短篇小说,以表达他"政府机关应尽可能地少做那些无意义甚至可笑的事情,铲除腐败与丑恶,尽可能地代表全体社会成员的意愿,努力为人民造福"①的美好愿望。

赵德发的小说虽然涉猎广泛,但却始终蕴含着一个不变的意向,那就是对农村和农民、对土地深切的关注和深厚的眷恋,他说:"我来自农村,出身于农家,对土地的关注是我一生一世都不会放弃的事情"。② 无论他作品的主人公是纯粹的农民或其他(教师或官员),都与乡土和农民有着不可分割的联系。他热切地关注着农村和农民的现实的生存状态,因此在他的作品中时常出现与"吃饭穿衣"这类形而下的日常生活相关的故事,从中让人们看到了作家那份悲天悯人的情怀。如《樱桃小嘴》就写了一个偷嘴吃的故事,长着樱桃小嘴的漂亮村妇小奈,常常趁着丈夫下田时在家里偷偷地做饭吃,她不但偷吃了她自己应得的一份,也吃去了丈夫的那一份,她因此而被丈夫打骂、羞辱,却依然故我,饥饿就是那样使人失去了道德和尊严。《人

---

① 《赵德发自选集·蝙蝠之恋·自序》,山东文艺出版社 1997 年。
② 赵德发:《写作是一种修行》,载《齐鲁晚报》2005 年 1 月 25 日。

赘》与"性"有关却不止于"性"。一个叫瓜瓢的大龄男子因为相貌丑陋而娶不到妻子,不得已而倒踏门与寡妇吴春花结婚,然而他并不是被当作丈夫而是作为出力干活的佣人招进门来的。他在这里既要忍受吴春花极其两个儿子的白眼,受尽了冷落和侮辱,又要屈辱地接受吴春花有情人这一事实。他被撵到外地为吴春花的儿子们挣学费,当他怀里揣着三千元钱返乡时,气愤和屈辱使他本想从此不再回到吴春花家,然而,为人丈夫的道义、责任、对人言的畏惧以及对女人的渴求,使他终于奔向了那个令他气恼又向往的家。瓜瓢的故事既是一个现实的话题,也是一个人性的话题,作品中的人物无论是瓜瓢还是吴春花和她的情人三叔公,其实都是非常值得同情的善良人。另一篇具有记实意味的小说《青城之矢》写了他的沂蒙乡亲中的一个特殊人群——城市捡破烂人的生活,这是他亲身去青岛采访调查的产物。他走遍了青岛那些偏僻的角落,走遍了垃圾场和捡垃圾人居住的"破烂庄",与他们直接交谈,这使他心情十分沉重,眼泪流进嘴里。小说中那一个个凄凉悲惨的故事,让人感到了泰山压顶般的沉重。发表于 2004 年第 4 期《时代文学》上的中篇《嫁给鬼子》是根据一个真实的故事写成的。高秀燕从日本打工回来,正准备与男友结婚,却接到了一个日本男人的求婚电话,她权衡再三,毅然与男友解除婚约,在幸福与忐忑中等待日本男人前来接她。然而,等日本人真的来了,接走的却是另外一位中国姑娘。高秀燕试图靠涉外婚姻改变命运的故事,表现了当代农民在金钱物欲的冲击下人生价值取向的位移。根据他本人人生经历所写的故事《蝙蝠之恋》虽并不直接写吃喝拉撒,却仍然是与乡民的生存息息相关的故事,那就是——权力对于生存的重要性。作品中的县委组织部副部长杨道亮要辞职上大学,他的家人和乡亲,都在泣血劝阻他为让乡亲活得更有尊严,必须继续当他的副部长的场面,虽然只是作品的一个插曲,却让人们看到了农民对于拥有权力的企盼;在另一篇小说《选个姓金的进村委》中,金姓家族为改变本家族老少爷们受欺压、被剥夺的命运,想通过村民选举让姓金的进入权力圈子的努力,以及这个努力终于失败的故事,让人感到了无可名状的悲哀。

赵德发是一个具有深厚的人文情怀的作家,他的许多作品已经从更深的文化和哲学层面写土地、道德、政治与乡土的关系,他的最有份量的作品是系列长篇小说"农民三部曲"——意在表现农民与土地的关系的《缱绻与决绝》,表现农民与道德的关系的《天理暨人欲》(初版名为《君子梦》),表现农民与权力（政治）的关系的《青烟或白雾》，这是赵德发"已由一般意义上的乡土作家向'人类学家心灵和头脑'的哲理乡土作家转变"的标志。①《缱绻与决绝》意在表现农民与土地，写了从民国初年到 20 世纪 90 年代 70 多年间农民与土地关系的变迁史，通过封大脚、宁学祥等传统农民形象，真实而生动地反映了农民对土地的依赖和眷恋之情，这种心态使他们在新的社会转型期已无法跟上时代的步伐，土地成了中国农民走向现代化的沉重精神负累。《天理暨人欲》则试图表现农民与道德的关系，人们从作品的情节和故事中看到，传统文化、革命文化和外来文化怎样被农民用他们的观念意识去领会、理解，并运用到处理实际问题中去，既能在必要时成为支撑一个民族生存韧性和血性的精神支柱，又会在适宜的环境中成为破坏的力量。作品的主人公许景行及其父辈，曾经为在自己的村里树起道德的样板，以挽救道德的沦落，然而，尽管他们怎样努力地身体力行，严于律己，在金钱冲击下理想式微、道德严重下滑的时代，道德是怎样地难以抵挡潮水泛滥的欲望的冲击。《青烟或白雾》意在写农民与权力的关系，纯朴美丽的农村姑娘吕中贞，生活在敬仰"清官"并出现过"清官"的环境中，她并没有想过当官却在"四清"运动中被工作组看中，从此一步步走上做"官"之路，以至于在"文革"这个特殊年代升到了"地革委副主任"的位子上，在权力的巅峰上着实地风光了几年，她本人也在掌权的过程中逐渐培养了对于权力的兴趣。在她短暂的仕途上，她丢失了真心相爱的恋人，忍受着屈辱做了穆逸志的情妇，但最终还是没有能保住本来不属于她的职位，回乡继续当她的农民。她与穆逸志的私生子白吕虽然大学毕业，却也没能保住政府机关公务员的位子，而他精心设计的"大地艺术"也被掌权者无情地破坏。作品以吕中贞的人生遭遇为线索，以蹲踞在支吕官庄的那座"清官庙"为象征物，写出了中国农民的百年权力梦、清官梦以及这个梦想的失败，其沉重的主题令读者叹息不已，回味不已。

2003 年以后，赵德发转向了宗教题材的创作，将探索的笔锋从人的现实生存领域转向了人的精神领域，这类作品依然应属于乡土题材。第一部长篇小说《双手合十》属于佛教题材作品，为了写好他不太熟悉的生活，他刻苦地花费了数年功夫，一方面足迹踏遍中国佛教的四大名山和江浙一带

---

① 李恒昌：《我评农民三部曲》，载《故乡》2003 年 5 月号。

的许多佛教寺院和居士林,在那里与僧人、居士一起上殿、打坐、吃素,体验佛教徒们的宗教生活,一方面精心研读了上百部与佛教相关的书籍,正是他的这种努力,使他在当代中国复杂纷纭、光怪陆离的经济、社会和文化背景上对汉传佛教的文化景观作了一次极为生动地展示,为还不太了解中国大陆佛教徒生活的广大读者提供了一个新的文学视域,为中国当代文坛的人物画廊增添了当代僧人这一新的文学形象。他试图通过这部作品"向读者展示当今汉传佛教的文化景观,让读者了解那一部分人是怎样企望着完善心灵、超越生命,在做着怎样的实践"①的美好愿望也得到了比较圆满地实现。

第五节　王鼎均怀乡题材的散文

怀乡文学,在中华民族的文学中有着源远流长的传统。20 世纪以来,怀乡文学或者说乡愁文学又是乡土文学的一种特有的形态。它的发展与绵延,与中国社会由农村向都市的迁徙,与时代变动中人们的跨区域迁移、包括向中国内陆以外的台港地区和欧美国家的迁移密切相关。它处于农村文化和都市文化、中国文化和异域文化的交叉之中,而由于异地、异质文化的加入和融汇,也使得那些以故乡地域记忆为文学表达空间的作家,在创作心态和创作内容上拥有了更为丰富斑斓的层次和内涵。许多优秀作家的独异风格,也往往从这一文学母题里得以充分地展现。山东旅美华人王鼎均即是如此。

一

1999 年,在海峡两岸多年的文化隔绝后,浙江文艺出版社首次将散文家王鼎均的作品,介绍到了大陆。其时王鼎均与他的散文,早已斐声海外华文文学界。散文评论家楼肇明在这本名为《王鼎均散文》的选本"序"中说,"人们熟知作为散文改革家的余光中的名字,而另一位也许艺术成就更大、境界更为深沉博大的旅美华文散文家王鼎钧,则是为大陆读者所之不多和

---

① 赵德发:《写作是一种修行》,载《齐鲁晚报》2005 年 1 月 25 日。

相当陌生的了。……王鼎钧和余光中在散文文坛崛起，且不论其思想倾向上还有哪些毛病，他们两人那汪洋恣肆、突兀峥嵘的想像力和排山倒海、阅兵方阵般驾驭文字的能力，将散文的阳刚之美推进到了一个新的阶段，是没有理由加以拒绝的。"此后短短几年中，随着海内外文化交流的日益增多，王鼎钧，这位出生于山东并在此度过了十几年岁月，将故乡和祖国作为写作题材的一个重要来源的作家，越来越为大陆的广大读者接受和喜爱。

　　王鼎钧（1927—　　），出生在山东临沂兰陵镇一个传统的大家庭里。他的祖父经商，在他幼年时家道已经衰落。父亲早年毕业于济南政法专门学堂，新旧学兼备，信奉基督教的母亲宽厚慈爱，勤劳坚忍。父母和家乡浓厚的传统文化、传统教育的氛围，给了王鼎钧很大的影响。王鼎钧自幼酷爱中国古典文学。他 14 岁开始写诗，15 岁在家乡抗战地下刊物《新闻》写"游击队员的家信"专栏，16 岁写了《评红豆诗人的诗》，还尝试品评古典名著《聊斋志异》。抗日战争期间，少年王鼎钧为了求学，离开家乡，从山东辗转流亡到陕西。抗战末期弃学从军，于 40 年代末到台湾。1950 年起服务于台湾广播公司。同期开始写作。1953 年至 1954 年在台湾文艺协会主办过"小说研究班"。1966 年至 1968 年间，担任过台湾《联合报·人间副刊》的主编，还做过幼狮文化公司期刊部的总编辑。1975 年王鼎钧退休后赴国外旅居，曾任美国新西泽洲某大学的高级研究员，后来定居纽约。他在"自述"中谈及自己的写作时说："一生流亡，阅历不少，读书不多。文思不俗，勤奋不懈。正式写作由一九四九年算起，迄今未敢荒废。曾尝试评论、剧本、小说、诗、散文各种文体，自己最后定位于散文。"①王鼎钧在 60 年代出版和发表过一批文艺评论集、杂文集和小说、广播剧等，主要有《人生观察》（1965）、《长短调》（1965）、《世事与棋》（1969）等。70 年代他出版了具有哲理色彩的"人生三书"——《开放的人生》（1975）、《人生试金石》（1975）和《我们现代人》（1976），这套书广受读者界的欢迎，后成为海外华文出版业 20 年长销不衰的书籍。这期间他的《情人眼》（1970）、《碎琉璃》（1978）等散文集的出版，都引起了海外华文文坛的强烈注目和反响。他后来出版的散文集还有《海水天涯中国人》（1984）、《山里山外》（1984）、《别是一番滋味》（1984）、《看不透的城市》（1984）、《左心房旋涡》（1988）、《单身温

---

① 王鼎钧《千手捕蝶·王鼎钧自述》，尔雅出版社 1999 年版。

度》(1988)《千手捕蝶》(1999)、《活到老,真好》(1999)等,回忆录《昨天的云》(1992)、《怒目少年》(1995)。台湾有选家介绍说:"王氏早年投身军旅,抗战流亡生涯为其日后写作提供极为丰富的素材。……以散文著称于时。以隽永的文字、寓言的方式、短小的篇章谱出'人生三书'……深得青年学生的喜爱。""多年来旅居美国,成为海外华人的良心,所著《海水天涯中国人》、《看不透的城市》为海外中国人的流浪意识留下见证。近年来,创作视角又有转变。所叙早年大陆生活不限一人一事,却有国家历史之感,极为动人。"①另有评论者说其风格"在艺术技巧上不断创造,推陈出新,在内涵境界上日益提升,由个人的经历扩及社会的脉动,为蜕变的时代作见证,让我们听到民族的呼吸与喘息,其中所显见的襟怀,真挚的情,厚重的义,联想起杜甫的史诗。"②王鼎均数十年的创作生涯,出版了20多本散文集。其中,思乡怀旧散文和乡土散文占了相当多的篇幅,因其含蕴深潜,意象丰繁,富有艺术性和创造性而备受赞誉。也由此奠定了他散文大家的基础。

王鼎均离开乡土几十年,家国故土,是他时时念兹在兹,永远缠绕不休深入骨髓的一种情结,也是他创作心理结构的一层浓重底色,坚实的根基。山东是他生于斯、长于斯的原乡,家族血脉,家乡的土地、人文、历史,深烙在他的身心,是滋育了他毕生情感的源头,也是他艺术种籽的孕生地。多年后出现在他笔下的家乡土地,则犹如立体的版图般清晰真确,广袤的田野美丽富饶,散发着神性。"从地图上看,山东像一匹骆驼从极西来到极东,……伸长了脖子,痛饮渤海里的水。"这骆驼身上有两条黑线。一条线是胶济铁路;一条线是津浦铁路。"这两条铁路夹住了绵亘三百里的山岭冈峦,……出山泉水映带的第一个城市,就是临沂。""兰陵是临沂西南边境的一个大镇。兰陵北望,那些海拔一千多公尺的主峰都沉到地平线下,……兰陵四面都是肥美的平原。……清明踏青,或者农闲的日子探望亲戚,一路上眺望着这麼好的土壤,是一大享受。尤其是春末夏初麦熟的季节,原野放射着神奇的光芒,……唉,必须田里有庄稼,有成熟的庄稼,那大地才是锦绣大地。"(《昨天的云·吾乡》)他写家乡风物,写自己的家庭、家族人物,老师,小学生的岁月,战争之火在乡间燃起的沸腾的抗战生活。真切鲜活地复现了20

---

① 杨文雄:《风雨阴晴——王鼎钧散文精选·序·常青树》,尔雅出版社2000年版。

② 沈谦《风雨阴晴——王鼎钧散文选·序·读王心得〈王鼎钧的散文风格〉》。

世纪 30 年代山东乡间的部分生活图景，同时作者也一再从中检视了自己所拥有的生命的"根"。这包括刻画家乡风范卓越、倡新风的仁人志士——王思璞(大老师)王思玷(二老师)兄弟等。"大老师……是'思想的人'，二老师是'行动的人'……大老师成为先进，二老师成为先烈""大老师首先影响了他的二弟，使二老师成为小说作家和革命斗士。……同时，他影响着我们的父兄，并办学校影响我们。"(《荆石老师千古》)写阖家逃难时，父亲实地教他艰险饥困中如何像古代贤者那样去关爱自己的弟妹。还有母亲的宗教信仰及母亲周围那种独特的精神氛围，都给了他极深刻的印象，"台儿庄来的翟牧师仪表最好，国学有根基，对基督教义和孔孟学说常作巧妙的融合。""我就在这些人的熏陶中渐渐长大"(《母亲的信仰》)。

王鼎均 16 岁至 17 岁时的抗战流亡路途，成为他一生命运的转折。从山东到安徽阜阳，又沿汉水而入陕南，颠沛流离，艰难跋涉，他后来称这段生活是一次心灵的"壮游"：

> 在那次有组织的流浪中，我又仔细地、热烈地、忧伤地看了我们的国家。国家是永不闭幕的展览，给爱它的人看，给弃它的人看，给损毁它的人看。那次远行长征的最高潮是我们踏上了一望无垠的黄土，瀚海一样的黄土，……那一次，我算是体认了土的亲切，土的伟大，土的华丽。同伴相看，皆成土偶。我对自己说，不但人是尘土造的，国家也是。(《失名》)

> 流亡期间，跋山涉水，风尘仆仆，和大地有了亲密的关系，祖国大地，我一寸一寸地看过，一缕一缕地数过，相逢不易，再见为难，连牛蹄坑印里的积水都美丽，地上飘过的云彩都是永恒的。我的家国情怀这才牢不可破。(《山里山外·新版序言》)

这一次流亡生活的经历，阔大了王鼎均心灵关怀的层面，由于贴近了土地，由小我的原乡到大我的故国，使他对百姓苍生有了更多的了解和悲悯，对祖国土地有了一种子女对母爱般的深深眷恋。离开故土，失去故土，这种由时间和空间阻隔形成的缺失越久，其眷恋和思念便越重越深。去国之后，故乡越发成为他精神的家园。对于这无法排解的郁结，他说"只好用写来雕刻自己，用写来治疗自己"(《左心房旋涡·天堂》)，他的乡关之恋，故国情思，无比深切地呈现了游子那质朴而浓酽、缠绕盘结、噬心蚀骨的情感画面：

……每逢黄历换了一本,他的怀乡病就沉重一分。年复一年,他在倾盆大雨之夜在野外扑地顶礼,呼叫回家。……(《千手捕蝶·夜夜心》)

……,还乡,我在梦里作过一千次,我在金黄色的麦浪上滑行而归,不折断一根芒尖。月光下,危楼蹒跚起步迎我,一路上洒着碎砖。柳林全飘着黑亮的细丝,有似秀发……(《心水》)

赤条条来,易,赤条条去,难。到死始知万事空? 倒也倒不空,挖也挖不空。我忘不了的那几棵树,几个人,几处地方,几支歌,几件事,之类等等,你就让我记着吧,……(《红石榴》)

"怀乡文学"在台湾、在海外华文文学中是一道独特的风景。20 世纪中,许多大陆人离乡背井,迁流到台湾岛屿。远离故土,远离亲人的游子,对记忆深处、关山阻隔的故乡的人与事的回想追溯,对故乡自然景物、风物变迁的牵恋思念,使"怀乡文学"或说"乡愁文学"于 50 年代后一度风行于台湾。从其内容来说,也表现了不同的情感倾向。有的是单纯的思乡文字,专一抒写作者的家乡风土、故园情怀;有的是将怀乡情感、乡土故事和现实批判糅合在一起的叙写;也有的以怀旧来与在台的颓败生活现状相抗衡。王鼎均的散文属于第二种。他回顾自己的创作时曾说,"大家初来台湾的时候思乡说愁甚为盛行,十几年后,乡愁有渐成禁忌之势,我这个后知后觉还拿它大做文章,……""我写乡愁比人家晚,如果乡愁是酒,在别人杯中早已是一饮而尽,在我瓮中尚是陈年窖藏。"(《单身温度·自序》)这说明了他在这方面题材的长期酝蓄、积累,并在写作上对于自我的坚持。他的怀乡散文的写作大致可以分为两个创作时段。即 70 年代后在台湾的阶段和后来在美国的阶段。在台湾时,怀想叙写的多是祖国大陆的乡土。到了美国,台湾也成为他意识中的又一故乡。他的不少作品,像他所说的"醉心于写实主义","选择一种社会现象为'筌',再以乡愁为'鱼',希望读者鱼筌两得"。①虽然更多地在于表现人的困境,和对于自由和至高人性的追求,同时也流溢着特定语境下的强烈的国家民族意识。大体来说,前一个阶段主要体现为在战后两岸对峙和冷战格局中以独有的理念框架对现代性的建构。后一个阶段在此前基础上,增添了些许复杂的移民情怀,从中可见出不同的文化结

---

① 王鼎均:《单身温度·自序》,尔雅出版社 1988 年版。

构的影响极其作者自身的文化选择，如他说的，自己是以"异乡的眼，故乡的心"去写作的。当故国回望，大半生流离不安的人生经历、去国怀乡的苦思和"身在异乡为异客"的心灵漂泊之苦，游子赤子之心对祖国热土的挚爱和审视，犹如潮水般翻卷起落在心头。王鼎均将他胸中的乡愁块垒，在他的作品中或叙事、或回忆、或独白、质询、叙梦、隐喻、描绘，直如千溪奔流，慷慨婉曲地抒放了出来，成为其精神返乡的生动写照。

二

　　王鼎均艰辛、丰富的人生阅历，是他文学创作的宝藏。其深邃广博、沉郁顿挫的文风，也都在他每一个阶段的散文中有着不同侧面的体现或交叉。他怀乡题材的散文，主要写于80年代前期和中期，偏重于叙事描绘，散文富有小说趣味，曲折动人。其中有不少是叙写故园乡情、乡土故事。如他的回忆录《昨天的云》和《怒目少年》，《碎琉璃》和《情人眼》、《左心房旋涡》等散文集。特别是《碎琉璃》和《情人眼》里的作品，一向被文坛认为是代表了中国乡土散文的新风貌。刘登翰等学者所编的《台湾文学史》认为，这主要表现在三个方面：一、其兼容并蓄的开创性文体。二、所表现的是大中国的乡土，而非某一种狭隘的地域观念。三、以寓言点化的技巧开创了乡土散文的新局面。① 从内容来看，王鼎钧的乡土散文，其中既有深切的乡思抒怀，有山东家乡的生活景象、故事传说，也有对转型期台湾农村景况的描写。从具体篇幅来看，以山东故乡生活题材的为多。有代表性的如《梦里的咖啡路》、《瞳孔里的古城》、《迷眼流金》、《红头绳》、《一方阳光》、《哭屋》、《失楼台》、《青纱帐》、《疯爷爷》、《土》、《种子》、《胜利的代价》等等。

　　王鼎钧常以文体的出位，来扩大散文的艺术能量。像他的上述多篇作品，便属于一种"小说化了的散文"。王鼎钧认为以小说的眼光经营散文，可以增加散文的厚度和可读性，关于散文和小说的区别，王鼎钧的意见是："诗，散文，小说，剧本，是那棵叫做文学的大树上的四枝，是文学大家族中的四房，并非像动物和矿物截然可分。——为了便于观摩学习，必须夸张四

---

① 刘登翰等：《台湾文学史》第四编第十一章，海峡文艺出版社1993年版，第459—460页。

者相异之点,寻求它们各别的特色。这以后,层楼更上,作家当然有不落巢穴的自由,兼采众体的自由。"①他当年在台湾是"为及早力行将小说戏剧技巧溶入散文之一人"②。正是因为持这种写作观点,和对多种文学体裁技巧的熟稔,所以他的"作品大部分具有小说的叙述、散文的描写、诗质的意象和歧义,……从容游刃于各文类之间。"③他的乡土散文一经面世,便显示了相当高的水准。他将小说中的人物、情节和结构引进叙事散文中,同时富于传奇色彩和寓言性。有时于娓娓叙写中寓奇崛诗意,有时叙事繁复而便布隐喻象征和暗示性意象。像《红头绳》写的是战争对天地间最美的人与事的毁坏。其中以战乱年代少年男女偶然相爱的凄婉的故事为主线。那口铸于明朝的硕大无朋的古钟,在日本飞机的轰炸声中,在大地剧烈地震荡下刚好倒进人们为掩藏它而挖好的深坑里,但当时与众人一起簇拥在古钟旁的小学校长清丽乖巧的女儿,也在那混乱的一瞬间消失得无影无踪。只有那口再也拉不起来的大钟岿然不动。而人们当初深埋这古钟的初衷,是为了避免这巨大的金属落入敌手被冶炼成残杀我同胞的子弹。战争的残酷性,生命的不可知在这扑朔迷离的情节中哀婉得令人透不过气来。《哭屋》一篇写一个旧日士子人生没落的悲痛,象征了整个旧时代的沉没。《失楼台》写了故乡家园堡楼的坍塌。《一方阳光》写的是最深挚动人的母爱、母子情。……这些乡土传奇,蕴涵了王鼎均特有的理性思考,因而既具有战乱时代特有的社会乡土气息,又显现了反思传统的哲理美。如《哭屋》里的"二先生"因考进士屡试不中,被连续的挫败摧垮后大哭不止。他活着哭,自尽了以后他的鬼魂仍然在哭,直到书房后来被战火烧成了废墟。但当那院子里再次响起了孩童朗朗的读书声时,偌大的古老宅院空中便又传来了他那凄怆悠长的哭声。这鬼魂的哭,实际是那个古旧时代的挽歌。这个传奇故事有着浓重的中国传统叙事氛围,反映了旧时读书人被封建时代的枷锁套住身心难以挣脱的哲理。作者的不少散文,表现了传统文化、传统心理与生活方式在时代裂变中,人们的压力、痛苦和无奈,却又暗喻其是由旧向新的必由之路。《一方阳光》里,母慈子偎的细致写实情景令人感动,里面的母

① 王鼎均:《文学种籽·文学种籽》,明道文艺杂志社 1982 年版。

② 王鼎均:《单身温度·自述》,尔雅出版社 1988 年版。

③ 郑明俐:《风雨阴晴·序·读王心得·出入于魔幻与写实之间》,尔雅出版社 2000 年版。

亲想到儿子长大后不能陪伴身边，"母亲放了手凝视我：'只要你争气，成器，即使在外面忘了我，我也不怪你。'"这一实景与象征双重的意境，隐寓深远。里面有一段写了母亲的梦：

> 母亲说，她在梦中抱着我，站在一片昏天黑地里，不能行动，因为她的双足埋在几寸厚的碎玻璃碴儿里……四野空空旷旷，一望无边都是碎玻璃，好像一个玻璃做成的世界完全毁坏了……而母亲是赤足的……我躺在母亲怀里，睡得很熟……母亲独立苍茫，汗流满面，觉得我的身体越来越重……她又发觉我光着身体，没有穿一寸布。她的心立即先被玻璃刺穿了。……就在完全绝望的时候，母亲身旁突然出现一小块明亮干净的土地……正好可以安置一个婴儿。谢天谢地，母亲用尽最后的力气，把我轻轻放下。……谁知我着地以后，地面忽然倾斜……我快速地滑下……转眼间变成一个小黑点。在难以测度的危急中，母亲大叫，醒来……事后记起我在滑行中突然长大，还遥遥向她挥手。

在这一整体的喻象里，碎玻璃的世界，是可爱的故乡、传统农业社会的象征，也是中国古老文化的象征，曾经完美而易碎的世界终于毁损。再也难以找到一个平坦安全之地。抱在母亲怀里的儿子终于滑落，然而他又在无奈的滑行中长大。有台湾文学史论者说："这象征着无数优秀民族的儿女在苦难与忧患中坚韧地成长。"①王鼎钧生存在一个"下坠的时代"（《山里山外·序》），他的若干作品中都流露了一种由盛而衰的哀伤。但他能以深切的生活辨证、人间生命尚余的温情去疗治伤口，不流于滥情，并且指出救赎的可能。

他的一些散文中，描写的中心是人物。王鼎均重视写人，擅长写人。他叙述人，研究人，他有一篇文章题目就是《给我更多的"人"看》，包括标准化的人，异化的人，可爱的人，可恨的人，以及爱恨难分、同中有异异中有同的人。所以其写作总是处在一种审视人性的过程中。他写人记事的散文，往往角度新颖，开掘深刻。批评家楼肇明认为，王鼎钧在这方面的贡献在于，"他紧紧抓住人的两大系统：生物层次和社会层次的交汇渗透，人作为灵与肉，精神与欲望的双重矛盾统一一体，两者之间是互为依存，互为制约的。

---

① 刘登翰等：《台湾文学史》第四编第十一章，海峡文艺出版社 1993 年版，第461页。

他从中剥离、并有声有色地描绘了美与丑、悲与喜错综复杂的图画。"①如在《青纱帐》《迷眼流金》《网中》等篇章里,都能看到这一写作意图在不同手法下从不同侧面的阐释和延伸。《青纱帐》写的是抗日战争年代的故事,写从一个孩子眼里看到的一个人性泯灭的悲剧。揭示了无论是平时还是特殊的战争年代,女人都是生活的牺牲品。所表达的,也仍然是令人迷惘的欲望的善恶双重性。作家在时代的皱褶中,忠实于人性本身的复杂状态去审视、揭橥民族文化心理。一些作品外表看似写实,实则饱含象征。许多时候,他文中的象征还散发出哲学的本体论的意味。曲折的故事中涵有丰富的乡土和人性内容。不管是题材的处理还是作品境界的开拓方面,都表现了王鼎均独特的审视视点和丰沛的创造力。

80年代中期以后,即王鼎均第二个阶段的怀乡散文,大部分由于他身在美国,"大陆是回不去的家,台湾是醒了的梦",其抒发的情感如深秋溪水涌流愈渐沉郁而遄急,意绪繁复唯美。"母亲,我们需要母亲如病需医,如渴需饮,如疲倦需梦,如音乐需琴,如夜需星月,……母亲,母亲,这呼唤声里有我们的权利和尊严。……身为男人,去关心别人的妻子,难;身为女人,去爱别人的子女,难;身为游子、去爱别人的父母,难!"(《你不能只用一个比喻》)。类似这种如慕如诉、深切迂曲的文字比比皆是。"你为什么说,人是一个月亮,每天尽心竭力想画成一个圆,无奈天不由人,立即又缺了一个边儿?"(《水心》)其他还有如《惊生》、《失名》、《山水》、《读江》、《旧曲》、《中国在我墙上》、《红石榴》、《人,不能真正逃出他的故乡》等等。有一些篇章是以作者与国内友人通信的口吻写就,实际其内里的倾述对象是祖国。"时代把我折叠了很久,我挣扎着打开,让你读我。""我从水成岩的皱折里想见千百年惊涛拍岸。"(《水心》)此时他的乡愁,在一定程度上已有所改变,其原有的距离性的、地方性的、家国性的一面仍然存在,同时涉及人的存在的乡愁,人的精神飘零的一面表现的更多了,思虑也更其沉厚。其间夹有人性自我的迷失和重建,生命的悲悯与人生出口的寻索,心灵呼叫与现世人生的矛盾、悖论。王鼎均说"乡愁是美学,不是经济学。……我的乡愁是浪漫而略近颓废的,带着像感冒一样的温柔。"(《脚印》)现代人存在的本质,即是漂泊。人生的、精神的,飘零的乡愁渐渐弥漫。人的精神家园在坠落

---

① 楼肇明《王鼎均散文·序》,浙江文艺出版社1999年版。

中，在自救的祈愿中，寻觅、失去，周而复始，人生永远是失望与希望相交织。多年来，王鼎均对乡愁的纾解，一直保留在美学的、精神建构的框架里。在自由主义价值观下，普世价值追求是其创作的终极美学目标，他的怀乡散文，乡土叙事，便象寓了他文化意味上的原乡。

三

王鼎钧以其深厚的中国传统文化根底，融会中西文学技巧，在散文领域，纵横驰骋，勇于开创。无论是在杂文、小品、抒情散文、叙事散文、散文诗等方面都留下了他敢于尝试、创新开放的足迹。他的怀乡散文，格调多样，笔力淳熟，融现代与古雅，将雄浑奇崛、自然醇厚、诙谐犀利等风格特色汇集于一体。

在自然的抒写中富有诗意和节奏感，"人不能真正逃出他的故乡。任你在邻国边境的小镇上里、说着家乡人听不懂的语言；任你改了姓名、混在第一大都市的一千万人口里；任你在太湖里以船为家、与鱼虾为友，……即使那村子已经成为一片禾黍，地上的石头地下的蝼蛄也会对着来此寻亲访友的人自动呼叫起来。……"（《人，不真正逃出故乡》）。

也有一些是结构严密，新鲜生动，闪现着哲理与思辨色彩的优秀的诗性的小品文，如《左心房旋涡》集中的"大气游虹"辑。他的开放的文体表现在结构与句式的自由变换、开合自如，是古典与现代的溶冶熟灸。其遒劲睿智圆熟的语句，绝无晦涩和生硬。精心锤炼琢磨的文字，语言纯净，诗质浓郁：

> 我并没有失去我的故乡。当年离家时，我把那块根生土长的地方藏在瞳孔里。走到天涯，带到天涯。只要一寸土，只要找到一寸干净土，我就可以把故乡摆在上面，仔细看，看每一道折皱，每一个孔窍，看上面的锈痕和光泽。（《瞳孔里的古城》）

> 在那些复归于尘土的日子，我和土争辩，……你还不可以埋葬我，我还要看你，赞美你，在你上面滴许多血汗和踏无数脚印。我还想堆你成山，塑你成像，烧你成器。我还想化合你成金，分解你成空，朦胧你成诗。（《失名》）

他的散文句子多是平实精约、简洁优美的，也时常引入现代意识流手法，或创造跳跃的意象，如——"落日彩霞就是免费的醉酒和合法的迷幻药。晚上的太阳达到它最圆熟的境界,给满天满地你我满身披上神奇。它轻轻躺在宽大平坦的眠床上,微微颤动。如果眠床再铺一层厚厚的云絮,它就在云里絮里化成琥珀色的流汁……,"(《迷眼流金》)他的散文往往在严谨的写实和充满灵动巧妙隐喻的魔幻笔法之间,以丰盈的意象结合隐喻、象征,建立起知性、感性和理性交融的寓言世界。王鼎钧对此这样说:"我把心中之情'代'进外在的事件里,求内心的净化和宁静。叙他人之事,抒一己之情,叙事是表,抒情是里,叙事是过程,抒情是遗响。"(《情人眼·自序》)他的散文里多有传奇性的故事或情节,其间便或含蕴或直接生成了指涉承载作者意旨的丰沛意象。作者运用虚实相生、大胆想像的手法,抒发自己绵长的乡土之情,也拓展了散文象征的辐射面。

寓言性的作品如《失楼台》。它是"外祖父的祖父在后院天井中间建造的楼堡,黑色的砖,青色的石板,一层一层堆起来,高出一切屋脊,露出四面锯齿形的避弹墙,像带了皇冠一般高贵。"所有的小偷、强盗从这儿经过时,都不敢停留。但"等到我以外甥的身份走进这个没落的家庭"时,那楼堡的砖已风化,砖间石灰脱落,梁柱被虫蛀坏,时时有倒塌之虞。村人怕它倒塌时伤了人,又怕它成为日机轰炸的目标,力劝主人将其拆除。但主人一是不舍,二是没钱。日子拖下去,人们的担心越发重了。但突然一天,"没有地震,没有风雨,但是这座高楼塌了。"文中写道:

> 不!它是在夜深人静的时候悄悄的蹲下来,坐在地下,半坐半卧,得到彻底的休息,它既没有打碎屋顶的一片瓦,甚至没有弄脏院子。它只是非常果断而又自爱地改变了自己的姿势,不妨碍任何人。

这篇看似简单的作品的寓意深邃复杂,老旧濒倾的高楼是腐朽陈旧权威的象征,此文寄托了作者对台湾风雨飘摇的国民党统治权力的看法,并从中曲晦地表达了他不希望任何武力解决的意愿。作者就这样巧妙地运用寓言点化的技巧,以虚实相间、怪诞奇特的想象,苍凉与奇幻相间的意境,创造了他丰富宏博的散文空间。有评者认为王鼎钧的散文风格发展,是"由早期的干净利落,条理清晰,到中年的有情有趣,亲切有味,乃至晚期的意象丰盈,魅力感染……。"①王鼎钧是一位既熟谙中国文化传统,又富于现代意识

---

① 沈谦:《王鼎钧的散文风格》,见《风雨阴晴——王鼎钧散文精选》,尔雅出版社 2000年版。

的作家,他的文风有着鲜明的中国气派和民族特色。行文结构大开大阖,写实与写意相融合。其意象的繁复密集,繁华醇厚中揉进悲怆与幽默;感情的表达沉郁顿挫,浓酽如酒的同时又极尽曲迁深入,其多种文学质素及多样表现手法的交汇揉和,所带来的散文文体的变异、散文空间的拓展等等,为中国当代散文传统提供了新颖的构建,也提供了革新的典范。

中国自古以来就是以农立国的社会,人们牢不可破的乡土情结,是中华文化的鲜明特征之一。在书面文字中,这种传统特征可以上溯至孔子。至少在《论语》、《孟子》、《荀子》、《礼记》等儒家的经典著作中,可多处见到强调"分田制禄"使民"死涉无出乡";强调礼乐之教,以使人们安居乡土,长幼有序,"顺命安乐处乡","与乡人处由由然不忍去也"等。中国人对于乡土、土地的亲近,还有宗教上的联系。人们深信"生于土,终归于土",信奉报本反始、落叶归根的生死观念。因此乡土文学,怀乡文学,都是根源于中华文化特征、最具中华文化深厚意蕴的文学形态。王鼎均的怀乡散文,以中国特有的民族传统精神、家国情怀为核心,又汲取了基督教精神和现代西方文明,形成了地域文学中一道独特的风景线。

第六节　桑恒昌的诗歌艺术成就

桑恒昌,山东省武城县人。1941 年生,1963 年在《解放军文艺》上发表处女作《幸福的时刻》。曾经出版诗集:《低垂的太阳》、《桑恒昌抒情诗选》、《桑恒昌怀亲诗集》、《爱之痛》、《灵魂的酒与辉煌的泪》、《年轮　月轮　日轮》、《听听岁月》以及《来自黄河的诗》(中德对照,德国出版)、《桑恒昌短诗选》(中英对照,香港出版)。他的诗作入编200 多种选集;有130 多首诗作被翻译成英、法、德、韩、越文发表。诗人曾经赴德国、越南、韩国访问,在海内外产生了较大的影响。桑恒昌以其怀亲诗自成一家,其抒情技巧,以深沉凝重为特色。他从怀亲诗出发,采取虚则实之、实则虚之的策略,在诗歌艺术上的别有会心之处。他的诗,虚虚实实,出人意料之外,又在情理之中。于是抒情、叙事和咏物的手法运用,都可以别开生面。其中奥妙在于,诗人从体验出发,由记忆入手,逐渐形成了自己的抒情风格。借鉴海外诗歌艺术来发展新诗,成为诗人艺术追求的重点和亮点。桑恒昌艺术创作的价值,就在于探索中外诗歌技巧的整合与完善。

<h1 style="text-align:center">一</h1>

　　桑恒昌的抒情之道,是从怀亲诗出发,借助自己的感情经验,来进行抒情表意。请看《阳光不会变质》,就抒情手法而言,这首诗体现了抒情主人公的"物态化"与人格化的统一,意象的塑造颇见苦功在:

　　　　在地层的八百米深处/在神话般的巷道里/中间是天/四周是地

　　　　心头豁然一亮/解破一个千古之谜/后羿射落的太阳,/有一颗竟然埋在这里

　　　　埋得太久了/当初地球还没有记忆/压力太大了/几乎是窒息性的封闭

　　　　所以——/阳光变成黑色的/阳光变成固体的/……

　　抒情主人公在"物态化"的表现格局中,往往辩证地看问题,由阳光说到树木,由树木说到煤层。这种用"庞然大物"的形象来表现自己深刻的感受,是桑恒昌抒情的一个特色。如《阳光不会变质》这首诗讲到"被后羿射落的太阳,/有一颗竟然埋在这里",桑恒昌把自己怀亲诗中对于温暖亲情的坚持,转化成对于光明的信念、对于人格的信念。在英雄的死亡背后,还有后人的哀思,只要精神不灭,亲情就会永远活在诗意中。于是桑恒昌让太阳的悲剧命运,充满了崇高感。众所周知,太阳能由于光合作用,进入树木转化为生命力,树木再经过历史的沉埋,而化为煤炭成为能源,所以在想象中可以说煤炭就是太阳的"遗体"——也可以说,煤炭就是太阳的子孙。问题是,太阳纵然死亡,却又可以奉献出化学能,通过燃烧化为电能——继续照耀人间、温暖人间。这就像先人,把一生的美德化做永恒的思念;这就像诗人,把内心的悲伤化做精神的能量;这就像伟人,把丰功伟绩留给后人的记忆。于是,阳光让能量埋进地层,如同诗人把深情埋进意象,而苦难的记忆,终于会孕育出动人的诗意来。

　　诗人利用虚拟的艺术手法,就这样化虚为实、亦即化深刻的"虚"为抢眼的"实"。请看《陶器》这首诗:

　　　　母亲/我是您亲手做的呀/就像您/亲手做了一件陶器/土磨的骨/水作的肉　火烤的灵魂/您的热血/烧炼十个月/在一片霞光中/我——/立地成人

　　母亲涂我一身黄泥／成了我终生的胎记／可是／天下那么多母亲／谁再喊我一声：淘气

　　这种"物态化"的表现手法，与诗人心理经验密切相关。他经常采取一种"客观化"叙事策略，将抒情诗的意象加以小说戏剧化。"淘气"与"陶器"谐音，被抒情主人公加以利用——尤其是"胎记"二字一词双关，写出了自己性格的向土性，也显示了母亲与自己之间的深刻的心理联系。于是"水土"化作"骨肉"的"立地成人"过程，仿佛云蒸霞蔚，神奇而且深切。

二

　　桑恒昌的借助叙事进行抒情的虚实之道，是从怀亲诗出发，以事证事，印证身世——却又把"真事"隐去。然后，诗人便在角色的刻画上，借助过去的生活积累来进行虚拟的舞台情境体验，从而完成了诗歌意义上的"本色演出"。深沉凝重的抒情风格，就是建立在诗人丰厚的人生体验、坚实的艺术感悟之上。深沉处便是情深处，凝重感更加出自他的一片痴情。然而，在明叙事暗抒情的构思过程中，诗人并不直接说出抒情的主题。他只是化命运为寓言，又引导读者去思量诗中的"本事"。这种"心态化"的叙事方式，犹如诗人在《心葬》中的陈述，属于一种"心态化"的白描艺术手法——生生死死，总在情深处：

　　女儿出生的那一夜／是我一生中最长的一夜／母亲谢世的那一夜／是我一生中最短的一夜／母亲就这样／匆匆匆匆地去了

　　将母亲土葬／土太龌龊／将母亲火葬／火太无情／将母亲水葬／水太漂泊／只有将母亲心葬了／肋骨是墓地坚固的栅栏

　　有容乃大，无情难工。生与死成为诗人最深刻的记忆，唯其如此，在"心态化"的叙事中，渗透了桑恒昌多年的身世感受。因此即便写实，这也是肝胆照人的好文章。这首诗的成功之处，在于运用了"心态化"的描写。"匆匆匆匆"四字联缀，把抒情心态婉转托出。同时，在桑恒昌进行"心态化"的叙事之际，运用追寻、掩埋和发现的情节，则是最常见的抒情起点。袁忠岳曾经指出过："'追寻'是贯穿桑恒昌相当一部分诗的红线。……'掩埋'与'发现'是从属于'追寻'的相关意象原型，一正一反。'掩埋'是对意志的阻遏与强化，'发现'则是生命的复苏与昂扬，相反又相成，共同表现感情的忠贞、信念的执着。"①事实上,桑恒昌从"思母"的意象出发,自然生发出缩小距离的意向,便形成一个追寻的意象系列;诗人又从"上坟"的意象,生发出与思母相关的意向,便形成一个掩埋与发现的意象系列(就好像《阳光不会变质》诗中,关于阳光与煤的幻化性质的联想)。

形象地说,诗人离家越远,他就离诗越近。回顾心路历程,联想身世命运,自然是百感交集。他说:"无论何时何地何人,只要一提起母亲二字,我的眼睛就禁不住潮润起来。独处的时候,常常因想起母亲而默然怆然。我幼年丧母,过早地失去母爱,孤苦的我,大饥大渴地想念母亲。"②从异国他乡的乡情,引申到怀念血亲的亲情,然后桑恒昌叙事的"心态化"倾向,便自然形成。桑恒昌叙事的"心态化",其实属于一种戏拟手法,就像传统剧目,往往避免了交代繁复的情节,而在动人情怀处大做联想性文章,并且反复渲染,如《蚊叮》这首诗,就是属于"语不欲犯,思不欲痴"的情怀。③ 这首诗采取东西呼应,黄白对照的意象对比,让文化体验渗透到血液中,然后用切肤之痛,表现自己的深刻感悟——在桑恒昌的笔下,情、事、理三者就自然浑然合一。

三

桑恒昌的构思之道,是从怀亲诗技巧出发,实则虚之,化物为情。桑恒昌运思的虚实之法,大体是即物生情,让意象有本身之象,也有诗人点染之意。但是怀亲的情思,往往影响到意象的构成,有情溶于物,有事化入物,透过诗人咏物的氛围,如气势,如意境,让诗人可以做到意在言外。虚实结合,然后抒情手法"不取诸邻",④诗人的心境情怀和身世之感渗透对于物体的审美知觉,那意象就打上了艺术个性的风格印记。

请看《我的家园》这首诗,如何把零距离的感悟变成了超视距的想象。

---

① 袁忠岳:《诗学心程》,山东文艺出版社 1999 年版,第 417 页。
② 桑恒昌:《永远回忆不完的回忆》,载 1995 年 4 月 27 日《大众日报》。
③ 司空图:《诗品·缜密》,转引自郭绍虞《中国文学批评史》(上卷),百花文艺出版社 2001 年版,第 258 页。
④ 司空图:《诗品·自然》,转引自郭绍虞《中国文学批评史》(上卷),百花文艺出版社 2001 年版,第 257 页。

在洛夫的影响下,其作品中伸缩自如的距离感,就成为抒情的关键所在:

　　　　眯起/被西藏高原的雪/盲过多次的眼睛/回忆曾经/掘地三尺/埋下去/又泛上来的白

　　　　风把碱粉抹进嘴里/我痛痛地咀嚼/那血的滋味/你的碱你的白/在皮肤之上　我的血我的红/在皮肤之下/我和母亲隔的是/一条剪断了的脐带/我和家园隔的是/一层切了又切的皮肤

　　　　于是我想起我们的父亲/耕地之前/把骨骼先铆成犁杖/于是我想起我们的母亲/收割之时/把腰身先弯成镰刀

　　　　啊,家园/无论多大也要走出去/无论多远也要走回来/人不出去心出去/身不归来魂归来的家园哪/我这一辈子/很少在你的上面/总会有一天/我将永远在你的下面

　　"皮肤"相接,就是零距离的状态——"切了又切"则更近一层。父母的榜样,却具有一种"内模仿"的效果——他们以"骨骼"为"犁杖",以"腰身"为"镰刀"的耕种方式,表现出人与乡土的一体化。同时,远方的思念进一步表明,诗思就是诗人的家园,从雪域高原开始,从武城的盐碱地出发,从生身父母的言传身教起步,从庄稼人到军人,从军人到诗人,"家园"总是与亲人同在,与"心"同在,伴随着亲情、记忆、思念、牵挂……诗人说:"诗意隽永、情感充沛、意境深邃、文字简约,是我对诗越来越自觉的追索。"①上述五首诗的抒情主人公,都以深情而且痴情为特色。桑恒昌擅长机巧的意象塑造,才让深沉凝重的诗意得到自由挥洒,而不流于板滞。同样,活泼灵动的想象,倘若缺乏真挚厚重的情感支撑,也容易显得小气或者匠气。在抒情、叙事、咏物的互连互动中,情怀和灵气成为桑恒昌诗歌艺术高翔的双翼。于是,厚重与空灵互补的抒情格局,遂让诗人得以远行。于是,诗人由怀亲诗起步,终于历尽坎坷,进入山高水远的艺术天地。桑恒昌以虚虚实实的"兵法"入诗,用空灵飞动的想象,支撑起实实在在的深情,才成就了自然本色淳朴深沉的艺术境界。惟其如此,与其说诗人是得益于灵秀的文思,不如说他的成功离不开一片痴情,而且也离不开化虚为实的抒情手法。

---

① 桑恒昌:《听听岁月·后记》,中国文联出版社 2003 年版。

第七节　张宏森影视文学的诗性追求

2002 年,张宏森的长篇电视剧《大法官》播映,引起了较大的反响。此剧体现了张宏森多年来对电视剧艺术的追求。"从事编剧工作时间越长,我对中国电视剧艺术的美学期待就越深。我真心期待中国的电视剧艺术能和文学、戏剧、电影、美术、音乐等等一起,成长为真正的艺术,伟大的艺术。"①作为电视剧编剧的张宏森,所关注的不仅仅是收视率和奖项,他关注的是整个电视剧的文化品位,他认为电视剧应该具有创造性的思维,一切的艺术的表达都必须是诗性的表达。出身于工人家庭的张宏森,他的作品始终贯穿着一种人民性,他童年的经历,他的平民身份,让他对公平、公正有着更多的感悟和期待,这也是他创作《大法官》的原因吧。他说:"通过法官和审判这样的概念,我拥抱并浸润在公平之中。"②"没有公平便没有人间天堂,再丰衣足食也无济于事。"③他的人文关怀、悲悯意识和浪漫情怀,都可以从这里找到源头。

张宏森,1964 年出生于山东淄博,1983 年毕业于淄博师专中文系。张宏森是搞诗歌起步的,之后又研究文艺理论,并写了数量不少的小说,到1987 年才进入编写电视剧的行列。他的这种经历体现在他的剧本中,就让我们感到了诗人形象思维的敏捷和理论研究所形成的严谨,具有较高的审美意识,起步很高。十几年来,张宏森创作了 15 部电视剧,这些作品以较高的艺术水平获得了好评。张宏森的电视剧创作可以分为三个阶段。第一阶段是探索阶段,在这个阶段,张宏森的创作体现着不同的风格,题材也涉猎了不同的领域,他在做着不同的尝试。第二个阶段,其主要作品是《西部警察》和《车间主任》,这两部作品可能有更多的情感性皈依。对于工人的儿子张宏森来说,《车间主任》可能倾注了更多的感情。而《西部警察》、《车间主任》以对当代劳动群体的深切关注,用现实主义的创作手法,独特的艺术风格,性格鲜活的人物群体,在我国的电视剧史上留下了辉煌的一笔。第三

---

① 张宏森:《我思故我在》,载《电视研究》2002 年第 2 期。
② 李九红:《姹紫嫣红的山东影视作品》,山东人民出版社 2006 年版。
③ 李九红:《姹紫嫣红的山东影视作品》,山东人民出版社 2006 年版。

阶段的作品，是"力图用科学理性来为人民寻找和表述"的《大法官》，体现着张宏森对电视剧创作的诗性的追求。

《无雪的冬天》是张宏森的第一部电视剧，由他的小说《阳光与蛇》1987年改编。剧本代表了张宏森最早的创作风格，运用象征和荒诞这种现代派的手法来表现其作品的思想内涵。这部作品描述了北方大学一群大学生的生活和追求。作品在当时就引起了争议，有的认为"是电视剧艺术开始走向文化深层建构的一个起点"①，有的则认为"人物的心理逻辑和行为逻辑不清晰，有模糊、混乱感"②，等等。但是，"《无雪的冬天》坚持从文化意识和生命意识的高度去探索人生和改革的意义，是非常可贵的。一部有追求有生气的作品比一部规整圆熟的作品有价值，一部有争议的作品比一部无反响的作品要可贵得多。"③这部作品的价值也正是体现在这里。但现代主义的创作方法存在着很大的局限性，这不是张宏森所期待的。不过通过把小说搬上银幕，让他看到了电视剧的强大的影响力，同样一部作品，小说的发行量和电视剧的收视率是无法相比的，影视对文学精神的无限拓展，不仅是光、影、色，连音乐都在表达一种文学情绪。初次的尝试，就使他感到了电视剧的优越和表达上的畅快。从小说《阳光与蛇》到电视剧《无雪的冬天》，是他进入影视这个更能表达他的情感、思想、立场，并能使他的作品有更多的观众这一创作形式的起点。之后，他进入到真实的生活中去寻找题材，最早是到火车上跟工人师傅跑车，工人师傅的辛苦和对火车头的挚爱，使他产生了很深的感触，这个工人的儿子，当他的思想和汗水与工人交融在一起时，与生俱来的悲悯情怀和平民立场被焕发出来，写出了描写基层工人真实生活的《大交叉》。《大交叉》是他创作上的一个转折点，他从现代主义写作转变到现实主义写作，这是他深入到生活之中的收获。从此以后，他一直坚持到现实生活中去体验生活。之后，他剧作的题材大多表现现代普通人的感情、磨难，他的作品的主角都是"苦难人生"和"奋斗人生"的体现。像电视连续剧《梁子》中的梁子，他是个英雄，同时又是个普通的警察，他有着普通人的挫折遭遇和烦恼，但英雄的本色使他付出了更多。《车站》则从工人

---

① 宋遂良：《电视艺术向文化深层开拓的一次尝试》，载《影视文学》1988 年第 2 期。
② 同上。
③ 同上。

们日复一日的"一、二、三、四、五、六、七"的报数声中,展示了小站上的工人们单调乏味、艰难困苦的生活,映衬出他们的重大责任和任劳任怨。这些作品大多是当下社会转型时期劳动者生存状态的叙述,既表现了积极向上的主题,又不回避现实中人生的苦涩、艰辛、残酷和无奈。这时期的作品还有表现铁路工人生活的《大交叉》,反映丝绸工人生活的《苦夏》。他的这些作品,"一般来说,它不是从政治、社会这个层面去表现现实,而是从文化、心理这个层面去反映在急剧的变革中人的精神痛苦,肯定这种为历史前进所付出的代价和牺牲,歌唱这场变革的悲壮与艰难。"①这个时期的创作应该是他创作的初级阶段,这个阶段的创作他在做着不同的探索和尝试,也逐渐形成了自己的现实主义的创作风格。并为下一步的创作打下了坚实的基础。

第二阶段的创作主要是电视剧《西部警察》和《车间主任》。这时的张宏森已进入到创作的成熟期,在艺术创作上形成了自己的现实主义的创作风格,并且以写普通人的平凡的人生为己任。当1993年张宏森开始创作《西部警察》时,影视剧警匪片走入了歌咏式的写法和纪实性的破案写法这两条死胡同,他的《西部警察》却打通了警察题材在影视创作中的死胡同,把警察从与社会相孤立的状态中解放出来,艺术地再现了警察生活。这取决于他创作的立足点和真诚的创作态度,《西部警察》取材于西北古城甘肃,为了真实地表现边陲公安干警的精神风貌,张宏森来到了他们的身边,和他们生活在一起,工作在一起,体验着他们的甘苦和情怀,他把自己溶于他们之中。因此,他剧中的警察不光有英雄情怀的一面,也有一日三餐、柴米油盐、恋爱结婚、老婆孩子日常生活的一面。警察只是一种职业,当然警察的职业决定了他们要付出的更多,甚至是生命。然而,警察也是食人间烟火的人,正是这些脚踏实地又顶天立地的警察受到了观众的喜爱。刑警队长杨立秋智勇双全,却无法留住杨青青的爱,因为杨青青无法接受他的刑警生活;副队长刘汉粗犷豪爽,却又不乏细心的一面,和战友们破了许多案子,但却在一次追捕逃犯时壮烈牺牲。走进他的家,我们看到的是简陋和清贫,他付出的那么多,然而……忠于职守、勤恳工作的老权,却因为是干警,老伴被犯罪团伙绑架致死,思念和孤独将陪伴他的余生;还有幽默机智的陈思

———

① 宋遂良:《无雪的冬天·序》,山东文艺出版社1990年版。

佩;执著追求的童燕。这些栩栩如生的被作者称为"西北魂"的形象,演绎着西北干警的高尚情操。据说,电视剧播出后,剧中的主人公原型不幸壮烈牺牲,兰州市数万人打着"为西部警察招魂"的横幅为他祭奠和哀悼,不能不说电视剧对此有着相当大的影响。"在艺术结构上,《西部警察》可以说为我国长篇电视连续剧提供了一种颇具普遍意义的范本,它基本上做到了每集描写的人物、事件都相对集中,且集首有呼应、集中兴高潮、集末留悬念,让故事情节、人物情绪的发展都跌宕起伏、环环相扣,紧紧吸引住观众的审美心理。而且,尤为可贵的是,这种艺术结构上的安排匠心,又始终围绕和强化对人物精神世界的精雕细刻。"[1]

　　张宏森的《西部警察》的文学剧本是 1994 年完成的,两年后,1996 年《车间主任》的文学剧本又完成了。就一般意义上的电视剧创作而言,不能算做高速,但对张宏森来说却是一种马不停蹄的创作状态,因为他写每部电视剧都是倾其全力,他所涉猎的题材大都是现实生活中的敏感问题,他要求自己:必须深入到真实的现实中去体验生活,用心灵书写他感受到的世界。为了写《车间主任》,《西部警察》引起的轰动还没平息,张宏森就到了东北齐齐哈尔等地,采访国有大中型企业改革的现状,那些日子他不时地被他的采访对象震撼着,经过半年时间呕心沥血地创作,20 集的电视连续剧《车间主任》呈现在观众面前。作者用蘸着激情的笔,热情讴歌了处在改革阵痛下的当代工人阶级的博大胸怀,并在重重困难中表现出那种顾大局、识大体,奋进不已的精神风貌。这部 20 集的电视剧在中央电视一台黄金时间播出后,引起了观众尤其是工人阶级的强烈共鸣,认为这是多年来不多见的表现工人阶级的好作品。《车间主任》以北方重型机械厂为背景,以车间主任段启明和工人们的命运为主线,向我们展示了一批朴实无华的工人阶级形象。车间主任段启明是作者笔下的轴心人物,是一个富有时代色彩的基层干部,他上要听命于厂长、党委书记,下要面对全车间的工人,可以说是重负在身。他在面对整个车间陷入困境的情况下,不是束手待毙,而是团结全车间的工人奋力拼搏。他执着但不古板,及时调整了自己的心态,以实事求是的态度面对改革,最终带领本车间的工人走出了低谷。老工人刘义山受了工伤,却得不到工伤补助和医疗费,大家都为他愤愤不平,他却无怨无悔,仍

---

[1]　仲呈祥:《第 16 届"飞天奖"的含金量》,载《文艺报》1997 年 1 月 2 日。

拖着伤残的身子上班,在他身上集中体现了工人阶级的那种爱厂如家,任劳任怨的高尚品德;还有青工肖岚,她身上既继承了老工人的爱厂如家公而忘私的品德和兢兢业业的工作态度,又体现了年轻人与老一辈不同人性和处世观念。她虽然被男友无情地抛弃了,但仍要生下男友的孩子,不惜用"劳动模范"的称号作代价。剧中的人物真实可信,栩栩如生,有较丰富的精神内涵。作者正是通过他们向我们展示了改革中工人的痛苦磨砺和奋力拼搏。当赞赏和荣誉包围着他时,他却说:我这是偿还债务。因为我是工人的儿子,我注定要讴歌他们。

第三阶段的创作,体现了张宏森对电视剧创作的诗性的追求,体现这种追求的是 28 集的电视剧《大法官》。他在《大法官》创作后记中说:"一切的艺术表达都必须是诗性的表达,一个艺术家的立场和情操也必须是真正意义上的诗人的立场和情操,而艺术追求的最高境界也必须要达到诗的境界。"①"我不敢说作品具有了诗性品格,但这是我意识到自己已怀抱了诗人之心,积蓄了诗人之情之后的一次表达,一次创作。"②为了这部剧作,张宏森作了充分的准备,他曾到上海、重庆、山东、云南等许多法院做过深入细致的采访,并在昆明市中级人民法院潜心生活了一个阶段。"以及对于创作正规化电视剧文学剧本的各种经验性总结和探索性思考",③《大法官》公映后得到很高的评价。《大法官》是一部以法律为载体以理性的眼光观察和审视当代中国的剧作,剧作负载着重大的精神内涵,通过发生在春江市的一系列的案件,展示了一群法官的命运,揭示了我国民主与法制建设的艰辛历程和伟大成就。作品的灵魂和核心是公平、公开、公正,这正是法律的灵魂。它没有像一般的公安剧、警匪剧一样注重情节的曲折、诱人。有人说:《大法官》是对当前情节剧的超越,体现了风格化的追求。但整部剧透着理性的思辨和诗性的追求是不容质疑的。特别是通过案件的审理,向人们阐释的法理精神,在一个理性的层次上,让人们认识今天的法律和人们的生活的关系。

剧本的成功首先在于展示了现实生活的复杂性。《大法官》表现了春

---

① 盘剑:《走向泛文学》,载《文学评论》2002 年第 6 期。

② 同上。

③ 同上。

江市在改革开放过程中出现的一系列的矛盾冲突,这些矛盾冲突集中表现在法院,但与整个春江市有着千丝万缕的联系。财政局长周士杰的贪污受贿案的裁决就牵动了春江市的许多要害人物,在法院代院长杨铁如的凌厉攻势下,使他们惶惶不安。虽然最后周士杰顾念妻儿守口如瓶,使他们逃过一劫,但杨铁如视法律为生命,在执法中的铁面无私,咄咄逼人,却让他们不得安生。他们借市委组织部考察法院领导之机,利用手中的权力把杨铁如从法院这个要害的位置上调开。然而,新上任的法院院长陈默雷同样是一个把法律当作正义之剑的人,并且以柔韧性和稳重性的风格而更具战斗力。他们很快感到了陈默雷对他们的威胁,便又拿王杏华案做文章,企图制约陈默雷,使法官林子涵莫名其妙地当了牺牲品。剧中所揭示的市委组织部考察干部的内幕,暴露了这项工作中存在的某些弊端。本来组织部门考察干部的个人谈话是要保密的,然而,杨铁如的谈话内容,张业铭接着就知道了,他对杨铁如认为自己不能胜任检察院的检察长一职表示极大的不满;并且已经退休的老院长也知道了。作品揭示了其中的交易黑幕,结果是杨铁如这个代院长被调离,张业铭却如愿以偿当上了检察长。让人感到不安的是这一切都是通过正常的组织手段进行的,而当事人杨铁如在市委书记孙志冠冕堂皇的解释下,竟也认为自己被调离法院是正常的干部调动。编剧对现实中的阴暗面不回避,让人们在复杂的社会情景中,感受审美愉悦的同时,又不无来自生活的警示。

和以往的法制体裁的电视剧不同,此剧不注重悬念的设置、情节的描述,而是注重人物命运、精神世界的描写,展现了人格和人性。《大法官》的人物形象鲜明,具有很强的时代特色。杨铁如是春江中级人民法院的副院长,他耿直,有能力,有魄力,更重要的是他视法庭为生命,愿为法律事业奋斗终身。然而,正当他带领法院职工结束了财政局长周士杰贪污受贿大案,昭雪吴西江杀人冤案,准备重整法官队伍,推进审判制度和司法实践改革的时候,却被调离了法院,安排在有职无权的市委政策研究室。杨铁如的人格魅力在于他敢于挑战命运,为了自己所热爱的事业,能重返法庭,他辞去公职,注册成立了律师事务所,继续着自己所钟情的事业。并且当陈默雷为法院的事求助于他时,他鼎立相助,表现出其正直和坦荡的美德。陈默雷和杨铁如相比,则多了许多老练和精明。他同样精通法律,有着依法治国的坚定信念,他还有对现实社会较深刻的了解。对农民状告金城县委一案的重重阻力,让他感到了案件背后有不可告人的内幕,他采取了理智的做法步步为营,最终运用司法手段解决了春江市的腐败网。市委书记孙志具有多重性、复杂性性格,他是从基层一步步走上领导岗位的,在他身上劳动人民的本色还存在,他经常参加劳动就是这一体现,他的变化是逐渐的不设防的。他是在复杂心态下接受贿赂的,一方面作为一个市长他认为自己就是春江市的主人,接受贿赂就像拿了自家的东西一样;另一方面,犯罪的意识也一直煎熬着他,他资助 40 个上不起学的儿童就是他的一种赎罪的行为。可一旦接受贿赂染指腐败,他就成了腐败网的保护伞,他的腰杆就再也挺不起来了,走上了一条不归路。剧作通过这个人物"写出腐败行为可怕的传染性、渗透性、腐蚀性,写出日常状态下与腐败行为不自觉的染指以及由此产生的潜移默化的堕落过程,"①对电视观众具有很强的警示作用。

　　剧作对当代人的精神世界的深入挖掘,林子涵是突出的一个。林子涵是一个有才华、有个性的法官,这位在法国留学回来的法官,有着非常新的观念和知识结构。她思维敏捷、性格坚强,不因循守旧、有创意、敢承担,她是一个"没事的时候从不找事,事来了也不怕事"的人,作者通过一次次的矛盾冲突揭示出她的内心世界的丰富的内涵。作为审判长的她在审理王杏华案时表现出了对法理精神的深层理解,体现了情与法的合理协调,她对王杏华案的裁决赢得法院同人们的支持和赞赏。而当她因王杏华案被无辜地牵进政治斗争中去时,她没有退却,坚信自己对法理的正确理解,当院长在审判委员会会议上询问她对另一案件的意见时,她仍毫不顾忌地谈出她与审判长的不同意见,显示出一个法官的立场和自信;她与好友赵清华有 30 年的友情,赵清华几次有恩于她,但当赵清华触犯了法律,而目睹事情经过的她需要出庭作证时,她虽然痛苦却勇敢地面对,表现出一个法官对法律的忠诚;还有她在处理和男朋友的关系上表现出的真诚。在她和男朋友方正确立关系之时,也就是方正被牵进市委书记受贿案的时候,因为这层关系,她必须回避案件的审理,这对于事业心极强的林子涵是痛苦的,但她勇敢地承担了这一切,显示了她的高尚的人格。《大法官》还用适当的笔墨,描写了青年法官的成长过程。有才华又疾恶如仇的北大高才生郑小泉,刑事庭的潘军右,当他们真正被推上审判长的位置时,才懂得了法律的庄严和神

----

　　① 李九红:《相互支撑的"人"字与"法"字结构》,载《中国电视》2002 年第 1 期。

圣。这些青年法官的身上寄托着老法官们的希望，也展示着依法治国的辉煌前景。

《大法官》充满哲理和诗意的语言是这个剧本的一大特点。这些特点是通过大量的台词表现出来的。如开篇周士杰的7分钟独白，王杏华律师的11分钟的辩护词，杨铁如与孙志在看守所的17分钟长谈，还有剧中林子涵对法理精髓的阐释，这些理性的书面化的语言贯穿全剧始终，充分体现了作者的追求。张宏森在《大法官》创作后记中说："《大法官》的台词量非常大，而我努力追求的是台词的节奏、韵律、美感以及更多的文学性，努力让剧中的台词恢复戏剧——甚至是古典戏剧中的仪式美，从而就尽可能抛弃了世俗俚语和目前演艺界普遍追求的'生活化'语言。"①

张宏森的创作道路是扎实而辉煌的，这从他20年来一部接一部的作品的出版，一个个奖项的获得可以得到证实。他是在不断地超越自己中前进的。不管前期的创作还是后期的创作，都始终贯穿着一种人民性，"我的文学创作必须站在平民的立场上，甚至站在弱势群体的立场上，发出深刻的人道主义呼唤。"这正是张宏森的创作观念。这种人民性的创作观念，使他的目光始终关注着百姓，为他们呼吁为他们呐喊，不论前期作品的对苦难人生的描写，还是《车间主任》所表述的在走向现代化过程中工人所承受的阵痛与代价，及至《大法官》呼吁法律的公平、公正、公开，都体现了人民性的立场。而能够做到这一点的保证，是他的根深深地扎在人民这块土壤中，他的剧作都来自现实的生活中，并"从较高的审美视角写出来"。写《大交叉》他跟着工人师傅一起跑车；《车站》是他到了一个十分闭塞的小站，读懂了那些终日在枯燥的劳作中默默奉献的工人的情怀后写出的作品；写《大法官》他准备了近三年的时间，他到全国各地的法院进行采访，他欣喜地看到我国司法部门高学历的专门人员在逐渐增加，司法人员的素质也有了很大的提高，但也不乏人治代替法制的案例，说明依法治国还有漫长的道路。他学习法律的有关条文，看了许多的案例，他的一贯严谨的创作态度使他付出了很多，换来的是读者对《大法官》的赞誉。"众多法律专家审看之后，认为这是建国以来看到的法制题材最好的电视连续剧，其法律程序、法律细节、审判过程都做得正规、细致，其法律程序和法理思想通过了严格的审查，创作者

---

① 盘剑：《走向泛文学》，载《文学评论》2002年第6期。

还穿越法律行业的表面进入法理精神的本质,进入法官世界的深刻层面。"①

在艺术创作上,他的剧作"不追求表现一个有头有尾的故事,而效力于心态的表露和剖析,因而他的作品大多都是从不同侧面、不同层次、不同关系上构建矛盾冲突,以便借助多种多样的纠缠碰撞表现人生、人性和人格的不同方面。"②《梁子》中的梁子,整日的忙忙碌碌一心要做个好警察,却被人当作流氓被抓,未婚妻也误解了他,他也气恼也不理解,可是磨难是击不倒他的,他的坚强人格、忠诚人品在磨难中得到升华。在《大法官》中,一开篇就是对财政局长周士杰贪污受贿案的审判,但剧中没有具体地描写他的犯罪过程,而对他的沦落过程心态的变化作了详细的叙述,让我们看到了从偷了一块橡皮的激动和紧张到贪污受贿 220 万的麻木的触目惊心的变化。还有警察王大凡,曾经为保护人民的利益出生入死,可为了几斤水果却把子弹射向了一个无辜的人。作品揭示了他内心深处的变化,射出子弹是一瞬间的事,而这种变化却是潜移默化地把职业变成权力的结果。

张宏森是一个有很高追求的人,他爱文学,有着很深的文学情结,他表示要永远做文学的圣徒,虽然他进入 90 年代以来,主要是创作电视剧,但他一直以文学工作者自居,认为影视作品是一种更好的文学形式,他要把他的文学精神通过影视作品最大化地表现出来。所以,他的电视剧充满着文学气息,而且他有几部作品都是以电视剧和小说两种形式出现的。他说过:我想让我的电视剧有强烈的文学气息,也想让文学借助电视广泛传播。正因为这样张宏森的电视剧表现出了较高的艺术水平,在中国影视文学创作中占据了一席不可替代的位置。

第八节　赵冬苓的影视编剧美学

赵冬苓,是山东影视界的著名编剧。她从 1992 年踏上编剧这条路,第一部作品《大地缘》就不同凡响,获 1993 年度"五个一工程"入选作品殊荣。之后的这些年,她一直在这一领域中辛勤地耕耘着,并且取得了骄人的成

---

① 李九红:《相互支撑的"人"字与"法"字结构》,载《中国电视》2002 年第 1 期。
② 谭好哲:《诗艺的深沉》,载《影视文学》1992 年第 2 期。

绩。随着《孔繁森》、《郑陪民》、《上学路上》等影视剧被搬上荧幕，越来越多的人知道了赵冬苓这个名字。她的影视剧创作，不仅关注生活现实、反映中国社会转型期的重大主题，突出英雄人物，而且注重将悲壮雄浑的理想美与细腻动人的人性美、山东传统文化的伦理美相结合，在主旋律电影的影像叙事策略上，形成了自己独特的主题意蕴、叙事技巧和审美风范，获得了广泛的成功。但是，针对赵冬苓的编剧艺术，特别是她在山东文化影响下，对90 年代以来中国主旋律剧的贡献和杰出成就，却鲜有文章进行细致的理论总结和梳理。下面，将从山东地域文化对她的编剧美学的主题学领域以及影像叙事表现技巧两个方面来进行初步的概括。

一

秉承山东传统文化的批判意识和入世情怀，注重影视的宏大叙事意识形态功能，反映重大题材和重大主题，在现实纬度和真实纬度上塑造主流话语的视听语言作品，实现执政党的文化领导权和与时俱进的先进性。进入90 年代之后，中国社会进入改革开放的新的转型期，随着后现代文化思潮的泛滥，解构思维流行，审美世俗化和世俗审美化的标准，似乎成了文艺领域的新"宠儿"，而原有的阶级革命叙事和启蒙叙事的美学原则，也面临着自身合法性的危机和巨大的挑战。为了应对这种社会转型所带来的价值混乱状态，90 年代初期，作为执政党，共产党与时俱进，积极调整文艺策略，在坚持"百花齐放，百家争鸣"的基础上，积极提倡"主旋律"创作。这些主旋律影视，是国家倡导的文化表现，是一种表达国家意志或主流意识形态的文化，它们是中国最有力、在文化领域资源最丰富而且影响最大的文化形态。它的存在一定程度上使得爱国主义、集体主义和理想主义教育成为可能。在短短的几年内拍出了近 20 余部"献礼片"经典之作，如《开国大典》、《开天辟地》、《大决战》、《周恩来》、《重庆谈判》、《毛泽东和他的儿子》等等，这些思想与艺术俱佳的作品出色地完成了巩固国家意识形态的任务，并在中国当代电影史上形成一大独特景观。

作为社会主义市场经济条件下的影视剧创作，在新的形势下，其主旋律模式，不但担当着巩固发展国家意识形态的功能，还有着贯彻执政党的"文化领导权"的功能。安东尼奥·葛兰西的"文化领导权"（Cultural Hegemony)理论,正日益引起文化政治学家和文化批评家的重视。按葛兰西的说法:一个社会集团的霸权地位表现于两个方面,即"统治"和"精神与道德的领导权"①。而精神与道德,也即文化的领导权,必须依靠自身的意识形态核心价值的建设,通过一种个人的,小叙事的形式,进入人们的内心,而不是一种阶级斗争的暴力形式,才能取得长远的效果。即如穆扎法所说:"领导权的建立和破坏是个"分子"过程。它不像阶级力量冲突那样展现(葛兰西否认这种机械论的类比,而庸俗的历史唯物主义则充满这种类比),而是看不见地、一点一滴地改变着每个人意识中的观点和意向。领导权依靠社会的"文化核心",这个核心包括对世界和人、善与恶、美与丑的观念总和,包括大量的象征、传统和成见、许多世纪的知识和经验。只要这个核心是稳定的,社会上就有旨在保存现有秩序的"稳固的集体意志"②。进入 90 年代之后,共产党的领导人提倡"推动社会主义文化大发展大繁荣"的口号,要"建设社会主义核心价值体系,增强社会主义意识形态的吸引力和凝聚力",正是这一理论的理解和运用。能够赢得社会绝大多数成员积极赞同的价值和理念只能是一种具有包容性和凝聚力的价值和理念,是能够把人民利益、国家利益和政党利益有机整合在一起的价值和理念。只有人民利益、国家利益和政党利益真正合一了,统治阶级才真正赢得了文化领导权。

而赵冬苓的影视编剧创作,恰恰很好地体现了这种国家民族宏大叙事与执政党树立文化领导权的努力。首先,赵冬苓创作的每一部作品塑造的每一个人物形象,都怀着真实的情感,追求艺术形式的完美。鲁迅曾说过:"只有真的声音,才能感动中国的人和世界的人"③。也有的批评家指出:"真实的艺术作品的感染力是惊人的"④。她的影视作品,就是这种建立在真实基础上的宏大叙事美学的体现。为了塑造出真实可信的人物形象,每一部影视剧她都是全身心地投入。赵冬苓写每个人之前都先去了解这个人、了解他的事情,她说:我写这个人的前提是,我被他感动了,我认可这个人。为了写《孔繁森》她踏上了西藏这片土地,《上学路上》取材于宁夏的西海固,为了真实,她两次去了西海固,赵冬苓曾坦诚地说:"每一次创作的过

① 葛兰西:《狱中札记》,人民出版社 1983 年版,第 23 页。
② 谢·卡拉·穆扎尔:《论意识操纵》,社会科学文献出版社 2004 年版,第 12 页。
③ 鲁迅:《三闲集·无声的中国》,《鲁迅全集》第 4 卷,人民文学出版社 1981 年版。
④ 雷里赫弗著,富澜译:《银幕的创作》,中国电影出版社 1979 年版,第 64 页。

程,都是一次心血和情感的付出,我和我的主人公同呼吸共命运,为他们的磨难而叹息,为他们遭受的不公而扼腕长叹,电视剧拍成了,质量高低自有观众评说,但我可以毫不夸张地说,每一部剧我都是用自己的心灵和真情写的,面对生活,我付出了自己的真诚和热情"。其次,"新时代英雄"的重塑,是赵冬苓影视剧的一大主题。在建设社会主义市场经济的情况下,我们需要符合时代特点的新的时代英雄的出现。叙写英雄模范人物事迹的影视剧在赵冬苓的创作中占有重要位置,《人民日报》的一篇报道中如此写道:

> 主旋律作品最能牵动我。面对有些主旋律作品只注重宣传教育功能,艺术品位较差,造成人们对"主旋律"认识上的误区,赵冬苓自有她的见解:在我的理解里,主旋律就是表达主流意识,表达主流价值观念的。每个国家的主旋律都是主流,……我的创作标准是按照艺术创作的规律去塑造人物,我反对按照媒体的报道去摹写英雄的事迹。①

赵冬苓是怀着对英雄模范的敬重来写的,为了真正的塑造出他们的精神风貌,她总是通过大量的采访和调查,并且亲临其境走进他们的生活和心田,她创作的英雄模范人物都是平凡中透出伟大。这些影视剧在艺术上的突出特点是真实、自然、生活气息较浓。剧中的这些人虽然是英雄模范,但是展现在剧中的情境、场面和行为又像我们身边的普通人,没有距离使观众感到亲切并很容易被吸引到剧中,感受他们的生活遭遇和内心波澜,得到自然的启发和教育,有较强的审美感染力。《大地缘》正是在了解了农业科学家的一切,并爱上了那些人和事之后的成果。她说:我不是在写好人好事和树一个楷模,我面对的是一个个活生生的人,他们胸中都跳荡着一颗报效祖国和人民的赤心。通过她的剧作,我们看到了50年代的农业科学家的拳拳报国之心,为了让贫瘠的盐碱土地上长出粮食,让农民吃饱饭,放弃了城市中优裕的生活、家庭的团圆,呕心沥血,把自己的一切——青春、爱情、甚至生命,都无私地奉献给了这块土地。1995年,赵冬苓着手《孔繁森》的创作时,孔繁森的名字通过媒体的宣传可以说家喻户晓,他是人们心中的英雄,是一位楷模,人们崇拜他,敬仰他。而影视创作必须在有限的时间和视觉传达中,表现出英雄真实的生活、思想基础。为了艺术地再现一个真实的孔繁森,她踏上了西藏这片土地,实地采访孔繁森的事迹,高原反应使她头痛欲

---

① 刘阳:《30年感知百姓冷暖　电视剧寻求新突破》,《人民日报》2008年11月18日。

裂,但被采访者泪流满面的倾诉仍深深地感动了她,她是在被感动中一次次地走近孔繁森,最终理解了他的信念和追求,被他的人格魅力所折服,然后把这种感觉通过她的剧本传达给观众。

几部塑造英雄模范的成功之作,显示了赵冬苓的创作能力和审美追求。同时也得到同行的认可,《郑陪民》和《任长霞》的创作,是在多个剧本被否定之后,制片方找到了赵冬苓。赵冬苓将其看作是对自己的一次挑战,她不被之前的宣传报道所束缚,亲自去采访了解,听到了一个个令她感动得流泪的故事。她找到了郑陪民的精神核心和艺术核心,创作《郑陪民》,她从一条路入手,这条路贯穿电影始终,通过这条路体现了郑陪民"做官先做人,万事民为先"的人格。影片《任长霞》不仅表现了任长霞爱民为民的英雄形象,也用丰富的细节把英雄还原成一个爱美、爱生活、爱孩子的平凡女性。她是一个铁骨铮铮、柔情似水的女英雄。呈现了感人心魄的艺术感染力。以北京市海淀区法院民五庭庭长宋鱼水事迹为原形,赵冬苓创作了电影《真水无香》。和前几部不同的是,这次的主人公是活着的英雄。《真水无香》真实地反映了法官现实的生存状态和精神追求,中心思想是司法为民,艺术地再现了好法官宋鱼水"辨析法理、胜败皆服"的时代先锋形象,一个在法律思维与人文关怀的完美结合上孜孜追求的形象。剧作通过三个案件的审理和陈老太太的上访展开,我们看到了法理与情理、理想与现实的激烈冲突。

再次,反映重大社会问题,为普通百姓的生活疾苦大声呼喊,传达百姓的心声,也是赵冬苓影视剧创作的重要倾向。赵冬苓是一个有着强烈使命感和责任感的编剧,她的每部影视剧都和时代的脉搏紧紧相连。她总是深入到生活中捕捉现实生活中的真善美,她的作品来自她对生活的感悟,充满着正气,总给人一种昂扬向上的力量。她非常关注普通人的生存状态和弱势群体。电视剧《天边有个威海卫》表现了几个鞋厂的女工因为厂里的效益不好,被宣布下岗,女工们将面对突然的生活困境。作品不仅表现了女工们的失落和无奈,而是主要描写了她们勇敢地面对生活、面对社会,通过自己的努力找到了自己的位置,创造了美好的生活。告诉人们,一个人不论遇到任何困境,都不要退却,真理只有一个,美好的生活要靠自己去创造。呼唤真诚、道德、爱心回归的《回归爱的世界》,写了一个被父母遗弃的小女孩,被女记者收留并得到了社会众人的爱的故事。电视剧《满天星》则是一个关于沉沦和救赎的故事，涉猎了一个沉重的话题——拐卖人口的故事。剧作揭示了人口贩子的卑劣和残酷，同时赞扬了人性中美好的一面。电影《上学路上》是一部反映宁夏孩子求学的故事。当赵冬苓进入宁夏西海固进行采访时，西海固的贫穷虽然令人感慨不已，但感触最深的是西海固人面对苦难所呈现出的阳光般的笑脸。《上学路上》写了一个小女孩王燕因为家境贫穷，没钱交学费，面临辍学的王燕为了能继续上学，决心利用假期挣学费，用十个鸡蛋开始了挣钱交学费的艰难旅程，剧作写了王燕的艰辛，更写了她面对困难的不屈不挠的心态，没有抱怨没有自卑，最终实现了愿望。《激情辩护》写的是山东姑娘林晓光嫁给了香港商人李良伦。当他们的幼女李南患白血病的灾难来临时，婚姻基础的脆弱和价值观念的不同导致了父亲李良伦的逃逸。年仅5岁的李南将父亲告上法庭。以此展开了两方律师的"激情辩护"。

"法制问题"，关系一个国家现代化进程的重大问题。赵冬苓多年来也十分关注法律制度，她认为法治能让社会从无序走向有序。她的有些剧作也涉及法律问题，如《激情辩护》。她还编剧了法律片《法官老张轶事》、《法官老张轶事之审牛记》、《法官老张轶事之养老树》。法官老张是一名基层法院的法官，他面对的是最基层的广大农民，他经手的案件不计其数，他正直憨厚，秉公办案，得到了村民的信任，但也有一些案件却让老张伤透了脑筋。剧作告诉人们，改革开放使人们的物质生活得到了快速的提高，但人的观念和传统的变化却不会像物质变化那么快，特别是我们国家的法制传统和法律观念相对薄弱。因此提高人们的法律意识增长法律知识是很有必要的。

二

在价值核心的叙事策略上，注重将悲壮雄浑的理想美与细腻动人的人性美、山东传统文化的伦理美相结合，以期充分调动以观众为核心的自我心理认同，在主流意识形态、知识分子启蒙与消费世俗化市场之间实现三方"共赢"的局面。这是赵冬苓影视编剧美学在山东地域传统和现代之间的第二个美学特点。"自我认同"，是当代影视实现意识形态策略和消费功能的重要心理机制，只有建立在对不同阶层的观众的"自我认同"心理的充分满足之上,才能调动观众对影视内在核心价值的认同。而这种"自我认同",又与从前以"说教"为主的启蒙和阶级革命意识在影视上的表现不同。"说教"主要以意识形态的灌输和强制的概念性符号为主,以目的是外在的和心理强迫的,它是建立在广大观众审美经验的匮乏和思想的整齐划一的基础上的。而 90 年代之后,原有的价值认同方式,显然已经不能适应人性解放,市场经济发育和世俗化欲望的发展的新形势。对于"自我认同",查尔斯·泰勒把它表述为"我是谁"这一涉及人的安身立命的重大问题:"知道我是谁,就是知道我站在何处,我的认同是由提供框架或视界的承诺和身份规定的,在这种框架和视界内我能够尝试在不同的情况下决定什么是好的,或是有价值的,或者什么应当做,或者我应赞同或反对什么。换句话说,这是我能够在其中采取一种立场的视界"①。"自我认同"机制的凸现,正是我国在影视意识形态功能上的转型的表现,它强调以审美的视听语言符号启发、诱导人们的审美经验,进而引起审美共鸣,实现自己的价值企图。很多主旋律影视剧本,之所以不成功,不是因为题材不重大,也不是因为没有好的素材和材料,而是因为其叙事策略的僵化和概念化,不能恰如其分地引发观众的价值自我认同。而赵冬苓的优势恰恰在这里,她往往能在人性美、人情美的伦理角度,找到"自我认同"的切入点,从而将悲壮雄浑的理想美、爱国主义、集体主义情操,与细腻动人的人性美、山东传统文化的伦理美相结合,并在启蒙、阶级革命与以市场为主导的世俗化叙事三者之间,努力实现一种和谐的叙事平衡,以期在合适的引导之下,实现影视的社会效益和市场效益的双赢,实现国家民族宏大叙事与以个人化叙事之间的和谐共建,创作出既受到广大观众认可,又贯彻了重大意识形态理念的优秀影视剧。

以细腻感人的人性美、伦理美、人情美,来丰富和解读宏大叙事的主旋律概念,从而破除单纯概念化给影视作品造成的伤害,在比较宽泛的意义上,也体现了山东传统文化对赵冬苓影视创作的影响。比如说,在对人物的塑造上,赵冬苓并不着意表现人物命运的大起大落,对人物形象的简单描述上,而是十分重视对人物心灵深处的剖析,既表现主要人物美好的道德情操,又表现人性的复杂性和多面性,力争在真实性和典型性上,都获得突破。

① 查尔斯·泰勒著,韩震译:《自我的根源:现代认同的形成》,译林出版社 2001 年版,第 37 页。

特别是对英雄模范人物，赵冬苓把他们当作普通人来看待，他们不仅有高尚的信念和追求，也有遇到困难或不被理解时的痛苦和无奈，因此人物写得生动、感人。既能真实地反映出人物的个性，也能真实地反映出人物的典型性。《孔繁森》中的孔繁森舍下妻子儿女和 90 多岁的老母亲三次援藏，让许多人不理解，甚至怀疑他对家人的感情，剧作很好地展示了他的内心世界，在西藏的日子里，他无时无刻不在牵挂着家人，当他听贡桑唱世上只有妈妈好时，他拨通了家里的电话，他要听听妈妈和家人的声音，当妈妈一声"三儿"的呼唤传来时，孔繁森一下跪倒在地下，颤抖地叫了一声"妈"，把他的思恋、内疚表现得淋漓尽致；当他援藏期满，自治区的领导希望他能留藏，到阿里担任地委书记时，剧中真实地表现了他的矛盾心理，他想回家，守着他那 90 多岁的老母亲，和家人一起享受天伦之乐，但他又放不下西藏的一切，当他最终决定留在西藏时，那种急切回家的心态分明表现出对家中亲人深深的思恋；正是通过这些对孔繁森内心世界的细致描写，揭示了英雄孔繁森的高尚情怀，作为民之子和人之子无法兼顾时的痛苦的心路历程。自古忠孝不能两全，有时这种人生的缺憾或不完美更能打动人，也更有震慑力。《大地缘》中的农业科学家周元应从 60 年代到 80 年代近 30 年的时光在农村搞科研，他和他的同事们一起做出了很大的成绩，帮助农民解决了吃饭的大问题，被农民视为恩人。可是周元应因为长年在基层，科研无法企及高的领域，同时荒疏了外语，因而没评上高级职称，而从国外回来的博士生项昆年纪轻轻的却凭借深厚的理论功底，破格评上高级职称，他因此委屈和愤懑，心理极度的不平衡，产生了不由自主的嫉妒心态。尽管这样，他还是坚守在农村基地搞科研。这种真实心态的描写，让我们看到一个平凡人的真情实感，增强了周元应的人格魅力。而这种带有悲剧色彩的奉献精神，具有鲜明的时代特征。

以商业类型影视片为基础，在市场心理需求、大众世俗化与人性美中寻找突破，是赵冬苓影视编剧创作的一个特点，比如说"灾难片"模式。灾难片是类型片的一种，人类的生存经常要面对突如其来的灾难，像地震、水灾、火灾，还有车祸、疾病等等。当灾难突然降临，人类就面临着极大的考验，人们品行中的美好和丑陋也往往在这时暴露无遗。该类型成熟于好莱坞，例如电影《龙卷风》、《后天》等等，常常凸现灾难的宏观视觉刺激，在带给人们影像奇观的同时，彰显亲情、友情、人性救助和个人英雄主义。而赵氏

"灾难片",则在以上诸多元素的基础上,突出一种"中国特色",即淡化个人英雄主义,凸现党和国家在灾难面前的决心和付出,以及那些战斗在一线的平凡的"英雄"集体群像。她的电影《紧急救助》、电视剧《21 天》和《活着真好》,都体现了赵冬苓这种艺术上的追求。"非典"对于我们中国人来说是一个难忘的记忆,《21 天》写的就是"非典"时期,一栋居民楼上因为有一个非典病人,整栋楼被隔离的经历。"非典"对于人类无疑是一场巨大的灾难,当这场灾难突然降临时,人们感到恐怖,感到了生命的脆弱,赵冬苓的《21 天》就是利用了这个灾难的外壳,把人放到这个特定的情境中,表现人的变化,展示人的灵魂。《21 天》剧中写了十户人家,23 个人,他们都是剧中的主人公,这些人几乎包含了社会的各个层次,各个行业,各个年龄段的人,是群体相,也是社会的一个缩影。难得的是作者写活了每一个人,写出了在这场"非典"的洗礼中每个人的心理路程、人格的重建以及人性的蜕变。《紧急救助》说的是一个打工妹受伤得到社会的关爱与救助的故事,打工妹在生命垂危的紧要关头,得到消息的许多人主动奔向医院向陌生的打工妹伸出援助之手。电影展示出那感人至深的场面。作品突出了善与美的力量,通过善与美来救助那些挣扎于金钱泥淖中的'沉沦者',启迪人们去思索。《活着真好》则是一部正面叙述乳腺癌,关注女性健康的 44 集电视剧。这是一个很敏感的题材,癌症在今天还没有被人类征服,因此谈癌色变决不是夸张,如何表现癌症患者,是这部戏的关键,在不断的采访和思考中,赵冬苓逐渐把握了这部戏的创作灵魂:因为乳腺癌,大部分女性患者失去了作为女性性征之一的乳房,这种身体上的残缺是极其残酷的,给女性心理上带来极大的创伤,摧毁了她们的自信心和尊严,并危及到她们的婚姻。赵冬苓没有就病写病,而是写了人们在面对灾难时从恐惧绝望到从容面对的生活态度。

三

"寓教于乐"——高超的影视叙事技巧。现实题材的"主旋律"影视创作常常显得有些不尽如人意,很多作品则因形象苍白而流于概念化。"主旋律"影视剧创作难,难就难在"概念化"的突破,难以保证叙事技巧高超的、符合影视要求的剧本。在影视市场化过程中,观众已经具有了某种消费主动权，"主旋律"影视剧要争取观众，必须在创作中将艺术性、娱乐性放在与思想性并重的地位，必须把塑造生动鲜明的人物形象作为主要任务。影视艺术诉诸形象表演，以情动人，以形象感染观众，使观众在潜移默化中接受教化、移风易俗的力量要远远胜过政治宣教。但如果作品思想游离于形象之外，使观众清醒地意识到自己是在接受教育，这就使观众在观赏中有强烈的间离效果，这样的作品是缺乏艺术感染力的，久而久之，只会使"主旋律"作品失去观众。

编剧是一门艺术，它有自己应当遵循的独特规律，在艺术创作领域里，占有举足轻重的地位。在正常情况下，一部成功的影视艺术作品，总是首先由剧本提供一个丰厚、扎实的创作基础，为导演、表演、摄影（摄像）的成功，构筑起广阔的舞台和理想的境界。所以，才有"剧本剧本，一剧之本"之谓。从影视艺术作品的生产流程来看，编剧的劳动，是整个艺术创作的起点。剧本，是这个"流水线"上的第一项成品。它的质量——故事、结构、人物、语言——之内涵、外延、规格、长度，对后继的各个生产环节，有着重要的制约作用。影视的叙事应该是动作与动作的联接，这个动作包括外部动作和心理动作，动作性不强，注定要丧失观众。因而小说叙事转化到电视剧中，首先考虑的就是增强它的动作性，这是基本的起码的要求。更深一层看，这动作还一定是要有张力的动作，有张力，才能保证影视在"好看"的同时更"耐看"，这"耐看"就是要传递给观众动作的信息，许多动作是观众早已熟知的，因而是无意义的动作组接。动作不是小说的特征，是戏剧的特征，戏剧在这一点上可以涵盖影视，尤其是电视剧。

在矛盾冲突与对手较量中，张扬人物个性，是赵冬苓人物塑造的另一特色。我们的生活中到处都充满了矛盾，在影视剧中真实地具体地艺术地反映这些矛盾，并在矛盾冲突中塑造出个性鲜明的人物形象，是影视剧的成功所在。《任长霞》中任长霞作为一名公安局长，其职责就是维护社会的安定和人民的安宁。这必然和社会的黑暗势力形成尖锐的矛盾，任长霞正是在和社会上猖獗一时的黑暗势力的斗争中彰显出英雄本色。她刚到登封市上任时，登封市黑社会猖狂，杀人案、强奸案、打架斗殴等频频发生，而且历史积案很多，人民群众敢怒不敢言。她知难而进，走街串户了解民情，设置"申控工作室"，鼓励广大老百姓检举揭发恶势力犯罪的证据和线索，她被黑社会视为眼中钉，正当她带领同事们全力侦察案情时，他们打来了恐吓电话,威胁要对她的儿子卵卵下手。她陷入了深深的担忧和矛盾之中,但她没有退缩,她就是这样和她的同事们面对凶残的黑势力,以人民的利益为最高准则,最终致使黑社会犯罪团伙 67 名成员全部落网,"砍刀帮"被捣毁,系列强奸案、杀人案、盗窃案纷纷告破,彻底改善了河南登封市的社会治安,维护了人民群众的根本利益。她的个性也在带领大家和犯罪分子的斗争中得到了张扬。还有,当任长霞为了集中警力打击本地犯罪集团时无形中影响了省级要案的进度,和上级领导在工作观念上产生了矛盾,她仍然把维护人民的切身利益放在首位,一个坦荡无私、具有高度责任感又有情有义的公安局长的形象展现在我们面前。而《激情辩护》则描写了人物内心的矛盾冲突,并通过矛盾冲突展示了人物的典型性格。被告方的代理人女律师陈平,是一个具有现代观念,崇尚理性思维的人,她非常精明又有心计并且有远大抱负,她认为法律上的判决是衡量一切的标准,但面对小女孩生病的惨状和感人的亲情,她内心深处的道德和良知被唤醒。于是,传统道德与现代观念产生了矛盾冲撞,她面对理性与感情,名利与良知的较量,最终通过案件的审理她的思想得到洗礼和升华并逐渐成熟起来。

通过真实的生活细节,刻画出令人难忘的人物形象是赵冬苓影视作品的又一特点。生动鲜活、独到精彩的细节描写是塑造人物形象、增强作品观赏性和感染力的重要因素。银屏上的很多优秀作品都留下了许多让人回味的细节,作品中的人物因细节真实而血肉丰满。《大地缘》中,有两处农民给基点组的科学家送干粮的细节感人之深,通过农民对科学家的真挚的关爱和真诚的感谢,彰显出这些农业科学家的崇高和伟大。一次是灾荒之年,基点组的粮食供应不上,为了搞实验,四位农业科学家饿着肚子没日没夜地在实验田里,终于基点组长曾守朴和周元应体力不支晕倒在试验田里,当乡亲们知道科学家们饿昏了时,他们把家中最珍贵的东西都拿来了,只见屋中到处放着篮子、筐子、碗、盆之类的东西,里面装着窝头、瓜干、地瓜、野菜,那可是当时救命的东西。第二次是在科学家不懈的努力下,终于让盐碱地上长出了庄稼,丰收了,农民们端着新小麦做的馒头送到基点组,争着抢着让他们的恩人先尝尝,面对着一篮篮、一篓篓雪白的馒头,他们既感动又着急,这么多馒头真不知该如何办才好,县委王书记帮他们解了围,"就一家馒头上咬一口吧",基点组长曾守朴流着泪水走向一筐筐馒头,每筐馒头掰下一口和着泪水吃下去,馒头筐排成了长队,人们同样是含泪静静地注视着他。

通过这个细节展示了农业科学家们渴望祖国富强、人民幸福,心甘情愿为祖国为人民奉献的牺牲精神,也让我们看到了他们和农民的血肉亲情,农民的朴实和知恩图报的善良本性。《上学路上》家境贫寒的王燕为了能继续上学,一个暑假历经艰难,终于挣够了新学期的学费,开学那天准时出现在学校里,摊开的小手里放着被汗水浸湿的二十四块八毛钱。这一细节将一个农家女孩顽强的生命力和意志力生动鲜活地表现出来了。在《孔繁森》中,孔繁森为两个孤儿洗澡的场面;孔繁森用胸膛为藏族老阿妈捂脚的动人场面。让我们看到作为英雄的那种博大的爱和无私的给予,作为普通人的那种人情味和对亲情的渴望。

电影《郑培民》也正是通过一件件的小事,一个个的细节将一个朴实、高尚无私的省委书记郑培民呈现在观众面前,并且深深地触动了每个人的心。郑培民的妻子一直是新华书店的一名普通职工,上班要来回走一个多小时,他从没想要给妻子调换工作,也从不让妻子搭便车,他想到的是给妻子买来一双双胶鞋减轻她的劳累。剧中有这样一个细节:郑培民在一个城门洞里给老伴买鞋,3 元钱一双,他掏出 5 元钱给卖鞋的,然后等着人家找 2 元钱,他非常自然地做着这一切,这时的他就是一名普通的百姓,而不是一个省委书记。这个细节展示了郑培民的平民心态和对妻子的关爱,而正是这种平民心态,让他时时刻刻牵挂着人民的疾苦。还有在心脏病突发,生命的危机关头,郑培民仍然没有忘记嘱咐司机:"不要闯红灯"。只有真正的大胸襟才能达到心中无我的境界,才能在生死一线间还这样坦然。这些朴质自然的细节,表现了郑培民的一种情感和精神,让人感触很深,以小见大地揭示出他的心灵世界,体现出他的伟大和崇高,令人难忘。

赵冬苓的影视剧的成功,还来自剧作的结构新颖和视角独特。《真水无香》,以一个电影摄制组拍摄有关法官宋鱼水的故事为贯穿线索,中间穿插了一些演员宋鱼水与现实宋鱼水的对话,这对于展开剧情、深化剧情起到了推动作用。影片最后。现实宋鱼水说:你们的这个宋鱼水,已经不是我这个宋鱼水了,实际上她代表了我们所有同行,所以她姓宋或是姓张姓李都不重要了。这正是表现了艺术高于生活的地方。她还总能在深入生活和调查中发现令人感动的细节,洞察到核心的东西,找到作品的切入点,为了创作《上学路上》她到宁夏西海固采访,听说当地人非常善于做生意,走出五里地,一个鸡蛋能翻成五元钱。她抓住了这一细节,电影《上学路上》就从十个鸡蛋展开……在电视剧《孔繁森》中,赵冬苓选择了女儿玲玲的眼光看父亲这个视角来展示孔繁森的情怀和境界,起到了很好的效果。玲玲到拉萨看望父亲却见不着日思夜想的父亲,父亲正忙着救灾,"爸爸他到底图什么",女儿不理解,其实这个问题在孔繁森牺牲后,许多人也都在想,都无法进入他的境界。剧中通过相知相爱的妻子之口说了出来:"你不懂吗? 开始我也不懂,和你爸爸结婚几十年,我懂了。你爸爸天生就是那样的人,一个好人,他总想把他认为该做的事做好,他不能看到眼前有一个人在吃苦,他觉得对天底下的每一个人都有责任,这就是你爸爸。"①朴实的语言,毫无做作,却具有强大的说服力。当玲玲还在为爸爸为她找辅导老师的事用心不够而生气时,却看到爸爸的翻译为他找来了西藏最好的各科的老师;当母亲病危时,自治区的领导亲自过问并全力以赴的救治;透过这些事,玲玲感到懂了自己的爸爸,她对妈妈说:"不是在爸爸身上,而是在周围人对他的爱上。妈妈,一个人要做过多少好事,才能换来大家这样的爱啊。"女儿理解父亲的过程同时也是观众理解孔繁森的过程。女儿玲玲对父亲从不理解到理解,从生气到敬重的过程表现了孔繁森的人格魅力。而电影《郑培民》以郑培民的秘书小刘和下属陈方平的回忆展开……说的都是一件件平凡的小事,却是那么感人至深,处处见出作者的才华和功力。

我们说,一部杰出的影视作品,至少应当具备三个特征:一是审美的独特性。二是形式的完美性。三是艺术的真实性。赵冬苓的编剧美学,很好地体现了这几个要求。赵冬苓从事影视剧创作以来,她有30多部影视剧被搬上了银屏。其实每个人的成功都不是偶然的,我们知道的是为了提升自己她曾闭门谢客苦读十年,而这十年奠定了她成功的基石。当然,除了喜欢更重要的是责任心,她的作品都是来自生活,她说,我总是很容易被生活中那些美好、善良、给人希望的事情所打动,总会激发我创作的冲动,那种愉悦无法向外人描述。这种珍视生活中的美好事物、敏锐地感受和把握美好生活瞬间而迅速引发为创作灵感和创作冲动的极好的感性,正是她优秀的编剧美学艺术弥足珍贵的胚芽。

---

① 赵冬苓:《孔繁森》,《影视文学》1995 年第 3 期。

下篇　齐鲁文学古今演变研究

第十一章　主题内涵及形式外显

　　言及齐鲁文学的古今演变,自然呈现为一条线形的纵向进程;然而,于其阶段性的一个个构成横面上,还同时存在着不同历史时期所产生的诸种文学现象或文学形态之间,相互的对照、比较问题。或许可以认为,也只有在这些不同文学现象的比较对照之下,才更接近于深度、明晰地把握到古今演变的复杂隐微状况,更有可能还原式的描述出它运动的起伏曲折脉络。所以,齐鲁文学古今演变的研究方式是纵向与横断面的交织互动,历时性与共时性的双向叠加,充分展示着观照角度、层面的多样性与多元化特点。另外,必须清楚的是,关于时间的界定上,如果仅单从"古"、"今"这两个概念的表层涵义来看,一般多指往文学史意义上的古代、现代、当代,但我们宁愿对此作更宽泛、同时也是更细化的理解和认定,即某些个较长距离的间隔时段、历史长河中的特定时期、朝代。要言之,凡属于相对独立、自成一体的时间单元,并存在着相关作家作品、美学理念等等"演变"形态,都在关注审察视野以内,并无过分简单化的拘执与刚性规则。

　　对乡土的眷念思恋是人们与生俱来、并随着后天因素而渐趋浓挚强烈的一种持久而普遍的生命情愫;"修齐治平",或者说济世功用的政治抱负与社会责任感,则是儒家最基础的人生价值观念。所以,本章第一、三节便将之选取作齐鲁文学中的历时性主题作为观照对象。前者就文化内质方面,总结了"思乡"所包括的游子的远离故土身在异乡、对故土亲友的依恋和从中获得归属感三种精神元素,以及创作主体从旁观者角度表现乡思客愁的"客观叙述"、与身在异乡的作家本人直接抒写自我思乡感情的两种不同艺术方式。论述了几个不同朝代齐鲁思乡文学的主要内容与风貌特色。后者特别从外侮入侵、民族危难而直接关乎家国兴亡的严重时刻来论析儒家传统"入世"观念,于古代封建社会与现代时期的内涵异同及其转换契机。对照分别处在两个历史时期的古代文学与现代文学,凸显出了形态的巨大差异,而其间所充溢的情感底蕴、关怀精神和基本价值取向却是前后承续的一脉贯通,更注入了新的生命活力的。

第二节论述中国文学特质形成之关键时期的建安与西晋的文学主流,因着社会历史背景的变化,所具现出各自的时代特色。这里既有乱离时代群体性的梗概任气、慷慨悲凉,也有门阀品级社会沉重压抑下的外圆内方、个性化力度之美;而他们高调的理想诉求和"文质兼备"的创作观则是一脉顺承延续着的。通过诗才、缘事传统和以史实材料为咏怀之制的比较观照,就明晰把握到诗风演进的过程与文学演变之轨迹。

第四节仍然从主题学角度溯源"水浒故事"。它的人物、情节内容等不断扩充变化发展,于民间讲说、杂剧传奇、小说、诗文乃至现代艺术形式的影视剧、戏剧的表演,使之达到了最大程度的丰富丰满。这其间以长篇章回小说《水浒传》为里程碑,将之相对凝定下来,终成英雄传奇的类型化经典。而这种演进衍变过程的纵向式描述,同时也是文学形态演变的带有典型意味的例示。

第一节　"思乡"的多元内涵及多样化表述:漫越时空的恒久观照

在中国古代文学中,思乡是一个有着广大包容面和强烈吸附力的主题。它贯穿着中国文学的始终,并且成为华夏民族群体内聚力和认同感的深固心理动因。刘若愚先生对此曾作过精辟论述:"中国诗人似乎永远悲叹流浪和希望还乡。对于西洋读者,这可能也显得太感伤,但是,请不要忘记中国的广大,从前交通的困难,在主要城市中高度文明的生活和远乡僻壤的恶劣环境之间的尖锐对照,以及在传统中国社会家庭的重要性与其结果对祖先的家根深蒂固的爱着。进而,由于是个农耕的民族且住惯陆地,中国人大体上显然缺少流浪癖(wanderluest)。因此,乡愁之成为中国诗中一个常有的因而是因袭的主题,并不足奇。"①同样,在源远流长的齐鲁文学中,思乡文学也是一个重要的主题。

---

① 刘若愚:《中国诗学》,台湾幼狮文化事业公司1979年版,第89页。

一、"思乡文学"的内涵和齐鲁思乡文学的范阈

从主题学的角度对中国文学进行界分,思乡文学是其中一个相当重要的门类,它构成中国文学的根基和精神内核。同样,要想真正深入而全面地把握齐鲁文学的精神实质,就有必要对齐鲁思乡文学有一个清晰的了解。

概念的剖析是科学研究的前提。因此在展开本论题前,我们有必要对思乡文学作一个界定。从最本质的层面上说,任何一个民族文学的主题是该民族对世界的文化体认,折射着该民族的文化精神。从文化的角度来分析,思乡这种精神文化现象包括游子、远离故土身在异乡、对故土亲友的依恋和从中获得的归属感三个元素。由此,"思乡文学"可以界定为:抒发或表现远离故土身在异乡的游子依恋故土家园、牵挂家中亲友情感的文学作品。根据思乡情感主体的不同,思乡文学可分为两部分。一部分是作者以"客观的叙述"方式,展现羁留于异乡的游子或者戍守边关的将士对家乡和亲人的思念,如王之涣的《凉州词》"黄河远上白云间"就是极写边防将士还乡不得的幽怨,而马致远的《天净沙·秋思》表现了一个长期飘泊异乡的游子的羁旅之情。另一部分是身在异乡的作家将自己对故乡和亲人的深切思念形诸文学创作,如王维的《九月九日忆山东兄弟》就是孤独的少年诗人客中思乡情感的抒发。

从人的社会交往本质看,思乡文学首先是一种对亲情伦理的渴求、抒发和表现。周晓琳曾对乡思和亲情之间的内在联系有着深刻的概括:"'思乡情结'是伦常关系的心灵折光。思乡的核心是思亲,只有亲情才使得'家园'这一概念变得具体而有意义。"[①]作为一种情感动物,人们渴望彼此之间建立一种和谐、融洽、亲近、温馨、友善的关系,亲情、友情、宗族之情和乡里之情是人们这种情感需求得以满足的基本形式,在传统社会中,这些情感形式的获得均和家园故土相联系。人们一旦离开故乡,必然会产生一种心灵的焦虑与不适感,并进而弥漫于他的整个羁旅生涯。如果游子是一位有着敏感情感体验的诗人,他必然会捕捉住生活情境中的刹那间外在事象(如

---

① 周晓琳:《中国古代文学"思乡"主题的文化内涵》,《绵阳师范高等专科学校学报》1999 年第 1 期。

秋风、捣衣砧声、明月等）的刺激,将瞬间的情绪的波动升华为审美的语言艺术,形成思乡文学作品。同样,充满人文关怀的作家也会将关注的目光投向那些饱受离家客思之苦的征人游子,以己度人,用自己的笔表现他们的思乡念亲之苦。思乡文学是人类普遍性的高级亲情伦理的审美展现。王立先生精辟地指出:"每个人都有自己的故乡,每个民族都有其成长的摇篮,各国文学都不乏动人的思乡之作。思乡,是离乡背井的人们复杂的、但又是美丽的感情表现。"①思乡是人类文学的普遍主题。但相对于其他民族文化,以"和合"为根本特征的华夏文化,更注重人伦关系的和谐、和睦、和善,由此,相对于其他民族,郁结在中国文人内心深处的思乡情结更为强烈。因而,从《诗经》开始迄今,中国思乡文学传统绵延传续,构成一道独特而亮丽的风景线。

从个体生命意识的角度看,思乡文学又是中国作家孤独意识和人生困境感体验的凝结。在传统社会中,和其他社会阶层相比,文人是最富于人格独立意识的,而深沉的孤独感是个体意识的一个鲜明的标尺。周晓琳说:"毫无疑问,'游子'最强烈的情感体验就是孤独,这种情感浸透着他们生命的每一个细胞,外界一些十分寻常的人、事、物、景都可能触动他们难以言传的内心隐痛。问题是他们别无选择,为了实现社会所公认的人生价值,他们只能品味孤独的苦酒。但是,孤独的心灵毕竟渴求温情的慰藉。如果说这是一种二难处境的话,那么,乡关之思或许就成为一种唯一的心理补偿,'若个行人不忆家'(杨慎《渡黄河》)并非虚言。登高望乡,对月怀远,涉少思新,临风寄语,见夕阳而伤感,闻鸣雁而欲归,凡此种种,无不见诸诗文,坦露着一颗颗企盼抚慰的孤苦心灵。"②周晓琳将乡关之思看成游子孤独心灵的心理补偿的需要,是有一定道理的。但笔者倾向于从更深层的作家创作心理层面上来理解。格式塔心理学的"异质同构"理论告诉我们,事物之间的形式上的类似是艺术联想心理发生的基础。明乎此,我们就能理解中国文学中孤独感这种生命意识外化的图式了。笔者认为,中国文学孤独感的表现有三种原型性意象和范式:一是高台与高楼,经典名作就是陈子昂的

---

① 王立:《中国古代思乡文学主题的历时性检视》,《大连大学学报》2003 年第 3 期。
② 周晓琳:《中国古代文学"思乡"主题的文化内涵》,《绵阳师范高等专科学校学报》1999 年第 1 期。

《登幽州台歌》，诗人用登楼眺望写出空间的辽阔，在空旷无垠的空间背景上凸现诗人的孤独、寂寞、悲凉、苦闷；二是广袤的原野或水面，经典的作品就是杜甫的《旅夜书怀》，诗中，作者用"细草微风岸，危樯独夜舟"的近景和"星垂平野阔，月涌大江流"的远景形成鲜明的映衬，来凸现诗人的孤苦伶仃和孤独压抑；三是处身异乡或边陲的游子。而这三者都是契合于"但伤知音稀"的人生孤独感的。就异乡游子意象而言，身处异乡缺少关爱的人生困境、"愁思当告谁"的苦恼恰恰是人生孤独感的形象体现。这也是中国思乡文学具有震撼读者的无穷魅力的深层文化心理基础。

探讨本论题的范围，前提是廓清齐鲁文学的范围。笔者认为齐鲁文学应该包括齐鲁文人文学和民间文学。齐鲁文人文学应有广义和狭义之分。狭义的齐鲁文人文学是指籍贯为齐鲁大地（今山东全省）的作家的诗歌、词赋、散文、散曲、小说、戏曲等。广义的齐鲁文人文学是既包括籍贯为齐鲁区域的作家，也包括因为游历、仕宦等原因而寓居山东的作家所创作的作品，即创作于山东的作品，如苏轼曾先后两次在山东任职，尤其是曾任密州知州两年，并游历多处地方，在齐鲁大地上留下了诗130余首、词20余篇、文70多篇。在本书中，笔者采取狭义的理解，即将齐鲁思乡文学视为籍贯为齐鲁的作家所创作的思乡念亲的文学作品。

二、齐鲁思乡文学产生的社会文化基础

在传统社会中，文学和地域文化有着深厚的内在联系。齐鲁思乡文学的发生和艺术品格固然与时代、作家个体因素有着密切关系，但毫无疑问它首先是独特的齐鲁地域文化的产物。

第一，源远流长、深厚广泛的农耕文明传统。

农业生产的特殊性必然会形成人们强烈的地理空间观念和安土重迁意识，并从而使乡情乡恋成为一种恒久情怀与惯常心态，由此成为传统文学中的重要主题之一。齐鲁大地具有优越的农业生产条件。就齐地而言，《史记·货殖列传》称这里"齐带山海，膏壤千里，宜桑麻，人民多文采布帛鱼盐。"关于鲁地的农业生产条件，《史记·货殖列传》称这里"宜五谷桑麻六畜"。齐鲁大地是古代农业文明的重要发祥地之一。距今8500—7700年的后李文化遗址就出土了铲、磨盘、磨棒等石制农业生产工具和蚌铲、蚌镰等，

这说明当时社会经济已发展到农业占优势地位的阶段。大汶口文化时期和龙山文化时期，齐鲁大地进入了锄耕农业阶段，其遗址发掘中出土大量粟作遗存。岳石文化时期出现了标志农耕技术进步的方孔石锄和弧面石刀。在农耕文明长期稳定发展的基础上，齐鲁文化中形成了重农传统。《史记·货殖列传》云："邹鲁滨洙泗，犹有周公遗风……颇有桑麻之业。"《六韬·六守》中载太公之言，"大农、大工、大商，谓之三宝"，将农、工、商认为社会经济生活中为三宝，把"大农"放在三宝之首，认为农业的发展应放在工商业之先。《管子·山权数》篇载齐国统治者实行奖励农业专门人才的科技政策："民之能明于农事者，置之黄金一斤，直食八石；民之能蕃育六畜者，置之黄金一斤，直食八石；民之能树艺者，置之黄金一斤，直食八石；民之能树瓜瓠荤菜百果使蕃育者，置之黄金一斤，直食八石；民之能已疾病者，置之黄金一斤，直食八石；民之能知时，曰'岁且厄'，曰'某谷不登'曰'某谷丰'者，置之黄金一斤，直食八石；民之通于蚕桑，使蚕不疾病者，皆置之黄金一斤，直食八石。"这些足以证明定居农耕文明传统构成了齐鲁文化的基础。以土地为依托、以宗族和家庭为基本生产与社会生活为单位的定居农耕文明铸塑了齐鲁大地民众的生活认知习性、生命意识和文化心理，从而形成安土重迁、崇尚和谐人伦的生活习性和心理倾向，并最终影响铸就了齐鲁文学的文化精神。周晓琳关于中国农耕文化传统和中国作家的思乡情结关系的论述同样适用于齐鲁农耕文明与齐鲁作家文化心理的关系："更为重要的是，这一切最终都必然聚焦于'故乡'。'故乡'是人们自然生命的诞生地，作家也不例外。他们生于斯、长于斯，其精神深处和'故乡'有一种天然的联系——安土重迁是对'故乡'山水的情感眷恋，向往宁静和安稳是企盼与'故乡'长相厮守的心理折光，而亲近自然也总是首先由热爱'故乡'那片土地衍生的精神倾向。正是在这个意义上，对于中国古代作家而言，'故乡'可谓是他们精神的'根'。"①思乡情愫是农耕文明的必然产物。齐鲁文化所孕育的作家，他们所展现的思乡主体虽遭际各异，其作品中所传达出来的对故土的依恋感、对亲人的思念最终都归结于齐鲁农耕文明传统。

第二，深厚的儒家文化传统的影响。

---

① 周晓琳：《中国古代文学"思乡"主题的文化内涵》，《绵阳师范高等专科学校学报》1999 年第 1 期。

朱德发先生指出:"我认为齐鲁文化影响深远的乃是思想文化,即孔子、孟子创建的儒家学说,它既有严密的思想体系又有独特的话语系统。通过孔子设杏坛办教育的传播、周游列国的宣扬以及齐国稷下学宫的争鸣等渠道,使儒家学说逐步成为齐鲁文化的思想精华,随着时间的推移和实践的检验,儒学进入中华民族文化系统且成为最有生命力的组成部分;而齐鲁儒学的灵魂则是以人为本、以'仁'为核心的人学思想,即'爱人'与'泛爱众'的人道主义,这是齐鲁文化原创性的精华。"①儒家文化的实质是亲情伦理。《论语·学而》云:"弟子入则孝,出则弟,谨而信,泛爱众,而亲仁""君子本立而道生,孝弟也者,其为仁之本与!"在儒家看来,"仁"的出发点是从爱自己的亲人开始。传统社会中,人的亲情伦理是其社会属性的重要体现和人格生成点,而亲情伦理的实践是以居乡为基础的。因此在华夏文化中,亲情与乡土构成了内在的契合与同一。乡里是祖辈生活和安葬的地方,也是一个有着强烈的念宗追远意识的华夏传人心灵安顿的栖息地,也是和谐亲情伦理秩序的一种空间形态体现。对故土的眷恋也成为以绍续周礼为使命的儒家文化的一个因子。《论语·里仁》载孔子云:"父母在,不远游,游必有方。"在孔子看来,背井离乡和赡养双亲、履行家庭成员义务二者之间是有矛盾的。《孟子·滕文公》更进一步说:"死徙无出乡,乡田同井,出入相友,守望相助,疾病相扶持,则百姓亲睦。"在孟子看来,固守乡土是形成和谐亲睦社会秩序的基本保证。亲仁重礼成了齐鲁文化的一个优良传统。如《史记·儒林列传》载刘邦兵临城下时,"鲁中诸儒尚讲诵习礼乐,弦歌之声不绝"。思乡文学一个重要的内涵就是念亲。饱受儒家文化浸润的齐鲁文人在因为游学或游宦等原因而离家别亲时,他们内在的精神痛苦就可想而知了。内心的悲愁形诸吟咏,便造成了齐鲁思乡文学的繁盛。

三、齐鲁思乡文学概述

就整个中国古代文学而言,思乡题材渊源甚早,发轫于先秦的《诗经》与屈原。《诗经》中反映思乡恋土情怀的诗篇有 50 首,占整部《诗经》的16%。齐鲁思乡文学就是在这样深厚的文学遗产基础上喷薄而出的。

---

① 朱德发:《齐鲁文化与现代中国文学关系的沉思》,《文学评论》2005 年第 1 期。

1. 慷慨以任气,磊落以使才:最先唱响齐鲁思乡强音的作家王粲

相对于整个华夏思乡文学传统而言,齐鲁思乡文学的孕育、产生较晚,它是随着魏晋文学自觉时代的到来,在东汉末年社会动荡不安、战乱频仍的背景下出现的。齐鲁文学的第一个高峰期就是建安文学,作为重要代表作家的"建安七子"中就有王粲、刘桢、徐干、孔融四位。最先唱响思乡强音的齐鲁作家当为建安七子冠冕的王粲。王粲(177—217年),字仲宣,山阳高平(今山东邹县西南)人。由于中国北方长期战乱频仍,他不得不"复弃中国去,委身适荆蛮",投奔荆州刘表。而汉代的江南,正如《史记·货殖列传》记载:"楚越之地,地广人稀,饭稻羹鱼,或火耕而水耨""江南卑湿,丈夫早夭",生活条件和北方相比有着很大差异,而且生活水准与文化水平远远落后于北方,这自然使长久生活于北方的王粲产生强烈的不适感,而在这种情况下人很容易怀恋故土。此外,更重要的原因是王粲怀才不遇的人生遭际。《三国志·王卫二刘傅传》指出,当时的荆州统治者刘表并不器重才华横溢的王粲:"表以粲貌寝而体弱通侻,不甚重也"。因此寓居荆州时期的王粲时时为思乡情愫所困扰,从而在其诗赋中传达出浓郁的乡关之思。《七哀诗》其二通篇所表达的就是失意苦闷中的王粲寄居异地、怀念家乡的寂寞忧伤之情。开篇两句"荆蛮非我乡,何为久滞淫"中"荆蛮"和"非"二词凸现了诗人对所居异乡的疏离感。一个"久"字,既是离开家乡中原时日已久的客观情况,更是诗人漂泊孤独、没有归属感的主观心灵体验。反问的修辞方式的使用,淋漓尽致地表达了诗人思念故乡的痛苦。"方舟溯大江,日暮愁我心。山冈有余映,岩阿增重阴。狐狸驰赴穴,飞鸟翔故林。流波激清响,猴猿临岸吟。迅风拂裳袂,白露沾衣襟。"这一部分是写作者借漫游江上以抒泻思乡之愁,诗人巧妙地选取了"日暮"、"余映"、"狐狸"、"飞鸟"、"流波"、"猿啼"、"迅风"、"白露"等意象,透露出作者身在异乡客地的愁怀,表达了对故乡的思念之情。刘履《选诗补注》云:"此篇因久淹荆土,感物兴哀而作。其言日暮余映,以喻汉祚之微延,岩阿增阴以比僭乱之益盛。当此之时,或奔趋以附势,或恋栈道以徘徊,亦犹狐狸各驰赴穴,而飞鸟尚翔故林也。又况波响猿吟,风凄露冷,其气象萧索如此。因念久客羁栖,何有终极,则忧思至此,愈不可禁矣。"刘氏所论还是有一定道理的。"独夜不能寐,摄衣起抚琴。丝桐感人情,为我发悲音。"这一部分写诗人因为思乡的忧思所困,夜不成寐,起坐弹琴。最后两句"羁旅无终极,忧思壮难任。"照应开头,收束全诗,抒发了浓重的羁旅思乡之愁。

与本诗作于大约同时的《登楼赋》,是王粲登当阳城楼所写,主旨内容大体相同,抒发了作者寄居异地、怀念家乡的寂寞忧伤之情。这篇赋共分三部分。第一部分以"登兹楼以四望兮,聊暇日以销忧"开端,点明为消忧而登楼,一个"忧"字,揭示了全赋的情感底蕴。接着写风物美好、原野富饶,却是"虽信美而非吾土兮";第二部分抒发了思乡怀归的无限忧愁,先言离乡时间之久,乡思之深:"遭纷浊而迁逝兮,漫逾纪以迄今。情眷眷而怀归兮,孰忧思之可任";接着通过北望故乡而未见的典型动作写出了诗人思乡的悲愁:"凭轩槛以遥望兮,向北风而开襟。平原远而极目兮,蔽荆山之高岑。路逶迤而修迥兮,川既漾而济深。悲旧乡之壅隔兮,涕横坠而弗禁";最后用历史人物来进一步抒发自己的怀土忧思:"昔尼父之在陈兮,有归欤之叹音。钟仪幽而楚奏兮,庄舄显而越吟。人情同于怀土兮,岂穷达而异心!"第三部分点明了忧思的内涵,有志难展,希冀时世早日清平,以施展自己平生才力,建功立业。

王粲的思乡文学无论是从文化内涵上还是艺术品格上都有着突出成就,并对后世思乡文学产生了深远的影响。就文化内涵而言,作者将流寓思乡与才志不展的个人身世之悲与家国离乱之痛熔铸于一篇之中,互为背景,互相深化,故而悲思纷繁,沉郁深长,凸显着孤独悲郁的抒情主体形象。这一点可以说奠定了齐鲁思乡文学的基本内涵。就艺术品格而言,王粲的思乡文学尤其是《登楼赋》为后世思乡情感的表达提供了许多的艺术技巧和经典意象。例如"登楼(高)—思乡"这个经典的文学意象注入丰厚的文学意蕴并定型应该说是王粲的功绩。"登高望乡怀归"这个意象在先秦就有了,如前文所举《魏风·陟岵》就采用了重章叠唱的形式"陟彼岵兮,瞻望父兮""陟彼屺兮,瞻望母兮""陟彼冈兮,瞻望兄兮",写诗中的抒情主人公登上山冈的高处,遥望故乡亲人抒发情思。屈原作品亦有多处例子,《九章·涉江》云:"乘鄂渚而反顾兮,哀秋冬之绪风",洪兴祖《楚辞补注》曰:"言己登鄂渚高岸,还望楚国,向秋冬之风,愁而长叹,心中忧思也";《九章·哀郢》云:"登大坟以远望兮,聊以抒吾忧心",洪兴祖《楚辞补注》曰:"水中高者为坟。且展我情,泄忧思也。"而只有到了《登楼赋》,登高意象的内涵得到了极大丰富,呈现出立体感:既有视野开拓中眺望故乡而不得的悲愁,也有流寓飘零无人识己美质贤才的深沉的孤独感,还有河清未及、王道未平的乱离感,更有才华难展、功业未建的悲愤。自王粲以后,"登楼(高)"遂成为作家所垂青的抒泻其包涵乡思、孤独、怀才不遇等诸多悲愁情怀的意象。

2. 悠柔缠绵,浅语俱深:何逊的思乡诗

南北朝时,乡思文学写作成就最高的齐鲁作家当为何逊。何逊是梁代首屈一指的诗人。他的诗歌对岑参、杜甫、李贺、李商隐、王安石、苏轼、黄庭坚、高启等人都有一定的影响。何逊(？—518 年),字仲言,东海郯(今山东郯城县西)人,天生颖异,据《梁书·何逊传》载,他八岁即能赋诗。在绮艳流荡盛行的齐梁时代,他的诗歌能够独标一格,于浅显中见其清雅精炼,颇受时人赏识。《梁书·何逊传》载当时著名的文学家沈约和范云曾对他的诗文有过很高的评价:"南乡范云见其对策,大相称赏,因结忘年交好。自是一文一咏,云辄嗟赏,谓所亲曰:'顷观文人,质则过儒,丽则伤俗;其能含清浊,中今古,见之何生矣。'沈约亦爱其文,尝谓逊曰:'吾每读卿诗,一日三复,犹不能已。'其为名流所称如此。"他的诗亦为后世所推重。杜甫《解闷十二首》其七云:"颇学阴何苦用心";《北邻》亦云"能诗何水曹",《秋日夔州咏怀寄郑监审李宾客之芳一百韵》中以"阴何尚清省"评论阴铿和何逊。其诗篇多有化用何诗之句,如《发潭州》"岸花飞送客,樯燕语留人"就是由何逊《赠诸旧游》"岸花临水发,江燕绕樯飞"脱化而来,以拟人化手法,将花、鸟写得楚楚动人,以寄寓孤寂寥落之情。明人陆时雍《诗镜总论》对他的诗歌也评价颇高:"何逊诗,语语实际,了无滞色。其探景每入幽微,语气悠柔,读之殊不尽缠绵之致。""何逊以本色见佳,后之采真者,欲摹之而不及。陶之难摹,难其神也;何之难摹,难其韵也。何逊之后继有阴铿,阴何气韵相邻,而风华自布。见其婉而巧矣,微芳幽馥,时欲袭人。"鲁九皋《诗学源流考》云:"梁继齐统,何逊、沈约、范云、任昉、江淹、柳恽、吴均一时并起,诸子之才,水部为冠。"沈德潜《古诗源》卷十三称赞他的诗歌:"情辞宛转,浅语俱深。"足见其影响之大。

何逊思乡诗一个鲜明的特征是在工丽的写景中抒发乡愁旅思。如《慈姥矶》就是诗人辞家出门,友人送至慈姥矶下,次日送者舟归,有感而作。"暮烟起遥岸,斜日照安流"描绘出了一幅色彩明丽的画面:傍晚时分,夕阳余辉洒在宁静的江面上,沿江远远望去,只见两岸炊烟袅袅。"一同心赏夕,暂解去乡忧",诗人与朋友都为这优美的江畔暮景所陶醉,而作者也暂时忘却了离乡的悲愁。"野岸平沙合,连山近雾浮。客悲不自已,江上望归舟"写友人乘舟归去,诗人眺望着渐行渐远的船只,唯见滚滚江水、漫漫沙滩与峻峭的崖壁连成一片,两岸的层峦叠嶂也都笼罩在沉沉暮霭中。这触发了作者的思乡之情,孤独的诗人陷入了深深的悲哀之中。沈德潜《古诗源》卷十三云:"己不能归,而望他舟之归,情事黯然。"再如《边城思》:"柳黄未吐叶,水绿半含苔。春色边城动,客思故乡来。"柳色已黄但尚未吐出细叶;水色已绿但苔衣尚未长成,这正是冬尽春来、春意萌动之际。"春色边城动"起收束上文作用,一个"动"字,把春色逗露的时令特征表现得生动活泼。而边城这早到的春色催发了寄居异地的游子的刻骨乡愁。这种以捕捉早春物候变化来写游子乡思的手法对后世文学很有影响。如杜审言的《夕望江桥示萧咨议杨建康主簿诗》:"夕鸟已西度,残霞亦半消。风声动密竹,水影漾长桥。旅人多忧思,寒江复寂寥。尔情深恐落,予念返渔樵。何因适归愿,分路一扬镳。"诗歌的前半部分仍然是描写日暮时分之景:夕鸟西度,残霞半消,风过竹林,水映长桥,渲染出萧疏凄冷的悲凉气氛和诗人心灵的慵懒倦怠;诗人形影相吊,彷徨无措,从而发出了"旅人多愁思"的感慨。再如《望廨前水竹》:"萧萧丛竹映,澹澹平湖净。叶倒涟漪文,水漾檀栾影。相思不会面,相望空延颈。远天去浮云,长墟逗落影。幽忧与岁积,赏心随事屏。乡念一低回,白发生俄顷。"通过自然景色的描写抒发了作者和亲友相思不得相见的寂寞惆怅以及始终缠绕在心头的浓浓思乡之情。再如《渡连圻》其二:"连圻连不极,极望在云霞。绝壁无走兽,穷岸有盘楂。斜纷上籠稯,穿豁下岩岈。鱼游若拥剑,猿挂似悬瓜。阴岸生驳藓,伏水拂澄沙。客子行行倦,年光处处华。石蒲生促节,岩树落高花。暮潮还入浦,夕鸟飞向家。寓目皆乡思。何时见狭斜。"通过细腻工丽的写景,抒发了游子倦客思归的缠绵情致。

　　何逊思乡诗另一个鲜明的特征是作者将羁旅客思之愁与仕途蹭蹬、怀才不遇的人生失意感结合起来,使他的思乡诗更多具有一种生命悲凉意识,因而韵味无穷。何逊家庭出身界于高门和寒门之间,曾祖何承天历任尚书祠部郎、南台治书侍御史、尚书殿中郎兼左丞、衡阳内史、著作佐郎、御史中丞等。祖父何翼曾任员外郎,父亲何询曾任齐太尉中兵参军,至何逊时已家道衰落,自然没有高门世族子弟那样优越的仕进条件,所以在梁武帝天监初入仕时仅为奉朝请。后来由于赏识他文才的建安王萧伟的推荐,受到梁武帝的宠信,但由于耿介不拘的性格,受到梁武帝的指责,《梁书·何逊传》云

"后稍失意,帝曰:'吴均不均,何逊不逊。未若吾有朱异,信则异矣。'自是疏隔,希复得见。卒于仁威庐陵王记室。"何逊一生仕途多舛,主要以文才为诸王幕僚,郁郁不得志。所以他的诗歌充满抑郁不平之气,这也体现在他的思乡诗中。他的《赠诸游旧》就是一首旅中思乡述怀之作,其中亦有仕进不得志的感叹。这首诗可分两大部分。前十句"弱操不能植,薄伎竞无依。浅智终已矣,令名安可希。扰扰从役倦,屑屑身事微。少壮轻年月,迟暮惜光辉。一涂今未是,万绪昨如非"为第一部分,感叹自己才疏智浅,游宦无成。后十句"新知虽已乐,旧爱尽暌违。望乡空引领,极目泪沾衣。旅客长憔悴,春物自芳菲。岸花临水发,江燕绕樯飞。无由下征帆,独与暮潮归"为第二部分,抒发了作者的思乡念旧之情。诗人感慨自己扰扰于游宦,而与家乡的亲友已阔别日久,但是他始终魂牵梦系着故乡,引领远望,而故乡渺邈,所以诗人发出"望乡空引领"的慨叹,一个"空"字包涵了诗人由于思归不得而产生的无限的惆怅、无奈与伤感!归思不能实现而愈发难收,极目远望而无果,所以诗人泪洒衣襟。思乡的痛苦,将作者折磨得形容憔悴,这与姹紫嫣红的春草春花形成了鲜明的对比。即目所见,更加触动了作者的乡愁。于是他幻想乘船顺流而下,独与暮潮东归。想象极其新颖,富有创造力,其一是滚滚东流的江潮与东归故乡相联系,二者之间高度契合;其二是将潮水的翻滚与思乡愁绪的煎熬相联系,把思乡情绪表达的含蓄蕴藉,余味无穷。再如《日夕出富阳浦口和朗公》:"客心愁日暮,徙倚空望归。山烟敛树色,江水映霞辉。独鹤凌风逝,双凫出浪飞。故乡千余里,兹夕寒无衣。"道出了白日西沉岁月蹉跎事业无成的情愫,写尽了独在异乡孤苦无依的慨叹和望断天涯路、"故乡何处是"的惆怅。这首诗的艺术水平非常高,曹道衡先生评曰:"以气象胜,音律渐近唐调。"①

何逊还有许多诗歌是思乡和赠别酬答等题材混糅,这是何逊诗歌的一个特色,如《赠族人秩陵兄弟诗》在满怀自豪感地述说自己宗族的荣耀,称颂族弟官声卓著,感慨自己的困穷失意后,低吟出了自己的郁郁乡思:"羁旅无俦匹,形影自相亲。萧索高秋暮,砧杵鸣四邻。霏霏入窗雨,漠漠暗床尘。所思不可见,邈若胡与秦。愿子加餐饭,良会在何辰。"《入西塞示南府同僚诗》是一首应酬之作,也在诗中表达了浓郁的乡思之情:"伊余本羁客,

---

① 曹道衡、沈玉成:《南北朝文学史》,人民文学出版社1991年版,第205页。

重暌复心赏。望乡虽一路,怀归成二想。"

作为古代齐鲁作家中创作思乡题材最多产的作家之一,除上述诸诗外,何逊还有很多的思乡诗,其中用乐府体写成的《门有车马客》也是一首著名的思乡诗。"门有车马客,言是故乡来。故乡有书信,纵横印检开。开书看未极,行客屡相识。借问故乡来,潺湲泪不息。上言离别久,下言望应归。寸心将夜鹊,相逐向南飞。"这首诗通过典型的书信意象抒发缠绵的乡思和对亲人的挂念,很明显脱胎于《古诗十九首》之十七"孟冬寒气至"中"客从远方来,遗我一书札。上言长相思,下言久离别"语句,对唐代李白《门有车马客行》和王炎《门有车马客》有直接影响。

3. 唐宋时期的齐鲁思乡文学

曾大兴先生曾经从历史地理学的角度考察中国古代文学的地域性,他根据谭正璧先生《中国文学家大辞典》研究中国历代文学家的地理分布重心,得出这样的认识:"周秦时期文学家的地理分布重心在今天的山东、河南和湖北三省","两汉时期文学家的地理分布重心在今天的陕西、河南、河北、山东、江苏和安徽诸省","三国西晋时期文学家的分布重心在今天的陕西、河南、山西、河北、山东、江苏和安徽诸省","东晋十六国南北朝时期文学家的地理分布重心在今天的河南、山西、河北、山东、江苏、浙江、安徽和湖北诸省","隋唐五代时期文学家的地理分布重心在今天的陕西、河南、山西、甘肃、河北、江苏、浙江、湖北、福建诸省","宋辽金时期文学家的地理分布重心在今天的安徽、江苏、江西、浙江、四川、福建、河南诸省","元代文学家的地理分布重心在今天的安徽、江西、江苏、浙江、河北、北京、山东等省","明代文学家的地理分布重心在今天的江西、江苏、上海、安徽、浙江、广东、福建、山东等省","清代文学家的地理分布重心在今天的江西、江苏、上海、安徽、浙江、广东、福建、山东等省"。[①] 也就是说,就整个中国古代文学历程而言,山东在先秦两汉魏晋南北朝时期和元明清时期都是文学重心,而惟独在唐宋时期却被边缘化了,这样的态势是大体符合齐鲁文学发展状况的。齐鲁思乡文学亦是如此,但这时期产生了两位思乡文学大家:刘沧和李清照。下面就唐宋时期齐鲁思乡文学的一些重要作家做番析述。

---

① 曾大兴:《中国历代文学家的地理分布——兼谈文学的地域性》,《学术月刊》2003 年第 9 期。

储光羲(约706—约763年),兖州人。时人对他的诗评价相当高。殷璠《河岳英灵集》赞许他的诗"格高调逸,趣远情深,削尽常言,挟《风》《雅》之迹,浩然之气"。宋代苏辙于唐代诗人中,特别推重储光羲。《题韩驹秀才诗卷》云:"唐朝文士例能诗,李杜高深得到希。我读君诗笑无语,恍然重见储光羲。"用储诗来推许江西诗派诗人韩驹的作品。苏籀《栾城遗言》载苏辙以"高处似陶渊明,平处似王摩诘"来评价储诗。标志着储光羲诗歌最高成就和决定他在盛唐诗坛地位的,是他的田园诗。胡应麟《诗薮·外编》四称赞储诗"闲婉真至","往往出王、孟上","清而适"。管世铭《读雪山房唐诗序例》云:"真朴,善说田家"。张仲谋先生的评价更独具一格:"在盛唐诗坛上,李白、杜甫诸体兼工,堪称大家。其余诸家,边塞诗以高、岑为上,山水诗人以王、孟为先,田园诗则不能不让光羲居尊。这七个人再加上'七绝圣手'王昌龄,便是盛唐诗坛的八大诗人。若从田园诗一派的发展来看,储光羲作为唐代田园诗人的代表,上承陶渊明,下开范成大,堪称中国三大田园诗人之一。"①相对而言,他的思乡诗要逊色一些,但也不乏佳作。如《渭桥北亭作》:"停车渭阳暮,望望入秦京。不见鹓鸾道,如闻歌吹声。乡魂涉江水,客路指蒲城。独有故楼月,今来亭上明。"就抒写了思乡之情和羁旅之思。尤其是后四句将水陆跋涉的艰辛、栖居长亭的孤独寂寞和诗人浓烈的乡关之思融为一体,最后两句尤为新颖别致,闲婉真至。再如《夜到洛口入黄河》:"河洲多青草,朝暮增客愁。客愁惜朝暮,枉渚暂停舟。中宵大川静,解缆逐归流。浦溆既清旷,沿洄非阻修。登舻望落月,击汰悲新秋。倘遇乘槎客,永言星汉游。"表达了一种浓重的思乡之恋。他的思乡诗也具有质朴古雅的风格,正如《四库全书总目》所指出,他的诗"源出陶潜,质朴之中,有古雅之味,位置于王维、孟浩然间,殆无愧色。"

晚唐刘沧是一位著名诗人。刘沧字蕴灵,鲁人,其家在汶水之阳,后又长期在湖南居住。生卒年均不详,约唐懿宗咸通中前后在世。大中八年进士及第,曾任华原尉、龙门令等职。明人高棅《唐诗品汇》曾对晚唐诗歌作过这样的评价:"降而开成以后则有杜牧之豪纵,温飞卿之绮靡,李义山之隐僻,许用晦之偶对。他若刘沧、马戴、李频、李群玉辈尚能黾勉气格,将迈时流,此晚唐变态之极而遗风遗韵犹有存者焉。"关于刘沧在晚唐诗坛的地

---

① 张仲谋:《储光羲诗简论》,《徐州师范学院学报》1989年第2期。

位,解玺吾先生曾这样评价:"就整个晚唐诗的创作而论,刘沧固不及李商隐之深情绵邈、绮丽精工,也不如杜牧之雄姿英发,但却以其独特的空灵浪漫,堪与许浑比肩,从而与李商隐、杜牧、许浑一起成为晚唐最有影响的四大家,共同丰富了晚唐诗域。"①他的诗歌以怀古诗著称。《唐诗品汇》云:"若李商隐之长于咏史,许浑、刘沧之长于怀古,此其著也。……三子者虽不足以鸣乎《大雅》之音,亦变风之得其正者矣。"胡震亨在《唐音癸签》中说:"刘沧诗长于怀古,悲而不壮,语带秋意,衰世之音也欤?"其实,除却怀古诗外,他的思乡诗也为数颇多,且有着较高的艺术水准,亦体现着"悲而不壮,语带秋意"的艺术风格,传达出悲凉的意绪。

　　构成刘沧思乡诗基调的是诗人屡困科场而带来的人生失意感。据元人辛文房《唐才子传》载,刘沧屡举进士不第,得第时已白发苍苍。"士人落第,被拒绝于仕途大门之外,这是士人仕进之路上遇到的一次重大打击。他们的种种理想抱负被现实击碎,人生的意义被掏空。落第又无情地刺激了士人的灵魂,引起了士人对人生诸多问题的深沉思索。士人将其一一写之于诗,落第由此成为唐诗中一种极具审美价值的题材。""士人科举落第后,科场失意会加深其与外部世界的不和谐,从而强化他们思乡的念头和还乡的冲动。"②刘沧就是这样一位饱受落第人生打击的作家。《下第后怀旧居》就是下第文化的产物:"几到青门未立名,芳时多负故乡情。雨馀秦苑绿芜合,春尽灞原白发生。每见山泉长属意,终期身事在归耕。苹花覆水曲溪暮,独坐钓舟歌月明。"诗中,作者把屡试不第的失意痛苦移植到对故乡的眷恋、老大无成的悲愁和渴望归隐的情怀之中。在这里,诗人所表露的回归故乡的不仅是指其身心回归故土,还包括精神的回归,即寻找一种精神的寄托,以安顿因科举失败而困顿迷茫的心灵。回乡是形式,回归精神之故乡才是其实质。这是刘沧思乡诗超越于此前齐鲁作家的卓越之处。再如《下第东归途中书事》云:"峡路谁知倦此情,往来多是半年程。……东归海上有馀业,牢落田园荒草平。"这首诗也抒发了羁旅行役、思念家园、渴望归隐的情绪。《春日旅游》也抒发了诗人淹留在外、不得其归的痛苦。首联"玄

---

①　解玺吾:《论刘沧在晚唐诗坛的地位—兼及刘沧与许浑怀古咏史诗的比较》,《荆州师专学报》1998 年第 3 期。

②　李精一:《唐代落第诗所反映的士人情感特质》,《学术交流》2005 年第 6 期。

发辞家事远游,春风归雁一声愁"中,"玄发"一句先用"玄发",暗示诗人现在已"白发苍苍",极言离家时间之久和自己的困窘失意,"远游"二字突出自己多年游学的游子身份,又言离家时间之远。"春风"一句照应题目,风和日丽的春天本应是心情舒畅,可一声大雁北归的鸣叫却唤起了作者的乡土情思,秋去春归的大雁都能自由自在地飞回故乡,而人却不能,诗人的悲愁、苦闷就鲜明表达出来。颔联"花开忽忆故山树,月上自登临水楼",看着盛开的鲜花,诗人会想起故乡的山,故乡的树,在夜里,看着一轮明月悬挂高空,孤独的诗人也会漾起思乡的愁绪,登楼凝望故乡。颈联"浩浩晴原人独去,依依春草水分流"明媚的阳光、广袤的原野、茂盛的碧草、轻轻流淌的绿水,恰恰反衬出诗人孤苦伶仃的游子形象和颠连无告的心境。"独"字写出诗人的孤独落寞,"春草"意象也暗示思乡愁绪。尾联"秦川楚塞烟波隔,怨别路岐何日休"极言滞留的异乡和故乡相距甚遥,思乡的心情永无止息。

如同大多数作家,刘沧喜欢将思乡的情绪置于秋日的萧瑟凄凉氛围中,将羁旅异乡的悲愁和悲秋的情感体验相融合,来表达人生的失意感、挫折感和孤独感,从而使他的思乡诗更多地具有了生命内蕴,焕发出无穷的艺术魅力。如《旅馆书怀》:"秋看庭树换风烟,兄弟飘零寄海边。客计倦行分陕路,家贫休种汶阳田。云低远塞鸣寒雁,雨歇空山噪暮蝉。落叶虫丝满窗户,秋堂独坐思悠然。"这是一首七律,诗中抒发了作者秋日落寞的羁旅之思。在一个秋日的傍晚,天空刚刚下过一阵雨,诗人百无聊赖地独坐屋中,他看到的是"庭树换风烟""落叶虫丝满窗户",听到的是"鸣寒雁"、"鸣寒雁",这触发了他的无限感慨,既有贫困潦倒生活的悲怨,更有"兄弟飘零"的念亲之思和"客计倦行"的孤独困顿之感。再如《秋夕山斋即事》:"衡门无事闭苍苔,篱下萧疏野菊开。半夜秋风江色动,满山寒叶雨声来。雁飞关塞霜初落,书寄乡间人未回。独坐高窗此时节,一弹瑶瑟自成哀。"首联用"衡门"意象点明了自己的寒士身份,"闭苍苔"言寂寥,"无事"言落寞;"篱下野菊"用陶渊明"采菊东篱下"典故,写出诗人的高雅自赏,"萧疏"亦暗寓了诗人孤独、寂寞的情怀,造境精致而颇富内涵。尾联和颈联把萧瑟的景色与深沉的乡思水乳般交融在一起,使情景相生相映。尤其是颔联,颇得后人赞誉。清人叶矫然《龙性堂诗话》续集将其与许浑《咸阳城西楼晚眺》"溪云初起日沉阁,山雨欲来风满楼"相提并论,称"语意工妙相似,亦相敌"。潘德舆《养一斋诗话》誉其"七言之上也"。尾联则写自己思乡、失意、孤独的悲愁。

　　羁旅思乡是诗人情感世界的主旋律,生活中的细节小事都能触发诗人敏感的乡思之弦,如《与重幽上人话旧》:"云飞天末水空流,省与师同别异州。庭树蝉声初入夏,石床苔色几经秋。灯微静室生乡思,月上严城话旅游。自喜他年接巾舄,沧浪地近虎溪头。"与友人话旧引发了自己的绵绵乡思。由此可见,羁旅乡思是诗人创作的原动力。总的来说,在古代齐鲁思乡文学创作中,无论是数量还是质量,刘沧都是最优秀的作家之一。

　　北宋初期的作家王禹偁(954—1001年),字元之,济州巨野(今山东省巨野县)人。太宗太平兴国八年(983年)登进士第,授成武主簿,迁大理评事,移知长洲。端拱初,擢右拾遗、直史馆。后拜左司谏、知制诰。淳化二年(991年),贬商州团练副使。至道元年(995年),任翰林学士,坐讪谤,以工部郎中出知滁州,改知扬州。真宗即位,复知制诰,与修《太祖实录》,以直书史事,再贬出京,知黄州,徙蕲州。咸平四年卒。王禹偁诗文在当时影响很大。林逋《读王黄州集》曾赞叹说:"放达有唐唯白傅,纵横吾宋是黄州。"欧阳修《书王元之画像侧》赞曰:"想公风采常如在,顾我文章不足论。名姓已光青史上,壁间容貌任尘昏。"司马光《王内翰赠商洛庞主簿诗后序》云:"王公以文章独步当世"。王辟之《渑水燕在谈录》也曾载宋太宗言:"王某文章,独步当代,异日垂名不朽。"这均表明王禹偁在当时的文坛和诗坛居于核心地位。

　　和以前的齐鲁作家不同,由于王禹偁汲汲于政治活动,在他的心理世界中,只给了思乡这种情感很小的空间。构成王禹偁情感世界的主要是政治伦理情感:忠君、尽责、爱民、廉正。所以,在他的诗歌中,尽管时有思乡情绪的流露,但往往是淡淡的,而非浓重的。作于公元986年长洲任上的《再泛吴江》就是作者这种幽微的思乡心曲的表达。首联"二年为吏住江滨,重到江头照病身"照应题目,写出自己官位卑微和多病,而人在不得志和疾病的时候最容易思念故乡。颔联"满眼碧波输野鸟,一蓑疏雨属渔人"借写景突出飞鸟的自由和渔隐生活的闲适,表达了自己的欣羡之情。颈联"随船晓月孤轮白,入座晴山数点春"写自己为江上美景所吸引,写出了宁静和作者的轻松闲逸。尾联"张翰精灵还笑我,绿袍依旧惹埃尘"是巧妙用典,《晋书·张翰传》云:"翰因见秋风起,乃思吴中菰菜、莼菜、鲈鱼脍,曰:'人生贵得适志,何能羁宦数千里以要名爵乎?'遂命驾而归。"作者在这里说:在九泉下的张翰一定会笑我为什么还没有弃官回乡。表达了作者对仕途的些微厌倦和渴望归隐家乡田园寻求心灵宁静的心情。

王禹偁在太宗淳化二年（991）被贬为商州团练副使，历时两年，这是王禹偁创作力最旺盛的时期，是他一生中作诗数量最多，质量最佳之时期。在作于此时的一些诗歌中，作者也常常流露出淡淡的乡思。《村行》就是显著的一例。首联"马穿山径菊初黄，信马悠悠野兴长。"写诗人野兴正浓，信马随意而行在开满菊花的山间小路上。颔联"万壑有声含晚籁，数峰无语立斜阳"是千古名句。"万壑"极言山壑之多；"有声"暗写山泉淙淙；山峰本不能言，以无语称之，不从正面着墨，而从反面出之，读来饶有情趣。正如钱钟书先生所说："按逻辑说来，'反'包含先有'正'，否定命题总预先假设着肯定命题。诗人常常运用这个道理。山峰本来是不能语而'无语'的，王禹偁说它们'无语'，或如龚自珍《己亥杂诗》说'送我摇鞭竟东去，此山不语看中原'，并不违反事实；但是同时也仿佛表示它们原先能语、有语、欲语而此刻忽然'无语'。这样，'数峰无语''此山不语'才不是一句不消说得的废话。改用正面的说法，例如'数峰毕静'，就减削了意味。"①"立斜阳"，更见晚山可爱，无限好景。颈联"棠梨叶落胭脂色，荞麦花开白雪香"写成熟的棠梨秋叶落尽，红如胭脂的果实挂满枝头；荞麦开花，宛如一片白雪，鲜明的色彩蕴涵着关注民众生活的诗人的丰收的欣喜。可是尾联"何事吟余忽惆怅？村桥原树似吾乡"却在一问一答中语意陡转，宦游异乡的作者对景思乡，村庄的桥、原野上的树都似作者家乡的风物，这就含蓄委婉地表达了贬谪异地、抱负难展、有家难归的作者的痛苦。这是一首风物如画的秋景诗，也是一支宛转动人的思乡曲。《九日山州见菊花》也反映了作者的思乡情绪。前四句写自己官场蹭蹬、漂泊沦落。"节近登高忽叹嗟，经年憔悴别京华。二车何处搔蓬鬓？九日山洲见菊花。"后四句故作旷达之语："梦里荣衰安足道，眼前杯酒且须赊。商於邹鲁虽迢递，大抵携家即是家。"说梦的预示荣衰有什么值得说的呢，暂且借美酒享受生活。虽然谪居的商州离我的家乡很遥远，但既然携带家眷而来，我就把这里当作我的家乡吧。旷达中流露出对家乡的思念。

王禹偁的诗有时把思乡和对官场的厌倦、渴望归隐情绪的宣泄相联系。

---

① 钱钟书：《宋诗选注》，人民文学出版社 1982 年版，第 9 页。

如《春郊独步》前四句写春日傍晚，孤独的诗人郊外散心："襟袖飘飘晚吹轻，孤吟何必共人行。绿杨系马寻芳径，春草随人上古城。"中间两句"不愤黄鹂夸巧舌，多惭戴胜劝归耕"表达了归隐故乡的心情。最后两句"凭高朗吟沉湘赋，自许吾生似贾生"感慨自己像屈原、贾谊那样怀才不遇。《自笑》也是如此："年来失职别金銮，身世漂沦鬓发残。贫藉俸钱犹典郡，老为郎吏是何官。开樽暂喜愁肠破，堆案仍劳病眼看。自笑不归田里去，谩将名姓挂朝端。"开头四句感慨自己遭受贬谪、怀忠见斥、身世漂泊、身心憔悴、位微俸薄、老而无成的悲慨；后四句写借酒浇愁、萌生归田之意。尤其是在一些诗歌中，作者借隐士意象表达了这种心曲。如《和送道服与喻辛》："朝客吟诗送羽衣，应知彭泽久思归"，《寄丰阳喻长官》："犹言彭泽终归去，自柳青青槛菊英"，《遣兴》："祈为慈亲忆归去，商山不隐隐何山"等。

难能可贵的是诗人作为关心民生的良吏，他密切关注着社会底层，包括那些离乡背井的流民，《感流亡》记述了长安流民饥寒交迫的生活惨状，也写出了他们的悠悠思乡情怀。如"门临商於路，有客憩檐前。老翁与病妪，头鬓皆皤然。呱呱三儿泣，惸惸一夫鳏。道粮无斗粟，路费无百钱。聚头未有食，颜色颇饥寒。试问何许人，答云家长安。去年关辅旱，逐熟入穰川。妇死埋异乡，客贫思故园。故园虽孔迩，秦岭隔蓝关"，表达了对人民的深切同情。

北宋末年南宋初期婉约派大家李清照也是齐鲁作家。清朝沈去矜《填词杂说》里赞她："男中李后主，女中李易安，极是当行本色。"足见其在词史上之地位。李清照的生活和创作以靖康之变为一个大的分水岭，为了躲避战乱，李清照举家只得避居江南，在辗转流离之中，丈夫病世。国破家亡的痛苦现实，使她的创作表现出深沉的忧患意识和家国之思。因此，李清照的思乡文学创作主要集中于她南渡之后。她的思乡文学无论是思想内容还是艺术技巧都有很高的价值。

李清照思乡文学一个鲜明的特征就是浓郁的家园之念与深沉的故国之恨有机交融在一起。其中最有名的思乡之作《菩萨蛮》就是如此："风柔日薄春犹早，夹衫乍著心情好。睡起觉微寒，梅花鬓上残。故乡何处是？忘了除非醉。沈水卧时烧，香消酒未消。"这首词写了早春季节女词人对故国乡关无限怀念的深情。上阕先描绘了一幅早春图：和暖的春风，明媚的阳光。温暖的春天里，人们脱去笨重的冬装，心情变得愉悦轻快，但由于感觉到了江南早临的暖春,作者自然会想起那寒意料峭的故园,"睡起觉微寒",已透露了作者内心的隐痛。下片陡然一转,词人直抒胸臆,"故乡何处是",哪里是我日夜思念的故乡啊?此句含义极其丰富,一者是说遥远的故乡正被金人铁蹄践踏而难归,二者是暗示作者无数次的遥望故乡。"忘了除非醉",只有在酒醉中才能忘掉故乡,可见词人清醒时无时无刻不在思念故乡,这种既不能忘记故乡又无法回到故乡的苦闷显示出了李清照乡思文学的独特性和深刻性。再如《永遇乐·元宵》:"落日熔金,暮云合璧,人在何处?染柳烟浓,吹梅笛怨,春意知几许?元宵佳节,融和天气,次第岂无风雨?来相召,香车宝马,谢他酒朋诗侣。中州盛日,闺门多暇,记得偏重三五。铺翠冠儿,捻金雪柳,簇带争济楚。如今憔悴,风鬟霜鬓,怕见夜间出去。"上阕中,"人在何处"的设问,展现了作者漂泊异乡的凄凉愁怀;一个"怨"字,一个"春意知几许"的设问,写出了晚景凄凉的感伤;明明是"融和天气",作者却来了一个"次第岂无风雨"的设问,反映出晚年生活动荡不安祸福莫测的忧患。接下来的三句则写出作者心灰意懒,了无兴致的心态。下片起始回忆昔日汴京元宵盛况和自己的心情,构成今昔的强烈对比,把词人流落他乡孤独寂寞的心情,深切的亡国之恨融合在一起。

李清照思乡文学多用一些经典的传统写愁意象来倾诉她的乡关之思、羁旅之愁和流离之悲。使其愁绪的抒发婉转缠绵,意蕴丰厚。如《菩萨蛮》:"归鸿声断残云碧,背窗雪落炉烟直。烛底凤钗明,钗头人胜轻。角声催晓漏,曙色回牛斗。春意看花难,西风留旧寒。"起首两句用"归鸿""碧云"两个意象,暗示了一种飘零异地之感。三、四两句传达出哀愁满腔的词人形象。下片前两句中"角声"、"晓漏"两个意象暗示了词人为羁旅所愁,彻夜未眠。下片的最后两句尤其是"西风"意象则写词人的惆怅情怀使自己无意赏春。整首词细腻委婉地表达了作者客居异地、思念家乡的悲愁。再如《添字采桑子》:"窗前谁种芭蕉树?阴满中庭,阴满中庭,叶叶心心,舒卷有余情。伤心枕上三更雨,点滴霖霪,点滴霖霪,愁损北人,不惯起来听。"整首词借芭蕉意象抒发了词人怀恋故国、故土之幽情。上阕中词人着意描写芭蕉心卷缩着,叶舒展着,这一卷一舒,象是含情脉脉,相依相恋,情意无限深挚绵长,极其形象地表现了词人对中原故国、家乡故土的绵绵不断的思念和怀恋。下片写夜听雨打芭蕉声,突出"愁损北人,不惯起来听",表现了词人飘零沦丧的异乡之感。李清照的诗《春残》也是如此。"春残何事苦思乡,病里梳头恨发长。梁燕语多终日在,蔷薇风细一帘香。"诗歌运用残春、头发、梁燕等一系列意象抒写了作者深切的思乡之情。

李清照的怀乡诗词是齐鲁思乡文学的又一个新高峰,表达了乱离时代天才作家的离乡亡国的巨痛,表现出一种对生命价值的内省和感悟,因而有着不朽的艺术价值。

辛弃疾,出生前13年,山东一带即已为金兵侵占。绍兴三十一年(1161年)率两千民众参加北方抗金义军,次年奉表归南宋,先后任江阴签判,建康通判,滁州知州,江西提点刑狱,湖北湖南转运副使,潭州知州兼湖南安抚使等。对于他的创作倾向,李修生先生的概括非常精辟:"生活在宋金对峙时期的辛弃疾,他的词不再只是词人的词,而是作为一名爱国志士的心声,他以赤诚之心爱着自己的祖国,渴望为她战斗,因此他的词中爱国思想与战斗精神成为主要内容。"①因此,在他的文学创作中,绝少儿女情长的乡关之思。即使在作品中偶尔现出思乡的情愫,也被作者升华成悲慨深沉的中原故国之思。如《水龙吟》:"楚天千里清秋,水随天去秋无际。遥岑远目,献愁供恨,玉簪螺髻。落日楼头,断鸿声里,江南游子。把吴钩看了,栏干拍遍,无人会,登临意。休说鲈鱼堪脍,尽西风,季鹰归未? 求田问舍,怕应羞见,刘郎才气。可惜流年,忧愁风雨,树犹如此! 倩何人,唤取红巾翠袖,揾英雄泪。"上阕中,用了一系列经典意象如落日、登楼、断鸿、吴钩、栏杆等,表达了作者的抑郁苦闷,这其中有一缕乡思,但更多表达的是壮志难酬、忧虑国事的情怀。下阕用张季鹰思乡典故,表明作者也动了思念家乡的情绪,但词人深知,中原尚未统一,不可能回到沦陷区的家乡,况且恢复大业尚未完成,大丈夫何以为家。所以作者在这首词里传达的是极其错综复杂的情绪:空有杀敌志向无法施展的悲痛、忧郁、惆怅,知音难觅、难以排遣的孤独感,虚掷光阴的悲哀与苦闷。而思乡的情绪仅是淡淡的一缕。再如《满江红·题冷泉亭》:"直节堂堂,看夹道冠缨拱立。渐翠谷、群仙东下,佩环声急。谁信天峰飞堕地,傍湖千丈开青壁。是当年、玉斧削方壶,无人误。山木润,琅玕湿。秋露下,琼珠滴。向危亭横跨,玉渊澄碧。醉舞且摇鸾凤影,浩歌莫遣鱼龙泣。恨此中、风物本吾家,今为客。"词的最后三句意泉亭周围景物,有和作者家乡相似的地方,触发了作者的乡思,但北方失地未能收

---

① 李修生:《中国文学史纲要(宋辽金元文学)》,北京大学出版社1990年版,第124页。

复，不但夙愿难酬，而且永难再回故乡。只能长期在南方作客，郁郁不得志，因而触景怀旧，便有了无限伤感。这首词由西湖景物触动作者的思乡之情联想到国家民族的悲哀，表达含蓄悲愤深广。

4. 元明清时期的齐鲁思乡文学

元明清时期，齐鲁文学发展是较为强劲的，但主要表现在小说和戏曲等方面，涌现出了众多的杰出作家和作品。如在元杂剧繁盛时出现的以东平为中心，包括济南、棣州、益都等地的山东作家群，如高文秀、康进之、武汉臣等。明清小说中有杰出的作品《金瓶梅》和蒲松龄等。和小说、戏曲相比，作为思乡文学主要载体的诗词相对于唐宋以来则是大大地衰落。在齐鲁思乡文学的创作中，以宋琬成就为最高。

元代作家中，张养浩应该引起我们的注意。张养浩（1270—1329 年），字希孟，号云庄，山东历城（今济南）人，曾任监察御史、陕西行台中丞等官职。他曾创作过抒写思乡情感的作品。如《上都道中》"穷洹惟沙漠，昔闻今信然。行人鬓有雪，野店灶无烟。白草牛羊地，黄云雕鹗天。故乡何处是，愁绝晚风前。"作者为我们展现了塞北风光：无穷的大漠、摇曳的白草、遍地的牛羊，黄云滚滚、雕鹗翱翔，人烟稀少，写出了边地的空旷、寂寞，衬托了作者的孤独，于是日暮晚风勾起了作者对故乡的思念。张养浩的思乡情感大多数情况下和仕途失意、心萌退意、渴望归隐的人生情感交织在一起。如《上都察院》："柏台人散坐堆㙏，默记滦江四往回。发为鹰冠容易雪，心因涡角等闲灰。惭无元素回天策，空负坡仙酹月杯。两处飘零家万里，乱山遮断白云堆。"这首诗传达一种幽愤悲伤的情感。在颔联中，作者强调尽心国事而日显衰老，同时表现出了对官场浮名的厌倦；在颈联中，作者则感慨自己没有张元素那样的良谋奇策改变污浊的吏治，功名事业未就，也没有当年苏轼那样的豁达胸怀；尾联则直抒念乡欲归的心情。漂泊万里与亲友隔绝，而自己仕途坎坷，便欲辞官归隐，回到家乡。政治上不为君主重用的压抑感，功业未成的挫折感、漂泊异乡的羁旅感构成了作者心灵痛苦的原因，作者便渴望归隐以消除这种痛苦。他的《直省》诗也是如此："翠荫长廊树影深，尘喧收尽鸟遗音。古今吾道穷途恨，日夜家山故国心。花簇凤池春欲合，云连仙岛昼常阴。书生习气真堪笑，簿领如山尚苦吟。"这首诗同样表达了对仕途险患的切身体验，政治抱负无法实现的叹恨以及自己厌官思归的心情。

　　宋琬(1614—1674年)字玉叔,号荔裳,莱阳(今属山东)人。宋琬是清初著名诗人,王士禛《池北偶谈》说:"康熙以来诗人,无出南施北宋之右,宣城施闰章愚山,莱阳宋琬荔裳是也。"沈德潜《清诗别裁》说:"宋以雄健磊落胜"。顺治四年(1647)进士,授户部主事,累迁吏部清代郎中,出为陇西道。顺治十八年擢浙江按察使,因山东于七农民起义,仇家告他有牵连,因此,系禁三年,几乎死于狱中。获释后,长时期流寓吴、越,至康熙十一年起用,授四川按察使。次年入京觐见,适逢吴三桂举兵占领成都,因家属留蜀,惊悸忧愁去世。宋琬一生,历尽坎坷。父亲因抗清被杀,中年以后虽然跻身官场,但一直不被重用,曾两次入狱。由此其诗充满凄怆、悲郁色彩,这也表现在他的思乡文学中。

　　宋琬的思乡文学主要表现为诗和词两种文体。我们先来分析一下他的思乡诗。不同于以前的作家,思乡在宋琬一生的精神轨迹中都占据着重要地位。无论是家国重大变故还是生活琐事,都能触发诗人的乡关之思。这在他不同阶段的诗歌创作中都有反映。

　　崇祯16年(1643年),清兵入扰莱阳,宋琬父亲宋应亨殉国,此时宋琬兄弟由杭州抵京师准备返乡,听到这个消息,悲痛中的宋琬创作了《纪愁诗》八首,且看其中的三首。其二:"岂曰无兄弟,茕茕但觉孤。未归深死恨,不死欲何图。旧巷狐狸怒,空城乌鹊呼。艰难思草木,何得寸心无?"其四:"兵火心犹栗,音书骨尚惊。下殇怜弱子,肯构赖吾兄。假寐时求夜,无言坐到明。故园当此际,安敢问人情。"其六:"中夜起彷徨,胡为滞此方。泪如浮枕去,梦不信家亡。仰面霜盈屋,开扉月满梁。曾闻飞海水,今日果沧桑。"家国的变故仿佛抽去了诗人的精神支柱,面对这个世界,他突然觉得孤独可怕,觉得生不如死,他自责不能在父亲遇难时陪侍在父亲身边,他想象中的家园是一片死寂、荒芜、败落,父死家毁的精神创伤导致他夜不成寐。在这里,思乡情感的表达和家国之恨紧紧地纠结在一起。

　　在躲避战乱南逃的过程中,诗人和家人经历了许多的坎坷、磨难、生离死别甚至是生命之虞,这往往引起他的颠沛流离之感和朝不保夕的生命忧叹,其中往往包蕴着深挚的乡关之思。且看《赵韫退嘉禾之变坠水得免未几家兄与余溺焉亦幸无恙作此志慨并寄赵子》:"筮得号晦兆,鲛宫几与邻。何堪同作客,各讶再为人。世乱轻肤发,时危听鬼神。乡关那可望,日夜泣波臣。"作者深深地感慨自己和亲友同为流离之人,险些葬身鱼腹,现在真有些两世为人的感觉;在乱世中,人无法支配自己的命运和遭遇,只能听命于鬼神,这是作者在颠沛流离的逃亡生涯中所体验的生命的虚无感和无力感,作者渴望的是故乡带给自己的和平安定与宁静。《京口遣怀时江上戒严》也表现的是战乱所给自己带来的心灵创伤:"丧乱逢今日,驱驰弱此心。出忘南北路,坐废短长吟。竹林怀新雨,樱桃忆旧林。缄书那可寄,乡国少来音。"长期的颠沛流离使自己变得身心疲惫和麻木,多么渴望再能回到记忆中美好和平宁静的故乡田园生活呀,但乡国却音信稀少,遑论回归故乡。在逃亡的途中,忠诚的仆人因长期漂泊染病,而又无钱延医而死,诗人创作《悼亡仆》来表示自己的悲悼,"汝病乏良药,吾贫止壁惟",在悲悼亡仆的同时诗人也寄寓了自身的身世之感,多么渴望早日结束这流离生活呀,"妻子一时泪,主人何时归"。

诗人两次入狱,在狱中,他创作了许多诗歌来抒发自己的生命悲愁之感,其中两篇名作《狱中对月》和《悲落叶》都表达了思乡情绪。我们先来看《狱中对月》:"疏星耿耿逼人寒,清漏丁丁画角残。客泪久从愁外尽,月明犹许醉中看。栖乌绕树冰霜苦,哀雁横天关塞难。料得故园今夜梦,随风应已到长安?"诗歌运用了清漏、画角、泪、月、栖乌、冰霜、哀雁、关塞等一系列经典意象为我们营造了凄凉、死寂、悲愁的境界,最后在尾联中点明了心系故园的情怀。再看乐府体《悲落叶》:"悲落叶,落叶纷相接,无复语流莺,飘摇舞黄蝶。朝如繁华之佳人,夕若蘼芜之弃妾。因风起,从风飞,放臣羁客那忍见,攀条揽捉空沾衣。徘徊绕故枝,柯干长乖违。凛凛岁云暮,此去将安归。悲落叶,伤心胸。愿因征鸟翼,吹我到乡中。"将无限的人生感慨如人生易老的垂暮之感、命运支配下的无力感、滞留异乡的羁旅感、前途难测的无归宿感等淋漓尽致地表达出来,最后归结为愿因鸟翼返乡的愿望。在这里,故乡实际成为了诗人受伤心灵的安顿之地。

作者在流寓吴越时也写了许多思乡诗,其中《故山诗》六首值得我们注意。作者在诗前小序中明确交代这是诗人表达思乡情感的。"余家海上有林园山墅之乐,自逢多故仅有存者,十年之间未尝一日栖焉,岁时乃尽,眷我旧居,作故山诗。"兹将六首诗录之如下:

> 汩汩哀时序,悠悠思故山。敝庐沧海曲,荒径翠微间。幻梦惊藏鹿,狂歌欲放鹇。年年芳草绿,惆怅未能还。
>
> 小筑清溪上,茅斋万壑围。蔽荟开木笔,见玩弄金衣。树色平临

榻,泉声曲抱扉。苍茫烟水外,闲杀钓鱼矶。

涧水东西合,邻人上下居。数竿穿径竹,一寸跳波鱼。户外求羊
履,床前郭橐书。幸留牙齿健,薇蕨敢辞余。

步履违人事,空山遣物华。燕泥沾柳絮,莺语落桐花。采药春方
晚,寻源日已斜。兴来殊未懒,冒雨自锄瓜。

暇日谁能数,秋来胜事多。风飘万里雁,木落五沽河。索月桐间
引,银笙枣下歌。沧州无限意,回首愧渔蓑。

别业旌旗口,峰峦迂画图。白云千嶂合,红叶一村孤。池鹤今谁
主,林莺屡换雏。纵令归计稳,须借老藤扶。

这六首诗从结构上看,往往是在前半部分写景,纵情描绘回忆或想象中
的故乡美丽、安宁、闲适的田园风光和生活;后半部分是抒情,抒发诗人深切
的思乡情怀和渴望隐逸的生活情趣。此外,作者入蜀为官的旅途中所作的
《江上阻风》也是一首优美的思乡诗:"睡起无聊倚舵楼,瞿塘西望路悠悠。
长江巨浪征人泪,一夜西风共白头。"写得警策缠绵,颇有韵致。

目前来看,玉叔传世的词作共有174首,大多为第二次出狱后流寓江南
时所作,其中《入蜀集》下卷收词27首,《二乡亭词》收词147首。宋琬也往
往借助词来表达对远处家乡和朋友的思念。如同他的诗,宋琬多选取秋月、
寒蛩、蟋蟀、芭蕉、凉雨、秋雁之类的意象来营造一种凄清孤冷的情境,抒发
客居岁月中的无奈和悲凉,对远处家乡和朋友的思念。如《虞美人·遣
怀》、《满江红·旅夜闻蟋蟀声作》、《浪淘沙·秋旅》、《旧雨来·客金陵雨
中作》、《眼儿媚·忆故园作》、《采桑子·舟中见雁有感》、《一剪梅·思家
作》等,其中影响比较大的有《鹧鸪天·遣怀》、《蝶恋花·旅月怀人》和《唐
多令·孤馆》。我们先来看一下《鹧鸪天·遣怀》:"咄咄书空唤奈何,自怜
身世转蹉跎。长卿已倦秋风客。坡老休嗔春梦婆。朝梵夹,暮渔蓑,闲中岁
月易消磨。谁言白发无根蒂?只为穷愁种得多。"上片"秋风客""春梦婆"
既是用典,又是经典意象,写出词人羁旅异乡、归期无望的落寞孤独,也写出
了词人颠沛流离、世事空幻、人生蹉跎之感。下片"梵夹""渔蓑"两个意象
突出作者欲以溺佛、渔隐销愁,极言其愁绪之深切,最后用"白发"意象突出
自己由于颠沛流离的穷愁已悟到人生空幻的佛学真谛。再看《蝶恋花·旅
月怀人》:"月去疏帘才数尺,鸟鹊惊飞,一片伤心白。万里故人关塞隔,南
楼谁弄梅花笛?蟋蟀灯前欺病客。清影徘徊,欲睡何由得?墙角芭蕉风瑟

瑟,方伊遮掩窗儿黑。"上片头三句,着重写月意象,突出其惨白,令人心悸;后两句用"关塞"突出亲友故交与自己相距之遥远、幽隔,用"梅花笛"意象突出其幽怨,暗示怀乡念人的悲愁。下片则进一步用"蟋蟀秋鸣""风中芭蕉"的音响意象突出自己孤独伶仃、羁旅异乡的"病客"形象。最后看《唐多令·孤馆》:"窗外雨渐渐,凉飙戛竹枝。赖征鸿、唤起魂痴。安得波斯千里镜,重照见、晓妆时。孤馆被秋欺,啼螀搅梦思。写离愁、空费乌丝。纵有金针五色线,穿不起、泪珠儿。"作者选取了雨、征鸿、啼螀等经典意象,尤其是最后三句用了一个新颖的"金针五色线"意象,新巧至极,将万千愁绪表达得妥帖自然。

总的来看,作为清初"国朝六大家"之一,在齐鲁作家中,宋琬的思乡文学成就是整个元明清时期最高的。尽管在这个历史时期,齐鲁大地成为文学重镇,仅就诗词领域而言,涌现了许多名家。在有明一代,有"后七子"的领袖人物李攀龙,沈德潜《说诗晬语》称"世人无不争效其体";亦有"后七子"的另一名家谢榛等。所以王士禛《古夫于亭杂录》曾自豪地说:"吾乡风雅,明季最盛。"在清代,齐鲁大地更是在很长的一段时间内是全国诗坛中心,活跃着诸多文学流派,如影响最大的神韵诗派,其领袖人物王士禛,确如邓之诚《清诗纪事初编》所言:"洎乎晚岁,篇章愈富,名位愈高,海内能诗者,几无不出其门下,主持风雅近五十年。"此外还有赵执信所创立的饴山诗派和以李宪噩、李宪乔为代表的高密诗派等。他们中尽管也有人写了乡愁,如王士禛的《息斋夜宿即事怀故园》:"夜来微雨歇,河汉在西堂。萤火出深碧,池荷闻暗香。开窗邻竹树,高枕忆沧浪。此夕南枝鸟,无因到故乡。"抒发了旅居异地、思念家乡和朋友的愁绪。但无论是从思乡主题反映的广度还是深度而言,无人能同宋琬相抗衡。宋琬和王粲、何逊、刘沧、李清照一起代表了中国古代齐鲁思乡文学的最高成就。

四、齐鲁思乡文学的特征

以上我们对古代齐鲁思乡文学作了番匆匆的巡礼,尽管有走马观花之嫌,但我们似乎能抽绎出齐鲁思乡文学的某些特征。

在齐鲁思乡文学中,作家思乡情感的抒发往往和其他人生负面情感体验密切交织混溶在一起,呈现出浑厚深广的美学特质。在中国传统文化中,对于一个知识分子来说,他的幸福体验的获得既建立在建功立业以扬名耀宗的社会价值实现上,也建立在阖家团聚、人伦有序的亲情满足感基础上。而这一切都与"家乡"这个文化范畴相联系。这就决定了诗人们为追寻人生意义而不得不离乡;但灵魂深处浓厚的血缘亲情意识和地缘乡土观念又使他们内心充满了强烈的游子思归和怀乡的悲伤情绪。因此从情感本质上来说,思乡是潜伏于每个游子内心的不可抗拒的、无法避免的一种人生悲剧性的情感体验。周晓琳曾对此作过精辟的概括:"如果我们走进中国古代文人的心灵世界,便不难发现,他们搏取功名的动因一方面是因为儒家'兼济天下'的思想铸就的价值取向使然,而另一方面则为'正位乎外'的社会角色意识所驱动。立身行道,科举登第,光耀门楣,扬名显亲,封妻荫子,这是男子汉应该承担的家庭责任,'仕宦而致将相,富贵而归故乡',这一人生设计充分显示了游子之'游'与家的内在联系。唯其如此,当古代文人在社会的广阔的舞台上展开个体生命时,家乡、亲情也就构成了坚强的精神支柱,他们在梦归家山求得片刻心灵慰藉的同时也强化着自己对家庭的责任意识,只不过这种强化是以一种悲剧性的情感体验方式表现出来的。"①这就决定了中国传统文学中乡关之思作为知识分子的精神归宿成为一切悲愁性生命体验的汇聚体。这在齐鲁思乡文学中表现得很明显。齐鲁作家往往在思乡情绪的舒泻中注入了人生失意的诸端情绪,有的是抒发屡困科场、举业难成的挫折感、落拓感,尤以刘沧为典型;有的是步入官场而被边缘化因而抒发对宦海风波的厌倦,尤以何逊为典型;有的是抒发明珠投暗、怀才不遇的悲愁,尤以王粲为典型;有的是抒发社会动乱失序状态下个体颠沛流离的痛苦、生命朝不保夕的忧虑感、个体价值无从实现的虚幻感,尤以李清照和宋琬为典型。我们将齐鲁文学中的思乡主题与其他主题对照,就会发现其在数量上是不多的,但精神内涵的深广性决定了齐鲁思乡文学的成就是巨大的。

齐鲁思乡文学表现出一种浑厚雅正的齐鲁地域文化特征。李少群和乔力先生精辟地指出:"以社会群体关怀为主流人文精神的山东文学,是以孔子及儒学家说为基础的,尽管间或有取于释、老者,但也总是被儒家思想所

---

① 周晓琳:《中国古代文学"思乡"主题的文化内涵》,《绵阳师范高等专科学校学报》1999 年第 1 期。

统摄,从未占据过主导位置。他们是属于外向型的,往往对外在的社会现实持一种积极参与、主动干预的姿态,执着于时事的批判和志向的诉求,遂由之牵引激扬起自我内在心灵的动荡———这种内心思考和情感意绪的抒发渲泄也往往指向外部世界,使个体消解而汇融于群体内。根源于此,自然就特别注重文学'载道明志'、社会政治教化的功利价值取向,在寄托于文学的现实超越特质的同时,又使之兼纳着一般实际行为层面的意义。"①齐鲁思乡文学在情感的表达上凸现的是注重人伦、正直笃厚、善自检束、不放浪情怀的文化表征。齐鲁思乡文学的情感指向是家国命运、宗亲故旧,更多地表现为社会人伦性,这一点和柳永等人羁旅文学形成鲜明对照,柳永的行旅词中,词人所思之人没有父母兄弟,基本上,或者说绝大多数的思念对象是青楼女子,表现出鲜明的个体情性。这固然有多种原因,但地域文化特色无疑是一个重要方面。

第二节　建安风骨与左思风力：文学主流的时序嬗变与时世意义

从建安到西晋,是中国文学特质形成之关键,建安风骨与左思风力的延续,不仅是中国文学内在气质的延续,也是时代风气的熏染,理清二者之间的顺承关系,有助于明晰文学演进的脉络。

一、风骨与风力：六朝文论的文本解读

建安风骨与左思风力之间的内在关系,六朝文论已经作了详细描述,我们先通过这些文论来看,六朝学者是如何认识左思与建安诗人之间的内在联系。

1. 追求文质兼备的创作观

自建安以来,随着两汉经学束缚的解除,士人的个性从而得到空前的解放,他们逐渐重视个体存在的意义和价值。并作为独立的阶层登上文坛,在创作实践中寻找自己的人生基点,藉翰墨以言心志。在这个过程中,文学创

---

① 李少群、乔力：《试论山东文学的总体特征》,《齐鲁学刊》2004 第 3 期。

作的特质被重视、被开掘，并指导着此时或以后的文学创作的发展。纵观六朝文学，它始终贯穿着一种文质兼备的创作观的追求。

《论语·雍也》云："文胜质则史，质胜文则野，文质彬彬，然后君子。"①显然，最初的"文质"并不是用于文论中，而是对人物的评价术语，即"文"指一个人的外在表现；而"质"指其内在的涵养和道德素养。"东汉时期，文质问题的频繁讨论，正是建安诗人文质观形成的思想背景，它决定了文质这对范畴在建安诗人的审美活动和艺术实践中所占的地位。"②后来，它才被文论所接受，而表现为对创作的内容与形式具体关系的探讨。

建安时期，已出现关于"文质论"的探讨，但它仍存在于治道用人方面，并未进入文学领域。如阮瑀与应玚都有关于文质讨论的著作——《文质论》，这两篇文章作于同一时期，阮瑀的在前，而应玚的在后。阮瑀认为"文虚质实"，而流露出重质轻文的倾向，他对当时巧言善辩、浮华伪饰的世风多存不满，而着意崇尚敦朴之士。应玚的论点似针对阮瑀而发，表现出重文轻质的倾向，他对"陶唐建国，成周革命，九官咸乂，济济休令，火龙黼黻，瞱韡于廊庙；衮冕旂旒，焉弈乎朝廷"的认同，而对于"少言辞者"的孟僖，"寡见智者"的庆氏却不以为然。但他坚持"二政代序，有文有质"的文质并重观。建安时期多有"辩论释郁结，援笔兴文章"③的文学活动。"看来（文质观）这也是邺下文士间诗赋唱和切磋文章活动的一部分，由此观之，当时很可能有其他人所作的同题之文，只是今已遗佚而已。"④这种文质论的探讨虽未涉及文学创作，但亦对其有潜在的浸染，为其被移入文学领域埋下基础。同时，徐干《中论·艺纪》中言："中和平直，艺之实也。"⑤其"艺"包括"诗"在内，从而使"文质论"渐渐过渡到文学创作问题的探讨。

在《典论·论文》中，曹丕通过对建安七子创作风格的分析，体现出其讲求文质兼备的评论原则。面对着诸子创作"文""质"的偏颇，他具体提出了应玚需要加强"遒力"，刘桢应注重"壮而能密"，孔融应做到理辞相称。

---

① 杨伯峻：《论语译注》之《雍也篇》，中华书局1980年版，第61页。
② 钱志熙：《魏晋诗歌艺术原论》，北京大学出版社1993年版，第84页。
③ 逯钦立：《先秦汉魏晋南北朝诗》（上）魏诗卷三应玚《公宴诗》，中华书局1983年版，第383页。
④ 徐公持主编：《魏晋文学史》，人民文学出版社1999年版，第124页。
⑤ 徐干：《中论·艺纪》，四部丛刊本。

再者他提出"诗赋欲丽"即要求作家创作应把追求内容的质实与形式华美相结合。其追求华美主要体现在辞采、对仗等方面。这在此时的诗赋等文体中皆有体现。例如:刘桢《鲁都赋》中歌舞场面的描写,曹植《洛神赋》、《幽思赋》的创作等等。"求华美"是当时文士们的文学风格好尚,亦是文学朝着自身素质方向发展的必然结果。要知道,这并不是错采镂金式的绮艳美,而是芙蓉出水式的清丽美,是一种天然的美丽。情之所至,文采亦附随之,因为它的发现以及被恰当地运用,使得中国文学具有更加丰富强大的艺术表现力。

曹丕是理论与创作一致的文人。卞兰在《赞述太子赋上表》中称赞其《典论》以及诸赋曰:"逸句烂然,沉思泉涌,华藻云浮。"[1]刘桢亦赞之曰:"君侯多壮思,文雅纵横飞。"(《赠五官中郎将》其四),显然具有追求内容之壮思与形式之文雅相结合,两者兼重之特点。

所以可以说,在建安时代,文学士子们在其具体创作中已经认识到质实基础上的求华美,对于增强文学艺术表现力的重要性,同时,他们也把自己的追求付诸其创作实践之中,并取得良好的效果。

西晋陆机《文赋》是建安以来求华美文风积累的经验的理论上的表述,它注重到文学创作自身应有的素质,虽表现出对"绮丽"文风的片面追寻,但亦是在无功利目的的作用下的,对文学特质的探讨与把握。而文坛上出现的"文甚过辞"现象,实为时代因素与士人心态主导而为的。

当时,陆机、陆云的创作亦重情:"往日论文,先辞而后情,尚絜而不取悦怿。尝忆兄道张公父子论文,实自欲得。今日便欲宗其言。""兄前表甚有深情远旨,可耽味,高文也。"[2]即重视情感与文辞的密切联系。左思的创作正处于这一时代氛围之中,他的《咏史》八首实是追求深情质实之作,但多方援引史例,可见亦有用力之处。他的诗"文典以怨",故有典雅凝重之风。但高才卓荦的他,以俊拔之气运辞,以致其诗作不见斧凿堆垛之痕。亦不失为情采兼备的佳作。

刘勰《文心雕龙》中亦表达出文章的情思与辞采两者要兼得的思想:"文举之荐祢衡,气扬采飞。"(《章表》)

---

① 严可均:《全三国文》卷三十,中华书局1958年版,第1222—1223页。
② 《与兄平原书》,见严可均《全晋文》卷一百二,中华书局1958年版,第2042、2045页。

"至于陈思《客问》,辞高而理疏。"(《杂文》)

"观王绾之奏勋德,辞质而义近。"(《奏启》)

"匡衡之《定郊》,……理既切至,辞亦通畅。"(《奏启》)

"蔡邕《释海》,体奥而文炳。景纯《客傲》,情见而采蔚。"(《杂文》)

"研夫孟、荀所述,理懿而辞雅。"(《杂文》)

"刘向之奏议,旨切而调缓。"(《才略》)

其中采、辞、文、调,属于文章形式方面的;而理、义、情、旨则属于内容方面的。他在《风骨篇》言:"若风骨乏采,则鸷集翰林;采乏风骨,则雉窜文囿",而向往"藻耀而高翔"的鸣凤之笔,即要求文章内容与形式的统一。

钟嵘《诗品》在文学理论上亦表现出对内容与形式兼备的要求:"干之以风力,润之以丹彩",即要求浓烈的情思与华美的辞采的有机结合。他把五言诗的发展做了源渊上的追溯,并分为三个源头。如《国风》一系,共品评十三人。国风——古诗——刘桢——左思,这一条流脉显然是注重其骨气情感的。《诗品》曰:"古诗条:其体源出于《国风》。"大概因为"《十九首》大率逐臣弃妻,朋友阔绝,死生新故之感。或寓言,或显言,反复低徊,抑扬不尽,使读者悲感无端,油然善入,此《国风》之遗也。"[1]《古诗十九首》情感之温柔敦厚、怨而不怒正与《国风》之情感特征相类。

刘桢"其源出于古诗。仗气爱奇,动多振绝。真骨凌霜,高风跨俗。但气过其文,雕润恨少。然自陈思已下,桢称独步。"显然,亦着眼于刘桢所表现出来的贞刚的气节与情思,这是一种无任何伪饰而完全直露的抒情,与《十九首》为同一流也。皎然《诗式》卷一有言曰:"刘桢辞气偏,正得其中,不拘对属,偶或有之,语与兴驱,势逐情起,不由作意,气格自高,与《十九首》其流一也。"[2]

"左思:其源出于公干。文典以怨,颇为精切,得讽谕之致。虽野于陆机,而深于潘岳。"而左思的诗歌体现出典正凝重的特征,故亦是着眼于其情感之内容。显然,这一条隐约的潜藏线是靠作品(作家)之重情感之抒发而连接起来的。

---

① 沈德潜:《古诗源》卷四,中华书局1963年版,第92页。

② 李壮鹰:《诗式校注》卷一,齐鲁书社1986年版,第84页。

> *国风——曹植——陆机——颜延之*
>
> *国风——谢灵运*

这一条脉络的架构显示出钟嵘评诗重其辞采的一面："曹植:其源出国风,……词采华茂……"。而且"子建《杂诗》全法《十九首》意象,规模酷肖,而奇警绝到弗如。"①何焯亦言:"缱绻得风人之旨。"②可见,其诗从一个侧面体现《国风》之特点,其对于辞采的忠爱以及其创作表现出求华美的风格特征前文已详述,这里不再赘言。陆机的"才高词赡,举体华美"与陈思王植之"词采华茂"相类,故曰"其源出于陈思"。可见,钟嵘亦追求作品之真情实感与华辞丽藻的恰切融合,也标志着他已充分地认识到文学创作的自身特征。

萧统在《文选序》与《答湘东王求文集及诗苑英华书》中表达出文学应该为抒情与辞采的统一体的思想:"盖踵其事而增华,变其本而加厉;物既有之,文亦宜然。"③而把"事出于沉思,义归于翰藻"作为其选文的标准。"夫文典则累野,丽亦伤浮,能丽且不浮,典而不野,文质彬彬,有君子之致。"④即体现出萧统的文质兼重的思想。

纵观六朝文学,评论家们都着眼于文学创作的"文质兼备"的追寻,并指导着其具体的创作实践。三曹、建安七子与左思可谓是"文质兼备"创作思想的最初且最佳的践行者。"至于建安,曹氏基命,二祖陈王,咸蓄盛藻,甫乃以情纬文,以文披质。"⑤故自建安始,文学逐渐探索出适于自己发展的道路,即沿着注重自身特质的方向继承前进。

2. 重视才气展现的哲学背景

在中国古代,关于气的学说概而言之分为物质存在和精神境界两个层面。《庄子·知北游》:"人之生,气之聚也。"⑥《管子·内业篇》:"凡物之精,比则为生。下生五谷,上为列星。流于天地之间,谓之鬼神;藏于胸中,谓之圣人。是故此气,杲乎如登于天,杳乎如入于渊,淖乎如在于海,卒乎如

---

① 胡应麟:《诗薮·内编》卷二,上海古籍出版社 1979 年版,第 30 页。

② 《义门读书记·文选》卷二,四部丛刊本。

③ 《文选序》见严可均《全梁书》卷二十,中华书局 1958 年版,第 3067 页。

④ 《答湘东王求文集及诗苑英华书》,见严可均《全梁书》卷二十,中华书局 1958 年版,第 3064 页。

⑤ 沈约:《宋书》卷六十七《谢灵运传论》,中华书局 1974 年版,第 1778 页。

⑥ 郭庆藩:《庄子集解》卷七下《知北游》,中华书局 1961 年版,第 733 页。

在于己。"①显然这里的"气"属于物质范畴的,是构成各种事物的基本成分。孟子《孟子·公孙丑上》云:"我知言,我善养吾浩然之气,……其为气也,至大至刚,以直养而无害,则塞于天地之间。其为气也,配义于道,无是,馁也。是集义所生者,非义袭而取之也。行有不慊于心,则馁矣。"②孟子所言的"气",则是一种精神境界,为个人的道德修养。至秦汉时期的《淮南子》和医书《素问》已将气判分为清阳浊阴二体:《淮南子·天文训》认为"气有涯垠,清阳者薄靡而为天,重浊者凝滞而为地。"③《素问·阴阳应象大论》认为"清阳为天,浊阴为地。地气上为云,天气下为雨。雨出地气,云出天气。故清阳出上窍,浊阴为下窍;清阳发腠理,浊阴走五藏;清阳实四支,浊阴归六府。"④把"气"判分为阴阳则对曹丕"气之清浊有体"必有影响。但《淮南子》与《素问》中所论之气还只是阐明它是构成人的物质基础和精神生命的成分而已,并未探涉到它与人的气质、性格等稳定的心理特征的有关问题。而这个问题到西汉的董仲舒《春秋繁露》与东汉王充《论衡》才得以解决。如《春秋繁露·阳尊阴卑》:"阳气予而阴气夺,阳气仁而阴气戾,阳气宽而阴气急,阳气爱而阴气恶,阳气生而阴气杀。"⑤《春秋繁露·如天之为》:"人有喜怒哀乐,犹天之有春夏秋冬也。"⑥《春秋繁露·阴阳义》:"天亦有喜怒之气,哀乐之心,与人相副,以类合之,天人一也。"⑦董仲舒运用天人合一、天人感应的理论,探涉出阴阳之气影响着人的稳定的心理特征,进而推动"气"之理论进一步深化。王充《论衡·率性》:"禀气有厚泊,故性有善恶也。"⑧《论衡·命义》:"人禀气而生,含气而长,得贵而贵,得贱而贱。"他亦具体论证了"气"与人之稳定的特征之关系。到东汉刘劭的《人物志》,"气"便用于人物品藻方面,这在王充《论衡》中亦有体现,如上文所引。它不仅体现在人的容止,而且也体现在人的风致与气韵方面。即"物

---

① 周瀚光等:《管子直解·内业篇》,复旦大学出版社2000年版,第368页。

② 杨伯峻:《孟子译注》,中华书局1960年版,第62页。

③ 张双棣:《淮南子校释》卷三《天文训》,北京大学出版社1997年版,第245页。

④ 姚止庵撰:《素问经注节解》之内篇《阴阳应象大论》,人民卫生出版社1963年版,第22页。

⑤ 苏舆:《春秋繁露义证》卷十一《阳尊阴卑》,中华书局1992年版,第327页。

⑥ 苏舆:《春秋繁露义证》卷十七《如天之为》,中华书局1992年版,第463页。

⑦ 苏舆:《春秋繁露义证》卷十二《阴阳义》,中华书局1992年版,第341页。

⑧ 《论衡》卷二《率性》,上海人民出版社1974年版,第28页。

生有形,形有精神,能知精神,则穷理尽性。"①因人之秉气不同,故其体现出不同的性格:"木气人勇,金气人刚,火气人强而躁,土气人智而宽,水气人急而贼。"故"气"由构成事物元素的物质属性,次而体现为人的精神道德修养,随后便用来品藻人物,进而将其纳入到文学理论的范畴中,其标志为曹丕的"文气说"的出现。所以此前的哲学、医学等领域为"文气"说的建立奠定了思想文化上的基础。

曹丕《典论·论文》说:"文以气为主,气之清浊有体,不可力强而致。譬诸音乐,曲度虽均,节奏同检,至于引气不齐,巧拙有素,虽在父兄,不能以移子弟。"他创立了中国文学批评史上的"文气"说。其中前一个"气"为作品所表现出的风格特色,而后一个"气"为作家的天生性情秉气。所以,他阐明了作家之天性秉赋与其所创作作品风格情调之间的密切联系,即抓住了决定作家整个精神面貌的总根源——气与作品的联系。"气"代表作家的气质、个性。文学中重视"气"的表现,直接体现出文学自觉地朝着自己的特质的方向发展。

"气之清浊有体",即人的秉气不同则表现出不同的性情与个性,其作用于文学则会产生不同的风格。刘勰《文心雕龙·体性》言:"才有庸俊,气有刚柔。"他把作家秉气分为刚和柔两种,这显然受到曹丕的影响。在建安诸子中,曹操、孔融、刘桢、曹植等文人的秉气主要表现出清刚的特征;而王粲、徐干、曹丕等则为浊柔的特征。

曹操"以相王之尊,雅爱诗章。"②他的文学创作多表现建功立业的抱负、求才若渴的精神,亦有对民瘼的拳拳怜爱之情。所以,他禀赋着一种清刚、劲健之气,这浸染到其作品则体现出气韵沉雄之风。故钟嵘曰:"曹公古直,甚有悲凉之句。"③

据《后汉书·孔融传》载,孔门人士为人正直,刚烈不屈。在汉末的党人与宦官的斗争中,其表现出舍生取义、杀身成仁的正义之气,坚定地站在党人的一边。孔融不能不受此家庭氛围的熏陶,故其"体气高妙,有过人者。"④他禀赋着一种门第责任感和自豪感的"高扬"之气。刘桢言孔融"信

① 李崇智:《〈人物志〉校笺》卷上《九征》,巴蜀书社2001年版,第29页。

② 范文澜:《文心雕龙注·时序》,人民文学出版社1958年版,第673页。

③ 陈延杰:《诗品注》卷下,人民文学出版社1961年版,第56页。

④ 《典论·论文》,见严可均《全三国文》卷八,中华书局1958年版,第1097页。

含异气"。(刘勰语)范晔《后汉书·孔融传》言其"高志直情","懔懔焉,皭皭焉,其与琨玉秋霜比质可也。"①这就是一种高迈不俗的性情,一种基于家教家风熏染而成的天然的秉气。故其作品中多有劲健豪迈之气。

刘桢有"逸气"(曹丕语)、"文最有气"(谢灵运语)、"气偏"(刘勰语)、"仗气爱奇"(钟嵘语),与孔融秉气的来源不同。刘桢的秉气主要来自自身性格与人生志趣。其作品曹丕评之曰"壮而不密",这与钟嵘评之"真骨凌霜,高风跨俗。但气过其文,雕润恨少"具有明显的相通性,即他明显具有"慷慨任气"的风格,却不假任何雕饰,似宿构而出。

而曹植,钟嵘《诗品》评之曰:"骨气奇高,词采华茂,情兼雅怨,体被文质。"亦有一种刚健质实之气的充盈其体,故发为骏厉高唱。虽命运不济,但仍悲中有健,浩然之气、铮铮铁骨不泯。其猛气干云,壮志冲天足以让我们感受其崇高的人格魅力。曹植曾自述:"余少而好赋,其所尚也,雅好慷慨。"②他的慷慨之气,显然受到其父的熏染与沾溉。无论顺境还是逆境,他都表现出强大而充溢的骨气,因此透过《白马篇》,抑或是《赠白马王彪》可以感受到其具体的精神魅力。

西晋的左思,面对着"上品无寒士,下品无世族"的门阀制度森严的现实,有才不得施展,化郁结为愤怒而径直喷吐而出,逸气干云。故钟嵘言:"其源出于公干",而亦以气胜焉。所以,左思能拔出于众流之中,在于他的风骨之峻上,以致尽掩众家。与刘桢一样,多直抒胸臆,能做到不冗不晦。所以这种清刚、劲健之气多为作家天然秉气适时而外现的,影响着其文学创作的风格。

相较而言,曹丕、王粲、徐幹、应场的秉气则偏向于浊柔的特征。

针对曹丕的创作,钟嵘《诗品》言其"颇有仲宣之体,则所计百许篇,率皆鄙质如偶语。"而仲宣有舒缓之气上文已论,如按钟嵘语,则其与仲宣有相似的气质,即"虑详而力缓"。③ 这种秉气作用于文学,故体现出"便娟婉约"的风貌,而一变其父悲壮之习。再者,因曹丕多生命本体的忧思,故其思想意识中多尊信道家思想。正如王瑶先生言:"我们念魏晋人的诗,感到

---

① 《后汉书》卷七十《孔融传》,中华书局 1965 年版,第 2280 页。
② 曹植:《前录序》见严可均《全三国文》卷十六,中华书局 1958 年版,第 1143 页。
③ 范文澜:《文心雕龙注·才略》,人民文学出版社 1958 年版,第 700 页。

最普遍、最深刻、能激动人心的,便是那在诗中充满了时光飘忽和人生短促的思想与情感。"①诗人多考虑到人生死亡的哀伤,人生的必然归宿——死亡,这种心理特征决定了其创作缺少刚健、气雄力健之貌,而多有"质羸"之气。大要而言,曹丕诗风,在"清"在"怨","清"为其意境特征,"怨"为其感情特征。这一诗学品格是曹丕的自身气质使然,也是其有意识的追求,是晚汉三国诗风演化的结果。②

"王粲,家本秦川,贵公子孙,遭乱流寓,自伤情多。"(《拟魏太子邺中诗序》)他亲睹战乱,飘泊南北无居止,同时亦貌寝体弱。皇甫谧《针灸甲乙经序》载:"(张)仲景见侍中王仲宣,时年二十余,谓曰:'君有病,四十当眉落,眉落半年而死。'令服五石汤可免。仲宣嫌其言忤,受汤勿服。居三日,仲景见仲宣,谓曰:'服汤否?'曰:'已服。'仲景曰:'色侯固非服汤之诊。君何轻命也?'仲宣犹不信。后二十年,果眉落,后一百八十七日而死,终如其言。"③又《太平御览》卷七二二引《何颙别传》亦载其事,故王粲的气质与其体质有着密切联系,体现在具体的文学创作上具有"文秀而质羸"的特征。曹丕《与吴质书》亦曰:"仲宣独自善于辞赋,惜其体弱,不能起文。"虽沈约《宋书·谢灵运传论》称:"子建、仲宣,以气质为体,并标能擅美,独映当时。"④但是王粲终乏"壮健"之气。

徐干,是北海人,昔为齐的旧地。《汉书·地理志》:"其土多好经术,矜功名,舒缓阔达而足智。"⑤《论衡·率性》:"楚岳之人,处庄岳(齐街里名)之间,经历岁月,变为舒缓,风俗移也,故曰齐舒缓。"⑥曹丕言"徐干时有齐气,"⑦盖言其所禀赋的齐地舒缓之气。显然,属于"浊柔"的类型。曹丕于《与吴质书》中曰:"伟长独怀文抱质,恬淡寡欲,有箕山之志,可谓彬彬君子者矣。"因此,从伟长之容仪和所奉"轻官忽禄,不耽世荣"的现实政

---

① 王瑶:《中古文学史论》,北京大学出版社 1986 年版,第 132 页。

② 参见曹胜高《曹丕"清怨"诗风的源与流》,收入《汉赋与大汉气象》,先秦两汉文化论集(第一卷),嘉阳出版有限公司 2005 年版,第 267—285 页。

③ 《针灸甲乙经校释》之《黄帝三部针灸甲乙经序》,人民卫生出版社 1979 年版,第 14 页。

④ 《宋书》卷六十七《谢灵运传论》,中华书局 1974 年版,第 1778 页。

⑤ 《汉书》卷二十八《地理志下》,中华书局 1962 年版,第 1661 页。

⑥ 《论衡》卷二《率性篇》,上海人民出版社 1974 年版,第 26 页。

⑦ 曹丕:《典论·论文》,见严可均《全三国文》卷八,中华书局 1958 年版,第 1097 页。

治态度,①可知,他的舒缓迂徐的创作风格与其秉气的密切联系。同时,应场的"和而不壮"的文风,显然亦是秉承着一种浊柔的气质而致。

"文气说"是从作家的禀赋之气来探讨作家创作个性形成的内在动因的。作家的秉气又受主体的稳定的生理(如形态、形貌等)和心理(所奉的思想、对现实的认识等)特征制约,是两者共同作用的结果。"气"不仅统摄着人的生命,而且维系着文学的命脉,不可想象,缺乏"气"的文学创作会有何魅力、精神震撼可言。"文气"说的提出亦标志着主体创作个性的觉醒。即人的觉醒带来了文的自觉,正如鲁迅先生所言:"曹丕的一个时代可说是'文学的自觉时代'。"②

刘勰继承曹丕的"文气"说,进而创立了"风骨论"。风是一种感情的力,它与气有着密切的联系。《广雅》卷五《释言》曰:"风,气也。"《庄子·齐物论》:"大块噫气,其名为风。"所以"气"成为"风"的重要组成部分。刘勰《文心雕龙·风骨》亦云:"意气俊爽,则文风生焉。"同时没有气,便不可能有"风"的存在,即"索莫乏气,则无风之验也。""风骨"是在"气"的基础上更高的一个层次。"风"为虚,而"骨"为实。黄侃先生《文心雕龙札记》云:"风即文意,骨即文辞。"他的说法是不确切的。其实,骨是通过文辞表现出来的,但并不等于文辞。因为"辞之待骨,犹体之树骸",骨是统筹辞的一种义理,进而通过辞表达一种力量之美,一种感染力。所以有"结言端直,则文骨成焉;意气骏爽,则文风清焉。"③刘勰表现出对"风清骨峻"之作品的追求。

显然,建安风骨,左思风力皆能"蔚彼风力,严此骨鲠,",从而符合"风骨"之论。因此,至刘勰以"文气"说为基础的而发生的"风骨"论,作为中国古代文学理论的一个重要范畴已基本确立。

3."骨"与"力"的文论差异

如果将风界定为充实的内容和饱满的情感,那么"骨"和"力"之间的微妙差别,正体现了建安七子与左思之间的在艺术风格上的不同。讨论这一

---

① 《三国志》卷二十一《魏书·王粲传》裴注引《先贤行状》,中华书局 1959 年版,第 599 页。

② 《魏晋风度及文章与药及酒之关系》见《插图本汉文学史纲要》,上海古籍出版社 2005 年版,第 59 页。

③ 范文澜:《文心雕龙注·风骨》,人民文学出版社 1958 年版,第 513 页。

问题,我们有必要选取建安诗人和左思在同样体裁的表达中所体现出来的细微变化。

骨更多是指骨鲠之气,这是体现于作品外在的瘦硬之感。力更多是指力量之感,这是体现于作品内在的独立之气。这种差异产生的背景,正在于建安文人处在一个动荡的社会环境中,传统的社会阶层之间的隔膜被打破了,曹操推崇循名责实,并不重门第出身,因而极大激发了诗人们建功立业的抱负和信心,他们可以由着自己的性子去抒发理想,甚至不愿隐没个性,从而将内在的情感和志向全部流露于外。所以,"观其时文,雅好慷慨,良由世积乱离,风衰俗怨,并志深而笔长,故梗概而多气也。"①这里的"梗概"与"骨鲠"是相通的,它是经历丧乱,悲伤羁戍,矜民苦难,壮志未酬的文士们郁结于心而外现之气。因此,它笼罩着一层淡淡的悲凉。汉魏文人以"散体"写诗,自然流畅,不假人为的藻饰与雕琢,即"造怀指事,不求纤密之巧;驱辞逐貌,唯取昭晰之能。"②其质朴、刚健的文风,再添以悲凉之气,故呈现出一种"瘦硬"的风貌。"真骨凌霜,高风跨俗。但气过其文,雕润很少"③的刘桢似为这种文风的最佳表现者。

而左思则不同,他生在一个开始重视门第的时代,贵族已经控制了社会和政治资源,他不得不加入到"二十四友"之中,通过拜谒、赠答等手段获得上层的承认,而他所凭借的唯一手段就是文采,因而他虽然骨子里清高、心中充满鄙夷,但面子上还是要显得温润而谦恭,所以体现在诗歌中,便是表面少了骨鲠之气,但内在的力度并没有减少。他的积极用世的渴望与森严的门阀制度对其的羁绊是他的诗作充满力度美的内在动因。"铅刀贵一割,梦想骋良图"的豪情壮志,抑或是"英雄有迍邅,由来自古昔。何世无奇才,遗之在草泽"的慷慨悲壮,都能给读者以震撼的力量,强烈的感染力。钟嵘言"其源出于公干"亦似着眼于他奇高的骨气,高旷的胸次。在诗作中,左思表露出自己的个性、独立之气进而避免了自己的才情被时代所同化。这正如章培恒、骆玉明《中国文学史新著》中言:"作为一种个性化的反抗力量,他的作品因而呈现出气度豪迈、极度自尊。"较之建安文士的人文

---

① 范文澜:《文心雕龙注·时序》,人民文学出版社 1958 年版,第 673—674 页。
② 范文澜:《文心雕龙注·明诗》,人民文学出版社 1958 年版,第 66—67 页。
③ 陈延杰:《诗品注》卷上,人民文学出版社 1961 年版,第 21 页。

关怀,左思则更多地着眼一己之得失。

在追求华美文风、重视抒情的太康文学中,左思的诗歌显得有些与众不同,他笔力雄健,豪迈高亢,正是这种不同,使他能独立一时并确立其于文学史中的地位。

二、建安与太康诗风演进之轨迹

建安到太康之间的诗风演进,有三条大致分明的线索:一是当时的文学更多来依靠天工创作,即作家更多是凭借个人才性来作诗,较少人为的矫饰,因而心性的流露比较充分,这是二者创作相似的文学背景。二是乐府诗叙事传统的延续,从曹操的借乐府写时事,到左思的托史咏怀,一直秉承着"诗缘事"的精神。这是二者风格相似的诗学成因。三是咏怀的传统,即借助史实来抒发情志,这在屈原的《离骚》、《天问》中已经开了先河,建安文人、黄初作家、竹林诗人等都曾有借史言事的传统。

1. 三曹、七子、左思诗才比较

三曹七子处于同一社会环境之下,其有着相似的人生遭际和经历,亦有着共同的人生理想和抱负。他们"慷慨以任气,磊落以使才",在具体的创作上表现出"造怀指事,不求纤密之巧;驱辞逐貌,唯取昭晰之能"的总体特征。但由于每个文人的个性气质不同,所以表现出属于自己的独特风格,即如沈德潜《古诗源·例言》所说:"邺下诸子,各自成家。"

曹操的诗大抵肆口而言,不饰辞采,具有"古直"、"通脱"的风格特征。鲁迅先生言"他胆子很大,文章从通脱得力不少,做文章时又没有顾虑,想写的便写出来。"①如《观沧海》、《短歌行》、《龟虽寿》等,信口直言,高唱壮志,以气运辞,故若胡应麟所言:"魏武雄才崛起,无论用兵,即其诗豪迈纵横,笼罩一世,岂非衰运人物。然亦时有诙谐,如'何以解忧,惟有杜康'等句,信类其为人也。"②以致"建安诸子未有其匹也"。③

---

① 鲁迅:《魏晋风度及文章与药及酒之关系》,见《插图本汉文学史纲要》,上海古籍出版社 2005 年版,第 58 页。

② 胡应麟:《诗薮》外编卷一,上海古籍出版社 1979 年版,第 136 页。

③ 刘熙载:《艺概·诗概》,上海古籍出版社 1978 年版,第 52 页。

孔融,他"体气高妙"①,"严气正性"②,以气统摄着他的精神气质与生命。他"负高气"来自家庭环境的熏染,如前述。所以他的文章具有劲健豪迈,锐不可当之气势。如《论盛孝章书》、《报曹公书》。苏轼《乐全先生文集序》中赞之曰:"孔北海志大而论高,功烈不见于世,然英伟豪杰之气,自为一时所宗。其论盛孝章,郗鸿豫书,慨然有烈丈夫之风。"③孔融在创作中也认识到增加辞采对提高作品文学性的重要意义,他的创作实践告诉我们在重性情基础上的"吐纳英华"④是文学发展的方向。故在语言上形成了"文采飞扬"的风格。如果说曹操的"遒文壮节"开建安文学之格调;那么孔融文风则得六朝文风之先。建安文人对创作的"文与质"的关系已有充分的认识,前文已述。追求形式与内容的和谐统一,在他们具体的创作实践中有很好地体现。

刘熙载《艺概·诗概》:"公幹气胜,仲宣情胜,皆有陈思之一体。"⑤在上文我们已述孔融、刘桢、曹植禀赋着清刚之气。其作用于文学创作上表现出劲健刚强,不屈不挠,超凡脱俗的内在充力。刘桢"性行不均,少所拘忌",⑥但"卓荦偏人",他那敏感、自尊心强的性格特征,决定了他具有骨鲠的气节。其代表作《赠从弟》三首,用自然高洁的意象(水中之萍藻,山上之松柏,南岳之凤凰)以表达其人格个性和理想追求,显示出高迈不俗之气。合于刘勰"公幹气褊,言壮而情骇"之评。王鹏廷说:"如果说孔融的文风好比一泻千里之东逝水,那么,刘桢文势恰如壁立千仞之南岳山。"⑦实为形象贴切之论。

相对刘桢而言,王粲创作中多有自伤之情,风格以凄怆悲怨为主。这多源于他历经战乱,转徙飘泊南北,更主要的还是壮志难酬的苦闷。方东树言"仲宣为伟,局面阔大。"又曰:"苍凉悲慨,才气豪健,陈思而下,一人而

---

① 曹丕:《典论·论文》,见严可均《全三国文》卷八,中华书局1958年版,第1097页。
② 《后汉书》卷七十《孔融传》,中华书局1965年版,第2280页。
③ 孔凡礼点校:《苏轼文集》,中华书局1986年版,第314页。
④ 范文澜:《文心雕龙注·体性》,人民文学出版社1958年版,第506页。
⑤ 刘熙载:《艺概·诗概》,上海古籍出版社1978年版,第53页。
⑥ 《三国志》卷二十七《魏书·王昶传》,中华书局1959年版,第746页。
⑦ 王鹏廷:《建安七子研究》第七章《七子文学风格论析(下):个人风格及其比较》,北京大学出版社2004年版,第244页。

已。"①如《七哀诗》和《登楼赋》多有乱世思治、骋才施能而难遂的情感体验。其创作的语言风格如陆时雍《诗镜总论》中言"庄而近《雅》"。即具有"文秀"的风貌。这些一方面来源于他的才情个性,另一方面是中国传统文化对他的熏染,因为在他的思想中有渴望名王贤臣治理出盛世之理想。如《登楼赋》、《从军诗》(其五)。同时亦有重农务本之觉悟。如其《务本论》等,可以说是上述的两个方面玉成了王粲。尽管王粲和刘桢秉气之质不同,但都统一于建安"任气而重辞采"的时代风格之中。

曹丕《典论·论文》曰:"琳、瑀之章表书记,今之俊也。"陈琳和阮瑀擅长于章表书记的创作,且于时人中,属佼佼者。陈琳文章亦颇有风骨,如《为袁绍檄豫州》、《檄吴将校部曲文》等创作,壮有骨鲠,语势奔放。故如曹丕所言:"孔璋章表殊健。"(《又与吴质书》)他的辞赋《武军赋》描写斗争场面,气势骏发踔厉,轰轰烈烈,以气势充盈其中。以致葛洪《抱朴子·钧世》赞此赋曰:"等称征伐,而《出车》、《六月》之作,何如陈琳《武军》之壮乎?"②其"殊健"的文章风格,与孔融、刘桢多有相通之处。陈琳之气多为长期军府任职所锻炼浸染而就的,属于刘勰所说的"习"之结果。有别于孔融、刘桢之胸中自然之气。较陈琳等而言,应玚的"浊弱"的秉气决定了他文风的"和而不壮"。谢灵运说:"汝颍之士,流离世故,颇有飘薄之叹。"③可能是这种"流离世故"的人生遭际促成了他的这种风格,如《侍五官中郎将建章台集诗》、《别诗》二首以及《憨骥赋》,文章风格低徊宛转,回环曲折。在重视文章辞采这一方面,应玚与诸子是相通的,在《文质论》中,他阐释了文质兼备的创作追求。陈琳之章表"微为繁富"亦融纳于这一思潮之中,有"谲诡以驰旨,炜晔以腾说"的特点。

在建安七子中,阮瑀和徐干与其他人具有不同的人格修养及个性秉赋。阮瑀在《筝赋》中表达了自己不同流俗的性格。而徐干"独怀文抱质,恬淡寡欲,有箕山之志,可谓彬彬君子者矣。"④《三国志·王昶传》亦言其"不治名高,不求苟得,澹然自守,惟道是务。"这种天赋秉气作用于文学创作之

---

① 《昭昧詹言》卷二,人民文学出版社 1961 年版,第 78 页。

② 葛洪:《抱朴子·钧世》,第 130 页,四部丛刊本。

③ 黄节:《谢康乐诗注》卷四《拟魏太子邺中集诗八首并序》,中华书局 2008 年版,第 159 页。

④ 《又与吴质书》见严可均《全三国文》卷七,中华书局 1958 年版,第 1089 页。

上,必然会产生独异的风格。钟嵘在《诗品》中评阮瑀的诗风为"平典不失古体",这与《古诗十九首》的文学风貌相类。其中多有日月忽逝,人生苦短,对劳形伤神日常生活的倦怠,多发安贫乐道之思趣。而徐干诗多"舒缓深阔"、"缠绵低柔"之气,如《情思》一首,《室思》六章。《古诗归》卷七谭元春评徐幹《室思》诗:"以名义厚道束缚人,而语气特征婉。"这种"低婉"之气不能不对曹丕的"便娟婉约"之风有促成作用。"子桓诗有文士气,一变乃父悲壮之习矣,要其便娟婉约,能移人情",①曹丕的"虑详而力缓"与徐幹的"时有齐气"为相近的气质秉赋,故有相类的文学创作风貌。鉴于此,阮瑀、徐干、曹丕的文风显然与"风清骨峻","慷慨劲健"的时风相左。但由于其都为邺下文人,他们的创作必有合乎时风的一面,即对文采的追寻。刘勰称徐幹"伟长博通,时逢壮采"(《文心雕龙·诠赋》)。张溥《阮元瑜集题辞》中言:"(阮瑀)文词英拔","润泽发扬"。② 徐幹的《齐都赋》颇有汉大赋铺张扬厉之风。《七喻》中描写战国纵横家苏秦、张仪的一节文字颇见文采。其《中论》亦表现出"辞义典雅"的特征(曹丕语)。而阮瑀的"英拔","润泽"之辞采,多体现在书檄文章之中,如《为曹公作书与孙权》,有"翩翩"之风。阮瑀之作书檄与陈琳的显然处于不同的心态之下:前者立足于明哲保身,发自内心地渴求返朴归真,自然冲淡的生活;而后者在治世建功的激志的驱使下,才发辞有俊采飞动之势。简言之,源自思想意识上的出世与入世之的不同。因而阮瑀又更多地与刘桢相类。

建安七子,在"以气为主"理论思想的引导下进行文学创作,表现出重抒情、尚气、求慷慨之骨、逐华美的文学风貌。但由于每个人具有不同的个性、才情以及人生经历,导致了在具体创作中又表现出自己独异的一面,但无论如何,他们的风格都统一于建安风格之中的,属于这个时代的风格。

曹丕和曹植就是在建安诸子等先辈作家的沾溉下成长起来的。曹丕"诗便婉细秀,有公子气,有文士气,不及老瞒远矣。然其风雅蕴籍,又非六朝人主所及。"③曹植可谓是"建安风骨"之集中体现,他"骨气奇高,辞采华茂",具备了建安文学应有的一切创作素质。无论是其前期,抑或是后期之

---

① 沈德潜:《古诗源》卷五,中华书局 1963 年版,第 107 页。

② 殷孟伦:《汉魏六朝百三家集题辞注·阮元瑜集》,人民文学出版社 1960 年版,第 81 页。

③ 钟惺:《古诗归》卷七,四部丛刊本。

作都有此种风貌的呈现。

三曹与七子诗风对比结论:文采庄雅(比于曹操的古直)而疏宕(比于曹丕的细秀),直爽(比于曹丕的"便婉")而平易(比于曹植的华茂)是七子诗歌艺术表现的群体特色。①

三曹七子等建安作家共同缔造了"建安风骨"这一文学风格,并成为此代文学之闪光点,对后世文学以滋润与浸染。因左思的气质好尚与人生经历,情感抱负与建安诸作家相类。故其与"建安风骨"有着更多的相通之处。左思以其高旷的胸次,雄迈回翰的笔力,将内心的壮志或是郁结籍《咏史》八首毫无假饰地倾吐出来。在精神层面上,左思的创作与建安文学一样,都具有清刚峻拔之气。入世未深之时,左思多体现出强烈的用世激情,如"弱冠弄柔翰"、"吾希段干木"等。即使是理想严重受挫的中后期,亦未泯灭平生的志气,反而多一份"梗概之气",如"荆轲饮燕市","主父宦不达"等。所以,左思的创作亦具备"真骨凌霜","少雕润伪饰"的特征,而始终贯穿着自己的真情实感,故充满力度之美、独立之气,以致他的创作能独拔于众流之中。在艺术层面上,左思《咏史》之作显然受到汉魏古诗传统的影响,亦以"散句"为主,发唱自然流畅,毫无顿滞之感,让自己的内心情感淋漓尽致地展露。或是因为与建安文人有着相投的精神气质,使得左思的艺术创作主动地接受先贤的沾溉。

2. 缘事传统的演进

汉乐府以"饥者歌其食,劳者歌其事"为叙述内容,反映着社会的现实生活。它更多地保持着民歌自然质朴、富有生活气息的色彩。即表现出浅而能深,质而不鄙的特征。随着建安文学的蓬勃发展,士人亦把视线移向乐府诗这一文学样式的创作,如三曹、七子中的王粲、陈琳、阮瑀等,正是通过他们的积极努力,乐府文学才进入一个崭新的阶段——文人乐府诗阶段,并在此后的文学史上始终占据着相当高的地位。

然而,魏乐府不采诗。《魏志·鲍勋传》载有魏乐府何以不采诗之说明:"文帝受禅,勋每陈'今之所急,唯在军农,宽惠百姓。台榭苑囿,宜以为后。'文帝将出游猎,勋停车上疏曰:'臣闻五帝三王,靡不明本立教,以孝治

---

① 王鹏廷:《建安七子研究》第六章《七子文学风格论析(上):共同风格》,北京大学出版社 2004 年版,第 221 页。

天下。陛下仁圣恻隐,有同古烈。臣冀当继踪前代,令万世可则也。如何在谅闇之中,修驰骋之事乎!臣冒死以闻,唯陛下察焉。'帝手毁其表而竞行猎,中道顿息,问侍臣曰:'猎之为乐,何如八音也?'侍中刘晔对曰:'猎胜于乐。'勋抗辞曰:'夫乐,上通神明,下和人理,隆治致化,万邦咸义。移风易俗,莫善于乐。况猎,暴华盖于原野,伤生育之至理,栉风沐雨,不以时隙哉?昔鲁隐观渔于棠,春秋讥之。虽陛下以为务,愚臣所不原也。'因奏:'刘晔佞谀不忠,阿顺陛下过戏之言。昔梁丘据取媚于遄台,晔之谓也。请有司议罪以清皇庙。'帝怒作色,罢还,即出勋为右中郎将。"①两汉采诗其目的为"观风俗,知得失",基于它的政治功用。而魏一朝,儒学之破坏,统治阶级否认采诗的政治功用,因此导致魏乐府不采诗。而"魏武以相王之尊,雅爱诗章,文帝以副君之重,妙善辞赋,陈思以公子之豪,下笔琳琅"。②因为他们主观对文学的爱好,大量创制和仿写乐府诗,这使得它不但没有衰亡,反而大盛于时。

曹操现存的二十几首诗,全为乐府诗。这似与其有音乐之爱好有关,《三国志》注引《曹瞒传》曰:"太祖为人佻易无威重,好音乐,倡优在侧,常以日达夕。"③曹操从现实创作需要出发,对乐府体给于适当的创新,表现出其文学创作的灵活性。他拓宽了乐府文学的表现领域,使其具有积极健康的生命力。可以说,曹操在乐府诗创作方面迈出扎实稳健的一步。

乐府体,自建安以来,诸子皆假用,曹丕亦然。如其《燕歌行》、《陌上桑》、《秋胡行》等,皆为"文人拟乐府"之作,该类作品以征夫思妇、羁旅思乡为主要描写对象,以"时光飘忽和人生短促"为主要内容。其中人物心理刻画描写细腻逼真,颇有哀婉凄凉之韵致。萧涤非先生言:"继轨曹操肆力于乐府歌辞且有新贡献者为曹丕。"实因"其七言《燕歌行》二篇,不仅为乐府产生一新体制,实亦为吾国诗学界开一新纪元。"④

曹植乐府诗约占其今存诗歌完整者半数以上,无论是数量,还是质量较前人都有很大的提高。他继承了曹操的文人乐府诗的写作传统,对曲、题、

---

① 《三国志·魏书》卷十二《鲍勋传》,中华书局 1959 年版,第 385 页。
② 范文澜《文心雕龙注·时序》,人民文学出版社 1958 年版,第 673 页。
③ 《三国志》卷一《魏书·武帝纪》注引《曹瞒传》,中华书局 1959 年版,第 54 页。
④ 萧涤非:《魏晋南北朝乐府文学史》第三编第三章《曹丕七言乐府》,人民文学出版社 1984 年版,第 133 页。

辞三者采取了更加灵活的态度。曹植的乐府诗的曲、题、辞有五种变化形态。①他秉持着文学处于第一位，而音乐退居次位的思想，重在突出作品的文学性。纵观其乐府作品，其曲多沿用汉乐府之旧曲，大部分篇题为自制新创，且歌辞基本上为自己所撰。故曹植之作乐府诗不墨守成规，反而多开拓变化，促使文人乐府诗更加成熟。王世贞《艺苑卮言》言："汉乐府之变，自子建始。"曹子建实为汉乐府变为文人乐府之枢纽。

止至于曹植，质朴鄙俚、自然无华的汉乐府而变为以情纬文，以文披质的文人乐府诗，由俗文学的地位而跻身于雅文学的行列。这也是文质兼备的创作在具体的创作实践中的体现。其实，曹植的乐府诗的另一个值得我们注意的地方就是音律乖离的现象。在其乐府诗中，他多侧重于思想内容、情感的抒发，因而，此类创作入乐者甚少，也是其诗作向文人诗开拓的一个重要体现。

除三曹外，亦有王粲、陈琳、阮瑀、左延年诸人创作乐府诗，其多属民间乐府的性质，为普泛化情感的抒发。如王粲《七哀诗》叙汉末战乱流离，生灵涂炭之惨状。陈琳《饮马长城窟行》写修筑长城兵卒及其家属之苦，全诗文字质朴、民歌风味极浓，故"可与汉乐府竞爽。"②而阮瑀《驾出北郭门行》亦敷陈民间疾苦，关心民瘼。陈祚明《采菽堂古诗选》卷七品该诗曰："驾出北郭门行，质直背酸，犹近汉调。"他们的乐府诗较于三曹犹近汉调，亦迥于此，故为汉乐府向文人乐府诗过渡的重要阶段。

建安文人亦有咏史题材的诗作，与班固之《咏史》是一脉相通的。它们都"不过美其事而咏叹之。概括本传，不加藻饰，"为客观转述史实之作。这也是诗歌缘事传统演进的体现。

例如王粲、阮瑀的《咏史诗》，吟咏三良殉葬之事，而讥刺秦穆公的残忍。其铺叙史实完全取材于《左传·文公六年》、《史记·秦本纪》的记载，而不加入任何主观的发挥与篡改。皎然《诗式》评该诗曰："显责穆公，正言其过，存直谏也。"③王、阮直录史实之作亦有以荆轲为颂美对象的。王粲的只存留"荆轲为燕使，送者盈水滨。缟素易水上，涕泣不可挥。"而阮瑀的为

---

① 详见徐公持：《魏晋文学史》第四章第四节《曹植的成就及文学史地位》，人民文学出版社 1999 年版，第 85—86 页。
② 沈德潜：《古诗源》卷六，中华书局 1963 年版，第 129 页。
③ 李壮鹰：《诗式校注》卷二《作用事第二格》，齐鲁书社 1986 年版，第 104 页。

完整之作:"燕丹善勇士,荆轲为上宾。图尽擢匕首,长驱西入秦。素车架白马,相送易水津。渐离击筑歌,悲声感路人。举坐同咨嗟,叹气若清云。"两首诗皆着重刻画易水送别之场景,都表现出志深笔长、梗概多气的风格特征。他们的引材亦完全是转述《史记·刺客列传》的记载。吕向撰王粲《咏史诗》解题云:"谓览史书,咏其行事得失,或自寄情焉。"所以,诗人的客观阐述史实和其对史料的取舍,必然有他自己的旨趣和好尚。这旨趣与好尚虽未明白表达,但通过诗人文字的阐述,我们是可以理会和把握的。

正始年间的阮籍的《咏怀》"驾言发魏都,借古以寓今也。明帝末路,歌舞荒淫而不求贤讲武,为苞桑之计,不忘于敌国,则亡于权奸,岂非百世殷鉴哉。"①它寄寓着诗人对历史变迁的感喟。西晋左思"先述史事,而以己意断之"的《咏史》"主父宦不达","济济京城内","荆轲饮燕市",诗人先述史实,而最后给以客观评价,于其中暗寓了自己的思想情感与价值指向。而"止述史事,而己意默寓"的"郁郁涧底松",亦为此类型的创作。

3. 咏怀:以史实为材料

如果说班固、王粲、阮瑀的藉史料表达某种观点或情感,尚处于隐性的层面,那么此后的嵇康、阮籍、左思则明白显豁地吐露自我的情怀。

嵇康有《六言诗》一首②,在该诗中,诗人分别颂美了尧、舜、子文、老莱妻、东方朔等古之贤士。其中表达了诗人"形陋体逸心宽,得志一世无患"的玄思。诗旨显露,缺少含蓄余韵,因而是为干枯索味,直是史实的简单杂凑堆垛,但结合时代之环境,诗人咏怀心迹明白可见。

阮籍,因"身仕乱朝,常恐罹谤遇祸,因兹发咏,故每有忧生之嗟。虽志在刺讥,而文多隐避,百代之下,难以情测。"③面对着司马氏与曹氏的争权夺利,许多名士都丧生于司马氏之手,成为政治斗争的牺牲品,以致出现"天下名士去其半"的惨象。生活于这个险恶气息中的阮籍更多选择了明哲保身、依违避就的生活。用比兴和象征的手法,通过诗歌隐晦曲折地吐露、倾泄心中的愤懑和郁结。在《咏怀》组诗中,亦有藉史实吟咏胸怀的作品,如"二妃游江滨"、"昔闻东陵瓜"、"王业须良辅"、"儒者通六艺"、"杨朱

---

① 陈沆:《诗比兴笺》卷二,中华书局1959年版,第41页。
② 按逯钦立先生《先秦汉魏晋南北朝诗》(上)言:"此时乃一首十章,不得列为十首。"中华书局1983年版,第490页。
③ 《文选》卷二三颜延之《文选》李善注引,中华书局1977年版,第322页。

泣歧路"等,"如何金石交,一旦更离伤";"布衣可终身,宠禄岂足赖";"嗟嗟途上士,何用自保持"为诗人直接表露胸怀和情感,其旨在刺讥,然亦颇多忧生之嗟。

《咏史》之作至左思而创一新格。即"题云咏史,其实乃咏怀也。"(何焯《义门读书记》卷四十六)他诗中援引的历史人物,是其表达内心情感所藉的素材,咏古人而己之性情俱见,亦即借他人之酒杯,浇自己心中之块垒。张玉穀《古诗赏析》言左思咏史之作"或先述己意,而以史事证之;或先述史事,而以己意断之;或止述己意,而史事暗合;或止述史事,而己意默寓"。其中,"先述己意,而以史事证之"的为"吾希段干木";"止述己意,而史事暗合"的为"弱冠弄柔翰","习习笼中鸟","皓天舒白日"。而通过《咏史》诗可以完整地展现左思一生情感历程的变化轨迹。其中"吾希段干木……吾希鲁仲连……";"功成不受爵,长揖归田庐";"功成耻受赏,高节卓不群",迭引史实,错综震荡,逸气干云,表现出诗人能够主动、毫不假饰、明白地吐露出自己的情感志趣。

他继承发展了阮籍《咏怀》组诗的传统,奠定了他在文学史上举足轻重的地位。后人对他大加嘉誉:"左太冲诗,潘安仁诗,古今难比。"[1]"左思奇才,业深覃思,尽锐于三都,拔萃于《咏史》,无遗力矣。"[2]陈祚明言:"太冲一代伟人,胸次浩荡,洒然流咏。似孟德而加以流丽,仿子建而独能简贵。创成一体,垂式千秋。其雄在才,而其高在志。""太冲胸次高旷。而笔力又复雄迈,陶冶汉魏,自制伟词,故是一代作手,岂潘陆辈所能比埒。"[3]

三、建安风骨与左思风力之精神延续

建安风骨与左思风力有相似的一面亦有相异的一面,这主要是由时代因素和文人个性所致。

1. 建功立业的渴望

建安七子生活在汉末宦官专权,跋扈猖狂之时,社会凋敝,民不聊生,刘

---

① 陈延杰:《诗品注》卷上引谢灵运语,人民文学出版社 1961 年版,第 28 页。
② 范文澜:《文心雕龙注·才略》,人民文学出版社 1958 年版,第 700 页。
③ 沈德潜:《古诗源》卷七,中华书局 1963 年版,第 163 页。

汉政权遂逐渐下沉、衰落。同时,各地割据政权纷纷崛起,重建社会秩序有了可能。而曹魏势力在此间迅速成长。曹操"挟天子以令诸侯",打击兼并各军阀势力,使"世积乱离,风衰俗怨"的社会"区宇方辑"①,得以安定下来。建安承汉末战乱之弊,"文学转蓬",他们经历了二十多年的漂泊动荡生活,集至邺城,主要抱着建功立业的政治目的。因为他们从动乱中看见了生命的曙光与希望。同时,曹操主观上又延揽各方才士,他"设天纲以该之,顿八纮以掩之"。② 且打破了儒家选才择士的标准,"不仁不孝而有治国用兵之术"(《举贤勿拘品行令》)者,也应被接纳和重用。所以"降及建安,曹公父子,笃好斯文;平原兄弟,郁为文栋;刘桢、王粲为其羽翼。次有攀龙託凤,自致于属车者,盖将百计",文作人才,创作数量、规模,都呈现出"彬彬之盛,大备于时"③之貌。

"建永世之功,流金石之名"遂成为建安士子的壮怀心声,他们生命里流露出铮铮的骨气。曹操"老骥伏枥,志在千里。烈士暮年,壮心不已"(《步出夏门行·龟虽寿》)。"周公吐哺,天下归心"(《短歌行》)。表达诗人求才若渴,建不世之功业理想抱负,读其诗犹如聆听英雄之壮语一般,充溢着慷慨激昂的骨气。

曹植——"建安之杰",其《白马篇》以抒发功名信念和捐躯赴国为主。全诗豪情充溢,气概不凡,发扬踔厉。在《与杨德祖书》中,他亦流露出对政治功名的热衷,即使在后来面对着"左右唯仆人,所对唯妻子","衣食不继"、"禁锢明时"的窘境,仍不失那拳拳报国之心,这主要体现在他的文表之中,如《求通亲亲表》、《陈审举表》、《求自试表》诸类等等。刘勰《文心雕龙·章表》亦称"陈思之表,独冠群才,观其体赡而律调,辞清而志显;应物制巧,随变生趣,执辔有余,故能缓急应节矣"。④ 那"闲居非吾志,甘心赴国忧"(《杂诗》)、"愿得展功勤,输力于明君"(《薤露行》)的浩荡情怀,高昂气势,足以感染我们。逆境似乎不能击败、挫伤这位有志士人的凤愿。

面对着汉末战乱的白骨和废墟,此时的文人产生慷慨的高唱,这并不是空发无病之吟,而是治世已至,需"及时当勉力",而忧世不治的开阔坦荡胸

---

① 范文澜:《文心雕龙注·时序》,人民文学出版社 1958 年版,第 673 页。
② 曹植:《与杨德祖书》见严可均《全三国文》,中华书局 1958 年版,第 1140 页。
③ 陈延杰:《诗品注·总论》,人民文学出版社 1961 年版,第 1 页。
④ 范文澜:《文心雕龙注·章表》,人民文学出版社 1958 年版,第 407 页。

襟,"爱时进取",追求理想的积极态度,从而将中国古典新歌推向一个新的高度,形成了建安文坛追求人生真正价值的共同理想与精神。

王粲,"七子之冠冕"。建安十三年前,此为其亲历汉末战乱及游离荆州阶段。多表现出诗人忧国忧民的社会责任感,如陈祚明《采菽堂古诗选》评之为"乱世之苦,言之真切"的《七哀诗》(西京乱无象),情感浓烈悲痛,念之断人肠。然而在这战乱的局势中,诗人"冀王道之一平兮,假高衢而骋力"①,似乎看到国家统一的希望。建安十三年后,诗人回到了梦萦已久的中原故土,面对此时安定的局势,表现出功名追求的理想,如其《从军诗》(五首),气势激昂流利,意气风发。或言"愿厉朽钝姿",或语"虽无铅刀用,庶人奋薄身"。

另外,陈桢、阮瑀、徐干、应玚等悉有治世建功之心。这在他们的著述中亦都有间接或直接的流露。如:"展心力于知己兮,甘迈远而忘劬"(应玚《愍骥赋》),或是徐干求内圣而达外王的《中论》。

左思面对的是"世胄蹑高位,英俊沉下僚"的残酷社会现实,是门阀制度把这位"梦想骋良图"的志气青年拒之门外的。"门阀制度"萌生于东汉,形成于魏晋,而至南北朝达到其高潮时期。西晋司马氏政权,为保证高级氏族的利益,则进一步巩固加强曹魏时设立的"九品中正制"。以致"吏部选用,必下中正,征其人居及父祖官名。"②这种"公门有公,卿门有卿"的封妻荫子传统,一方面使官场、社会更加腐败黑暗,以致政失准的,士无节操,阿谀附会蔚然成风。如当时出现的以贾谧为核心,以石崇、潘岳为首的文士集团。或由于频繁的政治斗争中,出现依附两可的现象,如陆机、乐广等。另一方面,它导致世族与寒族的界限更加严格,堵塞了广大寒门子弟的仕进之路,造成"上品无寒士,下品无世族"的局面。这些寒门庶士只有奔竞风尘,攀龙附凤,才不会被遗之草泽,终身平庸无为。这时的左思却发为高唱,表现出对门阀制度的愤怒抗议,吐露喋喋不平之气。

左思"貌丑悴,不持仪饰"。又"貌寝口讷,而词藻壮丽。不好交游,惟以闲居为事"。"生蓬户之侧陋"(《离思赋》),这些决定了他在西晋这个特定的历史时期并不能尽显其才,似乎萎顿沉沦是其最终的宿命。"举翮触

---

① 王粲:《登楼赋》,见《文选》卷一一,中华书局 1977 年版,第 163 页。
② 《通典》卷十四《选举二》,中华书局 1984 年版,第 77 页。

四隅"与"梦想骋良图"不可调和的矛盾，必然激起其内心的抗议、愤怒。对"非公侯之子孙，则当涂之昆弟"①的世袭制猛烈抨击。

《咏史》八首为其代表作。《文心雕龙·才略》云："左思奇才，业深覃思，尽锐于《三都》，拔萃于《咏史》。"②《时序》云："太冲动墨而横锦。"③钟嵘把他列为上品，极力推崇"左思风力"，并称左思为太康年间的文章中兴人物。即"太康中，三张，二陆，两潘，一左，勃尔复兴，踵武前王，风流未沫，亦文章之中兴也。"④而左思在"结藻清英，流韵绮靡"的文学思潮之外，屹然别立一格，他摒弃浮华、绮靡，而侧重表现内心真情的抒发，其《咏史》之作发唱惊挺，被誉为"五言之警策"，实为笃论。

左思在其代表作《咏史》八首中亦表现出有所作为的抱负。但是他所处的时代氛围与久乱而治的建安是有很大差别的。他所处的是一个士人无积极进取的时代，自上而下，沉湎于酒色声情，穷奢极侈。那门阀制度犹如标尺一样，严格划分出士族、寒族的界限，使有才志的寒族不得施展才华、抱负。左思之"怨"即为对这不平等制度的强烈抨击、愤怒。表达出广大寒士的共同心声。《咏史》八首是其情感的外化，亦是其"风力"诗风的完美展现。左思与建安文人一样，有其强烈的功名心和积极用世的人生理想。如：

> 弱冠弄柔翰，卓荦观群书。著论准《过秦》，作赋拟《子虚》。边城苦鸣镝，羽檄飞京都。虽非甲胄士，畴昔览穰苴。长啸激清风，志若无东吴。铅刀贵一割，梦想逞良图。左眄澄江湘，右盼定羌胡。功成不受爵，长揖归田庐。（其一）

> 吾希段干木，偃息藩魏君。吾慕鲁仲连，谈笑却秦军。当世贵不羁，遭难能解纷。功成耻受赏，高节卓不群。临组不肯绁，对圭宁肯分。连玺耀前庭，比之犹浮云。（其三）

可以看出，虽处于这种社会制度之下，诗人情怀犹如此开阔，信心犹如此豪逸。故建安之"骨"，与左思之"力"是基于不同的时代土壤的，即"骨"与"力"肉质不尽相同。

---

① 《晋书》卷十八《段灼传》，中华书局 1974 年版，第 1347 页。
② 范文澜：《文心雕龙注·才略》，人民文学出版社 1958 年版，第 700 页。
③ 范文澜：《文心雕龙注·时序》，人民文学出版社 1958 年版，第 674 页。
④ 陈延杰：《诗品注·总论》，人民文学出版社 1961 年版，第 1 页。

2. 生命本体的忧思

建安时代,文人们都表现出建功立业之抱负与对生命本体之忧思的矛盾性。因为此时的战争和瘟疫随时都可以夺去人的生命,怀着"先朝露填沟壑,坟土未干而身名并灭"(曹植《求自试表》)的忧惧,他们总流露出悲凉的情思,这亦是建安风骨的一个重要内容,而这一点在左思的诗里却是没有的。这固然与时代因素有关。

曹操:"神龟虽寿,犹有竟时。腾蛇乘雾,终为土灰。"(《龟虽寿》)"对酒当歌,人生几何? 譬如朝露,去日苦多。"(《短歌行》)"天地何长久,人道居之短。"(《秋胡行》)"年之暮,奈何时过时来微。"(《精列》)这是诗人面对着有限的生命与功业未及建两者矛盾而发生的心声。

曹丕:"人生如寄,多忧何为。今我不乐,岁月如驰。"(《善哉行》(其一))"人生居天壤间,忽如飞鸟栖枯枝。"(《大墙上蒿行》)"寿命非松乔,谁能得神仙。遨游快心意,保己终百年。"(《芙蓉池作诗》)似乎及时行乐充溢着诗人的心底。

曹植:"惊风飘白日,忽然归西山。"(《赠徐干诗》)"白日西南驰,光景不可攀。"(《名都篇》)"人生不满百,戚戚少欢娱。"(《游仙诗》)"人生处一世,去若朝露晞。年在桑榆间,影响不能追。"(《赠白马王彪》)"昔我初迁,朱华未晞。今我旋止,素雪云飞。"(《朔风诗》)"人居一世间,忽若风吹尘。"(《薤露行》)如果说曹操对生命本体有豪壮的体验,那么曹植则为悲壮更贴切。因为曹植流露出更多的是欲建功立业不可得的苦闷。故具有悲壮的骨气。这也为建安之骨实质特征之一。

"天地无期竟,民生甚局促。为称百年寿,谁能应此录。"(刘桢《诗》)"人生一世间,忽如暮春草。"(徐干《室思诗》其二)"良时忽一过,身体为土灰。"(阮瑀《七哀诗》)然而有限的生命并未使这些文人沮丧失落,"他们能将人生短促的苦闷转化为活泼的进取力量,对现实生活中的矛盾保持健全的心肌和明哲的态度。……'不戚年往,忧世不治'的开阔胸襟,'爱时进取'、追求理想的积极态度,使建安诗歌成为千百年来人生咏叹调中的洪钟巨响"。①

---

① 葛晓音:《八代诗史》第二章第一节《彬彬之盛的建安文坛》,中华书局 2007 年版,第32 页。

而在左思内心秉承的是一种"功成不受爵,长揖归田庐"的思想。这是由他所处的社会阶层与当时政局有必然的联系。左思并未目睹或亲身经历过汉末惨绝人寰的大劫难,似乎并不如建安文人那样对幸存的珍惜与恐惧自己的过早化迁。其实,西晋士人的纵欲奢靡,及时行乐,从某一种角度上说是对飞逝生命本体的"变形"补救,而左思却采用建功立业方式使之不朽,使其人生价值真正实现。较之左思而言,建安诗人在其骨气中多了一份悲壮的情份。

3. 命运淹寒的苦闷

无论是建安七子,抑或是西晋的左思,他们的人生道路都充溢坎坷与荆棘。尽管他们处于不同的社会土壤之中,但是理想与现实的巨大差异,形成了他们"慷慨以任气"的悲歌。

建安十三年(208 年)之前,由于社会的战乱动荡,他们分散于社会的各个角落,亲身目睹或经历了这一悲惨的社会现实。"仲宣委质于汉南,孔璋归命于河北,伟长从宦于青土,公干徇质于海隅。"①"尚气,慷慨,悲情成为建安情感的取向方面特征,它与文学内容的真、高、刚、直特征,构成建安风骨的重要两翼。"②

曹操是一个政治家、军事家、亦是文学家。《三国志·魏书·武帝纪》裴注引王沈《魏书》言:"太祖御军三十余年,手不舍书。昼则讲武策,夜则思经传。登高必赋,及造新诗,披之管弦,皆成乐章。"③面对着汉末的丧乱,他表现出强烈的忧患意识。

《薤露行》:"惟汉二十世,所任诚不良。沐猴而冠带,知小而谋强。犹豫不敢断,因狩执君王。白虹为贯日,己亦先受殃。贼臣持国柄,杀主灭宇京。荡覆帝基业,宗庙以燔丧。播越西迁移,号泣而且行。瞻彼洛城郭,微子为哀伤。"《蒿里行》:"关东有义士,兴兵讨群凶。初期会盟津,乃心在咸阳。军合力不齐,踌躇而雁行。势利使人争,嗣还自相戕。淮南弟称号,刻玺于北方。铠甲生虮虱,万姓以死亡。白骨露于野,千里无鸡鸣。生民百遗一,念之断人肠。"

---

① 范文澜:《文心雕龙注·时序》,人民文学出版社 1958 年版,第 673 页。
② 徐公持主编:《魏晋文学史》第一编《三国文学》第一章,人民文学出版社 1999 年版,第 16 页。
③ 《三国志·魏书·武帝纪》裴注引王沈《魏书》,中华书局 1959 年版,第 54 页。

钟惺《古诗归》谓此两篇为"汉末实录,真诗史也。"这两首诗"浩气奋迈,古直悲凉,音节词旨,雄姿真朴。"①体现出诗人感时丧乱,体邺民情的人文主义关怀。在曹操、曹丕的作品中亦有类作。如曹丕《黎阳作诗四首》、《见挽船士兄弟辞别诗》、曹植《送应氏》(其一),当年东汉都城洛阳是何等的繁华:"洛中何郁郁,冠带自相索。长衢罗夹巷,王侯多第宅。两宫遥相望,双阙百余尺。"(《古诗十九首□青青陵上柏》)而今却是"洛中何寂寞,宫室尽烧焚。垣墙尽顿擗,荆棘上参天。"面对着残墙与遍布的荆棘,使人发生了深沉的感叹。

建安七子是汉末这场劫难的亲身经历者,他们的现身说法更能让我们体味到那个时代的不幸,看到水深火热的黎民,并对其慷慨悲歌有更深刻的理解。

王粲《七哀诗》(其一)是其逃避汉末战乱,离开长安而适荆州,目睹"白骨蔽平原"及"饥妇弃子"之事,悲痛其事而作。"乱世之苦,言之真切,"诗人把残绝的现实掺着泪吐出,而愈加悲怆。

陈琳的《饮马长城窟行》,为乐府相和歌瑟调曲:"饮马长城窟,水寒伤马骨。往谓长城吏:慎莫稽留太原卒!""官作自有程,举筑谐汝声。""男儿宁当格斗死,何能怫郁筑长城!"长城何连连,连连三千里。边城多健少,内舍多寡妇。作书与内舍:"便嫁莫留住。善待新姑嫜,时时念我故夫子。"报书往边地:"君今出语一何鄙!""身在祸难中,何为稽留他家子? 生男慎莫举,生女哺用脯。君不见长城下,死人骸骨相撑拄!""结发行事君,慊慊心意关。明知边地苦,贱妾何能久自全?"该诗采取夫妇对话的形式,道出其不幸的遭遇。诗风拙朴,用语质实,沉郁悲凉之情贯穿其始终,亦表达出诗人强烈的现实责任心与同情心。

陈祚明《采菽堂古诗选》卷七言阮瑀的名作《驾出北郭门行》"质直悲酸,犹近汉调"。这首诗又让我们重温了那个时代的悲剧。"骨消肌肉尽,体若枯树皮"的孤儿是多么的不幸啊。他的苦泣、悲怨通过字里行间可以深切地体味。其嗷嗷的悲啼使建安文学多一层沉重悲凉之气。

所以正如葛晓音先生所说:"文人们经历了大灾难和大忧患之后,有了比较安定的生活环境和从事文学创作的条件,必然要将他们目击的战争疮

---

① 方东树:《昭昧詹言》卷二,人民文学出版社 1961 年版,第 67 页。

痍和蓄积已久的人生感触倾泻出来。"①身经战乱流离之苦的建安文人,多表现出社会忧患意识,流淌在他们作品中的是慷慨悲凉之气。刘勰曰:"观其时文,雅好慷慨,良由世积乱离,风衰俗怨,并志深而笔长,故梗概而多气也。"②建安士人强烈的社会责任感是其诗中有骨气的一个重要内容。然而,左思并没有这方面特殊的经历,其只不过是太平时代,一个有才却不被重用的寒士的苦闷与抗争。他所直面的是"济济京城内,赫赫王侯居。冠盖荫四术,朱轮竟长衢"与"寂寂扬子宅,门无卿相舆。寥寥空宇中,所讲在玄虚"的寒族与士族的一繁华、一寂寥的鲜明对比;"世胄蹑高位,英俊沉下僚。地势使之然,由来非一朝"的无奈和激愤。他所能为的似乎只有在精神上呐喊不平,屡次的失败,使其饱满的积极进取激情化悲慨苍凉的调子。他用更犀利的目光来审视这不公平的世界。

左思的这一点又与建安中期的士人心态相通。此时安定的社会氛围,使文士们减少了忧患之叹,而增加了驰骋功名的信念和激情。但是曹操笼络、豢养他们,只是利用他们而已,攻伐大事并不委之以重任,这必然引起文士们的失望与怨哀,甚至视已为曹氏身边的倡优之人而已,对自己的未来及命运表现出强烈的关注。因而力争摆脱这种窘境,使自己在短暂的生命中有所作为。若现实与其理想或性格发生冲突时,必表现出悲怨之情,但仍不失慷慨之骨气,亦体现出建安风骨之内容。

谢灵运谓:"平原侯植,公子不及世事,但美邀游,然颇有忧生之嗟。"③其中"美邀游"是其前期的浪漫情调,直是一位富家公子哥形象。他斗鸡走马,酣饮纵行,如《名都篇》、《斗鸡》、《游观赋》、《娱宾赋》等创作中极铺佗此情。然而,争位的失利,使其多发"忧生之嗟"。诗风深沉悲凉,如《赠白马王彪》,该诗沉郁顿挫,漓淋悲壮具有深厚而饱满的骨气,此类诗亦有《野田黄雀行》、《朔风诗》、《七步诗》、《美女篇》等等,都是在其人生困顿颠踬之时,释解宣泄内心郁结和苦闷的作品,情悲但尚气,并未被观实所挫败而委顿不振。

---

① 葛晓音:《八代诗史》第二章,中华书局 2007 年版,第 32 页。
② 范文澜:《文心雕龙注·时序》,人民文学出版社 1958 年版,第 673—674 页。
③ 黄节:《谢康乐诗注》卷四《拟魏太子邺中集诗八首并序》,中华书局 2008 年版,第164 页。

"王粲,家本秦川,贵公子孙,遭乱流寓,自伤情多。"①其忧生之嗟,上述已述。但入归曹操邺城之后,王粲亦表现出对自己居于文学侍从地位有不满情绪,这是由强烈的功名心所致。《莺赋》中,他把自己比作为"隅之笼鸟"。虽居"高悬"但不自由,有唳响振苍穹之志却不得发。诗人触物生情,慷慨之志寄寓其中,唯恐不得升迁重用。与王粲有相似感受的是刘桢,邺下贵游闲适繁琐的生活使其滋生厌倦之情,如《杂诗》中所言"职事相填委,文墨纷消散。驰翰未暇食,日昃不知晏",而希望自己能如"轻叶随风转,飞鸟何翩翩"(《赠徐干》)一般自由自在。而刘桢"真骨凌霜,高风跨俗"的气质是其固有性格,更是建安风骨恰切的展现。他为人正直,犹如冰霜惨凄下的松柏一样,要保持其本性,他敢"平视"甄妃足见其强烈的自尊心,凛然清正的骨气。

建安风骨的尚气、慷慨、悲凉的文学特征与左思风力是相通的。但时代基质的不同,又造成了"骨"与"力"的差异。左思胸次高旷,笔力遒劲,"陶冶汉魏,自铸伟辞",表现好男儿的铮铮骨气。他唤喊出广大寒士的渴望建功立业而不得的心声,满腔的激愤与无奈都跃然纸上。

四、建安风骨、左思风力的影响

建安风骨对六朝文学的浸染和沾溉是巨大的,其具有导乎先路的作用,促进中国文学更加自觉地朝着追求艺术特质的方向发展。

1. 南朝清越诗风

刘琨(271—318 年),字越石,中山魏昌(今河北无极附近)。其诗现存四首,皆为其后期之作。这些作品都表现出慷慨悲壮的情感,清刚感恨之风。如《扶风歌》、《答卢谌》、《重答卢谌》。多为西晋丧乱之纪实,迍遭厄运之无奈,抗敌报国之忠情的杂合而作。钟嵘评其诗曰:"其源出王粲。善为凄戾之词,自有清拔之气。琨既体良才,又罹厄运,故善叙丧乱,多感恨之词。"②又曰:"刘越石仗清刚之气,赞成厥美。"③刘琨与王粲在人生履历上

---

① 黄节:《谢康乐诗注》卷四《拟魏太子邺中集诗八首并序》,中华书局 2008 年版,第149 页。

② 陈延杰:《诗品注》卷中,人民文学出版社 1961 年版,第 37 页。

③ 陈延杰:《诗品注·总论》,人民文学出版社 1961 年版,第 2 页。

似乎有相同的遭际,即都抗争在动乱不平的时代之中:刘琨由东京洛阳奔赴并州,而王粲由西京长安避祸于荆州。王粲之诗"悲而不壮",而刘越石为"兼悲壮者",故其诗多一层贞刚道力的清拔气。更赞之曰:"越石气盖一世,始足与曹公苍茫相敌也。"①其创造的风格实与建安风骨为一脉,而有别于当时繁缛、浮华、放诞之风。虽"可惜并州刘越石,不教横槊建安中,"(元好问《论诗绝句》)但至少给沉湎于游宴酒色的西晋文士以精神上的震撼。

刘琨的创作精神与其同时的左思、张协、张载是不同的,与其后来的鲍照亦有区别。刘琨为英雄失路,万绪悲凉,诗随笔倾吐而作,多国家民族之忧患,是"百炼钢"化为"绕指柔"的无奈。而左思,抑或是鲍照多为自己理想与现实发生乖离,直是一种牢骚不平之气的外泄。

左思与鲍照有着相似的生身和人生遭遇:抗争门阀制度,故这使得鲍照对左思有着天然的亲切感。以力力上的浸染与感化,那么左思风力则为其提供精神上的慰藉。鲍照自称"孤门贱生"(《解褐谢侍郎表》),或"北州衰沧,身地孤贱"(《拜侍郎上疏》)。由此可见,他出身于寒庶家庭里,在门阀制度极盛的南北朝,其受到排挤与压抑是并不难想象的。李延寿《南史》本传载:"照始尝谒义庆未见知,欲贡诗言志,人止之曰:'卿位尚卑,不可轻忤大王。照勃然曰:'千载上有英才异士沉没而不闻者,安可数哉! 大丈夫岂可遂蕴智能,使兰艾不辨,终日碌碌,与燕雀相随乎! 于是奏诗。"②

虽有才,亦必会有与左思相类似的遭遇。这不免令他发出"才之多少,不如势之多少"③的感慨与激愤,其"居势使之然"与左思的"地势使之然"的内在思想主旨是贯通的,即对门阀制度的抗争与抵制。而其《拟行路难》第六首,流露出来的是一股强烈的愤怒的"梗概之气";大丈夫怎能平庸无为终身,又怎能甘心沉沦于贫贱之中呢? 于是"对案不能食,拔剑击柱长叹息。"其中之情骏发卓落,慷慨悲凉,可与左思《咏史》(郁郁涧底松)合读。这样的炽烈地、痛快淋漓地对门阀制度的控诉,显然是受到长期的压抑积愤而致,因此此篇具有强烈的感染力。这显然是因为其"才秀人微",故"取湮当代"。④

---

① 陈沆:《诗比兴笺》卷二,中华书局 1959 年版,第 61 页。
② 《南史》卷十三《宋宗室及诸王上》,中华书局 1975 年版,第 360 页。
③ 《瓜步山楬文》见钱仲联《鲍参军集注》,上海古籍出版社 1980 年版,第 131 页。
④ 陈延杰:《诗品注》卷中,人民文学出版社 1961 年版,第 46 页。

再如《拟行路难》其四,这一切在命中已经注定"人生亦有命,安能行叹坐复愁!"根本不须言说的!这种故作镇定与内心久积愤懑之间形成了强烈的张力,诗人此时的态度与情色是可以想象得到的!这两首诗寄寓着慷慨悲壮之气,其流畅俊快的节奏,质朴的语言,仿佛为诗人脱口而出,充分体现了其诗歌"发唱惊挺,操调险急"①的特点。这可以视为对建安风骨的继承与发扬。

鲍照引起我们注意的有《代出自蓟北门行》、《拟古》(幽并重骑射)等,它们寄托了诗人渴望建功立业的抱负和捐躯报国的理想,即"投躯报明主,身死为国殇";"留我一白羽,将以分虎竹"。这显然具有曹植、阮籍那种骏发踔厉、慷慨激昂之精神气质。故方东树曾指出:"(曹植)《白马篇》,此篇奇警,后来杜公《出塞》诸什,实脱胎于此。明代《代出自蓟北门》、《结客少年场》、《幽并重骑射》皆抚此。"②,所以鲍照之诗具有"慷慨任气,磊落使才"的风格,这也正是"建安风骨"的典型特征。他那乘时进取的精神,不甘沉沦的傲气,俊逸遒丽的诗风,不免让我们称之为"鲍照骨鲠"。

2. 北朝刚健之气

随着西晋王朝政权的颠覆,晋室的南渡,整个北方便陷入了长达一百三十五年之久的五胡十六国的战乱的动荡时期,直至鲜卑族魏太武帝即位时,通过征伐兼并异己割据势力,北方地区才逐渐得到安定下来。

因为多年的战乱征伐,整个北方社会都处于死亡、流浪、饥饿、疾病等之悲惨氛围的笼罩之下。西晋诗人刘琨曾上表朝廷描述了他赴并州上任途中所见的惨象:"臣自涉州疆,目睹困乏,流移四散,十不存二,携老扶弱,不绝于路。及其在者,鬻卖妻子,生相捐弃,死亡委危,白骨横野,哀呼之声,感伤和气。群胡数万,周匝四山,动足遇掠,开目睹寇。"③这不得不令我们想起"出门无所见,白骨蔽于野";"尸骸相支撑"的军阀割据的东汉末年。这样的社会气息使人们更加珍惜自己的生命,更加重视实际,而摒弃了那奢侈的玄思,更主要因为人们无暇顾及之。所以西晋河洛地区的玄风随着其政权的南渡,而消失的无影无踪,不得不令我们惊异!而儒家思想又占据绝对地

---

① 《南齐书》卷五十二《文学传论》,中华书局1972年版,第908页。
② 《昭昧詹言》卷二,人民文学出版社1961年版,第72页。
③ 《晋书》卷六十二《刘琨传》,中华书局1974年版,第1680页。

位,这与它的现实实用性和北朝重门第士族的观念有着密切的联系。

概括言之,北朝文学风格的形成是由其社会生活、文化心理、地理环境等多方面因素相互作用而完成的,作为建安文学的故地,北朝文学必然与其有着千丝万缕的联系。说其为建安风骨的嗣音亦不为过。

无论是乐府民歌,抑或是文人创作都散发出悲凉沉郁的情感。如庾信的"莫不闻陇水而掩泣,向关山而长叹。"(《哀江南赋》)"关山则风日凄怆,陇水则肝肠断绝。"(《小园赋》)再如刑劭《冬日伤志篇》:"繁华夙昔改,衰病一时来。重以三冬日,愁云聚复开。天高日色浅,林劲鸟声哀。终风激詹宇,余雪满条枚。遨游昔宛洛,踟蹰今蒿莱。时事方去矣,抚己独伤怀。"全诗触景生情,笼罩着一层悲凉的情调。而祖莹《悲平城》:"悲彭城,楚歌四面起;尸积石梁亭,血流睢水里。"用"积"、"流"两字,把战后的场面刻画的格外凄烈,惨不忍睹。北朝连年的战乱、残酷的斗争,使其又重温了汉末那场残绝的丧乱,故悲怨、梗概之气贯穿于当时的诸多文学创作之中。

北朝颜之推《颜氏家训·音辞》:"南方水土和柔,其音清举而切诣,失在浮浅,其辞多鄙俗。北方山川深厚,其音沉浊而钝,得其质直,其辞多古语。"①林昌彝《魏晋风俗论》言"河朔水土刚强,素多忠义"。② 俞樾《九九消夏录》言:"西北之地皆河所怀抱,东南之地皆江所怀抱。南北之风,实江河大势使然,风尚因之异也。"至近代刘师培《南北文学不同论》:"大抵北方之地,土厚水深,民生其间,多尚实际;南方之地,水势浩洋,民生其间,多尚虚无。民崇实际,故所著之文,不外记事析理二端。民尚虚无,故所作之文,或为言志抒情之体。"显然,地理环境对文学风格的形成具有重大的影响。因为自然环境,决定了人们的生存方式和生活条件。客观的环境又潜移默化地影响到人们的感情基调,至其作用于文学作用,不同风格便产生,这明显带有不同地域气质。使"江左宫商发越,贵于清绮。河朔词义贞刚,重乎气质"。③ 所以北方文学体现出一股苍茫粗犷,刚健质实的特征,有一种天然的风骨蕴育其中。

此时的文人创作亦体现出此种风格:如郑公超《送庾羽骑抱诗》:"空城

① 王利器:《颜氏家训集解》卷七《音辞篇》,上海古籍出版社 1980 年版,第 473 页。
② 《林昌彝诗文集》卷十一《魏晋风俗论》,上海古籍出版社 1989 年版,第 243 页。
③ 《隋书》卷七十六《文学传序》,中华书局 1973 年版,第 1730 页。

落日影,迥地浮云阴。"祖珽《从北征诗》:"戍亭秋雨急,关门朔气寒。"李谐《江浦赋诗》:"边筛城上响,寒月浦中明。"又如入北后的王褒、庾信其诗多粗犷朴野之气:"塞近边云黑,尘昏野日黄。"(王褒《送刘中书葬诗》)"日晚荒城上,苍茫馀落晖。"(庾信《拟咏怀二十七首》之十七)"霜风乱飘叶,寒水细澄沙。"(庾信《卫王赠桑落酒奉答诗》)"萧瑟风声惨,苍茫雪貌愁。"(庾信《就蒲州使君乞酒诗》)面对着苍茫萧疏的北方景色,加之内心的佛郁愁苦,使其诗歌具有慷慨悲凉的情调,充盈着一种浑厚贞刚之气,虽失落愁怨,但不失内在的贞刚骨气,亦充满着力量。

另外,我们亦注意到北魏的重要地理著作郦道元的《水经注》与散文著作杨衒之的《洛阳伽蓝记》亦体现出朴野质实的文风。它们的语言自然流畅,并无堆垛文字、刻意追求的现象。显然亦受北朝之自然环境的浸染。所以,自然环境是一个不可忽视的重要因素。它间接影响到文学的风格特征。

第三节 儒家"入世"观念的演变:民族危难之际的南宋文学与抗战文艺

山东是儒学的发源地,儒学的创始人孔子以及儒学最重要的传人孟子,故乡都在山东。形成于山东大地的儒学是中国古代最有影响的思想学说,它奠定了中国数千年的文化基调,形成了中国传统文化的血脉与灵魂,构成了中华民族深层的文化心理结构和民族性格,对中国思想文化的发展具有深远影响。虽然儒学自其产生之日起就面临着各种挑战,先秦时期有墨、法、道的激烈批判,秦朝和汉初有统治者的极力抵制,而后则有玄学、佛学的崛起与冲击,形成了魏晋隋唐时期三教鼎立的局面,佛老与儒学分庭抗礼,明代有李贽等人竭力反对将儒家经典视为万古不变的信条,"不以孔子之是非为是非",近代以来更是遭遇到西方文化前所未有的挑战,以致于五四时期进步青年发出了"打倒孔家店"的呐喊,儒家学说遭到全盘否定,被贬得一文不值,但不可否认的是,儒学在漫长的发展历程中一直保持着旺盛持久的生命力,并未断绝,这除了与儒家文化的自我调节机能、适应能力以及巨大的包容力有关外,更重要的原因就是因为儒学始终保持着对人类生存发展的关心,对国家民族处境和前途的忧虑,具有积极入世、奋发有为的精神,这才是它之所以能够历经风雨仍保持顽强生命力,并获得全民心理认同、积极践履的根本原因所在。

一

积极入世是以孔孟为代表的儒家学说最根本的观点。徐复观曾言："儒道两家的基本动机，虽然同是出于忧患，不过儒家是面对忧患而要求加以救济，道家则是面对忧患而要求得到解脱。"①面对忧患而要求加以救济，就是敢于直面国家苦难、社会危机、人民困苦，勇于以一己之力挽救天下苍生，对国家、对社会具有强烈的责任感和使命意识，而非一味寻求超脱，消极退避，这可谓是对儒家学说入世观念最好的概括。具体言之，儒家学说的入世观念主要从三个方面体现出来。

第一，从儒家学说的代表孔子、孟子的实际行动中可以发现，心系天下、积极入世是他们毕生的理想和追求。虽然孔子曾说过"天下有道则见，无道则隐"（《论语·泰伯》），孟子曾说过"穷则独善其身，达则兼善天下"（《孟子·尽心上》），但实际上不过是"用之则行，舍之则藏"（《论语·述而》），隐与藏不过是不为所用后的无奈之举。孔子和孟子始终都心系天下，不曾甘心作一名默默无闻的隐者，否则孔子就不会有长达十四年之久的周游列国的生涯，"累累若丧家之犬"（《史记·孔子世家》），四处碰壁，"知其不可而为之"（《论语·宪问》），孟子也不会"后车数十乘，从者数百人"（《孟子·滕文公下》），穿梭于齐魏之间游说诸侯，虽遭冷遇仍矢志不渝地推行其仁政的主张，被司马迁笑为"迂远而阔于事情"（《史记·孟子荀卿列传》）。孔子、孟子始终都心怀济世救民的政治理想，对自身的才能充满高度期许，孔子曾言"如有用我者，吾其为东周乎"（《论语·阳货》），"苟有用我者，期月而已可也，三年有成"（《论语·子路》），孟子曾言"夫天未欲平治天下也；如欲平治天下，当今之世，舍我其谁也"（《孟子·公孙丑下》），虽然孔子、孟子最终都不展其用，不得已退而授徒讲学，著书立说，但他们积极入世、身体力行的思想主张、人生态度对后来的知识分子产生了深远影响，塑造了后代文人兼济天下、积极入世的思想性格和强烈的责任感、使命意识，成为支撑他们经世治国、以天下兴亡为己任的最重要的思想信仰。

---

① 徐复观:《中国艺术精神》,春风文艺出版社 1987 年版,第 115 页。

第二,以孔、孟为代表的儒家学说强调外王,重视事功,表现出强烈的入世情怀。以孔、孟为代表的儒家思想学说强调内圣外王。所谓内圣指个人内在的道德修养、思想品格,所谓外王指安邦定国,追求政治事功,二者是和谐一致的,内圣是基础、前提,入世建功立业是内圣的进一步延伸和发展,也是内圣的终极目的。孔子不仅说过"为仁由己,而由人乎哉?"(《论语·颜渊》)"我欲仁,斯仁至矣"(《论语·述而》),强调个人须主动提高道德修养,他还进一步把个人修养和政治追求相联系,指出"修己以安百姓","博施於民而能济众"。在《论语·宪问》中孔子曾说过:"子曰:修己以敬。曰:如斯而已乎? 曰:修己以安人。曰:如斯而已乎? 曰:修己以安百姓。修己以安百姓,尧舜其犹病诸。"从"修己以敬"到"修己以安人"再到"修己以安百姓",三个层次的逐步推进,由个人修养而及政治事功,显示出在孔子看来入世济民是"修己"的进一步延伸和发展,是其最终的信念。在《论语·雍也》中孔子还说过一段话:"子贡曰:如有博施於民而能济众,何如? 可谓仁乎? 子曰:何事於仁! 必也圣乎! 尧舜其犹病诸!"所谓博施济众最终落实到的仍然是政治层面的安邦治国,使百姓安居乐业,所以说在孔子看来个人心性修养乃是基础,而"安百姓"和"博施济众"的入世追求才是最高境界。孟子将孔子之仁施于天下,提出仁政的主张,"行仁政而王,莫之能御也"(《孟子·公孙丑上》),"尧舜之道,不以仁政,不能平治天下归"(《孟子·离娄上》),仁政既是孟子努力推行天下的政治理想,更是其外王思想的核心。

后孔、孟内圣外王、积极入世的价值观在《大学》篇中得到进一步发挥,并成为一个逻辑严密的理论体系,对后世产生深远影响。"物格而后知至,知至而后意诚,意诚而后心正,心正而后身修,身修而后家齐,家齐而后国治,国治而后天下平。"(《大学》)格物、致知、诚意、正心、修身、齐家、治国、平天下的八条目,以个人修养为核心,由内及外,由个人而及国家,由道德而及政治,最终的落脚点仍然是外在的政治事功,仍然是个人的社会价值的实现,带有强烈的入世情怀,这是儒家兼济天下、积极入世思想的全面而直接的体现。

第三,以孔、孟为代表的儒家思想学说对内在品格的强调也具有积极入世的特征。虽然孔、孟极力渴求和鼓吹的是外在的事功,是理想政治的实现,强调的是积极入世的追求,而心性修养终究是内在的难以显现的东西,但这并不代表心性修养是次要的、可以忽视的,相反"铁肩担道义",铸得铁肩方能成就担当道义、实现抱负的气魄、勇气和力量。因而,孔、孟在内圣外王的关系上不仅强调"用",实际上也相当重视"体","用"是目的,"体"则是"用"的基础和根据。

孔子强调"志士仁人,无求生以害仁,有杀身以成仁。"(《论语·卫灵公》)对于仁要求无条件地践履,毫不动摇地坚持,即便舍弃生命也要义无返顾,绝不能因贪图生命而损害仁。后孔子的学生曾参进一步发挥说:"士不可以不弘毅,任重而道远。仁以为己任,不亦重乎? 死而后已,不亦远乎?"(《论语·泰伯》)要求士人刚强有毅力,把实现仁作为自己的历史使命,上下求索,死而后已,表现出强烈的责任感、使命意识和奉献精神。

孟子对"大丈夫"精神的强调可谓彪炳千秋,他说:"富贵不能淫,贫贱不能移,威武不能屈,此之谓大丈夫。"(《孟子·滕文公下》)所谓"富贵不能淫,贫贱不能移,威武不能屈",就是不为外物所动,始终能保持自己的心志和操守,浑身充满"浩然之气",正是有这股刚正之气,所以无论是面对何种诱惑还是威胁,都能刚正不阿,处变不惊。"我善养吾浩然之气……其为气也,至大至刚,以直养而无害,则塞于天地之间。其为气也,配义与道;无是,馁也。是集义所生者,非义袭而取之也。行有不慊于心,则馁矣。"(《孟子·公孙丑上》)浩然正气至大至刚,充斥天地之间,乃是由正义积累而成,因此须"配义与道",要有不计个人安危、为正义奋斗乃至牺牲的精神,而不能"行有不慊于心",因此孟子强调"天下有道,以道殉身;天下无道,以身殉道。"(《孟子·尽心下》)"生,亦我所欲也,义,亦我所欲也,二者不可得兼,舍生而取义者也。生者我所欲,所欲有甚于生者,故不为苟得也;死亦我所恶,所恶有甚于死者,故患有所不辟也。"(《孟子·告子上》)当个体最宝贵的生命与坚持的道义发生冲突时,要有舍生取义、勇于殉道的精神。

从"杀身成仁"、"死而后已"到"以身殉道"、"舍生取义",孔、孟为后代的知识分子塑造了崇高的人格主体,培养了他们挽狂澜于既倒的责任感和使命意识,激励了他们不畏权势、伸张正义、保家卫国的大无畏的英雄气概,支撑了他们敢于与黑暗势力激浊扬清的理想信念,从而使得后代士人兼济天下、积极入世的理想始终都有正义保驾护航,始终都能超越个人利害得失,表现出对整个社会秩序、国家民族的关怀,而非停留于一己私利与个人荣誉。徐复观先生曾说过:"在中国文化中,'杀身成仁'、'舍生取义'占有更重要的意义。但其真正意义之所在,乃在杀一己之身,舍一己之生,以成就多数人之身,以救济更多数人之生。"①正是对儒家杀身成仁、舍生取义所具有的入世精神最好的概括。

总之,积极入世作为儒家学说的核心,随着历史的演进、朝代的更迭,逐渐积淀到中华民族深层的心理结构之中,成为中国传统文化的重要组成部分,同时也塑造了后世知识分子普遍尊奉的人生信条和人格理想。儒家宣扬的积极入世观念成为几千年来文人知识分子实现自身价值的重要途径,他们本着上报国家、下济苍生的理想,渴望能够得到统治者的赏识,从而发挥自身才能,成就一番事业,这样不仅可以步入仕途,求取功名,从而封妻荫子,光宗耀祖,更重要的是可以以功名仕宦作为匡扶社稷的手段和途径,通过为政来"安人"、"安百姓",实现社会秩序的安定和谐,达到天下治平的最高理想,兼济天下的理想和建功立业的渴求互为表里,个人利益得失始终与国家、民族紧密相连。此外,儒家学说在内在修养上对杀身成仁、舍生取义等大丈夫品格的强调,也塑造了文人知识分子刚毅不屈、自强不息的性格特征,坚贞不渝、不同流合污的人格操守,使他们无论是面对权势富贵,还是黑暗邪恶,始终都能不改其志,不为外物所右,保持气节尊严,不降志辱身。当国家面临内忧之时,他们凛然不阿,敢于伸张正义,痛斥权奸,为民请命,救民于水火;当外敌入侵、王纲解纽、国家危亡之际,他们更能赤胆忠心,忠君爱国,不计个人安危,御侮抗敌,保家卫国,维护国家民族利益,表现出崇高的爱国主义精神和高扬的民族意识。这种正道直行、视死如归的大丈夫品格,这种为国家挺身而出、纾难解困的英雄气概,这份安贫乐道、杀身成仁、舍生取义的浩然正气,这份"天下兴亡,匹夫有责"的责任感、使命意识,成为孔、孟之后一代又一代的仁人志士前仆后继、报国捐躯的精神力量和普遍践履的理想人格范型。

二

儒家兼济天下、积极入世的思想对历代文人和知识分子产生了深远影

---

① 徐复观:《中国文化中的罪恶感问题》,载《新儒家学案》下册,中国社会科学出版社1995年版,第729—730页。

响,形成了他们经世救国、以天下为己任的责任感和使命意识,渴望能保卫国家社稷,拯救黎民苍生,而作为文人心声的文学作品自然也深深烙上了"入世"的痕迹,成为反映儒家入世观念的一面镜子。翻开古代典籍,阅读前贤诗词,我们立刻就能够感受到扑面而来的对国家民族的深沉忧患,对时事的关注,对国计民生的关怀,也能感受到百折不挠、锲而不舍的进取精神与执着信念,大有孔子"知其不可而为之"(《论语·宪问》)的狂狷进取,更能感受到建功立业、不甘雌伏的呐喊,让人热血沸腾,堪称壮志凌云,还有怀才不遇、壮志难酬、不能用世的郁勃难平、痛苦愤懑更是连篇累牍,令人不忍卒读,这一切的一切无不指向儒家以身许国、积极用世的人生理想。

由于山东乃是孔孟之乡,堪称入世观念孕育的土壤,所以自古以来山东文人经世报国的理想尤为积极强烈。比如,汉末魏晋时期虽然正统儒学日渐衰落,玄学兴盛,崇尚老庄,但山东文人却仍然深受传统儒家思想的影响,具有强烈的功名事业心和治世安邦、大济苍生的宏图理想,渴望能够建功立业、青史留名,不甘默默无闻。被称为"七子之冠冕"(刘勰《文心雕龙·才略》)的王粲乃是山东高平(今金乡西北)人,战乱流离的岁月让他怀抱利器却无处施展,于是发出了"惟日月之逾迈兮,俟河清其未极。冀王道之一平兮,假高衢而骋力。惧匏瓜之徒悬兮,畏井渫之莫食"(《登楼赋》)的呼喊,字里行间流露出时光流逝、不得用世的焦虑,而其建功立业的事功追求其实又和他救世济民的入世理想紧密相连,所以他能于动荡的乱世发出对烽烟四起、生灵涂炭景象的悲悯和同情,写出"出门无所见,白骨蔽平原"(《七哀诗》其一)这类流传千古的诗句,表现出对民生疾苦的关注和忧虑,流露出强烈的社会群体意识和忧国忧民情怀。左思在"儿女情多"、"缘情绮靡"的西晋诗坛堪称特立独行,"铅刀贵一割,梦想骋良图。"(《咏史八首》其一)表现出渴望施展才能、建功立业的心情,"冯公岂不伟,白首不见招。"(《咏史八首》其二)以史作拟,表达了怀才不遇、有志难伸的郁愤难平之气,无论是求取仕进、渴望用世,还是表达对不合理社会制度的严厉批判,归根结底其内核都是儒家积极入世的价值观。而正是积极入世的现实主义情怀,使得左思的诗歌"得讽谕之致"(《诗品》),被称为"左思风力"(《诗品》),从而在西晋诗坛别具一格。

儒家积极用世的价值观在夷狄入侵,战乱不休,国家倾覆,中华民族面临生死存亡之际,更具典范意义,更能显出其涤荡乾坤、拯救民族危亡的浩然正气。儒家学说本就讲究"华夷之辩",如孔子曾说过:"夷狄之有君,不如诸夏之亡也。"(《论语·八佾》)孟子曾说过:"吾闻用夏变夷者,未闻变于夷者也。"(《孟子·滕文公上》)《诗经·鲁颂·閟宫》则云:"戎狄是膺,荆舒是惩,则莫我敢承。"歌颂鲁僖公与齐桓公对北狄、荆楚的讨伐,这些言语无不表现出"尊王攘夷"的态度。当僻远落后的夷狄以野蛮残暴的武力,大肆践踏华夏民族、以夷变夏之时,华夏民族的文化优越感和文化自我中心意识受到强烈的震撼,"华夷大防"、"夷夏之辨"和儒家舍生取义、经世救民的积极入世精神便水乳交融地结合在一起,变成一股强大的保家卫国、捍卫民族尊严的内向凝聚力,使得中华民族虽历经劫难却仍能生生不息,不屈不挠地克服内忧外患,不断发展壮大,因而以半壁江山沦陷、民族矛盾为主要矛盾的南宋时期和现代抗日战争时期的山东文学作对比,更能看出儒家积极入世价值观对知识分子所起到的激励人心、以死捍卫国家领土的重大影响,也能看到在灿若星河的历史长空里儒家积极入世价值观的发展与演变。

1. 南宋时期的山东文学

1126 年,金兵攻占北宋都城开封,1127 年,二帝北狩,北宋灭亡,而逃到江南的赵构在南方建立了南宋政权。经历了靖康之耻、易代鼎迁的残酷现实,华夏文明遭受落后文明的蹂躏和重创,半壁江山沦陷于胡虏蛮夷之手,深重的民族灾难,分裂动荡的社会现实,使得富有责任感和使命感的文人知识分子,受到极大的打击和伤害,无时无刻不在呼唤救亡图存、光复神州,无时无刻不在为收复失地、国家复兴献计献策,无时无刻不在以自己的行动投身救国救民的时代洪流。因此在南宋一百五十年的历史当中,主战北伐、志存恢复的呼喊构成了时代的主旋律,而文学也表现出强烈的干预社会现实的政治功利性。夏承焘先生曾说过:"有宋一代词,事之大者,无如南渡及厓山之覆。当时遗民孽子,身丁种族宗社之痛,辞愈隐而志愈哀,实处唐诗人未遭之境,酒边花间之作,至此激为西台朱鸟之音,天水一朝文学之异彩矣。"[①]正是指出政治时代的变革对南宋文学产生的巨大影响。

在南宋众多的爱国文人中,以山东历城(今山东济南)人辛弃疾的创作最为激扬悲壮,振奋人心。辛弃疾是一名爱国志士、抗金名将,平生最渴望杀敌报国、洗雪国耻,在疆场上实现抱负,博取功名,而非在文坛剪红刻翠、

---

① 夏承焘:《天风阁学词日记》,1931 年 3 月 11 日。

舞文弄墨。然而由于时代政治、社会现实等多方面的影响，使他"长剑铗，欲生苔。雕弓挂壁无用"（《水调歌头》），最终不得不"笔作剑锋长"（[水调歌头]《席上为叶仲洽赋》），将全部的生命、志意以及才情投入到文学创作中来，这就使他的词呈现出"一本万殊"的特点，而那个"本""即他的理念"①，就是驱逐异族铁骑、实现祖国统一从而解除民族忧患的积极入世精神。前人曾云："南渡词人，沿稼轩之后，惯作壮语，然皆非稼轩真面目。"（陈廷焯《白雨斋词话》卷六）"有稼轩之心胸，始可为稼轩之词。"（徐釚《词苑丛谈》卷四）所谓的"心胸"实际上也就是他以身许国、志在恢复的崇高理想，而之所以不能得稼轩词之精髓，原因也正在于此。

辛弃疾词强烈的入世精神主要表现在四个方面：首先，其词抚时感事，言志抒怀，表现出强烈的建功立业、青史留名的人生追求；其次，其词始终以国家民族命运为关注的中心，执着于收复失地、统一祖国的理想，表现出强烈的爱国主义精神和民族忧患意识；再次，其词针砭现实，敢于批判腐朽黑暗的社会政治、屈辱投降的卖国政策，具有强烈的社会批判性；最后，辛弃疾的词也是他一生的写照，从青年时代的聚众起义直到最后的含恨而终，他始终都未放弃收复的理想和统一的宏愿，这种坚贞不渝、不同流合污的人格操守，这种自强不息、奋斗不止的人格境界，也表现出执着的为正义而战、为国家民族而战的入世色彩。

（1）建功立业、青史留名的人生追求

建功立业、青史留名，这是儒家积极入世思想的一个重要内容，比如，孔子就曾宣称："君子疾没世而名不称焉。"（《论语·卫灵公》）指出君子要有所作为，让自己青史留名。而后儒家思想虽历经许多朝代而有所调整，但建功立业、青史留名的人生追求一直被文人积极践履，用来实现自己的人生价值，延续生命的意义，从来没有人能走出它的笼罩，甘愿一生默默无闻，辛弃疾自然也不例外。

辛弃疾一生奋发有为，有着强烈而执着的功名事业心，积极寻求个人生命的辉煌，这在他的词中有生动的体现。如其[破阵子]《为陈同甫赋壮词以寄》：

> 醉里挑灯看剑，梦回吹角连营。八百里分麾下炙，五十弦翻塞外

---

① 叶嘉莹：《词之美感特质的形成与演进》，北京大学出版社 2007 年版，第 132 页。

声。沙场秋点兵。　　马作的卢飞快，弓如霹雳弦惊。了却君王天下事，赢得生前身后名。可怜白发生！

本想借酒浇愁，但却在酒醉的深夜仍然难以消忧，难以入眠，只好随心之所至，挑灯看剑，表现出强烈的杀敌报国、征战北伐的渴望。"了却君王天下事，赢得生前身后名。"这正是辛弃疾一生的宏愿，通过收复失地、统一祖国来忠君报国，为君主分忧，同时也能让自己建功立业，青史留名。由此可见，辛弃疾建功立业的渴望并非是为个人私欲和一己荣耀，而是与国家民族的兴衰荣辱紧密结合在一起的，包含着个人得遇以纾国难的爱国忧时情怀，流露出深沉高昂的爱国之情和收复之志。

实际上，辛弃疾词中表现出来的建功立业、青史留名的渴望，一直都是和国家民族命运、社会政治现实紧密相连的，比如他对韩元吉说："算平戎万里，功名本是，真儒事，公知否？"（［水龙吟］《甲辰岁寿韩南涧尚书》）功名的成就应该包含"平戎万里"、收复失地之理想的实现，他对范如山说："千里风流今安在，万里功名莫放休。君王三百州。"（［破阵子］《为范南伯寿》）勉励他要以国事为重，干一番事业，都是将个人的穷通得失和对国家天下的忧念结合在一起。再如其［水龙吟］《登建康赏心亭》：

楚天千里清秋，水随天去秋无际。遥岑远目，献愁供恨，玉簪螺髻。落日楼头，断鸿声里，江南游子。把吴钩看了，栏干拍遍，无人会，登临意。　　休说鲈鱼堪脍，尽西风、季鹰归未？求田问舍，怕应羞见，刘郎才气。可惜流年，忧愁风雨，树犹如此！倩何人唤取，红巾翠袖，揾英雄泪！

此词借登临周览，抒发怀才不遇、不能实现收复理想的伤痛。下片用了张翰、许汜、桓温三个典故，表明自己既不愿学为吃鲈鱼脍就弃官还乡的张季鹰，也不愿学求田问舍的许汜，而是执着坚守自己的理想抱负，渴望像桓温那样实现北伐的夙愿。"可惜流年，忧愁风雨，树犹如此！"流露出时光流逝、无法为国效力的忧虑，而这份忧念身世、怀才不遇的伤痛，不仅仅是针对个人遭遇而发，更是和收复失地、统一祖国的理想交织在一起，和对南宋朝廷偏安一隅、不思进取的谴责结合在一起的。个人功名抱负和国家民族兴衰存亡紧密结合，使得辛弃疾的词作对功名的渴望，不再是仅仅局限于个人身世荣辱，而是超越了个人的命运嗟叹，流露出植根于国家民族的责任感和使命感，表现出崇高的思想境界。个人功名抱负和国家民族兴衰存亡紧密结合,也使得辛词对建功立业的迫切渴求更深沉厚重、恢宏悲壮,而其怀才不遇、壮志难酬的郁愤也更深挚感人。

在屡遭打击排挤、被迫归隐田园的岁月里,辛弃疾对历史、英雄以及英雄创造的丰功伟绩产生了虚无幻灭之感,"英雄事,曹刘敌。被西风吹尽,了无陈迹。"(［满江红］《江行和杨济翁韵》)"君不见,玉亭谢馆,冷烟寒树啼鸟!"(［汉宫春］《会稽蓬莱阁怀古》)"此会明年谁健,后日犹今视昔,歌舞只空台。"(［水调歌头］《再用韵呈南涧》)"身世酒杯中,万事皆空。古来三五个英雄。雨打风吹何处是,汉殿秦宫?"(［浪淘沙］《山寺夜半闻钟》)这种万事虚空的幻灭感,正是基于功业难成、价值落空的憾恨,正是为消解难以青史留名带来的心灵悲痛,遂以否定一切的姿态,否定了建功立业、执着用世的价值观,而他否定得越彻底,就越能看出不能实现建功立业、青史留名的儒家入世理想带给他的心灵创痛有多深,也能看出积极进取的入世理想在他心中的分量有多重。

(2)收复失地、统一祖国的理想抱负

辛弃疾从小在儒家文化的发源地长大,其价值观、心理特质以及文化性格等都深深打上了儒家文化的烙印。辛弃疾出生的时候,山东已经沦陷于金人之手,但其祖父辛赞身在曹营心在汉,从未放松对辛弃疾进行爱国主义教育,在《美芹十论》里,辛弃疾写道:"大父臣赞,以族众拙于脱身,被污虏官,留京师,历宿亳,涉沂海,非其志也。每退食,辄引臣辈登高望远,指画山河,思投衅而起,以纾君父所不共戴天之愤。常令臣两随计吏抵燕山,谛观形势。"正是"故土遭异族践踏后的沉痛和失落感,强化了老人的民族文化意识,故尔其对辛弃疾从小用传统文化进行熏陶与激励,对辛弃疾成年后文化性格的养成及定型,起了关键的作用"①。幼年时受到的儒家思想教育决定了辛弃疾一生收复失地、统一祖国的理想和抱负,那就是为收复失地、统一祖国而奋斗。

正是受儒家积极入世、拯救家国思想的影响,辛弃疾21岁的时候就趁金主完颜亮大举入侵、北方抗金武装风起云涌之时,聚众两千,起义抗金,以实际行动投身于时代洪流,参加到战斗的行列中来,渴望能扭转乾坤,赶走残暴的异族侵略者,从而洗雪国耻,收复失地,表现出卓越的军事才能和以

---

① 沈家庄:《论稼轩词的文化意识》,载《东方丛刊》1993 年第 1 期。

抗金救国为己任的雄伟抱负。在他后来写的词作中也多次回忆这段年轻时代的壮举,如其[鹧鸪天]《有客慨然谈功名,因追忆少年时事,戏作》就是在缅怀这段传奇式的抗金斗争。

南归初期,辛弃疾虽然人微言轻,却坚决主张抗金救国,收复失地,不断为朝廷献计献策。他曾向宋孝宗上《美芹十论》,从审势、察情、观衅、自治、守淮、屯田、致勇、防微、久任、详战等几个方面,热情洋溢地指出富国强兵的具体规划。后又向宰相虞允文上《九议》,论用人、攻守、阴谋、富国强兵等具体措施,充分显示出经纶济世、救国济民的杰出才干。虽然辛弃疾的主张均未被采纳,但从这些政论当中,却能看出他一心为国、志在收复的积极入世抱负。

随着在地方任上官职的提升,辛弃疾虽未被派往抗金前线,不过已经开始以实际行动,为民造福,整军备战,希望能富国强兵,为北伐作好准备。比如他曾在滁州举办荒政,半年有成,"自是流通四来,商旅毕集,人情愉愉,上下绥泰,乐生兴事,民用富庶"(崔敦礼代严子文《滁州奠枕楼记》),滁州面貌焕然一新;虽然在江西镇压了茶商暴动,但随之就上奏《淳熙己亥论盗贼札子》,指出民之为盗的原因,乃是因为"郡以聚敛害之,县以科率害之,吏以取乞害之,豪民大姓以兼并害之,而又盗贼以剽杀攘夺害之",而"民者国之根本,而贪浊之吏迫使为盗,今年剿除,明年扫荡。譬如木焉,日刻月削,不损则折。"告诫统治者要"深思致盗之由,讲求弭盗之术,无恃其有平盗之兵也。"辛弃疾还曾在湖南创建飞虎军,"军成,雄镇一方,为江上诸军之冠"(《宋史·辛弃疾传》),还曾在福建筹措军需,准备建立新军,这些举措均显示出他志在救国安民、关注国计民生的情怀。

在屡遭谗毁,被迫归隐江西上饶农村达 20 年之久的岁月里,辛弃疾也曾对儒家积极入世价值观产生了质疑与否定:"长沮桀溺耦而耕,丘何为是栖栖者。"([踏莎行]《赋稼轩,集经句》)"人不堪忧,一瓢自乐,贤哉回也。料当年曾问:'饭蔬饮水,何为是,栖栖者?'"([水龙吟]《题瓢泉》)借嘲讽孔子宁可东奔西走,惶惶终日,执着追求用世,也不愿意过隐居的生活,表现出对儒家"兼济天下"的入世理想的重新反思。然而,即便辛弃疾以旁观者的理性眼光否定了儒家入世理想,但实际上也很难改变他从小就扎根于心中的执着用世的人生观,所以每当朝廷重新起用,辛弃疾都会踌躇满志,欣然前往,哪怕是 60 多岁的高龄仍然出任浙东安抚使,积极响应韩侂胄北伐,一心舍命为国,想借此实现一直以来的收复理想,结果每次都失望而归,最终赍志以殁。就连在临死之时,辛弃疾仍然不忘报国之志,大呼数声"杀贼"(《康熙济南府志·人物志》)而逝,其抗金收复、经世救国的理想可谓至死不渝。辛弃疾在《美芹十论》里曾说过:"虏人凭陵仲夏,臣子思酬国耻,普天率土,此心未尝一日忘。"可以说辛弃疾正是以整个生命和全部人格践履了"思酬国耻"、北定中原的爱国誓言。

辛弃疾不甘虚度此生,执着于收复失地、统一祖国的儒家入世精神,不仅伴随了他的整个生命历程,当然也成为其词作抒发的中心主题。他时刻担忧南宋的微末前途,"休去倚危栏,斜阳正在、烟柳断肠处。"([摸鱼儿])"问何人又卸,片帆沙岸,系斜阳缆?"([水龙吟]《过南剑双溪楼》)以"斜阳"比喻南宋朝廷日薄西山、前途堪忧;他时刻不忘山河残破,沦于敌手,"夜半狂歌悲风起,听铮铮、阵马檐间铁。南共北,正分裂。"([贺新郎]《用前韵赠金华杜叔高》)他时刻不忘"西北神州"、家园故土,"长剑倚天谁问,夷甫诸人堪笑,西北有神州。"([水调歌头]《送杨民瞻》)"凭栏望,有东南佳气,西北神州。"([声声慢])他更是主动承担起振兴民族的使命,时刻将家国之忧、主战之盼挂在心头,渴望能实现"补天"的理想,"袖里珍奇光五色,他年要补天西北。"([满江红]《建康史帅致道席上赋》)"道男儿到死心如铁。看试手,补天裂。"([贺新郎]《同父见和再用韵答之》)可以说,收复失地、统一祖国的信念贯串了辛弃疾一生的创作,从早年的意气风发、激奋昂扬,到屡上奏疏、不得重用的浅叹轻愁,再到屡被罢官、光阴流逝的沉痛郁积,最后再到以虚无冷漠解脱心灵的痛苦,这些爱恨情愁无不是围绕着北伐收复的理想,无不是灌注着深沉执着的用世之念。这份力主抗金的爱国情怀、志在恢复的战斗精神,深深影响了辛弃疾的词作,使他在无论表现何种词情之时,不管是酬唱宴饮还是登临怀古,都从骨子里渗透出执着奋进、九死未悔的精神力量,博大开阔的胸襟抱负以及高洁不凡的人品,体现出一个肩负责任感和使命感的儒家志士的入世理想。

(3)嫉恶如仇、不同流合污的战斗精神

辛弃疾一生对"南共北,正分裂"的社会现实耿耿于怀,有着深沉而执着的功名事业心,但他却不会凭借阿谀奉承、拍马溜须等无耻手段博取功名,而始终保持着嫉恶如仇、不同流合污的战斗精神和高洁品格,浑身洋溢着孟子所说的"浩然正气"。而正因为能正道直行,始终有这种大丈夫精神保驾护航,其建功立业、收复失地的入世理想方显得更加高大宏伟,正气凛然。

南宋时期是民族灾难深重、民族矛盾空前尖锐的时期。山河破碎,生灵涂炭,丧失了半壁江山,女真族的铁骑又虎视眈眈于江淮北岸,伺机南下。强敌压境,朝不保夕,而懦弱的南宋王朝却不思进取,始终固守现状,偏安一隅,始终苟且偷安,醉生梦死,沉湎于歌舞享乐、文恬武嬉,全然不知振兴国家、收复山河。尽管社会上救亡图存、保家卫国的呼声一浪高过一浪,但南宋朝廷始终奉行屈辱投降的主和政策,开门揖盗,向金俯首称臣,纳贡求和,残酷地压制主战派的力量,使得爱国志士空有北定中原、收复失地的理想却不能实现。

对于腐朽黑暗、险恶污浊的时代环境和社会现实,辛弃疾并没有随波逐流,同流合污,而是始终保持着刚正不阿的性格,不向屈辱投降的时代和苟且因循的官场妥协,比如他曾作[千年调]《蔗庵小阁名曰卮言,作此词以嘲之》一词:

> 卮酒向人时,和气先倾倒。最要然然可可,万事称好。滑稽坐上,更对鸱夷笑。寒与热,总随人,甘国老。 少年使酒,出口人嫌拗。此个和合道理,近日方晓。学人言语,未会十分巧。看他们,得人怜,秦吉了。

卮、滑稽、鸱夷、甘国老、秦吉了五种事物,正是对官场上那些人云亦云、万事称好、逡巡自保、奉承拍马之徒的讽刺和谩骂,而"少年使酒,出口人嫌拗。"一句,则分明凸显出作者正道直行、刚正不阿,不同流合污、随波逐流的个性品质。再如其[夜游宫]《苦俗客》词:

> 几个相知可喜,才厮见说山说水。颠倒烂熟只这是。怎奈向,一回说,一回美。 有个尖新底,说底话非名即利。说得口干罪过你。且不罪;俺略起,去洗耳。

也是通过对"俗客"的嘲讽戏谑,表现自己不慕名利的高洁情怀。

在南宋的偏安危局和腐朽官场中,辛弃疾不仅保持了个人的操守和尊严,没有同流合污、卑躬屈膝,更重要的是他还嫉恶如仇,以词为武器,对官场上的丑恶现象给予了尖锐的批判。他沉痛地谴责南宋统治集团的屈辱投降、苟且偷生,使自己有心报国,无路请缨,阻碍他实现救国大业,"长安父老,新亭风景,可怜依旧。夷甫诸人,神州陆沉,几曾回首?"([水龙吟]《甲

辰岁寿韩南涧尚书》）"叹夷甫诸人清绝！"（［贺新郎］《用前韵送杜叔高》）
"夷甫诸人堪笑,西北有神州。"（［水调歌头］《送杨民瞻》）把主和派比作清
谈误国的王夷甫,鞭挞他们的苟且妥协、腐朽无能;他热情地赞颂虽偏安江
左却胸怀雄图霸业的孙权,"年少万兜鍪,坐断江南战未休。天下英雄谁敌
手? 曹、刘。生子当如孙仲谋。"（［南乡子］《登京口北固亭有怀》）"千古江
山,英雄无觅孙仲谋处。"（［永遇乐］《京口北固亭怀古》）借古讽今,嘲讽南
宋政权的无能;他甚至认为不能锐意进取的南宋是"剩水残山无态度,被疏
梅料理成风月。两三雁,也萧瑟。"（［贺新郎］）他谴责投降派对抗金事业的
打击阻挠,多方掣肘,"我觉山高,潭空水冷,月明星淡。待燃犀下看,凭栏
却怕,风雷怒,鱼龙惨。"（［水龙吟］《过南剑双溪楼》）他痛骂权奸小人妒贤
嫉能,蒙蔽圣听,打击迫害爱国志士,"汗血盐车无人顾,千里空收骏骨。"
（［贺新郎］《同父见和,再用韵答之》）"不念英雄江左老,用之可以尊中
国。"（［满江红］）甚至以失意失宠的陈皇后自比,"长门事,准拟佳期又误。
蛾眉曾有人妒。"（［摸鱼儿］）告诫进谗弄权的小人迟早不会有好下场,"君
莫舞,君不见、玉环飞燕皆尘土！"（［摸鱼儿］）他批判朝廷的用人制度,贤愚
不分,不能任用人才,"千古李将军,夺得胡儿马。李蔡为人在下中,却是封
侯者。"（［卜算子］《漫兴》）他渴望能够扫荡黑暗,扫除社会上妥协投降的
黑暗势力,"斫去桂婆娑,人道是清光更多。"（［太常引］《建康中秋夜为吕
叔潜赋》）这些富于战斗性的批判、嘲讽、抨击以及渴盼,无不蕴含着作者深
远的忧国之心、强烈的用世之盼以及反对投降、主战收复的进取精神,显示
出儒家正道直行的大丈夫品格以及积极入世价值观的影响。

（4）自强不息、奋斗不止的人格境界

辛弃疾一生怀抱抗金御侮、收复失地的理想抱负,积极践履儒家入世进
取的价值观,渴望能在有生之年"了却君王天下事,赢得生前身后名"（［破
阵子］）,但南宋朝廷从未把他派往抗金前线,只是用他来巩固江山,镇压内
乱,甚至还把他偷闲置散达二十年之久。虽然辛弃疾对苟且因循的官场环
境消磨他的生命能量也充满苦闷愁郁,感觉身心疲惫,但他从未主动请辞,
从未主动放弃自己的收复之心和入世之志,而是始终以自强不息、奋斗不止
的精神,为实现重整河山的梦想而努力拼搏,虽九死犹未悔。如其［沁园
春］《带湖新居将成》：

三径初成,鹤怨猿惊,稼轩未来。甚云山自许,平生意气;衣冠人

笑,抵死尘埃。意倦须还,身闲贵早,岂为莼羹鲈脍哉! 秋江上,看惊弦雁避,骇浪船回。　　　东冈更葺茅斋。好把轩窗临水开。要小舟行钓,先应种柳;疏篱护竹,莫碍观梅。秋菊堪餐,春兰可佩,留待先生手自栽。沉吟久,怕君恩未许,此意徘徊。

"意倦须还,身闲贵早,岂为莼羹鲈脍哉!"虽然官场上的风云险恶、步步惊心,也曾让辛弃疾萌发出弃官归田之念,虽然这份归隐生活在他的笔下被描写得如诗如画、宁静雅致、令人向往,但结末一句"沉吟久,怕君恩未许,此意徘徊。"表面上看是害怕"君恩未许"因而不敢辞官归隐,实际上则是词人一生坚守的复国志向尚未实现因而不愿归隐。"秋江上,看惊弦雁避,骇浪船回。"这可谓是对辛弃疾在南宋官场处境的生动概括,当辛弃疾以势不两立的态度,对阻碍抗战、苟且偷安的主和派大加抨击,对陷害忠良、蒙蔽圣听的权奸小人大加批判,绝不心慈手软的时候,作为一名"归正人",他在南宋官场的处境无疑更加孤危险恶,在《淳熙己亥论盗贼札子》一文中他就写道:"臣生平刚拙自信,年来不为众人所容,顾恐言未脱口而祸不旋踵。"然而即便如此,在归隐田园、放松身心与留在官场、实现志向二者之间,辛弃疾选择的仍然是后者,他始终不能忘怀北定中原、收复失地的抱负,因而始终不能选择潇洒地出世归隐,而是在儒家积极用世价值观的指导下,排除万难,积极进取,不放弃实现济世之志的任何机会,表现出百折不挠、锲而不舍、自强不息、奋斗不止的执着入世精神,大有孔、孟当年为实现政治理想周游列国、游说诸侯,虽四处碰壁犹不改其志的刚毅进取之风。而正因为辛弃疾有着自强不息、奋斗不止的入世信念,所以他才会全然不顾个人安危,不管官场险恶,一心为报国雪耻、收复天下而兢兢业业,所以朝廷每次征召他都会奉命出山,不放弃实现抱负的丝毫可能性,而一旦被迫辞官归隐,毕生遵循的入世价值观落空,就会让他积愤难平,不胜悲痛,即便在借助道、释思想暂时加以化解之后,还是不能彻底平复精神创痛。儒家的入世价值观深深影响了辛弃疾,使他刚毅进取,永不言弃,同时也使他无论表现何种词情,都从骨子渗透出浓厚的儒家入世信念。

总之,辛弃疾一生都在为收复失地、统一祖国而不懈斗争,"男儿到死心如铁"可谓是他一生最生动的写照,其文学创作立懦起衰,感慨平生志愿百无一酬,感慨国家兴亡、民族忧患,总是能超越一己悲欢得失,将个体生命和抗战形势、国家安危紧密联系在一起,表现出强烈而执着的入世精神,一部《稼轩集》就是辛弃疾一生为国家、民族、人民奋斗不息的最忠实的心灵历程,其词不仅在当时形成了一个强大的词学派别"辛派",甚至在以后的元代以及清朝词坛都产生了深远影响,因此辛弃疾不仅是南宋时期山东文学的骄傲,更是整个中国文学史上一座令人难以企及的高峰。

南宋时期深重的民族忧患,不仅使得男性文人忧虑国家民族的危险处境,渴望拯救家国、匡扶社稷,就连被排斥在社会边缘地位的女性,在经历了国土沦亡、山河破碎的严酷现实之后,也发出了一声声悲愤沉痛的呐喊,流露出强烈的济世之念,其杰出代表就是著名山东女作家李清照。李清照早期的诗词主要是表现闺中少女情怀以及婚后的爱情体验。靖康南渡之后,黍离之悲、亡国之痛,使她对朝廷的偏安一隅、醉生梦死十分不满,因而在其作品中十分鲜明地倾诉了这种强烈的爱国情怀和高扬的战斗精神,她曾作有诗句云:"南来尚怯吴江冷,北狩应知易水寒。""南渡衣冠少王导,北来消息欠刘琨。"虽为断篇残句,却表现出关心国家命运、民族灾难的大丈夫气概;再如其《夏日绝句》:"生当作人杰,死亦为鬼雄。至今思项羽,不肯过江东。"咏史言志,借歌颂项羽兵败不肯忍辱偷生的英雄气概,嘲讽南宋统治者的苟且偷安,字字掷地有声,其爱国情怀和忧国之念令男子也为之汗颜。在《上枢密韩肖胄诗》一诗中李清照也是力陈恢复之愿,谴责南宋朝廷的屈辱投降,表现出卓越的政治见识和爱国热情,直欲压倒须眉。

前人有云:"张南湖论词派有二:一曰婉约,一曰豪放。仆谓婉约以易安为宗,豪放惟幼安称首,皆吾济南人,难乎为继矣。"(王士禛《花草蒙拾》)这是从艺术风格的角度将辛弃疾、李清照列为词史上"难乎为继"的词人,实际上不仅是艺术风格,即便从思想内容的高度来看,二人强烈的家国之念和入世之志也是同时代人无法企及的,因而二人不愧是儒家文化哺育出的杰出爱国文人,也不愧是中国文学史上成就斐然的文学大家。

2. 抗战时期的山东文学

自孔子创立儒学之后,儒家思想虽然在发展的不同时期,在内圣和外王方面各有偏重,但总的看来经世致用、入世进取的目标始终未变,一直为历朝历代的文人知识分子积极践履。

及至鸦片战争,古老的中国由封建社会沦为半殖民地半封建社会,儒学开始遭遇到前所未有的冲击,变得日暮穷途,危机四伏。由于儒家思想是依附于封建社会的政治、经济制度而存在的,当封建制度遭遇西方坚船利炮的攻击而风雨飘摇之时,儒学势必也面临令人尴尬的困境,受到外来西方文化咄咄逼人的挑战和强烈的冲击。后来当封建制度被推翻之后,在思想文化领域开展的反封建运动——新文化运动,更是喊出了"打倒孔家店"的口号,将矛头直指孔子,儒学由原来的主流文化形态一变而为封建思想糟粕,被全盘否定。这种否定虽然是极端偏颇的,但是这场新文化运动所要打倒的孔子,究其实际并非是以孔子为代表的传统儒家文化,而是被历代中国封建统治者歪曲利用的孔子,他们"掊击孔子,非掊击孔子之本身,乃掊击孔子为历代君主所雕塑之偶像权威也,非掊击孔子,乃掊击专制政治之灵魂也。"①而且新文化运动先驱对传统文化毫不留情的斩断,"割断了儒学与现实政治的直接关连"②,使儒学完成了由依附于政治机体向独立于政治机体之外的转变,同时也使得儒学对知识分子的思想禁锢得以解除,知识分子的晋身之阶不再被牢牢地束缚在科举之上,这样反而使儒学置之死地而后生,焕发出新的生机,当然,"儒学与现实社会的政治脱钩并不意味着它与社会现实的脱钩,如果儒学不关心现实,儒学的精神也就死了。"③

在新文化运动全盘否定儒家文化的大潮中虽然不乏山东人,诸如傅斯年、杨振声等等,但山东作为儒家文化的发源地,儒家文化传统尤为强大,因而在新文化运动中山东地区受外来文化的冲击相对也比较小,当时就有人曾言:"山东虽是中国旧文化发源地,但讲到现代的新文化,却是幼稚得很。"④所以,在这场新文化运动中,儒家文化尤其是山东地区的儒家文化,只是受到重创,实际上并没有断绝,相反更是获得了新生,在步履艰难中由传统走入现代,其文化精神和血脉在新的时代仍然不死,重新焕发出强大的生命力,实现了由传统文化向文化传统的转换。

随着抗日战争爆发,外族入侵,山河变色,古老的中华大地再燃战火,民不聊生,亡国灭种的危机打断了中国向西方学习的脚步,民族意识开始回复、增强。在民族生死存亡的关头,儒家文化拯时济世、力挽狂澜的入世进取精神再度被激发出来。这一时期的文学充分发挥了言志载道的功用,配合战争形势,暴露侵略者惨无人道的暴行,激发民众的斗志和抗战热情,号

①　李大钊:《李大钊选集》,人民出版社 1959 年版,第 80 页。
②　颜炳罡:《当代新儒学引论》,北京图书馆出版社 1998 年版,第 23 页。
③　颜炳罡:《当代新儒学引论》,北京图书馆出版社 1998 年版,第 38 页。
④　《山东新文化与齐鲁书社》,《晨报》1920 年 10 月 7 日。

召全民抗战,宣扬战争必胜的信念,表现出强烈的政治功利性、战斗性和现实批判性。这一时期的山东本土作家包括在新文化运动中成长起来并开始文学创作的王统照、臧克家、杨振声、吴伯箫、冯毅之、李广田、李长之、燕遇明、孟超、陶钝、田仲济等人,在抗日战争中成长起来的包干夫、董均伦、峻青、杨朔、李根红等人以及客籍作家那沙、刘知侠等,他们在山东沦陷之后,或在颠沛流亡、辗转迁徙中生存抗争,或固守本土在战火中成长、写作,而无论是投笔从戎,以鲜血洗刷民族耻辱,还是以笔为枪,用文字与敌人进行殊死搏斗,其文学创作都自觉响应还我河山、民族解放的呼声,收复失地、驱逐日寇的呐喊,以"时穷节乃见"的浩然正气、坚贞不屈的铮铮铁骨以及力挽狂澜的责任感使命感,奏响了一曲曲除暴安良、抗日救亡的交响,树立了一道牢牢的文化抗日战线,展现出齐鲁文学强烈的忧患意识、执着的入世精神这个主体内核。国家政治话语、中国文学言志载道的传统以及山东文学的地域特殊性,在民族危难的特殊时期再次发生熔融交汇。

(1)宣传抗日救国、救亡图存的主旋律

当日本侵略者将罪恶的黑手伸向古老的中国大地,当抗日战争的烽火硝烟弥漫祖国神州,在血与火的洗礼中诞生的抗战文学便配合着战争形势,奏响了唤醒民众、鼓舞抗战斗志的号角,极好地发挥了宣传鼓动的作用。

在这段艰苦的岁月中,山东作家把自己的生命和国家民族命运紧密地联系在一起,直接投身到热火朝天的民族救亡运动中。比如现代诗歌史上著名诗人臧克家在抗战爆发后,就积极投入到战斗的行列,整整在战地生活了五年之久,多次冒着被敌军轰炸的危险奔赴前线采访、写作,随军从事抗日救亡的文化宣传,奔走于山东、河南、湖北、安徽等地,进一步了解到战争的残酷和抗战军民的英勇,创作了《从军行》、《淮上吟》、《随枣行》等诗文集,记录中华儿女保家卫国的勇敢坚韧,并且号召作家要以诗文为武器,表达时代的声音。在《我们要抗战》里他写道:"诗人呵,/请放开你们的喉咙,/除了高唱战歌,/你们的诗句将哑然无声!"

在另一首诗《换上了戎装》里也写道:

我不能再不动,/四面一片时代的呼声!/敌人的炮火/粉碎了我们的河山,/也粉碎了我们身上的镣铐,/叫起了我们那四万万五千万。

我没有拜伦的彩笔,/我没有裴多斐的喉咙,/为了民族解放的战争,/我却有着同样的热情。

　　　　我甘心掷上这条身子,/掷上一切,/去赢得最后胜利的/那一份
光荣。

均剖明心迹,呼吁抗战,表现出自觉而强烈的拯救家国的责任感和使命感。

　　杨朔在抗日战争爆发后也毅然辞去太古洋行的工作,追随部队跋山涉水,转战祖国南北,1941 年秋在晋察冀军区曾碰上日寇扫荡,与数同志"被困于阜平县神仙山盆轻岭岩穴里,七天后,日寇解围而去,方脱险"①,以抗日战争为题材的中篇小说《帕米尔高原的流脉》就是作于这一时期,这是杨朔的第一部小说。

　　孟超在"七七事变"之后也投身抗日救亡的洪流,在《秋之感念》一文中他写道:"抗战以后,我也曾在初秋的夜晚,在大别山做过随军的长征;我也曾在黄鹤楼头,对着秋的江流,坐过夏口汉阳的远瞩;我也曾突破敌寇的包围,登过武胜关,偷越了鸡公山的脚麓;我也曾在湘江的古渡看过落日,吊过三国的遗迹……"峻青更是在 18 岁时就参加了抗日民族解放战争,以亲身的战斗经历创作了《风雪之夜》、《马石山上》等作品。

　　还有一些山东作家虽未直接投身救亡的时代潮流,只是困守孤岛或者辗转流离、逃亡避祸,但他们却以笔为刀枪,坚持文化抗战,揭露敌寇惨无人道的罪行,抨击破坏抗战的黑暗势力,歌颂人民奋起抗日、保卫家园的抗战运动,其文字宛如射向敌人的子弹,打击了日本侵略者的野心,鼓舞了民众坚持抗战的决心和斗志,给浴血奋战的抗战军民带来了光明和力量。

　　王统照作为 20 世纪最早成名、最有影响的山东作家,八年抗战期间一直固守上海孤岛,甚至隐姓埋名,以《横吹集》、《江南曲》等诗集、散文集《繁辞集》以及短篇小说集《华亭鹤》等一系列作品,呼唤呐喊,表达了救亡图存、洗雪国耻的爱国热忱。在战争刚爆发的几个月里,王统照就写了《上海战歌》、《徐家汇所见》等小诗,在《上海战歌》他写道:

　　　　几百万的居民,横心同笑:/为结算历久的血债,/我们/正等着偿报,忍待着偿报! /……有一天,终须打断了铁爪握住的链环,/有一天,这世界才听到黎明的呼唤,/到那时我们方把这本血账结成清篇。

愤怒的呐喊伴随着对雄强之力的呼唤,发誓要让日寇血债血偿,一改早期的婉约诗风,写得气势磅礴,斗志饱满,精神充沛,极富鼓动性,不愧是战斗的

---

　　① 邓星雨:《蓬莱诗魂:论杨朔散文》,陕西人民出版社 1985 年版,第 256 页。

诗篇。当消沉悲观、彷徨迷惘的气氛笼罩在孤岛,王统照又写了一首诗《你的灵魂鸟》:

> 不要让黑暗阻碍了你,/有多少烛光在半天辉耀。/不要惊惶群狼狗的嗥叫,/阴影中当心毒蛇的围绕。/更不必震怖这空前的风暴,/在你顶上,有你的"灵魂鸟"!

激励人民对民族自由与解放的憧憬,对抗战必胜的信心,在当时广为传诵。

王统照不仅擅长写新诗,对于古体诗也能信手拈来,写得相当成功,比如其《南北》:

> 南北烽烟一例高,江头怒战动千宵。国魂此日终招得,血债当年有偿销。
>
> 岂惧风尘昏百里,同将生死等秋毫。莫抛感逝伤离泪,留与健儿洗战袍。

这首七律写于 1937 年 9 月,鼓舞中华儿女奔赴战场,奋勇抗日,字里行间流露出视死如归的革命乐观主义的精神。再如其《三岁》:

> 江南亦复冽寒经,雪覆郊原碧血凝。四战山河笼寒地,一城歌舞入愁听。
>
> 更无消息从初发,叵耐钧天醉未醒。岁暮凄然甘寂寞,神州何日涤膻腥。

同样表现了渴望赶走日寇、收复神州的愿望,具有强烈的入世色彩,与时代的脉搏合拍。

自称乡下人和"地之子"的李广田,在"七七事变"之后也没有留在山东沦陷区,而是辗转南下,去过河南、湖北、四川以及云南昆明等地,国破家亡的社会现实同样激起了他的愤怒和豪情,在诗歌《一朵雪花》里他写道:

> 用中华儿女的/被污辱与被损害的/激流的、愤怒的、光荣的血/用法西斯军阀鞭策下的奴隶的/苦涩的、胆怯的、耻辱的血/血与血汇合/挥写成血红的大字/"战"。

呼喊雪耻抗战、保卫家园,字里行间充满了澎湃的激情和昂扬的斗志,号召全国人民一起参加抗日斗争,解放全中国。在《来呀,大家一齐拉!》一文中,他写道:"真的,这是我们的大船啊,因为那是为了保卫我们的国族,而在艰难地运输着,是为了打退我们的敌人,而在艰难地运输着。我们的民族,也正如这大船一样,正在负载着几乎不可胜任的重荷,在山谷间,在逆流中,在极端困苦中,向前行进着。而这只大船,是需要我们自己的弟兄们,尤其是我们的劳苦弟兄们,来共同挽进。"把中华民族比成承重负载的大船,鼓舞中国人民团结起来,战胜逆流,推船前行,赢得民族的自由和解放。

五四时期即活跃于文坛的山东作家杨振声,抗战开始以后也乘车南下,先到南京与梅贻琦、叶公超等人组成长沙临时大学筹备委员会,后又到长沙筹建长沙临时大学,1938 年又将长沙临时大学迁至昆明,改名西南联合大学。杨振声虽在大后方,却一心系念国家安危、民族兴亡,在教学、工作之余,写了一些杂文、小说,抒发激昂澎湃的爱国热忱以及对日本侵略者的切齿仇恨。《荒岛上的故事》写于 1945 年 4 月,讲述了被俘女英雄大义凛然、视死如归,以自己的死感召了懦弱的渔民武城,让武城也走上了主动反抗日本侵略者的道路。这位英勇无畏的女英雄形象塑造得相当成功:

"你,什么人?"

"中华民国的国民。"那女子用右手把额上的头发往后一扫,扬着脸向空中作答。

……

"你,什么名字?"

"中国女儿。"

……

"你,在这里作什么?"小队长理着他的黑牙刷问。

"侦察敌人的行动,唤醒岛上的居民。"

"你们,共总多少人?"

"四万万五千万。"

她要唤醒沉睡的民众,唤醒四万万五千万的中华儿女投入到民族解放的斗争中来,她誓与日本侵略者血战到底,表现出中国人民不屈的民族气节和争取民族自由、解放的决心。而正是因为有这样的英雄儿女、血性青年,所以"岛上浑沌的渔民从此也燃烧起星星的爱国热情"。

总之,面临"神明华胄五千年来空前的浩劫","在每个人不与死搏斗便不能活下去的这伟大的时代"(吴伯箫《记乱离》),抗日救亡成为全中国的首要之事,当然也成为此时期文学的主旋律。这一时期的山东作家自然也自觉地与时代潮流合拍同步,承担起文化抗战的使命,他们用火热的文字高声呼喊,"让我们将愤恨记在心里,变成一种与日俱增的诅咒,让复仇的手臂,握紧了锋利的刀枪,对准敌人的头颅厮杀吧!"(吴伯箫《记乱离》)他们用决一死战的斗志向世界宣布,"日本人要制服咱们中国是比登天还难的,只要咱们大家一心破死破活地和他拼上!"(李广田《子午桥》)抗日救亡和文学艺术的紧密结合,使文学艺术变成了有力的武器,充分发挥了战斗的功用,典型地代表着这个时代的文风。

"笔杆子"之所以会和"枪杆子"联姻,第一,是因为战时状态所致,文艺被赋予了重要使命,提到了政治军事的高度,凡是无益抗战的文学一律遭到义愤填膺的爱国者的讨伐,就连"'艺术至上主义者',在大众眼中也判定是汉奸的一种了"①。1938年1月1日半月刊《抗到底》在武汉问世,其《发刊词》即言:"我们不说大话,但绝对不说软话。不说于抗战无益的话,更不为谁造消闲趣话。"文学被当作了抗战的有力武器。1942年毛泽东在《在延安文艺座谈会上的讲话》更是强调要建立"文化的军队",他说:"我们要战胜敌人,首先要依靠手里拿枪的军队。但是仅仅有这种军队是不够的,我们还要有文化的军队,这是团结自己、战胜敌人必不可少的一支军队。"②对文学艺术的政治功利性和战斗性的重视,不仅符合当时的抗战形势,而且也与文以言志、文以载道的古老文论相契合,与文学对政治教化功能的强调相契合,因此易得到苦于国难的文人知识分子的响应,使其创作不可能避开这种政治文化氛围。第二,则是因为儒家入世进取价值观在特殊的历史时期和社会条件下再度被激发出来,作家以天下为己任的责任感和使命感得到加强,自觉地在创作中探求国家民族命运和出路。五四时期汹涌的外来文化思潮虽然对传统文化形成强烈冲击,但只是融掉了传统文化的外壳,由于人类文化心理的层累性和积淀性,对于传统儒家文化的内核却是无能为力、难以击破的,因而在国家危亡的紧要关头,在儒家积极入世价值观的驱使下,文人纷纷举起文化抗战的大旗,使得文学和政治水乳交融,产生了大量宣传抗战救亡的文学作品。

(2)讽刺国民党消极抗日、积极反共的丑恶行径

除了投身民族解放的沙场,表现滔滔的抗日救亡洪流,这一时期的文学尤其是后期的抗战文学,还把坚持全民抗战与批判现实、暴露丑恶紧密结合

---

① 佛马克等:《文学研究与文化参与》,北京大学出版社1997年版,第31页。
② 毛泽东:《毛泽东选集》第三卷,人民出版社1991年版,第847页。

在一起,对于暴露讽刺抗战阵线中的阴暗面和黑暗势力也是不遗余力的。

随着国民党反动派消极抗日、积极反共政策的日益暴露和明显化,山东作家站在民族解放斗争以及民主斗争的前列,开始以笔为匕首投枪,不遗余力地针砭时弊,讽刺投降派的丑恶嘴脸,抨击反动派专制的黑手。国民党掀起的反共高潮使得臧克家在战地的文艺抗战活动受到一系列的阻碍和干预,1941 年夏天由于其所在的卅一出版社出版的期刊《大地文丛》宣扬马克思主义,差点被逮捕入狱。无奈之下,臧克家结束了五年的战地生活,于1942 年徒步奔赴重庆。民族兴亡难料,而国共摩擦又趋白热化,看到国民党政府倒行逆施,看到“国民党假抗战真反共的面目大暴露,对进步文化工作者,就大施打击、压迫甚至残害的凶恶手段”(《关于〈才一年〉》),他内心无比苦闷彷徨又愤懑焦虑,“热情凝固了,幻想破灭了,光明晃远了,代替这些的是新的苦闷和郁抑。心从波动中沉重了下来。”(《我的诗生活》)强烈的社会责任感和使命感再次成为其文学创作的动力,不仅创作了大量表现农村、农民题材的诗歌,结集成《泥土的歌》,更写了不少讽刺当时世态人情乃至国民党反动派的政治讽刺诗,诸如《型》、《给坐轿子的人》、《人类共同的娼妇》和《裁员》等,对当时的丑恶现象进行了针锋相对的斗争,他自己也曾说过:“从抗战末期起,我开始写讽刺诗,把国民党反动统治的丑态和罪恶暴露在广大人民的眼前。”①比如其作于 1944 年 3 月的诗歌《裁员》:

> 裁员,/应该先从他们开刀:/多少人没有衣裳穿,/他们把好布烂了三万万元;/裁员,/应该先从他们开刀:/四十天/丢了三十个城,/没受罚,反而升了官;/裁员,/应该先从他们开刀:/人民把血肉供给了抗战,/他们却叫几万万两黄金冻结在大洋的/那一边;/裁员,/应该先从他们开刀:/渎职,贪污,假公营私,/忘了公仆的身份,/无法无天,自大自尊,/踏在民众——主人翁的头上/把自己升成伟人。

由于蒋介石集团奉行的是“保全实力为先,抗日为次”的作战策略,对于日寇的反扑缺乏战略防御,因而导致国民党军队在 1944 年接连丧失了河南、湖南、广西、广东、福建等省的大部分以及贵州的一部分,在战场上丢盔弃甲,损兵折将,可谓一溃千里。臧克家的这首诗就是将犀利的笔触直接刺向

---

① 臧克家:《臧克家诗选·序》,载《臧克家文集》第二卷,山东文艺出版社 1985 年版,第705 页。

国民党反动派,在冷嘲热讽中辛辣地讽刺了国民党反动派的昏庸无能,只知作威作福,全然不管人民的死活。

吴伯箫的小说《一坛血》作于1945年5月,描写了山东博平沙区阚庄人民抗击日本侵略者及其走狗汉奸、国民党降将齐子修部队的故事。"齐子修的兵有两套军装:一套瓦灰色的(国民党的),一套草绿色的(皇协军的);有两种番号:是国民党山东省政府保安十一旅,又是日寇和平治安军二十二师。"所以齐子修从来不打日寇,不仅不抗日,而且日寇扫荡过后,他反而张榜安抚人心,村里的老先生说他是"日本鬼杀人放火,国民党出榜安民"。事实上,国民党山东省政府给齐子修的电报明明白白写着"抗日锄奸,不能同时并重,亦不能同时并举",因此齐子修不仅不抗日,而且还专打坚决抗日的八路军,这可谓是对国民党假抗战真反共的真面目的大暴露,传达出强烈的政治讽刺色彩和批判现实性。

燕遇明的诗歌《追悼》则是为悼念被投降派卖国贼杀害的一万名新四军烈士而作。1941年1月震惊中外的皖南事变暴发,新四军部队近万人在国民党七个师约八万人的合力围剿下,终因寡不敌众,弹尽粮绝,几乎全部阵亡,燕遇明愤慨于反动派的丑恶行径,于是怀着满腔悲愤和报仇雪耻的决心写了这首诗:

> 合眼吧! 亲爱的民族勇士们,/全中国的人民跟随着你们,/勇敢地战斗着!/四万万中国人民,/已停止了扬子江般滚滚的热泪,/怒吼着,/举起了严惩民族败类的铁拳。

控诉反动派卖国贼的罪行,并向世界宣告中国人民已经愤怒了,已经化悲痛为力量了,一定会严惩民族败类,为被杀害的烈士讨还公道。

被迫流亡的李广田面对国民党当局的昏庸无能、虚伪奸诈,也感到非常痛心和绝望。其长篇小说《引力》讲述了沦陷区的中学女教师黄梦华因战争与丈夫雷孟坚分离后,不堪忍受屈辱的亡国奴生活,走出家门,到大后方去寻找丈夫的故事。当黄梦华带着孩子,历尽千辛万苦,到达大后方成都的时候,其丈夫已经走了,"到一个新鲜的地方,到一个更多希望与更多进步的地方去了",而且在去大后方的路途中,黄梦华也亲眼目睹了国民党的黑暗残暴,觉得自己"原来是从昏天暗地的沦陷区走到这昏天暗地的大后方来了",所以她最终毅然离开了国统区大后方,追随着丈夫的脚步去寻找那光明的所在。雷孟坚及黄梦华离开国统区,"为更大的引力所吸引,到一个光明的地方去"，这行动本身便是对国民党政权的疏离和否定，由此可见作者的思想倾向以及国民党政权的不得人心。

总之，这一时期的山东抗战文学不仅充分体现了一切文学都围绕抗战的特点，极大地发挥了文学干预现实、批判时政的功用，而且更可从中看出山东作家直面丑恶现实、血腥人生的勇气，敢于在残酷的现实面前不畏强权，为正义而战，看出他们自觉而强烈的责任感和忧患意识，为国家民族忧心忡忡，而这些不可谓不是儒家积极入世价值观的渗透和影响。

（3）表现坚贞不屈、忠心为国的气节操守

八年抗战的腥风血雨，日寇的凶蛮残暴、威逼利诱，都未能摧毁爱国知识分子的昂扬斗志，未能改变他们舍生取义、持节不辱的人格操守。无论是在沦陷区、国统区还是上海孤岛，他们都能为国家民族大义守节不移，不向日本侵略者卑躬屈膝、俯首称臣，展现出忠贞不渝的铮铮铁骨，大有孔孟杀身成仁、舍生取义的奉献牺牲精神。

王统照在抗战爆发后举家迁往上海，他在上海办期刊，写文章，参加进步的文化活动，还加入了上海文化界救国会。日军侵略占领青岛后，就以王统照在观海二路的旧居以及全部藏书相要挟，企图迫使他返回青岛，充当文化汉奸，制造"周作人"第二，然而王统照却以国家民族大义为重，坚决不为日寇服务，最终其房屋、财产以及书籍被日寇毁灭殆尽。

王统照蛰居孤岛期间，撰文写稿，发表演说，参加抗日救亡活动，虽身处险恶的政治环境，却始终不屈不挠，不改其志，表现出崇高的民族气节和人格尊严，其小说《华亭鹤》里的主人公朱老仙就是其守节不移、宁折不弯的人格写照。王统照抗战期间的小说产量较少，只有《母爱》、《新生》、《泪与翼》以及《华亭鹤》四篇，最终以《华亭鹤》为名结集出版，这些小说一改二三十年代爱与美的主题以及对北方农村的关注，而是围绕抗战，描写日寇的烧杀屠掠、惨无人道，底层人民的悲惨劫难、屈辱贫困以及坚持抗战、宁折不弯的气节操守。其中《华亭鹤》写了一对父子之间的矛盾冲突，父亲朱老仙时刻"替云翻雨覆的世事担忧"，重国家民族气节和责任感，他说自己这一辈子"从十五岁起吧，竖起脊梁活到现在！有死的那天，我不会再折弯了。"他的儿子对他恭敬又孝顺，但他却看不惯儿子在国难期间迷醉官场，"乘机善变"的"那点机灵"，就连其酒友安大胡子都觉得"朱老仙未免太怪，晚年的清福摆在眼前，又安稳地住祖界，瞎操心中嘛用？一切都是下一代的事，成败,是非,横竖隔它远得很。儿子,表面上孝顺,家事又麻烦不着,何苦被道义蒙住心,替云翻雨覆的世事担忧?"这篇小说中反复出现、贯串全篇的一个意象就是华亭鹤唳,这个典故讲的是晋人陆机在东吴灭亡之后,曾和弟弟陆云在故里华亭,闭门苦读十年,后于太康十年(289年)得张华赏识并被提举,但由于在动荡的政治局势里,不停地在各政治势力之间穿梭沉浮,最终死于"八王之乱",被成都王司马颖杀于军中,临刑前曾感叹说:"欲闻华亭鹤唳,可复得乎?"(刘义庆《世说新语》)这篇小说通过这个典故不仅表现了朱老仙在灵魂深处的卓立独行之志和对节操的重视,同时也表现了他对时局动荡、国破家亡的忧怀,而朱老仙正是作者个人的写照,是作者在山河破碎、日寇横行之时仍砥砺名节、忧怀国运的生动写照。古典的传统、常见的父子矛盾在这篇小说里被注入了新的时代内容,从而获得了新的生命力。

王统照身陷孤岛,却仍能在艰危的处境里大义凛然,披襟述怀,不受威逼利诱,不奴颜卑骨,以作民族脊梁式的人物自励自勉。在日本投降后不久,中华全国文艺界抗敌协会总会就致信上海文艺界王统照等人,高度称赞他们八年以来"在敌人铁掌下坚贞不屈","在敌人的包围之中,继而在敌人的直接屠杀威胁之下不屈不移,倍尝辛苦,为中华民族保存了崇高的气节,中国人民以诸位为光荣,中国文艺界以诸位为骄傲。"①这份"不屈不移"的"崇高的气节"正是孟子所谓的"贫贱不能移,威武不能屈,富贵不能淫"的"大丈夫"精神。

总之,抗战时期与南宋时期的山东文学,虽然都表现出自觉而强烈的责任感和使命意识,表现出积极进取、干预时政的入世精神,但由于儒家文化经历了近代时期西方文化的强烈冲击以及五四时期深受重创下的涅槃重生,因而抗战时期的山东文学,首先,它走出了忠君思想的笼罩,爱国和忠君密不可分的关系被打破,不再是"了却君王天下事",而是忠于国家社稷、黎民百姓,忠于自己的良心。其次,山东作家走出了传统儒家修、齐、治、平的华山一条路,走出了功名利禄的羁绊,不再把出仕为官、平治天下当作实现个人价值乃至拯救家国的必要手段,而是调动一切手段,积极投身民族解放战争的最前沿以及文化抗战的前列,以笔为武器,坚决与日本侵略者以及破

① 《全国文艺界抗日协会慰问上海文艺界书》,载《文汇报》1945年10月1日。

坏抗战的黑暗力量进行不屈不挠的斗争。再次,抗战时期的山东文学充满热情洋溢的呐喊,激昂澎湃的英雄主义精神以及救亡图存的呼声,跃马横刀,慷慨高歌,令人热血沸腾,颇能激发民众的斗志、信心、决心和力量,表现出强烈的战斗性以及宣传性,这是南宋时期的山东文学所不及的。南宋时期主和政策毕竟占上风,收复失地、统一祖国只能是令文人焦虑和向往的幻梦,因而辛弃疾笔下的主战收复虽也能激发志同道合者的响应,但比之抗战时期,全民抗战背景下文学对救亡图存的呼喊,宣传性和鼓动性明显要弱得多。第四,如果说南宋时期山东文学宣扬的主战北伐是一种狭隘的民族思想,那么抗战时期中国作为世界反法西斯战争的东方一翼,抗战文学无疑跟世界反法西斯文学的政治号角同一旋律。

儒家文化在经历了由传统到现代的转型之后,其强烈的干预现实、拯救家国的入世精神不但没有减弱,反而在新时代焕发出更加顽强的生命力,这在臧克家的诗歌《给他们一条自由路》里对中国作家积极入世精神的肯定和赞扬中可窥见一斑:

中国的作家,属于全世界最英勇/同时也是最可怜的一群,/他们有眼睛,却并不近视自身的穷苦,/而向着一个远景,/苦,苦死了也不抱怨,/这不是抱怨的时候。/他们是铁,在一只神圣的锤子上,/锤炼,发光,炼到了国家民族的整体上/成了不可分的一个!

血是热的,心是精金炼成的,/试叩一下,它会响出铮铮的声音。/他们笔下流出的不是墨水,是血,/他们写出的字句是自由的呼喊,/是效忠祖国的宣言,/只有在敌人眼里它才是可怕的。/闷杠子,不要打在他们的脑门上!/障碍物,不要挡在他们的道路上,/不能叫淤泥塞杀他们热情的源泉!

三

在国家危亡的紧要关头,抗战时期与南宋时期的山东文学均面临民族利益至上的文化语境,儒家文化传统、国家政治话语的结合,更容易催生出具有强烈入世进取精神的文学,但文学和政治是一组非常微妙的存在,国家政治话语的渗透可以使文学因言志载道变得高大厚重,但过多强调文学的政治功利性,则难免使文学浮于表层,沦为政治的传声筒、留声机。

南宋时期辛弃疾裹挟着深裘大马之风闯入南宋词坛,面临偏安一隅、苟且享乐的时代氛围,他将北伐收复、一统河山的信念引入宋词,从而使词摆脱了小道薄伎的卑微地位,变成和诗文一样可以言志载道的文学样式。虽然有不少词评家对辛词的粗犷豪雄颇有微词,但从没有人轩轾过辛词的思想境界,清代谢章铤《赌棋山庄词话》即言:"读苏、辛词,知词中有人,词中有品,不敢妄自菲薄,然辛以毕生精力注之,比苏尤为横出。"

抗战时期的山东文学在没有硝烟的战场也和政治结下了不解之缘,无论是暴露、讽刺,还是宣传、鼓动,其意均在拯救家国,振兴中华,对社会政治的介入意识非常强烈,这同样使得这一时期的文学传达出时代的精神内涵,出现了一些流传后世的不朽之作,并获得了时人的认同,但不可否认的是这一时期的山东文学也因为和政治太过紧密的关系,使得作家往往急于表达自己的政治信念,宣扬时事政治事件,从而难免削弱了文学的审美属性,使文学表现浮于表层,难以给人惬意的审美享受。臧克家在《〈十年诗选〉序》里就自我检讨说:

> 抗战的号角一响,我疯狂了,一肚子淤积得到了倾倒,一腔子热情,无遮拦的流泻,看到什么写什么,听到什么写什么,匆匆的,在战壕旁边写;匆匆的,以膝盖做案头写;匆匆的,一颗心浮在半空里写。大炮呀,飞机呀,火呀,杀呀,血呀,泪呀,写了三四年,写了三四本。今天,再回头一看,笑了。烽火固然使我恢复了青春,但同时也伴来了稚气。黑暗一下子就可以总崩溃吗?光明一呼就可以普照天下吗?呵。当时自己怎么会那样看。那样想呢?眼前的现实又把一块石头压在我心头上。心,沉下去了。一双眼睛看过去,看过去写下的诗篇,我羞于承认它们是我生产的。这并不是因为抗战没能够写出好诗来,而是没深入抗战,没把自己变成一个真正的战斗员,才没能够写出好诗来。我歌颂士兵,而自己却不能真正彻底了解士兵,因为他们卧在战壕里,而我只是在战壕边缘上站了一忽儿;我歌颂斗争,却不完全是从同样斗争的心情出发,这样,我的歌颂就缺乏动人的伟力。这歌颂,你不能说它没有热情,但它是虚浮的、刹那的;这歌颂,你不能说它没有思想内容,但它是观念的、口号的。而且,写它们的时候,也来不及作内心和技巧上的压缩、精炼、切磨。而不幸的是,一首真正的好诗,却正需要深沉的情感融合了

思想,观念,锻以艺术熔炉。

除了所谓"没深入抗战,没把自己变成一个真正的战斗员"的原因外,不能写出好作品的最大原因恐怕就是文艺为政治服务的功利性所致。抗战时期强调文学完全从属于政治,为政治服务,这在那个特殊年代里无疑具有历史的合理性和必然性,但是文学不能超然于政治并不意味着文学就是政治的附属,文学应该有其自身的特殊性。当抗战文学在作家手里变成内容空泛的宣传口号,变成丝毫未经艺术加工的时政表现,这样的文学无疑是失败的,是不能感人的,因此儒家积极进取的入世精神强调作家的使命意识、责任感,强调文学对言志载道的重视,这些对于文学来讲其实就是一把双刃剑,如能经过艺术的提炼锻造则会产生流传千古的佳作,反之则是空洞的宣传口号,完全算不得真正的文学作品。

第四节 "水浒"故事溯源及文学形态演变

水浒故事就是讲说聚集山东梁山泊的一伙英雄怎样被逼造反,怎样反抗官军的征剿,以及最后怎样被招安,被官府瓦解利用的过程。故事的主人公是宋江、林冲、鲁智深、武松、杨志、吴用等众多英雄好汉。这个故事的文学形态多种多样,最著名的就是长篇小说《水浒传》。《水浒传》并不是一个人独立创作出来的小说,而是经过几百年,经过不知其数的民间艺人世世代代的加工、修改、增删,在众多民间传说的基础上,由一些文人最后写成,基本定稿的。这其中,做出最大贡献的,是元末明初的施耐庵和罗贯中两人。在他们写定的基础上有些人还再修订,不过施耐庵、罗贯中将全书结构间架已经完成,故事已经叙述完整,之后的修订只是局部修补或润色而已。但是在《水浒传》成书,水浒故事定型以后,由于故事的无穷魅力和社会意义巨大,于是就又有一些新的续作产生,从而使中国文学史上出现了水浒故事序列,其文学形态经过最初的民间传说、口头文学阶段,就步入笔记文学、话本文学、由俗入雅、雅俗结合的文人创作阶段,其形制则有戏曲、小说、曲艺以至现当代的影视文学、网络文学等种种新的文学形态,这就使水浒故事越来越深入人心,形式越来越丰富多彩。

一、水浒故事溯源

水浒故事源于北宋末年的宋江起义。关于宋江起义,在《水浒传》成书之前,文人笔记和史书都有所记载。尽管那些记载都很简略,甚至还互相矛盾,但是它们为水浒故事的编撰提供了最原始的历史依据,或说那些记载就是水浒故事最早的源头。

宋人方勺《泊宅编》卷五记载:

> 宣和二年十二月初七日,歙守太章阁待制曾孝蕴,以京东贼宋江等出入青、齐、单、濮间,有旨移知青社。一宗室通判州事,守御无策。

这是说宋朝宣和年间确有宋江等一伙人"揭竿而起",横行州里。而关于宋江其人其事的记载又不是仅此一家。宋人王偁的《东都事略》记载更多:

> 宣和三年二月,方腊陷楚州。怀南盗宋江陷怀阳军,又犯京东、河北,入楚海州。夏四月庚寅,童贯以其将辛兴宗与方腊战于青溪,擒之。五月丙申,宋江就擒。(卷十一《徽宗记》)

> 宋江寇京东,蒙上书陈制贼计曰:"宋江以三十六人,横行河朔、京东,官军数万,无敢抗者,其材必过人。不若赦过招降,使讨方腊以自赎,或足以平东南之乱。"徽宗曰:"蒙居闲不忘君,忠臣也。"起知东平府,未赴而卒。(卷一百三《侯蒙传》)

> 会剧贼宋江剽掠至海,趋海岸,劫巨舰十数。叔夜募死士千人,距十数里,大张旗帜,诱之使战。密伏壮士匿海旁,月侯兵合,即焚其舟。舟既焚,贼大恐,无复斗志,伏兵乘之,江乃降。(卷一百八《张叔夜传》)

宋人李若水的《忠愍集·捕盗偶成》也有记述:

> 去年宋江起山东,白昼横戈犯城郭。杀人纷纷剪草如,九重闻之惨不乐。大书黄纸飞赦来,三十六人同拜爵。狞卒肥骖意气骄,士女骈观犹骇愕。

正史《宋史》也有所记述:

> 淮南盗宋江等犯淮阳军,遣将讨捕。又犯京东、河北,入楚、海州界,命知州张叔夜招降之。(卷二十二《徽宗本纪》)

宋江寇京东，侯蒙上书言：宋江以三十六人横行齐魏，官军数万，无敢抗者。其才必过人。今清溪盗起，不若赦江，使讨方腊以自赎。（卷三百五十一《侯蒙传》）

宋江起河朔，转略十郡，官军莫敢撄其锋。声言将至，叔夜使间者觇所向，贼径趋海濒，劫钜舟十余，载掳获。于是募死士得千人，设伏近城，而出轻兵距海诱之战，先匿壮卒海旁，伺兵合，举火焚其舟，贼闻之皆无斗志，伏兵乘之，擒其副贼，江乃降。（卷五百三十五《张叔夜传》）

正史这些文字可以与文人笔记的记载互相印证，互相补充。说明宋江等人的故事尽管后世有许多增饰，但是故事到底是有所依据而生发的。这种说法还可以从另一方面得到印证。

宋人方勺的《青溪寇轨》记载：

迨徽庙继统，蔡京父子欲固其位，乃倡丰亨豫大之说，以恣蛊惑。童贯遂开造作局于苏杭，以制御器。又引吴人朱勔进花石媚上。上心既侈，岁加增焉。……腊有漆园，造作局屡酷取之，腊怨而未敢发。会花石纲之扰，遂因民不忍，阴取贫乏游手之徒，赈恤结纳之。……遂部署其众千余人，以诛朱勔为名，见官吏，公使人皆杀之。民方苦于侵渔，果所在响应，数日有众十万。遂连陷郡县数十，众殆百万，四方大震。

宋人王明清《挥麈后录》卷七记，高俅者，本东坡先生小史。后来被苏东坡荐给枢密关王晋卿。王晋卿派高俅到端王府办事：

值王在园中蹴鞠。俅候报之际，睥睨不已。王呼来前询曰："汝亦解此技耶？"俅曰："能之。"漫令对蹴，遂惬王之意。

于是高俅留在王府。后来端王即位，就是宋徽宗，高俅无功而为高官。这两则记载就说明《水浒》故事中所写的奸臣蔡京、童贯、高俅等事也并不都是向壁虚构的。至于宋人李埴的《皇宋十朝纲要》说，宋江参加镇压方腊起义，还有宋人陈均《九朝编年备要》和徐梦莘的《三朝北盟会编》、《宋南渡十将传》、孟元老的《东京梦华录》、《靖康要录》、杨仲良《续资治通鉴长编纪事本末》上均有记载说宋江投降后曾参加过征方腊之役，这说明《水浒传》写宋江征方腊的故事也有所依据。如《北盟会编》说：

宣和二年，方腊反睦州……东南震动。以（童）贯为江浙宣抚使，领刘延庆、辛企宗、宋江等军二十余万往讨之。（引《中兴姓氏录》）

宣和三年，方腊反。……光世遣谍察知其险要，与杨可世遣宋江并

进,擒其伪将相,送阙下。(引《林泉野记》)

还有 1939 年陕西省府谷县出土,《北京大学学报》1978 年第 2 期公布的出土文献,宋人范圭所写的《宋故武功大夫河东第二将折公墓志铭》文,文中写道:

> 宣和初元,王师伐夏,公有斩获绩,升阁门宣赞舍人。方腊之叛,用第四将从军。诸人藉才,互以推公,公遂兼率三将兵。奋战先登,士皆用命。腊贼就擒。迁武节大夫。班师过国门,奉御笔"捕草寇宋江"。不逾月,继获。迁武功大夫。

由此进一步说明宋江、方腊事不是子虚乌有。水浒故事当日就发生在诸多地域。它们就成为日后小说《水浒传》的来源。尽管这些文人记载和正史记述各条之间有一些不合,但是故事和小说又不是史实的记录,更不是对历史事件的考证,我们说民间讲说的水浒故事和小说所写的内容在当时文献有记录,故事的来源就已经相当清楚了。当然文献所记的简略文字不能成为故事和小说直接采用的材料,由史实发展为民间文学和文人作品,其间还有一个重要的创作过程。而水浒故事的创作过程却是极其漫长的。

首先水浒故事情节的丰富发展有赖于宋江等人的事迹在民间的广泛传说。而且这种传说随着时间推移日渐丰富,形成了一个个英雄传奇故事。于是民间艺人在瓦肆勾栏开始进行讲说。宋人罗烨在《醉翁谈录》甲集卷一《小说开辟》中,即记载当时已有"石头孙立"、"青面兽"、"花和尚"、"武行者"等说话名目,并且是一些分别独立的水浒故事。画家李嵩依据民间讲说,对宋江等三十六人画出形象。接着龚开对画像写下赞语。宋人周密《癸辛杂识续集》上卷收录龚开所作的《宋江三十六人赞》,其序即说:"宋江事见于街谈巷语。"赞语记载了三十六人的姓名和绰号,宋江排在第一位,赞曰:"不假称王,而呼保义。岂若狂卓,专犯忌讳"。对黑旋风李逵的赞语为:"风有大小,不辨雄雌。山谷之中,遇尔亦凶"。不过,龚开《宋江三十六人赞》当中,好汉的人数只有三十六个,还没有发展到后来《水浒传》108 将。那时,并没有提梁山泊。也就是说在龚开所听到的水浒故事里,宋江等人的故事传说跟梁山泊还没有挂上钩,宋江的活动区域是太行山,跟水没有关系,还不能称之为山东水浒故事。

接着,将宋江故事与山东梁山相连,这种故事地点的变化则源起于一种新的文学形态——元人杂剧。在元代,宋江等人的故事已经成为一些戏剧作家创作内容之一。市井间出现了一批以山东梁山为水浒故事背景的杂剧，如高文秀《黑旋风双献功》、《黑旋风乔教学》、《黑旋风大闹牡丹园》、《黑旋风诗酒丽春园》、《黑旋风借尸还魂》、《黑旋风斗鸡会》,杨显之《黑旋风巧断案》,康进之《黑旋风老收心》、《梁山泊黑旋风负荆》,李文蔚《同乐院燕青博鱼》、《燕青射雁》,红字李二《折担儿武松打虎》,李致远《都孔目风雨还牢末》,无名氏《鲁智深大闹黄花峪》等。这些杂剧作家有山东人,如高文秀、康进之等。他们所写的故事就具体描画了山东梁山泊的景况。如《黑旋风双献功》剧宋江明确说:"某聚三十六大伙,七十二小伙,半垓来小偻儸。寨名水浒,泊号梁山。纵横河港一千条,四下方圆八百里。东连大海,西接济阳,南通巨野金乡,北靠青、齐、兖、郓。有七十二道深河港,屯数百只战舰艨艟;三十六座宴楼台,聚几千家军粮马草。风高敢放连天火,月黑提刀去杀人。"他讲只因误杀阎婆惜,逃出郓州城,占下了八百里梁山泊,搭造起百十座水兵营。忠义堂高搠杏黄旗一面,上写着"替天行道"。这就为水浒故事的领袖人物宋江的塑造打下稳固基础。同时也将水浒故事的发生地明确在山东,水浒故事的主人公也由三十六人扩大到一百零八人。

　　元代水浒戏写山东梁山泊并不是空穴来风。梁山泊实实在在曾经存在于山东。宋人韩琦曾有《过梁山泊》诗:"说巨泽渺无际,斋船度日撑。渔人骇铙吹,水鸟背旗旌。蒲密遮如港,山遥势似彭。不知蓬茇里,白昼苦蚊虻"。苏辙《梁山泊见菏花忆吴兴》诗也道:"南国家家漾彩舲,芙蕖远近日微明。梁山泊里逢花发,忽忆吴兴十里行"。元人陆友《题宋江三十六人画》赞就已认定宋江故事的背景在山东梁山,说明那时山东水浒故事形成。其诗说:

　　　　忆昔熙宁全盛日,百年曾未识干戈。江南丞相变法度,不恤人言新进多。

　　　　蔡家京下出门下,首乱中原倾大厦。睦州盗起骎连城,谁挽长江洗兵马。

　　　　京东宋将三十六,白日横行大河北。官军追捕不敢前,悬赏招之使擒贼。

　　　　后来报国收战功,捷书夜奏甘泉宫。楚龚如古在画赞,不敢区区逢圣公。

　　　　我尝舟过梁山濼,春水方生何渺漠。或云此是碣石村,至今闻之犹褫魄。

经过说话和元杂剧演出,民间艺人一次次对水浒故事加工、整理,水浒故事情节就越来越复杂,越来越曲折,人物形象越来越丰满,涉及的人物也越来越多。其文学形态也越来越发展。到了元末明初,书会才人以这些传说、话本、戏曲为基础,经过再创作,把分散的各自独立的故事串联起来,写成了《水浒传》的初稿。这种初稿还是不完美的,但是已经为长篇小说《水浒》搭构了基本骨架。

二、水浒故事主要形态的确立

早期的水浒故事都是一些短篇故事,是英雄的个人传记,还没能够连缀成长篇。因此还不能说确立了水浒故事的完整形态。水浒故事文学形态的完成,其标志就是长篇小说《水浒传》的成书。只有当《水浒传》成书以后,水浒故事的主要文学形态才确立起来。但是《水浒传》成书是一个漫长的过程。也就是说水浒故事主要文学形态的确立是有一个漫长而复杂的发展过程的。

《水浒传》成书之前,有一部《大宋宣和遗事》,它首次把在民间流传的各个分立的梁山好汉的故事串联起来。不过它把宋江故事的发生地说成了太行山梁山泊。但是《大宋宣和遗事》毕竟是我们今天能够见到的、最早的、比较系统地讲述梁山好汉故事的一部书,它原是一部讲史话本。讲的是北宋的衰亡史,其中有一段讲的就是宋江起义。这部话本文字简略,带有提纲的性质,但是内容很丰富。其中已经讲说到杨志卖刀的故事、晁盖智取生辰纲的故事、宋江杀阎婆惜投奔梁山的故事、九天玄女授天书的故事,以及宋江做了首领,后来接受朝廷招安,平方腊的故事等。整个的次序跟后来《水浒传》小说里边的次序都是一样的,这可以说《大宋宣和遗事》为水浒故事主要文学形态的形成已经搭起了一个框架,说明至少到了元初,一个个水浒英雄故事已经基本成型了。其次,《大宋宣和遗事》所写水浒故事已经有明显的白话色彩,使它与一些文言讲史话本有明显的风格差异。它的这个语言特点对后来《水浒传》写成为白话小说,打下了基础。

在水浒人物故事的定型过程中元杂剧曾起到相当大作用。

其一,将水浒故事发生地明确标定在山东,确立了梁山泊的正确位置。

元代杂剧有大量的水浒故事戏,元杂剧中的水浒故事戏和《大宋宣和遗事》所记水浒故事的人物姓名大致相同,但聚义地点不同。《宣和遗事》第一次提到了梁山泊,宋江的史料里没有梁山泊,龚开的《三十六人赞》也没有提到梁山泊,《宣和遗事》把梁山泊的位置放在了太行山。到元杂剧说的才是山东梁山泊,由此宋江故事才在山东发生。这是因为元杂剧的作者大部分都是山东人,康进之、高文秀,高文秀就是东平人,梁山泊就在东平。这也可以说,最早的《水浒》故事有两个发生地,这是因为文献所记宋江等人的活动原本就是流动性很强的。在京东——山东和京西——太行山都有关于宋江等人的故事传说。或者说在江淮流传宋江的故事,因为那里民众对北方地理并不十分熟悉,所以把故事发生地东挪西移,也可以理解。这样最早的水浒故事中的人物,分属两个系统,即一是太行山,一是山东水泊梁山,也很自然。在说话人和话本作者那里,就有可能存在两个话本系统。后来,两个来源,两个系统在流传过程中糅合到了一起,变成一体,在元杂剧中就成了山东梁山水浒故事。

其二,将水浒故事的主要人物扩增到一百零八人。《大宋宣和遗事》只提到了宋江等三十六将的绰号姓名。元杂剧中出现了"一百八个头领"之语。元杂剧中宋江在开场白中提到梁山好汉有三十六大伙儿、七十二小伙儿。这就是水浒故事人物由三十六人转向一百零八人的一个前奏。三十六大伙儿应该有三十六个大头目,七十二小伙儿有七十二个小头目,加起来一百零八人,到《水浒传》小说里就形成了三十六天罡七十二地煞。所以说正是元杂剧为水浒故事确定了好汉的数目,头领的数目。

其三,元杂剧还为水浒故事发展提供了一些生动的故事情节。比如《水浒传》第七十三回"黑旋风乔捉鬼,梁山泊双献头"就取材于康进之的《黑旋风负荆》。还有《水浒传》里的武松打虎,可能就是取材于杂剧《折担儿武松打虎》。三十多部水浒戏所讲述的水浒故事,涉及人物事件已大大超过早期简短的说话。特别是这些剧作一时都被搬演于舞台,使人们能看到一个个"活生生"的水浒好汉,这是以前的民间口头传说所不可能做到的。这当中还形成了表演某一水浒英雄的系列剧,使该人物性格全面展现,极其丰满完善,比如李逵、武松等,这就更为小说写作,塑造人物做了积极准备。多位剧作家的多种剧作,就把民间流传的关于水浒的传说故事开始连贯起来,统一起来,就为水浒英雄聚集成一个集体,组成一个长篇故事筑起了桥梁。

其四,还有一种更重要的作用,那就是元代"水浒戏"改变了传统的"盗贼"观念。"水浒戏"中的英雄好汉,在以前正统观念中,他们都不过是打家劫舍的盗贼,占山为王的强盗,他们是应当被捕捉、被剿杀的。然而在戏中一个个水浒好汉各个都被认为是英雄,是百姓的救星,他们都勇于惩恶捉奸,伸张正义,因此被民众爱戴。实际在当时,梁山已成为人们心目中的一片圣土,水浒故事给予他们极多希望和勇气。正是元杂剧进一步在人们心中塑造了水浒英雄极其可爱可敬的形象。

其五,元杂剧的水浒故事戏还为水浒故事确定了一个积极的主题——替天行道。元代水浒戏虽然戏中的主人公不同,故事情节也不同,但都表达了一个共同的主题——替天行道,除暴安良。在现存六种"水浒戏"中,有五种明确提出了"替天行道"的口号。这是梁山好汉水浒英雄们共同的行动纲领、指导思想。这种纲领、口号也就成为小说情节开展的动力。水浒戏的基本精神——反映民众的愿望和时代的声音,水浒故事中梁山好汉树起的"替天行道"的旗帜,给以后小说创作立下了基调。

在这样的基础上,元末明初,施耐庵和罗贯中把长期流传于民间的、水平参差不齐的、层次比较低的那些原始传说,早期作品,加以汇集、整理、加工、创作,终于写定成《水浒传》。

水浒故事定型于《水浒传》,究竟是何人确定的故事名称或者小说名称,已经无可考证。但是《水浒传》的"浒"字,《说文》解释说:"水涯也。"就是水边上的意思。水浒二字联用,出自《诗经·大雅·緜》:"古公亶父,来朝走马,率西水浒,至于岐下。爰及姜女,聿来胥宇。"讲的是周王朝祖先创业于水浒。小说取《水浒》为名是否有"微言大义"已很难说。水浒故事最早成书的名字还不是"水浒",而是"宋江"。明人郎瑛《七修类稿》记:"《三国》、《宋江》二书,乃杭人罗贯中所编"。由此记载可知水浒故事早期版本原名《宋江》。从明人记载和发现的旧本可知该故事成书以后,除了书名《宋江》,还曾名《忠义传》。20世纪70年代上海图书馆即发现有《京本忠义传》的残页。大概到明中叶才称作"忠义水浒传",简称《水浒传》。

《水浒传》的成书过程漫长,《水浒传》一书是以北宋末年宋江起义传说为基本框架,由民间创作与文人加工,在一个相当长时间里共同完成的。也可以说《水浒传》是集体创作的。就是成书之后也还在不断修改加工,出现许多不同的版本。《水浒》一书的素材不仅来自历史上的宋江起义,应该说还吸收了其他农民起义史料,吸收了大量农民战争、民族战争的素材,其中很可能还包括南宋初年的洞庭湖钟相、杨幺起义的史料。《水浒传》成书的版本情况总的来讲,大体有简本和繁本两大系统。《水浒传》的繁本文繁事简,简本文简事繁。现存最早的四种《水浒》版本《京本忠义传》、《忠义水浒传》和天都外臣序本、明万历容与堂刻本《水浒传》都是一百回,一般认为最接近《水浒传》的祖本。《水浒传》一百回书的结构为:从第一回至第四十一回写众好汉上梁山的过程,从第四十二回至第七十一回写梁山聚义,势力扩大的过程。他们竖起"替天行道"的大旗,明确了政治纲领,排定了座次。从第七十二回至第一百回写梁山好汉受招安、征辽、平方腊,最终遭到毁灭的结局。明朝万历年间余象斗的百二十回本,又增加了"征田虎"、"征王庆"的故事,但文字比较简略。增加的故事情节位于"征辽"与"征方腊"之间。至清代金圣叹将百回本"腰斩"为七十回,居心不良地让梁山好汉全被斩尽杀绝。但是由于他假称古本,又保留原著精华,很长时间倒是这种版本得到流行。

　　根据现存《水浒传》最早刊本的署名和有关记载,《水浒传》的编著者是施耐庵和罗贯中。高儒《百川书志》记载该书为"钱塘施耐庵的本,后学罗贯中编次。"郎瑛《七修类稿》中也记《宋江》一书也称是"钱塘施耐庵的本"。"的本"即"底本"或"原本"的意思。目前学术界也有认为《水浒传》为施耐庵一人所作。但是无论如何,《水浒传》最后定本已是写山东英雄传奇的小说,所以它必然要作为山东地域文学的研究对象。

　　总体而言,水浒故事和成书的演变过程有五个阶段。

　　第一阶段,在宋朝宋江其一伙人事迹发生之后,民间广泛传说其事,但是各说各事。京东地带讲说梁山泊事,京西地带讲说太行山事,江南讲说方腊之事,其他地区各有所讲,以至洞庭讲说杨幺等事。或许此时已有简略写本。此时水浒故事的文学形态为口头文学、民间传说。

　　第二阶段,也在宋朝,但是时间是在南宋了。以人物为主的短篇故事已经成型,继续在各地传播。但是市肆勾栏已经有艺人专门立题讲说,并有人写成讲说的底本,当时叫做"话本"。同时在《大宋宣和遗事》里已经初步把一些散乱的故事串联起来。此时水浒故事的文学形态为民间文学与文人创作初步结合,已属于通俗文学的形态。

第三阶段,在元代,杂剧兴起,山东戏曲家把水浒故事的发生地中心确定在梁山,并确定了故事人物的规模为一百零八人。明确故事的主题为替天行道。杂剧的创作深深影响小说的创作,将话本与杂剧结合,使水浒长篇故事的雏形诞生于坊间。此时水浒故事的文学形态演化为戏曲文学,进入文人创作阶段。

第四阶段,明代,水浒故事经艺人施耐庵、罗贯中的编定成为以《宋江》为初名的长篇小说。继而经过许多文人和艺人修订,改名《忠义传》,定名《水浒传》,出现繁简多种版本。围绕《水浒传》的评论众多,赞誉者有之,诋毁者有之。此时水浒故事的文学形态演化为长篇小说,水浒故事基本定型,主要文学形态完成。之后则繁衍出戏曲、曲艺等多种演说水浒故事的文学形态。

第五阶段,清代,金圣叹对《水浒传》进行删改,影响甚大。同时对《水浒传》的评说与争议不断。改编、续作层出不穷。水浒故事的文学形态继续变化,扩及各种文体,尤其对曲艺和戏曲影响最大。到近当代受科技发展影响,水浒故事又出现了影视文学和网络文学等新的形态。

三、水浒故事文学形态的演变

水浒故事经历了一个漫长的发展演变过程,长篇小说《水浒传》成书后影响巨大,在文学领域形成了以水浒故事为题材的再创作热潮,这个潮流绵绵不绝,至今不衰。几乎各种文学形态都曾演说水浒故事。

首先,在小说领域,直接由水浒故事就生发出我国第一部由文人独立创作的长篇白话小说《金瓶梅》。《金瓶梅》就是借用水浒传故事中潘金莲、西门庆、武松等人物的纠葛关系进行了再创造,以西门庆为主要角色铺叙展开了更为复杂的市井故事。

其次,因为水浒故事中的一些人物在《水浒传》一书的叙说结束时,他们还健在,所以就有了续作。其中《水浒后传》就讲述了《水浒传》中幸存的三十余位梁山好汉和一些英雄后代的命运。其作者陈忱(1608—?),字遐心,号雁宕山樵,浙江乌程(今吴兴)人,约生于明万历后期,卒于清康熙初年。他以亡明遗民自居,怀有国破家亡的不平与伤感,晚年尤多感慨。他的《水浒后传》在某些方面继承了《水浒传》"替天行道"的主题,但也突出表现了作者的民族意识。此书最初付梓于康熙三年(1664 年)。《水浒后传》的传播扩大了水浒故事的影响,同时,戏曲、曲艺等文艺形态也从《水浒后传》取材进行改编,有不少新作。其中京剧《打渔杀家》(又名《庆顶珠》)就是杰出代表。剧中所写萧恩(阮小七)和女儿反抗渔霸和官府的斗争就很精彩。《水浒后传》的人物花逢春(花荣之子)的故事,在戏曲《艳阳楼》也再次得到展现。再有就是《荡寇志》,又名《结水浒传》,也是水浒故事续书的一种。作者是俞万春(1794—1849 年)字仲华,号忽雷道人。浙江山阴(今绍兴)人。这是一部反水浒的作品。作者写作目的就是要诋毁水浒英雄,所以他在书中安排雷神降伏梁山英雄。但是却从反面说明水浒故事威力巨大。

这里特别要说及的是《水浒传》小说问世后,迅即成为戏曲和说唱艺术的取材宝库。尤其水浒故事中那些在小说中被塑造的栩栩如生的人物,像林冲、鲁智深、武松、杨志、李逵等纷纷被戏曲和曲艺等文学样式改编为一个个独立故事。在改编过程中戏曲和曲艺作者又进行了再创造。说书名目中的"鲁十回"、"武十回"等成为许多说书艺人的保留书目。戏曲文学在明清时期继承元代杂剧的传统,又掀起一次次创作高峰。其中演水浒故事的剧作特别耀人眼目。

明清的戏曲文学形态除了杂剧还诞生有一种新样式——传奇。传奇比杂剧规模更加庞大,更适于表现情节复杂的内容。明代初期演水浒故事的杂剧朱有燉写有《黑旋风仗义疏财》、《豹子和尚自还俗》。《黑旋风仗义疏财》的故事是说东平府赵都巡要强娶李憨古女儿千娇,宋江派李逵和一丈青下山杀了赵都巡,救了李家父女。《豹子和尚自还俗》讲的是鲁智深因为"擅自杀害了平人",被宋江打了 40 大棍,一气之下出家作了和尚,宋江用计将其赚回,两戏所演事都不见于《水浒传》小说。从《黑旋风仗义疏财传奇引》可知该戏采自传说,并受《宣和遗事》影响。无名氏的《梁山五虎大劫牢》、《王矮虎大闹东平府》也是根据民间水浒故事写成,它们戏中所写故事情节在《水浒传》小说中也没有。可见在水浒故事被定型于《水浒传》小说的初期阶段,民间对于水浒故事的传说仍然在继续流传。

到了明代中叶以后以水浒故事为题材的戏曲传奇大多出于对小说的改编。凌濛初作的《宋公明闹元宵》和无名氏作的《梁山七虎闹铜台》、《宋公明排九宫八卦阵》与小说的关系极为密切,基本上可以认为是小说的改编。

这之中著名的作品为李开先所作的《宝剑记》传奇。它虽取材于《水浒传》，却又做了巨大变更，开拓了故事思想内容，为明清戏曲树立了忠奸斗争剧的范本和典型。重新塑造了林冲的光辉形象。这是传奇写水浒故事的第一部具有很大影响力的作品。其后水浒故事题材的传奇剧作形成一个长长的系列。例如沈璟《义侠记》写武松的故事，许自昌《水浒记》写生辰纲和宋江杀阎婆惜的故事，丘园《虎囊弹》写鲁智深的故事，其他还有沈自晋的《翠屏山》、陈与郊的《灵宝刀》、范希哲的《雁翎甲》，清代洪升的《元宵闹》，史集之的《清风寨》，张子贤的《聚星记》，无名氏的《蜈蚣岭》、《水浒青楼记》、《鸾刀记》、《双飞石》、《河灯赚》、《鸳鸯笺》、《祝家庄》、《玉麒麟》、《二龙山》、《闹酒店》等等。后来宫廷大戏则出现了《忠义璇图》。至于地方剧种所演水浒戏则可以说不胜枚举。在京剧兴起之后水浒故事也成为京剧一个题材，成为水浒戏的新的戏曲形态，著名的京剧水浒戏就有《丁甲山》、《野猪林》、《石秀探庄》等。

到了20世纪三四十年代，在抗日战争紧张阶段，还出现了新编的《林冲夜奔》和《三打祝家庄》等水浒故事戏。在民族矛盾成为首要问题时水浒故事则被赋予了新的时代意义。作为水浒故事新的文学形态在当代还有几种古代所没有的样式。

其一是外文本的水浒故事。《水浒传》曾被译成英、法、德、俄、日等多种文字，成为世界人民共同拥有的一份宝贵文化遗产。最早的外文译本是1757年的日文本。然后有1850年的法文本、1883年意大利人翻译本。20世纪初期出现多种英文本，这当中著名的是美国作家赛珍珠的《水浒传》七十回全译本。译名是《四海之内皆兄弟》。达尔斯的法文《水浒传》120回本则在1978年出版。德国弗朗茨·库恩的《水浒传》120回译本则在1934年就问世。其他俄文、匈牙利文、捷克文、波兰文、朝鲜文、越南文、泰国文等译本也都陆续出版。有学者统计《水浒传》的外文译本总数有一二百种之多。

其二就是专为少年儿童阅读的水浒故事书，也就是普及读物本。简本，作为青少年的普及读物《水浒传》，这当中最有特色的是连环画读本。水浒故事连环画，是一种新兴的文学和绘画艺术相结合的形态。不论是建国初期的作品，还是20世纪末期的作品，总计有数十种，都受到人们的欢迎，特别是受到儿童和文化水平较低民众的欢迎。第一本《水浒》题材连环画是

1950 年由上海大众图书出版社出版的徐燕荪绘画的《三打祝家庄》。以后，像徐余兴绘画的《石秀探庄》、王靖洲绘画的《燕青打擂》、戴敦邦的《逼上梁山》（分四册彩绘本），马寒松、陈九如、程隆、诸葛增仁合作的《小水浒》（全套十册）都很有名。《水浒》题材连环画里最著名的两套书，一是历时 8 年由画家任率英、卜孝怀、徐燕荪、墨浪、吴光宇编绘的全套共 26 册的《水浒》。二是由画家罗中立、施大畏、戴宏海、罗盘和徐宏达等重新编绘的全套共 30 册的《水浒》。它们都为水浒故事的普及起了不小作用。

　　其他文学形态的水浒故事还有影视剧本。人们将水浒故事改编为影视剧本，利用现代科技手段将故事搬上银幕，再现历史斗争的光华，受到当代人们热烈欢迎。但是人们不满足一种版本，紧接着 20 世纪 90 年代中叶杨争光编写的《水浒传》电视剧之后，有人还要重新筹拍 80 集电视连续剧《水浒》。民间对水浒故事的文学形态不断创造，其中通俗的文学样式，像谜语，虽然短短三言两语，却也有不少情趣。比如谜面"凿壁借光"，谜底就是《水浒》人物名孔明。谜面"钢琴伴奏"，谜底就是《水浒》人物名乐和。谜面"单刀赴会"，谜底就是"关胜"。谜面"供不应求"，谜底就是"索超"。谜面"冬去春来"，谜底就是"时迁"。谜面"古往今来"，谜底就是"史进"。等等。还有最新的网络文学，人们用网络形式将《水浒传》的各种文艺形态在网上传播，成为水浒故事最新的形态。更有在网上用游戏形式普及水浒故事，像《幻想水浒传》等。就是传统形态也在变革，比如台湾的吴兴国，他编的所谓京剧《水浒 108》却是融合了多种曲艺样式。演出不仅有唱还有说书。这是一种新的探索，一种新的综合性的文学形态。

　　可以说从水浒故事诞生以来，其文学形态从古到今一直在不断演变。水浒故事是民众创造的，其文学形态的发展演变也是民众对水浒故事的继续创造。

第十二章 大文化语境中的文学本体呈示

这里所论述的，首先是参照外在文化关系进而透视、把握文学本体意义。从文学本体的意义上看，《水浒传》属于历经世代累积的群体式原初性传布，最终才假手于文士修订撰写而面世的制作。《金瓶梅》则大不然了，它虽自《水浒传》的某些情节起始，或者说借用《水浒传》中一二小角色为自己笔下的主要人物，但却是由署名作家本人独立构思、创作完成的，从而具有真正现代小说意义上的个体性作品。上述两书的创作主体的改变，固然表明俗文学由起初的口耳相传、再融进艺术演出，并伴随着从粗陋脚本、凝定的书面文本，直到最后作家严肃创作的文体独立的文学演进过程；但同时也处在相应的社会文化风习环境，或者说大文化语境之中，显示出各自背景不同的历史人文、政治经济特征。这些，都浸润影响着文学作品，使它们形成为英雄传奇与世俗人情两种类型的小说，呈现出迥然有异的风格面貌。

下面我们径直进入文学文体方面的关注。清代王渔洋是当时的诗坛领袖，倡"神韵"之说，引领天下诗风走向垂数十年。他关于历代齐鲁诗人、作家的评论，或可以视为从清代初期文化语境里所生成的特定文学视点，其中具体表现着他的审美观念，间接说明了其诗歌创作的风格形成。

后者观照角度略有不同，是论述以俗文学的鼓词说唱形式来讲述悠远漫长的中国历史。我们的主要着眼处不仅只在于这个作品单纯的表现技巧方法、情节人物、语言风格之类艺术特色上，而更注重于其对千余年的治乱兴衰、王朝更迭改易的讲述评论中，所主宰、贯通着的儒家伦理观念，传统文化的善恶标准、忠奸辩分。另外，是创作主体于嬉笑怒骂、褒贬讥刺间所流露出来的狷狂豪放性格，以及明亡清兴的鼎革之际所引发触生的悲凉伤痛与深沉民族感情、遗民情结，都汇聚成尖锐犀利、甚至包含着若许叛逆色彩的政治批判意识。总之，后者通过文学本体呈示所作出的社会文化意义上的观照，与前者由文学本体所进行的文学性评析、审美旨趣价值的把握，虽有不同，但却无不是自文学——本体的出发点去展开的。

第一节　社会文化关系与创作主体改变所体现的
文学演变:从《水浒传》到《金瓶梅》

　　《水浒传》和《金瓶梅》是中国古代小说中的两部杰出著作,它们与《三国演义》、《西游记》并称明代的"四大奇书"。虽然产生于不同的时代和不同作者之手,这两部小说却有着内在的紧密联系。《金瓶梅》是由《水浒传》武松杀嫂一节衍演而出,即袁中道所谓:"见此书之半,大约模写女儿情态俱备,乃从《水浒传》潘金莲演出一支"。① 值得一提的是,它们都是由山东作家整理创作的、描写山东风土人情的作品,这就使它们都具有了浓郁的齐鲁文化的内涵。例如,《水浒传》的高扬"忠义"明显受到儒家文化的深深熏陶,而《金瓶梅》借描写社会大变革大转型时期一个商人家庭的众生相来寄予作者对时局的失望和对传统伦理道德沦丧而产生的幻灭感,这也表现出作者恪守儒家文化的立场。但是,由于社会文化关系和创作主体的改变,《金瓶梅》在成书过程、创作方法和刻画人物等诸多方面,都与《水浒传》有了很大的距离,呈现出一个鲜明的演变过程。这一演变不仅仅是齐鲁文学的内部演进,也是中国古代小说从世代累积型到文人独立创作的演变,是从痴迷于英雄传奇到专注于描摹世情的演变。

一、由世代累积到文人独创:《水浒传》和《金瓶梅》的成书

　　《水浒传》的成书经历了一个世代累积的过程,它是在从南宋初年到元末明初两百多年间在社会上广泛流传的"水浒故事"的基础上由施耐庵加工整理而成的。《宋史·徽宗本纪》最早记载了宋江等人的事迹:"淮南盗宋江等犯淮阳军,遣将讨捕;又犯京东、江北,入楚、海州界,命知州张叔夜招降之。"《张叔夜传》记载:"宋江起河朔,转略十郡,官兵莫敢撄其锋。"南宋人王偁的《东都事略·侯蒙传》记载较为详细:"宋江寇京东,蒙上书陈制贼计曰:'宋江以三十六人,横行河朔、京东,官军数万,无敢抗者,其材必过人。不若赦过招降,使讨方腊以自赎,或足以平东南之乱。'徽宗曰:'蒙居

---

① 袁中道:《游居柿录》卷九,青岛出版社 2005 年版,第 193 页。

闲不忘君,忠臣也。'起知东平府,未赴而卒。"这段话基本奠定了水浒故事的雏形——起义、对抗官军、招安征方腊,而对宋江"其材必过人"的推测更是给后世水浒故事的创作者以想象的空间。

宋江等人的故事在南宋已经被说话艺人在市井间广泛说唱。南宋罗烨《醉翁谈录》记载当时说话人说的水浒故事就有"公案类石头孙立"、"朴刀类青面兽"等。宋末元初画家龚开《宋江三十六人赞》中已记录了宋江等三十六人的姓名和绰号,与《水浒传》相比,仅有个别人有出入。宋末的话本《大宋宣和遗事》着力叙述了"花石纲"、"生辰纲"等梁山英雄的事迹,虽然情节比较简单,却为《水浒传》情节的展开提供了基础。

元代以后,有多种戏剧都敷衍宋江的故事。据钟嗣成《录鬼簿》、贾仲明《录鬼簿续编》、傅惜华《元代杂剧全目》,在明初已经有三十几种"水浒戏"流传,现存的有《李逵负荆》、《双献功》、《燕青博鱼》等十种。① 这些"水浒戏"极大地丰富了水浒故事的情节。如《李逵负荆》第一折宋江的自报家门:"……哥哥三打祝家庄身亡,众弟兄推某为首领。某聚三十六大伙,七十二小伙,半垓来的小喽罗,威震梁山。"②这使得水浒故事有了三十六好汉和七十二好汉的说法,奠定了《水浒传》中三十六天罡星和七十二地煞星的基础。人们对梁山英雄的态度也自元代"水浒戏"发生了转变。宋末的话本《大宋宣和遗事》对起义军尚持蔑视的态度:"其呼延绰却带领得李横,反叛朝廷,亦来投宋江为寇。"③并无《水浒传》中频频出现的"好汉"、"英雄"、"替天行道"等字眼,但到了"水浒戏",梁山起事者都成了好打抱不平的任侠义士,其事迹皆为义举,这奠定了以后《水浒传》的基调。而《双献功》、《争报恩》、《还牢末》、《燕青博鱼》四部戏都写到奸夫淫妇的故事,这也为《水浒传》所吸收,用来表现"女人是祸水"的观点和梁山英雄重兄弟情谊的义气。

在施耐庵的《水浒传》出现以前,水浒传故事已经通过多种形式流传了两百多年,从对宋江起义的只言片语的记载到英雄群像的出现,水浒故事演变的每一过程都有艺人和文人参与整理和加工,正如金圣叹所说:"《宣和

---

① 在元代,临近梁山的东平成为戏剧重镇,梁山英雄的传说自然就成为戏剧创作的常用题材,被称为"小汉卿"的东平人高文秀就是著名的"水浒戏"作家。

② 傅惜华:《水浒戏曲集》(第一集),上海古籍出版社 1985 年版,第 33 页。

③ 无名氏:《新刊大宋宣和遗事》,中国古典文学出版社 1954 年版,第 44 页。

遗事》具载三十六人姓名,可见三十六人是实有。只是七十回中许多事迹,须知都是作书人凭空造谎出来,如今却因读此七十回,反把三十六个人物都认得了,任凭提起一个,都似旧时熟识,文字气力如此。"

《水浒传》是《金瓶梅》之前的一部杰出的小说,武松的故事在民间又有极大的影响力,而杀嫂又是武松一系列英雄壮举中的一个关键转折点和"亮点"。这种精彩的片段很能激起作家们模仿和续写的冲动与热情,而《水浒传》中西门庆的形象已经部分地符合明代中晚期的社会现实,所以,《金瓶梅》移用了这一框架,以一个非常简单的旧瓶装入了全新的美酒。

《金瓶梅》是中国小说史上第一部由文人独立创作的长篇小说,关于其成书方式至今仍有争论,有人认为《金瓶梅》同《水浒传》一样,也是世代累积型小说,主要理由有:1.《金瓶梅》的最初版本是词话体,带有说唱艺术的痕迹;2. 行文多有颠倒和前后不合之处,不像是出于一人之手;3.《金瓶梅》大量引用前人的戏曲、杂剧、话本和说唱,符合世代累积型作品的特征。但仔细看来,这并不能构成否定《金瓶梅》是文人独立创作的理由:

1. 虽然《金瓶梅》模仿说唱文学的形式,结构故事时有词有话,但这种结构方式与元明的词话还是有着很大的区别。从《明成化说唱词话丛刊》可以看出,词话是有说有唱而以诗赞体的唱词为主的说唱文学作品,而《金瓶梅》则是以说为主。

2. 行文的错讹和前后不对应则正体现出由世代累积型作品向文人独立创作作品过渡的艰难。

3. 在《金瓶梅》写作之时,戏剧、小说和说唱文学等通俗文学在社会上大行其道,《金瓶梅》的作者不能不受到影响,采纳其有趣的故事情节,以增加小说的趣味。这种采纳与《三国演义》、《水浒传》等世代累积型小说有着根本不同,《金瓶梅》既没有以一部作品为提纲模本,像滚雪球那样无限放大、踵事增华,也没有以前代作品中记载和社会上流传的故事构成其情节主体,而只是采拾其有趣味者,这些并非与全文糅合在一起,而是可以脱离的。更有说服力的是,迄今为止,尚未见到在《金瓶梅》写成之前社会上有《金瓶梅》的故事雏形,也没有有关说唱《金瓶梅》故事的记载。这是明显不符合世代累积型作品特点的。反而在《金瓶梅》刚开始流传时,许多著名文人纷纷表示出对《金瓶梅》横空出世的惊诧。如袁宏道致董思白书云:"《金瓶梅》从何得来?伏枕略观,云霞满纸,胜于枚生《七发》多矣。"董其昌对袁中道说:"近有一小说,名《金瓶梅》,极佳。"

4. 那些曾经在书场中说唱过的世代累积型作品为了吸引听众的兴趣,同时也为了便讲易听,故事多采用线性结构,以《水浒传》为例,以英雄人物的相继出场结构故事,以众多英雄的形式各异的逼上梁山的故事组成了一幅壮观的英雄群像,其中少有情节的穿插和伏笔的埋伏。而《金瓶梅》则采用的是一种纵横交错的结构,围绕着西门庆的兴衰,将西门庆家庭内部和外部的众多情节交融在一起。正如张竹坡《批评第一奇书金瓶梅读法》三十四指出:"《金瓶梅》是一部《史记》。然而《史记》有独传,有合传,却是分开做的。《金瓶梅》却是一百回共成一传,而千百人总合一传,内却又断断续续,各人自有一传。"这是典型的文人小说的结构形式。

5. 从小说的题材来说,《三国演义》和《水浒传》等世代累积型小说都经过了书场阶段,因为说书艺人多喜欢评说英雄传奇、烟粉灵怪,以通俗、媚世、暴力和冒险的情节来吸引听众,很难想象他们会在西门庆那种琐碎的家庭生活上感兴趣。而且,词话本的性描写也明显不适宜当众评说,应该只是仿照评话形式写作的案头小说而已。①

二、雅俗间杂:《水浒传》因世代累积而形成的审美趣味的杂糅

以史书记载的宋江事迹和书场讲说、戏剧扮演的梁山英雄故事为蓝本的《水浒传》在题材上有了先天的规定性,即以英雄人物的英雄事迹为主要描写对象。而这些英雄的故事又经过了世代累积,融汇了多种文化因素,正如杨义所说:"《水浒传》既汇聚了数代说话人极尽腾挪变化的叙事辩才又融合了数代文人刻意谋篇行文的审美智慧,二者交互渗透,雅俗互补,最终已经成了一个浑然难辨你我的艺术结晶体了"。② 正因为《水浒传》包含了下层市民和文人的审美理想,没有一个统一的贯穿全文的创作主旨,因此其主题也显得很驳杂,历来众说纷纭。最早有"忠义"和"诲盗"两说,后来又

---

① 可参见罗德荣《〈金瓶梅〉是我国第一部文人独创小说》,《古典文学知识》2004 年第 2 期。

② 杨义:《中国古典小说史论》,中国社会科学出版社 1995 年版,第 269 页。

有"农民起义说"、"为市民写心说"和"忠奸斗争说"等。众说之中，"农民起义说"并不准确，因为《水浒传》虽然描写了众好汉起义的故事，但一百零八人中除了李逵，其他的都不能称作农民，而只能称作"市民"或"游民"，他们与传统的讲究循规蹈矩和强调安居乐业的"士、农、工、商"中的"农"有着显著的区别。而其他几说的产生都与《水浒传》的世代累积、多个阶层的心理诉求和审美理想的叠加有着密切的关系。

《水浒传》的故事发生于北宋末年宋徽宗时代。当时皇帝昏庸、奸臣当道、忠良受害、民不聊生，这种腐败是显而易见的，是市民一眼就能望穿的。与官方史书对宋江的污蔑不同，下层的普通民众对宋江等人揭竿而起反对腐败政府的行为往往带有几分同情和向往，"官逼民反"一类的词语很容易作为口号在市民中流传。到了元代，文人丧失了科举的机会而沉沦下僚、浪迹市井，有了与下层民众近距离接触的机会，这促进了文人经世精神与市民趣味的结合。因此，《水浒传》的成书过程也自始至终融汇着市井和文人两种因素。

中国两千多年来的历史一直充斥着官僚阶层和平民阶层的对立和冲突，在听说讲唱水浒故事和欣赏"水浒戏"时，平时受尽压迫而显得唯唯诺诺的听众在心理上大都会有一个反弹，会对腐败的官僚阶层产生一种本能的反抗和排斥。高俅只是因为陪皇帝踢球玩耍，就被提拔为殿帅府太尉，他设计陷害禁军教头林冲，把他逼上梁山。各级贪官污吏对人民横征暴敛，搞得民不聊生。这让下层民众幻想有一群武艺高超而又身怀仁爱和侠义之心的英雄去扶危济困、惩罚邪恶，代偿他们在现实中根本没有机会实现的愿望。因此，梁山好汉的事迹成为下层民众发泄对统治阶层仇恨和不满的一种载体，很能够代替民众满足他们在现实生活中不能实现的愿望。在艺人讲说、戏剧扮演水浒故事直到施耐庵对水浒故事进行加工整理时，他们考虑到了民众的这种需求，并力图满足这种需求，使民众心中潜藏的"英雄梦"可以借助于文艺的形式表现出来。

《水浒传》中的一百零八位梁山英雄每人都有一个绰号，这些绰号使小说的主人公与前代众多的英雄人物和传奇故事结合起来，表现出明显的赞颂的色彩。这些英雄艺高胆大、行侠仗义，他们惩恶扬善、替天行道，所有这些英雄壮举的背后，又有一些为后世评论家所诟病的举止，而这恰恰体现了下层市民的心理诉求。英雄们对待杀戮和名利的态度最能体现出这一点。

　　《水浒传》第四回为力能倒拔垂杨柳、义能拳打镇关西的鲁智深所写的赞词是："脚尖曾踢涧中龙，拳头要打山下虎。指定天宫，叫骂天蓬元帅；踏天地府，要拿催命判官。裸形赤体醉魔君，放火杀人花和尚。"在勇猛之外，似乎有些粗莽和无理。《水浒传》无数次细致刻画英雄们杀人时的勇猛果断，字里行间流露出十分的快意，但这些英雄往往滥杀无辜。武松"血溅鸳鸯楼"一段，他连杀了十五个人，"方才心满意足"，全然忘记了他的仇人只有张都监、张团练和蒋门神三人。临走时还要揣上几件金银酒器。在叙述者看来，这些无名小辈的死是无足挂齿的，因为在书场里，很少有人关心英雄是否滥杀无辜，而更加关心是否杀得痛快，仿佛一个贪官恶霸的死根本不足以偿还他们欠下的恶债，还要有几个人的血来加以衬托才好。从这个角度看，受众对于残杀的淡漠并不表明他们嗜血，而只是他们的一种心理需要。

　　梁山好汉的口号是"替天行道"、"杀富济贫"，但全书写了大量杀富的事例，如智取生辰纲等，却少见描写济贫的壮举。这是因为对听众和读者来讲，劫富就已经就有十分的快感了，仿佛那些不义之财到了自己的手中，最起码是到了自己人手中了。而劫富的过程必然伴随着杀戮和阴谋欺骗，这些情节讲起来势必是精彩的，而"济贫"则要单调的多，所以干脆略过不提。

　　梁山好汉多对功名富贵有着极大的热情。落草以前杨志指望的是"把一身本事，边庭上一枪一刀"，获得一官半职，既能"博个封妻荫子"，又能光耀祖宗（十一回）。戴宗劝石秀入伙，说："如此豪杰，流落在此卖柴，怎能够发迹，不若投身到江湖上去，做个大半世快乐好汉"。李逵劝汤隆："你在这里，几时得发迹？不如跟我上梁山入伙，叫你也做了头领"。这些劝辞正符合"说话"讲发迹、变泰故事的传统。而"不怕天，不怕地，不怕官司，论秤分金银，异样穿绸锦，成瓮喝酒，大块吃肉"的理想生活状态，正体现出下层民众渴望上进的急切需求。

　　在下层民众的审美趣味之外，《水浒传》还融汇了文人整理者的审美理想。简而言之，就是"忠"。《水浒传》的前半部分非常强调"义"，这是传统的农业社会产生的一种道德规范，既强调维护正义，又强调小集体的利益，正符合下层民众的审美理想。在《水浒传》中，"义"强调的是小集团英雄们之间的关系和交往准则，这是团结一致实现愿望的手段和众英雄间连接的纽带。宋江是水浒英雄中最知名的"义士"，小说描述他："常散施些棺材药饵,济人贫苦,赒人之急,扶人之困,以此山东、河北闻名,都称他做"及时雨",都把他比作天上的及时雨一般,能救万物"。所以江湖上闻宋江之名皆纳头便拜。梁山好汉聚义后的几次战争都是出于兄弟情谊,为了救人,实践一个"义"字。

但是对于宋江来说,他给读者留下最深刻的印象却是"忠"。正如夏志清所说:"李逵堪称是这种凶险力量的主要象征,正如他的师友宋江是孔子忠君之道的主要象征一样。这一对牢不可分的伙伴相互影响。这种微妙的相互作用孕育了小说中思想意识的模糊纠缠和矛盾斗争。"①在梁山大聚义之前,宋江就颇多顾虑,他的造反气势就远逊于众英雄。而经过大聚义,众英雄的事业达到鼎盛时,宋江朝思暮想的却是招安。因此,在宋江身上体现出一种矛盾:他一方面是众英雄的领袖,一方面他又盼望走向他们英雄事业的对立面。"忠"和"义"在某种程度上是相互排斥的两种道德准则,宋江却将其集于一身,他将晁盖的"聚义厅"改为"忠义堂"。他在陈桥驿杀死犯罪的军卒后难过不已,按照"义"的原则,他应该纵其脱逃,但按照"忠"的原则,他又只能将凶手正法。这样一个小细节是为了突出宋江的"忠义",但却正体现了两种道德原则的冲突。为了不至于太过残酷,小说只安排一个普通的勉强能谈得上兄弟情义的小军卒,但却预示着后文李逵的结局。

宋江的这种性格为许多读者所不解,甚至有人直斥宋江为"伪善"。金圣叹在《水浒传》第三十五回回评中说:"一部书中,写一百七人最易。写宋江最难,故读此一部者,亦读一百七人传最易,读宋江传最难也。盖此书写一百七人处皆直笔也,好即真好,劣即真劣,若写宋江则不然,骤读而全好,再读之而好劣相半,又再读之而好不胜劣,又卒读之而全劣无好矣。"

其实,与其说宋江虚伪和内心充满挣扎,倒不如说下层民众和文人思想的冲撞和妥协。通过暴力造反的方式取得与朝廷相抗衡的梁山泊统治权的宋江,只有接受招安,才能在统治秩序内得到他们的合法地位。而"身为盗贼草寇的宋江只要被赋予了传统道德上的正当性,他们蔑视法度、对抗官府的'弥天大罪',也就不再被视为'恶人丑行',反而被歌为英雄壮举了。'忠'并不是对皇帝真有感情依恋与政治责任,而是满足下层民众对传奇英

① 夏志清著,胡益民等译:《中国古典小说史论》,江西人民出版社 2001 年版,第 104页。

雄道德人格完美性的心理需要。"①正如阮小七唱的那支歌:"打鱼一生蓼儿洼,不种青苗不种麻。酷吏赃官都杀尽,忠心报答赵官家。""酷吏赃官都杀尽"是市民的本意,而"忠心报答赵官家"是主流意识形态的反映,很难说是英雄的本意。

三、时代的写真:《金瓶梅》的写实性

《水浒传》因其成书经过了一个世代累积的过程,所以杂糅了市民阶层和文人阶层的双重审美趣味,还掺杂了一些英雄传奇小说所常用的娱乐性因素,写实的特点并不是很突出。而《金瓶梅》借写北宋末年的故事,为明代中晚期的社会生活作了一幅清晰的浮世绘。正如郑振铎《谈〈金瓶梅词话〉》所说:"表现真实的中国社会的形形色色者,舍《金瓶梅》恐怕找不到更重要的一部小说了……它是一部很伟大的写实小说,赤裸裸的毫无忌惮的表现着中国社会的病态,表现着世纪末的最荒唐的一个堕落的社会的景象……于不断记载着拐、骗、奸、淫、掳、杀的社会新闻里,谁能不嗅出些《金瓶梅》的气息来。郓哥般的小人物,王婆般的牵头,在大都市里是不是天天可以见到?……"②

明中叶以降,商品经济快速发展,出现了资本主义经济的萌芽。与宋元时期相比,明代城市更加繁荣,市民阶层进一步扩大,经济生活成为市民日常活动的重要组成部分。随着资本主义生产关系的萌芽,宋明理学在哲学界一统天下的局面受到了强大冲击。王阳明的"心学"提出了"心外无物,心外无事,心外无理,心外无义,心外无善"和"心即理"的口号,实现了哲学思考向内转的重大变化,这对宋明理学的"存天理、灭人欲"是一个巨大的反拨。其后以王艮为代表的左派王学风靡一时,他们进一步提出了"百姓日用即道"的命题,这为以小说形式描写市井生活,刻画具有时代特点的人物形象,表现作者的哲学思考提供了基础和可能性。而伴随着经济社会生活的变革,读者的审美趣味也开始由英雄叙事向对个人生存方式的转变过

---

① 崔茂新:《论小说叙事的诗性结构——以〈水浒传〉为例》,《文学评论》2003 年第 3 期。

② 郑振铎:《谈〈金瓶梅词话〉》,《文学》1933 年第 1 卷第 1 期。

渡。相对于《水浒传》的那种适应市民审美想象需要，《金瓶梅》离现实更近，甚至在某些方面打破了现实和文学的隔阂，变成了赤裸裸的写实。

《金瓶梅》写实的特点在它问世之初就有学者指了出来。谢肇淛《金瓶梅跋》云:"《金瓶梅》一书，不著作者名代。相传嘉靖中有金吾戚里纵淫无度，其门客采摭日逐行事，汇以成编，而托之西门庆也。"指出了《金瓶梅》描摹时代生活的写实性特点，虽然他关于《金瓶梅》作者的说法未必可信。

《金瓶梅》中对西门庆的身世作了如下交代:他"原是清河县一个破落户财主，就县门前开着个生药铺。从小儿也是个好浮浪子弟，使得些好拳棒，又会赌博，双陆象棋，抹牌道字，无不通晓。近来发迹有钱，专在县里管些公事，与人把揽说事过钱，交通官吏。因此满县人都惧怕他。"①这样饱含着商业社会市民气的主人公是《金瓶梅》之前的小说所没有的。作为商人，西门庆的主要任务就是最大限度地赚钱，为了实现这个目的，他同官府相勾结，在黑白两道上寻觅商机。而赚到钱后又贿赂权贵，为所欲为。面对弹劾，他常说:"常言兵来将挡，水来土掩，事到其间，道在人为，不少的你我打点礼物，早差人上东京，央及老爷那里去"。② 他甚至狂妄地宣称:"咱闻那佛祖西天，也止不过要黄金铺地，阴司十殿，也要些钿锱营求，咱只消散尽这家私，广为善事，就是强奸了嫦娥，和奸了织女，拐了许飞琼，盗了西王母的女儿，也不减我泼天富贵。"《金瓶梅》就是这样明白无误地向我们展现了这样一位在商品经济繁荣时期由于腰包的膨胀而导致欲望畸形膨胀的暴发户的嘴脸。

《三国演义》和《水浒传》中神君贤相的纵横捭阖和英雄好汉的逼上梁山为我们刻画了一副波澜壮阔的社会历史画卷，而《金瓶梅》则只是将着眼点放在西门庆的家庭内部，通过对西门庆一家腐败淫乱生活的全景式细节展示，展现那个时代的整个社会是怎样的病入膏肓，即如鲁迅所说:"著此一家，骂尽诸色。"③在《金瓶梅》中，没有神话，没有英雄的光辉形象，也没有超越人情和常理的奇事轶闻，有的只是对日常生活的忠实描摹。《金瓶梅》对西门庆家庭生活细节的展示甚至到了琐碎的地步，对西门庆的生活

① 兰陵笑笑生:《全本金瓶梅词话》(上册)，香港太平书局 1982 年版，第 439 页。
② 兰陵笑笑生:《全本金瓶梅词话》(中册)，香港太平书局 1982 年版，第 1261 页。
③ 鲁迅:《中国小说史略》，上海古籍出版社 1998 年版，第 126 页。

起居、走亲访友、投官拜衙做了最忠实的描写,以至于张竹坡都感慨道:"似有一人执笔在清河县前西门庆家,大大小小、前前后后、碗碗碟碟,一一记之。似真有其事,不敢谓操笔伸纸做出来的。"

《金瓶梅》对社会现实的展示是全景的,但却不是漫无目的的,它不是分散地对社会的多个角落作蜻蜓点水式的触摸,而是集拢在男主人公西门庆的交际圈上,并由此辐射开来,使笔墨涵盖当时的人生百态。张竹坡在《第一奇书金瓶梅读法》中写道:"《金瓶梅》因西门庆一分人家,写好几分人家。如武大一家,花子虚一家,乔大户一家,陈洪一家,吴大舅一家,张大户一家,王招宣一家,应伯爵一家,周守备一家,何千户一家,夏提刑一家……凡这几家,大约清河县官员大户,屈指已遍,而因一人写及全县,吁!一元恶大矣。"王建科的《论〈金瓶梅〉中西门家族的社交圈及其叙事张力》①一文将西门庆的社交圈划分为七个:(1)家庭交际圈,包括一妻五妾、西门大姐、官哥。(2)婚外女人圈,包括丫鬟使女、仆人妻子、妓女、官宦遗孀。(3)亲属交际圈,主要是由西门庆的妻妾引出的众多人物,包括花子虚、蒋竹山、陈洪等。(4)帮闲篾片圈,以应伯爵、谢希大等十兄弟为代表。(5)商业交际圈,包括扬州盐商王四峰、绸缎商人丁相公、开银铺的白四哥等。(6)官场交际圈,包括:一,平行勾结的下级官僚层,主要有夏提刑、荆都监、张团练、周守备、贺千户、何千户等人;刑、荆都监、张团练、周守备、贺千户、何千户、薛内相、刘内相等相互勾结。二,相互利用的中级官僚层,主要居住或往来于山东省,如蔡京假子新状元蔡蕴、新任巡按山东监察御史宋乔年、蔡一泉、杨提督等。三,攀高依附的朝中权贵层,居住在京城,如朝中太师蔡京、杨戬、李邦彦、陈洪等。(7)僧道交际圈,包括吴道官、胡僧等。可以说,通过对西门庆交际圈的刻画和描述,我们可以看到明代中晚期社会的家庭生活和社会生活、私人领域和公共领域的真实镜像。

与《三国演义》的"桃园三结义"和《水浒传》梁山一百单八将的大结义相似,《金瓶梅》崇祯本的开篇将词话本的"景阳冈武松打虎"改为"西门庆热结十兄弟",仿佛要步武《水浒传》,再为我们描述一出可歌可泣的英雄大结义的故事,但应伯爵和谢希大等人对西门庆仅仅是依附和帮闲,力图从他

---

① 王建科:《论〈金瓶梅〉中西门家族的社交圈及其叙事张力》,《明清小说研究》2002年第4期。

身上获得最大的利益,而并没有什么共同的理想和困难时的患难与共,"在这个意义上,绣像本《金瓶梅》开宗明义对西门庆热结十兄弟的强调,等于是在已经建立起来的古典白话长篇小说的传统中,对《三国演义》、《水浒传》这种几乎完全建立在男性之间相互关系上的历史与英雄传奇做出的有力反讽,也是对作为基本儒家概念的'五伦'进行的更为全面的颠覆。"①

作为一部杰出的现实主义的小说,《金瓶梅》中"性"描写的密集程度到了令人惊讶的地步,其中多处对性爱场景的赤裸裸的细节展示更是令人瞠目结舌,这一点与《水浒传》形成了鲜明的对比。《水浒传》中也有一些对性爱场景的简约描写,但这都发生在反面人物的身上,似乎是为了衬托他们的可笑和可耻,那些描摹性爱场景的诗赋更是充满了讽刺意味。而《金瓶梅》则根本改变了这种情况,性爱场景的描摹成为一件极其平常的事。据张竹坡统计,"西门庆淫过妇女"计有:李娇儿、卓丢儿、孟玉楼、潘金莲、李瓶儿、孙雪娥、春梅、迎春、绣春、兰香、宋惠莲、来爵媳妇惠元、王六儿、贲四嫂、如意儿、林太太、李桂姐、吴银儿、郑月儿。西门庆对女性不辨妍媸的占有成为体现他男性权利的一种象征,他在一妻五妾之间的周旋构成了《金瓶梅》故事的主体。郑振铎曾感慨道:"如果除净了一切的秽亵的章节,它仍不失为一部第一流的小说,其伟大似更过于《水浒》,《西游》、《三国》更不足和它相提并论。"②这话虽有道理,但这些"秽亵的章节"恰恰是当时社会风气的真实写照,是《金瓶梅》作为一部杰出的写实性小说的最主要的标志。

明代中后期,随着商品经济的发展,商人的地位大大提高,金钱在社会生活中的作用越来越重要,人们的价值观和人生观较之以往都发生了重大变化,这一时期,"人情以放荡为快,世风以侈靡相高,虽逾制犯禁,不知忌也"。③ 明代后期杰出的思想家李贽从"人欲"的固有要求出发,肯定"好货"、"好色"是人的天然本性。他在给友人的书信中说:"各人各自有过活物件,以酒为乐者,以酒为生,如某是也;以色为乐者,以色为命,如某是也。至如种种,或以博弈,或以妻子,或以功业,或以文章,或以富贵,随其一件,皆可度日"。李贽的观点既是对当时社会思潮的一种前瞻性的总结,又是

---

① 田晓菲:《秋水堂论金瓶梅》,天津人民出版社 2003 年版,第 10 页。
② 郑振铎:《谈〈金瓶梅词话〉》,《文学》1933 年第 1 卷第 1 期。
③ 张瀚:《松窗梦语》,上海古籍出版社 1986 年版,第 123 页。

对一种高扬个性、放纵自我的生活方式的提倡。透过晚明文人的清雅小品文和话本小说，我们可以看到他们类似于"魏晋风度"的可爱的痴情和至性，也看到了这种对"名教"的反动而导致的形而下的腐败和淫滥。

晚明时期在"性"的放纵上多少有些"上梁不正下梁歪"的意味。鲁迅《中国小说史略》云：

> 成化时，方士李孜僧继晓已以献房中术骤贵，至嘉靖间而陶仲文以进红铅得幸于世宗，官至特进光禄大夫柱国少师少傅少保礼部尚书恭诚伯。于是颓风渐及士流，都御史盛端明节政史参议顾可学皆以进士起家，而俱借'秋石方'进大位。瞬息显荣，世欲所企羡，世间乃渐不以纵谈闺帏方药之事为耻。风气既变，并及文林。故自方士进用以来，方药盛，妖心兴，而小说亦多神魔之谈，且每叙床第之事也。①

《金瓶梅》中也提到西门庆使用的方药，而且不惜损害小说的美感，极力描摹西门庆的床第之事，正如鲁迅所说："故就文辞与意象以观《金瓶梅》，则不外描写世情，尽其情伪，又缘衰世，万事不纲，爱发苦言，每极峻急，然亦时涉隐曲，猥黩者多。后或略其他文，专注此点，因予恶谥，谓之'淫书'；而在当时，实亦时尚。"②

《金瓶梅》对性爱的描写还有一层更深刻的寓意，那就是有感于社会上兽欲的盛行和道德的沦丧，力图通过西门庆纵欲亡身的事实来对现实加以讽戒，并通过西门庆、李瓶儿、潘金莲等被欲望控制了灵魂的人物的悲惨结局，表达作者悲天悯人的道德思考。东吴弄珠客的《金瓶梅序》就认为《金瓶梅》的创作目的是"盖为世戒，非为世劝也"。他还说："余尝曰：读《金瓶梅》而生怜悯心者，菩萨也；生畏惧心者，君子也；生欢喜心者，小人也；生效法心者，乃禽兽耳"，并"奉劝世人，勿为西门之后车可也"。《金瓶梅》中多次插入的尼僧念诵经书、宣讲宝卷和道士做法事的情节，都成为作者表达劝诫目的的载体，虽然僧尼的荒淫程度与西门庆相比并弱不了多少。

虽然作者有着借描写性爱场面来劝世讽诫的目的，但他却坠入了西门庆的放荡世界而不能自拔，他借以讽诫的工具成为他醉心地驰骋才华的疆场，本来应该抨击和讽刺的场面充满了作者的欣赏和艳羡，这种"以淫止

---

① 鲁迅：《中国小说史略》，上海古籍出版社 1998 年版，第 128 页。
② 同上。

淫"却坠入宣淫深渊的细节刻画使作者隐寓在小说中的教化目的显得牵强,被赐予恶谥,谓之"淫书"就不足为冤了。

四、由英雄豪杰到俗世众生:《水浒传》到《金瓶梅》人物形象的发展变化

纵观中国古代小说史,在《金瓶梅》以前,中国小说多是描写神异之人和奇异之事。六朝志怪和唐宋传奇描写鬼神仙怪自不必说,《三国演义》和《水浒传》所描写的主要人物也皆非凡人,他们要么神勇无比,要么德行配天,总之都是深秉神性,这是它们经由书场,并长时间在民间流行,熏染了市民的审美趣味的缘故。与《金瓶梅》同时,又有《列国志传》和《杨家府演义》等历史演义和英雄传奇小说,但《金瓶梅》却把目光投向了市井社会,将描写重点转向了人情和人性。在《金瓶梅》中,大量的笔墨放在了家庭生活的刻画上,西门庆在外巴结权贵、拉拢势要、朋比帮闲、欺压百姓,在内与一妻五妾和满门仆从纠缠在一起,而所有这些人物都是有着喜怒哀乐的普通人。这既是小说描写重点的转变,也是小说审美风格的重要变化,即由重奇尚险向崇真扬情的转变。

《水浒传》以展现英雄的神勇和侠义为重点,所以它用了十回描写武松打虎、斗杀西门庆、大闹飞云浦、血溅鸳鸯楼等情节,充分显示其神勇。而《金瓶梅》却以现实生活中平凡的人为描写对象,武松只成了一个不能给人留下印象的配角,他不但丧失了神性,甚至连他的勇武之气也不存在了,他更像是一个引出故事情节的人物。正如张竹坡批语所说:"《水浒传》本意在写武松,故写金莲是宾,写武松是主。《金瓶梅》本意写金莲,故写金莲是主,写武松是宾。"《金瓶梅》有一段写到宋江时说:"看官听说,后宋江上梁山,做了寨主,因为殷天赐夺了柴皇城花园,使李逵杀了殷天赐,大闹了高唐州,此事表过不提。"这一方面是因为这段情节在《水浒传》中已有详细描写,另一方面,作者似乎是在有意回避英雄人物的出场,不愿意他们冲淡了小说的世情色彩,因为英雄人物的生活场景是传奇和传说,而不在市井和家庭。

在说书艺术中,对于人物类型的设置模式,有所谓的"四梁八柱"之说。"四梁是指一部书的书根、书领、书胆、书筋。八柱是支撑着四根书梁的配

角,起到保梁的作用。""书根就是产生这部书的政治形势和生活根源,也可以说是这部书千变万化的根据","书领是根据书根而产生的能够制约全书命脉的统帅人物","书胆就是一部书的主角。他(她)的命运变化构成了全书的故事情节,或主要的情节","书筋是一部大书中必须具有的逸趣横生、寓庄于谐的人物,以奇取胜,以趣逗人,助书胆以建功,在困危处着力,解危排纷,别有诀窍"。①《水浒传》的人物也能明显看出这种"四梁八柱"的安排。梁山上有领袖,有军师,有勇士,还有一群书法家、音乐家、兽医等具有专业技能的人士,这就使《水浒传》的人物设置具有了程式化和类型化的特点。

《水浒传》除了对男性英雄人物作程式化处理以外,书中的女性人物形象也是毫无个性可言,我们甚至可以说《水浒传》为我们描绘了一个女性缺失的世界。《水浒传》中出场的女性有九十余人,却大多面目模糊,乏善可陈。梁山泊是男性英雄的世界,大多数英雄没有妻室,不但如此,他们还深以接近女色为耻。周通、王英等好色的英雄绰号上多带"小"、"矮"和"病"等字眼,贬损之意不言自明。而宋江"是个好汉,只爱学使枪棒,于女色上不十分打紧。"他说:"但凡好汉犯了'溜骨髓'三个字的,好生惹人耻笑。"李逵也极为痛恨女性,当误以为宋江抢走了刘太公的女儿时,他痛骂道:"我当初敬你是不贪色欲的好汉,你原来是酒色之徒:杀了阎婆惜,便是小样;去东京养李师师,便是大样。"他还平白无故地殴打一个卖唱女子:"怒从心起,跳起身来,把两个指头去那额上一点,那女子大叫一声,蓦然倒地"。

在《水浒传》中,女性是无足轻重的,为了赚秦明入伙,宋江杀了他一家,还说:"不恁地时,兄长如何死心塌地。虽然没了嫂嫂夫人,宋江恰知得花知寨有一妹,甚是贤惠,宋江情愿主婚,陪备财礼,与总管为室,若何?"而"秦明见众人如此相敬相爱,方才放心归顺。"(三十四回)而更多的女性只是让英雄陷入困境的祸水,潘金莲、潘巧云和阎婆惜的淫荡与不守妇道使武松、杨雄和宋江犯下杀人罪而丧失了正常的生活。于是,《水浒传》乐衷于刻画一幕幕英雄们残杀淫妇的细节,以表达他们对淫妇的厌弃:武松杀潘金莲"把尖刀去胸前只一剜,口里衔着刀,双手去斡开胸脯,取出心肝五脏,供养在灵前。"这血淋淋的展示是英雄们铁石心肠的侠义的胜利的典型标志。

---

① 蒋敬生:《传奇大书艺术》,新疆人民出版社 1999 年版,第 55—60 页。

　　甚至——在金圣叹看来——就连她们作为祸水的作用也是出于小说描写的要求。他为《水浒传》第十九回作的总评认为："宋江、婆惜一段,此作者之纤笔也。为欲宋江有事,则不得不生出宋江杀人。为欲宋江杀人,则不得不生出宋江置买婆惜。为欲宋江置买婆惜,则不得不生出王婆化棺。故凡自王婆求施棺木以后,遥遥数纸,而直至于王公许施棺木之日,不过皆为下文宋江失事出逃之楔子。"

　　几个作为正面人物描写的梁山女性,如顾大嫂、孙二娘、一丈青,基本上都没有女性的气质,他们比男性还要凶悍和有侠义气。只需看看她们的外貌便可窥见其性格气质。孙二娘生得:"眉横杀气,眼露凶光,辘轴般蠢全腰肢,棒褪似粗莽手脚。厚铺着一层腻粉,遮掩顽皮;浓搭就两晕胭脂,直侵乱发。金钏牢笼魔女臂,红衫照映夜叉精。"(第二十七回)顾大嫂是"眉粗眼大,胖面肥腰"(第四十九回)而唯一一个身材颀长、相貌漂亮的一丈青在阵前痛骂刺伤自己丈夫的琼英的一句话——贼泼贱小淫妇儿,焉敢无礼——也充分表明她与孙二娘和顾大嫂是站在一个立场上的。

　　《金瓶梅》则打破了对人物的类型化描写,书中没有一个人物是全然的善,也没有一个是全然的恶,而这种简单的二元对立的脸谱化的方式是书场讲唱的基本格式,往往"欲显刘备之长厚而似伪,状诸葛之多智而近妖"①。《金瓶梅》中,潘金莲是个心狠手辣的荡妇,但她也有才艺,她九岁起即在王招宣府"习学弹唱",因"本性机变伶俐,不过十五,就会描鸾刺绣,品竹弹丝,又会一手琵琶"。(第一回)她毒死亲夫、吓死官哥儿,但如意说她"嘴头子厉害,倒也没什么心。"孟玉楼说她是"一个大有口没心的行货子。"官商结合为非作歹的西门庆在瓶儿病重时常常守在她身旁哭泣,瓶儿死后,他不顾秽气捧着她的脸颊亲吻,呼天抢地嚎哭,让人不禁潸然下泪,难怪夏志清评价道:"他脾气好、慷慨大方,能有真正的情感,是个讨人喜欢的人物。他诚然经常从事无耻的交易,但同时也给我们以慷慨好施的印象;他诚然是个臭名昭著的诱奸者,但作者也使我们明确看到,受他诱骗的妇女都是自愿上钩的。"②

---

　　① 鲁迅:《中国小说史略》,上海古籍出版社 1998 年版,第 87 页。
　　② 夏志清著,胡益民等译:《中国古典小说史论》,江西人民出版社 2001 年版,第 181 页。

　　另一个性格复杂的人物是吴月娘,她貌似贤德,万事不问,却深藏城府,纵纣为虐。张竹坡评道:"篇内出月娘,乃云夫主面上,百依百顺。看者止知月娘贤德,为下文能容众妾地步也,不知作者更有深意。月娘,可以向上之人,使随读书守礼之夫主,则刑于之化,月娘便自能化俗为雅,谨守闺范,防微杜渐,举案齐眉,便成全人矣。乃无如月娘止知依顺为道。而西门之使其依顺者,皆非其道,月娘终日闻夫之言,是势利市井之言,见夫之行,是奸险苟且之行,不知规谏,而乃一味依顺之,故虽有好资质,未免习俗渐染,后文引敬济入室,放来旺进门,皆莫不闻妇道,以致不能防闲也。"①实为知人之言。

　　综上所述,由于社会文化关系与创作主体的改变,从《水浒传》到《金瓶梅》体现出鲜明的文学演变,使它们呈现出迥异的风貌,成为中国古代小说中同样有着耀眼光芒的两颗明星。在这两部小说的发展演变中,有一点是保持不变甚至是有所发展的,那就是作品呈现出的儒家道德观念。《水浒传》力图使"忠"与"义"实现完美的结合,以寄托大众的理想,《金瓶梅》试图"以淫止淫"来完成对大众的道德规劝,这些都带有浓郁的儒家文学的色彩,这也正是齐鲁文学的内质所在。

第二节　王渔洋的历代山东诗人作家评论与诗学观念

　　前已言及,王渔洋是中国文学史上杰出的诗论家、诗人作家和文坛领袖,又是一位声誉卓著的权威评论家。作为从山东故乡来到京城、周游全国、领袖宇内的杰出文艺评论家,他在热诚贯注着全国的文坛的同时,对来自山东故乡和来到山东故土的诗人作家,也有令人瞩目、全面精当的研究和评论。

一、王渔洋对古代和前代山东诗人作家的评论

　　山东自春秋时代《孙子兵法》至《论语》、《孟子》,还有既是历史著作又是文学著作的《左传》、《国语》等,著作兴盛,文化创造处于全国的领先地

①　张竹坡:《批评第一奇书金瓶梅读法》第十五回回评,齐鲁书社1991年版。

位,且对以后的中国和东亚文化史、文学史起着指导的作用。这些经典名著,文采斐然,对文学创作的影响也很大。此后在宋代和清代,出现了多位国内一流的诗词、戏曲和小说大家,影响巨大。

王渔洋热爱山东故乡,极为敬重和热爱山东古代、前代诗人作家和曾寓居山东或任职山东的前贤先哲,重视他们的创作。他博览群书,注意挖掘先贤遗存的吉光片羽。

北宋名臣和著名作家、词人范仲淹少时在山东度过一段艰苦而充实的读书生活,留下了一些珍贵的遗迹。山东后学对此非常敬仰和珍重,渔洋亦然。他记载:

> 邹平长白山醴泉寺,即范文正公画粥处,四山环合,一溪带漾。溪上有范公祠。祠中多前代石刻,有嘉靖十三年崧少山人张鲲八绝句最佳。节录于左:"危阁烟霞出,峰檐麋鹿来。春泉落西涧,声绕读书台。""风昼溪杨色,烟春岩蕙香。人言背绝壑,才是上书堂。"鲲河南钧州人,诗名不甚著,而诗之工如此。①

前节言及,长白山,在山东省邹平县一带,是当地名山。范文正公画粥,指宋范仲淹少时家贫,随母寓居邹平,读书长白山醴泉寺。资粮不给,便以竹片划分一碗冻粥为数块,分顿限量而食。后以"断齑画粥"传为成语故事。上书堂,书堂名,范仲淹读书处。渔洋《长白山录》曾记载,上书堂在长白山会仙峰之南,堂西有范公泉。他记载外省来山东的后学赞颂范仲淹的诗并作评论。

辛弃疾是山东出身并成长的爱国将领和一代词人。王渔洋留意并记载辛弃疾稀有的诗作说:

> 辛稼轩词中大家,而诗不多见。《刘后村诗话》载其《送别湖南部曲》一诗云:"青衫匹马万人呼,幕府当年急急符。愧我明珠成薏苡,负君赤手缚于菟。观书到老眼如镜,论事惊人胆满躯。万里云霄送君去,不妨风雨破吾庐。"稼轩,吾济南人,故录之。其长短句,予家有旧刊本。②

辛稼轩诗,传者甚少,后村又记其一联云:"身为僧禅老,家因赴诏

---

① 《张鲲诗》,《池北偶谈》卷十一。
② 《居易录》,《带经堂诗话》卷二十一。

贫。"稼轩墓在铅山州南十五里阳原山中,见《研北杂志》。①

他对另一位宋代山东的词人李清照也充溢着崇敬和怀念之情,注意收集她的佚诗:

> 宋闺秀李清照,号易安居士,吾郡人。词家大宗,其集名"漱玉";而诗不罢见。兄西樵昔撰《然脂集》,采摭最博,止得其诗二句云:"少陵也是可怜人,更待明年试春草。"此外了不可得。陈士业《寒夜录》乃载其和张文潜《浯溪碑歌诗》二篇,未言出于何书,予撰《浯溪考》因录入之。诗云:"五十年功如电扫,华清花柳咸阳草。五坊供奉都鸡儿,酒肉堆中不知老。胡兵忽自天上来,逆胡亦是奸雄才。勤政楼前走胡马,珠翠踏尽香尘埃。何为出战辄披靡,传置荔支多马死。尧功瞬德本如天,安用区区纪文字。著功铭德真陋哉,乃令神鬼磨山崖。子仪光弼不自猜,天心悔祸人心开。夏为殷鉴当深戒,简策汗青今具在。君不见,当时张说最多机,虽生已被姚崇卖。"又:"惊人兴废传天宝,《中兴碑》上今生草。不知负国有奸雄,但说功成尊国老。谁令妃子天上来,虢秦韩国皆天才。苑中羯鼓玉方响,春风不敢生尘埃。姓名谁复知安史,健儿猛将安眠死。去天尺五抱瓮峰,峰头凿出开元字。时移势去真可哀,奸人心愧深如崖。西蜀万里尚能返,南内一闭何时开。可怜孝德如天大,反使将军称好在。呜呼奴辈,胡不能道辅国用事张后尊,祗能道春荠长安作斤卖。"右二诗未为佳作,然出妇人手亦不易,矧易安之逸篇乎,故著之。②

渔洋对这位"词家大宗"的佚诗,客观地评价"未为佳作"。

元初大画家赵孟頫曾来山东任同知济南路总管府事,留下了作品和遗迹,如赵松雪洗砚泉,《香祖笔记》卷五记载:

> 历下孙氏有别墅在济南郡城西北十里,而近其地四面皆稻塍,与鹊、华两山相望。圃中有泉,相传赵松雪洗砚泉也。一日,园丁治蔬畦,得石刻于土中,洗剔视之,乃松雪篆书二诗:"抱膝独对华不注,孤吟四面天风来。泉声振响暗林壑,山色滴翠落莓苔。散发不冠弄柔翰,举杯白月临空阶。有时扶筇步深谷,长啸袖染烟霞回。""竹林深处小亭开,

---

① 《居易录》,《带经堂诗话》卷二十一。
② 《香祖笔记·李清照佚诗》,《带经堂诗话》卷二十一。

白鹤徐行啄紫苔。羽扇不摇纱帽侧，晚凉青鸟忽飞来。"同知济南路总管府事赵孟頫题。松雪篆不多见。此石刊缺处，惜为石工以意修补，寝失古意。今其地名砚溪，在泺口之北。

泺口是泺水入济水处，后为地名，在今济南市西北。渔洋还有多首诗歌记叙欣赏其画迹或评论其名作，如《题赵承旨画羊》等。另如他记载和评论明末抗清义士刘孔和的评赵画之诗：

> 长山刘孔和节之，相国青岳先生鸿训子，诗豪迈雄放，有东坡、放翁之风。明末率义旅南渡，刘泽清忌而杀之。有《日损堂集》，一代奇才也。《题赵松雪宫女啜茗图》云："秋宫肃肃古衣裳，静女无愁黛亦苍。不点疏萤和月色，绢头已作百年凉。""崖山遗恨卷黄沙，彩笔王孙弗忆家。忍向卷中摹旧事，直须羞煞《后庭花》。"《小史燕子弹琴》云："高梧修竹晓沉沉，侍子垂帘拂素琴。听尽《明光》三十段，碧池凉雨一时深。"

此则中，义旅，指明末，清兵入关，占领了北京后，抗清复国的军队。刘泽清，明曹县人，官至左都督，明末镇淮北，封东平侯。后降清。《宫女啜茗图》赵孟頫作，赵原为宋宗室，间或作画以寄托故国之思。刘孔和《题赵松雪宫女啜茗图》，描述画境画意，是两首绝句诗。第一首，写一个古装宫女月夜吃茶，第二首，述松雪作画，怀有亡国之恨。而崖山遗恨，指宋末陆秀夫负帝昺投海殉国于崖山（在今广东新会县南海中，亦称崖门山）。这是借宋亡之悲，比喻明亡之恨。以"义旅"命名抗清复明的军队为义师，更见王渔洋的爱国情怀。

他还注意搜寻寺庙中古代孑遗的前人诗句，如元代妇女遗存的诗歌：

> 济南长清县灵岩山寺，有元至治元年，忽都虎郡王太夫人八达氏诗云："岩前松桧年年绿，殿上君王岁岁春。"①

到了明代，山东诗歌创作兴盛，还形成了自己的流派。如历下诗派，渔洋记载：

> 历下诗派，始盛于弘、正四杰之边尚书华泉，再盛于嘉、隆七子之李观察沧溟，二公后皆式微。施愚山督学时，为沧溟立墓碑，梦其衣冠来谢。予刻《华泉集》及其仲子习遗诗，又访其后裔，则墓祠久废，七世孙

---

① 《居易录》，《带经堂诗话》卷二十一。

某,已为人家佃种矣。乃公言于当道,予以奉祠生。"儿童不识字,耕稼魏公庄",古今同慨也!①

历下,是山东古地名。春秋时齐邑,城南对历山,故址在今山东省济南市一带,因称济南为历下。弘、正四杰,据《明史·何景明传》,明代弘治、正德年间,李梦阳、何景明、边贡、徐祯卿,并以诗文著名,时称四杰。嘉、隆七子,即嘉靖、隆庆年间,李攀龙、王世贞、谢榛、宗臣、梁有誉、徐中行、吴国伦七人,扬名文圃,时称"七子"。因前尚有李梦阳等七子,亦称"后七子"。最后的"儿童"二句,见陆游《老学庵笔记》,谓张芸叟过魏文贞旧庄,赋诗云:"儿童不识字,耕稼郑公庄。"(按"郑",或亦作"魏"。)

所记边尚书华泉即边贡,撰有诗文集《华泉集》。李观察沧溟,即李攀龙,字于鳞,号沧溟,历城人,嘉靖进士,官至河南按察使,倡导文学复古运动,与王世贞同为后七子主将,著有《沧溟集》。

对济南附近各地的诗人群体,《渔洋诗话》卷中记载了章丘诗人、安丘诗人和长山诗人:

> 袭勖,字克懋,章丘人,少贫,为人牧豕,三十始补诸生。时县人李太常开先、袁西楼崇冕,方尚金、元词曲。勖独与历下李于鳞、殷正甫辈以诗、古文相倡和。终开平卫教授。华鳌,字空尘,亦章丘人,祖珩,御史。鳌工诗善画,有句云:"秋老留红叶,风轻转白苹"、"爱此疏林月,兼之一磬清"、"雨霁闻啼鸟,风停数落花",与李沧溟、杨梦山相倡和。姓名亦见《杨升庵集》。

章丘,旧县名,今山东省明水县,明、清时属济南府。李太常,即李开先,号中麓,字伯华,明山东章丘人,嘉靖进士,官任太常寺少卿。工诗文,并善作戏曲。所作散曲,有《傍妆台百首》,传奇有《宝剑记》和院本《园林午梦》。诗文有《闲居集》等。李于鳞,即李攀龙。殷正甫,殷士儋,字正甫,历城人,嘉靖进士。学者称棠川先生。著有《金舆山房稿》。《升庵集》则为明代杨慎著,张士佩编,有诗、赋及杂文等,共八十一卷。

> 安丘马长春三如,顺治丙戌举人,与从弟进士澄源思齐名。三如有句云:"山田高于屋,牛在屋上耕。"可谓善写难状之景,造语不减马第伯《封禅仪记》。源思咏《白丁香》云:"坐觉人颜澹,开怜春日长。"

---

① 《渔洋诗话》卷上。

亦工。

安丘,县名,今山东省安丘县。此用梅舜尧名句评论写景佳句。

渔洋非常留意地方文献记载的前代文人的诗歌。如康熙四十四年(1705 年)五月,他途经平原县,观《永平府志》,得明代本邑名士徐准诗《卢龙塞》一首,他高兴地记录:

> 余邑先辈文献无征,每以为恨,故于群书中遇邑人逸事遗文,辄掌录之。乙酉再至安德(今山东平原县),观《永平府志》(永平府,在今河北卢龙县),得邑方伯徐公准诗一首《卢龙塞》云:"燕呼黑水作卢龙,塞北风沙泣断蓬。汉将已随羌笛老,秦人莫恨久从戎。"公即诗人夜字东痴之曾祖也,万历中尝为永平太守。①

他非常热心于整理前辈的遗著。康熙三十八年(1769 年),渔洋刻《华泉集》于京师。《香祖笔记》卷二云:"吾乡风雅盛于明弘、正、嘉、隆之世,前有边尚书华泉,后有李观察沧溟。《沧溟集》盛传于世,《华泉集》一刻于胡中丞可泉,再刻于魏推官允孚,又逸稿六卷,刻于方伯桃溪,又有李中麓太常选本,山西台察赵俟斋刻于太原。予所及见者前三本,而中麓选本独未之见,诸本亦渐就澌灭矣。康熙己卯,予乃选刻于京师,凡四卷。予儿启涑以予私淑先生之切也,移书宗侄苹,访其后裔。久之,苹乃详其家世,报涑曰:'先生二子,长子翼,以荫官光禄寺丞,其后无闻;次子习,历城诸生,字仲学,号南洲,有诗名。习子治礼,治礼子节,节子庶,皆以诸生奉祀事。庶子材,材子绍祖。自先生至绍祖凡七世,其家尚有先生画像云。'先生祀郡邑乡贤,其奉祀至材始失之。材今年老,为人佃田,绍祖始十余岁,亦失学佣工。辛巳假归,涑乃为予述之,而济南诸生某某以书导材,携绍祖及先生画像谒予里第。比予过郡,因与巡抚王中丞东侯、提学徐佥事章仲备言先生名德,而后裔仅有存者,遂以绍祖奉先生祀焉。(先生墓在莱庄,亦苹云。)"②又于《香祖笔记》卷十一云:"予既选刻边尚书《华泉集》及其仲子习逸诗,又访其七世裔孙绍祖,请于当事,为公奉祀。历城诸生张氵建,字澄源,边氏子佃主也。又访其集于临邑故家,得魏允孚刻本,为重镌之,书来请序,并谋新公祠宇,置祭田,可谓好事喻义者,因书之。乙酉七月廿一

---

① 《香祖笔记》卷九。
② 《香祖笔记》卷二。

日记。"

边贡,字廷实,号华泉,明文学家,山东历城人。弘治进士,官至南京户部尚书。倡为文学复古运动,与李梦阳,何景明,徐祯卿、王廷相、康海、王九思称"前七子"。其诗风格婉约,但内容贫乏。有《华泉集》。李沧溟,名攀龙,字于鳞,号沧溟,明文学家,山东历城人,倡导文学复古运动,与王士贞、谢榛、宗臣、梁有誉,徐中行、吴国伦称为"后七子",有《沧溟集》。渔洋先生恐其作品湮灭,选其精华刊刻之。

又曾拟刻印边贡的《边习诗集》:"顺治癸巳,曾假阅此集于东痴先生。康熙癸卯,予在扬州,作《论诗绝句》,中一首云:'济南文献百年稀,白云楼空宿草菲;不及尚书有边习,犹传林雨忽沾衣。'著其事也。今岁癸亥,在京师,复假此集,先生报书云:'大水之后,藏书尽付波臣,独此集以高阁幸免。'呜呼,岂非神物护持之以待后人之表暴邪?予因回思往事,自癸巳至癸卯十年,自癸卯至癸亥又二十年,忽如旦暮,而予且由少而壮,由壮而老,而东痴已称七十翁矣。不胜感叹,遂点阅一过,为录副,谋刊之,而归原本于东痴,聊跋数语以志岁月。""予癸亥跋此集,意欲刻之京师,而以刊本并原本却寄东痴,共一愉快。不谓是岁东痴殁于江西,是集因循未付梨枣,事之不可料如此。言念夙昔,为之怋然。"①

康熙四十四年(1705年)六月,他收到门人陆廷灿所寄《风雅》,决计搜集整理前代乡贤遗文。《香祖笔记》卷十三:"《梁园风雅》,明雍丘赵彦复微生、临清汪元范明生所撰,自李献吉、何仲默,王子衡,高子业以下凡八人,义例严洁。予常劝宋中丞牧仲合刘钦谟《中州文表》刻之吴中,以备河南文献。乙酉六月,适寄到《风雅》新刻本,乃嘉定门人陆廷灿校刊者。予笑谓座客曰:'吾为朋友谋则善矣,吾乡文献乃听其放失。可乎?'故尝欲辑海右六郡前辈作者遗集五十家,断自洪,永已来,如许襄敏彬、黄忠宣福……徐东痴夜、董樵谷樵辈,拮其菁华,都为一集。守官京师四十余载,匆匆未暇。今归田矣,而髦及之,耳目神理非复故吾,不知斯志能终焉否也。聊志此以俟他日。乙酉六月廿二日西堂书。"

此外,他曾介绍《野亭文集》及其作者刘忠的事迹:"曲阜陈见智力庵,以陈留知县人为兵部主事,贻明少傅文肃刘公《野亭文集》凡八卷。公相武

---

① 《渔洋文》卷十二《跋边习诗集二则》。

宗,以木强闻,不悦于瑾、永之党,在位仅三月,致仕归,武宗尝语于朝曰:
'刘先生真老干板也。'公既归于南郭,积土为山,引水为池,构亭其上,题曰
野亭。著《樵牧余音》一卷,《归来亭曲》一卷。此集有郭文简公朴、邹文庄
公守益二序,崔文敏公铣作传。"①

　　渔洋还推重王道《王文定公文录》并评论说:"吾乡武城王文定公道,嘉
靖中官吏部侍郎,名臣也。其《文录》议论纯正,节录数条于此。论郑、卫二
国风曰:《郑风》二十一篇,其的为淫泆之词者,《野有蔓草》、《溱洧》二篇。
可疑而难决者,《丰》一篇而已。其他《缁衣》、二《叔于田》、《清人》、《羔
裘》、《女曰鸡鸣》、《出其东门》七篇,语意明白,难以诬说。至于《将仲子》、
《遵大路》、《有女同车》、《山有扶苏》、《箨兮》、《狡童》、《褰裳》、《东门之
墠》、《风雨》、《子衿》、《扬之水》凡十一篇,序说古注,皆有事证可据。而朱
子一切翻倒,尽以淫奔目之,而蔽以'放郑声'之一语,殊不知孔子论治则放
声,述经则删诗正乐,删之即所以放也,删而放之,即所以正乐也。若曰放其
声于乐,而存其词于诗,则诗、乐为两事矣。且使诸篇果如朱子所说,乃淫沃
泆狎荡之尤者,圣人欲垂训万世,何取于此而乃录之以为经也邪? 反正诡
道,侮乱圣言,近世儒者若马端临、杨镜川、程篁墩诸人皆已辨之矣。又曰:
郑、卫多淫声,如《桑中》、《溱洧》男女戏谑之诗,盖亦多矣,孔子尽删而放
之。其所存者,发乎情,止乎礼义,而可以为法戒者也。中间三、四篇,盖皆
删放之余,习俗所传,而汉儒于经残之后,见三百之数有不足者,乃取而补
之,而不知其为世教之害也。"②又说明:"按《左传》:韩起聘郑,郑六卿饯于
郊。宣子请皆赋。子齹赋《野有蔓草》,宣子曰:'孺子善哉,吾有望矣!'子
太叔赋《褰裳》,子游赋《风雨》,子旗赋《有女同车》,子柳赋《箨兮》。宣子
曰:'二三君子,数世之主也,可以无惧矣!'夫饯大国之使,而所赋皆淫奔之
诗,辱国已甚,宣子又何以叹其为数世之主乎? 此亦一证,且知《野有蔓草》
亦必非淫诗也。"③反复辩论淫声正声之别,申张诗歌评论必须切合实际的
原则。

　　他不仅介绍和推重在朝庭任职的有地位的诗人作家,也介绍、评论隐居

① 《居易录》卷八。
② 《古夫子亭杂录》卷一《论郑风卫风》。
③ 《蚕尾续文》卷二十《跋王文定公文录》。

的文人之作,如《张仲集》及其作者:"张光启,字元明,章丘人,世居白云湖上。少为诸生,有名,为梅长公、朱未孩二公所知。崇祯庚辰年四十,遂弃诸生,辟一圃曰'省园',以种树艺花自乐。乱后,足不履城市,年八十余卒。有《张仲集》,诗若干篇,予删存百余首,往往可传。尝有句云:'尽日闲看《高士传》,一生怕读早朝诗。'即其志可知也。"①赞誉其不慕荣华甘于淡泊的志向和忠贞坚诚的民族气节。

对于明末清初战乱时期的诗人作家在清兵南下时所受的艰难困苦,渔洋也不回避,例如他记载和评论明末清初的《王若之集》云:"偶过慈仁寺市,得琅邪《王若之集》,若之字湘客,故明户部尚书基之孙也。历官参议,孤情绝照,清淡如晋人。服官留都,放情山水,买舟游武林,穷湖山之胜。三竺奄寺,罢官居金陵。乙酉避乱姑孰,干戈崎岖,独载三代古鼎彝法书名画,兼两连舳,寝食与俱。其《答人书》云:'正惟草莽之中,当坚守一之节。'遂死。所与游者,邹南皋、冯少墟、钟龙渊、张虆姑、李懋明、左萝石诸公,皆一代伟人。湘客诗清真,无启、祯气习。最工赤牍,单辞片语,逼似晋、宋间人。绝句云:'素宇流孤月,清光照雁声;似从千里外,寄与故乡明。''驴背肩似山,笠下眼如海;偶见渔樵人,行歌互相待。''恰遇青山白水,忽来细雨斜风;俗驾还多高寄,便止宿于此中。''若言造物劳人,那得伯师遮道,清凉是大药王,一拂一濯甚好。''片时眼界澄清,鼻观与之俱省,脱巾解带匡床,消受荷花百顷。''图书蓑笠载轻舲,雨雨风风去不停,疑是烟波垂钓者,居然呼吸有樵青。''三十寒香绕屋栽,果然林下美人来,狂夫自许非寥落,眷属妻孥总是梅。'联句如:风雨松堂集,灯残经不明。风烟无市色,时令属山秋。半将春事负,始有故人来。户外惟罗雀,床间复斗牛。如何横白雨,忽已失青山。雨余春尚冷,江上柳初眠。正是春潮长,还富暮雨时。登高逢九日,不速恰三人。扁舟乘晓霁,归棹作浮家。学语儿呼汲,消闲妇斗茶。休端秋露滴,草际候虫鸣。碧藻浮沉处,白莲三两枝。皆非凡语。"②赞誉王若之的诗歌成就,照实写出他在清兵南下的战乱中保护文物的艰辛和坚贞而死的民族气节。

王渔洋还评论了自己前辈亲属的诗文集,如明万历进士三伯祖王象蒙

---

① 《居易录》卷十。
② 《居易录》卷十二。

（养吾）的《王象蒙诗草》①、明姚安府知府八叔祖王象艮的《迁园诗集》②，以诗名万历间、仕南吏部考功郎中的十七从叔祖王象春的《问山亭前集、后集》③、十八叔祖王象明的《鹤隐集》和《雨萝集》④，明甲辰进士、中书舍人再从伯王与玫的《笼鹅馆集》⑤等。

王渔洋对本乡先贤的文化创造抱着真诚的敬意，热情记录和评论。由于搜集资料的困难，这方面的内容不算多，但王渔洋已经尽了他的心力。至于同时代的山东诗人作家，王渔洋接触方便，交游极广，他的记载和评论就非常丰富了。

二、王渔洋与同时代山东诗人作家的友谊及与作品的评论

王渔洋评论了众多同时代的山东诗人作家，包括有名、无名的文人的诗作，也有自己亲属、前辈的作品。

王渔洋论及他的亲人的作品，在亲切中都含公正，尤其重视他们的人品，遵循着人品与诗品、文品统一的评论原则。如他的祖父方伯公卒时年九十四（1560—1653 年），乡人私谥"康节先生"。《池北偶谈》卷五云："先祖方伯公年九十余，读书排纂不辍。虽盛夏，衣冠危坐，未尝见其科跣。常揭一联于厅事云：'绍祖宗一脉真传，克勤克俭；教子孙两行正路，惟读惟耕。'斋中一联云：'容人所不能容，忍人所不可忍。'癸巳岁作祭文有云：'不敢丧心，不求满意。能甘淡泊，能忍闲气。九十年来，于心无愧。可偕众而同游，可含笑而长逝。'盖世录云。公年虽大耄，时时夜梦侍先曾祖司徒府君。或跪受扑责，如过庭时焉。"

他评论叔兄王士祜拔贡云："山人王氏讳士祜，字叔子，一字子侧，别号东亭，前户部尚书赠少师见峰公曾孙，封国子监祭酒赐经宴讲官、户部侍郎康宇公孙，封国子监祭酒赠经宴讲官、户部侍郎匡庐公第三子，幼沉默寡言笑，读书好深湛之思，为文章刻深窈杳，不取悦时目。与弟士禛同学于兄考

功氏,尝夜雪集东堂,同和《辋川集》,山人得句云:'日落空山中,但闻发樵响。'考功惊叹。"①

王渔洋的一位族兄王抃是著名戏曲家。王渔洋高度评价他的戏曲创作说:"吾宗鹤尹兄抃,工于词曲,晚作《筹边楼传奇》,一褒一贬,字挟风霜。至于维州一案,描摹情状,可泣鬼神。尝属予序之,而未果也。今鹤尹殁数年矣,忆前事,为之怃然,聊复论之如此,将以代序,且以见传奇小技,足以正史家论断之谬诬也。"②这个评价固然有因礼貌和客套而过高的成分,但他对戏曲传奇的重视和高度评价,显出他宽阔宏远的批评眼光。

渔洋的妻兄张实居,字宾公,号萧亭。他是渔洋敬重的诗人,也是探讨诗艺的知音,两人合著《诗友诗传录》。他隐于大谷,弹琴咏歌自娱。著有《萧亭诗选》,渔洋定而序之。渔洋敬重其人品学问,相交与好。《渔洋诗话》曰:"内兄张萧亭(实居),邹平少保忠定公孙也。家有湄园,擅丘壑之趣,今荒矣。尝有诗云:'桃花乍放柳初生,叶底春禽送好声。人在西园山翠里,斜风细雨度清明。'予刻其诗四卷。"又曰:"萧亭古、今诗盈千首,乐府、古选,尤有神解。予为择其最者五百余篇(一本作三百),别为选集。后世颂其诗者,庶以知其人焉。"

王渔洋对同时代的著名诗人徐夜、宋琬、施闰章、赵执信等,还有小说家丁耀亢和戏曲家孔尚任等人多有评论。

丁耀亢,字西生,号野鹤,一号紫阳道人,又号木鸡道人。山东诸城人。明末诸生,入清后官容城教谕。从事小说及戏曲创作,亦能诗。著有《续金瓶梅》、《丁野鹤诗词稿》及传奇《赤松游》、《表忠记》等。《池北偶谈》卷十二《丁野鹤诗》云:徐夜少时曾读其七律云:"陶令儿郎诸葛妻,妻能炊黍子烝黎;一家命薄皆耽隐,十载形劳合静栖。野径看云双屐蜡,石田耕雨半犁泥;谁须更洗临流耳,戛戛幽禽尽日啼。""野鹤晚游京师,与王文安铎诸公倡和,其诗亢厉,无比风致矣。"又评论他的诗集《天史诗》:"诸城丁耀亢野鹤与丘石常海石友善,而皆负气不相下。一日饮铁沟园中,(东坡集有《铁沟行》,即其地。)论文不合,丘拔壁上剑拟丁,将甘心焉,丁急上马逸去。丁著《天史诗》,多奇句,如《老将》云:'低头怜战马,落日大江东。'《老马》云:

① 《蚕尾集》。
② 《香祖笔记》卷十二。

'西风双掠耳,落日一回头。'此例皆警策。丘晚为夏津训导,《过梁山泊》诗云:'施罗一传堪千古,卓老标题更可悲。今日梁山但尔尔,天荒地老渐无奇。'丁迁惠安令,丘迁高要令,皆不赴。"①不仅记载和评论其诗歌佳作,还记载两位老友评诗论文的顶真执着,以至于"用武器的批判作为批判的武器"的有趣轶事,令人动容而又忍俊不禁。

王渔洋评论过的众多诗人中,他对徐夜、宋琬和施闰章的评价最高。

徐夜(1614—1686 年),初名元善,字长公,后更字嵇庵,号东痴。山东新城(今桓台)人。诸生。工诗。有《东痴诗集》,渔洋为之定稿并作序。

早在顺治七年(1650 年),渔洋即与著名诗人徐夜定交。《渔洋山人自撰年谱》云:"东痴为季木先生外孙,顺治癸巳年山人始与定交。"《居易录》云:"未几,中辛卯乡试,始与邑隐君徐夜(东痴)定交"《分甘余话》云:"徐东痴隐居系水,高尚其志,李容庵(念慈)为新城令最敬礼之,与相倡和。"《渔洋诗话》云:"徐夜,字东痴,叔祖季木考功(象春)外孙,与予兄弟为从兄弟,诗学陶、韦。巉刻处似孟东野。予目之为'涧松露鹤'。西樵少有赠诗云:'美人自牧能贻我,名士如蝇总附君。'予时尚羁丱,亦有句云:'湘东品第留金管,江左风流续《玉台》。'徐答:'野雁想潜窥,摹绘得其真。'"。

康熙十三年(1674 年)徐夜因追慕三国时魏末著名文学家、思想家嵇叔夜之为人,更名夜,字嵇庵。清新城进士郝毓春《徐隐君诗集序》:"先生为明季诸生,乃心明室始终不变。其改名夜也,乃思明之意,别号东痴,亦向明之意,向明思明而不能复明,故曰'痴'。一痴字最有味。余曾于大庭广众之中,与诸友之有深识者研论及此,皆以为然。"王渔洋对徐夜改名乃因思明复明,了然于胸,对他的改名极赞赏,并在《渔洋文略》中郑重记载:"徐夜先生初名元善,字长公,慕嵇叔夜之为人,更名夜,字嵇庵,又字东痴,世为济南新城人。先生束发工为诗,五言似陶渊明,巉刻处更似孟郊。中岁以往,屏居田庐,邈与世绝。写林水之趣,道田家之致,率皆世外语,储玉已下不及也。予在京师数寄书索其稿,先生逊谢而已,乃就箧中所藏断简编缀之,得百余首,刻梓以传。"②渔洋在母葬一周年后,作的第一首诗,便是为《徐五兄自号嵇庵》诗。他与徐夜终生保持着真诚的友谊,并记录了他们友谊的足

---

① 《古夫子亭杂录》卷五《丁耀亢丘石常》。
② 《带经堂诗话》卷五。

迹。《渔洋山人自撰年谱》记载熙十三年（1674 年），渔洋 41 岁时："处士徐东痴（夜）游宛、邓归，闭门却扫。山人居庐日，尝与往还。小祥后，多赠答诗。"康熙十八年（1679 年）中秋节，徐夜至渔洋里第作客，并作《月华》诗。《居易录》："康熙己未、庚申间，先司徒府君以中秋夜召客，客散，留徐隐君东痴（夜）宿，而府君独座月中。徘徊未寝，漏下三鼓，急见月华如前所云，五彩金光，灼烁射人，不可名状，急呼隐君起，重命觞酌达旦。明日，隐君赋《月华篇》纪事，载《新志》中。"

王渔洋在康熙诗坛上，对宋琬和施闰章的评价最高。他说："康熙以来诗人，无出南施北宋之右，宣城施闰章愚山、莱阳宋琬荔裳也。昔人论《古诗十九首》，以为惊心动魄，一字千金，施五言云：'秋风一夕起，庭树叶皆飞。孤宦百忧集，故人千里归。岳云寒不散，江雁去还稀。迟暮兼离别，愁君雪满衣。'此虽近体，岂愧《十九首》耶！己未在京师，登堂再拜求予定其全集。宋浙江后诗颇拟放翁，五古歌行时闯杜韩之奥。康熙壬子春在京师，求予定其诗寿笔为三十卷。其秋与予先后入蜀，予归之明年，宋以臬使入觐，蜀乱，妻孥皆寄成都，宋郁郁殁于京邸，此集不知流落何地矣。"①又说："余论当代诗人，目曰南施北宋，施谓愚山，宋谓荔裳，二君集皆经余删定。又尝取愚山五言近体诗，为《主客图》一卷。今施集尚存其家，未能版行；宋集经蜀乱失其本矣。"②

又记叙自己和宋、施两人在京的过往最持久、亲密："康熙辛亥，宋荔裳（琬）、施愚山（闰章）皆集京师，与余兄弟倡和最久。明年壬子，荔裳补官蜀臬，余典蜀试，先后出都门；既而余以十月下峡，荔裳以明年春上峡，遂不相见。是岁荔裳入觐，殁于京师。后二十八年庚辰，余官刑部尚书，荔裳之子思勃来京师，以《入蜀集》相示，亟录而存之。集中古选歌行，气格深稳，余多补入《感旧集》，略其二三短章于此，《次黄州》云：'赋成《赤壁》人如梦，江到黄州夜有声。'《忆故乡海错绝句银刀》（一名八带鱼。）云：'银花烂熳委筠筐，锦带吴钩总擅场。千载鱄诸留侠骨，至今匕箸尚飞霜。'《笔管蛏》云：'雕虫小技旧知名，食邑由来号管城。会与江郎书《恨赋》，莫将刀笔博公卿。'《题督邮争界石》云：'蜀国至今悲杜宇，楚人终是恋鸿沟。'可谓精切

---

① 《池北偶谈》，《带经堂诗话》卷九。
② 《渔洋诗话》，《带经堂诗话》卷九。

着题。"①于《池北偶谈》卷十一又云："宋以橐使入觐,蜀乱,妻孥皆寄成都。宋郁郁殁于京邸,此集不知流落何地矣。"梅耦长《知我录》云:"新城先生著述甫脱稿,辄已流布。独《感旧集》一书,编成逾廿年不以示人。因别有微指。"此乃"微指"之一也。

宋琬(1614—1674 年),字玉叔,号荔裳,又号二乡亭主人,山东莱阳人。顺治四年进士。历官户部主事,累官浙江按察使,被诬下狱。其诗辞意凄清,情调感伤。与施闰章齐名,当时有"南施北宋"之称。所著《雅安堂集》乃渔洋所定。《入蜀诗》一卷,先生辑入《感旧集》。诗风苍劲,有《陋轩诗集》,渔洋为其作序。

施闰章(1618—1688 年),字尚白,一字屺云,号愚山,又号蠖斋,矩斋,安徽宣城人。顺治六年进士,授主事,因试高等,顺治十三年曾任山东提学佥事、山东学政,取士有"冰鉴"之誉。② 康熙时举博学鸿词,官至侍读。能诗文。诗与宋琬齐名,以温柔敦厚胜。渔洋《池北偶谈》卷十一曰:"康熙以来,诗人无出南施北宋之右,宣城施闰章愚山,莱阳宋琬荔裳也。"闰章称赞渔洋诗法并与己作比较说:"子师言诗如华岩楼阁,弹指即现,又如仙人十二楼,缥缈都在天际。予即不然,譬作室者,瓴甓、瓦石须从平地筑起。"而渔洋称其诗:"有风人之旨,其章法之妙,如天衣无缝。"

愚山虽是安徽人,但曾在山东任职,且政迹斐然,所以也是山东文学史上的重要人物。更兼他不仅是《聊斋志异》中小说名篇《胭脂》中的主人公,而且还是蒲松龄的老师。蒲松龄《聊斋志异·胭脂》末段说:"愚山先生,吾师也。方见知时,余犹童子。窃见其奖进士子,拳拳如恐不尽。小有冤抑,必委屈呵护之,曾不肯作威学校,以媚权要。真宣圣之护法,不止一代宗匠衡文无屈士已也。而爱才如命,尤非后世学使虚应故事者所及。"这篇小说生动描写他平反冤狱的认真态度和出众智慧,并极赞他"贤能称最"。

渔洋与愚山的友谊,前已言及。渔洋作为著名清官能吏,对同样才华杰出、清廉有为、忠于职守的施愚山大有惺惺相惜的知音之感。康熙九年(1670 年),施闰章作诗《卖船行》:

谁言在官有余禄,倒箧购书犹未足。谁言薄宦无长物,故人赠船如

---

① 《渔洋诗话》,《带经堂诗话》卷九。
② 《济南府志》卷三十七。

大屋。载书千卷船未满,四座词人命弦管。清江白鹭伴往还,楚歌骚急吴歌缓。自拟相将汗漫游,归来萧索妻孥愁。亲朋环顾只空手,不如弃此营菟裘。近日括船军令急,战舰连樯如雨集。大船被报小船破,长年窜伏吞声泣。去官那敢说官船,泛宅终输枕石眠。欲藏无壑卖不售,且系青溪芦荻边。

渔洋读了愚山此诗后,即作长诗《题施愚山〈卖船诗〉后》,极赞愚山为官清廉,诗曰:

> 国家急廉吏,将以风百僚。如何十年来,吏道纷吴教。哀哉此下民,鞭扑分安逃?鲁山与阳城,斯人竟难招。江西饱乱离,白骨填蓬蒿。石田废不治,遗黎杂山魈。一二老寡妻,茕茕困征徭。昔者数守令,为政严风飙。峻令盛诛求,细不遗龃龉。金玉竞辇致,乐哉共宣骄。宪府前上寿,鞠跽一何劳!公堂侮下民,意气一何豪!寡妻吁向天,血泪埋荒郊。乱后几孑遗,乃以资汝曹!是时宛陵公,持节吉临交。为政贵简易。洁已先清僚。放衙苔藓净,飞鸟营其巢。赋诗弹子岭,慷慨同石壕。白鹿与青牛,斯道谁鼓橐?公独奋百世,皋比陈唐尧。廉耻存纲维,义利穷毫毛。兰芷变荆棘,孔鸾革鸱枭。汝曹即不仁,宁终肆阛阓。七载一舸归,无物充官艘。两郡万黔首,留公但号眺。读公卖船诗,中心何忉忉!填膺抒此词,庶以备风谣。他年韦丹碑,会见留江皋。翘首望宇中,烟火尚萧条。安得百施公,为时激顽浇?①

渔洋多次记载自己与愚山同游、一起做诗的愉快经历。除前引之记载外,另如康熙十八年(1679年)冬,同愚山、蔼公集王弘撰昊天寺寓舍观唐棣《水仙图》,渔洋有诗《同施愚山、陈蔼公集山史昊天寺寓观唐子华〈水仙图〉》。康熙十九年(1680年)年二月,渔洋与施闰章游宏衍庵看海棠,有《同愚山侍讲宏衍庵看海棠柬梅耦长四首》诗,《居易录》云:"康熙庚申春,予与施侍读愚山同过宏衍庵看海棠,各有四绝句。"

除施愚山外,渔洋还颇有一些诗友是王渔洋与蒲松龄共同的朋友。如前已经论及的高珩(1612—1697年),字葱佩,号念东,别号紫霞居士,淄川(今淄博市淄川区)人。明崇祯十六年进士,选庶吉士。入清,曾任国子祭酒、吏部侍郎、刑部侍郎等职。能诗文,著有《荒政考略》、《栖云阁集》(一作

---

① 《渔洋山人精华录》卷四。

《栖云诗文阁集》)。生平事迹见乾隆《淄川县志》卷五、《碑传集》四三。

　　康熙十八年冬,淄川友人高珩(念东)辞官返里,渔洋与在京同邑人和名士宴集圣安寺饯送。《池北偶谈》卷十七《松筠庵诗》曰:"康熙庚申,刑侍高公(珩)再致政,归淄川,未行,移居宣武门西松筠庵。相国益都冯公溥过之,流连竟日。高公赠诗云:'户倚双藤禅宇开,无人知是相公来。相看一笑忘市朝,风吹依然两秀才。'冯公和云:'隐几僧寮户不开,天亲无著忆从来;而今老去浑忘却,只识维摩是辩才。'予亦和云:'二老前身二大士,相逢半日画炉灰,它年古寺经行地,记取寒山拾得来。'""京师外城西南隅圣安寺,寺殿有商喜画壁。康熙庚申冬,高念东刑侍将归淄川,予与施愚山、宋牧仲诸词人饮饯于寺,共为联句五十韵。"《池北偶谈》卷十四曰:"高念东侍郎(珩),以康熙戊申奉命祭告南岳,在湖湘间有诗数百篇,予喜其绝句,录之如:'行人到武昌,已作半途喜;那识武昌南,烟水五千里。''未入衡州郭,先看衡州城;城门垂薜荔,大抵似巴陵。''绿净不可唾,此语足千古;天水澹相涵,中有数声橹。''花放不知名,稻秀犹能长。芳草隐清流,但听清流响。''两岸层层嶂,孤城画面山。横襟凭一叶,睥睨洞庭间。''几月舟行久,今朝倦眼开。千峰翔舞处,一片大江来。''南岳云中尽,东流海上忙。他年图画里,着我在潇湘。''芋火夜经声,悲喜塞岩寺。宰相世间人,何与山僧事。''磨砖竟不成,磨铜何不可;寄语马大师,努力庵前坐。'高又有送人诗云:'故园小圃又东风,杏子樱桃次第红。明日春明门外路,清明消遣马蹄中。'"①又介绍他归隐后的生活和诗歌创作的情况:"高公葱佩,别字念东,归田坐卧一小阁,不接宾客,几上唯梵夹旁行,《金刚》、《净名》数卷外,不复观他书,常和寒山子诗以见意。公为诗如麻姑掷米,粒粒皆成丹砂,然不自爱惜,缘手辄散去。"②

　　另如王渔洋和蒲松龄共同的朋友蒋虎臣,他曾介绍他的奇怪经历和诗作说:"蒋修撰虎臣(超)顺治丁亥及第,不乐仕进,自言前身峨嵋老僧也,后竟殁于蜀。常题金陵旧院云:'锦绣歌残翠黛尘,楼台已尽曲池湮。荒园一种瓢儿菜,独占秦淮旧日春。'"③有趣的是,王渔洋和蒲松龄都将这位朋友

---

　　① 《池北偶谈》,《带经堂诗话》卷十。

　　② 《蚕尾续文》,《带经堂诗话》卷十。

　　③ 《渔洋诗话》,《带经堂诗话》卷十一。

的奇异经历作为自己的小说创作题材,有名篇问世。

第三节　儒家伦理观的另类解读:贾凫西的《历代史略鼓词》

一、贾凫西的生平及其鼓词的题材来源

鼓词是清代说唱文学中非常兴盛的样式,与弹词是江南诸省的说唱文学一样,鼓词广泛流行于北方地区,在民众的生活中产生了重大的影响。与弹词不同的是,弹词是以琵琶为伴奏乐器,而鼓词用鼓板和三弦伴奏。清代的鼓词以长篇的民间说唱鼓词为主。民间说唱的鼓词大多描写金戈铁马、英雄豪杰之事,如《呼家将》、《杨家将》、《忠义水浒传》、《反五关》等,这些作品与北方人民豪气直爽的性格相适应,更是因为以鼓为主要伴奏乐器适宜说唱这类大气豪放的内容,而不太适宜婉约的才子佳人故事。

曲阜文人贾凫西自明代末年就开始了鼓词创作,其《历代史略鼓词》是现存最早命名为鼓词的作品,虽然篇幅较短,却取得了很高的文学成就。正如陈汝衡先生所说:"古今来文人采用民间说唱艺术形式所拟作的作品,一直到今天还在唱说的,似乎要推贾凫西鼓子词及清代中叶郑板桥的道情了。它们二者艺术性都很高。"①

贾凫西,名应宠,字思退,一字晋蕃,号凫西,别号木皮散客,山东曲阜人,生于明万历十七年(1589 年),卒于清康熙十四年(1675 年)。崇祯末年,考中贡生,并于崇祯十一年(1638 年)出任河北固安县令,后任户部主事。明亡之后,他曾于顺治八年(1651 年)补官刑部郎中,旋即辞官归乡。②

贾凫西天性豪放,"瑰畸多计"。③ 最明显的例子就是清顺治时,"有县尉数挟之,遂翻然起,仍补旧职"。但他却"假王事过里门,执县尉扑于阶下

---

① 陈汝衡:《贾凫西的木皮鼓词》,《陈汝衡曲艺文选》,中国曲艺出版社 1985 年版,第227 页。

② 参见徐复岭:《醒世姻缘传作者和语言考论·贾凫西生平事迹考略》,齐鲁书社 1993 年版,第 358—379 页。

③ 乾隆甲午新修《曲阜县志·贾凫西小传》,圣化堂藏板,转引自关德栋、周中明《贾凫西木皮词校注》,齐鲁书社 1982 年版,第 169 页。

以为快",对恶吏的相逼进行了针锋相对的报复。不久,他又称病请辞,"不得请,乃密告主者,曰:'何弗劾我?'主者曰:'汝无罪'。曰:'吾说稗词,废政务,此一事可以释西伯,何患无辞也?'果以是免。"其人之豪放可见一斑。

贾凫西为人不慕功名富贵而专一旷达放浪,他"与丁野鹤善,作天谈稗词,往往于坐间拍鼓歌之"。① 他借说鼓词,谈古论今,寄托他对亡国的满腔愤慨。他"说于诸生塾中,说于宰官堂上,说于郎曹之署,说于市井之肆。木皮随身,逢场作戏。"②他正直豁达,痛恨那些道貌岸然、违心欺世者,即孔子所谓"乡愿"者,"木皮之嬉笑怒骂,悉奉此辈。行年八十,笑骂不倦。夫笑骂人者,人恒笑骂之,遂不容于乡里。自曲阜移家滋阳,闭门著书数十卷……。"(孔尚任《木皮散客传》)最终逝于滋阳。

贾凫西的鼓词又称木皮词,盖他别号木皮散客,而"木皮者,鼓板也;嬉笑怒骂之具也。"(孔尚任《木皮散客传》)可见木皮词即鼓词的别称,"木皮散客鼓词"或"木皮词"是贾凫西所创作的鼓词的总称,现存的有《历代史略鼓词》、《太师挚适齐全章》、《孟子·齐人章》和《齐景公待孔子五章》等。有多个版本的"木皮散客鼓词"将《太师挚适齐全章》插入到《历代史略鼓词》的"开场"之后,其实这是不同的两篇,前者写历代兴亡变幻,后者则敷衍《论语·微子篇》"太师挚适齐"一节成篇。在这几篇"木皮词"中,以《历代史略鼓词》的成就为大。本文所论的"木皮词"即指《历代史略鼓词》。

贾凫西用说唱的形式来批点历史,褒贬人物,远可以追溯到宋代的讲史,近则取法于元明的词话。在贾凫西之前,明代的杨慎已作有《历代史略十段锦词话》。杨慎之作分为十段,第一段总说,第二段说三代,第三段说秦汉,第四段说三分两晋,第五段说南北史,第六段说五胡乱华,第七段说隋唐二代,第八段说五代史,第九段说宋辽金夏,第十段说元史。"全编所述,累万余言。上自鸿庞,下迄元季,其间皇帝王伯忠孝贤圣之驱驰,乱臣贼子之纵横,戎寇盗贼之生灭,皆先之以声歌,断之以叙说,杂以俚语、街谈,囊括参差,自然成韵。似正似谐,似俗似雅。俾樵夫牧竖,亦得取是词而高唱之,

---

① 《国朝山左诗钞》卷四,转引自关德栋、周中明《贾凫西木皮词校注》,齐鲁书社 1982 年版,第 169 页。

② 孔尚任:《木皮散客传》,关德栋、周中明《贾凫西木皮词校注》"附录",齐鲁书社 1982 年版。

使言者足以感,闻者易以思,可谓雅俗共赏者矣。"①

从明代起,《历代史略十段锦词话》在江南广为传抄,改称《廿一史弹词》。其后续作者纷起,梁辰鱼作有《江东廿一史弹词》,特标明"江东"二字以示与杨慎之作的区别。明末清初陈忱作《续廿一史弹词》补入明史,古木散人作有《明末弹词》,但皆亡佚。今存者有乍浦宋景濂《明史弹词》和张三异的《明纪弹词》等,但与杨慎之作有很大不同。即以乍浦宋景濂《明史弹词》而论,它虽然极力学习杨慎之作,自诩"貂续堪夸思出群",但唱词没有杨慎之作的通俗美,也缺少了杨慎那种愤慨警世的力量。结尾处"天付与我皇清万年一统,报明仇灭流贼坐享太平。溥雨露匪自我祖功宗德,统车书垂奕世海晏河清",更有阿谀之意,实在是续貂之狗尾。

更重要的是,杨慎之作是词话,而梁辰鱼和陈忱之作却是弹词。虽然《历代史略十段锦词话》用弦索伴奏,如第二段"说三代"下场诗云:"冰弦歇指谈锋钝,明日重来细评论。"第三段"说秦汉"下场诗云:"明朝整顿调弦手,再有新文接旧文"。第七段"说隋唐二代"[临江仙]开场词后的"诗曰"云:"玉轸频调谐雅韵,冰弦细拨奉知音",但它是鼓词的近祖——词话,"为散文的叙述,都是历史的记载。其次才为唱文三首,那唱文,全部是十字句,和鼓词及相近,而和一般的弹词不甚同。"②清中叶著名文学家,也是贾凫西曲阜同乡的桂馥干脆就将杨慎之作称为鼓词。③

继承杨慎的创作意图并在艺术上作了进一步发展的是贾凫西的木皮词。正如卢氏慎始基斋精刻本《木皮鼓词》卷尾"木皮鼓词跋"所说:

> 数千年兴衰治乱,咸寄托于鼓板歌辞,亦庄亦谐,亦俗亦雅,可歌可泣,能立能廉。写泽畔行吟之哀思,拟滇南远戍之别调。语参俚谚,义本葩经,木铎一声,俨如春秋之笔伐;金鉴千古,匪同稗史之荒唐,敢告国人,愿书万本。

"拟滇南远戍之别调"说的就是木皮词对杨慎《历代史略十段锦词话》

---

① (清)李清:《史略词话正误》,转引自《续修四库全书总目》,齐鲁书社稿本,第9册365页。

② 郑振铎:《中国俗文学史》,商务印书馆2005年版,第578页。

③ 桂馥《蒲缥题升庵杨太史遗像》诗云:"犹见东华痛哭时,竟无万里召还欺。逐臣只合投荒死,大礼何曾有定辞。伤心形影在边陲,闲教蛮姬唱鼓词。我亦戴花骑象客,披图相对泪如丝。"(王文才《杨慎学谱·升庵遗像》,上海古籍出版社1988年版,第569页。)

的学习和模仿。

二、狂狷与骂世——贾凫西"木皮词"的批判性

虽然贾凫西的木皮词直接受到杨慎《历代史略十段锦词话》的影响，但由于作者生活经历和创作出发点的不同，贾凫西的木皮词表现出了迥异于《历代史略十段锦词话》的思想倾向。

杨慎以议礼获罪而被谪云南，其积极入世的理想受到重创，心态发生了很大变化，影响到他文学创作的风格。其散曲也多有人生如梦而追求绝圣弃智的作品。郑振铎说："惟其早岁投荒，未免郁郁，'道情'一类之作，自会无意的沾上元人的恬澹的作风。"①明熹宗天启元年（1621年）吴人宋凤翔《杨用修史略词话叙》云：

> 世传用修戍滇南，常傅胡粉，支发为两角髻，行歌滇市中。余窃疑之，谓贤达何放废如是？及得董昭侯评刻用修《史略词话》，喟然叹曰：用修行吟自废，岂无意欤！夫世之删史者，不过节约其文与事，备劝戒，便观览而已。用修不然，先以之声歌，继之以序说，杂以俚语街谈，隐括参差，自然成韵；似正似谐，似俗似雅，似近似远，其意岂徒以自广已哉！盖痛今古之须史，悲死生之倏忽，而横目之民，悠悠以难悟也，故为曼声以送之，使言者足以感，闻者足以思。殆怀屈子沉湘之志，而复能自脱于庄列达生之旨，不失其正，而亦不伤其生者乎！②

《历代史略十段锦词话》自始至终弥漫的是感伤和空幻的人生如梦的情绪。如第一段"总说"，篇首［西江月］云："天上乌飞兔走，人间古往今来。沉吟屈指数英才，多少是非成败。富贵歌楼舞榭，凄凉废冢荒台。万般回首化尘埃，只有青山不改。"第二段"说三代"篇首［南乡子］云："携酒上吟亭，满目江山列画屏。赚得英雄头似雪，功名，虎啸龙吟几战争。一枕梦魂惊，落叶西风别唤声。谁弱谁强都罢手，伤情，打入渔樵话里听。"第三段"说秦汉"篇首［临江仙］云："滚滚长江东逝水，浪花淘尽英雄。是非成败转头空。

---

① 郑振铎：《插图本中国文学史》，北京出版社1999年版，第979页。

② 王文才辑校：《杨慎词曲集·历代史略词话》，四川人民出版社1984年版，第272—273页。

青山依旧在,几度夕阳红。白发渔樵江渚上,惯看秋月春风。一壶浊酒喜相逢。古今多少事,都付笑谈中。"都是这种情绪的表达。

"渔樵"是杨慎词话中反复出现的字眼,盖渔翁渔罢而大醉于舟中,樵夫樵毕而长歌于山道,这二者的悠闲恰与历史上厮杀争斗的惨烈形成了鲜明的对比。而渔樵相逢,饮唱问答,评尽千年沧桑,自然有一股苍凉的意味。

贾凫西的木皮词虽然也有类似的情绪,如"引子"中说:"试看那汉陵唐寝'麒麟冢',只落得野草闲花荒地边!到不如淡饭粗茶茅屋下,和风冷露一蒲团。科头跣足剜野菜,醉翁狂歌号'酒仙'。正是那:'日出三竿眠未起,算来名利不如闲'!从古来争名夺利落了个不干净,叫俺这老子江湖白眼看!"但这种情绪在鼓词中终究不是主要的,他对历史的感叹更多的是对历史上的种种丑恶现象的忿忿不平,他要揭露中国几千年来所谓神圣人物身上的种种丑恶,要"将盘古以来,中间如许年的故事,那皇的皇,帝的帝,王的王,霸的霸,圣的圣,贤的贤,奸的奸,佞的佞,一一替他捧出心肝,使天下后世的看官,看他个雪亮。"

对于历史上的种种不公,别人能忍的他不能忍,别人——包括杨慎——能够以道家的清静无为思想来予以轻松化解的痛苦,他却不能化解。正如其《澹圃诗草》的《静观》诗云:"君不见喜儿不肖舜儿痴,尧水汤旱民苦饥。大孝申生油铛死,烛影摇红发二枝。又不见十二道金牌杀岳飞,虽是秦贼识事机,只可惜武穆忠魂千载恨,空有衔谭定是非。贤奸因果无确据,抉杖间行月下声。"①他对善恶不由天定,人世难见报应极为愤愤不平。

诗歌只能用来自遣,而大众却对这种种黑暗却懵懂无知,于是他要以另一种方式把这种感情倾泻出来,他要嬉笑怒骂,让更多的人都看透这黑暗。正如他在"引子"中所说,他作鼓词并非是图名图利,也不是与那咬文嚼字的讲学问的先生斗口,"只因俺脚子好动,浪迹江湖,见些心中不平的事情,不免点头暗叹。又因俺身闲无事,吃碗闲饭,在那土炕绳床,随手拉过一本书,消遣这太平闲日。谁想检开书本,便生出许多古今兴亡的感慨,云烟过眼的悲凉!仔细想来,总是强梁的得手,软弱的吃亏。""从来热闹场中,不知便宜了多少鳖羔贼种;那幽囚世界,不知埋没了多少孝子忠臣!""像俺这挑今翻古的一席话,不过是逢场作戏,发些狂歌。看他们争名夺利不肯休

---

① 关德栋、周中明:《贾凫西木皮词校注》,齐鲁书社 1982 年版,第 208—209 页。

歇,一个个像神差鬼使中了魔:有几个没风作火生出事! 有几个生枝接叶添上罗唆! 有几个抖擞精神的能人心使碎! 有几个讲道学的君子脚步也不敢挪! 有几个持斋行善遭天火! 有几个凶兜兜的恶棍抢些牛骡! 总然是大老爷面前不容讲理,但仗着拳头大的是哥哥。"

普通大众自有善恶是非观,他们也都为忠臣孝子的不幸而扼腕,为贼子奸臣的得志而切齿,但他们终究不懂历史,耳边流传了几千年的善有善报、恶有恶报的故事的说服力实在太小了,统治者把历史粉饰了起来,让大众看不到历史的真相,以为几千年的封建专制真的就是温情脉脉了。有人说,忠臣虽然抱痛,孝妇虽然含冤,但天理终究昭彰、六月飞霜、三年不雨,为他们洗清了冤情。贾凫西回答道:"咳! 忠臣抱痛,已是错杀了好人;可为甚么又六月飞霜? 打伤了天下的嫩禾苗! 又说孝妇含冤,三年不雨;你想那含冤的已是没处去问天理,可为什么又三年不雨? 饿死了四海的好百姓! 究于忠臣孝妇何益之有哉?!"他不相信那些麻痹了人们的善恶报应的思想,认为"半空中的天理,原没处捉摸;就是来世的因果,也无处对照。"正如唱词中所云:"忠臣孝子是冤家,杀人放火享荣华。太仓里的老鼠吃的撑撑饱,老牛耕地倒把皮来剥。"

作为讲史的说唱文学,词话和鼓词在讲述前代政治兴亡、朝代变幻时往往不尽据正史,还要涉及一些野史小传以增加其趣味性,达到吸引听众的目的。杨慎《历代史略十段锦词话》第一段"总说"就说:"诗词只可谈风月,今古还堪警世人。博览经书寻故典,傍搜小传缀新文。讲谈尽合周公礼,褒贬咸遵孔圣文。按捺奸邪尊有道,讲扬忠孝奖贤人。"而贾凫西引用史料比杨慎更加偏激,得出的观点自然与迂腐的世俗有所不同。正如孔尚任《木皮散客传》所言:"身有穷达,木皮一致;凡与臣言忠,与子言孝,皆以稗词证,不屑引经史。经史中帝王将相,别有评驳,与儒生不同。闻者咋舌,以为怪物,终无能出一言以折之。"

郑振铎先生说木皮词"不演故事,全写作者的不平的胸怀,且不用说白,全是唱词,和一般的鼓词不同。"①说木皮词"不演故事",应该指的是不演长篇故事,即那种自始至终贯穿在鼓词当中的故事,如薛仁贵征东等。其实,贾凫西还是写了许许多多的小故事,因为是讲历代史,所以不可能以一

---

① 郑振铎:《中国俗文学史》,商务印书馆 2005 年版,第 612 页。

个故事横贯各个时代,而只能于每代选取几个妇孺皆知的有代表性的小故事,如武王伐纣、楚汉相争、奸臣曹操、忠臣方孝孺等。讲故事如果没有重点,就成了流水账,所以他在"开场致语"就说道:"古今书史,充栋汗牛,从何处说起? 天禄、石渠,千箱万卷,于那里讲开? 呵! 有了! 释闷怀,破岑寂,只向热闹处说来。"这"热闹处"就是精彩的故事。

在贾凫西的笔下,一切神圣的帝王将相所谓的神圣只不过是假象,在耀眼的光环背后,他们也懦弱、有私欲,甚至是凶残狠毒,而这才是他们享受荣华富贵的秘诀。譬如尧舜,因为禅让而千古留名,被历代奉为"仁君"和学习的榜样,尧舜时代也成为太平盛世的代名词。孔子说:"大哉尧之为君! 惟天为大,惟尧则之,荡荡乎民无能名焉! 君哉舜也! 巍巍乎有天下而不与焉!"①认为只有尧能够效法天,他圣德无边。舜使人敬服的做了君王,占有天下却不享受它,也是伟大之人。

韩非子对孔子的观点予以了反驳,他认为:"尧之王天下也,茅茨不翦,采椽不斫;粝粢之食,藜藿之羹;冬日麑裘,夏日葛衣。虽监门之服养,不亏于此矣。……以是言之,夫古之让天子者,是去监门之养而离臣虏之劳也,古传天下而不足多也。……是以人之于让也,轻辞古之天子,难去今之县令者,薄厚之实异也。"②

在尧舜那个物质条件极为贫乏的时代,作为天子享受着同众人一样的物质待遇,却要负担比众人更多的劳累艰辛,因此他们禅让,完全是为个人利益考虑的,而不是什么美德,不值得赞赏。

韩非子的分析是符合历史实际的,但这并不能影响历代统治者和文人士大夫对尧舜的崇拜和向往,因为越不可能实现的东西就越成了一种美德。即使"博览经书寻故典,傍搜小传缀新文"的杨慎《历代史略十段锦词话》也是按照正统的观点来阐释:"唐尧氏智如神存心天下,命羲和钦历象观览星辰,虞舜氏去四凶躬行孝悌,任九官封八恺四海归仁,尧让舜舜让禹相传有道,为生灵作主宰不顾其身。"

贾凫西对尧舜禅让的说法却是新颖别致,虽纯属臆测,不见诸史籍,倒也合情入理。他写道:"你说尧为什么把天下让于舜呢? 尧想:我这宝座原

---

① 杨伯峻译注:《孟子译注·滕文公章句上》,中华书局 1960 年版,第 125 页。

② 沈玉成、郭咏志选译:《韩非子选译·五蠹》,上海古籍出版社 1991 年版,第 199 页。

是我帝挚哥哥的,我把这个热腾腾的场儿,一气占了七八十年,于今发白齿落,却也快活够了！可惜我大儿子不争气,混理混帐,立不得东宫。待要于八位皇子中,拣一个聪明伶俐的传以江山,又道是:'天下爹娘向小儿',未免惹得七争八吵。况且驩兜、三苗、崇伯、共工,这些利害行货,乘机动起刀兵,弄一个落花流水,我已闭眼去了,有力没得使,岂不悔之晚矣！寻思一个善全之策:'舍得却是留得',不如把这个天下,早早拥撮给别人,作一个不出钱的经纪。……目下又得了历山的好汉,吃辛受苦,孝行服人;可巧我有娥皇、女英两个女孩儿,便招赘他为驸马。我老之后,把天下交付在他手。闺女并班嫁了皇帝,九个儿子靠着姊妹度日,且后代已不是龙子龙孙,也免受刀下之惨。这是不得把天下给了儿,便把天下给了女,总是'席上掉了炕上',差也差不多儿。所以么将天下传于舜。"

大舜和尧也差不多:"舜想:我这天下是别人送我的,原不是世传祖业"。又想起自己儿子无能,而大禹却神通广大,怕他日后为父鲧报仇。于是他想:"我于今一条舌根,已尝遍了苦辣酸甜;难道说四个眼珠还辨不出青黄白黑！常言说:'打倒不如就倒',何不把这偿来的天下照旧让给他？结识了一个英雄,他也好恩怨两忘,我也好身名无累。所以么又将天下传给了禹。"

在这里,尧和舜简直就是精打细算、工于心计的小人了,作为万世楷模的仁君尚且如此,其他帝王就可想而知了。于是作者接下来的文字锋芒更利,极尽嘲讽和嬉笑怒骂之能事。他骂东晋:"巧机关小吏通奸牛继马,大翻案白板登舟化龙。暗绝了他的子孙全不觉,倒不如明当个忘八还会诈硬。这才是比鳖不如低了四低,到如今掀开书本还嫌他腥！此后来糊里糊涂捱了几日,被一个扫槽子的刘裕饼卷了葱。"骂唐太宗:"教他爹乱了宫人制作着反,只这开手一着便不佳！玄武门杀了建成和元吉,全不念一母同胞兄弟叁！贪恋着巢刺王的妃子容颜好,难为他兄弟的炕头他怎么去趴？纵然有十大功劳遮羞脸,这件事比鳖不如还低一厥。"可谓洋洋洒洒,痛快淋漓。

三、《历代史略鼓词》的文学性及其对说唱文学的贡献

1."木皮词"的通俗美和讽刺效果

杨慎《历代史略十段锦词话》散说部分据正史较多,语言不够通俗,而贾凫西木皮词因为"凡与臣言忠,与子言孝,皆以稗词证,不屑引经史",所

以在说唱时所用的语言肯定是通俗畅达的,虽然他是标准的文人,却不用文人语言,而代之以轻松活泼的口语,让普通民众也极易听懂。例如,杨慎《历代史略十段锦词话》"第一段总说"云:"……按《史记》:盘古之后,有天地人三皇。《春秋元命苞》曰:开辟以来,至春秋鲁哀公十四年获麟之岁,凡二百二十六万七千年,分为十纪。《索隐》曰:凡三百二十七万六千年,分为十纪。"用的还是学者的口气,而不太符合说唱文学本身的特性。贾凫西极力淡化这种史官式的叙述,只说:

> 盖自盘古开天,三皇治世,日久年深,原没有文字记篡,尽都是沿袭口传,附会荒唐,难作话柄。说的是此后出头的人物,各各要制伏天下:不知经了多少险阻!除了多少祸害!干了多少杀人放火没要紧的营生!费了多少心机!教导坏了多少后人!(《正传》)

他还说:"你看起初时茹毛饮血心已狠,燧人氏泼酱添盐又加上熬煎。有巢氏不肯在山窝里睡,榆柳遭殃滚就了椽。庖牺氏人首蛇身古而怪,鼓弄着百姓结网打净了湾。"又如"有一日十日并出晃了一晃,吓得那狐子妖孙尽胆寒;多亏了后羿九枝雕翎箭,飕飕的射去,十个红轮只剩了一个圆。"写东汉光武中兴:"幸亏了南阳刘秀起了义,感动的二十八宿下天曹,逐日家东征西讨复了汉业,譬如那冷了火的锅底二番烧。"说隋炀帝:"小杨广又是一个妖孽种,积作的扬州看花见了阎王;乱轰轰六十四处刀兵动,就像是群仙过海闹东洋。"

木皮词的语言形象通俗,耐人咀嚼,它写武王伐纣:"他爷们(指文王、武王)昼夜铺排行仁政,那纣王还闭着瞎眼在黑影里爬。多少年软刀子割头不知死,直等到太白旗悬才把口罢。"用"软刀子"来比喻慢慢的侵蚀消磨、形象生动。鲁迅先生也曾借用过这个词,他的《老调子已经唱完》一文说:"倘使我们觉得有害,我们便能警戒了,正因为并不觉得怎样有害,我们这才总是觉不出这致死的毛病来。因为这是'软刀子'。这'软刀子'的名目,也不是我发明的,明朝的一个读书人,叫作贾凫西的,鼓词里曾经说起纣王,道:'几年家软刀子割头不知死,只等太白旗悬才知道命有差。'我们的老调子,也就是一把软刀子。"[①]

　　为了使语言通俗，更符合大众的口味，贾凫西在鼓词中使用了大量口语、俗语和歇后语。如说曹操："常言道：'狗吃蒺藜病在后'，准备着你'出水方知两腿泥'"。说晋朝："这不又是那曹操篡汉，司马图曹的故事?! 从来说：'前脚不正后脚趄'，'上梁不正下梁歪'"。还说："谁知道这现成成的一篇文章，又被司马家爷们夺去! 纵让他费尽心机，只弄了个：'竹筒子壶装酒——瓶长'!"

　　木皮词嬉笑怒骂的强烈的感人效果是与它的讽刺艺术分不开的。通过讽刺，它把那些帝王神圣的面具完整地揭下来。它讽刺秦始皇："陕西的秦家得了风水，他那蚕食的心肠却也私臁! 那知道异人返国着了道，又被个姓吕的光棍'大顶包'。他只说：'化家为国，王作了帝'，而其实是以吕易嬴，李代了桃! 原来这杂种羔子没有长进，小胡亥是个忤逆贼种祸根苗。老始皇歆在灵床没眼泪，假遗诏逼杀他亲哥犯了天条。望夷宫虽然没曾得好死，论还账还不够个利钱梢!"讽刺唐代皇帝："会养汉的则天戴上了冲天帽，中宗丢丑真是个呆瓜! 唐明皇虽是除了韦后的乱，他自己那腔像也难把口夸；洗儿钱递在杨妃的手，赤条条的禄山学打哇哇。看他家世流传没志气，没尾巴的兔子是一窝把。"

　　对于曹操，讲史文学大都按儒家正统思想，将他斥为篡国奸臣而痛斥之，杨慎《历代史略十段锦词话》讲到曹操时说："董卓死曹操来迁都入许，自加官自进职逞扮奸雄。挟天子令诸侯垂涎汉鼎，弑中宫杀皇子侧目无君……好发家巧立名摸金郎将，为尊权教后代篡国奸臣，闻西有汉中王拥兵蜀郡，见金陵孙讨虏割据江东，想兼并力难徘徊顾望，觑江山不得已鼎足三分。临老向铜雀台分香卖履，假慈悲将恶担推与儿孙。"木皮词则只拿曹操的野史说事，对他的失败极其畅快："我想那老贼一生得意没弄好脸，他大破刘表就喜爹了脂。下江东诈称：'雄兵一百万'! 中军帐还是打着杆汉家的旗。赤壁鏖兵把鼻儿搁，拖着杆枪儿可赋的什么诗? 倒惹得一把火燎光了胡子茬，华容道几乎弄个脖儿齐! 从此后打去兴头没了阳气，铜雀台也没捞着乔家他二姨! 到临死卖履分香丢尽了丑，原是老婆队里的碜东西! 始终是教导他那小贼根子篡了位，他要那文王的伎俩好不蹊跷!"

　　2. 表演性和文体意识——"木皮词"对说唱文学的贡献

　　作为清代较早的鼓词，贾凫西的木皮词对说唱艺术的发展有着重要的贡献。这表现两个方面：

(1)《历代史略鼓词》已明确标明了它的表演性。杨慎《历代史略十段锦词话》已有对众讲唱的痕迹,如第一段"总说"[西江月]开篇词后的"诗曰"云:"……当场告禀知音者,忙里偷闲试一听。"每一段后有下场诗二句,多是讲史惯用的结束语,并预告明日再讲,如"明朝有意来相访,绿水青山别是春","明朝又有新条在,恼乱春风卒未收"等,但终究书卷气太浓,现场感不强。贾凫西对此作了进一步发展。如"开场致语"中的一段说白之后,有"拱介"二字,是现场说唱的标志。"引子"一开始说:"十字街前几下捶皮千古快,八仙桌上一声醒木万人惊。"标明了伴奏的乐器是鼓板。

在他的说唱过程中,经常出现"列位老东主"的称呼词,还有"话犹未了,有一位说道:'你说差了!请问:那忠臣抱痛,六月飞霜,孝妇含冤,三年不雨,难道不是天理昭彰么'?我说:'咳!……'"现场表演的痕迹很浓。

在表演的过程中,贾凫西注重调动听众的积极性,有时要听众参与到说唱中来,如"尾声"部分要唱弋阳腔《哀江南》时对听众说:"列位!若肯相帮接接声,大家同唱,便赛过'朱弦疏越,三叹遗音';若是不肯,也就算'白雪阳春',曲高和寡了"。"尾声"说:"在下讲了这半天,唇燥舌干。虽是几句野语俗谈,却也费俺锦心绣口。列位贤东竟没个高兴的喝采一声,岂不把明珠暗投?在下忍不住须要自己卖弄几句,醒醒众位困眼。这叫作貂之不足者,截狗尾而续之也。"

(2)因为贾凫西的"木皮词"是文人的独立创作,所以与前代的词话相比,它更具有自觉的文体意识,表现出一定的理论思考,对说唱艺术提出了一些富有创见性的观点。《历代史略鼓词》的"开场致语"云:

> 论天谈地,讲王说霸,第一件不要支离不经;第二件切忌迂腐少趣。须言言可作箴铭,事事堪为龟鉴。教那刚胆的人,听说那忠臣孝子,也动一番恻隐;那婆心的人,听说那贼徒奸党,也发一阵瞋怒。如说到那荆轲报仇,田横死节,要使人牢骚激烈,吐气为虹。……

贾凫西主张说唱文学要不发妄谈,言之有据,而又不能照本宣科,要"有趣",化史实的腐朽为神奇,能够吸引听众。鼓词的作者还要肩负起史家的责任,能够使自己所讲的故事具有教育意义,不但提供给听众历史知识,还要让他们以史为鉴。而要做到这些,鼓词作者就必须提高创作水平,努力去打动听众和读者。

木皮词将受众限定在文化水平较低的村民和城市大众,主张鼓词的内容通俗易懂。《历代史略鼓词》"正传"开场唱道："权当作蝇头细字批青史，撇过了之乎者也矣焉哉；但凭着一块破鼓两页板，不叫他唱遍生旦不下台！""尾声"亦云："字眼不妨文带武，言谈偏要雅兼村。"这符合木皮词作为说唱文学所应当具有的通俗化。

贾凫西在木皮词的结构安排上也是深思熟虑，精心安排。《历代史略鼓词》的"尾声"部分唱完《哀江南》曲后，有人问他，既然要说书讲史，为什么"敲起鼓板，又唱个《哀江南》"，他回答道："列为贤东！在下就是个火头帮军，也要打个诨谈，就是蛮子班里丑脚，也要说几句官话。大凡小说家开端的楔子，要说的松松洒洒，埋伏十面；中间的正文，要说的淋淋漓漓，尽情极致；煞局的尾声，要说的飘飘扬扬，有余不尽。"

四、《历代史略鼓词》的意义和影响

1. 贾凫西"木皮词"对《桃花扇》的影响

贾凫西的"木皮词"应该为我们所牢记，还在于它影响了清代一部伟大的戏剧——《桃花扇》。王季思先生在概括《桃花扇》的写作背景时曾说："……他少年时读书曲阜县北石门山中，已博采遗闻，准备写一本反映南明一代兴亡的戏曲，这可说是他写作《桃花扇》传奇的思想酝酿时期。值得注意的是明末爱国诗人贾凫西在他少年时期的思想的影响，成为他采取通俗文艺形式来反映南明兴亡的鼓舞力量。"①指出了贾凫西其人其文对孔尚任《桃花扇》的影响。

贾凫西（1589—1675 年）与孔尚任（1648—1718 年）年龄相差近六十岁，相处的时间的也不长，孔尚任却深受贾凫西的影响，这主要是因为二人都是曲阜同乡，而且贾凫西与孔尚任之父孔贞璠是好友。

《阙里文献考》卷九三本传云："贞璠字用璞。先圣六十三代孙。父闻纳，见祖宏颉传。贞璠崇祯六年举人。以养亲不仕。博学多才，崇尚气节，尝慕朱家、郭解之为人。当明季，兵荒荐至。解纷御侮，一邑赖之。"②贾凫西《澹圃诗草》中有《再游孔琢如长松亭》诗。诗云："载酒长松下，松花散晓

---

① 王季思、苏寰中、杨德平合注：《桃花扇》，人民文学出版社 1991 年版，第 23—24 页。
② 转引自关德栋、周中明：《贾凫西木皮词校注》，齐鲁书社 1982 年版，第 222 页。

风,还如前日会,更与故人同。沂水流墙外,绎山入座中,幽怀殊不倦,黄鸟哢深丛。"可见二人过从甚密,友谊笃切。

另据孔尚任《木皮散客传》,贾凫西对少年孔尚任非常友善,这并不仅仅因为孔尚任是他故人之子,更是因为嘉许其才:

> 予髫年,偶造其庐,让予宾座,享以鱼肉,曰:"吾自奉廉,不惜鱼肉啖汝者,为汝慧异凡儿,吾老矣,或有须汝处,非念汝故人子也!"因指墙角一除粪者曰:"此亦故人子也,彼奴才,吾直奴之矣"。又曰:"汝家客厅后,绿竹可爱,所挂红嘴鹦鹉无恙否?吾梦寐忆之,汝父好请我,我不忆也。"

贾凫西这几句话虽然说的没有人情味,却符合贾凫西的性格,可以想象,这种虽然冷酷却饱含鼓励的话语会对尚是儿童的孔尚任产生多么巨大的影响!

同治七年(1868年),旷视山房竹石主人丁守存于"统九骚人再序"后有按语曰:"此本向有传抄,脍炙人口,而大同小异,外有太师挚适齐平话一篇,已借入《桃花扇》中。盖木皮先生以前代逸民,愤结于中,隐姓埋名,一鼓一板,遨游城市衢巷间,信口成文。与屈子《离骚》、腐迁《史记》同一抑郁而发为不平之鸣,使闻者欷歔悲感,有心者各录其稿,故详略不同。"①

孔尚任《桃花扇小引》云:"场上歌舞,局外指点,知三百年之基业,隳于何人?败于何事?消于何年?歇于何地?不独令观者感慨涕零,亦可惩创人心,为末世之一救矣"。可以说他与贾凫西所表达的主题是相似的,都是要表现历史的兴亡之感,只不过不是通过淋漓尽致的说唱鼓词,而是"借离合之情,写兴亡之感"。《桃花扇》表现的是天翻地覆的明清鼎革的大变动,这是一个极易让士大夫们产生历史沧桑感的时代。但孔尚任所体验到的历史感与那些明遗民不同,他出生之时清王朝已定都北京,政权已基本稳固,他没有目睹弘光政权的覆灭,他的历史记忆主要是从杜濬、冒襄等前朝遗老那里得来的,而他选取戏曲这种文学体裁,在唱词中长歌当哭,痛快淋漓地表现风云变幻历史兴亡的伤感情绪,在很大程度上得之于贾凫西木皮词。

孔尚任曾听过贾凫西说唱鼓词,这在他所作的《木皮散客传》中有所记载。孔尚任说:"临别,讲《论语》数则,皆翻案语。""……居恒取《论语》为

---

① 关德栋、周中明:《贾凫西木皮词校注》,齐鲁书社1982年版,第176页。

稗词,端坐坊市,击鼓板说之。其大旨谓古今圣贤莫言非利,莫行非势,莫言利行势而违心欺世者,乡愿也。"大概是贾凫西的鼓词给他留下了深刻的印象,因此,孔尚任有意识地加以学习,并将许多木皮词的内容注入了《桃花扇》。

在《桃花扇》中,孔尚任极力彰显说书人柳敬亭任侠豪气的事迹,不再像黄宗羲的《柳敬亭传》那样认为"其人琐琐不足道"。第一出《听稗》,侯方域等人去拜访柳敬亭,央他说一回书,柳说:"既蒙光降,老汉也不敢推辞;只怕演义盲词,难入尊耳。没奈何,且把相公们读的《论语》说一章罢!"于是他说唱相将,唱了五首鼓词,所唱即为贾凫西的《太师挚适齐全章》。说唱罢了,借陈贞慧之口说:"妙极,妙极! 如今应制讲义,哪能如此痛快,真绝技也!"对这段鼓词由衷赞叹。

《桃花扇》第十出《修札》一开场:

> (丑扮柳敬亭上)老子江湖漫自夸,收今贩古是生涯。年来怕作朱门客,闲坐街坊吃冷茶。(笑介)在下柳敬亭,自幼无藉,流落江湖,虽则为谈词之辈,却不是饮食之人。(拱介)列位看我像个甚的,好像一位阎罗王,掌着这本大帐簿,点了没数的鬼魂名姓;又像一尊弥勒佛,腆着这副大肚皮,装了无限的世态炎凉。鼓板轻敲,便有风雷雨露;舌唇才动,也成月旦春秋。这些含冤的孝子忠臣,少不得还他个扬眉吐气;那班得意的奸雄邪党,免不了加他些人祸天诛;此乃补救之微权,亦是褒讥之妙用。

手执鼓板,评点数千年江山人物,还孝子忠臣以扬眉吐气,给奸雄邪党以人祸天诛,这不就是贾凫西的形象吗?

《历代史略鼓词》的"尾声"有一套弋阳腔曲《哀江南》,"说的是明末流贼的猖狂,福王一载,弘光改元,孤根难立,又把个龙盘虎踞的金陵,登时批得粉碎。正是古今兴亡,烟云过眼,好不悲凉感慨的紧!"这七首曲子借写金陵的残景,如萧条的村郭、碎残的龙碑、破旧的秦淮窗寮、行院的枯井颓巢,表达了对刚刚逝去的曾经给无数士人产生过一丝光明幻想的南明王朝的眷恋和伤叹,正如最后一支[离亭宴带歇拍煞·总吊金陵]所唱:"俺曾见金陵玉殿莺啼晓,秦淮水榭花开早,谁知道容易冰消! 眼看他起朱楼,眼看他宴宾客,眼看他楼塌了! 这青苔碧瓦堆,俺曾睡风流觉,将千百年兴亡看饱。那乌衣巷不姓王,莫愁湖鬼夜叫,凤凰台栖枭鸟。残山梦最真,旧境丢难掉。一霎时舆图换稿！唱一套《哀江南》,放悲声唱到老。"

《桃花扇》之大结局第四十出《余韵》中也照样全搬了这套曲子。所不同的是,贾凫西唱《哀江南》虽也伤感悲叹,但这只是所凭吊的历代中的一代而已,并不是他用力最多之处,正如他所说:"……然而如今唱来,却是际太平而取乐,不必替往古以耽忧。"语气很淡,彷佛与自己无关。而《桃花扇》则不同,它整本书都是凭吊南明王朝的,将这支曲子放于它大结局的一出中,就有了尾声之意。当时南明王朝已灭亡了三年,忠臣良将已阵亡于沙场,侯方域和李香君也已弃绝红尘而入道,除了老赞礼、柳敬亭和苏昆生外,剧中人物都落了片白茫茫大地真干净。苏昆生重游秦淮,发现昔日繁华的秦淮水榭已不复存在,那种物是人非的伤痛感使他唱出这套《哀江南》,自然具有浓重的感染力,而这套曲子也将全剧的悲剧气氛推上了顶点。可以说,《桃花扇》将贾凫西这套《哀江南》的悲剧意蕴和震撼力发挥到了极致,而这种强烈审美效果的取得不能不感谢贾凫西的天才创作。

2. 人心的消解与重构——对贾凫西"木皮词"的评价

讲史的说唱文学在评述历史时,依据的都是儒家的忠奸之辨和善恶标准。贾凫西木皮词也是如此,他扬忠孝,骂奸佞,其"尾声"结束语云:"床头断简残编,偶检得真忠孝,大侠烈,老奸雄,鼋鼓三声,忍不住悲歌怒骂。"他对儒家思想也是信服的,但他又与那些腐儒不同,他的目光敏锐深邃,能够发现中国几千年专制的密码,于是他嘲笑那些把商汤桑林祷雨之事信以为真的腐儒:"再说那成汤解网称仁祖,就应该风调雨顺万民安,为甚么大旱七年不下雨? 等着他桑林摆桌铺起龙坛! 更可笑翦爪当牲来祷告,不成个体统真是歪缠;那迂学包子看书只管瞎赞叹,只怕那其间的字眼有些讹传!"他嘲笑宋朝"三百年的天下倒受了二百年的气,那掉嘴头子的文章当不了厮杀! 满朝里咬文嚼字使干了口,铁桶似的乾坤把半边塌。"嘲笑铁骨名臣方孝孺:"大可笑古板正传方孝孺,金銮殿上把孝棒儿拖;血沥沥的十族拐上了朋友,是他那世里烧了棘子乖了锅。"真是"骂尽宋儒,令人通体一快。"①

贾凫西的故乡曲阜是儒学的发源地,儒学极为重视的是实践理性,主张

---

① 吴趼人在评点木皮词时于宋儒一段所作"眉批",见《吴趼人全集》第九卷,北方文艺出版社 1998 年版,第 263 页。

把自己的理想付诸实践,士人要"修、齐、治、平",所以格外有卫道的责任心,为说教而孜孜不倦。但当时运不济或困难重重时,他们在"知其不可为而为之"之后会退后一步,转向道德理性,强调对道德的固守,洁身自好,冷眼旁观。

贾凫西虽然没有在鼓词中为刚刚逝去的明王朝极尽哀痛,但从鼓词反映出的感情还是能够看出他的遗民情绪。他不像有些文人那样以遗民自居沉浸在对前朝的眷恋和追忆中,而是想起了它的种种不好,明朝的灭亡正好刺激了贾凫西对历史现实的不平情绪。面对悲愤和压抑,文人们往往要借助文字表达出来,屈原选择了诗歌,司马迁选择用散文传记,而贾凫西却选择了可以走街串巷对众讲唱的鼓词,他要把他的这种情感表露给更多的人知道。因此,贾凫西的外表是放浪形骸、狂放不羁,但作为明代的遗民,他的内心却是极端辛酸和痛苦的。"狂狷,亦圣人之徒也!"(《孔尚任《木皮散客传》)贾凫西借古人之酒杯浇自己胸中之块垒,故"其言语之痛快,文字之激烈,当亦金圣叹、吕留良之流亚也。"①

贾凫西的这种情绪在当时的知识分子阶层恐怕是很普遍的现象。与他同时期的归庄作有《万古愁》散曲,也是从盘古开天辟地讲到金陵陷落,对"古之圣贤君相,无不诋诃"。② 他先写盘古、尧、舜,再写孔、孟、老、庄,继之写秦、汉、曹操,并将六朝、唐、宋一笔带过,重点抒发的是遗民对明王朝的赞美和对明亡的感伤。③

虽然归庄评述几位圣贤时嬉笑怒骂的口气与贾凫西相像,④但散曲的

---

① 《自笑轩主人识》,转引自关德栋、周中明《贾凫西木皮词校注》,齐鲁书社1982年版,第182页。

② 钱仲联主编:《清诗纪事》(二)《明遗民卷》,江苏古籍出版社1987年版,第466页。

③ 归庄赞美明王朝道:"唯有我大明太祖高皇帝,定鼎金陵早! 收貔虎,礼贤豪,东征西讨,雾散烟消。将那个不见的山前山后,洗剔的风清月皎。将那般天险龙盘虎踞妆足作东京西镐。正是那南冲瘴海标铜柱,北碎冰崖试宝刀。更可喜十七叶圣子神孙,一叶叶垂裳问道,食旰衣宵。"他描写明亡后的惨状:"痛痛痛! 痛的是十七载圣明天子横尸在长安道。痛痛痛! 痛的是咏《关雎》颂徽音的圣母抛首在宫门没一个老宫娥私悲悼。痛痛痛! 痛的是掌上珍的小公主一剑向昭阳倒。痛痛痛! 痛的是有圣德的东宫砍做肉虾蟆。痛痛痛! 痛的是无罪过的二王竟填了长城窑。痛痛痛! 痛的是奉宝册的长信宫只身儿陷在贼营杳。"

④ 归庄说:"那老女娲断什么拄天鳌? 那有巢氏驾什么避风巢? 那不识字的老包羲画什么偶和奇? 那不知味的老神农尝什么卉和草? 更可恨那惹祸招非的老轩辕,弥天摆下鱼龙阵,匝地掀成虎豹韬,遂留下把万古杀人刀。"

结尾处又转向了遗民的遁世：

> 遇着那野衲子参几句禅机妙,遇着那老道士访几处蓬莱岛,遇着那乞丐儿唱一回《莲花落》,遇着那村农夫醉一回《田家乐》。闷来时,登高山,凌绝壁,将我那殉社稷的君王和泪也把孤魂吊,将我那没祭祀的小东宫奠一碗凉浆和麦饭也浇,将我那死忠义的先生们千叩首,万合掌,便号啕哭倒。
>
> ……便有银青作饵,金紫为纶,恢天布纲,密地张罗,呸呸呸! 我老先生摆尾摇头再不来了。①

贾凫西的木皮词却没有止于为一姓一朝守节,而是自始至终都贯穿着嬉笑怒骂,即如卧石居士《江湖鼓词引》所云:"是书,木皮骂世之书也。"他又不仅仅满足于骂世,他还要"救世",即通过他的嬉笑怒骂使大众在娱乐之余得到些什么。贾凫西在鼓词中没有指出救世的出路,没有像元曲作家们那样面对现实的无奈而徜徉江湖,入道逃禅。他只是让大众认识到从古到今从无什么神圣可言,世界不公的,从来都是弱肉强食,不要面向那些虚伪的高高在上的人物高喊万岁,而是要找到个人的尊严,因此,它不仅仅是对传统伦理秩序的消解,也是对人心的一种重构。

木皮词对世人的启发意义,即如吴趼人在评点木皮词时"眉批"所说:"自此至篇终,读之而不生厌世思想者,无人心者也;读之而徒生厌世思想者,亦无人心者也。"

同杨慎《历代史略十段锦词话》的内容平正不同②,贾凫西木皮词在统治阶层和许多文化精英看来是叛逆和悖乱的,甚至连贾凫西的乡人也不能理解他的这份苦心,"夫笑骂人者,人恒笑骂之,遂不容于乡里。"晚年的贾凫西还要背井离乡,以致客死异地,他是不幸的,但"时间虽然过去了三百年,在今天山东地区还在流传着这一唱本。"③说明贾凫西最终还是幸运的,他的名字连同他的木皮词终究是不朽的。

---

① 以上引文皆出自《归庄集》(上),上海古籍出版社 1984 年版,第 157—161 页。

② 《禁书总目》卷二《抽毁书目》附《毋庸销毁各书》云:"《二十一史弹词》:查此书系明杨慎撰,孙德成补注。取廿一史内事迹,谱作弹词,以便通俗演唱。其文颇便于初学。所载迄于元代,尚无干碍,当请毋庸销毁!"

③ 陈汝衡:《说书史话》,收入《陈汝衡曲艺文选》,中国曲艺出版社 1985 年版,第 224 页。

第十三章　文学形态与艺术精神
"史"的关照

通常看来,在历时性的"史"的纵向考察比较中,似乎更容易把握到古今某些不同阶段文学形态与艺术精神间的差异区别处,清晰其演变过程,再由感性而理性,总结出带有一定规律性的论断来。在这一基本方法、观念上我们也可以改变思路,只以某一时期的某一主流文学现象为论述本体。如明代雅文学的复古思潮,从李攀龙、谢榛诗歌理论中对盛唐经典的承传仿效主张,直到接受学习后的若干求新创变意识;换言之,即于上溯传统的前瞻、中经自我汲纳后的重建再造而及对当时与后代诗风审美旨趣的广泛影响,很典型地体现出来文学流派的历时性意义,是文学形态和其艺术精神演变状况的别样呈示。而唐传奇是文言小说漫长发展演进史上所出现的第一次高潮,作为集大成者的《聊斋志异》更后来居上,成为中国文言小说的第二次、亦即最后一次高潮,堪称极盛。这里就文学叙事学中叙事方式,即叙述者转移及叙事结构转型的角度,具体论述了在文言小说的演变进程里,《聊斋志异》从继承借鉴而创造性发展超越,最终完成了自我充分个性化的本体建构。同样如此,对齐鲁英雄叙事的历史演变的论析,能从中清晰地把握山东文学中这一重要母题之文学形态的逐步变化和现实趋向。

第一节　自复古与新创的演变看李攀龙、
谢榛诗歌理论及文学流派的意义

明嘉靖中期,以李攀龙、王世贞、谢榛为首的后七子继前七子后重新在文坛上高举复古大旗,声势赫然,为众人所瞩目。其发起人为李攀龙,在嘉靖二十三年进士及第、任刑部主事后,在李先芳、吴维岳等在京师所结诗社的招延下与到京的王世贞、谢榛定交,继引宗臣、徐中行、吴国伦入社,摈李先芳、吴维岳,结为"七子"。"诸人多少年,才高气锐,互相标榜,视当世无人,七子之名播天下。"①李攀龙"操海内文章之柄垂二十年"②,攀龙殁后,王世贞继续"独操柄二十年。才最高,地望最显,声华意气笼盖海内。一时士大夫及山人、词客、衲子、羽流,莫不奔走门下。"③将明初始到明中叶掀起的文学复古思潮推向顶峰。

在后七子中,李攀龙、谢榛都来自齐鲁大地,在后七子中一个为发起者,一个为首先提出较为系统的理论纲领者,为后七子的文学复古流派的创建都做出了贡献,因此他们的诗歌理论都具有一定的典型性,对他们的诗歌理论进行研究将有助于更好地了解明中期的文学复古思潮状况,以及他们为山东齐鲁文化所做出的贡献。整个明代中叶无论思想上还是文学上都是复古与创新相交织的时代,李攀龙、谢榛的诗歌理论作为明中叶文学复古思潮的一个重要组成部分同样也体现了复古与创新的趋势。而在复古与创新演变的过程中,不容忽视政治思想及文学因素的作用。

明朝开国之君企望重温汉唐盛世的辉煌,他们在礼仪、衣冠这些外在制度上进行了选择,而在思想路线上,要加强封建专制,就要在思想上实行中央集权统治,加强思想的统一,这就必然接受程朱理学为国家统治思想,以维护封建帝国的统治。不仅如此,朱明王朝建立后,又通过科举制度强化思想界向程朱理学靠拢,使集权政体与意识形态成为一个严丝合缝的整体。统治者一方面大兴文字狱,文人动辄得咎,强行把士人思想纳入统治思想的轨道。另一方面加强科举考试,通过八股取士制度使程朱理学迅速取得了绝对统治地位。据《明史·选举志》说,"其文略仿宋经义,然代古人语气为之,体用排偶",八股考试是从四书五经中出题,而四书则是以朱熹的注释为依据,明成祖还主持编纂了《性理大全》。由于应试文人对经义的解释必须符合规定的要求,不能任意发挥,科举应试文章逐渐形成严格的定式,即"八股文"。明初以前的经义之文不过敷衍传注,在形式上骈散兼用,无严格定式。到明代前期则逐渐讲究四韵八比,内容上、形式上都有严格的套式,代古人立言,以理学为标的,成为官学的理学。科举制度的强力渗透和规范,主宰着明代士人的精神世界,对士人的思想必然产生深刻的影响:一

---

①　张廷玉等:《明史·文苑传》,中华书局 1974 年版,第 7378 页。

②　钱谦益:《列朝诗集小传》,上海古籍出版社 1985 年版,第 428 页。

③　张廷玉等:《明史·王世贞传》,中华书局 1974 年版,第 7381 页。

是要钻研程朱理学,士人以举子业为立身之本,无暇他顾,文学的创作只能在科举中试之后或科举无望之后,在文士中有轻视诗文而热衷于治经穷理的倾向。被朱元璋称为"开国文臣之首"的宋濂(1310—1381年),认为"文之至者,文外无道,道外无文","必期无背于经,始可以言文"①,文务在明道。另一道学家方孝孺(1357—1402年)在文道关系上也倡言:"文者,道之余耳;苟得乎道,何患乎文之不肆耶?"②这些都使得明初文学的地位很低,它被看成载道的工具,文学独立性有待于士子文人的努力。二是认为道在六经等儒家经典之中,主张要学习儒家经典,提倡复古摹拟的学风。宋濂在《樗散杂言序》中说:"诗至于三百篇而止尔。……学诗者不可不取之以为法。夫出口裁之正,合物我之公,高不过激,悲不伤陋,则论诗者又可不倚之以为权度乎?"《璋诗讲翠屏集》甚至张扬"非汉非秦非周之书不读"。但它又反对"体规画圆,准方作矩"式地摹仿形迹,在《答章秀才论诗书》中云:"其上焉者,师其意,辞固不似而气象无不同;其下焉者,师其辞,辞则似矣,求精神之所寓,固未尝近也。""为诗当自名家,然后可传于不朽。若体规画圆,准方作矩,终为人之臣仆,尚乌得谓之诗哉?"主张学习古人,师其意不必师其辞,在纵论诗歌历史发展时,亦以风骚为标的,以盛唐李、杜为大家,提倡在师古前提下能自成一家,这在明初具有代表性。贝琼(1314—1378年)论诗宗盛唐李、杜,其《乾坤清气序》说:"师盛于唐,尚矣。盛唐之初,称李太白、杜少陵而止。"主张"法诸古参诸今",成为"非李、杜而李、杜者。"明初著名诗人高启在具体创作上也主张学古师古而后自成一家,所谓"必兼师众长,随事摹拟,待其时至心融,浑然自成,始可以名大方,而免夫偏执之弊矣"③。方孝孺认为学习古人不是要仿其形迹,而是要效法其心神默会之妙,无论诗文皆是如此。到高棅(1350—1423年)《唐诗品汇》他对唐诗发展进行区分,以盛唐为正宗为学习楷模,还体现了格调说的思想,是明初诗歌创作上复古崇唐思潮发展的一个突出表现,为明中叶文学复古思潮的高涨起了先导的作用。

① 宋濂:《徐教授文集序》,《宋学士全集》卷七,中华书局1985年版,第216—217页。
② 方孝孺:《答王仲缙书》,《逊志斋集》卷十,选自《四部丛刊初编》集部253,上海书店1989年版,第35页。
③ 高启:《独庵集序》,《凫藻集》卷二,选自《四部丛刊初编》集部252,上海书店1989年版,第20页。

正是在朱明王朝的高压政策和思想控制下,明初文坛呈现出忽视诗文,主张学习古人、复古的风气,而将这股潜在的复古风气向前发展的是弘治、正德年间的以李梦阳为代表的前七子。自明永乐至成化年间,文学发展步入了低潮,在文坛占主导地位的是以杨士奇、杨荣、杨溥为代表的"台阁体"。台阁体诗文在内容上大多比较贫乏,多为应制、题赠、酬应而作,主要目的为歌功颂德,粉饰太平,又"肤廓冗长,千篇一律"①,无艺术生命力而言。另一方面,由于官方对程朱理学的推崇,理学风气盛行,影响到文学领域,致使"尚理不尚辞,入宋人窠臼"②的文学理气化现象比较活跃,使得烂熟柔靡的文风充斥着整个文坛。这些引起有识之士的不满,他们反省理学是否能替代一切,文学是否有其独特性,促使文学独立意识的重新觉醒。明朝中期,政治上的混乱伴随着商业经济的发展,城市的繁荣,风俗的变化,使统治集团逐渐放松了政治思想的控制,对程朱理学进行辩难,谋求挣脱它的束缚,成为文化思想界的主要任务。王守仁在学术上对程朱理学产生了怀疑,以"心即是理"来推翻理学"存天理,灭人欲"的论调,打破了程朱理学的僵化统治,冲击了圣贤经传的神圣地位,客观上突出了人在道德实践中的主观能动性,有利于自我意识的觉醒。在文学领域,李梦阳主要就情与理,欲与理的关系对程朱理学进行了批评,起到了震耳发馈的作用,这便为明代中期新变的开始。

弘治(1488—1505 年)、正德(1506—1521 年)年间,以李梦阳、何景明为首的前七子主张"文必秦汉,诗必盛唐",在文坛上掀起了文学复古运动,希望改变低靡的文风,以此恢复封建正统文风。其成员包括王九思、边贡、康海、徐祯卿、王廷相。在前七子之前,以李东阳为首的茶陵派的崛起,虽对当时"纷芜靡曼"的台阁文学有着一定的冲击,在文学理论上有一些独到的见解,为前七子复古的先声,但由于茶陵派中不少人为馆阁文人,特定的生活环境限制了他们的文学活动,使其在创作上未能摆脱台阁习气。面对文坛萎弱卑冗的格局,李、何为首的前七子高睨一切,以复古自命,虽为明初以来文学思想发展的必然结果,但在某种意义上具有重寻文学出路的意味,希

---

① 纪昀等:《四库全书总目提要》卷一百七十集部二十三,中华书局 1983 年版,第 1484 页。

② 徐熥:《黄斗塘先生诗集序》,选自《徐熥集》,广陵书社 2005 年版,第 848 页。

望借助复古的手段而欲达到变革的目的。李梦阳、何景明倡言"文自西京，诗自中唐而下，一切吐弃，操觚谈艺之士翕然宗之。"遂使"明之诗文，于斯一变。"①复古风气影响之大，有席卷文坛之势，在一定程度上改变了明初以来的萎弱文风。后来对前七子进行批判的王慎中、唐顺之于嘉靖五年（此年王慎中进士及第）到嘉靖十五年期间，都在紧密追随李、何，慎中那时与陈束等"嘉靖八子""竞为奇古诗文"，②顺之则"素爱崆峒（李梦阳号）诗文，篇篇成诵，且一一仿效之。"③在文学理论上，李梦阳等贬斥文学主理现象，提出了重视真情的主情论调，提出"真诗乃在民间"之说。但由于在具体学古、创作上注重"守古而尺尺寸寸之"，使得摹拟剽袭之风滋长，虽何景明在李、何之争中提出过这个问题，主张"领会神情"、"不仿形迹"，后徐祯卿也兼顾才情和神韵，试图在一定程度上对前七子的一些主张进行修改、补救，努力改变其末流的蹈袭之风，但从中也暗含着否定复古的因素。随着前七子中核心人物李、何的相继逝去，以及以王慎中、唐顺之等"唐宋派"在心学和文学通俗化思潮影响下对其末流弊端进行的批判，前七子的文学复古运动逐渐偃旗息鼓。

直到嘉靖中期，以李攀龙、王世贞、谢榛等的后七子才重新在文坛上举起了复古的大旗，声势赫然，为众人所瞩目。按理前七子的复古运动既衰之后，到后七子复古运动掀起已相隔二十余年，而且中间夹杂个"唐宋派"的冲击，为什么后七子依然选择复古大旗，且其声势更为广泛、时日更加长久呢？首先，一个理论的发展有其内在的逻辑规律。一种错误的理论，当它还没有受到根本的批判，而那些非根本性的错误又还可以在它内部得到纠正时，它就会继续发展自己，逐步走向完善。何景明之"领会神情"、徐祯卿之兼顾才情与神韵，为前七子的文学复古理论开拓了发展的余地。而唐宋派、李开先在不改变复古方向的前提下对前七子的批评，又恰好促进文学复古理论沿着何景明、徐祯卿开拓的道路继续发展。另一方面，与后七子兴起时的具体文学背景有关。王世贞《徙倚轩稿序》中云："当德靖间，承北地、信阳之创而秉觚者，于近体畴不开元与杜陵是趣，而其最后稍稍厌于剽拟之

---

① 张廷玉等：《明史》卷二百八十五《文苑传序》，中华书局1974年版，第7307页。
② 李开先《后冈陈提学传》，选自《李开先全集》，文化艺术出版社2004年版，第776页。
③ 李开先《荆川唐都御史传》，选自《李开先全集》，文化艺术出版社2004年版，第788页。

习,靡而初唐,又靡而梁陈月露,其拙者又跳而理性。"王世懋《贺天目徐大夫子与转左方伯序》中也说到:"于鳞辈当嘉靖时,海内稍驰骛于晋江、昆陵之文,而诗或为台阁也者,学或为理窟也者。"从中可看出,前七子所反对的现象依然存在,后七子作为封建正统文人在他们未能走出封建正统的束缚之前,要改变台阁体、理学性气诗等现象,在前七子的弊端未完全受到根本否定,在明初以来的复古思潮的影响下,他们必定只能再打出复古旗号,从某种意义上说是前七子文学复古运动的继续。但在前七子的文学主张已产生明显流弊之后,尽管前七子所反对的现象依然存在,但是若原封不动地再搬出前七子的主张,是没有意义的,必须有所新变,才能有所突破,促进文学的发展。于是,嘉靖后期,一种更为圆通的文学复古理论在后七子手中出现了,以李攀龙、谢榛诗歌理论为代表,它们顺应大时代的复古风气,对李梦阳等前七子的理论进行了继承和创新,是复古与创新相互演变的体现。

第一,李攀龙、谢榛都主张学习古人各体之最佳者,只是在具体学古对象上有所不同。攀龙从小就受李梦阳等复古思想的影响而且对李梦阳、何景明等人不畏权贵的高节也很佩服欣赏,因此他以继承李梦阳遗志为己任,文学主张自然也与之相近。《明史·文苑传》说他"持论谓文自西京,诗自天宝而下,俱无足观,于本朝独推李梦阳"。甚至还高自夸许:"诗自天宝以下,文自西京以下,不污我素毫也。"①他的复古主张比李梦阳更为激烈,主要尊汉魏,即使对唐诗也只是肯定其近体,对唐代古体诗颇多贬斥,其《选唐诗序》云:"唐无五言古诗,而有其古诗。陈子昂以其古诗为古诗,弗取也。七言古诗唯杜子美,不失初唐气格,而纵横有之。太白纵横,往往强弩之末,间杂长语,英雄欺人耳。"可以说李攀龙复古旗帜鲜明且对学古的范围要求也更高。

谢榛是后七子中最年长的一个,后七子结社之始,为之提出了理论纲领,加上之前早有声名,自然居于首位。他也主张学习古人,但学习对象较为宽泛,对于其学习对象,《四溟诗话》中有云:"予客京师,李于鳞、王元美、徐子与、梁公实、宗子相诸君招余结社赋诗。一日,因谈初唐、盛唐十二家诗集、并李杜二家,孰可专为楷范,或云沈、宋,或云李、杜,或云王、孟。予默然

___

① 钱谦益:《列朝诗集小传》,上海古籍出版社 1985 年版,第 428 页。

久之,曰:'历观十四家所作,咸可为法,当选其诸集中之最佳者,录成一帙,熟读之'。"他认为初唐、盛唐并李杜等十四家之最佳者都可作为学习的楷模,学古对象较宽泛不像攀龙那么严格。

尽管他们在学习唐诗对象上有所不同,但由于受道家自然、浑然天成、"不假悟也"文学思想的影响,他们都继承前七子推崇汉魏古诗,而反对宋诗。谢榛认为:"诗有不立意造句,以兴为主,漫然成篇,此诗之入化也。"① 汉魏人秉天地自然之音,以情为原,"以兴为主,漫然成篇",形成"汉魏人诗,自然而然,不假悟入"的诗歌典范,而"后之学者,去妄返真,正须以悟入耳"。② 推崇盛唐诗,是因为在诗的体制格调都具备的情况下,其诗人是"尚意兴"的,最接近汉魏古诗。盛唐诗继承汉魏传统,诗作"无迹可求"、无阶可寻,但盛唐诗稍逊汉魏诗,七子派后学许学夷认为:"汉魏古诗、盛唐律诗,其妙处皆无迹可求。但汉魏无迹,本乎天成;而盛唐无迹,乃造诣而入也。或以汉魏无迹,亦造诣而入者,岂汉魏亦如唐人日锻月炼,千百成帙,而有阶级可升耶?"③在时代已发展,诗歌体已具的情况下,纯粹自然而致、浑沦而成的境界已不可达到,只能寻觅由"造诣而入"的盛唐诗为学习标的,再由此达汉魏。与盛唐诗相反,宋诗则无意兴、无趣味可言,严羽批评宋诗:"近代诸公乃作奇特解会,遂以文字为诗,以才学为诗,以议论为诗。夫岂不工,终非古人之诗也。盖于一唱三叹之音,有所歉焉。且其作多务使事,不问兴致,用字必有来历,压韵必有出处,读之,反复终篇,不知着到何处。"④他还说:"诗有词、理、意兴。南朝人尚词而病于理;本朝人尚理而病于意兴;唐人尚意兴而理在其中;汉魏之诗,词、理、意兴,无迹可求。"⑤宋诗之病在"尚理"而乏意兴,尚学问而乏悟入。李东阳、李梦阳继承严羽的观点批评了宋代诗话之盛行:"唐人不言诗法。诗法多出宋,而宋人于诗无所得。所谓法者,不过一字一句、对偶雕琢之工,而天真兴致,则为可与道。"⑥ "宋人主理,作理语。……又作诗话教人,人不复知诗矣。"⑦虽对宋诗的批

① 谢榛:《四溟诗话》卷一,中华书局1985年版,第15页。
② 许学夷《诗源辨体》卷三,人民文学出版社1987年版,第48页。
③ 同上。
④ 郭绍虞:《沧浪诗话校释》,人民文学出版社1961年版,第26页。
⑤ 郭绍虞:《沧浪诗话校释》,人民文学出版社1961年版,第148页。
⑥ 李东阳:《怀麓堂诗话》,选自《李东阳集》,岳麓书社1982年版,第531页。
⑦ 李梦阳:《击音序》,《空同集》卷51,上海古籍出版社1991年版,第1462页。

判上有些以偏概全,宋诗也有许多写理同样写得很好的诗歌,但在面对当时文坛理气化现象严重,对宋代诗歌成为专门的学问,体制日繁、法则日精,把人的浑整意态和直述心迹的心理机制分割、隔离开进行批判有其进步意义。受清新自然的诗美观念与老庄哲学中尚清真天然的思想的影响,李攀龙同七子派其他成员继承前七子崇尚汉魏古诗,以盛唐诗歌为学习楷模的主张,都鄙夷并抛弃宋诗。

第二,李、谢诗歌理论都主张文学以情为主,继承了前七子注重真情的主情论调。七子派区别文学与非文学,着眼点在于文章是否是情的产物。主情观念在七子诗论中随处可见,李梦阳认为诗是"情之自鸣",在《梅月先生诗序》《张生诗序》等文中屡次标榜"诗发之于情"、"遇者因乎情,诗者形乎遇",在《诗集自序》中甚至认为"今真诗乃在民间",何景明《明月篇序》亦云"夫诗,本性情而发也,其切而易者莫如夫妇之间",强调诗是"性情之发",反对"刻意范古,独守尺寸";谢榛在《四溟诗话》开篇第一条便说:"《三百篇》直写性情,靡不高古,虽其逸诗,汉人尚不可及。今之学者,务去声律,以为高古,殊不知文随世变,且有六朝、唐宋影子,有意于古,而终非古也。"指出了古诗的一大特点"直写性情",现在学诗者,即使"务去声律"也很难达到古诗的高度。性情之真成了写诗的先决条件。他进一步提出"景乃诗之媒,情乃诗之胚"、"诗乃模写情景之具"[1]的著名论点。同样,李攀龙也主情求真,他认为"不朽者文,不晦者心"[2],文之不朽是与心之无晦联系在一起的;而诗文讲究文采,是以真实可信为原则,"其焕若者,其孚胜也"。[3] 前后七子提倡盛唐之诗,正是基于盛唐诗多言情的认识,其目的也是针对在理学影响下的宋代诗风。理性的衰减与格调、情感的偏胜,是明代诗文嬗变的一大特征。七子派主张"情理同一",他们在理论上强调把诗歌的情感特征放在首位,但由于复古的方法和创作主体的才性气质等多方面的原因,他们在实践中把情引入了误区,创作的作品恰恰是情寡而词多。在理论上和实践上出现了分离的情形,理论上阐微发精,实践上粉饰蹈袭。尽管如此,在强调诗歌的感情特征、以情论诗这个问题上无疑是

---

[1] 谢榛:《四溟诗话》卷三,中华书局 1985 年版,第 41 页。
[2] 李攀龙:《与王元美》,选自《沧溟先生集》,伟文图书出版社 1976 年版,第 1353 页。
[3] 李攀龙:《比玉集序》,选自《沧溟先生集》,伟文图书出版社 1976 年版,第 824 页。

正确的。

第三,李、谢诗歌理论都受明初以来格调说的影响,在诗歌创作上都较注重法度格调的锤炼以供后人学习。所谓格调,主要是指作品的声律和风格,其含义大致与严羽所说的"气象"相近。"格调说"在明代诗坛风靡一时,有一个萌芽、发展过程,而与七子诗论关系较为密切的是李东阳,他说:"诗有五声,全备者少,惟得宫声者为最优,盖可以兼众声也,李太白、杜子美之诗为宫,韩退之诗为角,依次例之,虽百家可知也。""唐诗类有委曲可喜之处,惟杜子美顿挫起伏,变化莫测,可骇可愕,盖其音响与格律正相称,回视诸作皆在下风。"①可见其推尊杜诗,既不同于朱熹所谓的"忠洁之志",也不同于严羽所谓的"盛唐气象",而是在于声调之高昂与音节之变化。这种对诗歌音节"顿挫起伏"的要求,不仅成为前后七子诗学主张的重要内容,而且成为其学习盛唐的主要途径。其目的就是既有深刻的思想内容,又有含蓄典雅的句法、篇法、字词,使形式与内容达到完美的统一,使作品神情声色具茂,成就格力雄浑、气象浑雅的作品。后七子讲的格调,虽与内容有一定联系,但由于反对"立意",有忽视内容之嫌,更主要指通过遣词造句、篇章结构、声律风格等因素表现出来的作品外部形态特点。而且认为只有通过对构成格调的基本因素进行微观分析,格调才能成为可以供人学习的具体范形。从这个意义上讲,研究法度就是研究格调的组合方式,离开了法度即无所谓格调。李攀龙认为古人已经发展得十分成熟而完美的形式必须加以继承,古人已经规定得十分合理而周密的法度不能违背,他在《王氏存笥稿跋》中提出了绳墨古人的观点,以为法是合乎规律的,"文采成九苞,骨法本千里"②,文采只是花苞,要传之千里,靠的是骨力和章法。在创作上我们也看到了攀龙较多拘泥于古法的毛病,攀龙对"离"与"合"有清醒的认识,认为自己的毛病在"伤合"。在谈及拟古乐府时,曾认为"吾拟古乐府少不合者,足下(指世贞)时一离之;离者,离而合也,实不能胜足下。"③王世贞提出的"补沧浪之不足",重要的一点就是指格调说,并且以法度为

---

①　李东阳:《怀麓堂诗话》,选自《李东阳集》,岳麓书社1982年版,第533页。

②　李攀龙:《杂兴又十一首》其五,选自《沧溟先生集》卷三,伟文图书出版社1976年版,第225页。

③　王世贞:《书与于鳞论诗事》,选自《弇州山人四部稿》卷77,伟文图书出版社1976年版,第3691页。

研究的中心,把比较笼统的气象说具体为规律和法则,使人们易于遵循和把握。同样,谢榛在诗歌创作理论中也很注重法,在《诗家直说》卷三中,曾记载了宗臣问"作近体之法",谢榛便说:"凡作诗先得警句,以为发兴之端,全章之主。"这种"先得警句"的提法,在他的《诗家直说》中屡屡出现。比如卷二中有"诗以一句为主,落于某韵,意随字生。""诗以两联为主,起结辅之,浑然一气。"卷三有"诗以佳句为主,精炼成章。自无败句。"等等。与此相应他还非常讲究用韵,他在《诗家直说》卷三记载说:"戊午岁,从游邺下,夜酌王中宦别馆,请示一句造句,以'灯'为韵,予就枕构思,乃得三十四句云:'烟莽出渔灯,书声半夜灯……'。"诗人这种以韵造句的方法是和他的因句成篇一致,其诗歌创作中便不可避免地走上苦思雕琢之路,从而使诗歌带上了雕琢牵率的弊病。李、谢等七子派从反对台阁体、性气诗等形式主义到建立格调理论,虽然最终从一种形式主义走向了另一种形式主义,但不可否认,其出发点是合理的,其行动不仅对于文体改革,而且在思想解放方面,都有一定的进步意义。前后七子运动正是文学领域个性化思潮的表现。面对当时沉闷板滞的文坛状况,通过标举高格古调来寻求他们理想的文学范式,改变文坛现状,是前后七子的共同目标,一定程度上具有变革的进步意义。

第四,以上三点主要是李、谢的诗歌理论对前七子继承的一面,他们的诗歌理论还有对其修改完善创新的一面,即在具体的学古方法上继承了何景明"领会神情"、"不仿形迹"的一脉,特别是谢榛在学古方法上进一步进行创新,主张"夺神气"、"酿蜜法"等,在学古目的上还主张"十四家又添一家",其主张都让人耳目一新。李攀龙认为古人已经发展得十分成熟而完美的形式必须加以继承,古人已规定得十分合理而周密的法度不能违背,这或多或少与他受科举八股文注重法式、不容逾越的影响有关,因此他在《王氏存笥稿跋》中提出了绳墨古人的观点,以为法是合乎规律的,但在具体学古方法上吸收了何景明等人对文学复古理论的补充。在《古乐府序》中说到:"《易》曰拟议以成其变化,日新之谓盛德,不可与言乎哉?"所谓"拟议以成其变化,日新之谓盛德",就是指"得其精而忘其粗,在其内而忘其外",即学习古人之法而作自己之诗。又说:"自西京逮于唐大历,代有降而体不沿,格有变而才各至。故于法不必有所增损,而能纵其夙授神解于法之表,句得而为篇,篇得而为句。即所称古作者其已至之语,出入于笔端而不见迹;未发之语为天地所秘者,创出于胸臆而不为异。"①与何景明之"领会神情"、"不仿形迹"略同。与此相对,他所追求的目标是不摹古人之作却又不变古人之法,不是古人之作又酷似古人之作,但这个尺寸往往难于把握,而常常有蹈袭之嫌,因此,王世贞《艺苑卮言》卷七中说:"李于鳞文,无一语作汉以后,亦无一字不出汉以前。""拟古乐府,无一字一句不精美,然不堪与古乐府并看,看则似临摹古贴耳。"从中看出攀龙在学古方法上虽注重摹仿不留形迹但较多还是继承了李梦阳的主张。

在学古方法上有所建树的是谢榛。后七子创建之初,因其年龄最高,又提出了理论纲领,实居首位。在学古方法上他提出选十四家之最佳者,录成一帙,然后"熟读之以夺神气,歌咏之以求声调,玩味之以哀精华。得此三要,则造乎浑沦,不必塑谪仙而画少陵也。"②"声调"即格调,主要指盛唐格调,"精华"当指词采,即所谓"观之明霞散绮",三条之中,最重要的是"神气",他说:"诗无神气,犹绘日月而无光彩。学李、杜者,勿执于句字之间,当率意熟读,久而得之。此提魂摄魄法也。"③谢榛之所谓"神气"就是指诗歌的审美境界,"诗无神气,犹绘日月而无光彩",没有光彩的日月,虽形状逼肖,亦不能成其为日月,同样没有审美境界的诗,虽格法俨然,亦不成其为诗。审美境界犹如诗的灵魂,故这种领会意境的方法为"提魂摄魄法"。在另一处,他还把作诗比作"产一婴儿",说"形体虽具,不可无啼声也"④,无啼声就是死婴,无境界就没有诗的生命。可以说谢榛的"夺神气"与何景明的"领会神情"是一脉的,因此他从根本上反对"作诗贵先立意","涉于理路,殊无致思"的宋人之诗。他又说:"唐人诗法六格,宋人广为十三,曰一字血脉、二字贯穿、三字栋梁、数字连序、中断、钩锁连环、顺流直下、单抛、双抛、内剥、外剥、前散、后散,谓之层龙绝艺。作者泥此,何以成一代诗豪耶?"⑤"窘于法度,殆非正宗"⑥,李开先、唐宋派对前七子格调说弊端末流的批评加深了谢榛对诗的认识,他虽还讲格调,但却更注重境界,在一定程

---

① 王世贞:《李于鳞先生传》,选自《弇州山人四部稿》,伟文图书出版社1976年版,第3915—3916页。

② 谢榛:《四溟诗话》卷三,中华书局1985年版,第49页。

③ 谢榛:《四溟诗话》卷二,中华书局1985年版,第26页。

④ 谢榛:《四溟诗话》卷一,中华书局1985年版,第2—3页。

⑤ 谢榛:《四溟诗话》卷一,中华书局1985年版,第12—13页。

⑥ 谢榛:《四溟诗话》卷二,中华书局1985年版,第29页。

度避免格调说的局限,也可看出谢榛在完善复古理论上做出的努力。在具体操作方法上,他提出了集初盛唐诸大家之长,"易驳而为纯,去浊而归清","不必塑谪仙而画少陵"①,"若蜜蜂历采百花,自成一种佳味,与芳香殊不相同,使人莫知所蕴"②的"酿蜜法"。认为不应死守一家,照搬成品,而应兼采诸家之长为原料,经过自己加工制作,生产出与诸家皆不同的产品。这比"摹临古贴"高出一筹,谢榛很明确反对蹈袭古人,批评学子美者"处富而言穷愁,遇承平而言干戈,不老曰老,无病曰病。此摹拟太甚,殊非性情之真也。"③介于此,谢榛所追求的学古目标不像攀龙那样摹古人之作不变古人之法,而希望学习古人后"十四家又添一家",希望能像蜜蜂采百花为蜜,"其味自别,使人莫之辨也。"④不作初盛唐十四家中的任何一家,但要作初盛唐的第十五家,这为其最终目标。经过这一番功夫,最后出现在人们面前的作品,不是李白之诗,不是杜甫之诗,不是盛唐任一家之诗,却又酷似唐诗。因其追求的是学习初盛唐诸家后成为其中的另一家,做个真唐人,于是他自以为深得唐诗之神,认为比唐人还会写唐诗而放肆地修改前人之作,不料弄巧成拙,丑态百出。他把刘长卿《别张南史》的"流水朝还暮,行人东复西"改为"旅思朝还暮,生涯东复西",把杜牧《清明》的"借问酒家何处有,牧童遥指杏花村"改为"日斜人策马,酒肆杏花西"都堪称为点金成铁之处。谢榛不是从自己时代现实生活中取材自成一家,其最终也和李攀龙一样没能彻底摆脱摹拟窠臼,但他们试图纠正前七子以来的摹拟蹈袭之风所做的努力是值得肯定的。

从以上论述中看出李、谢诗歌理论在同中有异,他们对待古人的态度上,学古方法及目的上都略有不同。总的看来攀龙与李梦阳较相似,把古人优秀之作看成是完美无缺的范本,"物不古不灵,人不古不名,文不古不行,诗不古不成。"⑤比较迷信古人,在学古上也比较注重绳墨。不学宋人做诗话,而主要通过创作实践和其选本《古今诗删》让人们通过大量诵读涵咏,

① 谢榛:《四溟诗话》卷三,中华书局 1985 年版,第 49 页。
② 谢榛:《四溟诗话》卷四,中华书局 1985 年版,第 76 页。
③ 谢榛:《四溟诗话》卷二,中华书局 1985 年版,第 27 页。
④ 谢榛:《四溟诗话》卷三,中华书局 1985 年版,第 45 页。
⑤ 李开先:《李开先全集·李中麓闲居集之十·昆仑张诗人传》,文化艺术出版社 2004 年版,第 746 页。

体会古人之情致、用心,以此来表达自己的诗歌理论。而谢榛认为即便是古人之诗,亦有可议之处,认为古人之诗并不是完美无缺的,美玉亦有微瑕,不应该完全迷信古人,在晚年还编选了《四溟诗话》把毕生创作心得写出以供后人学习。这与他们受封建正统思想、科举八股文影响多少有关,攀龙是通过科举走上仕途之路,受正统思想、八股文影响较深,而谢榛虽因"眇一目"而无缘科举,成为较贴近下层的自由山人,但也造就了其思想比较灵活多样,特别是在对诗歌艺术构思上强调酝酿创作灵感的重要性,主张要靠"天机"来萌发诗兴,创作方法上对艺术真实性提出"贵乎同与不同之间",作品既要贴近生活又不能与生活完全相同,追求"含糊"之美及情景相融而自然浑成的最高境界,艺术鉴赏上提出诗歌有"可解、不可解、不必解",①这些论述都很有价值,也可看出他在后七子中确是非同一般,对诗歌艺术有非常深刻的体会。

最后,简略了解一下他们的诗歌理论在诗歌创作中的表现。李攀龙推崇汉魏古诗,创作了大量的乐府拟古之作,通过摹拟古人到达古人境界。他有《古诗后十九首》、《建安体》、《代建安从军公燕诗》、《效应球百一诗》等,通过想象古人所处的情形,体味古人的心境,抒发古人或可拥有的情感,追缅与古人同在,从而获得诗境的纯粹浑沦。体会每种诗体的风格特色,并把自己的感情尽量用符合原汁原味的方式表达出来,则为摹拟的另一种方式。这种方式下,攀龙全面谋求与古人之"合",不免有损益个人情感以契合古人风格的弊端出现。谢榛诗歌的风格大多豪放沉雄,兼具李杜特色。这一特点在他的近体诗中表现尤为突出。如《榆河晓发》卷四中有一首诗:"朝晖开众山,遥见居庸关。云出三边外,风生万马间。征尘何日静,古戍几人闲?忽忆弃襦者,空惭旅鬓斑。"气势雄浑,格调高远,与杜甫的《晚行口号》一诗无论是从意象组合上,还是内在意蕴上都极其相似,可见诗人对杜甫的追慕与仿效。当然他们学古也有学习得很好的诗篇,李攀龙的律诗和绝句都很为人推崇,尤其他的七言绝句主要学李白、王昌龄,取得较高的艺术成就,成为明代诗坛的一枝独秀,受到了明清人很高的评价,扩大了后七子派的影响力。胡应麟说:"仲默(何景明)不甚工绝句,献吉(李梦阳)兼师李杜及盛唐诸家,虽才力绝大而调颇纯驳。惟于鳞(李攀龙)一人一以太白、龙

---

① 谢榛:《四溟诗话》卷一,中华书局 1985 年版,第 1 页。

标为主,故其风神高迈,直接盛唐"①。"于鳞之七言绝"与李白、王昌龄的七言绝"可谓异代同工"②,是唐绝句以后的第一人。清沈德潜编选《明诗别裁集》时选用李攀龙的绝句 12 首,为明代诗人绝句诗入选数的首位,对他的七言绝句极为推崇。此外,谢榛虽注重词句上进行锻炼,但他的近体诗歌,尤其是五言律诗,历来评价极高。王世贞认为其律诗"排比声偶,为一时之最,第兴寄小薄,变化差少。"③沈德潜《明诗别裁集》所选谢榛二十六首诗中有二十首是律诗,而五律又占十四首。正如其所言,"四溟五言近体,句烹字炼,气逸调高。七子中固推独步。"④总之,他们的诗歌创作上无论成就多少,但大都能表现和忠实于他们的诗歌主张,他们在创作上的成就为流派的建设做出了贡献,有利于扩大后七子派的影响力。

从宏观角度看,整个明代中期无论从思想上还是文学上都体现了新旧交替、新旧斗争的一面,有了这个过渡才能更好地迎接晚明个性解放思潮的全面到来。而李攀龙、谢榛的诗歌理论及其整个后七子派虽作为明初以来文学复古思潮的一个重要组成部分,但由于所处的特定环境使其已经充分表现出新旧交替,复古与创新交织的一面,有其积极的进步意义。从流派角度看,其存在本身就是一种新变。李攀龙等后七子派将前七子企图通过复古以求新变,改变文坛萎弱不振的台阁体、性气诗状况,恢复文学独立地位的复古文艺思潮推向更高的高度,具有解放思想的积极意义。李梦阳主要就情与理、欲与理的关系对程朱理学进行了批评,起到了震耳发馈的作用。但作为复古运动的发动者,前七子活跃的时间只有短短的十来年,无论在人们观念的接受程度上,还是在人员的数量上,影响是有限的。李攀龙等后七子对李梦阳等前七子的文学主张进一步承袭和发扬,经他们结社会盟,伸张声气,与前七子桴鼓相应,使复古观念深入人心,人们进一步看清了现实文风的萎靡衰弱。后七子的历史作用不在于提出多少新主张,而在于进一步普及、推广了前七子的文学观念,并获得更为广泛的理解和支持。从李攀龙、谢榛具体诗歌理论上看,他们同样表现出了复古与创新互相交织的一面。他们不仅继承了前七子推崇汉魏、盛唐,主张学习古人的复古主张,而

---

① 胡应麟:《诗薮》内编卷六,上海古籍出版社 1979 年版,第 110 页。

② 胡应麟:《诗薮》续编卷二,上海古籍出版社 1979 年版,第 364 页。

③ 王世贞:《艺苑卮言》卷七,齐鲁书社 1992 年版,第 342 页。

④ 沈德潜:《明诗别裁集》卷八,上海古籍出版社 1979 年版,第 108 页。

且对复古流弊也有所认识,将何景明、徐祯卿等人对复古理论内部的修改主张进一步发扬出来,特别是谢榛的《四溟诗话》对诗歌艺术有非常深刻的认识,无论在学古方法上,创作上还是鉴赏方面都有新的建树,对后人影响很大,他对审美意境的重视也对后来神韵派的出现有所启发。此外,李、谢在提倡文学的自我愉悦功能,主张个性的发抒上,与王守仁心学之强调主体精神、公安派"独抒性灵"的主张,方向是一致的。可以说,七子派复古运动是承载士人心灵解放之路的一个表现,加上李攀龙在七言绝句、谢榛在近体诗上的建树,得到了明清人的高度评价,这些都扩大了后七子派的影响力,在当时的文学领域产生不小的震动。清人沈德潜论诗也主张从前后七子的文学论点中吸取内容,重新举起复古旗帜,以为"诗不学古,谓之野体"。① 并且着眼格调,直接继承了前后七子复古的衣钵。另一方面,前后七子的一些文学变革的主张在某种意义上也开启了后世文学新精神,晚明时期公安派就继承了七子派的主情论调并将之进一步解放出来。当然我们也该看到,后七子尤其是李攀龙,在文学主张上更极端,在文学创作上更强调法和格调,想更深入理会和体验古人的情感并运用于创作,客观上则向拟古、膺古的泥沼中滑落,需要后人去改进和突破。从流派意义上看,明代文人集团的林立及各流派之间进行的纷争,如唐宋派对前七子、公安派对七子派的批评等都使得作家更加自觉地追求和凸现流派的风神,在相互交流、相互调剂中沿着相反相成的规律不断演进,使得在以后的文学史上,文人们的集团意识和流派观念更加自觉和明确。无论后七子派的文学复古本身,还是李攀龙、谢榛的诗歌理论,都交织着复古与创新、新旧相互交替斗争的过程。

第二节　叙述者的转变及叙事结构的转型:《聊斋志异》 对唐传奇的传承与超越

一

　　中国古代短篇小说是我国艺术园囿里的一朵奇葩,它的发展分为两个

---

① 沈德潜:《说诗晬语》卷上第二,选自《续修四库全书》集部第 1701,上海古籍出版社 2002 年版,第 2 页。

不同的系统:由笔记小说和传奇小说构成的文言小说系统和由宋元话本及在其基础上产生的明清拟话本所构成的白话小说系统。单就文言小说而言,它是自唐代得到长足发展的。鲁迅先生曾说:"小说亦如诗,至唐代而一变……与六朝粗陈梗概者较,演进之迹甚明,而尤显者乃在是时则始有意为小说。"①被后人称作唐人小说的作品大致可以分为两类:笔记小说和传奇小说。笔记小说是指那种随笔记录、篇幅短小、不事虚饰而又富有一定文学色彩的笔记体作品。唐人这类作品数量庞大,有笔记小说集《隋唐嘉话》、《杜阳杂编》、《云溪友议》等等。而最能代表唐代小说成就的当属传奇小说。本节所研究的唐人传奇小说是指唐代那些文辞华艳,篇幅漫长,叙事宛转,着意表现作者的文采与意想,有意识地想象虚构的文言小说作品。如《游仙窟》、《莺莺传》、《霍小玉传》、《李娃传》、《虬髯客传》等单篇作品及《纪闻》、《玄怪录》、《续玄怪录》、《集异记》、《甘泽谣》、《传奇》、《三水小牍》等小说集中的作品,唐代这类传奇作品数量很多,蔚为奇观,艺术上和思想上都达到了很高的水平。

唐代以后,自宋至明,文言小说的创作日渐衰落,尽管宋人做了汇集文言小说的有益之作,编辑成《太平广记》和《类说》,但他们自己创作的小说多拟古而少创新,成就不高。明中叶至《聊斋志异》(以下简称为《聊斋》)问世之前虽也曾"传奇风韵""弥漫天下",但文笔意境皆难以同唐人传奇相比。《聊斋》的创作像一声春雷,给几百年来沉寂的文言小说带来了郁勃的生机,她以其辉煌的艺术成就巍然屹立于文言小说的峰峦之巅。这部杰作的问世固然有其现实的政治、文化背景,同时,岁月悠悠,异彩纷呈几经嬗递变革的历代小说的影响也是不可忽略的重要因素。鲁迅曾称《聊斋》"用传奇法而以志怪",②这恰恰说明了它与志怪及传奇的渊源关系。从"本事"来说《聊斋》取之六朝与得益唐人的数量大致相当,③而笔法与文意,蒲氏借鉴的则主要是后者。对此,前人也曾有过精到的论述,但多侧重某一方面,本文在前人论述的基础上主要从叙述者的转变及叙事结构的转型上,考察《聊斋》对唐传奇的继承与发展,进一步探讨它对短篇小说艺术的巨大贡

---

① 鲁迅《中国小说史略》,《鲁迅全集》第九卷,人民文学出版社 1981 年版,第 70 页。
② 鲁迅《中国小说史略》,《鲁迅全集》第九卷,人民文学出版社 1981 年版,第 209 页。
③ 据朱一玄《〈聊斋志异〉资料汇编》统计。

献,从而更好地认识它在文言短篇小说发展史上的地位,为文言短篇小说的古今演变研究尽绵薄之力。

<h2 style="text-align:center">二</h2>

　　叙述者的转变及叙事结构的转型,都属于叙事方式的范畴,所谓叙事方式,是指叙事者与故事之间的关系,也就是叙事者向读者展开情节、描写人物的视觉范围。事件无论何时被描述,总是要从一定的视觉范围内描述出来。要挑选一个观察点,即看事情的一定方式,一定的角度,无论所涉及的是真实的历史事实,还是虚构的事件。在叙事文学作品中,叙述者与故事的关系是一种最本质的关系,西方小说理论家认为二者之间的关系实际上就是一个叙事视角问题,叙事视角历来是叙事理论中牵一发而动全身的问题。在中国古文字中,"叙"与"序"相通,叙事常常称作"序事"。"序"的原义指空间,而由"序"变成"叙"的过程中,空间的分割转换为时间的分割和顺序的安排。因而,时间与空间(结构)应该是叙事的两个基本维度,尤其是时间概念反映了中国叙事与西方叙事的很大不同。再看"视角",顾名思义,视角即为观察、审视问题的角度。在叙事理论中,作者、叙述者和视角的关系可以用下图表示:

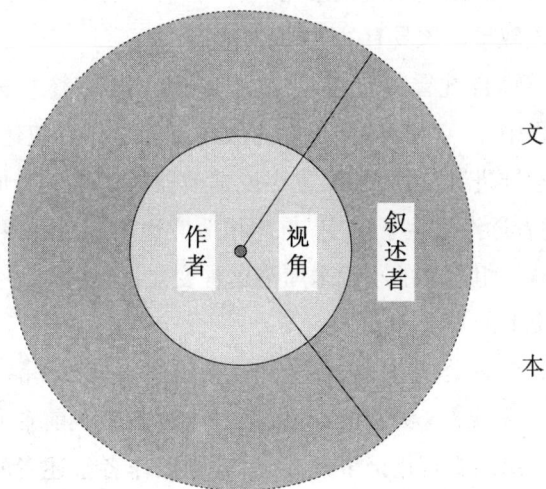

综合比较各种观点,结合叙事文学的具体实际,由此生发出两种基本的

叙事视角:全知视角与限知视角。

全知视角是小说创作中常用的叙述形式。一般以第三人称为主。全知视角即叙述者处于全知全能的地位,作品中的人物、故事、场景等无不处于其主宰之下,调度之中,作者无所不知,什么都可以说,把不好表达的让人去揣摩的东西也可以明目张胆地写出来。可是因为它太直白,没有留下与读者互动的空间,要想吸引读者一直看下去,就不是一件很容易的事儿了。"全知叙事"一直被认为是传统章回小说"贯穿始终、占统治地位"的叙事方式,也被认为是章回小说"非现代性"的重要标志。且不说"全知叙事"所体现的哲学内涵是种历史阶段性的产物,在章回小说的叙事模式的形成期尚没有后来"限知叙事"所体现的现代意识;就是当时已有"限知叙事",它也不能作为非"现代性"的"标志"。其实,只有限知叙事中的第一人称限知视角才可以真正对小说的文体形态形成大的影响,才能改变小说的结构风貌。杨义先生认为,"由于第一人称视角的广泛运用及其带来的特殊的叙事效果,人们的视角意识、包括对限知视角的认识才逐渐觉醒"①,这是有道理的。因为,只有在第一人称限知叙事中,特别是在"内省型"第一人称限知叙事中,才真正有可能实现对"世界感觉精致化和深邃化"。如后来鲁迅的小说、郁达夫的自叙传小说,真正具有某种"现代"意味,因为二者与心理结构小说和性格小说相联系。在包含大的历史场景内容的长篇小说中,第一人称限知叙事其实难以大规模地采用。在清末民初的长篇小说中,已经初步体悟到了小说叙事应该具有的某种变化性。

文言小说滥觞自魏晋南北朝,兴盛于唐,至清《聊斋志异》达到顶盛。在这一发展过程中,从魏晋至唐,小说的叙述者都是作者叙述者,其叙事结构也多以单线索推进,以适应于注重小说情节曲折的审美趋向。而自唐开始,小说的叙述者逐渐发生了转变,与此相适应也引起了叙事结构的转型,下面我们试图从一组写梦的小说来厘清这种变化过程以及发生这一变化在文言小说发展史上的意义。

唐传奇多数作品是以第三人称全知视角叙述。少数作品如《游仙窟》、《周秦行纪》、《异梦录》、《秦梦记》等以第一人称叙事。前者的文本结构呈现出以时间为标识的史官化记事模式,后者则以作者叙述者的视角结构故

① 杨义《中国叙事学》,《杨义文存》第1卷,人民出版社 1997 年版,第 218—219 页。

事,无论单纯使用前者还是单纯使用后者,都显得过于拘谨。相比较而言,《聊斋》在利用不同的叙述者来激活叙事结构方面更为灵活自如,更加富有创新意识。笔者试以唐传奇与《聊斋》中一组写梦的小说的对比分析,来说明这种由于小说叙述者的转变而引起的叙事结构的变化。

提到关于梦的小说,我们首先想到《杨林》(也有人称之为《焦湖庙祝》)、《枕中记》和《续黄粱》,三者虽然在题材内容上有继承关系,但在形式上却存在较大的差异。这三篇作品对主人翁现实生活层次的叙述都是由作者叙述者承担,但对梦中情景的叙述则出现了明显的不同。《杨林》和《枕中记》梦中情景的叙述者仍然是作者叙述者,其显著标志是行文中《杨林》篇有"历数十年",《枕中记》有"数月"、"明年"、"三载"等明显的时间标识,并且前者文中有对人物形象思想活动的描述:

　　……并无思归之志……

从上面的分析可以看出,从《杨林》到《枕中记》其叙述者并没有发生根本的变化,它们还没有摆脱史传全知叙述的束缚,依然采用了作者充当叙述者的形式,这一方面压榨了人们想象的空间,另一方面也压缩了续写的空间,与此相适应,二者的文本结构也只有一重幻境,这也是全知视角存在的缺憾。而到《续黄粱》对梦境的叙述,则是严格遵循曾孝廉的视角,由曾孝廉充当形象叙述者来完成的。由于二者叙述者的不同,与之相随的文本结构也大异其趣,笔者不妨图示如下:

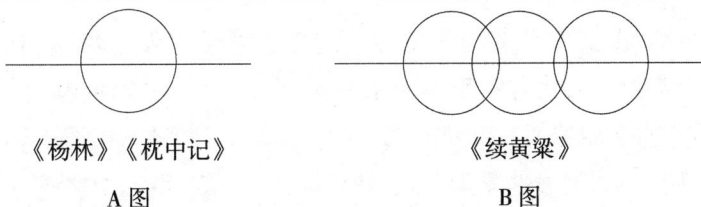

《杨林》《枕中记》　　　　　　　《续黄粱》

A 图　　　　　　　　　　　B 图

图中圆圈表示幻境,直线表示故事线索。从上面图中可以明显看出,《杨林》和《枕中记》还没完全摆脱六朝小说的结构模式,它只用一重幻境就完成了对故事的叙述,而《续黄粱》则利用形象叙述者成功地创造了三重幻境:1. 曾孝廉梦中做宰相后睚眦必报,穷奢极欲(第一重);2. 曾孝廉因作恶多端,在冥间历尽酷刑(第二重);3. 曾孝廉由冥间而转生为贫家女,受尽凌辱(第三重)。这三重幻境使得梦境本身形成了由人间而冥世,再由冥世而人间的空间结构,小说叙事也实现了从线性时间结构向立体空间顺序结构的转变,使小说叙事情境从平面走向立体,从而使叙事信息的包容量大大增加,为减缓叙事速度和工笔描绘场面提供了契机。再者,值得注意的是,这三重幻境都是运用限知视角,由做梦人亲自说梦来完成的,即这里对文本的叙述是由小说中的人物形象承担的,这种话语形式的运用,使得故事的真实性比《杨林》和《枕中记》更强,更加可信。如果它不是用形象叙述者,而是像《杨林》和《枕中记》那样用第三人称叙述,则会让人觉得无法贴近文本进行近距离的审视,文中的三重幻境给人的感觉也只能是同一平面上的三件奇事,这样将大大降低读者对此小说的感知效应和审美效果。

唐人传奇中另一篇写梦的小说——《三梦记》也是采用全知叙述,但其叙事结构要比《枕中记》复杂一些,可以图示如下:

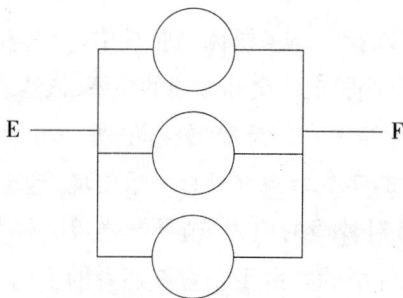

C图《三梦记》

图中字母E和F代表作者叙述者的理念逻辑:"人之梦,异于常者有之:或彼梦有所往而此遇之者;或此有所为而彼梦之者;或两相通梦者。"图中圆圈代表故事叙述的三个梦:1. 天后时,刘幽求见妻梦中之景(第一梦);2. 元和四年,元微之梦与乐天等人同游(第二梦);3. 贞元中窦质与女巫赵氏两相通梦(第三梦)。

这篇小说在叙事结构上明显要比《杨林》和《枕中记》前进了一步,它已初见《续黄粱》叙事结构的端倪。但是作者叙述者所叙述的三个梦呈现并列状态,它们之间毫无关联,一以贯之的只是作者在开篇所说的那一通道理。与《续黄粱》三环之间互为因果、环环相扣不同,其环与环之间联系不够紧密,情节发展较平缓,缺少铺垫与高潮,艺术成就之高下不言自明。

无论是《杨林》、《枕中记》、《三梦记》中的全知叙述者,还是《续黄粱》

中的限知形象叙述者,都存在着缺陷,在叙事时往往会遇到力不从心的尴尬:在进行场景描绘时,采用全知视角——交代清楚,不但将叙事作品的余味袒露无遗,而且还太啰嗦;如果采用限知视角,在给人们的联想留下有意味的空白的同时,也限制了对更广阔的时空进行感知的自由度,结果往往言不尽意。我国古代优秀的文言小说作家似乎觉察到了这一点,在创作实践中,他们往往通过形象叙述者视角的流动,把局部的限知合成了全局的全知,这样,叙述视角的转变使得故事曲折内容丰富,由于采用形象叙述而遵循了限知视角,就增加了小说的真实度;由于视角的流动而冲破了限知视域,扩大了小说对社会现实感知的自由度。《聊斋·狐梦》篇即是一例。这篇小说对梦的叙述是严格按照形象叙述者毕怡庵的视角进行的,对毕怡庵梦中之梦里赴宴,则采用了视角流动的叙事谋略。晚宴开始前,文本完全以形象叙述者视角,描述了当时浓郁的生活氛围。这时毕怡庵的视角就不是静止的,而是随着狐女大姐、二姐、四妹的出场而流动的。当艳媚入骨的四妹出场后,形象叙述者的视角则随着狐女四妹的移动而流转,这就为逐一刻画人物形象提供了最佳时机:从大姐将四妹"提抱膝头"的亲昵、二姐"身如白钩重"的夸大其辞以及"肥膝耐坐"的刻薄戏谑,到最终"毕抱与同杯饮"之后毕怡庵赤裸裸的内心暴露,已将在场人物(除三娘子外)粗略地勾勒了一遍,透过他们的言谈举止,各人的心态也已跃然纸上,这实际上形成了以形象叙述者为圆心,以狐女四妹为引线的一个外射式圆型视角。在宴会正式开始后,大姐、二姐及三娘子的劝酒则又形成了以形象叙述者为圆心,周围人物都把焦点对准毕怡庵的内聚式圆型视角:大姐以髻子贮酒以劝,看起来仅容升许,等到毕饮时却有数斗之多,原来这髻子是一荷盖。二姐以脂合子"聊以示意",毕接吸百口,更无干时。三娘心疼"丈夫",便用小莲杯换合子,把合子放到桌上,才知合子是一巨钵。当毕怡庵心怀感激一口喝干三娘递来的一莲杯酒,才发现莲杯竟是"罗袜一钩,衬饰工绝"。作者在酒宴的高潮处又适时地对形象叙述者毕怡庵"幽了一默"。值得注意的是,这里的"内聚式圆型视角",形象叙述者与人物的视线的交流是互相的、双向的——毕观众人,众人亦观毕。文本巧妙地通过视角的流动形成两个"圆型视角",将局部的限知转换成了全局的全知,使人物形象呼之欲出,这是唐人传奇所没有做到的。不唯如此,这篇小说的叙事结构又较《续黄粱》不同,出现了形象叙述者在梦中又入梦的奇幻结构,图示如下:

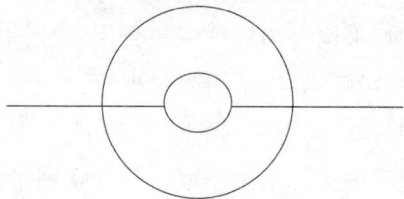

D 图《狐梦》

图中直线表示故事线索，1. 毕怡庵梦中遇狐；2. 毕怡庵梦中之梦里赴宴。从 A 图→C 图→B 图→D 图，我们发现圆环呈逐渐向内推进的趋势，从叙述一幻发展到三幻并列，再到幻与幻相扣，最后成为幻中之幻。乍一看来，A 型结构似乎最接近现实，最能给人以真实感，D 型结构似乎最虚无缥缈。事实恰恰相反，由于文本采用的叙述者不同，其真实程度也大相径庭，表面看来最虚幻的 D 型给人的感觉却最真实。一般说来，如果想增加文本的真实感，采用限知叙述是最佳叙事谋略，而限知叙述的任务最好由故事中的人物形象承担。《狐梦》即是如此，毕怡庵在梦境中既是小说中的人物形象又是一位叙述者。他感受和思索他的梦境和梦中之梦，却并不像《枕中记》中全知叙述者那样说话，于是造成一种无人"叙述"、故事直接呈现的印象。这时候，"看"与"讲"被一分为二了："看"者不"讲"，于是似乎无人在讲。但作为形象叙述者，他又对梦中与狐女三娘"款曲备至"有切身感受、在梦中之梦里亲赴宴席，是狐女四姐妹闺房戏谑的直接观看者、参与者，而且亲自与三娘对弈过。因此，通过这种真实作者与叙述者的错位，实现了体验的原生态呈现，不但给行文带来了巨大的方便，而且能造成心理距离的接近，使读者在真实的境地中体验虚幻迷离的文本的审美张力。显然，在写梦的作品里，采用形象叙述的《聊斋》比采用全知叙述的唐传奇更能给人以真实感，更有利于传达叙事信息。

值得指出的是，《狐梦》的形象叙述者毕怡庵是在读了人与狐仙艳遇的小说《青凤》之后，心向往之，而故意搬进一间"传言故多狐"的屋子里居住。这就不是如唐传奇那样现实中的人跳出小说之外评论小说的元小说角度，而是现实中的人（虽然毕怡庵为虚构的人物，但在文本中他是被当作现实中活生生的人看待的）沉溺于小说而表演小说的角度，让虚幻的狐仙大开毕怡庵的玩笑。故事虽然是在梦中或梦中之梦里发生的，但文本最后却扯进了真实作者："然聊斋与君文字交,请烦作小传",让虚构中的人物品评现实中的人,这时"人物是观看者,世界被观看",①小说的视角就具有了反元小说的形态,与唐传奇文本中单一尚奇让现实中的人品评虚幻的或虚构的人的元小说相比,这种新的小说类型无疑是蒲松龄一次全新的尝试。

由上面的论述可以看出,从唐传奇到《聊斋》,故事类型从内质到外形都发生了巨大的变化,这是与蒲松龄在小说创作方面孜孜矻矻的艺术追求分不开的。

三

文学史上任何一种文学现象都有一个渐进发展的过程。《聊斋》对唐传奇的继承与发展一方面与其作者蒲松龄良好的文学素养密切相关;另一方面也是文学发展的规律使然。自先秦两汉具有小说因素的作品、魏晋南北朝时期的志人志怪小说发展到唐人传奇,文言小说在艺术形式上走向成熟,在题材上反映社会现实的广度和深度也已达到了很高的境地。而文言作为一种以先秦时期的口语为基础的上古汉语书面语言,它在诞生后不久即被统治阶级及其文人所垄断,并且因脱离劳动人民而失去其原有的生机。随着社会生产力的发展,人民的物质生活日益丰富,再用这种语言形式来反映现实、塑造形象、叙述故事、描写环境往往显得捉襟见肘,因此,唐代以后,随着白话小说的兴起,文言小说一度衰微。但是,任何事物的发展都是波浪式前进,螺旋式上升的。文言小说作为一种兴盛了数百年的文艺样式,毕竟有其生存的肥沃的文化土壤、有着深厚的民族文化积淀,也积累了丰富的创作经验和教训,它不可能就此销声匿迹。明中叶以后,随着商品经济的发展,市民阶层的壮大,社会成员文化水平的提高,文言小说创作便逐渐走出低谷,再度繁荣,并适应时代的需要,吸收其他文体的优长,具有了一些新质。《聊斋》正是在文言小说复兴的趋势中出现的。

蒲松龄作为一位自幼受到良好家庭教育在诗词曲赋诸方面都成绩斐然的文言小说巨匠,在复兴文言小说的浪潮之中,不能不脱出前人的窠臼而摸索自己的新路子。在对《聊斋》与唐传奇从"叙述者的转变及叙事结构的转

---

① 华莱士·马丁:《当代叙事学》,北京大学出版社1990年版,第178页。

型"方面作了粗略的分析比较之后,我们不难发现,蒲松龄在继承了唐人传奇的创作经验的同时,不但在题材上进行了开拓,而且对文言短篇小说的创作艺术进行了可贵的总结和探索,成功地把生活的神髓注入文言,融诗词入小说,拓展了文言小说反映现实的能力及其抒情功能,把一生科场蹭蹬积郁胸中的"孤愤"排荡摇曳而出,给文言小说这一旧的体式注入了新鲜的血液,从而矫正了文言小说在唐传奇以后逐渐背离现实生活的势头。现代意义上的小说是以对现实的人及人生幻象的摹写为基本功能、以内容高度生活化、用语言来创造既非直观又充分具象的人生楼阁为其基本特点的。如果用这一标准来衡量,《聊斋》体现出一种向现代意义的小说过渡的趋势。本文虽仅从"叙述者及叙事结构"方面与唐传奇进行比较,但亦能够清晰地发现《聊斋》从内容到形式对唐传奇传承超越的轨迹,从而对《聊斋》在中国文言短篇小说史的霸主地位有一个更加深刻的认识。

第三节　山东英雄叙事的传统与变迁

一、山东地域文化与英雄叙事

黑格尔认为,人和动物一样,对食物、饮料、住所以及所有超出自我保存所必需但自己没有的东西有自然的需要和欲望。人与动物有着根本区别,就在于人对别人的欲望会有某种欲望,即渴望获得别人的认可,特别是,强烈要求获得"作为人"的认可。① 英雄主义情结,无论是东方,还是西方,都存在着"获得认可"的动机,而获得认可,特别是获得作为人的尊严、勇气和自由的认可,可以看作是英雄叙事在心理学上最初的动力。那么,什么是英雄主义呢?"何谓英雄? 最古之人,处于山林箐泽,豺虎与之游……人所以胜庶物得以自存者,一群之长,必其智慧血气之冠乎一群者也?"②在人类漫长发展史上,英雄主义情结,最终从一种"获得认可"的欲望,慢慢形成一种文化"原型意象"。广义的"英雄",就是泛指一切才能勇武过人者,故而"智

① 弗朗西斯·福山著,黄胜强、许铭原译:《历史的终结以及最后的人》,中国社会科学出版社2003年版,第31页。

② 严复、夏曾佑:《国闻报馆印说部缘起》,《中国近代文论选》上,人民文学出版社1959年版。

慧超群和体力过人是衡量英雄的两大尺度"①。容格以为,情结作为心理能量和动力起点,可以引导人去有意识地面对内心的隐蔽立场,而无意识情结既可能属于个人无意识,可以属于集体无意识,还有一些情结是广泛的,例如"救星"情结。实际上,救星情结就是一种集体无意识得一种原型意象,在我们这个充满了灾难、迷茫得时代,它自然被激活了。② 在这里,荣格从"无意识"的角度,阐释了英雄情结,在心理学上成为一种"原型意象"的过程。而既然作为一种"原型意象",英雄叙事就不可避免地带有强烈的地域、种族等外部研究的文化因素。

在此认识基础上,"地域文化视野"中的英雄叙事,就具有了独特的研究价值。叙事学与英雄母题,也有着复杂关系。由于叙事中叙事者、叙事角度与文本内部结构的关系,特别是叙事作为一种意识形态,与主题的关系,英雄叙事呈现出特定的时代性与地域性内涵。例如,西方文学与东方文学,传统官方意识形态与传统民间意识形态,现代性国家民族文学与阶级斗争文学,它们在英雄叙事上就有很多异同。具体到英雄叙事的地域性而言,地域文化是传统文化的重要组成部分,它若隐若现地浸染着生活在特定地域中的每一个个体,不仅影响着人们的话语方式、生活习性,且影响人们特定的思维方式、价值观念、审美情趣和道德风尚。对文学来说,地域文化不仅影响了创作主体的性格气质、审美情趣、艺术思维方式和作品的人生内容、艺术风格、表现手法,还影响了接受主体的审美取向、审美心理、审美经验等要素。同时,文学又通过人们的"阅读活动"能动地影响地域文化:"长年累月地在一个语言社区里生活,也就有了共同的价值体系,即集体记忆的成果。这个价值体系的形成主要通过阅读,正是由于这样的阅读经验,成为一种记忆。而就某个民族而言,阅读就成了历史的积累,群体性的阅读方式通常构成这个民族的集体记忆,影响和引导这个民族的思想和文化走向,因而阅读方式的改变也往往给这个民族的思维方式、行为方式乃至整个生活方式带来变革。"③地域文学中的英雄叙事,既不是一个与日常叙事完全对立的概念,也不是一个与全球化相对立的概念,而是选择从地域文化角度出

---

① 陈颖:《中国英雄侠义小说通史》,江苏教育出版社 1998 年版,第 2 页。
② 李德荣译:《容格性格哲学》,九州出版社 2003 年版,第 3—11 页。
③ 王庆奖:《文本阅读与文化经验》,载《思想战线》2004 年 4 期。

发,研究文学作品中的叙事学方法论。

众所周知,齐鲁文化,既深受儒家文化传统的影响,有着担当天下的仕人责任感,又有齐文化灿烂而浪漫的想象力,这也就造就了齐鲁文化中独特的英雄叙事。山东地域文化视野下的英雄叙事,既有特定的时代与历史内涵,例如,草莽英雄、现代转型视野下的乡土启蒙英雄,红色意识形态英雄等不同形象,也有变化很小的地域特色,例如山东英雄叙事中的乡土文化影响,儒家的天下为公概念,草莽英雄的民间色彩等,至今仍在影响我们对山东地域文化的理解与判断,而山东地域英雄原型的伦理性、民间性、正义性,更是我们不能忽视的因素。可以说,不同时期的山东英雄叙事的文学作品,既反映了时代共同的审美规范与意识形态,也反映了"山东"这一独特的地域文化形象,并在塑造过程中起了重要的"想象"、"虚构"作用,形成了一定的"想象的共同体"(安德森语),丰富了山东地域文化人格,还形成了特色鲜明的英雄叙事传统,深深地影响了百年山东英雄叙事的发展。本节将主要对山东地域文化中的英雄叙事的传统与变迁,进行梳理和总结,并试图从此找出山东文化对英雄叙事的影响,以及这种地域性与时代性在英雄叙事内涵变化中的作用。

二、山东英雄叙事的五个发展阶段

山东的英雄叙事,共有五个发展阶段。首先是传统英雄叙事阶段。传统英雄观又分为正统与民间两个部分。所谓正统的英雄理念是以对历代王朝的文功武治的成败得失、功业大小论英雄,也就是依据对王朝夺江山、坐江山与固江山的贡献大小以及其表现出来的忠勇、文韬武略、智谋才干等方面来判断英雄,帝王将相几乎都是英雄豪杰。"百余年来,大彼得、华盛顿、拿破仑奋匹夫,建大业,固以兵得天下"、"英雄之所以不能忘",则因"金石以象之,竹素以纪之,歌舞以陈之"。① 而所谓民间英雄理念,就是平民百姓的英雄观,民间的英雄观比较复杂,体现了"藏垢纳污"与"意义驳杂"的双重特点。一方面,受统治阶级与知识阶级的影响,民间的英雄存在着帝王将

---

① 严复、夏曾佑:《国闻报馆印说部缘起》,《中国近代文论选》上,人民文学出版社 1959 年版。

相、守边拓土的勇士等主流形象,甚至是比较深的道德化倾向;另一方面,造反起义、杀富济贫、伸张正义、维护公正、除暴安良、替天行道等为任务的侠客,表现出民间反对正统的官方文化的一个侧面。在传统文化的英雄叙事中,齐鲁文化更为偏重具有"山东好汉"形象的民间英雄策略,而以帝王将相的传奇故事为辅。这个范畴的作品有长篇小说《水浒》以及近代的通俗文学《山东响马传》等。

第二个阶段是乡土启蒙英雄阶段。在山东文化而言,主要是指五四文化运动后的二三十年代,在继承古代英雄叙事中的"正统"和"民间"的双重意味之上,民族国家理念之下"英雄叙事"又有了新发展,并结合山东强大的农业文化传统,产生了一批具有乡土启蒙意味的文学作品。这些作品,有两个特点:一是救亡意味下的启蒙性。五四运动后,启蒙与救亡的双重变奏,在国家危机存亡关头,越来越倾向于民族国家理念,而在民族国家理念下,战争因素、阶级意识形态,都深深影响着英雄叙事。这时期山东的英雄叙事,个人主义色彩更为稀少,而群体主义色彩突出,所重视的,正是所谓英雄的"公性情"。二是由于山东对传统农业文化的继承,加之山东有大量农村,启蒙主义英雄叙事,在实现转型的同时,注重从启蒙与救亡的角度,对山东乡土文化进行关注。虽然,这一时期的英雄主义,从歌颂帝王将相与草莽英雄,变成了对启蒙英雄的赞颂,但这些山东启蒙英雄身上,却不免带有强烈的乡土气质与传奇草莽味道。王思玷是这一时期英雄叙事值得注意的作家。王思玷在《小说月报》上发表《风雨之下》、《偏枯》等 7 篇小说,较真实地描绘了 20 年代初期鲁南农民的痛苦生活,愤怒地谴责了军阀混战给人民带来的疾苦,活灵活现地塑造了几位贫苦农民的形象,被茅盾先生称赞为"活的人生画图"。杨振声的小说《济南城上》以日军制造的"济南惨案"为背景,塑造了皖生和湘生这两个抵抗日寇保家卫国的英雄形象。《抛锚》塑造一个具有反抗精神和侠义之风的渔民形象。主人公穆二敢抵抗恶势力压迫,替受苦难的渔民出头,为救人牺牲了自我。这些渔民粗犷、豪爽,具有梁山好汉式的反抗精神,敢对抗社会不公,表达人民内心的正义诉求。王统照的长篇小说《山雨》,则是这一时期山东英雄叙事的代表作品,他以山东农村为背景,反映了军阀混战和帝国主义压榨下农民的悲惨生活。它刻画了农民愚昧麻木的心灵和因袭的重负,这在奚二叔这一代农民身上表现尤为明显。同时,小说也写出了破产农民的自觉反抗。小说命名为《山雨》即含有"山雨欲来风满楼"的意思,预示革命风暴必将在广大农村兴起。种种生存的危机则迫使年轻一代农民,例如奚大有等人的心态慢慢开始觉醒,逐渐去除自身的保守、因袭和重负,这些纯朴爽直的农民在现实苦难面前也积蓄起了愤怒的反抗火焰,将农民启蒙英雄的"反抗气质"凸现出来。

第三个阶段是战争文学下的红色阶级英雄。这些作品,主要集中在以革命历史题材为主的领域内。随着文化语境变迁,特别是解放后,以革命、国家民族为叙事目的的英雄形象,渐渐占据文坛主流。这一时期山东英雄叙事文学,主要有如曲波《林海雪原》、刘知侠《铁道游击队》、冯德英《苦菜花》、萧平《二月雪》、赛时礼《二进山城》等。这些作品塑造了许多革命英雄形象。此时的英雄形象与二三十年代的抗暴英雄相比有了很大变化。英雄好汉经历了一个思想改造过程。意识形态按照集体主义原则、组织纪律性以及树立崇高理想目标等要求,塑造更加神圣高大的"卡里斯玛"型英雄。革命历史小说的一大功能是讲述革命的起源和合法性,文本的叙述颇有"忆苦思甜"之功效。所以意识形态必须改造梁山好汉式的英雄,以达到新的宣传效果。另外,传奇性的叙事模式、二元对立的思维方式等仍在借鉴使用。刘知侠的《铁道游击队》,塑造了绿林好汉式的"飞虎队"群体。他们活跃在临(城)枣(庄)铁路、微山湖一带,个个神出鬼没,令日军又恨又怕。这些队员洋溢着英雄的性格特征,比如刘洪的豪爽热心讲义气,鲁汉的粗鲁和贪杯,小坡的机智勇敢等,充分体现水浒英雄形象对作家塑造人物的影响。小说也写了党对这个群体的引导,上级派有革命理论素养的李正当政委,并将"飞虎队"拉进山里整训,使这个集体更有组织纪律性。这些都表明了意识形态对英雄形象的规范。郭澄清的《大刀记》讲述了现代农民革命故事。《大刀记》第一部,借鉴《水浒传》"逼"上梁山叙事模式,以梁永生背井离乡的生活和反抗仇人迫害来组织情节推进。梁永生是一个民间英雄形象,路见不平、拔刀相助,充满正义感,武艺超群,机智勇敢。《水浒传》以事为顺序,连环勾锁,层层推进的结构,为《大刀记》所吸收。第二部中,梁永生领导地方武装,组织八路军大刀队,在鲁北临河区开展抗日游击战争。在梁永生带领下,梁志勇、土锁柱、黄二愣等八路军战士迅速成长。梁永生指挥大刀队与敌人斗智斗勇,他们"巧夺黄家镇、夜战水泊洼、围困柴胡店",获得最后胜利。《大刀记》第二部梁永生已不是普通的草莽英雄,而是新型的红色宏大叙事人物形象。他对革命理论的坚信不疑,对红色理想的神圣追求,并愿接受新的意识形态洗礼。

第四个阶段是知识分子启蒙英雄阶段。这一阶段的山东英雄叙事,主要指的是开始自 70 年代末,并在 80 年代大放异彩,并在 90 年代初期留有尾声的山东知识分子启蒙叙事。与二三十年代的乡土启蒙的英雄叙事不同,这些文学作品中的主人公大都是知识分子,而不是乡土中国的农民,表现的重点也由原有的"揭发社会黑暗",引起"疗治的注意"(鲁迅语)等单纯的"为人生"目标,便成了对"英雄救赎"的赞颂,对知识分子英雄启蒙事业的弘扬,对启蒙者和被启蒙者之间的紧张关系,特别是启蒙者悲剧命运的探讨。这既是对红色意识形态下的英雄叙事的一种反拨,也是新时期以来对英雄叙事的深化。而山东这个时期的英雄叙事的特点,还体现在对社会转型期和市场经济所带来的人性失落的批判,对山东传统文化,对道德立场和乡土伦理性的坚守,特别是儒家文化"关注民生疾苦"、"以天下为担当"的积极入世态度的继承。这一时期的代表作品,主要有郑义的《老井》、张炜的《古船》、《葡萄园的愤怒》、李贯通的《天缺一角》等等。

第五个阶段是"反英雄"的英雄叙事。从历时的角度来看,山东反英雄的英雄叙事,出现 80 年代中后期,随着意识形态叙事的进一步衰退,对原有的英雄形象的怀疑,对宏大叙事的解构,便形成了英雄叙事上的危机。文坛上出现了大量的反英雄的叙事。这方面的代表作品有尤凤伟的《石门夜话》、莫言的《红高粱》、《丰乳肥臀》等。在这些作品中,传统的阶级斗争英雄、知识分子英雄、民间侠义英雄的形象被颠覆,而内涵也更加复杂了。在这些打着日常化的旗号的作品中,一方面,人性的复杂性,特别是英雄形象本身的复杂性,得到了更好的阐释,特别是山东文化中原有的"土匪草莽传奇",被赋予了人性解放的意味,从而在红色宏大叙事解体的过程中,具有了积极的意义,另一方面,这种思潮,也导致了对英雄主义宏大叙事的过分消解与解构,英雄主义本身所负载的理想主义光芒、救赎的激情,以及崇高的道德目标,每每被一种怀疑主义和虚无主义所笼罩,甚至有些"反英雄叙事",在消除宏大叙事对人性压抑的同时,走向了人性的反面。这样的现象无疑应该引起我们深刻的思考和警醒。下面,主要以个案研究的方式,对几个重要的山东英雄叙事文本加以疏理与总结。

三、强盗与好汉的哲学:《水浒》中的英雄叙事

《水浒传》以北宋宣和年间山东宋江起义为历史基础和故事原型,又经口头文学传播的长期演变,最终由文人整理创作而成。在漫长构思酝酿过程中,水浒的英雄故事不断发展、丰富、传播。成书于 16 世纪的成熟小说文本《水浒传》,则经过民间文化想象和文人想象的双重建构,最终将"梁山好汉"的"社会集体想象物"定型,再加上其独特的叙事艺术,便立即成为以后长篇小说发展的范本,深深地影响了山东英雄小说后来的发展路径。

《水浒传》作为山东英雄叙事文学的范本,塑造了具有永恒艺术魅力的"强盗加好汉"的民间英雄形象。但如果我们做细致考察,就会发现这些英雄形象,存在着内部差异性。一方面,该书宣传忠义为先,推崇忠君爱国,并进而衍生出天下为公、抱打不平等"公性情"的好汉气质;另一方面,这群英雄又不可避免地沾染上杀人越货、暴力抗命的"强盗"气质。一方面,该书赞扬逼上梁山的好汉们反抗官方意识形态的合理性;另一方面,却也暗许了宋江投诚行为的合法性与合理性。如何看待这个问题? 笔者认为,要看到水浒英雄叙事的这种矛盾性,正是主流意识形态对民间文化形态进行规训的结果,而无疑,这种规训也影响到了山东地域文化与英雄叙事的结合方式与内涵构成。马克思曾经说过:"统治阶级的思想在每一个时代都是占统治地位的思想,也就是说,一个阶级是社会上占据统治地位的物质力量,同时也是社会上占统治地位的精神力量,支配着物质生产资料的阶级,同时也支配着精神生产的资料"。① 由此,民间英雄话语,一方面不可避免地与正统的英雄话语享有共同的话语空间;另一方面,由于主流话语对民间趣味文化诉求的忽视与鄙夷,由于主流话语的话语辐射能力的大小,更由于民间英雄话语是无法获得主流话语的完全认可获得文化资本,从而放弃了合法叙事面具,转而释放被压抑的利比多原欲,民间英雄话语也就存在着反抗与妥协的双重气质,而这种气质,恰恰契合山东地域文化微妙的文化身份和文化内涵。一方面,山东是儒家的发源地,有着深厚的农业文明传统和影响,另一方面,山东却属于文化上的"外省"、"边缘地带",更由于民风彪悍尚武,

---

① 《马克思恩格斯选集》第 1 卷,人民出版社 1995 年版,第 98 页。

带有强烈的反抗气质。《水浒传》之所以成为千古传颂的小说名作,它的永恒艺术魅力在于它在中国小说史第一次成功地塑造了梁山好汉群体英雄豪侠形象。这一独特的地域文化形象随着社会的演进,文学思潮的变迁,虽然呈现出不同的表现形式,但作为一种"形象原型"的意义就在于"英雄崇拜"、"好汉主义"作为一种精神内核已经影响到了山东地域文化人格的深层心理结构,并散发出持久的魅力,成为山东人身份认同的心理基础和文化基础。

　　由此,我们也可以进一步来考察《水浒》中的人物形象与内在品格,以及水浒故事的叙事原。首先,雄强勇武的肉身化个体。梁山好汉给人最直观的印象首先在于高大威猛的体形和强悍粗犷的外貌。《水浒传》花费大量笔墨塑造鲁智深、林冲、武松、李逵、燕青等形象。他们一般拥有雄健的身体。例如,"(鲁智深)生得面圆耳大,鼻直口方,身长八尺,腰阔十围";"武松身长八尺,一貌堂堂,浑身上下,有千百斤气力";"(林冲)生的豹头环眼,燕领虎须,八尺长短身材"。只有具备这样的体形才能蕴含无尽的勇力和豪情;只有具备这样的体形才有惩恶扬善、除强扶弱的可能。其次,通过异乎寻常的行为举动展示其超常的力量和武艺。如鲁智深倒拔垂柳、拳杀镇关西,武松景阳冈打虎、醉打蒋门神、大闹飞云浦、血溅鸳鸯楼,李逵沂岭杀四虎等。这些神奇力量、非凡本领使梁山好汉身上充满传奇色彩,他们铲奸除恶、济困扶危的英雄故事散发出一种雄奇、粗犷、刚健、豪放的美感气息。尤其是众英雄惊人的食量、对酒肉的迷恋,更给人深刻感性印象。在梁山好汉身上,酒肉与生命力、创造力紧密相连,酒肉不再是充饥解渴之物,而是勃发青春豪情的兴奋剂,是胆量和强力意志的来源。当然,这种对肉身化强悍个体的推崇,则不可避免地让这些英雄形象,也展现出许多负面的暴力倾向。就内在品格而言,这些传统民间英雄的气质,是正统的"忠义"气质,与民间草莽英雄文化的"反抗"气质的混杂。就山东英雄的文学想象而言,仅仅停留在对山东英雄外在体格面貌的认同是远远不够的,更为重要的是其内在方面所体现出的地域文化品格和精神特质。好汉有自己遵行的信条,甚至不惜牺牲生命以践行。夏志清先生在《中国古典小说史论》中对"好汉信条"作了这样概括:讲义气、爱武艺;疏财仗义、慷慨大方;不贪女色而嗜食贪杯。①《水浒传》的成书,一方面反映了民间趣味,另一方面展示了文人

---

① 夏志清著,胡益民等译:《中国古典小说史论》,江西人民出版社2001版,第93页。

趣味对民间文本的改造。后来备受人们推崇的"梁山英雄精神",主要内容也往往概括为:劫富济贫、除恶扬善,敢于扫荡人世间一切不公平、不合理现象的理想道德;重承诺、讲义气,为朋友两肋插刀的理想品格;真诚、坦荡、耿直豪爽、不虚伪、不矫饰的理想性格;不畏强暴、勇往直前,象征人类勇敢和力量的理想行为等。这些理想化的审美追求不仅契合几千年来中国传统文化心理对英雄的追求,且暗合人类追求公理、崇尚英雄的共同愿望。

《水浒》的英雄叙事的叙事模式。"在民族国家想象中,英雄常成为现代民族国家理想的集中体现者,他是现代民族国家人格化的形象,英雄正是通过这样的方式来婴合现代民族国家的秩序。"同样,"梁山好汉"也是山东地域文化形象理想体现者。《水浒传》小说文本因其强大的可复制性和典型的叙事模式,发挥着强大的虚构、传播的文化功能,成为山东文化群体自我辨识、自我认同的重要载体。所以对《水浒传》的英雄叙事,特别是叙事模式研究具有重要意义。

"官逼民反"与"逼上梁山"——复仇报恩情结。在中国传统的英雄叙事之中,复仇和报恩是两个非常重要的母题。而这两个主题,也是对小说主人公"忠义"品质的一种必要的手段,恰如其分地表现了《水浒传》对于民间伦理价值和传统伦理价值的坚守。在《水浒》传中,报恩和复仇的例子比比皆是,而这也是"官逼民反"和"逼上梁山"的重要因素。复仇过程中,主人公往往被置于生与死、义与利、感性与理性的尖锐对立中,这对于展现人的丰富内心世界具有重要意义。同时复仇也成为推动故事情节发展的主要动力,主人公在曲折离奇充满传奇色彩的复仇过程中,凭借以暴抗暴的形式彰显民间式的末日审判,最终获冤仇必报、善必胜恶的胜利结局。当统治者剥夺了下层民众最基本的生存,激化了官民对抗情绪,这种"仇恨"以及负载其上的"恩情",就会促使人们反抗观念的萌生、成熟、爆发,并将个体的反抗行为转变为揭竿而起的群体反抗行动。武松为了给武大"复仇",先后杀死了西门庆、潘金莲,后又杀死梁都监等人,投奔梁山。而林冲更是为了给妻子"复仇",杀死了陆虞侯等人,火烧草料场,雪夜奔梁山。而为了报答宋江的"恩情",晁盖等人不惜砸牢反狱,将其救上梁山。正如摩尔根所说:"为血亲报仇,这种古老的习俗,在人类各个部落流行的都很广泛,其渊源出自于氏族制度"①,而在中国传统的"家国一体"制度中,特别是山东文化中浓厚的家族伦理氛围,"复仇"和"抱恩"一起,成为血缘宗法制社会的英雄品质的重要组成部分,也构成了传统英雄叙事的不可忽视的故事情节。

"善与恶"、"正与邪"的二元对立道德伦理逻辑,则是山东英雄叙事的另一特点。《水浒传》中不仅有"朝廷"与"江湖"的对立,更有梁山好汉与奸臣污吏的对立。这些道德化的二元对立策略,在强化叙事效果,彰显水浒英雄们的正义性与合理性的同时,也暴露出他们残忍嗜杀的特征,例如,《水浒传》一方面描述了打虎英雄武松为哥哥报仇的痛快淋漓,另一方面却又在第 31 回描绘了血溅鸳鸯楼那场令人毛骨悚然的大屠杀,对无辜奴婢的绝望乞怜、武松席卷金银器皿的细节更令我们深思。特别是以杀戮对待"性禁忌"的立场。而这种态度,无疑是缺乏现代性的,也与西方的骑士文学尊重女性的态度,有着很大差异,例如,李逵在劫法场时大量杀死无辜群众,宋江杀死阎婆惜,则是"左手按住那婆娘,右手却早刀落,那颗头,伶伶仃仃,落在枕头上";武松杀死潘金莲"双手去挖开胸脯,抠出心肝五脏";杨雄杀潘巧云"一刀从心窝直到小肚子上,取出心肝,挂在树上",还有卢俊义杀贾氏,雷横枷打白秀英,张顺忿杀李巧奴等等,这种对于"手到处青春丧命,刀落时红粉亡身"的意淫,将山东英雄的道德立场推向极致,也暴露了诸多问题。

四、红色的刀锋:战争文学中的阶级英雄叙事

《林海雪原》是山东革命通俗小说的代表作品。作者曲波的创作,与山东胶东半岛现代革命的风云变迁密切联系,也和自己亲历的战争生活联系在一起。他写过《山呼海啸》、《戎兽碑》、《桥隆飙》等描写山东本土革命的小说,也写过"山东味"的胶东子弟兵在东北剿匪的《林海雪原》。《桥隆飙》以抗日战争初期山东地区为背景,生动地塑造了草莽英雄桥隆飙这一艺术形象,描述了他从自发的斗争到接受党领导的曲折复杂过程。桥隆飙是胶东民间的草莽好汉,是农民起义军"飙字军"的领导者,他的性格非常

---

① 摩尔根著,杨东莼译:《古代社会》,商务印书馆 1977 年版,第 75 页。

复杂。桥隆飘既有粗暴鲁莽、目光短浅、专制独断的"匪气",也有善良朴实、嫉恶如仇、极富同情心和正义感,更重要的是,他在与敌人的战斗中也体现出大智大勇的一面。

就《林海雪原》而言,首先,我们看到,它的英雄叙事,有一个鲜明特点,就是"革命战争文学中的阶级斗争英雄"。在以国家民族叙事为本位目标的战争记述中,不但英雄被赋予了超越常人的品格和能力,而且被赋予了"阶级革命"的合法性与合理性,使得传统文化品质得以顺利与现代阶级斗争英雄叙事相结合。托马斯·曼曾经总结过战争的净化作用:"战争!我们把它看作是一种能起到巨大的净化和解放作用、给人带来极大的希望的东西,诗人们认为它是一个起点,仅仅是一个起点。"①瓦岱也认为,战争可以让普通人走出支配他们的时间类型。所谓时间类型,反映了历史时间的表现形式。它们受到某个特定的时代所特有的事件、集体经验、习俗变化以及言论(文学、意识形态、科学等方面)的支配。大致而言,这种时间类型,相当于人们的"日常叙事",是人的一种日常生活状态,而战争中的英雄叙事,则是打破这种状态,从而进入一种"英雄时间",即瓦岱所说的"英雄的现时"。而在这个时空内,对英雄主义的推崇所导致的英雄"共名"性(陈思和语)则是一个显著特点。也就是说,在现代战争中的英雄叙事,所推崇的是一种以"时代共名"(例如,抗战、民族救亡、阶级解放)为目标的英雄行为与时间标准。

由此,《林海雪原》的英雄形象,比之《水浒》传,又有了变化。一方面,《林海雪原》中的英雄形象,保持了山东传统的英雄形象,比如说,雄强勇武的肉身化个体,"儒将"加"勇将"的英雄搭配,"五虎将"式的英雄组合。"宋江 + 李逵"这一人物组合方式,衍化成"儒将 + 莽汉"、"政委 + 草莽"等表现形式。另一方面,这些英雄形象,却更突出了阶级立场和忠于人民与党的叙事目标,具有传统英雄所没有的现代群体符号意味。在《林海雪原》的英雄群像中,作家为我们塑造了一支解放军剿匪战斗的"英雄群体"。小分队战士在东北的茫茫林海中神出鬼没,与敌人斗智斗勇,奇袭奶头山、智取威虎山、大战四方台等惊险、激烈的战斗使小说传奇性色彩浓厚。这个英雄群体有着江湖好汉的色彩,他们有超常本领,比如少剑波的智慧,杨子荣的

---

① 伊夫·瓦岱著,田庆生译:《文学与现代性》,北京大学出版社 2001 年版,第 73 页。

胆量,刘勋苍的力气,孙达得的速度,也多带有民间英雄的色彩。小说以国共之间的政治对立为背景,呈现的是扶危救困的正义英雄与杀人放火的邪恶土匪之间的较量。

其次,在《林海雪原》中,我们看到,传统的复仇和报恩主题,却巧妙地被"挪用"到现代阶级叙事中,成为突出阶级斗争主题的潜在结构。无论是文体,还是主题,《水浒》式的英雄传奇,都不同于西方文学史中的英雄史诗传统。西方英雄史诗,是通过一整套骑士审美风范,例如忠贞、勇敢、优雅风度等特别的符号能指来实现,而在中国传统英雄传奇中,家族血缘的影响却很深,英雄的"成长"过程,常常是通过"血亲复仇"的方式得以实现的。在红色阶级叙事中,虽然传统宗法制下的英雄形象,遭到了置疑,但是,为取得阶级叙事的合法性与合理性,为更好地加强阶级叙事的感染力和说服力,阶级斗争的故事,暗中将家国一体的复仇和报恩的故事与揭示阶级斗争残酷结合在了一起,取得了意想不到的效果。当然,我们也看到,这种挪用所造成的文本内部权力分配效果是双重的,也就是说,在文本中,阶级斗争与传统的忠义传说,并不存在谁完全压倒或利用谁的问题,而是一个权力双向过程。一方面,血海深仇的阶级斗争,让英雄以"复仇"和"报恩"的传统方式,完成从一个普通人到成熟的"阶级斗争战士"的心理成长;另一方面,传统的英雄忠义品质,也不断造成不和谐因素,显示出文本内部的对抗。而这种对抗的潜在文本结构,也进一步突出在现代性转型中,山东地域文化内部构成的各种因素的抵牾和冲突。例如,《林海雪原》第一章就是"血债",故事情节是,杉岚站土改工作队队长鞠县长(少剑波姐姐)和许多乡亲被土匪杀害,而少剑波率队驰援,后来在姐姐和乡亲们的尸体前发誓报仇。我们注意到,当"剿匪"变成了"复仇","政治任务"就被有效地转化为了内在的道德化要求,并将"忠义"与"高尚的阶级情感"联系在一起。被土匪杀害的鞠县长,不仅是一个共产党县长,且成了一个善良姐姐,一个慈祥母亲。由此,"复仇"就成了少剑波英雄成长叙事的故事起点。小说中的所有正面人物,无论是杨子荣,小分队战士,还是普通百姓,都经历了亲人被杀的惨痛,为亲人报仇,成了他们的内在动力,也成了作品的叙事方向,通过这样的叙事策略,《林海雪原》将一个革命故事,"转述"为了一个中国式的道德传奇,"革命"与"传统"形成合流。

再次,革命加恋爱:阶级英雄的儿女情长。在山东传统英雄小说中,我们看到,"禁欲主义"是其树立"忠义"道德标准的主要手段之一,梁山好汉们大多不懂爱情,专心于替天行道的杀戮行为。在新的阶级斗争中出场的"红色英雄",却存在两种不同情况,一种如《沙家浜》中的阿庆嫂,通过"中性化"与刻意"悬置",突出"禁欲"对红色叙事的道德纯洁性需要;另一种则在红色意识形态与民间、启蒙之间寻找一种"含混"的中间状态,例如,《林海雪原》虽写的是革命故事,但并不妨碍它受到民国"侠情"小说影响,书写"英雄"与"美人"的带有个性启蒙色彩的爱情戏。少剑波与女兵白茹朦胧的爱情,就是一个很好的例子。在这种英雄美人的爱情戏中,世俗的审美标准与欲望标准,突破意识形态束缚,展示了民间英雄文本在被改造时顽强的渗透能力。这种英雄美人的叙事方式,也是该书大受普通群众欢迎的重要原因。而这种小资产阶级情调,无疑是"左"的年代作品受到诟病的主要原因。① 白茹,外号"小白鸽",是一个女护士,她天真、美丽、善良、纯洁,而这种形象构造,无疑符合传统文化中男性对女性的性幻想,而与其他红色革命英雄叙事中性化的女英雄形象相距甚远(例如江姐、阿庆嫂),而少剑波大破威虎山后题诗赠言的细节更非常有意味,其中"体灵比鸟鸟亦笨、歌声赛琴琴声哑,双目神动似能语,垂鬓散涌瀑布发"的诗句,更流露了这个无产阶级英雄的"才子情调"。

最后,阶级英雄叙事之中的山东传统道德立场,也值得我们注意。如果说,在这部小说中,"复仇报恩"模式,加强了阶级英雄叙事的逻辑力量,也凸现出"家仇"与"阶级仇恨"的抵牾;而"革命加恋爱"的叙事方式,虽扩大了阶级英雄叙事的接受范围,却在某种程度上妨碍了阶级斗争叙事目标的实现,那么,在"二元对立"的道德立场的表述上,传统道德观,则更为紧密地与阶级英雄叙事结合在一起。

五、沉重的启蒙者:启蒙知识分子英雄叙事

进入新时期以来,山东英雄叙事也发生了很大变化。张炜、莫言、李贯通、张海迪、赵德发等,都是这一个时期山东英雄叙事的代表作家。一方面,

---

① 田禾:《女英雄还是装饰品——从小白鸽谈到妇女英雄形象的创造》,《北京日报》1961 年 6 月 10 日。

新的英雄叙事,继承了原有的山东民间传统英雄叙事气质,例如对反抗合法性的宣扬,对于传统文化的担当等等,另一个方面,这些新的英雄叙事则更多继承了儒家传统文化中有关士大夫的价值观,并与新时期以来的知识分子叙事相结合,塑造了许多勇于担当、以天下苍生为念的理性启蒙英雄形象。他们呼唤人性的回归与历史的理性,呼唤人的自由与权力,同时,他们又擅长深刻的思辨能力与理性反思能力,具有知识分子的悲剧性品格。特别是进入 90 年代以来,这种知识分子启蒙英雄在主流意识形态与消费主义的双重夹击下,更是凸现了他们坚守价值观的悲壮意味。

就人物形象而言,时代的先行者,悲剧性的牺牲者,悲壮的道德救赎者,无疑是他们最好的写照。例如在小说《古船》中,真正的英雄,并不是利用土地革命、"文化大革命"造反为自己谋私利、抢男霸女的四爷爷、赵多多等人,而是为了发明创造不惜废寝忘食、抛家舍夜的李技术员,毅然出走洼狸镇,在大城市独自打拼的于连式英雄隋见素,以及在古老的磨坊中,独自面对共产党宣言,寻找真理的隋抱朴。这些昔日地主资本家的后代,昔日遭人唾弃的知识分子们,成了这个时代进步的最强音。是见素将城市的文明风气带给了洼狸镇,也是见素勇敢地与恶霸赵多多争夺染坊的承包权,而更是隋抱朴,在染坊即将倒闭的危机时刻,挺身而出,勇敢地承担了自己的责任。这些启蒙英雄充满了个性魅力,在商店陷入困境的时候,见素居然靠在街上演讲,就获得了巨额的奖金,挽救了经济危机。这个情节,无疑值得我们深思。这些启蒙知识分子英雄,也是一些悲壮的道德救赎者,他们具有山东传统文化对道德独特的敏感性与反思性,特别是对待性的态度上。例如抱朴的爱情悲剧。同时,我们也看到,作家张炜也深刻地看到了各种反对势力的强大,这种强大不仅反映在恶势力本身的强大,而且反映在群众们的不觉悟上,这些善良的群众,常常在有意无意之中,充满当权者的工具,对启蒙知识分子英雄造成了巨大的伤害,而山东作家对这种启蒙者成为被启蒙者牺牲品的深刻思考,无疑延续了鲁迅对于虚无哲学的认识。另一方面,这些作家们也写出了在消费社会的新形势下,这些启蒙知识分子英雄的精神困境以及坚守,例如张炜笔下的淳于、庄周、鲈鱼、柏慧,李贯通笔下的老馆长等。

就内在模式而言,首先,启蒙进步/守旧,代替了原有的革命/反革命、忠义/奸佞的划分,展现出了新的二元英雄叙事策略,而在这种叙事策略中,原有的血亲复仇情结,反而成为了一种野蛮,遭到了质疑与否定。作家们试图用人性的宽容与理性进步,来超越这种模式。例如,在《古船》中,见素、抱朴面对赵多多、四爷爷等恶势力的家族血仇,并没有采取血腥报复的方式,而是试图在更为理性的历史纬度上,对他们进行谴责与批判,并将对他们的人生攻击,转化为对不合理的僵化制度的批判。这无疑是具有进步意义的。在《葡萄园的愤怒》中,面对村长的恶势力,那些启蒙英雄们也没有寄希望与复仇,而是诉诸法律和人心的制裁。

其次,对道德立场的坚守,是山东新时期启蒙英雄叙事的另一大特点。一方面,山东作家们坚持对原有阶级叙事的批判,另一方面,他们又坚守山东传统文化中的道德责任感,启蒙责任感,高举理想主义大旗,因而在表述策略上表现出了一定的"新文化保守主义"倾向。例如,《绝顶》是著名女作家张海迪的一部杰作,它描述了一群有理想的青年知识分子。肖顿河在梅里雪山考察探险中屡败屡战、永不言退;丁首都在生命基因变异研究中既要面对科学难题又要对付资金匮缺和人际关系的死结;安群遭受车祸重创只能长久困卧病床,却仍然壮心不已地写出憧憬大自然之神秘瑰奇的乐曲《传说之谜》。从精神气质上,这些人都具有一种精神追求的绝对性。他们都是平凡而普通的人,既没有圣洁的灵光圈,也没有成功者炫目的桂冠。他们需要友情和爱情,需要理解和倾诉;他们对事业的失败和生命的毁灭,同样会有常人的颓丧和恐惧,但他们坚持了自己的精神追求,信守了自己对大自然和生命现象的热烈探索。《绝顶》执着而虔诚,回荡着一股历久弥新的磅礴激情,体现着人类面向浩瀚的未知领域所表现出来的永恒的探索和创造精神。

又比如,张炜的小说《柏慧》,作品中的"我"辞去了杂志社和研究所的工作,孤身来到海边,和四哥、鼓额等人经营着一块葡萄园,这是他们的精神栖息地,然而,势利的文人们、公司经营者们破坏了那份宁静和美丽,葡萄园的主人们却毫不屈服。小说中,张炜所有敏锐的现实主义触觉都化为了内心永不妥协的熊熊烈焰。"我"认为"我与贫穷的人从来都是一类"。"我"悲壮坚守的就是这种精神的根,维护和捍卫着弱势群体的根本利益和精神的乌托邦。这也是口吃教授、老胡师等经历过"文革"的一代知识分子宝贵的人文传统的延续。同时,张炜也深刻地刻画了许多知识分子的精神背叛和堕落,如巧取豪夺别人知识成果的所谓权威"柏老",毫无廉耻、为了金钱出卖文学的文人,那些只知道赚钱,不知道爱惜生命和土地的暴发户。他将犀利的目光投向了整个时代。"如果一个时代是以满足和刺激人类的动物性为前提和代价,那么这个时代将是一个丑恶、掠夺的时代。"(张炜语)

李贯通在《天下文章》、《天缺一角》等小说中,则写出了当代启蒙英雄面对消费狂潮的尴尬与无奈,极为深刻的蕴涵着当代文化的某种不为人察觉的危机。两个小说,均以"县文化馆"这一个文化单位为故事背景与场所,再现了文化人所面临的体制转变所带来的价值解体。它不但深刻地触及了当下的现实,而且形象地寓指了当代文化的某种必然的悲惨命运。在《天下文章》中,县文化馆的专业作家为形势所逼,斯文扫地地拉关系、求门子、卖稿子,甚至惶惶不可终日,给种猪作广告。它表达的是传统文化的精神人格正遭受毁灭的忧患。《天缺一角》中,从徐馆长到于明诚,代表着一代知识分子血脉的传承,他们的良知和贞操,在当代急功近利的社会,正经受着巨大的考验。国宝文物汉画像石的遭遇隐喻了当代文化自断命脉的尴尬之境。珍贵的石像被损坏、被卖拓片,碑亭被戏剧性的盖到了市委书记的"新碑"之上。这些情节既是现实,又是寓言,是知识分子启蒙英雄悲剧命运的写照。

六、"反英雄"的英雄叙事:个性张扬的浪漫土匪

进入新时期以来,随着宏大叙事解体,"反英雄叙事"一时非常流行。那些传统意义上的忠义英雄,那些红色意识形态下的阶级斗争的英雄,都在阐释学与解构主义的怀疑目光下,被重新定位与建构。其中,莫言的反英雄主义书写,是一个特别值得注意的文化行为,也是山东英雄叙事的重要表现。一方面,他通过一些丰满而复杂的人物形象,特别是土匪、白痴等边缘人物形象,有力破除了传统英雄、阶级斗争英雄与启蒙英雄的神话,揭示了宏大叙事下英雄的虚伪和复杂性;另一方面,莫言通过对边缘人物,例如土匪的再定位,试图彰显其民间意义上的英雄,野性与自由的一面,并进而推进其反文明、回归自然的呼唤。莫言这些主题的小说,有《红高粱》、《丰乳肥臀》、《四十一炮》等。莫言通过这一系列作品,宣告山东英雄叙事出现了新的审美转型。作者用"虚构叙事"取代"亲历在场",用"酒色财气"颠覆"英雄崇拜",用"灵魂救赎"挑战"旧梦新知",并以强烈的艺术理性精神,宣告了革命英雄传奇神话的历史终结。

就英雄形象而言,莫言吸取了《水浒传》中对英雄的民间性的把握,突出其破坏礼法,自由野性,不受制度拘束的特点。同时,在这些英雄形象上,莫言以开放的人性姿态,将"性自由"第一次还给了更为含混意义上的"民间",从而在更为开阔而独立的空间,为我们树立了新的"反英雄"的英雄叙事模式。在这个民间中,那些英雄们,不仅仅是雄强勇武、个性彪悍的"土匪",且是敢恨敢爱,多情而缠绵的"情种"。他们不拘泥于法制与道德,向往无拘无束的自由生活。这种英雄的文化身份和文化形象,与水浒传中的李逵式英雄、杨子荣式的红色英雄、张炜笔下的隋抱朴式的知识分子启蒙英雄,有很大区别,也有一定联系。他们有着更为开放的个性启蒙姿态,却无知识分子启蒙沉重的历史责任感与道德原罪感;他们有水浒英雄的豪侠,却无李逵和武松式的道德杀人欲;他们有红色阶级斗争的雄强勇武、机智勇敢,却没有他们的道德立场和阶级约束。他们以其独特姿态,成为中国英雄叙事画廊中卓而不俗的"红高粱家族"。在这些人物形象中,有抢男霸女、却热血爱国的土匪余占鳌、沙月亮;有敢恨敢爱,大胆无耻,保家卫国,却死在内战之中的地主司马库;也有个性张扬、美丽多情的女英雄"我奶奶"、"上官鲁氏"、"上官来弟"、"野骡子"等形象。甚至是一些表面上看,不具英雄形象,但却有反抗性的、边缘化的"叛逆英雄",例如软弱的上官金童、在日本做苦工的鸟儿韩、马贩子罗通、爱吃肉的孩子罗小通等等。可以说,在莫言的反英雄的英雄叙事中,英雄形象更复杂了,英雄的范围扩大了,内涵也更丰富了。莫言无疑在告诉我们,英雄主义,不仅是一种抽象的"获得认可"的欲望,且本身就联结着人的不可压抑的本性欲望,那就是个性、自由、性爱、尊严和勇敢。由此,在内涵上,莫言笔下的英雄形象,与西方启蒙英雄叙事的某些意义发生重合,也契合了道家的自然主义观点。

首先,复仇报恩情结与个性解放的结合,是莫言英雄叙事模式的一大特点。在莫言的英雄叙事中,山东传统文化"忠义"的复仇报恩情结,没有消失,而是在去除意识形态的偏执,家族宗法的血亲影响的同时,内化为一种民间的"情义",并展示了民间文化博大的包容性。例如,《丰乳肥臀》中,为了国仇家恨,司马库、沙月亮等土豪与土匪,纷纷不顾性命地走上了抗日前线;为了报恩,上官鲁氏冒着生命危险,收留司马粮等地主后代,更为了恩情,美国人马特留在中国,帮助大家打日本鬼子。《红高粱》中,土匪余占鳌,为给罗汉大叔和乡亲们复仇,不惜血染沙场,与日本鬼子的汽车同归于尽。而在《四十一炮》中,莫言更是深刻地写出了这种血性的情义的消失。野骡子最终死了,昔日的英雄罗通,在老兰与杨玉珍的逼迫下,也成了一个杀人犯;而面对霸占母亲,逼死父亲的仇人老兰,软弱的罗小通只能在想象的炮声中才能完成自己的复仇使命。

其次,国家民族叙事的加强与阶级革命的退场,是其叙事模式的另一特点。在莫言的这些小说中,民间更是一个本源意义上的民间,一个意义驳杂的民间,一个现象学意义上的民间。在这个民间中,拒绝文明污染、回归自然本性,才是英雄叙事的基本策略,而对雄强勇武的肉身个体的赞赏,并对包含性能力在内的雄性气质的推崇,可以看作是对山东传统民间英雄叙事的某种延续。而国家民族叙事在此也有强化趋势。例如,无论是《红高粱》,还是《丰乳肥臀》,莫言都似乎要写出整个中国民族文化积极的一面,并为中国百年艰辛的民族历史做传。莫言很多的英雄故事,都以抗日战争为背景展开,很好地展现了对国家民族的认同。同时,我们看到,在莫言笔下,各种意识形态势力都成为侵犯民间、控制民间的权力。而对于这些权力,莫言无不从民间的视角出发,给予嘲弄与不动声色的讥讽。在《丰乳肥臀》中,鲁立人为了自己的利益,不惜出卖亲属,残杀司马库的幼子,而司马库也在反攻倒算中杀掉了大量无辜百姓。解放后,村里的干部轻易地就以通敌为名,霸占了五姐卖身多年所得的积蓄,而在大饥饿的威胁下,一个粗俗的农民张麻子,以一块饼子为诱饵,就强奸了美丽的女知识分子乔其莎。在此,阶级革命的神话已轰然倒下,而类似原来的阶级斗争英雄鲁立人,无不展示了出他们残酷与虚伪的人性丑恶面。

再次,启蒙理性主义的颠覆与二元对立的道德观念的瓦解,是其英雄叙事的最后一个特点。这种颠覆与瓦解,首先表现在其英雄叙事,对于"性"的态度上。与传统英雄叙事、阶级英雄叙事、启蒙英雄叙事所不同,莫言的反英雄叙事,大量运用性描写,试图打破原有英雄叙事利用性禁忌,为英雄们所树立的宏大叙事"光晕",并以此为契机,建立更为人道、人性化的英雄叙事模式。《红高粱》中有着抢亲与野合的场面,而《四十一炮》中,也有着对野骡子私奔的描述,而最为集中的英雄叙事的性描写,还是在《丰乳肥臀》。该书中对于性交的描写很多,如马洛亚与上官鲁氏的偷情,鲁立人与五姐的奸情,以及上官金童奸尸等等,举不胜举。然而,问题在于这些奸情中,有双方主动的,有一方强迫一方的,也有一方诱惑一方的,而这些无不与特定的环境尤其是历史环境、时代氛围息息相关。比如说,有权势有枪杆的人(沙月亮、司马库、鲁立人等等)可以逼人就范,有钱有饭有馍的人可以让你活下去从而逼人就范。《丰乳肥臀》中的性交场面,准确地说,性交,成因就是由于如果不性交人根本无法活下去,生命面临着严重的威胁。所以说,在这种特定前提下的性交,不仅仅是一种性交,而是一种求生的手段,是一种保全生命的方式,在这种特殊历史、时代条件下,这些性描写,具有了悲剧美的因素,以及对于历史的穿透力,崇高而悲壮。上官来弟与鸟儿韩性交场景,更令人震撼。一个是在密林里非人非兽地生活了十五年的男人,一个是被一个极度残酷的时代疯狂折磨了数十年的女人,更何况他们之间尚有真情。这也正是上官鲁氏对他们的行为不加制止反而促成的根本原因。《丰乳肥臀》以强烈的人道主义情怀描写了大量性爱,是出于对人的基本权利的维护,是对人性美的讴歌,是对一切形形色色的丑恶现象、时代、社会、历史、政治霸权的无情抨击,是人类良知和人性的集中表现。

最后,英雄叙事的终结与余响,是莫言对消费社会下英雄叙事作为一种审美方式衰落的书写。除了以反英雄叙事的方式,延伸并拓展了英雄叙事的领域,莫言更进了一步,在《四十一炮》等作品中,写出了英雄叙事在消费社会的没落。莫言的创作一向强调原始生命力的浑然冲动和来自民间大地的自然主义美学,然而,在《四十一炮》中,现实主义的莫言将一个精神自在、封闭的民间淡出视野,转而出现在读者面前的是一个被政治和消费主义双重改写的血气衰败的民间、价值混乱的民间。这是一部民间被阉割的历史,又是一个从乡村到城镇、城市的传统农业古国的转型史。正如离家出走的罗通回来后,再也无法找到一个属于他的从前的村庄,而马贩子罗通,也再不是那个野性自由的英雄了。在这也可以看作莫言《丰乳肥臀》中"民间被侵犯"的主题延续,即"英雄的消失"。当然,我所说的"消失",并不是指民间与知识分子、统治者的界限消失,而是英雄形象在日益遭受权力和资本的侵犯、凌辱和践踏之后,那种界限的鸿沟日益加大,以至在被高明的权力严密的控制、遮蔽之后,变成了"沉默的大多数"的状态。

这种英雄叙事的消亡,反映在莫言笔下,首先是英雄形象本身的没落,这一点深切地体现在野骡子、罗通、杨玉珍、老兰等人物的命运上。野骡子是全书中最光彩流溢的一个人物,她敢恨敢爱,不畏权势,追求一种民间自然生命力的自足。然而,杨玉珍将农民勤俭持家的观念与资本无限制的利润追逐相结合,用五间大瓦房和一台拖拉机证明了自己女人的尊严,也轻易地击败了罗通和野骡子的爱情合理性。物质的力量和诱惑远胜于精神的自由。可荒诞的是,当她带领着一家人走上致富路时候,并没有如愿以偿的得到罗通真正的爱情,也并没有得到一个幸福美满的家庭,而是走上了自己和家庭的毁灭,这不能不说是中国现代化的道路在农村的另一个真实的写照和奇妙的反讽。老兰本是一个领着屠宰村发家致富的好汉,到后来却成了穷奢极欲、道德沦丧的资本家。老兰带领屠宰村的村民给肉注水,以至建立华昌肉联厂的初衷不能说是完全自私。然而,在大的文化环境和政治环境的决定因素下,"放心肉"的承诺成了一纸空头招牌,在各级权力拥有者的纵容和勒索下,在同行们不正当的市场竞争行为中,老兰最终走上了一条同流合污的道路。他是企业家、人大代表、政协委员,又是影星、歌星的情夫、一掷千金的黑社会大佬。在这个时代,伦理道德的崩溃是如此迅速而又不知不觉,金钱和权力的法则,使一切道德和文化的因素都可以整合入这两个大的范畴中。不仅城市的普通知识分子如记者丧失了人生准则,且淳朴的乡人如姚七、苏州、黄彪、杨玉珍等也日益沾染都市市侩气。作为曾经是英雄的罗通,以浪漫的野性精神和出世哲学,以及对财富、技术虔诚的道德主义观念,取得了农村精神贵族的地位,也赢得了母亲杨玉珍、老兰、小通、姚七以及众多肉贩子的尊重。然而,野骡子的死破灭了罗通浪漫的爱情想象,无情的时代车轮更碾碎了他关于个人生命自尊的最后一点不合时宜的企盼。他违心地忍受着老兰和小通给牲畜注水,忍受着那些关于杨玉珍和老兰的流言蜚语。他固守超生台的举动企图悲壮地向人们展示一个末路英雄最后的姿势,他悲剧性的一生最终也以失败而结束。这里,似乎只有那对卖给罗小通迫击炮的收破烂的老夫妇以及他们的小孙子,才是作者真正相信的现存的民间精神的拥有者。他们身份不明,行动目的不明,形象模糊不清,蕴涵着民间无穷无尽的韧性,和虽沉默但恩怨是非分明的力量,他们帮助罗小通完成想象的复仇,也是罗小通向这个世界发出绝望呐喊的最后一群倾听者。

　　"英雄叙事",原本是中国传统小说叙事的一个重要组成部分,后来,五四现代文学发生后,国家民族叙事与启蒙叙事的交织,导致了"救亡"与"启蒙"的双重主题的产生,而英雄叙事也在革命加恋爱模式,启蒙个性模式、国族战争模式等等小说模式之中,内涵发生了新的变化。而随着50年代后阶级叙事确定了主流地位,英雄叙事也逐步成为其中的一部分,并为阶级叙事提供了实践合理性的证据。进入新时期以来,随着多元化的发展,中国社会从意识形态为主向社会注意市场经济的转型,审美日常化与文化世俗化的倾向日益深入,而原有的阶级叙事、启蒙叙事等宏大叙事的"卡里斯玛"也逐渐解体,大众文化的崛起,社会的多元化,启蒙与阶级叙事的衰落,也使得英雄叙事的"光晕"失去了往日的光彩。但是,英雄叙事地位的这种改变,并不意味着英雄叙事的合理性的完全消失,特别是当英雄叙事与地域文化特色结合起来,其特点就更为令我们深思。山东英雄叙事,不但涵盖了中国中国英雄叙事各个转型期的特点,而且因其独特的地域性(例如儒文化、好汉文化等)引起人们的关注。不同地域中的英雄叙事的内涵不同,而英雄叙事中往往包含着日常生活叙事。同时,我们也要注意一个误区,那就是反对单向度地用意识形态来图解英雄叙事,并不是完全否定从意识形态视角研究英雄叙事的可能性,而是认为应该在更为广阔的视野中,用更为全面与科学的方法去探询英雄叙事中的内在模式、内在结构,以及它在叙事上的特点。这些,都是我们在研究山东英雄叙事中需要加以考虑的问题。

第四节　孔孚对古代山水诗传统的继承与超越

平心而论,孔孚的山水诗学确实有其过人之处,钱钟书生前评价诗人孔孚,曾经在私人信件中有过"摆擂台,开门户"的说法。此说后来曾经引起争论,但是它到底是否得当? 大体上,钱钟书和孔孚都看到新诗缺乏传统的支撑,希望可以借鉴古典诗学为新诗寻找一条出路——在这个意义上,钱钟书不是过誉,而是慧眼识孔孚!

一

孔孚儿时不幸被铡刀砍去右手,历尽坎坷完成学业,1950 年用"孔孚"的笔名,1979 年进山东师范大学从事诗歌研究工作,著有诗集《山水清音》、《山水灵音》、《孔孚山水/峨眉卷》、《孔孚山水诗选》、《孔孚集》、《孔孚诗》等,诗论文集《远龙之扪》、《孔孚论》、《孔孚文》等,1997 年因病逝世。诗人性情非常倔强,老而弥辣,擅长以诗歌艺术寄托个人的悲剧体验。当诗人发现自己患了不治之症后仍坚持写诗多年，希望能以不朽的艺术生命换取对寿命的期待，并且以登临山水的海拔高度，来象征自己创作的攀登水平，所以诗人固然自视甚高，可他的探索确实也卓有成效。其山水诗作质高量多，确实可以在20世纪80年代领一时风骚。在山东诗坛，孔孚拥有相当数量的追随者。

20世纪40年代，"七月"派诗人白莎引导他学写新诗。到了50年代，孔孚在反胡风运动中被隔离审查，后来又被错打成"右派"。直到1979年平反后，孔孚才以其山水诗艺术独步诗坛。当时，孔孚多年的郁积，化为山水诗得以倾吐迸发出来，尽情挥洒，完成了《山水行吟》这部诗集。钱钟书很喜欢他的诗作，把诗集更名为《山水清音》，并且在私人信件中以"摆擂台、开门户"相期许。就山水诗这个文体的发展而论，孔孚的成就确实具有这样的价值。

他们艺术观念的契合之处，在于孔孚的隐现之思深合钱钟书的性情之学。钱钟书曾经在《诗可以怨》这篇论文中，把中国古老的性情之学称为"先秦以来的心理学"，亦即："性之与情，犹波之与水，静时是水，动则是波，静时是性，动则是情。"①情动而诗兴发，诗意移情又兼体性。性情与诗艺的关系，本来就是《谈艺录》以来钱钟书反复申说的要点。譬如钱先生在《诗分唐宋》中即主张"格调之别，正本性情；性情虽主故常，亦能变运。"②而《诗可以怨》则谈论民族心理"故常"；《宋诗选注》则借"变运"透视了宋诗讲"道学"之"多得惹厌"，③把性情之学渗透进诗艺之思。于是，《通感》道出了诗艺的专利，随后《读拉奥孔》则以这专利（"比喻是文学语言的擅长"）为依据，肯定了诗艺比绘画"更广阔几分"。④ 因此，《中国诗与中国画》这篇钱先生的得意之作，就详细描述了南北性情在诗风与画派里的不同遭遇："南宗画风"高于"神韵派诗风"，正是"批评史里的事实"。⑤

简洁，本来就是诗美的重要属性，在文字传播相对困难的前提下，口头传播自然会成为主要渠道，于是，钱先生认为韵文比散文更加受到重视，简

---

① 钱钟书：《七缀集》，三联书店2002年版，第122页。
② 钱钟书：《谈艺录》，中华书局1986年版，第5页。
③ 钱钟书：《宋诗选注》，三联书店2003年版，第8页。
④ 钱钟书：《七缀集》，三联书店2002年版，第57页。
⑤ 钱钟书：《七缀集》，三联书店2002年版，第28页。

练的诗作要比冗赘的文字更加得到好评。唯其如此这个"事实",却激发了孔孚的强烈共鸣。也许受了《宋诗选注》的暗示,他由此联想到"载道"对诗艺的影响,并在《我与山水诗》中猜测,"载道""可能是山水诗之所以衰落,以至中断的一个主要原因。"对于山水诗这个文体的深入探索,他一开始就走上了一条整合传统与现代的正确道路。

孔孚的文化修养,是其得天独厚之处。诗人爱好南宋山水画,并且进一步在"他们的贵远、贵简、贵虚之论"里,发现了自己创作的"隐逸"之道。事实上,诗人的艺术实践,足以说明自己创作观念的可行性。中国现代诗的西化与回归,其实代表两种不同的文化价值观;而文化价值观,总是离不开诗人阅读的视野和想象的空间,从而以艺术信念的形式构成制约诗歌情调的社会情境、抒情心境、艺术语境。

新诗意象化的背景,是新文化运动;新文化运动产生的原因,则来自辛亥革命失败所带来的挫折。于是,诗人们选择了西化的启蒙之路。西化所造成的新诗意象化,是由自由诗派、格律诗派到象征诗派的艺术演进过程。意象化体现了新诗在艺术想象上的审美特征:古典诗词以音韵见长,新诗则主要以想象的义蕴取胜。浪漫主义与象征主义都看重诗人的艺术想象力:自由诗派强调以想象力的波澜构成诗歌的内在律,格律诗派要求用曲折精密的句法容纳浓丽繁复的意象。两派旗号虽然都着落在文体上,他们的诗心却同归于想象的运用法门,并且在有意无意之间为象征诗派开辟了前进的道路。最后象征诗派将新诗意象化归结为心意和物象的契合,要知道孔孚的诗歌艺术,正是从象征派那里借得灵感的火种!而关键之处则是师法《周易》,以其两两相对的诗行和诗节,创造出一种全篇呼应的抒情技巧。孔孚诗艺,乃能暗合律诗之道:含蓄与浓缩兼而有之。其中的妙处就在于,每一句诗都在相互呼应的语境中得到丰富!

既然"格调之别,正本性情",孔孚山水诗的"清"风"灵"气,就应该表现出人格的神韵。山水诗写的是山水,表现的却是人的性灵。掌握山水诗的文体审美特质,是山水诗创作的中心环节。

《山水清音》和《山水灵音》两部诗集,分别冠以"清"和"灵"字,信非偶然。大体上,"清"是钱钟书对孔孚性情的艺术感觉;"灵",则体现了孔孚艺术追求的境界。因为"清"即意味着不浊,风景清奇是不入俗流,格调清新是不同凡响,孔孚性近山水,称"清"本就是贴切的。

同时，"灵"即不滞，诗思灵动乃能远翔，笔下空灵遂见深意，诗人孔孚求"灵"而不滞于物，表现出自己在《我与山水诗》所说的山水诗歌文体艺术的表现原则："求'隐'、求'纯'、求'异'、'简'出、'淡'出"诸法。这便是寓"隐逸"之道于"平淡"之美。

孔孚颇重诗人的"灵视"，"灵视"像钱钟书说的"心眼"之观，是与心境相契合的想象化入视觉，在灵感中出现的意象。有了"灵视"，才会有孔孚山水诗之"灵气"，而这构思的"灵气"，则离不开泉城文化的潜移默化。所以，他会在《答客问》这首诗里这样说：

　　"请教泉有多少?"/"你去问济南人的眼睛吧!"

　　"愿闻济南人的性格。"/"你去问泉水吧!"

诗人以泉为心，才有泉城人的"灵视"。"济南名士多"，因为清泉滋润了诗人的灵气。唯其如此，"齐气"之中，该有近于"楚风"之处。《答客问》以简驭繁，类似钱钟书所说南宋诗与画的大关目："大抵南人约简，得其英华，北学深芜，穷其枝叶"，由于"笔不周"而"意周"，乃是南宋"笔墨"佳处，以"清通简要"见长。"笔不周"而"意周"，是律诗抒情结构的特色所在。其实，孔孚的"灵视"，就具有类似的特征：他不是"挂一漏万"，而是"万取一收"，努力"得其英华"，呈现出仿佛南宋画家空灵的审美风度。唯其如此，借南宋画理寄山水诗魂，令孔孚可以"清"风"灵"气漫山川。

但是就语义结构而言，孔孚很强调意象技法；但是由于绘画美学的熏染，他的诗意还是以意境为灵魂。诗人曾经说过："我的山水诗，可以说绝大多数都是象征诗"，①读者得到的也是"天人合一"的审美感受，领略到充满自然美的艺术境界。意象极尽空灵清新之致，动人处在于"人"溶进大自然，人性和人情如鱼在水，冷暖自知。向意境回归，孔孚山水诗也就接近了古老的性情之学，抒情主人公见山水而移情，处处体贴美感的世界。孔孚借助拟人化手法，代山川立言传神。诗人的性情，通过审美知觉，起伏于山风海韵之间。

在山水诗创作的艺术道路上，孔孚走得不泥不滞，步入灵境。寓山水于诗境的隐现虚实之间，表现出诗人的创造力，让诗歌形式的"轻、灵、小"，包孕了审美情怀的"重、拙、大"。宗白华指出：艺术家"以追光蹑影之笔，写通

---

① 孔孚：《谈山水诗》，见《山水灵音》，陕西人民美术出版社 1987 年版，第 186 页。

天尽人之怀",道出了"中国艺术的最后的理想和最高的成就。"①就艺术追求的大思路而言,孔孚已经接近了这条道路,走上了贯通古今中外诗歌艺术的文化整合之路。贯通古今中外并不是大杂烩,而是在"地球村"的文化语境中,以我为主,择善而从,取不同地域、不同民族的艺术精华,为我所用。

大体上,所谓贯通古今,就离不开新诗运动的抒情语境变化。"摆擂台,开门户"就在于此,在于诗人确实找到了新颖的表现艺术体系——浓缩的诗学。孔孚不是中体西用,也不是西体中用,而是从实践出发,整合优秀历史文化遗产,在知识经济和信息时代,我们不难看出这种文化态度的前瞻性。

因为抒情的艺术讲究意在言外,作者与读者之间必须建立文体的共识,才会形成审美的共同语言。这种会心的交流显然需要长期的时间过程,仿佛"天方夜谭",那是在一千零一夜的接受过程中,完成了对于新的对话模式的建构。旧诗文体建构往往从易到难,从歌到诗,经历了渐进的过程,就像俗语所说:熟读唐诗三百首,不会作诗也会诌,诗人先熟悉有节奏的语感,再掌握想象的手法,仿佛戏曲演员从学习程式出发,逐渐掌握表演的艺术。

可是,新诗推出全新的文体观念,强调了歌与诗的文体差别。用郭沫若的话来说,这种文体观念大致可以表述为:"诗自诗,而歌自歌。歌如歌谣、乐府、词曲,或为感情的言语之复写,或不能离乐谱而独立,都是可以唱的。而诗则不必然。更从积极的方面而言,诗之精神在其内在的韵律……内在的韵律便是'情绪的自然消涨'。……内在的韵律诉诸心而不诉诸耳。"②郭沫若的新诗艺术观,事实上呼应了胡适在《文学改良刍议》中提出的、第七条中"不讲对仗"之说,胡适认为"排偶"因素导致"言之无物"的"文学末流","骈文律诗"尤其是"长律",都属于形式主义的代表文体,"废骈废律"于是成为"文学改良"的任务之一。③ 在"废骈废律"的艺术格局中,孔孚发现了、并且建立了自己的相互呼应的诗歌抒情文体——那是一种近似两两相对的章节语句排列模式。其新颖之处,确实是显而易见!

如何重新建设新诗的艺术传统? 利用外来的英诗传统和本土的民歌传

---

① 宗白华:《中国艺术意境之诞生》,《艺境》,北京大学出版社 1987 年版,第 162 页。
② 郭沫若:《论诗三札》,《文艺论集》,人民文学出版社 1979 年版,第 204 页。
③ 胡适:《文学改良刍议》,《中国新文学大系·理论建设集》,上海文艺出版社(影印本)1980 年版,第 41 页。

统,就成为中国新诗两种不同的选择。新文化运动开启的杂文化传统和新文学运动肇始的纯文学传统,促使新诗运动趋向于借鉴英诗传统,于是,就开启了一种从徐志摩到余光中的新月——蓝星传统。这种借鉴,是在创作中跳过文体酝酿的民歌传唱阶段,直接模仿英文诗歌的韵律化语感,来建设中国新诗的新格律诗派。闻一多和徐志摩对于中国旧诗都下过大功夫,他们提倡格律,主张诗人的创作仿佛戴着镣铐跳舞,其实多少隐含了一种从歌到诗的创作论暗喻。但是,新月派对于英诗传统的继承,势必要认真借鉴外在的形式技巧。闻一多在分析律诗审美结构的基础上提出"建筑美,音乐美,绘画美"的创作理念,可是,在新月诗派的创作实践中,毕竟这三美,还是意味着对于英诗的全面模拟。孔孚的思路则弥补了他们缺乏审美传统编码/解码系统的不足!

相形之下,孔孚的选择是通过精炼浓缩达到强化诗歌艺术的内在复沓,这是一条全新的道路,也是一个重要的提示。当然,这更是一种值得我们充分估价的贡献。经历了长时期的"单线直行"语言环境,读者已经失去了对于律诗审美的敏感性,孔孚在这样的历史背景下,再次开创诗歌艺术的辉煌境界,岂能视若等闲? 我们有必要对山水诗文体进行深入探索,而朱德发先生主编的《中国山水诗论稿》,正好提供了一个最好的探索起点!

二

孔孚的山水诗,是对于传统山水诗文体的重新建构,因此,诗人具有自觉的文化整合意向。也就是说,他的山水诗虽然是新诗的一个文体类型,但是在美学精神上自觉地汲取了传统文化的审美遗产,所以值得我们深入探讨。

首先,这种文体表现为一种文化的自觉。朱德发指出:"自然山水客观的美只有同主体审美能力或审美心灵机制相结合方可产生美感,自然山水的美才能被发现被认识被掌握,这样自然山水客观美就转化为审美对象,自然山水亦转化为山水诗描写的对象或成为意境构成的主体部件。"①显而易见,主体审美能力来自于诗人的修养,而诗歌艺术修养的前提,就是在前人

---

① 朱德发主编:《中国山水诗论稿》,山东友谊出版社 1994 年版,第 9 页。

的影响下,开辟自己创作的前进道路。所谓文化的自觉,就是对于传统的正确态度,以及对于创造的热心执著。

朱德发认为,孔孚显然在继承与创造两个方面,都具有过人的建树:"孔孚是当代著名山水诗人,他继承并超越了王维等古代诗人开创的山水诗美学传统,其创作和经验亦可以作为我们对山水诗界说的典型例证。孔孚的山水诗无不是自然山水美与其审美心灵相契合的艺术精品,他继承了王维等创立的物我相亲相融的审美经验图式并有所超越:即当诗人主体把心灵注入山水中,其内在的矛盾特性便移注于自然山水的无机世界里,使自然山水具有了人的性格和灵气,在物我同化过程中'我'的个性得到弘扬;不仅仅如此,他的不少山水诗并不热衷于对在物我相融的审美意境中张扬个性意识的追求,而感兴趣于在物我化合的艺术境界中表现若梦非梦、似真非真、若是非是、似今非今、若虚非虚、似实非实的朦胧审美感受,仿佛人化了宇宙、宇宙化了人,进入了全息审美境界,客观自然美与主体审美心灵达到高度融合,似乎诗人的艺术创造在此已获得对人的本体和山水本体的双超越,将人们带进一个玄妙神秘的艺术殿堂。"①这是一个相当准确地判断——所谓仁者乐山,知者乐水,感悟山水,本就是齐鲁文化的特色。达成文化的自觉,成为孔孚诗艺成功的原因之一。

朱德发还进一步指出:儒家文化主要是"通过对自然山水的观照,发挥了意识的创造性和思维的想象力,把人的道德品格和社会伦理与水的自然特征进行类比,从而获得审美意义,使山水美具有道德价值和社会价值。凭借自然山水以比德性和人品,使山水道德化人格化,这既表明当时孔子及其他有识之士对自然山水的观察细致入微,并从而掌握了山水某些规律,获得初步的美学见解;又说明孔子时代的山水意识已从神坛上解脱出来,至少在孔子眼里山水不再是统治人类的神秘的异己力量,而是与人类处在同等地位的可以理解或审美的对象。山水的道德化、人格化、哲理化,标示着孔子的山水意识已摆脱人对山水的神秘感和畏惧感,开创了我国历史上人本主义的儒家山水观,同时也开拓了人与山水相互融合寄寓的美学传统。儒家这种山水审美'比德说'对后世的影响极其深远,虽然对其山水观念不断发

①　朱德发主编:《中国山水诗论稿》,山东友谊出版社1994年版,第13页,

展和更新,但万变不离其宗,这在历代山水诗中都有或深或浅的反映。"①在"比德"的思路上,孔孚走向了一条人格自我建构的艺术道路——从人格的现实性,到人格的理想性,诗人通过想象力来发挥创造力的作用——让未来在想象中向我们敞开。

请看孔孚的诗作《飞雪中远眺华不注》,那是一种坚持创造、不断开拓的人格形象,这种形象同抒情主人公具有共同语言——甚至就是一而二、二而一的浑然合一。那种坚忍的艺术精神,体现了一种创造者的自信:

　　它是孤独的/在铅色的穹庐之下

　　几十亿年/仍是一个骨朵

　　雪落着/看! 它在使劲儿开

这是一种人格化的表现方式,显然有传统的印迹;同时,又带有新时期的艺术特征。这种艺术特征同诗人的身世体验有关,又具有隐晦的、朦胧的抒情意向——和读者说悄悄话,乃是当时的时尚。所谓传统的印迹,是指作品中对于前人的继承因素。例如,宋词、元曲往往借鉴唐诗。马致远的《天净沙·秋思》就近似唐人的绝句。如果我们加以调节,原文:"枯藤老树昏鸦,小桥流水人家,古道西风瘦马。夕阳西下,断肠人在天涯。"就可以变成:"枯藤老树睡昏鸦,小桥流水绕人家。古道西风奔瘦马,残阳断肠走天涯。"在原文中,诗题"秋思"让我们联想到从"枯藤老树"飞出的飘零天涯的落叶;"天净沙"也会诱发"你是风来我是沙"一类联想。不过这属于有我之境,我像飘零的落叶,我像天涯的飞沙;孔孚则是无我之境,落叶和飞沙都属于山水中的风景。同时在结构上,马致远通过三个六字句的排比,接上四字句的单行散体叙事,造成了类似绝句的艺术效果。孔孚的办法则是——把"山"与"花"的联想,构成一、二两节的呼应结构,第三节同样属于单行散体叙事。我们知道,绝句中常见两句呼应,两句单行散体叙事的结构形式。这种错落有致的文体形式,确实有其所长。

姜振昌曾经指出:"新时期的山水诗人的审美趣味出现了一种带有倾向性的变化:大多对大自然的秀美与雅致失去了兴趣,尽管描写秀美与雅致的作品仍时有产生。"②《飞雪中远眺华不注》这首诗,在性灵表现的背景

① 朱德发主编:《中国山水诗论稿》,山东友谊出版社1994年版,第21页。
② 朱德发主编:《中国山水诗论稿》,山东友谊出版社1994年版,第258页。

上,是飞雪连天。诚然是:寂寥田园诗,河山百姓居。苍茫游子意,天地一布衣。

压力再大,成功越难,环境越冷,抒情主人公的心气却是如此坚毅,百折不挠! 融合古今中外的艺术经验,开辟自己的创作道路,这就是诗人自觉的艺术追求。在这条道路上,孔孚的成就是相当可观的。

三

其次,在孔孚自觉与古典山水诗审美传统接轨的同时,其山水诗的文体构成方式,不乏道家的深刻影响。这种影响在很大程度上填补了现代山水诗艺术观念的空白,具有相当积极的文化意义。其中关键在于,道家美学的虚实观念对于山水诗的审美意识关系重大。

如同张清华所说:"在所有文学族类中,山水诗最突出地表现了人类对自然的亲和与审美关系,而作为古老东方民族的中国人,在这方面又是有着特别独到和深邃体验的。东方文化中所蕴含的过多的对自然的理解和关怀倾向已构成了它区别于其他民族文化的特点。"①道家美学的意义,就在于让诗学传统获得了相当有力的文化观念支撑。在虚与实、有与无之间,创造性想象获得了巨大的自由发展空间。尤其是对于文体规范建立阶段,道家美学发挥了一种解放思想、破除束缚的重要作用。

对于摆动在儒与道之间的孔孚山水诗,姜振昌也认为:"孔孚对儒学的追求是不自觉的,甚至本能地有一种提防和排斥心理,特别是儒家的一系列束缚人的自由精神的封建伦理观念和'文以载道'的思想,他始终是反对的,骨子里则十分喜欢禅宗和老庄,越来越向他们接近。"②这种分析十分符合孔孚山水诗创作的实际情况。

孔孚山水诗追求妙悟,强调打破规范,向往自由挥洒的艺术境界。以《峨嵋:风》这首诗为例:

吹三千灵窍/善写狂草/摸一下佛头就跑。

这首诗第一句写"风"的音乐,第二句写"风"的书法,第三句写"风"的

---

① 朱德发主编:《中国山水诗论稿》,山东友谊出版社1994年版,第285页。

② 朱德发主编:《中国山水诗论稿》,山东友谊出版社1994年版,第270页。

游戏。抒情主人公显然不带儒生的夫子气,才华横溢,充满了艺术气质。尤其是"摸一下佛头就跑"这一句属于神来之笔,有性情,有个性,有多方面的涉猎又具有清醒的自我定位。

所以,姜振昌指出:"'以物观物'说穿了还是'以我观物'。但它已不是孟子所说的'万物皆备于我'式的主观精神的简单扩张,而是将自我'物化'为自然,'以自然之眼观物,以自然之舌言情'(王国维语),这就自觉或不自觉地将人生的经验与对自然事物的认识皆含在具体的感受和意象之中,或者说是从整体自然的角度把握物我之间的内在联系,使一个抛弃自我的主体进入一个真如佛性、空如蝉蜕的大千世界中,于是'思与境偕',物我两冥,物无不是物,物无不是我,但又'不知何者为我,不知何者为物'(王国维语)。这说明,孔孚山水诗在'自我'的投入以及由此创造的意境上,与'以我观物'的作品相比,还是有着深浅隐露的差异的。"①

在有与无之间,在虚与实之间,在"有我"与"无我"之间,更在儒家与道家之间——这就是孔孚的选择。

四

这是一条务虚之路,这条路的意义,其实并不局限于山水诗这个文体,而是对于诗歌艺术、尤其是对于中国现代诗,都是一个重要的选择和判断。

袁忠岳对孔孚的此种艺术探索有着深刻的理解,他就此深刻指出:"从陶渊明以来,有一路山水诗人的创作更注重'粹'的功夫,追求空灵、淡雅、清远的意境,使'粹'与'全'之间的张力达到稍过即断的最大限度,他们已从'超以象外'进入了'无'的境界。正如皎然在《诗式》中谈到的,'但见性情,不睹文字,盖诣道之极也。'司空图的《诗品》在谈到含蓄品格时说:'不着一字,尽得风流。'严羽对唐诗的体会是'羚羊挂角,无迹可求。'后来还有性灵、神韵诸派,都是这方面的代表,他们崇道尚禅,信奉'大音希声',以'无'为最高的美学追求。如今钱钟书就认为:《谈龙录》中王士祯主张'一鳞一爪'仍属于工笔形似画的范畴,与南宗写意画相去甚远,后者是远龙,就应该与王士祯自己在《香祖笔记》卷六中提到的'远人无目,远水无波,远

---

① 朱德发主编:《中国山水诗论稿》,山东友谊出版社 1994 年版,第 273 页。

山无皴'一样,它也是无'鳞'无'爪'的。这一'远龙'之说深得当代山水诗人孔孚的推崇,他承袭此说,追求'隐'现,提倡'减法',启动灵觉'抟虚宇宙',在山水诗的创作上走出了一条前无古人的路子。"①

吕家乡认为,表现的准确性对于诗人是一种永恒的挑战,唯其如此,才会使得"陆机在《文赋》里提到过作家诗人们的共同苦恼:'恒患意不称物,词不逮意'。怎样对待'词不逮意'的语言缺陷,固然每个作家各有招数,但从宏观上看也有个历史演进过程。诗经时代的作者们的办法是'言之不足,故嗟叹之,嗟叹之不足,故咏歌之'。到了六朝时期,文士们不再满足于用嗟叹、歌咏来弥补语言的不足,而是知难而进,千方百计地做到'穷形尽相',谢灵运就是这样做的。唐代的诗人们对谢灵运备加推崇,却没有就此止步,在前人经验的基础上采取了更明智的语言策略:一面进一步发挥语言的表达功能(这一点丝毫没有放松),一面又运用'言之不足则暗示之'的做法,这就是司空图所说的'不着一字,尽得风流',也就是钱钟书先生所概括的:用不说出的方法来表述说不出来的意味。唐诗语言的这个特点可以分解为三个侧面:一是在语言符号的结构形态上,由陈述说明的线性结构变成了启发联想的双层结构。二是在语言符号的意义上,由确定的单一意义变成了开放的多种可能的意义。三是在语言符号的运用上,作者不是把读者当作被动的灌输对象,而是把读者当作共同创造艺术境界的合作者,给读者留下再创造的空间。"②正是在这个方面,孔孚的艺术探索不仅仅提升了山水诗的艺术空间,而且对于开拓新诗的发展道路,也是非常具有启示作用和示范意义。

因此,诗人孔孚的自我期许要从其诗歌观念中寻找答案:他在对中国现代文学的研究中,格外推崇梁宗岱和冯文炳,因为他们对孔孚山水诗的创作有重要的启示。首先,是梁宗岱在《诗与真·诗与真二集》中,曾经介绍过象征主义的诗歌表现手法,他这样说明象征的艺术效应:"譬如,一片自然风景映进我们眼帘的时候,我们猛然感到它和我们当时或喜,或忧,或哀伤,或恬适的心情相仿佛,相逼肖,相会合。我们不摹拟我们底心情而把那片自然风景作传达心情的符号,或者,较准确一点,把我们的心情印上那片风景

---

① 朱德发主编:《中国山水诗论稿》,山东友谊出版社 1994 年版,第 471—472 页。
② 朱德发主编:《中国山水诗论稿》,山东友谊出版社 1994 年版,第 515—516 页。

去,这就是象征。"①由此出发,山水诗写的虽然是山水,却可以象征一切,对于诗人来说,山水诗人可以同时又是象征派诗人、亦即现代派诗人。这个发现,帮助孔孚在追求时尚的新潮诗人群体中,保持了自信,恢复了自尊,强化了自我。总而言之,这个思路让诗人看到宇宙是一个象征的"林子",山水诗可以用有形表现无形、用有限表现无限,即发现了用"减法"写诗的抒情技巧。

其次,是冯文炳在《谈新诗》中强调过新诗的创作手法。冯文炳曾经如是说:"我尝想,旧诗的内容是散文的,其诗的价值正因为它是散文的。新诗的内容则要是诗的,若同旧诗一样是散文的内容,徒徒用白话来写,名之曰新诗,反不成其为诗。"②这个观点,不但强化了诗人孔孚写山水诗的信心,而且使他发现山水诗大有可为,决心用一种诗意盎然的诗歌文体,为山水诗源远流长的传统"接线",并且认为自己有可能超越王维等前辈山水诗人。诗人的艺术探索的主攻方向,恰恰是通过象征手法建构山水诗的"诗"的"内容"——他在这个方面的努力,也确是成果斐然。

于是,孔孚成其为孔孚;而象征性的、简约的、内敛的山水诗,也就成其为独树一格的孔孚体山水诗。

---

① 梁宗岱:《诗与真·诗与真二集》,外国文学出版社1984年版,第66页。
② 冯文炳:《谈新诗》,人民文学出版社1984年版,第5页。

主要参考文献

杨伯峻注:《春秋左传注》,中华书局 1990 年版

杨伯峻译注:《论语译注》,中华书局 1980 年版

杨伯峻译注:《孟子译注》,中华书局 1960 年版

司马迁:《史记》,中华书局 1999 年版。

班固:《汉书》,中华书局 1999 年版

逯钦立编:《先秦汉魏晋南北朝诗》,中华书局 1983 年版

严可均:《全三国文》,中华书局 1958 年版

刘勰著,范文澜注:《文心雕龙注》,人民文学出版社 1958 年版

陈延杰:《诗品注》,人民文学出版社 1961 年版

龙榆生编选:《唐宋名家词选》,古典文学出版社 1956 年版

唐圭璋编:《全宋词》,中华书局 1965 年版

钱钟书:《宋诗选注》,人民文学出版社 1958 年版

王延梯:《王禹偁诗文选》,人民文学出版社 1996 年版

王仲闻:《李清照集校注》,人民文学出版社 1979 年版

王绍曾、宫庆山编:《山左戏曲集成》,上海古籍出版社 2008 年版

许金榜、米寿顺选注:《边贡诗文选》,济南出版社 1994 年版

宋弼:《山左明诗钞》,齐鲁书社 1997 年版

谢伯阳编:《冯惟敏全集》,齐鲁书社 2007 版

胡应麟:《诗薮》,齐鲁书社 1997 年版

谢榛:《四溟诗话》,中华书局 1985 年版

谢榛著,朱其铠等校点:《谢榛全集》,齐鲁书社 2000 年版

李攀龙著,李伯齐校点:《李攀龙集》,齐鲁书社 1993 年版

王世贞:《艺苑卮言》,中华书局 1987 年版

施耐庵著,金人瑞评:《水浒传》,齐鲁书社 1991 年版

兰陵笑笑生著,张竹坡点评:《批评第一奇书金瓶梅》,齐鲁书社 1991

年版

钱谦益:《列朝诗集小传》,上海古籍出版社 1985 年版

关德栋、周中明:《贾凫西木皮词校注》,齐鲁书社 1982 年版

张廷玉等:《明史》,中华书局 1974 年版

王士禛:《带经堂诗话》,人民文学出版社 1963 年

王士禛:《渔洋诗话》,上海古籍出版社 1978 年版

王士禛著,赵伯陶点校:《古夫于亭杂录》,中华书局 1988 年版

王士禛著,李毓芙整理:《渔洋精华录集释》,上海古籍出版社 1999

年版

朱彝尊:《静志居诗话》,人民文学出版社 1990 年版

路大荒整理:《蒲松龄集》,中华书局 1962 年版

盛伟编校:《蒲松龄全集》,学林出版社 1998 年版

关德栋选注:《聊斋俚曲选》,齐鲁书社 1980 年版

孔尚任著,王季思等合注:《桃花扇》,人民文学出版社 1991 年版

沈德潜:《古诗源》,中华书局 1963 年版

章学诚:《文史通义》,中华书局 1956 年版

刘熙载:《艺概》,上海古籍出版社 1978 年版

方玉润:《诗经原始》,中华书局出版社 1986 年版

梁启超:《清代学术概论》,中华书局 1954 年版

刘师培:《中国中古文学史》,人民文学出版社 1959 年版

范文澜:《中国通史简编》,人民出版社 1964 年版

郑振铎:《中国俗文学史》,上海人民出版社 2006 年版

钱穆:《国学概论》,商务印书馆 1997 年版

龙榆生:《中国韵文史》,上海古籍出版社 2002 年版

薛砺若:《宋词通论》,上海书店 1985 年版

曹道衡、沈玉成:《南北朝文学史》,人民文学出版社 1991 年版

吴志达:《中国文言小说史》,齐鲁书社 1994 年版

王兆鹏:《唐宋词史论》,人民文学出版社 2000 年版

戴燕:《文学史的权利》,北京大学出版社 2002 年版

乔力、李少群主编:《山东文学通史》,山东教育出版社 2002 年版

董乃斌等主编:《中国文学史学史》,河北人民出版社 2004 年版

李伯齐:《山东文学史论》,齐鲁书社 2003 年版

廖可斌:《明代文学复古运动研究》,上海古籍出版社 1994 年版

杨义:《中国古典小说史论》,中国社会科学出版社 1995 年版

夏志清著,胡益民等译:《中国古典小说史论》,江西人民出版社 2001
年版

鲁迅:《鲁迅全集》,人民文学出版社 1981 年版

王统照:《王统照文集》,山东人民出版社 1984 年版

刘增人:《王统照论》,山东教育出版社 2001 年版

《王统照研究资料》,宁夏人民出版社 1983 年版

孙昌熙、张华:《杨振声选集》,人民文学出版社 1987 年版

茅盾:《茅盾全集》,人民文学出版社 1991 年版

臧克家:《臧克家文集》,山东文艺出版社 1994 年版

臧克家:《臧克家全集》,时代文艺出版社 2002 年版

李广田:《文艺书简·自己的事情》,开明出版社 1949 年版

李广田:《画廊集》,商务印书馆 1936 年版

李广田:《圈外》,重庆国民图书出版社 1942 年版

李广田:《日边随笔》,文化生活出版社 1948 年版

李广田:《回声》,桂林春潮出版社 1943 年版

李广田:《诗的艺术》,开明书店 1944 年版

李广田:《文艺书简》,开明书店 1949 年版

卞之琳:《李广田散文选》,云南人民出版社 1980 年版

冯至:《李广田文集》,山东文艺出版社 1983 年版

杨朔:《海市》,作家出版社 1960 年版

杨朔:《东风第一枝》,作家出版社 1961 年版

王鼎均:《单身温度》,尔雅出版社 1988 年版

王鼎均:《千手捕蝶》,尔雅出版社 1999 年版

王鼎钧:《昨天的云》,吴氏图书有限公司 1992 年版

孔孚:《山水灵音》,陕西人民美术出版社 1987 年版

王润滋:《卖蟹》,山东文艺出版社 1985 年版

桑恒昌:《听听岁月》,中国文联出版社 2003 年版

李存葆:《李存葆散文》,中国社会出版社 2006 年版

朱德发主编:《中国山水诗论稿》,山东友谊出版社 1994 年版

朱德发:《中国五四文学史》,山东文艺出版社 1986 年版

田仲济、孙昌熙:《中国现代小说史》,山东文艺出版社 1984 年版

唐弢主编:《中国现代文学史》,人民文学出版社 1979 年版

杨义:《中国现代小说史》,人民文学出版社 1986 年版

杨义:《中国叙事学》,人民出版社 1997 年版

陈思和:《中国当代文学史教程》,复旦大学出版社 1994 年版

章亚昕:《中国新诗史论》,山东教育出版社 2006 年版

吴周文:《杨朔散文的艺术》,上海文艺出版社 1984 年版

莫言:《小说的气味》,春风文艺出版社 2003 年版

袁忠岳:《诗学心程》,山东文艺出版社 1999 年版

刘登翰等:《台湾文学史》,海峡文艺出版社 1993 年版

(法)丹纳著,傅雷译:《艺术哲学》,安徽文艺出版社 1998 年版

(单篇论文略)

后 记

　　围绕这本书,在三年的研究和写作过程中,随着对齐鲁文学、对地域文化的历史现状和有关的研究学理及前沿问题的认识和探索,我们越来越感觉到,一个区域的文学的漫长演变,差不多涵含了本土文化发展的几乎所有基本关系方面。如在其大多数的历史阶段,都同时存在着历史传统性与时代的当下性、文化的自在性与社会性、本土性和外来性、自闭性与开放性,以及地理样态与审美的独特空间性和时间性等等复杂错综的关系和因素。所以,数千年的齐鲁文学,实际上一直处在特殊性和共通性多种因素同时交互作用的文化场中,是一个绵延不绝、生生不息的文化和文学系统。在这样的前提下,我们意识到,要想达到预期的研究目标,突破以往的局囿,就必须从研究思维和方法上进一步打开思路,去建构和实践文化——文学的整体探察理念,要在充分依据齐鲁文学本质特征及规律进行考察分析的同时,设置一个开放的、古今贯通上下寻绎的研究结构。

　　在这本书中,我们力图去做到这样几点:其一,在对齐鲁地域文学的总体研究上,将齐鲁文学看作是一个兼有特殊性和共通性的开放的动态的结构体系,根据地域文学在不同历史阶段所表现的发展极不平衡的独特规律,根据文化——文学的互动生成原则,以其文学形态的生成演变为内在轴心,从文化传承和文化的"合力"作用入手,对齐鲁文学的演变做立体的、多个视角方位和社会文化层面的思索和体察。这样便走出了以往这类总体研究中往往以历史的线性描述为主的平面的叙述格局。在主要研究对象的选取上,我们重点针对的是齐鲁文学漫长历史中不规则出现的重要的高潮发展时段,以及主要在这高潮期内又不排斥不属于高潮期但含纳了鲜明地域特色和时代精神的重要文学现象,以去深入论证齐鲁文学在地域文化依托和文化共时性的交织、冲撞中如何生成其文学范式,如何在历时性的动态演进中呈现其内在精神和实现形式创新。

　　择要来说,书中首先确立了齐鲁文学的先秦肇端期即"文化元典"时代,和在宋代、明代中叶至清初、20 世纪五四时期和 30 年代、20 世纪 80 年代新时期以来的四个不同程度的高潮期。如以对先秦孔孟儒学、《国语》《诗经》等为代表的元典核心价值取向的论述,揭橥了齐鲁文学文化内质理念的渊源,掘剔了其中被包纳、遮蔽的文学意识并指向了文学本体,从而有力地论证了先秦时齐鲁文学独有的垂范百代、超越局部进而深刻影响了整个华夏民族文化的辉煌肇始;继而深入论述了各个高潮期的主流艺术精神、文化生成因素、主要文学形态与演变,分别以宋代词学的巅峰成就、明清时俗文学的兴盛、20 世纪前期及新时期原创形态的丰富多元等各高潮期的突出特点、辉煌成就的集中阐发,突出了齐鲁文学形态演进的主要路向、鲜明特征及其对中国文学的重要贡献。同时,对高潮期内外具有经典性或开创性、原创性的重要代表作家作品、文学现象及有浓郁地方色彩的文学流派,分别进行了有系统而又个案化的专门研究。如对李清照、辛弃疾、孔尚任、王渔洋、蒲松龄、王统照、臧克家、李广田、杨朔、冯德英、张炜、莫言等一大批优秀作家和作品,对建安文学、东平杂剧重镇、乡土作家群等在中国整体文学中占有重要位置的文学现象本身,深入探讨分析了其思想内涵、精神意蕴和审美品格所凝聚形成的文学形态的原创性与独特性,其富有时代特色和超越精神的经典形态和模式,其在社会及文化文学变迁中的艺术传承与创造塑形等等。在研究论述中,既以地域文化为根源性依托,又充分地重视了时代性、外来性等众多文化因素的交相作用,重视揭示和再现齐鲁文学的"文化场域",在精神文化领域的交集互动中凸显文学语境与作家经验世界的产生机制。我们在其中,不仅专辟了一章"齐鲁文学文化内质的个案考察"作为有着典型意义的个案呈示,而且对课题所涉及的每一个文学阶段、每一例重要文学现象,都注意贯穿了对其文化语境的重建和文化特质的考察,关注扎根于生活土壤的文学生产和广大社会现实之间,由许多环节交错衔接而成的复杂运动过程。形成了对齐鲁文学空间形态的多维观照,以及其时空两端的活跃交织。在这一过程中,对地域文学研究中的一些薄弱环节和难点问题,如作家与民间文化形态的关系、地方文学与总体文学之间的关系,包括作家研究中的一些具体问题等,进行了探讨和实践论证,阐述中提出了一些独到的见解。

其二,在这种地域文学的总体性研究中,我们首次设置了"古今演变研究"的有机内容。在前面"导论"中已提到,"古今演变研究",是将某一主题、题材、表现形式或甚至是文学本体现象,放置在一个长时间或是不同的历史时期里,进行前后时期中的考索和比较研究。作为一种有创新性的研究方法,它在开放的结构下有着科学的逻辑原则。这里,我们试图打通了原有的古代和近代、现当代的学科界线,以具体章节来进行古今直接连接、贯通式的研究,这样无疑可以更为具象和深切地审视和把握到在时间的长河里,在幽邃复杂的历史深处,文学衍变和发展的一些清晰轨迹和图景。这种包含了新的学术理念的新的研究方法,我们是初步尝试,却深深感受到了其有利于在研究领域深度开拓的魅力,仿佛眼前又打开了一扇窗户,连通向了一个新颖的广阔的学术空间,涌动着一股新鲜的气息。有关这一部分的内容,将齐鲁文学形态的时空探讨进一步扩大延伸,可以说以新的论述思路和观点,在一定程度上增加了研究的纵深性和科学性。

我们所采取的研究方法,如本书前面所说,总的来讲是在文艺社会学等方法基础上采纳了灵活多样的、因而也是综合性的研究方法。全书的主体结构,是沿着"史"、"论"结合、"古今结合"的内在思路,研究方式是纵向与横断面的相互交织,历时性与共时性的双向兼顾,充分体现多个观照角度、分析层面的多样性与多元化研究特点。以便在考察齐鲁文学的文化场域和深入分析研究其重要文学现象、统摄3000年齐鲁文学形态生成与演进时,形成不断扩展的时空维度审视与对话。

本书作为国家社会科学基金项目,虽然由我进行主要设计和主持完成,由我和乔力,在参与撰写的同时又作为全书的主编和通稿人,但如果没有其他参著者的心血智慧和积极参与写作,这个跨越古今文学学科的课题目标及结构框架,和事实上近于浩大的研究篇幅,是无法去完成的。参与本书写作的,多有学养深厚、锐意进取创新的专家学者,他们的加入,有力地保证了这部书实现其总体构想和学术追求的可能性。

这里将每位参与写作者所承担的研究和撰写内容,大致按作者和书中章节次序,做相对集中排列。即,李少群:导论第二章,上篇第四章,中篇第九章第二节,第五节,第十章第五节,第五章前序,第九章前序,第十章前序;乔力:导论第一章,中篇第七章第一节,上篇第一、二、三章的前序,中篇第六、七、八章的前序,下篇第十一、十二、十三章的前序;乔力、车振华:中篇第七章第二节,第三节;樊伟峻:上篇第一章第一节;曹胜高:上篇第一章第二节,中篇第六章第二节;曲向红(山东财政学院人文艺术学院):上篇第二章,中篇第七章第四节,下篇第十一章第三节;门岿:上篇第三章第一节,中篇第八章第一节,下篇第十一章第四节;杨欢欣:上篇第三章第二节;周锡山:上篇第三章第三节,中篇第六章第五节,第八章第三节;下篇第十二章第二节;琚英杰:上篇第三章第四节;房伟:上篇第五章,中篇第十章第一节,下篇第十三章第三节;杨天才:中篇第六章第一节;蒋星煜:中篇第六章第三节,第四节;孙琴安:中篇第七章第五节,第六节;张勇:中篇第八章第二节;张伟:中篇第八章第四节,下篇第十三章第二节;张鸿魁:中篇第八章第五节;刘增人:中篇第九章第一节;章亚昕:中篇第九章第三节,第十章第七节,下篇第十三章第四节;杨政:中篇第九章第四节,第十章第四节;杨政、卢少华:中篇第九章第六节;张明:中篇第十章第二节、第三节;杜玉梅:中篇第十章第六节;卢少华:中篇第十章第八节、第九节;陈鹏程:下篇第十一章第一节;景慧颖:下篇第十一章第二节;车振华:下篇第十二章第一节,第三节;颜彩蓉:下篇第十三章第一节。由于水平和时间所限,书中难免有错漏之处,请方家读者批评指正。

这部书的规划、写作与出版,得到了山东社会科学院、山东和全国哲学社会科学规划办公室、人民出版社的热情关注和竭诚支持,我们表示深挚的感谢和敬意!

李少群　于 2009 年深秋

责任编辑:郇中建
封面设计:张　辉
版式设计:程凤琴

图书在版编目(CIP)数据

齐鲁文学演变与地域文化/李少群 乔力等著. -北京:人民出版社,2009.12
ISBN 978－7－01－008525－8

Ⅰ.齐…　Ⅱ.李…　Ⅲ.文学史-山东省　Ⅳ.I209.952

中国版本图书馆 CIP 数据核字(2009)第 220305 号

齐鲁文学演变与地域文化
QILU WENXUE YANBIAN YU DIYU WENHUA

李少群　乔力　等著

人民出版社 出版发行
(100706　北京朝阳门内大街 166 号)

北京市文林印务有限公司印刷　新华书店经销

2009 年 12 月第 1 版　2009 年 12 月北京第 1 次印刷
开本:710 毫米×1000 毫米 1/16　印张:57
字数:897 千字

ISBN 978－7－01－008525－8　定价:120.00 元

邮购地址 100706　北京朝阳门内大街 166 号
人民东方图书销售中心　电话 (010)65250042　65289539